Jean-Christophe Grangé

DIE PURPURNEN FLÜSSE

Aus dem Französischen
von Barbara Schaden

Bild
am Sonntag
MEGA-THRILLER

Lizenzausgabe der Axel Springer AG, Berlin
1. Auflage Januar 2011

Titel der französischen Originalausgabe: *Les rivieres pourpres*

Konzeption und Gestaltung: Klaus Fuereder, Berlin
Projektkoordination: Stephan Pallmann, Alexandra Wesner, Markus Hövelmans
Satz: CPI – Ebner & Spiegel, Ulm
Druck und Verarbeitung: CPI – Ebner & Spiegel, Ulm
Gedruckt in Deutschland

ISBN 978-3-942656-07-8

Für Virginie

1. TEIL

1

»GANAMOS! GA-NA-MOS!«

Pierre Niémans, das Funkgerät in der Hand, beobachtete die Menschenmenge unter sich, die über die Betontreppen des Parc-des-Princes-Stadions abwärts drängte. Tausende erhitzter Köpfe, weißer Fahnen, grellbunter Schals, die ein schillerndes, vielfarbiges Band bildeten. Wie ein Konfettischauer. Oder eine Legion irrer Dämonen. Und immerfort diese drei Silben, langsam und ohrenbetäubend: *»Ga-na-mos!«*

Der Polizist stand auf dem Dach des Kindergartens gegenüber dem Stadion und leitete die Manöver der dritten und vierten Brigade der CRS, der republikanischen Sicherheitstruppen. Die Männer in Dunkelblau trugen schwarze Helme und Polycarbonat-Schilde zu ihrem Schutz. Es war die klassische Methode: zweihundert Männer zu beiden Seiten jeder Gruppe von Ausgängen und zusätzliche »Abschirmkommandos«, die dafür zu sorgen hatten, daß die Anhänger der beiden Mannschaften sich nicht nahe kamen oder aufeinandertrafen, ja sich nicht einmal gegenseitig wahrnahmen …

Für das Spiel Zaragoza-Arsenal in der Champions' League 96, das einzige Match des Jahres, bei dem zwei nichtfranzösische Mannschaften in Paris gegeneinander antraten, waren mehr als vierzehnhundert Polizisten und Gendarmen mobilisiert worden. Ausweiskontrollen, Leibesvisitationen und Einkreisung der vierzigtausend Fans, die aus Spanien und England angereist waren. Hauptkommissar Pierre Niémans war einer der Koordinatoren der Manöver. Diese Art von Einsatz gehörte nicht zu seinen üblichen Aufgaben, doch er schätzte solche Übungen. Überwachung und Konfrontation, im wahrsten Sinn des Wortes. Ohne Ermittlungen, ohne bürokratische Vorschriften. Ein Gratisangebot, das er in gewisser Weise erholsam fand. Und er liebte das militärische Gepräge dieser vorrückenden Armee.

Die Fans waren inzwischen auf der ersten Ebene angelangt – man sah sie zwischen den Betonträgern der Konstruktion, oberhalb der Ausgänge H und G. Niémans warf einen Blick auf die Uhr. In spätestens vier Minuten waren sie draußen auf der Straße. Dann wurde es gefährlich: Wenn die verfeindeten Fans sich begegneten, konnte die Situation außer Kontrolle geraten. Die Oktobernacht vibrierte vor Spannung.

Zwei Minuten. Instinktiv drehte Niémans sich um und sah in der Ferne die Place de la Porte de Saint-Cloud. Völlig menschenleer. Wie beunruhigende Totempfähle erhoben sich die drei Fontänen in die Nacht. Entlang der Avenue reihten sich die Mannschaftswagen der CRS aneinander, und die Männer standen daneben, die Helme an den Gürtel geschnallt, ließen die Schultern kreisen und klopften sich mit dem Schlagstock an die Beine. Die Reservebrigaden.

Das Getöse schwoll an. Die Menge strömte zwischen den Absperrgittern hindurch. Niémans konnte sich ein Lächeln nicht verkneifen: Das war es, was er suchte. Wie eine Woge quollen die Menschen auf die Straße. Schrille Fanfarenstöße erhoben sich über das Stimmengewirr. Ein Donnergrollen ließ jeden Zwischenraum im Beton erbeben. *»Ga-na-mos! Ga-na-mos!«* Niémans schaltete sein Funkgerät ein und sprach mit Joachim, dem Chef der Kompanie Ost. »Hier Niémans. Sie kommen raus. Lenken Sie sie in Richtung Mannschaftswagen, Boulevard Murat, Parkplätze, Métroeingänge.«

Von seinem erhöhten Standort aus schätzte der Polizist die Lage ein: Auf dieser Seite war das Risiko minimal. Die spanischen Fans waren die Sieger, folglich weniger gefährlich. Die Engländer verließen das Stadion auf der gegenüberliegenden Seite durch die Ausgänge A und K, bei der Boulogne-Tribüne – der Tribüne der wilden Tiere. Sobald die Situation hier im Griff überschaubar war, nahm Niémans sich vor, wollte er einen Blick auf die andere Seite werfen.

Im Licht der Straßenlaternen sah er über der Menge plötzlich eine Flasche fliegen, sah, wie ein Schlagstock niederging, die dichten Reihen zurückwichen, Männer zu Boden fielen. Er brüllte ins Funkgerät: »Joachim, verdammt! Halten Sie Ihre Leute zurück!«

Niémans stürzte ins Treppenhaus und rannte die acht Stockwerke hinunter. Als er unten aus dem Gebäude kam, liefen schon zwei

CRS-Trupps herbei, bereit, die Hooligans in Schach zu halten. Auf keinen Fall durfte dieser Zwischenfall das Pulverfaß zur Explosion bringen. Niémans rannte vor den bewaffneten Männern her und schwenkte stürmisch beide Arme. Die Schlagstöcke waren wenige Meter von seinem Gesicht entfernt, als unversehens Joachim neben ihm auftauchte, den Helm auf dem Kopf festgeschnallt: Er klappte das Visier auf und warf Niémans einen wutentbrannten Blick zu.

»Gott im Himmel, sind Sie bescheuert, oder was? In Zivil – die machen Sie fertig ...«

Niémans ignorierte die Frage.

»Was ist das für eine Scheiße? Halten Sie Ihre Männer in Schach, Joachim! Sonst ist hier in drei Minuten die Hölle los.«

Der stämmige Hauptmann keuchte, sein Gesicht war hochrot, und sein kleiner Schnauzbart, Modell Jahrhundertwende, erzitterte unter den stoßweisen Atemzügen. Das Funkgerät meldete sich: »Aufruf an alle Einheiten ... Aufruf an alle Einheiten ... Die Boulogne-Kurve ... Rue du Commandant-Guilbaud ... Ich ... Wir haben hier ein Problem!« Niémans fixierte Joachim, als wäre der allein an dem allgemeinen Chaos schuld. Er drückte auf den Sprechknopf: »Niémans hier. Wir kommen.« Dann befahl er dem Hauptmann in beherrschtem Ton: »Ich gehe hinüber. Schicken Sie so viele Männer wie möglich. Und riegeln Sie hier ab.«

Ohne eine Antwort abzuwarten, hastete der Kommissar davon, auf der Suche nach dem Rekruten, der ihm als Fahrer zugeteilt war. Mit langen Schritten überquerte er den Platz und sah aus dem Augenwinkel, wie die Kellner der Brasserie des Princes hastig das eiserne Rollgitter herunterließen. Panik lag in der Luft.

Endlich entdeckte er den dunkelhaarigen kleinen Mann mit Lederjacke, der neben einer schwarzen Limousine auf und ab ging. Niémans schlug mit der Faust auf das Verdeck des Wagens und brüllte: »Schnell! Die Boulogne-Kurve!«

In derselben Sekunde sprangen die beiden Männer in den Wagen und fuhren mit quietschenden Reifen davon. Links neben dem Stadion bog der Rekrut ab, um auf dem freigehaltenen Sicherheitsstreifen den Ausgang K auf dem kürzesten Weg zu erreichen.

Doch Niémans hatte eine jähe Eingebung. »Nein«, schnaubte er, »fahr außen herum. Die Schlägerei wird auf uns zukommen.«

Der Wagen vollführte eine Kehrtwendung, schlitterte durch die Pfützen rund um die Wasserwerfer, die sich zur Niederschlagung eines Aufruhrs bereithielten, und raste durch die schmale Schneise zwischen den grauen Mannschaftswagen die Avenue du Parc-des-Princes entlang. Die behelmten Männer, die in dieselbe Richtung liefen, wichen zur Seite, ohne einen Blick auf sie zu werfen. Niémans hatte das magnetische Blaulicht aufs Dach geheftet. Nach dem Gelände des Claude-Bernard-Gymnasiums bog der Rekrut nach links ab, umrundete die Auteuil-Tribüne und folgte der dritten Flanke des Stadions.

Als Niémans die ersten Gaswolken aufwallen sah, fühlte er sich bestätigt: Der Zusammenstoß hatte sich bereits bis zur Place de l'Europe ausgeweitet.

Der Wagen durchquerte die weißlichen Schwaden und mußte sich durch die ersten flüchtenden Opfer kämpfen. Die Schlägerei war unmittelbar vor der Präsidententribüne ausgebrochen. Männer mit Krawatten, herausgeputzte Frauen liefen stolpernd davon, die Gesichter tränenüberströmt. Manche versuchten, auf die Straße zu entkommen, während andere in Richtung Galerie flohen und die Stufen wieder hinaufrannten.

Mit einem Satz sprang Niémans aus dem Wagen. Auf dem Platz prügelte sich eine geballte Masse ineinander verkeilter, um sich schlagender Leiber. Hin und wieder blitzten die grellen Farben der englischen Mannschaft auf, dazwischen waren die dunklen Gestalten der CRS zu erkennen, von denen manche blutend über den Boden krochen wie Schnecken; andere hingegen hielten sich abseits und wagten nicht, die Anti-Riot-Gewehre einzusetzen, um ihre verletzten Kollegen nicht zu gefährden.

Der Kommissar nahm die Brille ab und band sich ein Tuch vors Gesicht. Er trat auf den nächststehenden CRS-Mann zu und entriß ihm den Schlagstock, während er ihm mit der anderen Hand seinen Dienstausweis unter die Nase hielt. Der Mann starrte ihn verdattert an; Dunst beschlug das Visier seines Helms.

Pierre Niémans lief auf das Handgemenge zu. Die englischen Fans schlugen mit Fäusten und Stangen, traten mit eisenbewehrten Absätzen, und die CRS-Trupps wichen zurück und versuchten, ihre eigenen Leute zu schützen, die bereits zu Boden gegangen waren.

Arme fuchtelten, Gesichter streiften einander im Gasdunst, Kieferknochen zersplitterten auf dem Asphalt. Schlagstöcke wurden geschwungen und bogen sich unter der Wucht des Aufpralls.

Der Polizist stürzte sich ins Gewühl.

Er prügelte mit der Faust, mit dem Stock. Mähte einen stämmigen Kerl nieder und schlug weiter, als sein Gegner schon auf dem Boden lag. In die Rippen, in den Unterleib, ins Gesicht. Plötzlich traf ihn ein Fußtritt von rechts, und er richtete sich brüllend auf. Sein Stock fuhr gegen die Kehle des Angreifers. Unter seiner Schädeldecke hämmerte das Blut, sein Mund fühlte sich taub an und schmeckte nach Metall. Er dachte nichts mehr, empfand nichts mehr. Er war im Krieg, das war das einzige, was er wußte. Aus dem Augenwinkel bemerkte er plötzlich eine merkwürdige Szene. In hundert Metern Entfernung nahmen zwei Hooligans einen Mann in Zivil in die Mangel, der bereits übel zugerichtet war und sich heftig wehrte. Niémans sah das blaugeschlagene Gesicht des Fans, die mechanischen Bewegungen der anderen, die vor Haß bebten. Nach einer weiteren Sekunde hatte Niémans begriffen: Der Einzelkämpfer und die beiden anderen trugen auf ihren Jacken die Abzeichen verfeindeter Clubs.

Eine Abrechnung.

Bis Niémans die Situation überblickte, war das Opfer seinen Angreifern entkommen und floh in die Rue Nungesser-et-Coli. Die beiden Schläger hefteten sich an seine Fersen. Niémans ließ seinen Stock fallen, bahnte sich einen Weg durchs Gewühl und lief den dreien hinterher.

Die Verfolgung begann.

Niémans rannte die stille Straße entlang, gleichmäßig atmend, und verkleinerte rasch den Abstand zu den beiden Verfolgern, die ihrerseits ihrer Beute nachsetzten.

Sie bogen nach rechts ab und hatten bald das vollständig ummauerte Molitor-Bad erreicht. Inzwischen hatten die Angreifer ihr Opfer eingeholt. Niémans kam in Sichtweite der Place de la Porte Molitor über der Unterführung des Umgehungsrings und traute seinen Augen nicht: Einer der beiden hatte ein Klappmesser gezogen.

Im grünlichen Licht der Straßenbeleuchtung sah Niémans die Klinge aufblitzen – gnadenlos stach sie auf den Mann ein, der in die

Knie gebrochen war und bei jedem Stich zusammenzuckte. Kurz darauf hoben die Angreifer den nun leblosen Körper auf und hievten ihn auf das Geländer.

»Nein!«

Niémans brüllte auf und zückte im selben Moment seinen Revolver. Er lehnte sich gegen einen geparkten Wagen, stützte die rechte Faust in die linke Handfläche und zielte mit angehaltenem Atem. Der erste Schuß. Daneben. Der Messerstecher drehte sich verdutzt um. Ein zweiter Schuß. Wieder daneben.

Niémans begann wieder zu laufen, die Waffe in Kampfposition an den Schenkel gedrückt. Er war erbost: zweimal hatte er sein Ziel verfehlt. Ohne Brille war er ungefähr so gefährlich wie eine Seifenblase. Als er die Brücke erreichte, hatte sich der Mann mit dem Messer bereits seitwärts in die Büsche geschlagen, während sein Komplize so verschreckt war, daß er sich nicht von der Stelle rührte. Niémans schlug ihm mit dem Kolben des Revolvers gegen die Kehle, schleppte ihn an den Haaren zu einem Verkehrsschild und fesselte ihn mit Handschellen an den Pfosten. Erst dann beugte er sich über die Brüstung und schaute auf die Straße hinunter.

Der Körper des Opfers lag zerschmettert auf der Fahrbahn, und mehrere Autos hatten ihn überrollt, ehe eine Reihe von Autounfällen den Verkehr völlig zum Erliegen gebracht hatte. Ineinander verkeilte Wagen, zerbeultes Blech ... Der Stau löste ein wildes Hupkonzert aus. Im Scheinwerferlicht sah Niémans einen Fahrer, der schwankend neben seinem Wagen stand, beide Hände vors Gesicht geschlagen.

Der Kommissar richtete den Blick über den Umgehungsring und sah den Mörder mit seiner farbigen Armbinde durchs Dickicht hasten. Auf der Stelle rannte Niémans wieder los; im Laufen steckte er seine Waffe ein.

Durch die Bäume warf der Killer immer wieder einen raschen Blick über die Schulter. Der Polizist ging nicht in Deckung: der Mann sollte ruhig wissen, daß er verfolgt wurde. Er sollte wissen, daß Hauptkommissar Pierre Niémans ihm an den Kragen wollte. Mit einem Haken seitwärts erklomm der Hooligan eine Böschung und verschwand. Doch das Geräusch von Schritten auf Kies verriet Niémans, daß er sich durch die Gärten von Auteuil davonmachte.

Der Kommissar lief denselben Hang hinauf und sah die endlose graue Kiesfläche des Parks, matt schimmernd im Widerschein der Großstadtnacht. Er rannte an den Gewächshäusern entlang, und am anderen Ende entdeckte er die Gestalt, die in dem Moment über eine Mauer kletterte. Er nahm Anlauf, und weil er sehr viel größer war, bezwang er das Hindernis auf Anhieb.

Das Tennisstadion Roland-Garros.

Die Gittertore zwischen den Plätzen waren nicht verriegelt, und so gelangte der Killer mühelos von einem Tennisplatz zum nächsten. Niémans riß ein Tor auf und überquerte den roten Sand. Der Mann fünfzig Meter vor ihm wurde bereits langsamer und verriet deutliche Anzeichen von Erschöpfung. Inzwischen war er bei der Treppe zwischen den Sitzreihen angelangt und stolperte hinauf. Niémans lief ihm nach, doch er erklomm die Stufen rasch und geschmeidig, kaum außer Atem. Es fehlten nur noch wenige Meter, als der Schatten vor ihm vom oberen Rand der Tribüne ins Leere sprang.

Niémans beugte sich über die Brüstung und sah, daß der Mann auf dem Dach eines Privathauses gelandet war und gleich darauf verschwand. Der Kommissar trat einen Schritt zurück und stürzte sich ebenfalls in die Tiefe. Auf einer bekiesten Dachterrasse kam er auf. Unter ihm Rasen, Bäume, Stille.

Von dem Mörder keine Spur.

Der Polizist ließ sich von der Terrasse fallen und rollte sich im feuchten Gras ab. Es gab nur zwei Möglichkeiten: das Hauptgebäude, von dessen Dach er gesprungen war, und ein weitläufiges Holzgebäude am Ende des Gartens. Er zückte seinen MR73 und lehnte sich gegen die Tür direkt hinter ihm. Sie bot keinen Widerstand.

Der Kommissar ging ein paar Schritte, dann hielt er verblüfft inne. Er stand in einer marmornen Halle. An der Stirnseite prangte eine Steinplatte mit einer Inschrift in unbekannten Lettern, und eine Treppe mit vergoldetem Geländer führte in die Dunkelheit der oberen Stockwerke hinauf. Tapeten aus kaiserlich rotem Samt erstreckten sich im Schatten, überdimensionale Vasen schimmerten feierlich … Niémans begriff, daß er anscheinend in eine asiatische Botschaft eingedrungen war. Hier wehte der Geruch der Steppe.

Im selben Moment hörte er draußen ein gedämpftes Geräusch. Der Mörder war im anderen Gebäude. Niémans überquerte geduckt den Rasen und hatte bald den aus Holzlatten gezimmerten Schuppen erreicht. Die Tür pendelte noch hin und her. Er trat ein, ein Schemen in der Finsternis, und sah sich verblüfft um: Es war ein Stall mit fein ziselierten Boxen, in denen kleine Pferde mit kurzer Mähne standen.

Bebende Pferderücken, raschelndes Stroh. Pierre Niémans ging vorwärts, die Waffe in der Hand, vorbei an einer, zwei, drei Boxen … Ein dumpfer Laut zu seiner Rechten. Er fuhr herum, doch es war nur ein stampfender Huf. Links ein Schnauben. Wieder drehte er sich um. Zu spät – die Klinge sauste herab. Niémans wich im letzten Augenblick aus. Das Messer streifte seine Schulter und fuhr in die Kruppe eines Pferds, das sofort ungestüm ausschlug: Das Hufeisen traf den Killer mitten ins Gesicht. Der Polizist nahm seinen Vorteil wahr, warf sich auf seinen Gegner, drehte den Revolver um und benutzte den Kolben als Hammer.

Er drosch auf den Mann ein, schlug, schlug, dann hielt er jäh inne und starrte auf das blutige Gesicht. Zwischen Fleischfetzen ragten Knochenteile hervor, ein Augapfel hing nur noch an einem Faserstrang. Der Mann, der noch immer die Mütze in den Vereinsfarben trug, rührte sich nicht mehr. Niémans packte wieder seine Waffe, umklammerte den blutigen Kolben mit beiden Händen und stieß den Lauf in den aufgeplatzten Mund des Mannes. Er spannte den Hahn, schloß die Augen und wollte schießen … als ein schrilles Signal ertönte.

In seiner Tasche läutete das Mobiltelefon.

2

IM HAUPTQUARTIER DER KRIMINALPOLIZEI des Innenministeriums, in den zu neuen und zu symmetrischen Straßen des Viertels Nanterre-Préfecture, brannte drei Stunden später eine vereinzelte kleine Lampe. Es war ein grelles, aber konzentriertes Licht mit sehr kleiner Abmessung und leuchtete niedrig, beinahe unmittelbar über dem Schreibtisch von Antoine Rheims, der im Schatten saß. Ihm gegenüber, außerhalb des Lichtkreises, ragte die hohe Gestalt von Pierre Niémans auf. Lakonisch hatte er eine Zusammenfassung seines schriftlichen Berichts über die Verfolgungsjagd im Bois de Boulogne vorgetragen.

Rheims war skeptisch. »Wie geht es dem Mann?« fragte er.

»Dem Engländer? Koma. Zahlreiche Brüche der Gesichtsknochen. Er liegt im Hôtel-Dieu. Ich habe gerade dort angerufen: Sie wollen eine Hauttransplantation im Gesicht versuchen.«

»Und was ist mit dem Opfer?«

»Von mehreren Autos überfahren. Auf dem Ring, Höhe Porte Molitor.«

»Jesusmaria. Erzähl mir genau, was passiert ist.«

»Es war eine Abrechnung zwischen Hooligans. Unter den Anhängern von Arsenal waren zwei von Chelsea. Sie nutzten den allgemeinen Aufruhr, um ihren Feind niederzustechen.«

Rheims nickte ungläubig. Nach kurzem Schweigen fragte er: »Und dein Opfer? War es tatsächlich ein Huftritt, der den Mann so zugerichtet hat?«

Niémans gab keine Antwort, sondern stand auf und trat ans Fenster. Im fahlen Mondlicht waren die seltsamen pastellfarbenen Motive auf den Fassaden der benachbarten Gebäude zu erkennen: Wolken und Regenbogen, die über den dunkelgrünen Hügeln des Parks von Nanterre schwebten.

»Ich versteh' dich nicht, Pierre«, fuhr Rheims fort. »Warum läßt du dich auf solche Geschichten ein? Deine Aufgabe war die Überwachung des Stadions – wirklich, ich …«

Er brach ab. Niémans schwieg beharrlich.

»Du bist allmählich zu alt dafür«, fing Rheims wieder an. »Und außerdem nicht zuständig. Unser Abkommen war klar: kein persönliches Eingreifen, keine Gewaltakte …«

Niémans drehte sich um und ging auf seinen Vorgesetzten zu. »Komm zur Sache, Antoine. Warum hast du mich mitten in der Nacht herbestellt? Als du mich angerufen hast, konntest du noch gar nicht wissen, was im Park passiert ist. Also, worum geht's?«

Die Schattengestalt saß reglos da. Breite Schultern, leicht gekräuselte graue Haare, ein Gesicht wie aus Stein gemeißelt. Das Aussehen eines Leuchtturmwärters. Der Sektionschef leitete seit mehreren Jahren die Zentrale Dienststelle zur Bekämpfung des Menschenhandels, OCRTEH genannt – ein recht komplizierter Name, der lediglich eine übergeordnete Instanz der Sittenpolizei bezeichnete. Niémans hatte ihn schon vor vielen Jahren kennengelernt, lange bevor Rheims seine Herrschaft über dieses administrative Reich angetreten hatte, als sie beide noch Streifenpolizisten gewesen waren, Patrouillengänger, schnell und schlagkräftig.

Niémans beugte sich nieder und wiederholte: »Worum geht es?«

Rheims schnaubte. »Um einen Mord.«

»In Paris?«

»Nein, in Guernon. Einer Kleinstadt im Isère, in der Nähe von Grenoble. Einer Universitätsstadt.«

Niémans packte einen Stuhl und setzte sich dem Abteilungsleiter schräg gegenüber. »Ich höre.«

»Sie haben die Leiche gestern am späten Nachmittag gefunden. Eingeklemmt zwischen Felsen über einem Fluß, der am Campus entlangführt. Alles deutet darauf hin, daß es sich um die Tat eines Wahnsinnigen handelt.«

»Was weißt du über die Leiche? Ist es eine Frau?«

»Nein. Ein Mann. Ein junger Bursche. Offenbar der Bibliothekar der Uni. Die Leiche war nackt und zeigt Folterspuren: Schnitte, Risse, Verbrennungen … Sie sei außerdem stranguliert worden, heißt es.«

Niémans stützte die Ellenbogen auf den Schreibtisch. Schob einen Aschenbecher hin und her.

»Und warum erzählst du mir das?«

»Weil ich vorhabe, dich hinzuschicken.«

»Was? Wegen diesem Mord? Die Kripo von Grenoble wird den Mörder innerhalb einer Woche verhaften, und …«

»Pierre, red keinen Unsinn. Du weißt sehr gut, daß es nie so einfach ist. Nie. Ich habe mit dem Untersuchungsrichter gesprochen. Er will einen Spezialisten.«

»Einen Spezialisten wofür?«

»Für Mord. Und Sitten. Er vermutet ein sexuelles Motiv oder irgendwas von der Art.«

Niémans reckte den Hals zum Licht und spürte die sengende Hitze der Halogenlampe.

»Antoine, du verschweigst mir doch was.«

»Der Richter ist Bernard Terpentes. Ein alter Kumpel. Wir sind beide aus den Pyrenäen, er und ich. Er regt sich ziemlich auf, kapierst du? Er will natürlich nicht, daß die Sache Wellen schlägt, will den Medienrummel und den ganzen Mist möglichst vermeiden. In ein paar Wochen fängt das Semester wieder an, und bis dahin muß die Sache abgeschlossen sein. Das brauche ich dir ja nicht eigens zu erklären.«

Der Hauptkommissar stand auf und kehrte zum Fenster zurück. Er musterte die leuchtenden Stecknadelköpfe der Straßenlaternen in der Ferne, die dunklen Kuppeln der Bäume im Park. In seinen Schläfen hämmerte noch die Gewalt der vergangenen Stunden: die Messerstiche, der Mord auf dem Umgehungsring, die Verfolgungsjagd durch Roland-Garros. Zum tausendsten Mal dachte er, daß ihn der Anruf von Rheims vermutlich daran gehindert hatte, einen Menschen umzubringen. Er grübelte über diese Anfälle unkontrollierbarer Gewalttätigkeit nach, die sein Gewissen ausschalteten und jeden Begriff von Zeit und Raum tilgten, so daß er zum Schlimmsten fähig war.

»Und?« fragte Rheims.

Niémans drehte sich um und lehnte sich an den Fensterrahmen. »Seit vier Jahren habe ich keine Ermittlungen dieser Art mehr durchgeführt. Wieso willst du mir diesen Fall anvertrauen?«

»Weil ich einen tüchtigen Mann brauche, einen, der durchgreifen kann. Und du weißt, daß das Zentralbüro jeden seiner Mitarbeiter abordnen und an jeden beliebigen Ort in Frankreich schicken kann.« Seine breiten Hände gestikulierten im Zwielicht. »Diese kleine Macht nutze ich aus.«

Niémans lächelte.

»Du lockst den Wolf aus seiner Höhle.«

»Genau, ich locke den Wolf aus seiner Höhle. Für dich ist das ein frischer Wind, und ich erweise damit einem alten Freund einen Gefallen. Zumindest wirst du inzwischen niemanden verprügeln ...«

Rheims griff nach den Faxblättern, die eingerollt auf seinem Schreibtisch lagen.

»Die ersten Ergebnisse der Gendarmen. Nimmst du an oder nicht?« fragte er.

Niémans trat an den Schreibtisch und strich über das Thermopapier.

»Ich ruf' dich an«, sagte er. »Um zu hören, was das Krankenhaus sagt.«

Von der Rue des Trois-Fontanot kehrte Niémans sofort nach Hause zurück. Er bewohnte ein weitläufiges, nahezu leeres Appartement mit gebohnertem Parkett in der Rue La Bruyère im neunten Arrondissement. Er stellte sich unter die Dusche, versorgte seine Wunden – die nur oberflächlich waren – und musterte sich im Spiegel. Kantige, gefurchte Züge. Kurzgeschorene Haare, grau und glänzend. Eine Brille mit Metallrahmen. Niémans lächelte seinem Spiegelbild zu. Einer Visage wie dieser würde er in einer menschenleeren Straße nicht gern begegnen.

Er stopfte ein paar Kleidungsstücke in eine Sporttasche, zwischen Hemden und Socken schob er eine Remington-Pumpgun Kaliber 12, eine Schachtel Patronen und ein paar Schnellader für seinen Manhurin. Zuletzt holte er den Kleidersack hervor und legte zwei Winteranzüge und mehrere grellbunt gemusterte Krawatten hinein.

Auf dem Boulevard de Clichy blieb er vor einem McDonald's-Lokal stehen, das durchgehend geöffnet hatte, und schlang zwei Cheeseburger in sich hinein, ohne seinen Wagen aus den Augen zu lassen, den er in zweiter Reihe abgestellt hatte. Drei Uhr morgens. Im weißlichen Neonlicht schlurften vertraute Schemen durch den schmierigen Saal. Schwarze in viel zu weiten Klamotten, Prostituierte mit langen jamaikanischen Zöpfen, Drogensüchtige, Obdachlose, Säufer. Alle diese Wesen stammten aus seiner einstigen Welt: dem Universum der Straße. Diesem Universum, das Niémans für einen Bürojob hatte aufgeben müssen, einen gut bezahlten und angesehenen Posten. Für jeden anderen Polizisten wäre die Versetzung in die Zentrale Dienststelle eine Beförderung. Für ihn bedeutete es, daß er nun zum alten Eisen gehörte – er saß in einem goldenen Käfig und fühlte sich tief gedemütigt. Er warf einen letzten Blick auf die zwielichtigen Gestalten. Diese Erscheinungen waren die Bäume in seinem Wald gewesen, seinem einstigen Jagdrevier.

Niémans fuhr ohne Pause durch, mit Fernlicht und ohne auf Radarfallen und Geschwindigkeitsbeschränkungen zu achten. Um acht Uhr morgens verließ er die Autobahn an der Ausfahrt Grenoble. Er durchquerte Saint-Martin-d'Hères, Saint-Martin-D'Urriage und fuhr weiter in Richtung Guernon, der kleinen Stadt am Fuß des steilen Gipfels Belledonne. Entlang der gewundenen Straße wechselten Nadelwälder mit Gewerbegebieten. Hier herrschte diese leicht morbide Stimmung, wie immer außerhalb der Großstadt, wenn es der Landschaft nicht mehr gelingt, ihre tiefe Einsamkeit hinter den Schönheiten der Natur zu verbergen.

Der Kommissar fand die ersten Wegweiser zur Universität. In der Ferne zeichneten sich die hohen Bergkämme im milchigen Licht des stürmischen Morgens ab. Hinter einer Kurve, am Grund des Tals, entdeckte er dann die Universität: eine Ansammlung großer moderner Gebäude, Blöcke aus Stahlbeton, auf allen Seiten umgeben von langen Rasenflächen. Niémans dachte an ein Sanatorium, einen Komplex von der Größe einer Kreisstadt.

Er bog von der Nationalstraße ab und fuhr ins Tal hinunter. An den Felsen im Westen sah er Wasserfälle und Bachläufe, die sich miteinander vereinigten und wieder trennten und die dunklen Flanken der Berge mit silbrigen Spuren überzogen. Niémans fuhr langsamer: Er schauderte, als er auf dieses eisige Wasser starrte, das senkrecht in die Tiefe stürzte, sich unter Gestrüpp verbarg, um gleich wieder aufzutauchen, grellweiß, und von neuem zu verschwinden …

Niémans entschloß sich zu einem kleinen Umweg. Er bog in einen Feldweg ein, fuhr eine Weile unter einem Gewölbe aus Lärchen und Tannen dahin, auf denen der Morgentau glitzerte, und gelangte schließlich zu einer weiten Ebene, die von hohen schwarzen Felswänden gesäumt war.

Er hielt an, stieg aus und griff nach seinem Fernglas. Lange suchte er die Landschaft ab: Er hatte den Fluß aus dem Blick verloren.

Doch bald begriff er, daß der Wasserlauf, in der Talsohle angekommen, offensichtlich direkt hinter der Felswand floß. Hinter etlichen Einschnitten im Stein konnte er ihn sogar ahnen.

In diesem Moment fiel ihm ein anderes Detail auf, und er spähte angestrengt durch das Fernglas. Nein, er hatte sich nicht getäuscht. Er kehrte zum Wagen zurück, ließ den Motor an und fuhr auf die Schlucht zu. In einer Felsspalte hatte er das neongelbe Absperrband entdeckt, wie es die Gendarmerie benutzt:

BETRETEN VERBOTEN.

3

DURCH DIE FELSSPALTE fuhr Niémans in die Schlucht, wo sich ein schmaler, gewundener Pfad abzeichnete. Doch er kam nicht weit, denn die Wände rückten eng zusammen, für eine Limousine war der Weg bald zu schmal. Er stieg aus, duckte sich unter der Plastikabsperrung hindurch und ging zum Fluß.

Der Wasserlauf wurde hier durch einen natürlichen Damm gestaut. Niémans hatte einen sprudelnden und schäumenden Wildbach erwartet, doch vor ihm lag ein kleiner Teich, klares, besänftigtes Wasser. Wie ein Gesicht, aus dem auf einmal aller Zorn gewichen ist. Rechter Hand, ein Stück weiter abwärts, wurde aus dem Teich wieder ein Fluß, der vermutlich die Stadt durchquerte: Trüb und grau lag sie in der Talsenke.

Niémans blieb jäh stehen. Links von ihm war schon jemand, ein Mann, der am Wasser kauerte. Mit reflexartiger Geste öffnete Niémans den Klettverschluß an seinem Holster, und dabei klirrten leise die Handschellen. Der Mann drehte sich um und begann sofort zu lächeln.

»Was machen Sie da?« fragte Niémans barsch.

Der Fremde lächelte weiter, ohne zu antworten, stand auf und wischte sich die Hände ab. Es war ein junger Mann mit feinen Gesichtszügen und blonden Haaren, die wie die Borsten eines Pinsels von seinem Kopf abstanden. Lederjacke und Bundfaltenhose. Mit heller Stimme gab er zurück: »Und Sie?«

Dieser Anflug von Dreistigkeit entwaffnete Niémans. In mürrischem Ton antwortete er: »Polizei. Haben Sie die Absperrung nicht gesehen? Sie haben hoffentlich einen guten Grund, die Absperrung zu verletzen, denn ...«

»Eric Joisneau, Kripo Grenoble. Ich bin sozusagen als Aufklärer hier. Im Lauf des Tages kommen drei weitere Beamte.«

Niémans trat neben ihn an den schmalen Uferstreifen. »Wo sind die Wachen?« fragte er.

»Ich habe ihnen eine halbe Stunde freigegeben. Damit sie frühstücken können.« Er zuckte unbekümmert die Achseln. »Ich hatte hier zu tun und wollte ungestört sein ... Kommissar Niémans.«

Der grauhaarige Polizist zuckte zusammen. In selbstsicherem Ton fuhr der junge Mann fort: »Ich habe Sie gleich erkannt. Pierre Niémans. Ehemaliger Star des RAID. Ehemaliger Kommissar der BRB. Ehemaliger Mörder- und Dealerjäger. Mit anderen Worten: ehemaliger Tausendsassa ...«

»Steht Frechheit inzwischen auf dem Lehrprogramm für Polizeiinspektoren?«

Joisneau verbeugte sich mit ironischer Pose: »Entschuldigen Sie, Herr Kommissar. Ich versuche nur, den Heiligen vom Sockel zu holen. Sie wissen doch, daß Sie ein Star sind, der Superbulle, der in den Träumen sämtlicher Junginspektoren herumgeistert. Sind Sie wegen des Mordes hier?«

»Weshalb denn sonst?«

Joisneau verbeugte sich erneut. »Es wird mir eine Ehre sein, mit Ihnen zusammenzuarbeiten.«

Niémans starrte auf die spiegelglatte Wasserfläche vor seinen Füßen, die im Morgenlicht gläsern wirkte. Ein jadegrünes Leuchten schien aus der Tiefe emporzusteigen.

»Sag mir, was du über den Mord weißt.«

Joisneau hob den Blick zur Felswand. »Die Leiche war dort oben eingeklemmt.«

»Dort oben?« wiederholte Niémans und musterte die Wand, in der jäh vorspringende Felsnasen scharfe Schatten warfen.

»Ja. In fünfzehn Meter Höhe. Der Mörder hat die Leiche in eine Felsspalte geklemmt, noch dazu in einer höchst sonderbaren Haltung.«

»Das heißt?«

Joisneau kauerte sich nieder, legte das Kinn auf die Knie und kreuzte die Arme vor seinem Oberkörper.

»In Fötalposition.«

»Außergewöhnlich.«

»An diesem Fall ist alles außergewöhnlich.«

»Es war die Rede von bestimmten Wunden, von Verbrennungen«, sagte Niémans.

»Ich habe die Leiche noch nicht gesehen. Aber offensichtlich weist sie tatsächlich zahlreiche Folterspuren auf.«

»Waren die Folterungen die Todesursache?«

»Im Moment weiß man noch nichts Genaues. Auch an der Kehle sind tiefe Einschnitte oder Quetschungen. Strangulierungsmale.«

Niémans wandte sich wieder dem kleinen Tümpel zu, in dem sich in deutlichen Umrissen seine Gestalt spiegelte, das bartlose Profil, der blaue Mantel.

»Und hier? Hast du was gefunden?«

»Nein. Seit einer Stunde suche ich nach irgendeinem Detail, einem Hinweis. Aber es ist nichts zu finden. Meiner Ansicht nach hat der Mord nicht hier stattgefunden. Der Mörder hat sein Opfer lediglich hier aufgehängt.«

»Warst du oben bei dieser Spalte?«

»Ja, aber dort gibt es nichts Bemerkenswertes. Der Mörder ist vermutlich von der anderen Seite aufgestiegen, wie ich auch, und hat die Leiche an einem Seil die Wand hinuntergelassen. Mit Hilfe eines zweiten Seils stieg er dann selbst ein Stück ab und klemmte sein Opfer ein. Er hat einiges auf sich genommen, um diese theatralische Haltung zu inszenieren. Völlig unverständlich.«

Niémans musterte von neuem die Wand, die mit scharfen Felskanten gespickt und von tiefen Einschnitten gekerbt war. Von seinem Standort aus konnte er die Entfernungen nicht eindeutig abschätzen, doch die Nische, in der die Leiche gefunden worden war, schien sich etwa auf halber Höhe der Wand zu befinden, vom Boden gleich weit entfernt wie von der Spitze des Felsens.

Er wandte sich abrupt ab.

»Gehen wir.«

»Wohin?«

»Ins Klinikum. Ich will die Leiche sehen.«

Der Mann war nackt, nur bis zu den Schultern abgedeckt, und lag seitlich auf dem blanken Metalltisch, in gekrümmter Haltung, als fürchtete er sich vor einem Blitzschlag. Die Schultern waren nach vorn gewölbt, der Kopf gesenkt, und seine Arme lagen zwischen den angewinkelten Knien, die geballten Fäuste ans Kinn gedrückt. Die weißliche Farbe, die ausgeprägten Muskeln, die wundenübersäte Haut verliehen dem Toten eine beinahe unerträgliche Gegenwart und Realität. Der Hals wies lange Einschnitte auf, als hätte jemand versucht, ihm die Kehle aufzuschlitzen. Unter den Schläfen breiteten sich geplatzte Adern aus wie Flüsse, die über die Ufer getreten sind.

Niémans hob den Blick und musterte die übrigen Männer in der Leichenhalle: den Untersuchungsrichter Bernard Terpentes, einen schnauzbärtigen Mann mit hochgewachsener, schmaler Gestalt, Hauptmann Roger Barnes, kolossal und behäbig wie ein Öltanker und Chef der Gendarmerie von Guernon, und schließlich Hauptmann René Vermont, abgeordnet von der Fahndungsabteilung der Gendarmerie, ein kleiner Mann mit schütterem Haar, rotgeäderter Haut und bohrendem Blick. Joisneau hielt sich im Hintergrund und trug die Miene eines lernbegierigen Neulings zur Schau.

»Wurde er identifiziert?« fragte Niémans die Versammlung.

Barnes trat einen Schritt vor, sehr militärisch, und räusperte sich, ehe er feierlich anhob: »Das Opfer heißt Rémy Caillois, Herr Kommissar. Fünfundzwanzig Jahre alt. Er war seit drei Jahren Chefbibliothekar an der Universität von Guernon. Die Leiche wurde heute morgen von seiner Frau Sophie Caillois identifiziert.«

»Hat sie ihn als vermißt gemeldet?«

»Ja, gestern, Sonntag, am späten Nachmittag. Ihr Mann war am Vortag zu einer Klettertour ins Gebirge aufgebrochen, er wollte zum Gipfel des Muret hinauf. Allein, wie an jedem Wochenende. Manchmal übernachtete er in einer Berghütte. Deshalb hat sie sich zunächst keine Sorgen gemacht. Bis gestern nachmittag, und ...«

Barnes verstummte. Niémans hatte das Tuch zurückgeschlagen und den Rumpf der Leiche entblößt.

Ein stummes Entsetzen breitete sich aus, tonlos, wie ein in den Kehlen steckengebliebener Schrei. Unterleib und Brustkorb des Opfers waren übersät von schwärzlichen Wunden unterschiedlicher Form und Tiefe. Schnitte mit bläulichen Rändern, schillernde

Verbrennungen, schwärzliche Flecken, die aussahen wie Rußwolken. An den Armen und Handgelenken waren Quetschungen zu erkennen, weniger ausgeprägt als am Hals, als wäre der Mann mit Stricken gefesselt worden.

»Wer hat den Toten gefunden?«

»Eine junge Frau ...« Barnes warf einen Blick in seine Akten und fuhr fort: »Fanny Ferreira. Eine Professorin an der Universität.«

»Wie hat sie ihn entdeckt?«

Barnes räusperte sich erneut.

»Sie ist eine sportliche Frau, eine Wildwasserfahrerin, Sie wissen schon – mit Kajak und Taucheranzug fährt sie durch Stromschnellen und Wasserfälle ... Ein äußerst gefährlicher Sport.«

»Und?«

»Nach dem natürlichen Staudamm des Flusses ist sie ans Ufer geklettert, am Fuß der Felswand, die den Campus abschließt. Dabei entdeckte sie die Leiche in der Felsnische.«

»Hat sie Ihnen das erzählt?«

Barnes warf einen unsicheren Blick in die Runde. »Tja, also, ja, ich ...«

Der Kommissar deckte den Toten ab. Er umrundete die zusammengekrümmte weißliche Leiche, deren Kopf mit den kurzgeschorenen Haaren wie ein steinerner Pfeil aus dem Rumpf ragte.

Niémans griff nach dem Totenschein, den Barnes ihm hinhielt. Er überflog den maschinengeschriebenen Bericht, der vom Klinikchef persönlich verfaßt worden war. Über den Todeszeitpunkt hatte der Arzt sich nicht geäußert, sondern sich damit begnügt, die sichtbaren Wunden zu beschreiben und als Todesursache Erdrosselung anzugeben. Um Näheres zu erfahren, mußte man das Ergebnis der Autopsie abwarten.

»Wann kommt der Gerichtsmediziner?«

»Wir erwarten ihn jeden Moment.«

Der Kommissar trat auf den Toten zu. Er beugte sich nieder und betrachtete sein Gesicht: recht gutaussehend, jung, mit geschlossenen Augen; auffällig war vor allem, daß es keine Spur von Schlägen oder Mißhandlungen aufwies.

»Das Gesicht hat niemand angerührt?«

»Niemand, Herr Kommissar.«

»Die Augen waren geschlossen?«

Barnes nickte. Mit Daumen und Zeigefinger zog Niémans die Lider ein wenig auseinander, und daraufhin geschah das Unfaßbare: Eine Träne floß klar und langsam aus dem rechten Auge. Der Kommissar prallte erschrocken zurück: Dieses Gesicht weinte.

Niémans sah auf. Das verblüffende Detail war offenbar niemandem aufgefallen. Er ermahnte sich zur Ruhe und wiederholte die Geste, und noch immer bemerkten die anderen nichts. Was er sah, bewies ihm, daß er nicht verrückt war, sondern daß dieser Mord vermutlich das war, was jeder Polizist seine gesamte Laufbahn hindurch je nach seiner Persönlichkeit entweder befürchtet oder erhofft. Er richtete sich wieder auf und schlug mit einer raschen Geste das Tuch über die Leiche. An den Richter gewandt, murmelte er: »Wie weit sind die Ermittlungen?«

Bernard Terpentes straffte den Rücken.

»Meine Herren, Sie werden begreifen, daß dieser Fall heikel und ... ungewöhnlich zu werden droht. Deshalb haben der Staatsanwalt und ich beschlossen, neben der Kriminalpolizei von Grenoble auch die nationale Gendarmerie mit den Ermittlungen zu betrauen. Ich habe auch den hier anwesenden Hauptkommissar Pierre Niémans angefordert, der freundlicherweise aus Paris gekommen ist. Seinen Namen werden Sie sicher alle kennen. Heute gehört der Kommissar einer übergeordneten Instanz der Pariser BRP an, der Brigade zur Bekämpfung von Kuppelei. Über das Motiv des Mörders können wir derzeit nicht einmal spekulieren, doch möglicherweise handelt es sich um ein Sexualverbrechen. Jedenfalls ist es die Tat eines Geisteskranken. Und die große Erfahrung von Monsieur Niémans wird uns bei der Aufklärung sehr nützlich sein. Deshalb schlage ich vor, daß der Kommissar die Leitung der Ermittlungen übernimmt ...«

Barnes nickte kurz und bereitwillig, Vermont ebenso, allerdings mit sichtlich geringer Begeisterung. Joisneau hingegen antwortete: »Für mich ist das kein Problem. Aber meine Kollegen von der Kripo werden bald kommen, und ...«

»Ich werde es ihnen erklären«, unterbrach Terpentes. Er wandte sich an Niémans: »Wir hören, Herr Kommissar.« Die nachdrückliche Steifheit dieser Szene ging Niémans auf die Nerven, und er konnte es kaum erwarten, fortzukommen und mit den Ermittlungen zu beginnen – allein.

»Capitaine Barnes, wie viele Männer haben Sie?« fragte er.

»Acht. Nein … Entschuldigung, neun.«

»Sind sie routiniert in der Zeugenvernehmung, der Spurensicherung, der Organisation von Straßensperren?«

»Tja … Also, mit so etwas beschäftigen wir uns normalerweise nicht …«

»Und Sie, Capitaine Vermont, wie viele Männer haben Sie?«

Die Stimme des Gendarmen donnerte wie ein Salutschuß: »Zwanzig! Erfahrene Leute. Sie werden das Gelände rund um den Fundort durchkämmen und …«

»Sehr gut. Ich schlage vor, daß sie auch sämtliche Personen befragen, die an den Zufahrtsstraßen zum Fluß wohnen, daß sie außerdem die Tankstellen, Bahnhöfe, die Häuser in der Nähe von Bushaltestellen aufsuchen … Caillois hat auf seinen Wanderungen manchmal in Berghütten übernachtet: Sie müssen durchsucht werden. Vielleicht wurde das Opfer in einer Hütte überfallen.«

Niémans wandte sich an Barnes: »Capitaine, ich möchte, daß Sie per Rundfunk die gesamte Bevölkerung um sachdienliche Hinweise bitten. Noch vor Mittag will ich eine Liste der Landstreicher, Obdachlosen und aller anderen, die sich in der Gegend herumtreiben. Dann überprüfen Sie bitte im Umkreis von dreihundert Kilometern alle, die in der letzten Zeit aus dem Gefängnis entlassen wurden. Die Wagendiebstähle und überhaupt alle Diebstähle und Einbrüche. Befragen Sie sämtliche Hotels und Restaurants. Verschicken Sie Fragebogen per Fax. Ich will jedes Detail erfahren, auch wenn es noch so unbedeutend scheint, jedes verdächtige Vorkommnis, jeden Hinweis. Außerdem will ich eine Liste sämtlicher Vorfälle, die sich in den letzten zwanzig und mehr Jahren hier in Guernon ereignet haben und in irgendeiner Weise mit unserem Fall zusammenhängen könnten.«

Barnes notierte sich sämtliche Forderungen in seinem Notizbuch.

Dann wandte sich Niémans an Joisneau: »Setz dich mit dem Nachrichtendienst in Verbindung. Laß dir von ihnen sämtliche Sekten, Teufelsanbeter und Hexer nennen, die in der Gegend bekannt sind.«

Joisneau nickte. Terpentes nickte ebenfalls, zum Zeichen seiner überlegenen Billigung, als habe Niémans nur ausgesprochen, was er sich die ganze Zeit gedacht hatte.

»So, damit sind Sie beschäftigt, bis das Obduktionsergebnis vorliegt«, schloß Niémans. »Ich brauche Sie wohl nicht eigens darauf aufmerksam zu machen, daß wir absolutes Stillschweigen wahren müssen. Kein Wort zur lokalen Presse. Kein Wort zu irgend jemandem.«

Auf dem Vorplatz des Universitätskreiskrankenhauses trennten sie sich und gingen rasch auseinander. Es nieselte. Im Schutz des hohen Gebäudes, das mindestens zwei Jahrhunderte alt zu sein schien, ging jeder zu seinem Wagen, mit gesenktem Kopf und hochgezogenen Schultern, ohne ein Wort oder einen Blick.

Die Jagd begann.

4

PIERRE NIÉMANS UND ERIC JOISNEAU fuhren zunächst zum Universitätskomplex außerhalb der Stadt. Joisneau möge in der Bibliothek im Hauptgebäude auf ihn warten, bat der Kommissar; er selbst wolle zuvor noch dem Rektor einen Besuch abstatten. Dessen Räume lagen in der obersten Etage des Verwaltungsgebäudes, hundert Meter entfernt.

Niémans betrat ein gewaltiges Bauwerk aus den siebziger Jahren, das offensichtlich bereits renoviert worden war. Sehr hohe Wände, jede in einer anderen Pastellfarbe gestrichen.

Im obersten Stockwerk fand er eine Art Vorzimmer, in dem eine Sekretärin an ihrem Schreibtisch saß. Niémans stellte sich vor und bat um eine Unterredung mit Monsieur Vincent Luyse.

Während er wartete, hatte er Gelegenheit, die Fotos an den Wänden zu betrachten: stolze Studenten, die auf Skipisten oder neben tosenden Wildbächen standen und der Kamera ihre Pokale und Medaillen präsentierten.

Ein paar Minuten später stand Pierre Niémans vor dem Rektor, einem Mann mit Kraushaaren und abgeflachter Nase, doch kalkweißer Haut: Vincent Luyse war eine sonderbare Mischung aus negroiden Gesichtszügen und anämischer Blässe. Draußen vor dem Fenster brachen ein paar Sonnenstrahlen durch die Gewitterwolken und streuten Lichtsprenkel über die Landschaft. Der Rektor forderte Niémans auf, sich zu setzen, und begann sich nervös die Handgelenke zu massieren.

»Nun?« fragte er kurzangebunden.

»Nun, was?«

»Haben Sie eine Spur?«

Niémans streckte die Beine aus. »Ich bin eben erst angekommen, Herr Rektor. Lassen Sie mir Zeit, mich zu orientieren. Beantworten Sie lieber meine Fragen.«

Luyse versteifte sich. Sein gesamtes Büro war mit ockerfarbenem Holz eingerichtet, und dazwischen hingen zwei Mobiles aus Metall, die wie Blütenknospen auf einem stählernen Planeten wirkten.

»Sind an der Universität schon einmal verdächtige Ereignisse vorgekommen?« fragte Niémans in gelassenem Ton.

»Verdächtig? Keineswegs.«

»Keine Drogengeschichten? Diebstähle? Schlägereien?«

»Nein.«

»Es gibt auch keine Banden oder Clans? Junge Leute, die sich in irgend etwas verrannt haben?«

»Ich verstehe nicht, worauf Sie hinauswollen.«

»Ich denke beispielsweise an irgendwelche Rituale oder Zeremonien – irgendwelche Rollenspiele, Sie wissen schon ...«

»Nein. So etwas gibt es bei uns nicht. Unsere Studenten sind vernünftige Menschen mit klarem Verstand.«

Niémans schwieg. Der Rektor musterte ihn, seinen Bürstenhaarschnitt, die hohe, breitschultrige Gestalt, den Griff des MR 73, der aus dem Mantel ragte. Er fuhr sich mit der Hand übers Gesicht und sagte in zweifelndem Ton, als könne er es selbst nicht recht glauben: »Man hat mir gesagt, Sie seien ein hervorragender Polizist.«

Niémans starrte den Rektor stumm an.

Luyse wandte den Blick ab und fing wieder an: »Ich wünsche nur eines, Herr Kommissar: daß Sie den Mörder so schnell wie möglich finden. Bald ist Semesterbeginn, und ...«

»Im Moment sind keine Studenten auf dem Campus?«

»Nur ein paar Interne – Studenten und Dozenten, die hier wohnen. Im Dachgeschoß des Hauptgebäudes. Auch ein paar Professoren sind da, die ihre Vorlesungen vorbereiten.«

»Kann ich ihre Namen haben?«

»Aber …« Er zögerte. »Ja, selbstverständlich …«

»Und Rémy Caillois, wie war er?«

»Ein sehr verschwiegener und zurückhaltender Bibliothekar. Ein Einzelgänger.«

»War er bei den Studenten beliebt?«

»Aber ja … natürlich.«

»Wo hat er gewohnt? In Guernon?«

»Hier, auf dem Campus. Im obersten Stock des Hauptgebäudes, mit seiner Frau. Im Stockwerk der Internen.«

»Rémy war fünfundzwanzig. Heutzutage ist das ziemlich jung, um zu heiraten, nicht?«

»Rémy und Sophie Caillois sind ehemalige Studenten unserer Universität. Sie haben sich, glaube ich, im Kollegium des Campus kennengelernt, das den Professorenkindern vorbehalten ist. Sie sind … waren Freunde seit ihrer Kindheit.«

Niémans stand abrupt auf.

»Sehr gut, Herr Rektor. Haben Sie vielen Dank.«

Der Kommissar entfernte sich eilig, um dem Geruch der Angst zu entgehen, der hier herrschte.

Bücher.

Im Neonlicht der riesigen Universitätsbibliothek standen Hunderte von Bücherregalen. Die Fächerböden aus durchbrochenem Metall trugen in vollendeter Ordnung regelrechte Festungsmauern aus Papier. Buchrücken in gedämpften Farben, goldene oder silberne Prägungen, jeder Band mit seiner Signatur und dem Kürzel der Universität Guernon versehen. In der Mitte des menschenleeren Saals waren Reihen kunststoffüberzogener Tische mit gläsernen Trennwänden aufgestellt, die kleine Boxen bildeten. Als Niémans den Lesesaal betrat, mußte er an den Besucherraum eines Gefängnisses denken.

Es herrschte eine merkwürdig widersprüchliche Atmosphäre – lichterfüllt und ungastlich, geräumig und beengt zugleich.

»Die herausragendsten Professoren lehren an dieser Universität«, erklärte Eric Joisneau. »Die bessere Gesellschaft des französischen Südostens. Jura, Wirtschaft, Literatur, Psychologie, Soziologie, Physik … Und vor allem Medizin – sämtliche Cracks des Departements Isère unterrichten hier und sind gleichzeitig Berater am Klinikum, dem CHRU. Das Krankenhaus ist übrigens in den ehemaligen Universitätsgebäuden untergebracht – natürlich nach Umbauten und kompletter Renovierung. Das halbe Département kommt zur Behandlung hierher, und sämtliche Bewohner der umliegenden Bergdörfer sind auf der Säuglingsstation zur Welt gekommen.«

Niémans hört ihm zu, die verschränkten Arme auf einen Lesetisch gestützt.

»Du redest wie einer, der sich auskennt.«

Joisneau zog aufs Geratewohl ein Buch aus einem Regal.

»Sicher. Ich hab' hier studiert. Jura. Ich wollte mal Anwalt werden.«

»Aber dann bist du Polizist geworden?«

Joisneau sah ihn an, und seine Augen funkelten im grellen Licht. »Kurz vor dem Examen hatte ich plötzlich das Gefühl, ich würde mich tödlich langweilen. Deshalb habe ich mein Studium abgebrochen und mich an der Polizeischule von Toulouse eingeschrieben. Weil ich dachte, Polizist sein, das ist ein Beruf, in dem was los ist, der auch mal gefährlich ist. Ein Beruf, der Überraschungen bereithält …«

»Und, bist du enttäuscht?«

Joisneau stellte das Buch ins Regal zurück. Sein Lächeln war verschwunden.

»Heute nicht, nein. Vor allem heute nicht.« Er starrte Niémans an. »Diese Leiche … Wie kann man so etwas tun?«

Niémans ging auf die Frage nicht ein.

»Wie war denn die Stimmung an dieser Uni? Irgendwas Besonderes?«

»Nein. Eine Menge Bürgerkinder mit dem Kopf voller Klischees über das Leben, unsere Zeit, voller vorgefertigter Gedanken … Aber auch Kinder von Bauern und Arbeitern. Die übrigens noch idealistischer waren. Und aggressiver. Na ja, es stand uns sowieso nur eine Laufbahn als arbeitslose Akademiker bevor, und so …«

»Gab es nichts, was merkwürdig war? Irgendwelche Klüngel?«

»Nein. Nichts. Oder doch, ja – es gab und gibt eine Art Elite. Einen Mikrokosmos, der aus den Kindern der Professoren besteht. Manche sind tatsächlich hochbegabt und raffen Jahr für Jahr sämtliche Auszeichnungen an sich. Sogar im Sport. Zu meiner Zeit waren sie eher unbeliebt.«

Niémans dachte an die Aufnahmen der Champions im Vorzimmer des Rektors und fragte: »Hatten diese Studenten irgendeine Art von Zirkel, waren sie eine Clique für sich? Könnten sie sich im Namen irgendeines verschrobenen Ziels verbündet haben?«

Joisneau begann zu lachen. »Woran denken Sie denn? An eine Art ... Verschwörung?«

Nun stand Niémans auf und wanderte die Regale entlang.

»Auf den Bibliothekar einer Universität wie dieser sind ziemlich viele Blicke gerichtet. Er ist eine ideale Zielscheibe. Stell dir eine Gruppe von Studenten vor, die sich in irgendeine Verrücktheit versponnen haben. Eine Opferung, ein Ritual ... was weiß ich. Als es daran ging, das Opfer zu bestimmen, hätte ihre Wahl doch ganz selbstverständlich auf Caillois fallen können.«

»Na, dann können Sie die Hochbegabten aber vergessen. Sie sind viel zu sehr damit beschäftigt, bei den Prüfungen alle Kommilitonen abzuhängen, um sich auf irgend etwas anderes einzulassen ...«

Niémans betrat den schmalen Gang zwischen zwei Regalen, die mit braunen und rötlichen Büchern gefüllt waren. Joisneau folgte ihm.

»Ein Bibliothekar«, dozierte Niémans, »ist auch derjenige, der Bücher ausgibt ... Der weiß, was jeder liest, womit jeder sich beschäftigt ... Vielleicht wußte er etwas, das er nicht hätte wissen dürfen.«

»Man ermordet doch nicht jemanden auf diese Weise, um ... Und was für ein Geheimnis sollten Studenten wohl in ihren Büchern verbergen?«

Niémans drehte sich abrupt um.

»Weiß ich doch nicht. Den Intellektuellen traue ich nicht über den Weg.«

»Haben Sie denn eine Idee? Einen Verdacht?«

»Ganz und gar nicht. Im Augenblick ist alles denkbar. Ein Streit.

Eine Rache. Irgendein Krach unter Akademikern. Oder unter Homosexuellen. Oder es war ganz einfach ein Irrer, der sich in der Gegend herumtreibt und Caillois zufällig in den Bergen begegnet ist ... Siehst du, ich bin kein Sektierer. Aber wir werden damit anfangen.« Der Kommissar schnappte mit dem Finger gegen die Buchrücken. »Wir werden sämtliche Bücher durchforsten, die irgendeinen Zusammenhang mit dem Mord haben könnten.«

»Welche Art von Zusammenhang?«

Durch einen anderen Gang kehrte Niémans in den Lesesaal zurück. Er ging auf den Schreibtisch des Bibliothekars zu, der am anderen Ende des Raums erhöht auf einem Podium stand und sämtliche Lesetische überblickte. Auf der Fläche thronte ein Computer, und in den Schubladen lagen Spiralhefte.

Niémans klopfte auf den schwarzen Bildschirm.

»Da drin muß eine Liste aller Bücher sein, die Tag für Tag ausgeliehen oder in den Lesesaal bestellt wurden. Setz ein paar Leute dran. Die Belesensten, die du auftreiben kannst – falls sie existieren. Bitte auch die Universitätsangestellten um Mithilfe. Sie sollen dir sämtliche Bücher nennen, in denen vom Bösen die Rede ist, von Gewalt, Folter, auch von Opferungen, religiösen Morden und so weiter. Beispielsweise muß die ethnologische Literatur geprüft werden. Ich will auch die Namen der Studenten, die solche Werke öfter ausgeliehen haben. Außerdem soll sich jemand die Doktorarbeit von Caillois vornehmen.«

»Und ... ich?«

»Du vernimmst die Internen. Einzeln. Sie halten sich Tag und Nacht auf dem Unigelände auf und kennen sich zwangsläufig sehr gut aus. Ich will wissen, welche Gepflogenheiten hier herrschen, welche Stimmung und Geisteshaltung, wie die Leute als Kinder waren ... Und wie Caillois von den anderen eingeschätzt wurde. Außerdem erkundigst du dich nach seinen Bergwanderungen. Finde heraus, mit wem er unterwegs war und wer wußte, auf welchen Strecken. Wer ihn dort oben hätte treffen können ...«

Joisneau warf dem Kommissar einen skeptischen Blick zu. Niémans trat einen Schritt auf ihn zu und senkte die Stimme.

»Ich sag' dir, wie's aussieht. Wir haben einen äußerst ungewöhnlichen Mord, eine bleiche, glatte, zusammengekrümmte Leiche, die

Spuren grenzenloser Leiden aufweist. Eine Sache, die auf hundert Kilometer nach Wahnsinn stinkt. Das ist im Moment unser Geheimnis. Um es zu lüften, haben wir ein paar Stunden, hoffentlich noch ein bißchen länger. Danach werden sich die Medien darauf stürzen, dann erhitzen sich die Gemüter, und von allen Seiten wird Druck ausgeübt. Konzentrier dich. Laß dich auf diesen Alptraum ein. Gib dein Bestes. Auf die Weise werden wir das Gesicht des Bösen entlarven.«

Joisneau schien entsetzt. »Glauben Sie wirklich, daß wir in ein paar Stunden …«

»Willst du mit mir zusammenarbeiten oder nicht?« fiel ihm Niémans ins Wort. »Dann werde ich dir meine Sichtweise erklären. Wenn ein Mord geschieht, mußt du sämtliche Elemente in der Umgebung als Spiegel ansehen. Den Zustand des Toten, die Leute, die ihn kannten, den Tatort … Das alles spiegelt eine Wahrheit, einen bestimmten Aspekt des Verbrechens, verstehst du?« Er legte die Hand auf den Computer. »Dieser Bildschirm zum Beispiel. Wenn er eingeschaltet ist, spiegelt er den Alltag von Rémy Caillois, seine täglichen Beschäftigungen, wahrscheinlich seine Gedanken. Darin sind Details, Bilder enthalten, die uns interessieren könnten. Man muß sich darauf einlassen. Und die Rückseite des Spiegels betrachten.«

Er richtete sich auf und breitete die Arme aus.

»Wir sind in einem Eispalast, Joisneau«, fuhr er fort. »In einem Spiegelkabinett! Also schau genau hin. Sieh dir alles an. Denn irgendwo zwischen diesen Spiegeln, in einem toten Winkel, sitzt der Mörder.«

Joisneau starrte ihn mit offenem Mund an. »Für einen Mann der Praxis sind Sie aber ziemlich vergeistigt …« Der Kommissar schlug ihm leicht mit dem Handrücken gegen die Brust.

»Das ist keine Philosophie, Joisneau, das ist Praxis«, sagte er.

»Und Sie? Wen werden Sie vernehmen?«

»Zuerst unsere Zeugin, Fanny Ferreira. Und anschließend Sophie Caillois, die Frau des Opfers.« Er zwinkerte ihm zu. »Lauter Mädels, Joisneau. Praxis, wie gesagt!«

5

UNTER DEM TRÜBSELIGEN HIMMEL führte die asphaltierte Straße kreuz und quer über den Campus und verband die einzelnen Gebäude miteinander, graue Betonkästen mit blaugestrichenen, rostfleckigen Fensterrahmen. Niémans fuhr mit Schrittgeschwindigkeit – er hatte sich einen Plan des Universitätsgeländes besorgt und suchte die abseits gelegene Sporthalle. Er hatte sie bald gefunden: ein Gebäude aus Stahlbeton, das noch mehr wie ein Bunker wirkte. Niémans stieg aus und holte tief Luft. Es fiel ein feiner Nieselregen.

Er sah sich um und ließ den Blick über den Campus und die Institutsgebäude schweifen, die sich in ein paar hundert Meter Entfernung erstreckten. Auch seine Eltern hatten unterrichtet, allerdings als Lehrer an kleinen Gymnasien in der Vorstadt von Lyon. Er erinnerte sich kaum noch an seine Kindheit. Den Kokon der Familie hatte er schon sehr früh als Schwäche empfunden, als eine Lüge. Sehr früh hatte er geahnt, daß er zum Einzelkämpfer bestimmt war, und je eher er sich abnabelte, desto besser war es. Bereits im Alter von dreizehn hatte er den Wunsch geäußert, Internatsschüler zu werden. Man hatte nicht gewagt, ihm dieses freiwillige Exil zu verwehren, doch er erinnerte sich noch an das Schluchzen seiner Mutter hinter verschlossenen Türen: Es war ein Laut in seinem Kopf und gleichzeitig eine körperliche Empfindung, etwas Feuchtes und Warmes auf seiner Haut. Er hatte sich aus dem Staub gemacht.

Vier Jahre Internat. Vier Jahre Einsamkeit und Leibesertüchtigung parallel zum Unterricht. Damals hatten sich alle seine Hoffnungen auf ein einziges Ziel, einen einzigen Zeitpunkt gerichtet: die Armee. Mit siebzehn hatte sich Pierre Niémans nach einem brillanten Abitur der Musterung unterzogen und seine Aufnahme in die Offiziersschule beantragt. Als der Stabsarzt ihm verkündet hatte, er sei untauglich, und ihm den Grund seines Urteils erklärte, hatte Niémans begriffen. Seine Ängste waren so offenkundig, daß sie ihn verraten und seinen größten Wunsch vereitelt hatten. Sein Schicksal würde immer dieser lange Flur sein, ein enger Korridor ohne Fluchtweg, der Boden blutüberströmt, und am anderen Ende heulende Hunde in der Dunkelheit …

Andere Jugendliche hätten auf das Urteil der Psychiater gehört und die Waffen gestreckt. Nicht so Pierre Niémans. Jetzt erst recht, sagte er sich, nahm seine sportlichen Aktivitäten wieder auf, verdoppelte seine Wut und seine Entschlossenheit. Wenn er nicht Soldat werden durfte, würde er einen anderen Kampf aufnehmen: den Krieg der Straße, den anonymen Widerstand gegen das alltägliche Böse. Mit Leib und Seele wollte er sich einem Kampf verschreiben, der keinen Ruhm und keine Fahne für ihn bereithielt, doch den er bis zur letzten Konsequenz auf sich nehmen würde: Er würde Polizist werden. Dieses Ziel vor Augen, übte er monatelang, um die psychologischen Tests zu bestehen. Die Polizeischule von Cannes-Ecluse nahm ihn auf. Nun begann die Ära der Gewalt: die Schießübungen, seine außergewöhnlichen Ergebnisse. Niémans hörte nie auf, an sich zu arbeiten, immer besser und immer stärker zu sein. Er wurde ein herausragender Polizist. Zäh, gewalttätig, bösartig.

Er arbeitete zunächst auf verschiedenen Polizeirevieren, dann wurde er Eliteschütze in der Brigade, aus der später die BRI hervorging, eine Ermittlungs- und Eingreiftruppe. Die Sondereinsätze begannen. Er brachte seinen ersten Menschen um. In diesem Augenblick dachte er zum letzten Mal über den Fluch nach, der auf ihm lag, und schloß einen Pakt mit sich selbst. Nein, er würde nie ein herausragender Soldat, ein tapferer Offizier sein. Doch ein städtischer Krieger konnte er sein, rasend, verbissen, einer, der seine Ängste in der Gewalt und der Wut des Großstadtdschungels ertränkte.

Niémans atmete tief die kühle Gebirgsluft ein. Er dachte an seine Mutter, die vor Jahren gestorben war. Dachte an die Vergangenheit, die mit dem rasenden Gefälle eines Wildbachs an ihm vorbeigerauscht war, an seine Erinnerungen, die rissig geworden und schließlich verblaßt waren, verdrängt und vergessen.

Unversehens war er vor ihm: pechschwarz auf dem bläulichen Teer. Wie im Traum vernahm Niémans die trabenden kleinen Pfoten. Der Hund war gedrungen, ein einziges Muskelbündel, sein kurzes Fell schimmerte feucht, und seine Augen waren zwei schwarze Lackkugeln. Schwanzwedelnd trottete er auf ihn zu. Niémans erstarrte. Der Hund kam ihm bis auf ein paar Schritte nahe. Seine feuchte Schnauze bebte, dann fing er an zu knurren, und seine

Augen funkelten. Er hatte die Angst gewittert. Die Angst, die dieser Mensch ausschwitzte.

Niémans stand wie versteinert.

Sämtliche Gliedmaßen schienen gelähmt von einer unbekannten Kraft. Aus der oberen Körperhälfte sackte alles Blut nach unten, irgendwohin in den Bauch. Der Hund kläffte jetzt mit gefletschten Lefzen. Niémans kannte den Vorgang. Angst produziert Geruchsstoffe, die jeder Hund wahrnimmt und die bei ihm Furcht und Feindseligkeit auslösen. Angst erzeugt Angst. Aus der Kehle des Hundes drang ein scharfes Grollen, er knirschte mit den Zähnen. Niémans zog die Waffe.

»Clarissa! Clarissa! Komm her, Clarissa!«

Niémans erwachte aus seiner Eisesstarre. Durch einen roten Nebel erkannte er einen grauen Mann mit Rollkragenpullover, der mit raschen Schritten auf ihn zukam.

»Sind Sie wahnsinnig oder was?«

Niémans murmelte zwischen den Zähnen: »Polizei. Verschwinden Sie. Und nehmen Sie Ihren Köter mit.«

Der Mann war wie vom Donner gerührt.

»Jesus, ich kann's nicht fassen. Komm, Clarissa, komm mit, meine Alte …«

Herr und Hund trotteten davon. Niémans versuchte, Speichel zu schlucken. Seine Kehle war rauh, ausgedörrt wie ein heißer Ofen. Er schüttelte den Kopf, steckte den Revolver wieder ein und machte sich auf den Weg rund um das Gebäude. Als er um die erste Ecke bog, versuchte er sich zu erinnern: Wie lange war er nicht mehr bei seinem Psychiater gewesen?

Bereits bei der zweiten Ecke der Sporthalle entdeckte er die Frau. Fanny Ferreira kauerte vor einem offenen Tor auf dem Boden und war damit beschäftigt, die Unterseite eines roten Kajaks mit Sandpapier abzureiben. Damit also fährt die Frau Wasserfälle hinunter, dachte Niémans.

»Guten Morgen«, sagte er mit einer leichten Verbeugung.

Er hatte sein Selbstbewußtsein wiedergefunden, und seine Temperatur hatte sich normalisiert.

Fanny schaute auf. Sie wirkte kaum älter als zwanzig. Ihre Haut war matt und das Haar eine wilde Lockenmähne, die sich in winzigen Korkenziehern um die Schläfen kräuselte und in schweren Kaskaden auf die Schultern herabfiel. Ihr Gesicht war dunkel und samtig, ihre Augen jedoch von einer verstörenden, beinahe unanständigen Helligkeit.

»Ich bin Pierre Niémans, Hauptkommissar. Ich ermittle im Mordfall Rémy Caillois.«

»Pierre Niémans?« wiederholte sie ungläubig. »Das darf doch nicht wahr sein. Nicht zu fassen.«

»Wieso?« Mit einer Kopfbewegung deutete sie auf das kleine Radio, das neben ihr auf dem Boden stand.

»In den Nachrichten war gerade von Ihnen die Rede. Es heißt, Sie hätten heute nacht in Paris in der Nähe des Fußballstadions zwei Mörder verhaftet. Das ist schön. Es heißt aber auch, Sie hätten den einen total verunstaltet, und das ist eher übel. Besitzen Sie die Gabe der Allgegenwart oder was?«

»Ich bin einfach die ganze Nacht gefahren.«

»Und was tun Sie hier bei uns? Ist unsere Polizei etwa nicht gut genug?«

»Sagen wir, ich komme als Verstärkung.«

Fanny nahm ihre Arbeit wieder auf, befeuchtete die lange Fläche des Bootes und preßte mit beiden Händen das gefaltete Sandpapier darauf. Ihr Körper wirkte stämmig und kräftig; allerdings war sie nicht sehr elegant gekleidet – eine enganliegende Neoprenhose und darüber ein Matrosenhemd, hohe Schnürstiefel aus hellem Leder. Der verhängte Himmel tauchte die ganze Szene in ein sanft schillerndes Licht.

»Sie scheinen den Schock gut verkraftet zu haben«, sagte Niémans.

»Welchen Schock?«

»Na ja … die Entdeckung des …«

»Ich versuche, nicht daran zu denken.«

»Macht es Ihnen nichts aus, noch mal davon zu reden?«

»Deswegen sind Sie doch hier, oder?« Sie sah ihn nicht an. Unermüdlich fuhren ihre Hände über die Fläche des Bootes. Ihre Bewegungen waren schroff und ungestüm.

»Beschreiben Sie mir, wie Sie den Toten gefunden haben.«

»Ich fahre jedes Wochenende den Wildbach hinunter.« Sie deutete auf den umgedrehten Kajak. »Mit diesem Ding hier. Ich hatte gerade eine Fahrt hinter mir. In der Nähe des Campus ist eine Felswand, ein natürlicher Staudamm, der das Gefälle bremst, so daß man ohne Schwierigkeiten landen kann. Ich habe ihn entdeckt, als ich das Boot ans Ufer zog …«

»In der Wand?«

»Ja, in der Wand.«

»Das stimmt nicht. Ich war selber an der Stelle. Das Ufer ist dort so schmal, daß es unmöglich ist, in fünfzehn Metern Höhe irgend etwas an der Felswand *zufällig* zu entdecken …«

Fanny warf das Sandpapier in den Eimer, wischte sich die Hände ab und zündete eine Zigarette an. Diese belanglosen Gesten lösten bei Niémans ein jähes, intensives Verlangen aus.

Die junge Frau stieß eine bläuliche Rauchwolke aus.

»Die Leiche war sehr wohl in der Felswand. Aber dort habe ich sie nicht gesehen.«

»Sondern?«

»Im Wasser. Als Spiegelbild. Als blauen Fleck an der Oberfläche des Sees.«

Niémans entspannte sich. »Genau das hatte ich vermutet.«

»Ist das wichtig für Ihre Ermittlungen?«

»Nein. Aber ich hab' gern klare Verhältnisse.«

Niémans schwieg eine Weile, dann fragte er: »Klettern Sie?«

»Wie kommen Sie darauf?«

»Ich weiß es nicht. Aber hier in der Gegend … Außerdem wirken Sie sehr … sportlich.«

Sie drehte sich um, zu den Bergen über dem Tal, und breitete weit die Arme aus. Zum ersten Mal lächelte sie.

»Das ist mein Reich, Herr Kommissar! Vom Grand Pic de Belledonne zu den Grundes Rousses kenne ich alle diese Berge auswendig. Wenn ich nicht Wildbäche hinunterfahre, steige ich auf Gipfel.«

»Was meinen Sie – muß man klettern können, um die Leiche in der Felswand unterzubringen?«

Fannys Miene wurde wieder ernst, und sie musterte das glühende Ende ihrer Zigarette.

»Nein, nicht unbedingt. An der Stelle gibt es Stufen im Fels, eine

Art natürliche Treppe. Allerdings muß man verdammt stark und geschickt sein, um dieses Gewicht zu schleppen, ohne das Gleichgewicht zu verlieren.«

»Einer meiner Mitarbeiter hat vermutet, daß der Mörder auf der anderen Seite aufgestiegen ist, wo es weniger steil ist, und die Leiche dann abgeseilt hat.«

»Das wäre ein enormer Umweg.« Fanny zögerte kurz, dann fuhr sie fort: »Tatsächlich gibt es noch eine dritte Möglichkeit, die ganz einfach ist, vorausgesetzt, man versteht etwas von alpiner Seiltechnik.«

»Ich höre.«

Fanny Ferreira trat ihre Zigarette aus. »Kommen Sie mit«, befahl sie.

Sie betraten die Sporthalle. Im Halbdunkel sah Niémans übereinandergestapelte Matten, die rechtwinkligen Umrisse der Barren, Kletterseile, Recks.

»Das ist mein Reich«, sagte Fanny, während sie auf eine Ecke zusteuerte. »Im Sommer kommt kein Mensch hierher, und ich kann meine Sachen hier lagern.«

Sie zündete eine Sturmlampe an, die über einer Art Werkbank hing. Zahlreiche Geräte, Instrumente, Metallteile unterschiedlicher Form und Stärke lagen auf dem Tisch verstreut, silberblitzend oder schrill leuchtend. Fanny zündete sich eine weitere Zigarette an.

»Was ist das?« fragte Niémans.

»Karabiner, Klemmkeile, Felshaken, Sitzgurte – alpine Ausrüstung.«

»Und?«

Fanny stieß wieder den Rauch aus, und diesmal markierte sie einen wiederholten Schluckauf.

»Und, Herr Kommissar, ein Mörder, der eine Ausrüstung wie diese besitzt und sie zu benutzen versteht, wäre ohne weiteres imstande gewesen, die Leiche vom Ufer aus hinaufzuziehen.«

Niémans verschränkte die Arme und lehnte sich gegen die Wand. Fanny begann, mit ihrem Material zu hantieren, die Zigarette im Mundwinkel. Der Anblick dieser beiläufigen Gesten steigerte Niémans' Verlangen. Dieses Mädchen gefiel ihm ausnehmend gut.

»Ich sagte Ihnen bereits«, begann sie wieder, »daß die Felswand an dieser Stelle gestuft ist wie eine natürliche Treppe. Für jemanden, der klettern kann oder zumindest im Trekking erfahren ist, wäre es ein Kinderspiel, ein erstes Mal ohne Leiche hinaufzusteigen.«

»Und dann?«

Fanny griff nach einem neongrünen, seitlich offenen Gehäuse mit mehreren kleinen Bohrungen.

»Dann befestigt man zum Beispiel das hier im Felsen, oberhalb der Nische. Das ist ein Klemmkeil.«

»Im Felsen? Wie denn? Mit einem Hammer? Das dauert doch eine Ewigkeit, oder?«

»Aber nein, es gibt doch immer wieder Risse und Spalten im Stein. Ihre alpinistischen Kenntnisse grenzen offenbar an Null, Herr Kommissar«, erklärte sie durch gekräuselte Rauchschwaden. Sie nahm ein paar Haken mit Ösen vom Tisch. »Sie können auch solche Felshaken verwenden. In ein paar Sekunden lassen sich in jede beliebige Felswand mehrere Haken treiben. Daran befestigen Sie das Seil, und an diesem Flaschenzug können Sie einen Körper zu sich heraufziehen. Diese Technik benutzt man beispielsweise zur Bergung oder um an engen oder schwierigen Stellen Rucksäcke zu befördern.«

Niémans verzog skeptisch das Gesicht.

»Ich war zwar nicht oben, aber meiner Ansicht nach ist die Nische ziemlich eng. Ich kann mir nicht vorstellen, wie der Mörder es geschafft haben soll, zusammengekrümmt in dieser Felsspalte zu kauern, ohne zurücktreten zu können, um irgendwie die Hebelwirkung zu verbessern, und die Leiche also allein mit der Kraft seiner Arme heraufzuziehen. Das bringt uns wieder auf dasselbe Profil zurück: Er muß ein Koloß gewesen sein.«

»Wer sagt denn, daß man den Körper heraufziehen muß? Um sein Opfer in die Nische zu verfrachten, hätte der Mörder nur eines tun müssen: sich selbst als Gegengewicht einsetzen und sich auf der anderen Seite des Hakens abseilen. Damit wäre die Leiche ohne irgendeinen Kraftaufwand hinaufgezogen worden.«

Niémans begriff auf einmal die Technik und lächelte: Durchaus einleuchtend, dachte er.

»Aber dazu müßte der Mörder schwerer sein als der Tote, oder?«

»Oder gleich schwer. Denn Sie brauchen nur ins Leere zu springen – im Moment des Absprungs erhöhen Sie natürlich Ihr Gewicht. Ist der Körper dann oben, braucht Ihr Mörder nur noch einmal hinaufzuklettern, um sein Opfer in dieser theatralischen Positur zu arrangieren.«

Der Kommissar musterte noch einmal die Haken, Schrauben, Karabiner auf dem Tisch und dachte an das Werkzeug eines Einbrechers – allerdings von besonderer Art: eines Einbrechers, der nicht Panzertüren knackt, sondern Höhen und Schwerkräfte überwindet.

»Wie lange würde die ganze Aktion dauern?«

»Für jemanden wie mich weniger als zehn Minuten.«

Niémans nickte: Ein Täterprofil begann sich abzuzeichnen.

Sie verließen die Halle. Draußen brach die Sonne durch die Wolken und ließ die Gipfel in kristalliner Klarheit hervortreten.

»Sie sind Professorin an dieser Universität?« fragte Niémans.

»Für Geologie.«

»Und noch was?«

»Das ist ziemlich umfangreich. Ich lehre mehrere Fächer: Taxonomie der Gesteine, Plattenverschiebung, Glaziologie – also die Entstehung und Wirkung von Eis und Gletschern.«

»Sie sind ziemlich jung für eine Professorin, nicht?«

»Bei meiner Promotion war ich zwanzig und damals bereits Assistentin. Ich war die jüngste Habilitandin von ganz Frankreich. Heute bin ich fünfundzwanzig und ordentliche Professorin.«

»Eine echte Überfliegerin.«

»Genau. Eine Überfliegerin. Tochter und Enkelin emeritierter Professoren, die ebenfalls in Guernon lehrten.«

»Dann gehören Sie also dem Club an, wie?«

»Welchem Club?«

»Einer meiner Kollegen hat in Guernon studiert und mir erklärt, es gebe hier eine besondere Elite, bestehend aus den Professorenkindern ...«

Fanny schüttelte den Kopf und lächelte verschmitzt. »Ich würde eher sagen, es ist eine große Familie. Die Kinder, die Sie meinen, wachsen auf dem Campus auf, sie leben mit der Universität, mit der Kultur, der Bildung. Wenn sie dann gute Noten haben, ist das nur natürlich, nicht?«

»Aber gilt das auch für sportliche Leistungen?«

Sie hob die Brauen. »Das wird wahrscheinlich die gesunde Gebirgsluft sein.«

»Sie kannten Rémy Caillois sicher«, fuhr Niémans fort. »Wie war er?«

Fanny antwortete, ohne eine Sekunde nachzudenken. »Ein Einzelgänger. Zurückhaltend. Verschlossen, würde ich sogar sagen. Aber hervorragend. Sagenhaft gebildet. Hier ging das Gerücht, er habe sämtliche Bücher der Bibliothek gelesen.«

»Kann daran etwas Wahres sein?«

»Ich weiß nicht. Sicher ist, daß er die Bibliothek sehr genau kannte. Sie war seine Zuflucht, seine Höhle, sein Reich.«

»Auch er war sehr jung, nicht?«

»Er ist in dieser Bibliothek aufgewachsen. Schon sein Vater war Universitätsbibliothekar.«

Niémans ging ein paar Schritte. »Das wußte ich nicht«, sagte er. »Gehören die Caillois also auch zu Ihrer ›großen Familie‹?«

»Sicher nicht. Im Gegenteil, Rémy war uns eher feindlich gesinnt. Trotz seiner Bildung bekam er nie die Noten, mit denen er gerechnet hatte. Ich glaube ... na ja, ich nehme an, er war eifersüchtig auf uns.«

»Was war sein Fachgebiet?«

»Philosophie, glaube ich. Er war fast fertig mit seiner Dissertation.«

»Über welches Thema?«

»Keine Ahnung.«

Der Kommissar schwieg. Er betrachtete die zunehmend sonnenbeschienenen Berge, die wie leuchtende Riesen in den Himmel ragten.

»Sein Vater«, begann er nach einer Weile von neuem. »Lebt er noch?«

»Nein. Vor ein paar Jahren gestorben. Ein Kletterunfall.«

»Daran war nichts Verdächtiges?«

»Worauf wollen Sie denn hinaus? Er wurde von einer Lawine verschüttet. Auf der Grande Lance d'Allemont, im Jahr dreiundneunzig. Sie sind ein echter Bulle, wie?«

»Schauen Sie, da haben wir zwei kletternde Bibliothekare, Vater und Sohn, beide in den Bergen umgekommen, – die Übereinstimmung ist doch zumindest bemerkenswert, oder?«

»Nichts beweist, daß Rémy im Gebirge umgebracht wurde.«

»Das stimmt. Aber er ist am Samstag morgen zu einer Tour aufgebrochen. Kann sein, daß der Mörder ihn irgendwo in den Bergen überrascht hat. Vielleicht kannte er seine Strecke, und ...«

»Rémy war nicht der Typ, der sich an klassische Strecken hielt. Oder seine eigenen Touren anderen verraten hätte. Er war ein sehr ... verschwiegener Mensch.«

Niémans verbeugte sich.

»Vielen Dank, Mademoiselle. Die Abschlußformel kennen Sie ja: Falls Ihnen noch etwas einfallen sollte ... Unter einer dieser beiden Nummern können Sie mich immer erreichen.«

Niémans schrieb ihr die Nummern seines Mobiltelefons und des Zimmers auf, das ihm der Rektor zur Verfügung gestellt hatte – es war ihm lieber, in der Universität Quartier zu beziehen als in der Gendarmerie.

»Bis bald«, murmelte er.

Die junge Frau schaute nicht einmal auf. Erst als Niémans sich zum Gehen gewandt hatte, rief sie ihm nach: »Kann ich Sie was fragen?«

Mit ihren kristallklaren Augen sah sie ihn an, und Niémans empfand ein gewisses Unbehagen. Diese Augen waren zu hell. Wie aus Glas, aus Gebirgswasser, scharf wie Rauhreif.

»Sicher«, antwortete er.

»Vorhin im Radio hieß es ... Stimmt es, daß Sie zu der Truppe gehörten, die Jacques Mesrine getötet hat?«

»Das war in meiner Jugend. Aber es stimmt, ja.«

»Ich hab' mich gefragt ... Was empfindet man danach?«

»Nach was?«

»Nach so einer Sache?«

Niémans ging ein paar Schritte auf die junge Frau zu. Sie wich instinktiv zurück. Doch sie hielt den Blick unbeirrt auf ihn geheftet. Eine leichte Arroganz lag darin.

»Ich werde mich stets mit Vergnügen mit Ihnen unterhalten, Fanny. Aber darüber werden Sie mich niemals reden hören. Auch nicht über das, was ich an dem Tag verloren habe.«

Fanny schlug die Augen nieder. Gedämpft sagte sie: »Ich verstehe.«

»Nein, Sie verstehen nicht. Und das ist Ihre Chance.«

6

HINTER IHM RAUSCHTE UND PLÄTSCHERTE DER BACH, während Niémans, der sich in der Gendarmerie Bergstiefel ausgeliehen hatte, die recht bequeme natürliche Treppe in der Wand hinaufstieg. Auf der Höhe der Spalte angelangt, untersuchte er die schmale Öffnung, in der die Leiche gefunden worden war, und musterte aufmerksam den Felsen ringsum. Mit den Händen, durch Goretex-Handschuhe geschützt, suchte er nach den Spuren etwaiger Haken.

Nach Löchern im Stein, Ritzen, die als Stütze dienen konnten, um zwei Körper abzuseilen.

Ein eisiger Wind peitschte sein Gesicht, und Niémans genoß das kalte Prickeln. Trotz der Umstände hatte er, als er hierhergekommen war und vor dem kleinen Tümpel gestanden hatte, den intensiven Eindruck vollendeter Fülle empfunden. Vielleicht hatte sich der Mörder diese Stelle aus eben diesem Grund ausgesucht: Es war ein Ort der Ruhe, der Heiterkeit, ohne Störungen oder Mißhelligkeiten. Ein Ort, an dem das jadegrüne Wasser den gewalttätigen Geist besänftigte.

Der Kommissar fand nichts. Rund um die Nische setzte er seine Suche fort: keine Spur von Haken. Er stützte ein Knie auf den Rand und strich über die Innenwände des Hohlraums, bis seine Finger in der Mitte der Decke auf einmal eine Öffnung ertasteten, mit scharfen Rändern und eindeutig nicht natürlicher Ursache. Anerkennend dachte er an Fanny Ferreira. Sie hatte richtig vermutet: Offenbar hatte der Mörder, ausgerüstet mit Felshaken und Karabinern, die Leiche tatsächlich mit Hilfe seines eigenen Körpergewichts hier heraufgeschafft.

Er streckte den Arm aus, suchte weiter und entdeckte insgesamt drei Einschläge im Felsen, die tiefer waren, als er ertasten konnte, im Dreieck angeordnet. Der Tathergang wurde allmählich klarer: Rémy Caillois mußte bei seiner Wanderung überrascht worden sein. In diesen einsamen Höhen hatte ihn der Mörder gefesselt, gefoltert, verstümmelt und getötet und war dann mit der Leiche seines Opfers ins Tal zurückgekehrt. Wie? Niémans warf einen Blick nach unten, dorthin, wo der Wildbach sich zu einem spiegelglatten Tümpel staute. Auf dem Wasserweg. Wahrscheinlich war der Mörder mit einem Kajak oder ähnlichen Gefährt den Bach hinuntergefahren.

Aber wozu diese Mühe? Warum hatte er den Toten nicht einfach am Tatort liegengelassen?

Vorsichtig stieg Niémans wieder ab. Unten angelangt, zog er die Handschuhe aus, kehrte der Wand den Rücken und betrachtete die Felsnische in der ungetrübten Wasserfläche: Das Spiegelbild war so reglos wie ein Gemälde, und wieder empfand er dasselbe Gefühl – dieser Ort war ein Heiligtum. Eine Oase der Reinheit und des Friedens. Und vielleicht hatte der Mörder ihn aus diesem Grund ausgesucht. Eine Gewißheit besaß Niémans nun jedenfalls.

Sein Mörder war ein erfahrener Alpinist.

Niémans Wagen war mit einem VHF-Funkgerät ausgestattet, das er jedoch nie benutzte. Ebensowenig wie er vertrauliche Gespräche über sein Handy führte, das noch leichter abzuhören war. Stattdessen benutzte er seit einigen Jahren einen Pager, einen Empfänger für Funknachrichten, und wechselte häufig die Marken und Typen. Dieses System, das nur mit Hilfe eines Paßworts funktionierte, konnte niemand abhören. Den Trick hatte er von Pariser Drogendealern übernommen, die sofort begriffen hatten, wie diskret und zuverlässig solche Funknachrichten sind. Joisneau, Barnes und Vermont wußten seine Nummer samt Codewort. Als er in den Wagen stieg, nahm er das Gehäuse aus der Tasche und warf einen Blick auf das Display. Keine Nachricht.

Er fuhr los und kehrte zur Universität zurück.

Inzwischen war es elf Uhr vormittags; hin und wieder überquerte eine vereinzelte Gestalt die Grünfläche. Ein paar Studenten liefen die Bahn des Stadions entlang, das ein wenig abseits vom Betonkomplex der Institutsgebäude lag.

Niémans bog in eine Querstraße ein und fuhr wieder auf das Hauptgebäude zu. Der gewaltige Bunker erstreckte sich über sechshundert Meter Länge und war acht Stockwerke hoch. Er stellte den Wagen ab und warf einen Blick auf seinen Plan. Abgesehen von der Bibliothek beherbergte dieses Ungetüm die Vorlesungssäle für Medizin und Physik und eine Unmenge von Labors. Im obersten Stockwerk befanden sich die Wohnungen für die Studenten und Universitätsmitarbeiter, die auf dem Campus lebten. Mit rotem Filzstift hatte ihm der Portier die Nummer des Appartements von Rémy Caillois und seiner jungen Frau notiert.

Niémans ging an den Türen der Bibliothek gleich neben dem Haupteingang vorbei und stand in der Halle des Gebäudes: einem riesigen, ungeteilten Raum, der von weiten Glasfenstern erhellt wurde. Die Wände schmückten naive Fresken, die in der Morgensonne strahlten, und das gegenüberliegende Ende der Halle, mehrere hundert Meter entfernt, verlor sich in einer leuchtenden Staubigkeit. Die Dimensionen dieses Bauwerks waren eher stalinistisch – sehr verschieden von der Atmosphäre der Pariser Universitäten mit ihrem hellen Marmor und braunem Holz. So stellte es sich Niémans jedenfalls vor: Er hatte nie einen Fuß in eine Universität gesetzt, weder in Paris noch anderswo.

Er betrat eine Treppe mit freihängenden Granitstufen und Absätzen wie Haarnadelkurven, die einzelnen Läufe durch senkrechte Eisenstangen voneinander getrennt. Eine Phantasie des Architekten, im selben beängstigenden Stil wie der Rest. Von den Neonlampen brannte allenfalls die Hälfte, und auf seinem Weg nach oben durchquerte Niémans Bereiche völliger Dunkelheit, um in allzu grellem Licht wiederaufzutauchen.

Schließlich gelangte er in einen schmalen Flur, von dem viele kleine Türen abgingen, die Zimmer der Bewohner. Er tastete sich durch den finsteren Schlauch – hier hatten die Lampen allesamt den Geist aufgegeben – und suchte nach der Nummer 34, dem Appartement der Caillois.

Die Tür war nur angelehnt.

Mit zwei Fingern drückte Niémans die furnierte Sperrholzplatte auf.

Stille und trübes Halbdunkel empfingen ihn. Niémans stand in einem kleinen Vorzimmer, an dessen Ende ein Lichtstreifen, der durch eine halb geöffnete Tür fiel, einen engen Flur beleuchtete. In der relativen Helligkeit sah er, daß gerahmte Fotografien an den Wänden hingen: Schwarzweißfotos, die aus den dreißiger oder vierziger Jahren zu stammen schienen. Olympische Athleten, mitten in der Aktion festgehalten, schraubten sich in den Himmel oder durchpflügten die Erde in feierlichem Stolz. Die Mienen, die Körper, die ganze Haltung verbreiteten eine beunruhigende Perfektion, die Reinheit und Unmenschlichkeit von Statuen. Angesichts der Architektur dieser Universität stellte Niémans eine Übereinstimmung fest, die er nicht unbedingt erfreulich fand.

Unter diesen Fotos entdeckte er ein Porträt von Rémy Caillois. Er nahm es von der Wand, um es besser betrachten zu können. Das Mordopfer war ein gutaussehender junger Mann gewesen, mit kurzen Haaren, lächelnd, doch mit leicht verkniffener Miene. In seinen Augen funkelte ein auffallend wacher Blick.

»Wer sind Sie?«

Niémans wandte den Kopf. Im Türrahmen stand eine weibliche Gestalt, in einen Regenmantel gehüllt. Der Kommissar trat näher. Schon wieder ein Kind: Auch diese Frau konnte allenfalls fünfundzwanzig sein. Ihr halblanges blondes Haar umrahmte ein schmales, eingefallenes Gesicht, dessen Blässe die dunklen Ringe unter den Augen deutlich hervortreten ließ. Ihre Gesichtszüge waren kantig, aber fein geschnitten. Daß diese Frau schön war, offenbarte sich erst im nachhinein, wie der Nachhall eines ersten Eindrucks, der eher Unbehagen auslöste.

»Ich bin Hauptkommissar Pierre Niémans«, erklärte er.

»Und Sie kommen hier einfach herein, ohne zu läuten?«

»Tut mir leid, aber die Tür stand offen. Sind Sie die Ehefrau von Rémy Caillois?«

Statt einer Antwort riß ihm die Frau die Fotografie aus der Hand und hängte sie wieder an die Wand. Dann zog sie ihren Mantel aus und ging durch den Flur auf das dahinter liegende Zimmer zu. Niémans erhaschte einen flüchtigen Blick auf eine blasse, magere Brust im Ausschnitt eines abgetragenen Pullovers. Ein Schauder lief ihm über den Rücken.

»Kommen Sie herein«, sagte die Frau widerwillig.

Niémans betrat ein winziges Wohnzimmer, streng und karg möbliert und sehr ordentlich. An den Wänden hingen ein paar moderne Gemälde. Symmetrische Linien, beängstigende Farben, unverständliche Formen. Der Kommissar achtete nicht weiter darauf, denn im selben Moment fiel ihm auf, daß ein intensiver chemischer Geruch im Raum hing. Ein Geruch nach Kleister. Offensichtlich hatten die Caillois ihr Wohnzimmer erst vor kurzem neu tapeziert. Dieses Detail schnürte ihm die Kehle zu. Zum ersten Mal bedrückte ihn der Gedanke an die mit einem Schlag vernichtete Zukunft dieses Ehepaars, an die Asche des Glücks, die in der Trauer dieser Frau verglomm.

In gesetztem Ton begann er: »Madame, ich komme aus Paris. Der Untersuchungsrichter hat mich zur Verstärkung der Mannschaft, die den Tod Ihres Mannes untersucht, hierher beordert. Ich …«

»Haben Sie jetzt eine Spur?«

Der Kommissar beobachtete sie und verspürte auf einmal die Lust, einen Gegenstand an die Wand zu werfen, eine Scheibe zu zertrümmern, irgend etwas. Diese Frau war nicht nur starr vor Trauer, sondern auch vor Haß auf die Polizei.

»Im Moment haben wir noch nichts«, räumte er ein. »Ich habe jedoch die begründete Hoffnung, daß die Ermittlungen sehr bald …«

»Stellen Sie Ihre Fragen.«

Niémans setzte sich auf das Bettsofa gegenüber der Frau, die sich einen kleinen Stuhl aussuchte, so weit wie möglich von ihm entfernt. Um seine Fassung wiederzugewinnen, griff er nach einem Kissen, das er ein paar Sekunden lang knetete.

»Ich habe Ihre Aussage gelesen«, sagte er schließlich. »Ich wollte nur noch ein paar zusätzliche Informationen. Die Gegend hier ist bei Wanderern und Bergsteigern sehr beliebt, nicht wahr?«

»Glauben Sie etwa, daß Guernon viel zu bieten hat? Jeder hier wandert oder klettert.«

»Waren die Wege, die Ihr Mann ging, den anderen bekannt?«

»Nein. Er hat nie darüber gesprochen. Und er suchte sich immer Strecken, wo er niemandem begegnete.«

»Waren es einfache Bergwanderungen oder Klettertouren?«

»Beides. Am Samstag ging er zu Fuß los und wollte nicht höher als zweitausend Meter. Er hatte keine Kletterausrüstung dabei.«

Niémans wartete eine Weile, dann kam er zu seinem eigentlichen Anliegen: »Hatte Ihr Mann Feinde?«

»Nein.«

Der zweideutige Ton ihrer Antwort forderte ihn heraus, eine weitere Frage zu stellen, die ihn selbst verwunderte: »Hatte er Freunde?«

»Ebensowenig. Rémy war ein Eigenbrötler.«

»Wie war sein Verhältnis zu den Studenten, zu den Leuten, mit denen er in der Bibliothek zu tun hatte?«

»Seine Kontakte beschränkten sich auf die Bücherausgabe.«

»Sind Ihnen in letzter Zeit irgendwelche ungewöhnlichen Vorfälle untergekommen?«

Die Frau gab keine Antwort. Niémans ließ nicht locker: »War Ihr Mann etwa auffällig nervös oder angespannt?«

»Nein.«

»Erzählen Sie mir vom Tod seines Vaters.«

Sophie Caillois hob den Blick. Ihre Augen waren farblos und ohne Glanz, doch der Schwung ihrer Wimpern und Brauen schien ihm vollendet schön. Sie hob ein wenig die Schultern.

»Er ist bei einem Lawinenabgang umgekommen, im Jahr dreiundneunzig. Wir waren damals noch nicht verheiratet, und ich weiß nichts Genaues darüber. Rémy sprach nie davon. Worauf wollen Sie hinaus?«

Niémans gab keine Antwort, sondern musterte das kleine Zimmer mit seinen schnurgerade ausgerichteten Möbeln. Diese Art von Einrichtung kannte er nur zu gut. Und er spürte, daß er mit Sophie Caillois nicht allein hier war. Das Andenken des Toten war beinahe greifbar präsent, als schickte sich seine Seele jetzt erst zum Aufbruch, irgendwo in der Nähe, vielleicht im Nebenzimmer.

Der Kommissar wies auf die Bilder an den Wänden. »Hatte Ihr Mann gar keine Bücher hier?«

»Warum sollte er? Er war doch den ganzen Tag in der Bibliothek.«

»Arbeitete er dort an seiner Doktorarbeit?«

Die Frau nickte kurz. Niémans konnte den Blick nicht von diesem schönen, harten Gesicht wenden. Verblüfft stellte er fest, daß er in weniger als einer Stunde zwei derart schöne und derart gegensätzliche Frauen kennengelernt hatte.

»Worum ging es in seiner Dissertation?«

»Um die Olympischen Spiele.«

»Das ist aber nicht sehr intellektuell.«

Sophie Caillois setzte eine verächtliche Miene auf. »Er befaßte sich mit der Verbindung von Wettkampf und Heiligem. Von Leib und Geist. Er untersuchte den Mythos des ›athlon‹, des Archetypus der Antike, der durch schiere Körperkraft, durch die Überschreitung der physischen Grenzen die Fruchtbarkeit der Erde gewährleistete.«

»Verzeihung«, schnaubte Niémans, »aber von solchen philosophischen Fragen verstehe ich nichts ... Besteht hier ein Zusammenhang mit den Fotos, die in Ihrem Flur hängen?«

»Ja und nein. Das sind Standbilder aus den beiden Filmen von Leni Riefenstahl über die Olympischen Spiele von 1936 in Berlin.«

»Beeindruckende Bilder.«

»Rémy sagte, diese Spiele hätten erstmals wieder an den Geist der Spiele von Olympia angeknüpft, nämlich an die Einheit von Körper und Gedanke, von physischer Leistung und philosophischem Ausdruck.«

»Was in diesem speziellen Fall ja wohl die Ideologie der Nazis wäre.«

»Die Art und Weise, in der sich der Gedanke äußert, war meinem Mann völlig gleichgültig. Fasziniert war er allein von der Verschmelzung von physischer und psychischer Kraft, von Körper und Geist.«

Niémans begriff nichts und sah in ihren Reden nur den Ausdruck verschrobener Hirngespinste.

Mit einer jähen Bewegung beugte die Frau sich vor und fragte scharf: »Warum hat man Sie hergeschickt? Warum einen wie Sie?«

Er ignorierte ihre Aggressivität. Bei seinen Verhören wandte er immer dieselbe Taktik an, kalt und unmenschlich, beruhend auf Einschüchterung. Wenn man Polizist war – zumal ein Polizist mit seinem Aussehen –, war es sinnlos, auf Gefühle und billige Psychologie zu setzen. In autoritärem Ton fragte er: »Was war Ihrer Ansicht nach der Grund, weshalb jemand Ihrem Mann ans Leben wollte?«

»Sind Sie nicht ganz bei Trost?« gab sie zurück. »Haben Sie die Leiche nicht gesehen? Verstehen Sie nicht, daß der Mensch, der meinen Mann umgebracht hat, wahnsinnig ist? Daß Rémy einem Irren in die Hände gefallen ist? Einem Geistesgestörten, der sich an ihm ausgetobt hat, ihn geschlagen, gefoltert, verstümmelt hat, bis er tot war?«

Niémans holte tief Atem. Er dachte an den schweigsamen, vergeistigten Bibliothekar, an diese angriffslustige Frau. Ein Paar, das einem das Blut in den Adern gefrieren ließ. »Wie war Ihre Ehe?« fragte er.

»Was geht Sie das an?«

»Ich bitte Sie, mir zu antworten.«

»Bin ich etwa eine Verdächtige?«

»Nein, und das wissen Sie sehr gut. Antworten Sie bitte.«

Die junge Frau warf ihm einen abweisenden Blick zu. »Wollen Sie wissen, wie oft in der Woche wir gevögelt haben?«

Niémans spürte, wie sich in seinem Nacken die Haare sträubten. »Arbeiten Sie mit mir zusammen, Madame. Ich habe meine Arbeit zu tun.«

»Verpiß dich, beschissener Bulle.«

Ihre Zähne waren nicht sehr weiß, doch die Umrisse ihrer Lippen waren entzückend, anrührend. Niémans starrte auf diesen Mund, die steile Linie der Wangenknochen, die Augenbrauen, die aus der müden Blässe des Gesichts hervorleuchteten. Die Frische der Haut, die Farbe der Augen, alle diese Illusionen über Licht und Farben zählen wenig, dachte er. Schönheit ist eine Frage der Linie. Der Andeutung. Der unbestechlichen Reinheit. Er rührte sich nicht.

»Hauen Sie endlich ab!« kreischte die Frau.

»Eine letzte Frage. Ihr Mann hat sein ganzes Leben auf diesem Campus verbracht. Wann hat er seinen Militärdienst geleistet?«

Diese Frage brachte sie aus der Fassung. Sie erstarrte, dann schlang sie die Arme um ihren Körper, als verspürte sie auf einmal eine innere Kälte.

»Er war nicht beim Militär.«

»Untauglich?«

Sie bejahte mit gesenktem Kopf.

»Aus welchem Grund?«

»Was wollen Sie eigentlich?« fragte sie und sah ihn wieder an.

»Aus welchem Grund?«

»Psychiatrie.«

»Litt er unter geistigen Störungen?«

»Wo leben Sie denn? Heutzutage läßt sich jeder aus psychologischen Gründen ausmustern. Das heißt überhaupt nichts. Man blufft, redet irgendeinen Unsinn, und schon ist man untauglich.«

Niémans sagte dazu nichts, doch offensichtlich drückte seine ganze Haltung tiefe Mißbilligung aus. Die Frau schien auf einmal seinen Bürstenhaarschnitt, seine strenge Eleganz zu bemerken, und ihr Mund verzog sich zu einer Grimasse des Abscheus.

»Verdammte Scheiße, verschwinden Sie endlich.«

Er stand auf und murmelte: »Ich geh' schon. Aber eines sollen Sie wissen.«

»Was?« stieß sie hervor.

»Ob es Ihnen paßt oder nicht: Es sind Leute wie ich, die Mörder fangen. Es sind Leute wie ich, die Ihren Mann rächen können.«

Sekundenlang waren ihre Züge wie erstarrt, dann begann ihr Kinn zu zittern, und sie brach in Tränen aus. Niémans wandte sich ab.

»Ich finde ihn«, sagte er.

In der Tür hielt er inne, schlug mit der Faust auf den Rahmen und sagte über die Schulter hinweg: »Bei Gott, das schwöre ich: Der Hurensohn, der Ihren Mann umgebracht hat, entwischt mir nicht.«

Draußen vor dem Gebäude fiel ihn eine quecksilberne Helligkeit an. Schwarze Flecken tanzten vor seinen Augen, und Niémans schwankte ein wenig. Er zwang sich, ruhig bis zu seinem Wagen zu gehen, während die Schattenkreise vor seinem Blick sich nach und nach in Frauengesichter verwandelten. Fanny Ferreira, die Dunkle. Sophie Caillois, die Blonde. Zwei starke, intelligente, aggressive Frauen. Frauen, wie er sie wohl nie in den Armen halten würde.

Er trat heftig gegen einen vollen Papierkorb an einem Pfosten, dann warf er reflexartig einen Blick auf seinen Pager.

Das Display teilte ihm mit, daß der Gerichtsmediziner die Autopsie beendet hatte.

2. TEIL

7

IM MORGENGRAUEN DESSELBEN TAGES, zweihundertfünfzig Kilometer westlich von Guernon, beendete der Polizeileutnant Karim Abdouf die Lektüre einer kriminologischen Abhandlung über die Verwendung des sogenannten genetischen Fingerabdrucks zur Überführung des Täters in Vergewaltigungs- und Mordfällen. Das sechshundertseitige Mammutwerk hatte ihn praktisch die ganze Nacht wachgehalten. Er starrte auf die Leuchtziffern des Weckers, die Punkt sieben Uhr zeigten.

Karim seufzte, legte den Wälzer beiseite, stand auf und ging in die Küche, um sich schwarzen Tee zu kochen. Er kehrte in sein Wohnzimmer zurück – das ihm zugleich als Eß- und Schlafzimmer diente – und spähte durchs Fenster in die Dämmerung hinaus. Die Stirn ans Glas gelehnt, dachte er darüber nach, welche Aussichten er wohl hatte, in dem unerträglich trostlosen Kaff, in dem er festsaß, je eine DNA-Analyse bei einer Ermittlung verwenden zu können. Sie waren gleich null.

Er betrachtete die Straßenlaternen, die noch die grauen Schwingen der Nacht festhielten. Ein Knoten der Bitterkeit schnürte ihm die Kehle zu. Selbst auf dem Höhepunkt seiner kriminellen Laufbahn war es ihm stets gelungen, dem Gefängnis zu entgehen. Doch jetzt, mit neunundzwanzig, nachdem er Polizist geworden war, saß er in einem Gefängnis, das noch viel schlimmer war, einer kleinen Provinzstadt inmitten einer Steinwüste, erschlagen vor Langeweile. Ein Gefängnis ohne Mauern und Gitterstäbe. Eine psychologische Haft, die ihn auf kleiner Flamme mürbe kochte.

Karim fing an zu träumen. Er sah sich mit Hilfe von DNA-Analysen und spezialisierten Computerprogrammen Serienmörder dingfest machen, wie in den amerikanischen Filmen. Er stellte sich vor, wie er an der Spitze eines Teams von Wissenschaftlern die Gensequenzen von Verbrechern studierte. Wie es den Experten nach intensiver Forschung und anhand sorgfältiger Statistiken gelungen war, eine Anomalie in den Chromosomen zu entdecken, ein mutiertes Gen, und als die Ursache krimineller Triebe zu identifizieren. Vor einiger Zeit war tatsächlich die Rede davon gewesen, der statistische Zusammenhang zwischen einem zweifachen Y-Chromosom und aggressivem Verhalten mit kriminellen Neigungen lasse sich zur Überführung von Gewaltverbrechern einsetzen, doch diese Spur hatte sich bald als falsch herausgestellt. In Karims Traum jedoch wurde ein bislang unerkannter »Rechtschreibfehler« in der Buchstabenkombination des genetischen Codes gefunden. Und es war Karim selbst, der dank seiner unermüdlichen Verhaftungen diese bahnbrechende Entdeckung ermöglicht hatte. Bei der Vorstellung lief es ihm kalt über den Rücken.

Denn falls dieser Fehler tatsächlich existieren sollte, dann hatte er ihn auch in seinen eigenen Genen, soviel stand fest.

Das Wort »Waise« hatte für Karim nie eine Bedeutung gehabt. Einem Zustand, den man nie kennengelernt hat, kann man schwerlich nachtrauern, und der Maghrebiner hatte nie etwas erlebt, was auch nur entfernte Ähnlichkeit mit einem Familienleben gehabt hätte. Seine frühesten Erinnerungen waren ein kleines Stück Linoleumboden in einer Ecke und ein Schwarzweißfernseher im Heim in Nanterre, in der Rue Maurice-Thorez. Karim war in einem gesichtslosen Viertel ohne jede Anmut aufgewachsen, wo die letzten Gartenlauben zwischen Hochhäusern erstickten, während auf jedem Flecken Brachland nach und nach Wohnsilos hochgezogen wurden. Er erinnerte sich auch an seine Versteckspiele mit Bauarbeitern, hinter denen die Misere seiner frühen Kindheit allmählich verblaßte.

Karim war ein Kind, das man vergessen hatte. Oder gefunden – es kam auf den Blickwinkel an, aus dem man die Sache betrachtete. Seine Eltern hatte er jedenfalls nie kennengelernt, und an der Erziehung, die man ihm in der Folge hatte angedeihen lassen, hatte ihn nichts je an seine Wurzeln erinnert. Er sprach nicht sehr gut Arabisch, und vom Islam hatte er nur ein paar verschwommene Vorstellungen. Sehr bald hatte sich der halbwüchsige Junge von seinen Tutoren befreit – den Erziehern im Heim, deren Gutwilligkeit und Schlichtheit ihn zutiefst anwiderte – und sich der Stadt verschrieben.

Nun entdeckte er Nanterre, ein Areal ohne Ende, unterteilt durch breite Verkehrsadern, durchsetzt mit gigantischen Wohnblocks, Fabriken, Bürogebäuden, die Straßen bevölkert von bedrückten, heruntergekommenen Gestalten, die schmutzige Lumpen trugen und sich von der Zukunft nichts erwarteten. Doch das Elend bestürzte nur die Reichen. Und Karim nahm die Armut nicht wahr, die in dieser Stadt alles durchtränkte, vom Müll auf den Gassen bis hin zu den zerklüfteten Gesichtern der Menschen.

Statt dessen bewahrte er sich eine warme Erinnerung an seine Jugend. Es war die Zeit der Punks, der No-Future-Generation. Dreizehn Jahre war er alt. Die ersten Kumpel. Die ersten Mädchen. Paradoxerweise fand Karim in der Einsamkeit und den Qualen der Pubertät durchaus Gründe, um zu lieben und zu teilen. Nach der Kindheit im Heim war die Zeit des jugendlichen Unbehagens für ihn wie eine zweite Chance zur Begegnung, eine Zeit, in der er auf andere zugehen, sich einer Außenwelt öffnen konnte. Noch jetzt erinnerte sich Karim mit kristallklarer Deutlichkeit an diese Jahre. Die langen Stunden in den Kneipen, wenn man sich um die Flipperautomaten drängelte und mit den Kumpeln lachte. Die endlosen Träumereien mit klopfendem Herzen nach dem Anblick irgendeines Mädchens auf den Stufen vor der Schule.

Doch die Vorstadt spielte auch mit verdeckten Karten. Daß Nanterre trostlos und ohne Ausweg war, hatte Abdouf schon immer gewußt. Irgendwann stellte er fest, daß die Stadt auch grausam und tödlich war.

Eines Freitagabends war in der Cafeteria des Schwimmbads, die damals bis spät nachts geöffnet hatte, eine Bande aufgetaucht. Ohne ein Wort zerschmetterten sie dem Wirt mit Fußtritten und Bierflaschen das Gesicht. Irgendeine alte Geschichte – eine nicht bezahlte Zeche, ein Lokalverbot, man wußte es nicht mehr. Niemand rührte einen Finger. Aber die halberstickten Schreie des Wirts hinter der Theke prägten sich Karims Nerven unauslöschlich ein. An diesem Abend erklärte man ihm einiges. Namen, Orte, Gerüchte. Der Araber warf einen Blick in eine andere Welt, von deren Existenz er nichts geahnt hatte. Eine Welt, die von unmenschlich brutalen Wesen bevölkert war. Er erfuhr von unbetretbaren Vierteln, Kellern, in denen gemordet wurde. An einem anderen Abend, kurz vor einem

Konzert in der Rue de l'Ancienne Mairie, artete eine Schlägerei zu einem Massaker aus. Wieder prallten verfeindete Banden aufeinander, und Karim sah Kerle mit aufgeplatzten Gesichtern sich auf dem Asphalt wälzen und Mädchen mit blutverschmierten Haaren unter geparkten Autos Schutz suchen.

Er wuchs heran und erkannte seine Stadt nicht wieder. Eine Springflut erhob sich. Voller Bewunderung sprach man von Victor, einem Afrikaner aus Kamerun, der sich auf den Dächern der Wohnblocks Opium spritzte. Von Marcel, einem Taugenichts mit blatternarbigem Gesicht, der sich einen blauen Schönheitsfleck auf die Stirn hatte tätowieren lassen wie eine Inderin und mehrmals wegen tätlicher Angriffe gegen die Polizei verurteilt worden war. Von Jamel und Saïd, die eine Sparkasse ausgeraubt hatten. Karim sah diese Typen manchmal vor dem Tor der Schule und war beeindruckt von ihrem Hochmut, ihrem souveränen Auftreten. Das waren weiß Gott keine Vorstadtspießer, keine gewöhnlichen, ungebildeten, ordinären Wesen, sondern elegante Burschen, die Klasse hatten, einen wilden Blick und sorgfältig einstudierte Gesten.

Er wählte sein Lager. Zuerst stahl er Autoradios, dann Wagen, und bald hatte er es zu finanzieller Unabhängigkeit gebracht. Er freundete sich mit dem opiumsüchtigen Schwarzen an, den »Einbrecherbrüdern« und vor allem mit Marcel, einem unsteten Burschen, brutal und angsteinflößend, der sich von morgens bis abends zudröhnte und das Vorstadtmilieu mit einem distanzierten Blick betrachtete, der Karim faszinierte. Marcel, der kurzgeschoren und wasserstoffblond war, trug Pelzwesten und hörte die Ungarischen Rhapsodien von Liszt, lebte in besetzten Häusern und las Blaise Cendrars. Nanterre nannte er »den Kraken« und dachte sich, wie Karim wohl wußte, ein ganzes Geflecht von Ausreden und Analysen aus, um seinen unausweichlichen Niedergang zu rechtfertigen. Paradoxerweise war es Marcel, dieses Produkt der Trabantensiedlungen, der Karim zeigte, daß es noch ein anderes Leben außerhalb der Vorstadt gab.

Und Karim nahm sich fest vor, sich herauszuarbeiten.

Während er eifrig stahl, verdoppelte er seinen schulischen Eifer, was keiner begreifen konnte. Er lernte Thai-Boxen, um sich vor anderen und vor sich selbst zu schützen, denn manchmal packten ihn

Anfälle blinder Wut, die bestürzend und unkontrollierbar waren. Sein Leben war inzwischen ein Balanceakt, ein schmaler Grat, auf dem er sich im Gleichgewicht hielt. Rings um ihn versank alles im schwarzen Schlamm des Verbrechens und der Drogen. Karim war siebzehn, und die Einsamkeit hatte ihn wieder. Wenn er die Halle des Jugendzentrums betrat oder in der Cafeteria der Schule neben den Flipperautomaten seinen Kaffee trank, trat ringsum Schweigen ein. Niemand wagte ihn zu belästigen, denn zu dem Zeitpunkt hatte er sich bereits für die Regionalmeisterschaften im Thai-Boxen qualifiziert, und jeder wußte, daß Karim Abdouf ohne weiteres fähig war, mit einem Fußtritt Nasenbeine zu brechen, ohne dazu die Hände vom Tresen zu nehmen. Auch von anderen Geschichten wurde gemunkelt, von Einbrüchen, Deals, unerhörten Schlägereien ...

Die meisten dieser Gerüchte waren falsch, doch sie sorgten dafür, daß Karim weitgehend in Ruhe gelassen wurde. Der Gymnasiast machte sein Abitur und brachte es auf einen sehr guten Notendurchschnitt, was ihm den Glückwunsch des Schuldirektors eintrug. Bei der Gelegenheit stellte er überrascht fest, daß sogar dieser autoritäre Mann Angst vor ihm hatte. Karim schrieb sich an der juristischen Fakultät ein, nach wie vor in Nanterre. In dieser Phase stahl er monatlich zwei Autos. Er verfügte über mehrere Vertriebswege, die er ständig wechselte. Vermutlich war er der einzige Nordafrikaner des Viertels, der noch nie verhaftet, ja nicht einmal von der Polizei belästigt worden war. Und noch nie hatte er mit Drogen experimentiert, auch nicht mit vergleichsweise harmlosen.

Mit einundzwanzig Jahren legte er sein Jura-Examen ab. Aber was dann? Einen jungen Araber von einem Meter fünfundachtzig, dürr wie ein Zaunpfahl, mit Spitzbart, Rastalocken und mehreren Ohrringen würde kein Anwalt je einstellen – nicht einmal als Laufburschen, geschweige denn als Referendar. So oder so würde er zwangsläufig auf die Arbeitslosigkeit zusteuern und somit wieder am Ausgangspunkt stehen. Dann lieber tot. Weiterhin als Autodieb arbeiten? Diese heimlichen Stunden der Nacht, die stillen Parkplätze, die Adrenalinstöße, die ihn überschwemmten, wenn er das Sicherheitssystem eines BMWs lahmlegte, liebte er mehr als alles andere. Er wußte, daß er auf diese Schattenexistenz, gewebt aus

Gefahr und Geheimnis, niemals verzichten konnte. Doch ebensogut wußte er, daß ihn sein Glück früher oder später im Stich lassen würde.

Dann hatte er eine Erleuchtung: Polizist wollte er werden. Als Polizist konnte er sich in derselben Schattenwelt bewegen, jedoch im Schutz der Gesetze, von denen er nichts hielt, im Dienst eines Landes, das er aus voller Überzeugung verachtete. Eine Lektion hatte Karim in seinen Jugendjahren gelernt: Er hatte keine Wurzeln, keine Heimat, keine Familie. Seine Gesetze schrieb er sich selbst, und sein Land war sein eigener Lebensraum.

Nach der Entlassung aus der Armee schrieb er sich an der Schule für den höheren Polizeidienst von Cannes-Ecluse ein und bezog die Kaserne: Zum ersten Mal in seinem Leben hatte er sein Revier Nanterre verlassen. Seine Leistungen waren von Anfang an außergewöhnlich. Seine intellektuellen Fähigkeiten lagen weit über dem Durchschnitt, und vor allem konnte er sich wie kein anderer in das Verhalten der Verbrecher einfühlen, kannte die Gesetze der Banden und der Szene. Außerdem wurde er ein hervorragender Schütze, und den Kampf mit bloßen Händen beherrschte er immer besser. Er wurde Meister in der Kunst des Te – der Quintessenz des Nahkampfs, einer Kombination aus den gefährlichsten Praktiken innerhalb der verschiedenen Kampfsportarten und der Zweikampftechniken jeglicher Art. Unter den Polizeischülern war er instinktiv verhaßt. Er war Araber. Er war stolz. Er verstand zu kämpfen und drückte sich besser aus als die meisten seiner Kollegen, die eher halbherzig bei der Sache waren und sich zur Polizei nur gemeldet hatten, um der Arbeitslosigkeit zu entgehen.

Ein Jahr später schloß Karim seine Ausbildung mit einer Reihe von Praktikumsaufenthalten in mehreren Pariser Polizeikommissariaten ab. Immer noch im selben Gebiet, im selben Elend, diesmal jedoch in Paris. In einer winzigen Bude im Viertel Abbesse bezog der angehende Polizist Quartier. Undeutlich ahnte er, daß er gerettet war.

Doch er hatte die Brücken zu seiner Vergangenheit nicht abgebrochen. In regelmäßigen Abständen kehrte er nach Nanterre zurück und informierte sich über die jüngsten Entwicklungen. Die Katastrophe war im Anzug. Victor war auf dem Dach eines achtzehnstöckigen Wohnhauses gefunden worden, zusammengekauert wie ein Anachoret in der Wüste, im Hodensack steckte noch die Spritze. Überdosis. Hassan, ein kabylischer Schläger und blonder Koloß, war an einem Kopfschuß durch ein Jagdgewehr krepiert. Die »Einbrecherbrüder« saßen im Gefängnis Fleury-Mérogis. Und Marcel war endgültig dem Heroin verfallen.

Karim mußte miterleben, wie es mit seinen Freunden nach und nach zu Ende ging, und sah mit Entsetzen die letzte Springflut heranrollen: Aids beschleunigte den Verwüstungsprozeß. Die Krankenhäuser, die früher mit verbrauchten Arbeitern und bettlägerigen Greisen belegt gewesen waren, füllten sich jetzt mit Todgeweihten, die noch halbe Kinder waren, das Zahnfleisch schwarz, die Haut übersät von Geschwüren, die inneren Organe zerfressen. Die meisten seiner einstigen Kumpel sah er auf diese Weise zugrunde gehen. Sah, wie die Seuche an Macht gewann, sich ausbreitete und mit Hepatitis C verband, wie sie die Reihen seiner Generation dezimierte. Karim zog sich schaudernd zurück. Seine Stadt lag im Sterben.

Im Juni 1992 erhielt er sein Abschlußzeugnis. Mit den Glückwünschen der Prüfungskommission, Spießern mit Siegelring, die in ihm nur Mitleid und Verachtung weckten. Trotzdem – das Ereignis mußte gefeiert werden. Karim kaufte Champagner und fuhr nach Fontenelles, wo Marcel wohnte. Noch jetzt erinnerte er sich in allen Einzelheiten an diesen Spätnachmittag. Er hatte an der Tür geläutet. Keine Reaktion. Er hatte die Kinder unten vor dem Haus gefragt, dann hatte er Wohnblocks, Fußballplätze, Altpapierdeponien abgesucht ... Ohne Erfolg. Bis in den Abend hinein lief er von einem Ort zum anderen, aber immer vergeblich. Um zweiundzwanzig Uhr suchte er die virologische Abteilung der Klinik von Nanterre auf: Marcel war seit zwei Jahren seropositiv. Er lief durch Ätherdünste, vorbei an ausgemergelten Gesichtern, und befragte die Ärzte. Er sah den Tod bei der Arbeit, erlebte die grausamen Verwüstungen, die der weitere Verlauf der Infektion anrichtet.

Doch Marcel fand er nicht.

Fünf Tage später erfuhr er, daß man die Leiche seines Freundes in einem Keller gefunden hatte, die Hände verbrannt, das Gesicht zerschnitten, die Fingernägel durchbohrt. Marcel war zu Tode gefoltert worden, ehe ihm ein Gewehrschuß in die Kehle endgültig den Garaus gemacht hatte. Karim war über die Nachricht nicht eigentlich überrascht. Sein Freund konsumierte zuviel und streckte die Portionen, die er verkaufte. Aus seinem Drogenhandel war ein Wettlauf mit dem Tod geworden. Wie es der Zufall wollte, erhielt Karim am selben Tag seinen Inspektorenausweis, mit Trikolore. In diesem Zusammentreffen sah er ein Zeichen. Er zog sich wieder in den Hintergrund zurück und lächelte beim Gedanken an Marcels Mörder. Die Schweine konnten nicht ahnen, daß Marcel einen Bullen zum Freund hatte. Ebensowenig wie sie ahnen konnten, daß dieser Bulle keinen Augenblick zögern würde, sie umzulegen – im Namen einer Vergangenheit, die endgültig vorbei war, und in der tiefen Überzeugung, daß das Leben nicht derart widerwärtig sein konnte – zum Teufel, nein.

Karim machte sich auf die Suche.

Innerhalb weniger Tage hatte er die Namen der Mörder. Ein paar Stunden vor dem geschätzten Todeszeitpunkt waren sie zusammen mit Marcel gesehen worden. Thierry Kalder, Eric Masuro, Antonio Donato. Karim war enttäuscht: Diese drei waren kleine Fische, Junkies, die wahrscheinlich aus Marcel herausprügeln wollten, wo er seinen Stoff versteckte. Karim stellte genauere Erkundigungen an und erfuhr, daß weder Kalder noch Masuro die Folterer gewesen sein konnten. Sie waren nicht durchgeknallt genug. Also blieb nur noch Donato übrig, der ohnehin einschlägig bekannt war: Erpressung und Gewalt gegen Kinder, Zuhälterei mit Minderjährigen, rettungslos süchtig.

Ihn zu opfern, fand Karim, war genug der Rache.

Er mußte allerdings schnell handeln: Die Polizisten von Nanterre, die ihm diese Auskünfte erteilt hatten, waren ebenfalls hinter den dreien her. Karim machte sich auf den Weg. Er war aus Nanterre, er kannte die Szene, er sprach dieselbe Sprache wie die Jungs von der Straße. Innerhalb eines Tages hatte er die drei Junkies ausfindig gemacht. Sie hausten in einem heruntergekommenen Wohnhaus in der Nähe der Autobahnbrücke bei der Ausfahrt Nanterre-Université. Ein Haus, das unter den Erschütterungen und dem Lärm der Lastwagen, die wenige Meter vor den Fenstern vorbeidonnerten, auf seinen endgültigen Zerfall wartete.

Zu Mittag betrat er die Ruine, ohne das Getöse der Autobahn, die sengende Junihitze wahrzunehmen. Kinder spielten im Staub. Sie hielten inne, als sie den großen Burschen mit den Rastahaaren erblickten, der in das verwahrloste Haus eindrang, und starrten ihm nach.

Karim durchquerte den Flur mit den aufgebrochenen Briefkästen, rannte die Treppen hinauf und hörte durch den Autolärm die charakteristischen Rhythmen von Rap-Musik. Er lächelte, als er *A Tribe Called Quest* erkannte, eine CD, die er selbst schon seit ein paar Monaten hörte. Er trat die Tür ein und sagte nichts weiter als »Polizei«. Ein Schwall Adrenalin strömte durch seinen Körper. Es war das erste Mal, daß er ohne Furcht Polizist spielte. Die drei Burschen waren starr vor Schreck. Die Wohnung war übersät von Schutt, die inneren Wände waren eingerissen, Rohre lagen herum und ragten aus den Mauern, auf einer ausgeweideten Matratze thronte ein Fernseher. Ein Sony-Modell, der letzte Schrei, wahrscheinlich in der Nacht zuvor abgestaubt. Auf dem Bildschirm führte ein Pornofilm seine bleichen Fleischmassen vor. In einer Ecke dröhnte der Ghettoblaster und ließ Gipsstaub von der Decke rieseln.

Karim spürte, wie er aus seinem Körper heraustrat und durch den Raum schwebte. Aus dem Augenwinkel nahm er am anderen Ende des Zimmers durcheinandergeworfene Autoradios wahr, sah einen umgestülpten Karton mit aufgerissenen Heroinpäckchen darauf, sah eine Pumpgun zwischen Munitionsschachteln. Donato hatte er sofort im Blick, er erkannte ihn nach dem anthropometrischen Foto, das er in der Tasche hatte: ein helläugiges bleiches Gesicht, aus dem die Knochen hervorstanden, übersät von Narben. Dann die beiden anderen, die sich krümmten vor Anstrengung, aus ihren chemischen Träumen aufzutauchen. Karim hatte seine Waffe noch nicht gezogen.

»Kalder, Masuro, ihr verschwindet.«

Die beiden Männer zuckten zusammen, als sie ihre Namen hörten. Sie zögerten, warfen einander einen trüben Blick zu, dann schlurften sie zur Tür. Donato blieb, bebend wie ein Insektenflügel. Auf einmal tat er einen Satz und stürzte sich auf das Gewehr. In dem Moment, als er den Kolben packte, trat ihm Karim – in eisenverstärkten Doc Martens – mit der Ferse auf die Hand und mit dem anderen Fuß ins Gesicht. Das Schultergelenk knackte, Donato stieß einen heiseren Schrei aus. Karim riß den Mann hoch und stieß ihn mit dem Rücken gegen eine alte Matratze.

Der dumpfe Rhythmus von *A Tribe Called Quest* stampfte weiter.

Karim zog seine Automatik, die er links im Holster trug, und steckte seine bewaffnete Hand in eine Tüte aus durchsichtigem Plastik, einem speziellen Polymer, unbrennbar, die er mitgebracht hatte. Er legte den Finger auf den Abzug. Der Kerl starrte ihn an.

»Was … verdammt … was hast du vor?«

Karim lud durch und lächelte.

»Die Hülsen, Bursche. Hast du das nie im Fernsehen gesehen? Es ist sehr wichtig, keine Hülsen herumliegen zu lassen …«

»Was willst du? Bist du ein Bulle? Bist du wirklich ein Bulle?« Karim wiegte sich im Takt der Musik. Schließlich sagte er: »Ich komme im Namen von Marcel.«

»Von wem?«

Er sah die Verständnislosigkeit in den Augen des Kerls. Erkannte, daß der Italiener sich an den Mann, den er zu Tode gefoltert hatte, tatsächlich nicht erinnerte. Daß Marcel im Gedächtnis dieses Heroinsüchtigen nicht existierte, nie existiert hatte.

»Bitte ihn um Verzeihung.«

»Wa… was?«

Das Sonnenlicht rann über Donatos schweißglänzendes Gesicht.

Karim richtete die plastikverhüllte Waffe auf ihn.

»Bitte Marcel um Verzeihung!« schnauzte er.

Der Mann begriff, daß er sterben würde, und heulte: »Entschuldigung! Entschuldigung, Marcel! Gottverdammte Scheiße! Ich bitte dich um Verzeihung, Marcel! Ich …«

Karim schoß ihm zweimal ins Gesicht. Er klaubte die Kugeln aus den Fasern der Matratze, steckte die heißen Patronenhülsen in die Tasche und ging ohne einen Blick zurück.

Er ahnte, daß die beiden anderen Kerle mit Verstärkung wiederkommen würden, und wartete ein paar Minuten in der Eingangshalle. Dann sah er Kalder und Masuro in Begleitung von drei weiteren Zombies im Sturmschritt auftauchen. Durch die eingeschlagene Tür stürzten sie ins Haus, aber ehe sie sich versahen, hatte Karim sich vor ihnen aufgebaut und stieß Kalder gegen die Briefkästen. Er hielt ihm seine Waffe unter die Nase und brüllte: »Wenn du redest, bist du tot. Wenn du mich suchst, bist du tot. Wenn du mich umbringst, kriegst du lebenslänglich. Ich bin Bulle, du Arschwichser! Bulle, kapierst du das?«

Er schleuderte den Mann zu Boden und trat hinaus in die Sonne, unter seinen Sohlen knirschten Glasscherben.

So verabschiedete sich Karim von Nanterre, der Stadt, die ihm alles beigebracht hatte.

Ein paar Wochen später rief Abdouf im Kommissariat an der Place de la Boule an, um sich nach dem Stand der Ermittlungen zu erkundigen. Man teilte ihm mit, was er ohnehin wußte: Donato sei umgebracht worden, höchstwahrscheinlich mit zwei Kugeln Kaliber 9 Millimeter Parabellum, doch man habe weder die Kugeln noch die Hülsen gefunden, und die beiden Komparsen seien verschwunden. Der Fall war abgeschlossen. Für die Polizei. Für Karim.

Der Araber hatte seine Aufnahme in die BRI am Quai des Orfèvres beantragt, eine Truppe, die auf Beschattungen, Verbrechen auf frischer Tat und Sturmangriffe spezialisiert war. Doch er wurde abgelehnt. Man schlug ihm statt dessen die Sechste Division vor, zuständig für Terrorismusbekämpfung und die Unterwanderung militanter islamischer Vereinigungen in den Unruheherden der Vorstädte. Polizisten nordafrikanischer Herkunft waren zu selten, als daß man sich diese Chance entgehen lassen wollte. Er lehnte ab: Als Spitzel zu arbeiten kam nicht in Frage, nicht einmal im Fall fanatischer Mörder. Karim wollte das Reich der Nacht durchstreifen, Killer aufspüren, sie auf ihrem eigenen Gebiet stellen, sich in dieser Gegenwelt bewegen, der er selbst angehörte. Seine Weigerung kam nicht gut an. Ein paar Monate später wurde Karim Abdouf, Absolvent der Polizeischule von Cannes-Ecluse im Rang eines Leutnants, unerkannter Mörder eines Drogenhändlers, nach Sarzac im Departement Lot versetzt.

Lot. Eine Gegend, in der die Züge nicht mehr hielten. Eine Gegend, in der in den Straßenbiegungen Geisterstädte auftauchten wie versteinerte Blumen. Ein Land der Höhlen, wo selbst der Tourismus sich an Troglodyten richtete: Schluchten, Abgründe, Felsmalereien … Für Karims Identität war diese Gegend eine Beleidigung. Er war ein *beur*, ein Nordafrikaner, und ein Mann der Straße, und nichts konnte ihm ferner liegen als dieses elende Provinznest.

Eine erbärmliche Alltagsroutine begann für ihn, eine endlose Reihe sterbenslangweiliger Tage, bestehend aus lächerlichen Aufgaben: Verkehrsunfälle aufnehmen, im Gewerbegebiet einen Ladendieb verhaften, Autobahnvignetten kontrollieren …

Karim fing an, in seinen Träumen zu leben. Er besorgte sich die Biographien herausragender Polizisten. Kaum hatte er Zeit, besuchte er die Bibliotheken von Figeac und Cahors, um die Presseberichte über aufsehenerregende Kriminalfälle zu verfolgen, alles, was ihn an seinen eigentlichen Beruf erinnerte. Er las sogar Krimis, besorgte sich die Memoiren berühmter Gangster, hatte Fachzeitschriften der Polizei abonniert, außerdem Publikationen aller Art über Waffen, Ballistik, neue Technologien. Eine ganze Welt aus Papier hatte er sich zurechtgelegt, in die er nach und nach eintauchte.

Er lebte allein, schlief allein, arbeitete allein. Im Kommissariat, sicher einem der kleinsten in ganz Frankreich, wurde er gleichermaßen gehaßt und gefürchtet. Wegen seiner Frisur nannten ihn seine Kollegen »Kleopatra«. Man hielt ihn für einen Fundamentalisten, weil er keinen Alkohol trank. Man unterstellte ihm merkwürdige Praktiken, weil er sich bei nächtlichen Streifen stets weigerte, den obligatorischen Abstecher zu Sylvie mitzumachen. Eingemauert in seine Einsamkeit, zählte Karim die Tage, die Stunden, die Sekunden und brachte es fertig, ein ganzes Wochenende hindurch kein einziges Wort zu sprechen.

An diesem Montagmorgen hatte er wieder eine seiner Schweigekuren hinter sich, die er fast ausschließlich in seiner winzigen Wohnung verbrachte, bis auf die Trainingsstunden im Wald, während deren er unermüdlich die tödlichen Gesten und Bewegungen des Te übte, ehe er etliche Magazine in hundertjährige Bäume verfeuerte.

Es läutete an der Tür. Reflexartig schaute Karim auf die Uhr: 7.45. Er machte auf.

Es war Sélier, der Nachtdienst gehabt hatte. Er trug eine grünliche Miene zur Schau, eine Mischung zwischen Besorgnis und Schläfrigkeit. Karim bot ihm keinen Tee an. Nicht einmal einen Stuhl. Er fragte nur: »Was gibt's?«

Der Mann öffnete den Mund, doch er sagte nichts. Schweißtropfen rannen ihm unter der Mütze zwischen den Haaren hervor. Schließlich stammelte er: »Es ist ... die Schule. Die kleine Schule.«

»Was ist damit?«

»Die Ecole Jean-Jaurès. Es wurde eingebrochen ... Heute nacht.«

Karim lächelte. Die Woche fing rasant an. Wahrscheinlich hatten Halbstarke aus dem Nachbarort aus schierer Lust, den Leuten auf den Wecker zu gehen, eine Grundschule verwüstet.

»Ein Riesenchaos, nehme ich an?« fragte Karim, während er sich anzog.

Der uniformierte Polizist verzog das Gesicht beim Anblick dieser Kleider: Sweatshirt, Jeans, eine Joggingjacke mit Kapuze und darüber eine braune Lederjacke, Modell Müllmann aus den fünfziger Jahren.

»Eben nicht«, antwortete er. »Das waren Profis ...«

Karim schnürte seine Stiefel zu.

»Profis? Was soll das heißen?«

»Daß es kein Jungenstreich war ... Sie sind mit Dietrichen in die Schule eingedrungen, Schlösser wurden nicht aufgebrochen. Und sie haben keinerlei Spuren hinterlassen. Die Schulleiterin hat's aus reinem Zufall gemerkt, an ein paar Kleinigkeiten, die faul waren, ansonsten ...«

Karim stand auf.

»Was haben sie gestohlen?«

Sélier schnaufte und fuhr sich mit zwei Fingern unter den Kragen.

»Das ist noch komischer. Nichts haben sie gestohlen.«

»Wirklich?«

»Wirklich. Sie waren einfach in einem Klassenzimmer, und dann ... pffft ... sind sie anscheinend genauso schnell wieder verduftet ...«

Einen kurzen Augenblick betrachtete Karim sein Spiegelbild in der Fensterscheibe. Seine Rastalocken, die zu beiden Seiten des Kopfes wirr herabfielen, sein schmales dunkles Gesicht, verlängert durch einen spitzen Ziegenbart. Er setzte seine ausladende Mütze in jamaikanischen Farben auf und lächelte sich zu. Ein Teufel. Ein Teufel frisch aus der Karibik. Er drehte sich zu Sélier um.

»Und wieso holst du da mich?«
»Crozier ist noch nicht aus dem Wochenende zurück. Also haben Dussard und ich … wir haben gedacht … daß du … Du mußt dir das anschauen, Karim, ich …«
»Schon gut. Gehen wir.«

8

ÜBER SARZAC GING DIE SONNE AUF. Eine Oktobersonne, bleich und matt wie eine Genesende, die sich nur sehr allmählich erholt. In seinem alten Peugeot folgte Karim dem Streifenwagen. Sie durchquerten die Stadt, die zu dieser Stunde noch wie tot dalag und ein weißliches Leuchten wie von Irrlichtern verbreitete.

Sarzac war weder ein alter Marktflecken noch eine moderne Stadt, sondern eine Aneinanderreihung von Wohn- und Geschäftshäusern unbestimmten Alters und ohne besondere Kennzeichen, hingebreitet in einer weiten Ebene. Nur das Stadtzentrum wies eine kleine Eigenheit auf, eine Straßenbahn, die über altes Kopfsteinpflaster von einem Ende des Ortes zum anderen ratterte. Immer wenn sie vorbeikam, mußte Karim an die Schweiz oder Italien denken, ohne genau zu wissen, weshalb – in beiden Ländern war er nie gewesen.

Die Ecole Jean-Jaurès lag im Osten, in einem Viertel, in dem die ärmere Bevölkerung lebte, nahe dem Gewerbegebiet. Karim fuhr an einem Ausbund an Häßlichkeit entlang, blauen und braunen Mietshäusern, die ihn an die Wohnblocks seiner Kindheit erinnerten. Die Schule stand am Ende einer Straße mit rissiger Asphaltdecke, eine Betontreppe führte zum Eingang hinauf.

Auf dem Treppenabsatz erwartete sie eine Frau, die in ihrer weiten dunklen Jacke verloren wirkte. Die Schulleiterin. Karim begrüßte sie und stellte sich vor. Das aufrichtige Lächeln, mit dem die Frau ihn empfing, überraschte ihn, denn in der Regel löste er eine Woge des Mißtrauens aus. Karim dankte ihr innerlich für ihre Spontaneität und unterzog sie einer kurzen Musterung. Ihr Gesicht war flach wie ein Tümpel, in dem die großen grünen Augen eingepflanzt waren wie zwei Seerosen.

Ohne weiteren Kommentar bat ihn die Schulleiterin, ihr zu folgen. Das pseudomoderne Gebäude sah aus, als sei es entweder nie fertiggestellt worden oder befinde sich in einer Renovierungsphase von unabsehbarer Dauer. Die sehr niedrigen Flure waren mit Styroportafeln ausgekleidet, manche von ihnen schlecht montiert. Die meisten waren voller Kinderzeichnungen, mit Reißnägeln angeheftet oder direkt auf die Wand gemalt, darunter hing eine in Auflösung begriffene Reihe von Kleiderhaken in Kinderhöhe. Alles war schief, und Karim hatte das Gefühl, sich in einer Schuhschachtel zu bewegen, auf die jemand getreten war.

Vor einer halb offenen Tür blieb die Schulleiterin stehen und flüsterte in geheimnisvollem Ton: »Das ist das einzige Zimmer, in das sie eingedrungen sind.«

Vorsichtig schob sie die Tür auf. Sie betraten ein Büro, das wie ein Warteraum wirkte. An der Wand reihten sich Schränke mit Vitrinenaufsatz, in denen Aktenordner und Schulbücher verstaut waren. Auf einem kleinen Kühlschrank stand eine Kaffeemaschine. Ein Schreibtisch aus Eichenholzimitat verschwand beinahe unter Grünpflanzen, die in wassergefüllten Schalen standen und das Zimmer mit einem Geruch nach nasser Erde erfüllten.

»Sehen Sie«, sagte die Frau und deutete auf eine Vitrine. »Diesen Schrank haben sie geöffnet. Wir haben hier unser Archiv. Aber es sieht nicht so aus, als hätten sie etwas gestohlen – auf den ersten Blick jedenfalls. Oder als hätten sie überhaupt etwas angefaßt.«

Karim ließ sich auf die Knie nieder und untersuchte das Türschloß. Nach einer langjährigen Karriere als Autodieb verfügte er über solide Kenntnisse in Sachen Einbruch und stellte fest, daß auch der Eindringling, der an diesem Schloß hantiert hatte, zweifellos eine vergleichbare Erfahrung auf dem Gebiet besaß. Karim war verblüfft: Warum sollte ein Profi in eine Grundschule in Sarzac einbrechen? Er nahm einen Aktenordner heraus, schlug ihn auf und blätterte kurz darin. Namenslisten, Bemerkungen von Lehrern, Verwaltungskorrespondenz … Für jedes Jahr gab es einen eigenen Ordner. Karim stand wieder auf.

»Hat niemand was gehört?«

»Wissen Sie«, antwortete die Frau, »die Schule wird eigentlich nicht bewacht. Es gibt zwar eine Hausmeisterin, aber offen gestanden …«

Karim betrachtete noch immer den Vitrinenschrank, der so sorgfältig aufgebrochen worden war.

»Wann war der Einbruch Ihrer Meinung nach – Samstag oder Sonntag nacht?«

»Er kann in beiden Nächten gewesen sein, sogar tagsüber. Ich sage Ihnen doch, am Wochenende kann hier jeder kommen und gehen. In unserer kleinen Schule gibt es nichts zu holen.«

»Na gut«, sagte er. »Sie werden aufs Revier kommen müssen, wegen Ihrer Aussage.«

»Sie sind ein verdeckter Ermittler, oder?«

»Wie bitte?«

Die Schulleiterin musterte Karim aufmerksam. »Ich meine, Ihre Kleidung, Ihr ganzes Auftreten«, sagte sie. »Sie sind ein verdeckter Ermittler, oder? Sie schleusen sich in die Gangs in den Sozialsiedlungen ein und …«

Karim brach in Gelächter aus. »Die Gangs laufen hier nicht gerade in Scharen herum.«

Die Schulleiterin ignorierte seine Bemerkung und erklärte im Ton einer Expertin: »Ich weiß, wie das geht. Ich habe einen Dokumentarfilm darüber gesehen. Leute wie Sie tragen Wendejacken, innen mit dem Abzeichen der Landespolizei …«

»Madame …«, fiel ihr Karim ins Wort. »Wirklich, Sie überschätzen Ihre kleine Stadt.«

Er drehte sich um und ging zur Tür. Die Schulleiterin lief ihm nach.

»Sichern Sie keine Spuren? Fingerabdrücke?«

»Ich glaube«, gab Karim zurück, »daß wir uns angesichts der Schwere des Vorfalls damit begnügen können, Ihre Aussage aufzunehmen und eine kleine Runde durch die Nachbarschaft zu drehen.«

Die Frau wirkte enttäuscht. Wieder sah sie Karim aufmerksam an.

»Sie sind nicht aus der Gegend, stimmt's?«

»Nein.«

»Was haben Sie getan, daß man Sie hierher versetzt hat?«

»Das ist eine lange Geschichte. Vielleicht komme ich irgendwann mal vorbei und erzähle sie Ihnen.«

Draußen trat Karim zu den Streifenpolizisten, die mit der Miene schuldbewußter Schüler in der Faust rauchten. Sélier sprang aus dem Wagen.

»Meine Güte, es ist schon wieder was passiert!«

»Was denn?«

»Noch ein Einbruch. Seitdem ich hier bin, habe ich nie ...«

»Wo?«

Sélier zögerte, sah seine Kollegen an. Sein Atem rasselte unter seinem Schnurrbart.

»Ich ... Auf dem Friedhof. Jemand ist in eine Gruft eingebrochen.«

Die Gräber und Kreuze erstreckten sich über eine leichte Anhöhe, und mit ihren Grau- und Grüntönen wirkten sie wie die Verästelungen von Flechten, die im Sonnenlicht leuchten. Karim stand hinter dem Gittertor und schnupperte den Duft von Tau und verwelkten Blumen.

»Ihr wartet hier auf mich«, befahl er den Streifenpolizisten.

An einen Montag wie diesen würde Sarzac sich noch lange erinnern, sagte er sich, während er Latexhandschuhe überstreifte.

Vor der Fahrt zum Friedhof war er noch kurz zu Hause gewesen, um seine »wissenschaftliche« Ausrüstung zu holen: einen Koffer, in dem sich Aluminium- und Granitpulver sowie Klebebänder zum Nachweis von Fingerabdrücken befanden, außerdem Elastomere, um etwaige Fußspuren auszugießen ... Er war fest entschlossen, selbst dem allergeringsten Hinweis sorgfältig nachzugehen.

Über die Kieswege schritt er zu der entweihten Gruft, deren Lage man ihm beschrieben hatte. Einen kurzen Moment hatte er eine regelrechte Grabschändung befürchtet, von der Art, wie sie seit einigen Jahren in Frankreich immer wieder vorkamen und die offenbar eine makabre Mode geworden waren: verstreute Schädel und verstümmelte Leichen. Aber nein: Hier war alles in Ordnung – außer der Gruft hatten die Grabschänder sichtlich nichts angerührt. Karim stand am Fuß des Granitblocks und betrachtete das Mausoleum in Form einer kleinen Kapelle.

Die Tür war nur angelehnt. Er ging in die Knie und untersuchte die Verriegelung. Wie in der Schule hatten die Einbrecher besondere Sorgfalt auf das Schloß verwendet. Karim strich über die Kante der steinernen Mauer und kam zu dem Schluß, daß auch in diesem Fall Profis am Werk gewesen waren. Dieselben?

Er stieß die Tür auf und versuchte, sich die Szene vorzustellen. Warum hatten die Eindringlinge soviel Vorsicht walten lassen, um ein Grabmal aufzubrechen, und waren dann abgezogen, ohne die Tür wieder zu schließen? Karim bewegte den schweren hölzernen Flügel hin und her und begriff: In die schmale Furche der Türverkleidung waren Kieselsteine gerutscht, so daß die Tür nicht mehr fugenlos schloß und sich nicht mehr verriegeln ließ. Nur die kleinen Kiesel verrieten, daß sich hier jemand zu schaffen gemacht hatte.

Der Polizist untersuchte nun das Schloß selbst, ein kompliziertes, recht antikes Hebelsystem, mit dem sicher nur Spezialisten zurechtkamen. Karim stockte: Spezialisten? Konnte es tatsächlich sein, daß in der kleinen Schule und auf diesem Friedhof dieselben Einbrecher am Werk gewesen waren? Welcher Zusammenhang mochte zwischen den beiden Einbrüchen bestehen?

Die Stele lieferte ihm einen ersten Hinweis. »Jude Itéro. 23. Mai 1972–14. August 1982« stand darauf. Karim überlegte. Vielleicht hatte dieser kleine Junge die Ecole Jean-Jaurès besucht. Auf der Grabtafel war keine weitere Inschrift, kein Gebet eingemeißelt. Nur ein kleiner ovaler, nachgedunkelter Silberrahmen war auf dem Marmor befestigt. Aber er enthielt kein Porträt.

»Ist das ein Mädchen oder was?«

Karim drehte sich um: Sélier stand hinter ihm, wie üblich mit verwirrter Miene.

»Nein, das ist ein Jungenname.«

»Aber englisch?«

»Nein, jüdisch.«

Sélier wischte sich die Stirn ab.

»Meine Güte, dann ist das womöglich eine Schändung wie in Carpentras? Waren das Neonazis?«

Karim stand auf. »Nein, das glaube ich nicht. Aber sei so nett und warte bei den anderen am Tor.«

Sélier zog widerstrebend ab, die Mütze in den Nacken geschoben. Karim sah ihm nach, dann wandte er sich wieder der offenen Tür zu.

Er beschloß, sich den Innenraum anzusehen. Geduckt betrat er den Torbogen und schaltete seine Taschenlampe ein. Er stieg die Stufen hinab, unter seinen Füßen knirschten Kiesel, und er hatte das Gefühl, ein uraltes Tabu zu verletzen. Er beglückwünschte sich insgeheim, daß er keinerlei religiöse Überzeugungen hatte. Der Lichtstrahl durchdrang die Dunkelheit, Karim ging ein paar Schritte weiter und blieb jäh stehen. Im Schein der Taschenlampe erkannte er den kleinen Sarg aus hellem Holz, aufgebockt auf zwei Balken.

Mit trockener Kehle trat Karim näher und betrachtete den Sarg, der etwa einen Meter sechzig lang war und an den Ecken mit gedrechselten Säulen und versilberten Arabesken geschmückt war. Angesichts der Zeit, die seit der Bestattung vergangen war, schien er in gutem Zustand. Karim betastete die Fugen und dachte, ohne Handschuhe hätte er nicht gewagt, den Sarg zu berühren – und augenblicklich ärgerten ihn seine Bedenken. Auf den ersten Blick schien der Deckel unangetastet. Er richtete den Lichtstrahl auf die Schrauben, um sie näher zu untersuchen, doch in diesem Augenblick erscholl über ihm eine Stimme.

»Was treiben Sie da unten?«

Karim zuckte zusammen. Die Lampe fiel ihm aus der Hand und verlöschte, während er sich umdrehte. In der Türöffnung stand eine gebückte, breitschultrige Gestalt mit Mütze. Karim tastete auf dem Boden nach der Taschenlampe. »Polizei«, schnaubte er. »Ich bin Polizeileutnant.«

Der Mann sagte nichts, dann knurrte er unvermittelt: »Sie haben kein Recht, hier einzudringen.«

Der Polizist hatte seine Taschenlampe wiedergefunden und beleuchtete den Boden. Er ging auf die Treppe zu und musterte den grimmigen Kerl im Türrahmen. Wahrscheinlich der Friedhofswächter. Karim war sich sehr wohl bewußt, daß er unerlaubt hier war: Selbst in einem Fall wie diesem durfte eine Grabstätte nicht ohne schriftliche Genehmigung, unterzeichnet von der Familie, oder einen amtlichen Durchsuchungsbefehl betreten werden.

Er stieg die Treppe hinauf und sagte: »Machen Sie Platz. Ich komme rauf.«

Der Mann trat zur Seite. Karim begrüßte das Sonnenlicht wie ein Lebenselixier. Er zeigte seinen Dienstausweis und erklärte: »Karim Abdouf. Kommissariat Sarzac. Waren Sie derjenige, der die Grabschändung angezeigt hat?«

Der Mann schwieg und musterte den Araber mit farblosen Augen: Luftblasen in grauem Wasser.

»Sie haben kein Recht, hier zu sein.«

Karim nickte zerstreut. Die morgendliche Brise vertrieb sein Unbehagen.

»Schon recht, guter Mann. Streiten Sie nicht, Polizisten haben immer recht.«

Der Alte verzog verächtlich seine stachelige Oberlippe. Er stank nach Alkohol und feuchtem Lehm.

»Okay, erzählen Sie mir, was Sie wissen«, fuhr Karim fort. »Wann haben Sie's entdeckt?«

Der Alte seufzte. »Ich war um sechs Uhr hier. Wir haben heute vormittag eine Beerdigung.«

»Wann waren Sie zum letzten Mal auf dem Friedhof?«

»Freitag.«

»Das Grab hätte also irgendwann während des Wochenendes aufgebrochen werden können.«

»Ja. Bloß glaube ich, daß es heute nacht war.«

»Warum?«

»Weil's am Sonntag nachmittag geregnet hat und im Grab keine Spur von Feuchtigkeit ist ... Also muß die Tür am Sonntag noch geschlossen gewesen sein, oder?«

»Wohnen Sie in der Nähe?« fragte Karim.

»Niemand wohnt hier in der Nähe.«

Der Araber sah sich auf dem kleinen Friedhof um, der eine friedliche Stille verbreitete.

»Haben sich schon mal irgendwelche Penner hier rumgetrieben?« fragte er.

»Nein.«

»Keine verdächtigen Gestalten? Oder gab es Fälle von Vandalismus? Okkulte Rituale?«

»Nicht daß ich wüßte.«

»Was ist mit diesem Grab?«

Der Wächter wandte den Kopf ein wenig zur Seite und spuckte auf den Kies. »Da gibt's nichts zu sagen.«

»Eine ganze Gruft nur für ein einziges Kind, das ist doch ungewöhnlich, nicht?«

»Ja, das ist ungewöhnlich.«

»Kennen Sie die Eltern?«

»Nein. Nie gesehen.«

»1982 waren Sie noch nicht hier?«

»Nein. Und mein Vorgänger ist tot.« Er grinste. »Auch unsereiner kratzt irgendwann mal ab ...«

»Aber irgend jemand kümmert sich offensichtlich um das Grab.«

»Ich hab' ja nicht gesagt, daß keiner herkommt. Ich sag' nur, daß ich die Leute nicht kenne. Ich hab' nämlich Erfahrung, ich weiß, wie lang es dauert, bis Steine zerfallen. Ich weiß, wie lang sich Blumen halten, sogar wenn sie aus Plastik sind. Ich weiß, wann das Unkraut zu wachsen anfängt, das Dornengestrüpp und das ganze Zeug. Diese Gruft hier wird regelmäßig gepflegt, das kann ich Ihnen sagen. Bloß hab' ich nie jemand gesehen.«

Nachdenklich betrachtete Karim die offenstehende Tür. Noch einmal beugte er sich nieder und musterte den leeren Rahmen. Ohne aufzuschauen, sagte er: »Ich habe das Gefühl, als hätten die Plünderer das Bild des Kindes mitgenommen.«

»Ach ja? Kann sein, ja.«

»Erinnern Sie sich an sein Gesicht? An das Gesicht des Jungen?«

»Nein.«

Karim richtete sich auf und zog seine Handschuhe aus. »Im Lauf des Tages wird die Spurensicherung kommen und sich um Fingerabdrücke und andere Hinweise kümmern. Sagen Sie die Beerdigung ab. Schützen Sie eine Überschwemmung vor, oder lassen Sie sich sonst irgendeine Katastrophe einfallen. Ich will keinen Menschen hierhaben, verstanden? Vor allem keine Journalisten.«

Der Alte wollte protestieren, doch Karim hatte sich schon abgewandt und marschierte auf das Tor zu.

In der Ferne schlug eine blecherne Glocke neun Uhr.

9

KARIM BESCHLOSS, noch einmal die Schule aufzusuchen, ehe er ins Kommissariat zurückkehrte, um seinen Bericht zu schreiben. Die Dachfirste der Häuser erstrahlten jetzt kupfern in der Morgensonne, wieder dachte er, wie prachtvoll der Tag zu werden versprach, und dieser banale Gedanke verursachte ihm eine leichte Übelkeit.

In der Schule angelangt, fragte er die Schulleiterin: »Ist Anfang der achtziger Jahre ein kleiner Junge namens Jude Itéro hier zur Schule gegangen?«

Die Frau zupfte an den weiten Ärmeln ihrer Jacke und fragte kokett: »Haben Sie denn schon eine Spur, Herr Inspektor?«

»Bitte antworten Sie mir.«

»Na ja ... da muß ich im Archiv nachschauen.«

»Gut, tun Sie das. Jetzt gleich.«

Wieder führte ihn die Schulleiterin in das kleine Büro mit den Grünpflanzen.

»Anfang der Achtziger, sagen Sie?« fragte sie, während sie mit einem Finger die Glasscheibe entlangfuhr.

»1981, 1982«, antwortete Karim und bemerkte im selben Moment, daß die Frau stutzte. »Was ist?« fragte er.

»Komisch. Das ist mir heute morgen gar nicht aufgefallen ...«

»Was?«

»Die Akten aus den Jahren einundachtzig und zweiundachtzig ... Sie sind nicht da.«

Karim schob die Schulleiterin sanft zur Seite und musterte die braunen Buchrücken. Jeder Ordner trug ein Etikett mit einer Jahreszahl. 1979, 1980 ... Die beiden folgenden Jahrgänge fehlten in der Tat.

»Was steht denn eigentlich in diesen Akten?« fragte Karim, während er einen Ordner herauszog und flüchtig darin blätterte.

»Die Namen der Schüler jeder Klasse. Die Noten, die Bemerkungen der Lehrer, die Abwesenheiten ... Es sind sozusagen die Logbücher der Schule ...«

Karim zog das Jahr 1980 heraus und suchte nach den Schülerlisten. »Wenn das Kind 1980 acht war, in welcher Klasse war es dann?«

»In der zweiten. Oder auch in der dritten – je nachdem, wann es eingeschult wurde.«

Karim überflog die Listen: kein Jude Itéro. »Gibt es in der Schule noch andere Unterlagen über die Jahre einundachtzig und zweiundachtzig?« fragte er.

Die Schulleiterin überlegte eine Weile. »Na ja …«, sagte sie. »Da müßten wir im Speicher nachsehen … Da haben wir zum Beispiel die Verzeichnisse über die Schulspeisung. Oder die Berichte des Schularztes. Das ist alles oben im Dachboden. Dorthin geht nie jemand. Kommen Sie mit.«

Mit hastigen Schritten ging sie ihm voraus, durch den Vorfall offensichtlich in helle Aufregung versetzt, und führte ihn über Linoleumstufen in den Speicher. Durch einen engen Flur gelangten sie zu einer Eisentür, vor der die Schulleiterin sprachlos stehenblieb.

»Das … das ist doch unglaublich«, stammelte sie. »Auch diese Tür wurde aufgebrochen …«

Karim untersuchte das Schloß. Aufgebrochen, aber in keiner Weise beschädigt. Das Werk eines Eindringlings, der saubere Arbeit schätzte. Der Polizist stieß die Tür auf und trat ein. Er stand in einem weiträumigen Dachgeschoß, das bis auf ein vergittertes Oberlicht kein Fenster hatte. In Eisenregalen stapelten sich haufenweise Aktenbündel. Der Geruch von ausgetrocknetem, staubigem Papier stieg Karim in die Nase. »Und wo könnten die Unterlagen aus den Jahren einundachtzig und zweiundachtzig sein?« fragte er. Die Schulleiterin antwortete nicht, sondern trat auf ein Regal zu und begann, zwischen dicken Bündeln zu stöbern. Es dauerte nur wenige Minuten, dann erklärte sie förmlich: »Sie sind ebenfalls verschwunden.«

Karim spürte ein Prickeln in Armen und Beinen. Die Schule. Der Friedhof. Die Jahrgänge 81 und 82. Der Name eines kleinen Jungen: Jude Itéro. Zwischen all diesen Elementen bestand ein Zusammenhang.

»Waren Sie 1981 schon an dieser Schule?«

Die Frau legte geziert den Kopf schief. »Na hören Sie, Herr Inspektor«, zwitscherte sie. »Damals war ich doch noch Studentin …«

»Wissen Sie von irgendwelchen besonderen Vorfällen in dieser Zeit? Von einem gravierenden Ereignis hätten Sie doch sicher gehört, oder?«

»Nein, ich weiß von nichts. Woran denken Sie zum Beispiel?«

»An den Tod eines Schülers.«

»Nein, von so einer Geschichte habe ich nie gehört. Aber ich könnte mich erkundigen.«

»Wo?«

»Beim Schulamt, das für unseren Bezirk zuständig ist. Ich ...«

»Könnten Sie dort auch herausfinden, ob ein kleiner Junge namens Jude Itéro in den beiden Jahren hier an der Schule war?«

»Aber ... überhaupt kein Problem, Herr Inspektor«, stieß die Schulleiterin atemlos hervor. »Ich werde ...«

»Tun Sie's gleich. Ich komme später wieder.« Karim stürmte davon, doch mitten im Lauf hielt er inne und kam noch einmal zurück.

»Nur eins noch – für Ihre kriminalistische Bildung. Die französische Polizei hat neue Dienstbezeichnungen eingeführt, und man nennt uns Bullen heutzutage nicht mehr ›Inspecteur‹, sondern ›Lieutenant‹. Wie bei den Amerikanern.«

Die Schulleiterin riß ihre großen Augen auf und starrte der enteilenden Gestalt nach.

Von allen Beamten des Kommissariats war Crozier, der Chef, derjenige, den Karim am wenigsten verabscheute. Nicht weil er sein Vorgesetzter war, sondern weil er eine umfassende Erfahrung im Gelände besaß und häufig echte polizeiliche Intuition bewies.

Aus derselben Gegend stammend, gehörte Henri Crozier, vierundfünfzig und ehemaliger Soldat, seit fast zwanzig Jahren der französischen Polizei an. Ein Mann mit Kartoffelnase und pomadisiertem Haar, das aussah, wie mit dem Rechen niedergebügelt, strahlte er Härte und Unnachgiebigkeit aus, doch verfiel er mitunter auch in eine Jovialität, auf die man nicht gefaßt war. Er war ein eigenbrötlerischer Sturkopf, hatte weder Frau noch Kinder, und die Vorstellung von Crozier im trauten Heim grenzte an Science-fiction. Dieses Einzelgängertum brachte ihn Karim näher, doch das war auch schon die einzige Gemeinsamkeit zwischen ihnen. Abgesehen davon wies der Chef sämtliche Züge des bornierten, spießigen Polizisten auf. Er war die Sorte von Kriminalbeamter, der gern als Schäferhund wiedergeboren würde.

Karim klopfte an seine Bürotür und trat ein. Uralte eiserne Aktenschränke. Der Geruch nach aromatisiertem Pfeifentabak. Plakate, die den Ruhm der französischen Polizei verherrlichten, starre, schlecht fotografierte Gestalten. Der Araber verspürte eine neuerliche Anwandlung von Übelkeit.

»Was ist denn das für ein Chaos?« fragte Crozier, während er sich erhob.

»Ein Einbruch und eine Grabschändung. In beiden Fällen gaben sich die Täter große Mühe und gingen sehr diskret vor. Und beide Fälle sind sehr merkwürdig.«

Crozier verzog das Gesicht. »Was wurde gestohlen?«

»Aus der Schule ein paar Archivunterlagen. Und auf dem Friedhof weiß ich's nicht. Man müßte die Gruft sorgfältig durchsuchen ...«

»Siehst du einen Zusammenhang zwischen den beiden Fällen?«

»Wie denn nicht? Zwei Einbrüche an ein und demselben Wochenende. In Sarzac. Das ist ein Ereignis, das die Statistik sprengen wird.«

»Aber hast du eine konkrete Verbindung festgestellt?«

Crozier kratzte seine schwärzliche Pfeife aus. Karim lächelte vor sich hin: die Karikatur des Kommissars aus den Krimiserien der fünfziger Jahre.

»Vielleicht hab' ich eine Verbindung, ja«, murmelte er. »Eine schwache zwar, aber ...«

»Schieß los.«

»Die aufgebrochene Gruft ist das Grab eines Kindes mit ungewöhnlichem Namen, Jude Itéro, gestorben 1982 im Alter von zehn. Vielleicht erinnern Sie sich daran?«

»Nein. Weiter.«

»Also, die Schulakten, die gestohlen wurden, betreffen ausgerechnet die Jahre einundachtzig und zweiundachtzig, und ich hab' mir gedacht, daß der Junge vielleicht dort zur Schule ging, und zwar genau in den Jahren, die ...«

»Hast du irgendwelche Beweise, die deine Vermutung stützen?«

»Nein.«

»Hast du die anderen Schulen überprüft?«

»Noch nicht.«

Wie Popeye blies Crozier seine Pfeife aus. Karim trat näher und schlug seinen sanftesten Tonfall an: »Lassen Sie mich die Ermittlungen führen, Kommissar. Meinem Gefühl nach ist irgendwas an der Sache faul. Ich spüre, daß da eine Verbindung besteht. Es klingt absurd, aber nach meiner Ansicht waren das Profis. Sie suchten irgend etwas. Finden wir zuerst die Eltern des Jungen, und dann nehme ich eine gründliche Durchsuchung der Gruft vor. Ich ... Sind Sie nicht einverstanden?«

Mit gesenktem Blick stopfte der Kommissar hingebungsvoll seine Pfeife. »Das waren die Skins«, murmelte er.

»Was?«

Crozier schaute zu Karim auf. »Ich sagte: Die Sache mit dem Friedhof, das waren die Kahlschädel.«

»Was für Kahlschädel?«

Der Kommissar fing an zu lachen und verschränkte die Arme. »Siehst du, du hast noch einiges zu lernen über unseren kleinen Bezirk. Wir haben hier ungefähr dreißig Skinheads. Sie hausen in einem aufgelassenen Lager in der Nähe von Caylus. Einer Halle, die früher einer Mineralwasserfirma gehörte. Zwanzig Kilometer von hier.«

Abdouf musterte nachdenklich seinen Chef, dessen ölige Frisur in der Sonne glänzte.

»Ich glaube, Sie irren sich.«

»Sélier sagt, es sei ein jüdisches Grab.«

»Mit Sicherheit nicht! Ich hab' ihm nur gesagt, Jude sei ein jüdischer Vorname, aber das heißt doch nichts. In der Gruft ist kein einziges Symbol der jüdischen Religion zu sehen, und Juden ziehen es bekanntlich vor, sich im Familiengrab beerdigen zu lassen. Kommissar, dieses Kind ist im Alter von zehn gestorben. Auf jüdischen Gräbern gibt es in solchen Fällen immer eine Zeichnung, ein Motiv, das den zu früh abgebrochenen Lebenslauf veranschaulicht. Wie etwa eine unvollendete Säule oder ein gefällter Baum. Diese Gruft ist ein christliches Grab.«

»Ein echter Experte, wie? Woher weißt du denn das alles?«

»Hab' ich gelesen.«

Doch Crozier wiederholte unbeirrt: »Das waren die Skins.«

»Das ist doch absurd. Das war keine rassistische Tat. Es wurde ja nicht mal was verwüstet. Die Einbrecher haben nach etwas anderem gesucht …«

»Karim«, unterbrach ihn Crozier in freundschaftlichem Ton, in dem ein Anflug von Ungeduld mitschwang. »Ich schätze immer dein Urteil und deinen Rat. Aber noch bin ich derjenige, der hier bestimmt. Vertrau dem alten Hasen. Nimm die Fährte der Skinheads auf – ich bin überzeugt, daß ein kleiner Besuch deinerseits höchst aufschlußreich für uns wäre.«

Karim richtete sich wieder auf und schluckte. »Allein?«

»Sag bloß nicht, daß du dich vor ein paar Halbstarken fürchtest, die unter den Rasenmäher geraten sind.«

Karim gab keine Antwort. Crozier genoß es, ihm Prüfungen dieser Art aufzuerlegen: Seiner Auffassung nach waren sie sowohl eine Gemeinheit als auch ein Zeichen seiner Wertschätzung. Er packte die Kanten des Schreibtisches. Wenn Crozier spielen wollte, dann anständig.

»Ich schlage Ihnen einen Handel vor, Kommissar.«

»Na so was.«

»Ich vernehme die Skins, allein. Ich schüttle sie ein bißchen durch und schreibe Ihnen noch vor ein Uhr mittags einen Bericht. Im Gegenzug beschaffen Sie mir die Genehmigung für eine ordnungsgemäße Durchsuchung der Gruft. Auf meine Weise. Ich will auch die Eltern des Jungen befragen. Heute.«

»Und wenn es die Skinheads waren?«

»Es waren nicht die Skinheads.«

Crozier zündete seine Pfeife an. Der Tabak knisterte wie Strohblumen. »In Ordnung«, schnaubte er.

»Das heißt, nach Caylus hab' ich den Fall?«

»Nur, wenn du vor eins deinen Bericht ablieferst. Auf jeden Fall werden wir ziemlich bald die Leute von der Kripo am Hals haben.«

Karim wandte sich zur Tür und hatte die Hand schon auf der Klinke, als der Kommissar ihm nachrief: »Die Skins werden deinen Stil sicher sehr zu schätzen wissen!«

Unter dem Gelächter des alten Soldaten ließ Karim die Tür ins Schloß fallen.

10

EIN GUTER POLIZIST IST ES SICH SCHULDIG, seinen Feind genau zu kennen. Alle seine Facetten, sämtliche Aspekte. Und in Sachen Skinheads kannte Karim sich aus. Zu Zeiten der Straßenkämpfe in Nanterre war er mehrmals mit ihnen aneinandergeraten, und während seiner Polizeiausbildung hatte er einen ausführlichen Bericht über sie geschrieben. Auf dem Weg nach Caylus rekapitulierte er seine Kenntnisse – was eine Möglichkeit war, seine Chancen einzuschätzen.

Vor allem rief er sich die Uniformen der beiden unterschiedlichen Gesinnungen in Erinnerung. Nicht alle Skinheads waren rechtsextrem: Es gab auch die Red Skins, die sich der extremen Linken zuordneten. Gemischtrassig, trainiert bis zum Äußersten, waren sie mindestens so gefährlich wie die Neonazis. Doch wenn er es mit dieser Sorte zu tun hatte, standen seine Chancen, mit ihnen fertigzuwerden, nicht so schlecht. Welcher Kategorie sie angehörten, war auf Anhieb zu erkennen: Die Faschos trugen Bomberjacken der Royal Air Force – auf konventionelle Weise, also mit der grünen Seite nach außen. Die Reds hingegen drehten ihre Jacken um und gingen in Grellorange. Die Faschos schnürten ihre Kampfstiefel mit weißen oder roten Schuhbändern, ihre Gegner mit gelben.

Gegen elf Uhr hielt Karim vor dem aufgelassenen Lagerhaus, einem Gebäude mit hohen Wellblechwänden, blau wie der Himmel, auf denen noch der Firmenname *Les eaux de la vallée* stand. Ein schwarzer Citroën war vor der Tür geparkt. Karim traf noch ein paar letzte Vorbereitungen, dann sprang er aus dem Wagen. Offensichtlich waren sie da und schliefen ihren Rausch aus.

Er ging auf das Lager zu und zwang sich, ruhig zu atmen, während er sich noch einmal die Merkmale vor Augen führte, auf die er zu achten hatte. Eine reale Chance hatte er nur bei den Roten.

Karim holte tief Luft und schob die Tür in ihrer Laufschiene zur Seite. Er brauchte nicht auf Schuhbänder zu achten, um zu wissen, in wessen Höhle er eingedrungen war. An den Wänden prangten Hakenkreuze, untermalt mit roter Farbe. Naziabzeichen hingen neben Bildern von Konzentrationslagern und vergrößerten Fotos von gefolterten Algeriern. Unter dieser Galerie lümmelte eine Bande Geschorener in grünen Jacken und beobachtete ihn. Ihre Doc Martens mit Stahlkappe funkelten im Halbdunkel. Rechtsextreme der übelsten Sorte. Karim schauderte. Er wußte, daß alle diese Kerle auf der Innenseite der Unterlippe die Buchstaben SKIN eintätowiert hatten.

Er stand da, konzentriert wie ein Luchs vor dem Angriff, und sah sich suchend nach ihren Waffen um. Das Arsenal dieser Irren war ihm wohlbekannt: amerikanische Schlagringe, Baseball-Schläger und kleine doppelläufige Selbstverteidigungspistolen. Irgendwo hatten die Schweine sicher noch etliche Pumpguns versteckt, die mit Hartgummigeschossen geladen waren.

Was er erblickte, schien ihm sehr viel schlimmer.

Birds. Weibliche Skinheads, auch sie mit blanken Köpfen, bis auf ein paar kleine Büschel auf der Stirn und lange Strähnen, die ihnen in die Wangen hingen. Recht gut gemästete Vögel, abgefüllt bis zum Rand und wahrscheinlich noch brutaler als ihre Macker. Karim schluckte. Das waren keine arbeitslosen Penner, die ihre Zeit totschlugen – hier hatte er es mit einer regelrechten Bande zu tun, die auf Bestellung prügelte und sich bis zum nächsten Auftrag in diesem Schuppen versteckt hielt. Seine Chancen, mit heiler Haut davonzukommen, schwanden rasant.

Eines der weiblichen Exemplare nahm einen langen Schluck aus der Flasche und riß den Mund auf, um zu rülpsen. In Karims Richtung. Die anderen grölten vor Vorfreude. Sie waren alle so groß wie er.

Karim riß sich zusammen und sagte laut und deutlich: »Okay, Jungs. Ich bin Bulle. Ich muß euch ein paar Fragen stellen.«

Die Burschen standen auf und rückten schrittweise näher. Bulle oder nicht, Karim war in erster Linie Araber. Und was war das Leben eines Arabers in einer Lagerhalle voller durchgeknallter Schwachsinniger wert? Oder auch in den Augen eines Crozier und anderer Polizisten? Dem Leutnant lief es kalt über den Rücken, und für den Bruchteil einer Sekunde spürte er den Boden unter sich nachgeben. Er kam sich vor, als wäre er allein gegen eine ganze Stadt, ein Land, vielleicht die Welt.

Er zog seine Automatik und richtete sie gegen die Decke. Die Geste brachte den Vormarsch zum Stillstand.

»Ich sag's euch noch mal: Ich bin Bulle, und ich will mich an die Spielregeln halten.«

Langsam legte er die Waffe auf ein verrostetes Faß. Die Skinheads beobachteten ihn.

»Ich lege die Knarre hierher. Keiner rührt sie an, während wir reden.«

Karims Automatik war eine Glock 21 – eines dieser neuen superleichten Modelle, die zu siebzig Prozent aus Polymeren bestehen. Fünfzehn Kugeln im Magazin plus eine im Lauf und ein Restlichtaufheller. Daß die Kerle so etwas noch nie gesehen hatten, war ihm klar. Vorläufig hielt er sie in Bann.

»Wer ist der Anführer?«

Die Antwort war Schweigen. Karim ging ein paar Schritte auf sie zu und wiederholte: »Sagt schon, wer ist euer Chef? Vertrödeln wir keine Zeit.«

Der Größte trat vor, jede Faser seines Körpers gespannt und bereit für eine Schlägerei.

»Was will die Ratte von uns?« Er hatte den harten Akzent der Gegend.

»Ich vergesse, wie du mich genannt hast, Bursche. Und wir reden nur kurz miteinander.«

Der Skin nickte bedächtig. Er war größer und breiter als Karim, der einen Augenblick lang seine Dreadlocks bereute: Im Fall einer tätlichen Auseinandersetzung boten sie einen idealen Angriffspunkt. Der Skin kam immer näher, die Hände offen herabhängend wie Tintenfische aus Metall. Karim wich keinen Millimeter zurück. Aus dem Augenwinkel beobachtete er, daß die anderen sich auf seine Waffe zuschoben.

»So, du Arabersau, was willst du …«

Karims Kopf traf ihn mit der Geschwindigkeit einer Granate und rammte ihm die Nase ins Gesicht. Der Skin ging zu Boden, Karim drehte sich um die eigene Achse und trat ihm mit dem Absatz gegen die Kehle. Der Kerl rappelte sich auf, um zwei Meter weiter wieder zusammenzubrechen, gekrümmt vor Schmerz. Einer seiner Gesellen stürzte sich auf die Waffe und spannte den Hahn. Nichts, nur ein Klicken. Er versuchte, durchzuladen, doch das Magazin war leer. Karim zog eine zweite Automatik, eine Beretta, die er im

Hosenbund versteckt hatte, zielte mit beiden Händen auf die rasierten Köpfe, während er sein Opfer mit dem Fuß niederhielt, und brüllte: »Ihr Schrumpfköpfe, habt ihr tatsächlich geglaubt, ich lege euch abgedrehten Wichsern eine geladene Waffe hin?«

Die Skins waren erstarrt. Der Mann auf dem Boden keuchte halb erstickt: »Arschloch. Du hältst dich an die Regeln, wie?«

Karim trat ihm zwischen die Beine, der Typ jaulte auf. Dann beugte er sich nieder und verdrehte ihm das Ohr. Unter seinen Fingern knackten die Knorpel.

»Regeln? Mit Abschaum wie euch?« Er stieß ein Hohngelächter aus. »Aber sicher ... Stellt euch dort auf, die Hände an die Wand, ihr Idioten! Die Schlampen auch!«

Karim schoß in die Neonlampe. Ein bläuliches Licht flammte auf, die Blechverkleidung prallte gegen die Decke, riß aus der Verankerung und stürzte in einer Funkenexplosion zu Boden. Die furchterregenden Skins stoben in alle Richtungen davon. Armselig. Karim brüllte sich die Kehle wund.

»Leert eure Taschen aus! Eine falsche Bewegung, und eure Kniescheiben sind dahin!«

Karim sah den Raum durch einen dunklen, pulsierenden Schleier. Er hielt dem Anführer den Lauf an die Rippen und fragte, leiser: »Womit dröhnt ihr euch zu?«

Der Mann spuckte Blut.

»Wa... was?«

Karim verstärkte den Druck der Waffe.

»Was werft ihr ein, um euch anzutörnen?«

»Speed ... Angel dust ... Kleber ...«

»Was für einen Kleber?«

»Di... Dissoplast ...«

»Sekundenkleber?«

Der Geschorene grunzte und verdrehte blutunterlaufene Augen, ohne zu begreifen.

»Wo ist er?« fragte Karim.

»In dem Müllsack neben dem Kühlschrank ...«

»Rühr dich nicht von der Stelle, sonst bist du tot.«

Karim behielt den Raum im Blick, zielte abwechselnd auf den verletzten Chef und die abgewandten reglosen Gestalten und ging rückwärts zum Kühlschrank. Mit der linken Hand leerte er den Sack: Tausende von Pillen und etliche Tuben Klebstoff fielen heraus. Er sammelte die Tuben auf, schraubte sie auf und ging quer durch den Raum zu den Bandenmitgliedern, die an der Wand standen und sich immer noch nicht rührten. In Schlangenlinien drückte er hinter ihnen den Klebstoff auf den Boden, während er ihnen im Vorübergehen in die Beine, ins Kreuz trat und ihre Messer und sonstigen Waffen weit fortschleuderte.

»Umdrehen.«

Die Skinheads drehten sich schlurfend um.

»Runter auf den Boden. Ihr werdet jetzt ein paar Liegestütze machen. Die Schlampen auch. Und die Pfoten schön fest auf den Boden.«

Sämtliche Hände drückten sich in den Klebstoff, der zwischen den Fingern hervorquoll. Beim dritten Liegestütz hafteten die Handflächen endgültig fest. Die Skins ließen sich bäuchlings fallen, verdrehten die Handgelenke und wälzten sich unter wilden Flüchen auf dem Beton.

Karim setzte sich mit gekreuzten Beinen neben dem Anführer auf den Boden und atmete tief ein, um sich zu beruhigen.

»Wo wart ihr gestern abend?« fragte er in gefaßterem Ton.

»Wir ... wir waren's nicht.«

Karim spitzte die Ohren. Aus Trotz und Angeberei hatte er die Skinheads gedemütigt und stellte seine Fragen nur der Form halber. Er war sicher, daß diese Schwachsinnigen mit der Friedhofsschändung nichts zu tun hatten. Aber dieser Kerl schien bereits zu wissen, worum es ging. Karim beugte sich nieder.

»Wovon redest du?«

Der Skin richtete sich auf einen Ellenbogen auf.

»Vom Friedhof ... Wir waren das nicht.«

»Wie kommt es, daß du auf dem laufenden bist?«

»Wir ... wir waren in der Nähe ...«

Karim kam ein jäher Gedanke. Crozier hatte einen Zeugen. Jemand hatte ihn am Morgen informiert: Die Skins hatten sich in Friedhofsnähe herumgetrieben und waren gesehen worden. Der Kommissar hatte ihn also in die Höhle des Löwen geschickt, ohne ihm ein Wort zu sagen. Ihn würde sich Karim auch noch vornehmen. »Erzähl.«

»Wir haben uns eben in der Gegend dort rumgetrieben ...«

»Um wieviel Uhr?«

»Weiß nicht ... Zwei vielleicht ...«

»Warum?«

»Weiß nicht ... Wir wollten Action ... Kanaken aufmischen ... Deswegen haben wir die Baubaracken gesucht ...«

Karim sträubten sich die Nackenhaare. »Und dann?«

»Sind wir beim Friedhof vorbeigekommen ... Scheiße ... Das Tor war offen, und wir haben irgendwelche Typen gesehen, die aus der Gruft kamen ...«

»Wie viele waren es?«

»Zwei, glaub' ich.«

»Kannst du sie beschreiben?«

Der Chef grinste. »Mann, wir waren total dicht ...«

Karim versetzte ihm einen Schlag auf das maltrâtierte Ohr. Dem Skinhead entwich ein Ächzen, das in einem schlangenähnlichen Zischen endete.

»Du kannst sie also beschreiben?«

»Nein! Es war doch stockfinster ...«

Nun konnte man sich also sicher sein, daß die Einbrecher Profis gewesen waren, dachte Karim.

»Und dann?«

»Mann! Wir haben Schiß gekriegt ... sind abgehauen ... Weil, wenn man uns das anhängt ... wegen ... wegen Carpentras ...«

»Ist das alles? Sonst ist euch nichts aufgefallen? Irgendeine Kleinigkeit?«

»Nein ... nichts ... Um zwei Uhr morgens ist dieses Kaff doch total ausgestorben ...«

Karim stellte sich die menschenleere kleine Landstraße mit ihrer einzigen Laterne vor, eine weiße Klaue in der Dunkelheit, die Nachtfalter anzog. Und eine Bande Skinheads, abgefüllt bis zum Rand mit Alkohol und Drogen, die durch die Straßen marschierten und Nazilieder grölten. »Denk noch mal nach«, sagte er.

»Hm ... später ... Ich hab' eine Kommikiste gesehen, einen Lada oder irgendwas von der Art, der in die andere Richtung gefahren ist. Auf der D 143. Er kam vom Friedhof«

»Farbe?«

»Weiß...«
»Sonst nichts Besonderes?«
»Dreckverschmiert war er ...«
»Du weißt nicht zufällig das Kennzeichen?«
»Mann ... Wir sind doch keine Bullen, du Wichser, ich ...«

Karim trat ihm in die Milz. Der Mann krümmte sich, in seinen Mundwinkeln bildeten sich blutige Blasen. Der Leutnant stand auf und klopfte sich den Staub von der Jeans. Er hatte hier nichts mehr verloren. Hinter ihm stöhnten und fluchten die anderen, deren Hände inzwischen schwer verätzt sein mußten.

»Du wirst jetzt schön brav aufs Kommissariat von Sarzac gehen. Heute. Und deine Aussage unterschreiben. Sag, daß du von mir kommst, dann wirst du bevorzugt behandelt.«

Der Skinhead stöhnte, dann hob er mühsam den Kopf und sah ihn mit dem Blick eines gehetzten Tiers an.

»Warum ... warum ... machst du so was, Mann?«

»Damit du's nicht vergißt«, antwortete Karim. »Ein Bulle ist immer ein Problem. Aber ein arabischer Bulle ist ein gottverdammtes Problem. Versuch du noch einmal, Kanaken aufzumischen, und du wirst mit diesem Problem Bekanntschaft machen.« Er trat ihn noch einmal. »Sehr enge Bekanntschaft.« Rückwärts ging er zur Tür und steckte im Vorübergehen seine Glock ein.

Mit quietschenden Reifen fuhr er davon und blieb ein paar Kilometer weiter am Rand eines Wäldchens stehen, um sich abzuregen und nachzudenken. Die Gruft war also vor zwei Uhr morgens aufgebrochen worden. Die Plünderer waren zu zweit und fuhren – vielleicht – einen osteuropäischen Wagen. Er warf einen Blick auf die Uhr: Er hatte gerade noch Zeit, seinen Bericht zu schreiben. Dann konnte er ernsthaft mit den Ermittlungen beginnen. Man mußte eine Fahndung ausschreiben, die Zulassungsstelle anrufen, die Leute befragen, die an der D 143 wohnten ...

Doch im Geist war er schon anderswo. Er hatte seine Aufgabe erfüllt, und Crozier würde ihm nun freie Hand lassen. Er konnte die Ermittlung auf seine Weise durchführen: zum Beispiel nach den Angehörigen des kleinen Jungen fahnden, der 1982 gestorben war.

3. TEIL

11

»... DIE UNTERSUCHUNG der Thorax-Vorderseite ergibt lange Schnittwunden, vermutlich mit einer Klinge ausgeführt. Weitere Verletzungen dieser Art, die von demselben Instrument stammen, befinden sich auf den Schultern, den Armen ...«

Der Gerichtsmediziner trug einen Kittel aus zerknittertem Drillich und kleine runde Augengläser: Marc Costes war ein junger Mann mit scharfen Gesichtszügen und abwesendem Blick. Niémans hatte er auf Anhieb gefallen, denn er erkannte in ihm einen Fanatiker seines Fachs, einen Forscher, der jedem Problem auf den Grund ging, dem es wahrscheinlich noch an Erfahrung fehlte, doch gewiß nicht an Leidenschaft. In sachlichem Ton las er seinen Autopsiebericht vor:

»... Ferner zahlreiche Verbrennungen: auf der Vorder- und Rückseite des Rumpfes, an Schultern, den Seiten, den Armen. Es sind etwa fünfundzwanzig Verletzungen dieser Art zu zählen, von denen viele die oben beschriebenen Schnittwunden überlagern ...«

»Was heißt das?« unterbrach ihn Niémans. Der Mediziner blickte ihn über den Rand der Brille hinweg verlegen an. »Ich denke, der Mörder hat die Wunden ausgebrannt. Es sieht so aus, als hätte er die Schnittwunden mit Benzin benetzt – möglicherweise mit Hilfe eines Zerstäubers, denn die Verbrennungen sind einerseits großflächig, andererseits betreffen sie nur die Epidermis – die Oberhaut«, fügte er mit einem Blick auf seine Zuhörer hinzu. »Es muß also ein ziemlich feiner Benzinnebel über der Haut gewesen sein, der dann in Brand gesteckt wurde.«

Niémans spürte, wie ihm der kalte Schweiß über den Rücken rann. Wieder durchmaß er mit großen Schritten den Seminarraum im ersten Stock des Psychologie- und Soziologiegebäudes, in dem er sein Hauptquartier eingerichtet hatte. In dieses bescheidene Zimmer hatte er den Pathologen zur Unterredung gebeten. Hauptmann Barnes und Leutnant Joisneau waren ebenfalls anwesend und saßen brav auf ihren Studentenstühlen.

»Fahren Sie fort«, befahl er.

»... Auch sind zahlreiche Hämatome, Ödeme, Brüche festzustellen. Allein der Rumpf weist achtzehn Hämatome auf. Vier Rippen sind gebrochen, die beiden Schlüsselbeine zertrümmert. Auch an anderen Körperteilen finden sich Spuren von Schlägen. Drei Finger der linken und zwei der rechten Hand sind zermalmt. Die Genitalien sind infolge von Schlägen blutunterlaufen. Die verwendete Waffe ist vermutlich eine Eisen- oder Bleistange von etwa sieben Zentimetern Durchmesser. Natürlich sind auch Verletzungen festzustellen, die beim späteren Transport der Leiche und ihrer Unterbringung in der Felsspalte verursacht wurden, Ödeme jedoch reagieren *post mortem* anders ...«

Niémans warf einen kurzen Blick auf die Zuhörer: ausweichende Blicke und feucht glänzende Schläfen.

»... Der obere Teil des Körpers: Gesicht unversehrt. Der Nacken weist keine sichtbaren Quetschungen auf ...«

»Keine Schläge ins Gesicht?« fragte Niémans.

»Nein. Offensichtlich hat der Mörder das Gesicht sogar absichtlich verschont.«

Costes senkte den Blick wieder auf seinen Bericht und wollte weiterlesen, doch Niémans unterbrach ihn erneut.

»Moment, bitte. Ich nehme an, das geht noch ziemlich lang so weiter.«

Der Arzt blinzelte nervös und blätterte in seinem Bericht. »Schon noch ein paar Seiten, ja ...«

»Okay. Wir werden Ihren Bericht später selbst lesen. Sagen Sie uns lieber, was die Todesursache war. Ist das Opfer an seinen Verletzungen gestorben?«

»Nein. Der Mann wurde erdrosselt. Daran besteht kein Zweifel.

Mit einem Metalldraht von etwa zwei Millimetern Durchmesser. Wie zum Beispiel dem Bremskabel eines Fahrrads, einer Klaviersaite oder irgendeinem ähnlichen Draht, der einen Einschnitt von fünfzehn Zentimetern Länge verursacht, den Kehlkopf zerquetscht, die Halsmuskeln und die Aorta durchtrennt hat, was zu einer Hämorrhagie führte.«

»Und der Todeszeitpunkt?«

»Schwer zu sagen. Wegen der zusammengekrümmten Haltung der Leiche, die wahrscheinlich der Mörder selbst bewerkstelligt hat. Durch diese Gymnastik wurde der Eintritt der Totenstarre eine Weile verzögert, und ...«

»Nennen Sie mir einen ungefähren Zeitpunkt.«

»Bei Einbruch der Dunkelheit, würde ich sagen. Samstag abend zwischen zwanzig Uhr und Mitternacht.«

»Dann wurde Caillois also offensichtlich beim Abstieg überrascht?«

»Nicht unbedingt. Meiner Ansicht nach dauerte diese Folter ziemlich lang. Ich glaube eher, er fiel seinem Mörder bereits im Lauf des Vormittags in die Hände, und seine Agonie zog sich über den ganzen Tag hin.«

»Hat sich das Opfer gewehrt?«

»Das kann man angesichts der zahlreichen Verletzungen unmöglich sagen. Aber eines steht fest: Der Mann wurde nicht niedergeschlagen. Und er war während seiner Folterung gefesselt und bei Bewußtsein: Die Abdrücke von Fesseln an Armen und Handgelenken sind eindeutig. Andererseits – nachdem nichts darauf hindeutet, daß der Mann geknebelt wurde, kann man annehmen, daß sein Mörder nicht befürchten mußte, jemand könnte die Schreie hören.«

Niémans lehnte sich ans Fensterbrett.

»Was halten Sie von den Folterungen? Sind sie professionell?«

»Professionell?«

»Handelt es sich um Kriegstechniken? Bekannte Methoden?«

»Ich bin zwar kein Experte, aber das glaube ich nicht. Ich würde eher sagen, es war die Vorgehensweise eines ... eines Besessenen. Eines Irren, der Antworten aus ihm herauspressen wollte.«

»Warum sagen Sie das?«

»Der Mörder wollte Caillois zum Reden bringen. Und er hat geredet.«

»Woher wissen Sie das?«

Costes deutete eine bescheidene Verbeugung an. Trotz der Wärme im Raum hatte er seinen Parka nicht abgelegt.

»Hätte der Mörder Rémy Caillois nur aus reinem Vergnügen gequält, so hätte er ihn zu Tode gefoltert. Aber wie gesagt, er wurde letztlich auf andere Weise umgebracht. Mit einem Draht erwürgt.«

»Kein Hinweis auf sexuelle Mißhandlungen?«

»Nein. Nichts dergleichen. Das ist nicht seine Welt. Überhaupt nicht.«

Niémans ging wieder ein paar Schritte durch den Raum. Er versuchte sich ein Monstrum vorzustellen, das fähig war, einem anderen Menschen derartige Qualen zuzufügen. Versuchte sich selbst als Beobachter der Szene zu sehen, aber er sah nichts. Kein Gesicht, keine Gestalt. Dann dachte er an den Hingerichteten, an das, was dessen Augen wahrnahmen, während er gegen den Tod, das Leiden kämpfte. Er sah wilde, verzweifelte Gesten, Braun-, Rot-, Ockertöne, einen unerträglichen Hagel von Schlägen, sah Flammen und Blut. Was mochten seine letzten Gedanken gewesen sein? Langsam und deutlich fragte er: »Was war mit den Augen?«

»Den Augen?«

Barnes hatte diese Frage gestellt, und vor Überraschung hatte sich seine Stimme eine Oktave höher geschraubt.

Herablassend antwortete Niémans: »Ja, den Augen. Das ist mir vorhin in der Klinik aufgefallen. Der Mörder hat seinem Opfer die Augen herausgetrennt. Die Höhlen schienen mit Wasser gefüllt ...«

»So ist es«, bestätigte Costes.

»Fangen Sie von Anfang an«, forderte Niémans ihn auf.

Costes blätterte in seinem Bericht. »Der Mörder hob das Lid an, führte eine Klinge ein, durchtrennte den Augenmuskel und den Sehnerv und entfernte dann den Augapfel. Anschließend schabte er das Innere der Augenhöhlen sorgfältig aus.«

»War das Opfer bei dieser Operation bereits tot?«

»Das läßt sich nicht mit Sicherheit sagen. Ich habe jedoch Blutungen in dieser Region festgestellt, die vermuten lassen, daß Caillois zu dem Zeitpunkt noch am Leben war.«

Ein bedrücktes Schweigen folgte seinen Worten. Barnes war aschfahl, Joisneau wie erstarrt vor Entsetzen.

»Und dann?« fragte Niémans, um die mit jeder Sekunde wachsende Beklemmung aufzubrechen.

»Später, als das Opfer tot war, füllte der Mörder die Augenhöhlen mit Wasser – mit Flußwasser, nehme ich an – und verschloß sorgfältig die Lider. Deshalb waren sie geschlossen und gewölbt, als wären die Augen unversehrt.«

»Kommen wir auf die Verstümmelung der Augen zurück. Besitzt der Mörder Ihrer Ansicht nach chirurgische Kenntnisse?«

»Nein. Oder nur sehr vage Vorstellungen. Er gibt sich Mühe, würde ich sagen, wie auch bei den Folterungen.«

»Was für Instrumente hat er dafür benutzt? Dieselben, die auch die Schnittwunden am Körper verursachten?«

Sie stammen jedenfalls aus derselben Familie.«

»Aus welcher Familie?«

»Industrielle Instrumente. Schneidewerkzeuge irgendeiner Art.«

Niémans trat vor den Arzt hin. »Mehr können Sie uns nicht sagen? Keinerlei Hinweis? Keine Spur, die irgendwohin führt?«

»Leider nein. Der Körper wurde gründlich gewaschen, ehe er in der Felsspalte untergebracht wurde. Diese Leiche sagt uns nicht das geringste über den Tatort. Geschweige denn über die Identität des Mörders. Wir können allenfalls annehmen, daß es sich um einen kräftigen und geschickten Mann handelt. Das ist alles.«

»Recht wenig«, brummte Niémans.

Costes schwieg eine Weile, dann kam er auf seinen Bericht zurück. »Da ist noch ein Detail, das ich nicht erwähnt habe ... Ein Detail, das mit dem Mord an sich nichts zu tun hat.«

Der Kommissar sah ihn an. »Was?«

»Rémy Caillois hatte keine Fingerabdrücke.«

»Was soll das heißen?«

»Er hatte verätzte Hände – so sehr, daß auf der Haut keinerlei Rillen mehr sichtbar waren. Vielleicht infolge von Verbrennungen bei einem Unfall. Dieser Unfall muß allerdings weit zurückliegen.«

Niémans warf Barnes einen fragenden Blick zu, erhielt jedoch lediglich ein Schulterzucken zur Antwort.

»Das werden wir nachprüfen«, murmelte Niémans.

Er trat so dicht an den Pathologen heran, daß er beinahe dessen Parka berührte. »Was halten Sie persönlich von diesem Mord?« fragte er. »Wie kommt er Ihnen vor? Ich meine, was ist Ihre ärztliche Einschätzung dieser Hinrichtung?«

Costes nahm die Brille ab und rieb sich die Lider. Als er die Gläser wieder aufsetzte, schien sein Blick klarer, wie poliert. Und seine Stimme klang sicherer.

»Der Mörder folgt irgendeinem obskuren Ritual. Einem Ritual, das mit dieser Fötalposition in der Felsnische enden mußte. Das alles wirkt sehr präzise, sehr durchdacht. So muß die Heraustrennung der Augen eine wesentliche Rolle spielen. Ebenso das Wasser. Wasser unter den Lidern anstelle der Augen. Als hätte der Mörder die Augenhöhlen ausspülen, reinigen wollen. Wir sind dabei, das Wasser zu analysieren – man kann ja nie wissen. Vielleicht gibt uns die chemische Zusammensetzung einen Hinweis.«

Niémans nahm diese letzten Worte mit einer unbestimmten Geste zur Kenntnis. Eine Reinigung. Auch der Kommissar dachte seit seinem Besuch bei dem kleinen See an eine Katharsis, eine Läuterung. In diesem Punkt trafen sich die beiden Männer. Offenbar wollte der Mörder über dem See eine Verunreinigung beseitigen – oder vielleicht auch nur sein eigenes Verbrechen abwaschen?

Minuten vergingen. Niemand wagte sich zu rühren. Schließlich wandte sich Niémans zur Tür und sagte: »Machen wir uns wieder an die Arbeit. Die Zeit drängt. Ich weiß nicht, was Rémy Caillois zu gestehen hatte. Ich hoffe bloß, es zieht keine weiteren Morde nach sich.«

12

NIÉMANS UND JOISNEAU kehrten zur Bibliothek zurück. Vor der Tür warf der Kommissar dem Leutnant einen kurzen Blick zu und sah dessen bleiches, fassungsloses Gesicht. Er klopfte ihm auf den Rükken und schnaufte wie ein Sportler. Eric reagierte mit einem halbherzigen Lächeln.

Ein beeindruckender Anblick bot sich ihnen, als sie den großen Lesesaal betraten: Zwei entnervte Beamte der Kriminalpolizei und ein ganzer Trupp nicht minder verdrossener Streifenpolizisten in Hemdsärmeln waren über die Bibliothek hergefallen und stellten sie vollständig auf den Kopf. Überall türmten sich Hunderte von Büchern oder lagen aufgeschlagen auf den Tischen. Entgeistert fragte Joisneau: »Was soll das denn bedeuten?«

»Tja, wir tun, was man uns aufgetragen hat«, antwortete ein Beamter. »Wir untersuchen alle Bücher, in denen vom Bösen die Rede ist, von religiösen Riten und so weiter ...«

Joisneau warf Niémans einen Blick zu. Sichtlich erbittert über dieses dilettantische Vorgehen, brüllte der den Kripobeamten an: »Per Computer, habe ich gesagt! Doch nicht die Bücher selber! Wozu gibt es denn EDV?!«

»Oh, wir haben sehr wohl eine elektronische Suche gestartet, nach Sachgebieten und Titeln. Aber jetzt durchsuchen wir die Bücher nach Hinweisen, nach etwaigen Anklängen an den Mord ...«

»Haben Sie denn mit den Dozenten und Professoren gesprochen?« warf Niémans ein.

Der Beamte verzog mürrisch das Gesicht. »Das sind Philosophen«, sagte er. »Sie haben uns bloß die Ohren vollgequatscht. Der erste sagte, der Begriff des Bösen sei eine rein bürgerliche Wertvorstellung, die man aus sozialer und eher marxistischer Sicht überprüfen müsse. Wir sind nicht weiter auf ihn eingegangen. Der zweite hat was von Grenzüberschreitungen gefaselt. Allerdings unter Hinweis darauf, daß die Grenze in uns selber ist ... daß unser Gewissen ständig mit einem übergeordneten Zensor verhandelt ... Wir haben jedenfalls nichts kapiert. Der dritte hat uns was vom Absoluten und der Suche nach dem Unmöglichen erzählt ... vom mystischen Erlebnis, das, als Verlangen, im Guten wie im Bösen zustande kommen könne. Also ... uns ist das zu hoch, offen gestanden ...«

Niémans fing an zu lachen. »Ich hab's dir ja gesagt«, schnaubte er, an Joisneau gewandt. »Trau keinem Intellektuellen.«

Zu dem verdutzten Kripobeamten sagte er: »Machen Sie nur weiter. Suchen Sie nach den Schlüsselbegriffen ›Böses‹, ›Gewalt‹ und ›Riten‹, und geben Sie außerdem die Begriffe ›Wasser‹, ›Augen‹ und ›Läuterung‹ oder ›Reinheit‹ in den Computer ein. Machen Sie mir eine Liste der Studenten, die solche Bücher ausgeliehen und sich mit diesen Themen beschäftigt haben, beispielsweise im Zusammenhang mit einer Diplom- oder Doktorarbeit. Wer ist hier der Computerspezialist?«

»Ich, Herr Kommissar!« Ein vierschrötiger Bursche trat vor und ließ die Schultern kreisen.

»Was haben Sie sonst noch in Caillois' Dateien gefunden?«

»Die Listen beschädigter Bücher, Bestellungen und so weiter. Die Namen der Studenten, die sich Bücher im Lesesaal ausgeliehen haben, und ihren Platz im Saal.«

»Ihren Platz?«

»Jawohl. Caillois hatte unter anderem die Aufgabe, jedem Studenten einen eigenen Platz zuzuweisen ...« Mit einer Kopfbewegung deutete er auf die verglasten Abteile. »In diesen Boxen da. Er hatte jeden Namen samt Platznummer gespeichert.«

»Seine eigene Dissertation haben Sie nicht gefunden, oder?«

»Doch. Ein tausendseitiger Schinken über die Antike und ...« – er warf einen Blick auf ein vollgekritzeltes Notizblatt – »... über die olympische Idee. Darin geht es um die allerersten Olympischen Spiele und um die heiligen Riten, die damit verbunden waren ... Ein gewaltiges Ding, das kann ich Ihnen sagen.«

»Machen Sie einen Ausdruck davon, und lesen Sie's.«

»Wie bitte?«

»Kursorisch natürlich«, fügte Niémans mit spöttischem Unterton hinzu.

Der Mann schien leicht aus der Fassung. Ehe er protestieren konnte, fuhr Niémans fort: »Sonst hat er nichts in seiner Kiste? Irgendwelche Videospiele? Eine Mailbox?«

Der Kripobeamte schüttelte den Kopf. Niémans fand diese Auskunft nicht weiter verwunderlich. Er hatte schon geahnt, daß Caillois allein für seine Bücher und seine Berge gelebt hatte. Ein rigoroser Charakter, privat wie beruflich, der sich keinerlei Ablenkung von seinen Aufgaben gestattete: der Fertigstellung seiner Dissertation. Was hätte ein derart strenger Asket wohl zu gestehen?

Niémans drehte sich zu Joisneau um. »Komm mal mit«, sagte er und zog ihn zu den Bücherregalen. »Wie weit bist du inzwischen mit deinen Ermittlungen?«

Sie traten in einen schmalen Gang zwischen Regalen. Am anderen Ende stand ein uniformierter Polizist, die Mütze in den Nacken geschoben, und blätterte eifrig in einem Buch. Bei seinem Anblick hatte der Kommissar einige Mühe, seinen Ernst zu wahren.

Der Leutnant schlug sein Notizbuch auf. »Ich habe mehrere Universitätsmitarbeiter befragt, außerdem die beiden Bibliothekare, die Caillois' Kollegen waren. Er war nicht sonderlich beliebt, aber immerhin wurde er respektiert.«

»Was hatten sie ihm vorzuwerfen?«

»Nichts Bestimmtes. Ich habe eher den Eindruck, daß er bei allen ein gewisses Unbehagen verursachte. Er war ein zurückhaltender Typ, geradezu verschlossen, legte nicht den geringsten Wert auf soziale Kontakte und sagte nur das Allernötigste. In gewisser Weise paßt das ja zu seiner Arbeit.« Joisneau warf einen Blick in den Lesesaal, beinahe bestürzt. »Das muß man sich mal vorstellen … den ganzen Tag in dieser Bibliothek sitzen und kein Wort reden …«

»Hat jemand seinen Vater erwähnt?«

»Ja – wußten Sie, daß er ebenfalls Bibliothekar war? Dieselbe Sorte wie sein Sohn. Schweigsam, verschlossen. Also wissen Sie, langfristig muß diese Beichtstuhlatmosphäre doch irgendwie aufs Gemüt schlagen.«

Niémans lehnte sich an das Regal. »Hat man dir erzählt, daß er in den Bergen umgekommen ist?«

»Natürlich. Aber daran ist nichts Verdächtiges. Der gute Mann wurde von einer Lawine mitgerissen …«

»Ich weiß. Also, deiner Ansicht nach konnte keiner den Caillois etwas vorwerfen, weder dem Vater noch dem Sohn?«

»Herr Kommissar, der Mann holte Bücher aus dem Magazin, füllte Formulare aus und verteilte Platznummern an die Studenten. Wer sollte sich an so einem wohl rächen – und wofür? Ein Student, dem Caillois die falsche Ausgabe gebracht hat?«

»Okay. Und was ist mit seiner Bergsteigerei?«

Joisneau blätterte wieder in seinem Notizbuch. »Caillois wechselte zwischen Klettern und Bergwandern. Er war sowohl Alpinist als auch ein unvergleichlicher Tourengänger. Nach Aussage der Augenzeugen, die ihn am letzten Samstag losgehen sahen, ist er offensichtlich auf zweitausend Meter aufgestiegen. Ohne Ausrüstung.«

»Hatte er Mitwanderer, Klettergefährten?«

»Niemals. Nicht einmal seine Frau hat ihn begleitet. Caillois war in jeder Hinsicht ein Einzelgänger. An der Grenze zum Autismus.«

Nun gab Niémans seine neuesten Erkenntnisse preis. »Ich war noch einmal am Fluß«, sagte er. »Ich habe im Felsen die Einschläge von Haken gefunden. Anscheinend hat der Mörder die Leiche mit Hilfe einer Abseiltechnik in die Nische verfrachtet.«

Joisneau runzelte die Stirn. »Scheiße, ich bin doch auch hinaufgestiegen und habe ...«

»Die Einschlaglöcher befinden sich in der Innenseite der Nische. Der Mörder hat mehrere Haken in die Wand geschlagen und sich daran abgeseilt, um mit Hilfe seines eigenen Körpergewichts die Leiche hinaufzuziehen.«

»Scheiße.«

Seine Miene drückte eine Mischung zwischen Ärger und Bewunderung aus. Niémans lächelte.

»Das war nicht mein Verdienst. Meine Zeugin hat mich auf die Spur gebracht. Fanny Ferreira. Ein echter Profi.« Er zwinkerte. »Und eine echte Kanone ... Ich hätte gern, daß du in dieser Richtung weitergräbst. Ich will eine ausführliche Liste der eingefleischten Kletterer in der Gegend und aller, die Zugang zu alpiner Ausrüstung hatten.«

»Aber das sind bestimmt Tausende!«

»Frag deine Kollegen. Frag Barnes. Man kann nie wissen – vielleicht stoßen wir hier auf eine Spur. Auch die Augen könnten eine Spur sein – kümmere dich darum.«

»Die Augen?«

»Du hast den Gerichtsmediziner gehört. Der Mörder hat seinem Opfer sehr sorgfältig die Augen entfernt. Ich habe nicht die leiseste Ahnung, was das bedeutet. Vielleicht ist es eine Form von Fetischismus. Oder vielleicht wollte der Mörder damit irgendeine besondere Läuterung andeuten – vielleicht sind die Augen Symbol für eine Szene, die das Opfer beobachtet hat. Oder für einen Blick, von dem der Mörder sich zwanghaft verfolgt fühlte. Was weiß ich. Das ist alles ziemlich schwammig, und ich mag dieses Psychogeschwätz eigentlich nicht. Trotzdem will ich, daß du die Stadt durchkämmst und alles registrierst, was sich irgendwie auf die Augen beziehen könnte.«

»Zum Beispiel was?«

»Zum Beispiel sollst du herausfinden, ob es an dieser Uni oder in der Stadt je zu Unfällen kam, bei denen die Augen betroffen waren. Schau dir die Polizeiprotokolle der letzten Jahre und die vermischten Nachrichten in den Lokalzeitungen an. Such nach Schlägereien, bei denen jemand verletzt wurde. Oder auch nach Tieren, die verstümmelt wurden. Ich weiß es nicht – halt einfach die Augen offen. Und vergewissere dich auch, ob in der Gegend irgendwelche bemerkenswerte Fälle von Blindheit oder Augenkrankheiten vorkommen.«

»Glauben Sie wirklich, daß ich auf diese Weise …«

»Ich glaube gar nichts«, schnaubte Niémans. »Tu's einfach.«

Der Polizist am anderen Ende des Regals, der sie während ihres Gesprächs immer wieder verstohlen beobachtet hatte, stellte seine Bücher zurück und verschwand.

»Außerdem will ich Caillois' exakten Zeitplan in den letzten Wochen wissen«, setzte Niémans halblaut hinzu. »Ich will wissen, wen er getroffen, mit wem er gesprochen, welche Post er bekommen hat. Ich will eine Liste sämtlicher Telefongespräche, privater und dienstlicher Natur. Alles. Vielleicht kannte Caillois seinen Mörder. Vielleicht waren sie sogar in den Bergen verabredet.«

»Und das Gespräch mit seiner Frau – ist dabei nichts herausgekommen?«

Niémans antwortete nicht, und Joisneau fügte hinzu: »Wie es scheint, ist sie nicht sehr umgänglich.«

Als Niémans noch immer nicht reagierte, steckte Joisneau sein Notizbuch ein. Sein Gesicht hatte inzwischen wieder Farbe bekommen. »Ich weiß nicht, ob ich Ihnen das sagen soll … Aber diese verstümmelte Leiche … und dieser durchgeknallte Mörder, der irgendwo frei herumläuft …«

»Und?«

»Was soll ich sagen – ich hab' den Eindruck, daß Sie mir einiges beibringen …«

Niémans blätterte in einem Buch, das er aus dem Regal gezogen hatte: Die *Topographie des Départements Isère*. Er drückte dem Leutnant den Band in die Hand und sagte: »Na, dann bete darum, daß der Mörder uns ebensoviel beizubringen hat.«

13

LEICHE IN SEITWÄRTS GEKRÜMMTER HALTUNG. Straff gespannte Muskelstränge, hart wie Seile und sichtbar unter der Haut. Das bläulich weiße Fleisch übersät von schwarzvioletten Wunden.

Niémans war in sein Arbeitszimmer zurückgekehrt und sah sich die Polaroidfotos von Rémy Caillois an.

Das Gesicht von vorn: Lider über leeren Augenhöhlen geschlossen.

Noch im Mantel saß er da und dachte an das Leiden des Mannes, an die grauenhafte Gewalt, die in dieser harmlosen Gegend ausgebrochen war, und befürchtete insgeheim das Schlimmste. Vielleicht einen weiteren Mord. Oder ein ungesühntes Verbrechen, in Vergessenheit geraten durch die Zeit und die Angst. Die für die Verdrängung weitaus hilfreicher waren als für die Erinnerung.

Die Hände des Opfers: Von oben, dann von unten fotografiert. Feingliedrige Hände, jedoch mit anonymen Fingern: ohne den geringsten Fingerabdruck. An den Handgelenken Spuren von Metallfesseln, anorganisches Material. Die Quetschungen blutunterlaufen, granulös.

Niémans schob seinen Stuhl zurück und lehnte sich an die Mauer. Er verschränkte die Hände im Nacken und dachte über seine eigenen Sätze nach: jedes Element einer Ermittlung ist ein Spiegel. Und in irgendeinem toten Winkel versteckt sich der Mörder. Eines wußte er mit Sicherheit: Caillois war nicht zufällig ausgesucht worden. Sein Tod stand in irgendeinem Zusammenhang mit seiner Vergangenheit. Mit einer Person, die er gekannt hatte. Mit einer Tat, die er begangen hatte. Oder einem Geheimnis, das er aufgedeckt hatte.

Was war es?

Von Kindheit an hatte Caillois sein Dasein in der Universitätsbibliothek verbracht. Und jedes Wochenende war er aus dem Tal ausgebrochen und in der Einsamkeit der Berge verschwunden. Was mochte er getan oder entdeckt haben, um eine derart grausame Hinrichtung zu verdienen?

Niémans beschloß, seine Vergangenheit unter die Lupe zu nehmen. Ob aus Reflex oder einer persönlichen Obsession heraus – jedenfalls begann er mit einem Detail, das während seiner Unterredung mit Sophie Caillois zu Tage getreten war.

Nach etlichen Anrufen gelang es ihm endlich, das in der Umgebung von Lyon stationierte vierzehnte Infanterieregiment zu erreichen, zu dem sich sämtliche Wehrpflichtigen der Region Isère zur Musterung einzufinden hatten. Nachdem er sich vorgestellt und den Grund seines Anrufs genannt hatte, wurde er mit dem Archiv verbunden und ließ sich die Akte über Rémy Caillois heraussuchen, der fünf Jahre zuvor als untauglich eingestuft und vom Wehrdienst freigestellt worden war.

Durch die Leitung hörte Niémans das Klicken einer Tastatur, Schritte, die sich durch den Raum entfernten und zurückkehrten, dann das Rascheln von Papier.

»Lesen Sie mir die Schlußfolgerung des Stabsarztes vor«, bat Niémans.

»Ich weiß nicht, ob … Woher weiß ich denn, daß Sie wirklich ein Kommissar sind?« fragte der Archivar.

Niémans seufzte. »Rufen Sie die Gendarmerie von Guernon an. Verlangen Sie Hauptmann Barnes und …«

»Schon gut. In Ordnung, ich lese es Ihnen vor.« Der Archivar blätterte. »Die Details, die Testergebnisse und so weiter lasse ich aus. Die Schlußfolgerung lautet, daß Ihr Typ die Musterungsbewertung fünf erhielt, das heißt als absolut untauglich eingestuft wurde, und zwar wegen akuter Schizophrenie, wie es hier heißt. Am Rand steht eine handschriftliche Notiz des Psychiaters … Er schreibt: ›Therapie dringend erforderlich.‹ Unterstrichen. Außerdem schreibt er: ›Mit dem CHRU Guernon Verbindung aufnehmen.‹ Also, meiner Ansicht nach muß dieser Kerl einen ziemlich starken Hieb gehabt haben, denn normalerweise …«

»Haben Sie den Namen des Arztes?«

»Natürlich, das war der Stabsarzt Yvens.«

»Ist er noch immer bei Ihrer Garnison?«

»Ja. Er ist sogar im Haus.«

»Verbinden Sie mich mit ihm.«

»Ich … Na gut, bleiben Sie dran.«

Eine synthetische Fanfarenmelodie schallte aus dem Hörer, dann meldete sich eine tiefe, sonore Stimme. Niémans stellte sich neuerlich vor und gab seine Erklärungen ab. Dr. Yvens war skeptisch. »Wie heißt der Einberufene?« fragte er schließlich.

»Caillois, Rémy. Sie haben ihn vor fünf Jahren wegen akuter Schizophrenie vom Wehrdienst zurückgestellt. Besteht eine Chance, daß Sie sich an den Fall erinnern? Wenn ja, würde ich gerne wissen, ob es Ihrer Ansicht nach auch möglich sein könnte, daß er simuliert hat.«

»Diese Unterlagen sind vertraulich«, wandte die Stimme ein.

»Ihre Schweigepflicht gilt nicht mehr. Gestern wurde die Leiche des Mannes gefunden, in einer Felsnische eingeklemmt. Gefoltert und schließlich erdrosselt. Mit leeren Augenhöhlen. Der Untersuchungsrichter Bernard Terpentes ließ mich aus Paris herkommen, um in dem Fall zu ermitteln. Wenn Sie es wünschen, wird er sich selbst mit Ihnen in Verbindung setzen, aber wir könnten Zeit sparen. Bitte antworten Sie mir. Erinnern Sie sich an …«

»Ich erinnere mich«, fiel ihm Yvens ins Wort. »Der Mann war schwer krank. Wahnsinnig. Ohne irgendeinen Zweifel.«

Niémans hatte insgeheim damit gerechnet, dennoch überraschte ihn die Antwort. »Daß er simuliert haben könnte, ist ausgeschlossen?« beharrte er.

»Völlig ausgeschlossen. Simulanten erlebe ich beinahe jeden Tag. Geistig gesunde Menschen haben sehr viel mehr Phantasie als die echten Kranken. Sie erzählen alles mögliche, denken sich die erstaunlichsten und vielfältigsten Wahnvorstellungen aus. Die wirklich Geisteskranken hingegen sind leicht zu erkennen. Sie wechseln ihren Wahn nicht, sondern sind besessen von ihren Vorstellungen, völlig ausgefüllt. Selbst der Wahnsinn hat seine Logik … seine Methode. Rémy Caillois war geisteskrank. Ein Schulbeispiel.«

»Was waren die Symptome?«

»Ambivalenz des Denkens. Akustische Halluzinationen. Kontaktunfähigkeit, keine Verbindung mit der Außenwelt. Sprachlosigkeit. Die klassischen Symptome bei Schizophrenie.«

»Herr Doktor, dieser Mann war Bibliothekar an der Universität von Guernon. Er stand jeden Tag mit Hunderten von Studenten in Kontakt …«

Der Arzt lachte. »Der Wahn macht sich nicht ständig bemerkbar, Herr Kommissar. Bei einer Schizophrenie bestehen gesunde und krankhaft veränderte Empfindungen und Verhaltensweisen durchaus auch nebeneinander. Eine Wahnvorstellung braucht für die Umwelt nicht wahrnehmbar zu sein, sie kann sich unter einer völlig unauffälligen Fassade verbergen. Das müssen Sie doch ebensogut wissen wie ich.«

»Aber Sie sagten, der Wahn sei Ihnen sofort aufgefallen.«

»Ich habe viel Erfahrung auf diesem Gebiet. Und vielleicht hat Caillois seither auch gelernt, sich zu kontrollieren.«

»Warum haben Sie in Ihrem Bericht geschrieben, eine Therapie sei dringend erforderlich?«

»Ich habe ihm empfohlen, sich behandeln zu lassen. Das ist alles.«

»Haben Sie sich denn mit dem CHRU von Guernon in Verbindung gesetzt?«

»Das weiß ich nicht mehr, offen gestanden. Der Fall war interessant, aber ich glaube nicht, daß ich mich an die Klinik gewandt habe. Wissen Sie, hätte der Betroffene selbst …«

»›Interessant‹, habe ich das richtig gehört?«

Der Arzt seufzte. »Der Mann lebte in einer isolierten Welt, in der eine extreme Ordnung herrschte, und er litt unter einer Persönlichkeitsspaltung. Wahrscheinlich gelang es ihm, eine gewisse Flexibilität an den Tag zu legen, jedenfalls in den Augen der anderen, innerlich aber war er von Ordnung und Präzision geradezu zwanghaft beherrscht. Alle seine Empfindungen nahmen konkrete Gestalt an, und zwar in Form einer je eigenen Persönlichkeit. Er war für sich allein schon eine ganze Armee. Es war ein … faszinierender Fall.«

»Konnte er gefährlich sein?«

»Zweifellos.«

»Und Sie ließen ihn einfach gehen?«

Eine kurze Pause trat ein, dann sagte der Arzt: »Wissen Sie, bei den vielen Verrückten, die herumlaufen …«

»Herr Doktor«, sagte Niémans leise, »der Mann war verheiratet.«

»Tja … dann tut mir seine Frau leid.«

Niémans bedankte sich und legte auf. Diese Informationen eröffneten neue Horizonte. Und verstärkten seine Ratlosigkeit. Er entschloß sich zu einem weiteren Besuch.

»Sie haben mich belogen!«

Sophie Caillois versuchte, die Tür zu schließen, doch der Kommissar blockierte sie mit dem Ellenbogen.

»Warum haben Sie mir verschwiegen, daß Ihr Mann krank war?«

»Krank?«

»Schizophren. Nach Auskunft der Experten hätte er in eine geschlossene Anstalt gehört.«

»Dreckskerl.«

Mit verkniffenen Lippen versuchte die junge Frau noch einmal, die Tür zu schließen, doch Niémans wehrte sie mühelos ab. Trotz ihrer strähnigen Haare, ihres ausgebeulten Pullovers schien sie ihm schöner denn je.

»Begreifen Sie denn nicht?« brüllte er. »Wir suchen einen Mörder! Wir suchen ein Motiv! Vielleicht hat Rémy Caillois irgendeine Tat begangen, irgend etwas, das die Grausamkeit seines Tods erklären kann. Eine Tat, an die er sich gar nicht mehr erinnerte. Ich bitte Sie ... Sie allein können mir dabei helfen!«

Sophie Caillois riß die Augen auf. Die ganze Schönheit ihres Gesichts verknüpfte sich zu feinen Netzen, kleinen nervösen Zukkungen. Ihre Augenbrauen vor allem, diese perfekt geschwungenen Brauen waren zu einem herrlichen, herzzerreißenden Akzent erstarrt.

»Sie sind verrückt.«

»Ich muß wissen, was sich in seiner Vergangenheit abgespielt hat ...«

»Sie sind verrückt.«

Die junge Frau zitterte. Gegen seinen Willen senkte Niémans den Blick. Er betrachtete die hervortretenden Schlüsselbeine, über die sich der Pullover spannte. Durch die Wolle nahm er den verdrehten Träger eines altmodischen BHs wahr. Aus einer plötzlichen Eingebung heraus packte er ihr Handgelenk und schob den Ärmel zurück. Bläuliche Striemen zogen sich über ihren Unterarm.

»Er hat Sie geschlagen!« brüllte Niémans.

Er riß den Blick von den blutunterlaufenen Malen los und starrte ihr in die Augen.

»Er hat Sie geschlagen! Ihr Mann war krank, er liebte es, anderen weh zu tun, da bin ich mir sicher. Er hat irgendeine Untat begangen, und ich bin sicher, daß Sie es wissen oder zumindest einen Verdacht haben. Sie sagen nicht ein Zehntel dessen, was Sie wirklich wissen!«

Die Frau spie ihm ins Gesicht. Niémans zuckte zurück, schwankend.

Sie ergriff die Gelegenheit und warf die Tür ins Schloß. Mehrere Riegel wurden vorgeschoben, während Niémans sich wieder auf die Tür stürzte. Aus den Nachbarwohnungen spähten beunruhigte Gesichter in den Flur. Der Kommissar trat erbittert mit dem Fuß gegen die Wand.

»Ich komme wieder!« schrie er.

In der Wohnung war es still.

Niémans versetzte der Tür einen letzten Faustschlag, der dumpf nachhallte; dann stand er ein paar Sekunden reglos da und lauschte.

Wie aus einer finsteren Höhle klang die Stimme der Frau hinter der Tür, unterbrochen von Schluchzen: »Sie sind verrückt!«

14

»ICH BRAUCHE EINEN BEAMTEN IN ZIVIL, der sich an ihre Fersen heftet. Fordern Sie von der Kripo Grenoble Verstärkung an.«

»Sophie Caillois? Aber ... wieso denn?«

Niémans stand mit Barnes im Wachzimmer der Gendarmerie von Guernon. Der Hauptmann trug den vorgeschriebenen Pullover, marineblau mit weißem Seitenstreifen, der ihm eine gewisse Ähnlichkeit mit einem Matrosen verlieh. »Diese Frau verheimlicht uns etwas«, erklärte er.

»Sie werden doch nicht glauben, daß sie ...«

»Nein. Aber sie sagt nicht alles, was sie weiß.«

Barnes nickte ohne rechte Überzeugung, dann drückte er Niémans ein dickes Bündel Papier in die Arme – Faxe, Computerausdrucke, Durchschläge.

»Die ersten Ergebnisse der allgemeinen Fahndung«, erklärte er. »Alles nicht gerade ergiebig.«

Gleichgültig gegen den Tumult und das Stimmengewirr der Gendarmen ringsum, überflog Niémans die Unterlagen, während er langsam auf ein einzelnes Büro zuging, das durch Glaswände abgetrennt war. Die Durchschläge faßten die Ergebnisse der Ermittlungen unter Leitung von Barnes und Vermont zusammen. Trotz der großen Zahl von Berichten und Aussagen fand sich nicht der geringste konstruktive Hinweis. Die verschiedenen Maßnahmen, Nachforschungen, Vernehmungen, Erkundigungen vor Ort ... das alles hatte nichts ergeben. Niémans verzog mürrisch das Gesicht, als er das verglaste Büro betrat. Ein derart spektakuläres Verbrechen in einer so kleinen Stadt – der Kommissar konnte kaum fassen, daß er noch immer auf keinen Hinweis, keine Fährte gestoßen war.

Er setzte sich an den metallenen Schreibtisch und begann zu lesen, diesmal aufmerksam.

Die Fahndung nach Landstreichern hatte sich als Sackgasse erwiesen. Die Anfragen bei Gefängnissen, Präfekturen, Gerichten führten ebenfalls nirgendwohin. Von den Autodiebstählen innerhalb der vergangenen achtundvierzig Stunden ließ keiner sich mit dem Mord in Verbindung bringen. Die Auswertung der Verbrechen und lokalen Nachrichten der letzten zwanzig Jahre blieb ebenfalls ergebnislos. Niemand erinnerte sich an ein ähnlich grausames, ähnlich bizarres Verbrechen oder an irgendeinen Vorfall, der mit diesem Mord in Zusammenhang stehen könnte. In der Stadt selbst umfaßte die Liste der Polizeiprotokolle aus zwanzig Jahren ein paar Bergrettungen, etliche unbedeutende Diebstähle, Unfälle, Brände ...

Niémans wandte sich dem nächsten Stoß zu: Die systematischen Anfragen per Fax an sämtliche Hotels ergaben nicht die geringste brauchbare Information.

Schließlich nahm er sich Vermonts Ergebnisse vor. Seine Leute waren noch damit beschäftigt, das Flußtal und das umliegende Gebirge zu durchkämmen. Bisher hatten sie nur fünf Berghütten besucht, und auf der Landkarte waren insgesamt siebzehn verzeichnet, von denen manche in unwegsamem Gelände lagen, mehr als dreitausend Meter hoch. War es plausibel, einen Mord in dieser Höhe anzunehmen? Die Männer hatten auch die Bauern der Umgebung befragt, und manche Vernehmungsprotokolle waren bereits abgetippt worden, verfaßt im typischen Jargon der Gendarmen. Niémans lächelte, während er in den Berichten blätterte: Wenn sich Rechtschreibfehler und Stilblüten der Polizeisprache annäherten, so stammten andere Wendungen wiederum aus dem Sprachgebrauch des Militärs. Die Männer hatten Tankstellen, Bahnhöfe, Bushaltestellen aufgesucht, aber keinen Hinweis auf ungewöhnliche Vorkommnisse gefunden. Hingegen begannen die Leute bereits zu reden: Wozu alle diese Fragen? Warum so viele Gendarmen?

Niémans legte die Akte auf den Schreibtisch. Durch die Glasscheibe sah er einen Streifenpolizisten hereinkommen, die Wangen dunkelrot und die Augen feucht von der Kälte. Er warf Vermont einen fragenden Blick zu, der ihm mit einer unmißverständlichen Geste antwortete: Nichts.

Sekundenlang wandte der Kommissar den Blick nicht von den Uniformen, doch in Gedanken war er anderswo. Er dachte an die beiden Frauen. Die eine zäh und dunkel wie Borke, mit kräftigen Muskeln, einer matten, samtigen Haut und dem Duft nach Harz und zerriebenen Kräutern. Die andere, zerbrechlich und abweisend, verbreitete Unbehagen, eine mit Angst gemischte Aggressivität, die Niémans nicht minder faszinierte. Was verbarg dieses kantige Gesicht, das so verstörend schön war? Hatte ihr Mann sie tatsächlich geschlagen? Was war ihr Geheimnis? Und wie groß mochten ihre Trauer und ihr Schmerz sein, nachdem sie die zerschundene Leiche ihres Mannes gesehen hatte, die so unendliche Leiden verriet?

Niémans stand auf und trat an ein Fenster. Über den Bergen warf die Sonne leuchtende Strahlen durch die Wolken, die wie lange Wunden im schwärzlich geschwollenen Fleisch des Gewitters aussahen. Unten im Tal sah Niémans die grauen, einförmigen Häuser von Guernon, die Dächer mit vielen Ecken und Vorsprüngen, die Dachlawinen verhindern sollten, die dunklen Fenster, klein und quadratisch wie altersdunkle Bilder, den Fluß, der die Stadt durchquerte und an der Gendarmerie vorbeifloß.

Wieder legten sich die Gesichter der beiden Frauen über das Bild.

Bei jedem neuen Fall marterte ihn wieder dasselbe Gefühl. Der Druck der Fahndung weckte seine Sinne, stachelte ihn zu einer Jagd anderer Art an, fiebrig und leidenschaftlich. Nur in diesem aufgeladenen, kriminellen Klima verliebte er sich: in Zeuginnen, Verdächtige, Huren, Kellnerinnen ...

Die Brünette oder die Blonde?

Sein Mobiltelefon läutete. Es war Antoine Rheims.

»Ich komme gerade vom Hôtel-Dieu.«

Niémans hatte den Vormittag verstreichen lassen, ohne auch nur daran zu denken, in Paris anzurufen. Wie ein explosiver Bumerang kam der Zwischenfall am Stadion nun wieder zu ihm zurück.

»Die Ärzte versuchen gerade eine fünfte Transplantation, um sein Gesicht zu retten«, fuhr Rheims fort. »Der Mann hat praktisch keine Haut mehr auf den Schenkeln, soviel haben sie ihm abgenommen. Und das ist keineswegs alles. Er hat ein Auge verloren und ein dreifaches Schädeltrauma. Sieben Frakturen der Gesichtsknochen. Sieben, Niémans. Der Unterkiefer ist tief ins Kehlkopfgewebe eingedrungen. Knochensplitter haben ihm die Stimmbänder zerrissen. Er liegt im Koma, aber selbst wenn er überlebt, wird er nie mehr sprechen. Nach Aussage der Ärzte hätte nicht einmal ein Autounfall derartige Schäden anrichten können. Hast du eine Idee, was ich ihnen sagen soll? Und der britischen Botschaft? Und den Medien? Wir beide kennen uns schon lange. Und ich glaube, wir sind befreundet. Aber ich glaube auch, daß du eine wilde Bestie bist.«

Niémans spürte seine Hände zittern.

»Der Kerl war ein Mörder«, gab er zurück.

»Verdammt, bist du vielleicht was Besseres?«

Niémans antwortete nicht. Er wechselte den schweißfeuchten Apparat von der einen Hand in die andere.

»Wie kommst du mit den Ermittlungen voran?« fragte Rheims.

»Langsam. Keine Hinweise. Keine Zeugen. Die Geschichte ist weitaus komplizierter als erwartet.«

»Ich hab's dir gesagt! Wenn die Medien rausfinden, daß du in Guernon bist, fallen sie über dich her wie die Räude über den kahlen Hund. Was für eine Idee, dich dort hinzuschicken!«

Rheims legte abrupt auf. Niémans verharrte minutenlang reglos, mit starrem Blick und ausgedörrter Kehle. In grellen Bildern blitzten die Gewaltakte der vergangenen Nacht noch einmal auf. Seine Nerven hatten ihn im Stich gelassen. In einem Anfall blinder Wut hatte er den Mörder zusammengeschlagen, einer Wut, die ihn überschwemmt und jeden anderen Gedanken ausgelöscht hatte, bis auf den Wunsch, den Feind, den er gepackt hielt, noch in derselben Sekunde zu vernichten.

Seit jeher hatte Pierre Niémans in einer Welt der Gewalt und Verkommenheit gelebt, die wild und grausam war; er fürchtete sich nicht vor der Gefahr. Im Gegenteil, er hatte sie immer gesucht, ihr geschmeichelt, um sich ihr besser stellen, sie besser beherrschen zu können. Doch mit der Beherrschung war es vorbei. Mit der Zeit hatte die Gewalt sich seiner bemächtigt, war tief in ihn eingedrungen, und er selbst war nur noch Schwäche, ein Abglanz. Und er hatte es nicht geschafft, seine Ängste zu besiegen: Irgendwo in einem Winkel seines Kopfes heulten immer noch die Hunde.

Auf einmal zuckte er zusammen: Das Telefon läutete erneut. Es war Marc Costes, der Gerichtsmediziner – triumphierend.

»Ich habe Neuigkeiten, Herr Kommissar. Wir haben einen sehr soliden Hinweis. Es geht um das Wasser unter den Augenlidern. Ich habe soeben die Ergebnisse der Analyse erhalten.«

»Und?«

»Das Wasser stammt nicht aus dem Fluß. Es hört sich unglaublich an, aber so ist es. Ich arbeite mit einem Chemiker von der Kriminaltechnik in Grenoble zusammen, Patrick Astier. Eine Kanone in seinem Fach. In unserer Probe hat er völlig andere Schadstoffwerte festgestellt als im Flußwasser. Ein haushoher Unterschied, sagt er.«

»Drück dich genauer aus.«

»Das Wasser aus den Augenhöhlen enthält H_2SO_4 und HNO_3, also Schwefelsäure und Salpetersäure. Der pH-Wert ist drei, also ziemlich sauer. Beinahe wie Essig. Diese Werte bedeuten eine wertvolle Information.«

»Verstehe ich nicht. Was soll das heißen?«

»Ich will Sie nicht mit technischen Details langweilen, aber Schwefelsäure und Salpetersäure sind Derivate von SO_2, Schwefeldioxid, und NO_2, Stickstoffdioxid. Laut Auskunft von Astier erzeugt nur ein einziger Industriezweig diese Dioxidmischung: Kraftwerke, die Braunkohle verbrennen. Also uralte Modelle. Astier folgert daraus, daß das Opfer in der Nähe eines Ortes umgebracht oder jedenfalls dorthin verfrachtet wurde, wo es ein Kohlekraftwerk gibt. Finden Sie ein solches Kraftwerk in der Region, und Sie haben den Tatort.«

Niémans starrte auf den Himmel, an dem die Ränder schwarzer Wolken in der hartnäckigen Sonne gleißend hell funkelten, wie die silbernen Schuppen eines riesigen Lachses. Vielleicht hatte er jetzt endlich eine Spur.

»Schick mir die Zusammensetzung dieses Wassers«, befahl er. »Über das Fax von Barnes.«

Als der Kommissar die Bürotür öffnete, erschien Eric Joisneau.

»Ich suche Sie überall. Ich hab' eine Information, die vielleicht wichtig ist.«

Konnte es sein, daß die Fahndung allmählich ihren Rhythmus fand? Niémans trat zurück ins Büro und schloß die Tür. Joisneau blätterte nervös in seinem Notizbuch.

»Ich habe festgestellt, daß es auf halber Höhe des Sept-Laux eine Augenklinik für Kinder und Jugendliche gibt. Offensichtlich stammen viele Patienten aus Guernon. Die Kinder sind keineswegs alle von Geburt an blind, sondern leiden unter verschiedenen Krankheiten, die zur Erblindung führen, grauem Star, Retinopathia pigmentosa, Glaukomen und so weiter. Offensichtlich sind auch auffällig viele Fälle von Farbenblindheit bekannt, die allerdings nicht behandelt werden. In Guernon kommen überdurchschnittlich viele Augenkrankheiten vor.«

»Weiter. Was ist die Ursache dieser Krankheiten?«

Joisneau faltete die Hände zu einer Schale.

»Das Tal. Die Abgeschiedenheit des Tals. Das sind alles erblich bedingte Leiden, hat mir der Arzt erklärt, gewisse Inzuchterscheinungen, die sich von Generation zu Generation herauskristallisieren und weitergegeben werden. In isolierten Gegenden sind Ehen unter Blutsverwandten offenbar häufig. Eine Art Ansteckung, allerdings auf genetischem Weg.«

Joisneau riß eine Seite aus seinem Notizbuch.

»Hier, das ist die Adresse der Anstalt. Der Leiter, Doktor

Champelaz, hat das Phänomen sehr gründlich untersucht. Ich dachte, daß...«

Niémans deutete mit dem Zeigefinger auf Joisneau. »Du fährst hin.«

Das Gesicht des jungen Polizisten leuchtete auf. »Sie vertrauen mir?«

»Ich vertraue dir. Mach, daß du fortkommst.«

Joisneau machte auf dem Absatz kehrt, doch dann drehte er sich mit gerunzelter Stirn noch einmal um.

»Herr Kommissar ... Entschuldigung, aber ... wieso wollen Sie nicht persönlich mit dem Direktor sprechen? Das ist vielleicht eine sehr interessante Spur. Sind Sie denn auf einen vielversprechenderen Hinweis gestoßen? Glauben Sie, ich könnte ihm die besseren Fragen stellen, weil ich aus der Gegend bin? Ich verstehe das nicht ganz ...«

Niémans stützte sich am Türrahmen ab. »Ja, ich verfolge eine andere Spur. Aber hier lernst du noch eine kleine Lektion nebenbei, Joisneau. Manchmal gibt es Gründe, die mit dem Fall nichts zu tun haben.«

»Was für Gründe?«

»Persönlicher Art. Ich werde diese Anstalt nicht aufsuchen, weil ich unter einer Phobie leide.«

»Einer Phobie? Wovor? Vor den Blinden?«

»Nein. Vor Hunden.«

Joisneau sah ihn ungläubig an. »Das verstehe ich nicht«, sagte er.

»Denk doch nach. Wo Blinde sind, da sind auch Köter.« Niémans imitierte die gebeugte Gestalt eines blinden Greises, geführt von einem imaginären Hund. »Blindenhunde, verstehst du? In dieses Institut setze ich keinen Fuß.«

Damit ließ er den verdutzten Joisneau stehen.

Er klopfte kurz an die Tür von Capitaine Barnes und riß sie im selben Moment auf. Der Hüne war damit beschäftigt, Faxe zu verschiedenen Häufchen zu ordnen: die Antworten von Hotels, Restaurants, Autowerkstätten, die immer noch hereintröpfelten. Er ähnelte einem Ladenbesitzer, der seine Vorräte umschichtet.

»Kommissar?« Barnes hob eine Braue. »Schauen Sie, was ich gerade bekommen habe ...«

»Ich weiß.«

Niémans griff nach dem Fax, das Costes geschickt hatte, und überflog es rasch. Die chemische Zusammensetzung des Wassers aus den Augenhöhlen war eine Liste von Zahlen und komplizierten Namen.

»Wissen Sie von einem Kraftwerk hier in der Nähe?« fragte Niémans. »Einem Braunkohlekraftwerk?«

Barnes verzog zweifelnd das Gesicht. »Nein, das sagt mir nichts. Vielleicht weiter im Westen, in Richtung Grenoble ... da gibt es viel mehr Industriegebiete ...«

»Wo könnte ich mich erkundigen?«

»Nun, da wäre der Industriellenverband von Isère«, begann Barnes. »Aber warten Sie ... ich weiß was Besseres. Dieses Kraftwerk ist doch sicher eine Umweltkatastrophe, oder?«

Niémans hielt ihm die Zahlenkolonnen vor die Nase. »Hochkonzentrierte Säure.«

Barnes schrieb etwas auf einen Zettel. »Dann gehen Sie am besten zu diesem Mann hier. Alain Derteaux. Ein Gärtner am Stadtrand von Guernon, der tropische Gewächshäuser besitzt. Das ist unser Experte für Verseuchungen aller Art. Ein militanter Umweltschützer. In unserer ganzen Region gibt es kein Gas, keinen Schadstoff, von dem er nicht Herkunft, Zusammensetzung und Folgen für die Umwelt wüßte.«

Niémans war schon unterwegs, als der Gendarm ihn noch einmal zurückrief. Mit erhobenen Händen stand er da, die Handflächen dem Kommissar zugewandt. Zwei enorme Pranken, wie Kohleschaufeln.

»Ich hab' mich übrigens um die Sache mit den Fingerabdrücken gekümmert ... Sie wissen schon, die Hände des Toten. Es war tatsächlich ein Unfall, der sich in seiner Kindheit ereignet hat. Er half seinem Vater, das kleine Segelboot der Familie auf Vordermann zu bringen, am See von Annecy, und hat sich dabei die Hände mit einem scharfen Lösungsmittel verätzt. Ich habe die Hafenmeisterei angerufen, und dort hat man sich an den Unfall erinnert. Notarzt, Krankenhaus und so weiter ... Das läßt sich nachprüfen, aber meiner Ansicht nach bringt uns das nicht weiter.«

Niémans schwenkte herum und griff nach der Türklinke.

»Danke, Capitaine.« Er deutete auf die Faxstapel: »Und viel Erfolg.«

»Gleichfalls«, gab Barnes zurück. »Dieser Umweltfreak, Derteaux – das ist eine ziemliche Nervensäge.«

15

»… UNSERE GESAMTE REGION LIEGT IM STERBEN, vergiftet, zum Tod verurteilt! In allen Tälern, an den Berghängen, in den Wäldern hat sich die Industrie angesiedelt und kontaminiert das Grundwasser, verseucht den Boden und macht unsere Atemluft ungenießbar … Das Département Isère, das ist Abgas und Gift auf jedem Höhenniveau!«

Alain Derteaux war ein dürrer Mann mit hagerem, zerklüftetem Gesicht. Er trug einen schütteren Vollbart und eine runde Metallbrille, die ihm eine gewisse Ähnlichkeit mit einem entlaufenen Mormonen verliehen. Er hatte sich in die hinterste Ecke eines Gewächshauses zurückgezogen und war damit beschäftigt, etliche Glasbehälter mit einem Gemisch aus Baumwolle und gesiebter Erde zu füllen. Niémans unterbrach den Vortrag des Mannes, der unmittelbar nach der gegenseitigen Vorstellung begonnen hatte.

»Entschuldigen Sie, aber ich brauche eine Information … Dringend.«

»Was? Ach ja, sicher …« Er schlug einen verächtlichen Ton an. »Sie sind von der Polizei …«

»Wissen Sie von einem Kraftwerk irgendwo hier in der Gegend, das mit Braunkohle betrieben wird?«

»Braunkohle? Eine natürliche Kohle … Ein Gift im Reinzustand …«

»Kennen Sie eine industrielle Anlage, die Braunkohle verfeuert?«

Derteaux schüttelte den Kopf, während er winzige Zweige in die Glasbehälter steckte.

»Nein. Gott sei Dank gibt es bei uns hier keine Braunkohle mehr.

Seit den sechziger Jahren sind diese Industriezweige in Frankreich und den angrenzenden Ländern eindeutig auf dem Rückzug. Was sie an Schadstoffen ausstoßen, steigt direkt in den Himmel und verwandelt jede Wolke in eine chemische Bombe ...«

Niémans kramte in seiner Tasche und reichte ihm das Fax von Marc Costes.

»Würden Sie mal einen Blick auf diese chemischen Bestandteile werfen? Das ist die Analyse einer Wasserprobe, die hier ganz in der Nähe gefunden wurde.«

Derteaux las aufmerksam das Blatt, während der Polizist sich gedankenverloren umsah: Sie standen in einem weitläufigen Gewächshaus, dessen Glasflächen von Dampf beschlagen, teilweise gesprungen und von langen schwärzlichen Schlieren überzogen waren. Blätter, so ausladend wie Fensterscheiben, zögerliche Triebe, winzig wie Stecknadelköpfe, gewundene Lianen, die sich geschmeidig ineinander schlangen, – das alles erschien ihm wie der Kampf um einen winzigen Fleck Erde.

Derteaux hob fassungslos den Kopf. »Diese Probe stammt aus der Gegend, sagen Sie?«

»Zweifellos.«

Derteaux rückte seine Brille zurecht. »Darf ich fragen, woher? Ich meine: woher genau?«

»Wir haben sie bei einer Leiche gefunden. Einem Ermordeten.«

»Oh, selbstverständlich ... Daran hätte ich denken sollen ... Sie sind schließlich Polizist.« Eine Weile schwieg er nachdenklich, und seine Miene drückte wachsende Zweifel aus. »Eine Leiche hier in Guernon?«

Der Kommissar ging auf die Frage nicht ein. »Können Sie bestätigen, daß diese Zusammensetzung von Schadstoffen auf die Verbrennung von Braunkohle schließen läßt?«

»Auf jeden Fall, ja, das ist eine äußerst saure Mischung. Ich habe Seminare zu diesem Thema besucht.« Er vertiefte sich wieder in die Analyse. »Die Konzentration von H_2SO_4 und HNO_3 ist ... außerordentlich. Aber ich wiederhole: Ein Kraftwerk dieses Typs gibt es in der ganzen Region nicht mehr. Weder hier noch im restlichen Frankreich, noch in Westeuropa.«

»Gibt es eine andere Industrie, die solche Schadstoffe ausstößt?«

»Nein, das glaube ich nicht. Die Auflagen sind heutzutage sehr viel strenger.«

»Wo sonst fände man denn eine Industrie, die eine derartige Umweltverschmutzung erzeugt?«

»Mehr als achthundert Kilometer von hier, in Osteuropa.«

Niémans biß die Kiefer zusammen: Er weigerte sich zuzugeben, daß seine allererste Spur sich so rasch im Sand verlief.

»Vielleicht gibt es noch eine andere Erklärung ...«, murmelte Derteaux.

»Nämlich?«

»Vielleicht kommt dieses Wasser tatsächlich von anderswoher. Es könnte aus der tschechischen Republik, der Slowakei, aus Rumänien oder Bulgarien hierher gelangt sein ...« Er senkte die Stimme und flüsterte in vertraulichem Ton: »In Sachen Umwelt sind sie wahre Barbaren.«

»In Containern, meinen Sie? Ein LKW auf der Durchreise, der ...«

Derteaux stieß ein bitteres Lachen aus. »Ich denke an eine viel einfachere Beförderungsart. Über Wind und Wolken.« Er breitete die Arme aus und hob sie langsam zur Decke. »Stellen Sie sich ein Kraftwerk irgendwo in Osteuropa vor. Gewaltige Schlote, die den lieben langen Tag Schwefel- und Stickstoffdioxid in die Atmosphäre entlassen ... Diese Schlote sind manchmal bis zu dreihundert Meter hoch. Die dicken Rauchschwaden steigen auf, immer höher und höher, vermischen sich mit den Wolken ... Wenn kein Wind geht, bleibt das Gift an Ort und Stelle. Aber sobald ein Wind weht, beispielsweise ein Ostwind, trägt er die Schadstoffe weiter, und über unseren Bergen regnen sich dann die Giftwolken aus. Das ist der saure Regen, der unsere Wälder zerstört. Als würden wir selbst nicht schon genug Dreck erzeugen, verrecken unsere Bäume auch noch am Gift der anderen! Aber ich kann Ihnen versichern, daß auch wir mit unseren eigenen Wolken nicht gerade wenig Gift rund um die Erde verteilen ...«

Vor Niémans' geistigem Auge entstand ein deutliches, scharf gestochenes Bild. Irgendwo in den Bergen richtet der Mörder sein Opfer unter freiem Himmel hin. Er foltert, verstümmelt, tötet es, während über dem Blutbad ein Wolkenbruch niedergeht, und die leeren Augenhöhlen füllen sich mit Regenwasser. Mit vergiftetem Regen. Der Mörder besiegelt seine makabre Tat, indem er über diesen kleinen Behältern mit saurem Wasser die Lider verschließt. Eine plausible Erklärung.

Es hatte geregnet, während das Monstrum seinen Mord beging.

»Wie war hier das Wetter am Samstag?« fragte Niémans unvermittelt.

»Wie bitte?«

»Wissen Sie noch, ob es am Samstag geregnet hat, irgendwann am späten Nachmittag oder Abend?«

»Ich glaube nicht ... Nein, nein: es war strahlend schön, eine Sonne wie im August ...«

Eine Chance von eins zu tausend. War es während der mutmaßlichen Tatzeit allgemein trocken geblieben, konnte man vielleicht ein Gebiet finden, ein einziges, in dem ein saurer Regen niedergegangen war. So daß der Schauplatz des Verbrechens so scharf eingegrenzt wäre wie in einem Kreidekreis. Falls die Vermutung stimmte, ließe sich der Tatort anhand der Wetterkarte bestimmen.

»Wo ist hier die nächste Wetterwarte?« fragte er hastig.

Derteaux dachte nach, dann antwortete er: »Dreißig Kilometer von hier, auf dem Col de la Mine-de-Fer. Wollen Sie nachprüfen, ob es geregnet hat? Das ist eine interessante Idee. Ich würde selbst gern wissen, ob diese Barbaren uns immer noch solche toxischen Bomben schicken. Hier findet ein regelrechter chemischer Krieg statt, Herr Kommissar, und kein Mensch interessiert sich dafür!«

Derteaux verstummte. Niémans reichte ihm eine Karte.

»Das ist meine Handy-Nummer. Falls Ihnen irgend etwas dazu einfällt, egal was, rufen Sie mich bitte an.«

Daraufhin drehte er sich um und verließ das Gewächshaus zwischen herabhängenden Zweigen von Ebenholzbäumen, deren Blätter sein Gesicht streiften.

16

DER KOMMISSAR fuhr mit Höchstgeschwindigkeit dahin. Der Himmel hing tief, und doch sah es so aus, als könnte es jeden Moment aufklaren. Immer wieder blitzte ein gleißendes Quecksilberlicht durch die Wolken, und die Tannenschonungen, wechselnd zwischen Schwarz und Grün, verschwammen zu flüchtigen Eindrükken am Rand des Blickfelds, zerzaust von einem hartnäckigen Wind. Niémans brauste die kurvige Strecke dahin und genoß diese tiefe, geheime Fröhlichkeit des Waldes, heraufbeschworen, weitergetragen, ausgeleuchtet von dem sonnigen Wind.

Er dachte an die Wolken als Vehikel eines Gifts, das auf dem Grund verwaister Augenhöhlen gefunden worden war. Nie hätte er sich eine solche Wendung träumen lassen, als er in der vergangenen Nacht von Paris aufgebrochen war.

Vierzig Minuten später gelangte Niémans zum Col de la Mine-de-Fer. Er hatte keine Mühe, die Wetterstation ausfindig zu machen, deren Kuppel sich weithin sichtbar erhob. Er bog in die Straße ein, die zur Warte hinaufführte, und kurz vor seinem Ziel bot sich ihm ein erstaunlicher Anblick. Hundert Meter vor der Wetterwarte waren Männer damit beschäftigt, einen gewaltigen Ballon aus durchsichtigem Plastik aufzublasen. Er stellte den Wagen ab, ging ein paar Schritte hangabwärts auf die rotgesichtigen Männer im Parka zu und zeigte seinen Dienstausweis vor. Die Meteorologen sahen ihn verständnislos an. Die langen zerknitterten Bahnen des Ballons, einem silbrigen Flußlauf ähnlich, blähten sich langsam unter der Hitze einer bläulichen Feuergarbe, die darunter brannte. Die Szene hatte etwas Unwirkliches, Magisches.

»Kommissar Niémans«, brüllte er, um das Getöse der Flamme zu übertönen, und deutete auf die Kuppel aus Beton. »Kann mich bitte einer von Ihnen zur Wetterwarte begleiten?«

Ein Mann, anscheinend der Leiter der Aktion, richtete sich auf. »Was?«

»Ich muß wissen, wo es am letzten Samstag geregnet hat. Im Rahmen einer polizeilichen Ermittlung.«

Der Meteorologe machte kein Hehl aus seinem Ärger über die

Störung. Der Wind peitschte ihm die Kapuze ins Gesicht. Stumm zeigte er auf die gewaltige Glocke, die sich gemächlich entfaltete.

Niémans deutete eine verzeihungheischende Verbeugung an: »Der Ballon wird warten.«

Der Wissenschaftler wandte sich ab und marschierte auf die Wetterstation zu, während er vor sich hin brummte: »Am Samstag hat's überhaupt nicht geregnet.«

»Das werden wir sehen.«

Der Mann hatte recht. Als sie in einem der Büros die Großraum-Wetterkarte mit den Beobachtungen vom vergangenen Samstag studierten, fanden sie nicht die Spur einer Turbulenz, eines Schauers oder Gewitters über Guernon. Die Satellitenkarte auf dem Bildschirm war eindeutig: Weder tagsüber noch während der Nacht von Samstag auf Sonntag war in der ganzen Region ein einziger Regentropfen gefallen. In einer Ecke des Bildschirms erschienen weitere Angaben: die Werte für Luftfeuchtigkeit und Luftdruck, die Temperatur … Unwillig ließ sich der Meteorologe zu ein paar Erklärungen herab: Ein Zwischenhoch hatte die Bewegungen der Atmosphäre für knapp achtundvierzig Stunden stabilisiert.

Dennoch bat Niémans den Wissenschaftler, auch noch die Daten vom Sonntag zu überprüfen, vom Morgen zuerst, dann vom Nachmittag. Nirgendwo ein Gewitter oder ein Regenschauer. Er ließ die Suche auf einen Umkreis von hundert Kilometern erweitern. Nichts. Zweihundert Kilometer. Immer noch nichts.

Der Kommissar schlug mit der Faust auf den Schreibtisch. »Das kann doch nicht sein. Irgendwo im Tal oder auf dem Gipfel eines Berges, irgendwo in der Umgebung muß es geregnet haben.«

Der Meteorologe zuckte die Achseln und klickte auf die Maus, während schillernde Flecken, geschwungene Linien, luftige Spiralen vor der Landkarte der Berge über den Bildschirm zogen und die Entstehung eines sonnigen, wolkenlosen Tages nachzeichneten.

»Es muß eine Erklärung geben«, murmelte Niémans. »Verdammt, ich …«

Sein Handy läutete.

»Herr Kommissar? Alain Derteaux am Apparat. Ich hab' mir Ihre Braunkohlengeschichte durch den Kopf gehen lassen und selbst ein wenig nachgeforscht. Es tut mir leid, aber ich habe mich geirrt.«

»Geirrt?«

»Ja. Es ist ausgeschlossen, daß ein derart saurer Regen hier niedergegangen ist. Weder am letzten Wochenende noch zu irgendeinem anderen Zeitpunkt.«

»Und warum?«

»Ich habe mich erkundigt, welche Fabriken noch mit Braunkohle betrieben werden. Selbst in Osteuropa verwendet man heutzutage Spezialfilter. Oder der Brennstoff wird von vornherein entschwefelt. Mit anderen Worten, die Erzeugung dieser Schadstoffe ist seit den sechziger Jahren sehr stark zurückgegangen. Seit fünfunddreißig Jahren gibt es keinen dermaßen verseuchten Regen mehr. Gott sei Dank! Aber ich habe Sie auf eine falsche Fährte geschickt – verzeihen Sie bitte.«

Niémans schwieg.

In ungläubigem Ton fuhr der Umweltschützer fort: »Sind Sie wirklich sicher, daß dieses Wasser von Ihrer Leiche stammt?«

»Natürlich«, gab Niémans zurück.

»Na dann … Es ist zwar unglaublich, aber dann kommt Ihre Leiche aus der Vergangenheit. Sie hat einen Regen abgekriegt, der vor mehr als dreißig Jahren gefallen ist …«

Niémans bedankte sich hastig, murmelte ein kurzes »Auf Wiedersehen« und schaltete das Gerät ab.

Niedergeschlagen ging er zu seinem Wagen zurück. Einen kurzen Augenblick hatte er sich auf der richtigen Fährte geglaubt, doch sie war ihm zwischen den Fingern zerronnen wie dieses saure Wasser, das auf eine völlig abwegige Erklärung hinauslief.

Niémans hob noch einmal den Blick und musterte den Horizont. Die Sonne schoß nun ihre waagrechten Pfeile ab und vergoldete die watteweichen Arabesken der Wolkenränder. Das strahlende Licht fing sich am Gipfel des Grand Pic de Belledonne und ließ den ewigen Schnee aufleuchten. Wie hatte er, Polizist von Beruf und ein vernünftiger Mensch, auch nur einen Augenblick lang glauben können, daß ein paar Wolken ihm den Weg zum Tatort weisen könnten?

Wie hatte er …

Auf einmal breitete er die Arme aus und streckte sie der flammenden Landschaft entgegen, mit derselben Geste wie zuvor Fanny

Ferreira, die Bergsteigerin. Eine jähe Erkenntnis hatte ihn getroffen – jetzt wußte er, wo Rémy Caillois getötet worden war. Jetzt wußte er, wo man fünfunddreißig Jahre altes Wasser finden konnte.

Nicht auf der Erde, nicht am Himmel.

Sondern im Eis.

Rémy Caillois war in gut zweitausend Metern Höhe umgebracht worden. Dort, wo der Regen jedes Jahres zu Eis kristallisiert und in der durchsichtigen Ewigkeit des Gletschers erhalten bleibt.

Dort war der Tatort. Und das war eine konkrete Spur.

4. TEIL

17

DREIZEHN UHR. Karim Abdouf betrat das Büro seines Chefs und legte ihm seinen Bericht vor. Henri Crozier, auf einen Brief konzentriert, den er zu schreiben hatte, warf keinen Blick auf die Papiere, sondern fragte lediglich: »Und?«

»Die Skinheads waren es nicht, aber sie haben zwei Gestalten beobachtet, die aus der Gruft kamen. Heute nacht.«

»Hast du ihre Beschreibung?«

»Nein. Es war zu dunkel.«

Crozier geruhte endlich den Blick zu heben. »Vielleicht lügen sie.«

»Sie lügen nicht. Und sie waren auch nicht die Grabschänder.«

Karim verstummte. Das Schweigen zog sich hin.

»Sie hatten einen Augenzeugen, Kommissar«, sagte der Leutnant nach einer Weile und deutete mit dem Finger auf den Sitzenden. »Sie hatten einen Zeugen und haben mir nichts davon gesagt. ›Man‹ hat Sie darauf hingewiesen, daß die Skins sich heute nacht in der Nähe des Friedhofs herumgetrieben haben, und daraus schlossen Sie, daß sie die Schuldigen waren. Aber die Sache ist komplizierter. Und nachdem Sie mir Ihren Zeugen vorenthalten haben, den ich hätte befragen können, werde ich …«

Crozier hob langsam eine beschwichtigende Hand. »Beruhig dich, Junge. Die Einheimischen in dieser Stadt haben Vertrauen zu den Alten wie mir. Den Alteingesessenen. Dir hätten sie nicht ein Zehntel dessen verraten, was sie mir aus freien Stücken anvertraut haben. Und ist das alles, was du aus den Neonazis rausgekriegt hast?«

Karim betrachtete stumm die Plakate zu Ehren der »Friedenshüter«. Auf den Eisenregalen funkelten die Pokale, die Crozier bei verschiedenen Schützenwettbewerben gewonnen hatte.

»Außerdem haben die Skins gegen zwei Uhr morgens ein weißes Auto von dort wegfahren sehen. Auf der D 143«, sagte er schließlich.

»Was für ein Auto war das?«

»Ein Lada. Oder irgendein anderes östliches Fabrikat. Darauf muß man jemanden ansetzen. Autos dieser Sorte sind hierzulande nicht sehr häufig, und …«

»Warum machst du's nicht selber?«

»Kommissar, Sie wissen, was ich will. Die Skins habe ich verhört, wie Sie's verlangt haben, und jetzt will ich mir die Gruft vornehmen.«

»Der Friedhofswächter sagt, du seist sowieso schon drin gewesen.«

Karim ignorierte die Bemerkung. »Was hat die Spurensicherung rausgekriegt?« fragte er.

»Überhaupt nichts. Keinerlei Fingerabdrücke. Nicht der geringste Hinweis. Wir werden jetzt die nächste Umgebung durchkämmen. Falls es sich um Vandalen handelt, sind sie verdammt vorsichtig zu Werke gegangen.«

»Das waren keine Vandalen, das waren Profis. Jedenfalls wußten die Kerle sehr genau, wonach sie suchten. In dieser Gruft verbirgt sich ein Geheimnis, und das haben sie gelüftet. Haben Sie die Familie benachrichtigt? Was sagen die Eltern? Wären sie einverstanden, wenn wir …«

Karim verstummte. Croziers rundes Gesicht verriet ein gewisses Unbehagen. Der Leutnant stützte beide Hände auf den Schreibtisch und wartete auf die Antwort des Kommissars. »Wir haben die Familie nicht gefunden«, murmelte Crozier. »In der Stadt gibt es niemanden dieses Namens. Auch nicht in den übrigen Gemeinden des Départements.«

»Die Beerdigung war erst 1982 – es wird doch noch irgendwelche Unterlagen darüber geben.«

»Im Augenblick haben wir gar nichts.«

»Keinen Totenschein?«

»Keinen Totenschein. Jedenfalls nicht in Sarzac.«

Karims Miene erhellte sich. Er wandte sich ab und ging ein paar Schritte durch den Raum. »Da ist was faul mit diesem Grab, mit diesem Jungen. Da bin ich mir ganz sicher. Und irgendwie hängt es mit dem Einbruch in der Grundschule zusammen.«

»Karim, du hast zuviel Phantasie. Es gibt tausend mögliche Erklärungen. Vielleicht ist der kleine Jude bei einem Autounfall umgekommen. Vielleicht war er in einer anderen Stadt im Krankenhaus und wurde hier beerdigt, weil es die zweckmäßigste Lösung war. Vielleicht lebt seine Mutter immer noch hier, hat aber nicht mehr denselben Namen. Vielleicht …«

»Ich habe mit dem Friedhofswächter gesprochen. Dieses Grab ist bestens gepflegt, aber er hat dort nie jemanden gesehen.«

Crozier gab keine Antwort. Er zog eine Schublade heraus und entnahm ihr eine Flasche Schnaps, der goldbraun leuchtete. Mit einer raschen Bewegung schenkte er ein kleines Glas voll, nicht mehr als einen Finger hoch.

»Wenn wir diese Familie nicht finden«, fuhr Karim fort, »kann man dann eine Genehmigung bekommen, um die Gruft zu betreten?«

»Nein.«

»Dann lassen Sie mich die Eltern suchen.«

»Und das weiße Auto? Die Suche nach Indizien rund um den Friedhof?«

»Fordern Sie Verstärkung an. Die Leute von der Spurensicherung werden das sehr gut machen. Geben Sie mir ein paar Stunden, Kommissar. Damit ich mich um diesen Teil der Ermittlung kümmern kann. Allein.«

Crozier hob Karim sein Glas entgegen. »Dir biete ich besser nichts an, oder?«

Karim schüttelte den Kopf. Crozier leerte sein Glas auf einen Zug und schnalzte mit der Zunge.

»Du hast bist achtzehn Uhr Zeit, dann will ich deinen schriftlichen Bericht sehen.«

Ein Knarzen von Leder, und Abdouf war verschwunden.

18

KARIM RIEF ZUNÄCHST DIE SCHULLEITERIN der Ecole Jean-Jaurès an, um zu hören, ob sie vom Schulamt Informationen über Jude Itéro bekommen habe. Sie habe dort angefragt, sagte sie, aber nichts in Erfahrung bringen können: Es gebe keine Akte, nicht einmal der Name sei erwähnt. In den Archiven des gesamten Départements sei nicht die Spur eines Hinweises auf die Existenz des Kindes zu finden. »Vielleicht folgen Sie einer falschen Fährte«, äußerte sie vorsichtig. »Vielleicht hat das Kind, das Sie suchen, nie in unserer Region gelebt?«

Karim legte auf und sah auf die Uhr. Vierzehn Uhr. Er gab sich genau zwei Stunden, um die Archive der übrigen Schulen und die Namenslisten der entsprechenden Altersstufen zu überprüfen.

In weniger als einer Stunde und fünfzehn Minuten hatte er seine Runde beendet, ohne eine Spur von Jude Itéro zu finden. Er kehrte noch einmal zur Ecole Jean-Jaurès zurück: Bei der Durchforstung all dieser Archive war ihm eine Idee gekommen.

Die großäugige Direktorin empfing ihn hektisch vor Aufregung. »Ich habe noch einmal für Sie Nachforschungen angestellt, Herr Leutnant.«

»Ich höre.«

»Ich habe die Namen und Adressen der Lehrer gesucht, die in der fraglichen Zeit hier unterrichtet haben.«

»Und?«

»Wir sind vom Pech verfolgt. Die frühere Schulleiterin ist inzwischen pensioniert.«

»In den Jahren einundachtzig und zweiundachtzig war der kleine Jude neun beziehungsweise zehn Jahre alt. Können wir nicht die Klassenlehrerinnen finden?«

Die Frau vertiefte sich in ihre Notizen. »Durchaus«, sagte sie nach einer Weile. »Zumal ein und dieselbe Lehrerin die dritte Klasse im Jahr einundachtzig und die vierte Klasse im darauffolgenden Jahr hatte. Es ist übrigens ziemlich häufig, daß die Kinder ihre Lehrer nur im Zweijahresrhythmus wechseln …«

»Wo ist sie jetzt?«

»Ich weiß es nicht. Sie hat am Ende des Schuljahrs einundachtzig/zweiundachtzig die Schule verlassen.«

Karim brummte verdrießlich. Die Schulleiterin setzte eine feierliche Miene auf. »Ich habe mir ebenfalls Gedanken gemacht«, sagte sie. »Eines gibt es, was wir nicht überprüft haben.«

»Was?«

»Die Klassenfotos. Wissen Sie, wir bewahren von jedem Bild einen Abzug auf von allen Klassen.«

Karim biß sich auf die Lippe: Weshalb hatte er nicht selbst daran gedacht?

»Ich habe also in unserem Fotoarchiv nachgesehen. Die Abzüge der dritten und vierten Klasse, die Sie interessieren, wurden ebenfalls gestohlen. Es ist unfaßbar ...«

Diese Eröffnung drang wie ein Lichtstrahl in Karims Bewußtsein. Er dachte an den leeren Bilderrahmen an der Grabsäule und begriff, daß man den kleinen Jungen »ausgelöscht«, seinen Namen und sein Gesicht beseitigt hatte.

»Warum lächeln Sie?« fragte die Schulleiterin.

»Entschuldigen Sie«, antwortete Karim. »Darauf habe ich schon viel zu lange gewartet. Jetzt habe ich endlich einen richtigen Fall, verstehen Sie?« Er schwieg einen Moment und konzentrierte sich. »Ich hatte auch noch eine Idee. Bewahren Sie die Klassenbücher früherer Jahre auf?«

»Die Klassenbücher?«

»Zu meiner Zeit gab es für jede Klasse eine Art Logbuch, in das sowohl die Namen der fehlenden Schüler als auch die Hausaufgaben für den nächsten Tag eingetragen wurden ...«

»Ja, das haben wir hier auch.«

»Bewahren Sie die Bücher auf?«

»Ja. Aber sie enthalten keine Namenslisten.«

»Ich weiß, nur die Namen der Abwesenden.«

Die Miene der Schulleiterin hellte sich auf, und ihre Augen glänzten wie blanke Spiegel.

»Sie haben die Hoffnung, daß der kleine Jude hin und wieder einen Tag gefehlt hat?«

»Ich hoffe vor allem, daß die Einbrecher nicht dieselbe Idee hatten wie ich.«

Noch einmal ging die Schulleiterin mit ihm ins Archiv und öffnete die Vitrine. Karim fuhr mit dem Finger die dunkelgrünen Rücken entlang und zog die Bücher der beiden fraglichen Jahre heraus. Eine Enttäuschung erwartete ihn: Nicht ein einziges Mal tauchte der Name Jude Itéro auf.

Daß er auf der falschen Fährte war, ließ sich wohl nicht länger leugnen: Entgegen seiner festen Überzeugung deutete nichts darauf hin, daß der Junge hier zur Schule gegangen war. Dennoch blätterte Karim in den Seiten und hoffte auf irgendein Detail, das ihm bestätigte, daß er doch nicht so falsch lag.

Der Beweis sprang ihn in Form einer rundlichen Kinderschrift an, die oben rechts die Seiten numeriert hatte: Einige Seiten fehlten. Karim schlug das Buch ganz auf und entdeckte an den Fäden der Bindung vielsagende Papierreste. Aus dem Klassenbuch der Vierten hatte jemand die Seiten vom 8. bis zum 15. Juni 1982 herausgerissen. Diese Daten waren wie eine Greifzange, mit der er ein Stück vom Nichts gepackt hielt, und auf den fehlenden Seiten glaubte er den Namen des Jungen förmlich sehen zu können, geschrieben in derselben runden Schrift …

»Holen Sie mir bitte ein Telefonbuch«, murmelte Karim.

Wenige Minuten später rief Karim die gesamte Ärzteschaft von Sarzac an, mit klopfendem Herzen und einer einzigen Gewißheit: Jude Itéro hatte vom 8. bis zum 15. Juni 1982 gefehlt. Zweifellos, weil er krank gewesen war.

Er befragte jeden Arzt, bat ihn, in seiner Kartei nachzusehen, und buchstabierte jedesmal den Namen des Kindes, aber keiner erinnerte sich. Karim fluchte. Er nahm sich die Nachbargemeinden vor: Cailhac, Thiermons, Valuc. Erst in Cambuse, einer kleinen Stadt dreißig Kilometer entfernt, antwortete ein Arzt in gleichmütigem Ton: »Jude Itéro. Ja, sicher, ich erinnere mich sehr gut.«

Karim traute seinen Ohren nicht.

»Vierzehn Jahre, und Sie erinnern sich sehr gut?«

»Kommen Sie in meine Praxis. Ich werde es Ihnen erklären.«

19

DR. STÉPHANE MACÉ war die modernisierte und elegantere Version des Landarztes alter Zeiten. Ätherische Gesichtszüge, lange, schmale blasse Hände, ein sichtlich teurer Anzug unter dem offenen weißen Kittel: das perfekte Exemplar eines aufmerksamen und verständnisvollen Arztes, gutbürgerlich und gebildet. Karim war dieser Arzt mit den höflichen Manieren auf Anhieb zuwider. Manchmal erschrak er regelrecht über diese Wut, die sich in Brocken von ihm abspaltete wie Eisberge in einem privaten Beringmeer.

Er setzte sich auf eine Stuhlkante, ohne seine Lederjacke abzulegen. Ein Schreibtisch aus poliertem Holz trennte die beiden Männer. Ein paar Dekorationsstücke, wahrscheinlich wertvoll, ein Computer, ein Arzneimittelverzeichnis … Das Sprechzimmer des Arztes war streng, sachlich, gediegen.

»Also, schießen Sie los, Herr Doktor«, forderte ihn Karim ohne weitere Vorrede auf.

»Könnten Sie mir vielleicht sagen, in welchem Rahmen Ihre Ermittlung …«

»Nein.« Karim milderte seine Flegelhaftigkeit durch ein Lächeln. »Tut mir leid, aber das kann ich nicht.«

Der Arzt trommelte mit den Fingern auf der Kante seines Schreibtisches, dann stand er auf und begann, im Zimmer hin und her zu gehen. Dieser langhaarige Araber mit seiner bunten Mütze brachte ihn sichtlich aus der Fassung. Nach ihrem Telefongespräch hatte er mit einer seriöseren Erscheinung gerechnet. »Es war im Juni zweiundachtzig. Ein ganz normaler Krankenbesuch. Ich wurde zu einem kleinen Jungen gerufen, der hohes Fieber hatte … Es war mein erster Notdienst, ich war achtundzwanzig und hatte die Praxis eben erst übernommen.«

»Erinnern Sie sich deshalb so gut an den Besuch?«

Der Arzt lächelte. Ein Lächeln so breit wie eine Hängematte, das Karim endgültig in Wut versetzte.

»Nein. Sie werden gleich verstehen … Ich hatte den Anruf über die Sammelzentrale erhalten und die Adresse aufgeschrieben, aber ich konnte mir nichts darunter vorstellen. Wie sich herausstellte, war es ein kleines Haus in einer Steinwüste, fünfzehn Kilometer von hier … Ich habe die Adresse noch … ich gebe sie Ihnen nachher.«

Karim nickte schweigend.

»Kurz und gut«, fuhr der Arzt fort, »ich kam zu einem heruntergekommenen Steinhäuschen, völlig isoliert gelegen. Es herrschte eine fürchterliche Hitze, in dem halbverdorrten Gestrüpp rings ums Haus zirpten die Grillen … Die Frau, die mir die Tür öffnete, machte einen sonderbaren Eindruck auf mich. Als wäre sie in dieser bäuerlichen Umgebung völlig fehl am Platz …«

»Inwiefern?«

»Ich weiß nicht. Im Wohnzimmer stand ein Klavier, und …«

»Bauern haben schließlich mit Musik nichts im Sinn, wie?«

»Das habe ich nicht gesagt …« Er verstummte. »Haben Sie etwas gegen mich?« fragte er.

Karim schaute auf. »Was spielt das für eine Rolle?«

Der Arzt nickte mit verständnisvoller Miene, unbeirrt liebenswürdig. Sein Mund lächelte nach wie vor, doch in seinen Augen lag jetzt Besorgnis. Er hatte den geriffelten Griff der Glock 21 erblickt, der aus dem Holster ragte. Und Flecken auf dem ledernen Ärmel des Mannes, die vielleicht getrocknete Blutspuren waren. Er nahm seinen Gang durch das Zimmer wieder auf, zunehmend angespannt.

»Ich betrat das Zimmer des Kindes, und dort wurde mir die Sache definitiv befremdlich.«

»Warum?«

Der Arzt hob die Schultern. »Das Zimmer war leer. Kein einziges Spielzeug, kein Bild, nichts.«

»Wie sah der Junge aus?«

»Ich weiß es nicht.«

»Wie, Sie wissen es nicht?«

»Ich weiß es nicht. Das war das Merkwürdigste. Die Frau hatte mich in völliger Dunkelheit empfangen. Sämtliche Fensterläden waren geschlossen, im ganzen Haus gab es keine einzige Lichtquelle. Ich dachte zunächst, sie hätte das Haus wegen der Hitze abgedunkelt, aber dann sah ich, daß sämtliche Möbel mit Tüchern abgedeckt waren. Es war … sehr rätselhaft.«

»Was hat sie gesagt?«

»Daß ihr Sohn krank sei. Daß er kein Licht vertragen könne.«
»Und Sie konnten ihn ganz normal untersuchen?«
»Ja. Im Halbdunkel.«
»Was hatte er?«
»Eine simple Angina. Übrigens erinnere ich mich ...«
Der Arzt beugte sich vor und legte den Zeigefinger an die Lippen – eine pedantische, herablassende Geste, zweifellos dazu angetan, die Klientel zu beeindrucken. Doch Karim war nicht beeindruckt.
»Irgendwann habe ich begriffen ... In dem Augenblick, als ich das Laryngoskop und meine Stableuchte hervorholte, um die Kehle des Jungen zu untersuchen, packte mich die Frau am Handgelenk ... Mit einer Heftigkeit ... Sie wollte nicht, daß ich das Gesicht ihres Kindes sah.«
Karim schwieg. Er dachte an den leeren Bilderrahmen am Grab, an den Diebstahl der Klassenfotos und spürte ein Zucken im Bein.
»Heftig, sagten Sie. Was meinen Sie damit?«
»Ich sollte wohl eher von Kraft sprechen. Diese Frau war ... ungewöhnlich stark. Wobei man natürlich hinzufügen muß, daß sie auch ungewöhnlich groß war, über einsachtzig. Eine Riesin.«
»Und ihr Gesicht, haben Sie das gesehen?«
»Nein. Ich sage Ihnen doch: Das alles fand weitgehend im Dunkeln statt.«
»Und dann?«
»Habe ich ein Rezept ausgestellt und bin gegangen.«
»Wie verhielt sich die Frau? Ich meine, gegenüber ihrem Kind?«
»Sie schien sehr aufmerksam, rücksichtsvoll, und gleichzeitig distanziert ... Wenn ich jetzt darüber nachdenke ... dann war an diesem Krankenbesuch einiges sonderbar ...«
»Waren Sie später noch einmal dort?«
Der Arzt unterbrach seine Gänge durchs Zimmer und warf Karim einen ernsten Blick zu. Aus seinem Gesicht war alle Jovialität verschwunden, und der Polizist begriff auf einmal, weshalb Macé sich an diesen Krankenbesuch so gut erinnerte: Zwei Monate nach der Begegnung war der kleine Junge gestorben. Und das wußte der Arzt zweifellos.
»Kurz danach begannen die Schulferien« antwortete er, »und ...

ja, Anfang September war ich noch einmal dort, aber die Familie war nicht mehr da. Ein ferner Nachbar sagte mir, sie seien fortgezogen …«

»Fortgezogen? Hat Ihnen niemand gesagt, daß der Junge gestorben war?«

Der Arzt schüttelte den Kopf. »Nein. Die Nachbarn wußten nichts davon. Das erfuhr ich erst später, durch Zufall.«

»Wie?«

»Bei einer Beerdigung auf dem Friedhof von Sarzac habe ich das Grab gesehen.«

»Noch einer Ihrer Patienten?«

»Herr Inspektor, Sie werden allmählich unangenehm …«

Karim stand auf. Der Arzt wich zurück.

»Und seit damals«, sagte der Polizist, »fragen Sie sich, ob Sie an diesem Tag die Anzeichen eines ernsteren Leidens übersehen haben. Seit damals leben Sie mit diesem heimlichen Schuldgefühl. Aber Sie haben sicher Ihre eigenen Nachforschungen angestellt. Wissen Sie, wie der Junge gestorben ist?«

Der Arzt schob einen Finger in den Hemdkragen und öffnete den obersten Knopf. Schweißtropfen standen auf seiner Stirn.

»Nein. Es stimmt, ich … ich habe mich tatsächlich erkundigt, aber nichts erfahren. Ich setzte mich mit meinen Kollegen in Verbindung, mit den Krankenhäusern der Umgebung. Nichts. Die Geschichte ließ mich nicht mehr los, verstehen Sie?«

Karim wandte sich zum Gehen. »Und Sie wissen noch keineswegs alles.«

»Was meinen Sie?«

Der Arzt war weiß wie eine Kompresse.

»Das werden Sie sehr bald selber erfahren«, gab Karim zurück.

»Gott im Himmel, was habe ich Ihnen denn getan?«

»Nichts. Aber ich habe meine Jugend damit verbracht, Leuten wie Ihnen die Autos zu klauen …«

»Wer sind Sie überhaupt? Wo kommen Sie her? Sie … Sie haben mir nicht mal Ihren Dienstausweis gezeigt, ich werde mich beschweren …«

Karim deutete ein Lächeln an. »Keine Sorge, das war nur ein Scherz.«

Er trat in den Flur hinaus. Das Wartezimmer war zum Bersten gefüllt. Der Arzt ging ihm nach und hielt ihn auf.

»Warten Sie«, stieß er hastig hervor. »Gibt es irgend etwas, das Sie wissen und ich nicht? Ich meine ... über die Todesursache ...«

»Leider nein.«

Karim drehte den Türknauf, doch der Arzt hielt ihn fest. Sein weißer Kittel flatterte wie ein Segel.

»Was geht da vor? Warum diese Untersuchung nach so vielen Jahren?«

»Heute nacht hat jemand das Grab des Jungen aufgesucht. Und ist in seiner Schule eingebrochen.«

»Und ... wissen Sie, wer?«

»Noch nicht«, erklärte der Leutnant. »Aber eines steht fest: Die Vorfälle heute nacht, das sind die Bäume, hinter denen sich der Wald verbirgt.«

20

ENDLOS FUHR ER AUF MENSCHENLEEREN STRASSEN DAHIN. In dieser Gegend sahen die Nationalstraßen aus wie Landstraßen, und die Landstraßen waren schmale Feldwege. Unter einem blauen Himmel mit kleinen Flaumwölkchen erstreckten sich die Felder, weder bebaut noch beweidet. Hin und wieder ragten Felsnasen aus der Landschaft und blickten auf kleine Täler hinunter, die so einladend waren wie Bärenfallen. Wer dieses Département durchquerte, unternahm eine Reise in die Vergangenheit. In eine Zeit vor Erfindung des Ackerbaus.

Karim hatte sich zunächst auf den Weg zu dem kleinen Haus gemacht, in dem Jude mit seiner Familie gelebt hatte. Es existierte nicht mehr. An seiner Stelle fand er eine völlig zerfallene Ruine neben Felsblöcken, überwuchert von grauem Gestrüpp. Er hätte nun das Grundbuchamt aufsuchen und nach dem Namen des Eigentümers fragen können, doch er zog es vor, nach Cahors zu fahren und sich mit Jean-Pierre Cau zu unterhalten, dem Hausfotografen der Schule, der die verschwundenen Abzüge entwickelt hatte.

Er hoffte, bei Cau die Negative der Klassenfotos zu finden, die ihn interessierten. Zwischen den namenlosen Gesichtern mußte auch Jude Itéro sein, und Karim empfand mittlerweile ein geradezu zwanghaftes Bedürfnis, dieses Gesicht zu sehen. Zwar gab es keinen Grund, weshalb er es erkennen sollte, doch er hoffte insgeheim auf ein Zeichen, einen Hinweis zwischen den Zeilen, irgendeine Ahnung beim Anblick der Abzüge.

Gegen drei Uhr nachmittags parkte er seinen Wagen am Eingang der Fußgängerzone von Cahors. Steinerne Portale, schmiedeeiserne Balkone und Wasserspeier – die ganze hochmütige Schönheit eines historischen Stadtzentrums: genug, um bei Karim, dem Vorstadtkind, tiefen Abscheu zu erregen.

Er ging an den Häusern entlang und fand endlich den Laden von Jean-Pierre Cau, »Spezialist für Hochzeiten und Kindstaufen«.

Der Fotograf war in seinem Studio im ersten Stock.

Karim stieg die Treppe hinauf und gelangte in einen leeren, halbdunklen Raum. Nur mit Mühe erkannte er die Bilderrahmen an den Wänden, aus denen Paare im Sonntagsstaat herablächelten. Bürgerliches Glück auf Glanzpapier.

Karim bereute sofort die Woge der Verachtung, die ihn erfaßte. Wer war er denn, diese Leute zu verurteilen? Was hatte er statt dessen zu bieten, er, der Bulle im Exil, der nie unter den Wimpern junger Mädchen zu lesen verstanden hatte und alle Liebe, die in ihm steckte, in einen versteinerten Kern verwandelt hatte, geschützt vor fremden Blicken und jeglicher Wärme? Gefühle setzte er mit Selbsterniedrigung gleich, mit einer Verwundbarkeit, die er immer abgelehnt hatte, wie eine stolze Eidechse. Aber auf diesem Gebiet hatte er seit jeher durch zu großen Hochmut gesündigt. Und jetzt saß er in seinem einsamen Schneckenhaus und verdorrte zusehends.

»Wollen Sie heiraten?«

Karim drehte sich zu der Stimme um.

Jean-Pierre Cau war grau und porös wie Bimsstein. Er trug einen ausladenden, zerzausten Backenbart, der vor Ungeduld zu beben schien und in auffälligem Gegensatz zu seinen müden Augen mit dicken Tränensäcken stand.

Der Mann schaltete eine kleine, trübe Lampe ein. »Nein, Hochzeitsbilder wollen Sie nicht«, sagte er, während er Karim musterte.

Seine Stimme war belegt wie bei einem langjährigen Raucher. Er trat näher. Sein Blick hinter der Brille, unter den welken Lidern, schwankte zwischen Überdruß und Mißtrauen. Karim lächelte. Er hatte weder Auftrag noch Autorität in der Stadt: Diese Unterredung mußte er sanft angehen.

»Mein Name ist Karim Abdouf«, erklärte er. »Ich bin Polizeileutnant und brauche ein paar Informationen im Rahmen einer Ermittlung ...«

»Sind Sie aus Cahors?« fragte der Fotograf, eher neugierig als beunruhigt.

»Aus Sarzac.«

»Haben Sie einen Ausweis oder so?«

Karim kramte in seiner Jackentasche nach seinem Dienstausweis und hielt ihn ihm hin. Der Fotograf prüfte ihn eine ganze Weile, und Karim seufzte. Er war sicher, daß der Mann noch nie einen Polizeiausweis aus der Nähe gesehen hatte, was ihn jedoch nicht daran hinderte, den Experten zu spielen. Mit verkniffenem Lächeln gab ihm Cau den Ausweis zurück. Waagrechte Falten furchten seine Stirn.

»Was wollen Sie von mir?«

»Ich bin auf der Suche nach Klassenfotos.«

»Von welcher Schule?«

»Jean-Jaurès, in Sarzac. Ich suche die Fotos der dritten und vierten Klasse aus den Jahren einundachtzig beziehungsweise zweiundachtzig, außerdem die Namenslisten der Schüler, falls sie zufällig bei den Fotos sein sollten. Bewahren Sie solche Unterlagen auf?«

Wieder lächelte der Mann. »Ich bewahre alles auf.«

»Darf ich einen Blick darauf werfen?« fragte der Polizist im freundlichsten Ton, den er aus der Tiefe seiner Kehle zutage zu fördern vermochte.

Cau deutete auf das Nebenzimmer, aus dessen angelehnter Tür ein Lichtstrahl ins Halbdunkel des Raumes fiel.

»Kein Problem, kommen Sie mit.«

Das zweite Zimmer war größer als das Studio. Über einer langen

Theke war eine komplizierte schwarze Maschine mit verstellbaren Apparaturen befestigt, und an den Wänden hingen großformatige Abzüge von Tauffeiern und Hochzeiten. Immer nur Weiß. Lächelnde Paare und Säuglinge.

Karim folgte dem Fotografen zu einem Aktenschrank mit zahlreichen Schubladen. Cau beugte sich nieder, las die Etiketten über den Metallgriffen, dann zog er eine schwere Lade heraus und blätterte in den Hängeordnern.

»Jean-Jaurès, da haben wir's ja.«

Cau nahm einen Umschlag heraus, der mehrere Klarsichthüllen enthielt. Er sah eine nach der anderen an, dann begann er noch einmal von vorn. Seine Stirnfalten vervielfältigten sich.

»Ein und dieselbe Klasse, sagten Sie – die dritte im Jahr einundachtzig und die vierte im Jahr zweiundachtzig?«

»Richtig«, antwortete Karim mit düsteren Vorahnungen.

Die schweren Lider hoben sich erstaunt.

»Merkwürdig ... Sie sind nicht da.«

Karim erbebte. Offensichtlich waren die Plünderer auf dieselbe Idee gekommen wie er. »Ist Ihnen nichts aufgefallen, als Sie heute morgen herkamen?« fragte er.

»Was soll mir denn aufgefallen sein?«

»Daß jemand hier eingebrochen ist, zum Beispiel.«

Cau brach in Gelächter aus und deutete auf die Infrarotsensoren in allen vier Ecken des Raums. »Wer hier einbricht, wird keine Freude haben, glauben Sie mir. Ich habe in meine Sicherheit einiges investiert ...«

Karim lächelte schief und schlug vor: »Sehen wir trotzdem nach. Ich kenne ein paar Leute, die mit Ihrem System nicht mehr Mühe hätten als mit einem Vorhängeschloß. Ihre Negative bewahren Sie auf, oder?«

Caus Ausdruck veränderte sich. »Meine Negative? Wieso?«

»Vielleicht haben Sie noch die Fotos, die mich interessieren ...«

»Nein. Tut mir leid, das ist vertraulich ...«

Karim betrachtete die pochende Halsschlagader des Fotografen. Es war an der Zeit, andere Saiten aufzuziehen.

»Deine Negative, Alter. Sonst verliere ich die Geduld.«

Der Mann sah Karims Blick, zögerte kurz, dann nickte er und

ging zu einem anderen Möbel, einem Rollschrank, der abgesperrt war. Cau schloß ihn mit fahrigen Gesten auf und zog eine Lade heraus. Karim stellte sich vor ihn und stützte sich mit dem Ellenbogen auf die Schublade. Je länger die Sache dauerte, desto deutlicher spürte er, daß der Mann von einer unerklärlichen Unruhe und Angst ergriffen wurde. Als hätte sich Cau im Zuge seiner Suche plötzlich an ein besonderes Detail erinnert, einen Vorfall, der ihm die Seelenruhe raubte. Von neuem begann der Fotograf in Umschlägen zu kramen. Sekunden vergingen. Schließlich blickte er auf. In seinem Gesicht zuckte ein Muskel.

»Ich ... Nein, wirklich, ich habe auch keine Negative.«

Karim stieß heftig die Schublade zurück und klemmte dem Fotografen beide Hände ein. Cau brüllte auf und befreite sich. In puncto Sanftheit hatte Karim noch einiges zu lernen. Er packte den Mann an der Gurgel und schüttelte ihn, aber sein Tonfall war nach wie vor ruhig.

»Sei vernünftig, Cau. Hat man bei dir eingebrochen oder nicht?«

»N... nein ... Ich schwöre Ihnen ...«

»Also, was hast du dann mit deinen Scheißbildern gemacht?«

»Ich ... ich hab' sie verkauft ...«, stotterte Cau.

Wie vom Donner gerührt ließ Karim ihn los. Ächzend massierte sich der Mann die Handgelenke.

»Verkauft? ... Wann denn?« murmelte Karim vor sich hin.

»Meine Güte«, antwortete der Mann. »Das ist eine alte Geschichte ... Ich kann mit meinen Fotos machen, was ich ...«

»Wann hast du sie verkauft?«

»Weiß ich nicht mehr ... Vor ungefähr fünfzehn Jahren ...«

Karim stolperte von einer Verblüffung in die nächste. Er stieß Cau gegen den Schrank und hielt ihn fest, Klarsichthüllen sausten zu Boden.

»Erzähl von Anfang an. Denn bis jetzt ist das alles ziemlich wirr.«

Cau verzog das Gesicht. »Es war im Sommer, eine Frau kam eines Abends zu mir ... Sie wollte die Fotos ... Dieselben wie Sie ... Jetzt fällt es mir wieder ein ...«

Diese Neuigkeiten brachten Karims bisherige Überzeugungen zu Fall. Also hatte bereits 1982 jemand die Fotos des kleinen Jungen gesucht.

»Hat sie von Jude gesprochen? Jude Itéro? Hat sie dir diesen Namen genannt?«

»Nein. Sie wollte bloß die Fotos und die Negative.«

»Hat sie dich bezahlt?«

Der Mann nickte.

»Wieviel?«

»Zwanzigtausend Francs ... Damals ein Vermögen ... für ein paar Fotos von Kindern ...«

»Warum wollte sie die Fotos haben?«

»Weiß ich nicht. Ich hab' sie nicht gefragt.«

»Du hast die Fotos doch selber aufgenommen und entwickelt ... War ein Kind dabei, das irgendwas Auffälliges im Gesicht hatte? Etwas, das man vielleicht lieber verheimlicht?«

»Nein. Mir ist nichts aufgefallen ... Ich weiß nicht ... Ich erinnere mich nicht.«

»Und die Frau? Wie sah sie aus? Eine große, kräftige Frau? War es seine Mutter?«

Der Fotograf hörte auf zu zittern und brach in ein unerwartetes Gelächter aus, das üble Gerüche aus der Tiefe zutage förderte. »Mit Sicherheit nicht«, stieß er lachend zwischen den Zähnen hervor.

Karim packte ihn mit beiden Fäusten und schleuderte ihn gegen den Aktenschrank.

»Wieso?«

Cau verdrehte die Augen unter seinen faltigen Lidern. »Es war eine Nonne. Eine verdammte katholische Nonne!«

21

IN SARZAC GAB ES DREI KIRCHEN. Die eine wurde gerade renoviert, die zweite stand unter der Obhut eines alten Priesters, dessen Tage gezählt waren, und die dritte leitete ein junger Pfarrer, über den die übelsten Gerüchte im Umlauf waren. Er und seine Mutter, hieß es, seien große Säufer vor dem Herrn und zerfleischten sich gegenseitig in der Abgeschiedenheit des Pfarrhauses. Lieutenant Abdouf, der sämtliche Einwohner von Sarzac pauschal verabscheute und mehr noch ihre Lust an Gerüchten, mußte jedoch einräumen, daß die bösen Zungen dieses eine Mal recht hatten: Er war selbst einmal als Verstärkung gerufen worden, um Mutter und Sohn, die sich eine apokalyptische Schlägerei lieferten, voneinander zu trennen.

Diesen Pfarrer hatte sich Karim als Informationsquelle ausgesucht.

Mit einer scharfen Bremsung fuhr er vor dem Pfarrhaus vor, einem einstöckigen Betongebäude ohne jede Eleganz, in unmittelbarer Nachbarschaft der Kirche mit ihren asymmetrischen Fenstern. »Meine Pfarrei« stand auf einem kleinen Schild. Dornengestrüpp und Brennesseln machten sich gegenseitig den Zugang zum Haus streitig. Er läutete. Minuten vergingen. Schließlich hörte Karim drinnen gedämpftes Geschrei und fluchte innerlich: Das war das Letzte, was er brauchte.

Endlich wurde die Tür geöffnet.

Karim hatte den Eindruck, vor den Überresten eines Schiffbruchs zu stehen. Der Pfarrer verbreitete einen intensiven Alkoholdunst, in seinem ausgezehrten Gesicht wucherte ein unregelmäßiger Bart, und darüber sträubten sich die Haare, die wie mit Asche bestäubt wirkten. Seine Augen waren gelb, der Hemdkragen ausgefranst, und auf seiner Brust prangten Flecken. Als Pfarrer war dieser Mann am Ende, ausgelaugt, sein Verstand schnapsumwölkt. Seine geistliche Laufbahn hatte nicht länger gedauert, als das brennende Weihrauchfaß seinen eindringlichen Duft verströmt.

»Was wünschen Sie, mein Sohn?«

Die Stimme war rauh, aber fest.

»Karim Abdouf von der Polizei. Wir kennen uns.«

Der Mann rückte seinen angegrauten Kragen zurecht.

»Ach ja, das scheint mir auch so …« Er warf einen gequälten Blick nach beiden Seiten. »Haben die Nachbarn Sie gerufen?«

Karim lächelte. »Nein. Ich ermittle in einem Fall und brauche dabei Ihre Hilfe.«

»Ach so? Na, dann kommen Sie herein.«

Karim betrat das Haus, und sogleich blieben seine Sohlen am Fußboden haften und lösten sich nur zögerlich, mit kleinen schmatzenden Geräuschen. Er blickte zu Boden und sah glänzende Spuren, die sich über das Linoleum zogen.

»Das ist meine Mutter«, schnaubte der Pfarrer, dem sein Blick nicht entgangen war. »Sie rührt keinen Finger mehr, aber macht alles schmutzig mit ihrer Marmelade.« Er fuhr sich durch die zerzausten Haare. »Verrückt, sie ißt nichts anderes mehr.«

Die Inneneinrichtung des Hauses war chaotisch und trostlos. Dekorationsfolien verschiedener Art, schief geklebt, imitierten Holz, Keramik, Stoff. Durch eine offene Tür erblickte er die Karikatur eines Wohnzimmers, in dem handgeschnittene Quader aus gelbem Schaumstoff, garniert mit unpassenden Sofakissen, als Polstermöbel fungierten. Auf dem Boden lagen in einem Häufchen verschiedene Gartengeräte. Gegenüber öffnete sich ein anderes Zimmer, in dem ein Resopaltisch mit schmutzigem Geschirr und ein ungemachtes Bett standen. Der Pfarrer schwenkte nach rechts ins Wohnzimmer, stolperte, fing sich wieder. »Genehmigen Sie sich ruhig ein Glas«, sagte Karim. »Dann sparen wir Zeit.«

Der Pfarrer drehte sich um und starrte ihn feindselig an. »Schauen Sie sich doch selber an. Sie sehen auch aus, als wären Sie nicht in der besten Verfassung.«

Karim schluckte. Seit dem Kraftakt im Studio des Fotografen war er ein wenig aus der Fassung geraten und stand noch immer unter dem Eindruck seiner jüngsten Erkenntnisse. Und nach seiner durchwachten Nacht dröhnte ihm der Kopf, in der Brust spürte er Hammerschläge. Mechanisch fuhr er sich mit dem Ärmel über das Gesicht, wie ein kleiner rotznasiger Junge.

Der Pfarrer schenkte sich ein Glas voll.

»Möchten Sie auch was?« fragte er mit einem unangenehmen Lächeln.

»Ich trinke nicht.«

Der Geistliche nahm einen Schluck, und sein ausgemergeltes Gesicht färbte sich rot. Seine fiebrigen Augen funkelten schwefelgelb. Er stieß ein spöttisches Gelächter aus. »Der Islam, wie?«

»Nein. Ich bin im Dienst und will einen klaren Kopf behalten, das ist alles.«

Der Pfarrer prostete ihm zu: »Also dann, auf Ihren Dienst.«

Draußen im Flur schlurfte die Mutter hin und her, eine verwahrloste, alterskrumme Erscheinung, die einen Topf Marmelade an die Brust gepreßt hielt. Karim dachte an die aufgebrochene Gruft, an die Skinheads, die Nonne, die zu einem absurden Preis alte Klassenfotos kaufte, und nun diese beiden Geisterbahngestalten. Er hatte die Büchse der Pandora geöffnet, aus der ständig neue Alpträume quollen.

Der Pfarrer folgte der Richtung seines Blicks. »Achten Sie nicht auf sie, mein Sohn«, sagte er und ließ sich auf einem Schaumstoffkissen nieder. »Also, ich höre.«

Karim hob sacht die Hand. »Nur eins vorweg. Nennen Sie mich bitte nicht ›mein Sohn‹.«

»Da haben Sie recht«, gab der Pfarrer grinsend zurück. »Schlechte Angewohnheit – eine Berufskrankheit.«

Mit ironischer Geste nahm er wieder einen tüchtigen Schluck und fand zu einer abgeklärteren Haltung zurück. »Was für einen Fall bearbeiten Sie denn?« fragte er.

Mit Befriedigung nahm Karim zur Kenntnis, daß der Pfarrer über die Grabschändung noch nicht auf dem laufenden war. Crozier hatte es also geschafft, keine Informationen nach außen dringen zu lassen.

»Es tut mir leid, aber darüber darf ich nichts sagen. Nur soviel: Ich bin auf der Suche nach einem Kloster. In der Nähe von Sarzac und Cahors, oder auch sonst irgendwo in der Umgebung. Dabei können Sie mir sicher helfen.«

»Wissen Sie, welcher Kongregation es angehört?«

»Nein.«

Der Pfarrer schenkte sich ein zweites Mal ein. Dickflüssig kreiste der Likör in dem kleinen Glas.

»Es gibt hier mehrere Klöster.« Wieder grinste er. »Offensichtlich lädt unsere Region zur Andacht ein ...«

»Wie viele?«

»Ungefähr zehn allein in diesem Département.«

Karim überschlug im Geist, wieviel Zeit es ihn kosten würde, sämtliche Klöster abzuklappern, die zweifellos über die ganze Region verteilt waren: mindestens einen ganzen Tag. Es war aber bereits vier Uhr nachmittags, und er hatte nur noch zwei Stunden. Das führte zu nichts.

Der Pfarrer war aufgestanden und kramte in einem Schrank. »Ah, da ist es ja.« Er blätterte in einer Art Adreßbuch mit hauchdünnen Seiten, während die Mutter ins Zimmer trottete und geradewegs auf die Flasche zusteuerte. Ohne einen Blick auf Karim schenkte sie sich ein Glas voll. Sie hatte nur Augen für ihren Sohn – haßerfüllte Vogelaugen, die mechanisch hin und her schossen.

»Laß uns allein, Maman«, befahl der Priester, ohne aufzuschauen. Die Frau antwortete nicht. Mit beiden Händen hielt sie ihr Glas umklammert. Gelenke wie Hühnerknöchelchen. Auf einmal erfaßte ihr Blick den Fremden. Sie starrte ihn an.

»Wer sind Sie?« fragte sie in säuerlichem Ton.

»Laß uns in Ruhe.« Der Pfarrer wandte sich zu Karim. »Hier. Ich habe Ihnen die zehn Klöster herausgesucht, wenn Sie sich's aufschreiben wollen ... Aber sie sind ziemlich weit voneinander entfernt ...«

Karim nahm ihm das Buch aus der Hand und überflog die markierten Seiten. Die Namen der Dörfer waren ihm vage bekannt. Er zog sein Notizbuch hervor und schrieb sich sorgfältig die Adressen auf.

»Wer sind Sie?« beharrte die Mutter.

»Geh in dein Zimmer zurück, Maman!« schrie der Priester.

Er trat auf Karim zu. »Was suchen Sie eigentlich? Vielleicht kann ich Ihnen ja helfen ...«

»Eine Nonne«, antwortete Karim. »Eine Nonne, die sich für Fotos interessiert.«

»Was für Fotos?« stieß der Pfarrer hervor, und Karim nahm einen Anflug von Interesse in seinem Blick wahr.

»Kommt Ihnen das bekannt vor?« fragte er argwöhnisch.

Der Mann kratzte sich den Kopf. »Ich ... Nein.«

»Wie alt sind Sie?« fragte Karim.

»Wieso? ... Fünfundzwanzig.«

Die Mutter schenkte sich ihr Glas wieder voll und spitzte die Ohren.

»Sind Sie in Sarzac geboren?« fragte Karim weiter.

»Ja.«

»Und hier zur Schule gegangen?«

»Nur in die Grundschule. Danach kam ich ins ...«

»In welche Schule? Jean-Jaurès?«
»Ja, aber ...«
Die Erkenntnis überfiel ihn jäh. »Sie war hier.«
»Was? Wer?«
»Die Nonne. Die Nonne, die ich suche ... Sie war hier, um Ihnen Ihre alten Klassenfotos abzukaufen. Meine Güte. Sie hat wirklich sämtliche Fotos eingesammelt, die noch in irgendwelchen Häusern herumlagen. Waren Sie in derselben Klasse wie Jude Itéro? Sagt Ihnen der Name etwas?«
Der Priester erbleichte. »Ich ... ich verstehe nicht, wovon Sie reden.«
Schrill erhob sich die Stimme der Mutter: »Was ist das für eine Geschichte?«
Karim fuhr sich mit den Händen übers Gesicht, wie um eine neue Seite aufzuschlagen.
»Gut, ich fange von Anfang an. Wenn Sie ganz normal die Schule besucht haben, dann waren Sie 1982 in der vierten Klasse, oder?«
»Aber das war vor fünfzehn Jahren!«
»Und 1981 in der dritten.«
Der Pfarrer versteifte sich, und seine Finger umklammerten knackend die Lehne eines Stuhls. Trotz seines jugendlichen Alters ähnelten seine Hände denen seiner Mutter. Bereits gealtert und überzogen von einem Geflecht bläulicher Adern.
»Ja, das ... das könnte hinkommen ...«
»Also hatten Sie einen Mitschüler, der Itéro hieß. Jude Itéro. Das ist kein gebräuchlicher Name. Denken Sie nach. Es ist sehr wichtig für mich.«
»Nein, offengestanden, ich ...«
Karim trat einen Schritt auf ihn zu. »Aber Sie erinnern sich an eine Nonne, die nach Klassenfotos gesucht hat, nicht wahr?«
»Ich ...«
Die Mutter versäumte kein Wort. »Du Dreckskerl«, kreischte sie, »stimmt das, was dieser Araber erzählt?«
Sie drehte sich um und trippelte zur Tür. Karim nutzte die Gelegenheit, packte den Pfarrer bei den Schultern und flüsterte ihm ins Ohr: »Los, erzählen Sie schon. Verdammte Scheiße, spucken Sie aus, was Sie wissen!«

Der Pfarrer sackte auf einem Schaumstoffkissen zusammen. »Ich hab' nie wirklich verstanden, was an dem Abend passiert ist ...«, murmelte er dumpf

Karim kauerte sich neben ihn, und der Priester fuhr fort: »An einem Abend im Sommer ist sie gekommen.«

»Im Juli zweiundachtzig?«

Der Priester nickte. »Sie stand plötzlich vor unserer Tür ... Es war fürchterlich heiß... die ganze aufgestaute Hitze des Tages ... Ich weiß nicht, warum, jedenfalls war ich allein ... Ich machte auf ... Herrgott, bin ich erschrocken ... ich war knapp zehn, und diese Nonne mit ihrem schwarzweißen Schleier stand im Halbdunkel vor mir wie eine Erscheinung ...«

»Was hat sie gesagt?«

»Zuerst fragte sie mich nach der Schule, nach meinen Noten, meinen Lieblingsfächern. Eine sehr sanfte Stimme hatte sie ... Dann wollte sie meine Mitschüler sehen ...« Der Priester wischte sich über das schweißfeuchte Gesicht. »Ich hab' ihr mein Klassenfoto gebracht ... Die ganze Klasse war drauf ... Wissen Sie, ich war sehr stolz, ihr meine Freunde zu zeigen. Erst dann habe ich begriffen, daß sie etwas Bestimmtes wollte. Sie sah sich das Bild sehr lang an und fragte, ob sie es behalten dürfe ... Um ein Andenken zu haben, sagte sie ...«

»Wollte sie noch weitere Fotos sehen?«

Der Priester nickte, und seine Stimme sank zu einem Flüstern herab: »Sie wollte auch das Foto vom Jahr zuvor sehen, von der dritten Klasse.«

Karim zweifelte nicht mehr: Selbst wenn er in den Häusern aller damaligen Grundschüler nachfragte, würde niemand mehr die Klassenfotos dieser beiden Jahrgangsstufen besitzen. Was für eine absurde Geschichte: Wie kam eine Nonne auf die Idee, sämtliche Fotos einer Klasse, mit der sie nichts zu tun hatte, an sich zu raffen? Karim hatte das Gefühl, in einem steinernen Labyrinth festzustekken, in dem völlige Dunkelheit herrschte.

In der Türöffnung tauchte die Mutter wieder auf. Sie hielt eine abgegriffene Schuhschachtel an die Brust gedrückt.

»Du Schuft«, krächzte sie. »Hast unsere Fotos hergegeben. Deine Klassenfotos. Wo du so nett warst, so süß...«

»Sei still, Mama!« Der Priester starrte Karim an. »Ich fühlte mich schon damals berufen, verstehen Sie? Ich war wie hypnotisiert von dieser großen Frau ...«

»Groß? War sie groß?«

»Ich weiß nicht ... ich war ja erst zehn ... Aber ich seh' sie noch vor mir mit ihrem schwarzen Schleier ... Sie hatte eine so friedliche Stimme ... Sie wollte die Fotos haben, und ich habe sie ihr selbstverständlich gegeben. Ich sah darin ein Zeichen ... ich ...«

»Schuft!«

Karim warf einen Blick auf die zornfunkelnde Mutter, dann wieder auf den Sohn und erkannte, daß der Pfarrer im Begriff war, in nostalgischen Erinnerungen zu versinken. Er schlug seinen gutmütigsten Tonfall an: »Hat sie Ihnen denn gesagt, warum sie die Bilder wollte?«

»Nein.«

»Hat sie von Jude gesprochen?«

»Nein.«

»Hat sie Ihnen Geld gegeben?«

Der Pfarrer verzog das Gesicht »Aber nein! Sie hat mich um die beiden Fotos gebeten, das war alles! Herr im Himmel ... ich ... hielt diesen Besuch für ein Zeichen, verstehen Sie? Eine von Gott gesandte Anerkennung!«

Er schluchzte.

»Damals wußte ich noch nicht, daß ich ein Versager bin. Ein versoffener Kerl, der zu nichts gut ist. Der Sohn dieser ... Wie soll man etwas geben, was man selber nicht hat?« rief er flehentlich, rappelte sich auf und packte Karims Lederjacke. »Wie das Licht bringen, wenn ich wandere in finsterem Tal? Wie?«

Die Mutter ließ die Schachtel fallen, Fotos breiteten sich über den Boden. Mit ausgestreckten Krallen stürzte sie sich auf ihren Sohn und schlug auf ihn ein, auf den Rücken, die Schultern, mit kleinen hämmernden Fäusten. »Schuft! Schuft! Schuft!« schrie sie.

Entsetzt wich Karim zurück. In diesem Zimmer brodelte der Wahnsinn, und er wollte nur noch fort, ehe er selbst den Verstand verlor. Doch er hatte noch nicht alle Antworten, die er brauchte. Er schob die Frau beiseite und beugte sich über den Pfarrer, der wieder auf dem Schaumstoff zusammengesackt war.

»In zwei Sekunden bin ich weg, dann ist alles vorbei. Sie haben die Nonne wiedergesehen, stimmt's?«

Der Mann nickte schluchzend.

»Wie heißt sie?«

Der Pfarrer schniefte, während seine Mutter im Zimmer auf und ab lief und unverständliche Worte vor sich hin murmelte.

»Wie heißt sie?«

»Schwester Andrée.«

»Welches Kloster?«

»Saint-Jean-de-la-Croix. Die Karmeliterinnen.«

»Wo ist das?«

Der Mann vergrub das Gesicht in den Händen. Karim packte ihn unter den Achseln und zerrte ihn auf die Beine.

»Wo ist das?«

»Zwischen Sète und dem Cap d'Agde, nahe am Meer. Ich besuche sie manchmal, wenn mich der Zweifel überkommt. Sie ist meine Zuflucht, verstehen Sie? Eine große Hilfe … Ich …«

Die Tür schlug zu. Karim lief zu seinem Wagen.

5. TEIL

22

DER HIMMEL HATTE SICH WIEDER VERFINSTERT. Wie eine ungeheure schwarze Welle, erstarrt zwischen steinernen Flanken, ragte der Grand Pic de Belledonne in die Wolken. Seine Hänge, die von winzigen stacheligen Bäumen gespickt waren, schienen sich in der Höhe in dunstigem Weiß aufzulösen. Die Kabel der Seilbahn spannten sich wie dünne Drähte senkrecht über den Schnee.

»Ich denke, der Mörder war mit Rémy Caillois, als er noch am Leben war, dort oben auf dem Gipfel.« Niémans lächelte. »Ich denke, sie sind mit der Seilbahn gefahren. Ein erfahrener Alpinist kann die Bahn zu jeder Tages- oder Nachtzeit ohne weiteres in Betrieb setzen.«

»Warum sind Sie sich da so sicher?« fragte Fanny Ferreira.

Wunderschön war die junge Geologieprofessorin: Ihr Gesicht im Kragen der Sturmkapuze strahlte von überwältigender Frische und Jugend, wie ein Ruf der Zeit. Um ihre Schläfen tanzten dunkle Lokken, und ihre Augen funkelten hell über der schattigen Haut. Niémans empfand ein wildes Verlangen, in dieses Fleisch zu beißen, das pure Lebenslust atmete.

»Wir haben inzwischen den Beweis, daß die Leiche im Gletschereis auf einem dieser Berge gelegen hat«, antwortete er. »Mein Instinkt sagt mir, daß der Berg der Grand Pic ist und das Eis vom Vallernes-Gletscher stammt. Weil das der Hausberg der Stadt ist und der Aufstieg gleich hinter der Universität beginnt. Weil dieser Gletscher den Fluß speist, der am Campus vorbeifließt. Ich denke, der Mörder ist anschließend mit einem Kajak oder ähnlichen Gefährt und seinem Opfer an Bord durch den Wildbach ins Tal abgefahren. Erst dann hat er die Leiche in die Felsnische gehievt, damit jemand sie als Spiegelbild im Fluß entdeckt …«

Fanny sah sich entnervt um. Zwischen den Gondeln der Seilbahn schwärmten Gendarmen hin und her, uniformiert und bewaffnet, und die Atmosphäre war gespannt. Mit verdrossener

Miene sagte sie: »Das erklärt immer noch nicht, was ich hier zu suchen habe.«

Der Kommissar lächelte. Die Wolken wälzten sich schwer über den Himmel wie ein Leichenzug, der angetreten ist, die Sonne zu begraben. Auch Niémans war inzwischen der Umgebung entsprechend gekleidet und trug eine Goretex-Jacke und eine wasserdichte Kevlar-Hose, an den Knöcheln über den Bergstiefeln geknöpft.

»Ganz einfach: Ich will dort hinauf und nach Indizien suchen. Und ich brauche eine Führerin.«

»Wie bitte?«

»Ich werde den Vallernes-Gletscher überfliegen, bis ich irgendeinen Hinweis finde. Und dabei brauche ich einen Experten – selbstverständlich habe ich sofort an Sie gedacht.« Wieder lächelte Niémans. »Schließlich kennen Sie diesen Berg auswendig – Ihre Worte.«

»Kommt überhaupt nicht in Frage.«

»Seien Sie vernünftig. Ich kann Sie als Zeugin zu einem Ortstermin vorladen. Oder ich kann Sie ganz einfach als meine Führerin anfordern. Man hat mir gesagt, Sie seien eine staatlich geprüfte Bergführerin. Also machen Sie keine Umstände. Wir werden lediglich mit dem Hubschrauber den Kessel dort überfliegen und den Gletscher absuchen, und dann klettern wir noch ein wenig. Das dauert allenfalls ein paar Stunden.«

Niémans gab den wartenden Gendarmen ein Zeichen, die daraufhin prall gefüllte wasserdichte Rucksäcke in einigen Metern Entfernung auf der Böschung abstellten.

»Ich habe die nötige Ausrüstung für die Expedition heraufbringen lassen. Wenn Sie sich vergewissern wollen, ob ...«

»Ich denke überhaupt nicht daran! Wieso ausgerechnet ich?« beharrte sie, sturer als ein Rhinozeros. »Jeder beliebige Gendarm kann das machen ...« Sie deutete auf die Männer, die sich hinter ihr zu schaffen machten. »Sie sind doch für die Bergrettung zuständig, wissen Sie das nicht?«

Niémans beugte sich zu ihr. »Na gut, Ihre Gesellschaft ist mir lieber. Sagen wir, ich bin dabei, Sie anzubaggern.«

Fanny warf ihm einen bitterbösen Blick zu.

»Herr Kommissar, vor weniger als vierundzwanzig Stunden habe ich eine Leiche in einer Felswand entdeckt. Ich habe mehrere Verhöre über mich ergehen lassen und ziemlich viel Zeit auf dem Polizeirevier vergeudet. An Ihrer Stelle würde ich mir diese machohaften Unverschämtheiten verkneifen!«

Niémans betrachtete sie entzückt. Trotz des Mordes, trotz der morbiden Stimmung war er höchst empfänglich für den Charme dieser muskulösen und wilden Frau.

Fanny verschränkte die Arme und wiederholte: »Also noch einmal: Warum ich?«

Niémans hob einen abgestorbenen Zweig voller grüner Flechten vom Boden auf und prüfte mit nervösen Händen seine Biegsamkeit. »Weil Sie Geologin sind – Glaziologin sogar«, sagte er schließlich.

Fanny runzelte die Stirn. Ihre Miene hatte sich verändert.

»Laut Analyse«, erklärte Niémans, »stammt das Wasser, das wir an der Leiche gefunden haben, aus den sechziger Jahren. Es enthält die Spuren von Schadstoffen, die heute nicht mehr ungefiltert in die Atmosphäre entlassen werden. Die Rückstände eines Niederschlags, der vor mehr als fünfunddreißig Jahren als Regen oder Schnee über dieser Region gefallen ist. Sie verstehen, was das bedeutet, nicht wahr?«

Die junge Frau schien neugierig geworden, doch sie gab keine Antwort. Niémans kauerte sich nieder und zeichnete mit seinem Holzstöckchen übereinanderliegende Linien auf den Boden.

»Ich habe mich erkundigt. Auf der Kuppe der höchsten Gletscher, wo kein Abschmelzen und Verdunsten mehr stattfindet, bilden die Niederschläge jedes Jahres ein Firnschneefeld von etwa zwanzig Zentimetern Dicke, und durch den Druck neuer Schneefälle und durch Zusammensintern komprimiert sich der Firnschnee zu Gletschereis.« Er deutete auf die verschiedenen Schichten seiner Zeichnung. »Solange nicht der ganze Gletscher schmilzt, werden diese Schichten für immer konserviert, wie in einem kristallenen Archiv. Das Wasser aus der Vergangenheit, das wir bei der Leiche gefunden haben, muß also von einem der Gletscher in der Umgebung stammen.«

Er hob den Kopf und sah Fanny an.

»Ich möchte ins Eis eindringen, Fanny, bis hinunter zu den Niederschlägen aus dieser Zeit. Denn dort hat der Mörder sein Opfer beseitigt. Oder hat es dort hingebracht, ich weiß nicht. Und zu dem Zweck brauche ich einen Wissenschaftler, der etwas vom Aufbau eines Gletschers versteht und die entsprechenden Spalten finden kann, und einen Bergführer, der mit mir zu den tieferen Schichten hinunterklettert. Sie sind beides in einer Person.«

Fanny hatte sich ebenfalls niedergekauert und betrachtete die Zeichnung in der lockeren Erde. Es herrschte ein diffuses, mineralisch graues Licht, und die Augen der jungen Frau glitzerten wie Schneesterne. Was sie dachte, war unmöglich zu erraten.

»Und wenn es eine Falle ist?« murmelte sie. »Wenn der Mörder nur Eisbrocken mitgenommen hat, um Sie auf den Gletscher zu locken? Die Schichten, von denen Sie sprechen, liegen in über dreitausendfünfhundert Metern Höhe.

Das ist nicht einfach ein Spaziergang. Dort oben sind Sie exponiert und anfällig …«

»Daran habe ich gedacht«, räumte Niémans ein. »Aber in diesem Fall wäre es eine Botschaft. Es würde bedeuten, daß der Mörder uns absichtlich dort hinaufschicken will. Dann gehen wir eben hinauf. Kennen Sie denn Spalten im Vallernes-Gletscher, durch die wir die tieferen Eisschichten erreichen können?«

Fanny nickte.

»Wie viele gibt es davon?« fragte Niémans.

»Im Vallernes-Gletscher fällt mir nur eine einzige Spalte ein, die besonders breit und tief ist.«

»Sehr gut. Besteht denn eine Chance, daß wir beide dort hinuntersteigen?«

In dem Moment wurde ein ohrenbetäubendes Knattern laut, und aus dem Himmel senkte sich ein Hubschrauber herab. Das Tuckern der Rotorblätter kam näher, in wenigen Metern Entfernung begannen die Gräser heftige Wellen zu schlagen, die Wasseroberfläche kräuselte sich, und der Helikopter setzte auf dem Boden auf.

»Haben wir eine Chance, Fanny?« fragte Niémans noch einmal.

Sie warf einen Blick auf die donnernde Maschine und fuhr sich mit der Hand durch die Locken. Ihr leicht geneigtes Profil ließ Niémans erbeben. Sie lächelte.

»Sie werden sich anseilen müssen, Herr Polizist.«

23

VOM HIMMEL AUS GESEHEN, teilten sich Erde, Felsen und Bäume das Gebiet in einer Aufeinanderfolge von Gipfeln und Tälern, leuchtenden Kuppen und tiefdunklen Einschnitten. Während der Helikopter die Landschaft überflog und immer höher stieg, beobachtete Niémans dieses Wechselspiel mit dem entzückten Staunen des allerersten Mals, bewunderte die dunkelgrünen Stachelfelder der Wälder, die Geröllhalden und Moränen, die schwindelerregenden Felsformationen. Er hatte das Gefühl, in diesen einsamen Horizonten eine tiefere Wahrheit des Planeten zu erfassen, die sich unversehens dem Auge offenbarte, gewalttätig und unbestechlich, – eine ungebändigte Wildnis, die sich dem Willen des Menschen auf ewig widersetzte.

Mühelos schwebte der Hubschrauber durch Felslabyrinthe, folgte unbeirrt dem Wasserlauf, dessen Zuflüsse sich hier widerwillig zu einem gleißenden Strom vereinigten. Fanny, die neben dem Piloten saß, studierte mit gesenktem Kopf die Bäche, die hin und wieder flüchtig aufblitzten. Sie war nun diejenige, die bestimmte, wie es weiterging.

Das Grün der Wälder zerbröckelte. Die Bäume blieben zurück, wichen einem niedrigen Latschenbewuchs, der sich bald in seinem eigenen Schatten auflöste, als hätte es die Vegetation endgültig aufgegeben, sich mit dem Himmel zu messen. An ihrer Stelle dehnten sich schwarze und graue Felsmassen, unterbrochen von kahlem Boden, der fast das ganze Jahr hindurch gefroren sein mußte. Schwärzliches Moos, graugrüne Flechten, erstarrter Morast, der den Eindruck völliger Trostlosigkeit hervorrief. Immer höher und höher flogen sie, und bald tauchten die mächtigen Gebirgskämme auf. Langgestreckte Felsgrate, wie emporgeschoben vom gewaltigen Ächzen der Erde, dann neuerliche Abbrüche, klaffende Kerben wie die schwarzen Wassergräben einer unzugänglichen Festung. Der Berg lag vor ihnen. Scharf umrissen reckte er sich in den Himmel, entblößte sich und führte die zerklüftete Bastion seines Vorgebirges vor.

Endlich die strahlende, blendende Weiße, makellos. Die schneebedeckten Kuppen. Die Gletscherspalten, deren Ränder sich mit dem Einbruch des Herbstes zu schließen begannen. Niémans erkannte Gletscherbäche, die mitten im Fluß erstarrten. Trotz des verhangenen Himmels war die Oberfläche dieser Schlange aus Licht gleißend hell, wie weißglühend. Er setzte seine Sonnenbrille auf, klammerte sich an den Schalensitz und studierte den stigmatisierten Fluß. Auf dem klaren Grund seines Bettes erkannte er blaue Flecken, wie eine gefangene Erinnerung an den Himmel. In dieser Höhe dämpfte der Schnee den Lärm der Rotoren.

Vor ihm prüfte Fanny immer wieder ihr GPS, ein Empfangsgerät für Satellitendaten, mit dem sie ihre Position bestimmte. Sie rückte das Mikrofon an ihrem Helm zurecht und wies den Piloten an: »Dort drüben, im Nordosten – können Sie in diesem Kessel landen?«

Der Pilot nickte. Mit der Wendigkeit eines Spielzeugs flog er in einer knappen Kurve auf einen ausgedehnten Krater zu, der wie ein Bumerang geformt war, mindestens drei Meter lang, und auf die Außenflanke des Gipfels überzugreifen schien. In dieses Becken schob sich eine gewaltige Gletscherzunge vor, die im oberen Teil hell und glatt schimmerte und gedämpfter am Fuß des Hangs, dort, wo das Eis sich ballte, zusammenpreßte und zu Pyramiden und blau leuchtenden Blättern zersplitterte.

»Hier. Direkt unter uns. Die große Spalte«, rief Fanny dem Piloten zu.

Der Helikopter steuerte auf den Rand des Gletschers zu, wo die durchscheinenden Grate, stufenförmig übereinandergeschichtet, sich zu einer langen Spalte öffneten – ein dunkler Riß, wie ein Lächeln in einem Gesicht aus Eis. In einer Schneewolke setzte der Hubschrauber auf. Der Sturm der Rotorblätter zeichnete tiefe Furchen in den Schnee.

»Zwei Stunden«, brüllte der Pilot. »Ich komme in zwei Stunden wieder. Sonst wird es zu dunkel.«

Fanny stellte ihr GPS ein und reichte es dem Mann, um ihm mitzuteilen, an welchem Punkt er sie wieder abholen sollte. Der Pilot nickte. Niémans und Fanny, beide mit einem gewaltigen Rucksack, sprangen zu Boden.

Sofort hob der Helikopter wieder ab und war bald wie vom Himmel verschluckt. In der Stille des ewigen Schnees blieben zwei Gestalten zurück.

Einen Moment verharrten sie stumm und reglos. Niémans hob den Blick und musterte den klaffenden Abgrund im Eis, an dessen Kante sie standen, zwei winzige Menschlein in einer weißen Wüste. Dem Kommissar flimmerte es vor den Augen, sämtliche Sinne waren aufs äußerste geschärft. Es schien ihm, als gewahrte er das leise Flüstern des Eises, dessen Kristalle im Frost heimlich und vertraulich knisterten.

Er warf der jungen Frau einen Blick zu. Sie stand mit durchgedrücktem Rückgrat und gespannten Schultern und atmete tief, als berauschte sie sich an der kalten, reinen Luft. Offensichtlich hatte der Berg ihre Stimmung wieder gehoben. Nur in diesem gleißenden Licht, in dieser dünnen Luft ist sie glücklich, dachte Niémans, und das Bild einer Fee, einer Bergnymphe kam ihm in den Sinn. Er deutete auf die Gletscherspalte und fragte: »Warum diese und nicht eine andere?«

»Weil nur diese hier bis zu den Schichten hinunterreicht, die Sie interessieren. Sie ist an die hundert Meter tief.«

Niémans trat einen Schritt näher.

»Hundert Meter? Aber wir müssen doch nur ein paar Meter absteigen, um die Schicht zu erreichen, die aus den sechziger Jahren stammt. Bei zwanzig Zentimetern im Jahr läßt sich das leicht berechnen …«

Fanny lächelte.

»Das ist die Theorie. Aber der Gletscher gehorcht der Statistik nicht. Das Eis in diesem Becken ist stark komprimiert und bewegt sich schräg abwärts. Mit anderen Worten, es dehnt sich und wird weiter und länger. In dieser Spalte entspricht ein Jahr einer Schicht von ungefähr einem Meter Dicke. Ihre Rechnung stimmt nicht, Herr Polizist. Um fünfunddreißig Jahre zurückzugehen, müssen wir …«

»… mehr als fünfunddreißig Meter absteigen?«

Die junge Frau nickte. Irgendwo in einer blauen Nische plätscherte es leise. Das kleine Lachen eines Gletscherbachs. Fanny deutete auf die Furche.

»Es gibt noch einen anderen Grund, weshalb ich mich für diese

Spalte entschieden habe. Die letzte Station der Bergbahn ist nur achthundert Meter entfernt. Wenn Sie recht haben, wenn der Mörder sein Opfer tatsächlich in eine Gletscherspalte verschleppt hat, dann ist die Wahrscheinlichkeit sehr groß, daß er sich diese Stelle ausgesucht hat: Sie ist zu Fuß am leichtesten zu erreichen.«

Fanny kauerte sich nieder und öffnete ihren Sack. Sie nahm zwei Paar Steigeisen aus gehärtetem Stahl heraus und warf Niémans ein Paar zu.

»Befestigen Sie das an Ihren Stiefeln.«

Niémans legte die beiden gezackten Eisen in den Schnee und stellte die Länge entsprechend seiner Schuhgröße ein, zog die Neoprengurte fest und fühlte sich dabei an die Kufen erinnert, die er in seiner Kindheit statt Schlittschuhen an den Sohlen befestigt hatte.

Fanny entnahm ihrem Rucksack unterdessen eine Reihe hohler Spieße mit Gewinde, die in einer länglichen Öse endeten. »Rohreishaken«, kommentierte sie lakonisch, während ihr Atem sich zu schimmerndem Dampf wölkte. Dann holte sie einen Eispickel mit verlängertem Stiel hervor, der aussah, als wäre er mühelos in seine Bestandteile zerlegbar, und schließlich einen Schutzhelm, den sie Niémans reichte. Neugierig betrachtete er diese Ausrüstung, die ihm äußerst raffiniert und zugleich von überzeugender Einfachheit schien, hergestellt aus unbekannten, völlig neuartigen Materialien in der Farbe englischer Drops.

»Kommen Sie her.«

Fanny hielt einen gepolsterten Anseilgurt in den Händen, der ihm wie ein unentwirrbares Geflecht aus Riemen und Schnallen erschien, und doch hatte ihm die junge Frau innerhalb weniger Sekunden den Gurt um Taille und Schenkel gelegt und geschlossen. Sie trat einen Schritt zurück wie eine Modeschöpferin, die ihr Modell betrachtet.

»Sehr professionell«, sagte sie lächelnd und ergriff eine Stirnlampe, die aus mehreren Riemen, einem Batteriekasten und einer Leuchte mit verstellbarem Reflektor bestand. Im Spiegel des Reflektors sah Niémans sein eigenes Bild: Mit Kapuze, Helm, Gurten und zackenbewehrten Stiefeln kam er sich vor wie ein futuristischer Yeti. Während Fanny die Lampe an seinem Helm befestigte, erklärte sie: »Das ist eine Azetylenlampe. Sie funktioniert mit Karbid. Ich zeig's Ihnen, wenn es soweit ist.«

Sie hob den Blick, schaute ihm in die Augen und sagte in ernstem Ton: »Gletscher sind eine Welt für sich, Herr Kommissar. Vergessen Sie Ihre Reflexe, Ihre gewohnten Verhaltens- und Denkweisen. Mißtrauen Sie allem: den Lichtverhältnissen, der Härte, dem Aussehen der Wand.« Sie spähte in die Spalte, während sie ihren eigenen Gurt befestigte. »In diesem Bauch dort unten ist alles überwältigend, außergewöhnlich, aber alles kann eine Falle sein. Das ist kein Eis, wie Sie es kennen, sondern derart komprimiert, daß es härter ist als Beton, und doch kann sich unter einer Eisschicht von wenigen Millimetern ein Wasserloch verbergen. Also halten Sie sich ausschließlich an meine Anweisungen.«

Fanny verstummte und ließ ihre Worte nachwirken. Ihr Atem zeichnete einen weißen Lichthof um ihr Gesicht. Sie strich sich die Haare zurück und setzte die Kapuze auf.

»Wir werden hier absteigen«, fuhr sie fort. »Ein Stück weiter unten gibt es eine Art Stufe, die längs der Wand verläuft; das ist einfacher. Ich gehe zuerst und bringe die Haken an.

Die Luftblasen, die freigesetzt werden, wenn ich die Haken ins Eis treibe, werden einen riesigen Riß verursachen, mehrere Dutzend Meter lang. Dieser Spalt kann senkrecht oder waagrecht verlaufen, und Sie müssen sich von der Wand fernhalten. Das veranstaltet einen Höllenlärm, der an sich nichts bedeutet, aber Eisblöcke, Stalaktiten losreißen kann. Sie müssen also Ihre Augen überall haben, Herr Kommissar. Seien Sie auf der Hut und fassen Sie nichts an.«

Niémans prägte sich ihre Anweisungen ein. Es war das erste Mal in seinem Leben, daß er einem kraushaarigen Mädchen zu gehorchen hatte. Fanny spürte offensichtlich seinen gekränkten Stolz und sagte in einem Ton, der amüsiert und autoritär zugleich war: »Wir werden jeden Begriff von Zeit und Entfernung verlieren. Unser einziger Anhaltspunkt ist das Seil. Ich habe hier mehrere Säckchen mit je hundert Metern Seil; nur damit kann ich die zurückgelegte Entfernung messen. Sie folgen meinen Spuren und halten sich streng an meine Anweisungen. Keine Privatinitiative und keine spontanen Einfälle. Haben Sie verstanden?«

»Ja«, schnaubte Niémans. »Ist das alles?«
»Nein.«
Fanny musterte den wolkenschweren Himmel.
»Ich habe mich nur wegen des Sturms auf diese Expedition eingelassen. Wenn die Wolken sich verziehen und die Sonne hervorkommt, müssen wir sofort wieder aufsteigen.«
»Warum?«
»Weil der Abschmelzprozeß sich dann ungeheuer beschleunigt. Dann kommen Sturzbäche von Schmelzwasser von den Wänden herunter und fallen uns auf den Kopf. Das Wasser hat nie mehr als zwei Grad, während wir von der Anstrengung erhitzt sind. Das ist der erste Schock, und schon dabei kann uns das Herz stehenbleiben. Wenn wir das aber überleben, greift der Kälteschock bald auf den gesamten Körper über und macht uns endgültig fertig: taube Gliedmaßen, verlangsamte Bewegungen ... Ich muß Ihnen das nicht näher ausführen. Innerhalb weniger Minuten sind wir zu Statuen erstarrt und hängen bewegungsunfähig im Seil. Also, was immer passiert, wo immer wir uns befinden – sobald der Himmel aufklart, steigen wir so schnell wie möglich auf.«
Ihre Warnung stimmte Niémans nachdenklich. »Das heißt also, daß der Mörder ebenfalls einen Sturm brauchte, um in die Spalte abzusteigen?« fragte er.
»Sturm oder Dunkelheit.«
Bei seinen meteorologischen Nachforschungen hatte Niémans erfahren, daß am Samstag kaum eine Wolke den strahlenden Sonnenschein über der gesamten Region getrübt hatte. Falls der Mörder tatsächlich mit seinem Opfer im Gletschereis gewesen war, dann bedeutete dies, daß er den Einbruch der Nacht abgewartet hatte. Aber warum hatte er solche Umstände auf sich genommen? Und warum war er anschließend mit der Leiche ins Tal zurückgekehrt?
Niémans marschierte schwerfällig, behindert durch die Eisen, bis an den Rand des Abgrunds und warf einen Blick in die Tiefe: Diese Kluft war nicht schwindelerregend. Fünf Meter tiefer wölbten sich die Wände sogar aufeinander zu, bis sie sich beinahe berührten, und die Spalte bestand nur noch aus einer schmalen Ritze, die an die halbgeöffneten Schalen einer riesigen Muschel erinnerten.

Fanny trat zu ihm, und während sie eine Reihe von Karabinern, Haken, Schrauben an ihrem Gürtel befestigte, sagte sie: »Der Gletscherfluß verläuft unterhalb dieser Ritze, und deshalb ist die Spalte nach diesem Engpaß sehr viel weiter. Unten fließt das Wasser an den Wänden entlang und erodiert sie. Durch diese Ritze müssen wir hindurch.«

Niémans betrachtete die beiden Eiskanten, die sich nur widerwillig über der Schlucht zu öffnen schienen.

»Falls wir noch tiefer in den Gletscher absteigen würden, fänden wir dann die Niederschläge vergangener Jahrhunderte?«

»Selbstverständlich. In der arktischen Zone kann man in uralte Zeiten vordringen. In mehreren tausend Metern Tiefe fänden wir die Sintflut, die Noah dazu gebracht hat, seine Arche zu bauen. Ebenso die Luft, die er geatmet hat.«

»Die Luft?«

»Sauerstoffbläschen, die im Eis eingeschlossen sind.«

Niémans staunte. Fanny schulterte ihren Rucksack und kniete am Rand der Gletscherspalte nieder. Sie trieb die erste Schraube ins Eis und hängte einen Karabiner in die Öse, durch den sie ein Seil zog. Sie warf einen letzten Blick auf den stürmischen Himmel und sagte übermütig: »Willkommen in der Zeitmaschine, Herr Kommissar.«

24

SIE MUSSTEN SICH MEHRERE METER TIEF ABSEILEN. Niémans hing mit dem Abseilachter, der mit einem Karabiner an seinem Gurt befestigt war, an einem doppelten Seil, zur Sicherung diente ein Prusikknoten. Um sich hinabzulassen, mußte er nur mit einer Hand den Knoten nach unten schieben, während er mit der anderen das lose Seil führte. Sobald er losließ, blockierte der Prusikknoten, und er baumelte in seinem Sitzgurt.

Auf diese einfachen Gesten konzentriert, achtete er auf Fannys Kommandos, die ihn einige Meter unterhalb anwies, wann er sich wieder ein Stück herunterlassen konnte. Mit all diesen Seilen und

Verzweigungen, an denen er hing, fühlte sich Niémans an eine Art Krake erinnert, dessen Tentakel klingelten wie ein Weihnachtsschlitten.

Während er sich abseilte, konnte er die junge Frau nicht sehen, doch er wußte sie unter sich, hörte sie ein Stück tiefer Schrauben in die Gletscherwand treiben und vertraute fraglos ihrer Erfahrung. In diesem Augenblick dachte er nichts. Durch seine Konzentration drangen nur sehr gemischte, lebhafte und neuartige Empfindungen, der kalte Hauch der Wand, der Druck des Sitzgurts, der seinen Körper in der Schwebe über dem Abgrund hielt, die Schönheit des Eises, das dunkelblau leuchtete wie ein Stück Nacht, das dem Firmament entrissen worden war.

Den Himmel konnten sie bald nicht mehr sehen. Sie passierten die vorgeschobenen Ränder und drangen ins Innere der Gletscherspalte vor. Niémans hatte das Gefühl, als tauchte er in den gefrorenen Bauch eines ungeheuren Tieres. Unter dieser eisigen Glocke aus hundert Prozent Feuchtigkeit schärften sich seine Sinne, und jede Empfindung wurde überdeutlich. Verstohlen bewunderte er die dunklen, durchscheinenden Wände, von denen ein inneres Strahlen ausging, wie ein Nachklang des Tageslichts. In der Dunkelheit hallte jeder einzelne Handgriff wie in einer Höhle.

Schließlich setzte Fanny den Fuß auf eine Art Laufsteg, der beinahe horizontal die Wand entlangführte, und kurz nach ihr erreichte auch Niémans diese natürliche Stufe. Die beiden Wände der Gletscherspalte waren wieder enger zusammengerückt und nur noch ein paar Meter voneinander entfernt.

»Kommen Sie näher«, befahl sie.

Niémans gehorchte, und Fanny hantierte an der Lampe auf seinem Schutzhelm – Niémans hätte schwören können, daß sie ein Feuerzeug angezündet hatte –, und sofort flammte ein intensives Licht auf. Der Reflektor auf ihrem Helm warf ihm wieder sein eigenes Spiegelbild zurück, überstrahlt von der Azetylenflamme, die wie ein umgedrehter Kegel aussah und, verstärkt durch den Hohlspiegel, ein grelles Licht verbreitete. Tastend zündete Fanny ihre eigene Lampe an und murmelte: »Wenn Ihr Mörder in dieser Spalte war, dann kam er hier vorbei.«

Niémans sah sie verständnislos an. Der horizontale Strahl seiner

Lampe verzerrte das Gesicht der Frau, verwandelte es in ein Wechselspiel aus scharfen Schlaglichtern und beunruhigenden Schatten.

»Wir sind jetzt so tief, wie Sie wollten«, fuhr sie fort und deutete auf die glatte Fläche der Wand. Dreißig Meter unter der Kuppe – hier finden Sie den kristallisierten Schnee aus den sechziger Jahren und früher …«

Fanny zog ein neues Seil hervor und trieb mit ein paar Hammerschlägen eine Rohrschraube in die Wand, hängte einen Karabiner in die Öse und drehte die Schraube mit energischen Bewegungen fest wie einen Korkenzieher. Niémans staunte immer wieder über die Kraft dieser Frau. Er betrachtete die Eissplitter, die aus dem Bohrloch hervorspritzten, und dachte, er kannte wenig Männer, die zu vergleichbaren Leistungen fähig waren.

Aneinandergeseilt machten sie sich wieder auf den Weg, doch diesmal in waagerechter Richtung entlang der schimmernden Röhre, direkt über dem Abgrund. Im Licht der Lampen warfen ihre Körper Schatten auf die gegenüberliegende Wand. Alle zwanzig Meter brachte Fanny eine neue Sicherung an, schlug eine weitere Schraube ins Eis und hängte das Seil ein. Dieses Manöver wiederholte sie mehrere Male, und so legten sie hundert Meter zurück.

»Noch weiter?« fragte sie.

Der Kommissar sah sie an. Ihr Gesicht, scharfkantig und hart im Licht der Lampe, hatte einen unheilverheißenden Ausdruck angenommen. Er nickte, während er in den Korridor aus Eis spähte, der sich in der unabsehbaren leuchtenden Ferne verlor. Fanny zog ein neues Seilbündel hervor und wiederholte das Manöver: Haken, Seil, zwanzig Meter, Haken, Seil, zwanzig Meter … Vierhundert Meter brachten sie auf diese Weise hinter sich, doch keine Spur, keine Markierung deutete darauf hin, daß der Mörder vor ihnen hier gewesen war. Bald hatte Niémans das Gefühl, daß die Wände vor seinen Augen zu wanken begannen, auch hörte er immer wieder ein leises Klirren und ein fernes höhnisches Gelächter. Alles wurde hallend, phosphoreszierend, unsicher, und er fragte sich, ob es so etwas wie einen Gletscherrausch gab. Er warf einen Blick auf Fanny, die unbeirrt Schrauben ins Eis drehte und nichts zu bemerken schien.

Beklemmung schnürte ihm die Kehle zu. Vielleicht hatte er Halluzinationen, vielleicht waren dies die ersten Anzeichen, daß sein

Körper, sein Gehirn ihn vor Erschöpfung im Stich ließen. Ein Zittern erfaßte ihn, die Kälte, die ihm bis in die Knochen gedrungen war, schüttelte ihn stoßweise. Er klammerte sich an jede Schraube, die er passierte, schwerfällig bewegten seine Füße sich vorwärts. Seine Augen tränten, während er Fanny einzuholen versuchte, und er fürchtete auf einmal zu fallen, weil seine Beine ihn nicht länger trugen. Und seine Halluzinationen nahmen zu. Die blauen Wände wogten auf und nieder und strahlten immer heller im Licht seiner Lampe. Aus allen Richtungen hallte das Echo leiser, lachender Stimmen. Gleich würde er abstürzen. Ins Leere. In seinen eigenen Wahnsinn. Halb erstickt stieß er hervor: »Fanny …«

Die junge Frau drehte sich um, und Niémans begriff, daß er nicht phantasierte.

Ihr Gesicht war nicht mehr von den harten Kontrasten der Lampe strukturiert, sondern leuchtete von einem hellen Licht, so intensiv, daß die Quelle sich nicht bestimmen ließ. Fanny hatte ihre strahlende, souveräne Schönheit wiedergefunden. Niémans warf einen Blick rings um sich und sah, daß die Wände in einem farbigen Feuerwerk explodierten. Und daß an manchen Stellen der Wand das Wasser in senkrechten Bächen in die Tiefe stürzte.

Nein, er halluzinierte nicht. Im Gegenteil – er hatte ein Phänomen wahrgenommen, auf das Fanny, die zu sehr mit der Fixierung des Seils beschäftigt war, nicht geachtet hatte. Die Sonne. Am Himmel über ihnen hatte der Sturm die Wolken vertrieben, und es war die Sonne, die dieses helle, diffuse Licht tief in den Gletscher eindringen ließ. Daher auch der intensive Widerschein und das Knacken und Knistern im Eis, das ihn an Gelächter erinnert hatte.

Die Temperatur stieg. Der Schmelzprozeß hatte eingesetzt.

»Scheiße«, keuchte Fanny, die ebenfalls begriffen hatte.

Sofort eilte sie ein paar Schritte zurück und prüfte die Eisschraube, die sie zuletzt eingedreht hatte und deren Gewinde bereits sichtbar war, während von oben das Wasser herabfloß. Ihre Seilschaft würde zwangsläufig abstürzen. Im freien Fall in die Tiefe der Gletscherspalte.

»Gehen Sie zur Seite«, befahl Fanny.

Niémans trat einen zögernden Schritt zurück und versuchte, sich nach links zu verlagern. Sein Fuß glitt aus, er zuckte zurück, den

Rücken zum Abgrund gewandt, und riß heftig am Seil, um sein Gleichgewicht wiederzufinden. Er spürte und hörte alles gleichzeitig: den Haken, der aus der Wand brach, die Steigeisen, die über das Eis scharrten, Fannys Faust, die ihn in letzter Sekunde am Kragen packte und gegen die Wand drückte. Eiswasser spritzte ihm ins Gesicht, und Fanny flüsterte ihm ins Ohr: »Rühren Sie sich nicht von der Stelle.«

Niémans erstarrte, an die Wand gepreßt, keuchend. Fanny drückte sich an ihm vorbei. Er spürte ihren Atem, ihren Schweiß, ihre weichen Locken. Mit atemberaubender Geschwindigkeit schlug sie zwei neue Haken ins Eis und befestigte sein Sicherungsseil.

Während sie diese Handgriffe verrichtete, war aus dem Plätschern, das aus dem Abgrund heraufklang, ein Heulen und Tosen geworden, und das Wasser rauschte in Strömen. An den Wänden flossen Bäche herab, Eisbrocken stürzten in die Tiefe und zerschellten auf dem Sims. Niémans schloß die Augen, fühlte sich davongleiten und war darauf gefaßt, von diesem Spiegelpalast ohne Ecken, Entfernungen, Perspektiven verschlungen zu werden.

Fannys Aufschrei holte ihn in die Wirklichkeit zurück. Er wandte den Kopf und sah links von sich, wie sie sich ins Seil stemmte, als strebte sie von der Wand fort. Mit gewaltiger Anstrengung stand er auf und kämpfte sich durch strömendes Wasser. Abermals rutschte er aus und hing im Gurt, die Finger um das Seil geklammert, drehte sich im Kreis wie ein Erhängter, und als er wieder festen Halt unter den Füßen spürte, durchquerte er einen Sturzbach, um zu ihr zu gelangen. Warum wich sie vor der Wand zurück, dem einzigen halbwegs sicheren Halt über dem Abgrund?

Fanny zeigte mit dem Finger aufs Eis. »Da«, flüsterte sie. »Schauen Sie!«

Niémans brachte sich in eine Position, von der aus er ihrer Blickrichtung folgen konnte.

Und traute seinen Augen nicht.

An der durchscheinenden Mauer, einem regelrechten Spiegel aus bewegtem Wasser, war die Silhouette einer im Eis gefangenen menschlichen Gestalt aufgetaucht. In Fötalposition. Den Mund zu einem stummen Schrei aufgerissen. Ein blau angelaufener und von

Wunden übersäter Körper, verzerrt durch die feinen Wasserschleier, die unaufhörlich über dieses Bild rannen.

Trotz seiner Betäubung, trotz der Kälte, die sie bald beide umbringen würde, begriff der Kommissar auf der Stelle, daß er hier nur das Abbild der Wahrheit erblickte. Er sicherte sein Gleichgewicht auf dem abschüssigen Sims und drehte sich um die eigene Achse, bis er die Wand genau gegenüber sehen konnte.

»Nein«, murmelte er. »Dort.«

Er konnte den Blick nicht von der gegenüberliegenden Mauer losreißen: Dort steckte die leibhaftige Leiche fest, deren blutige Umrisse sich mit ihrem Spiegelbild deckten.

25

NIÉMANS LEGTE DIE AKTE auf dem Schreibtisch ab und fragte, an Hauptmann Barnes gewandt: »Wieso sind Sie so sicher, daß dieser Mann mit unserem Opfer identisch ist?«

»Seine Mutter war vorhin bei uns«, antwortete der Gendarm in einem Ton, der jeden Zweifel ausschloß. »Sie sagt, ihr Sohn sei heute nacht verschwunden …«

Der Kommissar stand wieder in einem Büro im ersten Stock der Gendarmerie. Erst jetzt, in dem dicken wollenen Rollkragenpullover, den er trug, wurde ihm allmählich warm. Eine Stunde zuvor hatte es Fanny geschafft, sie beide weitgehend unversehrt aus der Gletscherspalte ans Tageslicht zu befördern. Das Glück hatte auf ihrer Seite gestanden: Im selben Augenblick, als sie aus der Tiefe auftauchten, flog der zurückkehrende Helikopter über sie hinweg.

Seitdem mühten mehrere Bergrettungsmannschaften sich ab, die Leiche aus ihrem eisigen Grab hervorzuholen, während der Kommissar und Fanny Ferreira in die Stadt zurückgekehrt waren und die vorschriftsmäßige ärztliche Untersuchung über sich hatten ergehen lassen.

Als Niémans in der Gendarmerie eingetroffen war, hatte Barnes sofort einen weiteren Vermißten erwähnt, der mit der entdeckten

Leiche identisch sein könnte: Philippe Sertys, sechsundzwanzig, unverheiratet und Hilfspfleger im Krankenhaus von Guernon. Niémans, eine Tasse heißen Kaffee in der Hand, wiederholte seine Frage: »Wie können Sie sicher sein, daß es sich um denselben Mann handelt, solange die Identität des Opfers nicht festgestellt wurde?«

Barnes blätterte eine Weile in einer Aktenmappe, dann antwortete er: »Wegen der Ähnlichkeit.«

»Welcher Ähnlichkeit?«

Barnes legte Niémans das Foto eines jungen Mannes mit schmalem Gesicht, kurzgeschorenen Haaren und auffällig sanften dunklen Augen hin, der beflissen lächelte. In diesem Gesicht lag ein jugendlicher, beinahe kindlicher Ausdruck, zugleich aber eine spürbare Nervosität. Der Kommissar betrachtete das Foto und begriff, was Barnes mit seiner Bemerkung meinte: Dieser Mann hatte tatsächlich eine gewisse Ähnlichkeit mit Rémy Caillois, dem ersten Opfer. Dasselbe Alter, dieselben hageren Gesichtszüge, derselbe Haarschnitt. Zwei junge Männer, sehr schlank und gutaussehend, deren Miene jedoch einen inneren Aufruhr verriet.

»Das ist ein Serie, Kommissar.«

Niémans trank einen Schluck Kaffee und hatte das Gefühl, als müsse seine noch immer eisige Kehle unter der Berührung mit der heißen Flüssigkeit zerbersten. Er schaute auf.

»Wie bitte?«

Barnes trat von einem Fuß auf den anderen, und seine Schuhe knarzten hörbar, wie die Deckplanken eines Schiffs.

»Ich habe natürlich nicht Ihre Erfahrung, aber ... Also, wenn das zweite Opfer tatsächlich Philippe Sertys ist, dann kann kein Zweifel mehr bestehen, daß es sich um eine Serie handelt. Um einen Serienmörder, meine ich. Er sucht sich seine Opfer nach dem Aussehen. Dieses ... dieses Gesicht erinnert ihn offensichtlich an irgendein Trauma ...«

Barnes verschlug es die Sprache, als er den wütenden Blick des Kommissars bemerkte. Niémans versuchte, seine ungestüme Reaktion durch ein betontes Lächeln zu mildern.

»Capitaine, wir werden diese Ähnlichkeit nicht zu einem Roman aufbauschen. Vor allem nicht jetzt, wo wir noch gar nicht wissen, wer das Opfer überhaupt ist.«

»Ich … Sie haben natürlich recht.«

Nervös schob der Gendarm seine Akte hin und her, die das gesamte Leben der Stadt zu enthalten schien. Er wirkte verwirrt und zugleich in höchstem Maß erregt, und Niémans meinte in großen Leuchtbuchstaben seine Gedanken lesen zu können: »Ein Serienmörder in Guernon!« Barnes würde vermutlich bis zu seiner Pensionierung und darüber hinaus ein seelisches Trauma zurückbehalten.

»Wie weit ist die Bergrettung?« fragte Niémans.

»Sie werden die Leiche bald herausziehen. Das Eis hat sich wieder darüber geschlossen. Nach Ansicht der Kollegen wurde der Mann in der letzten Nacht dort hinaufgeschafft. Nur bei sehr niedriger Temperatur konnte er derart ins Eis einwachsen.«

»Wann können wir damit rechnen, den Toten zu bergen?«

»Eine Stunde wird es mindestens noch dauern, Kommissar. Tut mir leid.«

Niémans stand auf und öffnete das Fenster, und ein Schwall Kälte drang ins Zimmer.

Achtzehn Uhr.

Über die Stadt senkte sich schon die Nacht, ein dichter Schatten, der langsam die Schindeldächer und Holzgiebel verschluckte. Wie eine Schlange zwischen Steinen verschwand der Fluß in der Dunkelheit.

Der Kommissar fror in seinem dicken Pullover. Dieses Provinzleben war nichts für ihn. Vor allem nicht in dieser Provinz: vergraben zwischen Bergen, von Kälte und Stürmen gebeutelt und das halbe Jahr von graubraunem Schneematsch und klirrenden Eiszapfen verfolgt. Eine verschlossene, feindselige, verbitterte Welt, die sich in ihr Schweigen hüllte, wie der Kern einer tiefgefrorenen Frucht.

»Wie weit sind wir nach zwölf Stunden Fahndung?« fragte er, während er sich zu Barnes umdrehte.

»Nirgendwo. Die Nachforschungen haben nichts ergeben. Kein Landstreicher. Kein entlassener oder entsprungener Häftling, dessen Profil mit dem des Mörders übereinstimmt. Auch die Überprüfung von Hotels, Rasthäusern, Eisenbahnen war ergebnislos. Ebenso wie die Straßensperren.«

»Und die Bibliothek?«

»Die Bibliothek?«

Nach der Entdeckung einer zweiten Leiche waren die Bücher auf ein Nebengleis gerückt; dennoch wollte Niémans keine einzige Schiene der Ermittlungen aufgeben.

»Die Kripo überprüft die Bücher, die von den Studenten ausgeliehen wurden«, erklärte er.

Barnes hob die Schultern.

»Ach so ... Dafür sind wir nicht zuständig, da müssen Sie Joisneau fragen ...«

»Wo ist er?«

»Keine Ahnung.«

Niémans wählte die Handy-Nummer des Leutnants. Keine Antwort: abgeschaltet.

»Und Vermont?« fragte er mißmutig.

»Immer noch mit seiner Truppe im Gebirge. Sie klappern die Berghütten ab. Mehr denn je ...«

Niémans seufzte. »Sie müssen in Grenoble neue Leute anfordern. Ich will weitere fünfzig Männer. Mindestens. Sie sollen ihre Suche auf den Vallernes-Gletscher und die Seilbahnstrecke ausdehnen, die zu ihm hinaufführt. Sie sollen den ganzen Berg durchkämmen, bis zum Gipfel.«

»Ich kümmere mich darum.«

»Wie viele Straßensperren?«

»Acht. Die Mautstation auf der Autobahn. Die beiden Nationalstraßen und fünf Landstraßen. Guernon steht unter strengster Aufsicht. Aber wie ich Ihnen schon sagte ...«

Niémans starrte Barnes fest an. »Capitaine, wir haben bis jetzt nur eine einzige Gewißheit: Der Mörder ist ein erfahrener Alpinist. Verhören Sie sämtliche Personen, die fähig sind, sich auf und in Gletschern zu bewegen, in Guernon und in der Umgebung.«

»Das wird aber ziemlich mühsam. Die Kletterei ist hier der Lokalsport, es gibt kaum jemanden, der sich in den Bergen nicht auskennt ...«

»Ich spreche von einem Experten, Barnes, einem Profi, der imstande ist, sich mit einer Leiche auf dem Rücken dreißig Meter tief in eine Gletscherspalte abzuseilen. Damit habe ich schon Joisneau beauftragt. Finden Sie ihn, und stellen Sie fest, wie weit er ist.«

Barnes neigte den Kopf. »Jawohl. Trotzdem muß ich Sie darauf aufmerksam machen, daß wir ein Volk von Bergsteigern sind. In jedem Dorf, in jedem Weiler, auf jedem Felsmassiv werden Sie erfahrene Alpinisten finden. Das ist eine Tradition bei uns: In unserer Region gibt es immer noch Kristallschleifer und Berghirten ... Sie alle haben sich die Liebe zu den Bergen bewahrt. Eigentlich sind nur die Leute von Guernon, der Universitätsstadt, von der Bergsteigerei abgekommen.«

»Was wollen Sie damit sagen?«

»Ich will Ihnen nur klarmachen, daß man die Suche erheblich erweitern muß. Auf sämtliche Bergdörfer. Und das wird uns Tage kosten.«

»Fordern Sie noch mehr Verstärkung an. Richten Sie in jedem Marktflecken einen Stützpunkt ein. Überprüfen Sie Entfernungen, Ausrüstungen und finden Sie heraus, was die Leute in der fraglichen Zeit getan haben. Bringen Sie mir ein paar Verdächtige, in Gottes Namen!«

Der Kommissar öffnete die Tür und sagte abschließend: »Bringen Sie mir die Mutter her.«

»Welche Mutter?«

»Die Mutter von Philippe Sertys. Ich will mit ihr reden.«

26

NIÉMANS GING HINUNTER INS ERDGESCHOSS. Der Gendarmerieposten sah aus wie jede andere Polizeidienststelle in Frankreich und wahrscheinlich auf der ganzen Welt. Durch die Glasscheiben in den Zwischenwänden sah Niémans eiserne Aktenschränke, Schreibtische mit Plastiküberzug, schmutziges Linoleum mit Brandlöchern. Diese farblosen, neonbeleuchteten Büroräume gefielen ihm. Weil sie auf die wahre Natur seiner Arbeit verwiesen: Ein Polizist gehört auf die Straße, ins Freie. Diese trostlosen Räume waren nur das Vorzimmer zur eigentlichen Berufung, ihr grauer Vorhof, aus dem man mit heulenden Sirenen aufbricht.

In dem Augenblick sah er sie im Flur sitzen. Sie trug einen marineblauen Gendarmenpullover und um die Schultern eine Biwakdecke. Im Bruchteil einer Sekunde war er wieder Gefangener des Gletschers, war neben ihr und spürte ihren warmen Atem im Nacken.

Halb aus Nervosität, halb aus Koketterie rückte er seine Brille zurecht. »Wieso sind Sie nicht nach Hause gegangen?«

Fanny Ferreira richtete ihre hellen Augen auf ihn. »Ich muß meine Aussage unterschreiben«, sagte sie. »Allmählich wird es zur Gewohnheit. Bei der dritten brauchen Sie nicht mehr mit mir zu rechnen.«

»Der dritten?«

»Leiche.«

»Erwarten Sie denn weitere Morde?«

»Sie nicht?«

Der schmerzliche Ausdruck in Niémans' Gesicht entging ihr offensichtlich nicht, denn sie fügte leise hinzu: »Entschuldigen Sie. Ironie ist für mich eine Art Ventil.«

Damit klopfte sie auf die Bank neben sich, als forderte sie ein Kind auf, sich zu ihr zu setzen. Niémans folgte ihrer Einladung. Den Kopf zwischen die Schultern gezogen, die Arme verschränkt, stampfte er leicht mit den Füßen.

»Ich wollte Ihnen danken«, murmelte er zwischen den Zähnen. »Ohne Sie wäre ich in diesem Gletscher ...«

»Ich habe nur meine Rolle als Bergführerin erfüllt.«

»Das stimmt. Nicht nur haben Sie mir das Leben gerettet, sondern Sie haben mich exakt dorthin geführt, wohin ich wollte ...«

Fannys Miene wurde ernst. Gendarmen eilten durch den Flur. Donnernde Stiefel und raschelndes Ölzeug. »Wie weit sind Sie denn?« fragte sie. »Mit Ihren Ermittlungen, meine ich. Warum diese unglaubliche Gewalt? Warum diese ... Perversität?«

Niémans versuchte zu lächeln, doch der Versuch mißlang. »Wir treten auf der Stelle. Alles, was ich weiß, ist das, was mein Gefühl mir sagt.«

»Nämlich?«

»Daß wir es vermutlich mit einem Serienmörder zu tun haben. Aber nicht im üblichen Sinn – das ist kein Mörder, der seine

Zwangsvorstellungen auslebt und mehr oder minder aufs Geratewohl zuschlägt. Dahinter steckt ein ganz bestimmtes Motiv. Präzise und rational.«

»Welche Art von Motiv?«

Er sah sie an. Die Schatten der vorübergehenden Wachposten streiften ihr Gesicht wie Vogelschwingen.

»Das weiß ich nicht. Noch nicht.«

Sie verstummten. Nach einer Weile zündete Fanny sich eine Zigarette an und fragte unvermittelt: »Wie viele Jahre sind Sie schon bei der Polizei?«

»Knapp zwanzig.«

»Was hat Sie zu Ihrer Wahl bewogen? Die Aussicht, Schurken zu verhaften?«

Niémans lächelte, diesmal aufrichtig. Aus dem Augenwinkel sah er eine neue Truppe hereinkommen, die Mäntel naß vom Regen. An ihren Mienen erkannte er, daß sie nichts gefunden hatten. Sein Blick kehrte zu Fanny zurück, die tief den Rauch inhalierte. »Wissen Sie, in der Praxis verlieren sich Motivationen dieser Art ziemlich schnell. Außerdem – Gerechtigkeit und das ganze Beiwerk, das hat mich nie gejuckt.«

»Was war's dann? Die Bezahlung? Der sichere Arbeitsplatz?«

Niémans wunderte sich. »Komische Vorstellungen haben Sie«, sagte er. »Nein, ich glaube, es ging mir um das, was man dabei empfindet, was man erlebt.«

»Die Sorte von Abenteuern, die wir gerade hatten?«

»Zum Beispiel.«

»Verstehe«, sagte sie spöttisch und stieß den Rauch aus. »Ein Mann der Extreme. Der seinem Leben Bedeutung verleiht, indem er es jeden Tag aufs Spiel setzt …«

»Wieso nicht?«

Fanny imitierte die Haltung des Kommissars – die Schultern nach vorn gebeugt und die Hände wie zum Gebet gefaltet. Sie lachte nicht mehr, sondern schien zu ahnen, daß hinter diesen Redensarten eine tiefere Wahrheit steckte. »Ja, wieso nicht?« murmelte sie, die Zigarette im Mundwinkel.

Niémans senkte den Blick und musterte über den Brillenrand die Hände der jungen Frau. Kein Ring. Nur Pflaster, Narben, Risse.

Als wäre diese Bergsteigerin mit den Elementen verheiratet, mit der Natur, den existentiellen Erfahrungen.

»Niemand kann einen Polizisten verstehen«, sagte er. »Geschweige denn beurteilen. Wir bewegen uns in einer brutalen, unzusammenhängenden, gefährlichen Welt mit festen Grenzen. Wer außerhalb lebt, versteht sie nicht. Und wer in ihr lebt, verliert jegliche Objektivität. Das ist die Welt der Bullen. Ein abgeriegeltes Universum. Mit Stacheldraht eingezäunt. Unbegreiflich. Aber eines steht fest: Die Bürokraten, die nicht einmal das Risiko eingehen würden, sich die Finger in der Autotür einzuklemmen, haben uns nichts beizubringen.«

Fanny richtete sich auf, fuhr sich mit beiden Händen in die Haare und strich sie zurück. Niémans fühlte sich an erdverkrustete Wurzeln erinnert. Die Wurzeln eines Schwindelgefühls, das »Sinnlichkeit« hieß. Ein Schauder überlief ihn.

Leise fragte die Frau: »Was haben Sie vor? Was ist Ihr nächster Schritt?«

»Weitersuchen. Und warten.«

»Worauf denn?« fragte sie, wieder angriffslustig. »Auf das nächste Opfer?«

Niémans ging auf ihre Provokation nicht ein. Er stand auf. »Ich warte, bis die Leiche geborgen ist«, sagte er. »Der Mörder hat uns absichtlich auf den Berg gelockt. Die erste Leiche enthielt einen Wink, der auf den Gletscher verwies. Deshalb glaube ich, daß an dem zweiten Toten wieder ein Hinweis zu finden ist, der uns zur dritten Leiche führt … Und so weiter. Das ist eine Art Spiel, bei dem wir jedesmal verlieren müssen.«

Fanny stand ebenfalls auf und griff nach ihrem Parka, den sie am Ende der Bank zum Trocknen ausgebreitet hatte.

»Sie werden mir ein Interview geben müssen.«

»Wovon reden Sie?«

»Ich bin die Chefredakteurin von ›Tempo‹, unserer Unizeitung.«

Niémans spürte, wie seine Nerven sich spannten. »Sagen Sie jetzt bloß nicht, daß Sie …«

»Keine Angst, die Zeitung ist mir völlig egal. Und nichts für ungut – aber so, wie die Ereignisse sich überstürzen, werden ohnehin bald sämtliche Medien des Landes hier aufkreuzen. Dann haben Sie Journalisten am Hals, die sehr viel hartnäckiger sind als ich.«

Der Kommissar quittierte diese Aussicht mit einer wegwerfenden Geste. »Wo wohnen Sie?« fragte er unvermittelt.

»Auf dem Campus.«

»Wo genau?«

»Im Dachgeschoß des Hauptgebäudes. Ich habe dort eine kleine Wohnung neben den Studentenbuden.«

»Dort, wo auch die Wohnung der Caillois ist?«

»Genau.«

»Was halten Sie von Sophie Caillois?«

»Sie ist eine merkwürdige Person«, sagte Fanny mit bewunderndem Ausdruck. »Sehr wortkarg. Und verdammt schön. Die beiden waren verschlossen wie Austern. Ich weiß nicht ... Als hätten sie ein Geheimnis miteinander.«

Niémans nickte.

»Denselben Eindruck hatte ich auch. Vielleicht hat das Mordmotiv mit diesem Geheimnis zu tun. Wenn es Ihnen nichts ausmacht, komme ich später am Abend noch bei Ihnen vorbei.«

»Baggern Sie mich immer noch an?«

Der Kommissar nickte. »Mehr denn je. Und falls es was Neues gibt, sollen Sie's als allererste erfahren, für Ihr Käseblatt.«

»Ich sag's Ihnen noch mal – ich pfeife auf diese Zeitung. Ich bin unbestechlich.«

»Bis heute abend«, sagte er über die Schulter, während er davonging.

27

EINE STUNDE SPÄTER war die Leiche des zweiten Opfers noch immer nicht aus dem Eis geborgen.

Niémans kochte vor Wut. Er hatte sich die lakonische Aussage der Mutter von Philippe Sertys angehört, einer alten Frau, die mit schwer verständlichem Akzent sprach. Ihr Sohn habe sich tags zuvor, wie jeden Abend, gegen einundzwanzig Uhr mit seinem Wagen auf den Weg gemacht – einem gebrauchten Lada, erst kürzlich erstanden. Philippe sei Hilfspfleger am CHRU in Guernon, und sein Nachtdienst beginne um zweiundzwanzig Uhr. Sorgen habe sie sich erst am nächsten Morgen gemacht, als sie den Wagen in der Garage entdeckt, Philippe jedoch nicht in seinem Zimmer gefunden habe – offensichtlich sei er nach seiner Rückkehr vom Dienst noch einmal ausgegangen. Aber damit waren die Überraschungen noch nicht vorbei: Als sie im Krankenhaus anrief, erfuhr sie, Sertys habe sich am Vortag vom Dienst abgemeldet. Er sei also anderswohin gefahren, zurückgekommen und zu Fuß noch einmal fortgegangen. Was das bedeute, fragte die Frau außer sich und packte Niémans am Ärmel. Wo ihr Kind sei? Ihrer Ansicht nach sei dieser Umstand höchst beunruhigend: Ihr Sohn habe keine Freundin, gehe nie aus und schlafe immer »zu Hause«.

Der Kommissar hatte ihre Erklärungen ohne große Begeisterung zur Kenntnis genommen. Andererseits – wenn Sertys tatsächlich der Tote im Eis war, dann waren diese Hinweise hilfreich zur Bestimmung des wahrscheinlichen Tatzeitpunktes. Der Mörder hatte den jungen Mann in den letzten Stunden der Nacht überrascht, getötet, zweifellos verstümmelt und seine Leiche auf den Vallernes-Gletscher verfrachtet. In der Kälte des frühen Morgens hatte sich die Eiswand über dem Opfer geschlossen. Aber das waren alles nur Vermutungen.

Der Kommissar hatte die Frau zu einem Gendarmen begleitet, der ihre Aussage aufnahm, und war selbst, die Akte unter dem Arm, in seinen Unterschlupf zurückgekehrt, den kleinen Seminarraum in der Universität.

Dort angelangt, tauschte er seine Bergsteigerausrüstung gegen einen seiner Anzüge. Dann, allein in seinem Büro, breitete er sämtliche Unterlagen, die er besaß, auf einem Tisch aus und ging daran, eine vergleichende Studie über Rémy Caillois und Philippe Sertys anzustellen, falls tatsächlich ein Zusammenhang zwischen dem bekannten und dem potentiellen Opfer bestand.

An Gemeinsamkeiten fand er nur sehr wenig. Beide Männer waren Mitte Zwanzig und ähnelten einander im Typ: beide hochgewachsen und sehr schlank, mit regelmäßigen und zugleich verstört wirkenden Gesichtszügen und kurzgeschorenen Haaren. Beide hatten keinen Vater mehr: Sertys senior war zwei Jahre zuvor an Leberkrebs gestorben. Rémy Caillois hingegen war Vollwaise gewesen: Seine Mutter hatte er im Alter von acht verloren. Und die letzte Gemeinsamkeit. Beide hatten den Beruf ihrer Väter ergriffen – die Caillois waren Bibliothekare, die Sertys Pfleger im Klinikum.

Unterschiede hingegen bestanden reichlich. Caillois und Sertys hatten nicht dieselbe Schule besucht, waren nicht in derselben Umgebung aufgewachsen und gehörten nicht derselben Gesellschaftsklasse an. Aus bescheidenem Milieu stammend, war Rémy Caillois in einer Intellektuellenfamilie aufgewachsen und hatte sein Leben vorwiegend im Schoß der Universität verbracht. Philippe Sertys, Sohn eines obskuren Saalwärters, war mit fünfzehn in die Fußstapfen seines Vaters getreten und hatte im Krankenhaus zu arbeiten begonnen. Er war ungebildet und wohnte immer noch zu Hause, am Stadtrand von Guernon.

Rémy Caillois hatte in seinen Büchern gelebt, Philippe Sertys führte eine nächtliche Existenz im Krankenhaus und schien keinerlei nennenswertes Hobby zu haben: Wenn er sich nicht in den keimfreien Gängen der Klinik vergrub, saß er am Spätnachmittag in dem Lokal gegenüber dem CHRU und vertrieb sich die Zeit mit Videospielen. Er hatte seinen Wehrdienst in der Infanterie abgeleistet, Caillois hingegen war ausgemustert worden. Der eine war verheiratet, der andere nicht. Der eine war ein begeisterter Wanderer und Kletterer, der andere schien aus seiner Umgebung nie herausgekommen zu sein. Der eine war schizophren und vermutlich gewalttätig, der andere nach allgemeiner Einschätzung »sanft wie ein Engel«.

Soweit bekannt, waren die Fakten eindeutig: Die einzige Gemeinsamkeit zwischen den beiden Männern war ihr Aussehen – das lange, schmale Gesicht, der Bürstenhaarschnitt, die zaundürre Gestalt. Wie Barnes gesagt hatte: Der Mörder hatte sich seine beiden Opfer offensichtlich aufgrund ihres äußeren Erscheinungsbilds ausgesucht.

Einen Moment lang erwog Niémans ein sexuelles Verbrechen und stellte sich den Mörder als verkappten Homosexuellen vor, der für diesen Typ Mann schwärmte, doch er verwarf die Idee gleich wieder – der Gerichtsmediziner hatte diese Möglichkeit kategorisch abgelehnt: »Das ist nicht seine Welt. Überhaupt nicht.« In den Wunden und Verstümmelungen der ersten Leiche hatte der Arzt eine Kälte, eine Grausamkeit und Methodik erkannt, die nichts mit der Wildheit perverser Triebe gemein hatte. Außerdem war an der Leiche keine Spur sexueller Mißhandlungen festgestellt worden.

Was dann?

Der Wahnsinn des Mörders war offensichtlich anderer Art. Die Ähnlichkeit der Opfer und der Hinweis auf eine Serie – zwei Morde in zwei Tagen – sprachen jedenfalls für die Annahme eines Psychopathen mit zwanghaften Wahnvorstellungen, der sich anschickte, weiter zu morden. Für diese Hypothese sprachen noch andere Argumente: das an der ersten Leiche hinterlassene Indiz, das zur Entdeckung der zweiten geführt hatte, die Fötalposition, die Verstümmelung der Augen und der Wille, die Leichen an unzugänglichen und theatralischen Orten zu deponieren: die Felswand über dem Fluß, das transparente Gefängnis im Eis …

Dennoch konnte sich Niémans mit dieser Hypothese noch nicht recht anfreunden.

Zunächst wegen seiner Alltagserfahrung als Polizist: Zwar hatten sich die *serial killers*, ein Import aus den Vereinigten Staaten, der Literatur und des Films bemächtigt, doch in der Realität hatte sich diese grauenhafte Tendenz noch nirgendwo in Frankreich bemerkbar gemacht. In seiner zwanzigjährigen Laufbahn hatte Niémans Pädophile verfolgt, die sich in einer Krise zum Mord hatten hinreißen lassen, Vergewaltiger, die in einem Exzeß an Brutalität getötet hatten, Sadomasochisten, deren grausame Spiele außer Kontrolle geraten waren, aber nie hatte er einen Serienmörder im eigentlichen Sinn erlebt, der eine Liste von Morden ohne ersichtliche Beweggründe und Spuren vorzuweisen hatte. Das war keine französische Spezialität. Der Kommissar legte keinen Wert darauf, das Phänomen zu analysieren, doch die Fakten waren unbestreitbar: Die letzten Mehrfachmörder in Frankreich hießen Landru und Dr. Petiot, und daß sie auf Diebstähle und magere Erbschaft aus gewesen war, roch allzusehr nach Kleinbürgermief. Mit der Welle der Gewalt, den blutrünstigen Ungeheuern, die in Amerika ihr Unwesen trieben, hatten sie nichts gemeinsam.

Der Kommissar betrachtete noch einmal die auf dem Tisch ausgelegten Fotos von Philippe Sertys und Rémy Caillois. In der Aktenmappe befanden sich außerdem die Aufnahmen der ersten Leiche, und als er sie wiedersah, fiel ihn das Entsetzen an wie ein glühendes Messer. Er konnte nicht einfach dasitzen und die Hände in den Schoß legen. In diesem Augenblick, während er die Polaroidfotos betrachtete, mußte vielleicht ein dritter Mensch die unsäglichsten Qualen erleiden, wurden Augenhöhlen mit einer Klinge bearbeitet, Augen von plastikumhüllten Händen herausgerissen.

Es war neunzehn Uhr, die Nacht brach herein. Niémans stand auf und löschte das Neonlicht. Noch stand die Identität der zweiten Leiche nicht fest, doch um die Zeit zu nutzen, wollte er zumindest einen Blick in das Leben von Philippe Sertys werfen. Vielleicht fand er ja etwas. Einen Hinweis. Eine Spur.

Oder auch nur eine weitere Gemeinsamkeit zwischen den beiden Männern.

28

PHILIPPE SERTYS UND SEINE MUTTER lebten in einem Häuschen am Stadtrand, an einer menschenleeren Straße unweit einer Siedlung heruntergekommener Mietshäuser. Ein braunes Dach mit mehreren Ecken, eine schmutzige, einst weiße Fassade, vergilbte Spitzenvorhänge wie ein kariöses Lächeln vor der Dunkelheit im Inneren des Hauses. Die alte Frau war noch auf der Gendarmerie, um ihre Aussage zu Protokoll zu geben, und nirgends brannte Licht. Dennoch läutete er vorsichtshalber.

Keine Reaktion.

Niémans ging um das Häuschen herum. Ein heftiger Wind fuhr ihm ins Gesicht, eisig, ein Vorbote des Winters. Links neben dem Haus stand eine Garage. Er warf einen Blick hinein und sah einen schmutzigen Lada, der nicht mehr der jüngste war. Er ging weiter. Hinter dem Haus erstreckten sich ein paar Quadratmeter Rasen: der Garten.

Niémans sah sich noch einmal um und hielt Ausschau nach unliebsamen Augenzeugen, aber es war niemand zu sehen. Er stieg die drei Stufen zur Haustür hinauf und untersuchte das Schloß, das alt und primitiv war. Mühelos öffnete er die Tür, trat sich auf der Matte die Füße ab und drang ins Haus ein.

Er schaltete seine Taschenlampe ein. Durch eine Diele gelangte er in ein armseliges Wohnzimmer: Der weiße Lichtstrahl zeigte ihm einen grünlichen Teppichboden, auf dem hier und dort kleine, dunkle Teppiche lagen, Möbel, die nicht zusammenpaßten, ein Bettsofa unter aufgehängten Jagdgewehren, geschmacklosen Krimskrams. Eine Atmosphäre biederer Behaglichkeit, der Rahmen eines eintönigen, engstirnigen Alltags.

Er streifte Latexhandschuhe über und durchsuchte vorsichtig die Schubladen. Sie enthielten nichts Interessantes. Versilbertes Besteck, bestickte Taschentücher, persönliche Dokumente: Steuerbescheide, Formulare der staatlichen Krankenversicherung ... Niémans durchblätterte rasch die Papiere und inspizierte anschließend den Rest der Einrichtung. Vergeblich. Es war das Wohnzimmer einer Familie ohne Geschichte.

Niémans ging in den oberen Stock hinauf.

Auf Anhieb fand er das Schlafzimmer von Philippe Sertys. Tierposter an den Wänden, Stapel von Illustrierten auf einer Truhe, Fernsehprogrammzeitschriften: alles in diesem Raum deutete auf eine bedrückende geistige Leere hin. Niémans begann mit einer gründlicheren Durchsuchung. Bis auf einige Details, die von einer ausschließlich nächtlichen Existenz zeugten, fand er nichts. Auf einem Regal reihten sich Lampen verschiedener Art und Stärke aneinander, als hätte der Mann versucht, die unterschiedlichen Lichtverhältnisse jeder Jahreszeit nachzustellen – denn vom Tageslicht der Außenwelt schottete er sich durch schwere, fugenlose Fensterläden und schwarze Augenmasken ab. Sertys litt entweder unter massiven Schlafstörungen, oder er besaß die Natur eines Vampirs, der nicht die geringste Helligkeit erträgt.

Niémans spähte unter die Bettdecke, die Laken, die Matratze, fuhr mit den Händen unter den Teppich, strich über die tapezierten Wände. Er fand nichts. Vor allem keinen Hinweis auf die Existenz einer Frau in Sertys' Leben.

Er warf noch einen Blick ins Zimmer der Mutter, ohne sich allzu lange darin aufzuhalten, denn inzwischen schlug ihm die drückende Atmosphäre dieses Hauses aufs Gemüt. Er ging hinunter ins Erdgeschoß, inspizierte kurz die Küche, das Bad, den Keller. Völlig umsonst.

Draußen wehte der Wind mit unverminderter Stärke und rüttelte an den Scheiben.

Er löschte seine Taschenlampe und empfand einen unerwartet angenehmen Schauer. Das Gefühl eines geräuschlosen Eindringens, einer geheimen Zuflucht.

Niémans dachte nach. Er konnte sich nicht täuschen. Nicht in dem Ausmaß. Irgendwo mußte er hier einen Hinweis, ein Zeichen aufspüren, was auch immer es war. Je mehr er sich zu irren schien, desto mehr wuchs in ihm die Überzeugung, daß er in Wahrheit recht hatte – daß es ein Geheimnis aufzudecken gab, daß zwischen Caillois und Sertys eine Verbindung bestand.

Der Kommissar hatte eine andere Idee.

Die Garderobe für die Mitarbeiter des Klinikums war in bleiernen Farbtönen gehalten. Wie eine Kompanie Soldaten reihte sich ein Spind an den anderen, in zähneknirschender, prekärer Habtachtstellung. Kein Mensch war zu sehen. Niémans bewegte sich geräuschlos durch den Raum. Er las die Namen auf den kleinen Metallschildern und hatte bald gefunden, wonach er suchte. Er zog wieder seine Handschuhe an und machte sich am Vorhängeschloß des Spinds zu schaffen. Erinnerungen kamen ihm in den Sinn: die nächtlichen Einsätze, die Überfälle mit der vermummten Truppe des Antigang-Kommandos. Er sehnte sich nicht nach dieser Zeit zurück. Zwar liebte er es mehr als alles andere, sich Räume zu erobern, die entscheidenden Stunden der Nacht zu beherrschen, doch als echter Eindringling: allein, lautlos und heimlich.

Das Schloß klickte ein paarmal, dann gab es nach. Niémans öffnete die Tür und fand Kittel, Süßigkeiten, alte Zeitschriften. Und weitere Lampen und Schlafmasken. Er tastete die Wände ab, kramte in den Winkeln und achtete stets darauf, keine Geräusche zu verursachen. Nichts. Er vergewisserte sich, daß der Spind keinen doppelten Boden hatte.

Niémans ließ sich auf die Knie nieder und fluchte innerlich. Offensichtlich versteifte er sich auf eine falsche Fährte: Im Leben dieses jungen Burschen gab es nichts zu entdecken. Und im übrigen war er nicht einmal sicher, ob die tiefgefrorene Gletscherleiche tatsächlich Philippe Sertys war – vielleicht tauchte er ja in ein paar Tagen wieder auf, nachdem er mit einer atemberaubenden Krankenschwester durchgebrannt war.

Der Kommissar lächelte über seine eigene Sturheit und fand es an der Zeit, zu verschwinden, ehe ihn jemand in dieser Lage überraschte. Im selben Moment, als er aufstehen wollte, entdeckte er unter dem Schrank eine lockere Linoleumplatte, die ein wenig abstand. Er fuhr mit der Hand unter den Spind, betastete das synthetische Material und hob mit zwei Fingern die Platte an. Er berührte die rauhe Oberfläche des Betons, dann einen Gegenstand. Er hörte ein leises Klirren, streckte die Finger noch weiter aus, dann schloß er sie zur Faust. Als er sie wieder öffnete, hielt er einen Schlüssel mit Ring in der Hand, der sorgfältig unter dem Spind versteckt worden war. Er trug die typischen Einkerbungen, wie sie zu einem Zylinderschloß passen.

Wenn Sertys ein Geheimnis hatte, so verbarg es sich hinter der Tür, zu der dieser Schlüssel gehörte.

Niémans hatte Glück: Im Rathaus traf er gerade noch den Angestellten des Katasteramtes an, der sich eben zum Aufbruch anschickte. Der Mann zuckte nicht mit der Wimper, als er den Namen Sertys hörte. Schon im Mantel, suchte er widerwillig die Angaben, die der Kommissar von ihm verlangte.

Während Niémans sich geduldete, rekapitulierte er die Annahme, die ihn hierher gebracht hatte, als ließen sich so die Erfolgsaussichten erhöhen. Philippe Sertys hatte unter seinem Spind im Krankenhaus einen Schlüssel versteckt, der zu einem Sicherheitsschloß gehörte – auf keinen Fall zu seiner Haustür. Dieser Schlüssel konnte zu unendlich vielen Türen, Wandschränken, Lagerräumen passen, zumal im Krankenhaus. Doch warum hatte Sertys ihn versteckt? Eine Eingebung hatte Niémans hierher, ins Grundbuchamt geführt: Er wollte sich vergewissern, ob Philippe Sertys noch eine zweite Unterkunft besaß, eine Hütte, eine Scheune, irgend etwas, hinter dessen gut gesicherter Tür sich ein zweites Leben verbarg.

Murrend schob der Beamte eine altmodische Schachtel aus Karton unter der Trennscheibe des Schalters hindurch. Auf der Vorderseite verkündete ein mit Tinte beschriebenes Schild in einem Kupferrahmen: »Sertys«. Niémans zügelte seine Erregung, öffnete die Schachtel und nahm die amtlichen Unterlagen heraus, die Notariatsakten, den Grundstücksplan. Er prüfte sämtliche Dokumente, die Nummern der Parzellen, lokalisierte sie auf dem beiliegenden Umgebungsplan. Er prägte sich die Adresse des Grundstücks ein.

So einfach war das also.

In dem kleinen Häuschen wohnten Philippe Sertys und seine Mutter zur Miete, doch nebenbei war der junge Mann Eigentümer eines zweiten Hauses, geerbt von seinem Vater René Sertys und nach dessen Tod auf den Namen des Sohnes eingetragen.

29

EIN HAUS WAR ES EIGENTLICH NICHT, wie Niémans bald feststellte, sondern eine Lagerhalle, einsam gelegen am Fuß des Grand Doménon und umringt von verdorrten Nadelbäumen. Von den Wänden blätterte die Farbe, sichtlich jahrzehntealt und schuppig wie die Haut eines Leguans.

Vorsichtig trat Niémans näher. Vergitterte Fenster, innen mit Sackleinwand verhängt. Ein mächtiges Tor und daneben eine gepanzerte Tür. Es hätte ein Lager für Fässer, Eisenrohre, Baumaterial sein können, für Industriegüter aller Art. Doch das Gebäude gehörte einem unauffälligen, wortkargen Hilfspfleger, der vermutlich in einem Gletscher ermordet worden war.

Niémans drehte zunächst eine Runde ums Haus und kehrte dann zu der eisernen Tür zurück. Er steckte den Schlüssel ins Schloß, hörte das leise Klicken der Stifte, dann das Geräusch der Federn, die sich in ihrem Metallgehäuse bewegten.

Die Tür öffnete sich, und Niémans holte tief Luft, ehe er eintrat. Der Raum war in das bläuliche Licht der Nacht getaucht, das durch die Ritzen zwischen der Leinwand in den Fenstern und durch die Oberlichter hindurchschimmerte. Der Raum war etliche hundert Quadratmeter groß, düster, baufällig, gestreift von den rechtwinkeligen Schatten der Metallverstrebungen des Dachs. Hohe Pfeiler ragten bis zur Decke.

Mit eingeschalteter Lampe betrat Niémans den Raum.

Die Halle war vollkommen leer. Mehr noch, sie war erst kürzlich geräumt worden, denn durch den Staub auf dem Betonboden zogen sich zahlreiche Furchen, zweifellos die Spuren schwerer Gegenstände, die zur Tür gezerrt worden waren. Eine sonderbare Atmosphäre herrschte hier, wie der Nachhall einer panischen Hast.

Der Kommissar sah sich um, schnupperte, tastete. Es war wohl einmal eine Fertigungshalle gewesen, in der offensichtlich sterile Bedingungen erforderlich waren, denn er nahm einen auffälligen Geruch nach Desinfektionsmitteln wahr. Und dahinter witterte er schwach etwas Animalisches.

Niémans ging weiter. Unter seinen Sohlen knirschte jetzt ein weißlicher Staub, durchsetzt von größeren Splittern, die wie Kreide aussahen. Er beugte sich nieder und entdeckte winzige Bruchstücke von Metallgittern, wie Probemuster für Maschendraht oder Fragmente von Luftfiltern. Er steckte etliche dieser Teile in Plastiktüten, dann sammelte er ein wenig Staub und Splitter ein, die einen undefinierbaren, faden Geruch verbreiteten. Backpulver. Oder Gips. Auf keinen Fall Rauschgift.

Am Rande dieser jüngsten Entdeckung fiel ihm auf, daß dieser Raum offensichtlich jahrelang stark geheizt worden war: Darauf wiesen die hellen Stellen in allen Ecken des Raumes hin, rechtwinkelig und markiert durch schwärzliche Verfärbungen der Mauer ringsum, daneben Anschlüsse, an denen möglicherweise einst elektrische Heizkörper montiert waren.

Niémans legte sich verschiedene widersprüchliche Erklärungen zurecht. Er dachte an eine Tierzucht, für die hohe Temperaturen erforderlich waren. Vielleicht war hier auch eine Art Reinraum gewesen, in dem Laborexperimente stattgefunden hatten, was eine Erklärung für den ausgeprägten klinischen Geruch sein könnte. Er war höchst befremdet, zugleich aber empfand er eine dumpfe, unbegreifliche Angst. Weitaus heftiger und verstörender als seine Furcht in der Gletscherspalte.

Zwei Gewißheiten besaß er jetzt. Erstens wußte er, daß Philippe Sertys, ein unauffälliger Krankenpfleger, hier einer obskuren Tätigkeit nachging. Und die zweite Gewißheit war, daß der Mann kurz vor seinem Verschwinden gezwungen gewesen war, die Halle in höchster Eile zu räumen.

Niémans ging die Mauern entlang und musterte sie aufmerksam im Schein der Taschenlampe. Vielleicht gab es hier Nischen, lose Planken, irgendeinen Gegenstand, den Sertys vergessen hatte. Er tastete und klopfte die Wände ab, lauschte auf den Klang, achtete auf Materialunterschiede. Die Wände waren mit dickem Packpapier beklebt, unter dem sich zur Wärmedämmung komprimierte Glaswolle befand.

Der Kommissar tastete zwei ganze Mauern ab, bis er in einer Höhe von etwa einem Meter achtzig auf eine rechtwinkelige Vertiefung stieß, die von der leicht gewölbten Oberfläche der Umgebung auffallend abwich. Mit einem Finger folgte er dem Umriß dieses Fachs und stellte fest, daß die Fugen abgedichtet worden waren. Daraufhin riß er das darübergeklebte Papier auf und entdeckte Scharniere und eine zweiflügelige Tür. Er steckte die Fingernägel in den Schlitz in der Mitte und öffnete den Verschlag. Regalbretter. Staub. Schimmel.

Der Kommissar befühlte die Regale: auf dem obersten Brett ertastete er etwas Flaches, überzogen mit klebrigem Plastik, und griff danach. Es war ein kleines Spiralheft.

Sein Herz schlug schneller. Sofort schlug er es auf und blätterte dann. Sämtliche Seiten waren mit winzigen unverständlichen Zahlen gefüllt. Doch auf einer Seite entdeckte er über den Zahlenkolonnen eine Inschrift in großen, schrägen Buchstaben, die im Licht seiner Lampe bräunlich wirkten, wie mit Blut geschrieben und derart ungestüm, daß die Feder an manchen Stellen das Papier geritzt hatte. Niémans hatte den Eindruck eines rasenden Zorns, eines rot spritzenden Geysirs. Als hätte der Schreiber dieser Zeilen nicht anders gekonnt als seine Wut, seinen Wahnsinn in scharlachroten Buchstaben auszuspeien. Niémans las:

Wir sind die neuen Herren, wir sind die Sklaven.
Wir sind überall, wir sind nirgendwo.

Wir sind die Vermesser.
Wir beherrschen die purpurnen Flüsse.

Der Kommissar lehnte sich an die Wand, zwischen braunen Papierfetzen und Fäden von Glaswolle. Er löschte seine Lampe, doch in sein Bewußtsein drang ein gleißendes Licht. Nicht eine Verbindung zwischen Rémy Caillois und Philippe Sertys hatte er entdeckt, sondern etwas Besseres: ein Schemen, ein Geheimnis in dem zurückgezogenen Dasein des Krankenpflegers. Was bedeuteten die Zahlen und diese abstrusen Sätze? Was trieb Sertys in seinem geheimen Unterschlupf?

Niémans wiederholte sich noch einmal seine bisherigen Ergebnisse, wie man die ersten knisternden Reiser eines Feuers in eisigem Wind zusammenrafft. Rémy Caillois war hochgradig schizophren und ein gewalttätiger Mensch, der sich – vielleicht – in der Vergangenheit eines Verbrechens schuldig gemacht hatte. Philippe Sertys hingegen ging in dieser düsteren Werkhalle einer geheimen Beschäftigung nach, deren Spuren er wenige Tage vor seinem Verschwinden – oder seinem Tod – auszulöschen versucht hatte.

Noch hatte er keinen konkreten Beweis, keine klaren Fakten, doch nun erwies sich, daß weder Caillois noch Sertys so durchschaubar waren, wie ihr öffentliches Leben vermuten ließ.

Weder der Bibliothekar noch der Krankenpfleger waren unschuldige Opfer.

6. TEIL

30

SEIT BEINAHE ZWEI STUNDEN saß Karim am Steuer. Er fuhr nach Osten.

Mit zugeschnürter Kehle dachte er an das Gesicht des Kindes. Manchmal schwebte ihm eine Art Ungeheuer vor, ein völlig glattes, konturenloses Gesicht ohne Nase und Wangenknochen, in dem zwei blanke weiße Augäpfel prangten. Oder er stellte sich ein ganz durchschnittliches Kind vor, so unauffällig und nichtssagend, daß es niemandem im Gedächtnis blieb. Dann wieder sah er Züge ohne Eigenleben, surreal und instabil, in denen jeder Betrachter nur sich selbst erblickte – ein schillerndes Gesicht, das nur Spiegelbilder zurückwarf und die unter der Heuchelei eines Lächelns verborgenen Geheimnisse der Seele verriet. Karim schauderte. Er hatte nur diese eine Gewißheit: Der Schlüssel zur Wahrheit war dieses Gesicht. Unwiderruflich.

Bei Agen war er auf die Autobahn nach Toulouse eingebogen, war dann dem Canal du Midi gefolgt und vorbei an Carcassonne und Narbonne weiter in Richtung Sète gefahren. Sein Wagen war eine Katastrophe. Eine Kombination aus hustenden Zylindern und rasselnden, klopfenden Einzelteilen. Mehr als hundertdreißig Stundenkilometer schaffte er nicht einmal mit Rückenwind. Karim grübelte vor sich hin. Mit durchgedrücktem Gaspedal fuhr er entlang der Küste, und das Kloster Saint-Jean-de-la-Croix rückte endlich in greifbare Nähe. Die graue Küstenlandschaft mit ihren weichen, unbestimmten Konturen ließ ihn ein wenig zur Ruhe kommen, und er dachte nun über die rationalen Elemente nach, die er bisher zusammengetragen hatte.

Die Besuche bei dem Fotografen und dem Pfarrer hatten seinen Ermittlungen eine neue Wendung gegeben. Es war sehr wahrscheinlich, daß die fraglichen Unterlagen der Ecole Jean-Jaurès schon Jahre vor dem Einbruch in der vergangenen Nacht entwendet worden waren. Unterwegs hatte er noch einmal die Schulleiterin angerufen. Auf die Frage: »Kann es sein, daß alle diese Dokumente schon 1982 verschwunden sind und daß in all den Jahren niemand etwas bemerkt hat?« hatte die Direktorin gesagt: »Ja.« Auf die Frage: »Es ist also denkbar, daß Ihnen das Verschwinden der Dokumente erst heute wegen des Einbruchs aufgefallen ist?« hatte sie ebenfalls geantwortet: »Ja.« Auf die Frage: »Haben Sie je von einer Nonne gehört, die versucht hat, die Klassenfotos aus diesen beiden Jahren an sich zu bringen?« hatte sie geantwortet: »Nein.«

Trotzdem wollte Karim ganz sichergehen, ehe er sich auf den Weg machte. Im Einwohnermeldeamt von Sarzac hatte er Geburtsdaten und Adressen nachgeschlagen und telefonisch mit mehreren ehemaligen Schülern der beiden fraglichen Jahrgangsstufen gesprochen. Keiner von ihnen war noch im Besitz der Klassenfotos aus der dritten und vierten Grundschulklasse. Bei einem war ein Feuer ausgebrochen, dem sämtliche Fotos zum Opfer gefallen waren, bei einem anderen war eingebrochen worden, doch die Diebe hatten merkwürdigerweise nichts als ein paar alte Fotos mitgenommen. Wieder ein anderer erinnerte sich an eine Nonne, die sich für die Fotos interessiert hatte, aber, sagte der Mann, sie sei spät abends erschienen, und er würde sie auf keinen Fall wiedererkennen. Übereinstimmend erklärten seine Gesprächspartner, alle diese Vorfälle hätten sich in ein und demselben kurzen Zeitabschnitt ereignet: im Juli 1982. Einen Monat vor dem Tod des Jungen.

Gegen siebzehn Uhr dreißig, als er am Bassin de Thau entlangfuhr, hielt Karim an einer Telefonzelle und rief Crozier an. Er bewegte sich jetzt außerhalb der Regeln, und die Vorstellung entzückte ihn: Er warf seine Fesseln ab.

»Ich hoffe, du bist auf dem Weg hierher«, brüllte Crozier ins Telefon. »Achtzehn Uhr haben wir vereinbart.«

»Kommissar, ich verfolge eine Spur.«

»Was für eine Spur?«

»Lassen Sie mich weitermachen. Jeder Schritt bestätigt meine ursprüngliche Ahnung. Was gibt's Neues vom Friedhof?«

»Du machst einen Alleingang und erwartest von mir, daß ich dich dabei unterstütze?«

»Antworten Sie mir bitte. Haben Sie den Wagen gefunden?«

Crozier seufzte. »Wir haben die Besitzer von sieben Ladas, zwei

Skodas und einem Trabant identifiziert, zugelassen in den Départements Lot, Lot-et-Garonne, Dordogne, Aveyron und Vaucluse. Unser Wagen ist nicht dabei.«

»Haben Sie nachgeprüft, wo die Fahrzeughalter in der fraglichen Zeit waren?«

»Nein, aber wir haben auf dem Parkplatz vor dem Friedhof Reifenspuren mit Abriebpartikeln gefunden. Es handelt sich um eine Kautschuksorte mit hohem Kohlenwasserstoffanteil, von ziemlich schlechter Qualität. Das heißt, der Besitzer des Wagens fährt noch die Originalreifen, während alle anderen, die wir aufgespürt haben, auf Michelin oder Goodyear umgestiegen sind. Jeder, der sich diesen Typ Wagen kauft, wechselt als allererstes die Reifen. Wir suchen also weiter. In anderen Départements.«

»Ist das alles?«

»Im Moment ja. Jetzt du. Was hast du zu sagen?«

»Ich komme antizyklisch voran.«

»Was soll das heißen?«

»Je weniger ich finde, desto mehr bin ich überzeugt, daß ich auf dem richtigen Weg bin. Hinter den Einbrüchen der letzten Nacht steht eine sehr viel komplexere Geschichte.«

»Welcher Art?«

»Keine Ahnung. Es hat irgendwas mit dem Kind zu tun, das in der Gruft begraben ist. Mit seiner Entführung oder Ermordung, ich weiß es noch nicht. Ich ruf' Sie wieder an.«

Er legte auf, ehe der Kommissar weitere Fragen stellen konnte.

Kurz vor Sète kam er durch ein kleines Dorf am Meer, wo das Wasser des Golfe du Lion sich mit dem Land zu einem endlosen, schilfgesäumten Sumpfgebiet verband. Er bremste ab und fuhr langsam an einem merkwürdigen Hafen entlang, in dem kein einziges Boot lag: Nur lange schwarze Fischernetze waren zwischen Häusern mit verschlossenen Läden gespannt.

Das ganze Dorf war wie ausgestorben.

Ein Geruch nach Dünger lag in der Luft, beißender Jauchegestank, der den Meeresgeruch überdeckte.

Karim Abdouf war beinahe am Ziel. Mehrere Hinweisschilder zeigten ihm den Weg zum Kloster. Die untergehende Sonne beleuchtete Salzlachen an der Oberfläche der Sümpfe, perspektivisch verkürzt zu messerdünnen Linien. Nach fünf Kilometern entdeckte Karim ein weiteres Schild und bog in eine schmale Teerstraße ein, die rechter Hand in die Höhe führte, kurvenreich und gesäumt von Schilf und zerzaustem Röhricht.

Endlich tauchten die Klostergebäude vor ihm auf, und Karim war verblüfft. Zwischen gestrüppüberwucherten Dünen ragten zwei monumentale Kirchen in den Himmel. Die eine hatte zwei feinziselierte Türme, die in zierlichen, geriefelten Kuppeln endeten und an ein kolossales Zuckerwerk erinnerten, die andere hingegen war ein massiges Bauwerk aus roten Backsteinen mit einem einzelnen behäbigen Turm, dessen Dach flach wie ein Wagenrad war. Zwei Basiliken, die in der Seeluft wie gestrandete Wracks wirkten – merkwürdig fehl am Platz in einer so gottverlassenen Gegend.

Beim Näherkommen erkannte er ein drittes Gebäude, das sich zwischen den beiden Kirchen erstreckte, ein einstöckiges Bauwerk mit schmalen, beinahe sparsamen Fenstern in einer Reihe. Vermutlich das Kloster selbst, das sein Mauerwerk an sich zu raffen schien, als wollte es jeden Kontakt mit den Sakralbauten vermeiden.

Als Karim den Wagen abstellte, fiel ihm ein, daß er noch nie so eng mit der Religion in Berührung gekommen war – auch nicht so häufig in so kurzer Zeit. Diese Überlegung brachte ihn auf einen Gedanken, den er in der Polizeischule von Cannes-Ecluse gehört hatte, wo in regelmäßigen Abständen Vorträge von Kommissaren stattfanden, die von ihren Erfahrungen berichteten. Einer der Redner hatte Karim besonders beeindruckt: ein großer Typ mit Bürstenhaarschnitt und kreisrunden, in Metall gefaßten Augengläsern. Sein Vortrag hatte ihn fasziniert: Das Verbrechen, hatte der Mann erklärt, finde stets seinen Widerhall im Geist der Augenzeugen und der Angehörigen – man müsse sie als eine Reihe von Spiegeln betrachten, zwischen denen der Mörder sich in irgendeinem toten Winkel verberge.

Auf den ersten Anschein wirkte der Mann wie ein Narr, doch er verstand es, sein Publikum in den Bann zu schlagen. Auch von atomaren Strukturen hatte er gesprochen. Wenn bestimmte Elemente, scheinbar nichtssagende Details, bei einer Ermittlung immer wieder auftauchten, hatte er gesagt, müsse man sie im Gedächtnis behalten und berücksichtigen, denn mit Sicherheit verberge sich eine tiefere Bedeutung dahinter. Jedes Verbrechen sei vergleichbar mit einem Atomkern, und die wiederkehrenden Elemente seien die Elektronen, die den Kern umkreisten und auf eine unausgesprochene Wahrheit hinwiesen. Karim lächelte. Der Bulle mit seiner Metallbrille hatte recht: Diese Bemerkung galt auch für seinen eigenen Fall. Die Religion war zu einem wiederkehrenden Element geworden. Seit dem Morgen zeichnete sich hier eine Wahrheit ab, der er auf den Grund gehen mußte.

Er ging auf ein kleines steinernes Portal zu und läutete. Nach wenigen Sekunden erschien ein Lächeln im Türspalt. Es war ein altes Lächeln, schwarz und weiß umrahmt. Ehe Karim den Mund aufbrachte, wich die Nonne zur Seite und forderte ihn auf. »Treten Sie ein, mein Sohn.«

Karim betrat eine sehr nüchterne Halle: leere weiße Mauern, nur an einer Wand hing ein Holzkreuz über einem stark nachgedunkelten Bild. Rechts zweigte ein Flur ab, in dem Abdouf ein trübes Licht durch einige offene Türen schimmern sah. Durch eine andere Türöffnung erspähte er Reihen lackierter Stühle auf hellem Linoleumboden – so makellos, wie ein Ort der Einkehr auszusehen hatte, frei von allem überflüssigen Beiwerk.

»Folgen Sie mir«, sagte die Nonne. »Wir sind gerade beim Essen.«

»So früh?« wunderte sich Karim.

Die Nonne lachte auf, verschmitzt wie ein junges Mädchen.

»Sie kennen offensichtlich nicht den Stundenplan der Karmeliterinnen. Um sechs Uhr ist schon die Vesper.«

Karim folgte ihr durch den Flur. Im blanken Linoleumboden spiegelten sich ihre Silhouetten wie in der Oberfläche eines Sees. Sie kamen zu einem großen, grell beleuchteten Speisesaal, in dem etwa dreißig Ordensschwestern fröhlich plaudernd bei ihrer Mahlzeit saßen. Die Gesichter und Schleier hatten eine leicht papierne Brüchigkeit, trocken wie Hostien. Etliche Blicke empfingen den Polizisten, hier und dort auch ein Lächeln, doch kein Gespräch wurde unterbrochen. Karim hörte mehrere Sprachen heraus: Französisch, Englisch, auch eine slawische Sprache, die wie Polnisch klang. Die Ordensschwester forderte ihn auf, sich ans Ende eines Tisches zu setzen, und alsbald wurde ein tiefer Teller vor ihn hingestellt und mit einer dickflüssigen Suppe gefüllt, in der kleine, hellbraune Klöße schwammen.

»Essen Sie, mein Sohn. Ein großer Mensch wie Sie ...«

Immer wieder »mein Sohn«... Doch Karim war nicht nach Protesten zumute. Er sah auf seinen Teller hinunter, erinnerte sich, daß er seit dem Vortag nichts gegessen hatte, und merkte auf einmal, wie hungrig er war. Im Handumdrehen löffelte er die Suppe aus und verschlang anschließend mehrere Scheiben Brot mit Käse. Jedes Nahrungsmittel hatte den unverkennbaren, einzigartigen Geschmack hausgemachter Speisen, die aus den Erzeugnissen des eigenen Gartens hergestellt werden. Aus dem Wasserkrug schenkte er sein Glas voll, dann schaute er auf und stellte fest, daß seine Tischnachbarinnen ihn beobachteten und kommentierten.

»Wir haben über Ihre Frisur gesprochen«, murmelte die Nonne, die ihn hergeführt hatte, leicht verlegen.

»Und was haben Sie gesagt?«

Sie lachte kurz auf. »Wie machen Sie diese Zöpfe?«

»Die entstehen von allein«, antwortete er. »Krause Haare bilden von Natur aus Zöpfe, wenn man sie wachsen läßt. *Dreadlocks* nennen sie die Jamaikaner. Die Männer auf Jamaika schneiden sich nie die Haare und rasieren sich nicht – das wäre gegen ihre Religion, wie bei den Rabbinern. Wenn die *Dreadlocks* lang genug sind, werden sie mit Erde eingerieben, damit sie schwerer werden ...«

Karim verstummte jäh. Schließlich war er nicht gekommen, um zu essen und zu trinken und mit Klosterfrauen über seine Haartracht zu plaudern. Er öffnete den Mund, um den Anlaß seines Besuchs zu erklären, doch die Nonne kam ihm zuvor und fragte in ernstem Ton: »Was wollen Sie, mein Sohn? Warum tragen Sie eine Pistole unter der Jacke?«

»Ich bin von der Polizei und muß mit Schwester Andrée sprechen. Unbedingt.«

Die Ordensschwestern setzten ihre Gespräche ungerührt fort, doch seine Bitte hatten sie sehr wohl zur Kenntnis genommen.

»Wir werden sie benachrichtigen«, sagte die Nonne und gab ihrer Nachbarin einen verstohlenen Wink, dann wandte sie sich wieder an Karim: »Kommen Sie mit.«

Der Polizist verabschiedete und bedankte sich mit einer Verbeugung vor der Tischgesellschaft. Ein Wegelagerer, der seine Gastgeberinnen grüßte. Wieder gingen sie durch den blitzblanken Flur, die Klosterfrau voran, bis sie unvermittelt stehenblieb und sich umdrehte. »Sie wissen, was Sie erwartet, nicht wahr?« fragte sie.

»Was denn?«

»Sie können mit ihr sprechen, aber Sie dürfen sie nicht sehen. Sie können sie hören, aber Sie dürfen ihr nicht nahe kommen.«

Karim musterte die Ränder des Schleiers, geschwungen wie ein dunkles Gewölbe. Er dachte an ein Kirchenschiff, eine blau erleuchtete Kuppel, an die Glocken Roms am Ostermorgen – an alle Arten von Klischees, die einem in den Sinn kommen, wenn man versucht, dem Gott der Katholiken ein Gesicht zu verleihen.

»Schwester Andrée hat ein Dunkelheitsgelübde abgelegt«, flüsterte die Nonne. »Vor vierzehn Jahren hat sie gelobt, sich für immer vom Tageslicht fernzuhalten, und wir haben ihr Gesicht seither nicht mehr gesehen. Inzwischen muß sie wohl blind sein.«

Draußen verschwanden die letzten Sonnenstrahlen hinter den wuchtigen Gebäuden. Ein eiskalter Wind fegte über den verlassenen Hof. Sie gingen zu der Kirche mit den hohen Türmen, und die Klosterfrau führte ihn zu einer kleinen Holztür im rechten Seitenschiff, die sichtlich jünger war als das Gebäude. Sie kramte in ihren Gewändern, Karim hörte Schlüssel klirren und das Scharren von Metall auf Stein.

Vor der offenen Tür ließ die Nonne ihn allein.

Die Dunkelheit schien belebt, bewohnt von feuchten Gerüchen, flackernden Kerzen, abgegriffenen Steinen. Karim ging ein paar Schritte und schaute auf, aber es war ihm unmöglich, die Höhe des Gewölbes abzuschätzen. Durch die Fenster fiel nur noch das spärliche Licht der fortgeschrittenen Dämmerung, und die Kerzenflammen schienen in der Kälte, der erdrückenden Größe des Raums zu ersticken.

Er ging vorbei an einem Weihwasserbecken in Muschelform, an den Beichtstühlen und mehreren Seitenkapellen, in denen offenbar Reliquien verwahrt wurden, und gelangte zu einem schmiedeeisernen Kerzenhalter, in dem viele Kerzen brannten, Flammen in flüssigem Wachs.

Der Ort weckte dumpfe Erinnerungen. Trotz seiner Herkunft,

trotz der Farbe seiner Haut war eine tiefere Schicht seines Bewußtseins katholisch geprägt. Er entsann sich kalter Mittwochnachmittage im Heim, der Katechismusstunde, die obligatorisch war, ehe die Kinder sich vor den Fernsehapparat setzen durften. Das Kreuzwegmartyrium, die Barmherzigkeit Christi, die wunderbare Brotvermehrung, all dieser Unsinn ... Karim verspürte einen Anflug von Wehmut und eine merkwürdige Zärtlichkeit für seine Erzieher und nahm sich solche Gefühle auf der Stelle übel. Erinnerungen und Schwäche gegenüber seiner Vergangenheit waren ihm verhaßt. Er war ein Kind der Gegenwart, lebte nur für den Augenblick. So sah er sich jedenfalls gern.

Er schritt weiter durch das Kirchenschiff. Hinter dem Lettner am Ende der Seitenkapellen erkannte er undeutlich dunkle Teppiche, weiß schimmernde Steine, goldgeschmückte Bilder. Ein leises Rascheln ließ ihn herumfahren. Er brauchte ein paar Sekunden, ehe er die schemenhafte Gestalt in der Dunkelheit ausmachte – und den Griff seiner Glock losließ, den er instinktiv gepackt hatte.

In einer Kapelle stand völlig reglos Schwester Andrée.

31

SIE NEIGTE DEN KOPF, der vollständig verschleiert war. Karim begriff, daß sie ihm ihr Gesicht nicht offenbaren würde, und hatte einen Geistesblitz: Vielleicht trugen die Ordensschwester und der kleine Junge ein gemeinsames Mal, das eine Blutsverwandtschaft verriet – vielleicht waren sie Mutter und Sohn. Die Idee faszinierte ihn so sehr, daß er die ersten Worte der Frau überhörte.

»Verzeihung, was sagten Sie?« murmelte er.

»Ich habe gefragt, weshalb Sie mich zu sprechen wünschen.«

Ihre Stimme war tief, aber sanft. Die Roßhaare eines Bogens, der über die Saiten der Geige streicht.

»Ich bin von der Polizei. Ich bin gekommen, um Sie zu fragen, was Sie von Jude Itéro wissen.«

Der dunkle Schleier regte sich nicht.

»Vor vierzehn Jahren«, fuhr Karim fort, »haben Sie in der Kleinstadt Sarzac sämtliche Fotos entwendet oder zerstört, auf denen ein kleiner Junge namens Jude Itéro zu sehen war. In Cahors haben Sie einen Fotografen bestochen. Sie haben Kinder hinters Licht geführt, Feuer gelegt, Einbrüche begangen. Das alles, um ein Gesicht auszulöschen, das auf ein paar Bildern festgehalten war. Warum?«

Die Nonne stand starr wie eine Statue, ihr Schleier war ein schwarzes Gewölbe über dem Nichts.

»Ich gehorchte einem Befehl«, sagte sie endlich.

»Einen Befehl? Von wem?«

»Von der Mutter des Kindes.«

Karim verspürte ein Prickeln durch seinen ganzen Körper laufen. Die Klosterfrau sagte die Wahrheit. Auf der Stelle verwarf er seine Mutter-Sohn-Hypothese.

Die Nonne öffnete das hölzerne Gitter, das sie von Karim trennte. Mit entschlossenem Schritt strebte sie an ihm vorbei auf die Bestuhlung des Hauptschiffs zu und kniete mit gesenktem Kopf auf einem Betstuhl neben einer Säule nieder. Karim ging eine Reihe weiter und setzte sich, das Gesicht ihr zugewandt. Es roch nach geflochtenem Stroh, Asche und Weihrauch.

»Ich höre«, sagte er und musterte scharf den dunklen Fleck, hinter dem sich das Gesicht verbarg.

»An einem Sonntagmorgen im Juni zweiundachtzig kam sie zu mir.«

»Kannten Sie sie?«

»Nein. Wir haben uns hier in dieser Kirche kennengelernt. Von ihrem Gesicht habe ich nie viel gesehen. Sie hat mir weder ihren Namen genannt noch sonst irgendwelche Erklärungen geliefert. Sie sagte nur, sie brauche meine Hilfe – für eine besondere Mission … Ich sollte die Klassenfotos ihres Kindes vernichten. Sie wollte jede Erinnerung an sein Gesicht auslöschen.«

»Warum denn?«

»Sie hatte den Verstand verloren.«

»Ich bitte Sie, Schwester Andrée. Finden Sie eine andere Erklärung.«

»Sie muß ein traumatisches Erlebnis gehabt haben, das ihren Verstand verwirrte. Sie sagte, ihr Kind würde von Teufeln verfolgt.«

»Von Teufeln!«

»So drückte sie sich aus. Diese Teufel, sagte sie, seien auf der Suche nach seinem Gesicht ...«

»Und das war ihre ganze Erklärung?«

»Ja. Sie sagte, ihr Sohn sei verflucht. Sein Gesicht sei ein Indiz, ein Beweisstück für das Werk der Teufel. Zwei Jahre lang seien sie und ihr Sohn der Verwünschung entgangen, doch nun habe das Unheil sie wieder eingeholt, und die Teufel verfolgten sie von neuem. Ihre Reden waren völlig abstrus. Eine Verrückte. Eine arme Frau.«

Karim ließ sich kein Wort entgehen. Er begriff nicht, was es mit diesem »Beweis« auf sich haben sollte, doch eines war klar: Die zweijährige Schonfrist hatten Mutter und Sohn in Sarzac in streng gewahrter Anonymität verbracht. Wo waren die beiden vorher gewesen?

»Wenn der Junge tatsächlich von bedrohlichen Wesen verfolgt wurde, weshalb vertraute sie dann den geheimen Auftrag ausgerechnet einer Ordensschwester an, an die man sich leichter erinnert als an jeden anderen?«

Die Frau gab keine Antwort.

»Bitte, Schwester Andrée«, murmelte Karim.

»Sie sagte, sie habe alles versucht, um ihr Kind zu verstecken, doch die Teufel seien viel stärker. Deswegen bleibe ihr nichts anderes übrig, als das Gesicht auszutreiben.«

»Wie bitte?«

»Es ging ihr um eine Art Exorzismus. Weil ich Ordensfrau bin, mußte ich diejenige sein, die sich die Fotos beschaffte und anschließend verbrannte. Um das Gesicht ihres Kindes zu befreien.«

»Schwester Andrée, ich verstehe nicht das geringste.«

»Was soll ich Ihnen sagen – es waren die Worte einer armen, umnachteten Frau.«

»Aber warum Sie? Meine Güte, Ihr Kloster ist mehr als zweihundert Kilometer von Sarzac entfernt!«

Die Nonne schwieg wieder eine Weile, dann antwortete sie: »Sie hatte mich gesucht. Sie hatte mich ausgesucht.«

»Was meinen Sie damit?«

»Ich war nicht immer Karmeliterin. Ehe ich meine Berufung erkannte, war ich Ehefrau und Mutter und mußte meinen Mann und meinen kleinen Sohn verlassen, um ins Kloster zu gehen. Aus diesem Grund, dachte die Frau, hätte ich wohl Verständnis für ihren Wunsch. Sie hatte recht.«

Karim starrte gebannt auf den dunklen Schleier. »Aber Sie verschweigen mir doch etwas«, beharrte er. »Verständnis hin oder her – warum haben Sie getan, was sie von Ihnen wollte, wenn Sie die Frau für verrückt hielten? Warum sind Sie wegen ein paar Fotos Hunderte von Kilometern gefahren? Warum haben Sie gelogen, gestohlen, zerstört?«

»Wegen des Kindes. Trotz der Wahnvorstellungen der Frau, trotz ihrer absurden Reden spürte ich, daß das Kind in Gefahr war. Und daß ich ihm nur helfen konnte, wenn ich die Wünsche seiner Mutter erfüllte. Und wenn nur, um diese Raserei zu besänftigen.«

Karim schluckte. Das Prickeln kehrte wieder, intensiver diesmal. Er rückte näher und bat in seinem freundlichsten Ton: »Erzählen Sie mir von der Mutter. Wie sah sie aus?«

»Sie war sehr groß, mindestens einen Meter achtzig, und sehr kräftig. Auffallend breite Schultern hatte sie. Ihr Gesicht habe ich nie genau gesehen, aber ich weiß noch, daß sie eine schwarze Lokkenmähne hatte, die ihr ausladend vom Kopf abstand, eine Brille mit sehr großen Gläsern, und sie war immer in Schwarz gekleidet. Weite Pullover aus Baumwolle oder Wolle ...«

»Und der Vater des Jungen? Hat sie je von ihm gesprochen?«

»Nein, nie.«

Karim packte den Betstuhl und beugte sich nahe zu ihr. Die Frau wich instinktiv zurück.

»Wie oft ist sie gekommen?« fragte er.

»Fünf- – nein, viermal. Immer sonntags und früh am Morgen. Sie brachte mir eine Liste mit Namen und Adressen – der Fotograf, die Familien, die Fotos besaßen. An den Wochentagen versuchte ich, soweit es mir möglich war, die Bilder an mich zu bringen, suchte die Familien auf, log, stahl. Und es ist richtig, daß ich den Fotografen bestochen habe, mit dem Geld, das sie mir gab ...«

»Hat sie die Fotos dann von Ihnen abgeholt?«

»Nein, ich sagte Ihnen doch: Ich mußte sie verbrennen ... Wenn sie wiederkam, strich sie einfach die Namen auf ihrer Liste aus ... Als sämtliche Namen abgehakt waren, spürte ich, wie erleichtert sie war. Sie verschwand, und ich habe sie nie wiedergesehen. Ich hingegen begab mich in die Dunkelheit, in die Isolation. Nur der Blick Gottes ist mir noch erträglich. Seit dieser Zeit vergeht kein Tag, an dem ich nicht für den Jungen bete. Ich …«

Sie verstummte jäh und schien mit einemmal eine naheliegende Wahrheit zu erkennen.

»Warum kommen Sie hierher? Warum dieses Verhör? Allmächtiger Vater, Jude ist doch nicht …«

Karim stand auf. Der Weihrauchgeruch brannte ihm in der Kehle, und er merkte auf einmal, daß er laut mit offenem Mund atmete. Er schluckte, dann warf er einen Blick auf Schwester Andrée.

»Sie haben alles getan, was Sie konnten«, sagte er dumpf. »Aber es hat nichts genützt. Einen Monat später war der kleine Junge tot. Ich weiß nicht, wie und warum er gestorben ist. Aber die Frau war weniger verrückt, als Sie denken. Und gestern abend wurde die Gruft aufgebrochen, in der Jude beerdigt ist. Ich bin mir jetzt fast sicher, daß die Grabschänder dieselben Teufel sind, die sie damals so fürchtete. Die Frau durchlebte einen Alptraum, und dieser Alptraum ist jetzt wieder zum Leben erwacht.«

Die Schwester seufzte mit gesenktem Kopf, ihr Schleier fiel in schwarzweißen Kaskaden herab. Karim sprach weiter, laut und rauh tönte seine Stimme durch die Kirche, und er wußte nicht mehr, für wen er sprach – ihretwegen, seiner selbst wegen oder um des kleinen Jungen willen.

»Ich bin ein Polizist ohne Erfahrung, Schwester Andrée. Ich bin ein ehemaliger Gauner, und ich ziehe diese Sache im Alleingang durch. Aber in einer Hinsicht hätten es die Kerle der letzten Nacht gar nicht schlechter treffen können.« Wieder packte er den Betstuhl. »Weil ich's mir geschworen habe, mir und dem kleinen Jungen, verstehen Sie? Weil ich von nirgendwoher komme, nichts zu verlieren habe und mich von nichts und niemandem aufhalten lasse. Denn ich bin auf eigene Faust unterwegs, verstehen Sie? Auf eigene Faust!«

Er beugte sich vor; unter seinem harten Griff knackte das Holz.

»Denken Sie nach, Schwester Andrée! An irgend etwas müssen Sie sich doch erinnern, irgendeine Spur, die ich verfolgen kann. Ich muß die Mutter von Jude ausfindig machen!«

»Nein«, sagte die Ordensschwester leise, immer noch mit gesenktem Kopf. »Ich weiß nichts.«

»Denken Sie nach! Wo kann ich die Frau finden? Wohin ging sie, als sie von Sarzac wegzog? Und woher kam sie? Nennen Sie mir irgendein Detail, einen Hinweis, dem ich nachgehen kann!«

Schwester Andree schluchzte erstickt auf.

»Sie … sie nahm ihn immer mit, wenn sie kam.«

»Ihren Sohn?«

»Ja.«

»Haben Sie ihn gesehen?«

»Nein. Sie ließ ihn in der Stadt. Es gibt dort einen Rummelplatz, nicht weit vom Bahnhof, und dort kümmerte sich wohl jemand um ihn. Diese Kirmes existiert heute noch, aber ich hatte nie den Mut hinzugehen und mit den Schaustellern zu reden, ich … Vielleicht erinnert sich einer von ihnen an den kleinen Jungen … Mehr weiß ich wirklich nicht …«

»Vielen Dank, Schwester Andrée.«

Karim sprang auf und eilte davon, und seine eisenbeschlagenen Sohlen hallten durch das weite Kirchenschiff. In der eisigen Luft draußen auf dem Kirchplatz blieb er stocksteif stehen, starrte in den Himmel und murmelte vor sich hin: »Verdammt, wo bin ich da hineingeraten?«

32

DER RUMMELPLATZ lag an einer Bahnlinie am Ortsausgang und war ausgestorben wie die ganze Kleinstadt: Die Festbeleuchtung der Buden und die Musik verpufften ins Leere. Kein einziger Schaulustiger, keine Familie, die an einem Montagabend über das Gelände schlenderten. In der Ferne fletschte das schwarze Meer seine weißlichen Gischtzähne.

Karim trat näher. Ein Riesenrad drehte sich in Zeitlupe. Seine Speichen waren mit kleinen Lampions besetzt, die flackerten wie unter einem Wackelkontakt, weil immer nur die eine Hälfte aufflammte, während die andere erlosch. Im Autoscooter schlugen die Wagen blindlings und mechanisch ihre Haken, und unter den windgeblähten Planen der Stände gab es die immergleichen Attraktionen: Tombolas, Schießbuden, erbärmliche Spektakel – Abdouf wußte nicht, was ihn mehr deprimierte, die Kirche oder dieser Jahrmarkt …

Ohne große Hoffnung begann er, die Budenbesitzer und Schausteller zu befragen. Er sprach von einem zehnjährigen Jungen namens Jude Itéro und nannte ein Datum: Juli 1982. Die meisten Gesichter starrten ihn an, ohne mit der Wimper zu zucken, wie zerknitterte Mumien. Manchmal erhielt er als Reaktion ein verneinendes Knurren, dann wieder die ungläubige Gegenfrage: »Wie, vor vierzehn Jahren? Ja, was denn noch alles?« Karim fühlte sich zunehmend mutlos. Es stimmte ja – wer sollte sich an eine so nebensächliche Begebenheit noch erinnern? Wie oft war die Mutter des Jungen denn hiergewesen? An drei, vier, allerhöchstens fünf Sonntagen?

Aus reiner Sturheit klapperte er sämtliche Stände ab, weil er sich einredete, das Kind habe vielleicht eine besondere Vorliebe für diese oder jene Attraktion gehabt oder mit einem der Schausteller Freundschaft geschlossen …

Doch am Ende seiner Runde war er so schlau wie zuvor. Er ging zum Strand und starrte aufs Meer hinaus. Mit unverminderter Wucht rollten die Wellen wie Schaumzungen ans Ufer und brachen sich an der Mole. Weiter draußen sah das Meer aus wie Teer. Karim hatte das Gefühl, in ein Niemandsland geraten zu sein, in dem es nichts mehr zu holen gab. Eine Kindheitserinnerung fiel ihm ein: die verzauberte Stadt von Pinocchio, wo die bösen Kinder von großartigen Spektakeln in die Falle gelockt und in Esel verwandelt wurden.

Was war aus Jude geworden?

Auf dem Rückweg zu seinem Wagen entdeckte Karim einen kleinen Zirkus auf einer unbebauten Fläche, der ihm zuvor entgangen war. Entschlossen, keine Möglichkeit außer acht zu lassen, ging er auf das Zelt zu. Es war eigentlich kein Zirkus – nur ein recht windschiefes Zelt, in dem ein paar Artistennummern vorgeführt wurden. Über dem wackeligen Eingang verkündete ein Transparent in geschnörkelten Buchstaben: »Los Braseros«. Ein ganzes Programm.

Mit zwei Fingern hob der Polizist den Vorhang an, der als Tür diente, und trat ein.

Wie angewurzelt blieb er stehen. Sah hellodernde Flammen, begleitet von donnerndem Prasseln. Benzingeruch wehte ihn in Schwaden an. Geblendet, meinte er im ersten Moment, eine lichterloh brennende Maschine zu sehen, doch gleich darauf erkannte er menschliche Körper, rot leuchtende Haut, und begriff, daß es sich um Feuerschlucker handelte, die unter trüben Funzeln eine Art Ballett veranstalteten. Männer mit nacktem Oberkörper, glänzend von Schweiß und Benzin, die ihren Flammenatem auf leicht brennbare Fackeln hauchten und einen unheimlichen Tanz aufführten, bei dem sie sich im Kreis stampfend vor und zurück bewegten, immer wieder einen Schluck Benzin nahmen und neue, immer höhere Flammen zum Zeltdach emporspieen. Manche bückten sich, die Arme auf die Knie gestützt, während andere wie lodernde Höllengestalten über die krummen Rücken hinwegsprangen.

Karim dachte an die Teufel, die Jude und seine Mutter jagten. Immer wieder, diesen ganzen langen Alptraum hindurch, hatte dieselbe Atmosphäre geherrscht, dieselbe giftige Unruhe. »Jedes Verbrechen ist ein Atomkern«, hatte der Polizist mit der militärischen Bürstenfrisur gesagt.

Karim setzte sich in eine der hölzernen Sitzreihen und sah den Drachenlehrlingen eine Weile zu, fest entschlossen, hierzubleiben und die Männer zu befragen. Endlich legten die Braseros eine Pause ein, und einer der Feuerschlucker bemerkte ihn und kam mit seiner schwarzen Fackel in der Hand, aus der noch ein paar Flämmchen züngelten, auf ihn zu. Er war gewiß noch nicht dreißig, doch sein Gesicht schien von Jahren zerfurcht, von denen jedes einzelne doppelt zählte. Darunter wohl auch ein paar im Knast. Schwarze Mähne, schwarze Augen, braune Haut. Und der scharfe Blick eines Mannes, der mit allen Wassern gewaschen ist.

»Bist du einer von uns?« fragte er.

»Vom Zirkus, meinst du?«

»Fahrendes Volk, meine ich. Schausteller, Zirkusartisten … Suchst du Arbeit?«

Karim legte die Handflächen aneinander. »Nein. Ich bin Polizist.«

»Ach!«

Der Feuerschlucker trat näher und stellte einen Fuß auf die unterste Sitzreihe, unmittelbar unter Karim.

»Wie ein Bulle schaust du aber nicht aus.«

Der Araber spürte die Hitze, die der Körper des Mannes ausstrahlte. »Kommt drauf an, was für Vorstellungen du von Bullen hast«, sagte er.

»Was willst du? Gewerbesteuern eintreiben oder was?«

Karim gab keine Antwort. Er ließ den Blick über die geflickte Zeltkuppel schweifen, über die Gaukler in der Arena, und schätzte, daß dieser Feuerschlucker 1982 um die fünfzehn gewesen sein mußte. Bestand irgendeine Chance, daß er Jude begegnet war? Wohl kaum. Doch er wollte sich noch nicht geschlagen geben und fragte: »Warst du vor vierzehn Jahren auch schon hier?«

»Kann sein, ja. Der Zirkus gehört meinen Alten.«

»Ich bin auf der Suche nach einem damals zehnjährigen Jungen, der vielleicht hier war«, stieß Karim hervor. »Im Juli zweiundachtzig, um genau zu sein. An mehreren Sonntagen hintereinander. Ich suche Leute, die sich an ihn erinnern.«

Der Feuerschlucker musterte Karim prüfend. »Meinst du das ernst, Mann?« fragte er skeptisch.

»Seh ich vielleicht nicht so aus?«

»Wie hieß der Junge?«

»Jude Itéro.«

»Glaubst du wirklich, daß sich irgendwer an einen Knirps erinnert, der vielleicht vor vierzehn Jahren mal in unserem Zirkus war?«

Karim stand auf und trat aus der Sitzreihe. »Vergiß es«, sagte er resigniert und wandte sich zum Gehen, aber der Feuerschlucker packte ihn an der Jacke und hielt ihn fest.

»Du wirst es nicht glauben, aber der Junge war tatsächlich öfter hier. Er saß da und ließ uns nicht aus den Augen, während wir übten. Wie hypnotisiert. Eine Statue.«

»Was?!«

Der Mann stieg zwei Stufen hinauf, bis er mit Karim auf einer Höhe stand, und hauchte ihm seinen Benzinatem ins Gesicht.

»Natürlich weiß ich's noch. Ein irre heißer Sommer war das – die Bahngleise waren fast geschmolzen, und wir ständig mit dem Feuer zugange. Jude ist an vier Sonntagen hintereinander aufgekreuzt. Wir waren fast gleich alt. Wir haben miteinander gespielt, und ich brachte ihm das Feuerschlucken bei. Kinderkram. Hält nicht über den Winter.«

Karim starrte den Brasero fassungslos an. »Aber du erinnerst dich noch an ihn, vierzehn Jahre später?«

»Das wolltest du doch hören, oder?«

Der Polizist erhob die Stimme: »Ich frage dich, wieso du dich daran noch erinnerst!«

Der Bursche sprang in den Sand der Manege, schlug die Hacken zusammen und hielt sich die Fackel vor den Mund. Er spie seinen benzingetränkten Speichel darauf, und ein Funkenregen stob auf.

»Dieser Jude hatte was ganz Besonderes, Mann.«

»Im Gesicht?« fragte Karim begierig. »Hatte er was im Gesicht?«

»Nein«, antwortete der Feuerschlucker grinsend. »Nicht im Gesicht.«

»Wo denn?«

Der Brasero stieß ein funkensprühendes Gelächter aus. »Mann!« rief er. »Der Junge war ein kleines Mädchen!«

33

LANGSAM NAHM DIE WAHRHEIT GESTALT AN.

Das Kind, das ihn viermal im Zirkus besucht hatte, erzählte der Feuerschlucker, war in Wirklichkeit ein Mädchen, spielte seine Rolle aber sehr gewissenhaft: kurzgeschoren und entsprechend gekleidet und sehr burschikose Manieren. Der Mann war kategorisch: »Daß sie ein Mädchen ist, hat sie mir natürlich nie verraten ... Das war ihr Geheimnis, verstehst du? Bloß daß ich sofort gemerkt habe, daß da was faul ist. Erstens sah sie super aus. Eine echte Kanone. Außerdem die Stimme und ihr Körper – ich meine, sie war immerhin zehn oder zwölf, und in dem Alter macht sich schon was bemerkbar. Und da war noch was. Sie hatte Dinger in den Augen, die ihre Augenfarbe veränderten – schwarze Augen hatte sie, aber von einem Tintenschwarz, das total künstlich aussah. So was fällt auf. Vor allem beschwerte sie sich dauernd, daß ihre Augen tränten und weh taten. Bis in den Kopf hinein, sagte sie ...«

Mehr als alles hatte Judes Mutter die »Teufel« gefürchtet, die ihr Kind vernichten wollten. Zweifellos war das der Grund, weshalb sie aus einem anderen Ort nach Sarzac gezogen war. Dort hatte sie – und das hätte Karim von vornherein bedenken müssen – eine neue Identität angenommen und ihrer Tochter nicht nur einen neuen Namen, sondern auch ein anderes Geschlecht gegeben und damit eine tiefgreifende Verwandlung bewerkstelligt. So bestand keine Chance mehr, daß jemand sie aufspürte oder wiedererkannte. Dennoch waren zwei Jahre später die Teufel an ihrem neuen Wohnort wiederaufgetaucht, in Sarzac. Immer noch suchten sie das Kind und waren nahe daran, es zu entdecken.

Sie zu entdecken.

Die Mutter war in Panik geraten. Hatte sämtliche Dokumente vernichtet, jeden Vermerk in Archiven und Akten getilgt, in dem der Name ihrer Tochter, auch wenn er nur geliehen war, erwähnt wurde. Und vor allem die Fotos, denn eines stand fest: Auch wenn die Teufel den neuen Namen des Kindes nicht wußten, so kannten sie doch sein Gesicht. Nach eben diesem Gesicht fahndeten sie: Das war das Beweisstück. Um das gesuchte Gesicht aufzuspüren, mußten sie sich deshalb in erster Linie auf die Klassenfotos konzentrieren. Aber woher kamen die Verfolger? Wer waren sie? Was waren ihre Beweggründe?

»Hat das Mädchen nie von Teufeln gesprochen?« fragte Karim.

»Nein. Die Teufel«, sagte Brasero junior und deutete grinsend auf seine Kollegen, »das waren eher wir. Außerdem redete sie nicht viel. Ich sag' dir doch, wir waren Kinder. Ich hab' ihr bloß das Feuerschlucken beigebracht ...«

»Das hat sie interessiert?«

»Was heißt interessiert – total fasziniert war sie! Sie wollte es unbedingt lernen ... um sich zu verteidigen, sagte sie. Und um ihre Mama zu verteidigen ... Ein ziemlich merkwürdiges Kind.«

»Von ihrer Mutter hat sie nicht gesprochen?«

»Nein. Ich hab' sie auch nie gesehen ... Jude blieb ein paar Stunden bei mir, und dann war sie plötzlich weg, spurlos verschwunden.

Stil Aschenputtel. So trieb sie es viermal, und dann kam sie nie mehr …«

»Erinnerst du dich sonst noch an etwas? An ein Detail, das mir weiterhilft, irgendwas Außergewöhnliches?«

»Nein.«

»Ihr Vorname zum Beispiel … Hat sie dir nie verraten, wie sie wirklich hieß?«

»Nein. Aber jetzt, wo ich dran denke … Auf eines legte sie allergrößten Wert …«

»Was war das?«

»Na, ich hab' sie natürlich ›Tschud‹ genannt, englisch, wie in dem Beatles-Song. Und das machte sie rasend. Sie wollte ihren Namen unbedingt französisch ausgesprochen haben – ich seh' sie noch vor mir, mit ihrem kleinen Mund, wie sie geziert sagte: ›Schü-dö‹.«

Der Feuerschlucker lächelte in sich hinein, auf einmal verträumt und in fernen Erinnerungen versunken, und Karim ahnte, daß der Drache in das kleine Mädchen offenbar leidenschaftlich verliebt gewesen war.

»Was willst du eigentlich von ihr? Ist das eine offizielle Ermittlung? Hat sie was ausgefressen? Inzwischen muß sie ja fünf-, sechsundzwanzig sein …«

Karim hörte nicht mehr zu. Er dachte an das Mädchen Jude, das zwei Jahre unter falschem Namen zur Schule gegangen war. Wie hatte die Mutter es fertiggebracht, die für die Einschreibung nötigen Papiere zu fälschen? Wie hatte sie es fertiggebracht, ihre Tochter als Jungen auszugeben, zumal vor einer Lehrerin, die jeden Tag mit den Kindern zusammen war?

In dem Moment durchzuckte ihn wieder ein Geistesblitz. »Gibt es hier ein Telefon?« fragte er den Feuerschlucker.

»Wofür hältst du uns? Für Penner? Komm mit.«

Abdouf folgte ihm.

Der Artist führte ihn zu einem kleinen Holzverschlag am Rand der Manege, wo auf einem Tischchen ein Telefon stand. Karim wählte die Nummer der Ecole Jean-Jaurès. Der Wind rüttelte wütend an den Zeltplanen. Gedankenverloren beobachtete er die Feuerschlucker bei ihrer Arbeit. Es läutete mehrmals, dann meldete sich eine männliche Stimme.

»Ich würde gern die Schulleiterin sprechen«, erklärte Karim und zügelte seine Aufregung.

»Und wer sind Sie?«

»Lieutenant Karim Abdouf.«

Keine zwei Sekunden später tönte die atemlose Stimme der Frau aus dem Hörer. Karim hielt sich nicht mit Vorreden auf, sondern fiel sofort mit der Tür ins Haus: »Sie haben mir doch von einer Lehrerin erzählt, die am Ende des Schuljahrs zweiundachtzig aus Sarzac fortgezogen ist.«

»Ja …«

»Sie sagten, sie hatte einundachtzig die dritte Klasse und im Jahr darauf die vierte.«

»Das ist richtig.«

»Also ist sie Jude Itéro von einer Klasse zur nächsten gefolgt, oder?«

»So können Sie's auch ausdrücken, aber ich sagte Ihnen doch, es kommt häufig vor, daß eine Lehrerin …«

»Wie hieß die Frau?«

»Warten Sie, ich muß nachschauen.«

Die Direktorin raschelte mit ihren Notizen.

»Fabienne Pascaud.«

Der Name sagte ihm natürlich nichts. Keine Gemeinsamkeit mit dem Pseudonym des Kindes, nicht einmal ein ferner Anklang. Bei jedem neuen Vorstoß rannte er mit dem Kopf gegen die Wand.

»Wissen Sie ihren Mädchennamen?« fragte er.

»Das ist doch ihr Mädchenname.«

»War sie nicht verheiratet?«

»Verwitwet. So steht's jedenfalls in ihrer Akte. Komisch. Offenbar hat sie ihren Geburtsnamen wieder angenommen.«

»Wie hieß sie denn als Ehefrau?«

»Warten Sie … Da steht es: Hérault. Geschrieben H-É-R-A-U-L-T.«

Wieder eine Sackgasse. Karim war auf der falschen Spur.

»Na gut. Jedenfalls vielen Dank, ich …«

Plötzlich hielt er inne, vom Donner gerührt. Wenn er recht hatte und diese Lehrerin Judes Mutter war, dann mußte der Familienname des Mädchens ursprünglich Hérault gewesen sein. Und ihr Vorname … Warum hatte sie denn so vehement auf der französischen Aussprache ihres Namens bestanden? Weil er sie an ihren eigenen, weiblichen Namen erinnert hatte!

»Hérault«, murmelte Karim vor sich hin. »Fabienne Hérault. Jude Itéro.« Zwei Schreibweisen, dieselbe Aussprache. »Warten Sie eine Minute«, sagte Karim in den Hörer. Er beugte sich nieder und schrieb mit nervöser Hand in Großbuchstaben in den Sand:

JUDE ITÉRO
JUDITH HÉRAULT

Zwei Schreibweisen, dieselbe Aussprache. Er hätte gern ein Triumphgeheul ausgestoßen. Jude Itéro hieß in Wirklichkeit Judith Hérault. Der Junge war ein Mädchen, und die Mutter war die Lehrerin. Sie hatte ihren Geburtsnamen wieder angenommen, um ihre Spuren zu verwischen, und den Vornamen ihrer Tochter maskulinisiert, vermutlich um das Kind nicht noch mehr zu verstören oder um ihm die Gewöhnung zu erleichtern und dem Risiko vorzubeugen, daß das Mädchen sich in einem unbedachten Moment verriet.

Karim ballte die Faust. Er war sicher, daß es sich so und nicht anders abgespielt hatte. In der Schule hatte die Mutter die wahre Identität ihres Kindes vertuschen können, weil sie selbst dort unterrichtete und folglich in der bestmöglichen Position war. Diese Hypothese erklärte, weshalb es ihr in Sarzac so leichtgefallen war, alle Welt hinters Licht zu führen und offizielle Unterlagen verschwinden zu lassen.

»Können Sie beim Schulamt genauere Informationen über diese Lehrerin erfragen?« fragte er die Direktoren.

»Heute noch?«

»Ja, bitte!«

»Also … Na gut, ich kenne Leute dort. Es wird schon gehen. Was wollen Sie wissen?«

»Ich will wissen, wo Fabienne Pascaud-Hérault sich niedergelassen hat, *nachdem* sie von Sarzac weggezogen ist. Außerdem will ich wissen, wo sie unterrichtet hat, bevor sie an Ihre Schule kam. Vielleicht finden Sie jemanden, der sie gekannt hat. Haben Sie ein Mobiltelefon?«

Die Frau bejahte und gab ihm die Nummer. Sie wirkte leicht befremdet.

»Wie lange brauchen Sie, um persönlich ins Schulamt zu fahren und diese Informationen zu bekommen?«

»Ungefähr zwei Stunden.«

»Nehmen Sie Ihr Handy mit. Ich rufe Sie in zwei Stunden wieder an.«

Karim verließ den Verschlag und winkte den Braseros zum Abschied, die ihren Teufelstanz wiederaufgenommen hatten.

34

ZWEI STUNDEN, die er irgendwie totschlagen mußte.

Karim rückte seine Mütze zurecht und ging zum Wagen. Aus dem Wind war ein Sturm geworden, der die welken Blätter durcheinanderwirbelte und die Luft mit dem salzigen Geruch von Seetang erfüllte. Zwei Stunden. Vielleicht hatte ihm diese Gegend noch mehr zu sagen.

Er versuchte, sich Fabienne und Judith Hérault vorzustellen, zwei einsame Wesen, die einen Sommermonat lang jeden Sonntag hierhergekommen waren. Er malte sich die Szene aus, hielt sich jeden Aspekt und jedes Detail vor Augen, die ihn vielleicht auf eine neue Spur bringen konnten, sah Mutter und Tochter vor sich, die im frühen Morgengrauen in aller Heimlichkeit aufbrachen und in eine Gegend fuhren, wo niemand sie kannte. Die Frau wild entschlossen, das Gesicht ihres Kindes vergessen zu machen, und die Tochter, das androgyne Kind, in der Angst gefangen.

Ein gemeinsames Elend, und doch beide allein. Abdouf stellte sich dieses merkwürdige Paar vor, wie sie Hand in Hand schweigend dahingingen … Wie waren sie hierhergekommen? Mit dem Zug? Auf der Straße?

Um die Zeit zu nutzen, beschloß er, sämtliche Bahnhöfe der Umgebung zu besuchen, die Raststätten an der Autobahn, die Gendarmerieposten, und nach einer Spur, einem Protokoll, einer Erinnerung zu fahnden …

Zwei Stunden: Es war das Beste, was er mit der Zeit anfangen konnte.

Die letzte Glut der untergehenden Sonne färbte die Wolken rot, als er losfuhr. Es war Oktober, und die Herbstnacht kauerte sich schon in ihre frühe Dunkelheit.

Karim fand eine Telefonzelle und rief zuerst bei der Kriminalpolizei von Rodez an. Er fragte nach einem Wagen, der 1982 im Département Lot auf den Namen Fabienne Pascaud oder Fabienne Hérault eingetragen war. Ohne Erfolg. Es gab überhaupt keine Zulassungen auf diese beiden Namen. Er stieg wieder in den Wagen und verlegte sich nun auf die umliegenden Bahnhöfe, ohne die Möglichkeit eines PKWs völlig außer acht zu lassen. Er suchte vier Bahnhöfe auf und erhielt viermal eine negative Auskunft. In immer konzentrischen Kreisen umrundete er das Kloster und den Rummelplatz. Nur hohe gespenstische Gestalten tauchten im Licht seiner Scheinwerfer auf. Bäume, Felsen, Tunnels … Er fühlte sich wohl. Adrenalin wärmte seine Gliedmaßen, und die Aufregung hielt jetzt alle seine Sinne wach. Das waren die Empfindungen, die er liebte, die Nacht und der Schauder der Erregung vor Unternehmungen mit fragwürdigem Ausgang, – die Spannung, die er auf den Parkplätzen kennengelernt hatte, als er hinter Säulen versteckt seine ersten Schlüssel zurechtfeilte. Karim fürchtete die Dunkelheit nicht, sie war seine Welt, sein Deckmantel, sein Element, in ihr war er gelassen, heiter, gespannt wie eine schußbereite Waffe, stark und geschickt wie ein Raubtier.

Der fünfte Bahnhof war nur eine Verladestation, vollgepfropft mit alten Waggons und bläulich schimmernden Turbinen. Er fuhr daran vorbei, doch gleich darauf bremste er scharf. Er stand auf einer Brücke über der Autobahn an der Ausfahrt Sète-West, von der aus er die kleine Mautstation dreihundert Meter weiter sehen konnte. Eine Ahnung gebot ihm, dort nachzufragen.

Nichts unversucht lassen, jedem Anhaltspunkt nachgehen, immer. Er fuhr von der Brücke herunter, bog auf die Autobahn ein und schwenkte gleich darauf nach rechts. Hinter einer Ligusterhecke standen mehrere Gebäude aus Fertigteilen: die Büros der Mautstation. Nirgends brannte Licht. Doch bei den Hallen, die an die Baracken angrenzten, erspähte er einen Mann. Er bog noch einmal ab, parkte den Wagen und ging auf die gebückte Gestalt zu, die an der Rückseite eines Lastwagens hantierte.

Der scharfe Wind pfiff ihm um die Ohren. Alles ringsum war trocken, ausgedörrt, staubig, wie von einem feinen Salzschleier überzogen. Karim stieg über liegende Verkehrsschilder, Schaufeln, Plastikplanen hinweg, und als er neben dem Lastwagen stand – einem Salztransporter –, schlug er mit der flachen Hand auf den Anhänger.

Der Mann fuhr herum; er war winzig und trug eine Mütze, die lediglich die Augen freigab. »Was wollen Sie? Wer sind Sie?« fragte er mit gerunzelten Brauen.

»Der Teufel.«

»Hä?«

Karim lehnte sich an den Anhänger und lächelte. »War nur ein Scherz. Ich bin von der Polizei und brauche ein paar Auskünfte.«

»Auskünfte! Bis morgen früh ist keiner da, und ich ...«

»Die Autobahnstationen sind rund um die Uhr geöffnet.«

»Der Kassierer ist in seiner Kabine, und ich hab' hier was zu tun.«

»Richtig, du hast was zu tun. Wir beide gehen jetzt ins Büro, du trinkst einen kleinen Kaffee, während ich einen Blick auf den PCI werfe.«

»Den PCI! Was suchen Sie denn überhaupt?«

»Das erkläre ich dir, wenn wir im Warmen sitzen.«

Die Inneneinrichtung der Büros entsprach dem Gesamteindruck der Anlage: armselig und provisorisch. Enge Räume, vollgestopft mit Akten, die Türen dünn wie Pappe. Alles war ausgestorben, nur ein Computer war eingeschaltet, und der Monitor erfüllte das Zimmer mit einem bläulichen Licht. Der PCI war die zentrale Verkehrsüberwachung, die das ganze Jahr über Daten registrierte und eine Sammelstelle für Informationen über das gesamte Straßennetz der Region war. Jeder Unfall, jede Panne, jeder Einsatz des Abschleppdienstes wurde hier gespeichert.

Der Mann wollte den Computer selbst bedienen. Er schob seine Mütze auf die Stirn.

»Juli zweiundachtzig«, murmelte ihm Karim ins Ohr. »Ich will alles wissen. Wie viele Unfälle, Datum und Ort. Wie oft ist der Abschleppdienst ausgerückt. Wie viele Fahrzeugbesitzer haben ihn in Anspruch genommen, und wie heißen sie. Den unbedeutendsten Vorfall, alles.«

Der Mann zog die Handschuhe aus und hauchte sich auf die Finger, um sie zu wärmen. Er hackte eine Weile auf die Tastatur ein, woraufhin auf dem Bildschirm die Daten vom Juli 82 erschienen. Zahlen, Abkürzungen, Kommentare. Nichts Ergiebiges.

»Kannst du eine Suche nach Namen durchführen?« fragte Karim, über die Schulter des Männchens gebeugt.

»Buchstabier ihn.«

»Ich habe mehrere: Jude Itéro, Judith Hérault, Fabienne Pascaud, Fabienne Hérault.«

»Wie viele gibt's denn davon?« murrte der Mann, während er die Namen eingab.

Doch nach wenigen Sekunden blinkte es auf dem Bildschirm.

Karim trat näher.

»Was ist los?«

»Der PCI hat was gefunden, unter einem der Namen. Aber nicht im Juli zweiundachtzig.«

»Such weiter.«

Der Mann drückte auf mehrere Funktionstasten, und auf dem dunklen Monitor erschienen in Leuchtbuchstaben die gewünschten Auskünfte. Karim erstarrte, als ihm das Datum ins Gesicht sprang: 14. August 1982. Der Todestag, der auf Judes Grab stand. Und daneben der Name, mit dem der Fall begonnen hatte: Jude Itéro.

»An den Namen erinnere ich mich nicht«, murmelte der Mann. »Aber an den Unfall. Eine scheußliche Sache, in der Nähe von Heron-Cendré ist es passiert. Der Wagen kam von der Straße ab, schlitterte über den Mittelstreifen und prallte gegen die Lärmschutzmauer auf der entgegengesetzten Fahrbahn. Mutter und Sohn, beide im Wrack eingeklemmt. Aber nur der Junge ist gestorben. Er saß vorn. Die Mutter kam mit ein paar Prellungen davon. Und jede Menge Blut auf der Straße.«

Karim schauderte. So hatte also der Fluchtversuch von Fabienne und Judith Hérault geendet. Mit hundertdreißig Stundenkilometern an einer Lärmschutzmauer. So absurd war es. Und so einfach. Eine dumpfe Wut stieg in ihm auf: Er konnte nicht glauben, daß all die Umstände und Mühen, all die Vorsichtsmaßnahmen der Frau durch einen Autounfall zunichte gemacht worden waren.

Dabei hatte er es doch von vornherein gewußt: Wie ihr Grabstein bezeugte, war Judith im August 1982 gestorben – er hatte nichts anderes erfahren als die Umstände ihres Todes. Und doch empfand er Trauer, als hätte er vom Tod eines teuren Angehörigen Kenntnis erhalten. Eines Menschen, den er nicht gekannt und trotzdem geliebt hatte, nur wenige Stunden, aber mit ungestümer Leidenschaft. Jenseits von Worten und Jahren, von Raum und Zeit.

»Sprich weiter«, befahl er. »Wie sah der Körper des Kindes aus?«

»Er steckte halb im Motorraum und war völlig eingeklemmt. Ein Wust aus Fleisch und Blech. Jesusmaria. Es hat mehr als sechs Stunden gedauert, bis sie … na ja … Das vergesse ich jedenfalls nicht so leicht … Er hatte kein Gesicht mehr, keinen Kopf, nichts.«

»Und die Mutter?«

»Die Mutter – ich weiß nicht, ob es die Mutter war. Sie hieß jedenfalls anders.«

»Ich weiß. War sie verletzt?«

»Nein. Sie ist wirklich gut weggekommen. Ein paar Blutergüsse, Schürfwunden … So gut wie nichts. Weil der Wagen sich gedreht hat, verstehst du? Und die Wand mit der Beifahrerseite gerammt hat. Der klassische Unfall in dieser Kurve …«

»Beschreib sie mir.«

»Wen?«

»Die Frau.«

»Na, die vergesse ich auch nicht so leicht. Eine Riesin. Schwarzhaarig mit breitem Gesicht. Und einer enormen Brille. Ganz in Schwarz, mit wallenden Gewändern. Ziemlich auffällig. Sie weinte nicht, schien völlig ungerührt. Wahrscheinlich der Schock, ich weiß nicht …«

»Wie war ihr Gesicht?«

»Hübsch.«

»Das heißt?«

»Von der pausbäckigen Sorte, ich weiß nicht mehr … Eine sehr helle Haut, fast durchscheinend.«

Abdouf wechselte das Thema. »Ihr bewahrt doch über jeden Unfall eine Akte auf, oder? Ein Protokoll, mit Totenschein und so weiter?«

Der mürrische Verkehrswächter starrte ihn mit Äuglein wie Kaffeebohnen an, die unruhig hin- und hersprangen. »Was genau willst du eigentlich?«

»Zeig mir die Unterlagen.«

Der Mann wischte sich die Hände an seinem Anorak ab und öffnete einen Schrank mit Lamellentüren. Leise vor sich hin murmelnd las er die Namen der Verunglückten.

»Jude Itéro. Da ist er. Aber ich warne dich, das ist …«

Karim nahm ihm die Unterlagen aus der Hand und blätterte darin. Aussagen, Bestätigungen, Protokolle, Versicherungsberichte über den genauen Unfallhergang und die entstandenen Schäden. Fabienne Pascal fuhr einen Leihwagen, den sie in Sarzac gemietet hatte. Ihre Adresse war dieselbe, die sie Dr. Macé angegeben hatte – das einsame, baufällige Häuschen in der steinigen Umgebung. Von dieser Seite also nichts Neues. Verblüffend war allerdings, daß sie den Tod ihres Kindes unter dem Namen Jude Itéro, männlichen Geschlechts, angegeben hatte.

»Das verstehe ich nicht«, sagte der Polizist. »War das Kind denn ein Junge?«

»Na ja …« Der Mann spähte unter Karims Arm hindurch in die Unterlage. »So steht's jedenfalls da …«

»Erinnerst du dich nicht an irgendwelche Unklarheiten in diesem Zusammenhang?«

»Was denn für Unklarheiten? Was meinst du damit?«

Karim zügelte seine Ungeduld. »Hör zu, ich frag' dich lediglich, ob es noch möglich war, das Geschlecht des Kindes zu bestimmen.«

»Bin ich ein Arzt? Die Frau wird doch selber gewußt haben, ob sie mit einem Buben oder einem Mädchen unterwegs war. Und offengestanden, glaube ich nicht, daß man da noch irgendwas bestimmen konnte. Die Leiche bestand ja nur noch aus Einzelteilen … zum Teil auf der Straße verstreut …« Er fuhr sich mit der Hand übers Gesicht. »Ich erspar' dir die Einzelheiten … Seit fünfundzwanzig Jahren bin ich hier und hab' nicht wenig Unfälle miterlebt … Das ist immer eine scheußliche Sache.« Seine Hände wogten hin und her, als imitierten sie Nebelschwaden. »Wie eine Art unterirdischer Krieg, verstehst du, ein Krieg, der von Zeit zu Zeit mit einer sagenhaften Brutalität wieder ausbricht.«

Wegen des Zustands der Leiche war die Frau offensichtlich in der Lage gewesen, ihre Lüge über den Tod hinaus aufrechtzuerhalten. Aber warum? Fürchtete sie weitere Drohungen? Auch nach dem Tod ihrer Tochter?

Noch einmal durchblätterte er die Akte und entdeckte die Unfallfotos. Blut, zerbeultes Blech, Körperteile – abgerissene Gliedmaßen, die aus dem Wagen geschleudert worden waren. Er ging darüber hinweg – der Anblick war ihm im Moment zuviel. Dann stieß er auf den Totenschein, den Bericht des Arztes und erhielt die Bestätigung, daß sich über die Merkmale des Körpers nur noch spekulieren ließ.

Benommen lehnte sich Karim an die Wand. Sein Blick fiel auf die Uhr: Er hatte in der Tat zwei Stunden totgeschlagen. Und war selbst halbtot.

Es kostete ihn Mühe, weiterzulesen. Auf einem Stück Karton fand er in blauer Farbe einen Fingerabdruck der Toten. Er musterte ihn eine Weile, dann fragte er: »Ist das wirklich ihr Fingerabdruck?«

»Ihr? Wen meinst du damit?«

»Stammt dieser Fingerabdruck von dem Kind?«

»Ich kapier' deine Fragen nicht. Ja, natürlich … Ich hab' doch selber das Stempelkissen gehalten. Die Überreste des Körpers waren im Leichensack, und der Doktor hat die Hand geführt. Eine ganz blutige kleine Hand. Jesusmaria. Wir hatten es alle eilig, wegzukommen. Mann, ich träume noch heute manchmal davon …«

Karim ließ die Akte in seiner Lederjacke verschwinden. »Okay. Die Unterlagen behalte ich.«

»Ja, nimm sie nur mit. Und viel Glück.«

Der Leutnant riß sich los, Sternchen tanzten vor seinen Augen. Als er auf seinen Wagen zuging, rief das Männchen ihm nach: »Paß auf dich auf.«

Karim drehte sich um. Der Verkehrswächter stand auf der Schwelle und hielt die Glastür mit der Schulter fest, eine dunkle Gestalt vor dem erleuchteten Ausschnitt.

»Was?« fragte Karim.

»Paß auf dich auf, sag' ich. Und verwechsle nicht jemand anderen mit deinem Schatten.«

Karim lächelte schief. »Wieso?«

Der Mann zog seine Mütze wieder übers Gesicht. »Weil ich es spüre: Du gehst zwischen Toten.«

35

»WAS SIE ALLES VON MIR VERLANGEN, LIEUTENANT ... Ich habe meinen Kollegen vom Schulamt tatsächlich erreicht ...«, zwitscherte die Schulleiterin, und eine muntere Aufregung schwang in ihrer Stimme mit. Karim hatte wieder vor einer Telefonzelle gehalten, um die Direktorin über ihr Mobiltelefon anzurufen.

»Der Nachtportier hat sich breitschlagen lassen und uns hereinge...«

»Was haben Sie gefunden?«

»Die komplette Akte von Fabienne Hérault, geborene Pascaud. Aber das ist wieder eine Sackgasse. Nach den zwei Jahren in Sarzac verliert sich ihre Spur. Anscheinend hat sie den Schuldienst quittiert.«

»Kann man nicht herausbekommen, wo sie jetzt lebt?«

»Ich wüßte nicht, wie. Ihren Arbeitsvertrag mit dem Erziehungsministerium hat sie noch im selben Jahr gekündigt und sich seither nicht wieder einstellen lassen. Das ist alles. Das Schulamt hatte keinen Kontakt mehr mit ihr.«

Karim stand am Rand eines Wohnviertels in einem Vorort von Sète. Durch die Glasscheiben sah er die geparkten Wagen, deren blankpolierte Karosserien im Licht der Straßenlaternen blitzten. Die Auskunft erstaunte ihn nicht. Fabienne Pascaud hatte die Tür hinter sich geschlossen. Über ihrem Geheimnis. Ihrer Tragödie. Ihren Teufeln.

»Und wo war sie, bevor sie nach Sarzac kam?«

»In Guernon, einer Universitätsstadt im Département Isère, oberhalb von Grenoble. Aber sie war dort nur ein paar Monate. Davor hatte sie die Leitung einer kleinen Grundschule in Taverlay, einem Dorf auf halber Höhe des Pelvoux, das ist ein Berg dort in der Gegend.«

»Haben Sie irgendwelche persönlichen Daten rausgekriegt?«

In mechanischem Ton las sie vor: »Fabienne Pascaud, geboren 1945 in Corivier, einem Isère-Tal. 1970 heiratet sie Sylvain Hérault und erhält im selben Jahr den ersten Preis des Konservatoriums Grenoble im Fach Klavier. Sie hätte wohl Professorin werden können ...«

»Lesen Sie weiter, bitte.«

»1972 schreibt sie sich an der pädagogischen Hochschule ein, schließt in zwei Jahren ihr Studium ab und geht danach an die Grundschule von Taverlay, immer noch im Département Isère. Dort unterrichtet sie sechs Jahre. 1980 schließt die Schule von Taverlay, weil der Schulbus die Kinder auf einer neu gebauten Straße zu einer größeren Schule in einem Nachbarort bringt, auch im Winter. Fabienne wird daraufhin nach Guernon versetzt, was ein Glück ist, denn das liegt nur fünfzig Kilometer von Taverlay entfernt und ist in Philologenkreisen eine berühmte Stadt. Eine Universitätsstadt, sehr angenehm, sehr intellektuell.«

»Sie sagten doch, sie sei Witwe: Wissen Sie, wann Ihr Mann gestorben ist?«

»Warten Sie, warten Sie, dazu komme ich gleich! 1980, als sie nach Guernon kommt, gibt Fabienne den Namen ihres Mannes an – zu dem Zeitpunkt scheint noch alles in Ordnung zu sein. Aber sechs Monate später, in Sarzac, stellt sie sich als Witwe vor. Der Gatte muß also irgendwann während der Zeit in Guernon gestorben sein.«

»Steht in Ihren Unterlagen nichts über ihn? Sein Alter? Seinen Beruf?«

»Hören Sie, das ist ein Schulamt, das dem Erziehungsministerium unterstellt ist. Keine Detektei.«

Karim seufzte. »Machen Sie weiter.«

»Kurz nach ihrer Ankunft in Guernon beantragt sie ihre Versetzung. Irgendwohin, Hauptsache fort von dieser Stadt. Das ist merkwürdig, nicht? Sie erhält sofort eine Stelle in Sarzac. Was nicht verwunderlich ist: Niemand will in unsere schöne Gegend ... Dort nimmt sie ihren Mädchennamen wieder an. Offenbar wollte sie wirklich die Brücken hinter sich abbrechen.«

»Sie sagen gar nichts von ihrem Kind.«

»Sie hatte in der Tat ein Kind. Geboren 1972. Ein Mädchen.«

»So steht es da?«

»Na ja, sicher ...«

»Welcher Name ist eingetragen?«

»Judith Hérault. Aber in Sarzac ist von dem Mädchen keine Rede mehr.«

Jede weitere Auskunft bestätigte Karims Hypothese. Er fuhr fort: »Konnten Sie Leute ausfindig machen, die sie in Sarzac kannten?«

»Ja, ich habe mit der damaligen Schulleiterin gesprochen: Mathilde Sarman. Sie erinnert sich noch sehr gut an Fabienne. Anscheinend eine ungewöhnliche Frau. Geheimnisvoll. Zurückhaltend. Sehr schön. Und sehr stark. Einen Meter achtzig groß, enorme Schultern ... Sie spielte oft Klavier. Eine Virtuosin. Ich wiederhole Ihnen, was ich gehört habe ...«

»Hat Fabienne Pascaud in Sarzac allein gelebt?«

»Nach Aussage von Mathilde, ja. Sie lebte allein in einem abgelegenen Tal zehn Kilometer von der Stadt entfernt.«

»Und niemand weiß, wieso sie so unvermittelt von Sarzac fortgezogen ist?«

»Nein, niemand.«

»Oder zwei Jahre früher von Guernon?«

»Nein. Vielleicht müßte man dorthin, ich ...« Sie zögerte kurz, dann fragte sie scheu: »Trotzdem, Lieutenant ... Sie könnten mir wenigstens erklären, in welchem Zusammenhang diese Geschichte mit dem Einbruch in meiner Schule steht, immerhin habe ich einiges für Sie ...«

»Später. Fahren Sie jetzt wieder nach Hause?«

»Äh ... Ja, natürlich ...«

»Nehmen Sie alle Unterlagen über Fabienne Pascaud mit, und warten Sie meinen Anruf ab.«

»Ich ... Na gut, in Ordnung. Wann, glauben Sie, werden Sie mich anrufen?«

»Ich weiß nicht. Bald. Dann erkläre ich Ihnen alles. Vielen Dank einstweilen.«

Karim legte auf und betrachtete gedankenverloren die geparkten Wagen. Audi, BMW, Mercedes, hervorragende und schnelle Autos – und gespickt mit Alarmanlagen. Er warf einen Blick auf die Uhr: Kurz nach acht. Es war an der Zeit, sich dem alten Raubtier zu stellen. Der Leutnant wählte die Durchwahl von Henri Crozier. Nach dem ersten Läuten erscholl eine brüllende Stimme: »Gottverdammte Scheiße! WO STECKST DU?!«

»In Sète. Ich folge meiner Spur.«

»Wie bitte? Ich hoffe, du bist auf dem Rückweg zur Dienststelle.«

»Nein. Ich muß noch einen letzten Umweg machen. In die Berge.«

»Ich faß es nicht! Wohin?«

»In eine kleine Universitätsstadt in der Nähe von Grenoble. Guernon.«

Eine Pause trat ein. Dann sagte Crozier: »Hoffentlich hast du einen guten Grund dafür ...«

»Den allerbesten, Kommissar. Genau dorthin führt meine Fährte. Ich rechne damit, in Guernon die Grabschänder aufzuspüren.«

Crozier sagte nichts; anscheinend hatte ihm die Dreistigkeit seines Untergebenen die Sprache verschlagen. Karim nutzte den Vorteil zum Angriff: »Gibt es Neues über den Lada?«

Der Kommissar zögerte, und Karim hob die Stimme: »Wissen Sie was Neues oder nicht?«

»Man hat das Fahrzeug und seinen Halter ausfindig gemacht.«

»Wie?«

»Ein Zeuge auf der D 143. Ein Bauer, der mit seinem Traktor nach Hause kam. Er sah einen weißen Lada, exakt um zwei Uhr morgens. Er hat sich nur die Département-Nummer gemerkt, und wir haben das überprüft: Tatsächlich wurde in besagtem Département kürzlich ein weißer Lada zugelassen. Bei der technischen Kontrolle hatte er noch immer die slawischen Reifen. Das ist unser Wagen. Mit, sagen wir, achtzigprozentiger Sicherheit.«

Karim dachte nach: Dieser Zeuge schien ihm suspekt. Er kam allzu gelegen.

»Warum hat sich dieser Bauer denn gemeldet?«

Crozier lachte. »Weil ganz Sarzac in Aufruhr ist. Die Leute von der Kripo sind aufgekreuzt, natürlich mit ihrer üblichen Diskretion. Sie ziehen eine Riesennummer ab, als hätten sie's mit einer echten

Grabschändung zu tun.« Crozier fluchte. »Die Medien sind auch schon da. Eine schöne Bescherung.«

Karim biß die Zähne zusammen.

»Sagen Sie mir den Namen und die Stadt, schnell.«

»Ich verbitte mir diesen Ton!«

»Den Namen, Kommissar. Das ist *mein* Fall! Schließlich bin ich der einzige, der die Fäden in diesem Chaos in der Hand hält!«

Crozier schwieg einen Moment, vermutlich um seine Beherrschung wiederzufinden. Als er sprach, war sein Tonfall gelassen.

»Karim Abdouf, in meiner gesamten vierundzwanzigjährigen Laufbahn hat niemand je in diesem Ton mit mir gesprochen. Ich will jetzt genau wissen, was es mit deinem Fall auf sich hat. Auf der Stelle. Sonst schreibe ich deinen Arsch zur Fahndung aus.«

Karim erkannte, daß es keinen Sinn mehr hatte, zu feilschen. In wenigen Worten faßte er die Ergebnisse seiner Nachforschungen zusammen. Erzählte die Geschichte von Fabienne Hérault, der durchgebrannten Lehrerin, und ihrer Tochter. Beschrieb ihre absurde Flucht, den Wechsel der Identität, den Autounfall, bei dem das Kind ums Leben gekommen war.

»Das ist doch ein Roman, was du da erzählst«, kommentierte Crozier perplex.

»Der Tod ist ein Roman, Kommissar.«

»Ja ja ja … Sicher. Den Zusammenhang zwischen deiner Geschichte und den Vorfällen von heute nacht, den hast du dir doch selber ausgedacht, der existiert doch gar nicht …«

»Wissen Sie, was ich denke, Kommissar? Fabienne Hérault war keineswegs verrückt. Sondern sie wurde tatsächlich verfolgt. Und ich denke, es waren dieselben Männer, die heute nacht in Sarzac waren.«

»Wieso?«

Karim holte tief Luft. »Ich denke, sie wollten sich vergewissern. Etwas nachprüfen, was sie schon wußten, was aber durch irgendein Ereignis anderswo plötzlich in Frage gestellt wurde.«

»Und wie kommst du darauf? Wer sollen diese Männer überhaupt sein?«

»Keine Ahnung. Aber ich bin überzeugt, daß die Teufel zurückgekehrt sind.«

»Reine Hirngespinste.«

»Nein, die Fakten sind doch klar: In der Schule wurde tatsächlich eingebrochen, und das Grab von Jude Itéro wurde tatsächlich geöffnet. Also, sagen Sie mir bitte den Namen des Fahrzeughalters und seiner Stadt. Bitte! Ich will wissen, ob es Guernon ist. Ich bin überzeugt, daß der Schlüssel zu dem Alptraum dort zu finden ist …«

»Schreib auf: Der Name ist Philippe Sertys. Rue Maurice Blasch Nummer sieben.«

Atemlos fragte Karim: »Und in welcher Stadt? Guernon?«

Crozier zögerte kurz. »Guernon, ja«, sagte er. »Ich weiß zwar nicht, mit welchen üblen Tricks du darauf gekommen bist, aber eins muß man dir lassen: Deine Spur ist immerhin die heißeste.«

7. TEIL

36

DIE BILDER DER DEUTSCHEN FOTOGRAFIN waren zum Leben erwacht. Athleten mit rasierten Schläfen rannten durch das Berliner Vorkriegsstadion. Leichtfüßig, muskulös, feierlich. Ihr Lauf hatte den abgehackten Rhythmus eines alten Films und dieselbe Bildqualität: grobkörnig und pigmentiert wie die Fläche eines Grabsteins. Er sah die Männer laufen, hörte ihre Tritte auf der Aschenbahn. Spürte ihr rauhes Keuchen, das jeden Schritt synkopierte.

Doch bald schoben sich andere, verschwommene Eindrücke darüber. Die Gesichter waren auf einmal zu dunkel, zu verschlossen. Die Brauenbögen zu ausgeprägt, zu weit vorgewölbt. Was verbargen diese Blicke? Während aus den Reihen der Zuschauer ein beunruhigendes, hysterisches Geschrei aufstieg, hoben die Athleten die Köpfe – und offenbarten leere Augenhöhlen. Dieser Mangel hinderte sie jedoch nicht daran, zu sehen und zu laufen. Im Gegenteil. Auf dem Grund der frischen Wunden schien sich etwas zu bewegen … ein Zungenschnalzen … ein tierisches Wuseln und Wimmeln …

Schweißüberströmt fuhr Niémans aus dem Schlaf. Das helle Licht des Computerbildschirms schien ihm in die Augen und blendete ihn – es war wie die Farce eines Verhörs. Diskret versuchte er, seine Fassung wiederzugewinnen, zog den Kopf zwischen die Schultern und warf einen Blick in die Runde: Niemand hatte bemerkt, daß er eingenickt war und das Entsetzen sich seiner Träume bemächtigt hatte – in Gestalt der Fotografien, die Sophie Caillois im Flur hängen hatte. Die Bilder dieser Nazi-Regisseurin, deren Namen er vergessen hatte.

Einundzwanzig Uhr.

Er hatte nur fünfundvierzig Minuten geschlafen. Nach seinem Besuch in der Lagerhalle hatte Niémans seine Funde – das Spiralheft, die Metallteile, das weißliche Pulver – über Marc Costes, der immer noch auf das Eintreffen der Gletscherleiche wartete, an Patrick Astier, den Chemiker in Grenoble, geschickt.

Dann war er hierher, in die Universitätsbibliothek gekommen, um die Wörter »Flüsse« und »Purpur« in den Computer einzugeben. Zunächst hatte er die Landkarten studiert, um festzustellen, ob irgendwo etwa ein Kanalsystem dieses Namens existierte. Dann hatte er den Stichwortkatalog nach einem Buch, einer Dissertation, einem Zeitschriftenbeitrag durchsucht – nach irgendeiner Publikation, die diese Begriffe im Titel nannten. Doch er hatte nichts gefunden und war mitten in der Lektüre vom Schlaf übermannt worden. Nach beinahe vierzig durchwachten Stunden hatten seine Nerven ihn im Stich gelassen, und er war zusammengesackt wie eine Marionette, deren Fäden durchtrennt werden.

Der Kommissar ließ noch einmal den Blick über den großen Lesesaal schweifen. An den Tischen, in den verglasten Abteilungen saßen verstreut ein Dutzend Polizisten in Zivil, die immer noch unermüdlich Bücher nach möglichen Anhaltspunkten durchforsteten. Zwei Beamte waren damit beschäftigt, die Liste der Studenten zu erstellen, die sich häufig Literatur über die fraglichen Themen ausgeliehen hatten. Ein anderer war nach wie vor in die Dissertation von Rémy Caillois vertieft.

Doch Niémans glaubte nicht mehr daran, auf diesem Weg fündig zu werden, ebensowenig wie die Polizisten, die ungeduldig auf ihre Ablösung warteten. Seit zwei Stunden wußte jeder, daß angesichts der mageren Ergebnisse des Trios Niémans-Barnes-Vermont die Kriminalpolizei von Grenoble den Fall wieder übernehmen sollte.

Tatsächlich waren die Ermittlungen trotz des verstärkten Einsatzes nicht einen Schritt weitergekommen. Vom Stützpunkt Romans waren dreihundert Soldaten requiriert worden, die den Truppen von Capitaine Vermont helfen sollten, das Gelände der umliegenden Berge, des Muret und des Belledonne, zu durchkämmen. Gegen neunzehn Uhr waren sie in Lastwagen angekarrt worden und hatten unter Vermonts Kommando sofort mit ihren nächtlichen Streifzügen begonnen. Zusätzlich zu den Soldaten hatte der Hauptmann überdies vom Stützpunkt Valence zwei Kompanien vom Grenzschutz angefordert.

Mehr als dreihundert Hektar waren bereits durchkämmt worden, doch die systematische Suche hatte bislang nichts ergeben – und würde auch nichts mehr bringen. Hätte der Mörder Spuren hinterlassen, wären sie längst entdeckt worden. Dennoch blieb der Kommissar in Funkkontakt mit Vermont und hatte eigenhändig auf einer Landkarte des geographischen Instituts die entscheidenden Stellen der Ermittlung eingezeichnet: die Fundorte der beiden Leichen, die Lage der Universität, Sertys' Lagerhalle, den Standort jeder Berghütte …

Die Verkehrsüberwachung wurde verstärkt: Aus den ursprünglich acht Straßensperren waren inzwischen vierundzwanzig geworden, und dieses Netz deckte ein sehr weiträumiges Gebiet rund um Guernon ab. Sämtliche Städte und Dörfer, die Autobahnzu- und -abfahrten, die National- und die Landstraßen wurden kontrolliert.

Auch in den Büros lief die Fahndung auf Hochtouren. Unter Leitung von Hauptmann Barnes wurden die Schwerpunktgebiete der Suche abgegrast, was mehr Zeit in Anspruch nahm, als man vorhergesehen hatte: Unablässig trafen Faxe ein – Aussagen, ausgefüllte Fragebögen, Kommentare … Auch die Skizentren der Umgebung entgingen der Befragung nicht, und nachdem der Gendarmerieposten zusätzliche Faxgeräte erhalten hatte, wurden parallel zu den eintreffenden Nachrichten weitere Formulare, Botschaften, Rundschreiben abgeschickt.

Seit dem Nachmittag mußten sich überdies alle Personen, die in den vergangenen Wochen mit dem ersten Opfer Kontakt gehabt hatten, vernehmen lassen. Ein anderes Team war noch auf der Suche nach den besten Alpinisten der Umgebung, insbesondere jenen, die schon einmal auf den Vallernes-Gletscher gestiegen waren – wilden Männern, die nicht in Guernon lebten, sondern in Bergdörfern, in die Felsen hoch über der Stadt geschmiegt. Im Gendarmerieposten herrschte ein fortwährendes Kommen und Gehen.

Aus der Truppe von Vermont war ein Team damit beschäftigt, die etwaige Marschroute von Rémy Caillois bei seiner letzten Expedition zu rekonstruieren, während andere den Weg des zweiten Opfers sowie seines Mörders auf die Spitze des Gletschers nachzuzeichnen versuchten. Die verschiedenen möglichen Trassen wurden in den Computer eingegeben, gespeichert, miteinander verglichen.

Mitten in diesem fieberhaften Treiben, hektisch wie Kriegsvorbereitungen, hielt Niémans mehr denn je an seiner Überzeugung fest, daß der Fall nur von innen heraus zu lösen war: Sobald er das

Motiv hatte, würde er den Mörder finden. Und sein Motiv war möglicherweise Rache. Bei dieser Hypothese war allerdings größte Vorsicht geboten. Weder die Behörden noch die Öffentlichkeit schätzten Paradoxien in Kriminalfällen: Nach offizieller Meinung galten die Opfer eines Mörders als unschuldig, während Niémans den Beweis antreten wollte, daß in diesem Fall die Opfer ebenfalls Schuld auf sich geladen hatten.

Aber wie sollte er dabei zu Werke gehen? Caillois und Sertys hatten ihre Geheimnisse mit in den Tod genommen. Sophie Caillois würde kein Wort mehr sagen, und ihre Beschattung hatte bisher nicht das geringste ergeben. Sertys' Mutter und seine Kollegen in der Klinik, die bereits vernommen worden waren, kannten nur das offizielle Gesicht des Krankenpflegers. Seine Mutter wußte nicht einmal von der Existenz der Lagerhalle, obwohl das Gebäude doch schon im Besitz ihres Ehemannes gewesen war.

Also? Im Augenblick konnte Niémans an nichts anderes mehr denken als an ein weiteres Rätsel, das in den Vordergrund seines Bewußtseins gerückt war und allmählich alle anderen Gedanken verdrängt hatte. Er aktivierte sein Telefon und rief Barnes an.

»Gibt es Neues von Joisneau?«

Der junge Leutnant, der mustergültige Polizist, der darauf brannte, sich das Wissen des »Meisters« anzueignen, war nach wie vor verschollen.

»Ja«, knurrte Barnes. »Ich habe einen meiner Jungs ins Blindeninstitut geschickt, um rauszufinden, wo er anschließend hingegangen sein könnte.«

»Und?«

In müdem Ton antwortete Barnes: »Joisneau hat das Institut gegen siebzehn Uhr verlassen. Offenbar ist er dann nach Annecy gefahren, um einen Augenarzt aufzusuchen. Einen Professor, der auch an der Universität Guernon lehrt und die Patienten des Blindeninstituts betreut.«

»Wie heißt er? Haben Sie ihn angerufen?«

»Chernecé. Selbstverständlich haben wir angerufen. In der Praxis und bei ihm zu Hause, aber unter keiner Nummer meldet sich jemand.«

»Haben Sie die Adressen?«

Barnes nannte ihm eine einzige Anschrift: Der Arzt hatte Wohnung und Ordination im selben Haus.

»Ich fahre hin«, verkündete Niémans.

»Aber … wieso denn? Joisneau wird schon wieder auftauchen …«

»Ich fühle mich verantwortlich.«

»Warum?«

»Wenn der Junge Mist gebaut hat, wenn er ein unnötiges Risiko eingegangen ist, dann nur deshalb, um bei mir Eindruck zu schinden, verstehen Sie?«

In beschwichtigendem Ton antwortete der Gendarm: »Ich bin sicher, Joisneau wird sich bald melden. Er ist ein junger Typ, wahrscheinlich ist die Begeisterung mit ihm durchgegangen.«

»Mag sein. Aber möglicherweise ist er auch in Gefahr. Ohne es zu ahnen.«

»Meinen Sie wirklich?«

Niémans gab keine Antwort. Ein paar Sekunden herrschte Schweigen. Barnes schien den Worten des Kommissars nicht recht zu glauben. Unvermittelt fügte er hinzu: »Ach ja, das hätte ich beinahe vergessen: Joisneau hat im Krankenhaus angerufen. Er wollte in die Akten Einsicht nehmen. Jemand sollte ihm Zugang zum Archiv verschaffen.«

»Was ist das für ein Archiv?«

»Ein riesiges Netz unterirdischer Gänge im Keller des Klinikums, in dem die gesamte medizinische Dokumentation über die Region aufbewahrt wird – Krankheiten, Geburten und Todesfälle.«

Niémans' Beklemmung wuchs: Der blonde Junge war also im Alleingang unterwegs und verfolgte eine Spur, die im Blindeninstitut begonnen, ihn zu dem Augenarzt und schließlich zum Archiv des Klinikums geführt hatte.

»Aber im Krankenhaus hat ihn niemand gesehen?« fragte er. Barnes verneinte.

Niémans beendete das Gespräch, und eine Sekunde später wurde er selbst angerufen. Von Funknachrichten, Codewörtern, Vorsichtsmaßnahmen war inzwischen keine Rede mehr, sämtliche Fahnder arbeiteten unter Hochdruck. Costes meldete sich mit flatternder Stimme: »Soeben wurde mir die Leiche gebracht.«

»Ist es Sertys?«

»Ja. Zweifel sind ausgeschlossen.«

Der Kommissar schnaubte. Alle Elemente, die in den vergangenen drei Stunden über Philippe Sertys bekanntgeworden waren, fügten sich nahtlos ins Bild. Nun konnte er offiziell die Spurensicherung losschicken, um die Lagerhalle gründlich durchsuchen zu lassen.

»Die Verstümmelungen gehen diesmal noch weiter«, fuhr Costes fort.

»Nämlich?«

»Der Mörder hat ihm nicht nur die Augen herausgetrennt, sondern auch die Hände abgeschnitten, schön säuberlich an den Handgelenken. Wegen der Fötalposition der Leiche konnten Sie das nicht sehen: Die Stümpfe sind zwischen den Knien eingeklemmt.«

Die Augen. Die Hände. Niémans ahnte, daß irgendeine dunkle Verbindung zwischen den beiden Organen bestand, daß die Verstümmelungen symbolischen Wert hatten – doch welcher teuflischen Logik sie folgten, konnte er sich noch immer nicht erklären.

»Ist das alles?« fragte er.

»Vorerst ja. Ich fange jetzt mit der Autopsie an.«

»Wie lang wirst du brauchen?«

»Zwei Stunden mindestens.«

»Fang mit den Augen an, und ruf mich an, sobald du was weißt. Ich bin sicher, du wirst wieder irgendeinen Hinweis für uns finden.«

»Ich komme mir vor wie ein Botschafter der Hölle, Kommissar.«

Niémans durchquerte den Lesesaal. An der Tür angelangt, entdeckte er in einem der gläsernen Abteile den vierschrötigen Polizisten, der sich mit der Doktorarbeit von Rémy Caillois herumquälte, entschied sich für einen kleinen Umweg und setzte sich zu ihm.

»Wie läuft es?«

Der Beamte schaute auf. »Ich schufte.«

Lächelnd musterte der Kommissar das umfangreiche Werk.

»Nichts Neues?«

Der Polizist zuckte die Achseln. »Immer nur Griechenland, die Olympischen Spiele, sportliche Wettkämpfe und das ganze Zeug: Laufen, Speerwerfen, Faustkämpfe – nein, warten Sie, Pankration hieß das richtig und war eine Mischung zwischen Faust- und Ringkampf. Und so weiter. Caillois verbreitet sich über den heiligen Aspekt der körperlichen Anstrengung, der Bestleistung.« Er verzog zweifelnd das Gesicht. »Die Bezwingung des Körpers durch den Geist ist eine Art ... Kommunion mit höheren Mächten. In hellenischer Zeit, sagt er, habe die sportliche Höchstleistung als Königsweg gegolten, um mit den Göttern in Verbindung zu treten ... Zum Beispiel konnte der ›athlon‹, der ursprüngliche Athlet, die Kräfte des Bodens freisetzen und Tier und Mensch und Erde fruchtbar machen, wenn es ihm gelang, seine Grenzen zu überwinden. Tja, wenn ich mir die Raserei bei manchen Fußballspielen anschaue, dann glaube ich gern, daß der Sport erstaunliche Kräfte freisetzen kann ...«

»Was ist dir sonst noch aufgefallen?«

»Caillois schreibt, in der Antike seien die Athleten zugleich Dichter, Musiker, Philosophen gewesen. Darüber läßt er sich ziemlich ausführlich aus, der Herr Bibliothekar. Anscheinend tut es ihm leid, daß die Zeiten vorbei sind, in denen Geist und Natur im Menschen eins waren, eine unzertrennliche Einheit bildeten. In diesem Sinn ist der Titel zu verstehen: ›Sehnsucht nach Olympia‹. Die Sehnsucht nach der Zeit, als es noch Übermenschen gab, vergeistigte Sportler, deren Verstand ebenso stark war wie ihr Körper. Dieser großartigen und anspruchsvollen Epoche stellt Caillois unser Jahrhundert gegenüber, in dem die Akademiker keinen Finger rühren und die Athleten nichts in der Birne haben, und sieht in der Trennung von Geist und Körper ein Zeichen übler Dekadenz.«

Niémans fielen die Bilder seines Traums wieder ein, die augenlosen Athleten, die durchs Stadion liefen. Nach Ansicht ihres Mannes, hatte Sophie Caillois ihm erklärt, sei es den Sportlern von Berlin gelungen, diese innige Verbindung zwischen Körper und Geist wiederherzustellen.

Auch an die Champions der Universität dachte er: die Professorenkinder, von denen Joisneau ihm erzählt hatte, die in sämtlichen Fächern, auch im Sport, nur die allerbesten Noten erhielten. Auf ihre Weise näherten sich auch diese Überbegabten der Vorstellung des perfekten Athleten. Als Niémans im Vorzimmer des Rektors die Fotografien der medaillenbehängten Studenten betrachtet hatte, war ihm aufgefallen, daß in allen diesen Gesichtern eine jugendliche Kraft lag, die außergewöhnlich und verstörend war. Eine Kraft des Geistes und des Körpers außerhalb des Normalmaßes. Fleisch gewordene Philosophie? Er lächelte dem jungen Polizisten zu, der ihn mit gequälter Miene ansah.

»Anscheinend hast du die Idee ziemlich genau erfaßt«, sagte er.

»Ich kämpfe mich durch. Ungefähr jeder zweite Satz ist verständlich.« Er klopfte sich an die Nase. »Aber ich verlasse mich auf meinen Spürsinn. Faschos wittere ich von weitem.«

»Meinst du denn, Caillois war einer?«

»Das kann ich nicht genau sagen … Die Sache scheint mir komplizierter … Aber er hat was von einem Faschisten, das stimmt schon – dieser Mythos vom Übermenschen, vom vergeistigten Athleten, das erinnert mich an das ewige Gelabere von der überlegenen Rasse und den ganzen Quatsch …«

Wieder dachte Niémans an die Bilder von den Berliner Olympischen Spielen, die in der Wohnung der Caillois hingen, und war überzeugt, daß hinter diesen Fotos und den Höchstleistungen der Studenten von Guernon ein Geheimnis steckte. Vielleicht bestand hier eine Verbindung – aber welche?

»Von Flüssen ist wohl nicht die Rede, oder?« fragte er schließlich. »Von purpurnen Flüssen?«

»Was?«

Niémans stand auf. »Vergiß es«, sagte er und wandte sich zum Gehen.

Der Kripobeamte folgte ihm mit den Augen. »Hören Sie, Herr Kommissar, Sie hätten sich wirklich einen Studenten für diese Schinderei suchen können, jemanden, der qualifizierter ist als ich …«

»Ich will, daß sich ein Profi mit der Sache befaßt. Jemand, der diesen Text im Zusammenhang mit unseren Ermittlungen liest.«

Wieder sah ihn der Beamte skeptisch an. »Glauben Sie tatsächlich, daß dieses ganze Gewäsch in unserem Fall eine Rolle spielt?«

Niémans legte den Unterarm auf eine Glaswand und beugte sich zu ihm hinunter. »Bei einem Kriminalfall spielt jedes Element eine Rolle. Es gibt keine Zufälle oder belanglose Details. Es funktioniert alles wie eine atomare Struktur, verstehst du? Also lies weiter.«

Niémans ging davon und ließ den Mann ziemlich ratlos zurück.

Draußen auf dem Campus sah er in der Ferne die Scheinwerfer eines Filmteams. Er kniff die Augen zusammen und erkannte die hagere Gestalt des Rektors Vincent Luyse, der auf der Treppe vor dem Gebäude stand und eine beschwichtigende Presseerklärung abgab. Er entdeckte auch die Logos der regionalen und nationalen TV-Sender, sogar das Schweizerische Fernsehen war erschienen … Die Journalisten drängelten und stießen und überschütteten ihn mit einem Hagel von Fragen. Der Prozeß hatte begonnen: Mit Feuereifer stürzten sich die Medien auf Guernon. Sehr bald würde sich die Nachricht von den Morden in ganz Frankreich verbreiten und die Panik sich auf die kleine Stadt konzentrieren.

Und das war erst der Anfang.

37

UNTERWEGS RIEF DER KOMMISSAR Antoine Rheims an.

»Gibt's was Neues von dem Engländer?«

»Ich bin gerade im Hôtel-Dieu. Er ist immer noch nicht bei Bewußtsein, und die Ärzte sind ziemlich pessimistisch. Die britische Botschaft hat einen Trupp Anwälte ausgeschickt, direkt aus London. Die Reporter sind auch schon da. Das schlimmste Szenario, das du dir ausmalst, ist immer noch nicht schlimm genug.«

Die Satellitenverbindung war hervorragend: Kristallklar drang die Stimme aus dem Telefon.

Niémans stellte sich die Situation auf der Île de la Cité vor und sah sich selbst, wie er einst in den Krankenhäusern die Prostituierten vernommen hatte, die von ihren Zuhältern verprügelt worden waren, die Gesichter aufgequollen und blutunterlaufen, die Brauen mit dem Schlagring aufgerissen. Auch an die blutigen Gesichter der mutmaßlichen Täter dachte er, die er selbst in die Mangel genommen hatte, sah die ans Bett gefesselten Hände, während ringsum in der fahlen Grabesbeleuchtung des Zimmers Lämpchen blinkten, Bildschirme flimmerten, Apparate summten.

Er sah den Platz vor Notre-Dame vor sich, als er um drei Uhr morgens, in der weiten Stille der künstlich erhellten Nacht, aus dem Hôtel-Dieu gekommen war, müde und zerschlagen. Pierre Niémans war ein Krieger. Und seine Erinnerungen waren in ein metallisches Licht getaucht, blitzend wie eine Klinge, wie Mündungsfeuer auf dem Schlachtfeld. Mit einem Anflug von Wehmut dachte er an die außergewöhnliche Existenz, die er geführt hatte – wenige hätten ihn darum beneidet, doch für ihn war sie der einzige Daseinsgrund.

»Und deine Ermittlung?« fragte Rheims.

Sein Tonfall war weniger aggressiv als bei ihrem ersten Gespräch: Die Solidarität unter Kollegen, die gemeinsamen Jahre, das einstige stillschweigende Einverständnis gewannen wieder die Oberhand.

»Wir haben inzwischen zwei Leichen. Und nicht den Schatten einer Spur. Aber ich bleibe am Ball, weil ich weiß, daß ich auf dem richtigen Weg bin.«

Rheims sagte nichts, doch sein Schweigen deutete Niémans als Zeichen des Vertrauens. »Und wie steht's um mich?« fragte er.

»Was meinst du?«

»Steht noch kein Verfahren gegen mich an, wegen dem Hooligan?«

Rheims lachte grimmig auf. »Ein Disziplinarverfahren? Darauf warten sie schon allzu lange. Sollen sie noch ein bißchen warten.«

»Worauf?«

»Bis der Engländer stirbt. Um dich des Totschlags zu bezichtigen.«

Gegen halb elf Uhr traf Niémans in Annecy ein. Er fuhr durch lange, hell erleuchtete Hauptstraßen. Rechts und links standen Bäume, und im Licht der Laternen wirkte das spärliche Laub wie ein alter, zerbröckelnder Stoff, schimmernd wie Seide oder Brokat. Am Ende jeder Allee öffnete sich ein Platz mit kleinen Denkmälern, die wie aus einer Lichtquelle auftauchten: Pavillons, Brunnen, Statuen. Auf mehrere hundert Meter Entfernung waren sie winzig wie Kühlerfiguren oder die kleinen Tänzer auf Spieldosen. Als bestünden die Schätze der Stadt aus Stein, Marmor und Laub, verteilt auf ihre Plätze und Parks.

Er fuhr an den Kanälen entlang – ihnen verdankte die Stadt ihr Amsterdamer Flair –, die in der Ferne auf den See und die Lichter der Schweiz zuführten, und hatte Mühe zu glauben, daß er nur ein paar Dutzend Kilometer von Guernon, seinen Leichen, seinem grausamen Mörder entfernt war. Er gelangte ins Wohnviertel. Avenue des Ormes. Boulevard Vauvert. Impasse des Hautes-Brises. Namen, die in den Ohren der einheimischen Bevölkerung nach weißem Marmor klingen mußten, den Zeichen der Macht. Er ließ seinen Wagen am Eingang der Sackgasse stehen, die abwärts führte. Die hohen Häuser drängten sich aneinander, reich geschmückt und erdrückend zugleich, hin und wieder getrennt durch Gärten, die sich hinter graugrünen Mauern verbargen. Die Nummer, die er suchte, gehörte zu einem herrschaftlichen Privathaus aus Quadersteinen mit einer mächtigen Glasveranda. Niémans drückte zweimal auf die Glocke, eine längliche, liegende Raute, die ein Auge imitierte: Der Klingelknopf war die Pupille. Darunter verkündete ein schwarzes Marmorschild: »Dr. Edmond Chernecé, Facharzt für Augenheilkunde und Augenchirurgie.«

Keine Reaktion. Niémans senkte den Blick. Dieses Schloß war kein Problem für ihn, und auf eine weitere Gesetzesübertretung kam es nicht mehr an. Geschickt hantierte er an den Federn und Stiften, und bald öffnete sich die Tür. Er betrat einen marmorgefliesten Gang. Hinweisschilder verwiesen auf den Wartesaal, links am Ende des Flurs, doch der Kommissar interessierte sich mehr für eine lederbespannte Tür zur Rechten.

Das Sprechzimmer. Er drehte den Knauf und stand in einem langen, großzügigen Raum – der Veranda, wie er erkannte, deren Dach und Wände vollständig verglast waren. Irgendwo in der Dunkelheit rann Wasser.

Es dauerte ein paar Sekunden, bis Niémans am anderen Ende des Raumes eine Silhouette erkannte, die vor einem Waschbecken stand.

»Doktor Chernecé?«

Der Mann drehte sich um, und Niémans ging ein paar Schritte auf ihn zu. Das erste, was ihm deutlich auffiel, waren die gebräunten, naß glänzenden Hände unter dem Wasserstrahl. Sie sahen aus wie knorrige Wurzeln, braun gesprenkelt und überzogen von einem Geflecht hervorgewölbter Adern, die bis zu den kräftigen Handgelenken reichten.

»Wer sind Sie?«

Eine tiefe, friedliche Stimme. Der Mann war eher klein, doch sehr korpulent und schien knapp über sechzig. Eine üppige weiße Mähne wogte um seine hohe Stirn, die sonnengegerbt und fleckenübersät war wie die Hände. Ein Profil wie aus Stein gemeißelt, ein Rumpf wie ein Dolmen: Der Mann erinnerte an einen Monolith. Ein geheimnisvoller Felsen – und um so befremdlicher, als der Arzt nur ein T-Shirt und weiße Unterhosen trug.

»Pierre Niémans, Polizeikommissar. Ich habe geläutet, aber niemand hat aufgemacht.«

»Wie sind Sie dann hereingekommen?«

Wie ein Zauberkünstler im Zirkus ließ Niémans seine Finger spielen. »Man behilft sich«, sagte er.

Der Mann lächelte souverän und nahm dem Polizisten seine rüden Manieren offenbar nicht übel. Mit dem Ellenbogen drehte er den Wasserhahn zu und durchquerte den gläsernen Raum auf der Suche nach einem Handtuch. Im blauen Licht der Nacht erkannte Niémans die Untersuchungsinstrumente eines Augenarztes, Mikroskope, anatomische Darstellungen des menschlichen Auges, von innen und außen.

In gleichmütigem Ton erklärte Chernecé: »Es war doch schon heute nachmittag ein Polizist hier. Was wollen Sie denn jetzt?«

Niémans stand nur noch wenige Meter von ihm entfernt und nahm erst jetzt das auffälligste Merkmal des Mannes wahr, das ihn unter Tausenden anderer hervorhob: die Augen, die völlig farblos waren – die Iris grau, starr und wachsam wie der Blick einer Schlange, mit Pupillen, die wie winzige Aquarien aussahen, in denen mörderische Wesen hin und her schwammen, gepanzert mit eisernen Schuppen.

»Ich bin seinetwegen hier«, erklärte Niémans. »Was wollte er von Ihnen?«

Der Mann lächelte nachsichtig. »Wir originell. Ein Polizist, der nach dem anderen fahndet?«

»Wann war er bei Ihnen?«

»Gegen achtzehn Uhr, würde ich sagen.«

»So spät? Wissen Sie noch, was er Sie gefragt hat?«

»Selbstverständlich. Er hat sich nach den Patienten eines Instituts in der Nähe von Guernon erkundigt. Einer Klinik für Augenkrankheiten, die ich betreue.«

»Was wollte er denn wissen?«

Chernecé öffnete einen Mahagonischrank, nahm ein maßgeschneidertes weißes Hemd heraus und schlüpfte mit geschmeidigen Bewegungen hinein.

»Die Ursache der verschiedenen Augenleiden. Ich erklärte ihm, es seien vorwiegend erblich bedingte Krankheiten. Daraufhin wollte er wissen, ob auch eine äußere Ursache denkbar sei, eine Vergiftung beispielsweise oder eine falsche ärztliche Behandlung.«

»Und was haben Sie ihm geantwortet?«

»Daß der Gedanke absurd sei. Diese genetischen Leiden sind durch die Isolation der Stadt und die sich daraus ergebende relative Häufigkeit von Verwandtenehen bedingt. Wenn Blutsverwandte heiraten, ist die Chance, daß sich rezessive, das heißt latent vorhandene Anlagen manifestieren, sehr viel höher. Das Phänomen ist seit langem aus vielen abgelegenen Bergdörfern bekannt und wurde in jüngerer Zeit am Beispiel der Region um den Lac Saint-Jean in Québec und der Amisch-Gemeinden in den Vereinigten Staaten ausführlich beschrieben. Dasselbe ist in Guernon der Fall – obwohl man annehmen möchte, daß eine Universität zum internationalen Austausch führen sollte. Aber die Leute in diesem Tal bleiben offensichtlich lieber unter sich … Das ist bekannt. Weshalb also eine andere Erklärung für dieses Phänomen suchen?«

Ohne eine Spur von Verlegenheit gegenüber Niémans stieg der Augenarzt, der seine Rede in Unterwäsche gehalten hatte, in eine Hose aus marineblauem, matt schimmerndem Stoff. Dieser Chernecé war in der Tat ein Mann von ausgesuchter Eleganz.

»Hat er Ihnen noch weitere Fragen gestellt?« fragte Niémans.

»Von Transplantationen hat er gesprochen.«

»Welcher Art?«

»Von Augentransplantationen. Seine Fragen waren mir, offengestanden, ein Rätsel.«

»Hat er Ihnen nicht erklärt, in welchem Zusammenhang sie stehen, worum sich seine Ermittlungen drehen?«

»Nein. Aber ich habe ihm bereitwillig geantwortet. Er wollte wissen, ob eine Entfernung der Augäpfel zu chirurgischen Zwecken denkbar wäre, beispielsweise im Hinblick auf eine Hornhautverpflanzung.«

»Und?«

Chernecé verharrte reglos mitten im Raum und fuhr sich mit dem Handrücken über das Kinn, wie um die Länge seiner Bartstoppeln zu prüfen. Die Schatten der Bäume, die durch die Glasscheiben fielen, tanzten über den Boden.

»Ich habe ihm erklärt, daß solche Operationen völlig unangemessen sind. Hornhautverpflanzungen sind heutzutage kein Problem mehr: Als Ersatz werden entweder konservierte Leichenhornhaut oder Kunststofftransplantate verwendet – in der Entwicklung geeigneter Materialien hat man große Fortschritte erzielt. Die Netzhaut hingegen läßt sich nicht verpflanzen: Wir sind noch immer nicht in der Lage, die Retina zu konservieren, von einer Transplantation kann also keine Rede sein.« Er lachte kurz auf. »Wissen Sie, diese Geschichten von Organhandel, das sind eher die Phantasien der Laien.«

»Hat er sonst noch etwas gefragt?«

»Nein. Er schien enttäuscht.«

»Haben Sie ihn an irgend jemanden verwiesen? Haben Sie ihm eine Adresse genannt?«

Chernecé lachte leutselig. »Meine Güte, man möchte meinen, Sie haben Ihren Kollegen verloren!«

»Antworten Sie mir bitte. Hat er irgend etwas erwähnt, woraus sich Rückschlüsse auf seine weiteren Schritte ziehen lassen? Hat er nicht gesagt, wohin er anschließend wollte?«

»Nein. Natürlich nicht.« Seine Miene wurde verschlossen. »Ich würde trotzdem ganz gern wissen, worum es eigentlich geht.«

Niémans zog die Polaroidfotos der Leiche aus seinem Mantel hervor und legte sie auf den Schreibtisch. »Darum«, sagte er.

Chernecé setzte seine Brille auf, schaltete die Schreibtischlampe ein und musterte die Fotografien. Die offenen Lider. Die leeren Augenhöhlen.

»Jesus …«, murmelte er.

Er schien entsetzt und fasziniert zugleich, während er sich in den Anblick vertiefte. Niémans entdeckte eine Kollektion verchromter Stilette, die in einem chinesischen Federkasten steckten, und beschloß, weitere Fragen zu stellen – wenn man schon einen Fachmann vor sich hatte, konnte man ihn genausogut als Fachmann zu Rate ziehen.

»Ich habe zwei Leichen in diesem Zustand. Halten Sie es für denkbar, daß Verstümmelungen wie diese von einem Profi vorgenommen wurden?«

Chernecé hob den Kopf. Auf seiner Stirn standen Schweißperlen. Eine Weile starrte er stumm vor sich hin, dann fragte er: »Mein Gott, was wollen Sie denn damit andeuten?«

»Ich spreche von der Entfernung der Augen. Es gibt auch Nahaufnahmen.« Er reichte ihm mehrere Fotos, auf denen nur die leeren Augenhöhlen zu sehen waren. »Finden Sie irgendwelche Anhaltspunkte, die darauf hindeuten, daß die Operation von einem Experten durchgeführt wurde? Sachkundige Schnitte? Der Mörder hat die Augäpfel ja sehr sorgfältig herausgetrennt, ohne die Lider zu beschädigen: Ist das etwa eine gängige chirurgische Praxis? Sind dafür genaue anatomische Kenntnisse erforderlich?«

Chernecé nahm sich die Bilder wieder vor und studierte sie gründlich.

»Wer kann so etwas tun?« fragte er langsam. »Wer ist zu einer derartigen … Ungeheuerlichkeit fähig? Wo ist das passiert?«

»In der Umgebung von Guernon. Herr Doktor, beantworten Sie bitte meine Frage: Wurde diese Operation von einem professionellen Chirurgen durchgeführt?«

»Tut mir leid«, sagte Chernecé. »Ich habe keine Ahnung.«

»Welche Technik hat er Ihrer Ansicht nach angewandt?«

Der Arzt hielt sich die Abzüge dicht vor die Augen.

»Ich denke, er hat die Elastizität des Lids ausgenützt und eine Klinge unter die Augäpfel geschoben … um die Sehnerven und die Augenmuskeln zu durchtrennen. Und vermutlich hat er dann das Auge mit der Breitseite der Klinge herausgehebelt. Wie mit einer Münze oder einem Löffelstiel, verstehen Sie?«

Niémans steckte die Fotos wieder ein. Der braungebrannte Arzt folgte aufmerksam jeder einzelnen Geste, als sähe er die Bilder noch durch den Mantelstoff. Sein Hemd wies Schweißflecken auf.

»Ich würde Ihnen gern eine allgemeine Frage stellen«, sagte Niémans. »Lassen Sie sich Zeit zum Nachdenken, ehe Sie mir antworten.«

Die Veranda schien bewohnt von den bewegten Schatten der Bäume. Der Arzt wich aus dem Lichtkreis der Lampe ins Halbdunkel zurück und sah den Kommissar erwartungsvoll an.

»Welche Gemeinsamkeit sehen Sie zwischen den Augen und den Händen eines Menschen? Welche Verbindung können Sie sich zwischen diesen beiden menschlichen Organen vorstellen?«

Der Augenarzt ging ein paar Schritte durch den Raum. Er hatte seine Fassung wiedergefunden, die Gelassenheit eines Wissenschaftlers.

»Die Gemeinsamkeit ist offenkundig«, sagte er. »Das Auge und die Hand sind die einzigen unverwechselbaren Teile unseres Körpers.«

Niémans hielt den Atem an. Seit dem Gespräch mit dem Pathologen ahnte er, worauf es hinauslaufen würde. »Erklären Sie das genauer«, forderte er den Arzt auf.

»Unsere Iris ist einzigartig. Die Tausende von Fasern, aus denen die Regenbogenhaut besteht, bilden ein individuelles Muster, das bei jedem Menschen verschieden ist. Ein biologisches Kennzeichen, das in den Genen angelegt ist. Die Iris ist so unverwechselbar wie die Fingerabdrücke. Und darin sehe ich die Gemeinsamkeit zwischen Augen und Händen: Sie sind die einzigen Körperteile, die sozusagen eine Signatur tragen. Eine biometrische Signatur, wie die Fachleute sagen. Berauben Sie einen Körper der Augen und der Hände, und Sie zerstören die äußeren Identifikationsmerkmale. Wer ist ein Mensch, der ohne diese Merkmale stirbt? Niemand. Ein anonymer Toter, der seine sichtbare Identität verloren hat. Was die Symbolik betrifft, so kann ich mir kein schlimmeres Ende vorstellen. Wie die Beerdigung in einem Massengrab.«

Seine farblosen Augen brachen das Licht der Lampe und wirkten so noch transparenter als zuvor. Der ganze Raum ähnelte jetzt einer gläsernen Iris, und die anatomischen Darstellungen, die Silhouette des Mannes vor der Nacht, die kahlen Klauen der Bäume hinter den Glasscheiben sahen unwirklich aus wie ein Spiegelbild.

Der Kommissar dachte an Caillois' Hände mit ihren glatten Fingerkuppen, die der Mörder nicht abgetrennt hatte – weil es nicht nötig war: Ohne Fingerabdrücke waren sie ohnehin anonym.

Der Mörder beraubte seine Opfer also der biologischen Signaturen.

»Ich persönlich«, fuhr der Arzt fort, »glaube sogar, daß die Augen eine exaktere Identifikation erlauben als die Hände. Die Polizei sollte das eigentlich bedenken.«

»Warum sagen Sie das?«

Chernecé lächelte. Er hatte seine professorale Souveränität wiedergefunden.

»Manche Wissenschaftler sind der Ansicht, an der Iris lasse sich nicht nur der Gesundheitszustand des Körpers ablesen, sondern die gesamte Geschichte, die Entwicklung eines Menschen. Haben Sie noch nie von der Irisdiagnostik gehört?«

Auf unerklärliche Weise war Niémans überzeugt, daß diese Worte ein Schlaglicht auf den gesamten Fall warfen. Noch wußte er nicht, was der Mörder mitteilen wollte, doch er ahnte, daß der Augenarzt mit seiner Einschätzung den Nagel auf den Kopf traf.

»Die Iridologie«, fuhr Chernecé fort, »ist Ende des letzten Jahrhunderts entstanden. Sie ist ein empirisches Verfahren und wurde von einem deutschen Falkner entwickelt, der beobachtet hatte, daß bei einem seiner Raubvögel verblüffende Veränderungen in der Iris auftraten, nachdem der Vogel sich ein Bein gebrochen hatte. Eine Art Kerbe bildete sich, und während die Knochen heilten, überlagerte ein Muster gekreuzter weißer Linien die ursprüngliche verletzungsbedingte Irisveränderung. Als hätte der Unfall im Auge des Vogels sein Echo gefunden. Ich bin überzeugt, daß dieses körperliche Echo existiert. Wer weiß? Vielleicht wollte Ihr Mörder durch die Entfernung der Augäpfel den Widerhall eines Ereignisses tilgen, das man ihm von den Augen ablesen konnte?«

Niémans stellte seine letzte Frage: »Warum sind Sie heute nachmittag nicht ans Telefon gegangen?«

»Ich hatte den Apparat ausgesteckt«, antwortete der Arzt lächelnd. »Montags habe ich keine Sprechstunde, und ich wollte den Nachmittag und den Abend dazu verwenden, meine Praxis in Ordnung zu bringen …«

Chernecé ging noch einmal zum Schrank und nahm ein Jackett heraus, das er mit einer ausladenden, wohlbemessenen Geste anzog. In seinem dunkelblauen, gerade geschnittenen Anzug stand er vor Niémans und sagte, als sei ihm der Grund dieses Besuchs endlich klargeworden: »Haben Sie mich zu erreichen versucht? Das tut mir leid. Das alles hätte ich Ihnen natürlich auch am Telefon sagen können. Ich bedaure, daß Sie Ihre Zeit vergeudet haben.«

Kein Wort davon meinte er ernst. Aus jeder Pore seiner sonnengebräunten Stirn sickerten Egoismus und Gleichgültigkeit. Die geschändeten Augenhöhlen von Rémy Caillois hatte er schon wieder vergessen.

Niémans betrachtete die Augenmodelle, die Blutgefäße, die sich über die weißen Augäpfel zogen wie eine Fortsetzung der Schatten, die von den kahlen Zweigen durch die gläsernen Wände in den Raum fielen.

»Ich habe keineswegs meine Zeit vergeudet«, sagte er.

Draußen erwartete den Kommissar eine weitere Überraschung. An seinem Wagen lehnte im Licht einer Straßenlaterne ein Mann, der auf ihn zu warten schien: offenbar nordafrikanischer Herkunft, genauso groß wie er selbst, mit langen Rastalocken, bunter Mütze und Satansbart, der ihm vom Kinn herabhing.

Ein erfahrener Polizist ist imstande, einen gefährlichen Mann auf den ersten Blick zu erkennen. In diese Kategorie gehörte der lange Kerl, trotz seiner lässigen Haltung. Der Mann erinnerte ihn an die Dealer, die er während seiner Pariser Nächte so oft gejagt hatte, und er wäre jede Wette eingegangen, daß er irgendwo an seinem Körper eine Schußwaffe versteckt hatte. Niémans trat näher, die Hand auf seinem MR 73, und traute seinen Augen nicht: Der Araber lächelte ihm entgegen.

»Kommissar Niémans?« fragte er, als der Polizist nur noch wenige Meter entfernt war.

Der Araber fuhr mit der Hand in die Jacke, und im selben Moment zückte Niémans seine Waffe und legte an.

»Keine Bewegung!«

Der Mann lächelte sein sphinxähnliches Lächeln – eine Mischung aus Selbstsicherheit und Ironie – und strahlte eine Kraft aus, wie Niémans sie selbst bei den ausgekochtesten Verbrechern selten erlebt hatte. In gelassenem Ton sagte er: »Nur die Ruhe, Kommissar. Ich heiße Karim Abdouf und bin Leutnant bei der Polizei. Capitaine Barnes hat mir gesagt, daß ich Sie hier finde.«

Er vollendete seine Handbewegung und hielt seinen Dienstausweis ins Licht. Zögernd steckte Niémans seine Waffe wieder ein und musterte prüfend die verblüffende Erscheinung. Unter der Haarmähne blitzten etliche Ohrringe hervor.

»Du bist nicht aus Annecy?« fragte er argwöhnisch.

»Nein. Ich komme aus Sarzac. Département Lot.«

»Kenne ich nicht.«

Karim steckte seinen Ausweis wieder ein.

»Das glaube ich gern. Wir sind nicht sehr bekannt.«

Niémans lächelte den langen Lulatsch an. »Was für eine Sorte Bulle bist du denn?« fragte er.

Die Sphinx schnippte mit einem Finger gegen die Antenne des Wagens. »Ich bin der Bulle, der Ihnen fehlt, Kommissar.«

38

AUF DEM RÜCKWEG NACH GUERNON hielten die beiden Polizisten an einer kleinen Raststätte an der N 56, um einen Kaffee zu trinken. In der Ferne waren die Scheinwerfer und Blaulichter einer Straßensperre der Gendarmen zu erkennen, vor der sich eine Autoschlange gebildet hatte.

Niémans hörte sich aufmerksam und verwundert die hastige Rede dieses unversehens aufgetauchten Polizisten an, seinen höchst unwahrscheinlichen Fall, der auf einmal mit den Morden von Guernon in Zusammenhang zu stehen schien. Dennoch fand er die Geschichte verschroben und unverständlich – eine geheimnisvolle Mutter und ihre Flucht, ein kleines Mädchen, das sich in einen Jungen verwandelt hatte, Teufel, die das Gesicht des Kindes auszulöschen versuchten, weil sie es für ein gefährliches Beweisstück hielten … Niémans war schon geneigt, das Ganze für ein ausgemachtes Hirngespinst zu halten, als ihm der Leutnant aus Sarzac den konkreten Beweis präsentierte, daß Philippe Sertys in der Nacht von Sonntag auf Montag in ein Grab auf dem Friedhof einer Kleinstadt im Département Lot eingebrochen war.

Und diese Information war entscheidend.

Im Licht seiner eigenen Erkenntnisse über Philippe Sertys waren dem Mann Grabschändungen durchaus zuzutrauen. Natürlich mußte man erst die auf dem Friedhofsparkplatz in Sarzac gefundenen Abriebspuren mit den Reifen des Lada vergleichen, doch falls diese Indizien den Verdacht des Arabers bestätigten, hatte Niémans den ersten konkreten Beweis, daß Sertys kein unschuldiges Opfer war, sondern selbst etwas auf dem Kerbholz hatte.

Unklar war ihm allerdings, wie sich die übrigen Elemente, von denen Karim Abdouf ihm berichtet hatte – diese verrückte Geschichte über Mutter und Tochter, die von »Teufeln« verfolgt wurden –, in seine eigene Ermittlung einfügen sollten.

»Was ist deine Vermutung?« fragte er.

Karim antwortete, während er nervös an einem Stück Zucker herumfingerte: »Aus einem mir unbekannten Grund sind die Teufel in der letzten Nacht wiedererwacht, und Sertys kam in das Kaff, in dem ich wohne, um in der Schule und auf dem Friedhof irgend etwas nachzuprüfen, das mit der Flucht der Frau im Jahr zweiundachtzig zu tun hat.«

»Demnach wäre Sertys einer deiner Teufel?«

»Richtig.«

»Das ist absurd«, gab Niémans zurück. »In dem Jahr war Philippe Sertys gerade mal zwölf. Kannst du dir vorstellen, wie ein Kind eine Familienmutter terrorisiert und quer durch Frankreich jagt?«

Karim Abdouf runzelte die Stirn. »Ich weiß. Es paßt alles noch nicht so ganz.«

Niémans lächelte und bestellte sich einen zweiten Kaffee. Er war sich noch nicht sicher, ob er Abdoufs Geschichte glauben sollte. Ebensowenig, wie er sicher war, ob man einem Burschen von einem Meter fünfundachtzig mit Rastalocken und Ohrringen trauen sollte, der eine nicht zugelassene Automatikpistole bei sich hatte und einen Audi fuhr, der offensichtlich geklaut war. Doch die Geschichte, die er erzählte, war nicht abstruser als seine eigene Hypothese von der Schuld der Opfer. Und dieser junge Araber hatte eine Leidenschaft, eine Begeisterung an sich, die durchaus ansteckend waren.

Schließlich entschloß er sich, ihm zu vertrauen. Er gab ihm den Schlüssel zu seinem Privatbüro in der Universität, damit Karim dort die gesamten Unterlagen studieren konnte. Danach erklärte er ihm in gedämpftem Ton seinen Fall und seine eigene, tiefe Überzeugung: Die Opfer hätten irgendeine Schuld auf sich geladen, wofür der Mörder nun Rache übte. Er zählte ihm die spärlichen Hinweise auf, die seine Vermutung stützten: die Schizophrenie und Brutalität von Rémy Caillois, die abgelegene Lagerhalle im Besitz von Philippe Sertys und das Heft mit dem rätselhaften Inhalt. Er berichtete auch von den »purpurnen Flüssen«, ohne die sonderbaren Worte erklären zu können, und faßte den gegenwärtigen Stand der Ermittlung zusammen: Man warte auf die Ergebnisse der zweiten Autopsie, denn die Leiche berge möglicherweise wieder eine Botschaft.

Er hege die vage Hoffnung, fügte er hinzu, daß all die Netze, die über der Umgebung ausgeworfen worden waren, früher oder später einen entscheidenden Hinweis liefern würden. Und schließlich berichtete er von Eric Joisneau und seinen schlimmen Befürchtungen.

Abdouf stellte mehrere Fragen über das Verschwinden des Leutnants, das ihn in höchstem Maß zu interessieren schien.

»Hast du denn eine Meinung dazu?« fragte Niémans seinerseits.

Abdouf lächelte schief. »Dieselbe wie Sie, Kommissar. Ich glaube, der Junge hatte ein Problem. Er hat den Finger auf irgend etwas Wichtiges gelegt und wollte die Sache im Alleingang durchziehen, um es Ihnen ordentlich zu zeigen. Ich fürchte, er hat einen kapitalen Hirsch geschossen, und der Schuß ist nach hinten losgegangen. Ich hoffe, ich irre mich, aber es kann sein, daß Sie mit Ihren Befürchtungen recht haben und Joisneau – vielleicht – die Identität des Mörders aufgedeckt hat, was ihn – vielleicht – das Leben gekostet hat.«

Sie schwiegen beide. Durch das Fenster schaute Niémans auf die Lichter der Straßensperre in der Ferne. Seitdem er aus seinem kurzen Schlaf in der Bibliothek aufgeschreckt war, hatte ihn diese Sorge gequält.

»Halten Sie mich nicht für zynisch, Kommissar«, fuhr Karim fort. »Schon den ganzen Tag, seit heute morgen, entdecke ich Dinge, die mich Schlimmes vermuten lassen, und jetzt stoße ich hier in Guernon auf einen Mörder, der seinen Opfern die Augen aussticht. Und auf Sie, Pierre Niémans, einen der größten Cracks der französischen Polizei, der in dieser Geschichte ungefähr genauso auf dem Schlauch steht wie ich … Also wundere ich mich über gar nichts mehr. Ich bin überzeugt, daß diese Morde in direktem Zusammenhang mit meinem eigenen Fall stehen, und glauben Sie mir: Ich bin fest entschlossen, der Sache auf den Grund zu gehen.«

Sie standen auf, zahlten und gingen. Inzwischen war es halb zwölf. Draußen fiel ein leichter Nieselregen. An der Straße standen noch immer die Gendarmen und trotzten dem widrigen Wetter. Geduldig standen die Autofahrer in der Schlange und warteten auf die Kontrolle. Manche streckten den Kopf aus dem Fenster und musterten skeptisch die im Regen glänzenden Maschinengewehre.

Aus alter Gewohnheit warf der Kommissar einen Blick auf seinen Funkempfänger: Costes hatte eine Nachricht hinterlassen.

Sofort rief er ihn zurück.

»Was gibt's? Bist du mit der Autopsie fertig?«

»Noch nicht ganz, aber ich würde Ihnen gern was zeigen. Hier im Krankenhaus.«

»Kannst du mir nicht am Telefon davon erzählen?«

»Nein. Außerdem erwarte ich jeden Moment die Ergebnisse von Astier, der die Analysen durchgeführt hat. Kommen Sie her. Bis Sie hier sind, bin ich auch soweit.«

»Gibt es was Neues?« fragte Karim, als Niémans das Mobiltelefon einsteckte.

»Vielleicht. Ich muß zum Gerichtsmediziner. Und du?«

»Ich wollte eigentlich mit Philippe Sertys reden, aber das geht ja jetzt nicht mehr. Also folgt der nächste Schritt.«

»Und der wäre?«

»Die Umstände des Todes von Judiths Vater herausfinden. Er ist hier in Guernon gestorben, und ich bin so gut wie sicher, daß die Teufel dabei ihre Hand im Spiel hatten.«

»Was vermutest du? Mord?«

Niémans schüttelte zweifelnd den Kopf. »Wir haben die Gendarmerie- und Polizeiarchive der gesamten Region aus den letzten fünfundzwanzig Jahren durchforstet und nicht die Spur eines Vorfalls dieser Sorte gefunden. Und ich sag' dir doch: Sertys war ein Kind, als ...«

»Wir werden schon sehen, was herauskommt. Jedenfalls bin ich mir sicher, daß ich auf eine Verbindung zwischen diesem Tod und dem Namen eines der beiden Opfer stoßen werde.«

»Wo willst du anfangen?«

»Auf dem Friedhof.« Karim lächelte. »Das ist inzwischen eine Spezialität von mir. Meine zweite Natur sozusagen. Ich will mich vergewissern, daß Sylvain Hérault tatsächlich in Guernon begraben ist. Ich habe mich bereits mit dem Standesamt von Taverlay in Verbindung gesetzt und die Eintragung der Geburt von Judith Hérault, der einzigen Tochter von Fabienne und Sylvain Hérault, gefunden: geboren 1972 im Klinikum von Guernon. Soviel zur Geburtsurkunde. Bleibt noch der Totenschein.«

Niémans reicht ihm eine Karte mit den Nummern seines Mobiltelefons und des Funkempfängers. »Vertrauliche Mitteilungen bitte über den Pager«, sagte er.

Karim Abdouf steckte die Karte ein und erklärte in halb spöttischem, halb belehrendem Ton: »Bei der Aufklärung eines Verbrechens ist jedes Faktum, jeder Zeuge ein Spiegel, der einen Aspekt der Wahrheit wiedergibt ...«

»Wie bitte?«

»Auf der Polizeischule habe ich einen Ihrer Vorträge gehört, Kommissar.«

»Na und?«

Karim stellte den Jackenkragen auf. »Tja, was die Spiegel angeht, sieht es mit unseren jeweiligen Ermittlungen so aus.« Er hob beide Handflächen, einander zugewandt. »Sie spiegeln sich gegenseitig, verstehen Sie? Und ich bin mir verdammt sicher, daß der Mörder in den toten Winkeln auf uns wartet.«

»Wie kann ich dich erreichen?«

»Gar nicht – ich werde mich bei Ihnen melden. Ich hatte ein Handy beantragt, aber das Budget von Sarzac reicht dafür nicht aus.«

Der junge Polizist verbeugte sich nach arabischer Manier und war fort.

Niémans ging zu seinem eigenen Wagen, und während er einstieg, sah er dem Audi nach, der in einem Wasserschleier röhrend davonfuhr. Mit einemmal fühlte er sich älter, verbrauchter, steif geworden von der Nacht, den Jahren, der Unsicherheit. Ein Gefühl von Leere schnürte ihm die Kehle zu. Doch gleichzeitig verspürte er eine neue Kraft: Er hatte einen Verbündeten gewonnen. Einen schlagkräftigen Verbündeten.

39

KRISTALLE IN SCHILLERNDEM VIOLETT, Blau, Grün, Gelb. Bunte Prismen, ein Kaleidoskop in den Farben des Regenbogen unter der durchscheinenden Oberfläche.

»Was ist das?« fragte Niémans, die Augen vor dem Mikroskop.

»Glas«, antwortete Costes in ungläubigem Ton. »Diesmal hat der Mörder winzige Glassplitter hinterlassen.«

»Und wo haben Sie die gefunden?«

»Wieder in den Augenhöhlen. Unter den geschlossenen Lidern. Wie kleine kristallisierte Tränen, die im Gewebe hafteten.«

Die beiden Männer standen in der Leichenhalle des Klinikums, der junge Arzt in einem blutbefleckten Kittel. Zum ersten Mal sah ihn Niémans so gekleidet und in dieser Umgebung, zwischen weißen, kalten Kacheln. Die Kleidung und der Ort verliehen ihm eine befremdliche, eisige Autorität.

»Wasser, Eis, Glas«, fuhr der Arzt fort. »Die Verwandtschaft der Materialien ist offenkundig.«

»Ich bin durchaus noch in der Lage, Offenkundiges zu registrieren«, murrte Niémans, während er auf die Leiche zuging, die in der Mitte des Raumes unter einem Tuch aufgebahrt worden war. »Aber was bedeutet es? Ich meine, zu welchem Ort führt es uns? Ist an diesen Glassplittern irgend etwas Besonderes?«

»Ich warte noch auf die Ergebnisse von Astier. Er ist sofort ins Labor gefahren, um eine genaue Analyse durchzuführen und die Herkunft des Glases zu bestimmen. Außerdem hat er den Staub und die Splitter untersucht, die Sie aus der Lagerhalle mitgebracht haben. Über die Tinte, mit der das Heft beschrieben wurde, weiß er schon Bescheid, aber das Ergebnis ist eher enttäuschend: Es ist eine ganz gewöhnliche Tinte, wie man sie überall kaufen kann. Was die Zahlen angeht, läßt sich leider nichts sagen, solange keine weiteren Elemente vorliegen ... Wir haben lediglich ein graphologisches Gutachten angefordert und festgestellt, daß es Sertys' Schrift ist.«

Niémans fuhr sich mit der Hand über seine Bürstenhaare: Die Indizien aus der Lagerhalle hätte er beinahe vergessen. Eine Weile sprach keiner ein Wort. Doch als Niémans aufschaute, bemerkte er im Blick des Arztes ein Funkeln der Erkenntnis, das ihm vorkam wie die Befriedigung über eine gelöste mathematische Gleichung. Irritiert fragte er: »Was ist los?«

»Nichts. Nur … Wasser, Eis, Glas. In jedem Fall sind es Kristalle.«

»Das weiß ich selber! Wie oft denn noch?« fuhr Niémans auf.

»Aber sie symbolisieren jeweils unterschiedliche Temperaturen.«

»Was soll das heißen?«

Costes verschränkte die Arme. »Die Struktur dieser Materialien entsprechen verschiedenen Stufen auf einer Temperaturskala«, erklärte er. »Die Kälte von Eis. Die Umgebungstemperatur von Wasser. Und die extreme Hitze, bei der Quarzsand zu Glas schmilzt.«

Niémans fegte die Bemerkung mit einer zornigen Gebärde beiseite. »Na und? Was sagt uns das über den Mörder?«

Costes zog den Kopf ein, als weiche er wieder in seine Schale der Schüchternheit zurück.

»Nichts. War nur eine Feststellung …«

»Erzähl mir lieber was über die Verstümmelungen.«

»Abgesehen von der Abtrennung der Hände ist der Tote im selben Zustand wie die Leiche von Caillois, trägt allerdings keine Spuren von Folter.«

»Sertys wurde nicht gefoltert?«

»Nein. Offensichtlich wußte der Mörder bereits, was er wollte, und kam direkt zur Sache. Amputation der Hände und Entfernung der Augäpfel, Erdrosselung. Trotzdem müssen die Schmerzen unerträglich gewesen sein, denn der Mörder hat allem Anschein nach mit den Verstümmelungen begonnen. Hat die Hände abgeschnitten, die Augen entfernt und erst danach seinem Opfer den Garaus gemacht.«

»Wie wurde Sertys erdrosselt?«

»Mit derselben Technik wie Caillois. Einem Metalldraht. Mit dem der Mörder sein Opfer zuerst gefesselt hatte. Wie beim ersten Mal. Die Einschnitte an den Handgelenken und am Hals sind identisch.«

»Und die Hände? Wie hat er die Knochen durchtrennt?«

»Schwer zu sagen. Sie wurden weder gesägt noch geschnitten, und ich habe den Eindruck, daß der Mörder auch zu diesem Zweck das Kabel verwendet hat. Wie einen Faden, mit dem man Butter schneidet, verstehen Sie? Er muß es ihm um die Handgelenke gelegt und festgezurrt haben, und das mit einer irren Kraft. Wir suchen einen Koloß, Kommissar. Eine Naturgewalt.«

Niémans dachte nach. Obwohl die Autopsieergebnisse eine relative Präzision vermittelten, gelang es ihm nicht, sich den Mörder vorzustellen. Nicht einmal seine Umrisse. Irgend etwas störte, hielt ihn zurück, und er sah den Mörder allenfalls als eine Einheit, eine Macht, eine globale Energie.

»Die Tatzeit?« fragte er.

»Vergessen Sie's. So tiefgefroren, wie die Leiche war, besteht keine Möglichkeit, darüber irgendeine Aussage zu machen.«

In dem Augenblick wurde abrupt die Tür aufgerissen, und ein baumlanger Kerl mit fahlem Gesicht, platter Nase und hellen, weit aufgerissenen Augen stürmte herein. Costes stellte die Herren einander vor: Der Neuankömmling war Patrick Astier, der ein Plastiksäckchen auf den Tisch warf und sofort mit der Tür ins Haus fiel.

»Ich habe die Zusammensetzung der Glassplitter. Sand aus Fontainebleau, Soda, Pottasche, Bleioxid, Glaubersalz, Borax. Nach dem jeweiligen Anteil der Bestandteile läßt sich die Herkunft ableiten. Dieses Glas wird häufig in der Bauindustrie verwendet, für große Scheiben, Glassteine und so weiter. Der Mörder verweist uns auf irgendeinen Ort oder ein Gebäude dieser Art, vielleicht ein Gewächs...«

Astier verstummte verdutzt: Niémans hatte sich abgewandt und marschierte auf die Tür zu, nachdem ihn blitzartig die Erkenntnis überkommen hatte: das verglaste Sprechzimmer des Augenarztes. Er fluchte innerlich. Das konnte kein Zufall sein: Edmond Chernecé war das dritte Opfer.

»Wo wollen Sie denn hin?« rief Marc Costes ihm nach, als er schon bei der Tür war.

Über die Schulter antwortete Niémans: »Ich weiß wahrscheinlich, wo der Mörder das nächste Mal zuschlägt. Wenn es nicht schon zu spät ist.«

Er war bereits im Flur, als Astier ihn einholte und am Ärmel packte.

»Kommissar, ich habe auch die Zusammensetzung des Staubs aus dem Lager ...«

Über den Brillenrand hinweg sah Niémans ihn an. »Was?«

»Sie wissen doch, die Trümmer, die Sie aus dem Lager mitgebracht haben.«

»Und?«

»Das sind Knochen, Kommissar. Tierknochen.«

»Von welchen Tieren?«

»In erster Linie von Ratten. Es klingt verrückt, aber dieser Kerl, Sertys, hat wahrscheinlich nur Nagetiere gezüchtet, und ...«

Ein weiterer Schauder.

»Später«, schnaubte Niémans. »Später. Ich komme wieder.«

Niémans hieb mit der Faust auf das Steuerrad ein, während er mit mehr als hundertfünfzig Stundenkilometer über die Nationalstraße raste.

Wenn Dr. Edmond Chernecé das nächste Opfer war, dann war er der dritte Schuldige.

Nach Rémy Caillois.

Nach Philippe Sertys.

Und wenn Chernecé schuldig war, dann hatte er Eric Joisneau aus dem Weg geschafft.

Gottverdammte Scheiße. Der Kommissar biß die Zähne zusammen, um nicht zu brüllen. Seitdem er losgefahren war, grübelte er über seine Fehler nach. Zog die Bilanz seines Versagens. Wegen der dämlichen Hunde hatte er sich geweigert, das Blindeninstitut aufzusuchen, und hatte damit die erste konkrete Spur verpaßt.

Von dem Augenblick an hatte er sich vollständig verzettelt.

Während er wie eine Krabbe herumtappte, während er in Gletscherspalten den Helden spielte und seine Zeit mit Mutter Sertys vertrödelte, war Eric Joisneau im Institut gewesen und hatte eine wichtige Erkenntnis gewonnen. Seine Entdeckung hatte ihn geradewegs zu Chernecé geführt. Doch zu dem Zeitpunkt bewegte er sich mit einer Geschwindigkeit vorwärts, die zuviel für ihn war: Der Junge war nicht imstande gewesen, die Konsequenzen seiner Entdeckungen einzuschätzen. Er hatte dem Arzt nicht genügend mißtraut und ihn nach einem entscheidenden Aspekt befragt, einer

Wahrheit, die für den Augenarzt selbst gefährlich war. Das war der Grund, weshalb Joisneau nach seinem Besuch bei Chernecé nie mehr aufgetaucht war.

In seinem Geist kristallisierte sich die filigrane Struktur einer neuen, schrecklichen Gewißheit heraus, für die er nicht einen einzigen Beweis hatte – nur seinen Instinkt: Caillois, Sertys und Chernecé hatten gemeinsame Sache gemacht. Gemeinsam hatten sie irgendeinen Fehler begangen.

Der tödlich war.

WIR SIND DIE NEUEN HERREN, WIR SIND DIE SKLAVEN.
WIR SIND ÜBERALL, WIR SIND NIRGENDWO.

WIR SIND DIE VERMESSER.
WIR BEHERRSCHEN DIE PURPURNEN FLÜSSE.

Bezog sich dieses *Wir* auf die drei Männer? Waren Caillois, Sertys und Chernecé die »Beherrscher der purpurnen Flüsse«? Hatten sie ein Komplott gegen die ganze Stadt geschmiedet – und war diese Verschwörung das Mordmotiv?

40

DIESMAL STAND DIE TÜR HALB OFFEN. Niémans schwenkte sofort nach rechts und betrat die gläserne Veranda. Ringsum Halbdunkel und Stille. Wie starre, arrogante Gestalten standen die optischen Geräte im Raum. Er zog seine Waffe und schlich durchs Zimmer. Niemand zu sehen. Nur die wildbewegten Schatten der Bäume fielen durch die Glasfront herein.

Er ging zurück ins eigentliche Haus, warf einen Blick in das dunkle Wartezimmer und durchquerte das marmorne Vestibül. Vorbei an einem Schirmständer, aus dem mehrere Spazierstöcke mit Elfenbein- oder Hirschhornknauf ragten, gelangte er zu einem Salon mit schweren Vorhängen und wuchtigen Möbeln, an den sich zwei altmodisch eingerichtete Schlafzimmer reihten. Auch hier keine Menschenseele. Keine Spur eines Kampfes. Kein Anzeichen einer Flucht.

Mit ausgestreckter Waffe stieg Niémans über die Treppe ins obere Stockwerk hinauf. Er betrat ein kleines Büro, das nach Möbelwachs und Zigarrentabak roch, und entdeckte auf einem abgewetzten Kelim etliche Koffer aus weichem Leder mit goldenen Schließen.

Er ging weiter und witterte auf einmal einen anderen Geruch: Dieser Raum stank nach Gefahr, nach Tod. Durch ein ovales Fenster sah er die windgepeitschten Baumwipfel und begriff, daß diese Luke sich oberhalb der Veranda mit ihrem gläsernen Dach befand. Mit einer abrupten Geste riß er das Fenster auf und spähte hinab auf die durchscheinende Fläche, und das Blut gefror ihm in den Adern.

Auf den regennassen Scheiben erblickte er das Spiegelbild eines Körpers, dessen Konturen durch die Unebenheiten des Glases wie zerfranst wirkten. Die Arme ausgebreitet, die Füße nebeneinander gestellt – die Haltung eines Gekreuzigten. Ein Märtyrer über einem grünlichen See.

Mit zugeschnürter Kehle studierte er dieses Bild, ohne die tatsächliche Stellung der Leiche daraus ableiten zu können, bis ihm das optische Spiel auf einmal aufging. Er streckte den Kopf aus dem Fenster und spähte entlang der Fassade nach oben. Die Leiche hing direkt über der Luke.

Wie eine grausige Galionsfigur war Edmond Chernecé an die Wand geheftet, und der Wind zerzauste seine weiße Mähne.

Der Kommissar zog den Kopf zurück, verließ das kleine Büro und stieg eine schmale hölzerne Stiege in den Speicher hinauf. Auch hier gab es ein Fenster. Er riß es auf und beugte sich weit bis auf die Dachrinne hinaus, um die sterbliche Hülle von Edmond Chernecé aus möglichst geringer Entfernung zu sehen.

Das Gesicht hatte keine Augen mehr. Gähnend klafften die leeren Höhlen Wind und Regen entgegen. Die Arme, blutige Stümpfe ab dem Handgelenk, waren weit ausgebreitet. Ein dichtes, verworrenes Geflecht schimmernder Eisenkabel, die sich tief in das dicke, gebräunte Fleisch gruben, hielt die Leiche in dieser Position fest.

Regentropfen peitschten Niémans ins Gesicht, während er sich hinausbeugte und fassungslos starrte.

Rémy Caillois.

Philippe Sertys.

Edmond Chernecé.

Wie Sturmböen fielen ihn seine Gewißheiten an. NEIN: Dieser Mörder war kein perverser Homosexueller, der es nur auf ein Gesicht, einen bestimmten Körperbau abgesehen hatte. NEIN: Er war kein Serienmörder, der sich aufs Geratewohl unschuldige Opfer aussuchte, um sich an ihnen auszutoben. Dieser Mörder war ein Mensch, der wohlüberlegt vorging und mit dem Leben auch die Identität auslöschte, die unverwechselbaren Kennzeichen eines Individuums. Ein Mensch, der ein präzises Motiv hatte: Rache.

Niémans zog sich in den Speicher zurück. Bis auf das Hämmern in seinen Schläfen vernahm er keinen Laut im Haus des Toten. Er wußte, daß der Alptraum noch nicht zu Ende war: Irgendwo in diesem Haus befand sich die Leiche von Joisneau.

Ein paar Stunden vor seinem gewaltsamen Tod hatte Chernecé selbst einen Mord begangen.

Niémans durchsuchte sämtliche Räume, die Küche, den Salon, die Schlafzimmer, spähte in jede Nische, in Schränke und hinter Betten. Er erkundete den Garten, stöberte in einem Schuppen unter den Bäumen. Dann entdeckte er im Erdgeschoß unterhalb der Treppe eine Tapetentür und riß sie auf. Der Keller.

Er stürzte die Treppe hinunter, während er den Hergang rekonstruierte: Wenn er um halb elf Uhr abends den Arzt in der Unterwäsche überrascht hatte, so deshalb, weil der soeben sein blutiges Geschäft beendet hatte – den Mord an Joisneau. Deshalb hatte er sich am Telefon nicht gemeldet. Deshalb hatte er sorgfältig sein Sprechzimmer aufgeräumt, nachdem er den jungen Leutnant vermutlich mit einem der verchromten Stilette aus dem chinesischen Federkasten erstochen hatte. Und deshalb hatte er einen neuen Anzug angezogen und die Koffer gepackt.

Blind und dumm hatte Niémans sich höflich mit dem Henker unterhalten, der kurz zuvor sein unheilvolles Werk vollbracht hatte.

Im Keller entdeckte er eine spinnwebenverhangene Konstruktion aus Metall, in der Hunderte von Weinflaschen lagerten. Dunkle Flaschenböden, rotes Siegelwachs, ockerfarbene Etiketten. Er durchsuchte jeden Winkel des Kellers, rollte Fässer zur Seite, verschob Weinregale, brachte sie zum Einsturz. Wein ergoß sich über den Boden, betäubende Dünste umwaberten ihn.

Schweißüberströmt und fluchend stieß er endlich auf eine Falltür im Boden. Er sprengte den Riegel und öffnete die Klappe. Eine Grube verbarg sich darunter.

In diesem Verschlag fand er Joisneau, halb versenkt in einer schwärzlichen, ätzenden Flüssigkeit. Ringsum lagen grüne Plastikflaschen, die ein scharfes Desinfektionsmittel enthalten hatten. Beißende chemische Dämpfe stiegen auf. Die Säure hatte ihre verheerende Verwüstung bereits begonnen, ließ Körpergase entweichen, fraß sich ins Fleisch und verwandelte es in gemächlich blubbernde Blasen, aus denen Rauch aufstieg, vernichtete nach und nach den Menschen, der Eric Joisneau gewesen war, Beamter der Kriminalpolizei von Grenoble. Vom Grund dieses schauerlichen Grabs starrten die offenen Augen des Jungen den Kommissar an.

Niémans wich zurück und stieß einen wilden Schrei aus. Er spürte, wie seine Rippen sich hoben und spreizten wie das Gestänge eines Regenschirms, und er erbrach sein Gedärm, seine Wut, seine Schuld, an das Weinregal geklammert, während die Flaschen mit Getöse auf dem Boden zerschellten.

Er wußte nicht genau, wieviel Zeit auf diese Weise verstrich, in Alkoholdünste und Säuredämpfe gehüllt. Doch bald stieg aus der Tiefe seines Bewußtseins, langsam wie eine giftige schwarze Flut, eine weitere Wahrheit auf, die mit dieser Hinrichtung nichts zu tun hatte, sondern ein neues Licht auf die Mordserie von Guernon warf.

Marc Costes hatte auf die Verwandtschaft der Materialien hingewiesen, die an allen drei Verbrechen beteiligt waren: Wasser, Eis, Glas. Niémans begriff jetzt, daß nicht das Material an sich eine Rolle spielte. Wichtig waren die Umstände bei der Entdeckung der Leichen.

Rémy Caillois war als Spiegelbild im Wasser gefunden worden.

Philippe Sertys als Spiegelbild im Gletschereis.

Edmond Chernecé als Spiegelbild auf dem Glasdach.

Der Mörder inszenierte seine Morde so, daß man *zuerst* das Abbild der Leiche, nicht die Leiche selbst entdeckte.

Aber was bedeutete das?

Warum nahm der Mörder so viele Umstände auf sich, um diese Verdoppelung zu bewerkstelligen?

Die Beweggründe der Strategie konnte Niémans sich nicht erklären, doch er ahnte, daß zwischen den Spiegelungen und der symbolischen Leugnung der Identität, der Einzigartigkeit des Wesens durch Entfernung von Händen und Augen, ein Zusammenhang bestand. Er erkannte darin zwei einander ergänzende Aspekte ein und desselben Urteils, verkündet von einem erbarmungslosen Gericht: Die Angeklagten wurden zur totalen Vernichtung ihres Wesens selbst verurteilt.

Was hatten diese Männer getan, um auf ein Spiegelbild reduziert und jedes individuellen Merkmals beraubt zu werden?

8. TEIL

41

DIE FRIEDHÖFE von Guernon und Sarzac hatten wenig Ähnlichkeit miteinander. In Guernon ragten Grabsäulen aus weißem Marmor wie kleine, symmetrische Eisberge aus tiefgrünen Rasenflächen, die Kreuze richteten sich empor wie neugierige Gestalten auf den Zehenspitzen. Nur das welke Laub brachte hier und dort eine Unregelmäßigkeit ins Spiel – gelbe Flecken auf smaragdgrünem Grund. In tiefer Dunkelheit ging Karim Abdouf systematisch und geduldig jeden Weg ab und las im Licht seiner Taschenlampe Namen und Grabinschriften auf Marmor, Stein und Eisen.

Noch hatte er das Grab von Sylvain Herault nicht gefunden.

Im Gehen dachte er über seine bisherigen Ergebnisse nach, über die jähe Wendung der letzten Stunden. So schnell wie möglich war er hierhergefahren und hatte eigens zu diesem Zweck einen prachtvollen Audi »requiriert«. Er hatte geglaubt, in Guernon einen Grabschänder zu stellen, und war statt dessen in eine Mordserie geraten. Seitdem er die kompletten Unterlagen über Niémans Ergebnisse gelesen und sich eingeprägt hatte, kam ihm seine eigene Ermittlung wie eine Reihe ineinander verschachtelter Kästchen vor. Hatte man das erste geöffnet, kam das nächste zum Vorschein, aus diesem wiederum das nächste, und so weiter. Der Einbruch in der Schule und die Öffnung der Gruft in Sarzac hatten das tragische Schicksal einer Familie offenbart. Und dieses Schicksal hatte ihn nun nach Guernon geführt, zu einer Serie von Verbrechen. Die Person Sertys war der Angelpunkt zwischen den beiden Fällen, und Karim war entschlossen, seinen Weg zu verfolgen, bis er auf weitere Gemeinsamkeiten, weitere Verbindungen stieß.

Aber was ihn am meisten faszinierte, war nicht diese unglaubliche Abwärtsspirale, sondern die Tatsache, daß er sich unversehens neben Pierre Niémans wiederfand, dem Kommissar, der ihn während seiner Zeit auf der Polizeischule so tief beeindruckt und geprägt hatte. Der Bulle mit seiner Theorie über Spiegel und atomare

Strukturen. Ein Mann der Praxis, ungestüm, cholerisch, verbissen. Ein brillanter Fahnder, der in der Welt der Verbrechensbekämpfung einst einen Löwenanteil beansprucht hatte, doch wegen seines unbezähmbaren Charakters und seiner psychotischen Anfälle von Gewalttätigkeit schließlich aufs Abstellgleis geschoben worden war. Karim dachte ständig an diese neue Allianz. Stolz war er, natürlich. Und sehr aufgeregt. Aber auch ein wenig verstört, weil er erst an diesem Tag an ihn gedacht hatte, wenige Stunden bevor er ihm leibhaftig begegnet war.

Inzwischen war er die letzte Allee des Friedhofs abgeschritten, ohne einen Sylvain Hérault zu finden. Es blieb nur noch ein auf zwei Säulen gestütztes Gebäude, das von außen wie eine Kapelle aussah. Es war das Krematorium. Mit ein paar raschen Schritten stand er vor dem Eingang. Nichts unversucht lassen, jedem Anhaltspunkt auf den Grund gehen, immer. Ein breiter, hallenähnlicher Bogengang öffnete sich vor ihm: das Kolumbarium. In den Bogenwölbungen reihten sich die Nischen übereinander, in denen die Urnen beigesetzt waren; auf den Marmortafeln, die sie verschlossen, waren Namen und Daten eingraviert. Langsam schritt er die Halle ab, während er aufmerksam die wie Briefkästen übereinander angeordneten kleinen Tafeln musterte. Schrift und Motive wechselten, hin und wieder brachte ein welker Blumenstrauß in einer Nische ein wenig Farbe ins Bild, dann begann die eintönige Litanei wieder von vorn. Am Ende der Halle erhob sich eine riesige Marmortafel mit dem Text eines Gebets.

Karim trat näher. Ein feuchter, unsicherer Wind, der beinahe zerstreut wirkte, wehte herein und trieb dürre Blütenblätter vor sich her. In dem Augenblick entdeckte er die Grabtafel, im allerletzten Bogen vor dem Ende der Halle. Er trat näher und las: Sylvain Hérault. Geboren im Februar 1951, gestorben im August 1980. Karim hätte nie vermutet, daß Judiths Vater eingeäschert worden war. Diese Art der Bestattung widersprach Fabiennes Nähe zur katholischen Kirche.

Doch nicht das war es, was ihn am meisten verblüffte. Es waren die Blumen, die vor der Tafel arrangiert waren: rot, lebendig, mit üppigen, feuchten Blättern: Karim befühlte die Blüten: Dieser Strauß war ganz frisch, er konnte erst an diesem Tag gebracht worden sein. Er drehte sich um, verharrte mitten im Schwung und schnippte mit den Fingern.

Immer wieder eine neue Spur.

Abdouf verließ das Krematorium und ging die Friedhofsmauer entlang auf der Suche nach einem Haus, einer Baracke, der Unterkunft eines Wächters. Er fand schließlich einen kleinen, hinfälligen Pavillon gleich hinter der Aufbahrungshalle. Aus einem Fenster schien ein trübes Licht.

Geräuschlos öffnete er die Eisenpforte und stand in einem winzigen Vorgarten, der vollständig vergittert war, wie ein überdimensionierter Käfig. Irgendwo erklang ein Gurren. Was war denn das schon wieder?

Karim ging ein paar Schritte – und das Gurren wiederholte sich, deutlicher, Flügelrauschen durchschnitt die Stille wie ein scharfes Papiermesser. Er kniff die Augen zusammen und erkannte in der Dunkelheit eine Mauer mit Nischen, die ihn sehr an das Krematorium erinnerte. Tauben. Hunderte grauer Tauben, die in dunkel gestrichenen bogenförmigen Öffnungen vor sich hin dösten. Karim stieg die drei Stufen zur Tür hinauf und läutete. Beinahe sofort wurde ihm geöffnet.

»Was willst du Saukerl?«

Der Mann zielte mit einer Schrotflinte auf ihn.

»Ich bin von der Polizei«, erklärte Karim gelassen. »Lassen Sie mich Ihnen meinen Dienstausweis zeigen …«

»Na klar, du bist ein Bulle! Und ich bin der Heilige Geist. Keine Bewegung!«

Rückwärts stieg Karim die Stufen wieder hinunter. Die Beschimpfung hatte ihn elektrisiert. Es brauchte weniger als das, um Mordgelüste in ihm zu wecken.

»Keine Bewegung, sag' ich!« brüllte der Totengräber und richtete die Flinte auf Karims Gesicht. In seinen Mundwinkeln hatten sich Schaumbläschen gebildet.

Karim wich noch weiter zurück, sehr langsam. Der Mann zitterte und kam seinerseits eine Stufe herab. Er schwang sein Gewehr wie ein wackerer Bauer seine Mistgabel gegen einen Vampir in einem billigen Gruselfilm. Im Hintergrund flatterten die Tauben, die offensichtlich die Spannung spürten.

»Ich blas' dir das Hirn raus, ich …«

»Das würde mich wundern, Alter. Dein Gewehr ist leer.«

Der Mann grinste: »Ach ja? Es ist frisch geladen, Arschloch.«

»Mag sein, aber du hast vergessen, die Kugel in den Lauf zu schieben.«

Der Mann warf einen kurzen Blick auf seine Flinte, und diese Unaufmerksamkeit nutzte Karim aus. Mit einem Satz sprang er die zwei Stufen hinauf und stieß mit der linken Hand den Gewehrlauf beiseite, während er mit der Rechten seine Glock aus dem Holster riß. Er schob den Mann gegen den Türrahmen und blockierte sein Handgelenk an der Kante.

Der Totengräber ächzte und ließ das Gewehr fallen. Als er wieder aufblickte, starrten seine Augen in die schwarze Mündung der Automatik, wenige Zentimeter vor seiner Stirn.

»Hör zu, du Idiot«, schnaubte Karim. »Ich brauche ein paar Auskünfte. Du beantwortest mir meine Fragen, und ich verzieh' mich, ohne Ärger zu machen. Kompliziert wird's, wenn du dich blöd stellst. Sehr kompliziert. Vor allem für dich. Also spielst du mit?«

Dem Wächter quollen die Augen aus den Höhlen; er nickte. Aus seinem Gesicht war jegliche Angriffslust verschwunden und einer ungesunden Röte gewichen – dem »Panikrot«, das Karim so gut kannte. Er packte den Mann bei seiner faltigen Kehle und drückte zu.

»Sylvain Hérault. August 1980. Eingeäschert. Erzähl.«

»Hérault?« stammelte der Totengräber. »Sagt mir nichts.«

Karim zog ihn zu sich und stieß ihn von neuem gegen die Kante des Türstocks. Der Wächter verzerrte das Gesicht, auf der Höhe seines Nackens spritzten ein paar Blutstropfen an die Wand. Im Taubenschlag war Panik ausgebrochen, und die gefangenen Tauben flatterten wild durcheinander.

»Sylvain Hérault«, knurrte Karim. »Seine Frau ist sehr groß. Dunkles Kraushaar. Brille. Und sehr schön. Wie ihre Tochter. Denk nach.«

Der Alte nickte mit kleinen nervösen Zuckungen. »Okay, ich erinnere mich … Das war eine sehr komische Beisetzung … Es war keiner da.«

»Wie, es war keiner da?«

»Es war so: Nicht mal seine Frau ist gekommen. Sie hat die Einäscherung bezahlt und wurde in Guernon nie wieder gesehen. Ich hab' die Leiche verbrannt ... total allein.«

»Woran ist der Mann gestorben?«

»Ein Unfall ... Ein Autounfall.«

Karim dachte an die Autobahn und die Fotos der verstümmelten Kinderleiche. Die Gewalt der Straße: ein neues Leitmotiv, ein wiederkehrendes Element. Abdouf hatte seinen Griff gelockert. Die Tauben flogen hektisch auf und nieder und prallten stur immer wieder gegen den Maschendraht des Käfigdachs.

»Ich will die genauen Umstände erfahren. Was weißt du darüber?«

»Er wurde von einem Irren gerammt, der dann Fahrerflucht beging. Auf der Landstraße. Er selber war mit dem Rad unterwegs ... auf dem Weg zur Arbeit ... Der Autofahrer muß besoffen gewesen sein ... Ich ...«

»Fand eine Untersuchung statt?«

»Weiß ich nicht ... Man hat jedenfalls nie herausgefunden, wer's war ... Die Leiche wurde auf der Straße gefunden, völlig zerfetzt.«

Karim war verwirrt. »Er war auf dem Weg zur Arbeit, hast du gesagt; was für eine Arbeit war das?«

»Ein Kristaller war er, oben im Gebirge.«

»Was ist ein ›Kristaller‹?«

»Das sind die Leute, die in den Bergen nach Kristallen suchen ... Anscheinend war er der beste von allen, aber er ist auch enorme Risiken eingegangen ...«

Karim wechselte die Richtung: »Warum war niemand bei seiner Beerdigung?«

Der Mann rieb sich den schmerzenden Nacken und warf einen verstörten Blick auf seine ramponierten Tauben.

»Sie waren neu hier ... kamen aus irgendeinem Kaff in den Bergen ... Taverlay heißt es, glaube ich ... Keiner wäre auf die Idee gekommen, zu seiner Beerdigung zu gehen. Niemand war da! Obwohl, die Frau hätte wenigstens ...«

Karim stellte seine letzte Frage: »Vor der Nische mit der Urne liegt ein Blumenstrauß. Frisch. Von wem stammt er?«

Der Wächter verdrehte die Augen. Eine verletzte Taube taumelte gegen seine Schulter, und er zuckte zusammen. Dann stammelte er: »Da liegen immer Blumen …«

»Wer legt sie dorthin?« fragte Karim noch einmal. »Seine Frau? Fabienne Hérault selbst?«

Ein energisches Kopfschütteln.

»Wer dann?«

Der Alte zögerte, als fürchtete er, die Worte auszusprechen, die ihm auf den zitternden Lippen lagen. Weiche graue Federn sanken auf den Boden herab. Schließlich murmelte er: »Es ist Sophie Caillois.«

Karim war wie vor den Kopf geschlagen. Schon wieder eine neue Verbindung zwischen den beiden Fällen – und aus einer Richtung, die er am wenigsten vermutet hätte! Er schnappte nach Luft. »WER?« schrie er den Mann an.

»Ja … Die … die Frau von Rémy Caillois. Sie kommt jede Woche. Manchmal öfter … Als ich in den Nachrichten von dem Mord gehört habe, wollte ich's den Gendarmen sagen … Das schwöre ich … Ich wollte es melden … Könnte ja im Zusammenhang mit dem Verbrechen stehen …«

Karim stieß den Alten von sich, gegen das Gitter und zwischen sein Getier, riß die eiserne Pforte auf und rannte zum Wagen. Sein Herz hämmerte wild.

42

KARIM FUHR BIS ZUM HAUPTGEBÄUDE der Universität. Vor dem Eingang stand ein Polizist: zweifellos der Beamte, der für die Überwachung von Sophie Caillois zuständig war. Mit ostentativem Desinteresse fuhr er an ihm vorbei rund um den Bau und fand einen Nebeneingang, spärlich beleuchtet von einer trüben Lampe: eine verglaste Doppeltür unter einem Vordach aus angeschlagenem Beton, das mit einer Plastikplane halbwegs abgedeckt worden war. Hundert Meter von der Tür entfernt stellte Karim seinen Wagen ab und zog den Plan des Universitätsgeländes hervor, den er sich aus

Niémans' Hauptquartier geholt hatte und in dem die Wohnung der Caillois eingezeichnet war: Nummer 34.

Er stieg aus und ging durch den Regen auf die Tür zu, schirmte mit beiden Händen die Augen ab und spähte ins Innere. Die beiden Flügel waren mit einem Motorradschloß abgesperrt, einem alten Modell in Form eines Bogens. Der Regen wurde heftiger und donnerte im Techno-Rhythmus auf die Plane, und das Getöse vertrieb seine anfänglichen Bedenken: Mit dem Absatz trat er die Scheibe ein. Er entfernte notdürftig die Glassplitter, stieg durch den Türrahmen und stand in einem schmalen Flur, durch den er in eine riesige, düstere Eingangshalle gelangte. Durch die verglaste Tür des Haupteingangs warf er einen Blick auf den wachhabenden Polizisten, der fröstelnd draußen in der Kälte stand. Rechter Hand entdeckte er den Treppenschacht und hastete mit großen Sätzen die Treppe hinauf, immer zwei Stufen auf einmal. Die Notbeleuchtung half ihm, sich zu orientieren, ohne die Neonlampen einschalten zu müssen, und er achtete darauf, sich möglichst geräuschlos fortzubewegen und weder die hängenden Stufen noch die senkrechten Stangen in der Mitte des Schachts in Schwingung zu versetzen.

Im achten Stock, in dem die Studentenzimmer und die Wohnungen der Universitätsmitarbeiter lagen, herrschte tiefe Stille. Karim hielt sich an Niémans' Anweisungen auf dem Plan und folgte dem Flur, während er die handgeschriebenen Namensschilder über den Türglocken entzifferte. Unter seinen Sohlen spürte er die Nachgiebigkeit der Linoleumplatten.

Auch um ein Uhr morgens hätte er damit gerechnet, ein Licht unter einem Türspalt hervorschimmern zu sehen, eine Musik, eine Radiostimme zu hören, irgendeinen Hinweis auf die Gegenwart der Menschen, die in dieser Abgeschiedenheit lebten. Doch er vernahm keinen Laut. Vielleicht hatten sich Studenten in ihren Buden verschanzt, starr vor Angst, daß der Mörder auch zu ihnen kommen und ihnen die Augen ausstechen könnte. Karim ging weiter und fand endlich die Tür, die er suchte. Um den Lärm der Glocke zu vermeiden, klopfte er einmal sacht an die Holztür.

Keine Reaktion.

Er klopfte noch einmal, sehr leise. Nichts geschah, und von drinnen war kein Laut zu hören. Nicht das geringste Rascheln. Was merkwürdig war, denn die Anwesenheit des Postens unten vor der Eingangstür ließ darauf schließen, daß Sophie Caillois zu Hause war.

Aus einem langjährigen Reflex heraus musterte Karim das Schloß mit dem Blick des Fachmanns und hoffte, daß die Tür nicht abgesperrt war. Er zog seine Latexhandschuhe an und beförderte einen Satz Haken aus den Tiefen seiner Lederjacke hervor. Er wählte einen aus, der ihm geeignet schien, schob ihn zwischen Türrahmen und Riegel und stemmte sich gegen die Tür, während er sie gleichzeitig nach oben drückte. Innerhalb von Sekunden war sie offen. Karim trat ein, so lautlos wie ein sanftes Atmen.

Er spähte in jedes Zimmer. Niemand war da. Sein sechster Sinn sagte ihm, daß die Frau sich aus dem Staub gemacht hatte. Für immer. Er nahm seine Suche wieder auf, diesmal gründlicher, bemerkte die sonderbaren Bilder an den Wänden – Athleten mit Nazifrisuren in Schwarzweiß, an Ringen hängend oder im Sprint rund um ein Stadion. Er stöberte in Schubladen und Schränken – ohne Ergebnis. Sophie Caillois hatte keine Nachricht hinterlassen, und nichts deutete auf ihre Abreise hin. Dennoch war sich Karim sicher, daß sie die Koffer gepackt hatte. Und daß er die Wohnung noch nicht verlassen konnte. Irgendeine Nebensächlichkeit hinderte ihn daran, ohne daß er hätte sagen können, was es war. Er drehte sich um, ging durch den Flur auf und ab, trat noch einmal ins Wohnzimmer, um das kleine Sandkorn im logischen Getriebe dieses Augenblicks aufzuspüren.

Endlich wußte er, was ihn störte.

Ein Leimgeruch hing in der Luft. Tapetenkleister, schätzte er, noch ziemlich frisch. Karim ging die Wände entlang und musterte sie aufmerksam. Hatten die Caillois etwa neu tapeziert, kurz bevor die Gewalt in ihr Leben eingebrochen war? Und war das ein Zufall? Karim verwarf den Gedanken sofort: In dieser Sache gab es keine Zufälle, nicht das geringste Element, das nicht Teil des Alptraums war.

Aus einem Impuls heraus schob er mehrere Möbel beiseite und zog vorsichtig von unten eine Tapetenbahn ab. Nichts. Karim stockte: Er war außerhalb seines Zuständigkeitsbereichs, illegal hier eingedrungen und im Begriff, die Wohnung einer Frau zu verwüsten, die nun zu einer Hauptverdächtigen geworden war. Er zögerte eine Sekunde, schluckte, dann löste er eine weitere Bahn ab. Wieder nichts. Karim wandte sich einer anderen Wand zu und hob mit den Fingernägeln den Tapetenrand an, zog ein großes Stück ab und legte damit großflächig den darunterliegenden Putz frei.

Auf der Mauer erblickte er eine Inschrift, bräunliche Buchstaben. Zuerst konnte er nur ein einziges Wort lesen: FLÜSSE. Daraufhin riß er auch die Bahn links daneben ab, und unter Kleisterspuren erschien die Botschaft im ganzen:

ICH GEHE ZURÜCK ZUR
QUELLE DER PURPURNEN FLÜSSE
JUDITH

Es war eine Kinderschrift, und die Tinte kam ihm vor wie getrocknetes Blut. Die Inschrift war tief in die Wand gegraben, wie mit einem Messer eingeritzt. Der Mord an Rémy Caillois. Die »purpurnen Flüsse«. Judith. Von Verbindungen, Verwandtschaften, Echos konnte keine Rede mehr sein. Aus zwei getrennten Fällen war ein einziger geworden.

Auf einmal vernahm er hinter sich ein leises Rascheln. Karim fuhr herum, während er gleichzeitig seine Waffe zog und mit beiden Händen packte, doch er sah nur noch einen Schatten, der durch die halboffene Tür floh. Er stieß einen Schrei aus und stürzte hinterher.

Die Gestalt verschwand bereits um die Ecke des Flurs. Das Geräusch der eiligen Schritte hatte eine panische Stimmung in dem langen Korridor ausgelöst, der nur auf das geringste Anzeichen von Gefahr zu lauern schien, um zum Leben zu erwachen. Verstohlen und lautlos öffneten sich Türen, verstörte Gesichter spähten durch den Spalt.

Im Laufschritt erreichte Karim die erste Ecke, stockte kurz und rannte sofort wieder los, durch den nächsten geraden Abschnitt, während er im Treppenhaus schon die hängenden Stufen schwingen hörte.

Er stürzte sich in den Treppenschacht. Die Metallverstrebungen vibrierten in ihrer ganzen Höhe, während die Schattengestalt die Granitstufen hinablief. Karim war ihr auf den Fersen. Mit so großen Sätzen stürmte er abwärts, daß seine Sohlen jeden Treppenarm nur ein einziges Mal berührten.

Die Stockwerke huschten an ihm vorbei, er holte auf. Nur noch wenige Atemzüge trennten ihn von seiner Beute. Sie rannten nun durch dasselbe Stockwerk, zu beiden Seiten des Metallgestänges zwischen den einzelnen Armen, und Karim sah den schwarzglänzenden Rücken einer Regenhaut links unter sich. Er streckte eine Hand durch die Verstrebungen und packte die Gestalt in Schulterhöhe am Ärmel, doch sein Griff war nicht fest genug. Sein Arm winkelte sich ab, verkeilte sich in den Stangen, und die Gestalt entkam. Karim lief wieder los. Er hatte ein paar Sekunden verloren.

Endlich erreichte er die große Eingangshalle. Völlig menschenleer. Völlig still. Der Wachposten draußen vor der Tür hatte sich nicht von der Stelle gerührt. Karim stürzte auf die Seitentür zu, durch die er eingedrungen war. Hier war niemand. Wie ein dichter Vorhang fiel der Regen und versperrte ihm die Sicht nach draußen.

Er fluchte. Stieg durch die zerbrochene Scheibe und ließ den Blick über den regenverhangenen Campus schweifen. Kein Mensch zu sehen, kein Wagen. Nur der Lärm der Tropfen, die wütend auf die Plane prasselten. Karim senkte seine Waffe und drehte sich um in der inständigen Hoffnung, daß die Gestalt vielleicht noch im Gebäude war.

Doch im selben Moment, als er wieder durch die Tür steigen wollte, traf ihn von hinten eine Sturzflut und ließ ihn gegen den metallenen Rahmen taumeln. Einen kurzen Augenblick wußte er nicht, wie ihm geschah, und ließ seine Waffe los. Ein eiskalter Schwall Wasser fiel auf ihn herab. Auf dem Boden kauernd, warf Karim einen Blick über sich und begriff, daß die Plane das Gewicht des angesammelten Regens nicht mehr hatte halten können, nachgegeben und ihren Inhalt über ihn ergossen hatte.

So jedenfalls erklärte er sich den Guß.

Doch dann tauchte hinter der herabhängenden Plane, die noch an zwei Schnüren baumelte, die Gestalt wieder auf, schwarz und glitzernd: ein schwarzer Regenumhang, die Beine in einer enganliegenden Radfahrerhose, das Gesicht vermummt mit einer Mütze, die nur die Augen freiließ, und darüber ein Fahrradhelm, glänzend wie der Kopf einer lackierten Hummel. In den Händen hielt sie Karims Waffe und zielte direkt auf sein Gesicht.

Der Polizist riß den Mund auf, doch es kam kein Ton heraus.

Eine Sekunde lang verharrte die Gestalt völlig reglos, dann drückte sie plötzlich auf den Abzug und feuerte unter ohrenbetäubendem Getöse das gesamte Magazin auf ihn ab. Karim duckte sich, schützte sein Gesicht mit den Händen, brüllte mit heiserer Stimme in den Höllenlärm aus Detonationen, splitterndem Glas und Wolkenbruch.

Mechanisch zählte er sechzehn Schüsse, und als die letzten Geschoßhülsen vom Boden abprallten, schaute er auf, doch er sah nur noch, wie eine nackte Hand die Waffe fallen ließ, dann war die Gestalt hinter dem Wasservorhang verschwunden. Es war eine olivbraune Hand, knotig wie eine Liane, mit Kratzspuren und kurzgeschnittenen Nägeln.

Eine Frauenhand.

Karim starrte sekundenlang auf seine Glock, aus der ein gekräuselter Rauchfaden aufstieg, auf den mit winzigen Rauten geriffelten Griff. In seinem Schädel dröhnten immer noch die Detonationen, und seine Nase nahm den intensiven Korditgeruch wahr. In dem Moment erschien endlich der Polizist, der den Haupteingang bewachte, die Waffe in der Hand.

Doch Karim saß da wie vom Donner gerührt und hörte kaum das aufgeregte Geschrei. Nach der Apokalypse, die über ihn hereingebrochen war, besaß er nun zwei Wahrheiten.

Die eine: Die Mörderin hatte ihn am Leben gelassen.

Die andere: Er hatte ihre Fingerabdrücke.

43

»WAS WOLLTEN SIE BEI SOPHIE CAILLOIS? Sie sind hier außerhalb Ihres Zuständigkeitsbereichs, Sie haben gegen die grundlegendsten Gesetze verstoßen – sind Sie sich eigentlich darüber im klaren, was für Konsequenzen das für Sie hat?«

Karim sah zu, wie Capitaine Vermont zunehmend in Wut geriet, sein blanker Schädel und sein Gesicht sich scharlachrot färbten. Er nickte bedächtig und bemühte sich um eine zerknirschte Miene.

»Ich habe Capitaine Barnes schon alles erklärt. Die Morde von Guernon hängen mit einem Fall zusammen, in dem ich ermittle ... Eine Geschichte, die in Sarzac, im Département Lot passiert ist, wo ich stationiert bin.«

»Das ist ja das Allerneueste! Das erklärt weder Ihre Anwesenheit in der Wohnung einer wichtigen Zeugin noch den Tatbestand des Hausfriedensbruchs.«

»Ich hatte mit Kommissar Niémans vereinbart, daß...«

»Vergessen Sie Niémans. Er wurde suspendiert.« Vermont schob ein Rechtshilfeersuchen über den Schreibtisch. »Die Jungs von der Kripo Grenoble sind gerade angekommen.«

»Tatsächlich?«

»Kommissar Niémans steckt bis zum Hals in Scherereien. Er hat nach einem Fußballspiel im Parc-des-Princes einen englischen Hooligan zusammengeschlagen. Die Sache sieht übel aus. Er wird nach Paris zurückbeordert.«

Karim begriff nun, weshalb Niémans in Guernon ermittelte. Nach diesem neuerlichen Fehler, der ganz zu seinem Stil paßte, hatte sich der eisenharte Bulle offensichtlich in Vergessenheit bringen wollen. Doch er konnte sich nicht vorstellen, daß Niémans noch in der Nacht nach Paris zurückkehrte. Nein. Er konnte sich nicht vorstellen, daß er den Fall aufgab – sicher nicht, um der Obrigkeit Rechenschaft abzulegen. Pierre Niémans würde zuerst den Mörder und sein Motiv aufspüren. Mit ihm, Karim, an seiner Seite. Soviel stand fest.

Doch er hütete sich, dem Gendarm zu widersprechen. »Hat die Kripo den Fall denn schon übernommen?« fragte er.

»Noch nicht«, antwortete Vermont. »Wir müssen sie erst auf den neuesten Stand bringen.«

»Scheint so, als würde Niémans Ihnen nicht besonders fehlen.«

»Da täuschen Sie sich. Er ist zwar ein Psychopath – meiner Ansicht nach –, aber zumindest kennt er die Welt des Verbrechens sehr genau. Mit den Leuten aus Grenoble müssen wir wieder ganz von vorn anfangen. Und was wird uns das bringen, frage ich Sie?«

Karim stützte beide Ellenbogen auf den Schreibtisch und beugte sich vor.

»Rufen Sie Kommissar Henri Crozier von der Polizeidienststelle Sarzac an. Überprüfen Sie meine Aussage. Zuständigkeit hin oder her, meine Ermittlungen überschneiden sich mit den Verbrechen von Guernon. Eines der Opfer, Philippe Sertys, hat letzte Nacht auf dem Friedhof von Sarzac ein Grab aufgebrochen. Das war wohl seine letzte Tat, kurz bevor er ermordet wurde.«

Vermont verzog skeptisch das Gesicht.

»Schreiben Sie mir einen Bericht«, sagte er. »Mordopfer, die Friedhöfe schänden, Bullen, die von überallher auftauchen … Was denn noch alles? Wenn Sie glauben, die Geschichte ist nicht so schon kompliziert genug …«

»Ich …«

»Der Mörder hat wieder zugeschlagen.«

Karim drehte sich um: Im Türrahmen stand Niémans, aschfahl und sichtlich erschöpft. Karim dachte an die Figuren auf den Grabmälern, die er in den letzten Stunden gesehen hatte.

»Edmond Chernecé«, fuhr Niémans fort. »Augenarzt in Annecy.«

Er trat auf den Schreibtisch zu und starrte Karim an, dann Vermont. »Erdrosselung mit einem Kabel. Keine Augen, keine Hände. Diese Serie nimmt kein Ende.«

Vermont schob seinen Stuhl gegen die Wand. Nach ein paar Sekunden murmelte er in klagendem Ton: »Man hat's Ihnen doch gesagt … Jeder hat's Ihnen gesagt …«

»Was? Was hat man mir gesagt?« brüllte Niémans.

»Daß es ein Serienmörder ist. Ein Psychopath. Wie bei den Amis! Wir müssen die amerikanischen Methoden anwenden. Experten zu Rate ziehen, ein Täterprofil erstellen lassen … Ich weiß nicht … Sogar ich, ein Gendarm aus der Provinz, ich …«

»Eine Serie ist es, aber kein Serienmörder!« bellte Niémans. »Der Kerl ist nicht wahnsinnig, sondern er nimmt Rache. Sein Motiv mag noch so fragwürdig sein, es ist jedenfalls rational nachvollziehbar. Zwischen den drei Männern besteht eine Verbindung, die ihre Ermordung erklärt! Gottverdammte Scheiße, das ist es, was wir herausfinden müssen!«

Vermont schwieg resigniert. Karim nutzte die momentane Stille und fing an: »Kommissar, lassen Sie mich Ihnen …«

»Das ist jetzt nicht der rechte Zeitpunkt.«

Niémans richtete sich auf und glättete mit fahrigen Gebärden seinen Mantel. Diese Geste der Eitelkeit paßte wenig zu seiner sonstigen Härte, seiner Verschlossenheit. Karim ließ nicht locker: »Sophie Caillois hat die Fliege gemacht.«

Die Augen hinter den kreisrunden Gläsern wandten sich ihm zu. »Wie bitte? Wir haben doch einen Mann postiert ...«

»Er hat nichts gesehen. Und meiner Ansicht nach ist sie inzwischen über alle Berge.«

Niémans starrte Karim an wie ein wildes, urzeitliches Tier, das eigentlich nicht mehr existieren sollte.

»Was ist denn das schon wieder für eine Scheiße?!« röhrte er. »Wieso ist sie abgehauen?«

»Weil Sie von Anfang an recht hatten.« Karim sprach zu Niémans, doch dabei sah er Vermont an. »Die Opfer haben miteinander ein Geheimnis. Und dieses Geheimnis steht mit den Morden in Zusammenhang. Sophie Caillois ist geflohen, weil sie den Zusammenhang kennt. Höchstwahrscheinlich fürchtet sie, das nächste Opfer zu werden.«

»Herrgott ...«

Niémans rückte seine Brille zurecht. Ein paar Sekunden schwieg er nachdenklich, dann forderte er Karim mit einer Kopfbewegung auf, fortzufahren.

»Ich hab' was Neues, Kommissar. Bei den Caillois habe ich eine Schrift an der Wand entdeckt, unter der Tapete. Darin ist die Rede von den ›purpurnen Flüssen‹. Unterzeichnet mit ›Judith‹. Sie waren doch auf eine Verbindung, einen Berührungspunkt zwischen den Opfern aus – das ist zumindest einer, die Verbindung zwischen Caillois und Sertys: Judith. Das ist das kleine Mädchen, hinter dem ich her war, das ausgelöschte Gesicht. In ihr Grab ist Sertys eingebrochen. Und Caillois hat eine Botschaft erhalten, die mit ihrem Namen unterschrieben ist.«

Der Kommissar wandte sich zur Tür. »Komm mit«, sagte er zu Karim.

Vermont sprang erbost auf. »Schon recht, haut nur ab! Macht nur weiter mit eurer Geheimniskrämerei!«

Niémans schob Karim vor sich her durch die Tür, während hinter ihnen die Stimme des Hauptmanns kreischte: »Sie sind aus dem Fall raus, Niémans! Sie sind abgesetzt! Verstehen Sie? Sie haben nichts mehr zu sagen … nichts mehr! Sie sind ein Windhauch, ein Luftzug! Hören Sie sich das Geschwafel dieses Rastaheinis ruhig an … Der eine ausrangiert, der andere ausgeflippt … schönes Team!«

Niémans hatte ein leerstehendes Büro ein paar Türen weiter betreten. Er schaltete das Licht an, warf die Tür zu und schloß den Wutanfall des Gendarmen aus, der ungehört verhallte. Er schob Karim einen Stuhl hin und sagte bloß: »Erzähl von vorn.«

44

KARIM SETZTE SICH NICHT, sondern begann sofort in aufgeregtem Ton: »Die Schrift an der Wand lautete folgendermaßen: ›Ich gehe zurück zur Quelle der purpurnen Flüsse.‹ Sah aus wie mit Blut geschrieben. Und mit einer Klinge statt mit einem Stift. Ziemlich unheimlich. Zumal die Nachricht mit ›Judith‹ unterzeichnet war. Sicherlich ›Judith Hérault‹. Der Name einer Toten, Kommissar. Gestorben im Jahr zweiundachtzig.«

»Ich versteh' das nicht.«

»Ich genausowenig«, sagte Karim. »Aber ich kann mir ein paar Dinge zusammenreimen, die am letzten Wochenende passiert sind.«

Auch Niémans war stehengeblieben. Er nickte bedächtig, und Karim fuhr fort: »Folgendes. Der Mörder beseitigt zuerst Rémy Caillois, irgendwann im Lauf des Samstags. Er verstümmelt die Leiche und hievt sie in die Felswand. Aber gleich am nächsten Tag bezieht er Stellung auf dem Campus und beobachtet, was Sophie Caillois so treibt. Das Mädel rührt sich zuerst nicht von der Stelle. Schließlich geht sie doch aus dem Haus, sagen wir am späten Vormittag. Vielleicht sucht sie ihren Mann in den Bergen, ich weiß nicht. Währenddessen dringt der Mörder in ihre Wohnung ein und schreibt sein Verbrechen an die Wand: ›Ich gehe zurück zur Quelle der purpurnen Flüsse.‹«

»Weiter.«

»Später kommt Sophie Caillois nach Hause und entdeckt die Schrift an der Wand. Sie erfaßt die Bedeutung der Worte. Sie begreift, daß die Vergangenheit sie allmählich einholt und daß ihr Mann wahrscheinlich tot ist. Sie gerät in Panik, bricht das Siegel der Verschwiegenheit und ruft Philippe Sertys an, der ein Komplize ihres Mannes ist oder gewesen ist.«

»Wie kommst du darauf?«

Karim senkte die Stimme: »Ich kann mir vorstellen, daß Sertys, Caillois und seine Frau sich seit ihrer Kindheit kennen und sich irgendwann vor langer Zeit etwas zuschulden kommen ließen. Daß sie irgendeine Tat begangen haben, die mit den ›purpurnen Flüssen‹ und Judiths Familie zu tun hat.«

»Karim, ich hab's dir schon gesagt: In den achtziger Jahren waren Caillois und Sertys ungefähr zehn, wie kommst du auf die Idee …«

»Lassen Sie mich ausreden. Philippe Sertys kommt also in die Wohnung der Caillois und sieht die Schrift, kapiert ebenfalls die Anspielung auf die ›purpurnen Flüsse‹ und flippt aus. Trotzdem reagiert er geistesgegenwärtig: Die Inschrift muß beseitigt werden, weil sie sich auf irgendwas bezieht, das sie unter allen Umständen verheimlichen müssen. Obwohl Caillois tot ist, obwohl ein Mörder hinter ihnen her ist, der sein Verbrechen mit ›Judith‹ signiert, haben Sertys und Sophie Caillois in dem Moment nur eines im Sinn, nämlich die Spuren ihrer Schuld zu tilgen, soviel steht fest. Der Krankenpfleger beschafft sich also ein paar Tapetenrollen und kleistert die eingeritzte Botschaft zu. Deswegen riecht es in der ganzen Wohnung nach Leim.« Niémans sah ihn nachdenklich an, und Karim nahm an, daß auch dem Kommissar dieses Detail aufgefallen war, als er die Frau vernommen hatte. Er fuhr fort: »Den ganzen Sonntag warten sie. Oder sie versuchen noch einmal, Caillois zu finden, ich weiß nicht. Am Spätnachmittag entschließt sich Sophie endlich, die Gendarmen zu benachrichtigen. Gleich darauf wird die Leiche in der Felswand entdeckt.«

Karim verstummte. »Hast du noch eine Fortsetzung?« fragte Niémans.

»In der Nacht fährt Sertys nach Sarzac.«

»Und wieso?«

»Weil den Mord an Rémy Caillois eine ›Judith‹ begangen hat, die seit fünfzehn Jahren tot und begraben ist. In Sarzac. Und das weiß Sertys.«

»Das ist an den Haaren herbeigezogen.«

»Mag sein. Aber Sertys war letzte Nacht in Sarzac, soviel ist sicher. Mit einem Komplizen, der vielleicht das dritte Opfer ist: Chernecé. Sie haben das Archiv der Schule durchstöbert, dann waren sie auf dem Friedhof und haben Judiths Grab geöffnet. Wo sucht man einen Toten? Zuerst in seinem Grab.«

»Weiter.«

»Ich weiß nicht, was Sertys und der andere in Sarzac finden. Ich weiß nicht, ob sie den Sarg überhaupt geöffnet haben, weil ich keine Gelegenheit hatte, das Grab zu untersuchen. Aber ich denke mir, daß sie nichts wirklich Beruhigendes finden. Also kehren sie nach Guernon zurück, mit einer Heidenangst im Bauch. Meine Güte, stellen Sie sich das mal vor: Da ist ein Gespenst unterwegs, das die Absicht hat, sämtliche Personen auszumerzen, die ihm zu Lebzeiten Schaden zugefügt haben ...«

»Du hast nicht den geringsten Beweis für das, was du da erzählst.«

Karim ging über diese Bemerkung hinweg. »Inzwischen ist es also Montag, frühmorgens«, fuhr er unbeirrt fort. »Bei seiner Rückkehr wird Sertys von dem Gespenst überrascht. Das ist der zweite Mord. Diesmal keine Folter: Der Geist hat inzwischen erfahren, was er wissen wollte. Er muß nur noch seine Rache vollenden. Mit der Seilbahn bringt er die Leiche auf den Berg. Es ist alles vorausgeplant: Schon an seinem ersten Opfer hat er eine Botschaft hinterlassen, die zweite Leiche wird ebenfalls eine Spur legen. Und der Mörder hört nicht mehr auf. Ihre Hypothese von einer brutalen Rache erweist sich als absolut richtig, Niémans!«

Der Kommissar setzte sich, müde, mit hängenden Schultern. Auf seiner Stirn stand Schweiß.

»Aber Rache wofür? Wer ist der Mörder?«

»Judith Hérault. Oder vielmehr jemand, der sich für Judith ausgibt.«

Niémans schwieg und starrte auf den Boden. Karim beugte sich zu ihm nieder. »Ich habe das Grab von Sylvain Hérault gefunden, Niémans«, fuhr er eindringlich fort. »Er wurde verbrannt, und seine Urne ist im Krematorium beigesetzt. Über seinen Tod an sich habe ich nichts herausgefunden. Er wurde überfahren, als er mit dem Fahrrad auf dem Weg zur Arbeit war, und der Todesfahrer hat sich aus dem Staub gemacht. Vielleicht sollte man da nachhaken, ich weiß noch nicht ... Aber gerade vorhin hat mir diese Grabstätte wieder ein neues Element mitgeteilt: Das Fach, in dem seine Urne steht, ist mit einem Blumenstrauß geschmückt. Frisch. Ich hab' mich erkundigt: Wissen Sie, wer seit Jahren jede Woche frische Blumen bringt? Sophie Caillois.«

Niémans schüttelte ungläubig den Kopf. »Das darf doch nicht wahr sein«, sagte er. »Und welche Erklärung hast du dir dafür ausgedacht?«

»Meiner Ansicht nach fühlt sie sich schuldig.«

Der Kommissar machte sich nicht die Mühe zu antworten.

»In Gottes Namen, es paßt doch alles zusammen!« brüllte Abdouf. »Ich kann mir Sophie Caillois nicht als Verbrecherin vorstellen, als eine, die aktiv Schuld auf sich geladen hat. Aber sie teilt ein Geheimnis mit ihrem Mann, über das sie nie ein Wort verloren hat, sei es aus Liebe, aus Angst oder aus irgendeinem anderen Grund. Aber seit Jahren legt sie heimlich Blumen vor die Urne von Sylvain Hérault, aus Achtung vor dieser kleinen Familie, der ihr Mann grausam zugesetzt hat. Niémans«, rief er, »denken Sie doch nach! Die Leiche ihres Mannes wurde gefunden. Dieser Mord, begangen von ›Judith‹, ist offensichtlich die Rache einer Person, die damals ein Kind war. Und trotz allem was passiert ist, geht die Frau heute auf den Friedhof und bringt Blumen zum Grab des Vaters. Diese Morde wecken nicht den Haß von Sophie Caillois, sondern verstärken nur ihr Schuldgefühl, ihre Erinnerungen. Verdammt, Niémans, ich bin sicher, daß ich recht habe. Bevor sie sich verflüchtigt hat, wollte sie der Familie Hérault noch eine letzte Ehre erweisen.«

Niémans gab keine Antwort. Tiefe Schatten lagen in den Furchen seines Gesichts. Sekunden verstrichen, das Schweigen zog sich hin. Endlich sagte Karim heiser: »Niémans, ich habe Ihre Ermittlungsakten sehr genau gelesen und dann noch weitere Hinweise gefunden, die auf Judith Hérault deuten.«

Der Kommissar seufzte. »Na, sag schon. Du läßt dich ja doch nicht davon abbringen.«

Karim begann, durch das Zimmer auf und ab zu marschieren wie ein wildes Tier im Käfig.

»Aus Ihren Akten geht hervor, daß Sie über den Mörder nur eines mit Sicherheit wissen: daß er ein fähiger Alpinist ist. So – welchen Beruf hatte Sylvain Hérault? Kristallsucher. Er kroch in den Bergen herum, um Kristalle im Felsen aufzuspüren. Es heißt, er war ein hervorragender Kletterer. Sein ganzes Leben verbrachte er in Felswänden, in der Nähe von Gletschern. Dort, wo Sie die ersten beiden Leichen gefunden haben.«

»Wie mehrere hundert weitere erfahrene Alpinisten in der näheren Umgebung. Ist das alles?«

»Nein. Auch das Feuer ist merkwürdig.«

»Was für ein Feuer?«

»Im ersten Autopsiebericht ist mir ein Detail aufgefallen, eine Bemerkung des Gerichtsmediziners, die mir seitdem nicht mehr aus dem Kopf geht. Caillois' Leiche hatte Brandwunden, und Costes schreibt in seinem Bericht, daß der Mörder, der Beschaffenheit der Wunden nach zu urteilen, die Messerschnitte höchstwahrscheinlich mit Benzin benetzt und anschließend ausgebrannt hat, wozu er möglicherweise einen Zerstäuber benutzte, um einen Nebel zu erzeugen.«

»Was ist daran so merkwürdig – mal abgesehen von der Perversität?«

»Die Sache mit dem Zerstäuber. Es ist durchaus denkbar, daß der Mörder kein Gerät dazu verwendet hat – ich meine, wozu soviel Aufwand: Wenn er im Gebirge herumklettert, hat er schon genug zu schleppen. Auch der menschliche Mund ist als Zerstäuber geeignet.«

»Ich verstehe nicht, worauf du hinauswillst.«

»Weil Sie einen besonderen Umstand noch nicht wissen: Judith Hérault hat als Kind das Feuerschlucken gelernt. Klingt unglaublich, ich weiß, aber es ist die Wahrheit. Ich habe mit dem Zirkusmenschen gesprochen, der es ihr beigebracht hat, ein paar Wochen vor ihrem Tod. Sie war total fasziniert davon und sagte, sie würde ihre neu erworbenen Kenntnisse als Waffe einsetzen, um ihre Mama zu schützen.«

»In Gottes Namen, Karim, Judith ist tot!«

»Es gibt noch einen letzten Hinweis, Kommissar. Noch weniger konkret als die anderen, aber auch dafür ist ein Platz in dem Puzzle, das wir da haben. Im ersten Autopsiebericht schreibt der Gerichtsmediziner, daß die Leiche mit einem Metalldraht erdrosselt wurde, zum Beispiel mit dem Bremskabel eines Fahrrads oder einer Klaviersaite. Sertys wurde auf dieselbe Weise umgebracht, oder?«

Der Kommissar nickte, und Karim fuhr fort: »Vielleicht bedeutet es nichts, aber Fabienne Hérault war Pianistin. Eine Virtuosin in ihrer Jugend. Stellen Sie sich mal vor, daß die drei Opfer tatsächlich mit einer Klaviersaite erwürgt wurden – könnte man nicht auch darin eine symbolische Verbindung sehen? Ein Band, das in Form einer Metallsaite an die Vergangenheit anknüpft?«

Niémans stand auf. »Dämliche Konstruktionen«, knurrte er. »Willst du mir einreden, wir sind auf der Suche nach einem Gespenst?«

Karim wand sich in seiner Lederjacke wie ein verlegener Junge. »Ich weiß nicht …«

Nun begann Niémans auf und ab zu wandern. »Hast du an die Mutter gedacht?« fragte er.

»Ja, sicher«, antwortete Karim. »Aber sie war's nicht. Hören Sie, Kommissar, ich hab' das Beste für den Schluß aufgespart. Als ich nämlich in der Wohnung der Caillois war, hat mich ein Gespenst überrascht. Ich bin ihm nachgerannt, aber es ist mir entwischt.«

»Wie bitte?«

Karim lächelte zerknirscht. »Ich bin beschämt.«

»Wie sah es aus?« fragte Niémans.

»Sie – es war ein weibliches Gespenst. Ich habe ihre Hände gesehen, ihren Atem gehört. Das war eine Frau, kein Zweifel. Ungefähr einen Meter siebzig groß. Sie kam mir ziemlich kräftig vor, durchtrainiert, aber Judiths Mutter war es nicht. Die Mutter ist wirklich riesig – so groß wie ich und mit Schultern wie ein Dockarbeiter. Darin stimmen mehrere Zeugenaussagen überein.«

»Wer ist es dann?«

»Ich weiß es nicht. Sie trug eine schwarze Regenhaut, einen Fahrradhelm und eine Skimütze vor dem Gesicht. Mehr kann ich nicht sagen.«

»Man müßte sie zur Fahndung ausschreiben, aber …«

»Wonach fahnden wir denn? Nach einer nächtlichen Radfahrerin?« Karim lächelte. »Vielleicht hab' ich was Besseres.«

Er zog seine Glock hervor, die er in eine durchsichtige Plastiktüte gewickelt hatte.

»Darauf sind ihre Fingerabdrücke!« verkündete er.

»Sie hatte deine Knarre in der Hand?«

»Sie hat sogar das Magazin leergefeuert, über meinen Kopf hinweg. Das ist eine originelle Mörderin, Kommissar. Ihre Rachemethoden sind psychopathisch, aber außer ihren Opfern will sie niemandem etwas Böses.«

Niémans ging zur Tür und riß sie auf. »Geh rauf in den ersten Stock. Die Leute von der Kripo haben einen Computer mitgebracht, mit dem sich Fingerabdrücke vergleichen lassen, ein brandneues Teil mit direktem Anschluß an MORPHO. Aber sie bringen das Programm nicht zum Laufen. Einer von der technischen Truppe hilft ihnen: Patrick Astier. Geh rauf zu ihm – wahrscheinlich ist Marc Costes bei ihm, der Gerichtsmediziner. Die beiden stehen auf meiner Seite. Rede mit ihnen, erkläre ihnen alles und vergleiche deine Abdrücke mit dem daktyloskopischen Archiv von MORPHO.«

»Und wenn die Abdrücke uns nichts sagen?«

»Dann suchst du die Mutter. Ihre Aussage ist entscheidend.«

»Niémans, ich suche die Frau seit mehr als zwanzig Stunden. Sie versteckt sich. Und sie versteckt sich gut.«

»Schau dir deine bisherigen Ergebnisse noch einmal an. Vielleicht hast du irgendeinen Hinweis außer acht gelassen.«

Karim fuhr auf. »Ich hab' überhaupt nichts außer acht gelassen!«

»Doch, du hast es sogar selber gesagt. Das Grab des kleinen Mädchens in deinem Kaff ist bestens gepflegt. Also kümmert sich jemand regelmäßig darum. Wer? Sophie Caillois wird es nicht sein. Beantworte diese Frage, dann findest du auch die Mutter.«

»Ich habe den Friedhofswärter vernommen. Er hat nie jemanden gesehen ...«

»Vielleicht kommt sie nicht persönlich. Es gibt Gärtnereien, die auch Gräber pflegen, was weiß ich. Finde es heraus, Karim. Du mußt sowieso nach Sarzac zurück, um den Sarg zu öffnen.« Karim schauderte.

»Wir müssen wissen, was die Einbrecher gesucht haben«, fuhr

Niémans fort. »Oder was sie gefunden haben. Im Sarg wirst du übrigens auch die Adresse des Bestattungsunternehmens finden – ein Sarg ist wie ein Pullover: Die Marke steht innen.«

Karim schluckte. Bei dem Gedanken, auf den Friedhof von Sarzac zurückzukehren, stundenlang durch die Nacht zu fahren, um neuerlich die Gruft zu betreten, war ihm recht unbehaglich zumute. Doch Niémans rekapitulierte gnadenlos: »Zuerst die Fingerabdrücke. Dann der Friedhof. Bis zum Morgengrauen haben wir Zeit, den Fall aufzuklären. Du und ich, Karim. Kein anderer. Danach müssen wir in den Schoß der Familie zurück und Rechenschaft ablegen.«

Karim schlug seinen Kragen hoch. »Und Sie?«

»Ich sehe zu, ob ich die Quelle der purpurnen Flüsse finde, auf den Spuren meines jungen Polizisten Eric Joisneau. Er allein hatte einen Teil der Wahrheit entdeckt.«

»Hatte?«

Niémans' Gesicht verzerrte sich. »Er wurde von Chernecé umgebracht, bevor unser Mörder – oder unsere Mörderin – ihn selbst erwischte. Ich fand seine Leiche in ätzender Flüssigkeit in einer Grube im Keller des Arztes. Chernecé, Caillois und Sertys waren Abschaum, Karim, davon bin ich inzwischen überzeugt. Und ich glaube, Joisneau hatte eine Spur entdeckt, die genau in diese Richtung führte. Das hat ihn das Leben gekostet. Finde du die Identität des Mörders, ich finde sein Motiv. Finde heraus, wer sich hinter dem Gespenst von Judith verbirgt – ich werde herausfinden, was es mit den purpurnen Flüssen auf sich hat.«

Die beiden Männer traten hinaus in den Flur und entfernten sich ohne einen Blick auf die Gendarmen.

45

»NICHTS ZU MACHEN, LEUTE. Wir stecken fest.«

»Was soll's, wir haben ja sowieso keine Spur eines Fingerabdrucks ...«

In einem kleinen Raum im ersten Stock umringten mehrere Polizisten einen Computer, den ein Geflecht von Kabeln mit einem Scanner verband, und starrten entmutigt auf den Bildschirm.

Vor dem Monitor saß ein blonder Hüne mit tellergroßen Augen und mühte sich ab, die Parameter eines Programms einzustellen. Karim erkundigte sich nach seinem Namen: Es war Patrick Astier persönlich. Neben ihm stand Marc Costes – ein dunkelhaariger Bursche mit krummem Rücken und dicken Brillengläsern. Drängelnd und stoßend und mit philosophischen Betrachtungen über die Zuverlässigkeit der modernen Technologie verließen die Polizisten den Raum. Karim würdigten sie keines Blickes.

Dieser trat näher und stellte sich Costes und Astier vor. Nach Austausch weniger Worte wußten die drei, daß sie auf derselben Wellenlänge waren. Jung und engagiert, setzten sie sich über ihre eigene Angst hinweg und konzentrierten sich ausschließlich auf die Sache. Während Karim genau erklärte, was ihn herführte, geriet Astier zusehends in Begeisterung und rief. »Scheiße, die Fingerabdrücke des Mörders! Die werden wir sofort in den Computer eingeben!«

Karim wunderte sich. »Funktioniert er denn?« fragte er.

Astier lächelte. Ein schmaler Schlitz in der Porzellanmaske seines Gesichts. »Natürlich funktioniert er.« Mit dem Daumen deutete er über die Schulter auf die Tür, durch die der Trupp Polizisten verschwunden war. »Die sind's, die nicht so recht funktionieren.«

Mit wenigen raschen Bewegungen öffnete Astier eine vernickelte kleine Kiste, die Karim in einer Zimmerecke entdeckt hatte. Darin befand sich das nötige Zubehör, um Fingerabdrücke sichtbar zu machen und Einkerbungen aller Art auszugießen. Astier nahm einen Magnetpinsel heraus, zog sich Latexhandschuhe an und tauchte den Pinsel in ein Gefäß mit pulverisiertem Eisenoxid. Sofort hefteten sich die winzigen Partikel in Form einer kleinen rosafarbenen Kugel an die magnetisch geladene Pinselspitze.

Astier nahm die Glock und strich mit dem Pinsel über den Griff, dann legte er eine durchsichtige Klebefolie darüber, zog sie wieder ab und klebte sie auf eine Unterlage aus festem Papier. Silbrig funkelten die Leisten unter der durchscheinenden Folie.

»Wunderbar«, murmelte Astier.

Er legte die Karte in den Scanner ein und setzte sich wieder vor den Bildschirm. Über die Tastatur gab er ein paar Befehle ein, und sofort erschienen die digitalisierten Fingerabdrücke auf dem Monitor.

»Hervorragend«, kommentierte Astier. »Genügend Material, um einundzwanzig Punkte festzuhalten: das Maximum …«

Über den Fingerabdrücken erschienen nun eines nach dem anderen, begleitet von einem akustischen Signal, leuchtendrote Zeichen, durch schräge Linien miteinander verbunden.

»Schauen wir mal, was MORPHO uns sagt«, murmelte Astier vor sich hin.

Zum ersten Mal erlebte Karim das System in Betrieb. In dozierendem Ton lieferte Astier seine Erklärungen: MORPHO sei ein unendlich großes digitalisiertes Archiv mit den Fingerabdrücken von Verbrechern aus den meisten europäischen Ländern. Das Programm sei in der Lage, über Modem, praktisch in Echtzeit, jeden beliebigen neu eingegebenen Fingerabdruck mit den vorhandenen zu vergleichen. Die Festplatten summten.

Schließlich teilte der Computer sein Ergebnis mit: negativ. Die Fingerabdrücke des »Gespensts« stammten von keiner bekannten kriminellen Person. Seufzend richtete Karim sich auf. Damit hatte er gerechnet: Die mutmaßliche Mörderin war nicht unter den üblichen Verdächtigen.

Auf einmal hatte er eine verrückte Idee. Einen Joker. Er zog die Karte mit dem Fingerabdruck von Judith Hérault aus der Jacke, den man ihr vierzehn Jahre zuvor, unmittelbar nach ihrem tödlichen Unfall abgenommen hatte.

»Würdest du diesen Abdruck mal einscannen und vergleichen?«

Astier drehte sich auf dem Stuhl herum und nahm die Karte. »Kein Problem«, sagte er, gab die Daten ein und wartete, bis der Abdruck auf dem Monitor erschien.

Kerzengerade, als hätte er einen Besenstiel verschluckt, saß er vor dem Bildschirm. Nachdenklich fixierte er den neuen Abdruck, dann richtete er seine Vergißmeinnichtaugen auf Karim. »Woher hast du denn das?«

»Von einer Mautstation an der Autobahn. Er stammt von einem kleinen Mädchen, das 1982 bei einem Autounfall ums Leben gekommen ist. Aber man kann ja nie wissen, vielleicht gibt es irgendeine Ähnlichkeit oder …«

»Tot ist sie ganz bestimmt nicht«, fiel ihm Astier ins Wort.

»Was?«

Astier markierte einen Ausschnitt des Bildes und vergrößerte ihn auf das Dreifache. Durchsichtig und schimmernd erschienen die Hautleisten in Schleifen und Wirbeln und parallelen Linien auf dem Bildschirm.

»Diesen Abdruck brauche ich nicht eigens zu analysieren, um dir zu sagen, daß es derselbe ist wie auf dem Abzug deiner Knarre. Dieselben transversalen Linien. Und hier, dieser Wirbel direkt darunter …«

Karim war wie vom Donner gerührt. Mit der Maus rückte Astier die beiden Fingerabdrücke nebeneinander. »Schau her, die Abdrücke sind identisch«, wiederholte er. »Sie stammen allerdings aus verschiedenen Lebensphasen. Links ist der Finger eines Kindes, rechts der Abdruck der Erwachsenen von deiner Waffe.«

Karim starrte auf die Bilder und brauchte eine Weile, bis er das Unfaßliche verdaut hatte.

Judith Hérault war 1982 gestorben, zerfetzt vom Blech eines zertrümmerten Wagens.

Judith Hérault, bekleidet mit Regenhaut und Fahrradhelm, hatte kurz zuvor das Magazin seiner Glock leergeschossen.

Judith Hérault war tot und lebendig zugleich.

46

ES WAR AN DER ZEIT, sich mit alten Kumpeln aus der Vergangenheit in Verbindung zu setzen.

Fabrice Mosset. Inzwischen eine Koryphäe im forensischen Labor der Pariser Polizei und Experte für Daktyloskopie. Karim hatte ihn während seines Praktikums im Kommissariat des 14. Arrondissements in der Avenue du Maine im Zuge eines verworrenen Falls kennengelernt. Ein hochtalentierter Mensch, der sich – unter anderem – rühmte, Zwillinge an ihren Fingerabdrücken erkennen zu können: eine Methode, die seiner Ansicht nach so zuverlässig sei wie eine DNA-Analyse.

»Mosset? Hier ist Abdouf. Karim Abdouf.«

»Oh! Wie geht's? Sitzt du immer noch in deinem Loch?«

Eine fröhliche, singende Stimme. Lichtjahre entfernt vom Alptraum in Guernon.

»Ja, immer noch. Nur daß ich zur Zeit nicht sitze, sondern mich von einem Loch zum anderen grabe.«

Mosset fing an zu lachen. »Wie ein Maulwurf?«

»Richtig. Mosset, ich hab' ein Problem, das anscheinend unlösbar ist. Sag mir bitte deine Meinung dazu, inoffiziell. Jetzt gleich, okay?«

»Bist du an einem Fall dran? Kein Problem. Schieß los.«

»Ich habe zwei übereinstimmende Fingerabdrücke. Der eine ist vierzehn Jahre alt und stammt von einem toten kleinen Mädchen, und der andere ist von heute, von einer unbekannten Verdächtigen. Was bedeutet das?«

»Bist du sicher, daß das kleine Mädchen tot ist?«

»Ja. Ich habe mit dem Mann gesprochen, der das Stempelkissen gehalten hat, als man ihren Fingerabdruck aufgenommen hat.«

»Dann würde ich sagen: Verfahrensfehler. Du oder deine Kollegen habt bei der Abnahme der Fingerabdrücke am Tatort irgendwas falsch gemacht. Es ist unmöglich, daß zwei verschiedene Menschen identische Fingerabdrücke besitzen. Un-mög-lich.«

»Vielleicht sind es Verwandte? Zwillinge? Du hast doch da dein Programm, das …«

»Nur die Fingerabdrücke eineiiger Zwillinge sind sich mehr oder weniger ähnlich – daß sie völlig identisch sind, ist statistisch selten, denn die Vererbungsregeln sind unendlich komplex: Das endgültige Muster der Finger wird von sehr vielen verschiedenen Parametern beeinflußt. Es müßte schon ein großer Zufall sein, wenn sich die Muster so gleichen, daß…«

»Hast du ein Fax zu Hause?« unterbrach ihn Karim.

»Ich bin nicht zu Hause, sondern immer noch im Labor.« Er seufzte. »Es gibt keine Gnade mit wissenschaftlichen Mitarbeitern.«

»Kann ich dir meine beiden Karten zuschicken?«

»Ich werd' dir nicht mehr sagen als das.«

Karim blieb stumm. Endlich seufzte Mosset noch einmal. »Na gut. Ich stell' mich neben das Fax. Ruf mich gleich danach noch mal an.«

Karim verließ das kleine Büro, in das er sich zurückgezogen hatte, schickte die beiden Faxe ab, dann kehrte er in seinen Verschlag zurück und drückte auf die Wiederwahltaste des Telefons. Draußen auf dem Gang rannten die Gendarmen hin und her, und in der Hektik nahm niemand von Karim Notiz.

»Beeindruckend«, murmelte Mosset. »Bist du sicher, daß der Abdruck auf der ersten Karte von einer Toten stammt?«

Karim dachte an die Schwarzweißfotos von dem Unfallwagen, an die zarten Gliedmaßen des kleinen Mädchens, die aus dem zerbeulten, zerfetzten Blech der Karosserie ragten, an das Gesicht des alten Autobahnwächters, der die Karteikarte mit dem Fingerabdruck aufbewahrt hatte.

»Ja«, sagte er.

»Da muß ein Irrtum passiert sein, eine Verwechslung von Identitäten. Das passiert gar nicht so selten, weißt du, wir ...«

»Du verstehst mich offenbar nicht«, unterbrach Karim. »Was auf der Karte steht, ist egal. Namen zählen nicht. Was ich sagen will, ist, daß die Hand des toten Kindes denselben Abdruck trägt wie die Hand, die heute nacht die Waffe gehalten hat. Das ist alles. Bei diesen statistischen Unwahrscheinlichkeiten, von denen du sprichst, muß das doch dieselbe Hand sein!«

Eine Pause trat ein. Ein Stocken in dieser spannungsgeladenen Nacht, dann fing Mosset zu lachen an.

»Deine Geschichte ist unmöglich. Das ist alles, was ich dir sagen kann.«

»Ich hab' dich schon phantasievoller erlebt. Es muß doch eine Lösung geben.«

»Es gibt immer eine Lösung, das wissen wir beide. Und ich bin sicher, daß du sie finden wirst. Ruf mich an, wenn dein Fall gelöst ist. Ich mag Geschichten, die gut ausgehen. Mit rationalen Erklärungen.«

Karim versprach es und legte auf. Unter seiner Schädeldecke drehte sich ein Räderwerk im Leeren.

In den Fluren des Gendarmeriepostens begegnete er noch einmal Marc Costes und Patrick Astier. Der Gerichtsmediziner trug eine dicke lederne Tasche und war aschfahl.

»Ich fahre nach Annecy«, erklärte er mit einem fassungslosen Blick auf seinen Begleiter. »Wir … wir haben gerade erfahren, daß es zwei Leichen gibt. Scheiße. Eric hat es auch erwischt. Eric Joisneau … Das sind keine Ermittlungen mehr, das ist ein Massaker.«

»Ich weiß, ich hab's schon gehört. Wie lange wirst du brauchen?«

»Mindestens bis zum Morgengrauen. Aber es ist schon ein zweiter Pathologe damit beschäftigt. Die Sache weitet sich aus.«

Karim musterte den Arzt mit den scharfen Gesichtszügen, die jugendlich wirkten, zugleich aber nicht recht faßbar. Der Mann hatte Angst, doch Abdouf spürte, daß seine eigene Gegenwart ihm Vertrauen einflößte.

»Costes, mir ist was eingefallen … Eine Nebensächlichkeit. Ich möchte dich was fragen.«

»Was ist?«

»In deinem ersten Bericht sprichst du im Zusammenhang mit dem Metalldraht, den der Mörder verwendet hat, von einem Bremskabel oder einer Klaviersaite. Ist es dasselbe Kabel, mit dem Sertys erwürgt wurde?«

»Ja. Dasselbe Material. Dieselbe Stärke.«

»Falls es sich um eine Klaviersaite handeln sollte, könntest du herausfinden, welchem Ton sie entspricht?«

»Wie bitte?«

»Den Ton, die Musiknote meine ich. Kann man anhand des Durchmessers den Ton einer Saite feststellen?«

Costes lächelte ungläubig. »Ich versteh' schon, was du meinst. Den Durchmesser weiß ich. Und du willst, daß ich …«

»Du oder irgendwer. Der Ton interessiert mich.«

»Hast du eine Spur?«

»Ich weiß nicht.«

Der Arzt rückte seine Brille hin und her. »Wie erreiche ich dich? Hast du ein Handy?«

»Nein.«

»Doch.« Astier drückte ihm ein Mobiltelefon in die Hand, ein winziges Modell, schwarz und verchromt. Karim sah ihn verständnislos an. Astier lächelte. »Ich hab' zwei davon, und ich stelle mir vor, daß du's in den nächsten Stunden brauchen kannst.«

Nummern wurden ausgetauscht, dann machte Marc Costes sich auf den Weg. Karim wandte sich an Astier: »Und du, was hast du vor?«

»Nichts Besonderes.« Er breitete seine großen Hände aus. »Ich hab' nichts mehr zu tun, und meine Maschine wird auch nicht gebraucht.«

Ob er ihm helfen wolle, fragte Karim: Er habe zwei Aufgaben zu erledigen.

»Zwei gleich?« fragte Astier begeistert. »So viele du willst!«

»Die erste besteht darin, die Geburtenregister im CHRU von Guernon zu kontrollieren.«

»Um was rauszufinden?«

»Unter dem Datum 23. Mai 1972 findest du den Namen Judith Hérault. Schau nach, ob sie eine Zwillingsschwester hat.«

»Ist das die Frau, von der die Fingerabdrücke stammen?«

Karim nickte.

»Und du meinst, es gibt vielleicht noch eine zweite Person mit identischen Abdrücken?« fragte Astier.

Karim lächelte verlegen. »Ich weiß, das ist ziemlich weit hergeholt. Aber tu's trotzdem.«

»Und die zweite Aufgabe?«

»Judiths Vater kam bei einem Autounfall ums Leben.«

»Er auch?!«

»Jawohl, er auch. Nur mit dem Unterschied, daß er mit dem Fahrrad unterwegs war und überfahren wurde. Im August achtzig. Der Name ist Sylvain Hérault. Darüber müßte es eigentlich hier bei der Gendarmerie Unterlagen geben. Ich bin sicher, daß du was findest.«

»Und was suche ich?«

»Die genauen Umstände des Unfalls. Der Mann wurde anscheinend von einem Irren überfahren, der spurlos verschwunden ist. Schau dir jedes Detail genau an. Vielleicht findest du irgendeinen Haken.«

»Von der Sorte: absichtlicher Unfall?«

»Von dieser Sorte, ja«, sagte Karim und wandte sich zum Gehen.

»Und du, wo gehst du hin?«

Karim drehte sich noch einmal um, leicht, gelöst, beinahe ironisch angesichts dessen, was ihm bevorstand. »Ich kehre zum Ausgangspunkt zurück. Zum Friedhof.«

9. TEIL

47

DAS BLINDENINSTITUT WAR EIN HELLES GEBÄUDE, nicht wie die Häuser von Guernon, die sich nur einen Rest an Helligkeit bewahrt hatten, wie mit einem grauen Schleier verhängt, sondern es erhob sich selbst in dieser Regennacht strahlend weiß am Fuß des Gebirgsmassivs Sept-Laux. Niémans ging auf die Eingangstür zu.

Es war zwei Uhr morgens, nirgends brannte ein Licht. Der Kommissar läutete, während er den Blick über die langen abschüssigen Rasenflächen ringsum schweifen ließ. Entlang dem Zaun waren auf kurzen Stangen in regelmäßigen Abständen Photodetektoren montiert, verbunden durch unsichtbare Drähte: ein Alarmnetz, das zweifellos weniger eine Einbruchsicherung als vielmehr eine Hilfe für die Blinden war, um sie aufmerksam zu machen, sobald sie das Gelände verließen.

Niémans läutete noch einmal.

Endlich öffnete ihm ein verschlafener Nachtwächter die Tür und hörte sich seine Erklärungen mit stumpfem Blick und kommentarlos an. Dennoch ließ er den Kommissar herein, führte ihn in eine große Halle und entfernte sich, um den Direktor zu wecken.

Niémans wappnete sich mit Geduld. Der Raum war lediglich von der kleinen Lampe in der Portiersloge erhellt. Vier Wände aus weißgestrichenem Beton, der Fußboden mit weißen Marmorkacheln ausgelegt und am Ende der Halle eine freistehende Treppe mit einem Geländer aus hellem, unbehandeltem Holz. Die Decke war mit Tuch bespannt, und darin waren Lampen eingelassen. Große Glasfenster, die sich nicht öffnen ließen; dahinter erkannte er dunkel die Umrisse der Berge. Der Bau wirkte auf ihn wie ein New-Age-Sanatorium, puristisch und erbaulich, entworfen von Architekten mit schwindendem Humor.

Niémans entdeckte weitere Photodetektoren: Die Blinden bewegten sich offensichtlich mit Hilfe akustischer Signale in einer Art Leitsystem fort. Über die Wand liefen in Schlieren die Schatten der

Regentropfen, die an den großen Fensterscheiben herabrannen. Ein Geruch nach Kitt und frischem Zement hing in der Luft. Diesem Gebäude, frisch renoviert und gerade erst getrocknet, fehlte selbst ein Mindestmaß an Behaglichkeit.

Er ging ein paar Schritte, neugierig geworden durch mehrere Staffeleien, die in einer Ecke der Halle standen. Darauf standen Bilder, Zeichnungen in geheimnisvollen Symbolen, die aus der Ferne wie mathematische Gleichungen und Formeln aussahen; aus der Nähe hingegen erkannte man feine, naive Malereien, Figuren mit gequälten Gesichtern. Ein Malatelier in einem Zentrum für blinde Kinder, dachte Niémans verwundert. Sein stärkster Eindruck aber war Erleichterung – er meinte fast zu spüren, wie die Fasern seiner Haut sich entspannten: Seitdem er hier war, hatte er kein Bellen oder sonst irgendeinen tierischen Laut vernommen. Konnte es sein, daß es in einer Blindenschule keinen einzigen Hund gab?

Nun näherten sich hallende Schritte auf dem Marmorboden, und Niémans begriff endlich den Grund der Kahlheit ringsum: Dieses Gebäude war eine Klangarchitektur, entworfen für Menschen, die sich mit Hilfe ihres Gehörs bewegten und jeden Laut einordnen konnten. Er drehte sich um und erblickte einen kräftigen Mann mit weißem Patriarchenbart und roten Wangen, der ihn mit schlafgeröteten Augen ansah. Niémans hatte sofort einen guten Eindruck von ihm: Diesem Mann konnte er vertrauen.

»Doktor Champelaz, Institutsdirektor«, stellte er sich mit Baßstimme vor. »Was zum Teufel wollen Sie denn zu nachtschlafender Zeit?«

Niémans hielt ihm seinen Dienstausweis hin. »Hauptkommissar Pierre Niémans. Ich ermittle in den Mordfällen von Guernon und muß Ihnen in dem Zusammenhang ein paar Fragen stellen.«

»Schon wieder?«

»Ja, schon wieder. Um eben diesen ersten Besuch geht es. Leutnant Eric Joisneau war am Nachmittag bei Ihnen, und ich denke, Sie haben ihm Auskünfte gegeben, die für unsere Ermittlungen entscheidend sind.«

Champelaz wirkte beunruhigt. Wie feine Schnüre huschten die Schatten des Regens über seine makellos weißen Haare. Er starrte auf die Handschellen, die Waffe, die Niémans am Gürtel trug, dann sah er wieder auf. »Mein Gott … Ich habe ihm einfach seine Fragen beantwortet.«

»Ihre Antworten führten ihn zu Edmond Chernecé.«

»Ja, sicher. Und?«

»Jetzt sind beide Männer tot.«

»Tot? Wieso das denn? Das kann doch nicht sein … Das …«

»Tut mir leid, aber ich habe keine Zeit für ausführliche Erklärungen. Ich bitte Sie nur, mir möglichst genau zu wiederholen, was Sie zu Joisenau gesagt haben. Denn Sie wissen etwas – ohne es zu ahnen –, was für unseren Fall extrem wichtig ist.«

»Was wollen Sie denn …«

Er verstummte, rieb sich heftig die Hände wie unter einem plötzlichen Kälteschauer.

»Na gut …«, sagte er dann. »Ich sollte wohl besser ganz wach werden, oder?«

»Ich denke schon, ja.«

»Wollen Sie Kaffee?«

Niémans nickte. Er folgte dem Patriarchen durch einen Flur mit hohen Fenstern. Hin und wieder tauchten Blitze den Korridor in ein gleißendes Licht, dann senkte sich das Halbdunkel wieder herab, strukturiert durch die Regenschleier.

Der Kommissar hatte den Eindruck, als bewegte er sich durch einen Wald phosphoreszierender Lianen. An den Wänden gegenüber den Fenstern bemerkte er andere Muster, statische diesmal: Es waren Landschaften, wild zerklüftete Berge und pastellfarbene Flüsse, dazwischen riesige schuppige Tiere mit Rückenstacheln, langen Hälsen, phantastischem Gehörn, die aus einer Zeit der Felswüsten zu stammen schienen, einem Zeitalter der Unmäßigkeit, in dem der Mensch ein Zwerg gewesen war.

»Ich dachte, Ihr Institut kümmert sich nur um blinde Kinder.«

Der Direktor blieb stehen und wandte sich um. »Nicht nur«, sagte er. »Wir behandeln Patienten mit allen möglichen Augenleiden.«

»Zum Beispiel?«

»Juvenile Formen von grauem Star, Glaukome, Gesichtsfeldeinschränkungen, Agnosien …« Mit seinem mächtigen Zeigefinger deutete er auf die bemalte Wand. »Es sind merkwürdige Bilder, nicht wahr? Unsere Kinder sehen die Realität nicht wie wir – übrigens nicht einmal ihre eigenen Bilder. Ihre Wirklichkeit sind weder reale Landschaften noch das, was sie auf dem Malgrund darstellen, sondern sie haben sie im Kopf. Nur sie wissen, was sie ausdrücken wollen, und wir Normalsichtigen können es allenfalls ahnen, wenn wir ihre Bilder betrachten. Das ist aufregend, nicht wahr?«

Niémans nickte geistesabwesend. Er vermochte kaum den Blick von den Bildern zu wenden, so schön erschienen sie ihm. Weiche Konturen, die wie bestäubt aussahen, erdrückt von Materie. Lebhafte, leuchtende, unvermischte Farben zwischen scharfen Linien. Diese Wandbilder wirkten auf ihn wie der Schauplatz eines Kampfes zwischen Form und Farbe, der jedoch eine gewisse Sanftheit erzeugte, die Melancholie alter Abzählreime für Kinder.

Der Direktor klopfte ihm freundschaftlich auf den Rücken. »Kommen Sie mit. Der Kaffee wird Ihnen guttun. Sie sehen aus, als hätten Sie's nötig.«

Sie betraten eine weitläufige Küche, in der Einrichtung und Geräte allesamt aus rostfreiem Stahl zu bestehen schienen. Die blitzblanken Wände erinnerten Niémans an die Kacheln in Leichenhallen.

Der Direktor hatte bereits aus der Glaskanne, die auf der eingeschalteten Wärmeplatte einer Kaffeemaschine stand, zwei Becher vollgeschenkt, reichte einen dem Kommissar und setzte sich auf einen der Inox-Tische, und wieder mußte Niémans an die obduzierten Leichen denken, an die Gesichter von Caillois und Sertys. Leere, blutverkrustete Augenhöhlen, wie schwarze Löcher in der Zeit.

In ungläubigem Ton erklärte Champelaz: »Ich kann immer noch nicht fassen, was Sie mir sagen. Beide Männer sind tot? Wie ist das denn passiert?«

Pierre Niémans ging über die Frage hinweg. »Was haben Sie Joisneau erzählt?«

Der Arzt zuckte die Schultern und ließ den Kaffee im Becher kreisen. »Er fragte nach den Augenkrankheiten, die wir hier behandeln, worauf ich ihm erklärte, daß es in den meisten Fällen erblich bedingte Leiden sind und die Mehrzahl meiner Patienten aus Guernon stammt.«

»Hat er noch detailliertere Fragen gestellt?«

»Ja. Er wollte die Ursache dieser Leiden wissen, und ich habe ihm eine Kurzlektion über rezessive Erbgänge gehalten.«

»Erklären Sie's mir auch.«

Der Direktor seufzte, jedoch ohne Ärger, dann begann er: »Es ist ganz einfach. Manche Gene sind Krankheitsträger. Es sind mutierte Gene, sozusagen Rechtschreibfehler bei der Vervielfältigung der DNA, wie sie bei uns allen vorkommen. Aber in der Regel hat glücklicherweise ein mutiertes Gen ein gesundes Gegenstück, so daß diese eine Mutation nicht ausreicht, um die Krankheit zum Ausbruch kommen zu lassen. In diesem Fall sprechen wir von einem rezessiven Gen. Wenn jedoch beide Eltern Träger eines defekten Gens sind, dann stehen die Chancen sehr viel höher, daß bei der Zeugung beide kranken Gene zusammenkommen – in welchem Fall man von einem homozygoten Zustand spricht, das heißt, beim Kind ist kein gesundes Gen vorhanden, das ein Gegengewicht schafft, und die Krankheit bricht aus. Deshalb sagt der Volksmund, Verwandtenehen machen schlechtes Blut. Das ist eine uralte Redensart; dahinter steht jedoch die wissenschaftlich längst erwiesene Tatsache, daß bei Eltern mit gleichen erblichen Belastungen die Wahrscheinlichkeit hoch ist, ein in ihrer Generation noch latentes Leiden an ihre Nachkommen weiterzugeben, die dann tatsächlich erkranken.«

Von diesem Phänomen hatte bereits Chernecé gesprochen. »Dann sind die in Guernon verbreiteten Erbleiden also auf Verwandtenehen zurückzuführen?« fragte Niémans.

»Zweifellos. Viele Kinder, die hier behandelt wurden, externe oder stationäre Patienten, stammen aus Guernon und insbesondere aus den Familien der Forscher und Professoren an der Universität, die hier seit Urzeiten eine elitäre und geschlossene Gesellschaft bilden und inzwischen mehr oder weniger eng miteinander verwandt sind.«

»Erklären Sie das bitte genauer.«

Champelaz verschränkte die Arme, holte Luft und setzte zu einer längeren Rede an. »In Guernon besteht eine sehr alte Gelehrtentradition. Die Universität wurde, soviel ich weiß, in der ersten Hälfte des dreizehnten Jahrhunderts gegründet, gemeinsam mit einer Schweizer Hochschule. Bis vor ein paar Jahrzehnten war sie in den

Gebäuden des heutigen Krankenhauses untergebracht ... Früher fand ein reger Austausch mit den Gelehrten anderer Universitäten statt, der jedoch aus mir unbekannten Gründen abgerissen ist, und so leben seit beinahe dreihundert Jahren die Professoren und Forscher auf dem Campus zusammen und heiraten untereinander. Daraus sind Generationen hochbegabter Intellektueller hervorgegangen – heute allerdings sind sie ausgepowert, genetisch erschöpft. Guernon war schon immer eine abgelegene Stadt, wie alle Dörfer oder Marktflecken in einsamen Gebirgstälern, aber die Universität hat inzwischen eine zusätzliche Isolation geschaffen, verstehen Sie? Einen regelrechten Mikrokosmos.«

»Und diese Isolation ist tatsächlich eine ausreichende Erklärung für das Auftauchen von Erbkrankheiten?«

»Ich denke schon.«

Wie diese Auskünfte zu seinen Ermittlungen passen sollten, konnte Niémans sich noch nicht zusammenreimen.

»Was haben Sie Joisneau sonst noch gesagt?«

Champelaz sah den Kommissar schief an, dann erklärte er mit seiner tiefen Stimme: »Ich habe ihm außerdem von einem ungewöhnlichen Phänomen erzählt, einer sehr merkwürdigen Entwicklung.«

»Nämlich?«

»Seit etwa einer Generation sind aus den genetisch belasteten Familien Kinder hervorgegangen, die sich von ihren Eltern und Großeltern auffällig unterscheiden. Sie sind geistig immer noch sehr begabt, aber zusätzlich verfügen sie über eine unerklärliche körperliche Widerstandskraft. Viele von ihnen, die meisten sogar, erzielen nicht nur die besten Noten, sondern gewinnen auch sämtliche sportlichen Wettkämpfe.«

Niémans dachte an die Fotos im Vorzimmer des Rektors, an die lächelnden jungen Champions, die alle Pokale und Medaillen abräumten, dann dachte er an die Bilder von den Olympischen Spielen in Berlin und Caillois' erschöpfende Abhandlung über die ›Sehnsucht nach Olympia‹. War es denkbar, daß hier ein Zusammenhang bestand, eine tiefere Wahrheit verborgen lag?

In beiläufigem Ton bemerkte er: »Dabei müßten all die Kinder ziemlich krank sein, nicht wahr?«

»So systematisch funktioniert das zwar nicht, aber sagen wir so: Logischerweise müßten die Kinder gewisse konstitutionelle Schwächen aufweisen, bestimmte wiederkehrende Defekte oder Leiden wie etwa unsere Patienten am Institut. Aber das ist nicht der Fall. Im Gegenteil. Es ist, als hätten die hochbegabten Kleinen auch die körperlichen Talente der gesamten Gemeinde an sich gerafft und die genetischen Schwächen den anderen überlassen.« Champelaz warf dem Kommissar einen verkniffenen Blick zu. »Trinken Sie Ihren Kaffee nicht?«

Niémans erinnerte sich an den Becher, den er in der Hand hielt, nahm einen tüchtigen Schluck, doch er schmeckte kaum etwas. Wie eine Maschine war sein ganzer Körper nur noch darauf geeicht, das winzigste Anzeichen, die geringste Spur wahrzunehmen. »Haben Sie dieses Phänomen denn genauer untersucht?« fragte er.

»Ja, vor ungefähr zwei Jahren führte ich eine kleine private Untersuchung durch. Ich überprüfte zunächst, ob die Champions tatsächlich aus denselben Familien, denselben Verbindungen stammten. Ich war auf dem Standesamt, dem Rathaus ... Tatsächlich waren sie die leiblichen Nachkommen der Professorenfamilien. Anschließend sah ich mir ihre Stammbäume ein wenig genauer an. Ich prüfte ihre Krankenakten von frühester Kindheit an, sogar die Unterlagen der Eltern und Großeltern, und suchte nach irgendwelchen besonderen Hinweisen. Aber ich fand nichts Signifikantes. Im Gegenteil, in manchen Familien waren die Ahnen Träger diagnostizierbarer Erbkrankheiten, nicht anders als in den Familien meiner Patienten am Institut ... Es war höchst erstaunlich.«

Niémans versäumte kein Wort dieser Rede: Wieder hatte er das rational nicht erklärbare Gefühl, daß diese Umstände einen wesentlichen Aspekt seines Falls berührten.

Champelaz hatte unterdessen begonnen, auf und ab zu gehen, die Hände in den Hosentaschen. »Ich habe auch mit den Ärzten von der Entbindungsstation am CHRU gesprochen und dabei von einem Umstand erfahren, der mich endgültig befremdet hat. Seit ungefähr fünfzig Jahren ist unter den Bewohnern der Bergdörfer rund um das Tal eine auffällige Kindersterblichkeit zu beobachten. Sehr viele Kinder sterben unmittelbar nach ihrer Geburt, ohne erkenntliche Ursache – Kinder aus Familien, die traditionell immer kräftig und gesund waren, denn im Unterschied zu Guernon leben die Leute in den Bergen keineswegs abgeschieden. Die Entwicklung hat sich umgekehrt, verstehen Sie? Die früher schwächlichen und kranken Kinder der Professoren verfügen wie durch ein Wunder auf einmal über eine unverwüstliche Gesundheit, während der Nachwuchs der Bergbauern und Kristallsucher dahinsiecht oder stirbt …

Ich habe mich mit diesen Fällen von plötzlichem Kindstod eingehend befaßt, aber ohne Ergebnis. Wissen Sie, es ist ein bekanntes Phänomen in der Medizin, daß ein Kind während der ersten sechs Lebensmonate ohne erklärende Todesursache stirbt, allerdings mit einer Häufigkeit unter der Gesamtbevölkerung von etwa zwei Promille. In Guernon hingegen ist der Prozentsatz enorm! Ich habe mit den Mitarbeitern der Klinik gesprochen, mit Ärzten, mit Genetikern, aber niemand hat eine Erklärung für dieses Phänomen. Was soll ich sagen? Es ist, als hätten die Kinder der Universitätsmitarbeiter ihren Kollegen aus den Bergen sämtliche Lebensenergie geraubt …«

»Herrgott, was wollen Sie damit sagen?«

Champelaz zog sich sofort wieder zurück. »Vergessen Sie, was ich gesagt habe. Das ist nicht sehr wissenschaftlich. Und völlig irrational.«

Irrational mochte es sein, doch Niémans war mittlerweile überzeugt, daß das Geheimnis der hochbegabten Kinder kein Zufall war, sondern ein Glied in der Kette der Ereignisse. »Ist das alles?« fragte er. Der Arzt schwieg.

»Ist das wirklich alles?« wiederholte der Kommissar in schärferem Ton.

»Nein«, stieß Champelaz hervor. »Es gibt noch etwas. In diesem Sommer wurde ein sonderbarer Zwischenfall bekannt, dem an sich niemand eine besondere Bedeutung beigemessen hat, aber im Licht der übrigen Merkwürdigkeiten in unserer Gegend finde ich ihn alarmierend … Wissen Sie, das Klinikum wurde vor kurzem vollständig renoviert, und im Zuge der Umstrukturierung hat man auch damit begonnen, das Archiv auf Datenträger einzugeben.

Experten sahen sich also die verstaubten Akten im Keller der Klinik an, um den Umfang der erforderlichen Datenerfassung einzuschätzen, und in diesem Zusammenhang nahmen sie sich auch andere Kellerräume vor, in denen die Unterlagen der ehemaligen Universität gelagert wurden, unter anderem die Akten der Bibliothek aus den letzten drei Jahrhunderten bis zu den siebziger Jahren dieses Jahrhunderts.«

Niémans horchte auf.

»Dabei machten die Leute eine merkwürdige Entdeckung«, fuhr Champelaz fort. »Sie fanden Unterlagen über die in den letzten fünfzig Jahren in der Klinik geborenen Babys, und zwar immer nur die erste Seite der jeweiligen Akte. Einzelne Seiten, als wären sie aus den Gesamtakten entfernt worden.«

»Wo wurden diese Papiere entdeckt? Ich meine: wo genau?«

Champelaz bemühte sich um Gelassenheit, doch seine Stimme hörte sich gepreßt an, als er sagte: »Das ist eben das Merkwürdige … Die Papiere befanden sich unter den Akten eines Bibliothekars.«

Niémans' Herz schlug schneller. »Wie heißt er?«

»Caillois«, antwortete Champelaz. »Etienne Caillois.«

»Der Vater von Rémy?«

»Ja.«

»Und das sagen Sie erst jetzt?« fuhr Niémans ihn an. »Nachdem gestern die Leiche entdeckt wurde?«

»Ihr Tonfall paßt mir nicht, Herr Kommissar«, bemerkte Champelaz kühl. »Verwechseln Sie mich bitte nicht mit Ihren Verdächtigen. Außerdem erzähle ich Ihnen von einer administrativen Angelegenheit, die schon eine Weile zurückliegt – Etienne Caillois ist seit Jahren tot. Und vielleicht ist es nur eine Lappalie, sie wurde jedenfalls als Kuriosum abgetan und nicht weiter untersucht. Warum sollte ich darin einen Zusammenhang mit den Morden in Guernon sehen?«

»Ich bin derjenige, der über Zusammenhänge zwischen einzelnen Elementen entscheidet. Sie haben die Pflicht, alles zu sagen, was Sie wissen.«

»Richtig – und deshalb habe ich Ihrem Leutnant genau das gesagt. Also regen Sie sich nicht auf. Abgesehen davon war das nie ein Geheimnis: Die ganze Stadt hätte Ihnen davon erzählen können, die Geschichte ist allgemein bekannt und stand sogar in der Lokalpresse.«

In dem Moment hätte sich Niémans nicht gern im Spiegel gesehen. Er war sich bewußt, daß sein Ausdruck so brutal, so hart und gespannt war, daß er sich selbst nicht wiedererkannt hätte. Er fuhr sich mit der Hand übers Gesicht und sagte in ruhigerem Ton: »Entschuldigen Sie. Dieser Fall ist ziemlich chaotisch. Der Mörder hat schon dreimal zugeschlagen, und nichts deutet darauf hin, daß er damit aufhört. Jede Minute, jede Information zählt. Wo sind diese alten Unterlagen jetzt?«

»Wieder im Keller der Klinik. Solange die Datenerfassung nicht abgeschlossen ist, wird das Archiv komplett in der ursprünglichen Form erhalten.«

»Und darunter befinden sich auch die Unterlagen über die hochbegabten Kinder, richtig?«

»Nicht direkt – die letzten herausgetrennten Seiten stammen aus dem Jahr siebzig. Aber die Unterlagen über manche Eltern finden sich darunter, und das ist es eben, was mich aufgeschreckt hat. Denn ich hatte diese Papiere bei meinen Nachforschungen schon in der Hand gehabt: In den offiziellen Akten fehlten sie keineswegs, verstehen Sie?«

»Hat Caillois also einfach die Zweitausfertigungen entwendet?«

»Entweder das … oder er hat sich die Originale geholt«, antwortete Champelaz. »Vielleicht hat er die echten Geburtenblätter durch falsche ersetzt. In dem Fall wären die Seiten, die in seinen Unterlagen gefunden wurden, die echten, die Originale.«

»Mir hat niemand von diesem Vorfall erzählt. Fand denn keine polizeiliche Untersuchung statt?«

»Aber nein, das sagte ich doch schon. Es war eine Anekdote. Eine verwaltungstechnische Unregelmäßigkeit. Außerdem war Etienne Caillois, wie gesagt, zu dem Zeitpunkt schon drei Jahre tot. Anscheinend bin ich der einzige, der sich für die Geschichte interessiert hat.«

»Eben. Haben Sie nicht versucht, noch einmal einen Blick in die Akten zu werfen? Die bei Caillois gefundenen Unterlagen mit den offiziellen Dokumenten zu vergleichen?«

Champelaz lächelte schief. »Stimmt schon, ich hatte es immer vor. Aber letztendlich hat mir die Zeit dazu gefehlt. Sie verstehen anscheinend nicht, um welche Art von Dokumenten es sich handelt – das sind lose Blätter mit ein paar vorgedruckten Spalten, in die man die Angaben über Geschlecht, Gewicht, Größe und Blutgruppe des Neugeborenen und so weiter einträgt ... Im übrigen werden diese Daten schon am Tag nach der Geburt in den Gesundheitspaß des Kindes übertragen. Die Säuglingsschwestern fertigen diese Unterlagen also nur für den internen Gebrauch an.«

Joisneau hatte die Absicht gehabt, das Archiv des Krankenhauses zu besuchen. Diese Unterlagen interessierten Niémans im höchsten Maß. Abrupt wechselte er das Thema.

»Welche Rolle spielt Chernecé in dieser Geschichte?« fragte er. »Warum ist Joisneau nach dem Gespräch mit Ihnen direkt nach Annecy gefahren?«

»Edmond Chernecé hat sich für die Kinder, von denen ich Ihnen erzählt habe, außerordentlich interessiert ...«, antwortete der Direktor.

»Warum?«

»Chernecé ist ... war einer unserer Ärzte. Er befaßte sich intensiv mit den Erbleiden unserer Patienten und kannte sie sehr genau. Er hatte also allen Grund, der Frage nachzugehen, weshalb seine jungen Patienten derart verschieden von ihren völlig gesunden Cousins ersten oder zweiten Grades waren. Die Genetik war seine Leidenschaft, und außerdem vertrat er die Theorie, man könne bestimmte genetische Anlagen in der Iris des Menschen erkennen. Er war in mancherlei Hinsicht ein recht unorthodoxer Arzt. Ziemlich sonderbar ...«

Niémans dachte an sein Gespräch mit dem Augenarzt und an seinen zweiten Besuch, an die säurezerfressene Leiche von Joisneau, und die Charakterisierung »sonderbar« erschien ihm reichlich untertrieben.

»Haben Sie ihn nicht nach seiner Meinung als Arzt gefragt?«

»Wir haben natürlich darüber diskutiert, sicher. Aber nur im Hinblick auf verschiedene Therapiemöglichkeiten. Chernecé gehört zu den Koryphäen der Universität, verstehen Sie? Und seine Privatpraxis ist eine der angesehensten in der ganzen Region. Er ist ein herausragender Professor, der sich nicht dazu herabläßt, mit einem einfachen Arzt wie mir seine Forschungsergebnisse zu besprechen.«

»Denken Sie, daß Chernecé dieselben Dokumente zu Rate ziehen konnte wie Sie – ich meine, die offiziellen Unterlagen über Neugeborene?«

»Ja.«

»Denken Sie, daß er sogar noch vor Ihnen Einsicht in die Akten genommen hat?«

»Möglicherweise.«

Der Direktor senkte den Blick. Schweißtropfen standen auf seiner Stirn.

»Denken Sie, daß er durchaus auf den Beweis gestoßen sein könnte, daß die Unterlagen gefälscht waren?«

»Was weiß denn ich? Ich verstehe nicht, worauf Sie eigentlich hinauswollen. Werfen Sie *mir* etwas vor?«

Niémans bestand nicht weiter darauf. Ein anderer Aspekt der Geschichte war ihm klargeworden: Der Grund, weshalb Champelaz die entwendeten Unterlagen nicht genauer studiert hatte, waren seine Bedenken gegenüber eventuellen Entdeckungen: Über etwaige dunkle Punkte in der Vergangenheit von Universitätsprofessoren, die über die Stadt herrschten wie Monarchen und das Schicksal von Männern wie ihm selbst in der Hand hatten, sollte man besser nichts wissen.

»Was haben Sie Joisneau sonst noch gesagt?« fragte der Kommissar.

»Nichts. Nur das, was ich jetzt auch Ihnen berichtet habe.«

»Denken Sie nach.«

»Mehr war es nicht.«

Niémans trat vor den Direktor hin. »Sagt ihnen der Name Judith Hérault etwas?«

»Nein.«

»Und Philippe Sertys?«

»Das ist das zweite Opfer?«

»Vorher haben Sie den Namen nie gehört?«

»Nein.«

»Weckt der Begriff ›purpurne Flüsse‹ irgendeine Erinnerung bei Ihnen?«

»Nein, wirklich, ich ...«

»Danke, Herr Doktor.«

Niémans verabschiedete sich und ließ den Arzt stehen. Als er schon bei der Tür war, drehte er sich noch einmal um. »Eine letzte Frage noch: Ich habe hier keinen einzigen Hund gesehen oder gehört? Haben Sie keine Hunde?«

Champelaz starrte ihn verwundert an. »Aber nein«, sagte er. »Haustiere sind hier aus hygienischen Gründen nicht erlaubt …«

»Ich meine Blindenhunde.«

Erst jetzt begriff der Arzt und lächelte. »Hunde sind nützlich für Blinde, die allein leben und über keinerlei äußere Hilfen verfügen. Unser Institut hingegen ist mit einem ausgeklügelten Leitsystem ausgestattet. Unsere Patienten werden durch akustische Signale auf jedes Hindernis aufmerksam gemacht … Wir brauchen keine Hunde.«

Als Niémans wieder in seinem Wagen saß, warf er einen letzten Blick auf das helle Gebäude, weithin sichtbar selbst in dieser finsteren Regennacht. Seit dem Morgen hatte er das Institut gemieden, weil er sich vor eingebildeten Kötern gefürchtet hatte. Aus Angst vor Gespenstern, die nur in seinem Kopf bellten, hatte er Joisneau vorgeschickt.

Er öffnete die Tür und spuckte aus.

Seine eigenen Phantome hatten den jungen Polizisten das Leben gekostet.

48

NIÉMANS FUHR DIE SERPENTINENSTRASSE ENTLANG, die vom Sept-Laux ins Tal führte. Mittlerweile goß es in Strömen. Vor seinen Scheinwerfern wölkte sich ein gelb leuchtender Nebel, und der Asphalt glänzte. Hin und wieder durchquerte er eine Straßensenke, in der sich das Wasser gesammelt hatte und donnernd gegen das Bodenblech spritzte. In einer dieser Pfützen geriet er ins Rutschen, und der Wagen schlitterte auf den Abgrund zu. Niémans kurbelte wild am Steuer und schaffte es im letzten Moment, den Wagen wieder unter Kontrolle zu bringen.

In seiner Tasche piepste es. Mit einer Hand zog er den Pager hervor und stellte fest, daß Antoine Rheims aus Paris sich gemeldet hatte. Er griff zu seinem Mobiltelefon und aktivierte die gespeicherte Nummer. Kaum hatte Rheims seine Stimme erkannt, sagte er: »Der Engländer ist tot, Pierre.«

Niémans, der in Gedanken ganz bei seinem Fall war, mußte sich konzentrieren, um die Konsequenzen dieser Nachricht einzuschätzen. Es gelang ihm nicht.

»Wo bist du?« fragte Rheims.

»In der Umgebung von Guernon.«

»Es ist ein Haftbefehl gegen dich ergangen. Theoretisch müßtest du dich sofort stellen, deine Waffe abgeben und deine Fahndung vergessen.«

»Theoretisch?«

»Ich habe mit Terpentes gesprochen. Ihr tretet auf der Stelle, und allmählich ist das Schlimmste zu befürchten. Sämtliche Medien sind in eurem Nest da unten versammelt. Die Morde waren bereits in allen Nachrichten, und spätestens morgen früh wird Guernon die berühmteste Stadt Frankreichs sein.« Rheims zögerte kurz. »Und dich haben sie speziell im Visier.«

Niémans gab keine Antwort. Er starrte auf die Straße, die sich abwärts schlängelte, als bohrte sie sich durch die Wasserstrudel, die sich im entgegengesetzten Sinn zu drehen schienen. Ein Wirbel gegen den anderen.

»Pierre, wie weit bist du? Wirst du den Mörder bald verhaften?« fing Rheims wieder an.

»Ich weiß nicht. Ich kann dir nur sagen, daß ich auf dem richtigen Weg bin, soviel steht fest.«

»Dann rechnen wir später ab. Ich habe nicht mit dir gesprochen. Du bist unauffindbar, nicht zu erreichen. Du hast maximal zwei Stunden Zeit, um die Sache aufzuklären. Danach kann ich für dich nichts mehr tun. Außer dir einen guten Anwalt zu besorgen.«

Niémans murmelte ein paar Floskeln und beendete das Gespräch.

Im selben Moment erfolgte eine heftige Erschütterung, begleitet von metallischem Knirschen: Neben ihm war ein Wagen aufgetaucht, hatte ihn überholt und bei diesem Manöver mit voller Wucht seinen linken Kotflügel gerammt. Niémans reagierte eine Zehntelsekunde zu spät und schrammte die Felswand rechts neben der Straße entlang, doch gleich darauf hatte er seinen Wagen wieder unter Kontrolle und warf einen gehetzten Blick aus dem Fenster. Ein dunkler Geländewagen, der ohne Scheinwerfer fuhr, schickte sich zu einem neuerlichen Angriff an.

Der Kommissar schaltete zurück, und in dem Moment schwenkte das massige Gefährt nach rechts und zwang ihn zu einer scharfen Bremsung. Eine Zeitlang folgte Niémans dem Wagen, der nun vor ihm in der Mitte der Straße fuhr und ihn systematisch am Überholen hinderte. Das Nummernschild war lehmverkrustet, nicht eine Zahl war zu lesen. Vergeblich versuchte Niémans, sich an ihm vorbeizuschlängeln, doch der Fahrer vereitelte jeden Anlauf durch Bremsmanöver und Haken, mit denen er weitere Kollisionen herbeiführte und den Kommissar immer wieder an den Rand des Abgrunds drängte.

Was wollte dieser Wahnsinnige? Niémans fuhr langsamer und brachte etliche Meter Abstand zwischen sich und das mörderische Gefährt vor ihm, aber der Geländewagen bremste ebenfalls und zwang ihn, wieder näher zu kommen. Doch in dem Augenblick tauchte am rechten Straßenrand ein Pannenparkplatz auf, und Niémans ergriff die Gelegenheit, trat abrupt aufs Gas und nutzte den zusätzlichen Raum für ein waghalsiges Überholmanöver. In letzter Sekunde schrammte er an der Felswand vorbei.

Mit durchgedrücktem Gaspedal raste er die nasse Bergstraße abwärts. Der Geländewagen war im Rückspiegel nicht mehr zu sehen. Ohne nachzudenken, behielt Niémans seine Geschwindigkeit bei und legte mehrere Kilometer zurück.

Er war jetzt wieder allein auf der Straße.

So schnell, wie die kurvige Strecke und die schlechte Sicht ihm erlaubten, fuhr er unter einem Gewölbe aus Fichten durch peitschenden Regen dahin. Was war geschehen? Wer hatte ihn angegriffen? Und warum? Was hatte er denn inzwischen erfahren, dessentwegen es sich lohnte, ihn zu beseitigen? Der Angriff war derart rasant vonstatten gegangen, daß Niémans nicht einmal eine Gestalt am Steuer gesehen hatte.

Nach einer Kurve öffnete sich der Wald, und Niémans erspähte die Hängebrücke über die Jasse: sechs Kilometer lang, aufgehängt an hundert Meter hohen Pfeilern. Also trennten ihn nur noch zehn Kilometer von Guernon, dem sicheren Hafen.

Niémans beschleunigte wieder.

Er war am Anfang der Brücke, als im Rückspiegel ein Blitz aufflammte und ihn blendete. Fernlicht. Der Geländewagen war ihm wieder auf den Fersen. Niémans verstellte den Rückspiegel, heftete den Blick fest auf die gerade Strecke, die sich vor ihm durch die Nacht spannte, und dachte dabei: Ich kann noch nicht sterben. Nicht so. Und trat aufs Gaspedal.

Die Scheinwerfer waren dicht hinter ihm. Ans Steuer geklammert, fixierte er die Leitplanken, die in seinem eigenen Licht aufstrahlten und die Straße rechts und links wie mit einem feuchten, dampfenden Schleier umfingen.

Gewonnene Meter, gestohlene Sekunden.

Ein sonderbarer Gedanke kam Niémans in den Sinn, eine Überzeugung, der jede vernünftige Grundlage fehlte: Solange er auf dieser Brücke dahinfuhr, solange er durch das Unwetter flog, würde ihm nichts zustoßen. Er war am Leben. Er war leicht. Unverwundbar.

Der Zusammenstoß nahm ihm den Atem.

Er wurde nach vorn geschleudert und prallte gegen die Windschutzscheibe, sein Kopf riß den Rahmen des Rückspiegels ab, der Spiegel zerbarst, und der Schaft schlitzte ihm die Schläfe auf wie ein Haken. Er krümmte sich zusammen, die Hände über dem Kopf, und merkte, wie der Wagen nach links ausscherte, sah das Brückengeländer auf sich zukommen, bis ihm das rinnende Blut die Sicht nahm.

Er spürte den Aufprall und gleich darauf den Regen, der ihn wie eine Ohrfeige traf. Kühle und die grenzenlose Weite der Nacht. Ringsum war alles still. Und schwarz. Sekundenlang.

Als Niémans die Augen öffnete, konnte er nicht glauben, was er sah: den Himmel, die Wolken, zuckende violette Blitze. Er flog, allein, durch Wind und Regen.

Beim Zusammenprall mit dem Geländer war er aus dem Wagen geschleudert und über die Brücke in den Abgrund katapultiert worden. Lautlos, sonderbar langsam stürzte er in die Tiefe, fuchtelte halbherzig mit Armen und Beinen und stellte sich die absurde Frage, was wohl seine letzte Empfindung vor dem Tod sein würde.

Die Antwort erhielt er unmittelbar darauf: ein Schmerz, der ihn wie eine Woge überschwemmte. Nadelgespickte Peitschenhiebe. Zersplitternde Äste. Und sein Fleisch, das in tausend schmerzhafte Funken zerstob, während er durch die Bäume brach.

Dann ein zweimaliger Aufprall, beinahe im selben Moment.

Zuerst sein eigener Kontakt mit dem Boden, gedämpft durch die zahllosen Verästelungen der Bäume. Dann ein apokalyptisches Getöse, ein gewaltiger Schlag, so nahe, schwarz und wuchtig, wie wenn mit einemmal ein riesiger Deckel über ihn gestülpt worden wäre. Der Augenblick zerbarst zu einem Chaos widersprüchlicher Empfindungen. Beißende Kälte, die ihn wie ein scharfzahniger Kiefer anfiel. Ein Stechen in der Lunge, das ihn nach Luft ringen ließ. Wasser. Stein. Finsternis.

Die Zeit setzte aus. Eine Weile verging.

Niémans öffnete die Augen und erblickte Dunkelheit. Wald. Nach und nach, wie eine Rückkehr aus dem Jenseits, erwachte sein Verstand. Aus den Tiefen seines Gehirns zog er die Erkenntnis: Er war am Leben. Er lebte!

Er versammelte die Fetzen seines Bewußtseins um sich und rekonstruierte, was geschehen war.

Er war durch Baumkronen und Unterholz gefallen und hatte das Glück gehabt, am Fuß der Pfeiler in einer schrägen Abflußrinne voller Regenwasser zu landen. Sein Wagen, der denselben Weg genommen hatte wie er, war wie ein Panzer von der Brücke in die Tiefe gestürzt und unmittelbar über ihm zerschmettert. Ohne ihn zu erreichen: Die Karosserie war zu breit, und das Rohrsystem hatte ihn gestoppt.

Ein Wunder.

Niémans schloß die Augen. In allen Teilen seines geschundenen Körpers pochte es dumpf, doch der schlimmste Schmerz, der sich anfühlte wie flüssige Lava, kam aus seiner Schläfe, und er reimte sich zusammen, woher er diese Verletzung direkt über dem Ohr hatte. Der Rest seines Körpers war anscheinend mit blauen Flecken davongekommen.

Mit starrem Blick musterte er das rauchende Wrack seines Wagens. Er war gefangen in einem Sarkophag aus Beton mit einem heißen Blechdach als Deckel. Er drehte den Kopf nach rechts und links und stellte fest, daß eine Stoßstange ihn in der abschüssigen Rinne festhielt.

Mit verzweifelter Anstrengung schob er sich durch die Röhre abwärts. Die Schmerzen, die wie eine Horde angriffslustiger Ameisen durch sämtliche Gliedmaßen strömten, kamen ihm jetzt zugute: Sie hoben sich gegenseitig auf und versetzten seinen Körper in eine schockähnliche Betäubung.

Mit übermenschlicher Anstrengung gelang es ihm, sich unter der Stoßstange hervorzuwälzen und aus seinem Sarg freizukommen. Sobald er die Arme bewegen konnte, hob er die Hand zur Schläfe und ertastete einen klaffenden, blutenden Riß.

Er ächzte, als er die Wärme des Blutes zwischen seinen steifen Fingern hindurchrinnen fühlte, und der Schmerz trieb ihm die Tränen in die Augen.

Er stützte sich auf den Rand der Rinne und richtete sich mühsam auf, während ein neuer Gedanke von seinem noch unsicheren Geist Besitz ergriff.

Der Mörder würde wiederkommen. Um ihm den Garaus zu machen.

An die Karosserie geklammert, zog er sich hoch, bis er auf schwankenden Beinen in der Betonrinne stand.

Mit etlichen Faustschlägen gelang es ihm, den zerbeulten Kofferraum des Wagens einen Spalt zu öffnen, immerhin so weit, daß er seine Pumpgun und eine Handvoll Patronen, die im Inneren verstreut waren, hervorziehen konnte. Er klemmte sich die Flinte unter den linken Arm und schaffte es, sie zu laden. Diese Manöver mußte er praktisch blind verrichten: Seine Brille hatte er verloren, und ringsum herrschte pechschwarze Finsternis.

Das Gesicht blut- und schmutzverkrustet, der Körper steif vor Schmerz, drehte sich der Kommissar um die eigene Achse, das Gewehr im Anschlag. Kein Laut war zu vernehmen. Ein Schwindel erfaßte ihn, er rutschte die Karosserie entlang abwärts und fiel wieder in die Betonrinne. Diesmal spürte er die stechende Kälte des Wassers und wachte wieder auf, und er merkte, daß er bereits abwärts auf den Fluß zutrieb.

Wieso eigentlich nicht?

Er drückte das Gewehr an die Brust und ließ sich weitertreiben, auf das offene Wasser zu, wie ein Pharao auf dem Weg zum Totenfluß.

49

LANGE ZEIT FOLGTE NIÉMANS der Strömung des Flusses. Auf dem Rücken liegend, hielt er sich mit knappen Bewegungen der Beine über Wasser. Durch Lücken im Laub über sich erahnte er Ausschnitte des sternenlosen Himmels, links und rechts eine lehmige Böschung, Geäst und Wurzeln, die eine unpassierbare Schranke bildeten.

Der Fluß wurde bald tiefer, gewann an Kraft und Geschwindigkeit. Mit zurückgelegtem Kopf ließ der Kommissar sich treiben. Im eiskalten Wasser zogen die Gefäße sich zusammen, so daß die Blutung ins Stocken geriet. Er hoffte, der gewundene Flußlauf werde ihn nach Guernon und zur Universität befördern.

Doch sehr bald begriff er, daß seine Hoffnung vergeblich war. Dieser Fluß war eine Sackgasse: Er führte keineswegs zum Campus, sondern schlängelte sich in immer engeren Mäandern durch den Wald und verlor von neuem seine Kraft und seine Strömung. Und schließlich verwandelte er sich in einen Tümpel.

Niémans schwamm ans Ufer und kletterte keuchend aus dem Wasser, das so voller Algen, Schlamm und abgestorbener Pflanzenteile war, daß es stellenweise eine dicke, zähe Brühe bildete. Er ließ sich auf den nassen Boden ins welke Laub fallen. Faulige Schwaden stiegen ihm in die Nase, dieser typische, leicht rauchige Geruch des Erdbodens, der ein Gemisch aus halbverfallenem Material, Reisig und Blättern, Humus und Insekten ist.

Er wälzte sich auf den Rücken und schaute zum Blätterdach hinauf. Der Wald war hier kein undurchdringliches Dickicht mehr, sondern bestand aus schlanken, hohen Bäumen, die weit voneinander entfernt standen. Unterholz gab es kaum, und er hatte den Eindruck von Kahlheit. Die Dunkelheit war jedoch so intensiv, daß es ihm unmöglich war, die schwarzen Umrisse der Berge über ihm zu erkennen. Er hatte keine Ahnung, wie lange und in welche Richtung er im Fluß getrieben war.

Trotz der Schmerzen, trotz der Kälte schleppte er sich zu einem Baumstamm und lehnte sich daran. Er zwang sich, nachzudenken. Versuchte, sich an die Umgebung auf der Landkarte zu erinnern, in die er die für die Ermittlung relevanten Orte eingetragen hatte, und vor allem an die Lage der Universität von Guernon nördlich des Sept-Laux.

Der Norden.

Wie konnte er in Ermangelung irgendeines Anhaltspunkts über seine eigene Position den Norden bestimmen? Einen Kompaß besaß er nicht, Sterne waren nicht zu sehen. Bei Tage hätte er sich an der Sonne orientieren können, doch was tat man bei Nacht?

Er dachte nach. Inzwischen hatte die Wunde wieder zu bluten begonnen, seine Extremitäten waren bereits starr vor Kälte, und ihm wurde klar, daß ihm allenfalls noch ein paar Stunden blieben, sofern er nicht rasch etwas unternahm.

In dem Moment hatte er eine Erleuchtung: Auch zu dieser Stunde der Nacht ließen sich die Himmelsrichtungen bestimmen. Mit Hilfe der Pflanzen. Der Kommissar verstand nichts von der Flora, doch er wußte, was alle Welt weiß: Feuchtigkeitsliebende Moose und Flechten meiden jede direkte Lichteinstrahlung und wachsen stets auf der sonnenabgewandten, der Nordseite der Baumstämme.

In seinem triefenden Mantel suchte Niémans nach dem stoßfesten Etui, in dem er immer seine Ersatzbrille bei sich hatte. Sie war unversehrt. Dank den neuen Gläsern konnte er jetzt immerhin seine unmittelbare Umgebung erkennen.

Er ließ sich auf den Boden nieder und betastete die Bäume entlang der Böschung. Nach ein paar Minuten waren seine Finger steifgefroren und schwarz von Erde, doch er hatte seine Bestätigung. Am Fuß der Stämme wuchsen grüne Wäldchen, kühle, weiche Büschel, in immer gleicher Ausrichtung. Niémans strich über winzige Kuppeln, fasrige Flächen, samtige, nachgiebige Kissen – ein Miniaturdschungel, der ihm verkündete, wo der Norden lag.

Mühsam rappelte er sich auf und folgte dem Weg der Moose.

Er schwankte, zertrat Erdschollen, und sein Herz klopfte ihm bis zum Hals. Durch morastige Pfützen, zwischen scharfkantiger Borke und nadelspitzen Zweigen hindurch stolperten seine Füße über Steine, niedriges Gestrüpp, umgefallene Baumstämme, und immer wieder vergewisserte er sich, ob er noch in die richtige Richtung ging. Dann wieder geriet er in Sumpfgebiete, überzogen von einer dünnen, knisternden Eisschicht, die sich durch die brackigen Furchen zwischen den Hügelkämmen zogen. Trotz seiner Erschöpfung, trotz seiner Verletzungen kam er schneller voran, als er erwartet hatte, und schöpfte neue Kraft aus den Düften, die in der Luft hingen. Es schien ihm, als marschierte er vor dem Regen her, der kurz innegehalten hatte, wie um Atem zu holen.

Endlich tauchte eine Straße vor ihm auf.

Der naßglänzende Asphalt war seine Rettung. Wieder beugte Niémans sich nieder und betastete die Seitenflächen der Pflastersteine, um seine Richtung zu bestimmen. Doch in diesem Moment tauchte in einer Kurve die Rettung auf: ein Mannschaftswagen der Gendarmerie. Er stellte sich auf die Straße.

Der Wagen hielt sofort an. Männer sprangen heraus, um Niémans zu stützen, der einer Ohnmacht nahe war und immer noch sein Gewehr umklammerte.

Leichenblaß und schwankend stand er da, spürte den festen Griff der Gendarmen, hörte Stimmfetzen, Geschrei, das Rascheln von Regenmänteln. Scheinwerfer durchschnitten die Dunkelheit. Ein Mann brüllte dem Fahrer zu: »Ins Krankenhaus, schnell!«

Niémans, nur noch halb bei Bewußtsein, stammelte: »Nein. Zur Universität.«

»Wie bitte? Sie machen mir aber einen ziemlich ramponierten Eindruck, und es wäre sicher besser …«

»Zur Universität. Ich … bin dort verabredet.«

50

DIE TÜR ÖFFNETE SICH vor einem lächelnden Gesicht.

Pierre Niémans senkte die Augen. Er nahm die kräftigen, dunklen Handgelenke der Frau wahr, die engmaschigen Pulloverärmel darüber, und sein Blick wanderte aufwärts auf den Kragen, den Nacken zu, wo rund um die Masse des Knotens die abstehenden Härchen sich so fein kräuselten, daß sie im Licht einen schimmernden Hof bildeten. Er dachte an den Zauber dieser Haut, so schön, so samtig und gleichmäßig, daß sie jedes Material, jedes Kleidungsstück in einen Schmuck verwandelte.

Fanny gähnte. »Sie kommen aber spät, Herr Kommissar.«

Niémans versuchte zu lächeln. »Haben Sie denn nicht geschlafen?«

Die junge Frau schüttelte den Kopf und rückte zur Seite. Er trat ins Licht, und Fannys Gesicht erstarrte: Erst jetzt sah sie, wie übel er zugerichtet war. Sie musterte ihn von Kopf bis Fuß, den triefend nassen blauen Mantel, die zerfetzte Krawatte, die aufgeschürfte Stirn. Und die tiefe Wunde über dem Ohr.

»Was ist passiert? Ein Unfall?«

Niémans nickte kurz.

Er sah sich im Zimmer um, dem Wohnzimmer dieses kleinen Appartements. Durch die Nebelschleier des Fiebers, das Hämmern des Blutes im Kopf verspürte er nur Erleichterung, hier zu sein. Makellose Wände in sanften Farben. Ein Schreibtisch, übersät von Büchern und Papieren, zwischen denen ein Computer stand. Auf den Regalen Steine und Kristalle. Alpine Ausrüstung, Kleidung in Neonfarben, übereinandergestapelt. Die Wohnung eines jungen Mädchens, das seßhaft und sportlich, häuslich und abenteuerlustig zugleich war. Sekundenlang kam ihm der Abstieg in die Gletscherspalte in den Sinn. Eine Erinnerung so kurz wie ein eisiger Blitz.

Niémans sackte auf einem Stuhl zusammen. Draußen hatte es wieder zu regnen begonnen. Man hörte die Tropfen, die irgendwo aufs Dach prasselten, gedämpfte Geräusche aus einer Nachbarwohnung. Eine Tür knarzte. Schritte. Eine Nacht in der Welt der vereinsamten, beunruhigten Studenten.

Fanny zog ihm den Mantel aus und musterte aufmerksam die offene Wunde an seiner Schläfe. Das verkrustete Blut, das aufgerissene, bräunliche Fleisch schien ihr nicht den geringsten Widerwillen zu verursachen, im Gegenteil: Sie stieß einen leisen Pfiff aus und sagte: »Sie sind aber ordentlich verletzt. Hoffentlich ist die Schläfenarterie nicht getroffen. Das kann ich allerdings nicht beurteilen: Sie bluten immer noch ziemlich stark ... Wie ist das passiert?«

»Ich hatte einen Unfall«, antwortete Niémans lakonisch. »Einen Autounfall.«

»Ich muß Sie ins Krankenhaus bringen.«

»Kommt nicht in Frage. Ich muß mit der Fahndung weitermachen.«

Fanny verließ den Raum und kam kurz darauf mit Kompressen, Medikamenten und vakuumverpackten Beuteln zurück, in denen sich Injektionsnadeln und Serum befanden. Mit den Zähnen riß sie mehrere Verpackungen auf. Dann steckte sie eine Nadel auf eine Spritze und zog den Inhalt einer Ampulle auf. Niémans sah ihr argwöhnisch zu und griff nach dem Beipackzettel. »Was ist das?«

»Ein Schmerzmittel. Es wird Sie beruhigen. Sie brauchen keine Angst zu haben.«

Niémans hielt ihr Handgelenk fest.

»Warten Sie.«

Er überflog die Angaben auf dem Beipackzettel. Xylocain. Ein Analgetikum, das offensichtlich die Schmerzen linderte, ohne sein Bewußtsein zu trüben. Zum Zeichen seines Einverständnisses ließ Niémans ihre Hand los.

»Keine Sorge«, murmelte Fanny. »Dieses Zeug wirkt auch gefäßverengend. Es wird also die Blutung stillen.«

Mit gesenktem Kopf saß er da und konnte nicht sehen, was sie tat. Doch es fühlte sich an, als steche sie mehrmals rund um die Wundränder ein, und schon nach kurzer Zeit ließ der Schmerz nach.

»Können Sie denn auch nähen?« fragte er.

»Natürlich nicht. Dazu müssen Sie ins Krankenhaus.

Früher oder später fängt die Wunde wieder zu bluten an ...«

»Machen Sie einen Druckverband, irgendwas. Ich kann mich jetzt nicht ins Krankenhaus legen – ich habe einiges zu erledigen, und dazu brauche ich einen klaren Kopf.«

Fanny zuckte die Achseln, dann desinfizierte sie mehrere Kompressen mit einem Zerstäuber. Niémans beobachtete sie, bewunderte ihre Schenkel, um die sich die Jeans spannte, ihre Kurven, die sich in kraftvollen Linien wölbten und selbst in seiner gegenwärtigen Verfassung eine dumpfe Erregung in ihm weckten.

Er wunderte sich über die Gegensätze dieser jungen Frau. Wie brachte sie es fertig, so ätherisch und vergeistigt und gleichzeitig so praktisch, so handfest zu wirken? So sanft und so brutal? So nah und so fern? Dieselbe Widersprüchlichkeit nahm er in ihrem Blick war: das aggressive Funkeln der Augen und die unendliche Sanftheit ihrer Brauen. Er atmete den scharfen Geruch des Desinfektionsmittels ein und fragte: »Leben Sie allein hier?«

Fanny reinigte die Wunde mit knappen, energischen Gesten. Dank der betäubenden Wirkung des Schmerzmittels spürte Niémans kaum ein Brennen.

Sie lächelte. »Sie lassen wirklich nichts aus«, sagte sie.

»Entschuldigung … Bin ich indiskret?«

Fanny stand dicht neben ihm, auf ihre Arbeit konzentriert. Leise sagte sie in sein Ohr: »Ich lebe allein. Ich habe keinen Liebhaber, wenn es das ist, was Sie wissen wollten.«

»Ich … äh … Aber warum auf dem Campus?«

»Dann hab' ich's nicht weit, bin gleich bei den Hörsälen, den Seminarräumen …«

Niémans wandte den Kopf ab. Sie drehte ihn ungeduldig in die ursprüngliche Stellung zurück.

»Stimmt ja«, sagte Niémans, »das hatte ich fast vergessen … Die jüngste Professorin Frankreichs. Tochter und Enkelin emeritierter Professoren. Also gehören Sie auch zu diesen Kindern, die …«

Fanny fiel ihm ins Wort: »Welchen Kindern?« fragte sie scharf.

Niémans warf ihr einen schrägen Blick zu: »Den Hochbegabten vom Campus, die außerdem sportliche Champions sind …«

Das Gesicht der jungen Frau verhärtete sich, und ihr Tonfall verriet äußersten Argwohn: »Worauf wollen Sie hinaus?«

Niémans gab keine Antwort, obwohl er nichts lieber getan hätte, als sie nach ihrer Herkunft auszufragen. Aber konnte man eine Frau fragen, woher sie ihre Fähigkeiten hatte, warum sie so war, wie sie war?

»Kommissar«, fing Fanny wieder an, »ich weiß nicht, warum, aber Sie haben trotz Ihres Zustands alles daran gesetzt, zu mir zu kommen. Dafür gibt es einen Grund. Wenn Sie also Fragen an mich haben, stellen Sie sie.«

Ihre Stimme war schneidend. Niémans empfand keinerlei Schmerzen mehr, aber das Brennen der Wunde war ihm immer noch lieber gewesen als dieser Tonfall.

Er lächelte. »Ich wollte Sie nach dieser Unizeitschrift fragen, für die Sie schreiben ...«

»Tempo.«

»Richtig.«

»Und?«

Niémans zögerte kurz. Fanny steckte die benutzten Kompressen in ein Plastiksäckchen, legte eine frische Kompresse auf die Wunde und begann, seinen Kopf mit einer Binde zu umwickeln. Er spürte den wachsenden Druck um den Schädel und sagte: »Ich hab' mich gefragt, ob Sie wohl über einen merkwürdigen Vorfall geschrieben haben, der sich dieses Jahr im Juli im Keller des Krankenhauses ereignet hat ...«

»Was für einen Vorfall?«

»Unter den Akten von Etienne Caillois, Rémys Vater, wurden Unterlagen über Neugeborene gefunden.« »Ach, diese Geschichte«, sagte Fanny enttäuscht. »Haben Sie darüber geschrieben?« »Ein paar Zeilen, ja.«

»Warum haben Sie mir nichts davon erzählt?«

»Glauben Sie denn, daß zwischen dieser Sache und den Morden ein Zusammenhang besteht?«

Niémans zuckte die Achseln und hob den Kopf.

»Warum haben Sie den Diebstahl nicht erwähnt?«

Fanny, immer noch mit ihrem Verband beschäftigt, antwortete mit einer vagen Geste: »Nichts beweist, daß es wirklich ein Diebstahl war ... Bei dem Durcheinander, in dem das Archiv inzwischen ist, verliert sich viel und taucht wieder auf. Ist es denn wichtig?«

»Haben Sie die Unterlagen mit eigenen Augen gesehen?«

»Ja, ich war im Archiv, unten im Keller, wo die Kartons gestapelt sind.«

»Ist Ihnen nichts Merkwürdiges daran aufgefallen?«

»Zum Beispiel was?«

»Ich weiß nicht. Haben Sie die Blätter mit den Originalakten verglichen?«

Fanny trat zurück und betrachtete ihr Werk. »Es waren doch nur einzelne Blätter, Formulare, von den Säuglingsschwestern ausgefüllt. Nichts wahnsinnig Aufregendes«, erklärte sie.

»Wie viele waren es?«

»Ein paar hundert. Ich verstehe nicht, was Sie ...«

»Haben Sie in Ihrem Artikel Namen von betroffenen Familien genannt?«

»Ich sage Ihnen doch, ich habe nur ein paar Zeilen geschrieben.«

»Kann ich Ihren Artikel sehen?«

»Ich bewahre sie nie auf.«

Mit verschränkten Armen stand sie vor ihm, breitbeinig, aufrecht.

»Glauben Sie, daß bestimmte Personen Einblick in diese Unterlagen hatten?« fragte Niémans weiter. »Leute, die womöglich ihren eigenen Namen oder den ihrer Eltern darunter fanden?«

»Ich habe keine Namen genannt.«

»Aber halten Sie es für möglich? Daß außer Ihnen noch jemand dort war?«

»Eigentlich nicht. Inzwischen ist sowieso alles verräumt und versperrt. Was spielt das denn für eine Rolle im Zusammenhang mit Ihren Ermittlungen?«

Niémans antwortete nicht sofort. Er vermied es, sie anzusehen, als er nach einer Weile eine weitere Frage stellte, die eher einem Tiefschlag ähnelte: »Haben Sie sich die Blätter genau angesehen?«

Die Antwort war ein Schweigen. Der Kommissar schaute auf: Fanny hatte sich nicht von der Stelle gerührt, doch sie schien mit einemmal sehr weit entfernt. Endlich antwortete sie: »Ja, das habe ich Ihnen doch gesagt. Was wollen Sie wissen?«

Niémans zögerte eine Sekunde, dann sagte er: »Ich will wissen, ob Sie den Namen Ihrer Eltern gelesen haben. Oder Ihrer Großeltern.«

»Nein, nichts dergleichen. Warum diese Frage?«

Der Kommissar gab keine Antwort, sondern erhob sich. Sie standen einander jetzt wie Feinde gegenüber, wie entgegengesetzte Pole. Niémans erblickte seinen verbundenen Kopf in einem Spiegel am anderen Ende des Zimmers, drehte sich zu der jungen Frau um und murmelte in zerknirschtem Ton: »Danke für die Verarztung. Und entschuldigen Sie meine Fragen.«

Er griff nach seinem Mantel und sagte ernst: »Es mag unglaublich scheinen, aber ich denke, daß dieser Stapel Blätter einen meiner Mitarbeiter das Leben gekostet hat. Einen jungen Leutnant, der noch ganz am Anfang seiner Laufbahn stand. Er wollte diese Unterlagen studieren. Und ich glaube, man hat ihn umgebracht, um ihn daran zu hindern.«

»Das ist doch lächerlich.«

»Das werden wir sehen. Ich gehe jetzt ins Archiv und vergleiche die Blätter mit den vollständigen Akten.«

Er traf Anstalten, den triefenden Mantel anzuziehen, doch die junge Frau hielt ihn auf. »Mit dem nassen Zeug können Sie nicht gehen. Warten Sie.«

Sie verschwand und kam kurz darauf mit einem Sweatshirt, einem Pullover, einer Daunenjacke und einer wasserdichten Überhose wieder.

»Das wird Ihnen nicht passen«, bemerkte sie, »aber wenigstens ist es trocken und warm. Und setzen Sie vor allem die Mütze auf.«

Sie stülpte ihm eine schwarze Mütze auf den verbundenen Kopf und krempelte die Ränder bis über die Ohren auf. Niémans, zuerst überrascht, verdrehte komisch die Augen unter seinem neuen Kopfschmuck, und sie brachen beide gleichzeitig in ein Gelächter aus, das sie selbst überraschte.

Für einen kurzen Moment war ihre Vertrautheit wieder da, wie ein aus dem Stoff der Dunkelheit gerissener Fetzen. Doch der Kommissar sagte in ernstem Ton: »Ich muß gehen. Ich muß ins Archiv.«

Niémans hatte keine Zeit zu reagieren: Mit einer einzigen raschen Bewegung schlang ihm Fanny die Arme um den Hals und küßte ihn. Er erstarrte. Eine Hitzewelle strömte durch seinen Körper, und er wußte nicht, ob es das Fieber war, das ihn wieder gepackt hatte, oder die Süße dieser kleinen Zunge, die sich zwischen seine Lippen schob und ihn entfachte wie eine Glut. Er schloß die Augen und murmelte: »Lassen Sie mich doch, ich habe keine Zeit zu verlieren.«

Doch er lag bereits rücklings auf dem Boden.

10. TEIL

51

KARIM RISS DAS BAND AB, mit dem die Polizei die Gruft abgesperrt hatte, und kauerte sich vor der noch immer angelehnten Tür nieder. Sie klemmte. Er streifte sich Handschuhe über, steckte die Finger in den Schlitz und stieß mit einem jähen Ruck gegen die Tür. Sie gab nach. Er schaltete seine Taschenlampe ein und betrat das Grab. Geduckt unter dem niedrigen Gewölbe stieg er die Stufen hinunter. Der Strahl seiner Lampe beleuchtete eine ausgedehnte schwarze Wasserfläche: Die sintflutartigen Regenfälle der letzten Stunden hatten das Grab in eine Zisterne verwandelt.

Ich habe keine andere Wahl, sagte er sich, hielt den Atem an und watete ins Wasser, das ihm bis zur Brust reichte. Er klemmte sich die Lampe zwischen die Zähne und schwamm ein paar Züge. Der Lichtstrahl zerteilte die Finsternis. Je tiefer Karim in das Grab eindrang, desto intensiver wurde der Geruch nach Schimmel und Torf. Den Hals emporgereckt und prustend vor Abscheu, kämpfte er sich vorwärts, eingeklemmt zwischen dem Wasser und dem Gewölbe.

Auf einmal stieß er mit dem Kopf gegen den Sarg, und vor Entsetzen schrie er unwillkürlich auf. Dann drehte er sich um, verlangsamte seine Bewegungen, um sich wieder zu beruhigen, und betrachtete den kleinen Sarg, der wie ein Boot im Wasser trieb.

Ich habe keine andere Wahl, sagte er sich noch einmal, umrundete schwimmend den Sarg und betrachtete ihn aus allen Blickwinkeln. Der Deckel war mit mehreren Schrauben befestigt, und im Lichtstrahl fiel ihm ein Detail auf, das er am Morgen des Vortags, als der Wächter ihn überrascht hatte, nicht bemerkt hatte. Rund um die Schrauben war die Farbe abgeblättert, und ein paar hellere Holzsplitter waren sichtbar: Der Sarg war vor kurzem geöffnet worden. »Es hilft nichts«, murmelte er vor sich hin, zog eine Zange aus der Jacke, deren extrem abgeflachtes Maul sich im geschlossenen Zustand als Schraubenzieher verwenden ließ, und machte sich daran, den Sargdeckel zu öffnen.

Nach und nach lockerte sich die Holzplatte. Endlich hatte er die letzte Schraube herausgedreht und schob den Deckel beiseite. Mit seinem nassen Ärmel fuhr er sich über die Augen, starrte in den Sarg und machte sich auf einen grausigen Anblick gefaßt.

Aber der Sarg enthielt kein Kinderskelett. Er war auch nicht leer – ebensowenig wie er die Spuren einer Grabschändung aufwies. Sondern er war bis zum Rand mit winzigen, scharfkantigen Knochen angefüllt. Ein Massengrab für Nagetiere. Tausende ausgetrockneter Skelette. Längliche Schädel mit spitzen, scharfzahnigen Schnauzen, schmale Brustkörbe, geschlossen wie Krallen. Unzählige streichholzdünne Schenkel-, Schienbein-, Armknochen.

Karim war sprachlos. An den Rand des Sargs geklammert, streckte er eine Hand nach den Knochen aus, die im grellen Licht seiner Lampe wie Überreste aus vorgeschichtlicher Zeit aussahen.

In dem Moment übertönte hinter ihm eine Stimme das Prasseln des Regens: »Du hättest nicht zurückkommen sollen, Karim.«

Er brauchte sich nicht umzudrehen, um zu wissen, wer da sprach. Er ballte die Fäuste und murmelte mit gesenktem Kopf in die Knochen: »Crozier, sagen Sie jetzt bloß nicht, daß Sie auch in der Geschichte drinstecken …«

»Ich hätte dir diesen Fall nie anvertrauen dürfen«, fuhr die Stimme fort.

Karim warf einen Blick zur Tür: Im Eingang der Gruft zeichnete sich deutlich die Silhouette von Henri Crozier ab. Er hielt einen Manhurin, Modell MR73, in der Hand – die Waffe, die auch Niémans trug. Sechs Kugeln in der Trommel, Schnellader in der Tasche. Ein paar Sekunden, um die Geschoßhülsen auszuwerfen und nachzuladen, ohne Gefahr einer Ladehemmung. Sehr professionell.

»Was haben Sie mit der Sache zu tun?« wiederholte Karim.

Der Mann gab keine Antwort, und Karim fragte mit erhobenen Händen: »Lassen Sie mich wenigstens aus dieser Scheiße hier rauskommen?«

Crozier vollführte eine unbestimmte Bewegung mit seiner Waffe. »Komm her. Aber langsam. Ganz langsam.«

Karim ließ den offenen Sarg, wie er war, und schwamm zurück

zu den Stufen. Seine Taschenlampe, die er wieder mit den Zähnen festhielt, warf flackernde, irrlichternde Blitze durch die Gruft.

Er gelangte zur Treppe und erklomm die Stufen. Je höher er kam, desto weiter wich Crozier zurück, ohne den Revolver zu senken. Windböen fegten Regenschauer vor sich her. Karim stand auf, naß bis auf die Knochen, und stellte sich vor den Kommissar.

»Welche Rolle spielen Sie in der Geschichte? Wieviel wissen Sie?« fragte er noch einmal.

Crozier entschloß sich endlich auszupacken. »1980 war es. Als sie hierherkam, fiel sie mir sofort auf. Schließlich ist das meine Stadt, mein Revier. Und damals war ich praktisch der einzige Polizist von Sarzac. Diese Frau, die zu schön war, zu groß und eine Stelle als Volksschullehrerin antreten wollte … Mir war auf Anhieb klar, daß mit ihr was nicht ganz koscher war …«

»Crozier, das Auge von Sarzac«, schnaubte Karim verächtlich.

»Jawohl. Ich habe meine eigenen Nachforschungen angestellt und herausgefunden, daß sie ein Kind bei sich hatte … Es ist mir gelungen, ihr Vertrauen zu gewinnen. Sie hat mir alles erzählt. Die Teufel wollten ihr Kind umbringen, sagte sie.«

»Das weiß ich alles.«

»Was du nicht weißt, ist, daß ich beschlossen habe, die Familie zu beschützen. Ich habe ihnen falsche Papiere besorgt …«

Karim hatte das Gefühl, in einen Abgrund zu blicken. »Und wer waren die Teufel?«

»Eines Tages sind zwei Männer aufgekreuzt. Angeblich waren sie auf der Suche nach alten Schulbüchern und behaupteten, sie klapperten sämtliche Volksschulen der Umgebung ab. Sie waren aus Guernon, der Stadt, aus der auch Fabienne gekommen war … Mir war sofort klar, daß das die besagten Teufel waren …«

»Wie hießen sie?«

»Caillois und Sertys.«

»Nehmen Sie mich nicht auf den Arm! Damals waren Rémy Caillois und Philippe Sertys zehnjährige Kinder!«

»Sie hießen anders: Etienne Caillois und René Sertys. Um die Vierzig. Ausgemergelte Burschen mit fanatischem Blick.«

Karim verspürte einen sauren Geschmack im Mund: Wieso war er nicht selbst auf die Idee gekommen? Die Geschichte der »purpurnen Flüsse« hatte selbstverständlich schon sehr viel früher begonnen, vor mehreren Generationen vielleicht, und war von den Vätern auf die Söhne übergegangen.

»Und dann?« fragte Karim.

»Hab' ich sie scharf unter die Lupe genommen. Ausweise kontrolliert, Fahndungslisten überprüft und so weiter. Aber es war ihnen nichts vorzuwerfen. Die beiden hatten makellos weiße Westen. Sie sind wieder abgefahren, ohne Fabienne und ihr Kind aufzuspüren. Das dachte ich zumindest.

Doch als Fabienne erfuhr, daß die Burschen sich in Sarzac herumtrieben, wollte sie sofort fliehen. Wieder stellte ich keine Fragen. Wir haben sämtliche Unterlagen vernichtet, Seiten aus den Klassenbüchern gerissen, alle Spuren getilgt ... Fabienne hatte ihrem Kind zwar eine neue Identität gegeben, aber trotzdem ...«

»Sertys junior war in der Sonntagnacht hier«, unterbrach ihn Karim. »Haben Sie eine Ahnung, was er in diesem Grab gesucht hat?«

»Nein.«

Abdouf deutete auf die offene Gruft.

»Dieser verdammte Sarg ist voller Nagetierknochen. Ratten, schätze ich. Was soll das bedeuten?«

»Ich weiß es nicht. Du hättest den Sarg nicht aufbrechen sollen. Du hast keine Achtung vor den Toten ...«

»Vor toten Ratten? Nein, hab' ich nicht. Wo ist die Leiche von Judith Hérault? Ist sie denn überhaupt tot?«

»Tot und begraben. Ich persönlich habe die Beerdigung in die Wege geleitet.«

»Kümmern Sie sich also um das Grab?«

»Ja. Immer nur nachts.«

Karim stieß ein jähes Gebrüll aus und trat einen Schritt auf die Waffe zu. »Wo ist sie?« fuhr er seinen Chef an. »Wo lebt Fabienne Hérault jetzt?«

»Niemand darf ihr was zuleide tun.«

»Kommissar, bei diesem Fall geht es um weitaus mehr als um eine Grabschändung. Es geht um Mord.«

»Ich weiß.«

»Woher?«

»Das war doch im Fernsehen. In allen Nachrichten.«

»Dann wissen Sie auch, daß es sich um eine Serie von Verbrechen handelt, bei denen die Leichen verstümmelt und auf makabre Weise in Szene gesetzt werden … Crozier, sagen Sie mir, wo ich Fabienne Hérault finde!«

Crozier hielt noch immer die Waffe gegen Karims Bauch gerichtet. »Niemand darf ihr was zuleide tun«, wiederholte er dumpf.

»Crozier, natürlich wird ihr niemand was tun. Aber Fabienne Hérault ist jetzt die einzige Person, die mir in diesem Chaos weiterhelfen kann. Wie es im Moment aussieht, sprechen sämtliche Indizien gegen ihre Tochter, verstehen Sie? Alles deutet auf Judith Hérault hin, die eigentlich in diesem Grab liegen sollte!«

Sekunden verstrichen. Dann ließ Crozier seine Waffe sinken, und Abdouf dachte, wenn es einmal in seinem Leben notwendig war, den Mund zu halten, dann in diesem Augenblick.

Endlich begann der Kommissar zu sprechen. »Fabienne lebt zwanzig Kilometer von hier auf dem Hügel Herzine. Ich komme mit. Wenn du ihr was antust, bring' ich dich um.«

Karim lächelte und trat einen Schritt zurück. Dann wirbelte er jäh herum und versetzte der Kehle des Kommissars einen brutalen Fußtritt, der Crozier rücklings gegen einen Grabstein schleuderte.

Sofort war Karim neben ihm und beugte sich zu dem leblosen Mann hinunter. Er band ihm die Kapuze zu und zerrte ihn unter das Vordach eines Mausoleums, damit er nicht im Regen lag. Innerlich bat er ihn um Verzeihung.

Aber er mußte freie Hand haben.

52

»HEISS, ABDOUF, SEHR HEISS!« tönte die Stimme von Patrick Astier durch ein Gewitter von Interferenzen.

Das Mobiltelefon hatte geläutet, während Karim eine Steinwüste ohne eine Spur von Leben durchquerte. Über den ungewohnten schrillen Ton war er derart erschrocken, daß er beinahe in den Straßengraben geraten wäre.

In eifrigem Ton fuhr Astier fort: »Deine beiden Aufträge waren Zeitbomben. Und sind mir gerade unter den Händen explodiert.«

Karim fühlte seine Nerven als harte Stränge unter der Haut. Er fuhr an den Straßenrand und schaltete Motor und Scheinwerfer aus. »Schieß los«, sagte er.

»Zuerst der Unfall von Sylvain Hérault. Ich habe die Unterlagen gefunden. Deine Informationen sind richtig. Sylvain Herault war auf der D 17 mit dem Rad unterwegs, als ihn ein Wagen überfuhr, der nie identifiziert wurde. Eine scheußliche Sache. Die Gendarmen führten damals nur eine Routineuntersuchung durch. Eine Zeitlang wurde noch wegen Fahrerflucht ermittelt, aber dann legte man den Fall zu den Akten. Es gab keine Zeugen und kein Motiv, das eine andere Deutung zugelassen hätte ...«

Der dramatische Tonfall forderte eine Frage heraus. Bereitwillig lieferte Karim das Stichwort: »Aber?«

»Aber«, fuhr Astier fort, »seit jener fernen Epoche haben wir in der Bearbeitung von Bildern Riesenfortschritte gemacht ...«

Karim sah bereits eine längere technische Erläuterung auf sich zukommen und fiel ihm ins Wort: »Hab Erbarmen, Astier, komm zur Sache!«

»Okay. In der Akte waren Fotos. Schwarzweißabzüge, die der Fotograf einer Lokalzeitung gemacht hatte. Man sieht darauf die Spuren von Fahrradreifen, die sich mit den Autospuren kreuzen. Alles ist so winzig und unscharf, daß man sich fragt, wieso die Abzüge überhaupt aufbewahrt wurden.«

»Und?«

Astier legte wiederum eine dramaturgisch effektvolle Pause ein. »Das physikalische Institut an der Universität Grenoble verfügt über eine äußerst leistungsstarke technische Anlage.«

»Verdammt, Astier, jetzt mach schon ...«

»Warte. Die Leute dort sind in der Lage, Bilder in einer Weise zu bearbeiten, wie du's dir nicht vorstellen kannst. Sie scannen sie ein, vergrößern sie, erhöhen den Kontrast, beseitigen Unreinheiten, wechseln Bildausschnitte ... Kurz, sie können Details sichtbar machen, die mit bloßem Auge nie zu sehen wären. Mit einigen Ingenieuren, die dort arbeiten, bin ich ziemlich gut bekannt, und so sagte ich mir, daß es sich vielleicht lohnt, den einen oder anderen aus dem Bett zu holen und auf die Sache anzusetzen. Ich habe die Fotos selber eingescannt und per E-Mail 'rübergeschickt. Die Burschen sind einfach genial, selbst wenn man sie aus dem Tiefschlaf reißt. Einer hat sich sofort an die Arbeit gemacht und ...«

»UND?!«

Wieder hatte Astier eine Pause nötig, ehe er seine Bombe platzen ließ: »Die Ergebnisse erzählen eine ganz andere Geschichte, als im Bericht der Gendarmerie steht. Mein Kollege hat also die Spuren der Fahrrad- und der Autoreifen ziemlich stark vergrößert, und durch Erhöhung der Kontraste konnte er an den Profilspuren auf dem Asphalt genau die Fahrtrichtung feststellen. Die erste Schlußfolgerung lautet, daß Hérault nicht auf dem Weg ins Gebirge, zur Arbeit war, wie es in dem Bericht heißt, sondern in umgekehrter Richtung unterwegs war, nämlich zur Uni. Ich hab' das auf der Landkarte nachgeprüft.«

»Aber ... seine Frau sagte doch ...«

»Fabienne Hérault hat gelogen. Ich habe ihre Aussage gelesen: Sie hat lediglich die Vermutungen der Gendarmen bestätigt und behauptet, ihr Mann sei auf dem Weg zum Belledonne gewesen. Total falsch.«

Karim biß die Zähne zusammen. Wieder eine Lüge, wieder ein Geheimnis.

»Das ist noch nicht alles«, fuhr Astier fort. »Der Physiker hat sich außerdem die Reifenspuren des Wagens näher angesehen. Sie verlaufen in zwei Richtungen, Abdouf. Der Fahrer hat den Mann einmal überfahren, dann kam er zurück und fuhr noch ein zweites Mal über den Körper. Das ist Mord, eindeutig. Kaltblütig wie ein Fisch.«

Karim hörte kaum noch zu. Er spürte wild sein Herz klopfen. Endlich begann sich ein Motiv für die Rache der Familie Hérault abzuzeichnen. Vor der Flucht von Mutter und Tochter, vor ihrer Angst und der gnadenlosen Verfolgungsjagd, die indirekt Judiths Tod herbeigeführt hatte – jedenfalls einen tödlichen Autounfall –, hatte schon einmal ein Mord stattgefunden. Der Mord an Sylvain Hérault. Die Teufel hatten zuerst den »starken Mann« der Familie beseitigt und dann die Frauen aufs Korn genommen. Fabienne Hérault. Judith Hérault

Seine Gedanken rasten. »Und im Krankenhaus, was hast du dort entdeckt?« fragte er.

»Das ist meine zweite Bombe. Ich habe das Geburtenregister aus dem Jahr zweiundsiebzig geprüft. Die Seite vom 23. Mai ist herausgerissen.«

Karim hatte ein Déjà-vu-Erlebnis – eine ferne Erinnerung aus einem anderen Leben: ein Leben, das auf wenige Stunden zusammengeschrumpft war.

»Aber das ist noch nicht das Merkwürdigste«, fuhr Astier fort. »Ich war auch im Archiv und hab' mir die medizinischen Angaben über die Neugeborenen angesehen. Ein wahres Labyrinth, aber diesmal wurde ich fündig. Judiths Akte fand ich ohne weiteres. Du verstehst, was das bedeutet, oder? Es sieht so aus, als ob in der Nacht damals etwas anderes passiert wäre, ein Ereignis, das zwar ins allgemeine Register eingetragen wurde, aber nicht in die persönliche Akte des Kindes. Die Seite wurde vernichtet, um das mysteriöse Ereignis aus der Welt zu schaffen, nicht um die Geburt des kleinen Mädchens zu verheimlichen. Ich hab' mit ein paar Nachtschwestern gesprochen, aber die waren viel zu jung für die Geschichten von Onkel Astier ...«

Hinter den flapsigen Worten hörte Karim trotz der Störungen in der Verbindung eine tiefe Beklemmung heraus. Er dankte ihm und legte auf.

Vor ihm, in knapp vierhundert Metern Entfernung, ragte bereits die grasbewachsene Masse des Hügels auf.

Dort oben erwartete ihn die Wahrheit.

53

DAS HAUS, in dem Fabienne Hérault wohnte, stand auf der Spitze des Hügels. Bruchsteinmauern, dunkle Fenster.

Der Regen hatte aufgehört, und bleiche Wolken zogen über den schwarzen Himmel. Über den Hängen des Hügels schwebten Nebelfetzen, sonst war ringsum alles kahl, eine Steinwüste. Nichts und niemand im Umkreis von zwanzig Kilometern.

Karim stellte den Wagen ab und stieg den schmalen Pfad hinauf. Dieser Wohnort ließ ihn an das Haus denken, in dem die Frau in Sarzac gewohnt hatte – die grob behauenen Steine verliehen ihm eine gewisse Ähnlichkeit mit einem keltischen Heiligtum. Neben dem Haus prangte eine riesige weiße Satellitenschüssel. Er zog seine Waffe. Und erinnerte sich, daß bereits eine Kugel im Lauf war. Der Gedanke beruhigte ihn.

Ehe er auf die Tür zuging, inspizierte er die Garage, in der ein abgedeckter Volvo stand. Unverschlossen. Er öffnete die Motorhaube und entfernte mit wenigen routinierten Gesten die Zündkabel. Wenn die Sache nicht lief wie geplant, konnte Fabienne Hérault sich wenigstens nicht aus dem Staub machen.

Er ging zur Tür und klopfte ein paarmal, dann trat er zurück, die Waffe in der Hand. Kurze Zeit später ging ein Licht an, und die Tür öffnete sich. Ohne das Geräusch eines herumgedrehten Schlüssels, ohne Kette. Fabienne Hérault lebte nicht mehr in Argwohn.

Karim verbarg seine Waffe und trat ins Licht.

Vor ihm stand eine Frau, so groß wie er selbst, die ihn ansah. Breite Schultern, eine durchscheinende Haut und sehr regelmäßige Züge unter einer dunklen, krausen Haarmähne. Eine Brille mit massivem Rahmen, beinahe so dick wie Bambus. Ein sanftes, verträumtes, fast geistesabwesendes Gesicht, das Karim nicht zu beschreiben vermocht hätte.

»Polizei. Lieutenant Karim Abdouf«, stellte er sich vor.

Der Ausdruck der Frau war nicht im geringsten erstaunt. Über den Rand der Brille hinweg musterte sie Karim und schüttelte leicht den Kopf. Dann senkte sie den Blick auf die Hand, die unter der Jacke eine Pistole hielt. Abdouf meinte durch die Gläser ein spöttisches Funkeln zu sehen.

»Was wollen Sie denn mitten in der Nacht?« fragte sie mit tiefer, warmer Stimme.

Karim stand reglos da, wie versteinert in der nächtlichen Stille dieser abgelegenen Gegend.

»Eintreten. Zunächst einmal.«

Die Frau lächelte und ließ ihn herein.

Die Fensterläden waren geschlossen, die meisten Möbel unter verschiedenfarbigen Schonbezügen verborgen. In einer Ecke stand ein Fernsehapparat, daneben ein schwarzes Klavier, auf dem Notenhalter eine Etüde in b-Moll von Chopin. Der Raum lag im gedämpften flackernden Licht vieler Kerzen.

»Habe ich Sie nicht aufgeweckt?« fragte Karim erstaunt, und Fabienne Hérault antwortete leise: »Ich habe mich aus der Welt und der Zeit weitgehend zurückgezogen. Dieses Haus ist mein Ebenbild.«

Schwester Andrée fiel ihm ein: Auch sie hatte sich in die Dunkelheit zurückgezogen. »Und die Satellitenantenne?« fragte er.

»Einen gewissen Kontakt will ich halten. Ich muß es wissen, wenn die Wahrheit ans Licht kommt.«

»Wir stehen kurz vor der Explosion, Madame.«

Die Frau nickte mit unverändertem Ausdruck. Damit hatte der Polizist nicht gerechnet: diese Gelassenheit, dieses Lächeln, diese tröstliche Stimme. Er zog seine Waffe und schämte sich zugleich, daß er die Frau bedrohte.

»Madame«, sagte er leise. »Ich habe nur sehr wenig Zeit. Ich muß Fotos von Judith sehen, Ihrer Tochter.«

»Fotos von ...«

»Bitte. Seit mehr als zwanzig Stunden suche ich Sie. Seit mehr als zwanzig Stunden verfolge ich Ihre Geschichte und versuche, zu begreifen, warum Sie dieses Komplott angezettelt haben, warum Sie das Gesicht Ihres Kindes vergessen machen wollten.

Im Moment weiß ich nur zweierlei: Judith war nicht entstellt, wie ich zunächst vermutet habe, sondern, im Gegenteil, offenbar von erschreckender Schönheit. Und zweitens weiß ich, daß ihr Gesicht trotzdem die Spuren eines Alptraums verriet. Ein Alptraum, der Sie vor langer Zeit zur Flucht veranlaßt hat und der wie ein schlafender Vulkan auf einmal wieder ausgebrochen ist. Also zeigen Sie mir bitte die Fotos und erzählen Sie mir die Geschichte. Ich will alles wissen, Daten, Einzelheiten, Erklärungen. Ich will verstehen, wie und warum ein Mädchen, das angeblich vor vierzehn Jahren gestorben ist, in einer Universitätsstadt am Fuß der Alpen ein Massaker veranstaltet.«

Eine Weile verharrte die Frau reglos, dann ging sie mit ihren energischen Schritten aus dem Zimmer durch einen Flur, Karim folgte ihr, die Waffe in der Hand. Er sah sich um, erblickte weitere

Zimmer mit weiteren Möbelschonern in anderen Farben und fand dieses Haus ein Zwischending zwischen Wäscherei und Karneval.

Fabienne Hérault betrat eine Kammer, öffnete einen Schrank und nahm eine kleine eiserne Truhe heraus. Karim hielt ihre Hand fest und öffnete die Truhe selbst.

Fotografien. Nichts als Fotos.

Die Frau warf ihm einen fragenden Blick zu, dann tauchte sie die Hand hinein wie in eine Schale mit Wasser und warf die Fotos durcheinander. Schließlich fand sie, was sie gesucht hatte, und reichte dem Polizisten ein Bild.

Er lächelte wider Willen.

Ein kleines Mädchen mit ovalem Gesicht sah ihn an, mit dunklem Teint und mit kurzgeschnittenen braunen Locken. Tiefe Augenhöhlen, aus denen auffallend helle Augen leuchteten, überschattet von langen, fast zu dichten Brauen. Dieser leicht männliche Anflug stand in scharfem Kontrast zu dem strahlenden Blau der Augen.

Karim betrachtete das Bild und hatte das Gefühl, dieses Gesicht schon lange zu kennen, seit jeher. Doch das ersehnte Wunder fand nicht statt. So sehr hatte er gehofft, diese Züge würden ihm weiterhelfen, ihm einen Weg weisen.

Mit ihrer warmen Stimme flüsterte Fabienne: »Dieses Foto ist ein paar Tage vor ihrem Tod entstanden. In Sarzac. Sie hatte kurze Haare, wir ...«

Karim schaute auf. »Das paßt alles nicht. Dieses Bild, dieses Gesicht müßte mir eigentlich einen Hinweis, eine Erklärung liefern. Aber ich sehe nur ein hübsches kleines Mädchen.«

»Weil das Foto unvollständig ist«, sagte sie, kramte in der Truhe und reichte ihm einen weiteren Abzug. »Sehen Sie, das ist das letzte Klassenfoto aus Guernon. Ecole Lamartine, zweite Klasse. Kurz bevor wir nach Sarzac gezogen sind.«

Karim betrachtete die lächelnden Kindergesichter. Er suchte Judith, fand sie, und die Schuppen fielen ihm von den Augen. Insgeheim hatte er damit gerechnet – es war die einzig mögliche Erklärung. Trotzdem begriff er nicht. »Judith war also kein Einzelkind?« fragte er.

»Ja und nein.«

»Ja und nein? Was … was soll denn das heißen? Erklären Sie's mir.«

»Ich kann Ihnen nichts erklären. Ich kann Ihnen nur erzählen, wie das Unerklärliche mein Leben zerstört hat.«

11. TEIL

54

DIE KELLERGEWÖLBE DES KLINIKUMS, in denen das Archiv untergebracht war, ertranken in einem Ozean von Papier. Einer Flut von Akten, zusammengepreßt, geschnürt, aufgebläht, die sich in wütenden Wellen entlang den umliegenden Wänden türmten und auf dem Boden Inseln aus übereinandergestapelten Paketen bildeten, durch schmale Durchgänge voneinander getrennt. Dahinter erhoben sich die Dokumente zu regelrechten Mauern und verloren sich in blassen Fluchtlinien, beleuchtet vom Neonlicht.

Niémans stieg über etliche Stapel hinweg und betrat den ersten Gang. Um das Gebirge aus Schrift am Einsturz zu hindern, waren lange horizontale Netze gespannt worden. Der Kommissar, der an den Aktenstößen entlangging, war in Gedanken noch bei Fanny und der zeitentrückten Stunde, die er mit ihr erlebt hatte. Ihr lächelndes Gesicht im Halbdunkel, ihre zerkratzte Hand, die eine Lampe löschte, Ausschnitte dunkler Haut, zwei kleine bläuliche Flammen, die in der Dunkelheit funkelten – Fannys Augen, die voller Zärtlichkeit waren. Ein verschwommenes Fresko, dem Blick entzogen, luftige Arabesken, Gesten und geflüsterte Worte, flüchtige Augenblicke und zugleich eine Ewigkeit.

Wieviel Zeit war vergangen, während er in ihren Armen lag? Niémans hätte es nicht zu sagen gewußt. Doch seinen Lippen, seiner geschundenen Haut hatte sich eine Art Tätowierung eingeprägt, ein uraltes Siegel, das ihn selbst erstaunte. Fanny hatte es verstanden, vergessene Gefühle in ihm zu wecken, hatte ihm längst verloren geglaubte Geheimnisse entlockt, die ihn jetzt, nachdem sie wieder zum Leben erwacht waren, tief verstörten. Mitten in diesem Grauen, am Rand seiner Ermittlungen in einer Serie abscheulicher Morde, fand er diese Zärtlichkeit des Herzens?

Er konzentrierte sich. Er wußte, wo sich die gesuchten Akten befanden – er hatte mit dem Archivar telefoniert, der ihm, obwohl aus dem Schlaf geschreckt, sehr präzise Auskünfte erteilt hatte.

Niémans ging zwischen Stapeln hindurch, bog um eine Ecke, ging noch ein Stück, und endlich hatte er den beschriebenen Karton gefunden, eine Schachtel aus Pappe in einer vergitterten Nische, versperrt mit einem Vorhängeschloß. Der Nachtportier des Klinikums hatte ihm den Schlüssel gegeben. Wenn diese alten Unterlagen tatsächlich »bedeutungslos« waren, warum wurden sie dann so sorgfältig verwahrt?

Niémans schloß die Gittertür auf, hob den Deckel des Kartons ab, nahm ein Bündel Blätter heraus und begann zu lesen. Namen, Daten, Bemerkungen von Säuglingsschwestern: Auf diesen Geburtsscheinen waren Familienname, Gewicht, Größe und Blutgruppe jedes Neugeborenen vermerkt, in manchen Fällen auch der Muttermilchersatz, den ein Kind bekommen hatte – unter Angabe von Menge und Markenname des Erzeugnisses.

Er sah sich jedes Blatt an – es waren einige Hundert aus einem Zeitraum von mehr als fünfzig Jahren. Kein einziger Name sagte ihm etwas, kein Datum weckte irgendeine Assoziation.

Niémans beschloß, diese Blätter mit den Geburtsscheinen in den Originalakten der Neugeborenen zu vergleichen, die sich ebenfalls irgendwo in diesem Archiv befinden mußten. Nach erstaunlich kurzem Suchen fand er sie und zog etwa fünfzig Akten aus dem Stoß. Sein Gesicht war schweißüberströmt, aus seiner Polarjacke stiegen Hitzewellen empor. Er räumte einen Tisch ab, legte mehrere Akten nebeneinander und schlug sie auf, so daß er die jeweils erste Seite mit den Einzelblättern vergleichen konnte.

Fälschungen.

Schon ein kurzer Vergleich bewies fraglos, daß die Titelseiten der Krankenhausakten gefälscht worden waren. Etienne Caillois hatte sich bemüht, die Schrift der zuständigen Säuglingsschwestern zu imitieren, was ihm nicht schlecht gelungen war, doch dem Vergleich mit den Originalseiten hielten seine Ergebnisse nicht stand.

Aber warum?

Er legte zwei einander entsprechende Titelseiten nebeneinander: Bis auf die geringfügige Abweichung der Schrift stimmte die Kopie mit dem Original offensichtlich überein. Er nahm sich weitere Exemplare vor, und noch immer fiel ihm nichts auf. Er nahm die Brille ab, wischte sich den Schweiß vom Gesicht, setzte sie wieder auf und fuhr fort, zunehmend nervös.

Und endlich sah er es: ein winziger Unterschied zwischen dem echten und dem gefälschten Blatt. Noch begriff er nicht, was das bedeutete, doch er ahnte, daß er einen großen Schritt weitergekommen war. Sein Gesicht glühte, und zugleich stand ihm der kalte Schweiß auf der Stirn. Er vergewisserte sich, daß auch andere Seiten Unterschiede dieser Art aufwiesen, dann packte er sämtliche Dokumente, die vollständigen Akten und die von Caillois entwendeten Geburtsscheine, in den Karton und verließ das Archiv.

Er verstaute seine Beute im Kofferraum seines neuen Wagens – eines blauen Peugeot von der Gendarmerie – und kehrte noch einmal in die Klinik zurück, diesmal in die Säuglingsstation.

Um fünf Uhr morgens schien die ganze Station im Tiefschlaf zu liegen, und trotz des grellen Neonlichts wirkte alles sehr friedvoll. Niémans suchte das Stationszimmer, wo er weißbekittelte Pflegerinnen und Hebammen antraf, die ihn erstaunt ansahen. Er zeigte seinen Dienstausweis und fragte nach dem diensttuenden Arzt.

Sie schickten ihn zu einem anderen Raum, und auf dem Weg traf er einen Geburtshelfer, der mit allen Anzeichen tiefer Erschöpfung aus einem Kreißsaal kam. Niémans zeigte noch einmal seinen Ausweis und stellte seine Frage – er hatte nur eine einzige: »Herr Doktor, gibt es einen logischen Grund, weshalb sich das Gewicht eines Neugeborenen in der ersten Nacht seines Lebens verändern sollte? Ich meine, ist es normal, daß ein Baby in den ersten Stunden nach seiner Geburt ein paar hundert Gramm zu- oder abnimmt?«

Mit einem befremdeten Blick auf die stramm sitzende Mütze, die zu engen und zu kurzen Kleider des Kommissars antwortete der Arzt: »Nein. Wenn ein Kind an Gewicht verliert, führen wir sofort eine gründliche Untersuchung durch. Denn das ist ein Hinweis auf eine Störung.«

»Und wenn es zunimmt? Kann es sein, daß ein Kind in einer einzigen Nacht signifikant schwerer wird?«

»Das passiert nie. Aber was wollen Sie eigentlich?« fragte der Arzt mit verwunderter Miene.

Niémans lächelte. »Vielen Dank, Herr Doktor«, sagte er, drehte sich um und ging.

Im Gehen schloß er die Augen. Endlich kannte er das Motiv, das hinter den Morden von Guernon stand.

Die erschreckende Manipulation, auf die sich die »purpurnen Flüsse« bezogen.

Nur noch ein letztes Detail galt es zu überprüfen.

In der Universitätsbibliothek.

55

»RAUS! ALLE!«

Der Lesesaal war taghell erleuchtet. Schlaftrunken blickten die Kripobeamten von ihren Büchern auf. Sechs waren es noch, die sich mit philosophischen Abhandlungen über das Böse, über die Reinheit befaßten, andere waren noch damit beschäftigt, Zusammenhänge zwischen Studenten und Büchern herzustellen, die im Sommer und Frühherbst entliehen worden waren. Sie wirkten wie vergessene Soldaten, denen niemand gesagt hat, daß der Krieg inzwischen an einer anderen Front tobt.

»Geht alle nach Hause!« wiederholte Niémans. »Die Ermittlungen hier sind abgeschlossen.«

Die Polizisten wechselten argwöhnische Blicke. Wahrscheinlich hatten sie gehört, daß Hauptkommissar Niémans nicht mehr für den Fall zuständig war. Wahrscheinlich begriffen sie nicht, weshalb der berühmte Bulle, sonst eine so gepflegte Erscheinung, jetzt aussah wie ein Witz in seinen sonderbaren Kleidern und mit dieser Art Socke auf dem Kopf und weshalb er einen braunen, feuchten Karton unter dem Arm hielt. Aber widersprach man einem Niémans – vor allem, wenn er diesen mörderischen Blick hatte?

Sie standen auf und zogen ihre Jacken an.

Auf dem Weg zur Tür sprach einer von ihnen den Kommissar in leisem Ton an. Niémans erkannte den Polizisten, der Caillois' Dissertation studiert hat.

»Ich bin fertig, Kommissar. Ich wollte Ihnen sagen … Es bedeutet vielleicht nichts, aber Caillois' Schlußfolgerung ist wirklich erstaunlich. Wissen Sie noch, daß ich Ihnen von dem ›athlon‹ erzählt habe, dem Mann der Antike, der Verstand und Körperkraft, Geist und Natur vereinigte? Also, Caillois schlägt in seiner Arbeit eine Möglichkeit vor, wie sich diese Verschmelzung wieder herbeiführen ließe. Ein wirklich abartiges Unterfangen. Keine Rede von neuen Programmen an Schulen und Universitäten, von Bildung für Sportler und Sport für die Intellektuellen, keineswegs. Sondern die Lösung, die er sich ausgedacht hat, ist …«

»Genetisch.«

»Ach! Haben Sie sich das Ding auch angesehen? Verrückt, nicht wahr? Intelligenz, sagt er, ist biologisch bedingt. Eine genetische Tatsache, die mit anderen Genen für körperliche Kraft und Leistungsfähigkeit kombiniert werden muß, damit das Idealbild des ›athlon‹ in seiner Vollendung wiederauflebt …«

Die Worte wirbelten durch Niémans' Kopf. Er wußte inzwischen, worin das Komplott der purpurnen Flüsse bestand, und war nicht daran interessiert, dessen rudimentäre Darstellung aus dem Mund eines dicken Polizisten zu hören. »Du hast vollkommen recht«, murmelte er. »Aber jetzt laß mich in Frieden.«

Doch der Mann war in Fahrt und wollte es sich nicht nehmen lassen, die Früchte seiner langen Arbeit zu präsentieren: »Auf seinen letzten Seiten spricht Caillois von gesteuerter Fortpflanzung, von Vernunftehen, einem staatlich gelenkten System zur Aufwertung des Erbguts … Völlig absurdes Zeug. Wissen Sie, wie in diesen Science-fiction-Geschichten aus den sechziger Jahren … Meine Güte, wenn der Bursche nicht unter solchen Umständen gestorben wäre, hätte man wirklich was zu lachen.«

»Jetzt mach schon, geh nach Hause und schlaf dich aus! Ich brauche dich nicht mehr.«

Der untersetzte Polizist sah Niémans beleidigt an, zögerte kurz, als wollte er protestieren, doch dann ging er stumm davon.

Der Kommissar durchquerte den Lesesaal, der sich inzwischen geleert hatte, und spürte das Fieber wieder steigen, wie feurige Wurzeln, die sich in seinen Kopf bohrten. Er ging auf das Podium zu, auf dem der Schreibtisch von Rémy Caillois stand, Chefbibliothekar der Universität.

Er setzte sich vor den Computer und schaltete ihn ein, doch er besann sich bald eines Besseren: Die Daten, die er suchte, stammten aus der Zeit vor den siebziger Jahren und waren mit Sicherheit nicht in den Computer eingegeben worden.

Fieberhaft suchte er die Register in den Schreibtischladen nach den Listen ab, die ihn interessierten. Nicht nach den Bücher- und Studentenverzeichnissen, sondern nach der Auflistung der Tischnummern mit den Namen der Tausenden von Lesern, die sie im Lauf der Jahre belegt hatten.

Es kam ihm selbst absurd vor, doch in der Logik der Tischvergabe, sorgfältig ausgeklügelt von Caillois Vater und Sohn, hoffte er die Bestätigung dessen zu finden, was er im Archiv des Klinikums entdeckt hatte.

Endlich fand er, was er wollte. Er öffnete seinen Karton und legte noch einmal die Akten der Neugeborenen vor sich auf den Tisch. Er rechnete sich aus, in welchen Jahren aus diesen Kindern Studenten geworden waren, die ihre Abende in der Bibliothek verbrachten, und suchte dann die entsprechenden Namen in den Belegungslisten.

Es waren Pläne, in denen die Position der Tische eingetragen war: In jedem Kästchen stand der Name eines Studenten. Er hätte sich kein System ausdenken können, das logischer, strenger, besser geeignet gewesen wäre, um den teuflischen Plan, den er argwöhnte, in die Tat umzusetzen. Jedes Kind, das zwanzig Jahre später zu studieren begonnen hatte, war im Lauf der Tage, Monate, Jahre nicht nur immer an denselben Platz gesetzt worden, sondern immer auch gegenüber einem Studenten des jeweils anderen Geschlechts.

Niémans wußte jetzt, daß er richtig vermutet hatte.

Er wiederholte den Vergleich bei etlichen anderen Studenten, willkürlich ausgesucht im Abstand von Jahrzehnten, und immer stellte er fest, daß sich an dieser Sitzordnung – zwei Personen gleichen Alters, männlich und weiblich – nie etwas geändert hatte.

Mit zitternden Händen schaltete er den Computer aus. Schwer lastete die Stille auf dem leeren Lesesaal. Niémans zog sein Telefon hervor und rief den Nachtwächter des Rathauses an. Es kostete ihn große Mühe, den Mann von der Notwendigkeit zu überzeugen, ins Archiv hinunterzugehen und die Jahrbücher des Standesamts herauszusuchen.

Endlich erklärte der Portier sich bereit, und Niémans konnte dank der Erfindung mobiler Telefone die gewünschten Überprüfungen durchführen: Er nannte ihm Namen, und in siebzig Prozent der Fälle bestätigte ihm der Portier, daß dieses und jenes Paar in diesem und jenem Jahr geheiratet hatte.

»Soll das irgendein Spiel sein oder was?« murrte der Portier.

Nach zwanzig positiven Auskünften fand Niémans, es sei genug, bedankte sich und legte auf.

Er verstaute seine Unterlagen und ging.

Mit langsamen Schritten überquerte Niémans den Campus. Unwillkürlich suchte er nach Fannys Fenstern, doch er fand sie nicht. Auf der Treppe vor einem Gebäude hatte sich eine Gruppe Journalisten versammelt und schien auf etwas zu warten, während der Rest des Geländes von uniformierten Polizisten und Gendarmen wimmelte.

Vor die Wahl zwischen Polizei und Presse gestellt, nahm er es lieber mit seinesgleichen auf und überwand mehrere Absperrungen, indem er seinen Ausweis vorzeigte. Er kannte kein einziges Gesicht: Vermutlich waren alle diese Leute aus Grenoble zur Verstärkung geholt worden.

Er betrat das Verwaltungsgebäude und kam in eine grell erleuchtete Halle, in der etliche Personen mit bleichen Gesichtern, die meisten recht betagt, auf und ab gingen. Professoren, Forscher, Dozenten – die ganze Universität war im Alarmzustand. Niémans ging an ihnen vorüber, ohne ihre Blicke zu beachten, die neugierig auf ihn gerichtet waren.

Er stieg ins oberste Stockwerk hinauf und steuerte geradewegs auf das Büro von Vincent Luyse zu, durchquerte das Vorzimmer, riß unterwegs ein paar Fotos von jungen Sportlern von der Wand und öffnete, ohne anzuklopfen, die Tür.

»Was ist …«, fuhr der Rektor erschrocken auf, beruhigte sich aber gleich wieder, als er den Kommissar erkannte. Mit einer knappen Kopfbewegung entließ er die bleichen Gestalten, die in seinem Büro saßen, und wandte sich an Niémans: »Ich hoffe, Sie sind inzwischen weitergekommen! Wir sind alle sehr …«

Der Kommissar legte die gerahmten Fotos auf den Schreibtisch, dann zog er die Geburtsscheine hervor. Luyse geriet in Erregung.

»Also wirklich, ich muß schon sagen …«

»Warten Sie.«

Niémans legte Fotos und Blätter einzeln nebeneinander, so daß der Rektor sie gut sehen konnte. Dann stützte er sich mit beiden Händen auf den Schreibtisch und sagte: »Vergleichen Sie die Namen auf diesen Seiten hier und die Namen Ihrer Champions: Handelt es sich um dieselben Familien?«

»Wie bitte?«

Niémans schob die Blätter näher zu ihm.

»Die Frauen und Männer, deren Namen hier stehen, haben untereinander geheiratet. Ich denke, sie gehören diesem berühmten Eliteclub an der Universität an: Professoren, Forscher und so weiter … Sehen Sie sich die Namen an, und sagen Sie mir, ob darunter die Eltern oder Großeltern dieser Generation von Superbegabten sind, die heute sämtliche sportlichen Auszeichnungen gewinnen …«

Luyse setzte seine Brille auf und senkte den Blick. »Ja, doch, die meisten dieser Namen kenne ich …«

»Sie bestätigen mir also, daß die Kinder dieser Paare sowohl geistig wie körperlich außergewöhnliche Fähigkeiten besitzen?«

Die verkniffenen Züge des Rektors verzogen sich zu einem breiten Lächeln, beinahe unwillkürlich, wie es schien. Ein höchst befriedigtes, eitles Lächeln, das ihm Niémans liebend gern aus dem Gesicht gebeutelt hätte.

»Aber ja … absolut. Die neue Generation ist einfach brillant. Glauben Sie mir, diese jungen Leute werden halten, was sie versprechen. Übrigens hatten wir schon in der vorhergehenden Generation etliche Vertreter dieses Typs. Für unsere Universität sind ihre Leistungen natürlich ganz besonders erfreulich …«

Mit einemmal begriff Niémans, daß seine Gefühle gegenüber Intellektuellen nicht Argwohn, sondern reinem Haß entsprachen. Er verabscheute sie aus tiefstem Herzen. Haßte ihre hochnäsige, unzugängliche Gleichgültigkeit, ihre hervorragende Gabe, sich jede beliebige Realität zurechtzubiegen, zu analysieren, zu beurteilen. Bemitleidenswerte Wesen, die das Leben aus der Ferne betrachteten wie eine Bühne und das Theater zwangsläufig mehr oder weniger frustriert, mehr oder weniger angeekelt wieder verließen. Dennoch – was ihnen hier in Guernon, ohne ihr Wissen, zugestoßen war, konnte niemand ihnen wünschen. Das hatte niemand verdient.

»Diese junge Generation wird den Ruhm unserer Universität mehren«, setzte Luyse pathetisch hinzu.

Niémans packte seine Unterlagen wieder in den Karton. »Dann können Sie sich jetzt freuen«, stieß er dumpf hervor. »Denn diese Namen werden zu Ihrem Ruhm noch sehr viel beitragen.«

Luyse sah ihn fassungslos an. Niémans wollte etwas hinzufügen, doch er stutzte: Die Miene des Rektors verriet Entsetzen.

»Um Gottes willen, was ist mit Ihnen?« fragte Luyse besorgt. »Sie bluten ja!«

Niémans fuhr sich über die Wange und sah, daß seine Hand voller Blut war: Unter der Hitze des Fiebers hatte die Wunde sich wieder geöffnet. Er wandte sich zum Fenster, sah sich selbst in der dunklen Scheibe und fragte sich, ob er im Begriff war, das letzte Spiegelbild der Mordserie zu betrachten.

Es blieb ihm keine Zeit, die Frage zu beantworten. Eine Sekunde später war er ohnmächtig zusammengesackt, das Gesicht an den Schreibtisch gelehnt.

56

LICHT. DUMPFES DRÖHNEN. HITZE.

Pierre Niémans begriff nicht sofort, wo er war. Dann erblickte er ein Gesicht unter einem weißen Häubchen, einen weißen Kittel.

Neonlicht. Das Krankenhaus. Wie lange war er bewußtlos gewesen? Und woher kam diese Schwäche in seinem Körper, als bestünden seine Gliedmaßen, Muskeln, Knochen nur noch aus Flüssigkeit? Er wollte etwas sagen, doch durch die Anstrengung erstarb ihm das Wort in der Kehle, und die Erschöpfung drückte ihn schwer in sein Bett, zwischen die knisternden Laken.

»Er verliert sehr viel Blut. Die Schläfenwunde muß genäht werden …«

Eine Tür öffnete sich. Räder quietschten. An seinen Augen zogen zu grelle Lampen vorüber und blendeten ihn schmerzhaft. Ein Operationssaal. Eine andere Stimme ließ sich vernehmen: »Bereiten Sie die Transfusion vor.«

Der Kommissar hörte ein Klappern, ein Klirren, spürte etwas Kaltes am Arm, dann den Stich, mit dem ihm die Infusionsnadel gelegt wurde. Er wandte den Kopf und erblickte ein Gestänge, an dem ein Beutel mit Blut hing, der sich rhythmisch bewegte, zu atmen schien. Ein Schlauch führte von dem Beutel in seinen Arm.

Sollte es also hier in diesen aseptischen Gerüchen mit ihm zu Ende gehen, sollte er abgleiten in die Bewußtlosigkeit? In dem Moment, in dem er endlich das Motiv der Morde entdeckt hatte, endlich das Geheimnis hinter dieser Serie von Verbrechen gelüftet hatte? Sein Gesicht verzerrte sich.

»Injizieren Sie Diprivan, zwanzig Kubikzentimeter«, sagte eine Stimme.

Niémans nahm seine Kraft zusammen und setzte sich auf, packte das Handgelenk des Arztes, der neben ihm saß, und keuchte: »Ich will nicht betäubt werden!«

Der Arzt sah ihn verwundert an. »Keine Narkose? Diese Wunde ist verdammt tief, guter Mann. Sie muß genäht werden.«

»Örtlich ...«, murmelte Niémans matt. »Machen Sie mir eine örtliche Betäubung ...«

Der Arzt seufzte und rollte auf seinem Stuhl zurück. »Na gut«, sagte er und wandte sich an den Anästhesisten: »Dann geben Sie ihm Xylocain. Die maximale Dosis. Gehen Sie bis vierzig Kubikzentimeter.«

Niémans ließ sich zurücksinken. Lampen wurden auf seinen Kopf gerichtet, der auf einer Nackenstütze ruhte. Jemand drehte ihn zur Seite und deckte sein Gesicht ab.

Er schloß die Augen. Während der Arzt und die Assistentinnen sich an seiner Schläfe zu schaffen machten, verloren seine Gedanken an Schärfe. Sein Herzschlag verlangsamte sich, sein Kopf hörte auf, ihn zu martern. Eine Lähmung breitete sich in ihm aus, und er war nahe daran, einfach aufzugeben, sich fallen zu lassen.

Das Geheimnis ... Das Geheimnis der Caillois und Sertys ... Selbst das verschwamm ihm jetzt, entfernte sich, war nicht mehr greifbar ... Fannys Gesicht legte sich über jeden Gedanken ... Ihr

Körper, dunkelhäutig, muskulös und gerundet, weich und hart und glatt wie ein von Feuer, Wasser, Wind geschliffener Lavastein … Fanny … Die Bilder in seinem Kopf wurden begleitet von einem Murmeln, raschelndem Stoff, Elfenatem …

»Halt!« brüllte eine herrische Stimme durch den Operationssaal. Alles erstarrte.

Eine Hand riß ihm das Tuch vom Gesicht, und Niémans, geblendet vom gleißenden Licht, erkannte einen langhaarigen Teufel, der dem Arzt und den verblüfften Krankenschwestern einen Polizeiausweis vor die Nase hielt.

Karim Abdouf.

Niémans hob die Hand, aus der ein blutgefüllter Schlauch ragte.

Sein Lebenselixier.

Der Arzt fuchtelte mit seiner Schere: »Was fällt ihnen ein, hier einfach hereinzuplatzen!«

»Lassen Sie den Mann in Ruhe!« röhrte Karim, trat näher und musterte die inzwischen vernähte Wunde.

Der Arzt zuckte die Achseln. »Ich muß wenigstens noch den Verband legen …«

Karim sah sich mißtrauisch um. »Wie geht es ihm?«

»Er ist jetzt stabil. Der Blutverlust war ziemlich groß, aber er hat eine Transfusion bekommen. Wir haben die Wunde genäht, aber wie Sie sehen, ist der Patient noch nicht ganz in der Verfassung, sofort wieder loszurennen …«

»Haben Sie ihm was gegeben?«

»Was denn?«

»Eine Narkose?«

»Nur eine örtliche Betäubung …«

»Besorgen Sie mir Amphetamine, irgendwelche Aufputschmittel. Ich muß ihn wachbekommen.«

Karim sprach mit dem Arzt, hatte den Blick aber auf Niémans geheftet. »Es geht um Leben oder Tod«, fügte er dramatisch hinzu.

Der Arzt stand auf und nahm aus einem Arzneischrank in Plastik eingeschweißte kleine Pillen. Karim lächelte Niémans zu.

»Hier«, sagte der Arzt. »Damit ist er in einer halben Stunde wieder auf den Beinen …«

»Danke. Und jetzt verschwinden Sie.«

Als niemand sich rührte, schrie er die kleine Truppe wild an: »Lassen Sie uns allein, alle! Ich muß mit dem Kommissar reden!«

Arzt und Assistentinnen zogen sich zurück. Niémans spürte, wie die Infusionsnadel aus seinem Arm gezogen wurde, hörte das Rascheln von Papier, dann hielt ihm Karim mit der einen Hand die blutbefleckte Polarjacke hin und mit der anderen eine Kollektion bunter Pillen. »Ihre Aufputschmittel, Kommissar.« Ein knappes Lächeln. »Einmal ist keinmal.«

Doch Niémans lächelte nicht. Mit aschfahlem Gesicht rappelte er sich mühsam auf und murmelte: »Karim ... Ich kenne jetzt ihr Komplott.«

»Das Komplott?«

»Die Verschwörung, die sich Sertys, Caillois und Chernecé ausgedacht haben. Die Verschwörung der purpurnen Flüsse.«

»WAS?«

»Sie tauschen Babys aus.«

12. TEIL

57

SECHS UHR MORGENS. Die Landschaft war schwarz und heftig bewegt – es goß in Strömen: Der Regen hatte wieder mit voller Kraft eingesetzt, wie um vor Tagesanbruch die Berge noch ein letztes Mal blankzupolieren. Wie Schnüre aus Glasperlen stürzte das Wasser vom Himmel herab.

Unter den Zweigen eines ausladenden Nadelbaums standen Karim Abdouf und Pierre Niémans einander gegenüber, der eine an den Audi gelehnt, der andere gegen den Baum. Sie standen reglos, konzentriert, aufs äußerste gespannt. Der arabische Polizist beobachtete den Kommissar, der unter der Wirkung der Amphetamine nach und nach wieder zu Kräften kam – oder vielmehr ins Leben zurückfand. Er hatte von dem mörderischen Angriff des Geländewagens berichtet, und jetzt drängte ihn Abdouf, die ganze Geschichte zu erzählen.

Pierre Niémans holte tief Luft. »Ich war im Blindeninstitut«, begann er.

»Auf den Spuren von Eric Joisneau, ich weiß. Und was haben Sie dort erfahren?«

»Champelaz, der Direktor, hat mir erklärt, die meisten seiner Patienten seien Kinder mit erblich bedingten Leiden und stammten immer aus denselben Familien, nämlich aus der Elite der Universität. Champelaz erklärt das Phänomen mit der jahrhundertelangen Isolation dieser Leute: Sie blieben immer unter sich und heirateten innerhalb ihrer Intellektuellengemeinde, was dazu führte, daß sie inzwischen mehr oder weniger verwandt miteinander und genetisch ausgelaugt, verarmt sind. Die Kinder, die heute zur Welt kommen, sind zwar höchst verfeinert und kultiviert und haben vielleicht großartige Forscherkarrieren vor sich, doch körperlich sind sie erschöpft, kränklich und leiden unter allen möglichen Defekten, vor allem an den Augen.«

»Und in welchem Zusammenhang steht das mit unserem Fall?«

»Zunächst in gar keinem. Joisneau suchte das Institut auf, um sich nach Augenleiden im allgemeinen zu erkundigen – er war auf der Suche nach irgendwelchen Anhaltspunkten, die vielleicht einen Bezug zu der Verstümmelung der Leichen hätten. Aber das war es nicht, absolut nicht.

Bei unserem Gespräch hat Champelaz mich darauf aufmerksam gemacht, daß ebendiese Gemeinde seit etwa zwanzig Jahren einen völlig anderen Nachwuchs erzeugt, kerngesunde und kräftige Kinder. Sie sind nicht nur intelligent, sondern auch sehr sportlich – mit anderen Worten: Gewinner auf allen Ebenen. Und das paßt natürlich nicht ins Bild: Wie kann es sein, daß ein und dieselbe Gemeinde einerseits erblich stark belastete Kinder und auf der anderen Seite diese strahlenden Supermenschen hervorbringt?

Champelaz hat seine privaten Nachforschungen angestellt, weil er wissen wollte, woher auf einmal diese hochbegabten Kinder stammen. Er studierte ihre medizinischen Unterlagen, konsultierte das Archiv des Klinikums, befaßte sich sogar mit der Krankengeschichte der Eltern und Großeltern und suchte nach irgendwelchen Hinweisen oder Besonderheiten. Aber er fand nichts. Nicht das geringste.«

»Und?«

»Irgendwann gab er auf, aber im Juli dieses Jahres erwachte die Geschichte in gewisser Weise wieder zum Leben: Anläßlich einer Besichtigung des Klinikarchivs wurden alte Unterlagen gefunden, die aus der ehemaligen Bibliothek stammten. Es war ein Geburtenregister, und darin tauchten justament die Namen der Eltern und Großeltern der heutigen Hochbegabten auf.«

»Und was bedeutet das?«

»Das Register existiert in doppelter Ausfertigung. Bei den Unterlagen, die Champelaz prüfte, also den kompletten Akten, die in der Klinik angelegt worden waren, hat jemand die jeweils erste Seite, auf der Name, Geburtsgewicht und -größe und so weiter steht, gefälscht. Die Originalseiten hingegen sind eben jene Blätter, die unter den persönlichen Unterlagen des Chefbibliothekars der Uni gefunden wurden: Etienne Caillois. Rémys Vater.«

»Scheiße.«

»Du sagst es. Logischerweise hätte Champelaz daraufhin die Unterlagen, die er sich seinerzeit vorgenommen hatte, und die im Keller gefundenen Blätter miteinander vergleichen müssen. Das unterließ er jedoch. Aus Zeitmangel, Faulheit, was weiß ich. Vor allem aber, glaube ich, fürchtete er, womöglich auf irgendeine unappetitliche Wahrheit über die Elite von Guernon zu stoßen. Aber ich hab's getan.«

»Und was haben Sie herausgefunden?«

»Daß die offiziellen Unterlagen tatsächlich gefälscht sind. Etienne Caillois hat Handschriften imitiert und dabei auf jedem Blatt ein Detail verändert.«

»Was für ein Detail?«

»Immer dasselbe: das Geburtsgewicht des Kindes. Damit die Zahl mit den Werten auf den übrigen Seiten übereinstimmt, wo die Säuglingsschwestern das Gewicht an den ersten Lebenstagen des Kindes eintrugen.«

»Das verstehe ich nicht.«

»Hör mir gut zu, Karim«, sagte Niémans dumpf. »Etienne Caillois mußte die Titelseiten fälschen, um eine ansonsten unerklärliche Tatsache zu verschleiern: Auf den ursprünglichen Seiten stimmt das Gewicht des Neugeborenen nie mit dem Gewicht an seinem zweiten Lebenstag überein. Das heißt, die Säuglinge nahmen in einer einzigen Nacht mehrere hundert Gramm zu oder ab.

Ich war in der Säuglingsstation und habe mich erkundigt. Laut Aussage eines Arztes ist eine derart rasante Gewichtszunahme unmöglich. Daraufhin war mir klar, daß sich nicht das Gewicht in einer Nacht veränderte, sondern das Kind. Das war es, was Caillois senior verschleiern mußte. Er oder vielmehr sein Komplize, nämlich der alte Sertys, Pfleger am CHRU von Guernon, wechselte in der Säuglingsstation Kinder aus.«

»Aber wieso?«

Niémans verzog das Gesicht zu einem gequälten Lächeln. Der Wind trieb den Regen beinahe horizontal vor sich her, und scharfe Tropfen peitschten sein Gesicht. »Um einer Gemeinschaft, die sich überlebt hatte, neues, starkes, gesundes Blut zuzuführen. Die Technik, die sich Caillois und Sertys ausdachten, war ganz einfach: Die Babys aus Professorenfamilien wurden mit den Kindern von Gebirgsbewohnern vertauscht, die sie nach den körperlichen Eigenschaften ihrer Eltern ausgewählt hatten. Auf diese Weise kamen mit einem Schlag gesunde und fähige Körper in die Intellektuellengemeinde von Guernon. Frisches Blut vermischte sich mit dem verbrauchten – an dem einzigen Ort, an dem die unzugänglichen Universitätsmitarbeiter mit den Bergwäldlern zusammentrafen: in der Säuglingsstation der Klinik. Dorthin gingen alle Mütter, um ihre Kinder auf die Welt zu bringen, und dort konnte die Schiebung stattfinden.

Darauf bezieht sich also der mysteriöse Satz in Sertys' Heft: ›Wir beherrschen die purpurnen Flüsse‹. Damit ist weder ein Buch noch ein System von Wasserläufen gemeint, sondern das Blut der Einwohner von Guernon. Die Adern der Kinder aus dem Tal. Caillois und Sertys, die Väter ebenso wie die Söhne, beherrschten tatsächlich das Blut ihrer Stadt.

Sie praktizierten die allereinfachste genetische Manipulation, die es gibt: die Vertauschung von Babys.

Inzwischen ist mir auch klar, daß Caillois und Sertys ein spezielleres Ziel verfolgten; Sie wollten nicht nur das kostbare Professorenblut erneuern, sondern darüber hinaus perfekte Wesen erschaffen, Übermenschen. So prachtvoll wie die Sportler auf den Fotos von den Berliner Olympischen Spielen, die bei Caillois im Flur hängen, und so intelligent wie die berühmtesten Wissenschaftler von Guernon.

Das war es: Diese Irren wollten die Gehirne der Universität mit den Körpern der Bergbewohner vereinigen. Denn sie hatten ihr System noch verfeinert und steuerten nicht nur die Geburten, sondern auch die Ehen unter den auserwählten Kindern.«

Sprachlos hörte sich Karim den Bericht an, während Niémans seinen Monolog fortsetzte: »Wie bringt man die Paare zusammen? Wie programmiert man Ehen? Da fiel mir ein, welche Berufe Caillois und Sertys ausübten, und ich dachte an die begrenzte Macht, die ihre beruflichen Aufgaben ihnen einräumten: Dank der unauffälligen und bescheidenen Rollen, die sie in der Öffentlichkeit spielten, konnten sie ihr grandioses Projekt vollenden. Denk an die Sätze in dem Heft: ›Wir sind die Herren, und wir sind die Sklaven. Wir sind überall, und wir sind nirgendwo.‹ Das deutet zumindest darauf hin, daß die Männer trotz ihres bescheidenen Auftretens, ja gerade wegen ihrer Zurückgezogenheit das Schicksal einer ganzen Region beherrschten. Handlanger waren sie, aber auch Drahtzieher.

Vater und Sohn Sertys waren nach außen nur obskure Krankenpfleger, aber sie lenkten das Schicksal Hunderter von Kindern in andere Bahnen, indem sie Babys vertauschten. Während die beiden Caillois, die über die Bibliothek herrschten, für den zweiten Teil des Programms zuständig waren, die Ehevermittlung. Und wie brachten sie das zustande?

Ich erinnerte mich an die persönlichen Unterlagen, die Caillois in seinem Schreibtisch in der Bibliothek aufbewahrte. Wir hatten nur die Listen der entliehenen Bücher und die Namen der Studenten überprüft; was wir allerdings nicht beachteten, war die Plazierung der Leser, die Belegung der Glasboxen, in denen die Leute studierten. Ich fuhr also zur Bibliothek und verglich die Tischbelegungslisten mit den gefälschten Geburtsdaten. Das Ganze liegt dreißig, vierzig, fünfzig Jahre zurück, aber es paßt alles perfekt, sämtliche Namen tauchen wieder auf.

Jedes vertauschte Kind wurde später, als Student oder Studentin, einer ganz bestimmten Person gegenübergesetzt, die aus einer brillanten Professorenfamilie stammte und über die Jahre hinweg immer dieselbe blieb – vom entgegengesetzten Geschlecht natürlich. Ich habe mich daraufhin im Rathaus vergewissert: Es funktionierte zwar nicht in jedem Fall, doch die meisten Paare, die sich hinter den Glasscheiben in der Bibliothek kennenlernten, haben später geheiratet.

Ich hatte also richtig vermutet. Nach dem die ›Herren‹ Identitäten vertauscht hatten, betätigten sie sich als Kuppler und planten sorgfältig ihre Kombinationen. Den geraubten Kindern der Bergbewohner setzten sie die Nachwuchsintelligenz gegenüber, vereinigten also Geist und Natur, ein ›Hirn‹ mit einem ›Körper‹. Und die Sache hat funktioniert, Karim: Die Champions der Uni, das sind die Nachkommen dieser vorprogrammierten Paare!«

Abdouf gab keine Antwort. Er war ganz Ohr, gespannte Aufmerksamkeit, konzentriert wie der nadelscharfe Regen.

»Anhand dieser Elemente konnte ich nach und nach das Puzzle rekonstruieren«, fuhr Niémans fort. »Mir wurde klar, daß ich genau in diesem Augenblick den Fußspuren des Mörders folgte, den der

Zwischenfall der aufgefundenen Unterlagen alarmiert hatte – die Sache stand damals in den Regionalzeitungen. Offensichtlich verglich er die jeweiligen Dokumente miteinander, wie ich es getan habe. Wahrscheinlich hatte er bereits seine Zweifel über die Herkunft der ›Champions‹ von Guernon. Vielleicht gehört er selber dazu, vielleicht ist er ebenfalls eine Kreatur dieser Irrsinnigen.

Das Prinzip der Verschwörung ist nun klar: Der Mörder folgte dem Sohn des Bibliothekars, der die Unterlagen geklaut hatte, Rémy Caillois, und erfuhr von den geheimen Verbindungen zwischen Sertys und Chernecé... Meiner Ansicht nach kam der Arzt erst später dazu, ein durchgeknallter Forscher, der auf dem Weg über das Blindeninstitut auf die Wahrheit gestoßen war und sich lieber auf die Seite der Verschwörer geschlagen hatte, als sie anzuzeigen. Kurz, unser Mörder spürte die Beteiligten auf und beschloß ihre Hinrichtung. Sein erstes Opfer mußte er noch foltern, um die ganze Geschichte zu erfahren. Bei seinen Komplizen konnte er sich mit Verstümmelung und Ermordung begnügen.«

Karim schüttelte den Kopf. »Bloß weil sie Babys vertauschten? Ehen stifteten?«

»Da ist noch ein Umstand, von dem du nichts weißt: Unter den Bewohnern der Bergdörfer ringsum ist eine auffällige Kindersterblichkeit bei Neugeborenen zu vermerken. Ein Phänomen, das um so unerklärlicher ist, als es sich um sehr gesunde Familien handelt. Den Grund dieser Todesfälle kann ich mir denken. Vater und Sohn Sertys tauschten nicht nur Babys aus, sondern erstickten die Säuglinge, die sie als Kinder der Bergbewohner ausgaben und die in Wahrheit die schwächlichen Intellektuellenkinder waren. Auf diese Weise konnten sie sichergehen, daß die Bauern weitere Kinder zeugen und den Wahnsinnigen damit neues Material liefern würden. Das waren Fanatiker, Karim. Geisteskranke, Mörder in zwei Generationen, nur um ihre verschrobenen Vorstellungen von einer überlegenen Rasse zu verwirklichen.«

»Wenn die Morde also aus Rache geschahen, warum dann diese sehr speziellen Verstümmelungen?« fragte Karim heiser.

»Sie haben symbolischen Wert. Die Entfernung von Augen und Händen steht für die Vernichtung der biologischen Identität der Opfer. So wurden die Leichen auch in einer Weise arrangiert, daß man zunächst ihr Abbild, nicht den Körper selbst entdeckte. Eine andere Methode, um die Opfer zu entmaterialisieren, ihrer leiblichen Identität zu berauben. Caillois, Sertys, Chernecé hatten anderen die Identität gestohlen und wurden deshalb auf diese alttestamentarische Weise bestraft: Gleiches wird mit Gleichem vergolten – Auge um Auge, Zahn um Zahn.«

Der stürmische Regen peitschte ihre bleichen Gesichter, und ihr Atem bildete einen weißlichen Nebel um Niémans' verbundenen Kopf und Abdoufs triefende Zöpfe.

»Niémans, Sie sind ein großartiger Polizist.«

»Nein, Karim. Ich habe jetzt zwar das Motiv des Mörders, aber wer er ist, weiß ich noch immer nicht.«

Abdouf lachte trocken auf. »Aber ich.«

»Wie bitte?«

»Jetzt paßt alles zusammen. Denken Sie daran, wovon ich ausgegangen bin: von den Teufeln, die Judiths Gesicht zerstören wollten, weil es ein Beweis war, der sie überführen konnte. Diese Teufel waren niemand anderes als Etienne Caillois und René Sertys, die Väter der Opfer, und jetzt weiß ich, warum sie um jeden Preis Judiths Gesicht auslöschen mußten. Weil es ihr Komplott hätte auffliegen lassen.«

Diesmal war Niémans verblüfft: »Warum?«

»Weil Judith Hérault eine Zwillingsschwester hatte, die ausgetauscht wurde.«

58

NUN WAR KARIM AN DER REIHE ZU SPRECHEN. In neutralem Tonfall, im Regen, der jetzt, kurz vor Tagesanbruch, nachzulassen schien. Wie die Tentakeln eines Kraken schlängelten sich die Rastalocken um seine Schultern.

»Sie sagen, die Verschwörer wählten für ihre Machenschaften die Kinder je nach den Eigenschaften ihrer Eltern aus. Mit Sicherheit suchten sie sich die Stärksten und Wendigsten, Menschen, die sich in den Bergen mit der Geschicklichkeit eines Schneeleoparden fortbewegten. Ein Paar wie Fabienne und Sylvain Hérault konnte ihnen also nicht entgehen. Die beiden lebten damals in Taverlay, einem Dorf am Pelvoux in achtzehnhundert Metern Höhe.

Sie ist über eins achtzig groß, kolossal, prachtvoll. Eine engagierte Lehrerin und hervorragende Pianistin. Schweigsam und elegant, stark und poetisch zugleich. Eines steht fest: Fabienne Hérault ist selbst schon ein ambivalentes Wesen.

Viel weniger weiß ich über ihren Mann Sylvain. Er lebte vorwiegend in der dünnen Luft der Gipfel und schlug seltene Kristalle aus dem Felsen. Auch er war ein Hüne und bezwang die wildesten, unzugänglichsten Berge.

Kommissar, wenn die Verschwörer in der ganzen Region nur ein einziges Baby hätten stehlen sollen, dann wäre es das Kind dieses sensationellen Paares gewesen, das von seiner genetischen Beschaffenheit her äußerst vielversprechend war.

Ich bin sicher, daß sie mit größter Ungeduld auf die Geburt warteten, gierig wie die Vampire. Am Abend des zweiundzwanzigsten Mai 1972 ist es schließlich soweit. Fabienne und Sylvain Hérault kommen ins CHRU von Guernon, sie ist kurz vor der Niederkunft. Nach nur siebenmonatiger Schwangerschaft. Das Kind ist zwar eine Frühgeburt, aber nach Einschätzung der Hebamme besteht keine Gefahr.

Doch die Geburt verläuft nicht wie geplant. Das Kind liegt falsch, die Wehen ziehen sich hin, ohne daß etwas geschieht. Es ist zwei Uhr morgens, dreiundzwanzigster Mai, und inzwischen hat man festgestellt, daß Fabienne Hérault nicht eines, sondern zwei Kinder bekommt.

Ein Arzt wird hinzugezogen, Fabienne unter Narkose gesetzt. Der Arzt nimmt einen Kaiserschnitt vor und holt Zwillinge ans Licht – zwei Mädchen, die winzig sind und Atemschwierigkeiten haben. Sie müssen mit Sauerstoff beatmet werden und im Brutkasten liegen. Der Pfleger, der in dieser Nacht in der Säuglingsstation Dienst hat, ist René Sertys, der Vater von Philippe.

Er ist total aus dem Häuschen. Seine Aufgabe war es, das Kind auszuwechseln, aber daß es zwei sind, konnte er nicht ahnen. Was tun? In der Aufregung um die Neugeborenen, die sofort versorgt werden müssen, hat niemand sich darum gekümmert, festzustellen, ob es ein- oder zweieiige Zwillinge sind, niemand hat sich ihre Gesichter so genau angesehen. Sertys beschließt, nur ein Kind auszutauschen. Nachdem die Mädchen inzwischen regelmäßig atmen, nimmt er das eine aus dem Brutkasten und legt ein anderes kleines Mädchen hinein, das Kind einer Professorenfamilie, das klein und schwächlich ist und dem zu früh geborenen Hérault-Zwilling in Größe und Gewicht weitgehend entspricht.

Aber eines ist sicher: Er muß dieses Ersatzkind töten. Einen falschen Zwilling, der nicht das geringste mit seiner Schwester gemein hat, kann er nicht am Leben lassen. Also erstickt er das Kind, dann alarmiert er unter großem Geschrei Ärzte und Säuglingsschwestern und spielt seine Rolle gut: Panik, Selbstanklage.

Er versteht nicht, wie das hat passieren können, er weiß es wirklich nicht ... Weder der Gynäkologe noch die Kinderärzte äußern eine klare Meinung. Es ist eben ein weiterer Fall von plötzlichem Kindstod, wie sie seit fünfzig Jahren unter den Bergbewohnern so häufig vorkommen, – bei einer Frühgeburt ist das ja nicht einmal überraschend. Man tröstet sich damit, daß immerhin eines der beiden Kinder überlebt hat. Sertys jubiliert innerlich: Das zweite Hérault-Mädchen wird nun in seiner Adoptivfamilie innerhalb des elitären Clans von Guernon aufwachsen.

Das alles, Niémans, reime ich mir aufgrund dessen zusammen, was Sie herausgefunden haben. Denn die Frau, mit der ich heute nacht gesprochen habe, Fabienne Hérault, weiß bis heute nichts von der Verschwörung dieser Irrsinnigen. In jener Nacht im Mai 1972 sieht und hört sie nichts, denn als sie endlich aus dem Narkosenebel auftaucht, ist alles vorbei.

Man erklärt ihr, sie habe Zwillinge geboren, doch nur eines der beiden Mädchen habe überlebt. Beweint man den Tod eines Kindes, von dessen Existenz man nicht einmal etwas geahnt hat? Die ganze Schwangerschaft hindurch war Fabienne überzeugt, es gebe nur ein einziges Kind; sie und ihr Mann nehmen die Nachricht resigniert zur Kenntnis. Nach einer Woche wird Fabienne aus der Klinik entlassen und nimmt ihr Mädchen mit, das sich erstaunlich schnell erholt hat und gut entwickelt.

Irgendwo in der Klinik sieht René Sertys zu, wie Sylvain Hérault

Frau und Kind abholt. Sie halten die Doppelgängerin eines ausgetauschten Mädchens in den Armen, aber er macht sich weiter keine Sorgen, denn er weiß, daß dieses Paar, das fünfzig Kilometer entfernt mitten in den Bergen lebt, kaum einen Grund hat, wieder nach Guernon zu kommen. Es war zwar ein Risiko, dieses zweite Kind am Leben zu lassen, doch die Wahrscheinlichkeit, daß das Gesicht des Zwillings ihr Komplott je an den Tag bringt, hält er für äußerst gering.

Das war ein Irrtum.

Acht Jahre später schließt die Grundschule von Taverlay, an der Fabienne unterrichtet. Die Lehrerin wird – und das ist der einzige Zufall in der Geschichte – nach Guernon versetzt, an die angesehene Ecole Lamartine, die Schule, die alle Professorenkinder besuchen.

So entdeckt Fabienne einen völlig verrückten, unmöglichen Umstand. In der zweiten Klasse, in der Judith aufgenommen wird, gibt es eine zweite Judith. Ein kleines Mädchen, das die exakte Kopie ihrer Tochter ist. Die Klasse wurde übrigens fotografiert – es ist ein Klassenfoto erhalten, auf dem sie beide zu sehen sind. Nachdem die erste Überraschung vorbei ist, analysiert Fabienne die Situation. Es gibt nur eine einzige Erklärung: Das identische Kind ist niemand anderes als Judiths Zwillingsschwester, die ihre Geburt sehr wohl überlebt hat, doch aus einem völlig undurchsichtigen Grund gegen einen anderen Säugling ausgetauscht wurde.

Fabienne sucht also die Säuglingsstation der Klinik auf und trägt ihren Fall vor. Man empfängt sie kühl und argwöhnisch. Fabienne ist jedoch eine robuste Frau und läßt sich nicht so leicht einschüchtern. Sie beschimpft die Ärzte, beschuldigt sie als Kidnapper, kündigt Konsequenzen an. René Sertys hat den Aufruhr zweifellos mitbekommen und erfaßt die Gefährlichkeit der Situation. Doch Fabienne ist schon wieder fort: Sie hat beschlossen, die Professorenfamilie zu besuchen, die angeblichen Eltern ihrer zweiten Tochter. Sie und Judith fahren mit den Fahrrädern zum Campus.

Es ist Abend, kurz vor Einbruch der Nacht, als der Terror beginnt. In der Dämmerung rast ein Wagen auf sie zu und versucht, sie zu überfahren. Fabienne und ihre Tochter stürzen sich seitwärts in den Abgrund neben der Straße und schaffen es im letzten Augenblick, sich am Gestrüpp festzuhalten. Ihre Tochter in den Armen, hinter einen Felsvorsprung geduckt, sieht Fabienne die Mörder, die über ihr am Straßenrand stehen und nach ihnen Ausschau halten; der eine hat ein Gewehr in der Hand. Zu Tode erschrocken beugt sich Fabienne über ihr Kind und fragt sich fassungslos, weshalb man ihnen plötzlich ans Leben will.

Die beiden Männer fahren schließlich davon, zweifellos überzeugt, die beiden seien in den Tod gestürzt. In der Nacht fährt Fabienne zu ihrem Mann nach Taverlay, der während der Woche noch dort wohnt. Sie berichtet ihm, was passiert ist, und will bei den Gendarmen Anzeige erstatten. Sylvain ist anderer Meinung: Er ist entschlossen, mit den Kerlen, die seine Frau und sein Kind umbringen wollten, persönlich abzurechnen.

Er nimmt Gewehr und Fahrrad und fährt ins Tal. Viel früher, als er selbst sich hätte wünschen können, trifft er die Mörder, die noch in der Gegend unterwegs sind. Sie begegnen ihm auf der Straße und fahren ihn nieder. Zweimal rollt der Wagen über seinen Körper, dann machen sie sich aus dem Staub. Fabienne hat unterdessen in der Kirche von Taverlay Zuflucht gesucht. Die ganze Nacht wartet sie auf Sylvains Rückkehr. Am Morgen erfährt sie, daß ihr Mann tot ist, bei einem Autounfall ums Leben gekommen, der Fahrer ist unbekannt. Nun begreift sie, daß ihre Kinder Opfer einer Manipulation geworden sind und die Männer, die bereits ihren Mann beseitigt haben, auch sie und ihre Tochter aus dem Weg schaffen werden, sofern sie nicht sofort verschwindet.

Für sie und Judith beginnt eine zweijährige Flucht.

Die Fortsetzung kennen Sie. Die Frau und das kleine Mädchen fliehen nach Sarzac, mehr als dreihundert Kilometer von Guernon entfernt. Als Etienne Caillois und René Sertys sie dennoch aufspüren, wendet sie sich an eine Nonne um Hilfe und versucht, das Gesicht ihrer Tochter vergessen zu machen, weil sie überzeugt ist, daß Judith das Opfer eines Fluches ist, der exorziert werden muß. Aber Judith kommt schließlich bei einem Autounfall um.

Seit dieser Zeit lebt die Mutter völlig zurückgezogen. Sie schwankt zwischen mehreren Hypothesen, am wahrscheinlichsten erscheint ihr jedoch, daß die Adoptiveltern ihrer zweiten Tochter mächtige und skrupellose Persönlichkeiten an der Universität sind und dieses Komplett ausgeheckt haben, um ihre leibliche Tochter, die kurz nach der Geburt gestorben ist, zu ersetzen; daß sie bereit waren, sie und Judith umzubringen, um selbst in Frieden leben zu können. Die Wahrheit erfuhr Fabienne nie: Sie weiß nicht, was hinter dieser Manipulation tatsächlich steckt, und sie ahnt nicht, daß die Verschwörer die beiden Frauen in ganz Frankreich suchten, weil sie fürchteten, das Gesicht des Kindes, der Beweis ihrer teuflischen Machenschaften, werde ihre Tat ans Licht bringen.

Und hier, Niémans, fügen sich unsere Ermittlungen ineinander. Ihre Hypothese bestätigt die meine. Ja: Der Mörder ist zufällig in diesem Sommer auf das Geburtenregister der Klinik gestoßen. Er verfolgte Caillois, dann Sertys und Chernecé. Ja: Er deckte die Manipulation auf und beschloß, sich auf blutigste Weise zu rächen. Und dieser Mörder ist eine Frau: niemand anderes als die Zwillingsschwester von Judith.

Eine eineiige Zwillingsschwester, die gehandelt hat, wie Judith es getan hätte, weil sie jetzt die Wahrheit über ihre Herkunft kennt.

Deshalb benutzt sie eine Klaviersaite, um ihre Opfer zu erdrosseln, deshalb verschleppt sie die Leichen ins Gebirge – in Erinnerung an ihren Vater, der dort Kristalle suchte. Nur deshalb ist überhaupt eine Übereinstimmung ihres Fingerabdrucks mit dem Abdruck von Judiths Zeigefinger möglich … Wir suchen ihre Zwillingsschwester, Niémans.«

»Und wer ist sie?« stieß Niémans hervor. »Unter welchem Namen ist sie aufgewachsen?«

»Das weiß ich nicht. Die Mutter hat sich geweigert, ihn zu nennen. Aber ich habe ihr Gesicht.«

»Ihr Gesicht?«

»Ein Foto von Judith im Alter von elf. Also auch das Gesicht der Mörderin – schließlich sehen sie gleich aus. Ich denke, mit diesem Foto könnten wir …«

Niémans streckte eine zitternde Hand aus. »Zeig her, los.«

Karim zog das Foto hervor und reichte es ihm. »Sie ist die Mörderin, Kommissar. Sie rächt ihre tote Schwester. Sie rächt ihren ermordeten Vater. Sie nimmt Rache für sämtliche erstickten Babys, übervorteilten Familien, all die Generationen, die ausgenutzt wurden im Namen einer … Niémans, geht's Ihnen nicht gut?«

Mit aschfahlem Gesicht und zusammengebissenen Zähnen starrte der Kommissar auf das Foto in seiner bebenden Hand. Karim begriff auf einmal und packte ihn an der Schulter.

»Jesusmaria, Sie kennen sie! Sie kennen Sie, stimmt's?«

Niémans ließ das Foto in den Schlamm fallen. In seinen Augen loderte der Wahnsinn, als er mit heiserer Stimme hervorstieß: »Lebendig! Wir müssen sie lebendig festnehmen!«

59

DIE BEIDEN POLIZISTEN fuhren durch den Regen, sie sprachen kein Wort mehr. Sie durchquerten mehrere Straßensperren der Polizei. Man musterte sie recht mißtrauisch, ließ sie jedoch passieren. Keiner von ihnen kam auf die Idee, eine Truppe zur Verstärkung anzufordern: Niémans war ohnehin aus dem Rennen, und Karim bewegte sich außerhalb seiner Zuständigkeit. Aber es war ihr Fall, und sie waren fest entschlossen, ihn zu Ende zu bringen. Allein.

Sie gelangten zum Campus, rasten über geteerte Straßen und nassen Rasen, bis sie vor dem Hauptgebäude standen. Sie sprangen aus dem Wagen und hasteten ins oberste Stockwerk hinauf, durchquerten im Laufschritt den Korridor und hämmerten gegen die Tür. Keine Antwort. Sie sprengten das Schloß und drangen in die Wohnung ein.

Niémans hielt seine geladene Remington, die er sich von der Gendarmerie zurückgeholt hatte, Karim seine Glock, über Kreuz mit seiner Taschenlampe. Zwei divergierende Strahlen, Licht und Tod.

Die Wohnung war leer.

Sie setzten zu einer raschen Durchsuchung an, als Niémans' Pager sich meldete: Marc Costes wollte angerufen werden. Dringend. Der Kommissar telefonierte sofort. Seine Hände zitterten immer noch, und ein stechender Schmerz schraubte sich durch sein Gehirn.

»Niémans«, tönte die Stimme des Pathologen. »Ich bin gerade bei

Barnes. Ich wollte Ihnen nur mitteilen, daß Sophie Caillois gefunden wurde.«

»Lebendig?«

»Ja, lebendig. Sie war auf der Flucht in die Schweiz, mit dem Zug …«

»Hat sie irgendwas gesagt?«

»Sie sagt, sie sei das nächste Opfer. Sie kennt den Mörder.«

»Hat sie einen Namen genannt?«

»Sie will nur mit Ihnen sprechen, Kommissar.«

»Sperrt sie ein, unter höchsten Sicherheitsvorkehrungen. Niemand spricht mit ihr. Niemand geht zu ihr. In einer Stunde bin ich da.«

»In einer Stunde? Sind Sie auf einer Spur?«

»Bis dann.«

»Warten Sie! Ist Abdouf bei Ihnen?«

Niémans warf dem Leutnant das Mobiltelefon zu und nahm seine eilige Suche wieder auf. Karim hielt sich das Telefon ans Ohr.

»Ich weiß jetzt, welchem Ton die Klaviersaite entspricht«, sagte der Gerichtsmediziner.

»B?«

»Woher weißt du das?«

»Ich hab's mir gedacht. Danke«, sagte Karim und schaltete ab. Er warf einen Blick auf Niémans, der ihn durch seine regengesprenkelten Brillengläser anstarrte.

»Hier finden wir nichts«, stieß der Kommissar hervor. »Fahren wir zur Sporthalle. Dort hat sie ihren Schlupfwinkel.«

Die Tür der Halle, eines abgelegenen Gebäudes am Rand des Campus, leistete keinen Widerstand. Die beiden Männer traten ein und tasteten sich in entgegengesetzten Richtungen voran.

Karim hielt wieder seine Glock über dem Strahl der Taschenlampe, und auch Niémans hatte die Lampe eingeschaltet, die auf dem Lauf seines Gewehrs montiert war.

Die Halle war leer.

Sie stiegen über Bodenmatten, passierten Barren und Reck, leuchteten in die Ecken und zur hohen Decke hinauf, von der Ringe und Seile herabhingen. Stille, lastend wie ein dumpfer Panzer. Ein saurer Geruch nach Schweiß und altem Gummi. Die Dunkelheit bevölkert von symmetrischen Formen, Geräten aus Holz und Metall. Niémans stieß gegen ein Trampolin und stolperte, Karim fuhr auf der Stelle herum. Höchste Anspannung. Ein kurzer Blickwechsel. Beide spürten die Erregung des anderen, knisternd, funkensprühend wie Feuersteine.

»Es ist hier«, flüsterte Niémans. »Ich bin sicher, es ist hier.«

Karim warf noch einen Blick in die Runde, dann wandte er sich den Heizungsrohren zu, die entlang der Wand verliefen. Er folgte den Rohren, horchte auf das leise Zischen des heißen Wassers, stieg über Hanteln und Medizinbälle hinweg und gelangte zu einer Ansammlung ölverschmierter Stangen, schräg gegen Matten gestützt, die senkrecht an der Wand aufgestellt waren. Er bemühte sich gar nicht erst, leise zu sein, sondern warf Stangen und Matten einfach um: Hinter dieser notdürftigen Barriere verbarg sich eine eiserne Tür, die zum Heizungsraum führte.

Mit einem einzigen Schuß sprengte er das Schloß. Ein Hagel von Metallsplittern stob in alle Richtungen, und Karim riß die Tür so heftig auf, daß sie aus den Angeln fiel.

Drinnen war es finster.

Er leuchtete mit der Taschenlampe hinein und prallte sofort zurück. Inzwischen war Niémans bei ihm, und die beiden Männer traten nun gleichzeitig ein.

Ein fauliger und zugleich metallischer Geruch sprang ihnen ins Gesicht.

Blut.

Blut an den Wänden, an den eisernen Rohren, in riesigen Lachen auf dem Boden: Magnesiapulver war darüber gestreut worden, um die Flüssigkeit aufzusaugen, und hatte sich zu schwärzlichen körnigen Klumpen geballt. Blut auf den gewölbten Wänden des Heizkessels.

Die beiden Männer empfanden keinen Ekel; es war, als hätte sich ihr Verstand vom Körper getrennt und schwebte zwischen ungläubigem Entsetzen und Wahnsinn. Sie traten näher, leuchteten jede Einzelheit aus. Eine Klaviersaite war um ein Rohr geschlungen. Ein Benzinkanister stand daneben, braun verkrustet und mit einem blutigen Lappen verstopft, und in der erstarrten Blutlache steckten schartige Klingen.

Je mehr sie von der Kammer zu Gesicht bekamen, desto stärker flackerte das Licht und verriet das Entsetzen, das die Männer ergriffen hatte. Niémans entdeckte etwas Farbiges unter einer Bank und bückte sich: Es waren mehrere Kühlboxen. Er zog eine zu sich, öffnete sie und hielt sie ohne ein Wort Karim hin, der mit seiner Lampe den Inhalt beleuchtete.

Augen.

Gallertig, weißlich, überzogen von Reif, in Eis gebettet.

Niémans öffnete bereits eine zweite Kühlbox, und darin lagen verkrampfte, bläuliche Hände mit blutverkrusteten Nägeln und tiefen Einkerbungen an den Handgelenken. Niémans schüttelte sich. Karim ächzte und wandte sich ab.

Das war kein Heizungsraum: Sie waren in das Gehirn der Mörderin eingedrungen, in ihre Höhle – dieses Verlies hatte sie sich ausgesucht, um die Kindermörder hinzurichten.

»Sie ist abgehauen«, sagte Karim, ein wenig schrill. »Fort von Guernon.«

»Nein«, antwortete Niémans. »Sie ist noch hinter Sophie Caillois her, der letzten auf ihrer Liste. Caillois wurde in die Gendarmerie gebracht. Ich bin sicher, sie wird es bald erfahren – wenn sie es nicht ohnehin schon weiß – und hingehen.«

»Bei den vielen Straßensperren? Sie kann doch keinen Schritt mehr tun, ohne daß...«

Karim verstummte jäh. Die beiden Männer sahen einander an, von unten beleuchtet vom Strahl der Lampen. Gleichzeitig murmelten sie: »Der Fluß.«

Das Zusammentreffen ereignete sich am Rand des Campus. Dort, wo Caillois' Leiche gefunden worden war. Dort, wo der Fluß sich beruhigte und einen kleinen Tümpel bildete, ehe er zur Stadt weiterfloß.

Querfeldein raste der Audi zu den Felsen, geriet auf den grasbewachsenen Hängen ins Schleudern, fing sich wieder und folgte dem Weg, dessen letzte Kurve zum Flußufer führte. Während Karim sich mit gezückter Waffe aus dem Fenster lehnte und die Felswand musterte, entdeckten sie eine Gestalt, deren schwarzer Regenumhang im Scheinwerferlicht glitzerte. Die Gestalt schaute auf, und ihr Gesicht leuchtete weiß, wie ein erstarrter Blitz. Karim erkannte den Helm und die Mütze. An einem Strick hielt die Frau einen roten Kajak, der im Wasser schwamm, und zog ihn zu sich, ungeduldig, als wäre er ein störrisches Reittier.

»Du schießt nicht«, murmelte Niémans. »Du rührst dich nicht von der Stelle. Ich nehme sie allein fest.«

Ehe Karim antworten konnte, war der Kommissar aus dem Wagen gesprungen und rannte die letzten Meter des Abhangs hinunter. Karim schaltete den Motor aus und stieg aus. Im Licht der Scheinwerfer sah er Niémans mit gewaltigen Sätzen auf das Ufer zulaufen. »Fanny!« brüllte er.

Die junge Frau setzte einen Fuß in das Boot. Niémans erwischte sie am Kragen, riß sie zurück und drückte sie an sich. Karim stand da wie versteinert, hypnotisiert vom Anblick dieser beiden Gestalten, die ein unverständliches Ballett aufführten.

Er sah, wie sie sich umarmten – so schien es ihm jedenfalls –, sah, wie die Frau den Kopf zurückwarf und sich weit zurücklehnte. Sah, wie Niémans erstarrte, sich krümmte und seine Waffe zog, ohne die Frau loszulassen. Blut quoll ihm aus dem Mund, und Karim begriff, daß die Frau ihm mit dem Messer den Bauch aufgeschlitzt hatte. Er vernahm gedämpfte Schüsse, Niémans' MR 73, der seine Beute vernichtete, während die beiden einander in tödlicher Umarmung umklammerten.

»NEIN!«

Karims Schrei erstarb ihm in der Kehle. Mit gezückter Waffe rannte er auf das Paar zu, das schwankend am Ufer stand. Er wollte noch einmal schreien, wollte schneller sein, die Zeit zurückdrehen. Doch es war zu spät: Mit einem klatschenden Aufprall fielen Pierre Niémans und die Frau ins Wasser.

Als er am Ufer war, sah er nur noch zwei Leichen, die geschmeidig und gelöst im Wasser trieben. Die leichte Strömung erfaßte sie, bald hatten sie die Felsen passiert, und dort ergriff sie der Fluß und nahm sie mit in die Stadt.

Karim stand reglos am Ufer, starrte ihnen nach und lauschte dem Plätschern des Wassers jenseits der Felsen. Doch der Alptraum war nicht zu Ende: In diesem Augenblick spürte er eine scharfe Kälte an der Kehle – eine Messerklinge, die seine Haut ritzte.

Eine geschwinde Hand fuhr unter seinem Arm hindurch und zog die Glock aus dem Holster.

»Freut mich, dich kennenzulernen, Karim«, sagte eine warme Stimme, sanft wie ein Kreis von Steinen auf einem Grab. Langsam drehte Karim sich um. Im grauen Licht des Morgens erkannte er das ovale Gesicht, den dunklen Teint, die hellen Augen, die in Tränen schwammen.

Vor ihm stand Judith Hérault, die Doppelgängerin der Frau, die Niémans »Fanny« genannte hatte. Das kleine Mädchen, das er so lange gesucht hatte.

Das kleine Mädchen war zur Frau geworden.

Durchaus lebendig.

60

»WIR WAREN ZWEI, KARIM. Wir waren immer zwei.«

Abdouf mußte mehrmals ansetzen, ehe er einen Ton herausbrachte. »Erzähl, Judith. Erzähl mir alles. Wenn ich sterben soll, will ich's wenigstens wissen.«

Die junge Frau starrte ihn stumm an. Die Tränen liefen ihr übers Gesicht, und ihre Hände umklammerten Karims Waffe. Sie trug einen schwarzen Regenumhang, eine Taucherhose und einen dunklen Fahrradhelm, der wie eine lackierte Hand über ihrer üppigen Haarmähne lag.

Auf einmal begann sie zu sprechen, laut und hastig: »In Sarzac, als Maman merkte, daß die Teufel uns wieder aufgespürt hatten, war ihr klar, daß wir sie nie lossein würden … Daß sie uns immer auf den Fersen wären und sie mich schließlich umbringen würden … Und sie hatte eine geniale Idee … Sie sagte sich, der einzige Ort, wo die Mörder mich nie suchen würden, sei im Schatten meiner Zwillingsschwester, Fanny Ferreira … Mitten in ihrem Leben … Meine Schwester und ich, wir sollten uns eine Existenz teilen, ohne Wissen irgendeines anderen Menschen.«

»Dann waren ja die anderen Eltern … Steckten sie mit euch unter einer Decke?«

Judith fing an zu lachen, unter Tränen.

»Aber nein, du Idiot ... Fanny und ich hatten ja Zeit, uns kennenzulernen, in der Grundschule Lamartine ... Als die Mörder wieder hinter uns her waren, gingen wir daran, den Plan unserer Mutter in die Tat umzusetzen ... Meine Schwester war gleich einverstanden ... Wir würden zu zweit das Leben einer einzigen Person führen, in absoluter Geheimhaltung. Aber zuerst mußten wir die Mörder für immer loswerden: Man mußte ihnen klarmachen, daß ich tot sei. Maman hat alles so arrangiert, daß sie glaubten, wir flüchteten von Sarzac. Sie hingegen führte sie nur in die Falle, die sie sich ausgedacht hatte: der Autounfall ...«

Tatsächlich eine geniale Idee, dachte Karim, er war ja selbst in die Falle gegangen, vierzehn Jahre später, während er sich voller Anmaßung etwas auf seine Scharfsinnigkeit zugute gehalten hatte. Wenn er innerhalb weniger Stunden die Spur von Fabienne und Judith Hérault hatte ausfindig machen können, dann nur deshalb, weil er einem ausgeschilderten Weg gefolgt war. Einem Weg, der schon 1982 eigens markiert worden war, um Caillois und Sertys in die Irre zu führen.

Als hätte sie seine Gedanken gelesen, fuhr Judith fort: »Maman hat euch alle getäuscht, alle! Sie war nie eine religiöse Fanatikerin ... Nie glaubte sie an Teufel und Exorzismus ... Sie beauftragte nur deshalb eine Nonne, die Fotos einzusammeln, damit man sie leichter aufspüren konnte, kapierst du? Sie tat so, als wollte sie unsere Spuren verwischen, während sie in Wahrheit eine tiefe, gut sichtbare Furche grub, damit die Mörder unserer Vorstellung bis zum Schluß zusahen ... Deshalb zog sie auch Crozier ins Vertrauen, der so diskret war wie ein Elefant im Porzellanladen ...«

Wieder dachte Karim an all die Indizien, all die Hinweise, anhand deren er den Weg der beiden Frauen so leicht hatte rekonstruieren können, an den reuezerfressenen Arzt, den bezahlten Fotografen, den trinkenden Pfarrer, die Klosterfrau, den Feuerschlucker, den Autobahnwächter ... Alle diese Gestalten waren die Wegmarken, die Fabienne Hérault gesetzt hatte, die Meilensteine, die Caillois und Sertys bis zu dem fingierten Unfall lenkten. Und die auch Karim in wenigen Stunden zu der Autobahnstation geführt hatten, dem Endpunkt von Judiths Schicksal. Was für eine perfekte Manipulation ihr da gelungen war! Karim setzte zu einem Protest an:

»Caillois und Sertys sind euch ja gar nicht gefolgt. Während meiner Ermittlungen hat keiner je ihren Namen erwähnt.«

»Weil sie diskreter waren als du! Aber sie verfolgten uns sehr wohl. Und wir standen ziemlich unter Druck, das kannst du mir glauben ... Denn als wir den Unfall inszenierten, hatten sie uns schon aufgespürt und wollten uns umbringen.«

»Der Unfall ... Wie habt ihr den bewerkstelligt?«

»Maman brauchte über einen Monat für die Vorbereitung. Am schwierigsten war der Trick, den Karren an die Mauer zu setzen und selber unbeschadet davonzukommen ...«

»Aber die Leiche? Wer war das?«

Judith lachte höhnisch auf. Karim dachte an die blutigen Eisenrohre, den Benzinkanister, die Blutlachen und begriff, daß Fanny ihre Schwester offensichtlich nur bei der Rache unterstützt hatte, doch die wahre Mörderin, die gefoltert und gequält hatte, das war sie, Judith. Eine Verrückte. Eine Furie, die man nur fesseln und einsperren konnte. Die auch Niémans auf der Betonbrücke zu töten versucht hatte.

»Maman las sämtliche Regionalzeitungen: vermischte Nachrichten, Unfälle, Todesanzeigen ... Sie klapperte Krankenhäuser und Friedhöfe ab. Sie brauchte eine Leiche meines Alters und meiner Größe. In der Woche vor dem Unfall grub sie ein Kind aus, das hundertfünfzig Kilometer von uns entfernt begraben worden war. Ein kleiner Junge, bestens geeignet. Maman hatte bereits beschlossen, meinen Tod unter dem Namen ›Jude‹ bekanntzugeben, um die Lüge perfekt zu machen. Jedenfalls mußte die Leiche bei dem Unfall schwer beschädigt werden, damit das Kind unkenntlich wäre. Auch sein Geschlecht.«

Sie lachte schrill auf, doch das Gelächter erstarb in einem Schluchzen. »Von Freitag bis Sonntag lebten wir mit einer Leiche im Haus. Ein kleiner Junge, der bei einem Mofa-Unfall ums Leben gekommen und schon deshalb in ziemlich üblem Zustand war, außerdem nicht gerade frisch. Wir legten ihn in die eisgefüllte Badewanne. Und warteten.«

Sein Chef kam ihm wieder in den Sinn. »Hat Crozier euch geholfen?«

»Die ganze Zeit. Er war Mamans Schönheit völlig verfallen. Und er wußte, daß diese ganze makabre Geschichte zu unserem Besten war. Also haben wir zwei Tage gewartet. In unserem kleinen Steinhaus. Maman spielte Klavier wie eine Irre, immer dieselbe Chopin-Sonate, als könnte sie den Alptraum damit auslöschen ... Ich verlor fast den Verstand wegen dieser Leiche, die in unserer Badewanne vor sich hin faulte. Meine Kontaktlinsen taten mir weh, und die Klaviertöne bohrten sich wie Nägel in mein Gehirn. Ich bin fast durchgedreht ... Ich hatte Angst, entsetzliche Angst ... Denn schließlich stand die letzte Tortur noch aus ...«

»Was war das?«

In ihrer strahlenden Schönheit stand Judith vor ihm und streckte ihm mit obszöner Geste den Zeigefinger entgegen. Das erste Glied fehlte.

»Die Amputation. Das mußt du doch wissen, Bulle: Bei der Abnahme eines Fingerabdrucks verwenden die Polizisten immer den Zeigefinger der rechten Hand. Maman schnitt mir das erste Fingerglied ab und montierte es mit Hilfe eines Metallzapfens, den sie längs ins Fleisch bohrte, auf den Finger der Leiche. Es war bloß ein kleiner Schnitt an einer sowieso blutigen und aufgerissenen Hand – Maman hatte sie absichtlich zerschnitten ... Bei so vielen Verletzungen fiel dieser kleine Schnitt nicht weiter auf. Und die Sache mit dem Fingerabdruck war unverzichtbar. Nicht für die Polizisten – die gaben sich mit ihrer Aussage zufrieden. Sondern für die anderen, die Teufel, die vielleicht meine oder Fannys Fingerabdrücke hatten und Vergleiche anstellen würden ... Maman betäubte mich, dann operierte sie mich mit einem scharfen Messer. Ich ... ich habe nichts gespürt ...«

»Das warst also nicht du, die heute nacht auf mich geschossen hat?«

»Nein, du Schlaumeier. Ich war zu der Zeit hinter Sophie Caillois her, der kleinen Schlampe, die völlig verrückt nach ihrem Macker war und nie gewagt hat, Rémy und die anderen anzuzeigen ...« Wieder begannen die Tränen zu rinnen. »Fanny war's, die auf dich geschossen hat. Die zarte Seele – umbringen hätte sie dich sollen. Hätte sie's getan, dann wäre sie noch am Leben ... Aber sie bringt so was ja nicht fertig ...«

Judith verstummte und wischte sich die Tränen ab. Dann setzte sie ihren hastigen Bericht fort: »Gleich nach dem Unfall fuhr ich zu Fanny nach Guernon. Sie hatte ihre Eltern überredet, sie ins Internat zu schicken, und dort wohnten wir dann beide ... Wir waren erst elf, aber wir konnten sofort ein synchrones Leben führen ... Ich lebte unter dem Dach. Ich konnte schon damals ziemlich gut klettern und gelangte über Balken und Fenstersimse zu meiner Schwester ... Wie eine Spinne ... Und keiner hat mich je gesehen ...

Jahre vergingen. Wir wechselten uns in allen Situationen ab, in der Schule, in der Familie, bei unseren Freundinnen und Freunden. Wir teilten uns das Essen und führten exakt dasselbe Leben, aber nacheinander. Jeden zweiten Tag war ich an der Reihe – mit verbundenem Finger, damit niemand merkte, daß mir was fehlt –, an den anderen Tagen sie. Fanny war die Intellektuelle: Sie führte mich in die Bücher ein, die Wissenschaften, die Geologie. Während ich ihr das Klettern beibrachte, das Schwimmen, das Wildwasserfahren. Zu zweit waren wir unschlagbar ... wie ein Drache mit zwei Köpfen.

Manchmal kam Maman uns besuchen, im Gebirge. Sie brachte uns Vorräte, aber nie sprach sie über unsere Herkunft oder die zwei Jahre in Sarzac. Sie dachte, dieser Betrug sei für uns die einzige Möglichkeit, in Frieden zu leben ... Aber ich konnte die Vergangenheit nicht vergessen. Ich hatte immer eine Klaviersaite bei mir. Und ich hörte immer die Sonate in b-Moll. Die Trauermusik für die Jungenleiche in der Badewanne ... Manchmal hatte ich Wutanfälle ... wickelte mir die Saite um die Finger, bis ich blutete. Und erinnerte mich an alles. An meine Angst in Sarzac, als ich den kleinen Jungen spielen mußte, an die Sonntage in Sète, wo ich das Feuerschlucken lernte, an die letzte Nacht, als Maman mir den Finger abschnitt.

Die Namen der Mörder, die uns verfolgten und unseren Vater umgebracht hatten, wollte sie mir nie sagen. Ich machte ihr angst, sogar ihr ... Ich glaube, sie wußte, daß ich mich früher oder später rächen würde. Meine Rache brauchte nur einen kleinen Funken ... Es tut mir bloß leid, daß die Geschichte mit dem Geburtenregister erst so spät ans Licht gekommen ist, als die Väter Sertys und Caillois bereits tot waren ...«

Judith verstummte und hielt mit ruhigen Händen die Waffe. Karim sagte nichts, aber sein Schweigen war eine Frage. Auf einmal schrie das Mädchen ihn an: »Was soll ich dir denn noch sagen? Daß Caillois alles gestanden und um sein Leben gebettelt hat? Daß viele Generationen unter ihrem Wahnsinn zu leiden hatten? Daß sie das Werk ihrer Väter fortsetzten und selber Babys austauschten? Daß sie vorhatten, uns zu verkuppeln, mich und Fanny, mit einem dieser degenerierten Idioten von der Uni? Wir waren ihre Kreaturen, Karim ... Wahnsinnige waren sie«, fuhr sie in ruhigerem Ton fort. »Hoffnungslos durchgeknallt. Sie haben sich tatsächlich eingebildet, sie handelten zum Wohl der Menschheit, wenn es ihnen gelang, den perfekten Genpool zustande zu bringen ... Caillois mit seinem Volk auf dem Vormarsch, er hielt sich für Gott ... Und Sertys hatte eine Lagerhalle, in der er Tausende von Ratten züchtete ... Seine Ratten standen für die Bevölkerung von Guernon ... jedes Vieh hatte den Namen einer Familie, sagt dir das was? Verstehst du, wie durchgedreht diese schwachsinnigen Verbrecher waren? Und Chernecé vervollständigte das Bild ... Er sagte, die Iris überlegener, genetisch besserer Menschen weise einen besonderen Glanz auf, und er werde der Wächter sein, an der Schwelle der neuen Welt, derjenige, der dieses Fanal in Form von Augen der Menschheit entgegenhält ...«

Judith senkte die Stimme. »Wir hatten eine Scheißangst, Fanny und ich, das kannst du mir glauben ... Caillois wurde als erster hingerichtet. Wir wollten eine Rache, die ihrer Verschwörung ebenbürtig war ... Fanny kam auf die Idee mit den Verstümmelungen, mit denen wir die biologischen Identitätsmerkmale entfernten ... Sie sagte, wir müßten ihre Identität vernichten, so wie sie es mit den Kindern von Guernon getan hatten ... Und ihre Körper müßten auf ein Spiegelbild reduziert werden, in Scherben zerbrochen wie ein Krug ... Ich kam auf die Idee der Fundorte: Wasser, Eis, Glas. Und ich mußte die Dreckarbeit machen ... Den ersten Kerl zum Reden bringen, mit Schlägen, Schnitten, Feuer ...

Dann klemmten wir die Leiche in die Felswand und schlugen in Sertys' Lager alles kurz und klein ... Anschließend hinterließen wir eine Nachricht in der Wohnung des Bibliothekars ... Unterzeichnet mit Judith, damit die Schweine Schiß kriegten und kapierten, daß ein Geist zurückgekommen war ... Fanny und ich wußten genau, daß die beiden, die noch übrig waren, nach Sarzac fahren würden, um nachzuprüfen, was sie für sicher gehalten hatten: daß ich tot und begraben sei, auf dem Friedhof dieses beschissenen Kaffs ... Also fuhren wir hin, leerten den Sarg und füllten ihn mit den Rattenknochen, die wir im Lager gefunden hatten – Sertys, dieses fetischistische Aas, hatte sie alle beschriftet ...«

Wieder brach Judith in ein Hohngelächter aus. »Wenn ich mir ihr Gesicht vorstelle, als sie die Kiste aufgestemmt haben! Sie mußten es wissen, verstehst du«, fuhr sie fort, wieder ernst. »Sie mußten kapieren, daß die Zeit der Rache gekommen war, daß sie alle krepieren würden ... Daß sie für die Schweinereien bezahlen mußten, die sie der Stadt angetan haben, unserer Familie, uns beiden, und mir, mir, mir ...«

Ihre Stimme erstarb. Die aufgehende Sonne schickte ihre Strahlen voraus und ließ die Berggipfel im Westen rot erglühen.

»Und jetzt?« murmelte Karim. »Was hast du jetzt vor?«

»Ich will zurück zu Maman.«

Karim dachte an die große Frau mit ihren bunten Möbeln in ihrem abgelegenen Haus. Er dachte an Crozier, den überzeugten Einzelgänger, der gewiß zu ihr gefahren war, nachdem er aus seiner Ohnmacht erwacht war. Dieses Paar würde früher oder später zur Rechenschaft gezogen werden.

»Ich muß dich festnehmen, Judith.«

Die junge Frau grinste. »Wie denn? Ich hab' deine Waffe, Bulle! Eine Bewegung, und du bist tot.«

Karim trat einen Schritt näher und versuchte zu lächeln.

»Es ist vorbei, Judith. Wir werden uns um dich kümmern, wir ...«

Als sie auf den Abzug drückte, hatte Karim bereits die Beretta gezückt, die er immer im Hosenbund trug und mit deren Hilfe er die Skins besiegt hatte – die Waffe der letzten Chance.

Zwei Schüsse hallten durch den Morgen, und ihre Kugeln kreuzten sich. Karim wurde nicht getroffen, Judith hingegen prallte zurück. Anmutig, wie im Takt zu einer unhörbaren Musik, schwankte sie sekundenlang, während ihre Brust sich schon rot färbte.

Sie ließ die Automatik fallen, taumelte ein paar Schritte, dann stürzte sie ins Leere. Karim glaubte ein Lächeln auf ihrem Gesicht gesehen zu haben.

Mit einem Aufschrei stürzte er auf die Felsen zu, um Judiths Leiche nachzuschauen, dem Mädchen, das er geliebt hatte – das wußte er jetzt –, mehr als alles auf der Welt, vierundzwanzig Stunden lang.

Ihre leblose Gestalt trieb durch den Fluß davon, und er sah ihr nach, wie sie sich entfernte, im Gefolge von Fanny Ferreira und Pierre Niémans.

Am Horizont über den Bergen ging eine strahlende Sonne auf.

Karim achtete nicht darauf.

Die Dunkelheit, die sein Herz gefangenhielt, vermochte keine Sonne zu durchdringen.

»*Für Diesen Roman braucht man gute Nerven ...*« WASHINGTON POST

Greg Iles
ADRENALIN
Aus dem amerikanischen
Englisch von
Bernd Rullkötter
656 Seiten
ISBN 978-3-404-16542-1

Penn Cage ist Bürgermeister in Natchez, Mississippi. Um seiner Stadt zu Geld zu verhelfen, hat er auf das Glücksspiel gesetzt. Nun fahren prächtige Dampfschiffe auf dem Fluss, alle zu Kasinos umgebaut. Doch ein Schiff unterscheidet sich von den anderen: die *Magnolia Queen*, auf der die finanzstärksten Spieler ein- und ausgehen. Ein Freund von Penn Cage hat Beweise, dass an Bord massive Verbrechen verübt werden. Als er kurz darauf brutal ermordet wird, verbeißt Cage sich in den Fall.
Bald steht fest: Die Gäste der *Magnolia Queen* kommen nicht nur wegen des Glücksspiels. Sie wollen Blut sehen ... Menschenblut.

Bastei Lübbe Taschenbuch

Gänsehaut pur! Platz 1 der französischen Bestsellerliste!

Jean-Christophe Grangé
DAS SCHWARZE BLUT
Roman
544 Seiten
ISBN 978-3-404-15808-9

Jaques Reverdi, Serienmörder und vormals Champion im »freediving« wartet im Gefängnis von Malaysia auf sein Urteil. Wie eine Blutspur ziehen sich seine merkwürdigen Ritualmorde durch Südostasien.

Mark Dupeyrat, Pariser Sensationsreporter, plant einen Bestseller über diesen Mann. Er erfindet »Elisabeth«, die mit Reverdi schrift-lich Kontakt aufnimmt, um sich sein makabres Universum zu erschließen. Als der Mörder Feuer fängt, sich sogar in die unbekannte Briefeschreiberin verliebt, schickt Mark ein Foto seiner Bekannten Khadidscha. Doch dann entkommt Reverdi aus dem Gefängnis - und für Mark und Khadidscha beginnt ein Alptraum ...

Bastei Lübbe Taschenbuch

»Wenn Ihnen dieses Buch keine Angst macht, sollten Sie Ihren Arzt aufsuchen.«

NEW YORK TIMES

Cody Mcfadyen
DIE BLUTLINIE
Thriller
480 Seiten
ISBN 978-3-404-15853-9

Nach dem Mord an einer Freundin folgt FBI-Agentin Smoky Barrett der Fährte eines Serienkillers. Doch diese Spur ist so blutig, dass ihr ganzes Können gefragt ist. Mit jedem neuen Verbrechen reift eine erschreckende Erkenntnis: Der Mörder möchte sich einen Traum erfüllen – einen Traum, der für viele zum Albtraum werden könnte ...

Bastei Lübbe Taschenbuch

EBENFALLS TEUFLISCH GUT
UND GENAUSO GÜNSTIG!
DAN BROWN
ILLUMINATI
Bild
am Sonntag
MEGA-THRILLER
JETZT ÜBERALL WO ES BÜCHER GIBT.

Vergebung

STIEG LARSSON

VERGEBUNG

Roman

Aus dem Schwedischen von
WIBKE KUHN

Weltbild

Die schwedische Originalausgabe erschien unter dem Titel
Luftslottet som sprängdes
bei Norstedts Förlag, Stockholm.

Besuchen Sie uns im Internet:
www.weltbild.de

Genehmigte Lizenzausgabe für Verlagsgruppe Weltbild GmbH,
Steinerne Furt, 86167 Augsburg

Übersetzung: Wibke Kuhn
Umschlaggestaltung: Johannes Frick, Augsburg
Umschlagmotiv: Getty Images, München
(© Bridgeman Art Library)
Gesamtherstellung: Bagel Roto-Offset GmbH & Co. KG, Schleinitz
Printed in the EU
ISBN 978-3-8289-9438-6

2012 2011 2010 2009
Die letzte Jahreszahl gibt die aktuelle Lizenzausgabe an.

Teil I

Intermezzo in einem Korridor

8.–12. April

Im amerikanischen Bürgerkrieg haben ungefähr sechshundert Frauen gekämpft. Als Männer verkleidet, ließen sie sich fürs Heer anwerben. Hier hat sich Hollywood ein schönes Stückchen Kulturgeschichte entgehen lassen – oder ist diese Geschichte vielleicht ideologisch ein bisschen zu heikel? Mit Frauen, die die Geschlechtergrenzen nicht respektieren, haben sich die Geschichtsbücher schon immer schwergetan, und nirgendwo werden diese Grenzen so scharf gezogen wie bei Krieg und Waffengebrauch.

Jedoch legt die Geschichte, von der Antike bis zur Moderne, immer wieder Zeugnis von weiblichen Kriegern ab – den Amazonen. Die bekanntesten Beispiele haben Eingang in die Geschichtsschreibung gefunden, weil sie als »Königinnen« gelten, also als Repräsentanten der herrschenden Klasse. Die politische Thronfolge befördert nämlich, so unangenehm es klingen mag, mit Regelmäßigkeit immer wieder mal eine Frau auf den Thron. Da Kriege sich vom Geschlecht wenig beeindrucken lassen, finden auch welche statt, wenn gerade eine Frau über das Land herrscht. Und so verzeichnen die Geschichtsbücher zwangsläufig eine Reihe von Kriegerköniginnen, die genauso erwähnt werden müssen wie jeder Churchill, Stalin oder Roosevelt auch. Semiramis aus Ninive, die das assyrische Reich gründete, und Boadicea, die einen der blutigsten englischen Aufstände gegen das Römische Reich anführte, sind nur zwei Beispiele. Letztgenannte steht übrigens

als Statue an der Themse-Brücke gegenüber von Big Ben. Falls Sie dort vorbeikommen sollten, grüßen Sie sie schön von mir.

Doch im Allgemeinen schweigen sich die Geschichtsbücher über weibliche Kriegerinnen aus, die als gewöhnliche Soldaten den Umgang mit der Waffe erlernten, in ein Regiment eintraten und unter denselben Bedingungen wie die Männer an Schlachten gegen feindliche Heere teilnahmen. Dennoch hat es sie immer gegeben. Kaum ein Krieg hat sich ohne weibliche Beteiligung abgespielt.

1. Kapitel

Freitag, 8. April

Dr. Anders Jonasson wurde von Schwester Hanna Nicander geweckt. Es war kurz vor halb zwei Uhr morgens.

»Was ist los?«, fragte er benommen.

»Draußen landet gerade ein Rettungshubschrauber. Zwei Patienten. Ein älterer Mann und eine junge Frau. Sie hat eine Schussverletzung.«

»Aha«, sagte Anders Jonasson müde.

Er hatte nur ungefähr eine halbe Stunde geschlafen. Heute hatte er Nachtdienst in der Notaufnahme im Sahlgrenska-Krankenhaus von Göteborg. Es war ein furchtbar anstrengender Abend gewesen. Seit er um 18 Uhr seinen Dienst angetreten hatte, waren vier Patienten hinzugekommen, die bei einem Frontalzusammenstoß bei Lindome verletzt worden waren. Eine Frau war schwer verletzt, eine andere war kurz nach der Einlieferung für tot erklärt worden. Außerdem hatte er eine Kellnerin behandelt, die sich bei einem Unfall in einer Restaurantküche auf der Avenyn die Beine verbrüht hatte, und danach einem Vierjährigen das Leben gerettet, der mit Atemstillstand ins Krankenhaus eingeliefert worden war, nachdem er das Rad eines Spielzeugautos verschluckt hatte. Dann hatte er ein Mädchen im Teenageralter verbunden, das mit dem Fahrrad in eine Grube gefahren war. Passenderweise hatte das Bauamt die Grube direkt an der Abfahrt von einem Fahrradweg aufgerissen, und irgendjemand hatte auch noch prompt die Absperrgitter umgeworfen. Sie war mit vierzehn Stichen im Gesicht genäht worden und würde Ersatz für zwei Schneidezähne brauchen. Außerdem hatte Jonasson noch ein Stück Daumen wieder angenäht, das sich ein enthusiastischer Hobbyschreiner abgehobelt hatte.

Gegen elf war die Zahl der Patienten in der Notaufnahme deutlich gesunken. Er drehte eine Runde und überprüfte den Zustand der Neuzugänge. Danach zog er sich in den Ruheraum zurück und versuchte ein Weilchen zu entspannen. Seine Schicht ging bis sechs Uhr, und normalerweise schlief er nicht, wenn er Dienst hatte, auch wenn keine Notfälle eingeliefert wurden. Doch ausgerechnet heute Nacht war er sofort eingenickt.

Schwester Hanna Nicander reichte ihm eine Teetasse. Details zu den neuen Patienten hatte sie noch nicht.

Anders Jonasson spähte aus dem Fenster und sah, dass es über dem Meer heftig blitzte. Der Hubschrauber kam gerade noch rechtzeitig zurück. Von einer Sekunde auf die andere fing der Regen an zu prasseln. Das Gewitter hatte Göteborg erreicht.

Während er am Fenster stand, hörte er das Motorengeräusch und sah, wie der Helikopter in den Sturmböen über dem Landeplatz schwankte. Atemlos verfolgte er, wie der Hubschrauberpilot versuchte, das heikle Landemanöver unter Kontrolle zu behalten. Dann verschwand der Helikopter aus seinem Blickfeld, und man hörte, wie der Motor langsamer wurde. Er nahm einen Schluck, bevor er seine Teetasse abstellte.

Anders Jonasson ging den Bahren in der Notaufnahme entgegen. Seine Kollegin Katarina Holm kümmerte sich um den ersten Patienten, der hereingefahren wurde – ein älterer Mann mit schweren Gesichtsverletzungen. Dr. Jonasson fiel es zu, sich um die andere Patientin zu kümmern, die Frau mit der Schussverletzung. Er untersuchte sie kurz und stellte fest, dass es sich anscheinend um einen Teenager handelte, lehmverkrustet, blutverschmiert und schwer verletzt. Als er die Decke anhob, die die Sanitäter über sie gebreitet hatten, merkte er, dass jemand die Schusswunden an der Hüfte und der Schulter mit breitem silbernem Tape zugeklebt hatte, eine Maßnahme, die er ungewöhnlich klug fand. Das Klebeband hielt die Bakterien draußen und das Blut drinnen. Eine Kugel war außen an der Hüfte eingeschlagen und direkt durchs Muskelgewebe gedrungen. Dann hob er ihre Schulter an und sah das Einschussloch im Rücken. Es gab keine Austrittswunde, was bedeutete, dass die Kugel immer noch irgendwo in der Schulter stecken musste. Er hoffte, dass sie nicht die Lunge penetriert hatte, aber dass er in der Mundhöhle des Mädchens kein Blut entdecken konnte, war schon einmal ein gutes Zeichen.

»Röntgen«, sagte er zur Krankenschwester. Mehr musste er nicht erklären.

Schließlich schnitt er den Verband auf, den die Sanitäter ihr um den Kopf gewickelt hatten. Ihm wurde eiskalt, als er mit den Fingern das Einschussloch ertastete und begriff, dass das Mädchen in den Kopf geschossen worden war. Und hier fehlte die Austrittswunde ebenfalls.

Anders Jonasson richtete sich kurz auf und betrachtete seine Patientin. Plötzlich überkam ihn eine gewisse Abscheu. Er hatte seine Arbeit oft mit der eines Torwarts verglichen. Jeden Tag wurden Menschen in verschiedenstem Zustand bei ihm eingeliefert. 74-jährige Damen, die mit Herzstillstand in Nordstans Galleria zusammengebrochen waren, 14-jährige Jungen, deren Lungenflügel von einem Schraubenzieher durchbohrt worden waren, und 16-jährige Mädchen, die ein paar Ecstasy-Tabletten geknabbert und achtzehn Stunden durchgetanzt hatten, um dann blau anzulaufen und zusammenzubrechen. Einige waren Opfer von Arbeitsunfällen oder Misshandlungen. Manche waren Kleinkinder, die auf dem Vasaplatsen von Kampfhunden angefallen worden waren. Bei anderen handelte es sich um praktisch veranlagte Männer, die mit ihrer Black&Decker ein paar Bretter zurechtsägen wollten und sich dann bis aufs Mark in die Handgelenke schnitten.

Anders Jonasson war der Torwart, der zwischen den Patienten und dem Bestattungsunternehmen stand. Seine Arbeit bestand darin, über die erforderlichen Maßnahmen zu entscheiden. Wenn er die falsche Entscheidung traf, würde der Patient sterben oder vielleicht wieder aufwachen, aber lebenslang Invalide bleiben. Meistens traf er die richtige Entscheidung, was darauf zurückzuführen war, dass die Mehrzahl der Verletzten ein ganz offensichtliches und spezifisches Problem hatte. Ein Messerstich in der Lunge oder eine Quetschung nach einem Autounfall war begreiflich und übersichtlich. Ob der Patient überlebte, hing von der Schwere der Verletzung und Jonassons Kompetenz ab.

Es gab zwei Arten von Verletzungen, die Anders Jonasson verabscheute. Das eine waren schwere Brandverletzungen, die ungeachtet seiner Behandlung fast immer lebenslange Leiden nach sich zogen. Das andere waren Kopfverletzungen.

Das Mädchen vor ihm konnte mit einer Kugel in der Hüfte leben und auch mit einer Kugel in der Schulter. Aber eine Kugel irgendwo in ihrem Gehirn war ein Problem ganz anderer Größenordnung. Plötzlich hörte er Schwester Hanna etwas sagen.

»Entschuldigung?«

»Das ist sie.«

»Was meinen Sie?«

»Lisbeth Salander. Das Mädchen, hinter dem sie in Stockholm seit Wochen wegen dreifachen Mordes her sind.«

Anders Jonasson warf einen Blick auf das Gesicht der Patientin. Schwester Hanna hatte völlig recht. Das Passfoto dieses Mädchens hatten er und alle anderen Schweden seit den

Osterfeiertagen auf den Schlagzeilenplakaten vor jedem Zeitschriftenladen gesehen. Und jetzt war die Mörderin selbst angeschossen worden, was wohl eine Art poetische Gerechtigkeit darstellte.

Aber das ging ihn nichts an. Seine Arbeit bestand darin, das Leben seiner Patientin zu retten, ganz gleich ob sie eine dreifache Mörderin oder eine Nobelpreisträgerin war. Oder sogar beides.

Danach brach das effektive Chaos aus, das eine Notaufnahme prägt. Das Personal von Jonassons Schicht machte sich routiniert ans Werk. Die Reste von Lisbeth Salanders Kleidung wurden aufgeschnitten. Eine Schwester verkündete den Blutdruck – 100 zu 70 –, während er selbst der Patientin das Stethoskop an die Brust legte und einen verhältnismäßig regelmäßigen Herzschlag und eine nicht ganz so regelmäßige Atmung feststellte.

Dr. Jonasson zögerte nicht, Lisbeth Salanders Zustand als kritisch einzustufen. Die Verletzungen an Schulter und Hüfte mussten warten. Fürs Erste konnte er einfach das Klebeband drauflassen, das jemand geistesgegenwärtig angebracht hatte. Das Wichtigste war der Kopf. Dr. Jonasson ordnete sogleich eine Computertomografie an.

Anders Jonasson war blond und blauäugig und kam ursprünglich aus Umeå. Seit zwanzig Jahren arbeitete er abwechselnd als Forscher, Pathologe und Notarzt im Sahlgrenska- und im Östra-Krankenhaus. Er hatte eine Eigenheit, die seine Kollegen verblüffte und das Personal stolz machte, mit ihm zusammenzuarbeiten: Er hatte die Einstellung, dass während seiner Schicht kein Patient sterben durfte, und wundersamerweise war es ihm bis jetzt gelungen, den Zähler tatsächlich auf null zu halten. Ein paar von seinen Patienten waren freilich gestorben, aber erst während der Folgebehandlung oder aus ganz anderen Ursachen.

Außerdem vertrat Jonasson eine etwas unorthodoxe Berufsauffassung. Er fand, dass Ärzte manchmal dazu neigten, unbegründete Schlüsse zu ziehen, und daher viel zu schnell aufgaben – sie verbrachten einfach zu viel Zeit damit, ganz exakt herauszufinden, was dem Patienten fehlte, um ihn korrekt behandeln zu können. Sicherlich stand es so im Lehrbuch; das Problem war nur, dass der Patient Gefahr lief zu sterben, während der Arzt noch überlegte. Schlimmstenfalls würde der Arzt zu dem Schluss kommen, dass der Fall hoffnungslos war, und die Behandlung abbrechen.

Anders Jonasson hatte jedoch noch nie einen Patienten mit einer Kugel im Schädel vor sich gehabt. Hier brauchte man wahrscheinlich einen Neurochirurgen. Er fühlte sich unzulänglich, aber dann ging ihm auf, dass er vielleicht mehr Glück hatte, als er verdiente. Bevor er sich wusch und die OP-Kleidung anzog, rief er Hanna Nicander.

»Es gibt da einen amerikanischen Professor namens Frank Ellis, der im Karolinska-Krankenhaus in Stockholm arbeitet, im Moment aber in Göteborg ist. Er ist ein bekannter Hirnforscher und außerdem ein guter Freund von mir. Er wohnt im Hotel Radisson auf der Avenyn. Können Sie mir bitte die Telefonnummer raussuchen?«

Während Anders Jonasson immer noch auf die Röntgenbilder wartete, kam Hanna Nicander mit der Telefonnummer des Hotels zurück. Jonasson warf einen Blick auf die Uhr – 1 Uhr 42 – und griff zum Hörer. Der Nachtportier zeigte sich äußerst unwillig, um diese Zeit überhaupt einen Anruf durchzustellen, und *Doktor* Jonasson musste ein paar äußerst scharfe Worte über die Patientin in Lebensgefahr fallen lassen, bevor er verbunden wurde.

»Guten Morgen, Frank«, sagte Anders Jonasson, als der Hörer schließlich abgenommen wurde. »Hier ist Anders. Ich habe gehört, dass du grade in Göteborg bist. Hast du Lust, ins Sahlgrenska rüberzukommen und mir bei einer Gehirnoperation zu assistieren?«

»*Are you bullshitting me?*«, hörte man eine zweifelnde Stimme am anderen Ende der Leitung. Obwohl Frank Ellis seit vielen Jahren in Schweden wohnte und fließend Schwedisch sprach – wenn auch mit amerikanischem Akzent –, blieb Englisch seine Leib- und Magensprache. Anders Jonasson sprach Schwedisch, und Ellis antwortete ihm auf Englisch.

»Frank, tut mir leid, dass ich deinen Vortrag verpasst habe, aber ich dachte, du könntest mir Privatstunden geben. Ich habe hier eine junge Frau, die in den Kopf geschossen wurde. Einschussloch direkt über dem linken Ohr. Ich würde dich nicht anrufen, wenn ich nicht eine zweite Meinung bräuchte. Und ich kann mir kaum eine geeignetere Person dafür vorstellen als dich.«

»Meinst du das im Ernst?«, erkundigte sich Frank Ellis.

»Es handelt sich um ein 25-jähriges Mädchen.«

»Und sie ist in den Kopf geschossen worden?«

»Einschussloch, keine Austrittswunde.«

»Aber sie lebt noch?«

»Puls schwach, aber regelmäßig, Atmung weniger regelmäßig, Blutdruck 100 zu 70. Außerdem hat sie eine Kugel in der Schulter und eine Schusswunde in der Hüfte. Das sind also zwei Probleme, mit denen ich selbst klarkomme.«

»Das klingt ja schon mal vielversprechend«, meinte Ellis.

»Vielversprechend?«

»Wenn einem Menschen ein Loch in den Kopf geschossen wird und er immer noch lebt, dann muss die Situation als hoffnungsvoll angesehen werden.«

»Kannst du mir helfen?«

»Ich muss zugeben, dass ich den Abend mit ein paar guten Freunden verbracht habe. Ich bin erst um eins ins Bett gekommen und dürfte einen ziemlich beeindruckenden Promillewert haben ...«

»Ich werde die Entscheidungen treffen und den Eingriff durchführen. Aber ich brauche jemand, der mir assistiert und mir sagt, ob ich irgendeinen Blödsinn mache. Und ehrlich gesagt ist ein stockbesoffener Professor Ellis vermutlich noch um einige Klassen besser als ich, wenn es darum geht, Gehirnverletzungen einzuschätzen.«

»Okay. Ich komme. Aber du schuldest mir einen Gefallen.«

»Vor dem Hotel wartet ein Taxi auf dich.«

Professor Frank Ellis schob sich die Brille auf die Stirn und kratzte sich im Genick. Er blickte konzentriert auf den Computerbildschirm, der jeden Winkel von Lisbeth Salanders Gehirn zeigte. Ellis war 53 Jahre alt, hatte pechschwarzes Haar mit grauen Strähnen, dunkle Bartstoppeln und sah aus wie jemand, der eine Nebenrolle in *Emergency Room* spielt. Sein Körper verriet, dass er jede Woche ein paar Stunden im Fitnessstudio verbrachte.

Frank Ellis fühlte sich in Schweden sehr wohl. Als junger Forscher war er im Rahmen eines Austauschprogramms Ende der 70er-Jahre gekommen und zwei Jahre geblieben. Danach war er noch ein paarmal zurückgekehrt, bis man ihm eine Professur am Karolinska anbot. Mittlerweile genoss er auf seinem Fachgebiet internationales Ansehen.

Anders Jonasson kannte Frank Ellis schon seit vierzehn Jahren. In einem Seminar in Stockholm waren sie sich zum ersten Mal begegnet und hatten entdeckt, dass sie beide begeisterte Fliegenfischer waren, woraufhin Anders ihn zu einem Angelausflug nach Norwegen eingeladen hatte. Über all die Jahre waren sie immer in Kontakt geblieben und hatten noch mehr Angeltouren zusammen unternommen. Zusammen gearbeitet hatten sie jedoch noch nie.

»Gehirne sind ein Mysterium«, sagte Professor Ellis. »Ich widme mich der Hirnforschung nun schon seit zwanzig Jahren. Sogar schon länger.«

»Ich weiß. Tut mir leid, dass ich dich so hochgescheucht habe, aber …«

»Ach was.« Ellis winkte ab. »Das kostet dich eine Flasche Cragganmore, wenn wir das nächste Mal zum Angeln fahren.«

»Okay. Da komm ich ja günstig weg.«

»Vor vielen Jahren, als ich in Boston arbeitete, hatte ich eine Patientin – über den Fall habe ich dann im *New England Journal of Medicine* berichtet. Es war ein Mädchen im Alter deiner Patientin. Sie war gerade auf dem Weg in die Uni, da schoss jemand mit einer Armbrust auf sie. Der Pfeil trat links unterhalb der Augenbraue ein, ging direkt durch den Kopf und kam mitten im Nacken wieder heraus.«

»Und das hat sie überlebt?«, fragte Jonasson verblüfft.

»Als sie in die Notaufnahme kam, sah es richtig übel aus. Wir haben den Pfeil abgeschnitten und ihren Kopf in den Computertomografen geschoben. Der Pfeil ging mitten durchs Gehirn. Jeder realistischen Einschätzung nach hätte sie tot sein oder zumindest ein so massives Trauma haben müssen, dass sie ins Koma gefallen wäre.«

»Wie war ihr Zustand?«

»Sie war die ganze Zeit bei Bewusstsein. Und nicht nur das. Natürlich hatte sie schreckliche Angst, aber sie war bei ganz klarem Verstand. Ihr einziges Problem war, dass in ihrem Schädel ein Pfeilschaft steckte.«

»Was hast du gemacht?«

»Tja, ich hab mir eine Zange besorgt, den Pfeil rausgezogen und die Wunde versorgt. So ungefähr.«

»Kam sie durch?«

»Selbstverständlich war ihr Zustand kritisch, wir haben eine ganze Weile gewartet, bis wir sie wieder aus dem Krankenhaus entlassen haben. Aber ehrlich gesagt – sie hätte genauso gut schon am selben Tag wieder nach Hause gehen können. Ich habe nie eine gesündere Patientin gehabt.«

Anders Jonasson überlegte, ob Professor Ellis ihn gerade auf den Arm nehmen wollte.

»Andererseits«, fuhr Ellis fort, »hatte ich vor ein paar Jahren mal einen 42-jährigen männlichen Patienten in Stockholm, der sich den Kopf am Fensterrahmen gestoßen hatte. Ihm wurde übel, und dann verschlechterte sich sein Zustand so schnell, dass man ihn mit dem Krankenwagen in die Notaufnahme fuhr. Als er zu mir gebracht wurde, war er schon bewusstlos. Er hatte eine kleine Beule und eine minimale Blutung. Aber er wachte nicht wieder auf, und nach neun Tagen auf der Intensivstation starb er. Bis heute weiß ich nicht, warum er gestorben ist. Im Obduktionsprotokoll haben wir geschrieben: ›Gehirnblutung infolge eines Unfalls‹, aber mit dieser Diagnose war keiner von uns richtig zufrieden. Die Blutung an sich war so unbedeutend, dass sie überhaupt keine Auswirkung hätte haben dürfen. Trotzdem stellten Leber, Nieren, Herz und Lungen nach und nach ihre Tätigkeit ein. Je älter ich werde, desto mehr kommt mir das Ganze wie eine Art Roulette vor. Persönlich glaube ich ja, dass wir niemals so richtig ergründen werden, wie das Gehirn genau funktioniert. Wie willst du vorgehen?«

Er klopfte mit einem Stift auf das Röntgenbild.

»Ich hatte gehofft, dass du mir das sagen würdest.«

»Erzähl erst mal, wie du die Sache einschätzt.«

»Tja, erst mal scheint das ja eine Kugel kleineren Kalibers zu sein. Sie ist in der Schläfe eingetreten und ungefähr vier Zentimeter tief ins Gehirn eingedrungen. Sie liegt am lateralen Ventrikel, und dort haben wir auch die Blutung.«

»Maßnahmen?«

»Um deine Terminologie zu verwenden – eine Zange besorgen und die Kugel auf demselben Weg rausholen, wie sie reingekommen ist.«

»Großartiger Vorschlag. Aber ich würde lieber die dünnste Pinzette benutzen, die du hast.«

»So einfach ist das?«

»Was können wir in diesem Fall sonst schon tun? Wir können die Kugel da lassen, wo sie ist, und vielleicht wird sie damit hundert Jahre alt, aber das bedeutet auch ein gewisses Risiko. Sie könnte Epilepsie, Migräne, allen möglichen Unfug bekommen. Und man will ihr ja auch nicht gerne den Schädel aufbohren und sie operieren, ein Jahr nachdem die Wunde verheilt ist. Die Kugel liegt ein Stück von den großen Blutgefäßen entfernt. In diesem Fall würde ich einfach empfehlen, dass du sie entfernst, aber …«

»Aber was?«

»Die Kugel macht mir nicht so viel Kummer. Das ist das Faszinierende an Hirnverletzungen – wenn sie es überlebt hat, dass sie eine Kugel ins Hirn bekommt, ist das ein Zeichen dafür, dass sie es auch überlebt, wenn man diese Kugel wieder herausholt. Das Problem ist eher das hier.« Er zeigte auf den Schirm. »Rund um die Einschusswunde hast du jede Menge Knochensplitter. Ich kann mindestens ein Dutzend Fragmente sehen, die mehrere Millimeter lang sind. Ein paar davon haben sich in die Hirnmasse gebohrt. Und daran wird sie sterben, wenn du nicht vorsichtig bist.«

»Dieser Bereich des Gehirns wird mit Zahlen und numerischen Fähigkeiten in Verbindung gebracht.«

Ellis zuckte die Achseln.

»Ich habe keine Ahnung, wozu genau die grauen Zellen an dieser Stelle gut sind. Du kannst nur dein Bestes tun. Du operierst sie. Ich schau dir dabei über die Schulter. Kann ich mir irgendwo OP-Kleidung leihen und mir die Hände waschen?«

Mikael Blomkvist warf einen Blick auf die Uhr und stellte fest, dass es kurz nach drei Uhr morgens war. Er trug Handschellen. Für eine Sekunde schloss er die Augen. Er war todmüde, aber das Adrenalin hielt ihn wach. Als er die Augen wieder aufschlug, musterte er wütend den sichtlich schockierten Kommissar Thomas Paulsson, der seinen Blick erwiderte. Sie saßen am Küchentisch eines weißen Bauernhofs, an einem Ort namens Gosseberga in der Nähe von Nossebro, von dem Mikael vor zwölf Stunden zum ersten Mal in seinem Leben gehört hatte.

Die Katastrophe war bereits eingetreten.

»Idiot«, sagte Mikael.

»Hören Sie mal zu ...«

»Idiot«, wiederholte Mikael. »Verdammt noch mal, ich hab Ihnen gesagt, dass er höchst gefährlich ist. Ich hab Ihnen gesagt, dass Sie mit ihm umgehen müssen wie mit einer entsicherten Handgranate. Er hat mindestens drei Menschen umgebracht, ist gebaut wie ein Panzer und kann mit bloßen Händen töten. Und Sie schicken zwei Bürohengste, die ihn in Gewahrsam nehmen sollen, als hätte er am Wochenende einen über den Durst getrunken.«

Mikael schloss wieder die Augen. Er fragte sich, was in dieser Nacht noch so alles schiefgehen würde.

Er hatte Lisbeth Salander kurz nach Mitternacht schwer verletzt aufgefunden. Er hatte die Polizei alarmiert und den Rettungsdienst überredet, sofort einen Hubschrauber zu schicken, um Lisbeth ins Sahlgrenska-Krankenhaus zu bringen.

Dennoch hatte es über eine Stunde gedauert, bis der Rettungshubschrauber gekommen war. Mikael war hinausgegangen und hatte zwei Autos aus dem Kuhstall geholt, der auch als Garage genutzt wurde. Dann hatte er die Scheinwerfer angemacht, um dem Hubschrauber die Landung auf dem Acker vorm Haus zu erleichtern.

Die Besatzung des Helikopters und die zwei Sanitäter hatten routiniert und professionell gehandelt. Einer von ihnen leistete Lisbeth Salander Erste Hilfe, während der andere sich um Alexander Zalatschenko kümmerte, auch bekannt unter dem Namen Karl Axel Bodin. Zalatschenko war Lisbeths Vater und ihr schlimmster Feind. Sein Versuch, sie umzubringen, war jedoch misslungen. Mikael hatte ihn schwer verletzt im

Holzschuppen des abgelegenen Bauernhofs gefunden, mit einer üblen Verletzung im Gesicht, die von einem Axthieb herrührte, sowie einer schweren Verletzung am Bein.

Während Mikael auf den Hubschrauber wartete, tat er für Lisbeth alles, was in seiner Macht stand. Er holte ein sauberes Laken aus einem Wäscheschrank, schnitt es in Streifen und legte provisorische Verbände an. Er hatte festgestellt, dass das Blut in dem Einschussloch am Kopf bereits zu einem Pfropf geronnen war, und wusste nicht recht, ob er es wagen sollte, die Wunde zu verbinden oder nicht. Schließlich knotete er das Laken locker um ihren Kopf, um Bakterien und Schmutz von der Wunde fernzuhalten. Hingegen brachte er die Blutung aus den Einschusswunden in Hüfte und Schulter auf die denkbar einfachste Art zum Stillstand. In einem Schrank hatte er eine Rolle mit breitem silbernem Klebeband gefunden, mit dem er die Wunden einfach zuklebte. Dann tupfte er ihr Gesicht mit einem feuchten Handtuch ab, um den schlimmsten Schmutz zu entfernen.

Doch er ging nicht in den Holzschuppen, um Zalatschenko zu helfen. Insgeheim stellte er fest, dass ihm Zalatschenkos Schicksal herzlich egal war.

Während er auf den Rettungsdienst wartete, rief er Erika Berger an und setzte ihr die Situation auseinander.

»Bist du unverletzt?«, fragte Erika.

»Ich bin okay«, antwortete Mikael. »Lisbeth ist verletzt.«

»Das arme Mädchen«, sagte Erika Berger. »Ich habe heute Abend Björcks Bericht von der Sicherheitspolizei gelesen. Was willst du in der Sache unternehmen?«

»Ich mag jetzt kaum drüber nachdenken«, erwiderte Mikael.

Während er mit Erika redete, saß er auf dem Boden neben dem Sofa und behielt Lisbeth Salander im Auge. Schuhe und Hose hatte er ihr ausgezogen, um ihre Hüfte leichter verbinden zu können. Plötzlich legte er die Hand auf den Kleiderhaufen, den er auf den Boden geworfen hatte, und ertastete dabei einen Gegenstand: Er zog einen Palm Tungsten T3 aus Lisbeths Hosentasche.

Mit gerunzelter Stirn betrachtete er den Palm nachdenklich. Als er das Geräusch der Rotorblätter hörte, steckte er den Taschencomputer schnell in die Innentasche seiner Jacke. Danach, solange er immer noch unbeobachtet war, beugte er sich vor und durchsuchte sämtliche Taschen. Er fand noch einen Satz Schlüssel zu ihrer Wohnung bei Mosebacke und einen Pass, der auf den Namen Irene Nesser ausgestellt war. Rasch stopfte er alles in ein Fach seiner Laptoptasche.

Das erste Polizeiauto mit Fredrik Torstensson und Gunnar Andersson vom Revier Trollhättan war wenige Minuten nach dem Rettungshubschrauber eingetroffen. Ihnen folgte Kommissar Thomas Paulsson, der sofort das Kommando vor Ort übernahm. Mikael ging zu ihm und begann zu erklären, was vorgefallen war. Paulsson kam ihm vor wie ein aufgeblasener und vierschrötiger Hauptfeldwebel. Als er am Schauplatz erschien, begann alles schiefzulaufen.

Paulsson schien nicht im Entferntesten zu begreifen, wovon Mikael eigentlich redete. Er schien ziemlich aufgeregt, und das Einzige, was er wirklich wahrnahm, war die Tatsache, dass das schwer verletzte Mädchen auf dem Boden vor der Küchenbank die polizeilich gesuchte dreifache Mörderin Lisbeth Salander war – ein ganz schön dicker Fisch! Paulsson fragte den unter Hochdruck arbeitenden Sanitäter dreimal, ob das Mädchen nicht sofort festgenommen werden könne. Schließlich stand der Sanitäter auf und brüllte Paulsson an, er solle gefälligst eine Armlänge Abstand von ihm halten.

Daraufhin konzentrierte Paulsson sich auf den ebenfalls schwer verletzten Zalatschenko im Holzschuppen, und Mikael hörte mit, wie Paulsson über Funk durchgab, dass Salander offenbar versucht hatte, eine weitere Person zu ermorden.

Zu diesem Zeitpunkt war Mikael schon so sauer auf Paulsson, der anscheinend gar nicht auf das hörte, was er ihm erzählen wollte, dass er die Stimme hob und ihn aufforderte, sofort Kriminalinspektor Jan Bublanski in Stockholm anzurufen. Er zückte sein Handy und bot ihm an, die Nummer für ihn zu wählen. Doch Paulsson hatte kein Interesse.

Woraufhin Mikael einen großen Fehler beging.

Entschlossen erklärte er, dass der wahre dreifache Mörder ein Mann namens Ronald Niedermann war, der den Körperbau eines Panzers hatte, an angeborener Analgesie litt und derzeit gefesselt in einem Graben an der Straße nach Nossebro saß. Mikael beschrieb, wo man Niedermann finden könne, und empfahl, ein Sondereinsatzkommando einzusetzen, um ihn von dort zu holen. Paulsson fragte nach, wie Niedermann denn in diesen Straßengraben gekommen sei, und Mikael gab offen zu, dass er diese Situation selbst mit vorgehaltener Waffe herbeigeführt habe.

»Mit vorgehaltener Waffe?«, vergewisserte sich Kommissar Paulsson.

In diesem Moment hätte Mikael endgültig begreifen müssen, dass Paulsson ein Volltrottel war. Er hätte zum Handy greifen, Jan Bublanski selbst anrufen und diesen bitten sollen, einzugreifen, um die dichten Nebel zu lichten, in denen dieser Paulsson offensichtlich herumtappte. Stattdessen beging Mikael Fehler Nummer zwei, indem er versuchte, die Waffe in seiner Jackentasche zu übergeben – den Colt 1911 Government, den er an diesem Tag in Lisbeth Salanders Stockholmer Wohnung gefunden hatte und mit dessen Hilfe er Ronald Niedermann überwältigt hatte.

Dies veranlasste Paulsson jedoch, Mikael sofort wegen illegalen Waffenbesitzes festzunehmen. Anschließend beauftragte er die Polizisten Torstensson und Andersson, Mikaels Angaben zu überprüfen. Sollte an der von ihm beschriebenen Stelle tatsächlich ein Mensch an ein Elchwarnschild gefesselt im

Straßengraben sitzen, sollten sie ihm Handschellen anlegen und ihn zum Bauernhof nach Gosseberga bringen.

Mikael protestierte sofort und erklärte, dass Niedermann niemand war, den man einfach festnehmen und fesseln könne – er sei ein höchst gefährlicher Mörder. Als Paulsson dies ignorierte, forderte Mikaels Müdigkeit ihren Tribut. Mikael nannte Paulsson einen inkompetenten Trottel und brüllte, Torstensson und Andersson sollten Niedermann um Himmels willen nicht losbinden, bevor sie nicht Verstärkung angefordert hätten.

Das Resultat dieses Ausbruchs sah so aus, dass man Mikael Handschellen anlegte und ihn auf die Rückbank von Paulssons Wagen verfrachtete, woraufhin er fluchend mit ansehen musste, wie Torstensson und Andersson mit ihrem Polizeiauto verschwanden. Der einzige Lichtblick in diesem Dunkel war die Tatsache, dass man Lisbeth Salander zum Hubschrauber gebracht hatte, der nun über die Baumwipfel Richtung Sahlgrenska-Krankenhaus verschwand. Mikael fühlte sich völlig hilflos und vom Informationsfluss abgeschnitten. Er konnte nur hoffen, dass Lisbeth in kompetente Hände kam.

Dr. Anders Jonasson legte zwei tiefe Schnitte bis zum Schädelknochen an und klappte die Haut rund um die Einschusswunde zurück. Die Öffnung fixierte er mit Klammern. Eine OP-Schwester saugte vorsichtig das Blut ab. Dann kam der ungemütliche Teil, bei dem Dr. Jonasson mit einem Bohrer das Loch im Schädelknochen erweitern musste. Die Prozedur ging nervenzermürbend langsam voran.

Schließlich war das Loch so groß, dass er Zugang zu Lisbeth Salanders Gehirn hatte. Behutsam führte er eine Sonde ins Hirn ein und weitete den Wundkanal um einige Millimeter. Danach führte er eine dünnere Sonde ein und lokalisierte die Kugel. Auf dem Röntgenbild hatte er feststellen können, dass die Kugel eine Kurve beschrieben hatte und jetzt in einem

Winkel von 45 Grad zum Wundkanal lag. Vorsichtig tastete er mit der Sonde am Rand der Kugel entlang, bis er sie nach einer Reihe missglückter Versuche richtig platzieren konnte.

Schließlich führte er eine dünne chirurgische Pinzette ein. Dann schloss er die Pinzette fest um die Kugelbasis und zog sie gerade nach oben zurück. Die Kugel ließ sich fast ohne Widerstand herausziehen. Er hielt sie kurz gegen das Licht, stellte fest, dass sie intakt schien, und legte sie in eine Schale.

»Tupfen«, sagte er, und der Befehl wurde sofort ausgeführt.

Er warf einen Blick aufs EKG, dem man entnehmen konnte, dass die Herztätigkeit seiner Patientin normal war.

»Pinzette.«

Er zog sich ein starkes Vergrößerungsglas von einem Hängestativ heran und konzentrierte sich auf die entblößte Wunde.

»Vorsichtig«, mahnte Professor Ellis.

In den nächsten fünfundvierzig Minuten entfernte Anders Jonasson nicht weniger als zweiunddreißig kleine Knochensplitter aus der Wunde rund um das Einschussloch. Der kleinste dieser Splitter war mit bloßem Auge kaum zu erkennen.

Während Mikael Blomkvist frustriert versuchte, sich das Handy aus der Brusttasche seiner Jacke zu angeln – was sich mit gefesselten Händen als unmöglich herausstellte –, trafen mehrere Autos mit Polizisten und Kriminalisten in Gosseberga ein. Kommissar Paulsson schickte sie in den Holzschuppen, wo sie kriminaltechnische Beweise sichern sollten, und ins Haus, wo mehrere Waffen beschlagnahmt worden waren. Resigniert sah Mikael ihnen vom Rücksitz des Polizeiautos aus zu.

Erst nach einer knappen Stunde schien Paulsson zu bemerken, dass Torstensson und Andersson immer noch nicht zurückgekehrt waren. Auf einmal wirkte er sehr bekümmert und führte Mikael Blomkvist in die Küche, wo er um eine nochmalige Wegbeschreibung bat.

Mikael schloss die Augen.

Er saß immer noch mit Paulsson in der Küche, als der Einsatzwagen zurückkam, der Torstensson und Andersson hatte finden sollen. Gunnar Andersson hatte man mit gebrochenem Genick gefunden, er war tot. Sein Kollege Fredrik Torstensson lebte zwar noch, war aber schwer misshandelt worden. Beide lagen im Straßengraben neben dem Elchwarnschild. Ihre Dienstwaffen und das Polizeiauto fehlten.

Nachdem er es zunächst mit einer einigermaßen übersichtlichen Situation zu tun gehabt hatte, sah sich Kommissar Paulsson nun plötzlich mit einem Polizistenmord und einem bewaffneten Schwerverbrecher auf der Flucht konfrontiert.

»Idiot«, wiederholte Mikael Blomkvist.

»Es hilft Ihnen auch nicht weiter, wenn Sie mich beleidigen.«

»In dem Punkt sind wir uns einig. Aber ich werde Sie wegen Ihrer Dienstvergehen drankriegen, dass es nur so brummt. Noch bevor ich mit Ihnen fertig bin, werden Sie auf jedem Zeitungsplakat des Landes als der blödeste Polizist Schwedens dastehen.«

Die Drohung, öffentlich der Lächerlichkeit preisgegeben zu werden, war offensichtlich das Einzige, was bei Paulsson zog. Er wirkte beunruhigt.

»Was schlagen Sie vor?«

»Ich verlange, dass Sie Kriminalinspektor Jan Bublanski in Stockholm anrufen. Jetzt gleich.«

Kriminalinspektorin Sonja Modig schreckte aus dem Schlaf hoch, als ihr Handy klingelte, das am anderen Ende des Schlafzimmers gerade den Akku auflud. Sie sah auf die Uhr auf ihrem Nachttisch und stellte zu ihrer Verzweiflung fest, dass es kurz nach vier Uhr morgens war. Danach blickte sie zu ihrem Mann hinüber, der friedlich weiterschnarchte. Nicht mal ein plötzlicher Artillerieangriff hätte ihn aus dem Schlaf reißen können. Sie torkelte aus dem Bett und drückte auf die Gesprächstaste.

Jan Bublanski, dachte sie, *wer sonst.*

»Im Bezirk Trollhättan ist die Hölle los«, sagte ihr Chef, ohne sich mit Begrüßungsformeln aufzuhalten. »Der X2000 nach Göteborg geht um zehn nach fünf.«

»Was ist passiert?«

»Blomkvist hat Salander, Niedermann und Zalatschenko gefunden. Er wurde wegen Beleidigung und Widerstand gegen einen Vollstreckungsbeamten sowie illegalem Waffenbesitz verhaftet. Salander wird gerade mit einer Kugel im Kopf ins Sahlgrenska-Krankenhaus transportiert. Zalatschenko liegt schon dort mit einer Axt im Schädel. Niedermann ist auf freiem Fuß. Er hat in der Nacht einen Polizisten ermordet.«

Sonja Modig blinzelte zweimal und spürte, wie müde sie war. Mehr als alles andere wünschte sie sich, ins Bett zurückkriechen und sich einen Monat Urlaub nehmen zu können.

»Der X2000 um zehn nach fünf. Okay. Was soll ich tun?«

»Nimm dir ein Taxi zum Hauptbahnhof. Dort triffst du Jerker Holmberg. Du musst dich mit einem Kommissar Thomas Paulsson von der Polizei in Trollhättan in Verbindung setzen, der gestern Nacht offenbar einige Verwirrung gestiftet hat und laut Blomkvist ein, Zitat, Vollidiot erster Güte ist, Zitat Ende.«

»Sie haben mit Blomkvist gesprochen?«

»Ich konnte Paulsson überreden, ihn mir kurz ans Telefon zu holen. Ich bin gerade auf dem Weg nach Kungsholmen und versuche rauszukriegen, was da überhaupt los ist. Wir halten per Handy Kontakt.«

Sonja Modig blickte noch einmal auf die Uhr. Dann rief sie sich ein Taxi und stellte sich für eine Minute unter die Dusche. Sie putzte sich die Zähne, kämmte sich flüchtig die Haare und zog sich eine schwarze Hose, ein schwarzes T-Shirt und eine graue Jacke an. Ihre Dienstwaffe steckte sie in ihre Umhängetasche und nahm sich noch eine dunkelrote Lederjacke zum Überziehen mit. Anschließend rüttelte sie ihren Mann wach und erklärte ihm, dass er sich an diesem Morgen um die Kinder kümmern musste. Als sie aus der Tür trat, hielt auch schon das Taxi vor dem Haus.

Ihren Kollegen, Kriminalinspektor Jerker Holmberg, musste sie im Zug nicht lange suchen. Sie nahm an, dass sie ihn im Speisewagen finden würde, und so war es auch. Schweigend saßen sie fünf Minuten beisammen und frühstückten. Schließlich schob Holmberg die Kaffeetasse beiseite.

»Vielleicht sollte man einfach umschulen«, sagte er.

Um vier Uhr morgens war auch Kriminalinspektor Marcus Erlander vom Dezernat für Gewaltverbrechen endlich in Gosseberga eingetroffen und hatte dem überforderten Paulsson die Leitung der Ermittlung abgenommen. Erlander war ein vollschlanker, grauhaariger Mann um die 50. Eine seiner ersten Maßnahmen hatte darin bestanden, Mikael Blomkvist die Handschellen abzunehmen und ihm Kaffee aus der Thermoskanne und Gebäck anzubieten. Sie setzten sich für ein Gespräch unter vier Augen ins Wohnzimmer.

»Ich habe mit Bublanski in Stockholm gesprochen«, sagte Erlander. »Wir kennen uns schon seit Jahren. Wir bedauern beide sehr, wie Paulsson Sie behandelt hat.«

»Ihm ist es zu verdanken, dass heute Nacht ein Polizist sterben musste«, sagte Mikael.

Erlander nickte. »Ich kannte Gunnar Andersson persönlich. Er hat in Göteborg gearbeitet, bevor er nach Trollhättan zog. Er hat eine dreijährige Tochter.«

»Das tut mir leid. Ich habe versucht, Paulsson zu warnen …«

Erlander nickte.

»Ich hab schon davon gehört. Sie sind laut geworden, und deswegen hat man Ihnen Handschellen angelegt. Sie haben Wennerström zur Strecke gebracht. Bublanski sagt, dass Sie ein aufdringlicher Journalist und ein verrückter Privatdetektiv sind, aber dass Sie höchstwahrscheinlich wissen, wovon Sie hier reden. Können Sie mir in ein paar verständlichen Sätzen erklären, was passiert ist?«

»Jetzt steht fest, wer meine Freunde Dag Svensson und Mia Bergman in Enskede ermordet hat und außerdem noch eine Person, mit der ich nicht befreundet war ... Rechtsanwalt Nils Bjurman, der Lisbeth Salanders rechtlicher Betreuer war.«

Erlander nickte.

»Wie Sie wissen, ist die Polizei schon seit Ostern hinter Lisbeth Salander her, die man des dreifachen Mordes verdächtigt. Vor allem müssen Sie wissen, dass Lisbeth Salander an diesen Morden unschuldig ist. Wenn sie überhaupt etwas mit dieser ganzen Geschichte zu tun hat, dann ist auch sie ein Opfer.«

»Nach allem, was in den Medien so geschrieben wurde, fällt es mir nicht ganz leicht, zu glauben, dass sie völlig unschuldig sein soll.«

»Ist sie aber. Punktum. Der wirkliche Mörder ist Ronald Niedermann, der heute Nacht auch Ihren Kollegen Gunnar Andersson ermordet hat. Er arbeitet für Karl Axel Bodin.«

»Den Bodin, der jetzt mit einer Axt im Schädel im Sahlgrenska-Krankenhaus liegt?«

»Ja. Ich gehe davon aus, dass Lisbeth ihn niedergestreckt hat. Sein echter Name ist Alexander Zalatschenko. Er ist Lisbeths Vater und ein ehemaliger Profikiller des russischen Nachrichtendienstes. Er ist in den 70er-Jahren ausgestiegen und hat danach bis zum Zusammenbruch der Sowjetunion für die SiPo gearbeitet. Danach hat er sich als freier Gangster verdingt.«

Nachdenklich musterte Erlander die Person, die vor ihm auf dem Sofa saß. Mikael Blomkvist war völlig verschwitzt und sah gleichzeitig durchgefroren und todmüde aus. Bis jetzt hatte er seine Erklärungen rational und zusammenhängend vorgebracht, aber Kommissar Paulsson – auch wenn Erlander auf dessen Wort nicht mehr allzu viel gab – hatte ihn schon gewarnt, dass Blomkvist irgendwas von russischen Agenten und deutschen Auftragskillern faseln würde. Aber im Straßengraben auf dem Weg nach Nossebro lagen eben doch ein toter und ein schwer verletzter Polizist, und daher war Erlander bereit, ihm weiter zuzuhören. Dennoch konnte er den skeptischen Unterton in seiner Stimme nicht ganz unterdrücken.

»Okay. Ein russischer Agent.«

Blomkvist lächelte schwach, weil ihm offensichtlich klar war, wie verrückt seine Geschichte sich anhören musste.

»Ein ehemaliger russischer Agent. Ich kann all meine Behauptungen dokumentieren.«

»Erzählen Sie weiter.«

»Zalatschenko gehörte in den 70er-Jahren zu den Topspionen. Er wurde von der SiPo mit einer neuen Identität ausgestattet. Soweit ich weiß, ist das kein Einzelfall im Kielwasser des Zusammenbruchs der Sowjetunion.«

»Okay.«

»Wie gesagt, ich weiß nicht, was genau hier heute Nacht passiert ist, aber Lisbeth hatte ihren Vater aufgespürt, nachdem sie ihn fünfzehn Jahre lang nicht gesehen hatte. Er hat ihre Mutter damals so schwer misshandelt, dass sie an den Folgen starb. Er hat auch versucht, Lisbeth umzubringen, und steckt letztlich hinter Niedermanns Mord an Dag Svensson und Mia Bergman. Außerdem war er verantwortlich für die Entführung von Lisbeths Freundin Miriam Wu.«

»Wenn Lisbeth Salander ihrem Vater eine Axt in den Schädel gerammt hat, ist sie aber nicht völlig unschuldig.«

»Lisbeth Salander hat selbst drei Kugeln im Körper. Ich glaube, man könnte sich hier auf ein gewisses Maß an Notwehr berufen. Ich frage mich sogar …«

»Ja?«

»Lisbeth war so über und über mit Erde bedeckt, auch ihre Haare waren nur noch eine einzige Lehmkruste. Überall in ihren Kleidern war Sand. Es sah aus, als wäre sie begraben gewesen. Und Niedermann hat ja ganz offensichtlich die Angewohnheit, Leute zu vergraben. Die Polizei in Södertälje hat zwei Gräber neben diesem Lager bei Nykvarn gefunden, das dem Bikerklub Svavelsjö MC gehört.«

»Es sind in der Tat schon drei. Gestern Abend ist man noch auf ein weiteres Grab gestoßen. Aber wenn Lisbeth Salander erschossen und vergraben wurde – wie kann sie dann plötzlich wieder mit einer Axt in der Hand auftauchen?«

»Ich weiß nicht, was vorgefallen ist, aber Lisbeth ist so schnell nicht kleinzukriegen. Ich habe versucht, Paulsson zu überreden, dass er ein paar Polizeihunde holen lässt ...«

»Schon auf dem Weg.«

»Gut.«

»Paulsson hat Sie wegen Beleidigung festgenommen.«

»Ich habe ihn als inkompetenten Idioten und Volltrottel bezeichnet. Keine dieser Bezeichnungen könnte in diesem Zusammenhang als Beleidigung gewertet werden.«

»Hmm. Aber Sie wurden auch wegen unerlaubten Waffenbesitzes festgenommen.«

»Ich habe den Fehler gemacht, ihm eine Waffe übergeben zu wollen. Im Übrigen will ich mich zu dieser Sache nicht weiter äußern, bevor ich mit meinem Anwalt gesprochen habe.«

»Okay. Dann lassen wir das vorerst beiseite. Wir haben ja auch ernstere Dinge zu besprechen. Was wissen Sie noch über diesen Niedermann?«

»Er ist ein Mörder. Irgendwas stimmt nicht mit ihm, er ist über zwei Meter groß und gebaut wie ein Panzer. Fragen Sie Paolo Roberto, der mit ihm geboxt hat. Der Mann leidet an angeborener Analgesie. Das ist eine Krankheit, bei der die Transmittersubstanzen im Nervensystem nicht mehr funktionieren, sodass er keinen Schmerz mehr empfinden kann. Er ist Deutscher, geboren in Hamburg, und war als Jugendlicher Skinhead. Er ist äußerst gefährlich und auf freiem Fuß.«

»Haben Sie irgendeine Ahnung, wohin er geflohen sein könnte?«

»Nein. Ich weiß nur, dass ich ihn unschädlich gemacht hatte, bis dieser Volltrottel aus Trollhättan das Kommando übernahm.«

Um kurz vor fünf Uhr morgens zog Dr. Anders Jonasson seine blutverschmierten Latexhandschuhe aus und warf sie in den Abfalleimer. Eine OP-Schwester legte Kompressen auf die Schusswunde an der Hüfte. Die Operation hatte drei Stunden lang gedauert. Er musterte Lisbeth Salanders übel mitgenommenen rasierten Schädel, der jetzt dick einbandagiert war.

Er verspürte eine plötzliche Zärtlichkeit, wie er sie oft für Patienten empfand, die er gerade operiert hatte. Den Zeitungen zufolge war Lisbeth Salander eine psychopathische Massenmörderin, aber in seinen Augen sah sie eher aus wie ein angeschossener Spatz. Er schüttelte den Kopf und sah dann zu Professor Frank Ellis hinüber, der ihn amüsiert betrachtete.

»Du bist ein außergewöhnlich guter Chirurg«, bemerkte Ellis.

»Darf ich dich zum Frühstück einladen?«

»Kann man hier irgendwo Pfannkuchen mit Marmelade kriegen?«

»Waffeln«, bot Anders Jonasson an. »Bei mir. Lass mich nur kurz zu Hause anrufen und meine Frau warnen, dann steigen wir ins Taxi.« Er hielt inne und sah auf seine Uhr. »Wenn ich genauer darüber nachdenke, dann sollten wir das mit dem Anruf vielleicht doch lieber sein lassen.«

Die Rechtsanwältin Annika Giannini fuhr aus dem Schlaf hoch. Als sie den Kopf nach rechts wandte, stellte sie fest, dass es zwei Minuten vor sechs war. Sie hatte schon um acht den ersten Termin mit einem Mandanten. Sie drehte den Kopf nach links und musterte ihren Mann Enrico, der friedlich schlummerte und frühestens gegen acht aufwachen würde. Annika blinzelte ein paarmal, bevor sie aufstand, die Kaffeemaschine einschaltete und sich unter die Dusche stellte. Sie ließ sich Zeit im Badezimmer und zog dann eine schwarze Hose, einen schwarzen Rollkragenpullover und eine rote Jacke an. Anschließend toastete sie sich zwei Scheiben Brot, belegte sie mit Käse, Avocadoscheiben und Orangenmarmelade und frühstückte im Wohnzimmer, während sie im Frühstücksfernsehen die Nachrichten um halb sieben verfolgte. Sie nahm einen Schluck von ihrem Kaffee und wollte gerade den Mund aufmachen, um von ihrem Brot abzubeißen, da hörte sie die Meldung:

Ein Polizist getötet und einer schwer verletzt. Dramatische Ereignisse in der Nacht, als die dreifache Mörderin Lisbeth Salander gefasst wurde.

Zunächst verstand sie die Zusammenhänge nicht ganz, weil sie annahm, Lisbeth Salander habe einen Polizisten umgebracht, aber dann verstand sie so langsam, dass man wegen des Polizistenmordes einen Mann suchte. Es wurde landesweit nach einem namentlich nicht genannten 37-jährigen Mann gefahndet. Lisbeth Salander lag anscheinend schwer verletzt im Sahlgrenska-Krankenhaus in Göteborg.

Annika wechselte den Nachrichtensender, wurde dadurch aber auch nicht schlauer. Schließlich griff sie zu ihrem Handy und wählte die Nummer ihres Bruders Mikael Blomkvist. Als sie hörte, dass der Teilnehmer vorübergehend nicht erreichbar sei, spürte sie einen Stich in der Magengrube. Mikael hatte sie am Abend zuvor angerufen, als er gerade auf dem Weg nach Göteborg war. Er hatte sich an die Fersen von Lisbeth Salander geheftet. Und an die eines Mörders namens Ronald Niedermann.

Als es hell wurde, entdeckte ein aufmerksamer Polizist Blutspuren auf dem Boden hinter dem Holzschuppen. Ein Polizeihund verfolgte die Spur bis zu einer Grube auf einer Waldlichtung, ungefähr vierhundert Meter nordöstlich des Bauernhofs in Gosseberga.

Mikael begleitete Kriminalinspektor Erlander. Nachdenklich betrachteten sie die Stelle. Problemlos konnte man eine große Menge Blut in der und rund um die Grube ausmachen.

Sie fanden sogar ein abgestoßenes Zigarettenetui, das offensichtlich als Handschaufel gedient hatte. Erlander legte das Etui in eine durchsichtige Plastiktüte für Beweisstücke und beschriftete den Fund. Dazu nahm er noch Proben von blutdurchtränkten Erdklumpen. Ein Polizist in Uniform machte ihn auf eine Zigarettenkippe der Marke Pall Mall aufmerksam, die ein paar Meter von der Grube entfernt lag. Auch diese wanderte in eine Plastiktüte und wurde etikettiert. Mikael erinnerte sich, dass er auf der Spüle in Zalatschenkos Haus eine Schachtel Pall Mall gesehen hatte.

Als Erlander in den Himmel blickte, sah er dicke Regenwolken. Der Sturm, der in der Nacht in Göteborg gewütet hatte, war abgezogen, doch war es nur noch eine Frage der Zeit, bevor es anfangen würde zu regnen. Er wandte sich an einen Polizisten und bat ihn, eine Plane zu besorgen, mit der man die Grube abdecken könnte.

»Ich glaube, Sie haben recht«, sagte Erlander schließlich zu Mikael. »Eine Blutanalyse wird wahrscheinlich ergeben, dass Lisbeth Salander in dieser Grube gelegen hat, und schätzungsweise werden wir auch ihre Fingerabdrücke auf dem Etui finden. Sie wurde angeschossen und begraben, muss aber irgendwie überlebt und es fertiggebracht haben, sich zu befreien und …«

»… und dann ist sie zum Hof zurückgegangen und hat Zalatschenko eine Axt in den Schädel gehauen«, beendete Mikael den Satz. »Sie ist schon ein Teufelskerl.«

»Aber wie zur Hölle ist sie mit Niedermann fertiggeworden?«

Mikael zuckte die Schultern. In dieser Hinsicht staunte er genauso wie Erlander.

2. Kapitel

Freitag, 8. April

Sonja Modig und Jerker Holmberg kamen kurz nach acht Uhr morgens am Hauptbahnhof in Göteborg an. Bublanski hatte sie angerufen und ihnen neue Anweisungen gegeben: Sie sollten nicht nach Gosseberga fahren, sondern stattdessen ein Taxi zur Polizeistation in der Nähe des Sportstadions Nya Ullevi am Ernst Fontells Plats nehmen, wo die Bezirkskriminalpolizei von Västra Götaland ihre Zentrale hatte. Dort warteten sie fast eine Stunde, bis Kriminalinspektor Erlander in Begleitung von Mikael Blomkvist aus Gosseberga eintraf. Dieser begrüßte Sonja Modig, die er schon früher kennengelernt hatte, und gab Jerker Holmberg die Hand. Danach teilte ihnen ein Kollege von Erlander erst einmal den neuesten Stand hinsichtlich der Jagd auf Ronald Niedermann mit. Ein ziemlich kurzer Bericht.

»Wir haben eine Fahndungsgruppe unter Leitung der Bezirkspolizei. Selbstverständlich ist landesweiter Alarm ausgerufen worden. Das Polizeiauto wurde um sechs Uhr in Alingsås gefunden. Dort löst sich die Spur erst mal in Luft auf. Wir vermuten, dass er das Fluchtfahrzeug gewechselt hat, bis jetzt ist aber keine Anzeige wegen Autodiebstahls eingegangen.«

»Die Medien?«, fragte Modig und warf Mikael einen entschuldigenden Blick zu.

»Das war ein Polizistenmord, wir ziehen hier alle Register. Für zehn Uhr ist eine Pressekonferenz angesetzt.«

»Weiß irgendjemand, wie es um Lisbeth Salanders Zustand bestellt ist?«, erkundigte sich Mikael. Er war seltsam uninteressiert an allem, was mit der Jagd auf Ronald Niedermann zu tun hatte.

»Sie ist in der Nacht operiert worden. Man hat ihr eine Kugel aus dem Kopf entfernt. Bis jetzt hat sie das Bewusstsein noch nicht wiedererlangt.«

»Gibt es eine Prognose?«

»Wenn ich das richtig verstanden habe, müssen wir abwarten, bis sie aufgewacht ist. Aber der Arzt, der sie operiert hat, meinte, sie habe eine Chance, wenn keine weiteren Komplikationen dazukommen.«

»Und Zalatschenko?«, wollte Mikael wissen.

»Wer?«, fragte Erlanders Kollege, der in die Details der ganzen Geschichte noch nicht eingeweiht war.

»Karl Axel Bodin.«

»Ach so, ja, der ist in der Nacht auch operiert worden. Er ist mit der Axt im Gesicht und unterhalb der Kniescheibe getroffen worden. Sieht übel aus, aber die Verletzungen sind nicht lebensgefährlich.«

Mikael nickte.

»Sie wirken müde«, stellte Sonja Modig fest.

»Tja. Ich mache jetzt schon den dritten Tag beinahe durch.«

»Auf dem Weg von Nossebro ist er im Auto eingeschlafen«, erklärte Erlander.

»Schaffen Sie es, die ganze Geschichte noch mal von vorn zu erzählen?«, bat Holmberg. »Sieht ja ganz so aus, als stünde es ungefähr drei zu null für die Privatdetektive.«

Mikael lächelte schwach.

»Diese Aussage würde ich zu gerne von Bublanski hören«, meinte er.

Sie setzten sich in die Cafeteria der Polizeistation, um zu

frühstücken. Mikael brauchte eine halbe Stunde, um Schritt für Schritt zu erklären, wie er sich die Story mit Zalatschenko zusammengebastelt hatte. Als er fertig war, schwiegen die Polizisten nachdenklich.

»In Ihrer Geschichte gibt es aber schon noch ein paar Löcher«, brach Jerker Holmberg schließlich das Schweigen.

»Vermutlich schon«, räumte Mikael ein.

»Sie erklären nicht, wie Sie in den Besitz dieses geheimen Berichts der SiPo über Zalatschenko gekommen sind.«

Mikael nickte.

»Den hab ich gestern zu Hause bei Lisbeth Salander gefunden, nachdem ich endlich herausgekriegt hatte, wo sie sich versteckt hielt. Sie hat den Bericht vermutlich in Nils Bjurmans Sommerhäuschen entdeckt.«

»Sie haben also Salanders Versteck gefunden«, sagte Sonja Modig.

Mikael nickte.

»Und?«

»Die Adresse müssen Sie schon selbst herausfinden. Lisbeth hat sich große Mühe gegeben, sich eine geheime Adresse zuzulegen, und ich möchte nicht derjenige sein, der sie preisgibt.«

Die Gesichter von Modig und Holmberg verfinsterten sich ein wenig.

»Mikael ... das ist hier immerhin eine Morduntersuchung«, gab Sonja Modig zu bedenken.

»Und Sie haben immer noch nicht so richtig kapiert, dass Lisbeth Salander unschuldig ist und dass die Polizei ihre Privatsphäre in einer Art verletzt hat, die völlig beispiellos ist. Lesbische Satanistenbande, wie zum Teufel kommen Sie bloß auf so was? Wenn sie Ihnen sagen will, wo sie wohnt, dann wird sie das bestimmt auch tun.«

»Aber da ist noch etwas, was ich nicht verstehe.« Holmberg ließ nicht locker. »Was hat Bjurman mit dieser Geschichte zu tun? Sie behaupten, dass er die ganze Sache in Gang gebracht hat, indem er Kontakt mit Zalatschenko aufnahm und ihn bat, Salander zu töten ... aber warum sollte er das tun?«

Mikael zögerte eine Weile.

»Ich tippe darauf, dass er Zalatschenko angeheuert hat, um Lisbeth Salander aus dem Weg zu räumen. Nicht Miriam Wu, sondern Lisbeth hätte eigentlich in diesem Lager in Nykvarn landen sollen.«

»Er war ihr rechtlicher Betreuer. Was sollte er für ein Motiv haben, sie aus dem Weg zu räumen?«

»Das ist ziemlich kompliziert.«

»Erklären Sie es.«

»Er hatte ein verdammt gutes Motiv. Er hatte etwas getan, was Lisbeth wusste. Sie stellte eine Bedrohung für seine Zukunft und seinen Wohlstand dar.«

»Was hat er denn getan?«

»Ich glaube, das erzählt Ihnen Lisbeth am besten selbst.«

Er fing Holmbergs Blick auf.

»Lassen Sie mich raten«, mischte sich Sonja Modig ein. »Bjurman hatte seinem Schützling etwas angetan.«

Mikael nickte.

»Soll ich weiterraten, dass er sie in irgendeiner Form sexuell belästigt hat?«

Mikael zuckte die Achseln und enthielt sich jedes weiteren Kommentars.

»Sie wissen also nichts von dem Tattoo auf Bjurmans Bauch?«

»Tattoo?«

»Eine amateurhaft durchgeführte Tätowierung quer über den ganzen Bauch mit folgendem Text: *Ich bin ein sadistisches Schwein, ein Widerling und ein Vergewaltiger.* Wir haben uns die Köpfe darüber zerbrochen, worum es da eigentlich ging.«

Plötzlich musste Mikael schallend auflachen.

»Was ist denn?«

»Ich hab nachgedacht, was Lisbeth wohl getan hat, um sich zu rächen. Aber wissen Sie … das möchte ich nicht mit Ihnen diskutieren, aus demselben Grund wie vorher. Das hier berührt ihre Privatsphäre. Lisbeth ist Opfer eines Verbrechens geworden. Sie soll selbst entscheiden, was sie Ihnen erzählen will. Sorry.«

Er sah sie fast entschuldigend an.

»Gewaltverbrechen müssen zur Anzeige gebracht werden«, sagte Sonja Modig.

»Da stimme ich Ihnen zu. Aber dieses Gewaltverbrechen ist vor zwei Jahren geschehen, und Lisbeth hat immer noch nicht mit der Polizei über diese Sache geredet. Was den Schluss zulässt, dass sie es auch nicht vorhat. So wenig ich ihr in der Sache an sich zustimmen kann, so finde ich doch, dass sie diejenige sein sollte, die hier entscheidet. Außerdem …«

»Ja?«

»Sie hat nicht viel Veranlassung, sich der Polizei anzuvertrauen. Das letzte Mal, als sie erklären wollte, was für ein Schwein Zalatschenko ist, wurde sie in die Psychiatrie gesperrt.«

Der Leiter der Voruntersuchung, Richard Ekström, hatte ein mulmiges Gefühl, als er um kurz vor neun am Freitagmorgen den Ermittlungsleiter Jan Bublanski bat, ihm gegenüber am Schreibtisch Platz zu nehmen. Ekström rückte sich die Brille zurecht und strich sich über den gepflegten Kinnbart. Er erlebte die Situation als chaotisch und bedrohlich. Seit einem Monat war er der Leiter der Voruntersuchung und jagte Lisbeth Salander. Er hatte sie immer wieder als geisteskranke und gemeingefährliche Psychopathin dargestellt. Er hatte Informationen nach außen durchsickern lassen, die ihm bei einer nachfolgenden Gerichtsverhandlung zugutegekommen wären. Alles hatte so gut ausgesehen.

In seiner Vorstellung hatte es nicht den geringsten Zweifel gegeben, dass Lisbeth Salander wirklich des dreifachen Mordes schuldig war und dass er den Prozess mühelos gewinnen würde – eine reine Propagandaveranstaltung mit ihm in der Hauptrolle. Doch dann war alles schiefgelaufen, und plötzlich saß er mit einem ganz anderen Mörder und einem Chaos da, dessen Ende nicht abzusehen war. *Diese verfluchte Salander*.

»Tja, da sind wir ja in einen ganz schönen Schlamassel geraten«, stellte Eckström fest. »Was haben Sie heute Morgen denn herausgekriegt?«

»Ronald Niedermann ist landesweit zur Fahndung ausgeschrieben worden, aber er ist immer noch auf freiem Fuß. Im Moment wird er nur wegen des Mordes an dem Polizisten Gunnar Andersson gesucht, aber ich nehme an, dass er auch die drei Morde hier in Stockholm begangen hat. Vielleicht könnten Sie eine Pressekonferenz einberufen.«

Letzteren Vorschlag machte Bublanski nur, um Ekström zu ärgern. Denn der hasste nichts mehr als Pressekonferenzen.

»Ich glaube, mit der Pressekonferenz warten wir vorerst noch«, erwiderte Ekström hastig.

Bublanski bemühte sich, ein Grinsen zu unterdrücken.

»Das ist ja auch in erster Linie eine Angelegenheit der Göteborger Polizei«, argumentierte Ekström.

»Na ja, Sonja Modig und Jerker Holmberg sind schon vor Ort in Göteborg und haben die Zusammenarbeit …«

»Wir warten mit der Pressekonferenz, bis wir mehr wissen«, entschied Ekström mit scharfem Ton. »Von Ihnen will ich wissen, wie sicher Sie sind, dass Niedermann wirklich für die Morde hier in Stockholm verantwortlich ist.«

»Als Polizist bin ich überzeugt davon. Aber die Beweislage ist noch lückenhaft. Wir haben weder Zeugen noch stichhaltige kriminaltechnische Beweise. Magge Lundin und Sonny Nieminen vom Svavelsjö MC weigern sich zu reden und tun so, als hätten sie noch nie von Niedermann gehört. Doch für den Mord an Gunnar Andersson wandert er auf jeden Fall ins Gefängnis.«

»Genau«, sagte Ekström. »Im Moment interessiert vor allem dieser Polizistenmord. Aber sagen Sie mal ... gibt es Hinweise darauf, dass Salander trotzdem irgendwie in diese Morde verwickelt ist? Wäre es vorstellbar, dass Niedermann und sie die Morde gemeinsam begangen haben?«

»Das bezweifle ich. Und ich würde diese Theorie auch keinesfalls öffentlich äußern.«

»Aber was hat sie dann damit zu tun?«

»Diese Geschichte ist extrem kompliziert. Wie Mikael Blomkvist von Anfang an behauptet hat, geht es um diese Figur Zala ... Alexander Zalatschenko.«

Bei dem Namen Mikael Blomkvist zuckte Staatsanwalt Ekström sichtlich zusammen.

»Zala ist offenbar ein skrupelloser ehemaliger russischer Auftragskiller, noch aus der Zeit des Kalten Krieges«, fuhr Bublanski fort. »Er ist in den 70er-Jahren hierhergekommen und wurde Lisbeth Salanders Vater. Eine Gruppe innerhalb der SiPo hat ihn unterstützt, und als er Verbrechen beging, hat man sie vertuscht. Ein Polizist der SiPo hat auch dafür gesorgt, dass Salander in eine pychiatrische Kinderklinik gesperrt wurde, als sie 13 Jahre alt war und durch sie das Geheimnis um Zalatschenko zu platzen drohte.«

»Sie verstehen sicher, dass das alles höchst brisant klingt. Das ist nicht unbedingt die Art Geschichte, mit der wir an die Öffentlichkeit gehen könnten. Wenn ich das recht verstanden habe, unterliegt die ganze Sache mit Zalatschenko sowieso der Geheimhaltung.«

»Trotzdem entspricht sie der Wahrheit. Ich habe hier schriftliche Beweise.«

»Darf ich mal sehen?«

Bublanski schob ihm die Mappe mit dem Polizeibericht von 1991 über den Tisch. Ekström betrachtete nachdenklich den

Stempel, der das Dokument offiziell für geheim erklärte, und das Aktenzeichen, das er sofort als eines von SiPo identifizierte. Er blätterte die knapp hundert Seiten durch und las aufs Geratewohl ein paar Stellen. Schließlich legte er den Bericht beiseite.

»Wir müssen versuchen, das Ganze ein bisschen runterzuspielen, damit uns die Situation nicht völlig entgleitet. Lisbeth Salander wurde also ins Irrenhaus gesperrt, weil sie versuchte, ihren Vater umzubringen ... diesen Zalatschenko. Und jetzt hat sie ihrem Vater eine Axt in den Schädel geschlagen. Das ist auf jeden Fall ein Mordversuch. Und sie muss festgenommen werden, weil sie in Stallarholmen auf Magge Lundin geschossen hat.«

»Sie können festnehmen, wen Sie wollen, aber an Ihrer Stelle wäre ich ein bisschen vorsichtig.«

»Das gibt einen ungeheuren Skandal, wenn diese ganze Geschichte mit der SiPo durchsickert.«

Bublanski zuckte mit den Achseln. In seiner Arbeitsbeschreibung stand, dass er Verbrechen aufklären, nicht Skandale vertuschten sollte.

»Dieser Mistkerl von der SiPo, Gunnar Björck, was wissen wir über seine Rolle?«

»Er ist einer der Hauptakteure. Er wohnt in Smådalarö und ist im Moment wegen eines Bandscheibenvorfalls krankgeschrieben.«

»Okay ... das mit der SiPo verschweigen wir vorerst. Jetzt geht es erst einmal um den Polizistenmord und nichts anderes. Unsere Aufgabe besteht nicht darin, Verwirrung zu stiften.«

»Es dürfte ziemlich schwierig werden, das zu verheimlichen.«

»Wie meinen Sie das?«

»Ich hab Curt Svensson losgeschickt, um Björck zum Verhör zu holen.« Bublanski warf einen Blick auf seine Armbanduhr. »Das dürfte in diesem Moment geschehen.«

»Was?«

»Ich hatte eigentlich vorgehabt, die Sache selbst in die Hand zu nehmen, aber dann ist mir dieser Polizistenmord dazwischengekommen.«

»Ich habe Ihnen nicht die Erlaubnis gegeben, Björck festzunehmen.«

»Das stimmt. Aber es ist ja auch gar keine Verhaftung. Ich hole ihn nur zu einem Verhör aufs Revier.«

»Das gefällt mir alles gar nicht.«

Bublanski beugte sich vor und warf Ekström einen fast freundschaftlichen Blick zu, als er sagte:

»Richard ... die Lage ist folgendermaßen: Lisbeth Salander war einer Reihe von Übergriffen seitens der Justiz ausgesetzt, die schon in ihrer Kindheit begonnen haben. Ich habe nicht vor, das so weiterlaufen zu lassen. Sie können mich als Leiter der Ermittlung absetzen, aber in diesem Fall würde ich mich gezwungen sehen, einen scharf formulierten Bericht über die Sache zu schreiben.«

Richard Ekström sah aus, als hätte er gerade in etwas Saures gebissen.

Gunnar Björck, stellvertretender Chef der Auslandsabteilung der Sicherheitspolizei, machte die Tür seines Sommerhäuschens in Smådalarö auf und erblickte einen kräftigen Mann mit kurzen blonden Haaren in schwarzer Lederjacke.

»Ich suche Gunnar Björck.«

»Das bin ich.«

»Curt Svensson von der Stockholmer Polizei.«

Der Mann hielt seinen Dienstausweis hoch.

»Ja?«

»Sie werden gebeten, nach Kungsholmen mitzukommen, um der Polizei bei den Ermittlungen im Fall Lisbeth Salander behilflich zu sein.«

»Äh ... da muss ein Irrtum vorliegen.«

»Es liegt kein Irrtum vor«, widersprach Curt Svensson.

»Sie haben mich nicht richtig verstanden. Ich bin auch Polizist. Ich glaube, Sie sollten in dieser Sache mal Rücksprache mit Ihrem Chef halten.«

»Mein Chef will mit *Ihnen* sprechen.«

»Ich muss anrufen und ...«

»Sie können von Kungsholmen aus anrufen.«

Gunnar Björck merkte, wie er plötzlich innerlich resignierte.

Es ist passiert. Jetzt werde ich in diese Geschichte mit hineingezogen. Verdammter Blomkvist! Verdammte Salander!

»Bin ich verhaftet?«, fragte er.

»Vorerst noch nicht. Aber das könnten wir sicher organisieren, wenn Sie es wünschen.«

»Nein ... nein, ich komme natürlich mit. Selbstverständlich will ich meinen Kollegen helfen.«

»Na, wunderbar«, sagte Curt Svensson und kam mit ins Haus. Er behielt Gunnar Björck gut im Auge, während der sich eine Jacke holte und die Kaffeemaschine ausschaltete.

Um elf Uhr vormittags stellte Mikael Blomkvist fest, dass sein Leihwagen immer noch hinter einer Scheune an der Auffahrt nach Gosseberga stand, aber er war so erschöpft, dass er ihn nicht mehr abholen, geschweige denn eine längere Strecke damit zurücklegen konnte, ohne zu einer Gefahr für den Straßenverkehr zu werden. Er wandte sich an Kriminalinspektor Erlander, und der war so großzügig, jemand von der Spurensicherung abzukommandieren, der das Auto auf dem Heimweg nach Stockholm fahren konnte.

»Betrachten Sie das als Entschädigung für die Art, wie Sie heute Nacht behandelt wurden.«

Mikael nickte und nahm sich ein Taxi zum City Hotel in der Lorensberggatan Ecke Avenyn. Dort nahm er sich ein Zimmer für 800 Kronen die Nacht, ging sofort hinauf und zog sich aus. Dann setzte er sich nackt aufs Bett, nahm Lisbeth Salanders

Palm Tungsten T3 aus der Innentasche seiner Jacke und wog ihn in der Hand. Es erstaunte ihn immer noch, dass der Palm nicht beschlagnahmt worden war, als Kommissar Paulsson ihn nach Waffen abtasten ließ, aber der war wohl davon ausgegangen, dass es sich um Mikaels Computer handelte, und praktisch gesehen war er ja auch nie in Untersuchungshaft genommen und richtig durchsucht worden. Er überlegte einen Moment, bevor er den Palm in ein Fach seiner Laptoptasche steckte, in der er auch Lisbeths CD-ROM mit der Aufschrift *Bjurman* aufbewahrte, die Paulsson ebenfalls entgangen war. Er war sich bewusst, dass er damit Beweismaterial unterschlug, doch handelte es sich um Gegenstände, die Lisbeth mit allerhöchster Wahrscheinlichkeit nicht in den falschen Händen sehen wollte.

Mikael schaltete sein Handy ein, stellte fest, dass der Akku schon fast leer war, und schloss es ans Ladegerät an. Dann rief er seine Schwester, die Rechtsanwältin Annika Giannini, an.

»Hallo, Schwesterherz.«

»Was hast du mit dem Polizistenmord von gestern Nacht zu tun?«, fragte sie sofort.

Er erklärte ihr in Kurzfassung, was vorgefallen war.

»Okay. Salander liegt also auf der Intensivstation.«

»Genau. Bis sie aufwacht, wissen wir nicht, wie schwer sie verletzt ist, aber sie wird einen Anwalt brauchen.«

Annika überlegte einen Moment.

»Glaubst du, sie wäre mit mir einverstanden?«

»Wahrscheinlich will sie überhaupt keinen Anwalt. Sie ist nicht der Typ, der um Hilfe bittet.«

»Es hört sich eigentlich so an, als brauchte sie eher einen Fachanwalt für Strafrecht. Lass mich erst mal die Beweisunterlagen sehen, die du hast.«

»Sprich mit Erika Berger und bitte sie um eine Kopie.«

Sobald Mikael das Gespräch beendet hatte, rief er Erika Berger an. Sie ging nicht ans Handy, also rief er in der *Millennium*-Redaktion an. Henry Cortez nahm ab.

»Erika ist irgendwo unterwegs«, sagte er.

Mikael erklärte ihm kurz, was passiert war, und bat Henry, die Informationen an die Chefredakteurin von *Millennium* weiterzuleiten.

»Okay. Was wollen wir unternehmen?«, wollte Henry wissen.

»Heute nichts mehr«, sagte Mikael. »Ich muss erst mal schlafen. Wenn nichts Unvorhergesehenes mehr passiert, komme ich morgen nach Stockholm. *Millennium* wird seine Version der Ereignisse in der nächsten Ausgabe darstellen, und bis dahin haben wir noch fast einen Monat.«

Er beendete das Gespräch, kroch ins Bett und war nach dreißig Sekunden eingeschlafen.

Die stellvertretende Polizeipräsidentin Monica Spångberg klopfte mit einem Stift an den Rand ihres Mineralwasserglases und bat um Ruhe. Zehn Personen hatten sich um den Konferenztisch in ihrem Dienstzimmer im Präsidium versammelt. Drei Frauen und sieben Männer. Die Versammlung bestand aus dem Chef des Dezernats für Gewaltverbrechen, dessen Stellvertreter, drei Kriminalinspektoren inklusive Marcus Erlander sowie dem Pressesprecher der Göteborger Polizei. Auch die Leiterin der Voruntersuchung, Agneta Jervas von der Staatsanwaltschaft, sowie die Kriminalinspektoren Sonja Modig und Jerker Holmberg von der Stockholmer Polizei waren dazugebeten worden. Letztere wurden mit einbezogen, um den guten Willen zur Zusammenarbeit mit den Kollegen aus der Hauptstadt zu demonstrieren und ihnen vielleicht sogar zu zeigen, wie man eine Ermittlung richtig durchführte.

Spångberg, oft die einzige Frau in einer rein männlichen Umgebung, hatte nicht gerade den Ruf, ihre Zeit mit Formalitäten und Liebenswürdigkeiten zu verplempern. Sie erklärte zunächst, dass sich der Polizeipräsident auf Dienstreise zu einer Europol-Konferenz in Madrid befand, dass er die Reise jedoch abgebrochen hatte, als er von dem Polizistenmord erfuhr. Man erwarte ihn allerdings nicht vor dem späten Abend zurück. Danach wandte sie sich direkt an den Leiter des Gewaltdezernats, Anders Pehrzon, und bat ihn, die Situation zusammenzufassen.

»Es ist jetzt knapp zehn Stunden her, dass unser Kollege Gunnar Andersson an der Straße nach Nossebro ermordet wurde. Wir kennen den Namen des Mörders, Ronald Niedermann, allerdings fehlt uns noch ein Bild der fraglichen Person.«

»Wir besitzen ein knapp zwanzig Jahre altes Foto von ihm, das jedoch kaum verwendbar ist«, warf Jerker Holmberg ein.

»Okay. Das Polizeiauto, das er entwendet hat, wurde, wie wir wissen, am Morgen in Alingsås aufgefunden. Es stand in einer Querstraße, ungefähr dreihundertfünfzig Meter vom Bahnhof entfernt. Bis jetzt ist uns jedoch noch kein Autodiebstahl in der Gegend gemeldet worden.«

»Momentaner Stand der Fahndung?«

»Wir überwachen die Züge, die in Stockholm und Malmö ankommen. Wir haben landesweiten Alarm ausgelöst und auch die Polizei in Norwegen und Dänemark informiert. Derzeit arbeiten ungefähr dreißig Polizisten direkt an diesem Fall, aber natürlich sind alle angehalten, die Augen offen zu halten.«

»Keine Spur?«

»Nein, noch nicht. Aber eine Person mit Niedermanns außergewöhnlichem Aussehen sollte man früher oder später doch aufspüren können.«

»Weiß irgendjemand, wie es Fredrik Torstensson geht?«, erkundigte sich einer der Kriminalinspektoren des Gewaltdezernats.

»Er liegt im Sahlgrenska. Er ist ungefähr so verletzt wie nach einem schweren Autounfall. Kaum zu glauben, dass ein Mensch ihm mit bloßen Händen solche Verletzungen zufügen konnte. Außer gebrochenen Beinen und Rippen hat er einen verletzten Nackenwirbel. Vielleicht werden Lähmungen zurückbleiben.«

Alle dachten ein paar Sekunden über die Lage ihres Kollegen nach, bevor Spångberg wieder das Wort ergriff. Sie wandte sich an Erlander.

»Was ist eigentlich in Gosseberga passiert?«

»Thomas Paulsson ist in Gosseberga passiert.«

Gleichzeitiges Aufstöhnen mehrerer Teilnehmer.

»Kann den nicht endlich mal jemand pensionieren? Der Mann ist doch nur noch eine wandelnde Katastrophe.«

»Ich kenne Paulsson sehr gut«, sagte Monica Spångberg scharf. »Aber mir sind schon seit ... na ja, seit zwei Jahren keine Klagen mehr über ihn zu Ohren gekommen.«

»Der Polizeipräsident da oben ist ja ein alter Bekannter von Paulsson und hat wohl versucht, seine schützende Hand über ihn zu halten. Er hat es gut gemeint, und das soll auch gar keine Kritik an ihm sein. Aber in der Nacht hat Paulsson sich so befremdlich aufgeführt, dass mehrere Kollegen die Sache gemeldet haben.«

»In welcher Hinsicht?«

Marcus Erlander warf einen verstohlenen Blick auf Sonja Modig und Jerker Holmberg. Er schämte sich offenbar, vor den Kollegen aus Stockholm Mängel in seiner Truppe bloßzulegen.

»Das Sonderbarste war wohl, dass er einen Kollegen von der Spurensicherung mit der Inventarisierung aller Gegenstände in dem Holzschuppen beauftragt hat, in dem man Zalatschenko gefunden hatte.«

»Inventarisierung eines Holzschuppens?«, vergewisserte sich Spångberg.

»Ja ... also, er wollte wissen, wie viele Holzscheite sich darin befanden. Damit der Bericht korrekt ist.«

Beredtes Schweigen rund um den Konferenztisch.

Erlander fuhr rasch fort: »Am Morgen hat sich herausgestellt, dass Paulsson mindestens zwei Psychopharmaka einnimmt, Xanor und Efexor. Er hätte sich eigentlich krankschreiben lassen müssen, hat seinen Zustand aber vor den Kollegen verheimlicht.«

»Was für einen Zustand?«, fragte Spångberg scharf.

»Woran er genau leidet, weiß ich natürlich nicht – der Arzt hat ja Schweigepflicht –, aber die Psychopharmaka, die er einnimmt, sind zum Teil stark angstlösend, zum Teil stimmungsaufhellend. Er war gestern Nacht ganz einfach nicht auf der Höhe.«

»Ach, du lieber Gott!«, sagte Spångberg mit Nachdruck. Sie sah aus wie das Gewitter, das in den Morgenstunden über Göteborg hinweggezogen war. »Ich will mit Paulsson sprechen. Sofort!«

»Das dürfte schwierig werden. Er ist am Morgen zusammengebrochen und wurde wegen Überanstrengung ins Krankenhaus eingeliefert. Wir hatten einfach das denkbar größte Pech, dass er in diesem Moment im Einsatz war.«

»Darf ich noch mal nachfragen?«, hakte der Leiter des Gewaltdezernats nach. »Paulsson hat Mikael Blomkvist gestern Nacht also festgenommen?«

»Er hat einen Bericht angefertigt und ihn wegen Beleidigung, wegen Widerstands gegen einen Vollstreckungsbeamten und wegen illegalen Waffenbesitzes angezeigt.«

»Was sagt Blomkvist dazu?«

»Er gibt die Beleidigung zu, behauptet aber, quasi in Notwehr gehandelt zu haben. Er meint, er habe vehement versucht, Torstensson und Andersson davon abzuhalten, Niedermann festnehmen zu wollen, ohne Verstärkung zu rufen.«

»Gibt es Zeugen?«

»Nur Torstensson und Andersson selbst. Also an Widerstand gegen einen Vollstreckungsbeamten glaube ich einfach nicht. Das ist so eine typische Reaktion Paulssons, um eventuellen Klagen von Blomkvist zuvorzukommen.«

»Und Blomkvist hatte Niedermann allein überwältigt?«, fragte die Staatsanwältin Agneta Jervas.

»Mit vorgehaltener Waffe.«

»Also besaß Blomkvist eine Waffe. Dann hätte seine Festnahme zumindest eine gewisse Berechtigung gehabt. Woher hatte er die Waffe?«

»Dazu wollte er sich nicht äußern, bevor er mit einem Anwalt gesprochen hat. Aber Paulsson hat Blomkvist ja festgenommen, während er versuchte, seine Waffe der Polizei zu *übergeben*.«

»Darf ich mal einen inoffiziellen Vorschlag machen?«, sagte Sonja Modig vorsichtig.

Alle sahen sie an.

»Ich bin Mikael Blomkvist im Laufe der Ermittlungen mehrmals begegnet und schätze ihn als eine ziemlich besonnene Person ein, auch wenn er Journalist ist. Ich denke, dass wohl Sie über eine eventuelle Anklage entscheiden …« Sie blickte zu Agneta Jervas, die kurz nickte. »In diesem Fall – also das mit der angeblichen Beleidigung und dem Widerstand gegen einen Vollstreckungsbeamten können wir doch wohl vergessen.«

»Vermutlich. Aber illegaler Waffenbesitz wiegt ein bisschen schwerer.«

»Ich würde vorschlagen, dass Sie noch ein wenig abwarten. Blomkvist hat diese ganze Geschichte auf eigene Faust herausbekommen und ist uns damit um Längen voraus. Wir sollten mit ihm zusammenarbeiten, statt zu riskieren, dass er das gesamte Polizeikorps in den Medien bloßstellt.«

Sie verstummte. Nach ein paar Sekunden räusperte sich Marcus Erlander. Wenn Sonja Modig sich so weit aus dem Fenster lehnte, dann wollte er nicht zurückstehen.

»Ich muss meiner Kollegin zustimmen. Ich habe Blomkvist ebenfalls als sehr vernünftigen Menschen erlebt. Ich habe mich bei ihm sogar für die Behandlung in der gestrigen Nacht entschuldigt. Er scheint bereit, in dieser Sache fünfe gerade sein zu lassen. Außerdem ist er eine integre Persönlichkeit. Er hat Lisbeth Salanders Wohnung ausfindig gemacht, weigert sich aber, uns die Adresse mitzuteilen. Er hat keine Angst, sich einer öffentlichen Diskussion mit der Polizei zu stellen … und er befindet sich in einer Position, in der seine Stimme in den Massenmedien genauso viel zählen wird wie irgendeine Anzeige von Paulsson.«

»Aber er weigert sich, Informationen über Salander an die Polizei weiterzugeben.«

»Er sagt, dass wir Lisbeth Salander selbst danach fragen müssen.«

»Was ist es denn für eine Waffe?«, wollte Jervas wissen.

»Ein Colt 1911 Government. Seriennummer unbekannt. Ich habe die Waffe an die kriminaltechnische Abteilung geschickt, aber wir wissen noch nicht, ob sie schon einmal in Zusammenhang mit einem Verbrechen in Schweden aufgetaucht ist. Sollte das der Fall sein, sieht die Sache freilich schon wieder anders aus.«

Monica Spångberg hob den Stift.

»Agneta, ob Sie eine Voruntersuchung gegen Blomkvist einleiten wollen, entscheiden Sie selbst. Ich schlage vor, Sie warten noch den Bericht der Spurensicherung ab. Dann machen wir jetzt weiter. Dieser Zalatschenko … was können Sie aus Stockholm von ihm erzählen?«

»Die Sache ist die: Bis gestern Nachmittag hatten wir noch nie von einem Zalatschenko oder einem Niedermann gehört«, antwortete Sonja Modig.

»Ich dachte, Sie jagen in Stockholm eine lesbische Satanistenbande«, bemerkte einer der Göteborger Polizisten. Ein paar andere verzogen den Mund. Jerker Holmberg studierte intensiv seine Fingernägel. Es fiel Sonja Modig zu, die Frage zu beantworten.

»Sie wissen wohl nicht, dass ein gewisser Hans Faste in unserem Dezernat arbeitet, und das mit dieser lesbischen Satanistenbande ist wohl eher ein Nebengleis, für das dieser Mitarbeiter verantwortlich zeichnet.«

Dann berichteten Sonja Modig und Jerker Holmberg eine knappe halbe Stunde lang, was bei ihren Ermittlungen herausgekommen war.

Als sie fertig waren, herrschte lang Schweigen am Tisch.

»Wenn das mit Gunnar Björck wirklich stimmt, dann kriegt die SiPo gewaltigen Ärger«, stellte schließlich der stellvertretende Leiter des Gewaltdezernats fest.

Alle nickten. Agneta Jervas meldete sich.

»Wenn ich das richtig verstehe, baut Ihr Verdacht zum Großteil auf Annahmen und Indizien auf. Als Staatsanwältin mache ich mir ein bisschen Sorgen um die tatsächliche Beweislage.«

»Dessen sind wir uns durchaus bewusst«, erwiderte Holmberg. »Wir glauben, in groben Zügen zu wissen, was passiert ist, aber da sind noch so einige Fragenzeichen, bei denen wir noch mal genauer hinschauen müssen.«

»Ich habe gehört, dass Sie gerade mit Ausgrabungen in Nykvarn bei Södertälje beschäftigt sind«, sagte Spångberg. »Um wie viele Morde geht es in dieser Geschichte eigentlich?«

Holmberg blinzelte müde.

»Angefangen haben wir mit drei Morden in Stockholm – das sind die Morde, die Lisbeth Salander begangen haben soll, und zwar an Rechtsanwalt Bjurman, dem Journalisten Dag Svensson und der Doktorandin Mia Bergman. Im Zusammenhang mit diesem Lager in Nykvarn haben wir bis jetzt drei Gräber entdeckt. Wir haben einen bekannten Dealer und einen Gelegenheitsdieb gefunden, die dort zerstückelt und verscharrt worden sind. Außerdem gibt es noch eine unidentifizierte Frau in Grab Nummer zwei. Das dritte Grab haben wir noch nicht ausheben können. Es scheint älteren Datums zu sein. Außerdem hat Mikael Blomkvist die Verbindung zu einem Mord hergestellt, dem vor ein paar Monaten eine Prostituierte in Södertälje zum Opfer gefallen ist.«

»Gunnar Andersson in Gosseberga mit eingerechnet, kommen wir also auf mindestens acht Morde ... das sind ja entsetzliche Zahlen. Glauben Sie, dass dieser Niedermann ein wahnsinniger Massenmörder ist?«

Sonja Modig und Jerker Holmberg tauschten einen Blick. Jetzt mussten sie entscheiden, wie weit sie sich für ihre Behauptungen verbürgen wollten. Schließlich ergriff Sonja Modig das Wort.

»Auch wenn die tatsächlichen Beweise noch ausstehen, neigen mein Chef, Jan Bublanski, und ich zu der Auffassung, dass Blomkvist völlig recht hat, wenn er behauptet, dass die ersten drei Morde von Niedermann verübt wurden. Das würde bedeuten, dass Salander unschuldig ist. Was die Gräber in Nykvarn betrifft, besteht insofern ein Zusammenhang mit Niedermann, als dass er mit der Entführung von Salanders Freundin Miriam Wu in Verbindung gebracht wird. Es besteht gar kein Zweifel, dass das vierte Grab schon auf sie wartete. Aber das betreffende Lagergebäude gehört einer Verwandten des Präsidenten des Svavelsjö MC, und solange wir die Überreste der Leichen nicht identifizieren können, müssen wir uns mit unseren Schlussfolgerungen wohl noch ein bisschen gedulden.«

»Diesen Gelegenheitsdieb, den Sie da identifiziert haben ...«

»Kenneth Gustafsson, 44, bekannter Dealer und Problemfall seit seiner Jugend. Spontan würde ich tippen, dass es dabei um irgendeine interne Abrechnung ging. Der Svavelsjö MC hat seine Finger in allen möglichen Verbrechen mit drin, darunter auch beim Dealen mit Methamphetamin. Es könnte sich also um einen Waldfriedhof für Leute handeln, die sich mit dem Svavelsjö MC überworfen haben. Aber ...«

»Ja?«

»Diese Prostituierte, die in Södertälje ermordet wurde ... sie heißt Irina Petrova, 22 Jahre alt.«

»Okay.«

»Die Obduktion hat ergeben, dass sie offenbar sehr schwer misshandelt wurde. Ihre Verletzungen sahen so aus, als wäre sie mit einem Baseballschläger oder einem ähnlichen Gegenstand erschlagen worden. Die Verletzungen ließen keine eindeutigen Schlüsse zu. Blomkvist hat da eine ziemlich gute Beobachtung gemacht: Irina Petrova wies Verletzungen auf, die man ihr gut und gern mit bloßen Händen hätte zufügen können ...«

»Niedermann?«

»Die Vermutung liegt nahe. Beweise fehlen noch.«

»Wie wollen wir weitermachen?«, fragte Spångberg.

»Ich muss mich erst mit Bublanski besprechen, aber natürlich werden wir als Nächstes ein Verhör mit Zalatschenko führen. Wir wollen natürlich erfahren, was er über die Morde in Stockholm weiß, und Sie hier werden sich bestimmt auf die Fahnung nach Niedermann konzentrieren.«

Einer der Kriminalinspektoren des Göteborger Gewaltdezernats meldete sich zu Wort.

»Was wurde auf dem Bauernhof in Gosseberga eigentlich gefunden?«

»Ziemlich wenig. Wir haben vier Handfeuerwaffen gefunden. Eine Sig Sauer, die auseinandergenommen war und auf dem Küchentisch gerade geölt wurde. Eine polnische P-83 Wanad auf dem Boden neben der Küchenbank. Einen Colt 1911 Government – das ist die Pistole, die Blomkvist Paulsson zu übergeben versuchte. Und schließlich noch eine Browning Kaliber 22, die sich in dieser Sammlung fast schon wie eine Spielzeugpistole ausnimmt. Wir vermuten, dass das die Waffe ist, mit der auf Salander geschossen wurde, weil sie trotz einer Kugel im Gehirn noch am Leben ist.«

»Sonst noch was?«

»Wir haben eine Tasche mit gut 200 000 Kronen beschlagnahmt. Sie stand in einem Zimmer im Obergeschoss, das von Niedermann bewohnt wurde.«

»Und Sie sind sicher, dass das sein Zimmer ist?«

»Tja, er hat Kleidergröße XXL, Zalatschenko eher M.«

»Gibt es irgendetwas, das Zalatschenko mit kriminellen Machenschaften in Verbindung bringt?«, fragte Holmberg.

Erlander schüttelte den Kopf.

»Kommt natürlich drauf an, wie wir die beschlagnahmten Waffen deuten. Aber abgesehen von den Waffen und der Tatsache, dass Zalatschenko eine sehr aufwendige Videoüberwachungsanlage auf dem Hof hatte, haben wir nichts gefunden, was den Bauernhof in Gosseberga von irgendeinem anderen Hof unterscheiden würde. Das Haus ist ziemlich spartanisch eingerichtet.«

Um kurz vor zwölf klopfte ein uniformierter Polizist und gab der stellvertretenden Polizeipräsidentin Monica Spångberg einen Zettel. Sie hob einen Finger.

»Wir haben eine Vermisstenanzeige aus Alingsås reinbekommen. Eine 27-jährige Zahnarzthelferin namens Anita Kaspersson hat ihre Wohnung um 7 Uhr 30 verlassen. Sie hat ihr Kind in die Tagesstätte gebracht und hätte dann um kurz vor acht an ihrem Arbeitsplatz auftauchen sollen. Ist sie aber nicht. Sie arbeitet bei einem privaten Zahnarzt, dessen Praxis ungefähr hundertfünfzig Meter von der Stelle entfernt ist, wo das gestohlene Polizeiauto gefunden wurde.«

Erlander und Sonja Modig blickten gleichzeitig auf ihre Uhren.

»Dann hat er vier Stunden Vorsprung. Was ist das für ein Auto?«

»Ein dunkelblauer Renault, Baujahr 91. Hier ist das Kennzeichen.«

»Schreiben Sie den Wagen sofort zur Fahndung aus. In diesem Moment kann er überall sein, in Oslo, Malmö oder Stockholm.«

Nachdem man noch eine Weile geredet hatte, beendete man die Konferenz mit dem Beschluss, dass Sonja Modig und Marcus Erlander das Verhör mit Zalatschenko gemeinsam durchführen sollten.

Henry Cortez runzelte die Stirn und folgte Erika Berger mit den Augen, als sie aus ihrem Zimmer kam und quer über den Flur in die kleine Küche lief. Wenige Sekunden später kam sie mit einem Becher Kaffee wieder heraus und ging zurück in ihr Zimmer. Sie schloss die Tür.

Cortez hätte nicht so recht sagen können, was hier eigentlich los war. Die Mitarbeiter von *Millennium* hatten sich immer nahegestanden. Er hatte vier Jahre lang als Teilzeitkraft für die Zeitschrift gearbeitet und in dieser Phase einige heftige Stürme miterlebt, nicht zuletzt in der Zeit, als Mikael Blomkvist eine dreimonatige Haftstrafe wegen übler Nachrede absaß und die Existenz der Zeitschrift akut bedroht war. Er hatte die Morde an dem Mitarbeiter Dag Svensson und seiner Freundin Mia Bergman erlebt.

In all diesen Stürmen war Erika Berger immer der unerschütterliche Fels in der Brandung gewesen. Er war nicht überrascht, dass Erika Berger ihn in aller Frühe mit ihrem Anruf geweckt und zusammen mit Lottie Karim an die Arbeit geschickt hatte. Die Salander-Affäre war völlig aus dem Gleis geraten, und Mikael Blomkvist war irgendwie in einen Polizistenmord in Göteborg verwickelt. So weit war alles klar. Lottie Karim war gerade im Polizeipräsidium und versuchte, irgendwelche vernünftigen Auskünfte zu bekommen. Cortez hatte den Morgen damit verbracht, herumzutelefonieren und sich zusammenzureimen, was eigentlich passiert war. Blomkvist ging zwar nicht ans Telefon, aber dank einiger Quellen hatte Cortez sich doch ein relativ gutes Bild von den Geschehnissen der letzten Nacht machen können.

Hingegen war Erika Berger den ganzen Vormittag über völlig geistesabwesend gewesen. Es kam äußerst selten vor, dass sie die Tür zu ihrem Büro zumachte. Das geschah fast nur, wenn sie Besuch hatte oder intensiv über irgendein Problem nachdachte. An diesem Morgen hatte sie weder Besuch gehabt noch gearbeitet. Nachdem Cortez ein paarmal angeklopft hatte, um ihr die Neuigkeiten mitzuteilen, fand er sie im Stuhl am Fenster vor. In Gedanken versunken, starrte sie scheinbar teilnahmslos auf die Menschenmenge auf der Götgatan. Seinem Bericht hörte sie nur zerstreut zu.

Irgendwas stimmte hier nicht.

Die Türklingel riss ihn aus seinen Überlegungen. Als er aufmachte, stand Annika Giannini vor der Tür. Cortez hatte Mikael Blomkvists Schwester schon mehrmals getroffen, kannte sie aber nicht näher.

»Hallo, Annika«, sagte er. »Mikael ist heute nicht hier.«

»Ich weiß. Ich will ja auch Erika treffen.«

Erika Berger blickte auf und sammelte sich rasch, als Cortez Annika hereinließ.

»Hallo«, sagte sie. »Mikael ist heute nicht hier.«

Annika lächelte.

»Ich weiß. Ich bin hier wegen Björcks SiPo-Bericht. Micke hat mich gebeten, ihn mir anzusehen, weil ich Lisbeth Salander eventuell vertreten soll.«

Erika nickte. Sie stand auf und holte einen Ordner vom Schreibtisch.

Annika zögerte kurz und war schon fast auf dem Sprung, das Zimmer wieder zu verlassen. Dann überlegte sie es sich aber doch anders und nahm gegenüber von Erika Platz.

»Okay, und was ist mit dir los?«

»Ich werde bei *Millennium* aufhören. Aber ich habe es Mikael noch nicht erzählen können. Er war so beansprucht von dieser Salander-Geschichte, dass es einfach noch keine Gelegenheit gab, und ich kann es den anderen nicht sagen, bevor ich es zuerst ihm gesagt habe, und jetzt geht es mir einfach beschissen.«

Annika Giannini biss sich auf die Unterlippe.

»Und jetzt erzählst du es mir. Wo wirst du denn stattdessen arbeiten?«

»Ich werde Chefredakteurin bei der *Svenska Morgon-Posten.*«

»Hoppla. Na, wenn das so ist, wären doch wohl eher Glückwünsche angebracht als Heulen und Zähneklappern.«

»Aber auf diese Art wollte ich nicht bei *Millennium* aufhören. Mitten in so einem Riesenchaos. Das Angebot von der *SMP* kam wie ein Blitz aus heiterem Himmel, und ich konnte einfach nicht Nein sagen. Ich meine, so eine Chance, so was kommt nie wieder. Ich habe das Angebot bekommen, kurz bevor Dag und Mia erschossen wurden, aber seitdem war hier so viel los, dass einfach nie die richtige Gelegenheit war ... und jetzt hab ich ein fürchterlich schlechtes Gewissen.«

»Verstehe. Und du hast Angst, es Mikael zu sagen.«

»Ich hab es noch niemand gesagt. Ich dachte eigentlich, ich würde erst im Sommer zur *SMP* gehen, aber jetzt wollen sie, dass ich so schnell wie möglich anfange.«

Erika schien den Tränen nahe zu sein.

»Das hier ist praktisch meine letzte Woche bei *Millennium.* Nächste Woche bin ich verreist und dann ... ich brauche ein, zwei Wochen Urlaub, um meine Batterien wieder aufzuladen. Aber am ersten Mai fange ich bei der *SMP* an.«

»Und was wäre passiert, wenn dich ein Auto überfahren hätte? Dann wären sie doch auch von einer Minute auf die andere ohne Chefredakteurin dagestanden.«

Erika sah auf.

»Ich bin aber nicht von einem Auto überfahren worden. Ich habe ihnen diese Sache mehrere Wochen bewusst verschwiegen.«

»Natürlich ist das eine dumme Situation, aber ich glaube,

dass Micke, Christer und die anderen das schon verstehen werden. Allerdings finde ich, du solltest es ihnen jetzt gleich sagen.«

»Würd ich ja gerne, aber dein verdammter Bruder ist heute in Göteborg. Er schläft und geht nicht ans Telefon.«

»Ich weiß. Ich kenne wenige Leute, die sich so gut darum drücken können, ans Telefon zu gehen, wie Mikael. Aber hier geht es nicht um dich und Micke. Ich weiß, dass ihr seit zwanzig Jahren zusammenarbeitet, aber du musst auch an Christer und die anderen in der Redaktion denken.«

»Aber Mikael wird …«

»Micke wird erst mal total an die Decke gehen. Aber wenn er nicht damit klarkommt, dass du nach zwanzig Jahren auch mal etwas anderes machen willst, dann war er die Zeit nicht wert, die du ihm geschenkt hast.«

Erika seufzte.

»Na komm, gib dir einen Ruck. Trommel Christer und die anderen zusammen. Jetzt gleich.«

Christer Malm war völlig verblüfft, als Erika Berger die Mitarbeiter in dem kleinen *Millennium*-Konferenzraum versammelt hatte. Die Redaktionsbesprechung war wenige Minuten zuvor angekündigt worden, als er gerade einen freitäglich frühen Feierabend machen wollte. Er warf einen Blick auf Henry Cortez und Lottie Karim, die ebenso überrascht waren wie er. Die Redaktionssekretärin Malin Eriksson wusste auch nichts, ebenso wenig die Reporterin Monika Nilsson oder der Marketingchef Sonny Magnusson.

Du lieber Gott. Mikael weiß von gar nichts, dachte Christer Malm. *Ich frag mich, wie er reagieren wird.*

Dann merkte er, dass Erika Berger aufgehört hatte zu reden und es totenstill im Konferenzzimmer wurde. Schließlich schüttelte er den Kopf, stand auf, umarmte Erika und gab ihr ein Küsschen auf die Wange.

»Herzlichen Glückwunsch, Ricky«, sagte er. »Chefredakteurin bei der *SMP*. Das ist wirklich kein übler Aufstieg nach dieser kleinen Klitsche hier.«

Henry Cortez erwachte auch wieder zum Leben und applaudierte spontan. Erika hob die Hände.

»Stopp«, sagte sie. »Ich verdiene heute keinen Applaus.«

Sie legte eine kurze Pause ein und musterte die Mitarbeiter der kleinen Redaktion.

»Hört zu ... es tut mir entsetzlich leid, dass es so gelaufen ist. Ich wollte es euch schon seit Wochen erzählen, aber in diesem Chaos nach den Morden war das einfach nicht möglich. Mikael und Malin haben wie besessen gearbeitet, und so war irgendwie nie der richtige Zeitpunkt.«

Malin Eriksson ging plötzlich mit erschreckender Klarheit auf, wie unterbesetzt die Redaktion eigentlich war und wie schrecklich leer es ohne Erika sein würde. Was auch geschah, sie war immer der Fels in der Brandung gewesen, an den Malin sich lehnen konnte. Tja ... kein Wunder, dass der Morgenzeitungs-Drache sie abgeworben hatte. Aber was nun? Erika war immer eine Schlüsselfigur bei *Millennium* gewesen.

»Es gibt da ein paar Sachen, die jetzt geklärt werden müssen. Ich verstehe auch, dass das einige Unruhe in der Redaktion schaffen wird. Das war zwar nicht meine Absicht, aber jetzt ist es eben, wie es ist. Zum Ersten: Ich werde *Millennium* nicht ganz verlassen. Ich bleibe euch als Teilhaberin und als Mitglied des Führungskreises erhalten. Doch werde ich natürlich keinen Einfluss mehr auf die redaktionelle Arbeit haben – das würde zu Interessenkonflikten führen.«

Christer Malm nickte nachdenklich.

»Zweitens: Offiziell habe ich am 30. April meinen letzten Arbeitstag hier. Aber praktisch gesehen ist heute mein letzter Tag. Nächste Woche bin ich verreist, wie ihr wisst, das war schon lange geplant. Und ich habe beschlossen, dass ich danach auch nicht mehr zurückkommen werde, um die Redaktion in einer Übergangsphase zu leiten.«

Sie schwieg einen Moment.

»Die nächste Nummer liegt schon als fertige Datei vor. Da fehlen nur noch ein paar Kleinigkeiten. Das hier ist mein letztes Heft. Danach muss ein anderer Chefredakteur übernehmen. Ich werde heute Abend meinen Schreibtisch ausräumen.«

Totenstille.

»Wer mein Nachfolger wird, ist eine Entscheidung, die der Führungskreis treffen muss. Aber ihr in der Redaktion solltet auch darüber diskutieren.«

»Mikael«, sagte Christer Malm.

»Nein. Mikael ganz bestimmt nicht. Er wäre mit Abstand der schlechteste Chefredakteur, den ihr euch aussuchen könntet. Er ist ein vorzüglicher Herausgeber und kann die unmöglichsten Texte so erstklassig verarbeiten, dass man sie veröffentlichen kann. Aber ein Chefredakteur muss offensiv vorgehen. Mikael hat die Neigung, sich in seine eigenen Geschichten zu vergraben und manchmal wochenlang auf Tauchstation zu gehen. Er ist der Beste, wenn es hoch hergeht, aber die tägliche Routine liegt ihm einfach nicht. Das wisst ihr auch alle.«

Christer Malm nickte.

»*Millennium* hat funktioniert, weil Mikael und du euch perfekt ergänzt habt.«

»Aber nicht nur deswegen. Ihr erinnert euch sicher, wie Mikael damals in Hedestad war und fast ein ganzes Jahr lang geschmollt hat. Da hat *Millennium* auch ohne ihn funktioniert, genau wie die Zeitschrift jetzt eben ohne mich funktionieren muss.«

»Okay. Wie sieht dein Plan aus?«

»Ich schlage vor, dass du den Posten des Chefredakteurs übernimmst, Christer …«

»Nie im Leben.« Christer Malm machte mit beiden Händen eine abwehrende Geste.

»… aber da ich ja wusste, dass du Nein sagen würdest, habe ich eine andere Lösung. Malin. Du übernimmst fürs Erste den Posten der Chefredakteurin.«

»Ich?!«, rief Malin.

»Genau, du. Du warst eine großartige Redaktionssekretärin.«

»Aber ich …«

»Versuch es. Du kannst am Montagmorgen in mein Büro einziehen. Die Maiausgabe ist so gut wie fertig, im Juni kommt das Doppelheft, und dann haben wir einen Monat frei. Wenn es nicht funktioniert, muss der Führungskreis im August eben jemand anders finden. Henry, du musst auf Vollzeit aufstocken und Malins Posten als Redaktionssekretär übernehmen. Und dann müsst ihr noch einen neuen Mitarbeiter finden. Aber diese Wahl liegt bei euch und dem Führungskreis.«

Sie verstummte kurz und betrachtete nachdenklich die kleine Versammlung.

»Noch etwas. Ich fange bei einer anderen Zeitung an. Die *SMP* und *Millennium* sind zwar praktisch gesehen keine Konkurrenten, aber das bedeutet trotzdem, dass ich vom Inhalt des nächsten Heftes kein bisschen mehr wissen will als das, was ich jetzt schon weiß. Das müsst ihr ab jetzt alles mit Malin besprechen.«

»Wie wollen wir mit der Salander-Story umgehen?«, erkundigte sich Henry Cortez.

»Macht das mit Mikael aus. Ich weiß gewisse Dinge über Salander, aber das behalte ich für mich. Dieses Wissen werde ich nicht zur *SMP* mitnehmen.«

Plötzlich fühlte sich Erika unendlich erleichtert.

»Das war alles«, sagte sie, beendete die Versammlung und ging ohne weiteren Kommentar wieder in ihr Büro.

Die Redaktionsmitglieder blieben stumm zurück. Erst eine Stunde später klopfte Malin Eriksson an Erikas Zimmertür.

»Hallo.«

»Ja?«, sagte Erika.

»Das Personal möchte dir etwas sagen.«

»Was denn?«

»Hier draußen.«

Erika ging hinaus und erblickte einen gedeckten Tisch, auf dem eine Torte stand.

»Ich finde zwar, dass wir ein richtiges Abschiedsfest für dich veranstalten sollten«, sagte Christer Malm. »Aber so auf die Schnelle muss erst mal Kaffee und Kuchen reichen.«

Zum ersten Mal an diesem Tag musste Erika Berger lächeln.

3. Kapitel

Freitag, 8. April – Samstag, 9. April

Alexander Zalatschenko war schon seit acht Stunden wach, als Sonja Modig und Marcus Erlander ihn um sieben Uhr abends besuchten. In einer ziemlich umfangreichen Operation hatte man ihm den Wangenknochen so gut es ging wieder zusammengefügt und mit Titanschrauben fixiert. Sein Kopf war so dick einbandagiert, dass nur sein linkes Auge zu sehen war. Ein Arzt hatte erklärt, dass der Axthieb das Jochbein zerschmettert, das Stirnbein und die Augenhöhle in Mitleidenschaft gezogen sowie einen großen Teil des Gewebes der rechten Gesichtshälfte vom Knochen gelöst hatte. Aufgrund der äußerst schmerzhaften Verletzungen hatte man Zalatschenko Schmerzmittel in hohen Dosen verabreicht, doch er war bei vollem Bewusstsein und konnte sprechen. Die Polizei sollte ihn jedoch nicht überanstrengen.

»Guten Abend, Herr Zalatschenko«, begrüßte ihn Sonja Modig. Sie stellte sich und ihren Kollegen Erlander vor.

»Ich heiße Karl Axel Bodin«, stieß Zalatschenko mühsam zwischen zusammengebissenen Zähnen hervor. Seine Stimme war jedoch ganz ruhig.

»Ich weiß sehr gut, wer Sie sind. Ich habe Ihre Unterlagen bei der SiPo gelesen.«

Was nicht ganz der Wahrheit entsprach, da die SiPo

noch kein einziges Dokument über Zalatschenko freigegeben hatte.

»Das ist lange her«, sagte er. »Jetzt bin ich Karl Axel Bodin.«

»Wie geht es Ihnen?«, fragte Sonja Modig. »Sind Sie in der Lage, ein Gespräch zu führen?«

»Ich will ein Verbrechen anzeigen. Meine Tochter wollte mich ermorden.«

»Das wissen wir. Die Sache wird aufgeklärt werden«, versprach Erlander. »Aber im Moment haben wir Wichtigeres mit Ihnen zu besprechen.«

»Was könnte wichtiger sein als ein Mordversuch?«

»Wir möchten wissen, was Sie uns über drei Morde in Stockholm sowie über drei Morde in Nykvarn und eine Entführung sagen können.«

»Davon weiß ich nichts. Wer ist ermordet worden?«

»Herr Bodin, wir haben Grund zu der Annahme, dass Ihr Kompagnon, der 37-jährige Ronald Niedermann, für diese Taten verantwortlich ist«, sagte Erlander. »Heute Nacht hat Niedermann außerdem einen Polizisten aus Trollhättan umgebracht.«

Sonja Modig war ein bisschen überrascht, dass Erlander Zalatschenko den Gefallen tat, ihn Bodin zu nennen. Zalatschenko wandte den Kopf ein Stück zur Seite, damit er Erlander sehen konnte. Seine Stimme wurde ein wenig sanfter.

»Tut mir leid ... das zu hören. Ich weiß nicht, was Niedermann so treibt. Ich habe keinen Polizisten umgebracht. Ich bin gestern Nacht selbst Ziel eines Mordversuchs geworden.«

»Nach Ronald Niedermann wird derzeit gefahndet. Haben Sie eine Idee, wo er sich versteckt halten könnte?«

»Ich weiß nicht, in was für Kreisen er sich bewegt. Ich ...« Zalatschenko zögerte kurz. Dann nahm seine Stimme einen vertraulicheren Ton an. »Ich muss zugeben ... ganz unter uns ... manchmal hab ich mir Sorgen wegen Niedermann gemacht.«

Erlander beugte sich ihm entgegen.

»Wie meinen Sie das?«

»Ich habe bemerkt, dass er ziemlich gewalttätig werden kann. Ich hatte tatsächlich Angst vor ihm.«

»Sie meinen, Sie fühlten sich von Niedermann bedroht?«, fragte Erlander nach.

»Genau. Ich bin ein alter Mann. Ich kann mich nicht verteidigen.«

»Können Sie mir erklären, in welcher Beziehung Sie zu Niedermann stehen?«

»Ich bin behindert.« Zalatschenko wies auf seinen Fuß. »Diese Verletzung stammt vom ersten Mordversuch meiner Tochter. Ich habe Niedermann schon vor vielen Jahren als Gehilfen angestellt. Ich dachte, er könnte mich beschützen … doch gleichzeitig hat er die Kontrolle über mein Leben übernommen. Er kommt und geht, wie es ihm passt, ich habe überhaupt nichts mehr zu sagen.«

»Und wobei hilft er Ihnen?«, unterbrach Sonja Modig. »Bei Dingen, die Sie alleine nicht mehr schaffen?«

Zalatschenko bedachte sie mit einem langen Blick aus seinem einen sichtbaren Auge.

»Ich habe erfahren, dass Ihre Tochter vor fünfzehn Jahren eine Brandbombe in Ihr Auto geworfen hat«, fuhr sie fort. »Können Sie erklären, was sie dazu veranlasst hat?«

»Da müssen Sie schon meine Tochter fragen. Sie ist geisteskrank.«

Seine Stimme klang jetzt wieder feindselig.

»Sie meinen, Sie haben keine Ahnung, warum Lisbeth Salander Sie 1991 angegriffen hat.«

»Meine Tochter ist geisteskrank. Das ist durch Gutachten belegt.«

Sonja Modig legte den Kopf zur Seite. Sie nahm zur Kenntnis, dass Zalatschenko deutlich aggressiver und feindseliger wurde, wenn sie die Fragen stellte. Gleichzeitig spürte sie, dass

Erlander das auch bemerkt hatte. *Okay ... Good cop, bad cop*. Sonja Modig hob die Stimme.

»Sie glauben also nicht, dass ihre Tat etwas damit zu tun haben könnte, dass Sie Lisbeths Mutter schwer misshandelt haben? Sie trug bleibende Hirnschäden davon.«

Zalatschenko betrachtete Sonja Modig mit seelenruhiger Miene.

»Das ist purer Blödsinn. Ihre Mutter war eine Nutte. Wahrscheinlich hat einer von ihren Freiern sie verdroschen. Ich bin nur zufällig kurze Zeit später gekommen.«

Sonja Modig zog die Augenbrauen hoch.

»Sie sind also völlig unschuldig?«

»Natürlich.«

»Zalatschenko ... ich will ganz sichergehen, dass ich Sie recht verstanden habe. Sie leugnen also, dass Sie Ihre damalige Freundin Agneta Sofia Salander, Lisbeths Mutter, misshandelt haben – obwohl das Gegenstand einer geheimen Untersuchung ist, die Ihr damaliger Sachbearbeiter bei der SiPo, Gunnar Björck, durchgeführt hat?«

»Ich bin nie für irgendetwas verurteilt worden. Ich bin nicht mal angeklagt worden. Ich kann nichts dafür, was irgendein Dummkopf bei der SiPo sich in seinen Berichten zusammenfantasiert. Wenn ich verdächtigt worden wäre, hätte es ja wohl mindestens ein Verhör geben müssen.«

Sonja Modig war sprachlos. Es sah tatsächlich so aus, als würde Zalatschenko hinter seinem Verband lächeln.

»Ich möchte also Anzeige gegen meine Tochter erstatten. Sie hat versucht, mich zu töten.«

Sonja Modig seufzte.

Ihr wurde auf einmal klar, warum Lisbeth Salander das Bedürfnis verspürt hatte, ihm eine Axt über den Schädel zu ziehen.

Erlander räusperte sich.

»Vielleicht sollten wir noch mal darauf zurückkommen, was Sie über Ronald Niedermanns Tätigkeiten so wissen.«

Sonja Modig trat in den Korridor vor Zalatschenkos Zimmer und rief Bublanski an.

»Nichts«, sagte sie.

»Nichts?«, echote Bublanski.

»Er hat Anzeige gegen Lisbeth Salander erstattet, wegen schwerer Körperverletzung und Mordversuchs. Er behauptet, nichts mit den Morden in Stockholm zu tun zu haben.«

»Und wie erklärt er, dass Lisbeth Salander auf seinem Grundstück in Gosseberga lebendig begraben wurde?«

»Er sagt, er sei erkältet gewesen und habe fast den ganzen Tag geschlafen. Wenn Salander in Gosseberga angeschossen worden sei, müsse das Ronald Niedermann gewesen sein.«

»Okay. Was haben wir sonst noch?«

»Es wurde mit einer Browning Kaliber 22 auf sie geschossen, einer eher kleinkalibrigen Waffe. Deswegen lebt sie auch noch. Wir haben die Waffe gefunden. Zalatschenko hat zugegeben, dass es seine ist.«

»Aha. Er wusste also, dass wir seine Fingerabdrücke auf der Waffe finden würden.«

»Ja, aber er sagt, als er die Waffe das letzte Mal gesehen hat, lag sie in seiner Schreibtischschublade.«

»Also hat wahrscheinlich Niedermann die Waffe an sich genommen, als Zalatschenko schlief, und auf Salander geschossen. Können wir das Gegenteil beweisen?«

Sonja Modig überlegte ein paar Sekunden, bevor sie antwortete.

»Zalatschenko ist mit der schwedischen Gesetzgebung und den Methoden der Polizei bestens vertraut. Ich weiß wirklich nicht, wie wir ihn überführen sollen. Ich habe Erlander gebeten, überprüfen zu lassen, ob es Schmauchspuren an seiner Kleidung gibt, aber wahrscheinlich behauptet er dann, dass er zwei Tage vorher Schießübungen gemacht hat.«

Lisbeth Salander nahm einen Geruch nach Mandeln und Äthanol wahr. Als hätte sie Schnaps im Mund. Sie versuchte zu schlucken, musste aber feststellen, dass ihre Zunge gefühllos und wie gelähmt war. Auch ihre Augen konnte sie nicht öffnen. Wie aus weiter Ferne vernahm sie eine Stimme, die mit ihr zu reden schien, aber sie konnte die Worte nicht verstehen. Doch dann hörte sie die Stimme plötzlich klar und deutlich.

»Ich glaube, sie wacht auf.«

Lisbeth spürte, wie jemand ihre Stirn berührte, und versuchte, die zudringliche Hand wegzuschieben. Im selben Moment durchzuckte jedoch ein stechender Schmerz ihre linke Schulter, und sie erschlaffte in der Bewegung.

»Können Sie mich hören?«

Hau ab.

»Können Sie die Augen aufmachen?«

Wer nervt hier?

Schließlich schlug sie aber doch die Augen auf. Zuerst sah sie nur seltsame Lichtpunkte, bis sich vor ihr eine Gestalt abzeichnete. Sie versuchte, den Blick schärfer zu stellen, aber die Gestalt rutschte immer wieder aus ihrem Blickfeld. Als ob sie sternhagelvoll wäre und das Bett die ganze Zeit nach hinten wegkippte.

»Lssmch«, sagte sie.

»Wie bitte?«

»Diot«, sagte sie.

»Das klingt ja wunderbar. Können Sie die Augen noch einmal aufmachen?«

Sie öffnete die Augen zu kleinen Schlitzen. Jetzt erblickte sie ein fremdes Gesicht, von dem sie sich sofort jedes Detail einprägte. Ein blonder Mann mit auffällig blauen Augen und einem etwas schiefen, kantigen Gesicht, das nicht weit von ihrem entfernt war.

»Hallo. Ich heiße Anders Jonasson. Ich bin Arzt. Sie befinden sich im Krankenhaus. Sie sind verletzt worden und wachen gerade nach einer Operation auf. Wissen Sie, wie Sie heißen?«

»Pschalandr«, sagte Lisbeth Salander.

»Okay. Könnten Sie mir einen Gefallen tun? Zählen Sie doch bitte mal bis zehn.«

»Eins zwei vier ... nein ... drei vier fünf sechs ...«

Dann schlief sie wieder ein.

Dr. Anders Jonasson war jedoch sehr zufrieden mit ihren Reaktionen. Sie hatte ihren Namen genannt und angefangen zu zählen. Das ließ darauf schließen, dass sie geistig einigermaßen unversehrt geblieben war. Er hielt die Zeit ihres ersten Aufwachens fest, 21 Uhr 06, knapp sechzehn Stunden nach Operationsende. Er selbst hatte die meiste Zeit des Tages geschlafen und war um sieben Uhr abends ins Sahlgrenska zurückgefahren. Eigentlich hatte er frei, aber auf seinem Schreibtisch häuften sich schon wieder die Unterlagen, die er dringend durchgehen musste.

Außerdem hatte er es sich einfach nicht verkneifen können, auf der Intensivstation vorbeizuschauen, um sich die Patientin anzusehen, in deren Gehirn er noch in den frühen Morgenstunden herumgewühlt hatte.

»Lassen Sie sie noch ein bisschen schlafen, aber behalten Sie ihr EEG gut im Auge. Ich habe Angst, dass es Schwellungen oder Blutungen im Gehirn geben könnte. Als sie versuchte, den Arm zu bewegen, schien sie starke Schmerzen in der Schulter zu haben. Wenn sie aufwacht, können Sie ihr zwei Milligramm Morphin pro Stunde geben.«

Er war seltsam aufgekratzter Stimmung, als er das Krankenhaus durch den Haupteingang wieder verließ.

Es war kurz vor zwei Uhr morgens, als Lisbeth Salander zu sich kam. Langsam schlug sie die Augen auf und sah einen Lichtkegel an der Decke. Nach ein paar Minuten drehte sie den Kopf und bemerkte dabei, dass sie eine Halskrause trug.

Sie verspürte ein dumpfes Kopfweh und einen stechenden Schmerz in der Schulter, als sie versuchte, ihr Körpergewicht zu verlagern. Sie schloss die Augen.

Krankenhaus, dachte sie sofort. *Was mache ich hier?*

Sie fühlte sich unendlich erschöpft.

Zuerst tat sie sich schwer, ihre Gedanken zu sammeln. Doch dann kamen ihr Bruchstücke zu Bewusstsein.

Ein paar Sekunden lang ergriff sie Panik, als sie von der Erinnerung überfallen wurde, wie sie sich aus ihrem Erdgrab befreit hatte. Doch dann biss sie die Zähne zusammen und konzentrierte sich mit aller Macht.

Sie stellte fest, dass sie am Leben war. Allerdings war sie nicht ganz sicher, ob das jetzt gut war oder schlecht.

Lisbeth Salander wusste nicht mehr so recht, was alles geschehen war, aber sie erinnerte sich an ein schemenhaftes Mosaik von Bildern aus dem Holzschuppen und wie sie ihren Vater mit der Axt ins Gesicht getroffen hatte. *Zalatschenko. War er noch am Leben?*

Was mit Niedermann passiert war, hätte sie auch nicht sagen können. Doch erinnerte sie sich vage daran, dass er um sein Leben gerannt war und sie nicht wusste, was ihn so erschreckt hatte.

Plötzlich fiel ihr ein, dass sie auch Kalle Fucking Blomkvist gesehen hatte. Sie war nicht sicher, ob sie das Ganze nur geträumt hatte, aber sie erinnerte sich an eine Küche – es musste die Küche in Gosseberga gewesen sein – und meinte gesehen zu haben, wie Mikael auf sie zukam. *Ich muss Halluzinationen gehabt haben.*

Die Geschehnisse in Gosseberga kamen ihr weit entfernt vor, wie ein verrückter Traum. Also konzentrierte sie sich wieder auf die Gegenwart.

Sie war verletzt. Das musste man ihr nicht erst mitteilen. Als sie die rechte Hand hob und ihren Kopf abtastete, stellte sie fest, dass sie einen dicken Verband trug. Plötzlich kam die Erinnerung wieder. Niedermann. Zalatschenko. Der alte Widerling hatte auch eine Pistole dabeigehabt. Eine Browning Kaliber 22. Im Vergleich mit fast allen anderen Handfeuerwaffen ein ziemlich harmloses Ding. Deswegen war sie jetzt ja auch noch am Leben.

Ich bin in den Kopf geschossen worden. Ich konnte einen Finger in das Einschussloch stecken und mein Gehirn berühren.

Sie wunderte sich darüber, dass sie noch lebte. Und stellte fest, dass sie dabei seltsam gleichgültig war. Wenn der Tod diese schwarze Leere war, aus der sie gerade erwacht war, dann musste man keine Angst vor ihm haben. Sie würde den Unterschied nie bemerken.

Mit dieser esoterischen Überlegung schloss sie die Augen und schlummerte wieder ein.

Sie hatte erst ein paar Minuten geschlafen, da nahm sie Bewegungen wahr und öffnete die Augenlider einen Spaltbreit. Eine Krankenschwester beugte sich über sie. Lisbeth schloss die Augen und stellte sich schlafend.

»Ich glaube, Sie sind wach«, stellte die Schwester fest.

»Mmm«, sagte Lisbeth Salander.

»Hallo, ich heiße Marianne. Können Sie mich verstehen?«

Lisbeth versuchte zu nicken, spürte dann aber, dass ihr Nacken in der Halskrause fixiert war.

»Nein, versuchen Sie lieber nicht, sich zu bewegen. Sie brauchen keine Angst zu haben. Sie sind verletzt und haben eine Operation hinter sich.«

»Kann ich Wasser kriegen?«

Marianne gab ihr mit einem Strohhalm Wasser zu trinken. Während Lisbeth trank, bemerkte sie, dass auf der linken Seite noch jemand auftauchte.

»Hallo, Lisbeth. Können Sie mich hören?«

»Mmm«, antwortete sie.

»Ich bin Dr. Helena Endrin. Wissen Sie, wo Sie sind?«

»Krankenhaus.«

»Sie befinden sich im Sahlgrenska-Krankenhaus in Göteborg. Sie sind operiert worden und liegen jetzt auf der Intensivstation.«

»Mmm.«

»Sie brauchen keine Angst zu haben.«

»Ich bin in den Kopf geschossen worden.«

Dr. Endrin zögerte kurz.

»Das ist richtig. Können Sie sich erinnern, was passiert ist?«

»Der Scheißkerl hatte eine Pistole.«

»Äh ... ja, genau.«

»Kaliber 22.«

»Aha. Das wusste ich gar nicht.«

»Wie schwer bin ich verletzt?«

»Die Prognose ist gut. Es hatte Sie ganz schön übel erwischt, aber wir glauben, dass Sie eine gute Chance haben, wieder völlig gesund zu werden.«

Lisbeth überlegte einen Moment. Dann fixierte sie Dr. Endrin, wobei sie merkte, dass sie immer noch verschwommen sah.

»Was ist mit Zalatschenko passiert?«

»Mit wem?«

»Mit dem Scheißkerl. Lebt er?«

»Sie meinen Karl Axel Bodin?«

»Nein. Ich meine Alexander Zalatschenko. Das ist sein richtiger Name.«

»Davon weiß ich nichts. Aber der ältere Mann, der gemeinsam mit Ihnen eingeliefert wurde, ist zwar auch schwer verletzt, aber außer Lebensgefahr.«

Lisbeth sank der Mut. Sie überdachte die Worte der Ärztin.

»Wo ist er?«

»Er liegt im Zimmer nebenan. Aber Sie sollten sich jetzt nicht um ihn kümmern. Sie sollten sich ganz darauf konzentrieren, wieder gesund zu werden.«

Lisbeth schloss die Augen. Sie überlegte kurz, ob sie es wohl schaffen könnte, aus dem Bett zu steigen, eine brauchbare Waffe aufzutreiben und das begonnene Werk zu Ende zu bringen. Doch dann schob sie diesen Gedanken wieder beiseite. Sie konnte ja kaum die Augen offen halten. Mit anderen Worten: Ihr Vorhaben, Zalatschenko zu töten, war misslungen. *Er wird wieder davonkommen.*

»Ich würde Sie gern kurz untersuchen. Dann können Sie weiterschlafen«, sagte Dr. Endrin.

Mikael Blomkvist wachte aus unerfindlichen Gründen plötzlich auf. Ein paar Sekunden lang wusste er nicht, wo er war, bevor ihm wieder einfiel, dass er sich ein Zimmer im City Hotel genommen hatte. Es war pechschwarz im Zimmer. Er knipste die Nachttischlampe an und sah auf die Uhr. Halb drei Uhr morgens. Er hatte also fünfzehn Stunden am Stück geschlafen.

Er stand auf, ging auf die Toilette und urinierte. Dann überlegte er eine Weile. Da er wusste, dass er nicht mehr würde einschlafen können, stellte er sich gleich unter die Dusche. Danach zog er eine Jeans und ein weinrotes Sweatshirt an, dem ein Waschgang durchaus nicht geschadet hätte. Er hatte einen Bärenhunger, also rief er die Rezeption an und erkundigte sich, ob er zu dieser frühen Stunde wohl Kaffee und ein belegtes Brötchen haben könnte. Er konnte.

Also zog er sich eine Jacke über, ging an die Rezeption und holte sich dort seinen Kaffee und ein in Folie verpacktes Roggenbrötchen mit Käse und Leberwurst. Während er aß, fuhr er sein iBook hoch und steckte das Kabel in die Breitbandsteckdose. Dann sah er sich die Online-Ausgabe des *Aftonbladet* an. Wie zu erwarten, war die Festnahme von Lisbeth Salander der Aufmacher. Die Berichterstattung war nach wie vor von Verwirrung geprägt, doch im Großen und Ganzen auf der richtigen Spur. Der 37-jährige Ronald Niedermann wurde wegen des Polizistenmordes gesucht; außerdem wollte ihn die

Polizei in Zusammenhang mit den Morden in Stockholm vernehmen. Zu Lisbeth Salanders Zustand hatte sich die Polizei noch nicht geäußert, und Zalatschenko wurde namentlich überhaupt nicht erwähnt. Er tauchte in den Berichten nur als 66-jähriger Grundbesitzer auf, wohnhaft in Gosseberga. Ganz offensichtlich gingen die Medien noch davon aus, dass er ein Opfer war.

Als Mikael fertig gelesen hatte, klappte er sein Handy auf und stellte fest, dass er zwanzig ungelesene Nachrichten hatte. Drei von ihnen waren Aufforderungen, Erika Berger anzurufen. Zwei waren von Annika Giannini. Vierzehn Mitteilungen stammten von Reportern diverser Zeitungen. Eine von Christer Malm, der ihm die prägnante SMS geschickt hatte: *Es wäre klug, wenn du dich in den erstbesten Zug nach Hause setzen würdest.*

Mikael runzelte die Stirn. Für einen Christer Malm war das eine seltsame Nachricht. Die SMS war am Vorabend um sieben Uhr geschickt worden. Er unterdrückte seinen Impuls, sofort anzurufen und ihn um drei Uhr morgens aus dem Bett zu holen. Stattdessen sah er sich im Internet die Zugfahrpläne an und entdeckte, dass der erste Zug nach Stockholm um 5 Uhr 20 abfuhr.

Er öffnete ein neues Word-Dokument. Danach zündete er sich erst mal eine Zigarette an und starrte auf den leeren Bildschirm. Schließlich hob er die Finger und begann zu tippen.

> Ihr Name ist Lisbeth Salander. Die Schweden haben sie durch die Pressekonferenzen der Polizei und die Überschriften der Abendzeitungen kennengelernt. Sie ist 27 Jahre alt und 1 Meter 50 groß. Sie ist als Psychopathin, Mörderin und lesbische Satanistin dargestellt worden. Bei den absurden Geschichten, die bis jetzt über sie in Umlauf gebracht wurden, schienen der Fantasie fast keine Grenzen gesetzt zu sein. In diesem Heft erzählt *Millennium* die Geschichte, wie Beamte sich gegen Lisbeth Salander verschworen, um einen pathologischen Mörder zu schützen.

Er schrieb langsam und änderte nur wenig an seinem ersten Entwurf. Nach fünfzig Minuten konzentrierter Arbeit hatte er knapp zwei Seiten fertiggestellt, auf denen er die Nacht rekapitulierte, in der er Dag Svensson und Mia Bergman gefunden hatte, und nachvollzog, warum die Polizei sich auf Lisbeth Salander als Mordverdächtige eingeschossen hatte. Er zitierte die Überschriften der Abendzeitungen, die von lesbischen Satanistinnen sprachen und die Hoffnung nährten, dass zum Dunstkreis dieser Morde auch pikanter BDSM-Sex gehörte.

Schließlich warf er einen Blick auf die Uhr und klappte schnell sein iBook zu. Nachdem er seine Tasche gepackt hatte, ging er zur Rezeption und checkte aus. Er bezahlte mit Kreditkarte und nahm sich ein Taxi zum Göteborger Hauptbahnhof.

Mikael Blomkvist ging direkt in den Speisewagen, wo er sich Kaffee und ein belegtes Brötchen bestellte. Er öffnete erneut sein iBook und las den Text durch, den er in den Morgenstunden geschrieben hatte. Er war so vertieft in die Formulierungen der Zalatschenko-Geschichte, dass er Kriminalinspektorin Sonja Modig gar nicht bemerkte, bis sie sich räusperte und fragte, ob sie ihm Gesellschaft leisten dürfe. Er blickte auf und klappte den Laptop zu.

»Auf dem Heimweg?«, erkundigte sich Modig.

Er nickte.

»Sie anscheinend auch.«

Sie nickte.

»Mein Kollege bleibt noch einen Tag.«

»Haben Sie etwas über Lisbeth Salanders Zustand gehört? Ich habe nur geschlafen, nachdem ich Sie zum letzten Mal gesehen habe.«

»Sie ist erst gestern Abend aufgewacht. Aber die Ärzte glauben, dass sie durchkommt und wieder ganz gesund wird. Sie hat unglaubliches Glück gehabt.«

Blomkvist nickte wieder. Auf einmal fiel ihm auf, dass er sich gar keine Sorgen um sie gemacht hatte. Er war fest davon ausgegangen, dass sie überleben würde. Alles andere war undenkbar.

»Ist noch irgendwas anderes von Interesse passiert?«, wollte er wissen.

Sonja Modig betrachtete ihn zweifelnd. Sie fragte sich, wie viel sie diesem Journalisten anvertrauen konnte, der ja in der Tat mehr von der ganzen Geschichte wusste als sie. Andererseits hatte sie sich an seinen Tisch gesetzt, und rund hundert Reporter hatten sicher längst herausgefunden, was im Polizeipräsidium vor sich ging.

»Ich möchte nicht zitiert werden«, begann sie.

»Ich frage aus rein persönlichem Interesse.«

Sie nickte und erklärte, dass die Polizei im ganzen Land per Großeinsatz nach Ronald Niedermann fahndete, vor allem in der Gegend um Malmö.

»Und Zalatschenko? Haben Sie den schon verhört?«

»Ja, wir haben ihn vernommen.«

»Und?«

»Das kann ich nicht erzählen.«

»Kommen Sie schon, Sonja. Ungefähr eine Stunde nachdem ich in Stockholm die Redaktion betreten habe, werde ich genau wissen, worüber Sie gesprochen haben. Und ich werde kein Wort von dem schreiben, was Sie mir hier erzählen.«

Sie zögerte lange, bevor sie ihm in die Augen sah.

»Er hat Anzeige gegen Lisbeth Salander erstattet, weil sie angeblich versucht hat, ihn umzubringen. Vielleicht wird sie in Untersuchungshaft genommen wegen schwerer Körperverletzung oder auch versuchten Mordes.«

»Und sie wird sich mit allergrößter Wahrscheinlichkeit auf ihr Recht auf Notwehr berufen.«

»Ich hoffe es«, sagte Sonja Modig.

Mikael fasste sie scharf ins Auge.

»Das klang jetzt aber nicht sehr polizeigemäß«, sagte er abwartend.

»Bodin ... Zalatschenko ist aalglatt und hat auf jede Frage eine Antwort parat. Ich bin völlig überzeugt, dass es sich im Großen und Ganzen so verhält, wie Sie es uns gestern geschildert haben. Das bedeutet, dass Salander seit ihrem zwölften Lebensjahr mehr oder weniger ununterbrochen Opfer eines Justizirrtums war.«

Mikael nickte.

»Mit dieser Story werde ich an die Öffentlichkeit gehen«, sagte er.

»Diese Story wird in gewissen Lagern nicht unbedingt auf Begeisterung stoßen.«

Sie zögerte abermals. Mikael wartete.

»Ich habe vor einer halben Stunde mit Bublanski telefoniert. Er sagt nicht allzu viel, aber die polizeilichen Ermittlungen gegen Salander wegen der Morde an Ihren Freunden scheinen eingestellt worden zu sein. Jetzt konzentriert man sich voll auf Niedermann.«

»Was bedeutet, dass ...«

Er ließ die Frage im Raum stehen. Sonja Modig zuckte die Achseln.

»Wer wird die Ermittlungen im Fall Salander leiten?«

»Ich weiß es nicht. Die Geschichte in Gosseberga ist wohl in erster Linie Sache der Kollegen in Göteborg. Aber ich denke, dass auch jemand in Stockholm den Auftrag bekommen wird, vor einer Anklage das gesamte Material zusammenzustellen.«

»Verstehe. Wollen wir wetten, dass die Ermittlungen an die SiPo weitergeleitet werden?«

Sie schüttelte den Kopf.

Kurz vor Alingsås beugte sich Mikael ihr entgegen.

»Sonja ... ich glaube, Sie verstehen, wie hier der Hase läuft. Wenn die Zalatschenko-Geschichte an die Öffentlichkeit kommt, gibt es einen Skandal erster Güte. SiPo-Aktivisten haben mit einem Psychiater zusammengearbeitet, um Salander ins Irrenhaus zu sperren. Ihre einzige Chance besteht darin, hartnäckig bei der Behauptung zu bleiben, dass Lisbeth Salander wirklich geisteskrank ist und dass die Zwangseinweisung 1991 ihre Berechtigung hatte.«

Sonja Modig nickte.

»Ich werde alles tun, um derartige Pläne zu durchkreuzen. Meiner Meinung nach ist Lisbeth Salander genauso zurechnungsfähig wie Sie und ich. Eigenartig ist sie, das schon, aber ihre geistigen Fähigkeiten stehen völlig außer Frage.«

Sonja Modig nickte wieder. Mikael machte eine Pause, um seine Worte wirken zu lassen.

»Ich bräuchte einen Insider, dem ich vertrauen kann«, begann er.

Sie sah ihn an.

»Ich habe nicht die Kompetenz, zu entscheiden, ob Lisbeth Salander geisteskrank ist«, erwiderte sie.

»Nein, aber Sie haben die Kompetenz, zu beurteilen, ob sie einem Übergriff seitens der Justiz ausgesetzt wird oder nicht.«

»Was schlagen Sie vor?«

»Ich sagte nicht, dass Sie Ihre Kollegen verpfeifen sollen, aber ich will, dass Sie mir entsprechende Informationen geben, wenn Sie entdecken, dass Lisbeth neuerlichen Übergriffen ausgesetzt wird.«

Sonja Modig schwieg.

»Ich bin nicht an ermittlungstechnischen Details interessiert. Verlassen Sie sich auf Ihr eigenes Urteil. Aber ich muss wissen, was aus der Anklage gegen Lisbeth Salander wird.«

»Klingt wie eine sichere Methode, sich eine Kündigung einzufangen.«

»Sie sind für mich nur eine Quelle. Ich werde Sie niemals namentlich nennen oder irgendwie in Schwierigkeiten bringen.«

Er riss eine Seite aus seinem Notizbuch und schrieb eine Mailadresse auf.

»Das ist eine anonyme Hotmail-Adresse. Wenn Sie etwas erzählen wollen, können Sie mir an diese Adresse schreiben. Ihre normale Mailadresse dürfen Sie dabei natürlich nicht benutzen. Sie sollten sich vorübergehend ein Konto bei Hotmail einrichten.«

Sie nahm die Adresse entgegen und steckte sie in die Innentasche ihrer Jacke. Sie versprach nichts.

Kriminalinspektor Marcus Erlander wurde am Samstagmorgen um sieben vom Klingeln des Telefons geweckt. Er hörte Stimmen vom Fernseher und roch den Kaffeeduft aus der Küche, für den seine Frau verantwortlich war. Er war um ein Uhr nachts in seine Wohnung in Mölndal zurückgekehrt und hatte knapp fünf Stunden geschlafen. Vorher war er fast zweiundzwanzig Stunden lang auf den Beinen gewesen, sodass er alles andere als ausgeschlafen war, als er seine Hand nach dem Telefonhörer ausstreckte.

»Mårtensson, Fahndung, Nachtdienst. Sind Sie schon auf?«

»Nein«, gab Erlander zurück. »Ich war noch nicht mal richtig eingeschlafen. Was ist denn passiert?«

»Neuigkeiten. Anita Kaspersson ist aufgetaucht.«

»Wo?«

»In der Nähe von Seglora, südlich von Borås.«

Erlander versuchte sich die Landkarte vor Augen zu führen.

»Richtung Süden«, sagte er. »Er nimmt also den Weg über die kleinen Landstraßen. Er muss die 180 über Borås genommen haben und dann Richtung Süden gefahren sein. Haben wir Malmö schon alarmiert?«

»Ja, und natürlich auch Helsingborg, Landskrona, Trelleborg und Karlskrona. Ich dachte an die Fähre in Richtung Süden.«

Erlander stand auf und rieb sich den Nacken.

»Er hat mittlerweile fast einen ganzen Tag Vorsprung. Er könnte auch schon außer Landes sein. Wie hat man Anita Kaspersson gefunden?«

»Sie klopfte an die Tür eines Einfamilienhauses in der Nähe von Seglora.«

»Was?«

»Sie klopfte ...«

»Ich hab schon verstanden. Sie ist also am Leben?«

»Entschuldigung. Ich bin so müde und drücke mich nicht mehr ganz so konzentriert aus. Anita Kaspersson trat um 3 Uhr 10 gegen die Tür eines Einfamilienhauses, wo sie eine Familie mit Kindern aufscheuchte, die schlafend in ihren Betten lagen. Sie war barfuß und schwer unterkühlt. Ihre Hände waren auf dem Rücken gefesselt. Im Moment ist sie im Krankenhaus in Borås, wo inzwischen auch ihr Mann eingetroffen ist.«

»Irgendwie sind wir alle davon ausgegangen, dass sie nicht mehr am Leben ist.«

»Manchmal erlebt man so seine Überraschungen.«

»Positive Überraschungen.«

»Dann ist jetzt wohl der richtige Moment für die schlechten Neuigkeiten gekommen. Die stellvertretende Polizeipräsidentin Spångberg ist seit heute Morgen um fünf hier. Sie hat angeordnet, dass Sie so schnell wie möglich aufstehen und nach Borås fahren sollen, um Kaspersson zu verhören.«

Da es Samstagmorgen war, erwartete Mikael nicht, in der *Millennium*-Redaktion jemanden anzutreffen. Er rief Christer Malm an, als der X2000 gerade die Årsta-Brücke überquerte, und fragte ihn nach dem Grund für seine SMS.

»Hast du schon gefrühstückt?«, erkundigte sich Christer.

»Im Zug, ja.«

»Okay. Komm zu mir nach Hause, ich mach dir was Anständiges.«

»Worum geht's denn?«

»Das erzähl ich dir, wenn du kommst.«

Mikael nahm die U-Bahn bis zum Medborgarplatsen und

ging zu Fuß die Allhelgonagatan entlang. Christers Freund machte ihm die Tür auf. Sosehr sich Mikael auch bemühte, konnte er sich nie ganz von dem Eindruck frei machen, ein Werbeplakat zu betrachten, wenn er vor Arnold Magnusson stand. Arnold Magnusson hatte früher am Dramaten gearbeitet, dem schwedischen Nationaltheater in Stockholm, und war einer der begehrtesten Schauspieler in ganz Schweden. Es war immer wieder irritierend, ihm im wirklichen Leben zu begegnen. Mikael ließ sich von Prominenz für gewöhnlich nicht beeindrucken, doch Arnold Magnusson hatte eben ein so charakteristisches Aussehen und war so eng mit gewissen Film- und Fernsehrollen verknüpft – vor allem mit der Rolle des cholerischen, aber rechtschaffenen Kriminalkommissars Gunnar Frisk in einer populären Fernsehserie –, dass Mikael jeden Moment erwartete, er müsse sich gleich wirklich wie Gunnar Frisk benehmen.

»Hallo, Micke«, begrüßte ihn Arnold.

»Hallo«, gab Mikael zurück.

»In der Küche«, sagte Arnold und ließ ihn eintreten.

Christer tischte gerade heiße Waffeln mit Himbeermarmelade auf und dazu frisch aufgebrühten Kaffee. Noch bevor er sich hingesetzt hatte, lief Mikael das Wasser im Mund zusammen, und er stürzte sich auf seinen Teller. Christer fragte ihn, was in Gosseberga passiert sei, und Mikael rekapitulierte noch einmal die Details. Erst bei der dritten Waffel fiel ihm wieder ein, sich selbst zu erkundigen, was eigentlich los sei.

»Bei *Millennium* ist ein kleines Problem entstanden, während du in Göteborg warst«, fing er an.

Mikael zog die Augenbrauen hoch.

»Und zwar?«

»Nichts Ernstes. Aber Erika ist ab sofort Chefredakteurin der *Svenska Morgon-Posten*. Gestern war ihr letzter Arbeitstag bei uns.«

Mikael, der sich gerade den nächsten Bissen in den Mund gesteckt hatte, erstarrte. Erst nach ein paar Sekunden war die Botschaft wirklich bei ihm angekommen.

»Warum hat sie das nicht früher gesagt?«, fragte er schließlich.

»Weil sie es dir zuerst erzählen wollte, du aber die ganze Zeit in der Weltgeschichte rumgesegelt bist und wochenlang nicht ansprechbar warst. Wahrscheinlich dachte sie, dass du mit deiner Salander-Geschichte schon genügend Probleme hast. Tja, so verging ein Tag nach dem andern ... Plötzlich saß sie da mit einem mordsschlechten Gewissen, und wir haben überhaupt nichts gemerkt.«

Mikael schloss die Augen.

»Verdammt!«, sagte er.

»Ich wollte es dir sagen, damit du verstehst, was da passiert ist, und nicht denkst, dass man dich irgendwie hintergangen hat.«

»So was würde ich nie denken. Ich meine, es ist großartig, dass sie diesen Job gekriegt hat, wenn sie denn bei der *SMP* arbeiten will ... aber was zum Teufel machen wir jetzt in der Redaktion?«

»Wir haben Malin ab dem nächsten Heft zur Chefredakteurin ernannt.«

»Malin?«

»Wenn *du* nicht Chefredakteur werden willst ...«

»Nein, um Himmels willen.«

»Dachte ich mir doch. Dann also Malin.«

»Und wer soll Redaktionssekretär werden?«

»Henry. Er ist seit vier Jahren bei uns und kein unerfahrener Praktikant mehr.«

Mikael dachte über die Vorschläge nach.

»Habe ich da überhaupt noch ein Wort mitzureden?«, fragte er.

»Nö«, erwiderte Christer Malm.

Mikael lachte trocken.

»Okay. Dann bleibt es also bei eurer Entscheidung. Malin ist tough, aber etwas unsicher. Und Henry schießt noch ein bisschen zu oft aus der Hüfte. Wir müssen sie gut im Auge behalten.«

»Ja, das müssen wir.«

Mikael schwieg. Er dachte daran, dass es ohne Erika verdammt leer werden würde und dass er nicht wusste, wie sie ohne sie zurechtkommen sollten.

»Ich muss Erika anrufen und …«

»Ich glaube, das brauchst du nicht …«

»Warum?«

»Sie schläft in der Redaktion. Geh hin und weck sie auf.«

Mikael fand eine tief schlafende Erika Berger auf dem Ausziehsofa in ihrem Büro vor. Sie hatte die Nacht damit verbracht, persönliche Gegenstände und Papiere, die sie aufheben wollte, aus den Bücherregalen und dem Schreibtisch zu räumen. Vier Umzugskartons hatte sie damit gefüllt. Mikael blieb auf der Schwelle stehen und betrachtete sie lange, bevor er eintrat, sich auf die Sofakante setzte und sie aufweckte.

»Warum in drei Teufels Namen gehst du denn nicht in meine Wohnung und schläfst da?«, fragte er.

»Hallo, Mikael«, entgegnete sie.

»Christer hat es mir schon gesagt.«

Sie wollte etwas erwidern, aber er beugte sich zu ihr hinab und küsste sie auf die Wange.

»Bist du böse auf mich?«

»Wahnsinnig«, erwiderte er lakonisch.

»Es tut mir leid. Aber zu diesem Angebot konnte ich einfach nicht Nein sagen. Trotzdem kommt es mir so vor, als würde ich euch im Stich lassen.«

»Ich bin wahrscheinlich nicht derjenige, der das Recht hat, dich zu kritisieren. Vor zwei Jahren bin ich einfach abgehauen, und das in einer Situation, die viel brenzliger war als die jetzige.«

»Das eine hat mit dem anderen nichts zu tun. Du hast nur eine Pause gemacht. Ich höre endgültig auf und hab euch das verheimlicht. Es tut mir so leid.«

Er streckte die Hand aus und zerzauste ihr mit einer freundschaftlichen Geste die Haare.

»Dass du in diesem Irrenhaus aufhören willst, verstehe ich ja, aber dass du Chefin der knochentrockensten Altherrenzeitung Schwedens werden willst, da muss ich erst mal drüber wegkommen.«

»Da arbeiten eigentlich ziemlich viele Frauen.«

»Na und? Guck dir doch bloß mal ihre Leitartikelseite an. Ist doch von vorn bis hinten von anno dazumal. Du musst wirklich eine verrückte Masochistin sein, wenn du da arbeiten willst. Wollen wir rausgehen und irgendwo einen Kaffee trinken?«

Erika setzte sich auf.

»Ich muss wissen, was gestern Nacht in Göteborg passiert ist.«

»Ich sitze grade an der Story«, sagte Mikael. »Aber wenn wir die veröffentlichen, dann wird die Hölle los sein.«

»Nicht wir. Ihr.«

»Ich weiß. Wir werden das Ganze parallel zum Prozess veröffentlichen. Ich nehme ja nicht an, dass du vorhast, die Sache zur *SMP* mitzunehmen. Aber ich will, dass du noch etwas über die Zalatschenko-Geschichte schreibst, bevor du bei *Millennium* aufhörst.«

»Micke, ich ...«

»Dein letzter Leitartikel. Du kannst ihn schreiben, wann du Lust hast. Wahrscheinlich wird er nicht vor der Gerichtsverhandlung erscheinen, wann auch immer die stattfinden wird.«

»Vielleicht ist das keine so gute Idee. Wovon soll er denn handeln?«

»Von Moral«, erklärte Mikael Blomkvist. »Und davon, dass einer unserer Mitarbeiter ermordet wurde, weil der Staat vor fünfzehn Jahren seine Hausaufgaben nicht gemacht hat.«

Mehr brauchte er nicht zu erklären. Erika Berger wusste genau, was für ein Leitartikel ihm vorschwebte. Sie überlegte kurz. Sie hatte die Zeitschrift ja mehr oder weniger allein geleitet, nachdem Dag Svensson ermordet worden war. Plötzlich war ihr wieder viel leichter ums Herz.

»Okay«, versprach sie. »Der letzte Leitartikel.«

4. Kapitel
Samstag, 9. April – Sonntag, 10. April

Am Samstagmittag um ein Uhr hatte sich die Staatsanwältin Martina Fransson in Södertälje endlich einen Überblick über die Situation verschafft. Der Waldfriedhof in Nykvarn war eine grauenhafte Geschichte, und seit dem Mittwoch, als Paolo Roberto seinen Boxkampf im dortigen Lagergebäude bestritten hatte, waren bei der Kriminalabteilung Unmengen von Überstunden angehäuft worden. Hier waren gleich mehrere Verbrechen im Spiel: Mindestens drei Morde an den Personen, die dort begraben worden waren, die Entführung und schwere Körperverletzung von Miriam Wu sowie Brandstiftung. Mit Nykvarn wurden auch die Ereignisse in Stallarholmen im Polizeidistrikt Strängnäs in Verbindung gebracht, bei denen Carl-Magnus Lundin vom Svavelsjö MC eine Schlüsselrolle gespielt hatte. Lundin lag derzeit mit Gipsbein und geschientem Kiefer im Krankenhaus in Södertälje. In diesem Fall oblagen sämtliche Verbrechen der Bezirkspolizei, was bedeutete, dass Stockholm das letzte Wort haben würde.

Am Freitag war über die Untersuchungshaft beschieden worden. Lundin konnte mit Sicherheit mit Nykvarn in Verbindung gebracht werden. Schließlich war geklärt worden, dass das Lager der Firma Medimport gehörte, deren Eigentümerin eine gewisse Anneli Karlsson war, 52 Jahre alt und wohnhaft in Puerto Banus in Spanien. Sie war eine Cousine von Magge Lundin, hatte keinerlei Vorstrafen und schien bei der ganzen Geschichte allenfalls die Rolle eines Strohmanns gespielt zu haben.

Martina Fransson klappte den Ordner mit den Unterlagen der Voruntersuchung zu. Man steckte noch in den Anfängen, es würden also noch mehrere hundert Seiten hinzukommen, bis man für den Prozess bereit war. Doch sie musste schon jetzt über gewisse Fragen entscheiden. Sie sah die Kollegen von der Polizei an.

»Wir haben genug, um Anklage gegen Lundin zu erheben wegen Beteiligung an der Entführung von Miriam Wu. Paolo Roberto hat ihn als den Mann identifiziert, der den Lieferwagen gefahren hat. Aus gewissen Gründen betrachte ich ihn auch als mitschuldig an der Brandstiftung, auch dafür lasse ich den Haftbefehl ausstellen. Mit der Anklage wegen Beihilfe zum Mord an den drei Personen, die wir auf dem Gelände ausgegraben haben, warten wir noch, bis sie alle identifiziert sind.«

Die Polizisten nickten. Diesen Bescheid hatten sie sich so erwartet.

»Was machen wir mit Sonny Nieminen?«

Martina Fransson blätterte, bis sie Nieminen in den Unterlagen auf ihrem Schreibtisch gefunden hatte.

»Bei dem kommt ja ganz schön was zusammen: Raub, illegaler Waffenbesitz, Körperverletzung, schwere Körperverletzung, Totschlag und Rauschgift. Er wurde also zusammen mit Lundin in Stallarholmen festgenommen. Ich bin restlos davon überzeugt, dass er in die Sache verwickelt ist – alles andere wäre höchst unwahrscheinlich. Aber das Problem ist, dass wir ihm nicht wirklich etwas nachweisen können.«

»Er sagt, er sei nie im Lager in Nykvarn gewesen und habe mit Lundin nur eine Motorradtour gemacht«, sagte der Kriminalinspektor aus Stallarholmen. »Er behauptet, er habe keine Ahnung, was Lundin in Stallarholmen wollte.«

Martina Fransson fragte sich, ob sie die ganze Sache vielleicht Staatsanwalt Richard Ekström in Stockholm unterschieben konnte.

»Nieminen weigert sich, über die Geschehnisse zu sprechen, aber er leugnet energisch, an einem Verbrechen beteiligt gewesen zu sein«, fuhr der Kriminalinspektor fort.

»Na, es sieht ja fast so aus, als wären Lundin und er in Stallarholmen selbst Opfer eines Verbrechens geworden«, meinte Martina Fransson und trommelte gereizt mit den Fingern auf dem Ordner herum.

»Lisbeth Salander ...«, fügte sie mit offenkundigem Zweifel in der Stimme hinzu. »Also, wir reden hier von einem Mädchen, das aussieht, als wäre sie gerade mal in die Pubertät gekommen. Sie ist 1 Meter 50 groß und verfügt kaum über die körperlichen Kräfte, die es braucht, um einen Nieminen und einen Lundin zu überwältigen.«

»Falls sie nicht bewaffnet war.«

»Aber das lässt sich eben nicht mit der Rekonstruktion der Geschehnisse in Einklang bringen.«

»Nein. Sie hat Tränengas verwendet und Lundin mit solcher Wucht in den Schritt und ins Gesicht getreten, dass sie ihm einen Hoden sowie den Kieferknochen zertrümmert hat. Der Schuss in den Fuß muss nach dieser Misshandlung erfolgt sein. Aber ich kann mir nicht recht vorstellen, dass sie diejenige war, die die Waffe bei sich trug.«

»Das Labor hat die Waffe identifiziert, mit der auf Lundin geschossen wurde. Es ist eine polnische P-83 Wanad mit Makarov-Munition. Sie wurde in Gosseberga bei Göteborg aufgefunden und trägt Salanders Fingerabdrücke. Wir können mit großer Sicherheit davon ausgehen, dass sie diese Waffe nach Gosseberga mitgebracht hat.«

»Das schon. Aber die Seriennummer zeigt, dass die Pistole vor vier Jahren bei einem Einbruch in ein Waffengeschäft in Örebro gestohlen wurde. Die Diebe sind zwar gefasst worden, die Waffe sind sie aber vorher noch losgeworden. Es war ein kleiner Vorstadtjunkie, der sich in den Kreisen um den Svavelsjö MC bewegte. Ich würde die Pistole viel eher mit Lundin oder Nieminen in Verbindung bringen.«

»Es könnte ja einfach so gewesen sein, dass Lundin die Pistole dabeihatte, Salander ihn entwaffnete und dass sich dabei ein Schuss löste, der ihn in den Fuß traf.«

»Oder sie hat ihn aus Sadismus in den Fuß geschossen. Was weiß ich. Aber was hat sie mit Nieminen gemacht? Er weist ja keine sichtbaren Verletzungen auf.«

»Er hatte eine Verletzung. Zwei kleine Brandwunden auf dem Brustkorb.«

»Und?«

»Schätzungsweise eine Elektroschockpistole.«

»Salander war also mit einer Elektroschockpistole, mit Tränengas und einer Pistole bewaffnet. Wie viel wiegt das alles zusammen … Nein, ich bin ziemlich sicher, dass Lundin oder Nieminen die P-83 Wanad dabeihatten und dass sie ihnen die Waffe abgenommen hat. Wie es nun genau passiert ist, dass Lundin angeschossen wurde, können wir nicht wirklich klären, solange keiner von den Beteiligten redet.«

»Okay.«

»Gut, dann sieht es folgendermaßen aus: Lundin wird aus den zuvor genannten Gründen in Untersuchungshaft genommen. Gegen Nieminen haben wir überhaupt nichts in der Hand. Also gedenke ich ihn heute Nachmittag aus der Haft zu entlassen.«

Sonny Nieminen war übelster Laune, als er das Untersuchungsgefängnis der Polizeistation von Södertälje verließ. Er hatte einen so trockenen Mund, dass er zunächst bei einem Tabakladen haltmachte, wo er sich eine Pepsi kaufte, die er in einem Zug austrank. Außerdem kaufte er eine Schachtel Lucky Strike und eine Dose Schnupftabak. Nachdem er sein

Handy aufgeklappt und den Akku kontrolliert hatte, wählte er die Nummer von Hans-Åke Waltari, 33-jähriger *Sergeant at Arms* des Svavelsjö MC und damit die Nummer drei in der klubinternen Hierarchie. Es tutete viermal, bevor Waltari abnahm.

»Nieminen. Ich bin wieder draußen.«

»Glückwunsch.«

»Wo bist du?«

»Nyköping.«

»Was zum Teufel machst du in Nyköping?«

»Als ihr verhaftet wurdet, haben wir beschlossen, erst mal in Deckung zu gehen.«

»Und wo sind die anderen?«

Hans-Åke Waltari erklärte ihm, wo die übrig gebliebenen fünf Mitglieder des Svavelsjö MC waren. Eine Erklärung, die Sonny Nieminen weder beruhigte noch allzu glücklich machte.

»Und wer zum Henker kümmert sich um den Laden, solange ihr euch versteckt wie alte Weiber?«

»Also hör mal! Magge und du, ihr fahrt zu irgendeinem Job, von dem wir keinen Schimmer haben, und werdet plötzlich in einen Schusswechsel mit dieser landesweit gesuchten Schlampe verwickelt. Magge wird angeschossen und du verhaftet. Und dann graben die Bullen auch noch mehrere Leichen auf unserem Lagergelände in Nykvarn aus.«

»Und?«

»Und da haben wir uns langsam doch gefragt, ob Magge und du uns nicht irgendwas verheimlicht.«

»Und was zum Teufel soll das sein? Wir ziehen schließlich die Aufträge für unsere Firma an Land.«

»Aber ich hatte nie ein Wort darüber gehört, dass unser Grundstück der reinste Waldfriedhof ist. Wer sind diese Toten?«

Sonny Nieminen lag eine gepfefferte Antwort auf der Zunge, hielt sich aber zurück. Hans-Åke Waltari war ein schwerfälliger Blödmann, aber das war jetzt nicht der geeignete Zeitpunkt, um einen Streit vom Zaun zu brechen. Jetzt ging es darum, die Kräfte schnell wieder zu konsolidieren. Nachdem er sich durch fünf polizeiliche Vernehmungen geleugnet hatte, war es wohl nicht besonders schlau, zweihundert Meter neben dem Polizeigebäude herauszuposaunen, dass er etwas von der Sache wusste.

»Scheiß auf die Toten«, sagte er. »Ich hab keine Ahnung. Aber Magge sitzt in der Pampe. Während seiner Abwesenheit werde ich die Führung übernehmen.«

»Okay. Und was passiert jetzt?«, wollte Waltari wissen.

»Wer beaufsichtigt unser Eigentum, solange ihr euch alle verpisst habt?«

»Benny Karlsson hält die Stellung im Klubhaus. Die Polizei hat an dem Tag, als ihr festgenommen wurdet, eine Hausdurchsuchung durchgeführt. Sie haben aber nichts gefunden.«

»Benny K.? Verdammt noch mal, der ist doch noch feucht hinter den Ohren.«

»Immer mit der Ruhe. Ihm leistet auch noch dieser blonde Panzer Gesellschaft, mit dem Magge und du immer zu tun habt.«

Auf einen Schlag wurde Sonny Nieminen eiskalt. Er sah sich hastig um und entfernte sich ein paar Meter von der Tür des Tabakgeschäfts.

»Was hast du gesagt?«, fragte er leise.

»Na, dieser blonde Riese, mit dem Magge und du immer zu tun habt. Der ist bei uns aufgetaucht und hat uns gebeten, dass wir ihm ein Versteck suchen.«

»Verdammt, Waltari, der Typ wird im ganzen Land wegen Mord an einem Polizisten gesucht.«

»Ja … deswegen brauchte er ja auch ein Versteck. Was sollten wir denn tun? Er ist doch schließlich ein Kumpel von Magge und dir.«

Sonny Nieminen schloss für zehn Sekunden die Augen. Ronald Niedermann hatte dem Svavelsjö MC zu diversen Jobs verholfen, die ihnen über Jahre hinweg gute Einkünfte gebracht hatten. Aber er war absolut kein Freund von ihnen. Er war ein gefährlicher Mistkerl und Psychopath, noch dazu ein Psychopath, den die Polizei gerade wie verrückt suchte. Sonny Nieminen traute Ronald Niedermann keinen Fingerbreit über den Weg. Am besten wäre es, wenn er mit einer Kugel im Schädel wieder auftauchte. Dann würde zumindest die Polizei ein bisschen lockerlassen.

»Und, was habt ihr mit ihm gemacht?«

»Benny kümmert sich um ihn. Er hat ihn zu Viktor gebracht.«

Viktor Göransson, der Schatzmeister und Finanzexperte des Klubs, wohnte kurz hinter Järna. Göransson besaß Kenntnisse in Betriebswirtschaft und hatte seine Karriere als Finanzberater bei einem jugoslawischen Kneipenkönig begonnen, bis die ganze Bande eines Tages wegen schwerer Steuervergehen ins Gefängnis wanderte. Anfang der 90er-Jahre hatte er Magge Lundin im Kumla-Gefängnis kennengelernt. Er war der Einzige im Svavelsjö MC, der mit Schlips und Sakko herumlief.

»Waltari, setz dich ins Auto und hol mich in Södertälje ab, in einer Dreiviertelstunde am Bahnhof.«

»Warum plötzlich die Eile?«

»Weil wir die Situation so schnell wie möglich in den Griff kriegen müssen.«

Hans-Åke Waltari warf einen verstohlenen Blick auf Sonny Nieminen, der schweigend neben ihm saß, während sie nach Svavelsjö fuhren. Anders als mit Magge Lundin war der Umgang mit Nieminen nie besonders unkompliziert. Er hatte ein hübsches Gesicht und sah harmlos aus, war aber leicht reizbar und gefährlich, besonders wenn er getrunken hatte. Im Moment war er nüchtern, aber der Gedanke, dass er in Zukunft den Klub führen würde, machte Waltari ein bisschen nervös. Magge hatte Nieminen immer irgendwie kontrollieren können. Waltari fragte sich jedoch, wie eine Zukunft mit Nieminen als stellvertretendem Klubpräsidenten aussehen würde.

Im Klubhaus war Benny K. nirgends zu sehen. Nieminen versuchte zweimal, ihn auf dem Handy zu erreichen, aber er ging nicht ran.

Dann fuhren sie zu Nieminens Hof, der knapp einen Kilometer vom Klubhaus entfernt lag. Die Polizei hatte auch dort eine Hausdurchsuchung durchgeführt, jedoch nichts gefunden, was ihr bei den Ermittlungen in Sachen Nykvarn genutzt hätte. Da sie nichts Verdächtiges entdeckt hatten, blieb Nieminen auf freiem Fuß.

Er duschte und zog sich um, während Waltari geduldig in der Küche wartete. Danach liefen sie knapp hundertfünfzig Meter weit in den Wald hinein und trugen die oberste Erdschicht ab, die eine hastig vergrabene Kiste mit sechs Handfeuerwaffen verbarg, darunter eine AK5, eine größere Menge Munition und knapp zwei Kilo Sprengstoff. Das war Nieminens kleines Waffenlager. Zwei von diesen Waffen waren polnische P-83 Wanad. Sie stammten aus derselben Lieferung wie die Waffe, die Lisbeth ihm in Stallarholmen abgenommen hatte.

Nieminen schob den Gedanken an Lisbeth Salander beiseite. Das war ein ungutes Thema. In der Zelle des Präsidiums in Södertälje hatte er im Geiste immer wieder vor Augen gehabt, wie Magge Lundin und er bei Nils Bjurmans Ferienhäuschen angekommen waren und Salander auf dem Hof entdeckt hatten.

Was dann geschah, hatte niemand vorhersehen können. Er war mit Magge Lundin hinausgefahren, um das verdammte Sommerhäuschen des Rechtsanwalts abzufackeln. Das Ganze war auf Anweisung dieses blonden Monsters geschehen. Und dabei waren sie über diese verfluchte Salander gestolpert – allein, 1 Meter 50 groß und dürr wie eine Bohnenstange. Nieminen fragte sich, wie viel sie wiegen mochte. Dann war alles schiefgegangen und in einer Gewaltorgie explodiert, auf die keiner von beiden vorbereitet gewesen war.

Die äußeren Umstände konnte er durchaus rekonstruieren. Salander hatte Tränengas dabei, das sie Magge ins Gesicht sprühte. Er hätte darauf gefasst sein müssen, war es aber nicht. Sie trat zweimal zu, und um einen Kieferknochen zu brechen, braucht es ja nicht sonderlich viel Muskelkraft. Sie hatte Magge einfach überrumpelt.

Aber dann hatte sie auch noch ihn erledigt, Sonny Nieminen, einen Mann, mit dem sich selbst ausgewachsene, durchtrainierte Kerle ungern auf einen Streit einließen. Sie bewegte sich einfach so schnell. Verzweifelt hatte er versucht, seine Waffe zu ziehen. Sie hatte ihn mit solch demütigender Leichtigkeit zusammengeschlagen, als würde sie eine lästige Mücke verscheuchen. Sie hatte eine Elektroschockpistole gehabt und am Ende auch noch Magges Harley-Davidson gestohlen und das Klublogo des Svavelsjö MC aus seiner Lederjacke herausgetrennt – das Symbol, das die Leute in der Kneipe respektvoll beiseitetreten ließ, wenn er an die Bar kam. Salander hatte ihn unsäglich erniedrigt. Und jetzt hasste Nieminen sie mit einer Leidenschaft, die ihn selbst überraschte. Normalerweise behielt er immer einen kühlen Kopf, doch er wusste, dass er eines Tages die Gelegenheit bekommen würde, sich zu rächen und diesen Schandfleck zu tilgen. Doch zunächst musste Ordnung in diesem Chaos geschaffen werden, in das Salander und Niedermann den Svavelsjö MC gestürzt hatten.

Nieminen griff sich die beiden letzten polnischen Waffen, lud sie und reichte Waltari eine davon.

»Haben wir irgendeinen Plan?«

»Wir fahren jetzt erst mal zu Niedermann und unterhalten uns mit ihm. Er ist keiner von uns und nie zuvor festgenommen worden. Wenn der auspackt, kann er uns alle hinter Gitter bringen.«

»Du meinst, wir sollten …«

Nieminen hatte bereits entschieden, dass Niedermann aus dem Weg geräumt werden musste, aber ihm war auch klar, dass er Waltari nicht noch weiter erschrecken durfte, bevor sie vor Ort waren.

»Wir müssen ihm erst mal auf den Zahn fühlen. Wenn er einen Plan hat und schnell ins Ausland verschwinden kann, könnten wir ihm ja dabei behilflich sein. Aber solange er Gefahr läuft, von der Polizei gefasst zu werden, stellt er eine Bedrohung für uns dar.«

Auf Viktor Göranssons Hof bei Järna war es dunkel, als Nieminen und Waltari in der Dämmerung ankamen. Allein das war schon unheilverkündend genug. Sie blieben im Auto sitzen und warteten noch einen Moment.

»Vielleicht sind sie ja gerade unterwegs«, meinte Waltari.

»Na klar. Sie sind bestimmt mit Niedermann in die Kneipe gegangen«, sagte Nieminen und öffnete die Autotür.

Die Haustür war unverschlossen. Nieminen schaltete das Licht an, dann gingen sie von Zimmer zu Zimmer. Alles war aufgeräumt und ordentlich, was wahrscheinlich das Verdienst von dieser Frau war, mit der Göransson zusammenwohnte.

Sie fanden Viktor Göransson und seine Freundin im Waschkeller.

Nieminen bückte sich und musterte die Leichen. Mit ausgestrecktem Finger tippte er die Frau an. Sie war eiskalt und steif. Was bedeutete, dass sie wohl schon seit vierundzwanzig Stunden tot war.

Er brauchte kein pathologisches Gutachten, um festzustellen, wie sie gestorben waren. Ihr hatte man das Genick gebrochen, indem man ihren Kopf um hundertachtzig Grad gedreht hatte. Sie trug T-Shirt und Jeans, und soweit Nieminen feststellen konnte, hatte sie keine weiteren Verletzungen.

Viktor Göransson hingegen hatte nur noch seine Unterhose

an. Er war entsetzlich zusammengeschlagen worden, sein Körper war mit Blutergüssen übersät. Seine Arme waren beide gebrochen und standen wie verdrehte Tannenzweige in unmöglichen Winkeln ab. Die brutalen Misshandlungen, denen er ausgesetzt worden war, konnte man ohne Weiteres als Folter bezeichnen. Getötet hatte man ihn letztlich mit einem kräftigen Schlag auf den Kehlkopf, soweit Nieminen das beurteilen konnte. Der Kehlkopf war tief in den Hals hineingedrückt worden.

Sonny Nieminen stand auf, ging die Kellertreppe hinauf und trat aus der Haustür. Waltari folgte ihm. Nieminen überquerte den Hof und ging zum Viehstall hinüber, der ungefähr fünfzig Meter vom Haus entfernt stand. Er schob den Riegel beiseite und machte die Tür auf.

Im Stall fand er einen dunkelblauen Renault, Baujahr 1991.

»Was hat Göransson für ein Auto?«, erkundigte sich Nieminen.

»Der fährt einen Saab.«

Nieminen nickte. Er zog die Schlüssel aus der Jackentasche und sperrte damit ganz hinten im Stall eine Tür auf. Ein Blick genügte ihm, um zu erkennen, dass er zu spät kam. Ein massiver Tresor stand sperrangelweit offen.

Nieminen zog eine Grimasse.

»Knapp 800 000 Kronen«, sagte er.

»Was?«, fragte Waltari.

»Knapp 800 000 Kronen hatte der Svavelsjö MC in diesem Tresor. Unser Geld.«

Nur drei Menschen wussten, wo der Klub sein Geld verwahrte, bis es entweder neu investiert oder gewaschen werden konnte: Viktor Göransson, Magge Lundin und Sonny Nieminen. Niedermann war auf der Flucht. Er brauchte Bares. Er wusste, dass Göransson sich um die finanziellen Angelegenheiten des Klubs kümmerte.

Nieminen zog die Tür wieder zu und ging langsam in den

Stall zurück. Er dachte angestrengt nach, während er versuchte, den Umfang der Katastrophe abzuschätzen. Ein Teil des Klubvermögens war in Wertpapieren angelegt, zu denen er Zugang hatte. Der Verbleib eines Teils der investierten Gelder konnte mit Magge Lundins Hilfe rekonstruiert werden. Aber ein großer Teil der Anlagen war nur in Göranssons Kopf abgespeichert, es sei denn, er hätte Magge Lundin eingehende Instruktionen gegeben. Was Nieminen bezweifelte – Magge war an diesen Dingen nie richtig interessiert gewesen. Über den Daumen gepeilt, schätzte Nieminen, dass der Svavelsjö MC mit dem Tod von Göransson einen Verlust von 60 Prozent des Gesamtvermögens hinzunehmen hatte. Das war ein vernichtender Schlag. Um die täglichen Ausgaben bestreiten zu können, brauchte man vor allem Bargeld.

»Was machen wir jetzt?«, fragte Waltari.

»Jetzt geben wir der Polizei erst mal einen Hinweis, was hier passiert ist.«

»Der Polizei einen Hinweis geben?«

»Ja, zum Teufel. Im Haus sind überall meine Fingerabdrücke. Ich will, dass Göransson und seine Tussi so schnell wie möglich gefunden werden, damit die Rechtsmediziner feststellen können, dass die beiden gestorben sind, als ich noch in U-Haft war.«

»Verstehe.«

»Und du suchst Benny K. Ich will mit ihm reden. Falls er überhaupt noch am Leben ist. Und dann schnappen wir uns Niedermann. Alle, die wir hier in den Klubs im Norden kennen, sollen die Augen offen halten. Ich will seinen Kopf auf einem Silbertablett haben. Wahrscheinlich fährt er gerade mit Göranssons Saab durch die Gegend. Such uns mal das Kennzeichen raus.«

Als Lisbeth Salander am Samstagnachmittag um zwei Uhr aufwachte, machte sich gerade ein Arzt an ihr zu schaffen.

»Guten Morgen«, sagte er. »Ich heiße Benny Svantesson und bin Arzt. Haben Sie Schmerzen?«

»Ja«, antwortete Lisbeth.

»Sie bekommen gleich ein Schmerzmittel. Aber zuerst möchte ich Sie untersuchen.«

Er drückte und zupfte und fingerte an ihrem geschundenen Körper herum. Lisbeth war ziemlich gereizt, beschloss aber, in Anbetracht ihrer Erschöpfung, lieber den Mund zu halten, statt den Aufenthalt im Sahlgrenska-Krankenhaus mit einem Streit zu beginnen.

»Und, wie sieht's aus?«, wollte sie wissen.

»Das kommt alles wieder in Ordnung«, erwiderte der Arzt und machte sich ein paar Notizen, bevor er aufstand.

Was nicht besonders aufschlussreich war.

Als er weg war, kam eine Schwester und half Lisbeth mit der Bettpfanne. Dann durfte sie weiterschlafen.

Alexander Zalatschenko alias Karl Axel Bodin nahm ein Mittagessen aus Flüssignahrung zu sich. Schon die kleinste Bewegung der Gesichtsmuskulatur verursachte ihm entsetzliche Schmerzen. An Kauen war gar nicht zu denken.

Der Schmerz war jedoch nicht so schlimm, dass er damit nicht fertigwerden konnte. Zalatschenko war an Schmerzen gewöhnt. Und es konnte sowieso nichts so furchtbar sein wie die Schmerzen, die er über Wochen und Monate gehabt hatte, nachdem er vor fünfzehn Jahren in seinem Auto wie eine Fackel gebrannt hatte. Die Nachsorge war ein einziger Marathonlauf durch endlose Qualen gewesen.

Die Ärzte waren sich einig, dass er wahrscheinlich außer Lebensgefahr war, doch musste er mit Rücksicht auf sein Alter noch ein paar Tage auf der Intensivstation bleiben.

Am Samstag bekam er Besuch von vier Personen.

Gegen zehn tauchte erneut Kriminalinspektor Erlander bei ihm auf. Diesmal hatte er diese naseweise Sonja Modig zu Hause gelassen und stattdessen den wesentlich sympathischeren Kriminalinspektor Holmberg mitgebracht. Sie stellten ungefähr dieselben Fragen zu Ronald Niedermann wie am Abend zuvor. Er hatte sich seine Geschichte zurechtgelegt und machte keinen einzigen Fehler. Als sie ihm mit Fragen zu seiner eventuellen Verwicklung in Mädchenhandel und andere kriminelle Machenschaften zusetzten, leugnete er alles. Er war ein argloser behinderter Frührentner und wusste gar nicht, wovon sie redeten. Im Übrigen schob er alles auf Ronald Niedermann und bot an, ihnen beim Auffinden des flüchtigen Polizistenmörders auf jede erdenkliche Weise zu helfen.

Natürlich war das in der Praxis keine große Hilfe. Er hatte keine Ahnung, in welchen Kreisen sich Niedermann bewegte und bei wem er wahrscheinlich Schutz suchen würde.

Gegen elf bekam er einen kurzen Besuch von einem Vertreter der Staatsanwaltschaft, der ihm offiziell mitteilte, dass er unter Verdacht stand, mitschuldig an der schweren Körperverletzung beziehungsweise dem Mordversuch an Lisbeth Salander zu sein. Geduldig setzte Zalatschenko ihm auseinander, dass er selbst Opfer eines Verbrechens geworden war und Lisbeth Salander vielmehr versucht habe, ihn zu ermorden. Die Staatsanwaltschaft bot ihm Rechtshilfe in Form eines Pflichtverteidigers an. Zalatschenko erklärte, er werde darüber nachdenken.

Was er jedoch nicht wirklich vorhatte. Er hatte bereits einen Anwalt, und den hatte er am Morgen gleich als Erstes angerufen und gebeten, sich umgehend bei ihm einzufinden. Martin Thomasson war daher der dritte Gast an seinem Krankenbett. Mit unbekümmerter Miene kam er hereingeschlendert, fuhr sich mit der Hand durch den dichten blonden Haarschopf, rückte sich die Brille zurecht und gab seinem Mandanten die Hand. Er setzte allmählich ein bisschen Fett an und war äußerst charmant. Zwar verdächtigte man ihn, Handlanger der jugoslawischen Mafia zu sein, und tatsächlich ermittelte man in dieser Sache noch, aber dafür hatte er auch den Ruf, seine Fälle grundsätzlich zu gewinnen.

Er war Zalatschenko vor fünf Jahren von einem Geschäftsfreund empfohlen worden, als er gewisse Fonds umstrukturieren musste, die an eine kleine Anlagefirma in Liechtenstein gebunden waren, die ihm gehörte. Um dramatische Summen ging es dabei nicht, aber Thomasson hatte die Sache außerordentlich geschickt gehandhabt, und Zalatschenko war um eine Besteuerung herumgekommen. Daraufhin hatte er Thomassons Dienste noch mehrfach in Anspruch genommen. Thomasson war durchaus klar, dass das Geld aus kriminellen Tätigkeiten stammte, doch das schien ihn nicht weiter zu bekümmern. Schließlich hatte Zalatschenko beschlossen, seine sämtlichen Tätigkeiten unter einer einzigen großen Firma zusammenzufassen, die ihm und Niedermann gehören sollte. Er hatte dem Anwalt angeboten, der dritte stille Teilhaber der Firma zu werden und sich um ihre finanziellen Angelegenheiten zu kümmern. Ein Angebot, das Thomasson ohne Umschweife angenommen hatte.

»Na, Herr Bodin, das sieht ja nicht allzu gut aus.«

»Ich bin einem Mordversuch zum Opfer gefallen«, sagte Zalatschenko.

»Eine gewisse Lisbeth Salander, wenn ich das richtig verstanden habe.«

Zalatschenko senkte die Stimme.

»Unser Partner Niedermann hat alles verpfuscht, wie Sie sicher mitbekommen haben.«

»Ja, das hab ich gehört.«

»Die Polizei verdächtigt mich, in die Sache verwickelt zu sein …«

»Was Sie selbstverständlich nicht sind. Sie sind ein Opfer, und es ist wichtig, dass wir uns sofort darum kümmern, dieses Bild in den Medien zu verankern. Fräulein Salander hat ihren

Teil an Negativschlagzeilen ja schon gehabt ... Ich werde das in die Hand nehmen.«

»Danke.«

»Aber lassen Sie mich noch einmal betonen, dass ich kein Fachanwalt für Strafrecht bin. Hier werden Sie die Hilfe eines Spezialisten brauchen. Ich werde Ihnen einen Anwalt besorgen, dem Sie vertrauen können.«

Der vierte Besuch des Tages traf um elf Uhr abends ein und konnte sich an den Schwestern vorbeischummeln, indem er seinen Ausweis vorzeigte und behauptete, ein dringendes Anliegen zu haben. Man führte ihn zu Zalatschenkos Zimmer. Der Patient lag immer noch wach und grübelte.

»Mein Name ist Jonas Sandberg«, begrüßte ihn der Besucher und hielt ihm eine Hand hin, die Zalatschenko gänzlich ignorierte.

Der Mann war um die 35. Sein Haar war sandfarben, und er trug eine Jeans, ein kariertes Hemd sowie eine Lederjacke. Zalatschenko musterte ihn schweigend.

»Ich hatte mich schon gefragt, wann einer von Ihnen hier auftauchen würde.«

»Ich arbeite für die SiPo«, erklärte Jonas Sandberg und zeigte seinen Ausweis.

»Wohl kaum«, gab Zalatschenko zurück.

»Bitte?«

»Sie sind vielleicht dort angestellt, aber Sie arbeiten wohl kaum für sie.«

Sandberg schwieg ein Weilchen und sah sich im Zimmer um. Dann zog er sich einen Besucherstuhl ans Bett.

»Ich komme so spät, weil ich keine Aufmerksamkeit erregen will. Wir haben besprochen, wie wir Ihnen helfen können, und müssen entscheiden, wie es jetzt weitergeht. Ich bin gekommen, um mir Ihre Version anzuhören und Ihre Absichten zu verstehen, damit ich eine Strategie erarbeiten kann.«

»Und was haben Sie sich gedacht, wie diese Strategie aussehen soll?«

Nachdenklich betrachtete Jonas Sandberg den Mann im Krankenhausbett. Schließlich hob er ratlos die Hände.

»Herr Zalatschenko … ich befürchte, dass hier ein Prozess in Gang gesetzt worden ist, dessen Folgen noch gar nicht absehbar sind. Wir haben die Situation besprochen. Das Grab in Gosseberga und die Tatsache, dass dreimal auf Lisbeth Salander geschossen wurde – das lässt sich schwerlich uminterpretieren. Aber noch ist nicht alle Hoffnung verloren. Der Konflikt zwischen Ihrer Tochter und Ihnen kann erklären, warum Sie solche Angst vor ihr hatten und zu drastischen Maßnahmen gegriffen haben. Aber ich befürchte doch, ganz ohne eine Gefängnisstrafe wird es nicht abgehen.«

Plötzlich war Zalatschenko richtig vergnügt. Beinahe hätte er losgeprustet, aber das war in seinem derzeitigen Zustand ja schlecht möglich. Daher blieb es bei einem schwachen Kräuseln seiner Lippen. Alles andere hätte zu sehr wehgetan.

»Das ist also unsere gemeinsame Strategie?«

»Es geht hier um Schadensbegrenzung, Herr Zalatschenko. Wir müssen unbedingt eine gemeinsame Lösung finden. Wir werden alles tun, was in unserer Macht steht, um Ihnen zu helfen, aber wir brauchen Ihre Mitarbeit und gewisse Garantien.«

»Die Garantie können Sie haben. Sie werden dafür sorgen, dass sich die ganze Angelegenheit in Luft auflöst.« Er machte eine ausholende Handbewegung. »Niedermann ist Ihr Sündenbock, und ich kann Ihnen garantieren, dass er nicht gefunden wird.«

»Es gibt aber kriminaltechnische Beweise, dass …«

»Ich scheiße auf Ihre kriminaltechnischen Beweise. Es kommt nur darauf an, wie die Ermittlungen geführt werden und wie man die Fakten präsentiert. Meine Garantie sieht folgendermaßen aus: Wenn diese Sache nicht bald vom Tisch ist, werde ich die Medien zu einer Pressekonferenz einladen. Ich kenne die Namen, die Daten, die Vorfälle. Ich brauche Sie wohl kaum daran zu erinnern, wer ich bin.«

»Sie verstehen nicht ganz ...«

»Ich verstehe sogar sehr gut. Sie sind nichts weiter als ein Laufbursche. Richten Sie Ihrem Chef einfach meine Worte aus. Richten Sie ihm aus, dass ich von allem Kopien besitze. Ich kann sie problemlos ruinieren.«

»Wir müssen versuchen, zu einer Einigung zu kommen.«

»Das Gespräch ist beendet. Raus mit Ihnen. Und sagen Sie ihnen, dass sie mir nächstes Mal einen Erwachsenen vorbeischicken sollen, mit dem ich wirklich etwas besprechen kann.«

Zalatschenko wandte den Kopf ab, damit er keinen Augenkontakt mit seinem Besucher mehr hatte. Jonas Sandberg betrachtete ihn noch einen Moment lang. Dann zuckte er mit den Schultern und stand auf. Als er schon fast an der Tür war, hörte er noch einmal Zalatschenkos Stimme:

»Eines noch.«

Sandberg drehte sich um.

»Salander.«

»Was ist mit ihr?«

»Sie muss verschwinden.«

»Wie meinen Sie das?«

Sandberg sah einen Moment lang so besorgt aus, dass Zalatschenko trotz des stechenden Schmerzes im Kiefer lächeln musste.

»Ich verstehe, dass ihr Memmen zu feige seid, um sie zu töten, und wahrscheinlich habt ihr auch keinen Mann, den ihr dafür abstellen könntet. Wer sollte das schon sein ... Sie etwa? Aber sie muss verschwinden. Ihre Zeugenaussage muss für ungültig erklärt werden. Sie muss einfach lebenslang in einer Anstalt untergebracht werden.«

Lisbeth Salander hörte die Schritte im Flur vor ihrem Zimmer. Den Namen Jonas Sandberg bekam sie nicht mit, und seine Schritte hatte sie noch nie gehört.

Doch ihre Tür hatte den ganzen Abend offen gestanden, weil die Krankenschwestern alle zehn Minuten bei ihr hereinschauten. Sie hatte also gehört, wie er einer Krankenschwester direkt vor ihrem Zimmer erklärte, dass er Herrn Karl Axel Bodin in einer dringenden Angelegenheit sprechen müsse. Dann bekam sie mit, wie er sich auswies, aber weder war ein Name gefallen, noch hatte sie einen Hinweis darauf erhalten, womit er sich eigentlich auswies.

Die Schwester hatte ihn gebeten zu warten, während sie in Bodins Zimmer ging, um nachzusehen, ob er noch wach war. Lisbeth Salander folgerte daraus, dass der Besucher wohl ein überzeugendes Dokument vorgelegt hatte.

Außerdem konnte sie feststellen, dass die Krankenschwester auf dem Flur nach links ging und siebzehn Schritte brauchte, um ihr Ziel zu erreichen. Für dieselbe Strecke brauchte der männliche Besucher anschließend vierzehn Schritte. Das ergab einen Mittelwert von fünfzehneinhalb Schritten. Die Schrittlänge schätzte sie auf sechzig Zentimeter, was, multipliziert mit fünfzehneinhalb, bedeutete, dass Zalatschenko in einem Zimmer lag, das neunhundertdreißig Zentimeter links von ihrem Zimmer lag. Also knappe zehn Meter. Sie schätzte die Breite ihres eigenen Zimmers auf ungefähr fünf Meter, sodass Zalatschenko sich also zwei Türen weiter befinden müsste.

Den grünen Ziffern der Digitaluhr auf dem Nachttisch zufolge dauerte der Besuch ziemlich genau zehn Minuten.

Zalatschenko lag noch lange wach, nachdem Jonas Sandberg ihn verlassen hatte. Er nahm an, dass das nicht sein richtiger Name gewesen war, denn schwedische Amateurspione hatten seiner Erfahrung nach die fixe Idee, dass sie einen Decknamen benutzen mussten, auch wenn das nicht im Mindesten erforderlich war. In diesem Fall war Jonas (oder wie auch immer er nun heißen mochte) das erste Anzeichen dafür, dass die Sektion Notiz von seiner Lage genommen hatte. Bei diesem Medieninteresse war das ja auch kaum zu vermeiden. Der Besuch bestätigte ihm jedoch auch, dass die Situation Anlass zu größter Sorge gab.

Er wog die Vor- und Nachteile ab, ging jede Menge Möglichkeiten durch und verwarf Alternativen. Ihm war völlig klar, dass die Dinge katastrophal schiefgelaufen waren. Eigentlich hätte er in diesem Moment zu Hause in Gosseberga sitzen sollen, Ronald Niedermann wäre im Ausland in Sicherheit und Lisbeth Salander in einem Erdloch vergraben. Es war ihm ein völliges Rätsel, wie sie es geschafft hatte, sich aus ihrem Grab zu befreien, sich zu seinem Hof zu schleppen und sein Leben mit zwei Axthieben zu zerstören. Sie war so wahnsinnig zäh.

Hingegen wusste er nur zu gut, was mit Ronald Niedermann passiert und warum er um sein Leben gerannt war, statt kurzen Prozess mit Salander zu machen. Zalatschenko wusste, dass da in Niedermanns Kopf etwas nicht ganz richtig war – dass er Gespenster sah. Mehr als einmal hatte er schon eingreifen müssen, wenn Niedermann jeden gesunden Menschenverstand verlor und sich vor Schreck zusammenrollte wie ein Embryo.

Das machte Zalatschenko Sorgen. Er war überzeugt davon, dass Niedermann am Tag nach seiner Flucht aus Gosseberga wieder einwandfrei funktioniert hatte, denn er war ja immer noch nicht gefasst worden. Wahrscheinlich würde er versuchen, sich nach Tallinn durchzuschlagen, wo er bei Zalatschenkos kriminellem Imperium Unterschlupf finden konnte. Jedoch ließ sich nie vorhersehen, wann Niedermann vor Furcht wieder wie gelähmt sein würde, und das war natürlich sehr beunruhigend. Wenn ihm das auf der Flucht passierte, würde er Fehler machen, und wenn er Fehler machte, würde er ins Gefängnis wandern. Doch würde er sich niemals freiwillig ergeben, was bedeutete, dass Polizisten sterben mussten und Niedermann höchstwahrscheinlich auch.

Dieser Gedanke betrübte Zalatschenko. Er wollte nicht, dass Niedermann starb. Niedermann war sein Sohn. Andererseits war es eine bedauerliche Tatsache, dass er nicht lebendig erwischt werden durfte. Niedermann war noch nie in Untersuchungshaft gewesen, und Zalatschenko konnte nicht absehen, wie er bei einer Vernehmung reagieren würde. Er hatte allerdings den Verdacht, dass Niedermann in diesem Fall leider nicht den Mund halten würde. Daher wäre es eher von Vorteil, wenn er von der Polizei getötet würde. Freilich würde Zalatschenko um seinen Sohn trauern, aber die Alternative sah noch schlimmer aus. Denn dann würde Zalatschenko selbst den Rest seines Lebens hinter Gittern verbringen.

Aber mittlerweile waren achtundvierzig Stunden vergangen, seit Niedermann geflohen war, und er war immer noch nicht gefasst worden. Das war gut. Das war ein Zeichen, dass Niedermann funktionierte, und ein funktionierender Niedermann war unschlagbar.

Auf lange Sicht gab es jedoch noch eine andere Sorge. Er fragte sich, wie Niedermann allein klarkommen würde, wenn sein Vater nicht mehr da war, um ihn im Leben anzuleiten. Im Laufe der Jahre hatte Zalatschenko beobachten können, dass Niedermann in eine völlig teilnahmslose, passive Haltung abglitt und jede Entschlossenheit verlor, sobald man ihm keine Anweisungen mehr gab oder ihn an der langen Leine ließ.

Zum soundsovielten Mal stellte Zalatschenko fest, dass es schade war und eine echte Schande, dass sein Sohn diese Eigenschaften hatte. Ronald Niedermann war zweifellos ein sehr talentierter Mensch, dessen körperliche Eigenschaften ihn obendrein zu einem erschreckenden und gefürchteten Menschen machten. Außerdem konnte er hervorragend organisieren. Sein Problem war einfach die fehlende Selbstständigkeit. Ständig brauchte er jemanden, der ihm sagte, was er tun sollte.

Aber all das entzog sich momentan Zalatschenkos Einfluss. Jetzt ging es um ihn selbst. Seine Situation war prekär, vielleicht prekärer als je zuvor.

Den Besuch seines Anwalts Thomasson hatte er nicht als besonders beruhigend empfunden. Thomasson war und blieb ein Firmenjurist, und so effektiv er auf seinem Gebiet auch sein mochte, so war er ihm in dieser Lage nicht gerade die größte Stütze.

Das andere war Jonas Sandbergs Besuch. Sandberg konnte ihm eine wesentlich stärkere Rettungsleine zuwerfen. Aber diese Rettungsleine konnte sich jederzeit als Schlinge entpuppen. Kontrolle war alles.

Und schließlich konnte er auch noch auf seine eigenen Kräfte vertrauen. Im Moment brauchte er noch medizinische Behandlung. Doch in ein paar Tagen, vielleicht schon in einer Woche, würde er sich wieder erholt haben. Wenn es hart auf hart ging, konnte er sich wahrscheinlich nur auf sich selbst verlassen. Er würde ein Versteck brauchen, einen Pass und Bargeld. All das konnte Thomasson ihm verschaffen. Aber zuerst musste er sich so weit erholen, dass er fliehen konnte.

Um ein Uhr sah die Nachtschwester nach ihm. Er stellte sich schlafend. Als sie die Tür wieder hinter sich zuzog, setzte er sich mühsam auf und schwang die Beine über die Bettkante. Eine ganze Weile blieb er erst mal so sitzen und probierte aus, wie es um sein Gleichgewicht bestellt war. Dann stellte er vorsichtig den linken Fuß auf den Boden. Der Axthieb hatte glücklicherweise nur sein bereits geschädigtes rechtes Bein getroffen. Er streckte die Hand nach seiner Prothese aus, die in einem Schrank neben dem Bett lag, und befestigte sie an seinem Beinstumpf. Dann stand er auf. Er legte sein ganzes Gewicht auf sein linkes, unverletztes Bein und versuchte, das rechte auf den Boden zu setzen. Als er das Gewicht langsam nach rechts verlagerte, schoss ihm ein starker Schmerz durchs Bein.

Er biss die Zähne zusammen und machte einen Schritt. Er brauchte Krücken, aber er war sicher, dass das Krankenhaus ihm sofort welche zur Verfügung stellen würde. An die Wand gestützt, hinkte er bis zur Tür. Dazu brauchte er mehrere Minuten, denn nach jedem Schritt musste er stehen bleiben und seine Schmerzen niederkämpfen.

Er stellte sich auf sein gesundes Bein, während er die Tür einen Spalt öffnete und in den Flur hinausspähte. Als er niemand sah, streckte er den Kopf noch ein Stück weiter hinaus. Von links hörte er schwache Stimmen und wandte den Kopf. Das Zimmer der Nachtschwestern lag ungefähr zwanzig Meter weiter auf der anderen Seite des Korridors.

Dann drehte er den Kopf wieder nach rechts und sah den Ausgang am Ende des Flurs.

Am Tag hatte er sich nach Lisbeth Salanders Zustand erkundigt. Immerhin war er doch ihr Vater. Doch anscheinend waren die Krankenschwestern angewiesen worden, nicht über die Patienten zu reden. Eine Schwester hatte ihm ganz neutral mitgeteilt, dass Lisbeths Zustand stabil sei. Dabei war ihr Blick jedoch unbewusst nach links geglitten.

In irgendeinem Zimmer zwischen seinem eigenen und den Räumen der Schwestern lag also Lisbeth Salander.

Vorsichtig zog er die Tür wieder zu und hinkte zurück zum Bett, wo er die Prothese wieder abnahm. Als er schließlich unter die Decke schlüpfte, war er völlig durchgeschwitzt.

Kriminalinspektor Jerker Holmberg kehrte am Sonntagmittag nach Stockholm zurück. Er war müde und hungrig und fühlte sich wie gerädert. Nachdem er mit der U-Bahn bis zum Rathaus gefahren war, ging er zu Fuß zum Polizeipräsidium in der Bergsgatan und suchte dort Jan Bublanski auf. Sonja Modig und Curt Svensson waren bereits dort. Bublanski hatte am Sonntag unvermittelt dieses Treffen einberufen, weil er wusste, dass der Leiter der Voruntersuchung, Richard Ekström, an diesem Tag anderweitig beschäftigt war.

»Danke, dass du gekommen bist«, sagte Bublanski. »Ich glaube, es wird Zeit, dass wir uns mal in aller Ruhe unterhalten, um Ordnung in dieses ganze Chaos zu bringen. Jerker, hast du etwas Neues für uns?«

»Nichts, was ich dir nicht schon am Telefon mitgeteilt hätte. Zalatschenko gibt keinen Millimeter nach. Allerdings ...«

»Ja?«

»Allerdings muss ich Sonja recht geben. Er ist einer der abscheulichsten Menschen, denen ich jemals begegnet bin. Es klingt albern, wenn man so etwas sagt. Polizisten sollten sich mit solchen Äußerungen zurückhalten, aber unter seinem kühlen Äußeren steckt etwas, was mir Angst macht.«

Bublanski räusperte sich. »Also, was wissen wir? Sonja?«

Sie lächelte kühl.

»Diese Runde geht an die Privatdetektive. Ich kann Zalatschenko in keinem öffentlichen Melderegister finden, sehr wohl aber einen Karl Axel Bodin, geboren 1942 in Uddevalla. Seine Eltern hießen Marianne und Georg Bodin. Beide kamen 1946 bei einem Unfall ums Leben. Karl Axel Bodin wuchs bei einem Onkel in Norwegen auf. Vor den 70er-Jahren gibt es also überhaupt keine Angaben zu ihm, dann zog er wieder nach Schweden. Mikael Blomkvists Behauptung, er sei ein ehemaliger russischer Agent, scheint nicht nachweisbar zu sein, aber ich bin geneigt, ihm zu glauben.«

»Und was bedeutet das?«

»Dass er offenbar eine falsche Identität bekommen hat. Und das muss mit Einverständnis der Behörden geschehen sein.«

»Die SiPo?«

»Das behauptet Blomkvist. Wie das genau gelaufen ist, weiß ich nicht. Das würde voraussetzen, dass die Geburtsurkunde und eine ganze Reihe anderer Papiere gefälscht und die gefälschten Informationen in die öffentlichen schwedischen Register eingetragen werden mussten. Ich wage nicht, mich zur Legalität dieses Unterfangens zu äußern. Wahrscheinlich kommt es darauf an, wer so einen Beschluss fasst. Und in diesem Fall musste er fast auf Regierungsniveau gefallen sein.«

Eine kompakte Stille legte sich über Bublanskis Dienstzimmer, während die vier Kriminalinspektoren über die Implikationen dieser Vermutung nachdachten.

»Okay«, sagte Bublanski schließlich. »Wir sind nur vier dumme kleine Bullen. Wenn hier wirklich die Regierung ihre Finger im Spiel hat, habe ich ganz bestimmt nicht vor, sie zur Vernehmung vorzuladen.«

»Hmm«, machte Curt Svensson. »Das könnte am Ende zu einer Verfassungskrise führen. In den USA kann man Regierungsmitglieder ganz normal zu einer gerichtlichen Vernehmung einbestellen. In Schweden muss man dazu den Verfassungsausschuss anrufen.«

»Wir könnten natürlich auch den Chef persönlich fragen«, schlug Jerker Holmberg vor.

»Den Chef persönlich fragen?«, echote Bublanski.

»Ich meine Thorbjörn Fälldin. Er war damals Ministerpräsident.«

»Na klar, wir statten dem ehemaligen Ministerpräsidenten einfach einen Besuch ab und fragen ihn, ob er die persönlichen Papiere eines übergelaufenen russischen Spions gefälscht hat.«

»Fälldin wohnt in Ås in der Gemeinde Härnösand. Ich bin nur ein paar Kilometer entfernt von dort aufgewachsen. Mein Vater ist in der Zentrumspartei und kennt Fälldin ganz gut. Ich habe ihn als Kind und auch als Erwachsener ein paarmal getroffen, das ist ein ganz unkomplizierter Mensch.«

Drei Kriminalinspektoren starrten Jerker Holmberg verblüfft an.

»Du kennst Fälldin«, sagte Bublanski zweifelnd.

Holmberg nickte. Bublanski spitzte die Lippen.

»Jetzt mal ehrlich ...«, fuhr Holmberg fort, »das würde doch unter Umständen eine ganze Reihe von Problemen lösen, wenn wir dem ehemaligen Ministerpräsidenten eine Erklärung entlocken können. Ich kann hochfahren und mit ihm reden. Wenn er nichts sagt, sagt er eben nichts. Und wenn er redet, sparen wir uns womöglich eine ganze Menge Zeit.«

Bublanski überdachte den Vorschlag. Dann schüttelte er den Kopf. Aus dem Augenwinkel heraus sah er, wie Sonja Modig und Curt Svensson nachdenklich nickten.

»Danke für das Angebot, aber ich glaube, wir legen diese Idee erst mal auf Eis. Zurück zu unserem Fall. Sonja.«

»Nach Blomkvists Angaben kam Zalatschenko 1976 hierher. Wenn ich das recht verstanden habe, gibt es nur eine Person, von der er diese Information bekommen haben kann.«

»Gunnar Björck«, sagte Svensson.

»Was hat Björck uns gesagt?«, wollte Jerker Holmberg wissen.

»Nicht viel. Er weist auf die Geheimhaltungspflicht hin und behauptet, ohne Genehmigung seiner Vorgesetzten könne er über gar nichts reden.«

»Und wer sind seine Vorgesetzten?«

»Diese Auskunft verweigert er.«

»Und was passiert jetzt mit ihm?«

»Ich habe ihn wegen Verstoßes gegen die Prostitutionsgesetze festgenommen. Durch Dag Svensson ist das alles hervorragend dokumentiert. Ekström hat sich ziemlich aufgeregt, aber da ich bereits Anzeige erstattet habe, würde er richtig Probleme kriegen, wenn er die Voruntersuchung jetzt ad acta legt«, erklärte Svensson.

»Aha. Verstoß gegen die Prostitutionsgesetze. Das wird wohl ein paar Tagessätze geben, schätze ich.«

»Wahrscheinlich. Aber wir haben ihn zumindest schon mal

zu fassen gekriegt und können ihn noch mal zum Verhör vorladen.«

»Jetzt sind wir also ins Revier der SiPo eingedrungen und stöbern dort herum. Das könnte gewisse Turbulenzen geben.«

»Aber die Sache ist nun mal die – nichts von dem, was geschehen ist, hätte geschehen können, wenn die Sicherheitspolizei nicht auf die eine oder andere Art darin verwickelt gewesen wäre. Möglicherweise war Zalatschenko wirklich ein russischer Spion, der ausgestiegen ist und hier politisches Asyl beantragt hat. Es ist auch möglich, dass er für die SiPo gearbeitet hat und es daher guten Grund gab, ihm eine falsche Identität und Anonymität zu verschaffen. Aber da gibt es drei Probleme: erstens der Bericht, der 1991 erstellt wurde und dazu führte, dass Lisbeth Salander gesetzeswidrigerweise eingesperrt wurde. Zweitens haben Zalatschenkos Tätigkeiten seitdem nicht mehr das Geringste mit der staatlichen Sicherheit zu tun. Zalatschenko ist ein ganz gewöhnlicher Gangster und war höchstwahrscheinlich an mehreren Morden und anderen Verbrechen beteiligt. Und drittens kann es gar keinen Zweifel daran geben, dass Lisbeth Salander auf seinem Grundstück in Gosseberga angeschossen und lebendig begraben wurde.«

»Apropos, ich würde ja zu gerne mal diesen berüchtigten Bericht lesen«, sagte Holmberg.

Bublanskis Miene verfinsterte sich.

»Ekström hat ihn am Freitag beschlagnahmt, und als ich ihn bat, ihn mir zurückzugeben, sagte er, er würde eine Kopie anfertigen, was er jedoch nie getan hat. Stattdessen rief er mich irgendwann an und erklärte, er habe mit dem Generalstaatsanwalt gesprochen, es gebe da ein Problem. Laut Staatsanwaltschaft darf der Bericht nicht verbreitet oder kopiert werden, weil er als streng geheim eingestuft wurde. Daher hat der Staatsanwalt alle Kopien einkassiert, bis die Sache geklärt ist. Das bedeutete, dass auch Sonja ihre Kopie abliefern musste.«

»Wir haben diesen Bericht also nicht mehr vorliegen?«

»Nein.«

»Verdammt«, sagte Holmberg. »Das sieht mir alles gar nicht gut aus.«

»Nein«, stimmte Bublanski zu. »Aber vor allem bedeutet es, dass jemand gegen uns arbeitet, und zwar äußerst schnell und effektiv. Dieser Bericht hatte uns ja überhaupt erst auf die richtige Spur gebracht.«

»Dann müssen wir jetzt herausfinden, wer da gegen uns arbeitet«, meinte Holmberg.

»Moment mal«, unterbrach Sonja Modig. »Da wäre doch auch noch Peter Teleborian. Er hat mit einem Profil von Lisbeth Salander zu unseren eigenen Ermittlungen beigetragen.«

»Ganz genau«, bestätigte Bublanski mit finsterem Unterton. »Und was hat er gesagt?«

»Er habe sich die größten Sorgen um ihre Sicherheit gemacht und wolle nur ihr Bestes. Aber nachdem dieses ganze Gewäsch abgehakt war, fing er plötzlich an, sie sei gefährlich und würde uns höchstwahrscheinlich Widerstand leisten. Wir haben einen guten Teil unserer Überlegungen auf seinem Urteil aufgebaut.«

»Und Hans Faste hat er auch ordentlich Dampf gemacht«, fügte Holmberg hinzu. »Habt ihr übrigens was von Faste gehört in letzter Zeit?«

»Der hat sich krank geschrieben«, erwiderte Bublanski kurz. »Jetzt stellt sich die Frage, wie wir weiter verfahren wollen.«

In den nächsten zwei Stunden diskutierten sie über verschiedene Möglichkeiten. Doch der einzige praktische Entschluss, der gefasst wurde, war der, dass Sonja Modig am nächsten Tag nach Göteborg zurückfahren sollte, um sich zu erkundigen, ob Lisbeth Salander irgendetwas zu sagen habe. Als sie schließlich aufbrachen, gingen Sonja Modig und Curt Svensson gemeinsam in die Garage hinunter.

»Mir fiel nur gerade ein …« Svensson hielt mitten im Satz inne.

»Ja?«, hakte Modig nach.

»Mir fiel nur gerade ein, dass du, als wir mit Teleborian geredet haben, die Einzige in der Gruppe warst, die Fragen gestellt und Einwände vorgebracht hat.«

»Stimmt.«

»Tja … also … guter Instinkt«, sagte er.

Svensson war nicht unbedingt dafür bekannt, großzügig mit Lob umzugehen, und dies war definitiv das erste Mal, dass er etwas Positives oder Ermutigendes zu ihr gesagt hatte. Er ließ die verdutzte Sonja Modig vor ihrem Auto stehen.

5. Kapitel
Sonntag, 10. April

Mikael Blomkvist hatte die Nacht mit Erika Berger im Bett verbracht. Sie hatten keinen Sex gehabt, sondern nur nebeneinander gelegen und geredet. Ein Großteil dieses Gesprächs hatte sich um die Details der Zalatschenko-Geschichte gedreht. Das Vertrauen zwischen Mikael und Erika war so groß, dass er sich keine Sekunde lang von ihrem Wechsel zu einer konkurrierenden Zeitung stören ließ. Und Erika selbst hatte auch nicht die mindeste Absicht, sich diese Geschichte bei ihrem neuen Arbeitgeber zunutze zu machen. Das war *Millenniums* Sensationsstory, und vielleicht war sie ein wenig frustriert darüber, dass sie nicht mehr Chefredakteurin sein würde, wenn dieses Heft herauskam. Das wäre ein fulminanter Schlusspunkt ihrer Karriere bei *Millennium* gewesen.

Sie unterhielten sich auch über die Zukunft und was die neue Situation für sie bedeuten würde. Erika war fest entschlossen, Teilhaberin bei *Millennium* und auch im Führungskreis zu bleiben. Dennoch begriffen beide, dass sie natürlich keine Einsicht in die laufende redaktionelle Arbeit mehr nehmen durfte.

»Gib mir ein paar Jahre beim Morgen-Drachen ... und wer weiß, vielleicht komme ich ja kurz vor meiner Rente wieder zu *Millennium* zurück«, sagte sie.

Dann besprachen sie noch ihr eigenes kompliziertes Verhältnis. Sie waren sich einig, dass sich daran in der Praxis nichts ändern sollte, abgesehen davon, dass sie sich in Zukunft natürlich nicht mehr so oft treffen würden. Es würde wieder sein wie in den 80er-Jahren, bevor sie *Millennium* gründeten und noch getrennte Arbeitsplätze hatten.

»Dann müssen wir uns wahrscheinlich Termine geben«, meinte Erika und lächelte schwach.

Am Sonntagmorgen verabschiedeten sie sich eilig, bevor Erika zu ihrem Mann Greger Backman nach Hause fuhr.

»Ich weiß nicht, was ich sagen soll«, meinte Erika. »Aber ich kenne die Anzeichen: Du steckst mal wieder bis über beide Ohren in einer deiner Storys, und alles andere kommt an zweiter Stelle. Weißt du, dass du dich manchmal wie ein Psychopath aufführst, wenn du arbeitest?«

Mikael umarmte sie lächelnd.

Als sie gegangen war, rief er als Erstes im Sahlgrenska-Krankenhaus an und versuchte herauszubekommen, wie es Lisbeth ging. Niemand wollte ihm etwas sagen. Schließlich rief er Kriminalinspektor Marcus Erlander an, der sich erbarmte und ihm erklärte, dass Lisbeths Zustand, gemessen an den Umständen, gut sei und die Ärzte vorsichtigen Optimismus ausdrückten. Als Mikael fragte, ob er Lisbeth besuchen dürfe, erwiderte Erlander jedoch, dass sie auf Beschluss des Staatsanwalts in Untersuchungshaft sei und keinen Besuch empfangen dürfe. Ihr Zustand ließe ohnehin noch kein Verhör zu. Mikael rang Erlander das Versprechen ab, ihn anzurufen, falls sich ihr Zustand verschlechtern sollte.

Als Mikael die Liste der eingegangenen Anrufe auf seinem Handy studierte, zählte er zweiundvierzig unbeantwortete Anrufe und eine SMS von diversen Journalisten, die verzweifelt versuchten, ihn zu erreichen. Die Neuigkeit, dass er Lisbeth Salander gefunden und den Notarzt alarmiert hatte und dass er damit aufs Engste mit den Ereignissen verknüpft war, hatte in den letzten vierundzwanzig Stunden für dramatische Spekulationen in den Medien gesorgt.

Mikael löschte sämtliche Nachrichten, die ihm die Reporter hinterlassen hatten. Stattdessen telefonierte er mit seiner Schwester Annika und verabredete sich mit ihr zum Mittagessen.

Dann rief er Dragan Armanskij an, den Geschäftsführer und operativen Chef des Sicherheitsunternehmens Milton Security. Er erreichte ihn auf dem Handy in seiner Wohnung in Lidingö.

»Sie haben auf jeden Fall ein Talent, für Schlagzeilen zu sorgen«, bemerkte Armanskij trocken.

»Entschuldigen Sie, dass ich Sie diese Woche nicht schon eher angerufen habe. Ich habe eine Mitteilung bekommen, dass Sie mich suchen, aber ich hatte nicht so wirklich Zeit …«

»Wir hatten hier bei Milton unsere eigenen Ermittlungen laufen. Und ich wusste durch Holger Palmgren, dass Sie über gewisse Informationen verfügten. Aber wie es aussieht, waren Sie uns meilenweit voraus.«

Mikael zögerte kurz, wie er sein Anliegen vorbringen sollte.

»Kann ich Ihnen vertrauen?«, fragte er.

Armanskij schien einigermaßen verblüfft über die Frage.

»In welcher Hinsicht?«

»Stehen Sie auf Salanders Seite oder nicht? Kann ich mich darauf verlassen, dass Sie nur ihr Bestes wollen?«

»Ich bin ihr Freund. Wie Sie wissen, bedeutet das nicht unbedingt, dass sie auch meine Freundin ist.«

»Ich weiß. Aber ich will wissen, ob Sie bereit sind, sich in ihre Ecke des Boxrings zu stellen und sich eine Schlacht mit ihren übelsten Feinden zu liefern. Das wird ein Kampf, der sich über mehrere Runden hinziehen wird.«

Armanskij überlegte.

»Ich stehe auf ihrer Seite«, sagte er schließlich.

»Kann ich Ihnen Informationen zukommen lassen und gewisse Dinge mit Ihnen besprechen, ohne befürchten zu müssen, dass sie zur Polizei oder zu anderen Leuten durchsickern?«

»Ich kann mich nicht in kriminelle Handlungen mit hineinziehen lassen«, erklärte Armanskij.

»Das war nicht meine Frage.«

»Sie können mir absolut vertrauen, solange alles im gesetzlichen Rahmen bleibt.«

»Mehr verlange ich auch gar nicht. Wir müssen uns treffen.«

»Ich komme am Abend in die Stadt. Abendessen?«

»Nein, ich hab keine Zeit. Aber ich wäre Ihnen sehr dankbar, wenn Sie es morgen Abend einrichten könnten. Sie und ich und vielleicht noch ein paar Leute, wir sollten uns zusammensetzen und uns unterhalten.«

»Sie sind mir herzlich willkommen bei Milton. Sagen wir 18 Uhr?«

»Noch etwas ... ich treffe mich in zwei Stunden mit meiner Schwester Annika Giannini. Sie überlegt, ob sie Lisbeths Verteidigung übernehmen soll, aber sie kann selbstverständlich nicht kostenlos arbeiten. Einen Teil ihres Honorars kann ich aus eigener Tasche zahlen. Könnte Milton Security auch etwas beisteuern?«

»Lisbeth wird einen verdammt guten Fachanwalt für Strafrecht brauchen. Ihre Schwester scheint mir nicht die passende Wahl zu sein, wenn Sie entschuldigen. Ich habe schon mit dem Chefjuristen bei Milton Security gesprochen, er wird einen geeigneten Anwalt für Lisbeth finden. Ich dachte da an Peter Althin oder jemand in der Richtung.«

»Falsch. Lisbeth braucht eine ganz andere Sorte Anwalt. Sobald wir miteinander geredet haben, werden Sie verstehen, was ich meine. Aber könnten Sie Geld in ihre Verteidigung stecken, wenn es erforderlich werden sollte?«

»Ich hatte schon daran gedacht, dass Milton einen Anwalt anheuern könnte ...«

»Heißt das Ja oder Nein? Ich weiß, was mit Lisbeth passiert ist. Ich weiß ungefähr, wer dahintersteckt, und ich habe einen Angriffsplan.«

Armanskij musste lachen.

»Okay. Ich werde mir Ihren Vorschlag anhören. Wenn er mir nicht gefällt, kann ich ja immer noch einen Rückzieher machen.«

»Hast du schon über meinen Vorschlag nachgedacht, Lisbeth Salander zu vertreten?«, fragte Mikael, nachdem er seine Schwester auf die Wange geküsst hatte und sie Kaffee und belegte Brötchen vor sich stehen hatten.

»Ja. Und ich muss Nein sagen. Du weißt, dass ich nicht auf Strafrecht spezialisiert bin. Auch wenn sie von der Mordanklage freigesprochen wird, bleiben da noch jede Menge andere Anklagepunkte. Sie wird jemand brauchen, der viel massiver auftreten kann und viel mehr Erfahrung vorzuweisen hat als ich.«

»Du irrst dich. Du bist Rechtsanwältin und erwiesenermaßen eine Expertin für Frauenrechtsfragen. Ich behaupte, dass du genau die Anwältin bist, die Lisbeth braucht.«

»Mikael ... ich glaube, du verstehst nicht so richtig, was da alles mit dranhängt. Hier geht es um ein kompliziertes Verbrechen, nicht um einen einfachen Fall von Misshandlung oder sexueller Belästigung. Wenn ich mich bereit erkläre, sie zu verteidigen, kann das direkt in eine Katastrophe führen.«

Mikael lächelte.

»Ich glaube, dir entgeht da etwas ganz Wesentliches. Wenn Lisbeth zum Beispiel des Mordes an Dag und Mia angeklagt worden wäre, hätte ich einen Anwalt wie Silbersky oder einen anderen scharfen Hund angeheuert. Aber in diesem Prozess wird es um ganz andere Dinge gehen. Und in dieser Hinsicht bist du einfach die Idealbesetzung.«

Annika seufzte.

»Dann erklär mir das alles mal in Ruhe.«

Sie unterhielten sich fast zwei Stunden lang. Als Mikael mit seinen Erklärungen fertig war, hatte er Annika überzeugt. Daraufhin zog er sein Handy aus der Tasche und rief noch einmal Marcus Erlander in Göteborg an.

»Hallo. Hier ist Blomkvist.«

»Ich habe keine Neuigkeiten über Salander«, sagte Erlander leicht gereizt.

»So wie die Dinge liegen, ist das schon eine gute Nachricht. Aber ich habe Neuigkeiten für Sie.«

»Ach ja?«

»Lisbeth Salander hat jetzt eine Rechtsanwältin namens Annika Giannini. Sie sitzt mir gerade gegenüber und möchte mit Ihnen sprechen.«

Mikael reichte Annika das Handy über den Tisch.

»Guten Tag. Ich heiße Annika Giannini, und man hat mich gebeten, die Verteidigung von Frau Salander zu übernehmen. Ich muss daher Kontakt mit meiner Mandantin aufnehmen können, damit sie mich als ihre Verteidigerin bestätigen kann. Außerdem brauche ich die Telefonnummer des Staatsanwalts.«

»Verstehe«, sagte Erlander. »Soweit ich weiß, hat man aber schon Kontakt zu einem Pflichtverteidiger aufgenommen.«

»Gut. Hat irgendjemand Frau Salander in dieser Sache nach ihrer Meinung gefragt?«

Erlander zögerte.

»Ehrlich gesagt hatten wir noch keine Gelegenheit, ein Wort mit ihr zu wechseln. Wir hoffen, morgen mit ihr sprechen zu können, falls ihr Zustand das zulässt.«

»Wunderbar. Dann teile ich Ihnen hiermit mit, dass Sie mich als Frau Salanders Anwältin betrachten können, bis sie Ihnen etwas Gegenteiliges sagt. Wenn ich nicht anwesend bin, dürfen Sie kein Verhör mit ihr durchführen. Sie können sie besuchen und sie fragen, ob sie mich als ihre Anwältin akzeptiert oder nicht. Ich denke, Sie haben mich verstanden.«

»Ja«, seufzte Erlander. Wie die Rechtslage eigentlich aussah, wusste er gar nicht so recht. Er überlegte kurz. »Wir möchten Frau Salander in erster Linie fragen, ob sie uns irgenwelche Informationen über den Verbleib des Polizistenmörders Ronald Niedermann geben kann. Sind Sie einverstanden, dass ich sie danach frage, auch wenn Sie nicht dabei sind?«

Annika Giannini zögerte.

»In Ordnung ... Sie können sie zu reinen Informationszwecken befragen, ob sie der Polizei helfen kann, Niedermann ausfindig zu machen. Aber Sie dürfen ihr keine Fragen stellen, die eventuelle Anklagen oder Beschuldigungen betreffen. Sind wir uns da einig?«

»Ich glaube schon.«

Marcus Erlander stand von seinem Schreibtisch auf und ging eine Treppe nach oben zur Leiterin der Voruntersuchung, Agneta Jervas. Er fasste den Inhalt seines Gesprächs mit Annika Giannini für sie zusammen.

»Ich wusste nicht, dass Salander eine Anwältin hat.«

»Ich auch nicht. Giannini ist von Mikael Blomkvist angeheuert worden. Vermutlich weiß Salander noch gar nichts davon.«

»Aber Giannini ist doch gar keine Fachanwältin für Strafrecht. Sie beschäftigt sich mit Frauenfragen. Ich habe einmal einen Vortrag von ihr besucht. Sie ist hochintelligent, aber für diesen Fall gänzlich ungeeignet.«

»Das muss Salander trotzdem selbst entscheiden.«

»Möglicherweise muss ich in ihrem eigenen Interesse dagegen Einspruch erheben. Sie braucht einen richtigen Verteidiger und nicht irgendeinen Promi, der nur in die Schlagzeilen kommen will. Hmm. Außerdem wurde Salander für geschäftsunfähig erklärt. Ich weiß nicht, wie da die entsprechenden Regelungen aussehen.«

»Was sollen wir tun?«

Agneta Jervas überlegte kurz.

»Das ist wirklich ein einziger Schlamassel hier. Ich bin nicht sicher, wer den Fall letzlich übernehmen wird, vielleicht geht er ja auch zu Ekström nach Stockholm. Aber sie braucht einen Anwalt. Okay … fragen Sie sie, ob sie Giannini haben will.«

Als Mikael gegen fünf Uhr nachmittags nach Hause kam, machte er sein iBook auf und arbeitete an dem Text weiter, den er im Hotel in Göteborg begonnen hatte. Er arbeitete sieben Stunden lang, bis er die gröbsten Lücken in der Story ausfindig gemacht hatte. Hier stand immer noch einiges an Recherche aus. Eine Frage, die er ohne die vorliegende Dokumentation nicht beantworten konnte, war die, welche Personen bei der SiPo, abgesehen von Gunnar Björck, nun eigentlich an der Verschwörung beteiligt gewesen waren, die Lisbeth Salander ins Irrenhaus befördert hatte. Er hatte auch noch nicht klären können, in welcher Beziehung Björck und der Psychiater Peter Teleborian eigentlich zueinander standen.

Gegen Mitternacht machte er seinen Computer aus und legte sich schlafen. Zum ersten Mal seit Wochen konnte er sich entspannen. Die Story hatte er weitgehend unter Kontrolle. Mochten auch noch einige Fragezeichen auftauchen, so hatte er doch schon genug Material beisammen, um eine ganze Schlagzeilenlawine loszutreten.

Einen Moment lang verspürte er den Drang, Erika Berger anzurufen und sie auf den neuesten Stand zu bringen. Doch dann fiel ihm ein, dass sie ja nicht mehr zu *Millennium* gehörte. Plötzlich konnte er doch nicht mehr so leicht einschlafen.

Der Mann mit der braunen Aktentasche stieg vorsichtig aus dem 19-Uhr-30-Zug von Göteborg nach Stockholm. Für einen Moment blieb er in der Menschenmenge stehen, um sich zu orientieren. Er hatte die Reise um acht Uhr morgens in Laholm angetreten und war zuerst nach Göteborg gefahren, wo er mit einem alten Freund zu Mittag gegessen hatte, bevor er die Reise nach Stockholm fortsetzte. Er war seit zwei Jahren nicht mehr in Stockholm gewesen und hatte eigentlich nicht vorgehabt, jemals wieder seinen Fuß in die Hauptstadt zu setzen. Obwohl er den Großteil seines Berufslebens hier verbracht hatte, fühlte er sich in Stockholm immer noch fremd, ein Gefühl, das bei jedem seiner Besuche nach der Pensionierung zugenommen hatte.

Langsam spazierte er durch den Hauptbahnhof, kaufte sich die Abendzeitungen und zwei Bananen und musterte nachdenklich zwei verschleierte muslimische Frauen, die an ihm vorbeiliefen. Er hatte nichts gegen verschleierte Frauen. Wenn die Leute sich verkleiden wollten, war das nicht sein Problem. Es störte ihn nur, dass sie sich unbedingt mitten in Stockholm verkleiden mussten.

Er schlenderte knapp dreihundert Meter weiter bis zu Freys Hotel, das sich neben Bobergs alter Post in der Vasagatan befand. In diesem Hotel wohnte er bei jedem seiner seltenen Besuche in Stockholm. Es war zentral gelegen, sauber und außerdem billig, was ihm wichtig war, weil er für die Reisekosten selbst aufkommen musste. Er hatte das Zimmer gestern gebucht und stellte sich als Evert Gullberg vor.

Sobald er auf seinem Zimmer war, ging er auf die Toilette. Mittlerweile hatte er das Alter erreicht, in dem er ziemlich häufig auf die Toilette musste. Es war schon ein paar Jährchen her, dass er eine ganze Nacht durchgeschlafen hatte, ohne aufzuwachen, weil er pinkeln gehen musste.

Anschließend nahm er seinen Hut ab, einen dunkelgrünen englischen Filzhut mit schmaler Krempe, und lockerte seine Krawatte. Mit seinen 68 Kilo bei einer Körpergröße von 1 Meter 84 war er mager und zerbrechlich. Er trug ein Sakko mit Pepitamuster und eine dunkelgraue Hose. Aus seiner braunen Aktentasche zog er zwei Hemden, einen Reserveschlips und

Unterwäsche, die er in die Kommode legte. Dann hängte er seinen Mantel und das Jackett auf Kleiderbügel und verstaute sie im Schrank hinter der Zimmertür.

Es war zu früh, um schon zu Bett zu gehen. Es war aber auch zu spät, als dass er sich noch zu einem Abendspaziergang aufraffen konnte. Also setzte er sich auf den obligatorischen Stuhl im Hotelzimmer und sah sich um. Er schaltete den Fernseher ein, drehte aber den Ton ab. Dann überlegte er, ob er die Rezeption anrufen und sich einen Kaffee bestellen sollte, beschloss aber, dass es dafür schon zu spät war. Stattdessen warf er einen Blick in die Minibar und goss sich eine kleine Flasche Johnny Walker mit Wasser ein. Er schlug die Zeitungen auf und las sorgfältig durch, was im Laufe des Tages über die Jagd auf Ronald Niedermann und den Fall Lisbeth Salander geschrieben worden war. Nach einer Weile zückte er ein Notizheft mit Ledereinband und machte sich ein paar Notizen.

Der ehemalige Ministerialdirektor der Sicherheitspolizei, Evert Gullberg, war 78 Jahre alt und offiziell seit vierzehn Jahren pensioniert. Aber so ist das eben mit alten Spionen. Sie sterben nie, sondern gleiten irgendwann einfach ins Schattenreich hinüber.

Kurz nach Kriegsende, als Gullberg 19 war, hatte er eine Karriere bei der Marine begonnen. Er leistete seinen Militärdienst als Seekadett ab und wurde danach an der Offiziersschule angenommen. Doch statt einer traditionellen Karriere zur See, wie er sie sich erwartet hatte, wurde er zum Nachrichtendienst der Marine nach Karlskrona beordert. Er verstand ohne Weiteres die Notwendigkeit dieses Nachrichtendienstes, der sich damit beschäftigte, was auf der anderen Seite der Ostsee vor sich ging. Dennoch empfand er die Arbeit als langweilig und uninteressant. Auf der Dolmetscherschule des Verteidigungsministeriums lernte er Russisch und Polnisch. Diese Sprachkenntnisse waren einer der Gründe, warum man ihn

1950 für die Sicherheitspolizei rekrutierte. Das war zu der Zeit, als noch der untadelig korrekte Georg Thulin die Organisation leitete. Als Gullberg dort anfing, belief sich das Gesamtbudget der Geheimpolizei auf 2,7 Millionen Kronen, und ihr Mitarbeiterstab umfasste genau neunundsechzig Personen.

Als Evert Gullberg 1992 offiziell in Pension ging, war das Budget der Sicherheitspolizei auf über 350 Millionen Kronen gestiegen, und er wusste gar nicht mehr, wie viele Angestellte die »Firma« eigentlich hatte.

Gullberg hatte sein Leben im geheimen Dienst seiner Majestät verbracht oder vielleicht im geheimen Dienst des sozialdemokratischen Staates. Was als Ironie des Schicksals zu betrachten war, da er stets konservativ gewählt hatte. Nur im Jahr 1991 hatte er eine Ausnahme gemacht, weil er Carl Bildt für eine realpolitische Katastrophe hielt. In jenem Jahr hatte er stattdessen resigniert für Ingvar Carlsson gestimmt. Die Jahre mit Schwedens bester Regierung hatten zugleich seine schlimmsten Befürchtungen bestätigt. Das Kabinett von Carl Bildt hatte seinen Dienst angetreten, als die Sowjetunion zusammenbrach, und seiner Meinung nach konnte kaum eine Regierung schlechter gerüstet sein, den neuen Spionagemöglichkeiten zu begegnen, die sich nun im Osten auftaten. Vielmehr beschnitt die Bildt-Regierung die Sowjetabteilung aus wirtschaftlichen Gründen und konzentrierte sich stattdessen auf das internationale Gerangel in Bosnien und Serbien – als ob Serbien jemals eine Bedrohung für Schweden darstellen könnte! Das Resultat dieser Vorgehensweise war, dass es bald keine Möglichkeiten mehr gab, langfristig Informanten in Moskau einzuschleusen. Sollte das Klima eines Tages wieder frostiger werden – für Gullberg nur eine Frage der Zeit –, würde man wieder völlig absurde politische Forderungen an die Sicherheitspolizei und den Nachrichtendienst stellen, als könnte man dort nach Bedarf Agenten aus dem Hut zaubern.

Gullberg begann seine Karriere in der Russlandabteilung der SiPo. Nach zwei Jahren am Schreibtisch machte er 1952/53 seine ersten zaghaften Schritte in der Moskauer Botschaft als Militärattaché mit Kapitänsrang. Dabei trat er in die Fußstapfen eines anderen bekannten Spions: Seinen Posten hatte nämlich ein paar Jahre zuvor der nicht ganz unbekannte Flugoffizier Stig Wennerström innegehabt.

Nach Schweden zurückgekehrt, arbeitete er zunächst für die Gegenspionage und war zehn Jahre später einer der jüngeren Sicherheitspolizisten, die Wennerström unter dem Kommando des operativen Chefs Otto Danielsson fassten und ihn einer lebenslangen Strafe auf Långholmen zuführten.

Als die Geheimpolizei 1964 unter Per Gunnar Vinge umorganisiert wurde und von da an »Sicherheitsabteilung der Reichspolizeiführung« hieß, begann auch der Mitarbeiterstab anzuwachsen. Damals war Gullberg schon seit vierzehn Jahren bei der SiPo und galt als zuverlässiger Veteran.

Gullberg hatte die Sicherheitspolizei niemals als »SiPo« bezeichnet. In offiziellen Zusammenhängen verwendete er den Ausdruck »RPF/Sich«, bei inoffiziellen Gelegenheiten »die Sicherheit«. Unter Kollegen sprach er vom »Unternehmen« oder »der Firma«. Der Grund war sehr einfach. Die wichtigste Aufgabe der Firma war jahrelang die sogenannte Personenkontrolle gewesen, also die Untersuchung und Registrierung schwedischer Mitbürger, die man kommunistischer oder landesverräterischer Ansichten verdächtigte. In der Firma wurden die Begriffe »Kommunist« und »Landesverräter« als Synonyme benutzt. Der gebräuchliche Ausdruck »SiPo« war ursprünglich von der Kommunistenzeitung *Clarté* geprägt worden, und zwar als Schimpfwort für die Kommunistenjäger der Polizei. Daher verwendete weder Gullberg noch irgendein anderer Veteran diesen Ausdruck. Er konnte beim besten Willen nicht begreifen, warum sein ehemaliger Chef P. G. Vinge seine Memoiren ausgerechnet *SiPo-Chef 1962–70* genannt hatte.

Die Umorganisierung im Jahre 1964 entschied über Gullbergs weitere Karriere.

RPF/Sich bedeutete, dass die Geheime Staatspolizei in etwas verwandelt wurde, was in den Berichten des Justizministeriums als moderne Polizeiorganisation beschrieben wurde. Doch der ständige Bedarf an neuem Personal führte zu enormen Einarbeitungsproblemen, was bei einer expandierenden Organisation zur Folge hatte, dass der Feind dramatisch verbesserte Möglichkeiten vorfand, Agenten in die Abteilung einzuschleusen. Und das wiederum bedeutete, dass die internen Sicherheitskontrollen verschärft werden mussten – die Geheimpolizei war nicht mehr der interne Klub, in dem ausschließlich ehemalige Offiziere arbeiteten, die sich alle untereinander kannten und deren Väter in der Regel schon Offiziere gewesen waren.

1963 war Gullberg von der Gegenspionage zur Personenkontrolle versetzt worden, die im Zuge der Enttarnung von Wennerström eine größere Bedeutung erlangt hatte. In dieser Zeit wurde der Grundstein für das Register gelegt, in dem gegen Ende der 60er-Jahre knapp 300 000 schwedische Bürger mit unliebsamen politischen Ansichten erfasst waren. Aber die Kontrolle schwedischer Bürger war eine Sache – eine andere war die Frage, wie die Sicherheitskontrolle bei der RPF/Sich eigentlich organisiert werden sollte.

Die Wennerström-Affäre hatte der Geheimen Staatspolizei großes Kopfzerbrechen bereitet. Wenn ein Oberst der Landesverteidigung für die Russen arbeitete – darüber hinaus war er Berater in Fragen wie Kernwaffen und Sicherheitspolitik gewesen –, konnte man da noch sicher sein, dass die Russen nicht auch ihrerseits an zentraler Stelle einen Agenten eingeschleust hatten? Wer konnte garantieren, dass die Chefs und Abteilungsleiter der Firma in Wirklichkeit nicht für die Russen arbeiteten? Kurz gesagt – wer sollte den Spionen hinterherspionieren?

Im August 1964 wurde Gullberg zu einem nachmittäglichen Treffen beim stellvertretenden Chef der Sicherheitspolizei gebeten, dem Ministerialdirektor Hans Wilhelm Francke. An diesem Treffen waren auch zwei Personen aus der Führungsebene der Firma beteiligt, der stellvertretende Amtschef und der Schatzmeister. Bevor der Tag zu Ende gegangen war, hatte Gullbergs Leben einen neuen Sinn bekommen. Er war auserwählt worden. Er hatte einen neuen Posten als Chef einer neu eingerichteten Abteilung mit dem vorläufigen Namen »Spezial-Sektion«, abgekürzt SS, angetreten. Seine erste Maßnahme bestand darin, die Abteilung auf »Spezielle Analysegruppe« umzutaufen. Doch nach wenigen Minuten wies der Schatzmeister darauf hin, dass die Abkürzung SA auch nicht wesentlich besser sei als SS. Schließlich nannte man die Organisation »Sektion für Spezielle Analyse«, SSA, im alltäglichen Gebrauch meist einfach als »Sektion« bezeichnet.

Die Sektion war Franckes Idee gewesen. Er bezeichnete sie als die hinterste Verteidigungslinie. Eine ultrageheime Gruppe, deren Mitglieder an strategischen Stellen in der Firma verteilt waren, die ansonsten aber unsichtbar blieb und weder in Berichten noch Budgetplänen auftauchte und somit auch nicht infiltriert werden konnte. Ihre Aufgabe lautete, über die Sicherheit der Nation zu wachen. Gullberg hatte die Macht, das zu ermöglichen. Er brauchte den Schatzmeister und den Amtschef, um diese versteckte Struktur zu schaffen, aber sie waren allesamt Soldaten der alten Schule und Freunde, die Dutzende von Scharmützeln mit dem Feind hinter sich hatten.

Im ersten Jahr bestand die gesamte Organisation aus Gullberg und drei handverlesenen Mitarbeitern. In den folgenden zehn Jahren wuchs die Sektion auf elf Mitglieder an, von denen zwei administrativ arbeiteten und der Rest im operativen Geschäft tätig war. Es war eine Organisation mit einer flachen Hierarchie. Gullberg war der Chef. Alle andere waren Mitarbeiter, die den Chef fast jeden Tag trafen. Effektivität wurde höher bewertet als Prestige und bürokratische Formalitäten.

Offiziell war Gullberg mehreren Leuten unterstellt, die in der Hierarchie unter dem Amtschef der Sicherheitspolizei rangierten, dem er monatlich berichten musste. Doch in der Praxis hatte Gullberg eine einzigartige Position mit außergewöhnlichen Machtbefugnissen inne. Er, und nur er, konnte beschließen, die höchsten SiPo-Führungskräfte einer genaueren Untersuchung zu unterziehen. Wenn es ihm gefiel, konnte er sogar Per Gunnar Vinges Leben unter die Lupe nehmen. (Was er auch tat.) Er konnte eigene Untersuchungen anordnen und Telefone abhören lassen, ohne seine Absichten erklären oder auch nur an höherer Stelle darüber berichten zu müssen. Sein Vorbild war die amerikanische Agentenlegende James Jesus Angleton, der eine ganz ähnliche Position bei der CIA ausfüllte und den er sogar persönlich kennenlernte.

Organisatorisch gesehen blieb die Sektion ein Mikroorganismus innerhalb der Organisation, der außerhalb, über und neben der gesamten übrigen Sicherheitspolizei agierte. Das hatte auch geografische Konsequenzen. Die Sektion hatte zwar ein Büro auf Kungsholmen, wurde aus Sicherheitsgründen aber praktisch komplett ausgelagert in eine private Elfzimmerwohnung in Östermalm. Die Wohnung wurde diskret zu einem voll ausgestatteten Büro ausgebaut, das nie unbesetzt war, da die langjährige treue Sekretärin Eleanor Badenbrink zwei von den Zimmern dieser Wohnung permanent bewohnte. Badenbrink war von unschätzbarem Wert für Gullberg, der ihr absolutes Vertrauen entgegenbrachte.

Finanziert wurde die Sektion durch einen »Sonderfonds«, tauchte aber in keinem Haushaltsplan der Sicherheitspolizei auf, der der Reichspolizeiführung oder dem Justizministerium bekannt war. Nicht einmal der Chef der RPF/Sich wusste von dieser geheimsten aller geheimen Organisationen, die den Auftrag hatte, die heikelsten aller heiklen Aufgaben zu lösen.

Als Gullberg um die 40 war, befand er sich daher in einer Situation, in der er keinem lebenden Menschen Rechenschaft ablegen musste und Untersuchungen gegen jeden Menschen anordnen konnte, der ihm gerade in den Sinn kam.

Von Anfang an war Gullberg klar, dass die Sektion für Spezielle Analyse Gefahr lief, eine politisch riskante Gruppierung zu werden. Die Arbeitsbeschreibung war, gelinde gesagt, vage gehalten, und schriftliche Zeugnisse jeder Art blieben äußerst knapp. Im September 1964 unterzeichnete Ministerpräsident Tage Erlander einen Erlass, dem zufolge für die Sektion Budgetmittel bereitgestellt werden mussten, damit sie ihre Aufgabe erfüllen konnte, besonders heikle Untersuchungen durchzuführen, die für die Reichssicherheit entscheidend waren. Das war eine von zwölf ähnlichen Maßnahmen, die der stellvertretende Chef der RPF/Sich, Hans Wilhelm Francke, während einer nachmittäglichen Sitzung durchsetzte. Das Dokument wurde umgehend als streng geheim eingestuft und zu den ebenso geheimen Akten gelegt.

Mit der Unterschrift des Ministerpräsidenten war die Sektion jedoch eine juristisch anerkannte Organisation geworden. Das erste Jahresbudget der Sektion belief sich auf 52 000 Kronen. Dass es so niedrig war, betrachtete Gullberg selbst als Geniestreich. Das bedeutete, dass die Gründung der Sektion wie eine reine Routineangelegenheit aussah.

Daneben bedeutete die Unterschrift des Ministerpräsidenten, dass er eine Gruppe anerkannt hatte, die zu »internen Personenkontrollen« berechtigt war. Dieselbe Unterschrift konnte aber auch so gedeutet werden, dass der Ministerpräsident die Gründung einer Gruppe abgesegnet hatte, die auch Kontrollen »besonders heikler Personen« außerhalb der Sicherheitspolizei durchführen durfte, zum Beispiel des Ministerpräsidenten selbst. Letzteres schuf potenziell ernste politische Probleme.

Evert Gullberg stellte fest, dass der Johnny Walker in seinem Glas zur Neige ging. Er hatte keine besondere Vorliebe für Alkohol, aber es war ein langer Tag und eine lange Reise gewesen und er fand, dass er einen Lebensabschnitt erreicht hatte, in dem es nicht mehr wichtig war, ob er sich einen oder zwei Whiskys genehmigte. Er goss sich noch eine Miniflasche Glenfiddich ein.

Die heikelste Affäre überhaupt war freilich die mit Olof Palme gewesen.

Gullberg erinnerte sich noch an jedes Detail des Wahltags 1976. Zum ersten Mal in der neueren schwedischen Geschichte gab es, durch den Sieg der Zentrumspartei, eine bürgerliche Regierung. Leider wurde Thorbjörn Fälldin Ministerpräsident und nicht Gösta Bohman, ein Mann alter Schule, der unendlich besser für den Posten geeignet gewesen wäre. Aber Hauptsache, der Sozialdemokrat Palme war geschlagen. Evert Gullberg konnte aufatmen.

Palmes Eignung zum Ministerpräsidenten war in den geheimen Korridoren der RPF/Sich mehr als einmal Gegenstand der mittäglichen Gespräche gewesen. 1969 war Per Gunnar Vinge gefeuert worden, nachdem er einen Verdacht ausgesprochen hatte, der von vielen in der Abteilung geteilt wurde – dass nämlich Palme ein Spion des KGB sein könnte. Leider hatte er dies auch gegenüber Landeshauptmann Ragnar Lassinantti geäußert, als er ihn in Norrbotten besuchte. Lassinantti hatte zweimal die Augenbrauen hochgezogen und danach die Regierungskanzlei informiert, woraufhin Vinge zu einem Einzelgespräch bestellt worden war.

Zu Gullbergs Verbitterung war die Frage nach Palmes eventuellen KGB-Kontakten nie beantwortet worden. Trotz hartnäckiger Versuche, die Wahrheit herauszufinden und die entscheidenden Beweise zu liefern – *the smoking gun* –, hatte die Sektion nie auch nur den geringsten Hinweis darauf gefunden, dass Palme sich schuldig gemacht hatte. In Gullbergs Augen deutete dieser Umstand jedoch nicht auf Palmes Unschuld hin, sondern möglicherweise darauf, dass er ein besonders verschlagener und intelligenter Spion war, der sich nicht zu den Fehlern hinreißen ließ, die andere russische Spione begangen hatten. Palme täuschte sie Jahr für Jahr. 1982 wurde die Palme-Frage noch einmal aufgegriffen, als er erneut Ministerpräsident wurde. Doch dann fielen die Schüsse am Sveavägen, und die Frage blieb auf alle Zeiten akademischer Natur.

1976 war ein problematisches Jahr für die Sektion gewesen. Innerhalb der RPF/Sich war gewisse Kritik laut geworden. In den letzten zehn Jahren hatten insgesamt fünfundsechzig Beamte der Sicherheitspolizei aufgrund angeblicher politischer Unzuverlässigkeit den Laufpass bekommen. In den meisten Fällen war die Beweislage jedoch so dürftig, dass manche Chefs in den höheren Etagen zu tuscheln begannen, die Mitarbeiter der Sektion seien paranoide Verschwörungstheoretiker.

Gullberg kochte immer noch vor Wut, wenn er an einen Mitarbeiter dachte, der 1968 in der RPF/Sich eingestellt worden war und den Gullberg schon damals als äußerst unpassende Wahl betrachtet hatte. Sein Name war Kriminalinspektor Stig Bergling, Leutnant der schwedischen Armee, der sich später als Oberst des russischen Militärnachrichtendienstes GRU erwies. In den folgenden Jahren versuchte Gullberg vier Mal, Bergling feuern zu lassen, doch jedes Mal wurden seine Vorstöße ignoriert. Erst 1977, als auch außerhalb der Sektion Misstrauen gegen Bergling aufkam, änderte sich die Lage. Da war es aber leider schon zu spät. Bergling wurde der größte Skandal in der Geschichte der schwedischen Sicherheitspolizei.

Die Kritik gegen die Sektion nahm in der ersten Hälfte der 70er-Jahre zu, und um die Mitte des Jahrzehnts hörte Gullberg mehrfach Vorschläge, das Budget solle gekürzt oder die gesamte Sektion am besten gleich abgeschafft werden.

In jenen Jahren besaß das Thema der terroristischen Bedrohung höchste Priorität, in puncto Spionage ein recht unergiebiger Bereich, bei dem man vorwiegend verwirrte Jugendliche im Visier hatte, die angeblich mit arabischen und propalästinensischen Gruppierungen zusammenarbeiteten. Es wurde also darüber diskutiert, ob die SiPo besondere Mittel erhalten sollte, um ausländische Mitbürger in Schweden zu untersuchen, oder ob das ein Aufgabenbereich war, um den sich in Zukunft ausschließlich die Auslandsabteilung kümmern sollte.

Durch diese bürokratische Diskussion entstand bei der Sektion das Bedürfnis, einen altgedienten Mitarbeiter damit zu beauftragen, die Kollegen der Auslandsabteilung verstärkt zu kontrollieren, im Grunde auszuspionieren.

Die Wahl fiel auf einen jungen Mitarbeiter, der seit 1970 in der RPF/Sich arbeitete. In seiner Freizeit war er Mitglied in einer Organisation, die sich Demokratische Allianz nannte und von den sozialdemokratischen Massenmedien als rechtsextrem beschrieben wurde. In der Sektion stellte das freilich keine Belastung dar. In der Tat waren drei andere Mitarbeiter ebenfalls Mitglieder der Demokratischen Allianz, bei deren Gründung die Sektion eine entscheidende Rolle gespielt hatte. Sie trugen sogar ein wenig zu ihrer Finanzierung bei. Durch diese Organisation wurde man auch auf den neuen Mitarbeiter aufmerksam und rekrutierte ihn für die Sektion. Sein Name war Gunnar Björck.

Für Evert Gullberg war es eine glückliche Fügung, dass genau an diesem Tag, dem Wahltag 1976, an dem Alexander Zalatschenko ins Polizeipräsidium von Norrmalm spazierte und Asyl beantragte, ausgerechnet der junge Gunnar Björck in seiner Eigenschaft als Sachbearbeiter der Auslandsabteilung den Russen in Empfang nahm. Ein Agent, der bereits mit den allergeheimsten Geheimnissen vertraut war.

Björck erfasste sofort Zalatschenkos Bedeutung, brach die Vernehmung ab und brachte den Überläufer in einem Zimmer des Hotel Continental unter. Und er alarmierte auch nicht seinen offiziellen Chef von der Auslandsabteilung, sondern rief stattdessen Evert Gullberg an. Der Anruf kam zu dem Zeitpunkt, als die Wahllokale schon geschlossen waren und alle Prognosen darauf hindeuteten, dass Palme verlieren würde. Gullberg war gerade nach Hause gekommen und schaltete seinen Fernseher ein. Zunächst hatte er gewisse Zweifel an der Nachricht, die ihm der aufgeregte Björck mitteilte. Doch dann war er zum Continental gefahren, das weniger als zweihundertfünfzig Meter von dem Hotelzimmer entfernt lag, in dem er sich jetzt befand, und übernahm das Kommando über die Zalatschenko-Affäre.

In jenem Augenblick hatte sich Gullbergs Leben von Grund auf verändert. Das Wort »Geheimhaltung« hatte einen ganz neuen Inhalt und ganz neues Gewicht erhalten.

Spontan entschied er sich dafür, Gunnar Björck in die Zalatschenko-Gruppe mit einzubeziehen. Das war ein kluger und logischer Entschluss, denn Björck wusste ja schließlich schon von Zalatschenkos Existenz. Es war besser, ihn im Boot zu haben, als ihn außen vor zu lassen und damit ein Sicherheitsrisiko einzugehen. Das bedeutete aber auch, dass Björck von seinem offiziellen Posten in der Auslandsabteilung an einen Schreibtisch in der Wohnung in Östermalm versetzt wurde.

Während der folgenden dramatischen Entwicklungen hatte Gullberg sich entschieden, von Anfang an nur eine Person in der RPF/Sich einzuweihen, nämlich den Amtschef, der schon damals Einsicht in die Tätigkeit der Sektion hatte. Der hatte ein paar Tage über die Neuigkeit nachgedacht, bevor er Gullberg erklärte, diese Affäre habe derartige Dimensionen, dass der Chef der RPF/Sich informiert werden müsse und die Regierung ebenso.

Der neue Chef der RPF/Sich hatte zu dieser Zeit zwar vage Kenntnis über die Sektion für Spezielle Analyse, aber nur eine verschwommene Vorstellung davon, womit sich die Sektion eigentlich beschäftigte. Da er aber ohnehin ein Mann war, der keine Fragen stellte, die unangenehme Antworten nach sich ziehen konnten, akzeptierte er einfach, dass es da ein Gebilde namens SSA gab, mit dem er nicht das Geringste zu tun hatte.

Es wurde also kurzerhand beschlossen, dass die Angelegenheit Zalatschenko weiterhin von der Sektion für Spezielle Analyse betreut werden sollte

Den scheidenden Ministerpräsidenten noch zu informieren war ganz ausgeschlossen. Und sein Nachfolger war vollauf damit beschäftigt, sein Kabinett zusammenzustellen und mit den anderen bürgerlichen Parteien zu verhandeln. Erst einen Monat nach der Regierungsbildung fuhr der Chef der RPF/Sich zusammen mit Gullberg nach Rosenbad und informierte den neuen Ministerpräsidenten über die Angelegenheit. Gullberg hatte bis zum Schluss dagegen protestiert, dass die Regierung überhaupt informiert werden sollte, aber der Chef der RPF/Sich blieb hart – rein verfassungstechnisch war es nicht zu verantworten, dass man den Ministerpräsidenten nicht informierte.

Fälldin war erschüttert von der Neuigkeit, dass ein russischer Topagent in Schweden Asyl beantragt hatte. Der Ministerpräsident begann zu erklären, dass er aus rein rechtlichen Gründen gezwungen war, die Sache zumindest mit den Vorsitzenden der beiden Koalitionsparteien zu besprechen. Doch Gullberg war auf diesen Einwand schon vorbereitet und spielte seinen größten Trumpf aus. Mit leiser Stimme erklärte er, wenn dem so sei, dann müsse er auf der Stelle sein Abschiedsgesuch einreichen. Das war eine Drohung, die Fälldin in der Tat beeindruckte. Das bedeutete nämlich indirekt, dass der Ministerpräsident die persönliche Verantwortung haben würde, wenn die Geschichte durchsickerte und die Russen ein Todeskommando losschickten, um Zalatschenko zu liquidieren. Und wenn die Person, die für seine Sicherheit verantwortlich war, sich notgedrungen aus dem Dienst verabschiedet hatte, dann wäre diese Enthüllung für den Ministerpräsidenten eine politische und mediale Katastrophe.

Fälldin, der noch ein wenig unsicher in seiner Rolle als Staatschef war, gab nach. Er hatte einen Erlass abgesegnet, der zu den Geheimakten wanderte und besagte, dass die Sektion für Zalatschenkos Sicherheit und Debriefing verantwortlich war und keinerlei Informationen über ihn den Raum des Ministerpräsidenten verlassen durften. Fälldin hatte damit ein Dokument unterzeichnet, das bewies, dass ihm quasi untersagt war, die Sache mit irgendjemandem zu besprechen. Kurz gesagt: Er sollte Zalatschenko vergessen.

Fälldin bestand jedoch darauf, dass noch eine weitere Person in seinem Umfeld, ein persönlich ausgewählter Staatssekretär, informiert werden und als Kontaktperson in dieser Sache fungieren sollte. Damit konnte Gullberg leben. Mit einem Staatssekretär würde er gerade noch fertig werden.

Der Chef der RPF/Sich war zufrieden. Hiermit war die Zalatschenko-Affäre verfassungsmäßig abgesichert, was zugleich bedeutete, dass er den Rücken völlig freihatte. Gullberg war ebenfalls zufrieden. Es war ihm gelungen, eine Quarantänesituation zu schaffen, in der er den Informationsfluss kontrollierte. Er, und nur er allein, kontrollierte Zalatschenko.

Als Gullberg in sein Dienstzimmer in Östermalm zurückkam, setzte er sich an seinen Schreibtisch und erstellte handschriftlich eine Liste mit den Personen, die über Zalatschenko Bescheid wussten. Darauf stand er selbst, Gunnar Björck, der operative Chef der Sektion Hans von Rottinger, der stellvertretende Chef Fredrik Clinton, die Sekretärin der Sektion Eleanor Badenbrink sowie zwei Mitarbeiter, die alle Informationen zusammenstellten und analysierten, die Zalatschenko ihnen lieferte. Insgesamt waren es sieben Personen, die in den folgenden Jahren eine besondere Sektion innerhalb der Sektion bilden sollten. Gedanklich taufte er sie die »Innere Gruppe«.

Außerhalb der Sektion war die Angelegenheit also nur dem Chef der RPF/Sich, dem stellvertretenden Chef und dem Amtschef bekannt. Daneben waren auch noch der Ministerpräsident und ein Staatssekretär informiert. Insgesamt also zwölf Personen. Noch nie war ein Geheimnis dieser Größenordnung auf eine so kleine, handverlesene Gruppe beschränkt geblieben.

Doch dann verfinsterte sich Gullbergs Laune. Das Geheimnis war noch einer dreizehnten Person bekannt geworden. Neben Björck war damals auch noch der Jurist Nils Bjurman im Büro gewesen. Doch Bjurman zu einem Mitarbeiter der Sektion zu erheben stand völlig außer Diskussion. Bjurman war kein richtiges Mitglied der Sicherheitspolizei – er war eher ein schlichter Praktikant in der RPF/Sich –, und er verfügte auch nicht über die erforderlichen Kenntnisse. Gullberg prüfte mehrere Alternativen, entschied sich dann aber dafür, Bjurman behutsam aus der ganzen Affäre hinauszubugsieren. Er drohte ihm mit lebenslanger Haft wegen Landesverrats, falls er auch nur eine Silbe über Zalatschenko ausplaudern würde. Er bestach ihn mit der Zusicherung künftiger Aufträge und zu guter Letzt mit Schmeicheleien, die Bjurmans Eitelkeit befriedigten. Er sorgte dafür, dass Bjurman eine Stellung in einer renommierten Rechtsanwaltskanzlei bekam und durch einen nicht abreißenden Strom von Aufträgen beschäftigt blieb. Das einzige Problem war, dass Bjurman so ein mittelmäßiger Mensch und Anwalt war, dass er seine Möglichkeiten einfach nicht richtig nutzen konnte. Nach zehn Jahren verließ er die Kanzlei und machte ein eigenes Büro auf, das sich im Laufe der Zeit zu einer veritablen Rechtsanwaltskanzlei mit einer Angestellten entwickelte.

In den folgenden Jahren wurde Bjurman von Gullberg diskret überwacht. Erst gegen Ende der 80er-Jahre stellte er die Überwachung ein, weil die Sowjetunion kurz vor dem Zusammenbruch stand und die Angelegenheit Zalatschenko keine Priorität mehr hatte.

Die Sektion setzte in Zalatschenko gewisse Hoffnungen, neue Aufschlüsse über das Rätsel Palme zu erlangen, eine Angelegenheit, die Gullberg unablässig beschäftigte. Palme war daher eines der ersten Themen, die Gullberg in dem langen Debriefing anschnitt.

Die Hoffnungen wurden jedoch rasch zunichtegemacht, denn Zalatschenko war nie in Schweden eingesetzt worden und besaß daher nur geringe Kenntnisse über das Land. Jedoch hatte er ein Gerücht über einen »roten Springer« gehört, einen Schweden in sehr hoher Position – womöglich ein skandinavischer Politiker –, der für den KGB arbeitete.

Gullberg stellte eine Liste mit Namen zusammen, die mit Palme in Verbindung gebracht werden konnten. Da waren Carl Lidbom, Pierre Schori, Sten Andersson, Marita Ulvskog und noch eine ganze Reihe anderer. Für den Rest seines Lebens sollte Gullberg jeden Tag auf diese Liste zurückkommen, die Antwort aber schuldig bleiben.

Plötzlich spielte auch Gullberg ganz oben mit. Man begrüßte ihn mit Respekt in den exklusiven Klubs der Auserwählten, in denen sich alle kannten und ihre persönlichen Beziehungen spielen ließen – fernab von offiziellen Kanälen und bürokratischen Regelungen. Er konnte sogar James Jesus Angleton höchstpersönlich kennenlernen und mit dem Chef des MI6 in einem diskreten Klub Whisky trinken.

Er war selbst eins von den hohen Tieren geworden.

Die Kehrseite der Medaille war, dass er von seinen beruflichen Erfolgen niemals erzählen konnte, nicht einmal in seinen posthumen Memoiren. Auch wurde er die Angst nie ganz los, dass der Feind seine Wege verfolgte und er die Russen so vielleicht unfreiwillig zu Zalatschenko führen würde.

Im ersten Jahr wohnte dieser in einer geheimen Wohnung, die der Sektion gehörte. Er tauchte in keinem Melderegister und in keinem öffentlichen Dokument auf. Innerhalb der

Zalatschenko-Gruppe glaubte man, dass noch genug Zeit bliebe, um seine Zukunft zu planen. Erst im Frühjahr 1978 bekam er einen Pass, der auf den Namen Karl Axel Bodin ausgestellt war, sowie eine mühsam zusammengeschusterte Lebensgeschichte, die von den schwedischen Meldeämtern aber nicht infrage gestellt werden würde.

Doch da war es bereits zu spät. Zalatschenko hatte nichts Besseres zu tun gehabt, als diese verdammte Hure Agneta Sofia Salander, geborene Sjölander, zu ficken, und er hatte sich ihr unbekümmert unter seinem wahren Namen vorgestellt – Zalatschenko. Gullberg dachte, der Russe sei übergeschnappt. Manchmal kam ihm der Verdacht, er wolle so schnell wie möglich enttarnt werden. Als brauchte er eine Bühne. Sonst hätte man seinen Leichtsinn nicht erklären können.

Zalatschenko ging zu Prostituierten, ließ sich volllaufen, war streitsüchtig und gewalttätig. Dreimal wurde Zalatschenko von der schwedischen Polizei wegen Trunkenheit aufgegriffen und zweimal wegen Kneipenschlägereien. Und jedes Mal musste die Sektion diskret eingreifen und dafür sorgen, dass Papiere verschwanden und Akteneinträge geändert wurden. Gullberg beauftragte Gunnar Björck damit, sich um den Überläufer zu kümmern, um das Schlimmste zu verhindern. Das war schwierig, aber es gab keine andere Alternative.

Es hätte ja auch alles gut gehen können. Zu Beginn der 80er-Jahre hatte Zalatschenko sich gefangen und begann sich anzupassen. Aber die Hure Salander gab er nie auf – und was noch schlimmer war, er war mittlerweile Vater von Camilla und Lisbeth geworden.

Lisbeth Salander.

Gullberg hatte immer ein ungutes Gefühl, wenn er diesen Namen aussprach.

Schon als die Mädchen erst neun, zehn Jahre alt waren, hatte Gullberg dunkle Vorahnungen mit dieser Lisbeth Salander gehabt. Man brauchte keinen Psychiater, um zu erkennen, dass sie nicht normal war. Gunnar Björck berichtete, dass sie Zalatschenko gegenüber trotzig, gewalttätig und aggressiv war und nicht die geringste Angst vor ihm zu haben schien. Sie sprach selten, signalisierte aber in vielfacher Weise ihre Unzufriedenheit. Sie begann, ein Problem zu werden, doch wie gigantisch dieses Problem einmal werden würde, hätte Gullberg sich in seinen wildesten Fantasien nicht ausmalen können.

Am meisten fürchtete er, dass die Situation in der Familie Salander zu einer Untersuchung durch das Sozialamt führen könnte. Immer wieder bat er Zalatschenko eindringlich, mit der Familie zu brechen und zu verschwinden. Der versprach es, hielt sein Versprechen jedoch nie. Er hatte andere Huren. Er hatte jede Menge Huren. Doch nach ein paar Monaten kehrte er immer wieder zu Agneta Sofia Salander zurück.

Dieser verfluchte Zalatschenko. Ein Spion, der sein Gefühlsleben von seinem Schwanz steuern ließ, war ein Sicherheitsrisiko. Aber es war, als stünde er über allen normalen Regeln, oder zumindest glaubte er, über allen Regeln zu stehen. Wenn er die Hure wenigstens nur gefickt hätte, ohne sie auch noch jedes Mal zu verdreschen, hätte man dies noch akzeptieren können, doch misshandelte Zalatschenko seine Freundin wiederholt aufs Schwerste. Er schien seine Bewacher regelrecht provozieren zu wollen: Er verprügelte seine Freundin immer wieder, nur um zu sehen, wie die Sektion sich abstrampelte, um alles wieder ins Lot zu bringen.

Dass Zalatschenko völlig krank im Kopf war, bezweifelte Gullberg keine Sekunde lang, aber er konnte schließlich nicht aus einer Fülle übergelaufener GRU-Agenten auswählen. Er hatte nur einen einzigen, und der war sich obendrein seines Stellenwerts bewusst.

An Warnungen fehlte es nicht. Als Lisbeth Salander gerade zwölf geworden war, hatte sie Zalatschenko mit dem Messer attackiert. Die Verletzungen waren nicht ernst, aber er wurde ins St.-Göran-Krankenhaus gebracht, und die Zalatschenko-

Gruppe musste umfassende Aufräumarbeiten leisten. Dieses Mal führte Gullberg eine sehr ernste Unterredung mit Zalatschenko, der versprach, nie wieder Kontakt mit der Familie Salander aufzunehmen. Doch nach einem halben Jahr misshandelte er Agneta Sofia Salander so schwer, dass sie für den Rest ihres Lebens in ein Pflegeheim eingewiesen werden musste.

Dass Lisbeth Salander eine mordlustige Psychopathin war, die sogar in der Lage war, eine Brandbombe zu basteln, hatte Gullberg sich allerdings nie vorstellen können. Jener Tag war ein einziges Chaos gewesen. Die Operation Zalatschenko – ja die ganze Sektion – hing am seidenen Faden. Wenn Salander redete, drohte Zalatschenko aufzufliegen. Wenn Zalatschenko aufflog, wären zum einen zahlreiche Operationen, die man in den letzten fünfzehn Jahren in Europa durchgeführt hatte, akut bedroht, zum andern bestand die Gefahr, dass die Sektion am Ende einer öffentlichen Untersuchung ausgesetzt würde. Was um jeden Preis verhindert werden musste.

Gullberg machte sich Sorgen. Gegen eine öffentliche Untersuchung der Sektion würde die sogenannte IB-Affäre, bei der ein staatlicher Nachrichtendienst seine Grenzen bei der Überwachung politisch verdächtiger Bürger weit überschritten hatte, aussehen wie eine billige Seifenoper. Wenn das Archiv der Sektion geöffnet würde, kämen diverse Umstände ans Licht, die mit der Verfassung nicht ganz in Einklang zu bringen waren. Ganz zu schweigen von ihrer langjährigen Überwachung Olof Palmes und anderer bekannter Sozialdemokraten. Wenige Jahre nach dem Palme-Mord wäre dies eine heikle Angelegenheit gewesen. Am Ende wären Ermittlungen gegen Gullberg und andere Mitglieder der Sektion eingeleitet worden. Schlimmer noch – verrückte Journalisten würden versuchen, ihnen den Palme-Mord in die Schuhe zu schieben, was zu einem weiteren Labyrinth an Enthüllungen und Anklagen führen musste. Am schlimmsten war, dass die Leitung der Sicherheitspolizei sich so stark verändert hatte, dass nicht einmal der oberste Chef der RPF/Sich von der Existenz der Sektion wusste. Den letzten Kontakt mit der RPF/Sich hatte es in jenem Jahr am Tisch des neuen stellvertretenden Amtschefs gegeben, und der war seit zehn Jahren selbst festes Mitglied der Sektion.

Unter den Mitarbeitern der Zalatschenko-Gruppe herrschte die reine Panik. Schließlich war es Gunnar Björck, der mit der Lösung kam, und zwar in Gestalt eines Psychiaters namens Peter Teleborian.

Teleborian war in einer ganz anderen Angelegenheit mit der Abteilung für Gegenspionage in Kontakt gekommen, und zwar als Berater bei der Untersuchung eines verdächtigen Industriespions.

Nach Salanders Angriff auf Zalatschenko hatte Björck angefangen, Teleborian vorsichtig als externen Berater an die Sektion zu binden. Und dieser hatte sich mehr und mehr unentbehrlich gemacht.

Die Lösung des Problems war so einfach. Karl Axel Bodin konnte in einer Rehaklinik untertauchen. Agneta Sofia Salander verschwand mit unheilbaren Hirnschäden in der Langzeitpflege. Alle polizeilichen Ermittlungsberichte wurden bei der RPF/Sich gesammelt und über den stellvertretenden Amtschef an die Sektion weitergeleitet.

Peter Teleborian hatte vor Kurzem seinen Dienst als stellvertretender Chefarzt an der psychiatrischen Kinderklinik St. Stefan in Uppsala angetreten. Nun brauchte man nur noch ein rechtspsychiatrisches Gutachten, das Björck und Teleborian gemeinsam abfassten, sowie einen kurzen, nicht besonders kontrovers diskutierten Beschluss des Amtsgerichts. Es war alles nur eine Sache der Präsentation. Die Verfassung hatte damit überhaupt nichts zu tun. Immerhin ging es ja doch um die Sicherheit des Reiches.

Und dass Lisbeth Salander geisteskrank war, konnte nicht ernsthaft bezweifelt werden. Ein paar Jahre in einer geschlossenen psychiatrischen Anstalt würden ihr sicher guttun. Gullberg nickte also und gab grünes Licht für die Operation.

Alle Puzzleteile lagen schließich an ihrem richtigen Platz. Die Sowjetunion existierte nicht mehr, und Zalatschenkos Großmachtzeit gehörte definitiv der Vergangenheit an. Sein Mindesthaltbarkeitsdatum war schon ein wenig überschritten.

Die Zalatschenko-Gruppe hatte jedoch eine großzügige Entschädigung aus einem der Fonds der Sicherheitspolizei erwirkt. Man verschaffte ihm also die bestmögliche Rehabehandlung, fuhr Karl Axel Bodin ein halbes Jahr später zum Flughafen Arlanda und drückte ihm ein einfaches Ticket nach Spanien in die Hand. Sie machten ihm klar, dass er und die Sektion ab jetzt getrennte Wege gehen würden. Das war eine von Gullbergs letzten Amtshandlungen. Eine Woche später ging er aus Altersgründen in Pension und überließ seinen Platz seinem Nachfolger Fredrik Clinton. Gullberg wurde nur noch als Berater bei schwierigen Fragen hinzugezogen. Er blieb noch drei Jahre in Stockholm, in denen er fast täglich für die Sektion arbeitete, auch wenn die Anzahl der Aufträge allmählich abnahm. Er kehrte in seinen Heimatort Laholm zurück und erledigte einen Teil der Arbeiten von zu Hause aus. In den ersten Jahren reiste er noch regelmäßig nach Stockholm, aber auch diese Reisen wurden zum Schluss immer seltener.

An Zalatschenko hatte er irgendwann überhaupt nicht mehr gedacht. Bis zu jenem Morgen, an dem er Zalatschenkos Tochter auf jedem Schlagzeilenplakat sah, weil sie des dreifachen Mordes verdächtigt wurde.

Gullberg verfolgte die Berichterstattung mit einem Gefühl der Verwirrung. Ihm war nur zu klar, dass Bjurman nicht aus Zufall Salanders rechtlicher Betreuer geworden war, aber er konnte keine unmittelbare Gefahr erkennen, dass die alte

Zalatschenko-Geschichte dadurch wieder an die Oberfläche kommen könnte. Salander war geisteskrank. Dass sie eine Mordorgie veranstaltet hatte, wunderte ihn nicht. Hingegen hatte er nicht ein einziges Mal daran gedacht, dass Zalatschenko selbst in dieses Spiel verwickelt sein könnte, bis er eines Morgens die Nachrichten sah und die Vorfälle von Gosseberga serviert bekam. Erst in diesem Moment begann er herumzutelefonieren und löste schließlich ein Zugticket nach Stockholm.

Die Sektion stand vor der schlimmsten Krise seit ihrer Gründung. Alles drohte zusammenzubrechen.

Zalatschenko schleppte sich auf die Toilette und urinierte. Seit ihm das Sahlgrenska-Krankenhaus Krücken zur Verfügung gestellt hatte, konnte er sich wieder bewegen. Er hatte den Sonntag mit kurzen Trainingseinheiten verbracht. Sein Kiefer schmerzte immer noch so bestialisch, dass er weiterhin nur Flüssignahrung zu sich nahm, doch nun konnte er immerhin aufstehen und kurze Strecken zurücklegen.

Nach fast fünfzehn Jahren mit einer Prothese war er an Krücken gewöhnt. Er übte sich in der Kunst, sich trotz Krücken lautlos fortzubewegen, und wanderte in seinem Zimmer auf und ab. Jedes Mal wenn sein rechter Fuß den Boden auch nur leicht berührte, schoss ihm ein stechender Schmerz durchs Bein.

Doch er biss die Zähne zusammen. Er dachte daran, dass Lisbeth Salander in seiner unmittelbaren Nähe lag. Er hatte den ganzen Tag gebraucht, um herauszufinden, dass sie rechts von ihm, im übernächsten Zimmer, untergebracht war.

Gegen zwei Uhr nachts, zehn Minuten nach dem letzten Besuch der Nachtschwester, war alles still. Zalatschenko stand mühsam auf und tastete nach seinen Krücken. Er ging zur Tür und horchte, konnte jedoch nichts hören. Er schob die Tür auf und trat auf den Korridor. Aus dem Schwesternzimmer drang leise Musik. Trotzdem schleppte er sich bis zum Ausgang am Ende des Flurs, machte die Tür auf und spähte ins Treppenhaus. Dort befanden sich die Fahrstühle. Er ging über den Korridor zurück. Als er an Lisbeth Salanders Zimmer vorbeikam, blieb er kurz stehen und stützte sich eine halbe Minute auf seine Krücken.

Die Schwestern hatten ihre Zimmertür nachts geschlossen. Lisbeth Salander schlug die Augen auf, als sie ein schwaches schleifendes Geräusch vom Korridor hörte, das sie nicht identifizieren konnte. Für einen Moment war es ganz still, und sie fragte sich schon, ob sie es sich nur eingebildet hatte. Nach einer halben Minute hörte sie das Geräusch wieder. Ihr Unbehagen wuchs.

Irgendwo da draußen war Zalatschenko.

Sie fühlte sich in ihrem Bett wie gefesselt. Unter ihrer Halskrause juckte es. Sie hatte solche Lust, aufzustehen. Inzwischen konnte sie sich immerhin schon im Bett aufsetzen. Sie ließ sich wieder zurücksinken und legte den Kopf aufs Kissen.

Nach einer Weile tastete sie die Halskrause ab und fand den Knopf, der sie zusammenhielt. Sie öffnete ihn und warf den Stützkragen auf den Boden. Plötzlich ließ es sich viel leichter atmen.

Sie wünschte, sie hätte eine Waffe in Reichweite gehabt oder zumindest Kraft genug, um aufzustehen und sich Zalatschenko ein für alle Mal vom Hals zu schaffen.

Schließlich stützte sie sich auf den Ellbogen, schaltete das Nachtlicht an und sah sich im Zimmer um. Doch nirgendwo konnte sie etwas entdecken, das sich als Waffe hätte verwenden lassen. Dann fiel ihr Blick auf einen Tisch, der drei Meter von ihrem Bett entfernt stand. Jemand hatte einen Bleistift darauf liegen lassen.

Sie wartete, bis die Nachtschwester ihre Runde gedreht hatte, was in dieser Nacht ungefähr alle halbe Stunde geschah. Sie deutete die abnehmende Häufigkeit dieser Besuche so, dass die Ärzte ihren Zustand für besser hielten als zu Anfang des Wochenendes, als man noch jede Viertelstunde nach ihr geschaut hatte. Sie selbst konnte keinen wesentlichen Unterschied bemerken.

Als sie wieder allein war, mobilisierte sie alle Kraft und schwang die Beine über die Bettkante. An ihrem Körper waren Elektroden befestigt, die ihren Puls und ihre Atmung maßen, aber die Kabel liefen in dieselbe Richtung, in der auch der Stift lag. Vorsichtig stand sie auf, geriet aber plötzlich ins Wanken und hätte fast das Gleichgewicht verloren. Sie tat drei schwankende Schritte, streckte die Hand aus und griff sich den Bleistift.

Dann ging sie zurück ins Bett. Sie war völlig erschöpft.

Nach einer Weile gelang es ihr, die Decke wieder über sich zu ziehen. Sie hob den Bleistift hoch und tastete nach der Spitze. Es war ein ganz gewöhnlicher Bleistift aus Holz. Frisch gespitzt, die Mine wie eine Nadel. Die konnte man schon in ein Gesicht oder ein Auge stechen.

Sie legte den Stift griffbereit neben ihre Hüfte und schlief ein.

6. Kapitel
Montag, 11. April

Am Montagmorgen stand Mikael Blomkvist um kurz nach neun auf und rief Malin Eriksson an, die gerade in die *Millennium*-Redaktion gekommen war.

»Hallo, Chefredakteurin«, sagte er.

»Ich bin total schockiert, dass Erika weg ist und ich jetzt ihre Stelle einnehmen soll.«

»Ach ja?«

»Ihr Schreibtisch sieht so leer aus.«

»Dann wäre es wohl eine gute Idee, wenn du heute in ihr Zimmer umziehen würdest.«

»Ich weiß überhaupt nicht, ob ich dieser Aufgabe gewachsen sein werde.«

»Nicht doch. Alle sind sich einig, dass du in dieser Situation die beste Wahl bist. Und du kannst jederzeit zu Christer oder zu mir kommen.«

»Danke für euer Vertrauen.«

»Ach, Quatsch«, sagte Mikael. »Arbeite einfach weiter wie immer. In der nächsten Zeit müssen wir die Probleme eben so nehmen, wie sie kommen.«

»Okay. Warum rufst du an?«

Er erklärte, dass er zu Hause bleiben und den ganzen Tag schreiben wollte. Malin wurde auf einmal klar, dass er jetzt ihr gegenüber Rechenschaft ablegte, so wie er früher – so nahm sie jedenfalls an – Erika Berger über seine Tätigkeiten informiert hatte. Von ihr wurde jetzt ein Kommentar erwartet. Oder?

»Können wir irgendwas für dich tun?«

»Nö. Im Gegenteil, wenn ich irgendwas für euch tun soll, musst du mich anrufen. Ich bin wieder an der Salander-Geschichte dran und bestimme, wie es damit weitergeht, aber in allen anderen Dingen, die die Zeitschrift betreffen, bist zu jetzt am Zug. Triff deine Entscheidungen. Ich werde hinter dir stehen.«

»Und wenn ich die falschen Entscheidungen treffe?«

»Wenn ich etwas sehe oder höre, werd ich dich darauf ansprechen. Aber das müsste schon etwas Besonderes sein. Normalerweise gibt es einfach keine Entscheidungen, die hundertprozentig richtig oder falsch sind. Du triffst deine Entscheidungen, die vielleicht nicht mit denen identisch sind, die Erika getroffen hätte. Wenn ich entscheiden müsste, würde vielleicht eine dritte Variante dabei rauskommen. Aber jetzt gelten eben deine Entscheidungen.«

»Okay.«

»Wenn du eine gute Chefin bist, wirst du die Fragen ja auch mit den anderen besprechen. In erster Linie mit Henry und Christer, danach mit mir, und zum Schluss bereden wir die kniffligeren Angelegenheiten in unserer Redaktionsversammlung.«

»Ich werde mein Bestes tun.«

»Gut.«

Er setzte sich mit seinem iBook auf den Knien aufs Wohnzimmersofa und arbeitete ohne Pause den ganzen Montag hindurch. Am Ende hatte er zwei Texte mit insgesamt einundzwanzig Seiten entworfen. Sie beschäftigten sich vor allem mit dem Mord am *Millennium*-Mitarbeiter Dag Svensson und seiner Freundin Mia Bergman – woran sie arbeiteten, warum sie erschossen wurden und wer der Mörder war. Er schätzte, dass er noch ungefähr vierzig Seiten Text für das Sommerheft produzieren musste. Und er musste entscheiden, wie er Lisbeth Salander in seinem Text charakterisieren konnte, ohne ihre Privatsphäre zu verletzen. Er wusste Dinge von ihr, die sie um nichts in der Welt an die Öffentlichkeit dringen lassen wollte.

Evert Gullberg frühstückte eine einzige Scheibe Brot und eine Tasse schwarzen Kaffee in Freys Cafeteria. Anschließend stieg er in ein Taxi, das ihn zur Artillerigatan in Östermalm brachte. Um 9 Uhr 15 klingelte er, stellte sich an der Sprechanlage vor und wurde sofort eingelassen. Als er im siebten Stock aus dem Fahrstuhl stieg, wurde er von Birger Wadensjöö, 54, in Empfang genommen. Dem neuen Chef der Sektion.

Wadensjöö war einer der jüngsten Rekruten in der Sektion gewesen, als Gullberg damals in Pension ging. Er war nicht sicher, was er von ihm halten sollte.

Er hätte sich gewünscht, dass der tatkräftige Fredrik Clinton noch im Amt wäre. Clinton war Gullbergs Nachfolger gewesen und hatte die Sektion geleitet, bis ihn Diabetes und Kreislaufprobleme im Jahr 2002 mehr oder weniger zwangen, in Pension zu gehen.

»Hallo, Evert«, sagte Wadensjöö und schüttelte seinem ehemaligen Chef die Hand. »Schön, dass du dir die Zeit genommen hast.«

»Zeit ist das Einzige, was ich im Überfluss habe.«

»Du weißt ja, wie das ist. Wir sind schlecht darin, den Kontakt mit unseren altgedienten Mitarbeitern zu halten.«

Evert Gullberg ignorierte diese Bemerkung. Er ging nach links in sein altes Dienstzimmer und setzte sich an einen runden Konferenztisch am Fenster. Wadensjöö hatte Reproduktionen von Chagall und Mondrian aufgehängt – er nahm jedenfalls an, dass Wadensjöö dafür verantwortlich war. Gullberg hatte seinerzeit Pläne von historischen Schiffen wie der

Kronan oder der *Wasa* an der Wand gehabt. Er hatte immer vom Meer geträumt und war ja tatsächlich Marineoffizier, auch wenn er nur wenige Monate seines Militärdienstes auf See verbracht hatte. Computer standen jetzt auch hier. Im Übrigen sah das Zimmer aber noch exakt so aus wie damals, als er aufgehört hatte. Wadensjöö schenkte ihm Kaffee ein.

»Die anderen kommen gleich«, sagte er. »Ich dachte, wir könnten uns erst noch ein bisschen unterhalten.«

»Wie viele aus meiner Zeit sind noch bei der Sektion?«

»Außer mir nur noch Otto Hallberg und Georg Nyström, beide hier im Büro. Hallberg geht dieses Jahr in Pension, und Nyström wird demnächst 60. Ansonsten sind die meisten Mitarbeiter neu angeworben worden. Vielleicht hast du ein paar von ihnen schon mal kennengelernt.«

»Wie viele arbeiten heute für die Sektion?«

»Wir haben alles ein bisschen umorganisiert.«

»Ach ja?«

»Heute haben wir insgesamt sieben Vollzeitmitarbeiter. Auch wir haben kürzen müssen. Aber ansonsten hat die Sektion einunddreißig Mitarbeiter. Die meisten von ihnen kommen nie hierher, sondern gehen innerhalb der Organisation einem normalen Job nach und arbeiten für uns nebenbei.«

»Einunddreißig Mitarbeiter.«

»Plus sieben. Im Grunde hast du dieses System geschaffen. Wir haben ihm nur noch weiteren Feinschliff gegeben und sprechen heute von einer internen und einer externen Organisation. Wenn wir jemand rekrutieren, wird er eine Weile vom Dienst freigestellt und von uns geschult. Um die Ausbildung kümmert sich Hallberg. Die Grundausbildung dauert sechs Wochen, draußen in der Örlogsskolan. Danach kehren sie an ihren normalen Posten in der RPF/Sich zurück, arbeiten dann aber auch für uns.«

»Aha.«

»Das ist wirklich ein großartiges System. Die meisten Mitarbeiter wissen gar nicht, wer sonst noch so dazugehört. Und hier in der Sektion nehmen wir in erster Linie die Berichte entgegen. Es gelten dieselben Regeln wie zu deiner Zeit. Wir müssen die Hierarchie flach halten.«

»Was ist mit der operativen Einheit?«

Wadensjöö runzelte die Stirn. Zu Gullbergs Zeiten hatte die Sektion eine operative Einheit unter dem Kommando des gewieften Hans von Rottinger gehabt, die aus vier Personen bestand.

»Na ja, so was haben wir nicht mehr so richtig. Rottinger ist ja vor fünf Jahren gestorben. Wir haben einen jungen Mann, der Talent für diese Art von Feldarbeit zeigt, aber normalerweise setzen wir jemand von der externen Organisation ein, wenn so etwas erforderlich wird. Außerdem ist es heutzutage ja viel komplizierter geworden, ein Telefon abhören zu lassen oder in eine Wohnung einzudringen. Mittlerweile gibt es ja auch überall Alarmanlagen.«

Gullberg nickte.

»Und euer Budget?«, wollte er wissen.

»Insgesamt verfügen wir pro Jahr über knapp elf Millionen. Ein Drittel geht für die Gehälter drauf, ein Drittel für die laufenden Kosten und ein Drittel für unsere Tätigkeiten.«

»Das Budget ist also kleiner geworden?«

»Ein bisschen. Aber wir haben ja auch weniger Personal, was bedeutet, dass das Budget im Grunde gestiegen ist.«

»Verstehe. Wie sieht denn euer Verhältnis zur Sicherheitspolizei heute aus?«

»Der Amtschef und der Schatzmeister gehören zu uns. Formal gesehen ist der Amtschef aber wohl der Einzige, der Einsicht in unsere Tätigkeit hat. Wir sind so geheim, dass wir gar nicht existieren. Aber in Wirklichkeit wissen auch ein paar stellvertretende Chefs von unserer Existenz. Sie tun ihr Bestes, um sich taub zu stellen, wenn von uns die Rede ist.«

»Verstehe. Das bedeutet also, wenn es Probleme gibt, dann erlebt die jetzige Führung der Sicherheitspolizei eine unangenehme Überraschung. Wie ist es mit der Stabsleitung und der Regierung?«

»Die Stabsleitung haben wir vor ungefähr zehn Jahren abgekoppelt. Und die Regierungen, die kommen und gehen.«

»Wir stehen also allein auf weiter Flur, wenn es Ärger gibt.«

Wadensjöö nickte.

»Das ist natürlich der Nachteil an diesem ganzen Arrangement. Aber der Vorteil liegt auf der Hand. Allerdings hat sich auch unser Aufgabengebiet verändert. Heute geht es doch vorwiegend um Terrorismusbekämpfung und vor allem um die Einschätzung der politischen Eignung gewisser Personen in Schlüsselpositionen.«

»Darum ist es schon immer gegangen.«

Es klopfte. Gullberg sah einen ordentlich gekleideten Mann um die 60 und einen jüngeren Mann in Jeans und Sakko.

»Darf ich dir Jonas Sandberg vorstellen. Er arbeitet hier seit vier Jahren und übernimmt operative Einsätze für uns. Von ihm habe ich dir vorhin ja schon erzählt. Und Georg Nyström kennst du ja von früher.«

»Hallo, Georg«, begrüßte ihn Gullberg.

Sie gaben sich die Hand. Dann wandte sich Gullberg an Jonas Sandberg.

»Und woher kommst du?«, wollte er wissen und betrachtete den jungen Mann.

»Jetzt komm ich gerade aus Göteborg«, scherzte Sandberg. »Ich hab ihn schon im Krankenhaus besucht.«

»Zalatschenko ...«, sagte Gullberg.

Sandberg nickte.

»Setzen wir uns doch, meine Herren«, forderte Wadensjöö die Kollegen auf.

»Björck«, sagte Gullberg und runzelte die Stirn, als Wadensjöö sich einen Zigarillo ansteckte. Sein Jackett hatte er mittlerweile ausgezogen und lehnte sich in seinem Stuhl am Konferenztisch zurück. Wadensjöö stellte erschrocken fest, wie unglaublich mager der alte Mann geworden war.

»Er wurde am Freitag wegen Verbrechen gegen das Prostitutionsgesetz festgenommen«, erklärte Nyström. »Es ist zwar noch keine Anklage erhoben worden, aber im Prinzip hat er schon gestanden und ist mit eingeklemmtem Schwanz wieder nach Hause geschlichen. Er wohnt draußen in Smådalarö, während er krankgeschrieben ist. Die Medien sind Gott sei Dank noch nicht auf ihn aufmerksam geworden.«

»Björck war früher einer unserer besten Männer«, sagte Gullberg. »Und er spielte eine Schlüsselrolle in der Zalatschenko-Affäre. Was ist passiert mit ihm, seit ich in Pension gegangen bin?«

»Er ist wohl einer der ganz wenigen internen Mitarbeiter, die wieder in die externe Tätigkeit zurückgegangen sind. Er war ja auch zu deiner Zeit schon viel außerhalb unterwegs.«

»Ja, er wollte sich ein wenig ausruhen und seinen Horizont erweitern. Er hat sich in den 80er-Jahren für zwei Jahre von der Sektion beurlauben lassen, während er als Attaché im Nachrichtendienst arbeitete. Seit 1976 war er quasi rund um die Uhr mit Zalatschenko beschäftigt, und es kam mir vor, als brauchte er wirklich mal eine Pause. Er war von 1985 bis 87 weg, dann kam er wieder zu uns.«

»Endgültig hat er dann 1994 bei der Sektion aufgehört, als er zur externen Organisation ging. 1996 wurde er stellvertretender Chef der Auslandsabteilung. Natürlich hat er die ganze Zeit noch Kontakt zur Sektion gehalten, und wir haben regelmäßig Gespräche geführt, ungefähr einmal pro Monat, bis in die jüngste Vergangenheit.«

»Er ist also krank.«

»Er hatte einen Bandscheibenvorfall, der ihm immer wieder

Probleme bereitet. Vor zwei Jahren war er schon mal für vier Monate krankgeschrieben. Und dann hatte er letztes Jahr im August einen Rückfall und wartet immer noch auf einen Operationstermin.«

»Und während er krankgeschrieben war, ist er zu Huren gegangen?«, fragte Gullberg.

»Ja, er ist ja unverheiratet, und wenn ich das richtig verstanden habe, hat er wohl jahrelang regelmäßig Huren aufgesucht«, erklärte Jonas Sandberg, der seit einer halben Stunde still auf seinem Platz gesessen hatte. »Ich habe Dag Svenssons Manuskript gelesen.«

»Aha. Aber kann mir mal jemand erklären, was eigentlich passiert ist?«

»Soviel wir wissen, hat Björck das ganze Karussell selbst in Gang gesetzt. Das ist die einzige Erklärung, wie der Bericht von 1991 in die Hände von Rechtsanwalt Bjurman gelangen konnte.«

»Der seine Zeit auch gerne mit Huren verbringt?«, erkundigte sich Gullberg.

»Nicht dass wir wüssten. Er taucht jedenfalls nicht in Dag Svenssons Unterlagen auf. Allerdings ist er Lisbeth Salanders rechtlicher Betreuer.«

Wadensjöö seufzte.

»Man muss wohl sagen, dass das mein Fehler war. Björck und du, ihr habt Salander 1991 ja aus dem Weg geschafft, indem sie in die Psychiatrie eingewiesen wurde. Wir hatten allerdings damit gerechnet, dass sie dort viel länger bleiben würde, aber dann bekam sie diesen Vormund, den Rechtsanwalt Holger Palmgren, dem es tatsächlich gelang, sie da rauszuholen. Sie wurde in einer Pflegefamilie untergebracht. Zu der Zeit warst du schon pensioniert.«

»Und dann?«

»Wir haben sie im Auge behalten. Ihre Schwester Camilla war inzwischen in einem Pflegeheim in Uppsala. Im Alter von

17 Jahren fing Lisbeth Salander plötzlich an, ihre Vergangenheit zu erforschen. Sie suchte Zalatschenko und graste dabei sämtliche öffentlichen Register ab, die sie finden konnte. Irgendwie – wir wissen auch nicht genau, wie sie das geschafft hat – ist sie an die Information gekommen, dass ihre Schwester Zalatschenkos Aufenthaltsort kannte.«

»Stimmt das?«

Wadensjöö zuckte die Schultern.

»Ich habe wirklich keine Ahnung. Die Geschwister hatten sich jahrelang nicht gesehen. Dann spürte Lisbeth Salander ihre Schwester auf und versuchte aus ihr herauszuholen, was sie wusste. Das Ganze endete in einem Riesenkrach und einer prächtigen Schlägerei.«

»Tatsächlich?«

»Wir behielten Lisbeth in diesen Monaten gut im Auge. Wir hatten Camilla Salander auch darüber informiert, dass ihre Schwester gewalttätig und geisteskrank sei. Sie selbst hat nach Lisbeths Besuch Kontakt mit uns aufgenommen, woraufhin wir natürlich die Beobachtung verschärft haben.«

»Ihre Schwester war also deine Informantin?«

»Camilla Salander hatte eine Todessangst vor ihrer Schwester. Doch Lisbeth Salander erweckte auch in anderer Hinsicht Aufmerksamkeit. Sie hatte mehrere Auseinandersetzungen mit den Leuten vom Sozialamt, und wir schätzten sie weiterhin als Bedrohung für Zalatschenkos Anonymität ein. Dann kam es zu diesem Vorfall in der U-Bahn.«

»Sie hat einen Pädophilen angegriffen …«

»Genau. Offensichtlich war sie gewaltbereit und psychisch gestört. Wir fanden, es wäre für alle Beteiligten das Beste, wenn sie wieder in irgendeinem Pflegeheim verschwand, und ergriffen sozusagen die günstige Gelegenheit. Fredrik Clinton und von Rottinger wurden tätig. Sie heuerten erneut Peter Teleborian an und wollten gerichtlich durchsetzen, dass Lisbeth Salander wieder in eine Anstalt eingewiesen wurde. Palmgren vertrat sie vor Gericht und schaffte es wider Erwarten, den Richter von seiner Sichtweise zu überzeugen – Lisbeth Salander wurde nicht wieder in die Psychiatrie zurückgeschickt.«

»Aber was hatte Bjurman dann mit der ganzen Geschichte zu tun?«

»Palmgren erlitt im Herbst 2002 einen Schlaganfall. Ich habe dafür gesorgt, dass Bjurman ihr rechtlicher Betreuer wurde. Wohlgemerkt – er hatte noch keine Ahnung, dass sie Zalatschenkos Tochter ist. Unser Hintergedanke war einfach der, dass Bjurman sofort Alarm schlagen sollte, wenn sie anfing, irgendetwas von Zalatschenko zu faseln.«

»Bjurman war ein Idiot. Er hätte nie etwas mit Zalatschenko zu tun haben dürfen und noch weniger mit dessen Tochter.« Gullberg sah Wadensjöö an. »Das war ein schwerer Fehler.«

»Ich weiß«, sagte Wadensjöö. »Aber damals schien es mir die richtige Idee zu sein, und ich konnte ja im Traum nicht ahnen …«

»Wo ist die Schwester heute? Camilla Salander?«

»Wir wissen es nicht. Als sie 19 war, packte sie ihre Sachen und verließ ihre Pflegefamilie. Seitdem haben wir nichts mehr von ihr gehört. Sie ist verschwunden.«

»Okay, erzähl weiter.«

»Ich habe eine Quelle bei der Polizei, die mit Staatsanwalt Ekström gesprochen hat«, erklärte Sandberg. »Der Leiter der Ermittlungen, Kriminalinspektor Bublanski, glaubt, dass Salander von Bjurman vergewaltigt worden ist.«

Gullberg musterte Sandberg mit unverhohlener Verblüffung. Dann strich er sich nachdenklich übers Kinn.

»Vergewaltigt?«, echote er.

»Bjurman hatte eine Tätowierung quer über dem Bauch: ›Ich bin ein sadistisches Schwein, ein Widerling und ein Vergewaltiger‹.«

Sandberg legte ein Farbfoto von der Obduktion auf den Tisch. Mit großen Augen betrachtete Gullberg Bjurmans Bauch.

»Und die soll ihm also Zalatschenkos Tochter verpasst haben?«

»Anders lässt es sich kaum erklären. Aber offensichtlich ist das Mädchen nicht ungefährlich. Sie ist ja auch mit diesen zwei Hooligans vom Svavelsjö MC fertig geworden.«

»Zalatschenkos Tochter«, wiederholte Gullberg. Er wandte sich an Wadensjöö. »Weißt du was, ich finde, du solltest sie für uns anheuern.«

Gullberg musste schnell hinzufügen, dass er nur einen Witz gemacht hatte, so entgeistert starrte Wadensjöö ihn an.

»Okay. Nehmen wir also mal an, dass Bjurman sie vergewaltigt und sie sich an ihm gerächt hat. Was sonst noch?«

»Der Einzige, der genau erklären könnte, was passiert ist, wäre natürlich Bjurman selbst, aber der ist tot. Im Grunde hätte er nicht wissen dürfen, dass sie Zalatschenkos Tochter war; das geht ja aus keinem öffentlichen Melderegister hervor. Aber irgendwie scheint Bjurman es doch erfahren zu haben.«

»Aber zum Teufel noch mal, Wadensjöö, sie wusste doch, wer ihr Vater war. Sie hätte es Bjurman jederzeit selbst sagen können.«

»Ich weiß. Wir ... ich habe in dieser Sache einfach nicht klar gedacht.«

»Eine unverzeihliche Schlamperei«, schimpfte Gullberg.

»Ich weiß. Ich hab mich auch selbst schon ein Dutzend Mal dafür in den Hintern getreten.«

Gullberg zupfte gereizt an seinem Ohrläppchen.

»Das sind ja alles nur Hypothesen«, sagte Georg Nyström sanft. »Jedenfalls scheint Bjurman irgendwann Kontakt mit Zalatschenko aufgenommen zu haben, um das Problem Lisbeth Salander zu lösen. Wie man weiß, hatte Zalatschenko allen Grund, seine Tochter mehr zu hassen als die meisten anderen. Und Zalatschenko wiederum übertrug die Aufgabe an den Svavelsjö MC und diesen Niedermann.«

»Aber wie hat Bjurman den Kontakt zu …« Gullberg verstummte. Die Antwort lag auf der Hand.

»Björck«, sagte Wadensjöö. »Die einzige Erklärung, wie Bjurman ihn finden konnte, ist die, dass Björck ihm entsprechende Informationen gegeben hat.«

»Verdammt«, sagte Gullberg.

Lisbeth Salander spürte ein wachsendes Unbehagen und war äußerst gereizt. Am Morgen waren zwei Schwestern gekommen und hatten ihr Bett gemacht. Dabei fanden sie sofort den Bleistift.

»Hoppla. Wie ist der denn hierhergekommen?«, sagte die eine und steckte sich den Stift in die Tasche, während Lisbeth mörderische Blicke auf sie abschoss.

Nun war sie wieder völlig unbewaffnet und obendrein so kraftlos, dass sie nicht mal protestieren konnte.

Am Wochenende war es ihr richtig übel gegangen. Sie hatte schreckliches Kopfweh und bekam starke Schmerzmittel. Durch ihre Schulter schoss ein stechender Schmerz, sobald sie eine unvorsichtige Bewegung machte oder ihr Gewicht verlagerte. Sie lag auf dem Rücken und trug eine Halskrause. Die sollte noch ein paar Tage dranbleiben, bis die Wunde am Kopf zu verheilen begann. Am Sonntag stieg ihr Fieber dann auf 38,7 Grad. Dr. Helena Endrin stellte fest, dass Lisbeth eine Infektion im Körper hatte.

Lisbeth bemerkte, dass sie abermals an ein staatliches Bett gefesselt war, auch wenn sie diesmal nicht mit Gurten festgeschnallt war. Wäre ja auch überflüssig gewesen. Sie konnte sich nicht einmal aufsetzen, geschweige denn irgendwelche Ausflüge unternehmen.

Am Montag um die Mittagszeit bekam sie Besuch von Dr. Jonasson. Er kam ihr irgendwie bekannt vor.

»Hallo. Können Sie sich noch an mich erinnern?«

Sie schüttelte den Kopf.

»Sie waren ziemlich benommen, als ich Sie nach der Operation geweckt habe. Ich habe Sie selbst operiert. Jetzt wollte ich nur mal hören, wie es Ihnen geht und ob alles in Ordnung ist.«

Lisbeth Salander sah ihn mit großen Augen an. Dass hier nicht alles in Ordnung war, lag ja wohl auf der Hand.

»Ich habe gehört, Sie haben sich in der Nacht die Halskrause abgenommen.«

Sie nickte.

»Wir haben Ihnen die nicht zum Spaß angelegt, sondern damit Sie den Kopf still halten und der Heilungsprozess in Gang kommen kann.«

Er betrachtete das schweigsame Mädchen.

»Okay«, meinte er schließlich. »Ich wollte bloß mal bei Ihnen reinschauen.«

Als er schon an der Tür war, hörte er ihre Stimme.

»Sie heißen doch Jonasson, oder?«

Er drehte sich um und lächelte sie verblüfft an.

»Richtig. Wenn Sie sich an meinen Namen erinnern können, waren Sie bei klarerem Bewusstsein, als ich dachte.«

»Und Sie haben mir die Kugel rausoperiert?«

»Genau.«

»Können Sie mir erklären, wie es mir geht? Ich bekomme hier einfach von keinem eine vernünftige Antwort.«

Er kam zurück an ihr Bett und sah ihr in die Augen.

»Sie haben Glück gehabt. Sie wurden in den Kopf geschossen, aber wie es aussieht, wurde dabei kein lebenswichtiger Bereich in Mitleidenschaft gezogen. Sie laufen im Moment noch Gefahr, eine Gehirnblutung zu erleiden. Deswegen wollen wir auch, dass Sie jetzt ganz still liegen. Sie haben eine Infektion im Körper. Der Bösewicht ist dabei wohl die Wunde an Ihrer Schulter. Vielleicht müssen wir Sie noch mal operieren, wenn wir die Infektion nicht mit Antibiotika in den Griff bekommen. Der Heilungsprozess wird noch mal eine schmerzhafte Zeit für Sie werden. Aber wie es aussieht, mache ich mir berechtigte Hoffnungen, dass Sie wieder ganz gesund werden.«

»Könnte ich Gehirnschäden zurückbehalten?«

Er zögerte, bevor er nickte.

»Ja, das Risiko besteht. Aber es deutet alles darauf hin, dass Sie Ihre Kopfverletzung gut überstehen werden. Dann gibt es natürlich noch die Möglichkeit, dass sich Narben im Gehirn bilden, die später Probleme machen könnten, wie Epilepsie zum Beispiel. Aber das ist alles Spekulation, und im Moment sieht es gut aus. Der Heilungsprozess verläuft ohne Komplikationen. Und falls Probleme auftauchen, werden wir Sie behandeln. War Ihnen diese Auskunft deutlich genug?«

Sie nickte.

»Wie lange muss ich hier noch so liegen?«

»Im Krankenhaus, meinen Sie? Es wird auf jeden Fall ein paar Wochen dauern, bis wir Sie wieder entlassen können.«

»Nein, ich meine, wie lange dauert es noch, bis ich wieder aufstehen und rumlaufen kann?«

»Das weiß ich nicht. Das kommt auf die Fortschritte bei der Heilung an. Aber Sie müssen mit mindestens zwei Wochen rechnen, bevor wir mit irgendeiner Form von Physiotherapie beginnen können.«

Sie betrachtete ihn eine Weile ernst.

»Sie haben nicht zufällig eine Zigarette dabei?«, erkundigte sie sich.

Anders Jonasson brach in Gelächter aus und schüttelte den Kopf.

»Tut mir leid. Hier ist Rauchverbot. Aber ich kann dafür sorgen, dass Sie ein Nikotinpflaster oder einen Nikotinkaugummi bekommen.«

Sie überlegte kurz, dann nickte sie.

»Wie steht es mit dem alten Scheißkerl?«

»Mit wem? Sie meinen …«

»Der, der gleichzeitig mit mir eingeliefert worden ist.«

»Scheint mir kein Freund von Ihnen zu sein. Tja, er wird überleben und ist sogar schon aufgestanden und mit Krücken rumgelaufen. Rein physisch war er schwerer verletzt als Sie, und er hat eine sehr schmerzhafte Verletzung im Gesicht. Wenn ich das richtig verstanden habe, haben Sie ihm mit der Axt ins Gesicht geschlagen.«

»Er hat versucht, mich umzubringen«, erwiderte Lisbeth leise.

»Hm. Es fällt mir schwer, mich dazu zu äußern. Außerdem muss ich jetzt gehen. Wollen Sie, dass ich wiederkomme und Sie besuche?«

Lisbeth Salander überlegte einen Moment. Dann nickte sie kurz. Als er die Tür hinter sich zugezogen hatte, blickte sie nachdenklich an die Decke. Zalatschenko hatte Krücken bekommen. Das war also das Geräusch gewesen, das sie in der Nacht von Sonntag auf Montag gehört hatte.

Als Jüngster in der Gruppe wurde Jonas Sandberg losgeschickt, um das Mittagessen zu besorgen. Als er zurückkam, brachte er Sushi und alkoholfreies Bier mit. Gullberg empfand eine gewisse Nostalgie. So war es zu seiner Zeit auch gewesen, wenn eine Operation in ihre kritische Phase eintrat und rund um die Uhr gearbeitet wurde.

Der Unterschied, so stellte er fest, bestand vielleicht nur darin, dass zu seiner Zeit niemand auf die verrückte Idee gekommen wäre, rohen Fisch zum Mittagessen zu bestellen. Er wünschte, Sandberg hätte Fleischklößchen mit Kartoffelpüree und Preiselbeeren mitgebracht. Andererseits hatte er sowieso keinen richtigen Hunger. Er aß ein Stück Brot und trank Mineralwasser.

Sie setzten die Besprechung beim Essen fort.

»Ich habe Zalatschenko nie persönlich kennengelernt«, sagte Wadensjöö. »Wie war er denn so?«

»Genauso wie heute, schätze ich«, antwortete Gullberg.

»Bestechend intelligent, mit einem fotografischen Gedächtnis für Details, aber einem widerlichen Charakter und einer Neigung zum Größenwahn, würde ich sagen.«

Sandberg legte sein Besteck hin.

»Er hat die Kontrolle. Ich habe ja schon von seinem Ultimatum erzählt. Entweder zaubern wir das Ganze vom Tisch, oder er lässt die Sektion hochgehen.«

»Wie zum Teufel sollen wir etwas ungeschehen machen, das in den Massenmedien schon derart breitgetreten worden ist?«, fragte Georg Nyström.

»Es geht hier nicht darum, was wir können und was nicht. Es geht um sein Bedürfnis, uns zu kontrollieren«, sagte Gullberg.

»Wie schätzt du die Lage ein? Glaubst du wirklich, dass er sich an die Medien wendet?«, wollte Wadensjöö wissen.

Gullberg antwortete zögerlich.

»Das ist schwer zu sagen. Wenn es ihm nützt, mit den Medien zu sprechen ... wenn er eine Amnestie oder mildernde Umstände erwirken kann, dann wird er es machen. Oder wenn er sich betrogen fühlt und uns so richtig die Hölle heißmachen will.«

»Ohne Rücksicht auf die Folgen?«

»Aber völlig ohne Rücksicht auf die Folgen. Er will nur zeigen, dass er tougher ist als wir alle zusammen.«

»Doch selbst wenn Zalatschenko redet, ist noch nicht gesagt, dass man ihm auch glaubt. Um etwas zu beweisen, bräuchten sie unser Archiv. Er kennt diese Adresse hier nicht mal.«

»Willst du das Risiko wirklich eingehen? Angenommen, Zalatschenko redet wirklich. Wer redet dann als Nächstes? Was tun wir, wenn Björck seine Geschichte bestätigt? Und Clinton an seinem Dialyseapparat ... was passiert, wenn er religiös wird und plötzlich seine Sünden beichten will? Glaub mir, wenn irgendjemand redet, dann ist es mit der Sektion zu Ende.«

»Also … was sollen wir tun?«

Am Tisch herrschte Schweigen. Gullberg nahm schließlich den Faden wieder auf.

»Das Problem hat mehrere Aspekte. Erstens können wir uns sicher sein, dass mehrere Angestellte der Sektion eine Gefängnisstrafe bekommen würden.«

»Unsere Tätigkeit ist juristisch abgesegnet, wir arbeiten faktisch im Auftrag der Regierung.«

»Red keinen Blödsinn«, schnitt Gullberg ihm das Wort ab. »Du weißt genauso gut wie ich, dass ein unklar formuliertes Papier, das Mitte der 60er-Jahre abgefasst wurde, heute keinen Pfifferling mehr wert ist. Ich würde sagen, dass keiner von uns so genau wissen will, was passiert, wenn Zalatschenko den Mund aufmacht«, fügte er hinzu.

»Also müssen wir erreichen, dass Zalatschenko weiter Stillschweigen bewahrt«, sagte Georg Nyström schließlich.

Gullberg nickte.

»Und wenn wir ihn dazu bringen wollen, Stillschweigen zu bewahren, müssen wir ihm ein substanzielles Angebot machen können. Das Hauptproblem ist seine Unberechenbarkeit. Es könnte genauso gut sein, dass er uns aus reiner Bosheit ans Messer liefern will. Wir müssen uns überlegen, wie wir ihn fürs Erste in Schach halten können.«

»In Schach halten?«, fragte Sandberg. »Er hat schließlich konkrete Forderungen gestellt.«

»Mit Salander kommen wir klar. Zalatschenko ist das Problem. Aber das führt uns zum nächsten Thema – die Schadensbegrenzung. Teleborians Gutachten von 1991 ist durchgesickert, und das ist potenziell eine genauso starke Bedrohung wie Zalatschenko.«

Georg Nyström räusperte sich.

»Als wir gemerkt haben, dass der Bericht nach draußen gelangt und bei der Polizei gelandet ist, habe ich sofort entsprechende Maßnahmen ergriffen. Mithilfe des Juristen Forelius von der RPF/Sich habe ich bei der Staatsanwaltschaft erwirkt, dass der Bericht von der Polizei zurückgegeben werden musste – und dass er weder weitergegeben noch kopiert werden darf.«

»Wie viel weiß der Staatsanwalt?«, wollte Gullberg wissen.

»Gar nichts. Er handelt auf offiziellen Antrag der RPF/Sich. Da es um Material geht, das als streng geheim eingestuft worden ist, blieb ihm keine Wahl.«

»Gut. Wer von der Polizei hat den Bericht gelesen?«

»Er lag in zwei Kopien vor, die von Bublanski, seiner Kollegin Sonja Modig und schließlich dem Leiter der Voruntersuchung, Richard Ekström, gelesen wurden. Wir können wohl davon ausgehen, dass noch zwei weitere Polizisten ...«, Nyström blätterte in seinen Aufzeichnungen, »... ein gewisser Curt Svensson und ein Jerker Holmberg ebenfalls mit dem Inhalt vertraut sind.«

»Also vier Polizisten und ein Staatsanwalt. Was wissen wir über sie?«

»Der Staatsanwalt, Ekström, ist 42. Ein neuer Star am Juristenhimmel. Er war Mitglied von Untersuchungskommissionen des Justizministeriums und hat ein paar aufsehenerregende Fälle gehabt. Übereifrig. PR-bewusst. Karrieremacher.«

»Sozi?«, erkundigte sich Gullberg.

»Vermutlich. Aber nicht aktiv.«

»Dieser Bublanski leitet die Ermittlungen. Ich habe ihn bei einer Pressekonferenz im Fernsehen gesehen. Wohlzufühlen schien er sich vor den Kameras nicht.«

»Er ist 52 und kann schon auf eine außergewöhnlich erfolgreiche Laufbahn zurückblicken. Hat aber auch den Ruf eines Querkopfs. Er ist Jude und ziemlich orthodox.«

»Und diese Frau ... wer ist das?«

»Sonja Modig. Verheiratet, 39 Jahre alt, Mutter von zwei Kindern. Sie hat ziemlich schnell Karriere gemacht. Als ich mit Peter Teleborian sprach, beschrieb er sie als äußerst emotional.«

»Okay.«

»Curt Svensson ist ein ziemlich harter Bursche, 38 Jahre alt. Kommt aus Gängenheten in Söderort und erregte einiges Aufsehen, als er vor ein paar Jahren einen Kleingangster erschossen hat. Wurde jedoch von allen Anklagepunkten freigesprochen. Den hatte Bublanski übrigens auch losgeschickt, um Gunnar Björck festzunehmen.«

»Verstehe. Behalt das mit dem Kleingangster mal im Hinterkopf. Vielleicht werden wir darauf angewiesen sein, Bublanskis Truppe in zweifelhaftes Licht zu rücken. Und der Letzte?«

»Jerker Holmberg. 55. Kommt aus Norrland und ist eigentlich auf Spurensicherung am Tatort spezialisiert. Man hat ihm vor ein paar Jahren angeboten, sich weiterzubilden und als Kommissar Karriere zu machen, aber er lehnte ab. Anscheinend fühlt er sich wohl in seinem Job.«

»Ist einer von denen politisch aktiv?«

»Nein. Holmbergs Vater war in den 70er-Jahren Gemeinderat für die Zentrumspartei.«

»Hmm. Das scheint ja eine recht harmlose Gruppe zu sein. Wir sollten aber davon ausgehen, dass sie als Team ziemlich fest zusammengeschweißt sind. Können wir sie irgendwie isolieren?«

»Es gibt da noch einen fünften Polizisten, der auch in die Geschichte verwickelt war«, erwähnte Nyström. »Hans Faste, 47 Jahre alt. Ich habe aufgeschnappt, dass sich Faste und Bublanski heftig entzweit haben. Und zwar so ernst, dass Faste sich hat krankschreiben lassen.«

»Was wissen wir über ihn?«

»Als ich nachgefragt habe, waren die Reaktionen gemischt. Er kann auf einige Erfolge zurückblicken und hat nur wenige richtige Anmerkungen im Protokoll. Ein Profi. Aber er ist wohl schwierig im Umgang. Und wie es aussieht, ging es bei dem Streit mit Bublanski um Lisbeth Salander.«

»Inwiefern?«

»Faste schien sich in die Story mit der lesbischen Satanistenbande verbissen zu haben, über die die Zeitungen geschrieben hatten. Er hasst Salander und betrachtet ihre Existenz als persönliche Beleidigung. Wahrscheinlich steckt er hinter der Hälfte der Gerüchte. Von einem ehemaligen Kollegen habe ich gehört, dass er sich im Allgemeinen schwertut, mit Frauen zusammenzuarbeiten.«

»Interessant«, meinte Gullberg. Er überlegte kurz. »Da die Zeitungen ja schon über diese Lesbenbande geschrieben haben, könnte es doch passend sein, diesen Faden weiterzuspinnen. Das würde nämlich nicht gerade zu Salanders Glaubwürdigkeit beitragen.«

»Die Polizisten, die Björcks Bericht gelesen haben, sind also ein Problem. Können wir sie nicht irgendwie isolieren?«, fragte Sandberg.

Wadensjöö zündete sich einen neuen Zigarillo an.

»Ekström ist ja der Leiter der Voruntersuchung ...«

»Aber Bublanski hat das Kommando«, sagte Nyström.

»Ja, aber gegen einen administrativen Beschluss von oben kann auch er nichts ausrichten.« Wadensjöö wirkte nachdenklich. Er sah Gullberg an. »Du hast mehr Erfahrung als ich, aber diese Geschichte hat so viele Fäden und Nebenstränge ... Mir scheint es das Klügste, Bublanski und Modig vom Fall Salander abzuziehen.«

»Gut, Wadensjöö«, sagte Gullberg. »Und genau das werden wir auch tun. Bublanski ist Leiter der Ermittlungen hinsichtlich der Morde an Bjurman und dem Paar aus Enskede. Salander spielt in diesem Zusammenhang keine Rolle. Jetzt geht es darum, diesen Deutschen, Niedermann, dingfest zu machen. Also sollen Bublanski und sein Team sich auf die Ergreifung von Niedermann konzentrieren.«

»Okay.«

»Salander ist einfach nicht mehr ihre Angelegenheit. Dann sind da noch die Ermittlungen in Nykvarn ... es handelt sich ja um drei ältere Morde. Und es besteht eine Verbindung zu

Niedermann. Die Ermittlungen fallen in den Zuständigkeitsbereich der Polizei Södertälje, das muss aber zu einer einzigen Ermittlung zusammengefasst werden. Also dürfte Bublanski erst mal alle Hände voll zu tun haben. Wer weiß ... vielleicht fasst er ja diesen Niedermann.«

»Hmm.«

»Dieser Faste ... kann man ihn nicht überreden, wieder in den Dienst zurückzukehren? Es klingt doch so, als wäre er die geeignete Person, um herauszufinden, was an dem Verdacht gegen Salander dran ist.«

»Ich verstehe deinen Gedankengang«, sagte Wadensjöö. »Es geht darum, dass wir Ekström dazu bringen, die beiden Angelegenheiten zu trennen. Aber das setzt voraus, dass wir Ekström unter Kontrolle bekommen.«

»Das dürfte kein allzu großes Problem sein«, sagte Gullberg. Er warf einen Blick zu Nyström hinüber, und der nickte.

»Ich kann mich um Ekström kümmern«, schlug Nyström vor. »Ich schätze, er sitzt grade in seinem Büro und wünscht sich, er hätte den Namen Zalatschenko niemals gehört. Er hat Björcks Bericht sofort abgeliefert, als die Sicherheitspolizei ihn darum gebeten hat, und er hat schon gesagt, dass er selbstverständlich allen Aufforderungen nachkommen wird, wenn es um die Sicherheit des Landes geht.«

»Was hast du vor?«, fragte Wadensjöö misstrauisch.

»Lasst mich mal ein Szenario entwerfen«, sagte Nyström. »Ich würde sagen, wir erklären ihm in aller Ruhe, was er tun muss, um zu vermeiden, dass seine Karriere ein abruptes Ende nimmt.«

»Kommen wir zum dritten Aspekt unseres Problems«, schaltete sich Gullberg wieder ein. »Die Polizei hat Björcks Bericht ja nicht selbst gefunden ... sondern ihn von einem Journalisten bekommen. Und wie ihr sicher alle wisst, sind die Medien in diesem Zusammenhang ein echtes Problem. Ich sage nur: *Millennium*.«

Nyström schlug sein Notizbuch auf.

»Mikael Blomkvist«, fügte er hinzu.

Alle am Tisch hatten natürlich von der Wennerström-Affäre gehört und kannten den Namen Mikael Blomkvist.

»Dag Svensson, der ermordete Journalist, arbeitete für *Millennium*. Er saß gerade an einer Story über Mädchenhandel. So ist er auch auf Zalatschenko gestoßen. Mikael Blomkvist fand die Leiche von Dag Svensson. Außerdem kennt er Lisbeth Salander und hat die ganze Zeit an ihre Unschuld geglaubt.«

»Wie zum Teufel ist es möglich, dass er Zalatschenkos Tochter kennt? Das scheint mir doch ein arger Zufall zu sein.«

»Wir glauben nicht, dass es ein Zufall war«, fuhr Wadensjöö fort. »Wir glauben, dass Salander das Bindeglied zwischen ihnen allen ist. Wir kennen zwar nicht die Einzelheiten, aber das ist die einzig logische Erklärung.«

Gullberg malte schweigend konzentrische Kreise auf seinen Block. Schließlich blickte er auf.

»Ich muss eine Weile über diese ganze Geschichte nachdenken. Ich gehe jetzt mal spazieren. In einer Stunde treffen wir uns wieder.«

Gullbergs Ausflug dauerte nicht eine, sondern fast vier Stunden. Nach knapp zehn Minuten war er auf ein Café gestoßen, in dem jede Menge seltsamer Kaffeegetränke angeboten wurden. Er bestellte sich einen ganz gewöhnlichen schwarzen Kaffee und setzte sich an einen Ecktisch in der Nähe der Tür. Er grübelte intensiv und versuchte, die verschiedenen Aspekte des Problems herauszuarbeiten. In regelmäßigen Abständen notierte er sich ein paar Stichworte.

Nach anderthalb Stunden hatte ein Plan Gestalt angenommen.

Es war kein guter Plan, aber nachdem er alle Möglichkeiten in Betracht gezogen hatte, war ihm klar, dass dieses Problem eben drastische Maßnahmen erforderte.

Glücklicherweise war das Personal dafür vorhanden. Es war realisierbar.

Er stand auf, fand eine Telefonzelle und rief Wadensjöö an.

»Wir müssen unser Treffen noch ein bisschen aufschieben«, sagte er. »Ich muss noch was erledigen. Können wir uns um vierzehn-null-null wieder treffen?«

Danach ging er zum Stureplan hinunter und hielt ein Taxi an. Eigentlich konnte er sich einen solchen Luxus von seiner schmalen Beamtenpension nicht leisten, doch andererseits war er in einem Alter, in dem er keinen Grund mehr sah, sich Ausschweifungen zu verkneifen. Er gab eine Adresse in Bromma an.

Als ihn das Taxi schließlich an seinem Ziel abgesetzt hatte, ging er einen Block weiter in südliche Richtung und klingelte an der Tür eines kleineren Häuschens. Eine Frau um die 40 öffnete ihm.

»Guten Tag. Ich würde gerne Fredrik Clinton sprechen.«

»Wen soll ich melden?«

»Einen alten Kollegen.«

Die Frau nickte und führte ihn ins Wohnzimmer, wo Fredrik Clinton sich mühsam vom Sofa erhob. Er war erst 68, sah aber wesentlich älter aus. Diabetes und Herz-Kreislauf-Probleme hatten nur allzu deutliche Spuren hinterlassen.

»Gullberg«, sagte Clinton verblüfft.

Sie sahen sich eine ganze Weile an. Dann fielen sich die beiden alten Spione in die Arme.

»Ich dachte, ich würde dich nie wiedersehen«, sagte Clinton. »Ich schätze, diese Sache hat dich wieder hinterm Ofen hervorgelockt.«

Er zeigte auf die Titelseite der Abendzeitung. Neben einem Bild von Niedermann war zu lesen: »Jagd auf den Polizistenmörder in Dänemark«.

»Wie geht's dir?«, erkundigte sich Gullberg.

»Ich bin krank«, erwiderte Clinton.

»Das sehe ich.«

»Wenn ich keine neue Niere bekomme, werde ich bald sterben. Und die Wahrscheinlichkeit, dass ich eine bekomme, ist ziemlich gering.«

Gullberg nickte.

Die Frau kam ins Wohnzimmer und fragte, ob Gullberg einen Kaffee wolle.

»Ja, sehr gern«, erwiderte er. Nachdem sie verschwunden war, fragte er Clinton: »Wer ist das?«

»Meine Tochter.«

Gullberg nickte erneut. Es war schon erstaunlich, dass sie trotz der jahrelangen intimen Gemeinschaft in der Sektion niemals privaten Umgang miteinander gepflegt hatten. Gullberg kannte den kleinsten Charakterzug sämtlicher Mitarbeiter, ihre Stärken und Schwächen, aber er hatte nur eine vage Ahnung, wie ihre Familienverhältnisse aussahen. Clinton war zwanzig Jahre lang sein engster Mitarbeiter gewesen. Er wusste, dass Clinton verheiratet war und ein Kind hatte. Doch kannte er weder den Namen seiner Tochter noch seiner Frau und wusste auch nicht, wo Clinton immer seine Ferien verbrachte. Als wäre alles außerhalb der Sektion so heilig, dass man kein Wort darüber verlieren durfte.

»Was führt dich zu mir?«, fragte Clinton.

»Darf ich dich mal fragen, was du so von Wadensjöö hältst?«

Clinton schüttelte den Kopf.

»Da mische ich mich nicht ein.«

»Aber du kennst ihn doch. Er hat zehn Jahre mit dir zusammengearbeitet.«

Abermals schüttelte Clinton den Kopf.

»Er ist heute der Chef der Sektion. Was ich davon halte, ist uninteressant.«

»Ist er der Aufgabe gewachsen?«

»Er ist nicht dumm.«

»Aber …?«

»Ein Analytiker. Kann ein Mosaik zusammensetzen. Guter Instinkt. Großartiger Budgetverwalter, wir hätten es nie für möglich gehalten, dass man so wirtschaften könnte.«

Gullberg nickte. Das Wichtigste war die Eigenschaft, die Clinton nicht aussprach.

»Wärst du bereit, wieder in den Dienst zurückzukehren?«

Clinton blickte zu Gullberg auf. Er zögerte eine geraume Weile.

»Evert … ich verbringe jeden zweiten Tag neun Stunden am Dialyseapparat im Krankenhaus. Wenn ich eine Treppe hochgehe, bin ich sofort völlig außer Atem. Ich hab keine Kraft mehr.«

»Ich brauche dich. Für eine letzte Operation.«

»Ich kann nicht.«

»Du kannst trotzdem jeden zweiten Tag neun Stunden am Dialyseapparat verbringen. Du kannst mit dem Fahrstuhl fahren, statt Treppen zu steigen. Wenn nötig, kann ich jemand organisieren, der dich auf einer Bahre hin- und zurückbringt. Ich brauche deinen Verstand.«

Clinton seufzte.

»Schieß los«, sagte er.

»Wir stehen gerade vor einer extrem komplizierten Situation, in der ein operativer Einsatz nötig ist. Wadensjöö hat so einen Grünschnabel eingestellt, Jonas Sandberg, der die gesamte operative Abteilung darstellt. Außerdem glaube ich nicht, dass Wadensjöö den Schneid hat, das zu tun, was zu tun ist.«

Clinton nickte. Er lächelte schwach.

»Die Operation muss an zwei Fronten durchgeführt werden. Zum einen geht es um Zalatschenko. Ich muss ihn zur Räson bringen, und ich glaube, ich weiß, wie ich das schaffe. Alles andere muss von Stockholm aus erledigt werden. Das Problem ist nur, dass ich in der Sektion keinen damit beauftragen kann. Ich brauche dich, damit du das Kommando übernimmst. Ein letzter Einsatz. Jonas Sandberg und Georg Nyström machen die Laufarbeit. Du leitest die Operation.«

»Du weißt nicht, was du da von mir verlangst.«

»Doch … ich weiß, was ich verlange. Und du musst selbst entscheiden, ob du einspringst oder nicht. Aber entweder müssen wir alten Haudegen den Karren aus dem Dreck ziehen, oder die Sektion hört in ein paar Wochen auf zu existieren.«

Clinton legte den Ellbogen auf die Sofalehne und stützte den Kopf in die Handfläche. Er überlegte zwei Minuten.

»Erzähl mir von deinem Plan«, sagte er schließlich.

Evert Gullberg und Fredrik Clinton redeten fast zwei Stunden lang.

Wadensjöö riss die Augen auf, als Gullberg mit Fredrik Clinton im Schlepptau wieder eintraf. Clinton sah aus wie ein Skelett. Er konnte anscheinend nur mühsam gehen und atmen und musste sich mit einer Hand auf Gullbergs Schulter abstützen.

»Was um alles in der Welt …«, begann Wadensjöö.

»Machen wir weiter mit unserer Besprechung«, schnitt Gullberg ihm schroff das Wort ab.

Sie versammelten sich wieder am Tisch in Wadensjöös Chefzimmer. Clinton sank wortlos auf den Stuhl, der ihm angeboten wurde.

»Ihr kennt alle Fredrik Clinton«, sagte Gullberg.

»Ja«, antwortete Wadensjöö. »Die Frage ist nur, was tut er hier?«

»Clinton hat beschlossen, in den aktiven Dienst zurückzukehren. Er wird die operative Einheit der Sektion leiten, bis die gegenwärtige Krise überwunden ist.«

Gullberg hob die Hand, um Wadensjöös Protesten zuvorzukommen.

»Clinton ist müde. Er wird Hilfe brauchen. Er muss regelmäßig ins Krankenhaus zur Dialyse. Wadensjöö, du heuerst zwei persönliche Assistenten an, die ihm in allen praktischen Dingen zur Hand gehen können. Aber eines muss ganz klar sein: In dieser Angelegenheit trifft einzig und allein Clinton die Entscheidungen.«

Er verstummte und wartete. Keine Einwände.

»Ich habe einen Plan, aber es kommt ganz darauf an, wie entschlussfreudig ihr heutzutage in der Sektion seid.«

Wadensjöö empfand Gullbergs Worte offenbar als Herausforderung.

»Erzähl.«

»Erstens: Wie wir mit der Polizei umgehen, haben wir schon besprochen. Wir versuchen, die beteiligten Polizisten zu isolieren, indem wir die weiteren Ermittlungen auf ein Nebengleis umleiten, nämlich die Jagd auf Niedermann. Das wird Nyströms Aufgabe sein. Egal was passiert, Niedermann ist nicht so wichtig. Und wir sorgen dafür, dass Faste mit den Ermittlungen in Sachen Salander betraut wird.«

»Das dürfte nicht allzu schwierig werden«, meinte Nyström. »Ich werde umgehend ein diskretes Gespräch mit Staatsanwalt Ekström führen.«

»Wenn er sich querstellt ...«

»Ich glaube nicht, dass er das tun wird. Er ist ein Karrieremensch und schaut vor allem darauf, was ihm selbst Nutzen bringt. Aber mir fällt wahrscheinlich auch irgendein Hebel ein für den Fall, dass er Schwierigkeiten macht. Es wäre ihm bestimmt zuwider, in einen Skandal verwickelt zu werden.«

»Gut. Zweiter Schritt: *Millennium* und Mikael Blomkvist. Deswegen kehrt Clinton in den Dienst zurück. Hier sind außergewöhnliche Maßnahmen erforderlich.«

»Das wird mir wahrscheinlich nicht besonders gefallen«, meinte Wadensjöö.

»Wahrscheinlich nicht, aber *Millennium* kann man nicht so einfach manipulieren. Doch die Bedrohung, die von dieser

Zeitschrift ausgeht, gründet sich einzig und allein auf Björcks Bericht von 1991. Ich würde sagen, dass dieser Bericht momentan zwei, vielleicht auch drei verschiedenen Stellen vorliegt. Lisbeth Salander hat ihn gefunden, aber Mikael Blomkvist hat ihn irgendwie in die Finger gekriegt. Das bedeutet, es gab irgendeinen Kontakt zwischen Blomkvist und Salander, während sie auf der Flucht war.«

Clinton hielt einen Finger hoch und sagte die ersten Worte, seit er gekommen war.

»Das sagt uns auch etwas über den Charakter des Gegners. Blomkvist hat keine Angst, Risiken einzugehen. Denkt an die Wennerström-Affäre.«

Gullberg nickte.

»Blomkvist hat den Bericht seiner Chefredakteurin Erika Berger gegeben, die ihn wiederum an Bublanski weitergeleitet hat. Das bedeutet, dass sie ihn auch gelesen hat. Wir können davon ausgehen, dass sie eine Sicherheitskopie angefertigt hat. Ich würde sagen, Blomkvist hat eine Kopie, und eine weitere dürfte in der Redaktion liegen.«

»Klingt logisch«, meinte Wadensjöö.

»*Millennium* ist eine Monatszeitschrift, was bedeutet, dass sie ihre Story nicht schon morgen veröffentlichen. Kriegst du das hin, Jonas?«

Jonas Sandberg warf Wadensjöö einen unsicheren Blick zu.

»Evert, du musst verstehen, dass wir ... dass wir so etwas nicht mehr machen«, erklärte Wadensjöö. »Wir leben in einer neuen Zeit, in der wir es eher mit Datendiebstahl und Telefonüberwachung und Ähnlichem zu tun haben. Wir haben nicht das Personal für so einen operativen Einsatz.«

Gullberg lehnte sich über den Tisch.

»Dann musst du eben so schnell wie möglich das Personal dafür beschaffen! Heuer jemand Externes an. Engagiere eine Bande von Kleingangstern von der Jugoslawen-Mafia an, die Blomkvist eins über den Schädel ziehen, wenn nötig. Aber diese zwei Kopien müssen eingezogen werden. Ohne die Kopien können sie ihre Behauptungen nicht mehr belegen. Wenn ihr das nicht schafft, dann kannst du hier auf deinem dicken Hintern sitzen bleiben und darauf warten, dass der Verfassungsschutz an die Tür klopft.«

Gullberg und Wadensjöö maßen sich eine ganze Weile mit Blicken.

»Darum kann ich mich kümmern«, sagte Jonas Sandberg plötzlich.

Gullberg warf seinem jungen Kollegen einen kritischen Blick zu.

»Bist du sicher, dass du so etwas organisieren kannst?«

Sandberg nickte.

»Gut. Ab sofort ist Clinton dein Chef. Von ihm nimmst du deine Befehle entgegen.«

Sandberg nickte nochmals.

»Es wird zum Teil um Überwachung gehen. Die operative Einheit braucht Verstärkung«, sagte Nyström. »Ich hätte da ein paar Namen, die ich euch vorschlagen könnte. Wir haben einen Jungen in der externen Organisation – er hat beim Personenschutz der Sicherheitspolizei gearbeitet und heißt Mårtensson. Er ist unerschrocken und vielversprechend. Ich habe lange überlegt, ob ich ihn nicht zu uns in die interne Organisation holen sollte. Ich hatte sogar erwogen, ihn als meinen Nachfolger vorzuschlagen.«

»Klingt gut«, sagte Gullberg. »Clinton soll das entscheiden.«

»Ich habe noch eine weitere Neuigkeit«, fuhr Nyström fort. »Ich befürchte, es könnte noch eine dritte Kopie geben.«

»Wo?«

»Im Laufe des Nachmittags habe ich erfahren, dass Lisbeth Salander jetzt eine Anwältin hat. Ihr Name lautet Annika Giannini. Sie ist die Schwester von Mikael Blomkvist.«

Gullberg nickte.

»Du hast recht. Blomkvist hat seiner Schwester auch eine

Kopie gegeben. Alles andere wäre unlogisch. Mit anderen Worten: Wir müssen alle drei – Berger, Blomkvist und Giannini – jetzt eine Weile beobachten.«

»Wegen Berger müssen wir uns, glaube ich, keine Sorgen machen. Heute ist nämlich eine Pressemitteilung rausgegangen, dass sie Chefredakteurin bei der *Svenska Morgon-Posten* wird. Sie hat nichts mehr mit *Millennium* zu tun.«

»Okay. Aber behaltet sie trotzdem im Auge. Was *Millennium* betrifft, müssen wir die Telefone abhören, sowohl in den Wohnungen der Mitarbeiter als auch in der Redaktion. Wir müssen ihre E-Mails lesen. Wir müssen wissen, wen sie treffen und mit wem sie sprechen. Und wir würden zu gerne das Konzept ihrer Enthüllungen kennen. Und vor allem müssen wir diesen Bericht beschlagnahmen.«

Wadensjöö klang zweifelnd.

»Evert, du bittest uns, einen operativen Einsatz gegen eine Zeitschrift zu führen. Das ist mit das Gefährlichste, was wir überhaupt tun können.«

»Du hast keine Wahl. Entweder krempelst du jetzt die Ärmel hoch, oder es wird Zeit, dass hier jemand anders das Kommando übernimmt.«

Die Herausforderung hing über dem Tisch wie eine dunkle Wolke.

»Ich glaube, mit *Millennium* komm ich schon klar«, meinte Jonas Sandberg schließlich. »Aber all das löst ja nicht unser eigentliches Problem. Was machen wir mit Zalatschenko? Wenn er redet, waren alle Anstrengungen umsonst.«

Gullberg nickte bedächtig.

»Ich weiß. Lasst das meine Sorge sein. Ich glaube, ich habe ein Argument, das Zalatschenko überzeugen wird, den Mund zu halten. Aber das erfordert noch ein paar Vorbereitungen. Ich fahre schon heute Nachmittag nach Göteborg.«

Er verstummte und sah sich im Zimmer um. Dann fasste er Wadensjöö ins Auge.

»Clinton trifft in meiner Abwesenheit alle operativen Entscheidungen«, sagte er.

Nach einem Weilchen nickte Wadensjöö.

Erst am Montagabend schätzte Dr. Helena Endrin, in Abstimmung mit ihrem Kollegen Anders Jonasson, den Zustand von Lisbeth Salander als stabil genug ein, dass sie Besuch empfangen konnte. Ihre ersten Besucher waren zwei Kriminalinspektoren, die fünfzehn Minuten hatten, um ihr Fragen zu stellen. Schweigend musterte Lisbeth die beiden, als sie in ihr Zimmer kamen und sich Stühle ans Bett zogen.

»Guten Tag. Ich bin Kriminalinspektor Marcus Erlander. Ich arbeite beim Dezernat für Gewaltverbrechen hier in Göteborg. Das ist meine Kollegin Sonja Modig von der Polizei Stockholm.«

Lisbeth Salander erwiderte nichts. Sie verzog keine Miene. In der Frau erkannte sie einen der Bullen aus Bublanskis Truppe wieder. Erlander lächelte sie kühl an.

»Wenn ich das richtig verstanden habe, sprechen Sie nicht gerne mit Behörden. Ich möchte Ihnen auch gleich erklären, dass Sie überhaupt nichts zu sagen brauchen. Doch ich wäre Ihnen sehr dankbar, wenn Sie sich die Zeit nehmen würden, uns zuzuhören. Wir müssen uns um mehrere Angelegenheiten kümmern und haben heute nicht viel Zeit. Aber in Zukunft werden wir uns sicher noch öfter sehen.«

Lisbeth Salander schwieg.

»Als Erstes möchte ich Ihnen Folgendes mitteilen: Ihr Freund Mikael Blomkvist hat uns wissen lassen, dass eine Anwältin namens Annika Giannini bereit ist, Sie vor Gericht zu vertreten. Er sagt, er habe ihren Namen Ihnen gegenüber schon einmal in einem anderen Zusammenhang erwähnt. Wenn dem so ist, brauche ich eine Bestätigung von Ihnen. Ich möchte wissen, ob Sie wünschen, dass die Anwältin Giannini nach Göteborg kommt, um Sie zu vertreten.«

Lisbeth Salander schwieg.

Annika Giannini. Mikael Blomkvists Schwester. Er hatte sie einmal in einer Mitteilung erwähnt. Lisbeth hatte noch gar nicht darüber nachgedacht, dass sie einen Anwalt brauchte.

»Es tut mir leid, aber ich muss Sie bitten, die Frage zu beantworten. Es reicht, wenn Sie Ja oder Nein sagen. Wenn Sie Ja sagen, wird der Staatsanwalt in Göteborg Kontakt mit Ihrer Anwältin aufnehmen. Wenn Sie Nein sagen, wird das Gericht Ihnen einen Pflichtverteidiger zuweisen. Was ziehen Sie vor?«

Lisbeth Salander erwog den Vorschlag. Sie nahm an, dass sie tatsächlich einen Anwalt brauchte, aber die Schwester von Kalle Fucking Blomkvist als Verteidigerin, das war ganz schön heftig. Das würde ihm so in den Kram passen. Andererseits war ein unbekannter Pflichtverteidiger kaum besser. Schließlich machte sie den Mund auf und sagte ein einziges Wort.

»Giannini.«

»Gut. Danke schön. Dann hätte ich noch eine Frage an Sie. Sie brauchen nichts zu sagen, bevor Ihre Anwältin hier ist, aber von dieser Frage werden weder Sie noch Ihr Wohlbefinden berührt, wenn ich das richtig einschätzen kann. Die Polizei fahndet derzeit nach dem 37-jährigen Deutschen Ronald Niedermann, der wegen Mordes an einem Polizisten gesucht wird.«

Lisbeth runzelte die Stirn. Das war ihr neu. Sie hatte keine Ahnung, was alles passiert war, seit sie Zalatschenko die Axt in den Schädel gerammt hatte.

»Wir in Göteborg wollen ihn so schnell wie möglich fassen. Meine Kollegin aus Stockholm will ihn außerdem in Zusammenhang mit den drei Morden vernehmen, derer Sie verdächtigt wurden. Wir bitten Sie also um Ihre Mithilfe. Unsere Frage an Sie lautet, ob Sie eine Ahnung haben … ob Sie uns irgendwie helfen könnten, ihn zu finden.«

Lisbeth blickte misstrauisch von Erlander zu Modig und wieder zurück.

Sie wissen nicht, dass er mein Bruder ist.

Danach überlegte sie, ob sie wollte, dass Niedermann gefasst wurde oder nicht. Am liebsten würde sie ihn ja zu einer Grube in Gosseberga führen und dort begraben. Schließlich zuckte sie mit den Achseln. Was sie besser nicht getan hätte, denn im selben Augenblick schoss ihr schon wieder ein stechender Schmerz durch die linke Schulter.

»Was ist heute für ein Tag?«, erkundigte sie sich.

»Montag.«

Sie dachte nach.

»Den Namen Ronald Niedermann habe ich letzte Woche Donnerstag zum ersten Mal gehört. Ich hab ihn in Gosseberga aufgespürt. Ich habe keine Ahnung, wo er sich befindet oder wohin er fliehen könnte. Ich vermute, dass er versuchen wird, sich ins Ausland abzusetzen.«

»Warum glauben Sie, dass er ins Ausland fliehen will?«

Lisbeth überlegte.

»Als Niedermann draußen war und mein Grab schaufelte, sagte Zalatschenko, dass die Aufmerksamkeit zu groß geworden und schon ein längerer Auslandsaufenthalt für Niedermann geplant sei.«

So viele Worte hatte Lisbeth Salander nicht mehr mit einem Polizisten gesprochen, seit sie zwölf war.

»Zalatschenko ... das ist also Ihr Vater.«

Das haben sie also rausgekriegt. Kalle Fucking Blomkvist wahrscheinlich.

»Dann muss ich Ihnen noch mitteilen, dass Ihr Vater Anzeige erstattet hat, weil Sie versucht haben, ihn umzubringen. Die Sache liegt gerade beim Staatsanwalt, der sich demnächst zu einer eventuellen Anklage äußern wird. Was hingegen schon feststeht, ist eine Anklage gegen Sie wegen schwerer Körperverletzung. Sie haben Zalatschenko eine Axt in den Schädel geschlagen.«

Lisbeth schwieg. Sie schwieg lange. Schließlich beugte sich Sonja Modig vor und sagte leise:

»Ich wollte Ihnen nur sagen, dass wir von der Polizei Zalatschenkos Geschichte nicht allzu viel Glauben schenken. Unterhalten Sie sich erst mal ausführlich mit Ihrer Anwältin, und dann kommen wir später noch mal.«

Erlander nickte. Die Polizisten standen auf.

»Danke für Ihre Hilfe mit Niedermann«, sagte Erlander.

Lisbeth wunderte sich, dass die Polizisten so korrekt und beinahe freundlich aufgetreten waren. Ebenso wunderte sie sich über Sonja Modigs Äußerung. Da musste es irgendeinen Hintergedanken geben, entschied sie.

7. Kapitel

Montag, 11. April – Dienstag, 12. April

Um Viertel vor sechs am Montagabend klappte Mikael Blomkvist sein iBook zu und stand vom Küchentisch seiner Wohnung in der Bellmansgatan auf. Er zog sich eine Jacke über und ging zum Büro von Milton Security am Slussen. Dort nahm er den Fahrstuhl in den dritten Stock und wurde sofort zu einem Konferenzraum geleitet. Er kam um Punkt sechs Uhr und war der Letzte.

»Hallo, Dragan«, sagte er und schüttelte Armanskij die Hand. »Danke, dass Sie sich bereit erklärt haben, den Gastgeber für dieses konspirative Treffen zu spielen.«

Er sah sich im Zimmer um. Abgesehen von Dragan Armanskij und ihm bestand die Versammlung aus Annika Giannini, Holger Palmgren und Malin Eriksson. Von Milton war noch der ehemalige Kriminalinspektor Sonny Bohman dabei, der vom ersten Tag an in Armanskijs Auftrag an der Ermittlung in Sachen Salander beteiligt gewesen war.

Für Holger Palmgren war es der erste Ausflug seit zwei Jahren. Sein Arzt, Dr. A. Sivarnandan, war alles andere als begeistert gewesen von dem Gedanken, Palmgren zu erlauben, die Rehaklinik Erstaviken zu verlassen, aber der alte Anwalt hatte darauf bestanden. Begleitet wurde er von seiner persönlichen Betreuerin, Johanna Karolina Oskarsson, 39 Jahre alt, deren

Lohn aus einem Fonds finanziert wurde, der von einem geheimnisvollen Wohltäter eingerichtet worden war, um Palmgren die bestmögliche Pflege angedeihen zu lassen. Karolina Oskarsson wartete an einem Kaffeetischchen vor dem Konferenzzimmer. Sie hatte ein Buch dabei.

Mikael schloss die Tür.

»Für alle, die sie noch nicht kennen – Malin Eriksson ist die neue Chefredakteurin bei *Millennium*. Ich habe sie gebeten, bei diesem Treffen dabei zu sein, weil das, was wir hier besprechen, direkte Auswirkungen auf ihre Arbeit haben wird.«

»In Ordnung«, sagte Armanskij. »Hier sind wir. Ich bin ganz Ohr.«

Mikael stellte sich an Armanskijs Whiteboard und griff sich einen Filzstift. Er sah sich um.

»Das ist hier wirklich das Verrückteste, was ich je erlebt habe«, sagte er. »Wenn das Ganze vorbei ist, werde ich einen Klub gründen. Ich werde ihn ›Die Ritter der Verrückten Tafelrunde‹ nennen, und er soll es sich zur Aufgabe machen, einmal im Jahr ein Abendessen auszurichten, bei dem wir über Lisbeth Salander quatschen. Ihr seid alle Mitglieder.«

Er legte eine Pause ein.

»Und so sieht die Wirklichkeit aus«, sagte er und begann Stichworte auf die Tafel zu schreiben. Er sprach knapp dreißig Minuten lang. Die anschließende Diskussion dauerte fast drei Stunden.

Evert Gullberg setzte sich mit Fredrik Clinton zusammen, als die Konferenz offiziell beendet war. Ein paar Minuten unterhielten sie sich leise, bis Gullberg aufstand. Die alten Waffenbrüder schüttelten sich die Hand.

Gullberg nahm ein Taxi zurück zu Freys Hotel, wo er seine Kleider holte und auscheckte, um kurz darauf einen Nachmittagszug nach Göteborg zu besteigen. Er entschied sich für die erste Klasse und hatte ein Abteil für sich allein. Als er über die

Årstabron-Brücke fuhr, zückte er einen Kugelschreiber und einen Block mit Briefpapier. Er überlegte eine Weile, bevor er anfing zu schreiben. Nachdem er ungefähr eine halbe Seite gefüllt hatte, hielt er inne und riss das Blatt aus dem Block.

Gefälschte Dokumente waren nicht sein Fachgebiet, aber in diesem Fall wurde ihm die Aufgabe dadurch erleichtert, dass die Briefe, die er schrieb, von ihm selbst unterschrieben sein sollten. Das Problem war nur, dass kein einziges Wort von dem, was er schrieb, wahr sein würde.

Als er durch Nyköping fuhr, hatte er schon diverse weitere Entwürfe weggeworfen, doch so langsam bekam er eine Vorstellung davon, wie die Briefe formuliert werden mussten. Als er in Göteborg ankam, hatte er zwölf Briefe beisammen, mit denen er zufrieden war. Zudem achtete er sorgfältig darauf, deutliche Fingerabdrücke auf dem Briefpapier zu hinterlassen.

Am Hauptbahnhof von Göteborg machte er einen Kopierer ausfindig und fertigte Kopien von allen Briefen an. Dann kaufte er Kuverts und Briefmarken und steckte die Briefe in den Postkasten, der um 21 Uhr wieder geleert werden sollte.

Schließlich nahm er ein Taxi zum City Hotel in der Lorensberggatan, in dem Clinton ihm schon ein Zimmer gebucht hatte. Er wohnte also im selben Hotel, in dem Mikael Blomkvist vor ein paar Tagen übernachtet hatte. Gullberg ging sofort in sein Zimmer und ließ sich aufs Bett sinken. Er war unendlich müde, und ihm fiel ein, dass er den ganzen Tag nur zwei Scheiben Brot gegessen hatte. Hunger hatte er aber immer noch nicht. Er zog sich aus, streckte sich im Bett aus und schlief fast sofort ein.

Lisbeth Salander fuhr aus dem Schlaf, als sie hörte, wie ihre Tür geöffnet wurde. Sie wusste sofort, dass es keine von den Nachtschwestern war. Als sie die Augen zu zwei schmalen Schlitzen öffnete, erkannte sie in der Türöffnung eine Silhouette mit Krücken. Zalatschenko stand ganz still und betrachtete sie in dem Licht, das vom Korridor hereinfiel.

Ohne sich zu bewegen, spähte sie auf die Anzeige der Digitaluhr. 03:10.

Sie ließ den Blick ein paar Millimeter weiterschweifen und sah das Wasserglas am Rand ihres Nachttischchens. Sie fixierte das Glas und berechnete den Abstand. Sie konnte das Glas gerade eben erreichen, ohne den ganzen Körper bewegen zu müssen.

Es würde nur einen Sekundenbruchteil dauern, den Arm auszustrecken und das Glas mit einer entschlossenen Bewegung gegen die harte Kante des Nachttischs zu schlagen. Und eine halbe Sekunde, um die scharfe Bruchstelle in Zalatschenkos Kehle zu bohren, wenn er sich über sie beugte. Alternativen gab es nicht. Das Glas war ihre einzige mögliche Waffe.

Sie entspannte sich und wartete.

Zalatschenko blieb zwei Minuten in der Tür stehen, ohne sich zu bewegen.

Dann zog er die Tür vorsichtig wieder zu. Sie hörte das schwache Schleifgeräusch der Krücken, als er sich leise von ihrem Zimmer entfernte.

Nach fünf Minuten richtete sie sich auf, stützte sich auf den Ellbogen, griff nach dem Glas und nahm einen tiefen Schluck. Sie schwang die Beine über die Bettkante und entfernte die Elektroden von Armen und Brustkorb. Als sie sich auf die Füße stellte, schwankte sie unsicher hin und her. Es dauerte ein paar Minuten, bis sie ihren Körper unter Kontrolle hatte. Sie hinkte zur Tür, wo sie sich schweißnass an die Wand lehnte und erst einmal nach Luft schnappte. Dann wurde sie von eiskalter Wut gepackt.

Fuck you, Zalatschenko. Lass es uns endlich zu Ende bringen.

Sie brauchte eine Waffe.

Im nächsten Moment hörte sie draußen das Klappern von Absätzen, die sich rasch näherten.

Verdammt. Die Elektroden.

»Warum um alles in der Welt sind Sie denn auf?«, rief die Nachtschwester.

»Ich musste … auf … die Toilette«, stieß Lisbeth atemlos hervor.

»Legen Sie sich sofort wieder hin!«

Sie fasste Lisbeths Hand und stützte sie auf dem Weg zurück zum Bett. Dann holte sie eine Bettpfanne.

»Wenn Sie auf die Toilette müssen, können Sie nach uns klingeln. Dafür ist dieser Knopf da«, erklärte die Schwester.

Lisbeth schwieg. Sie musste sich voll darauf konzentrieren, ein paar Tropfen aus sich herauszupressen.

Mikael Blomkvist wachte am Dienstag um halb elf auf, duschte, macht sich einen Kaffee und öffnete dann sein iBook. Nach dem Treffen bei Milton Security tags zuvor war er nach Hause gegangen und hatte bis fünf Uhr morgens gearbeitet. Endlich merkte er, dass die Geschichte anfing, Gestalt anzunehmen. Zalatschenkos Biografie hing immer noch in der Luft – er musste sich ja auf die Informationen stützen, die er Björck abgepresst hatte, sowie auf die Details, die Holger Palmgren ergänzen konnte. Die Geschichte von Lisbeth Salander hingegen war fast fertig. Er erklärte Schritt für Schritt, wie sie mit einer Bande Kalter Krieger der RPF/Sich aneinandergeraten und in die Kinderpsychiatrie gesperrt worden war, damit sie Zalatschenkos Geheimnis nicht verraten konnte.

Mit diesem Text war er zufrieden. Er hatte eine Riesenstory, die wie eine Bombe einschlagen und Probleme in den obersten Rängen der staatlichen Bürokratie verursachen würde.

Er steckte sich eine Zigarette an, während er überlegte.

Zwei große Lücken galt es noch zu füllen. Die eine stellte kein allzu großes Problem dar. Er musste sich mit Peter Teleborian auseinandersetzen, und auf diese Aufgabe freute er sich schon jetzt. Wenn er mit ihm fertig war, würde dieser Kinderpsychiater einer der meistgehassten Männer Schwedens sein. Das war das eine.

Das andere Problem stellte sich wesentlich komplizierter dar.

Die Verschwörung gegen Lisbeth Salander – er bezeichnete die Verschwörer in Gedanken als Zalatschenko-Klub – kam aus den Reihen der Sicherheitspolizei. Er kannte einen Namen, Gunnar Björck, aber Gunnar Björck konnte unmöglich der einzige Verantwortliche sein. Es musste eine ganze Gruppe geben, eine Art Abteilung. Es musste Chefs, Verantwortliche und ein Budget geben. Doch hatte er keine Ahnung, wie er es anstellen sollte, diese Personen zu identifizieren. Wo sollte er beginnen? Er hatte nur eine sehr vage Vorstellung davon, wie die Organisation der SiPo eigentlich aussah.

Am Montag hatte er die Recherche begonnen, indem er Henry Cortez eine Reihe von Antiquariaten in Södermalm abklappern ließ, mit dem Auftrag, jedes Buch zu kaufen, das irgendwie von der Sicherheitspolizei handelte. Gegen vier Uhr nachmittags kam Cortez mit sechs Büchern zu ihm nach Hause. Mikael betrachtete den Stapel auf dem Tisch.

Spionage in Schweden von Mikael Rosquist (Tempus, 1988), *SiPo-Chef 1962–70* von Per Gunnar Vinge (W&W, 1988), *Heimliche Mächte* von Jan Ottosson und Lars Magnusson (Tiden, 1991), *Machtkampf um die SiPo* von Erik Magnusson (Corona, 1989), *Ein Auftrag* von Carl Lidbom (W&W, 1990) und – ein wenig überraschend – *An Agent in Place* von Thomas Whiteside (Ballantine, 1966), das von der Wennerström-Affäre handelte. Der Wennerström-Affäre von 1966 natürlich, nicht von der, die Mikael aufgedeckt hatte.

Er hatte den Großteil der Nacht auf Dienstag damit verbracht, die Bücher, die Henry Cortez gefunden hatte, zu lesen oder zumindest zu überfliegen. Die meisten Bücher, die jemals über die Sicherheitspolizei geschrieben worden waren, schienen gegen Ende der 80er-Jahre herausgekommen zu sein. Die

Internetsuche ergab, dass es derzeit keine nennenswerte Literatur zum Thema gab.

Zum anderen schien es keine verständliche Übersicht über die Tätigkeit der schwedischen Geheimpolizei zu geben. Vielleicht war das verständlich, wenn man bedachte, dass die meisten Angelegenheiten geheim waren und man daher schwerlich über sie schreiben konnte, aber es schien überhaupt keine Institution, keinen Wissenschaftler oder irgendwelche Medien zu geben, die die SiPo kritisch beobachteten.

Außerdem fiel ihm auf, dass die Bücher, die Henry Cortez gefunden hatte, seltsamerweise kein Literaturverzeichnis enthielten. Stattdessen wiesen die Fußnoten auf Artikel in den Abendzeitungen oder auf private Interviews mit irgendwelchen pensionierten SiPo-Mitarbeitern hin.

Das Buch *Heimliche Mächte* war faszinierend, handelte aber zum Großteil von der Zeit vor und während des Zweiten Weltkriegs. Per Gunnar Vinges Memoiren empfand Mikael als Propaganda, die Verteidigungsschrift eines hart kritisierten und gefeuerten SiPo-Chefs. *An Agent in Place* enthielt bereits im ersten Kapitel so viele seltsame Aussagen über Schweden, dass er das Buch geradewegs in den Papierkorb warf. Die einzigen Bücher, die wirklich den Ehrgeiz hatten, die Arbeit der Sicherheitspolizei zu beschreiben, waren *Machtkampf um die SiPo* und *Spionage in Schweden*. Hier fand man alles: Daten, Namen, Bürokratie. Besonders das Buch von Erik Magnusson fand Mikael sehr lesenswert. Auch wenn es keine Antwort auf mehrere seiner Fragen bereithielt, vermittelte es doch einen guten Einblick, wie die SiPo ausgesehen und womit sich die Organisation in den vergangenen Jahrzehnten beschäftigt hatte.

Die größte Überraschung war jedoch *Ein Auftrag* von Carl Lidbom. Das Buch beschrieb die Probleme, mit denen sich der ehemalige Pariser Botschafter herumschlagen musste, als er im Auftrag der Regierung die SiPo unter die Lupe nahm. Auch die

Hintergründe des Skandals um den Verleger Ebbe Carlsson wurden detailliert erläutert. Mikael hatte noch nie etwas von Carl Lidbom gelesen und war überrascht von der ironischen Sprache, die sich mit messerscharfen Beobachtungen mischte. Aber auch Carl Lidboms Buch brachte Mikael keine Antwort auf seine Fragen, obwohl er langsam ahnte, mit wem er es hier zu tun haben würde.

Nachdem er eine Weile überlegt hatte, griff er zu seinem Handy und rief Henry Cortez an.

»Hallo, Henry. Danke, dass du heute die Laufarbeit für mich erledigt hast.«

»Hmm. Was willst du denn?«

»Noch ein bisschen mehr Laufarbeit.«

»Micke, ich hab hier auch noch einen Job zu machen. Ich bin jetzt Redaktionssekretär.«

»Ein bemerkenswerter Karrieresprung.«

»Was willst du?«

»Im Laufe der Zeit hat es einige öffentliche Untersuchungen der SiPo gegeben. Eine war von Carl Lidbom. Es muss noch mehr geben.«

»Aha.«

»Besorg alles Relevante, was du über den Reichstag finden kannst – Budgets, Untersuchungen von staatlicher Seite, Interpellationen … Und bestell dir die Jahresberichte der SiPo in den entscheidenden Jahren.«

»Yes, massa.«

»Gut. Und … Henry …«

»Ja?«

»Ich brauch es auch nicht vor morgen.«

Lisbeth Salander verbrachte den Tag mit Grübeleien über Zalatschenko. Sie wusste, dass er zwei Zimmer weiter lag, dass er nachts durch die Korridore schlich und um 3 Uhr 10 in ihr Zimmer geblickt hatte.

In Gosseberga hatte sie ihn töten wollen, und nun lag er weniger als zehn Meter von ihr entfernt. Sie saß in der Scheiße. Wie sehr, konnte sie nicht richtig überblicken, aber sie nahm an, dass sie schon ins Ausland fliehen und untertauchen musste, um nicht Gefahr zu laufen, wieder ins Irrenhaus gesperrt zu werden.

Das Problem war natürlich, dass sie es kaum schaffte, sich auch nur im Bett aufzusetzen. Sie spürte gewisse Verbesserungen. Kopfweh hatte sie immer noch, aber es war jetzt nicht mehr konstant da, sondern kam in Wellen. Der Schmerz in der Schulter blieb unter der Oberfläche, schlug aber zu, sobald sie versuchte, sich zu bewegen.

Sie hörte Schritte vor ihrem Zimmer. Eine Schwester öffnete die Tür und ließ eine Frau in schwarzer Hose, weißer Bluse und dunklem Blazer herein. Die Frau war hübsch und schlank und hatte dunkles Haar, das sie kurz geschnitten trug wie ein Junge. Sie strahlte ein heiteres Selbstbewusstsein aus. Und Lisbeth bemerkte sofort, dass sie dieselben Augen hatte wie Mikael Blomkvist.

»Hallo, Lisbeth. Ich heiße Annika Giannini«, sagte sie. »Darf ich reinkommen?«

Lisbeth musterte sie mit ausdrucksloser Miene. Sie hatte plötzlich nicht die geringste Lust, Mikael Blomkvists Schwester kennenzulernen, und bereute schon jetzt, dass sie den Vorschlag angenommen hatte, sich von ihr verteidigen zu lassen.

Annika Giannini trat ein, machte die Tür hinter sich zu und holte sich einen Stuhl ans Bett. Ein paar Sekunden lang blieb sie schweigend sitzen und betrachtete ihre Mandantin.

Lisbeth Salander sah aus wie das heulende Elend. Ihr Kopf war ein einziges Verbandspaket. Sie hatte riesige purpurfarbene Blutergüsse um beide Augen und blutunterlaufene Augäpfel.

»Bevor wir irgendetwas besprechen, muss ich wissen, ob Sie mich wirklich als Verteidigerin wollen. Ich befasse mich normalerweise nur mit Zivilklagen, bei denen ich Vergewaltigungsopfer oder misshandelte Frauen vertrete. Ich bin nicht auf Strafrecht spezialisiert. Aber ich habe mich in die Details Ihres Falls eingearbeitet und würde Sie gern vertreten, wenn ich darf. Ich muss noch dazu sagen, dass ich Mikael Blomkvists Schwester bin – ich glaube, das wissen Sie schon – und dass Dragan Armanskij und er mein Honorar übernehmen.«

Sie wartete einen Moment, aber da sie keine Reaktion von ihrer Mandantin bekam, fuhr sie fort.

»Wenn Sie mich als Anwältin wollen, werde ich für Sie arbeiten. Nicht für meinen Bruder oder Armanskij. Bei strafrechtlichen Details bekomme ich Unterstützung von Ihrem alten Vormund Holger Palmgren. Er ist ein zäher Bursche, der sich extra aus dem Krankenbett geschleppt hat, um Ihnen zu helfen.«

»Palmgren?«, wiederholte Lisbeth Salander.

»Ja.«

»Haben Sie ihn kennengelernt?«

»Ja. Er wird mich beraten.«

»Wie geht es ihm?«

»Er ist stocksauer, aber seltsamerweise scheint er sich nicht besonders viel Sorgen um Sie zu machen.«

Lisbeth Salander grinste schief – zum ersten Mal, seit sie im Sahlgrenska-Krankenhaus gelandet war.

»Wie fühlen Sie sich denn so?«, erkundigte sich Annika Giannini.

»Wie ein Stück Scheiße«, erwiderte Lisbeth Salander.

»Okay. Wollen Sie mich als Verteidigerin? Armanskij und Mikael übernehmen mein Honorar und …«

»Nein.«

»Was meinen Sie?«

»Ich bezahle Sie selbst. Ich will keine Öre von Armanskij oder Kalle Blomkvist. Ich kann Sie aber erst bezahlen, wenn ich Internetzugang habe.«

»Verstehe. Die Frage lösen wir, wenn es so weit ist. Sie wollen also von mir vertreten werden?«

Lisbeth Salander nickte kurz.

»Gut. Dann richte ich Ihnen jetzt als Erstes eine Botschaft von Mikael aus. Er drückt sich kryptisch aus, aber er meinte, Sie werden schon verstehen, was er meint.«

»Ja?«

»Er sagt, er habe mir das meiste schon selbst erzählt, abgesehen von ein paar Sachen. Das Erste bezieht sich auf Ihre Fähigkeiten, die er in Hedestad entdeckt hat …«

Mikael weiß, dass ich ein fotografisches Gedächtnis habe … und dass ich Hackerin bin. Aber das hat er niemand verraten.

»Okay.«

»Das Zweite ist die CD. Ich weiß nicht, was er damit meint, aber er sagt, Sie sollen selbst entscheiden, ob Sie mir davon erzählen wollen oder nicht. Verstehen Sie, worauf er hinauswill?«

Die CD mit dem Film, der zeigt, wie Bjurman mich vergewaltigt.

»Ja.«

»Gut.«

Plötzlich zögerte Annika Giannini.

»Um ehrlich zu sein, bin ich ein bisschen enttäuscht vom Verhalten meines Bruders. Obwohl er mich angeheuert hat, erzählt er mir nur, was ihm in den Kram passt. Wollen auch Sie mir Sachen verheimlichen?«

Lisbeth überlegte.

»Ich weiß nicht.«

»Wir werden uns ziemlich viel unterhalten müssen. Ich kann jetzt nicht bleiben und mit Ihnen reden, weil ich mich in einer Dreiviertelstunde mit der Staatsanwältin Agneta Jervas treffe. Ich musste nur die Bestätigung von Ihnen einholen, dass Sie mich als Ihre Anwältin akzeptieren. Fürs Erste ist Folgendes sehr wichtig …«

»Aha.«

»Wenn ich nicht dabei bin, sagen Sie kein einziges Wort zur Polizei, egal was Sie gefragt werden. Auch wenn Sie provoziert oder verschiedener Dinge beschuldigt werden. Können Sie mir das versprechen?«

»Nichts leichter als das«, meinte Lisbeth Salander.

Evert Gullberg war nach den Anstrengungen des Montags völlig groggy und wachte erst um neun Uhr morgens auf, also fast vier Stunden später als üblich. Er ging ins Badezimmer, wusch sich und putzte sich die Zähne. Eine ganze Weile betrachtete er sein Gesicht im Spiegel, dann schaltete er das Licht aus und zog sich an. Er nahm das letzte saubere Hemd aus der Aktentasche und band sich dazu einen braun gemusterten Schlips um.

Im Frühstücksraum des Hotels trank er eine Tasse Kaffee und aß eine Scheibe getoastetes Weißbrot mit Käse und einem Klacks Orangenmarmelade. Dazu trank er noch ein großes Glas Mineralwasser.

Anschließend ging er in die Lobby und rief von einem Kartentelefon Fredrik Clinton auf dem Handy an.

»Ich bin es. Wie stehen die Dinge?«

»Es herrscht eine große Unruhe.«

»Fredrik, kriegst du das hin?«

»Ja, es ist wie früher. Nur schade, dass Hans von Rottinger nicht mehr am Leben ist. Der konnte solche Operationen besser planen als ich.«

»Du und er, ihr wart euch immer ebenbürtig. Ihr hättet jederzeit die Positionen tauschen können. Was ihr ja auch oft genug getan habt.«

»Hier ist aber Fingerspitzengefühl gefragt. Da war er mir immer ein wenig überlegen.«

»Wie weit seid ihr denn?«

»Sandberg ist aufgeweckter, als wir dachten. Wir haben uns

mit Mårtensson externe Hilfe dazugeholt. Er ist ein Laufbursche, aber er macht seine Sache gut. Wir hören jetzt Blomkvists privates Telefon sowie sein Handy ab. Im Laufe des heutigen Tages kümmern wir uns auch noch um die Telefone von Giannini und *Millennium*. Wir sind gerade dabei und sehen uns die Pläne der Büros und Wohnungen an.«

»Du musst erst mal rausfinden, wo die Kopien sind …«

»Haben wir schon. Wir hatten unglaubliches Glück. Annika Giannini hat Blomkvist heute Morgen um zehn angerufen. Sie hat ausdrücklich gefragt, wie viele Kopien im Umlauf sind, und aus dem Gespräch ging hervor, dass Mikael Blomkvist die einzige Kopie hat. Berger hatte eine Kopie des Berichts, hat sie aber an Bublanski geschickt.«

»Gut. Wir haben keine Zeit zu verlieren.«

»Ich weiß. Aber das muss alles in einem Aufwasch erledigt werden. Wenn wir nicht alle Kopien von Björcks Bericht gleichzeitig einkassieren, geht alles schief.«

»Ich weiß.«

»Es ist ein bisschen kompliziert, weil Giannini heute Morgen nach Göteborg gefahren ist. Ich habe ihr ein Team mit externen Mitarbeitern hinterhergeschickt.«

»Gut.«

Gullberg fiel nichts mehr ein. »Danke, Fredrik«, sagte er schließlich.

»Danke dir. Immerhin ist das alles lustiger, als rumzusitzen und vergeblich auf eine Niere zu warten.«

Sie sagten sich Lebewohl. Gullberg bezahlte seine Hotelrechnung und trat auf die Straße. Die Dinge waren ins Rollen gebracht worden. Jetzt mussten sich nur noch alle exakt an die Choreografie halten.

Er ging zum Park Avenue Hotel, wo er darum bat, das Fax benutzen zu dürfen. In dem Hotel, in dem er gewohnt hatte, wollte er das nicht machen. Er faxte die Briefe, die er tags zuvor im Zug geschrieben hatte. Danach ging er wieder auf die

Avenyn hinaus und hielt nach einem Taxi Ausschau. An einem Mülleimer blieb er stehen und zerriss die Fotokopien, die er von seinen Briefen angefertigt hatte.

Annika Giannini besprach sich fünfzehn Minuten lang mit der Staatsanwältin Agneta Jervas. Sie wollte wissen, welche Anklagen die Staatsanwaltschaft gegen Lisbeth Salander erheben würde, merkte jedoch, dass Jervas selbst unsicher war, was weiter geschehen sollte.

»Vorerst begnüge ich mich damit, sie wegen schwerer Körperverletzung oder versuchten Mordes in Untersuchungshaft zu nehmen. Ich meine Lisbeth Salanders Angriff auf ihren Vater mit der Axt. Ich gehe davon aus, dass Sie sich auf Notwehr berufen werden.«

»Vielleicht.«

»Aber ehrlich gesagt hat der Polizistenmörder Niedermann im Moment Priorität bei mir.«

»Ich verstehe.«

»Ich habe auch schon mit dem Reichsstaatsanwalt gesprochen. Im Moment überlegt man noch, ob alle Anklagen gegen Ihre Mandantin unter einem Staatsanwalt in Stockholm zusammengefasst werden, in Verbindung mit den Geschehnissen hier.«

»Ich gehe davon aus, dass die Sache nach Stockholm verlegt wird.«

»Gut. In dem Fall muss ich die Möglichkeit bekommen, ein Verhör mit Lisbeth Salander zu führen. Wann kann das passieren?«

»Ich habe ein Gutachten von ihrem Arzt Anders Jonasson. Er sagt, dass Lisbeth Salander auch in den nächsten Tagen noch nicht vernehmungsfähig ist. Abgesehen von ihren körperlichen Verletzungen ist sie von den starken Schmerzmitteln benommen.«

»Ich habe einen ähnlichen Bescheid bekommen. Sie verstehen sicher, wie frustrierend das für mich ist. Ich kann nur wiederholen, dass Ronald Niedermann im Moment Priorität für mich hat. Ihre Mandantin behauptet, sie wisse nicht, wo er sich versteckt.«

»Was der Wahrheit entspricht. Sie kennt Niedermann nicht. Es ist ihr nur gelungen, ihn zu identifizieren und aufzuspüren.«

»In Ordnung«, sagte Agneta Jervas.

Evert Gullberg hatte einen Blumenstrauß in der Hand, als er im Sahlgrenska-Krankenhaus gemeinsam mit einer kurzhaarigen Frau in dunklem Blazer in den Aufzug stieg. Höflich hielt er ihr die Fahrstuhltür auf und ließ sie auch an der Rezeption vor.

»Mein Name ist Annika Giannini. Ich bin Anwältin und muss meine Mandantin Lisbeth Salander noch einmal sehen.«

Evert Gullberg wandte den Kopf und betrachtete verblüfft die Frau, der er beim Aussteigen aus dem Aufzug die Tür aufgehalten hatte. Sein Blick glitt zu ihrer Aktentasche, während die Schwester Gianninis Ausweis kontrollierte und auf einer Liste nachsah.

»Zimmer 12«, sagte sie.

»Danke. Ich bin schon einmal dort gewesen, ich finde selbst hin.«

Sie nahm ihre Aktentasche und verschwand aus Gullbergs Blickfeld.

»Kann ich Ihnen helfen?«, fragte die Schwester.

»Ja, ich möchte diese Blumen für Karl Axel Bodin abgeben.«

»Er darf keinen Besuch empfangen.«

»Ich weiß, ich will auch nur die Blumen dalassen.«

»Das können wir für Sie erledigen.«

Gullberg hatte die Blumen vor allem mitgenommen, um einen Vorwand zu haben, sich auf der Station näher umzusehen. Er bedankte sich und ging zum Ausgang. Auf dem Weg kam er an Zalatschenkos Tür vorbei, laut Jonas Sandberg Zimmer 14.

Im Treppenhaus blieb er stehen und wartete. Durch die

Glastür konnte er verfolgen, wie die Schwester mit seinem Blumenstrauß in Zalatschenkos Zimmer verschwand. Als sie wieder an ihrem Platz war, machte Gullberg die Tür auf, ging rasch zu Zimmer 14 und trat ein.

»Hallo, Alexander«, sagte er.

Zalatschenko sah seinen unangekündigten Gast verblüfft an.

»Ich dachte, du bist schon längst tot«, sagte er.

»Noch nicht«, erwiderte Gullberg.

»Was willst du?«, wollte Zalatschenko wissen.

»Na, was meinst du wohl?«

Gullberg holte sich einen Stuhl ans Bett und setzte sich.

»Ich schätze, du willst mich tot sehen.«

»Ja, das wäre mir durchaus willkommen. Wie konntest du auch nur so unglaublich dumm sein? Wir haben dir ein völlig neues Leben geschenkt, und du landest hier.«

Hätte Zalatschenko lächeln können, er hätte es jetzt getan. Die schwedische Sicherheitspolizei bestand seiner Meinung nach nur aus Amateuren. Dazu zählte er auch Evert Gullberg und Sven Jansson alias Gunnar Björck. Von einem kompletten Vollidioten wie Bjurman ganz zu schweigen.

»Und jetzt sollen wir dir wieder aus der Patsche helfen, damit du dir nicht die Finger verbrennst.«

Bei Zalatschenko mit seinen schweren Verbrennungsnarben kam dieses Bild nicht besonders gut an.

»Komm mir jetzt bloß nicht mit Moralpredigten. Sorg lieber dafür, dass ich hier rauskomme.«

»Darüber wollte ich mit dir reden.«

Er nahm seine Aktentasche auf den Schoß, holte einen leeren Block heraus und schlug eine unbeschriebene Seite auf. Dann sah er Zalatschenko forschend an.

»Eines würde ich ja wirklich gern wissen – würdest du uns tatsächlich in die Pfanne hauen, nach allem, was wir für dich getan haben?«

»Was glaubst du?«

»Kommt ganz drauf an, wie verrückt du bist.«

»Nenn mich nicht verrückt. Ich weiß, wie man unter allen Umständen seine Haut rettet. Ich tue alles, was ich tun muss, um zu überleben.«

Gullberg schüttelte den Kopf.

»Nein, Alexander, du tust das, was du tust, weil du böse und verdorben bist. Du wolltest eine Antwort von der Sektion. Ich bin gekommen, um sie dir zu überbringen. Diesmal werden wir keinen Finger rühren, um dir zu helfen.«

Zum ersten Mal wirkte Zalatschenko verunsichert.

»Du hast keine andere Wahl«, sagte er.

»Man hat immer eine andere Wahl«, gab Gullberg zurück.

»Ich werde …«

»Gar nichts wirst du.«

Gullberg atmete tief durch, steckte die Hand in ein Außenfach seiner braunen Aktentasche und zog eine 9-Millimeter Smith & Wesson mit goldverziertem Kolben hervor. Die Waffe hatte ihm vor fünfundzwanzig Jahren der englische Nachrichtendienst geschenkt – für eine unschätzbar wertvolle Information, die er von Zalatschenko bekommen hatte und mit deren Hilfe er einen Stenografen beim englischen MI5 benennen konnte, der in bestem Philby'schen Geiste für die Russen arbeitete.

Zalatschenko sah verblüfft aus. Dann lachte er.

»Und was willst du damit machen? Mich erschießen? Du würdest den Rest deines erbärmlichen Lebens im Gefängnis zubringen.«

»Das glaube ich nicht«, meinte Gullberg.

Plötzlich war sich Zalatschenko nicht mehr sicher, ob Gullberg bluffte oder nicht.

»Das gibt einen Riesenskandal.«

»Ach was. Es wird ein paar Schlagzeilen geben. Aber in einer Woche erinnert sich schon niemand mehr an den Namen Zalatschenko.«

Zalatschenkos Augen verengten sich.

»Du Dreckschwein!«, sagte Gullberg mit solcher Kälte in der Stimme, dass Zalatschenko das Blut in den Adern gefror.

Dann betätigte er den Abzug und schoss Zalatschenko mitten in die Stirn, als der gerade seine Prothese über die Bettkante schwingen wollte. Zalatschenko wurde auf sein Kissen zurückgeschleudert. Ein paarmal zuckte er noch spastisch, dann erschlaffte er. Gullberg sah die Blüte aus roten Flecken, die sich an der Wand hinter dem Kopfende des Bettes gebildet hatte. Nach dem Knall klingelten ihm die Ohren, und automatisch steckte er sich den freien Zeigefinger in den Gehörgang und schüttelte ihn hin und her.

Dann stand er auf, ging näher an Zalatschenko heran, setzte ihm die Pistole an die Schläfe und drückte noch zweimal ab. Er wollte sichergehen, dass der alte Widerling wirklich tot war.

Als der erste Schuss fiel, setzte sich Lisbeth Salander abrupt auf. Durch ihre Schulter schoss ein stechender Schmerz. Während die beiden folgenden Schüsse fielen, versuchte sie bereits, die Beine über die Bettkante zu schwingen.

Annika Giannini hatte erst wenige Minuten mit Lisbeth geredet, als sie die Schüsse hörten. Zunächst saß sie wie gelähmt da und versuchte auszumachen, aus welcher Richtung der scharfe Knall gekommen war. Als Lisbeth aufstehen wollte, schrie sie »Bleib liegen« und drückte ihre Mandantin so heftig aufs Bett zurück, dass Lisbeth die Luft wegblieb.

Dann rannte Annika quer durchs Zimmer und riss die Tür auf. Eine Krankenschwester stand wie angewurzelt auf der Schwelle zum Schwesternzimmer. Annika hörte sie schreien: »Nein, bitte nicht!«, und dann sah sie, wie sie einen Schritt zurücktrat und dabei gegen die Kollegin stieß, die hinter ihr stand.

»Er ist bewaffnet. Lauf weg!«

Annika beobachtete, wie die beiden Schwestern im Nebenzimmer Schutz suchten.

Im nächsten Moment sah sie den grauhaarigen, dünnen Mann mit dem Pepita-Sakko auf den Flur treten. Er hatte eine Pistole in der Hand. Annika erkannte in ihm den Mann wieder, der mit ihr im Fahrstuhl nach oben gefahren war.

Dann trafen sich ihre Blicke. Er wirkte verwirrt. Sie sah, wie er die Waffe in ihre Richtung drehte und einen Schritt auf sie zu machte. Schnell zog sie den Kopf zurück, warf die Tür zu und blickte sich verzweifelt im Zimmer um. Direkt neben ihr stand ein hoher Tisch. Sie zog ihn mit einer einzigen Bewegung vor die Tür und verkeilte die Tischplatte unter der Klinke.

Sie nahm eine Bewegung wahr und sah, dass Lisbeth Salander wieder aus dem Bett klettern wollte. Mit wenigen Schritten war sie bei ihrer Mandantin, schlang die Arme um sie und hob sie hoch. Die Elektroden und Infusionen riss sie ab, als sie sie zur Toilette trug und auf den Klodeckel setzte. Nachdem sie sich umgedreht und die Toilettentür abgeschlossen hatte, zog sie ihr Handy aus der Jackentasche und wählte die 112.

Evert Gullberg ging zu Lisbeth Salanders Zimmer und versuchte, die Klinke herunterzudrücken, doch sie ließ sich um keinen Millimeter bewegen.

Für einen Moment blieb er unschlüssig vor der Tür stehen. Er wusste, dass Annika Giannini dort drin war, und fragte sich, ob sie wohl eine Kopie von Björcks Bericht in der Tasche hatte. Er konnte das Zimmer allerdings nicht betreten, und um die Tür mit Gewalt zu öffnen, fehlten ihm die Kräfte.

Aber das gehörte ja auch alles gar nicht zum Plan. Clinton würde sich um die Bedrohung kümmern, die von Giannini ausging. Sein Job war nur Zalatschenko gewesen.

Gullberg ließ seinen Blick über den Korridor schweifen und merkte, dass ihn zwei Dutzend Schwestern, Patienten und Besucher durch halb geöffnete Türen beobachteten. Er hob die

Pistole und gab einen Schuss auf ein Bild ab, das am Ende des Flurs an der Wand hing. Wie von Zauberhand war sein Publikum verschwunden.

Schließlich warf er einen letzten Blick auf die verbarrikadierte Tür, ging dann entschlossen zurück in Zalatschenkos Zimmer und machte die Tür zu. Er setzte sich auf den Besucherstuhl und betrachtete den russischen Überläufer, der über viele Jahre hinweg ein so intimer Teil seines eigenen Lebens gewesen war.

Fast zehn Minuten lang blieb er unbeweglich sitzen, bis er Geräusche auf dem Flur hörte und wusste, dass die Polizei eingetroffen war. Er dachte an nichts Besonderes.

Dann hob er die Pistole ein letztes Mal, richtete sie gegen seine eigene Schläfe und drückte ab.

Evert Gullberg wurde in aller Eile in den Operationssaal transportiert, wo Dr. Anders Jonasson ihn in Empfang nahm und sofort umfassende lebenserhaltende Maßnahmen ergriff.

Zum zweiten Mal binnen weniger Tage führte Jonasson eine Notoperation durch, bei der er ein Vollmantelgeschoss aus menschlichem Hirngewebe entfernte. Nach der fünfstündigen Operation war Gullbergs Zustand weiter kritisch.

Seine Verletzungen waren wesentlich ernster als diejenigen, die Lisbeth erlitten hatte. Mehrere Tage schwebte er zwischen Leben und Tod.

Mikael Blomkvist war gerade in der »Kaffebar« in der Hornsgatan, als er in den Radionachrichten hörte, ein namentlich nicht genannter 66-jähriger Mann, der des Mordversuchs an Lisbeth Salander verdächtigt wurde, sei im Sahlgrenska-Krankenhaus in Göteborg erschossen worden. Er setzte seine Tasse ab, griff sich seine Laptoptasche und eilte in die Redaktion. Als er gerade den Mariatorget überquert hatte und in die St. Paulsgatan einbog, piepte sein Handy.

»Blomkvist.«

»Hallo, hier ist Malin.«

»Ich hab die Nachricht schon gehört. Wisst ihr, wer geschossen hat?«

»Noch nicht. Henry Cortez versucht, was rauszukriegen.«

»Ich bin schon auf dem Weg zu euch. In fünf Minuten bin ich da.«

In der Tür stieß Mikael mit Henry zusammen, der gerade gehen wollte.

»Ekström hält um 15 Uhr eine Pressekonferenz ab«, sagte Henry. »Ich fahr jetzt runter nach Kungsholmen.«

»Was wissen wir?«, rief Mikael ihm nach.

»Frag Malin«, rief Henry zurück und verschwand.

Mikael ging auf Erika Bergers ... falsch, auf Malin Erikssons Zimmer zu. Sie telefonierte gerade und machte sich hektisch Notizen. Als sie ihn erblickte, machte sie eine abwehrende Handbewegung. Mikael ging in die kleine Redaktionsküche und schenkte Kaffee mit Milch in zwei Becher ein. Als er damit wieder in Malins Zimmer kam, beendete sie gerade ihr Gespräch.

»Okay«, begann Malin, »Zalatschenko ist heute um 13 Uhr 15 erschossen worden.«

Sie sah Mikael an.

»Ich hab gerade mit einer Krankenschwester vom Sahlgrenska gesprochen. Sie sagt, der Mörder war ein älterer Mann, so um die 70, der ein paar Minuten vor dem Mord erschienen war, um Blumen für Zalatschenko abzugeben. Der Mörder hat Zalatschenko mehrfach in den Kopf geschossen und dann sich selbst getötet. Zalatschenko ist tot. Der Mörder lebt noch und wird gerade operiert.«

Mikael atmete tief durch. Seit er die Neuigkeit in der »Kaffebar« gehört hatte, schnürte es ihm die Kehle zu bei dem Gedanken, Lisbeth könne geschossen haben. Das hätte seinen Plan nämlich weiß Gott verkompliziert.

»Kennen wir den Namen des Täters?«, fragte er.

Malin schüttelte den Kopf, als erneut das Telefon klingelte. Sie nahm das Gespräch an, und Mikael erfuhr, dass ein freiberuflicher Mitarbeiter aus Göteborg dran war, den Malin ins Sahlgrenska geschickt hatte. Er winkte ihr zu, ging in sein Zimmer und setzte sich hin.

Es hatte das Gefühl, zum ersten Mal seit Wochen wieder an seinem Arbeitsplatz zu sein. Vor ihm lag ein Stapel ungeöffneter Post, den er resolut beiseiteschob. Er rief seine Schwester an.

»Giannini.«

»Hallo. Ich bin's, Mikael. Hast du schon gehört, was im Sahlgrenska passiert ist?«

»Das kann man wohl sagen.«

»Wo bist du denn?«

»Im Sahlgrenska. Der Mörder hat auch auf mich gezielt.«

Mikael war für ein paar Sekunden völlig sprachlos, bevor er realisierte, was seine Schwester ihm da gerade gesagt hatte.

»Was zum Teufel ... du warst da?«

»Ja. Das war das Schrecklichste, was ich in meinem ganzen Leben erlebt habe.«

»Bist du verletzt?«

»Nein. Aber er hat versucht, sich Zutritt zu Lisbeths Zimmer zu verschaffen. Ich habe die Tür blockiert und uns beide auf dem Klo eingeschlossen.«

»Was ist mit Lisbeth?«, fragte er.

»Sie ist unverletzt ... das heißt, nicht noch zusätzlich verletzt worden.«

Er atmete erleichtert auf.

»Weißt du irgendwas über den Mörder?«

»Nicht das Mindeste. Es war ein älterer Mann, ordentlich gekleidet. Ich fand, dass er ein bisschen verwirrt aussah. Ich habe ihn noch nie gesehen, aber ein paar Minuten vor dem Mord sind wir zusammen im Fahrstuhl gewesen.«

»Und Zalatschenko ist tatsächlich tot?«

»Ja. Ich habe drei Schüsse gehört und glaube mitbekommen zu haben, dass er ihn alle drei Male in den Kopf geschossen hat. Aber das war hier ein einziges Chaos mit tausend Polizisten und Evakuierung einer Abteilung mit Schwerverletzten und Kranken, die eigentlich gar nicht evakuiert werden können. Auch Lisbeth sollte verhört werden, bis den Polizisten aufging, wie schlecht es ihr geht. Ich musste meine ganze Überzeugungskraft aufbieten.«

Kriminalinspektor Erlander sah Annika Giannini durch die offene Tür von Lisbeths Zimmer. Die Rechtsanwältin hielt sich ein Handy ans Ohr, und er wartete darauf, dass sie das Gespräch beendete.

Auch zwei Stunden nach dem Mord herrschte auf dem Flur noch das organisierte Chaos. Zalatschenkos Zimmer war abgesperrt. Die Ärzte hatten sofort nach dem Schuss versucht, Erste Hilfe zu leisten, aber Zalatschenko war nicht mehr zu retten gewesen. Seine sterblichen Überreste waren schon zum Pathologen gebracht worden, und am Tatort war die Spurensicherung bereits an der Arbeit.

Erlanders Handy klingelte. Es war Fredrik Malmberg.

»Wir haben den Mörder zweifelsfrei identifiziert«, sagte Malmberg sofort. »Er heißt Evert Gullberg und ist 78 Jahre alt.«

»Und wer zum Teufel ist Evert Gullberg?«

»Ein Rentner. Wohnhaft in Laholm. Offiziell ist er Firmenjurist. Ich habe einen Anruf von der RPF/Sich bekommen, die haben mir erzählt, man habe kürzlich erst Ermittlungen gegen ihn eingeleitet.«

»Wann und weshalb?«

»Wann, weiß ich nicht, aber er hatte die dumme Angewohnheit, wirre Drohbriefe an Personen des öffentlichen Lebens zu schicken.«

»An wen?«

»Den Justizminister, zum Beispiel.«

Marcus Erlander seufzte. Ein Verrückter also. Ein durchgeknallter Rechthaber.

»Die SiPo hat am Morgen Anrufe von mehreren Zeitungen bekommen, die Briefe von Gullberg erhalten haben. Das Justizministerium hat sich auch gerührt, da dieser Gullberg anscheinend Karl Axel Bodin ausdrücklich mit Mord bedroht hat.«

»Ich will Kopien von diesen Briefen.«

»Von der SiPo?«

»Ja, zum Teufel. Fahr nach Stockholm, und hol sie persönlich ab, wenn's sein muss. Wenn ich aufs Revier zurückkomme, will ich sie auf meinem Schreibtisch haben. Das wäre dann in ungefähr einer Stunde.«

Er überlegte kurz und fragte dann noch:

»Und die SiPo hat dich also angerufen?«

»Ja, wie gesagt.«

»Ich meine, sie haben dich angerufen und nicht umgekehrt?«

»Ja. Genau.«

»Okay«, sagte Marcus Erlander und schaltete sein Handy aus.

Er fragte sich, was in die SiPo gefahren sein mochte, dass sie aus freien Stücken Kontakt mit der Polizei aufnahm. Normalerweise war es so gut wie unmöglich, einen Ton aus ihnen herauszubekommen.

Wadensjöö riss erregt die Tür zu dem Zimmer auf, das Fredrik Clinton benutzte, wenn er sich ausruhen wollte. Clinton setzte sich vorsichtig auf.

»Was zur Hölle geht hier eigentlich vor?«, rief Wadensjöö. »Gullberg hat Zalatschenko ermordet und sich danach selbst in den Kopf geschossen.«

»Ich weiß«, erwiderte Clinton.

»Du weißt?«, schrie Wadensjöö.

Er war knallrot im Gesicht und sah aus, als würde er jeden Moment einen Gehirnschlag erleiden.

»Verdammt, er hat sich selbst in den Kopf geschossen. Er hat versucht, Selbstmord zu begehen. Ist er jetzt völlig durchgedreht?«

»Er lebt also noch?«

»Momentan ja, aber er hat massive Gehirnschäden.«

Clinton seufzte.

»Ein Jammer«, sagte er traurig.

»Ein Jammer?!«, japste Wadensjöö. »Gullberg ist geisteskrank. Verstehst du denn nicht, was ...«

Clinton schnitt ihm das Wort ab.

»Gullberg hat Krebs im Endstadium und hatte bestenfalls noch ein paar Monate zu leben.«

»Krebs?«

»Diese Waffe trägt er schon seit einem halben Jahr mit sich herum. Er war fest entschlossen, sie zu benutzen, bevor die Schmerzen unerträglich würden oder er die Demütigung erleben müsste, ein hilfloser Pflegefall zu werden. Jetzt konnte er seinen letzten Einsatz für die Sektion damit verbinden. Es war ein großer Abgang.«

Wadensjöö war sprachlos.

»Du wusstest, dass er Zalatschenko umbringen wollte?«

»Selbstverständlich. Sein Auftrag lautete, dafür zu sorgen, dass Zalatschenko niemals auspacken kann. Und wie du weißt, konnte man diesem Mann weder drohen noch vernünftig mit ihm reden.«

»Aber geht dir denn nicht in den Kopf, was für ein Skandal das werden könnte? Bist du etwa genauso bescheuert wie Gullberg?«

Clinton stand mühsam auf. Er sah Wadensjöö direkt in die Augen und gab ihm einen Stapel Faxkopien.

»Es war eine operative Entscheidung. Ich trauere um meinen Freund, aber ich werde ihm ja wahrscheinlich bald nachfolgen. Was den Skandal betrifft … ein ehemaliger Anwalt für Steuerrecht hat offensichtlich geisteskranke und paranoide Briefe an Zeitungen, Polizei und Justizministerium geschrieben. Hier hast du ein paar Beispiele dieser Briefe. Gullberg beschuldigt Zalatschenko aller möglichen Verbrechen, vom Palme-Mord bis zum Versuch, die ganze schwedische Bevölkerung mit Chlor zu vergiften. Die Briefe sind eindeutig geistesgestört, teilweise in unleserlicher Handschrift abgefasst und voller Großbuchstaben, Unterstreichungen und Ausrufezeichen. Gefällt mir richtig, wie er da die Ränder vollgekritzelt hat.«

Wadensjöö las die Briefe mit wachsender Verwunderung. Er fasste sich an die Stirn. Clinton beobachtete ihn.

»Egal was passiert, Zalatschenkos Tod wird nicht mit der Sektion in Verbindung gebracht werden. Der Täter war ein verwirrter Rentner, der an Altersdemenz litt.«

Er legte eine Pause ein.

»Das Wichtigste ist jetzt, dass du nicht aus der Reihe tanzt und das Spiel mitspielst. *Don't rock the boat.*«

Er sah Wadensjöö eindringlich an.

»Du musst begreifen, dass die Sektion die Speerspitze der schwedischen Landesverteidigung ist. Wir bilden die hinterste Linie. Unser Job ist es, über die Sicherheit dieses Landes zu wachen. Alles andere ist unwichtig.«

Wadensjöö warf Clinton einen zweifelnden Blick zu.

»Wir sind die, die es gar nicht gibt. Wir sind die, denen niemand dankt. Wir sind die, die Entscheidungen treffen, die niemand anders treffen mag … am allerwenigsten die Politiker.«

Als er das letzte Wort aussprach, nahm seine Stimme einen verächtlichen Ton an.

»Tu, was ich sage, dann überlebt die Sektion vielleicht. Aber dafür müssen wir Entschlossenheit und Härte zeigen!«

Wadensjöö spürte, wie seine Panik wuchs.

Fieberhaft schrieb Henry Cortez alles mit, was auf der Pressekonferenz im Polizeipräsidium Kungsholmen gesagt wurde. Staatsanwalt Ekström erklärte zunächst, dass die Ermittlungen im Fall des Polizistenmordes in Gosseberga zwar in den Zuständigkeitsbereich des Staatsanwalts im Gerichtsbezirk Göteborg fielen, die Ermittlungen in Sachen Niedermann jedoch in seinen eigenen Händen liegen sollten. Ronald Niedermann werde nicht nur des Mordes an dem Polizisten, sondern auch des Mordes an Dag Svensson und Mia Bergman verdächtigt. Ermittelt werde auch gegen Lisbeth Salander, der eine lange Reihe von Verbrechen zur Last gelegt würden.

Ekström erklärte, er habe beschlossen, mit Informationen an die Öffentlichkeit zu gehen, und zwar aufgrund der heutigen Ereignisse in Göteborg, also der Erschießung von Salanders Vater Karl Axel Bodin. Die in der Presse kursierenden Theorien könne er allesamt dementieren.

»Ausgehend von den Angaben, die mir im Moment zur Verfügung stehen, kann ich sagen, dass Bodins Tochter, die des Mordversuchs an ihrem Vater beschuldigt wird, nichts mit den heutigen Geschehnissen zu tun hat.«

»Wer war der Mörder?«, rief ein Reporter vom *Dagens Eko* dazwischen.

»Der Mann, der um 13 Uhr 15 die tödlichen Schüsse auf Karl Axel Bodin abgab und danach einen Selbstmordversuch unternahm, ist bereits identifiziert. Es handelt sich um einen 78-jährigen Rentner, der schon seit einer Weile wegen einer tödlichen Krankheit und den damit verbundenen psychischen Problemen in Behandlung ist.«

»Gibt es irgendeine Verbindung zwischen ihm und Lisbeth Salander?«

»Nein. Das können wir mit Sicherheit sagen. Die zwei sind sich nie begegnet und kennen sich nicht. Der 78-jährige Mann ist eine tragische Figur, die auf eigene Faust und unter Einfluss deutlich paranoider Wahnvorstellungen gehandelt hat. Die Sicherheitspolizei hatte erst vor Kurzem eine Untersuchung gegen ihn eingeleitet, weil er mehrere wirre Briefe an bekannte Politiker und bestimmte Medien gerichtet hatte. Heute Morgen trafen Briefe dieses Mannes bei Zeitungen und Behörden ein, in denen er mit der Ermordung von Karl Axel Bodin droht.«

»Warum hat die Polizei Bodin nicht geschützt?«

»Die Briefe, in denen er bedroht wird, wurden erst gestern Abend abgeschickt. Man hatte keine Zeit mehr zu handeln.«

»Wie heißt der Verfasser der Briefe?«

»Wir wollen diese Information derzeit noch nicht herausgeben, weil zuerst seine Angehörigen benachrichtigt werden sollen.«

»Was hat er für einen Hintergrund?«

»Er hat früher als Wirtschaftsprüfer und Jurist für Steuerfragen gearbeitet. Seit fünfzehn Jahren ist er pensioniert. Die Ermittlungen laufen noch, aber wie Sie aus seinen Briefen ersehen können, ist dies eine Tragödie, die vielleicht hätte verhindert werden können, wenn die Gesellschaft aufmerksamer gewesen wäre.«

»Hat er auch andere Personen bedroht?«

»Eine entsprechende Information ist mir übermittelt worden, ja, aber nähere Details sind mir nicht bekannt.«

»Was bedeutet das alles für den Fall Salander?«

»Vorerst gar nichts, wir haben ja Bodins Zeugenaussage aus dem polizeilichen Verhör, und wir haben umfassende kriminaltechnische Beweise gegen sie.«

»Wie steht es mit den Behauptungen, dass Bodin versucht haben soll, seine Tochter umzubringen?«

»Das ist Gegenstand unserer Ermittlungen, aber es bestehen massive Zweifel, dass diese Annahme den Tatsachen entspricht. Soweit wir das momentan erkennen können, ging es hier um schwere Konflikte in einer tragisch zerrütteten Familie.«

Gunnar Björck spürte Panik, als ihm die Nachricht von den Schüssen im Sahlgrenska-Krankenhaus zu Ohren kam. Er hatte schreckliche Rückenschmerzen.

Zunächst blieb er über eine Stunde lang unschlüssig sitzen. Dann hob er den Hörer ab und versuchte seinen alten Beschützer Evert Gullberg in Laholm anzurufen. Niemand ging ans Telefon.

Er hörte sich die Nachrichten an und erfuhr so, was auf der Pressekonferenz der Polizei gesagt worden war. Zalatschenko erschossen von einem 78-jährigen durchgedrehten Rechthaber.

Herrgott. 78.

Abermals versuchte er es vergeblich bei Evert Gullberg.

Schließlich gewannen Panik und Besorgnis die Oberhand. Er konnte nicht mehr in dieser Wohnung in Smådalarö bleiben. Er fühlte sich umzingelt und schutzlos. Er brauchte jetzt Zeit zum Nachdenken. Also packte er eine Tasche mit Kleidung, schmerzstillenden Medikamenten und seinem Kulturbeutel. Sein Telefon wollte er nicht mehr benutzen, also blieb er bei einer Telefonzelle neben dem örtlichen Lebensmittelgeschäft stehen, rief in Landsort an und buchte sich ein Zimmer im Lotsenhäuschen. Landsort lag am Ende der Welt, und nur wenige Menschen würden ihn dort vermuten. Er buchte das Zimmer gleich für zwei Wochen.

Er warf einen Blick auf seine Armbanduhr. Wenn er die letzte Fähre erreichen wollte, musste er sich jetzt beeilen und so schnell nach Hause fahren, wie es ihm sein schmerzender Rücken erlaubte. In der Küche vergewisserte er sich, dass die Kaffeemaschine aus war, dann ging er in den Korridor, um seinen Koffer zu holen. Dabei warf er zufällig einen Blick ins Wohnzimmer und blieb verblüfft stehen.

Erst verstand er nicht recht, was er da sah.

Die Deckenlampe war auf geheimnisvolle Art und Weise abgenommen und aufs Sofa gelegt worden, stattdessen hing nun ein Seil an dem Haken in der Decke, direkt über einem Hocker, der sonst immer in der Küche stand.

Verständnislos sah Björck die Schlinge an.

Dann hörte er eine Bewegung hinter sich und spürte, wie ihm die Knie weich wurden.

Langsam drehte er sich um.

Es waren zwei Männer um die 35. Björck bemerkte, dass sie südländisch aussahen. Zu einer Reaktion war er nicht mehr imstande, als sie ihn sanft unter die Arme fassten und rückwärts bis zu dem Hocker führten. Als er schließlich versuchte, Widerstand zu leisten, fuhr ihm der Schmerz durch den Rücken wie ein Messer. Er war fast wie gelähmt, als er merkte, wie sie ihn auf den Hocker hoben.

Jonas Sandberg war in Gesellschaft eines 49-jährigen Mannes, der den Spitznamen Falun trug und in seiner Jugend professioneller Einbrecher gewesen war, bis er auf Schlosser umgeschult hatte. Hans von Rottinger hatte Falun 1986 für eine Operation engagiert, bei der die Türen zur Wohnung einer anarchistischen Vereinigung aufgebrochen werden mussten. Danach wurde Falun bis Mitte der 90er-Jahre in regelmäßigen Abständen für diese Art Operationen angeheuert. Fredrik Clinton hatte die Verbindung an diesem Morgen wiederbelebt und Falun für einen Auftrag engagiert, der ihm 10 000 Kronen für eine Arbeit von vielleicht zehn Minuten einbrachte. Im Gegenzug hatte er sich jedoch verpflichten müssen, nichts aus der entsprechenden Wohnung zu entwenden, denn trotz allem war die Sektion ja keine kriminelle Vereinigung.

Falun wusste nicht genau, wen Clinton repräsentierte, doch er nahm an, dass er irgendetwas mit dem Militär zu tun hatte. Schließlich hatte er auch die Bücher von Jan Guillou gelesen. Er stellte keine Fragen. Aber nach so vielen Jahren des Schweigens seiner Auftraggeber machte es ihm wirklich Spaß, mal wieder so eine Aufgabe zu übernehmen.

Sein Job bestand darin, die Tür zu öffnen. Er war Experte für Einbrüche und hatte sein Profi-Pickset dabei. Trotzdem brauchte er ganze fünf Minuten, das Schloss von Mikaels Wohnung zu öffnen. Danach wartete Falun unten im Treppenhaus, während Jonas Sandberg über die Schwelle schritt.

»Ich bin drin«, sagte Sandberg in sein Freisprechtelefon.

»Gut«, erwiderte Clinton, der einen Kopfhörer im Ohr hatte. »Schön ruhig und vorsichtig. Beschreib mir, was du siehst.«

»Ich bin jetzt im Flur, rechts ist eine Garderobe und eine Hutablage, links das Badezimmer. Ansonsten besteht die Wohnung aus einem einzigen großen Raum von ungefähr 50 Quadratmetern. Rechts ist noch eine kleine Barküche.«

»Steht da irgendwo ein Schreibtisch oder ...«

»Sieht so aus, als würde er am Küchentisch oder auf dem Wohnzimmersofa arbeiten ... warte mal.«

Clinton wartete.

»Ja. Hier liegt ein Ordner auf dem Küchentisch, da ist Björcks Bericht drin. Scheint mir das Original zu sein.«

»Gut. Liegt sonst noch was Interessantes auf dem Tisch?«

»Bücher. P. G. Vinges Memoiren. *Machtkampf um die SiPo* von Erik Magnusson. Ein halbes Dutzend Bücher in der Richtung.«

»Irgendein Computer?«

»Nein.«

»Ein Tresor vielleicht?«

»Nein ... nicht, soweit ich das erkennen könnte.«

»Okay. Lass dir Zeit. Geh die Wohnung Meter für Meter durch. Mårtensson hat gemeldet, dass Blomkvist immer noch in der Redaktion ist. Du hast doch Handschuhe an, oder?«

»Selbstverständlich.«

Marcus Erlander ging geradewegs in Lisbeth Salanders Zimmer, streckte Annika Giannini die Hand entgegen und stellte sich vor. Danach begrüßte er Lisbeth und fragte sie, wie es ihr gehe. Lisbeth Salander schwieg. Dann wandte er sich wieder an Annika Giannini.

»Ich muss Sie bitten, mir ein paar Fragen zu beantworten.«

»Bitte.«

»Können Sie mir erzählen, was passiert ist?«

Annika Giannini beschrieb, wie sie die Tür verbarrikadiert und sich mit Lisbeth auf der Toilette eingeschlossen hatte. Erlander wirkte nachdenklich. Er warf einen Blick auf Lisbeth Salander und dann wieder auf ihre Anwältin.

»Sie glauben also, dass er zu Ihnen ins Zimmer wollte?«

»Ich habe gehört, wie er versuchte, die Klinke herunterzudrücken.«

»Und da sind Sie sich ganz sicher? Man bildet sich leicht mal was ein, wenn man erschrocken oder aufgeregt ist.«

»Ich habe ihn gehört. Und er hat mich gesehen. Er hat sogar die Waffe auf mich gerichtet.«

»Glauben Sie, dass er auch Sie erschießen wollte?«

»Ich weiß nicht. Ich habe schnell den Kopf zurückgezogen und die Tür blockiert.«

»Was klug von Ihnen war. Und noch klüger war es, dass Sie Ihre Mandantin in die Toilette getragen haben. Diese Türen hier sind so dünn, da wäre eine Kugel wahrscheinlich geradewegs hindurchgegangen, wenn er geschossen hätte. Ich versuche jedoch zu verstehen, ob er einen Angriff auf Sie persönlich plante oder ob er nur darauf reagierte, dass Sie ihn ansahen. Sie waren fast auf dem Flur.«

»Richtig.«

»Hatten Sie das Gefühl, dass er Sie kannte oder wiedererkannte?«

»Nein, nicht direkt.«

»Könnte er Sie nicht von Zeitungsfotos wiedererkannt haben? Sie sind ja in mehreren publikumsträchtigen Fällen zitiert worden.«

»Möglich. Aber diese Frage kann ich Ihnen nicht beantworten.«

»Und Sie hatten ihn nie zuvor gesehen?«

»Wir sind vorher gemeinsam im Lift nach oben gefahren.«

»Das wusste ich noch gar nicht. Haben Sie miteinander gesprochen?«

»Nein. Ich habe nur einen flüchtigen Blick auf ihn geworfen. In der einen Hand hielt er einen Blumenstrauß und in der anderen eine Aktentasche.«

»Hatten Sie Augenkontakt?«

»Nein. Er guckte geradeaus.«

»Ist er zuerst eingestiegen oder nach Ihnen?«

Annika überlegte.

»Wir sind wohl mehr oder weniger gleichzeitig eingestiegen.«

»Wirkte er verwirrt oder ...«

»Nein. Er stand ganz ruhig da mit seinen Blumen.«

»Und was passierte dann?«

»Ich bin aus dem Lift ausgestiegen. Er stieg auch aus, und dann habe ich meine Mandantin besucht.«

»Sind Sie auf direktem Wege hierhergekommen?«

»Ja ... nein. Ich meine, ich bin zum Empfang gegangen und habe mich ausgewiesen. Der Staatsanwalt hat ja ein Besuchsverbot für meine Mandantin verhängt.«

»Wo befand sich der Mann in diesem Moment?«

Annika Giannini zögerte.

»Ich bin nicht ganz sicher. Er kam nach mir, glaube ich. Doch, Moment mal ... Er stieg als Erster aus dem Lift, blieb dann aber stehen und hielt mir die Tür auf. Ich kann's nicht beschwören, aber ich glaube, er ist dann auch zum Empfang gegangen. Ich war nur schneller als er.«

Ein höflicher pensionierter Mörder, dachte Erlander.

»Ja, er ist auch zum Empfang gegangen«, bestätigte er. »Er hat mit der Schwester gesprochen und seinen Blumenstrauß abgegeben. Das haben Sie also nicht mehr mitbekommen?«

»Nein. Daran kann ich mich nicht erinnern.«

Marcus Erlander überlegte einen Moment, aber es wollte ihm keine Frage mehr einfallen. Der Frust nagte an ihm. Dieses Gefühl kannte er von früher, und er hatte gelernt, es als Meldung seines Instinkts zu deuten.

Als Mörder war also der 78-jährige Evert Gullberg identifiziert worden, ein ehemaliger Wirtschaftsprüfer, Firmenberater und Experte für Steuerrecht. Ein Mann in hohem Alter. Ein Mann, gegen den die SiPo erst kürzlich eine Voruntersuchung eingeleitet hatte, weil er ein Verrückter war, der Drohbriefe schrieb.

Aus seiner Erfahrung als Polizist wusste er, dass es jede Menge krankhaft besessener Menschen gab, die Prominenten vor ihren Villen auflauerten, um ihre Liebe zu gewinnen. Und wenn ihre Liebe unerwidert blieb, konnte sie schnell in unversöhnlichen Hass umschlagen. Es gab Stalker, die aus Deutschland und Italien anreisten, um der 21-jährigen Sängerin einer berühmten Popgruppe nachzustellen. Es gab waschechte Psychopathen und Verschwörungstheoretiker, die geheime Botschaften zu entdecken wussten, die der normalen Welt verborgen blieben.

Es gab auch jede Menge Beispiele, dass solche Geisteskranken durchaus von der Fantasie zur Tat schreiten konnten. War der Mord an Außenministerin Anna Lindh nicht auf den Impuls eines solchen Verrückten zurückzuführen? Vielleicht. Vielleicht auch nicht.

Aber Kriminalinspektor Erlander gefiel der Gedanke absolut nicht, dass ein psychisch kranker ehemaliger Fachmann für Steuerrecht einfach ins Sahlgrenska-Krankenhaus marschiert sein sollte, mit einem Blumenstrauß in der einen und einer Pistole in der anderen Hand, um dort eine Person hinzurichten, die gerade Gegenstand umfassender polizeilicher Ermittlungen war – seinen Ermittlungen. Eine Person, die beim Einwohnermeldeamt Karl Axel Bodin hieß, aber laut Michael

Blomkvist den Namen Zalatschenko trug und ein übergelaufener russischer Agent und Mörder war.

Zalatschenko war bestenfalls ein Zeuge, schlimmstenfalls in eine ganze Reihe von Morden verwickelt. Erlander hatte die Möglichkeit gehabt, zwei kurze Verhöre mit ihm zu führen, und beide Male hatte er ihm nicht eine Sekunde lang seine Unschuldsbeteuerungen geglaubt.

Und sein Mörder hatte Interesse an Lisbeth Salander oder zumindest an ihrer Anwältin gezeigt. Er hatte versucht, in ihr Zimmer zu gelangen. Und danach einen Selbstmordversuch begangen, indem er sich in den Kopf schoss. Nach den Angaben der Ärzte war er offensichtlich so schwer verletzt, dass ihm der Versuch gelungen war, auch wenn sein Körper noch nicht ganz einsehen wollte, dass Feierabend war. Es gab Grund zu der Annahme, dass Evert Gullberg niemals vor einem Richter stehen würde.

Erlander gefiel die ganze Sache überhaupt nicht. Aber er hatte keine Beweise, dass Gullbergs Schüsse irgendetwas anderes sein könnten als das, wonach sie aussahen. Deswegen beschloss er, lieber auf Nummer sicher zu gehen. Er sah Annika Giannini an.

»Ich habe beschlossen, dass Frau Salander in ein anderes Zimmer verlegt wird. Es gibt ein Zimmer in einem Nebengang rechts von der Rezeption, das unter Sicherheitsaspekten wesentlich besser geeignet ist als dieses hier. Man hat es vom Empfang und vom Schwesternzimmer aus rund um die Uhr im Blick. Sie sind die Einzige, die vom Besuchsverbot ausgenommen ist. Niemand darf zu ihr gehen, der nicht eine Genehmigung hat oder ein bekannter Arzt oder eine Krankenschwester im Sahlgrenska ist. Und ich werde dafür sorgen, dass rund um die Uhr eine Wache vor ihrer Tür sitzt.«

»Glauben Sie, dass sie in Gefahr ist?«

»Es deutet nichts darauf hin. Aber in diesem Fall möchte ich lieber kein Risiko eingehen.«

Aufmerksam lauschte Lisbeth Salander dem Gespräch zwischen ihrer Anwältin und ihrem Gegner von der Polizei. Es imponierte ihr, wie exakt, klar und detailliert Annika Giannini antwortete. Noch mehr imponierte ihr, wie besonnen ihre Anwältin unter Stress handelte.

Im Übrigen hatte sie rasende Kopfschmerzen, seit Annika sie aus dem Bett gezerrt und auf die Toilette getragen hatte. Instinktiv wollte sie mit dem Personal so wenig wie möglich zu tun haben. Sie hatte keine Lust, um Hilfe zu bitten oder Schwäche zu zeigen. Aber die Kopfschmerzen waren so überwältigend, dass sie kaum noch klar denken konnte. Also streckte sie doch die Hand aus und klingelte nach einer Schwester.

Annika Giannini hatte den Besuch in Göteborg als Prolog zu einer langwierigen Aufgabe geplant. Sie hatte vorgehabt, Lisbeth Salander kennenzulernen, sich nach ihrem Zustand zu erkundigen und die Strategie auszuarbeiten, die Michael und sie bereits skizziert hatten. Ursprünglich hatte sie schon abends wieder nach Stockholm zurückfahren wollen, aber aufgrund der dramatischen Entwicklungen im Sahlgrenska hatte das Gespräch mit Lisbeth Salander bis jetzt noch nicht stattfinden können. Ihre Mandantin war in bedeutend schlechterer Verfassung, als sie geglaubt hatte, nachdem die Ärzte ihr erklärt hatten, ihr Zustand sei »stabil«. Lisbeth litt unter starken Kopfschmerzen und hohem Fieber, was eine Ärztin namens Helena Endrin veranlasste, ein starkes Schmerzmittel, Antibiotika und Ruhe zu verordnen. Sobald ihre Mandantin in ihr neues Zimmer verlegt worden war und ein Polizist sich vor der Tür postiert hatte, wurde Annika gebeten, sich zu verabschieden.

Sie murrte und warf einen Blick auf die Uhr. Schon halb fünf. Sie zögerte. Entweder konnte sie nach Stockholm zurückfahren, was bedeutete, dass sie am nächsten Tag wiederkommen musste. Oder sie konnte über Nacht bleiben und riskieren, dass ihre Mandantin auch am nächsten Tag noch zu krank war, um Besuch zu empfangen. Annika hatte kein Hotelzimmer reserviert und war sowieso eine Low-Budget-Anwältin für misshandelte Frauen, die nicht über größere finanzielle Mittel verfügten, weshalb sie meist darauf achtete, ihr Honorar nicht durch teure Hotelrechnungen in die Höhe zu treiben. Sie rief zunächst zu Hause an und dann bei Lillian Josefsson, einer Anwaltskollegin, Mitglied im »Netzwerk Frauen« und ehemalige Kommilitonin. Da sie sich seit zwei Jahren nicht mehr gesehen hatten, plauderten sie erst einmal eine Weile, bevor Annika ihr Anliegen vorbrachte.

»Ich bin grade in Göteborg«, erklärte Annika. »Eigentlich wollte ich heute Abend zurückfahren, doch jetzt ist so viel passiert, dass ich über Nacht bleiben muss. Wäre es okay, wenn ich mich bei dir einlade?«

»Au ja, super, bitte lad dich bei mir ein! Wir haben uns ja ewig nicht mehr gesehen.«

»Stör ich auch bestimmt nicht?«

»Nein, natürlich nicht. Ich wohn jetzt in einer Seitenstraße von der Linnégatan. Ein Gästezimmer hab ich auch. Und dann können wir noch in die Kneipe gehen und den ganzen Abend quatschen.«

»Wenn ich das noch schaffe«, meinte Annika. »Wann würde es dir denn passen?«

Sie einigten sich auf sechs Uhr.

Annika nahm den Bus zur Linnégatan und verbrachte die nächste Stunde in einem griechischen Restaurant. Sie war völlig ausgehungert und bestellte sich eine Grillplatte mit Salat. Eine ganze Weile blieb sie noch sitzen und dachte über die Ereignisse des Tages nach. Obwohl ihr ein bisschen die Knie zitterten, seit ihr Adrenalinspiegel wieder gesunken war, war sie zufrieden mit sich. Als es gefährlich wurde, hatte sie effektiv und besonnen reagiert. Sie hatte instinktiv das Richtige getan. So etwas von sich selbst sagen zu können war ein schönes Gefühl.

Nach einer Weile zog sie das Filofax aus der Aktentasche und schlug die Seiten für eigene Notizen auf. Konzentriert las sie. Sie hatte so ihre Zweifel an dem, was Michael ihr erzählt hatte. Als er es ihr erklärt hatte, hörte es sich zwar logisch an, aber es gab noch einige Ungereimtheiten. Doch sie hatte nicht vor, einen Rückzieher zu machen.

Um sechs Uhr bezahlte sie und ging zu Lillians Wohnung in der Olivedalsgatan, wo sie am Tor die Nummer eingab, die ihre Freundin ihr gegeben hatte. Als sie ins Treppenhaus trat und sich nach dem Aufzug umsah, kam die Attacke wie ein Blitz aus heiterem Himmel. Ohne jede Vorwarnung wurde sie brutal und mit voller Kraft gegen die Wand geschleudert. Sie prallte mit der Stirn gegen die Mauer und spürte einen jähen Schmerz.

Im nächsten Moment hörte sie Schritte, die sich eilig entfernten, und dann die Haustür, die geöffnet wurde und wieder ins Schloss fiel. Sie rappelte sich hoch und fasste sich an die blutige Stirn. Was zum Teufel war das denn gewesen? Sie sah sich verwirrt um, trat auf die Straße und sah am Sveaplan gerade noch einen Rücken um die Ecke verschwinden. Verwirrt blieb sie ein paar Minuten lang stehen.

Dann begriff sie, dass ihre Aktentasche verschwunden war. Sie war überfallen worden. Erst nach ein paar Sekunden dämmerte ihr, was das bedeutete. Nein. Die Zalatschenko-Mappe. Sie spürte, wie die Schockwellen sich vom Magen her ausbreiteten. Nach ein paar zögerlichen Schritten blieb sie stehen. Es war sinnlos, dem Unbekannten hinterherzulaufen. Er war längst verschwunden.

Langsam ließ sie sich auf den Bordstein sinken.

Dann schoss sie wieder hoch und wühlte in ihrer Jackentasche. Das Filofax. Gott sei Dank. Als sie das Restaurant verließ, hatte sie es in ihre Jackentasche gesteckt und nicht in die

Aktentasche. Darin befand sich der Entwurf für ihre Strategie im Fall Lisbeth Salander, Punkt für Punkt.

Sie lief zurück zum Eingang, gab den Code ein, lief die Stufen in den vierten Stock hinauf und hämmerte gegen Lillian Josefssons Tür.

Es war fast halb sieben, als Annika sich so weit erholt hatte, dass sie ihren Bruder anrufen konnte. Sie hatte einen Bluterguss und eine Platzwunde an der Augenbraue davongetragen. Lillian hatte sie mit Wundalkohol gesäubert und ein Pflaster aufgelegt. Nein, Annika wollte nicht ins Krankenhaus fahren. Ja, eine Tasse Tee hätte sie gern. Erst jetzt begann sie wieder klar zu denken. Ihre erste Maßnahme war ein Anruf bei ihrem Bruder.

Mikael Blomkvist war noch immer in der *Millennium*-Redaktion, wo er zusammen mit Henry Cortez und Malin Eriksson versuchte, Informationen über Zalatschenkos Mörder zu bekommen. Mit wachsender Bestürzung hörte er sich Annikas Bericht an.

»Bist du okay?«, erkundigte er sich.

»Gibt nur einen blauen Fleck. Wenn ich mich beruhigt habe, ist alles wieder okay. Aber sie haben meine Aktentasche mit der Zalatschenko-Mappe, die du mir gegeben hattest, geklaut.«

»Halb so schlimm, ich kann dir eine neue zusammenstellen.«

Er hielt inne und spürte, wie sich ihm plötzlich die Nackenhaare sträubten. Erst Zalatschenko. Dann Annika.

»Annika ... ich ruf dich zurück.«

Er klappte sein iBook zu, stopfte es in seine Umhängetasche und rannte wortlos aus der Redaktion. Er joggte in die Bellmansgatan und hoch in seine Wohnung.

Die Tür war abgeschlossen.

Sobald er die Wohnung betrat, bemerkte er jedoch, dass der blaue Ordner fehlte, den er auf dem Küchentisch hatte liegen lassen. Er machte sich gar nicht erst die Mühe, danach zu suchen. Er wusste genau, wo er gelegen hatte, als er die Wohnung verließ. Langsam ließ er sich auf einen Küchenstuhl sinken, während sich seine Gedanken überschlugen.

Irgendjemand war in seiner Wohnung gewesen. Irgendjemand beseitigte alle Spuren von Zalatschenko.

Sowohl seine eigene als auch Annikas Kopie waren verschwunden.

Bublanski hatte den Bericht noch.

Er hatte ihn doch noch, oder?

Mikael stand auf, ging zum Telefon, ließ dann aber die Hand auf dem Hörer liegen. Irgendjemand war in seiner Wohnung gewesen. Misstrauisch beäugte er sein Telefon und fischte dann sein Handy aus der Tasche.

Wie leicht lässt sich ein Mobiltelefon abhören?

Langsam legte er das Handy neben sein Festnetztelefon und sah sich um.

Ich habe es hier mit Profis zu tun. Eine Wohnung zu verwanzen ist heutzutage ein Kinderspiel.

Er setzte sich wieder an den Küchentisch.

Er sah seine Laptoptasche an.

Wie schwierig ist es, fremde Mails zu lesen? Lisbeth Salander braucht ganze fünf Minuten für so was.

Er überlegte eine geraume Weile, bevor er wieder ans Telefon ging und seine Schwester in Göteborg anrief. Dabei wählte er seine Worte jedoch mit größter Vorsicht.

»Hallo … wie geht's dir jetzt?«

»Ich bin schon okay, Micke.«

»Erzähl noch mal ganz genau, wie alles passiert ist.«

Sie brauchte zehn Minuten, um ihren Tag zusammenzufassen. Mikael diskutierte mit ihr gar nicht erst, was das alles zu bedeuten hatte, schob aber immer wieder Fragen ein, bis er schließlich zufrieden war.

Sie hatte also um halb fünf beschlossen, in Göteborg zu bleiben, hatte ihre Freundin angerufen und von ihr die Adresse und den Code für die Haustür bekommen. Der Täter hatte um Punkt sechs im Treppenhaus auf sie gewartet.

Ihr Handy wurde also auch abgehört. Das war die einzig logische Erklärung.

»Aber sie haben die Zalatschenko-Mappe mitgenommen«, wiederholte Annika.

»Meine ist auch weg«, sagte er.

»Was?«

Er erklärte, dass er nach Hause gerannt war und die blaue Mappe vom Küchentisch verschwunden war.

»Okay«, sagte Mikael düster. »Das ist eine Katastrophe. Die Zalatschenko-Mappe ist verschwunden. Das war der wichtigste Bestandteil unserer Beweisführung.«

»Micke … es tut mir so leid.«

»Mir auch«, sagte Mikael. »Scheiße! Aber es ist nicht deine Schuld. Ich hätte den Bericht gleich an dem Tag veröffentlichen sollen, als ich ihn gefunden habe.«

»Was machen wir denn jetzt?«

»Keine Ahnung. Das war das Schlimmste, was uns passieren konnte. Das wirft unser gesamtes Konzept über den Haufen. Wir haben nicht die Spur eines Beweises gegen Björck und Teleborian.«

Sie redeten noch zwei Minuten, dann brachte Mikael das Gespräch zu Ende.

»Ich möchte, dass du morgen nach Stockholm kommst«, sagte er.

»Sorry. Ich muss mich mit Salander treffen.«

»Dann geh am Vormittag zu ihr. Und am Nachmittag kommst du zu mir. Wir müssen uns zusammensetzen und überlegen, was wir machen wollen.«

Als er das Gespräch beendet hatte, blieb Mikael reglos auf dem Sofa sitzen und starrte in die Luft. Doch dann breitete sich ein Lächeln auf seinem Gesicht aus. Wer dieses Gespräch belauscht hatte, wusste jetzt, dass *Millennium* Gunnar Björcks Bericht von 1991 und die Korrespondenz zwischen Björck und Peter Teleborian verloren hatte. Und er wusste auch, dass Mikael und Annika völlig verzweifelt waren.

Aus seinen Studien in der vorigen Nacht hatte Mikael immerhin genug gelernt, um zu wissen, dass Fehlinformationen die Grundlage jeder Spionagetätigkeit waren. Und er hatte gerade den Grundstein für eine Fehlinformation gelegt, die auf lange Sicht unschätzbar wertvoll werden würde.

Er machte seine Laptoptasche auf und zog die Kopie heraus, die er für Dragan Armanskij gemacht, ihm aber noch nicht gegeben hatte. Das war das letzte Exemplar, das er besaß. Und das würde er bestimmt nicht verschlampen. Im Gegenteil, er wollte jetzt erst einmal mindestens fünf Kopien davon anfertigen und an den passenden Stellen verteilen.

Dann warf er einen Blick auf seine Uhr und rief in der *Millennium*-Redaktion an. Malin Eriksson war noch dort, wollte aber gerade Feierabend machen.

»Warum bist du denn so Hals über Kopf abgehauen?«

»Kannst du bitte noch einen Moment warten? Ich komme gleich zurück. Es gibt da noch was, was du mitnehmen musst, bevor du gehst.«

Seit Wochen war er nicht mehr zum Waschen gekommen. Sämtliche Hemden lagen im Wäschekorb. Er schnappte sich seinen Rasierer, das Buch *Machtkampf um die SiPo* und das letzte Exemplar von Björcks Bericht. Dann ging er zu Dressman, wo er sich vier Hemden, zwei Hosen und zehn Unterhosen kaufte. Das alles brachte er mit in die Redaktion. Malin wartete, während er kurz duschte, und fragte sich, was hier eigentlich vorging.

»Jemand ist bei mir eingebrochen und hat den Zalatschenko-Bericht gestohlen. Und irgendjemand hat Annika in Göteborg überfallen und hat ihr Exemplar ebenfalls geklaut. Ich habe Beweise, dass ihr Telefon abgehört wird, was wahrscheinlich bedeutet, dass auch mein Telefon, vielleicht auch deines oder sogar alle Telefone bei *Millennium* abgehört werden. Außerdem habe ich den Verdacht, dass sich jetzt einige Wanzen in meiner Wohnung befinden.«

»Aha«, sagte Malin Eriksson matt. Sie warf einen Blick auf ihr Handy, das auf dem Schreibtisch lag.

»Arbeite so weiter wie gewohnt. Benutz dein Handy, gib dabei aber keine Informationen weiter. Morgen informieren wir Henry.«

»Okay. Der ist vor einer Stunde gegangen und hat einen Stapel von Berichten auf deinem Schreibtisch zurückgelassen. Aber was machst du noch hier?«

»Ich will heute Nacht in der Redaktion schlafen. Wenn sie gerade erst Zalatschenko erschossen, die Berichte gestohlen und meine Wohnung verwanzt haben, dann besteht die Chance, dass sie auch noch hier aufkreuzen. Heute war die Redaktion den ganzen Tag lang besetzt. Und ich will nicht, dass sie in der Nacht leer steht.«

»Du glaubst also, dass der Mord an Zalatschenko ... aber der Mörder war ein geistesgestörter alter Mann.«

»Ich glaube keine Sekunde lang an so einen Zufall. Irgendjemand verwischt gerade Zalatschenkos Spuren. Es ist mir scheißegal, wer dieser 78-Jährige ist und wie viele wirre Briefe er an unsere Minister geschrieben hat. Er war ein gedungener Mörder. Und er hat das Krankenhaus aufgesucht, um Zalatschenko zu töten ... und vielleicht auch Lisbeth Salander.«

»Aber er hat doch Selbstmord begangen oder es jedenfalls versucht. Welcher Auftragsmörder würde denn so etwas machen?«

Mikael überlegte kurz. Er sah die Chefredakteurin an.

»Jemand, der 78 Jahre alt ist und nicht mehr viel zu verlieren hat. Er ist in diese Sache verwickelt, und wenn wir mit unseren Recherchen fertig sind, dann werden wir das auch beweisen können.«

Aufmerksam musterte Malin Mikaels Gesicht. An seiner Entschlossenheit bestand kein Zweifel.

»Noch etwas, Malin. Das ist jetzt kein Kampf mehr gegen eine kriminelle Vereinigung, sondern gegen eine staatliche Behörde. Das wird knallhart.«

Malin nickte.

»Ich hatte nicht damit gerechnet, dass das solche Kreise ziehen würde. Wenn du da nicht mit reingezogen werden willst, Malin, dann sag es ganz ehrlich.«

Sie zögerte. Sie überlegte, was Erika Berger gesagt hätte. Dann schüttelte sie trotzig den Kopf.

Teil II

Hacker Republic

1.–22. Mai

Ein irisches Gesetz aus dem Jahre 697 verbietet weibliche Soldaten – was darauf hindeutet, dass Frauen früher tatsächlich Soldaten *waren*. Zu den Völkern, die irgendwann im Laufe ihrer Geschichte weibliche Soldaten gehabt haben, zählen Araber, Berber, Kurden, Radschputen, Chinesen, Philippiner, Maori, Papuaner, australische Aborigines, Mikronesier und amerikanische Indianer.

So manche Legende rankt sich um die gefürchteten weiblichen Krieger des antiken Griechenland. Diese Erzählungen berichten von Frauen, die von Kindheit an in Kriegskunst und Waffengebrauch unterwiesen und an körperliche Entbehrungen gewöhnt wurden. Sie lebten abgeschieden von den Männern und zogen mit eigenen Regimentern in den Krieg. Nicht selten wird erzählt, dass sie die Männer auf dem Schlachtfeld besiegten. Die Amazonen kommen in der griechischen Literatur vor, zum Beispiel in Homers *Ilias*, die etwa 730 v. Chr. entstand.

Die Griechen prägten auch die Bezeichnung »Amazonen«. Wörtlich übersetzt bedeutet dieser Ausdruck »ohne Brust«. Das wird damit erklärt, dass ihnen die rechte Brust entfernt wurde, damit sie den Bogen leichter spannen konnten. Auch wenn einige der wichtigsten griechischen Ärzte der Geschichte, Hippokrates und Galenos, sich wohl einig waren, dass eine derartige Operation die Benutzung der Waffe erleichterte, ist es doch zweifelhaft, ob solche Eingriffe tatsächlich durchgeführt wurden. In dieser Frage gibt es noch so manches linguistische Fragezeichen – es ist unklar, ob die Vorsilbe A – in »Amazone« wirklich »ohne« bedeutet. Man hat sogar vorgeschlagen, dass sie das Gegenteil bedeuten könnte – eine Amazone also eine Frau mit besonders großen Brüsten war. Auch in den Museen gibt es kein einziges Beispiel eines Bildes, eines Amuletts oder einer Statue, die eine Frau darstellen würden, der die rechte Brust fehlt.

8. Kapitel

Sonntag, 1. Mai – Montag, 2. Mai

Erika Berger atmete tief durch, bevor sie die Fahrstuhltür öffnete und die Redaktionsräume der *Svenska Morgon-Posten* betrat. Es war 10 Uhr 15. Sie trug eine schwarze Hose, einen roten Pullover und einen dunklen Blazer. Es war strahlendes Maiwetter, und auf dem Weg durch die Stadt hatte sie feststellen können, dass sich die Arbeiter bereits versammelten und sie selbst seit knapp zwanzig Jahren an keiner Demonstration zum 1. Mai mehr teilgenommen hatte.

Einen Moment lang blieb sie ganz allein vor dem Fahrstuhl stehen. Der erste Tag an ihrem neuen Arbeitsplatz. Als sie den Blick hob, sah sie die Glastüren zum Zimmer des Chefredakteurs, das in den nächsten Jahren ihr Arbeitplatz sein würde.

Sie war immer noch nicht ganz davon überzeugt, dass sie die richtige Person war, um diese unübersichtliche Organisation namens *Svenska Morgon-Posten* zu leiten. Es war ein gigantischer Schritt von *Millennium* mit seinen fünf Angestellten zu einer Tageszeitung mit achtzig Journalisten und weiteren neunzig Personen, die im administrativen oder technischen Bereich arbeiteten. Dazu kamen noch ein Verlag, eine Produktions- und eine Investmentfirma. Insgesamt zweihundertdreißig Personen.

Einen Moment lang fragte sie sich, ob das alles nicht ein gewaltiger Fehler gewesen war.

Dann sah die ältere der beiden Empfangsdamen, wer die Redaktion betreten hatte, kam hinter ihrem Tresen hervor und gab ihr die Hand.

»Frau Berger. Herzlich willkommen bei *SMP*.«

»Ich heiße Erika. Hallo.«

»Beatrice. Willkommen. Soll ich Ihnen den Weg zu Chefredakteur Morander zeigen … also, ich meine natürlich den scheidenden Chefredakteur.«

»Danke, aber er sitzt ja in dem Glaskasten da drüben«, sagte Erika und lächelte. »Ich glaube, ich finde alleine hin. Trotzdem vielen Dank.«

Rasch durchquerte sie die Redaktion und merkte, dass das allgemeine Stimmengewirr ein wenig leiser wurde. Plötzlich spürte sie, dass alle Blicke auf sie gerichtet waren. Vor dem halb leeren Nachrichtentisch blieb sie stehen und nickte freundlich.

»Wir werden uns gleich noch richtig begrüßen«, verkündete sie, ging dann weiter und klopfte an die Glastür.

Der scheidende Chefredakteur Håkan Morander war 59 Jahre alt und hatte zwölf davon in diesem Glaskäfig in der *SMP*-Redaktion zugebracht. Wie Erika Berger war auch er damals gezielt abgeworben worden – er hatte also denselben ersten Gang durch die Redaktion hinter sich bringen müssen wie sie. Er hob verwirrt den Kopf, warf einen Blick auf seine Armbanduhr und stand dann auf.

»Hallo, Erika«, begrüßte er sie. »Ich dachte, Sie fangen erst am Montag an.«

»Ich hab's einfach nicht mehr ausgehalten, zu Hause rumzusitzen. Also, hier bin ich.«

Morander gab ihr die Hand.

»Herzlich willkommen. Toll, dass Sie hier das Ruder übernehmen werden.«

»Wie geht es Ihnen?«, erkundigte sich Erika.

Er zuckte die Achseln, als im selben Moment auch schon Beatrice mit Kaffee und Milch hereinkam.

»Ich hab das Gefühl, als würde ich bloß noch mit halber Kraft arbeiten. Eigentlich will ich gar nicht darüber reden. Da fühlt man sich sein ganzes Leben lang wie ein Teenager und könnte Bäume ausreißen, und dann hat man plötzlich nur noch so wenig Zeit übrig. Doch eines ist sicher – ich habe nicht vor, meine restliche Zeit in diesem Glaskäfig zu verschwenden.«

Unbewusst rieb er sich den Brustkorb. Seine Herz- und Kreislaufprobleme waren der Grund dafür, dass er so plötzlich abtrat und Erika frühzeitig übernehmen musste.

Sie drehte sich um und ließ ihren Blick über die spärlich besetzte Bürolandschaft der Redaktion schweifen. Sie entdeckte einen Reporter und einen Fotografen, die über den 1. Mai berichten wollten und gerade auf dem Weg zum Fahrstuhl waren.

»Wenn ich störe oder Sie heute zu viel zu tun haben, dann komme ich doch vielleicht morgen wieder.«

»Nein, nein. Mein Job besteht heute nur darin, einen Leitartikel mit viertausendfünfhundert Anschlägen über die Demonstrationen zum 1. Mai zu schreiben. Ich hab schon so viele geschrieben, das könnte ich auch im Schlaf. Wenn die Sozis Krieg mit Dänemark anfangen wollen, muss ich erklären, warum sie falschliegen. Wenn die Sozis Krieg mit Dänemark vermeiden wollen, muss ich auch erklären, warum sie falschliegen.«

»Dänemark?«, fragte Erika.

»Jedenfalls muss auf die Konflikte in der Integrationsfrage Bezug genommen werden. Und die Sozis liegen selbstverständlich falsch, egal was sie sagen.«

Plötzlich musste er lachen.

»Das klingt ganz schön zynisch.«

»Willkommen bei der *SMP*.«

Erika hatte nie eine Meinung zu Chefredakteur Håkan Morander gehabt. Er gehörte zur anonymen Elite der Chefredakteure. Wenn sie seine Leitartikel las, empfand sie ihn als langweilig und konservativ, als Experten für steuerliche Haarspaltereien, als typisch liberalen Kämpfer für die Meinungsfreiheit, doch war sie ihm noch nie persönlich begegnet.

»Erzählen Sie mir von dem Job«, bat sie.

»Ich höre am 30. Juni auf. Wir arbeiten also noch zwei Monate lang zusammen. Sie werden die positiven als auch auch die negativen Seiten kennenlernen. Ich als Zyniker sehe wohl hauptsächlich die negativen.«

Er stand auf und stellte sich neben sie vor die Glaswand.

»Sie werden merken, dass Sie da draußen eine ganze Reihe von Widersachern haben – den Chef vom Dienst oder ältere Redakteure, die sich ihre eigenen kleinen Imperien aufgebaut haben. Sie werden versuchen, ihren Bereich auszudehnen und ihre eigenen Schlagzeilen und Sichtweisen durchzusetzen, und wenn Sie ihnen Widerstand leisten wollen, müssen Sie ganz schön die Krallen zeigen.«

Erika nickte.

»Da wären zum Beispiel Billinger und Karlsson ... die sind so ein Kapitel für sich. Sie hassen sich und haben Gott sei Dank nie dieselbe Schicht, aber sie benehmen sich, als wären sie beide verantwortliche Herausgeber und Chefredakteure. Da wäre Anders Holm, der Nachrichtenchef, mit dem Sie auch einige Kämpfe austragen werden. Und dann gibt es noch einige Reporter, die sich wie Diven aufführen und eigentlich längst in Rente hätten geschickt werden sollen.«

»Gibt es denn gar keine netten Mitarbeiter?«

Plötzlich lachte Morander.

»Doch! Aber Sie müssen selbst entscheiden, mit wem Sie gut klarkommen. Wir haben ein paar Reporter da draußen, die sind richtig super.«

»Und der Führungskreis?«

»Magnus Borgsjö ist der Aufsichtsratsvorsitzende. Er hat Sie ja sozusagen persönlich abgeworben. Er ist charmant, ein bisschen von der alten Schule und ein bisschen progressiv, aber in erster Linie ist er derjenige, der hier den Ton angibt. Daneben gibt es noch ein paar Mitglieder der Eigentümerfamilie, die hauptsächlich ihre Zeit absitzen, aber manche führen sich auch so auf, als wären sie professionelle Journalisten.«

»Hört sich ja nicht gerade unkompliziert an.«

»Es gibt hier eine klare Arbeitsteilung. Dennoch kommt es immer wieder vor, dass sich gewisse Leute in inhaltliche Belange einmischen, die damit eigentlich nichts zu tun haben. Ehrlich gesagt, Erika, Sie werden starke Ellbogen brauchen.«

»Würden Sie mir das näher erläutern?«

»Seit der Glanzzeit in den 60er-Jahren ist die Auflage um fast 150000 Exemplare gesunken, und langsam nähert sich die *SMP* der Grenze, wo es unrentabel wird. Wir haben rationalisiert und seit 1980 über hundertachtzig Stellen abgebaut. Wir sind zum Boulevard übergegangen – was wir schon vor zwanzig Jahren hätten tun sollen. *SMP* gehört immer noch zu den großen Zeitungen, aber es fehlt nicht mehr viel, und wir rutschen langsam in die zweite Liga ab. Falls das nicht schon passiert ist.«

»Warum haben die dann ausgerechnet mich ausgesucht?«, wunderte sich Erika.

»Weil das Durchschnittsalter unserer Leser bei 50 aufwärts liegt und der Zuwachs bei den 20-Jährigen mehr oder weniger bei null. Deswegen hat sich die Führungsspitze überlegt, sie sollten sich die unwahrscheinlichste Chefredakteurin ins Haus holen, die sie sich vorstellen konnten.«

»Eine Frau?«

»Nicht nur irgendeine Frau, sondern die Frau, die das Wennerström-Imperium zerschmettert hat, als Königin des Investigativjournalismus gilt und gleichzeitig den Ruf genießt, tough zu sein wie keine Zweite. Denken Sie mal selbst darüber nach. Die Mischung war einfach unwiderstehlich. Wenn *Sie* die Zeitung nicht reformieren können, dann kann es niemand. *SMP* hat also nicht nur Erika Berger eingestellt, sondern vor allem den Ruf der Erika Berger.«

Als Mikael Blomkvist das Café »Copacabana« neben dem Kino am Hornstull verließ, war es kurz nach zwei. Er setzte seine Sonnenbrille auf, bog in Bergsunds Strand ein und ging Richtung U-Bahn. Fast sofort fiel ihm der graue Volvo auf, der direkt um die Ecke parkte. Er ging an ihm vorbei, ohne sein Tempo zu drosseln, und stellte fest, dass es dasselbe Nummernschild war und niemand im Auto saß.

Das war jetzt schon das siebte Mal in den letzten vier Tagen, dass er diesen Wagen sah. Zum ersten Mal hatte er ihn am Mittwochmorgen in der Nähe seiner Haustür in der Bellmansgatan parken sehen, als er zur *Millennium*-Redaktion ging. Auf das Nummernschild, das mit den Buchstaben KAB begann, hatte er deshalb reagiert, weil das der Name der ruhenden Firma von Alexander Zalatschenko war, Karl Axel Bodin AB. Wahrscheinlich hätte er nicht weiter darüber nachgedacht, hätte er nicht wenige Stunden später dasselbe Auto erneut gesehen, als er am Medborgarplatsen mit Henry Cortez und Erika Berger Mittagspause machte. Diesmal parkte der Volvo in einer Seitenstraße der *Millennium*-Redaktion.

Er fragte sich halbherzig, ob er langsam paranoid wurde, doch als er am Nachmittag Holger Palmgren in der Reha-Klinik besuchte, stand der graue Volvo auf dem Besucherparkplatz. Das konnte kein Zufall sein. Mikael Blomkvist begann seine Umgebung im Auge zu behalten. Folglich war er auch wenig überrascht, als er den Wagen am Morgen darauf erneut erblickte.

Einen Fahrer hatte er allerdings nie zu Gesicht bekommen. Ein Anruf bei der Kfz-Meldestelle ergab, dass das Auto auf den Namen Göran Mårtensson eingetragen war, 40 Jahre alt, wohnhaft in der Vittangigatan in Vällingby. Nach einstündiger Recherche bekam er die Information, dass Göran Mårtensson sich Unternehmensberater nannte und eine Firma besaß, die in Form eines Postfachs in der Fleminggatan in Kungsholmen existierte. Mårtensson konnte mit einem interessanten Lebenslauf aufwarten: Im Alter von 18 Jahren, 1983, hatte er seinen Wehrdienst bei den Küstenjägern abgeleistet und sich danach beim Militär einstellen lassen. Dort stieg er auf bis zum Leutnant, bis er 1989 seinen Abschied nahm, umsattelte und ein Studium an der Polizeihochschule in Solna begann. Aus dem öffentlichen Polizeidienst verschwand er 1997 und gründete 1999 seine eigene Firma.

Also SiPo.

Mikael biss sich auf die Unterlippe. Ein ehrgeiziger Investigativjournalist konnte schon wegen weniger paranoid werden. Mikael kam zu der Schlussfolgerung, dass er unter diskreter Überwachung stand, diese aber so plump ausgeführt wurde, dass er sie bemerkt hatte.

Oder war sie gar nicht so plump? Das Auto war ihm ja nur wegen des Nummernschilds aufgefallen. Wäre nicht die Buchstabenfolge KAB gewesen, hätte er den Volvo keines Blickes gewürdigt.

Am Freitag glänzte KAB mit Abwesenheit. Mikael war nicht ganz sicher, aber er glaubte, an diesem Tag Gesellschaft von einem roten Audi bekommen zu haben, doch er konnte sein Nummernschild nicht erkennen. Am Samstag war der Volvo wieder da.

Genau zwanzig Sekunden nachdem Mikael Blomkvist das Café »Copacabana« verlassen hatte, hob auf der anderen Straßenseite Christer Malm auf seinem schattigen Platz im Biergarten des Café »Rosso« seine Nikon-Digitalkamera und schoss eine Serie von zwölf Bildern. Er fotografierte die zwei Männer, die kurz nach Mikael aus dem Café »Copacabana« traten und hinter ihm am Kino vorbeigingen.

Der eine Mann konnte Ende 30, Anfang 40 sein und hatte blonde Haare. Der andere wirkte ein bisschen älter, hatte dünnes rotblondes Haar und trug eine dunkle Sonnenbrille. Beide hatten Jeans und dunkle Lederjacken an.

An dem grauen Volvo trennten sie sich. Der ältere öffnete die Autotür, während der jüngere Mikael Blomkvist zu Fuß zur U-Bahn folgte.

Christer Malm ließ seufzend seine Kamera sinken. Er hatte keine Ahnung, warum Mikael ihn beiseitegenommen und eindringlich gebeten hatte, am Sonntagnachmittag im Viertel rund um das »Copacabana« nach einem grauen Volvo mit bewusstem Kennzeichen Ausschau zu halten. Mikael hatte ihn angewiesen, sich so hinzusetzen, dass er die Person fotografieren konnte, die mit großer Wahrscheinlichkeit um kurz nach drei das Auto aufschließen würde. Gleichzeitig sollte Christer die Augen offen halten, ob er vielleicht beschattet würdee.

Das war wieder mal typisch Blomkvist. Christer war nie ganz sicher, ob Mikael von Natur aus paranoid war oder ob er paranormale Begabungen besaß. Seit den Vorfällen in Gosseberga war Mikael sehr verschlossen und redete nicht gern. Was nicht ungewöhnlich war, wenn er an einer heiklen Story saß – dieselbe Besessenheit und Geheimnistuerei hatte Christer auch schon im Zusammenhang mit der Wennerström-Affäre erlebt, aber diesmal war es deutlicher als je zuvor.

Doch Christer wurde rasch klar, dass Mikael tatsächlich beschattet wurde. Er fragte sich, was für ein Riesenärger jetzt wohl wieder im Anzug war und höchstwahrscheinlich erneut Zeit, Kraft und Ressourcen ihrer Zeitschrift in Anspruch nehmen würde. Christer fand, dass der Zeitpunkt für eine neuerliche Blomkvisterei äußerst ungünstig gewählt war, jetzt, da die Chefredakteurin zum Großen Drachen übergelaufen und *Milleniums* mühsam wiedergewonnene Stabilität bedroht war.

Er stand auf und schlenderte dem Mann hinterher, der sich an Mikaels Fersen geheftet hatte – was nicht zu seinem Auftrag gehörte. Aber dann verlor er ihn schon auf der Långholmsgatan aus den Augen.

Sowie Mikael Blomkvist klar geworden war, dass sein Telefon höchstwahrscheinlich abgehört wurde, beauftragte er Henry Cortez, einige gebrauchte Handys zu kaufen. Cortez trieb für einen Apfel und ein Ei eine billige Restpartie Ericsson T10 auf. Mikael eröffnete anonyme Konten bei Comviq. Dann verteilte er die Reservetelefone an Malin Eriksson, Henry Cortez, Annika Giannini, Christer Malm, Dragan Armanskij und sich selbst. Sie benutzten sie nur für Gespräche, die absolut nicht belauscht werden durften. Der normale Telefonverkehr sollte weiterhin über ihre öffentlichen Nummern laufen. Was natürlich bedeutete, dass sie ab jetzt ständig zwei Handys mit sich herumschleppen mussten.

Mikael fuhr vom »Copacabana« zur Redaktion, wo Henry Cortez gerade Wochenend-Bereitschaftsdienst schob. Seit dem Mord an Zalatschenko hatte Mikael einen Bereitschaftsdienst eingerichtet, damit die Redaktion immer besetzt war und auch nachts jemand in den Räumen schlief. Die Liste umfasste neben ihm selbst Henry Cortez, Malin Eriksson und Christer Malm. Weder Lottie Karim noch Monika Nilsson oder Marketingchef Sonny Magnusson zählten dazu. Sie waren nicht einmal gefragt worden. Lottie Karim hatte schreckliche Angst im Dunkeln und hätte um nichts in der Welt allein in der Redaktion geschlafen. Monika Nilsson hatte zwar nicht die geringste Angst im Dunkeln, war jedoch der Typ, der tagsüber wie besessen schuftete, am Abend aber pünktlich Schluss machte. Und Sonny Magnusson war 61 Jahre alt, hatte mit der redaktionellen Arbeit nichts zu tun und wollte außerdem bald seinen Urlaub antreten.

»Gibt's was Neues?«, erkundigte sich Mikael.

»Nichts Besonderes«, erwiderte Henry. »Die Nachrichten heute drehen sich alle um den 1. Mai.«

Mikael nickte.

»Ich werd hier jetzt ein paar Stunden sitzen. Nimm dir frei und komm einfach heute Abend um neun wieder.«

Als Henry Cortez verschwunden war, ging Mikael zu seinem Schreibtisch und nahm sein anonymes Handy heraus. Damit rief er den freien Journalisten Daniel Olofsson in Göteborg an. *Millennium* hatte im Laufe der Jahre mehrere Texte von Olofsson veröffentlicht, und Mikael hatte großes Vertrauen in dessen journalistische Fähigkeiten, wenn es um grundlegende Recherchen ging.

»Hallo, Daniel. Hier ist Mikael Blomkvist. Hast du gerade ein bisschen Zeit?«

»Ja.«

»Ich hätte da einen Rechercheauftrag. Du kannst eine Rechnung über fünf Tage ausstellen, und das Ganze wird auf keinen Artikel hinauslaufen. Oder besser gesagt – du kannst gerne einen Text zum Thema schreiben, und den veröffentlichen wir dann auch, aber im Moment brauchen wir nur die Recherche.«

»Schieß los.«

»Es ist ein bisschen heikel. Du darfst mit niemand darüber sprechen, und du darfst auch nur über Hotmail mit mir kommunizieren. Ich will nicht mal, dass du irgendjemand von deiner Recherche für *Millennium* erzählst.«

»Geht klar. Was brauchst du denn?«

»Ich möchte von dir eine Arbeitsplatzreportage vom Sahlgrenska-Krankenhaus. Wir nennen die Reportage ›Emergency Room‹. Sie soll den Unterschied zwischen der Wirklichkeit und der Fernsehserie herausarbeiten. Ich möchte, dass du für ein paar Tage die Arbeit in der Notaufnahme und auf der Intensivstation verfolgst. Sprich mit Ärzten, Schwestern, dem Reinigungspersonal und allen, die dort arbeiten. Wie sind die

Arbeitsbedingungen? Was tun sie? All so was. Mit Bildern natürlich.«

»Die Intensivstation auch?«, vergewisserte sich Olofsson.

»Ja. Ich will, dass du dich auf die Folgebehandlung schwer verletzter Patienten auf dem Flur 11 C konzentrierst. Ich will wissen, wie der Flur auf einer Grundrisszeichnung aussieht, wer dort arbeitet und was die Angestellten für einen Hintergrund haben.«

»Hmm«, machte Daniel Olofsson. »Wenn ich nicht ganz falschliege, wird auf 11 C eine gewisse Lisbeth Salander gepflegt.«

Er war auch kein heuriger Hase.

»Tatsächlich?«, sagte Mikael Blomkvist. »Interessant. Finde doch raus, in welchem Zimmer sie liegt, was sich in den angrenzenden Räumen befindet und welche Routinen sich rund um sie abspielen.«

»Ich beginne zu ahnen, dass es bei dieser Reportage um etwas ganz anderes geht«, meinte Daniel Olofsson.

»Wie gesagt … ich will nur die Recherche.«

Sie tauschten ihre Hotmail-Adressen aus.

Lisbeth Salander lag rücklings auf dem Boden, als Schwester Marianne hereinkam.

»Hmm«, sagte Schwester Marianne und brachte damit ihren Zweifel zum Ausdruck, dass der Fußboden ein geeigneter Aufenthaltsort für eine schwer verletzte Patientin war. Aber sie akzeptierte es, da dies der einzige Ort war, an dem ihre Patientin ihre Übungen absolvieren konnte.

Nachdem Lisbeth Salander dreißig Minuten lang versucht hatte, gemäß den Anweisungen ihres Physiotherapeuten all die Liegestützen und Dehnungsübungen und Sit-ups durchzuführen, war sie völlig durchgeschwitzt. Es war eine ganze Reihe spezieller Bewegungen, die sie jeden Tag ausführen sollte, um nach der drei Wochen zurückliegenden OP die Muskulatur in Schulter und Hüfte zu stärken. Keuchend stellte sie fest, dass sie völlig außer Form war. Sie wurde sehr schnell müde, und bei der geringsten Anstrengung zog und schmerzte ihre Schulter. Doch sie befand sich zweifellos auf dem Weg der Besserung. Das Kopfweh, das sie in der ersten Zeit nach der OP gequält hatte, war am Abklingen und trat nur noch sporadisch auf.

Sie selbst fand sich schon wieder so gesund, dass sie jederzeit aus dem Krankenhaus hinausmarschiert oder zumindest hinausgehinkt wäre, wenn man sie denn gelassen hätte. Aber das war nicht möglich, zum einen weil die Ärzte sie noch nicht wieder für gesund erklärt hatten, zum andern weil die Tür von einem verdammten Wachmann der Firma Securitas bewacht wurde, der auf einem Stuhl im Flur saß.

Doch sie war gesund genug, um in die normale Reha-Abteilung verlegt zu werden. Nach einigem Hin und Her zwischen Polizei und Krankenhausleitung kam man überein, dass Lisbeth bis auf Weiteres in Zimmer 18 bleiben sollte, da dieses Zimmer leicht zu bewachen war.

Ihr Aufenthalt im Sahlgrenska würde jedenfalls noch ein paar Wochen dauern. Sobald die Ärzte sie gesundschrieben, sollte sie ins Untersuchungsgefängnis Kronoberg in Stockholm verlegt werden, um dort auf ihren Prozess zu warten. Und die Person, die über den Zeitpunkt bestimmen sollte, war Dr. Anders Jonasson.

Nach den Schüssen in Gosseberga hatte es ganze zehn Tage gedauert, bis Dr. Jonasson der Polizei erlaubt hatte, ein erstes richtiges Verhör durchzuführen, was in Annika Gianninis Augen bemerkenswert war. Leider warf er aber auch ihr so manchen Knüppel zwischen die Beine, wenn sie ihre Mandantin besuchen wollte. Und das war wiederum irritierend.

Nach dem Tumult rund um den Mord an Zalatschenko hatte er Lisbeth Salanders Zustand aufs Gründlichste untersucht und dabei auch die Tatsache berücksichtigt, dass sie wohl besonders großem Stress ausgesetzt gewesen war, als man sie des dreifachen Mordes verdächtigte. Dr. Jonasson hatte keine Ahnung, ob sie schuldig oder unschuldig war, und als Arzt interessierte er sich auch nicht im Geringsten für diese Frage. Er sollte nur beurteilen, ob Lisbeth Salander unter Stress gestanden hatte. Drei Kugeln waren in ihren Körper eingedrungen, eine davon ins Gehirn, die sie beinahe umgebracht hätte. Sie hatte Fieber, das einfach nicht zurückgehen wollte, und dazu starke Kopfschmerzen.

So ging er lieber auf Nummer sicher. Ob Mordverdächtige oder nicht, sie war seine Patientin, und es war seine Aufgabe, für ihre baldige Genesung zu sorgen. Daher ordnete er ein Besuchsverbot an, das nichts mit dem juristisch motivierten Besuchsverbot der Staatsanwältin zu tun hatte. Er verordnete Medikamente und absolute Ruhe.

Da Anders Jonasson eine totale Isolierung jedoch für eine so inhumane Strafe hielt, dass sie schon an Folter grenzte, und er der Meinung war, keinem Menschen könne es gut gehen, wenn er ganz von seinen Freunden getrennt ist, beschloss er, dass Lisbeth Salanders Anwältin Annika Giannini als stellvertretende Freundin einspringen sollte. Jonasson führte ein ernstes Gespräch mit ihr und erklärte, sie würde täglich für eine Stunde Zugang zur Patientin erhalten. In dieser Zeit durfte sie sie besuchen, mit ihr reden oder einfach still neben ihr sitzen und ihr Gesellschaft leisten. Die Gespräche sollten jedoch besser nichts mit Lisbeth Salanders profanen Problemen und bevorstehenden juristischen Auseinandersetzungen zu tun haben.

»Sie ist in den Kopf geschossen worden und wirklich schwer verletzt«, erklärte er. »Ich glaube, dass sie außer Lebensgefahr ist, aber es besteht jederzeit noch das Risiko, dass es zu Blutungen kommt oder Komplikationen auftreten. Sie braucht Zeit und Ruhe. Erst dann kann sie sich mit ihren juristischen Problemen auseinandersetzen.«

Annika Giannini verstand Dr. Jonassons Argumentation. Sie führte ein paar allgemein gehaltene Gespräche mit Lisbeth Salander und deutete an, was für eine Strategie Mikael und sie sich ausgedacht hatten, fand aber noch keine Gelegenheit, ins Detail zu gehen. Lisbeth Salander war einfach zu erschöpft und stand unter so starkem Medikamenteneinfluss, dass sie oft mitten im Gespräch einschlief.

Dragan Armanskij betrachtete Christer Malms Bilder, auf denen die zwei Männer zu sehen waren, die Mikael Blomkvist ab dem »Copacabana« verfolgt hatten. Die Fotos waren gestochen scharf.

»Nein«, sagte er. »Die hab ich noch nie gesehen.«

Mikael Blomkvist nickte. Sie trafen sich am Montagmorgen in Armanskijs Arbeitszimmer bei Milton Security. Mikael war durch die Garage ins Gebäude gekommen.

»Der Ältere ist Göran Mårtensson, dem gehört der Volvo. Seit mindestens einer Woche verfolgt er mich wie mein schlechtes Gewissen, aber das kann natürlich auch schon länger so gehen.«

»Und Sie behaupten, er ist von der SiPo.«

Mikael verwies auf das, was er über Mårtenssons Karriere herausgefunden hatte. Die Fakten sprachen für sich selbst. Dennoch zögerte Armanskij. Er hatte widersprüchliche Empfindungen bei dem, was Blomkvist hier erzählte.

Es war eine Sache, dass die Geheime Staatspolizei sich immer blamierte. Das war völlig natürlich, und das galt nicht nur für die SiPo, sondern wahrscheinlich für alle Nachrichtendienste der Welt. Du lieber Himmel, die französische Geheimpolizei hatte ein Team von Kampftauchern nach Neuseeland geschickt, um das Greenpeace-Schiff *Rainbow Warrior* in die Luft zu sprengen. Was man wohl getrost als die dilettantischste Geheimdienst-Operation aller Zeiten bezeichnen durfte – Nixons Watergate-Einbrüche vielleicht ausgenommen. Aber von den Erfolgen wurde natürlich nie berichtet. Die Medien fielen über die Sicherheitspolizei her, sobald etwas missglückte, und spielten die Besserwisser, nachdem das Kind in den Brunnen gefallen war.

Armanskij hatte das Verhältnis der schwedischen Medien zur SiPo nie ganz verstanden.

Einerseits betrachteten sie die SiPo als wunderbare Quelle, und fast jede politische Unbedachtheit führte zu reißerischen Schlagzeilen. »Die *SiPo* vermutet, dass ...« Wer eine Stellungnahme der SiPo in seiner Überschrift zitieren konnte, hatte damit Informationen aus erster Hand.

Andererseits war es geradezu ein Hobby von Medien und Politikern, über solche SiPo-Mitarbeiter herzufallen, die nachweislich schwedische Bürger ausspionierten. Darin lag ein gewisser Widerspruch, und irgendwann war Armanskij zu dem Schluss gekommen, dass weder die Politiker noch die Medien sonderlich aufrichtig waren.

Armanskij hatte nichts gegen die Existenz der SiPo einzuwenden. Irgendjemand musste ja die Verantwortung dafür tragen, dass diese nationalbolschewistischen Irren, die ein bisschen zu viel Bakunin gelesen hatten, nicht anfingen, Bomben aus Kunstdünger und Öl zusammenzubauen und in einem Lieferwagen vor Rosenbad, dem Sitz der schwedischen Regierung, abzustellen. Also war die SiPo durchaus notwendig, und Armanskij fand, dass auch ein wenig Spionage nicht immer von Übel war, sofern sie die allgemeine Sicherheit der Bürger gewährleistete.

Natürlich stellte sich dabei das Problem, dass eine solche Organisation ihrerseits aus verfassungsrechtlichen Gründen unter strenger öffentlicher Kontrolle stehen muss. Allerdings hatten Politiker und Reichstagsmitglieder kaum Einsicht in die Tätigkeit der SiPo, und nicht einmal der vom Ministerpräsidenten eingesetzte Sonderermittler hatte größere Vollmachten. Armanskij hatte sich Carl Lidboms Buch *Ein Auftrag* von

Mikael ausgeliehen und hatte es mit wachsendem Staunen gelesen. In den USA wären zwei Handvoll führende SiPo-Mitarbeiter sofort wegen Behinderung der Demokratie verhaftet worden und hätten sich vor einem öffentlichen Ausschuss im Kongress verantworten müssen. Doch in Schweden waren sie anscheinend unantastbar.

Der Fall Lisbeth Salander zeigte, dass in dieser Organisation etwas faul war, doch als Mikael Blomkvist kam und ihm ein abhörsicheres Handy überreichte, war Dragan Armanskijs erste Reaktion gewesen, den Journalisten für paranoid zu halten. Erst als er sich mit den Details beschäftigt und Christer Malms Bilder genau angesehen hatte, musste er widerwillig zugeben, dass Blomkvist allen Grund für seinen Verdacht hatte. Was nichts Gutes verhieß, sondern vielmehr andeutete, dass die Verschwörung, der Lisbeth Salander vor fünfzehn Jahren zum Opfer fiel, kein Zufall war.

Es kam einfach zu viel zusammen, als dass es noch Zufall hätte sein können. Zalatschenko mochte ja durchaus von einem verrückten Rechthaber ermordet worden sein. Aber nicht, wenn gleichzeitig Mikael Blomkvist und Annika Giannini das Dokument gestohlen wurde, das den Grundstein für jede Beweisführung darstellte. Es war das reinste Elend. Und dann hatte auch noch Kronzeuge Gunnar Björck nichts Besseres zu tun, als sich aufzuhängen.

»Okay«, sagte Armanskij und sammelte die Blätter von Mikaels Dokumentation wieder zusammen. »Sind wir uns einig, dass ich das hier an meine Kontaktperson weitergebe?«

»Ist sie absolut vertrauenswürdig?«

»Ich weiß, dass es eine Person mit hoher Moral und demokratischem Lebenswandel ist.«

»Innerhalb der SiPo?« In Mikael Blomkvists Stimme schwang deutlicher Zweifel mit.

»Wir müssen uns da einig sein. Sowohl Holger Palmgren als auch ich haben Ihren Plan akzeptiert und arbeiten mit Ihnen zusammen. Aber ich verlange, dass wir das nicht völlig im Alleingang machen. Wir müssen Verbündete im bürokratischen Apparat finden, wenn das hier nicht ein Ende mit Schrecken nehmen soll.«

»Einverstanden«, sagte Mikael widerwillig. »Obwohl ich sonst nie Informationen über eine Story rausgebe, bevor sie veröffentlicht wurde.«

»Aber das haben Sie in diesem Fall doch längst getan. Sie haben bereits Ihre Schwester, Palmgren und mich informiert.«

Mikael nickte.

»Und das haben Sie getan, weil Sie begreifen, dass diese Angelegenheit weit mehr ist als nur eine Schlagzeile in Ihrer Zeitschrift. In diesem Fall sind Sie kein objektiver Reporter mehr, sondern selbst ein Akteur im weiteren Verlauf der Ereignisse.«

Mikael nickte erneut.

»Und als Akteur brauchen Sie Hilfe, wenn Sie Ihre Ziele erreichen wollen.«

Doch Mikael hatte weder Armanskij noch seiner Schwester die ganze Wahrheit erzählt. Noch gab es Geheimnisse, die er nur mit Lisbeth Salander teilte. Er schüttelte Armanskij die Hand.

9. Kapitel
Mittwoch, 4. Mai

Drei Tage nachdem Erika offiziell als neue Chefredakteurin bei der *SMP* angefangen hatte, starb gegen Mittag der scheidende Chefredakteur Håkan Morander. Er hatte den ganzen Morgen in seinem Glaskasten gesessen, während Erika eine Sitzung mit der Sportredaktion abhielt, weil sie die Mitarbeiter begrüßen und sich ansehen wollte, wie sie arbeiteten. Redaktionssekretär Fredriksson war 45 Jahre alt und erst seit vier Jahren dabei. Er war verschwiegen, rundum kompetent und angenehm im Umgang, und Erika hatte bereits beschlossen, sich zum Großteil auf Fredrikssons Kenntnisse zu stützen, wenn sie das Kommando ganz übernahm. Sie verbrachte viel Zeit damit, einzuschätzen, wem sie vertrauen konnte und wen sie sofort in ihr neues Regime einbinden wollte. Fredriksson war definitiv ein Kandidat. Als sie von der Sitzung zurückkamen, sahen sie Håkan Morander aufstehen und auf die Glastür zugehen.

Er sah verblüfft aus.

Dann fiel sein Oberkörper jäh nach vorn, er stützte sich noch ein paar Sekunden an der Rückenlehne eines Bürostuhls ab und fiel dann zu Boden.

Er war tot, bevor der Notarzt eingetroffen war.

Am Nachmittag herrschte eine verwirrte Stimmung in der

Redaktion. Aufsichtsratsvorsitzender Borgsjö kam um zwei Uhr und versammelte die Mitarbeiter zu einer kurzen Gedenkminute. Er sprach darüber, wie Morander seine letzten fünfzehn Jahre der Zeitung gewidmet habe und dass der Journalismus manchmal seinen Preis verlange. Als die Schweigeminute vorüber war, sah er sich unsicher um, als wisse er nicht recht, wie er jetzt weitermachen solle.

Dass Leute an ihrem Arbeitsplatz sterben, ist ungewöhnlich bis selten. Die Leute sollten doch bitte so viel Rücksicht zeigen, sich zum Sterben zurückzuziehen. Sie sollen entweder in die Rente oder ins Pflegeheim verschwinden, um dann plötzlich, eines Tages, noch einmal für Gesprächsstoff im Aufenthaltsraum zu sorgen. »Übrigens, hast du schon gehört, der alte Karlsson ist letzten Freitag gestorben. Ja, das Herz! Die Gewerkschaft schickt Blumen zur Beerdigung.« Doch am Arbeitsplatz, vor den Augen der Mitarbeiter zu sterben, das ist doch irgendwie indiskret. Erika spürte, was für ein Schock sich über die Redaktion gelegt hatte. Die *SMP* stand führerlos da. Plötzlich bemerkte sie, dass mehrere Mitarbeiter sie verstohlen ansahen. Die unbekannte Karte im Spiel.

Ohne dazu aufgefordert worden zu sein und ohne recht zu wissen, was sie sagen sollte, räusperte sie sich, trat einen halben Schritt vor und ergriff mit lauter und fester Stimme das Wort.

»Ich kannte Håkan Morander erst seit drei Tagen und bedaure es außerordentlich, ihn nicht noch besser kennengelernt zu haben.«

Sie machte eine Pause, als sie aus dem Augenwinkel sah, wie Borgsjö sie musterte. Er schien verwundert, dass sie sich überhaupt äußerte. Sie trat noch einen Schritt vor. *Nicht lächeln. Du darfst jetzt nicht lächeln. Dann siehst du unsicher aus.* Sie hob die Stimme ein wenig.

»Moranders plötzliches Hinscheiden wird Probleme in der Redaktion aufwerfen. Ich hätte erst in zwei Monaten seine

Nachfolge antreten sollen und hatte mich ganz darauf verlassen, dass ich noch Zeit haben würde, von seinen Erfahrungen zu profitieren.«

Sie merkte, dass Borgsjö den Mund öffnete, um etwas zu sagen.

»Das ist nun nicht mehr möglich, und vor uns liegt eine Zeit, die große Umstellungen mit sich bringen wird. Doch Morander war Chefredakteur einer Tageszeitung, und diese Zeitung wird auch morgen erscheinen. Uns bleiben noch neun Stunden bis zum Druck und noch vier Stunden, um die Seite mit dem Leitartikel fertigzustellen. Darf ich fragen ... wer von den Mitarbeitern war Moranders bester Freund und engster Vertrauter?«

Einen Moment schwiegen alle und musterten sich verlegen. Schließlich hörte Erika eine Stimme von links.

»Das war wahrscheinlich ich.«

Gunnar Magnusson, 61 Jahre alt, Redaktionssekretär der Leitartikelseite und seit fünfunddreißig Jahren Mitarbeiter der *SMP*.

»Jemand muss sich hinsetzen und einen Nachruf für Morander schreiben. Ich kann das nicht machen ... das wäre vermessen von mir. Könnten Sie diesen Text schreiben?«

Gunnar Magnusson zögerte einen Moment, dann nickte er.

»Mach ich«, erklärte er.

»Wir nehmen die ganze Seite dafür und kippen alles andere.«

Gunnar nickte.

»Wir brauchen Bilder ...« Sie blickte nach rechts und entdeckte den Bildchef, Lennart Torkelsson. Er nickte.

»Wir müssen gleich loslegen. Vielleicht werden manche Dinge in nächster Zeit ein bisschen ins Schleudern geraten. Wenn ich Hilfe bei gewissen Entscheidungen brauche, werde ich Sie um Rat fragen und mich auf Ihre Kompetenz und Erfahrung verlassen. Sie wissen, wie diese Zeitung gemacht wird, während ich noch eine Weile die Schulbank drücken muss.«

Sie drehte sich zu Redaktionssekretär Peter Fredriksson um.

»Peter, ich weiß von Morander, dass Sie zu den Leuten gehörten, denen er großes Vertrauen entgegenbrachte. Sie müssen in der nächsten Zeit meinen Mentor spielen und eine etwas schwerere Last tragen als sonst. Ich bitte Sie, mir mit Rat und Tat zur Seite zu stehen. Sind Sie damit einverstanden?«

Er nickte. Was blieb ihm auch anderes übrig?

»Noch etwas ... Morander saß heute Vormittag an seinem Leitartikel. Gunnar, können Sie nachsehen, ob er fertig geworden ist? Auch wenn er nicht ganz fertig ist, veröffentlichen wir ihn auf jeden Fall. Die Zeitung, die wir heute machen, ist immer noch Moranders Zeitung.«

Stille.

»Wenn jemand von Ihnen eine Pause braucht und ein bisschen allein sein und nachdenken will, kann er das gerne tun, ohne ein schlechtes Gewissen zu haben. Sie wissen alle selbst, wie Ihre Deadlines aussehen.«

Schweigen. Sie merkte, dass manche beinahe anerkennend nickten.

»*Go to work, boys and girls*«, sagte sie leise.

Jerker Holmberg hob hilflos die Hände. Jan Bublanski und Sonja Modig stand der Zweifel ins Gesicht geschrieben. Curt Svensson ließ sich nichts anmerken. Alle drei besahen sich gerade die Ergebnisse der Voruntersuchung, die Holmberg am Morgen abgeschlossen hatte.

»Nichts?«, fragte Sonja Modig. Sie klang erstaunt.

»Nichts«, erklärte Holmberg und schüttelte den Kopf. »Der abschließende Bericht des Pathologen ist diesen Morgen gekommen. Nichts deutet auf etwas anderes hin als Tod durch Erhängen.«

Alle blickten auf die Fotos aus dem Wohnzimmer des Sommerhäuschens in Smådalarö. Alles sprach dafür, dass Gunnar Björck, stellvertretender Chef der Auslandsabteilung bei der

Sicherheitspolizei, selbst auf einen Hocker gestiegen war, ein Seil an einem Deckenhaken befestigt und es sich um den Hals gelegt hatte, um dann den Hocker mit aller Entschlossenheit wegzustoßen. Der Pathologe war sich nicht ganz sicher wegen des exakten Todeszeitpunkts, hatte sich aber schließlich auf den Nachmittag des 12. April festgelegt. Björck war am 17. April von keinem Geringeren als Curt Svensson gefunden worden. Das Ganze war geschehen, nachdem Bublanski wiederholt versucht hatte, Björck anzurufen, bis er schließlich entnervt Svensson losgeschickt hatte, um ihn abzuholen.

Irgendwann hatte der Haken in der Decke das schwere Gewicht nicht mehr tragen können und nachgegeben, und Björcks Körper war auf den Boden gefallen. Svensson sah die Leiche durch ein Fenster und schlug Alarm. Bublanski und die anderen hatten das Sommerhaus von Anfang an als Schauplatz eines Verbrechens eingestuft und waren der Meinung, dass Björck von jemandem erdrosselt worden war. Erst das Team der Spurensicherung fand später den Haken. Jerker Holmberg erhielt den Auftrag, Björcks Todesursache zu bestimmen.

»Nichts deutet darauf hin, dass es sich um ein Verbrechen handeln könnte oder dass Björck nicht allein war.«

»Die Lampe ...«

»Die Deckenlampe trägt die Fingerabdrücke vom Hausbesitzer – der sie vor zwei Jahren aufgehängt hat – und von Björck selbst. Das lässt darauf schließen, dass er die Lampe abgenommen hat.«

»Woher kommt das Seil?«

»Von der Fahnenstange im Garten. Jemand hat knapp zwei Meter Seil abgeschnitten. Auf dem Fensterbrett vor der Terrassentür lag ein Fahrtenmesser – das normalerweise in einer Werkzeugschublade unter der Spüle liegt. Björcks Fingerabdrücke befinden sich sowohl auf dem Messergriff als auch an der Werkzeugschublade.«

»Hmm«, machte Sonja Modig.

»Was waren es für Knoten?«, wollte Curt Svensson wissen.

»Ganz normale Altweiberknoten. Der Teil, den er um den Hals hatte, war zu einer schlichten Schlinge geknotet. Das ist vielleicht das einzig Auffällige. Björck war Segler und wusste eigentlich, wie man einen richtigen Knoten macht. Aber wer weiß, wie viel sich ein Mensch, der sich umbringen will, um die Form eines Knotens schert?«

»Drogen?«

»Dem toxologischen Befund zufolge hatte Björck Spuren starker Schmerztabletten im Blut. Ein rezeptpflichtiges Medikament von der Sorte, die Björck verschrieben bekam. Es gab auch Spuren von Alkohol, aber keinen nennenswerten Promillegehalt. Mit anderen Worten, er war mehr oder weniger nüchtern.«

»Der Pathologe schreibt, dass er Schürfwunden gefunden hat.«

»Eine drei Zentimeter lange Schürfwunde an der Außenseite des linken Knies. Ich hab darüber nachgedacht, aber das kann bei allen möglichen Gelegenheiten entstanden sein … zum Beispiel wenn er gegen eine Stuhlkante gestoßen ist oder etwas in der Art.«

Sonja Modig hielt ein Foto hoch, das Björcks entstelltes Gesicht zeigte. Das Seil hatte sich so tief ins Fleisch eingeschnitten, dass man die Schlinge gar nicht mehr erkennen konnte. Sein Gesicht war grotesk verschwollen.

»Wir können mit Sicherheit sagen, dass er wohl mehrere Stunden so hing, wahrscheinlich fast vierundzwanzig Stunden, bevor der Haken nachgab. Sein Blut hat sich zum Teil im Kopf gestaut, weil die Schlinge verhinderte, dass es in den Körper zurückfloss, zum Teil auch in den unteren Gliedmaßen. Als der Haken nachgab, schlug Björck mit dem Brustkorb auf den Wohnzimmertisch. Dabei hat er sich eine schwere Quetschung zugezogen. Aber diese Verletzung ist lange nach seinem Ableben entstanden.«

»Eine beschissene Art, zu sterben«, sagte Curt Svensson.

»Ich weiß nicht. Das Seil war so dünn, dass es tief ins Fleisch schnitt und die Blutzufuhr unterbrach. Er dürfte innerhalb weniger Sekunden bewusstlos gewesen sein und nach ein, zwei Minuten bereits tot.«

Bublanski klappte angewidert den Bericht zu. Die Sache gefiel ihm nicht. Es gefiel ihm absolut nicht, dass Zalatschenko und Björck anscheinend am selben Tag gestorben waren. Der eine erschossen von einem durchgedrehten Rechthaber, der andere durch Selbstmord. Doch hatte die kriminaltechnische Untersuchung des Tatorts nicht den geringsten Hinweis darauf erbracht, dass jemand bei Björcks Hinscheiden nachgeholfen hatte.

»Er stand unter großem Stress«, sagte Bublanski. »Er wusste, dass die Zalatschenko-Affäre demnächst auffliegen würde und dass er selbst Gefahr lief, wegen Verstoß gegen das Prostitutionsgesetz ins Gefängnis zu wandern und in den Medien bloßgestellt zu werden. Ich frage mich, wovor er am meisten Angst hatte. Er war krank und hatte schon lange chronische Schmerzen … aber ich hätte es trotzdem sehr zu schätzen gewusst, wenn er einen Brief oder so was hinterlassen hätte.«

»Viele Selbstmörder schreiben keinen Abschiedsbrief.«

»Ich weiß. Okay. Wir haben keine Wahl. Wir legen Björck also zu den Akten.«

Erika Berger brachte es nicht gleich fertig, sich auf Moranders Stuhl zu setzen und seine persönlichen Gegenstände beiseitezuschieben. Sie machte mit Gunnar Magnusson aus, dass er mit Moranders Familie sprechen sollte, damit die Witwe bei passender Gelegenheit vorbeikommen und aussortieren konnte, was ihm gehörte.

Stattdessen ließ Erika sich mitten in der Bürolandschaft eine Fläche am Tisch in der Mitte frei räumen, wo sie ihren Laptop aufstellte und das Kommando übernahm. Es war das völlige Chaos. Aber drei Stunden nachdem sie in fliegender Hast das

Ruder der *SMP* übernommen hatte, war die Seite mit dem Leitartikel druckfertig. Gunnar Magnusson hatte einen vierspaltigen Artikel über Håkan Moranders Lebenswerk verfasst. Die Seite war um ein großes Foto von Morander herum aufgebaut. Links davon war sein halb fertiger Leitartikel, am unteren Rand eine Reihe von Bildern. Das Layout wirkte ein wenig unausgeglichen, hatte aber eine emotionale Durchschlagskraft, die diesen Mangel wettmachte.

Um kurz vor sechs Uhr abends ging Erika die Überschriften auf der ersten Seite durch und besprach die Texte noch einmal mit dem Redaktionschef, als Borgsjö zu ihr kam und sie an der Schulter berührte. Sie blickte auf.

»Könnte ich kurz ein paar Worte mit Ihnen wechseln?«

Sie gingen zum Kaffeeautomaten ins Pausenzimmer.

»Ich wollte nur sagen, dass ich sehr zufrieden damit bin, wie Sie heute das Kommando übernommen haben. Ich glaube, Sie haben uns alle überrascht.«

»Ich hatte ja keine große Wahl. Aber es wird noch dauern, bis sich hier alles eingespielt hat.«

»Das ist uns schon bewusst.«

»Uns?«

»Ich meine, sowohl dem Personal als auch der Führungsspitze. Besonders der Führungsspitze. Aber nach dem, was heute passiert ist, bin ich mehr denn je überzeugt davon, dass Sie die absolut richtige Wahl sind.«

Erika errötete leicht. Das war ihr seit ihrem vierzehnten Lebensjahr nicht mehr passiert.

»Wenn ich Ihnen einen guten Rat geben darf …«

»Natürlich.«

»Ich habe gehört, dass Sie mit Anders Holm, dem Nachrichtenchef, eine kleine Meinungsverschiedenheit wegen der Überschriften hatten.«

»Da ging es um die Steuerentwürfe der Regierung. Seine Headlines waren mir zu subjektiv. Wo ich übrigens schon mal dabei bin – ich werde ab und zu einen Leitartikel schreiben, aber ich bin, wie gesagt, parteipolitisch nicht aktiv, und wir müssen die Frage klären, wer Chef der Leitartikelredaktion wird.«

»Die wird bis auf Weiteres Magnusson übernehmen«, meinte Borgsjö.

Erika Berger zuckte mit den Schultern.

»Meinetwegen. Aber es sollte eine Person sein, die die Position dieser Zeitung klar vertritt.«

»Verstehe. Aber was ich sagen wollte, war, dass Sie Holm ein bisschen Spielraum lassen sollten. Er arbeitet schon lange bei der *SMP* und ist seit fünfzehn Jahren Nachrichtenchef. Er kann ein echter Querkopf sein, aber er ist praktisch unentbehrlich.«

»Ich weiß. Das hat mir Morander schon gesagt. Aber wenn es um die Nachrichtenpolitik geht, muss er sich an die Regeln halten. Und letztendlich haben Sie mich ja auch angestellt, um diese Zeitung zu erneuern.«

Borgsjö nickte nachdenklich.

Annika Giannini war müde und gereizt, als sie am Mittwochabend im Göteborger Hauptbahnhof den X2000 bestieg, um nach Stockholm zurückzufahren. Sie fühlte sich, als hätte sie die letzten Monate quasi in diesem Zug gewohnt. Ihre Familie hatte sie so gut wie gar nicht mehr gesehen. Sie holte sich einen Kaffee aus dem Speisewagen, ging an ihren Platz und schlug ihre Mappe mit den Notizen vom letzten Gespräch mit Lisbeth Salander auf. Was auch zu den Gründen gehörte, dass sie so müde und gereizt war.

Sie verheimlicht mir etwas, dachte Annika Giannini. *Und Micke verheimlicht mir auch was. Wer weiß, was die beiden da aushecken.*

Sie kam zu dem Schluss, dass es sich bei dieser Verschwörung – wenn es denn eine war – um eine verschwiegene, selbstverständliche Übereinkunft handeln musste, denn ihr Bruder und ihre Mandantin hatten ja keine Möglichkeit, miteinander zu kommunizieren.

Sie befürchtete, dass es hier um eine Frage der Moral ging; für so etwas hatte ihr Bruder schon immer eine Schwäche gehabt. Er war Lisbeth Salanders Freund. Sie kannte ihren Bruder gut genug, um zu wissen, dass er bei Leuten, die er als seine Freunde betrachtete, loyal bis zur Einfältigkeit war. Sie wusste aber auch, dass Mikael viele Dummheiten akzeptieren konnte, es jedoch eine unausgesprochene Grenze gab, die nicht überschritten werden durfte. Wo genau diese Grenze lag, schien zu variieren. Mikael hatte schon mit einigen Freunden gebrochen, weil sie etwas getan hatten, was er unmoralisch oder inakzeptabel fand. Dieser Bruch war dann absolut und für immer und nicht mehr verhandelbar. Mikael ging nicht einmal mehr ans Telefon, wenn der Betreffende anrief, um ihn um Verzeihung anzuflehen.

Was in Mikaels Kopf vorging, begriff Annika Giannini so einigermaßen. Was jedoch in Lisbeth Salander vorging, davon hatte sie nicht die geringste Ahnung. Manchmal hatte sie den Eindruck, dass in ihrem Kopf alles stillstand.

Von Mikael hatte sie erfahren, dass Lisbeth Salander launenhaft war und manchmal extrem reserviert gegenüber ihrer Umgebung. Bis sie sie kennenlernte, hatte Annika das für einen vorübergehenden Zustand gehalten, der sich durch wachsendes Vertrauen überwinden ließ. Aber nach einem Monat mit Gesprächen – wenn man von den ersten beiden Wochen absah, in denen Lisbeth außerstande gewesen war, mit jemandem zu reden – stellte sie fest, dass ihre Unterhaltungen zum Großteil einseitig verliefen.

Annika hatte auch bemerkt, dass Lisbeth Salander manchmal in tiefer Depression gefangen schien und nicht das geringste Interesse an ihrer Situation oder ihrer Zukunft hegte. Als schiene sie nicht zu verstehen (oder sich nicht darum zu scheren), dass Annika sie nur dann einwandfrei verteidigen konnte, wenn sie auch alle Fakten kannte. Sie konnte keine gute Arbeit leisten, wenn sie im Dunkeln tappte.

Lisbeth Salander war widerborstig und einsilbig. Wenn sie etwas sagte, überlegte sie erst lange und formulierte dann ganz exakt. Oftmals antwortete sie auch überhaupt nicht, dann wieder beantwortete sie plötzlich eine Frage, die Annika ihr vor ein paar Tagen gestellt hatte. Bei der polizeilichen Vernehmung saß Lisbeth Salander stumm in ihrem Bett und blickte starr in die Luft. Abgesehen von einer einzigen Ausnahme hatte sie kein Wort mit der Polizei gewechselt. Diese Ausnahme war Marcus Erlanders Frage nach Ronald Niedermann gewesen; da hatte sie ihn angesehen und jede Frage sachlich beantwortet.

Annika war darauf vorbereitet, dass Lisbeth der Polizei nichts sagen würde. Sie sprach aus Prinzip nicht mit Behörden. Was in diesem Fall ja von Vorteil war. Obwohl Annika ihre Mandantin aus formalen Gründen regelmäßig aufforderte, die Fragen der Polizei zu beantworten, war sie im Grunde zufrieden mit Salanders Unzugänglichkeit. Der Grund war einfach. Ihr Schweigen war nämlich konsequent. Es enthielt keine Lügen, die man ihr hätte nachweisen können, und keine Widersprüche, die im Prozess schlecht ausgesehen hätten.

Als sie allein waren, fragte sie Lisbeth einmal, warum sie sich gar so demonstrativ weigerte, mit der Polizei zu sprechen.

»Die verdrehen doch nur, was ich sage, und verwenden es dann gegen mich.«

»Aber wenn Sie sich nicht erklären, werden Sie verurteilt werden.«

»Dann ist das eben so. Ich habe mit diesem ganzen Schlamassel nichts zu tun. Wenn sie mich dafür verurteilen wollen, ist das ihr Problem.«

Lisbeth Salander hatte Annika im Laufe der Zeit alles erzählt, was in Stallarholmen geschehen war, auch wenn Annika ihr die Worte oft genug aus der Nase ziehen musste. Alles außer einer Sache. Sie erklärte nie, wie es dazu gekommen war, dass Magge Lundin eine Kugel in den Fuß bekommen hatte. Sooft Annika auch fragte und bohrte, Lisbeth Salander sah ihr nur in die Augen und grinste schief.

Sie hatte auch erzählt, was in Gosseberga geschehen war. Doch hatte sie nicht erwähnt, warum sie ihren Vater aufgespürt hatte. War sie dort hingefahren, um ihn zu ermorden – wie der Staatsanwalt behauptete – oder um vernünftig mit ihm zu reden? Juristisch gesehen war das ein himmelweiter Unterschied.

Als Annika Lisbeths ehemaligen rechtlichen Betreuer, den Anwalt Nils Bjurman, zur Sprache brachte, wurde Lisbeth noch einsilbiger. Ihre übliche Antwort lautete dann, sie habe ihn nicht erschossen und dessen sei sie ja auch nicht angeklagt.

Und wenn Annika zur grundlegenden Frage in dieser ganzen Geschichte kam, nämlich Dr. Teleborians Rolle im Jahr 1991, sagte Lisbeth kein Wort mehr.

Das kann niemals funktionieren, dachte Annika. *Wenn Lisbeth mir nicht vertraut, werden wir den Prozess verlieren. Ich muss mit Mikael reden.*

Lisbeth Salander saß auf der Bettkante und sah aus dem Fenster. Sie konnte die Fassade auf der anderen Seite des Parkplatzes erkennen. Nachdem Annika Giannini wutentbrannt aufgestanden und die Tür hinter sich zugeknallt hatte, hatte Lisbeth ungestört und reglos über eine Stunde lang so dagesessen.

Sie war sauer auf Annika Giannini. Im Grunde konnte sie schon verstehen, warum ihr die Anwältin ständig wegen der Details aus ihrer Vergangenheit in den Ohren lag. Sie begriff auch, warum Annika alle Fakten brauchte. Doch hatte sie nicht die mindeste Lust, über ihre Gefühle und ihre Handlungen zu reden. Ihrer Meinung nach war ihr Leben immer noch ihre Privatangelegenheit. Schließlich war es nicht ihre Schuld, dass ihr Vater ein pathologischer Sadist und Mörder war. Es war nicht ihre Schuld, dass ihr Bruder ein Massenmörder war. Gott sei Dank wusste niemand, dass er ihr Bruder war, denn sonst würde man ihr das mit Sicherheit in ihrem psychologischen Gutachten zur Last legen, das man früher oder später erstellen würde. *Sie* hatte Dag Svensson und Mia Bergman nicht ermordet. *Sie* hatte sich keinen rechtlichen Betreuer ausgesucht, der sich als Schwein und Vergewaltiger herausstellte.

Trotzdem wollte man nun ausgerechnet bei ihrem Leben das Innerste nach außen kehren, sie zwingen, dass sie sich erklärte und entschuldigte.

Dabei wollte sie doch einfach nur ihre Ruhe. Und letztlich musste doch nur sie selbst mit sich leben können. Sie erwartete ja gar nicht, dass irgendjemand ihr Freund war. Annika Fucking Giannini stand ihr zwar getreulich zur Seite, aber das war eine professionelle Verbundenheit, denn sie war ja ihre Anwältin. Kalle Fucking Blomkvist war irgendwo da draußen – Annika äußerte sich kaum zu ihrem Bruder, und Lisbeth stellte keine Fragen. Sie rechnete nicht damit, dass er sich sonderlich ins Zeug legte, jetzt, da der Mord an Dag Svensson aufgeklärt war und er seine Story hatte.

Sie fragte sich, was Dragan Armanskij nach all den Ereignissen wohl von ihr dachte.

Sie fragte sich, wie Holger Palmgren die Situation einschätzte.

Laut Annika Giannini hatten sich beide auf ihre Seite geschlagen, aber das waren ja alles nur Worte. Sie konnten überhaupt nichts tun, um ihre privaten Probleme zu lösen.

Sie fragte sich, was Miriam Wu wohl für sie empfinden mochte.

Sie fragte sich, was sie für sich selbst empfand, und kam zu der Erkenntnis, dass sie ihrem Leben vor allem gleichgültig gegenüberstand.

Plötzlich wurde sie davon aufgescheucht, dass der Securitas-Wachmann den Schlüssel ins Schloss steckte und Dr. Anders Jonasson hereinließ.

»Guten Abend, Frau Salander. Wie geht es Ihnen denn heute?«

»Okay«, erwiderte sie.

Er sah sich ihr Krankenblatt an und stellte fest, dass sie fieberfrei war. Mittlerweile hatte sie sich daran gewöhnt, dass er sie ein paarmal pro Woche besuchte. Von allen Menschen, die mit ihr umgingen und an ihr herumfummelten, war er der einzige, dem sie ein gewisses Maß an Vertrauen entgegenbrachte. Mehr als einmal hatte sie bemerkt, dass er sie ein wenig seltsam von der Seite ansah. Er kam in ihr Zimmer, schwatzte ein wenig mit ihr und untersuchte ihren Körper. Er fragte nicht nach Ronald Niedermann oder Alexander Zalatschenko oder ob sie verrückt war oder warum die Polizei sie einsperrte. Das Einzige, was ihn zu interessieren schien, waren die Funktionen ihrer Muskeln, die Fortschritte in der Heilung ihres Gehirns und ihre gesundheitliche Verfassung im Allgemeinen.

Außerdem hatte er buchstäblich in ihrem Hirn herumgewühlt. Jemand, der in ihrem Hirn herumgewühlt hatte, musste mit Respekt behandelt werden, fand sie. Und zu ihrem eigenen Erstaunen empfand sie Anders Jonassons Besuche als angenehm, obwohl er an ihr herumfummelte und ihre Fieberkurven analysierte.

»Wie ist mein Zustand?«, wollte sie wissen.

»Sie sind ganz eindeutig auf dem Weg der Besserung. Aber Sie müssen sich bei Ihrer Gymnastik noch mehr anstrengen. Außerdem kratzen Sie ständig den Wundschorf an Ihrem Kopf auf. Lassen Sie das.«

Er machte eine Pause.

»Darf ich Ihnen mal eine persönliche Frage stellen?«

Sie sah ihn an. Er wartete, bis sie nickte.

»Dieser Drache, den Sie da eintätowiert haben ... ich habe

nicht das ganze Tattoo gesehen, aber ich habe gemerkt, dass es ganz schön riesig ist und den Großteil Ihres Rückens einnimmt. Warum haben Sie sich das machen lassen?«

»Sie haben ihn nicht gesehen?«

Plötzlich lächelte er.

»Ich meine, ich habe schon einen Blick darauf erhascht, aber als Sie völlig unbekleidet in meiner Gesellschaft waren, war ich vollauf damit beschäftigt, Ihre Blutungen zum Stillstand zu bringen und Kugeln aus Ihnen herauszuoperieren und all so was.«

»Warum fragen Sie danach?«

»Reine Neugier.«

Lisbeth Salander überlegte eine ganze Weile. Schließlich sah sie ihn an.

»Ich hab mir das aus privaten Gründen machen lassen, über die ich nicht reden will.«

Anders Jonasson dachte kurz über diese Antwort nach und nickte dann.

»Okay. Entschuldigen Sie, dass ich gefragt habe.«

»Wollen Sie es ganz sehen?«

Er sah sie erstaunt an.

»Ja. Warum nicht.«

Sie drehte ihm den Rücken zu und zog sich das Nachthemd über den Kopf. Dann stellte sie sich so hin, dass das Licht vom Fenster auf ihren Rücken fiel. Er stellte fest, dass der Drache eine große Fläche auf der rechten Hälfte ihres Rückens bedeckte. Das Tattoo begann ganz oben auf der Schulter und zog sich bis zum Drachenschwanz auf ihrem Oberschenkel. Es war schön und professionell ausgeführt und sah aus wie ein richtiges Kunstwerk.

Nach einer Weile wandte sie den Kopf.

»Zufrieden?«

»Es sieht toll aus. Aber das muss ja höllisch wehgetan haben.«

»Ja«, gab sie zu. »Das hat wehgetan.«

Anders Jonasson war etwas verwirrt, als er Lisbeth Salanders Krankenzimmer verließ. Mit ihren Heilungsfortschritten war er zufrieden. Aber er wurde einfach nicht schlau aus diesem seltsamen Mädchen. Man brauchte keinen Magister in Psychologie zu haben, um zu dem Schluss zu kommen, dass es ihr psychisch nicht allzu gut ging. Wenn sie mit ihm sprach, war ihr Ton höflich und reserviert. Er hatte gehört, dass sie auch zum übrigen Personal höflich war, aber keinen Ton sagte, wenn die Polizei sie besuchte. Sie verschloss sich extrem in ihrer harten Schale und hielt ihre Umwelt unmissverständlich auf Distanz.

Die Polizei hatte sie eingesperrt, und eine Staatsanwältin wollte sie wegen Mordversuchs und schwerer Körperverletzung anklagen. Er war verblüfft, dass ein so kleines, zerbrechliches Mädchen die physische Stärke besitzen sollte, die für solche schweren Gewalttaten erforderlich war, zumal wenn sie sich gegen ausgewachsene Männer richtete.

In erster Linie hatte er sie nach dem Drachen gefragt, weil er ein persönliches Thema suchte, über das er mit ihr reden konnte. Er hatte es sich zur Gewohnheit gemacht, sie ein paarmal pro Woche zu besuchen. Eigentlich lagen diese Besuche außerhalb seines Dienstplans, denn Dr. Helena Endrin war Lisbeths betreuende Ärztin. Aber Anders Jonasson war der Chef der Unfallabteilung und unglaublich zufrieden mit seinem Einsatz in jener Nacht, als Lisbeth Salander in die Notaufnahme eingeliefert worden war. Er hatte die richtige Entscheidung getroffen, als er die schwer zugängliche Kugel entfernte, und soweit er sehen konnte, zeigte sie keine negativen Folgen in Form von Gedächtnislücken, beeinträchtigten Körperfunktionen oder anderen Behinderungen. Wenn ihre Heilung weiter voranschritt, konnte sie das Krankenhaus mit einer Narbe auf der Kopfhaut, aber ohne weitere Komplikationen verlassen. Welche Narben sich auf ihrer Seele gebildet hatten, konnte er jedoch nicht sagen.

Als er zu seinem Büro kam, entdeckte er einen Mann im dunklen Sakko, der neben der Tür an der Wand lehnte. Er hatte zerzaustes Haar und einen gepflegten Bart.

»Dr. Jonasson?«

»Ja.«

»Guten Tag, mein Name ist Peter Teleborian. Ich bin Oberarzt der psychiatrischen Klinik St. Stefan in Uppsala.«

»Ja, ich erkenne Sie wieder.«

»Schön. Ich würde mich gern unter vier Augen mit Ihnen unterhalten, wenn Sie kurz Zeit hätten.«

Anders Jonasson schloss seine Tür auf.

»Wie kann ich Ihnen behilflich sein?«

»Es geht um eine Ihrer Patientinnen. Lisbeth Salander. Ich brauche eine Besuchserlaubnis.«

»Hmm. Wenn das so ist, müssen Sie sich an die Staatsanwältin wenden. Lisbeth Salander ist in Untersuchungshaft und hat Besuchsverbot. Außerdem müsste so ein Besuch auch bei Salanders Anwältin angemeldet werden.«

»Ja, ja, ich weiß schon. Ich dachte nur, wir könnten die Bürokratie in diesem Fall vielleicht umgehen. Ich bin Arzt, und daher könnten Sie mir ohne Weiteres aus medizinischen Gründen Zutritt zu ihr gewähren.«

»Ja, das könnte sich vielleicht rechtfertigen lassen. Aber ich verstehe den Zusammenhang immer noch nicht so recht.«

»Ich war mehrere Jahre lang Lisbeth Salanders Psychiater, als sie in der Klinik St. Stefan in Uppsala war. Ich habe sie bis zu ihrem 18. Geburtstag begleitet, als das Gericht sie wieder in die Gesellschaft entließ, wenn auch mit einem rechtlichen Betreuer. Ich sollte an dieser Stelle vielleicht erwähnen, dass ich mich damals dagegen ausgesprochen hatte. Seitdem war sie ganz sich selbst überlassen, und wohin das geführt hat, sehen wir ja heute.«

»Verstehe«, sagte Dr. Jonasson.

»Ich fühle mich immer noch sehr verantwortlich für sie und

hätte gern Gelegenheit festzustellen, wie sehr sich ihr Zustand in den letzten Jahren verschlechtert hat.«

»Verschlechtert?«

»Verglichen mit ihrer Teenagerzeit, in der sie noch unter qualifizierter Betreuung stand. Ich dachte mir, wir könnten hier zu einer gangbaren Lösung kommen, unter uns Ärzten sozusagen.«

»Wo wir gerade davon sprechen ... vielleicht können Sie mir, ganz unter Ärzten, in einem Punkt auf die Sprünge helfen. Als sie hier ins Sahlgrenska eingeliefert wurde, habe ich sie eingehend untersucht. Ein Kollege hat zu diesem Zweck auch den Bericht der rechtsmedizinischen Untersuchung von Lisbeth Salander angefordert. Sie stammte von einem Dr. Jesper H. Löderman.«

»Stimmt. Jesper hat bei mir promoviert.«

»Verstehe. Aber ich konnte feststellen, dass der Bericht ziemlich vage ausgefallen war.«

»Aha.«

»Er enthielt keine Diagnose, sondern kam mir eher wie eine akademische Studie über einen schweigsamen Patienten vor.«

Teleborian lachte.

»Ja, der Umgang mit ihr ist nicht ganz leicht. Wie aus dem Bericht schon hervorgeht, weigerte sie sich konsequent, mit Löderman zu sprechen. Das führte dazu, dass er sich natürlich sehr vage ausdrücken musste. Was völlig korrekt von ihm war.«

»Verstehe. Aber die Empfehlung lautete auf jeden Fall, dass sie in einer geschlossenen Anstalt verbleiben solle.«

»Das geht auf ihre gesamte Krankengeschichte zurück. Wir haben ja schon eine mehrjährige Erfahrung mit ihrem Krankheitsbild.«

»Und genau das verstehe ich eben nicht ganz. Als sie hier aufgenommen wurde, haben wir versucht, ihre Akte aus St. Stefan zu bekommen. Doch sie wurde uns bis heute nicht ausgehändigt.«

»Tut mir leid. Aber die ist per Gerichtsbeschluss für geheim erklärt worden.«

»Verstehe. Und wie sollen wir hier im Sahlgrenska-Krankenhaus der Patientin die optimale Pflege zukommen lassen, wenn wir nicht einmal Zugang zu ihrer Krankenakte haben? Denn immerhin tragen wir im Moment die medizinische Verantwortung für sie.«

»Ich habe dieses Mädchen seit ihrem dreizehnten Lebensjahr betreut und glaube nicht, dass es einen zweiten Arzt in Schweden gibt, der so eine genaue Kenntnis von ihrem Krankheitsbild hat wie ich.«

»Könnten Sie das präzisieren ...?«

»Lisbeth Salander leidet an einer schweren psychischen Störung. Wie Sie wissen, ist die Psychiatrie keine exakte Wissenschaft. Ich möchte mich daher ungern auf eine genaue Diagnose festlegen. Aber sie hat offensichtlich Wahnvorstellungen mit deutlich paranoid-schizophrenen Zügen. Dazu gesellen sich manisch-depressive Phasen sowie ein Mangel an Empathie.«

Anders Jonasson musterte Peter Teleborian gründlich, bevor er mit einer resignierten Geste die Hände hob und wieder fallen ließ.

»Ich werde mich nicht dazu versteigen, mit einem Dr. Teleborian über seine Diagnose zu diskutieren, aber haben Sie noch nie eine wesentlich einfachere Diagnose in Erwägung gezogen?«

»Als da wäre?«

»Zum Beispiel Asperger-Syndrom. Ich habe zwar keine psychologische Untersuchung angestellt, aber wenn ich spontan einen Tipp abgeben sollte, wäre eine Form von Autismus naheliegend. Das würde ihre Unfähigkeit erklären, sich an sozialen Konventionen zu orientieren.«

»Bedaure, aber Asperger-Patienten stecken normalerweise nicht ihre Eltern in Brand. Glauben Sie mir, ich habe noch nie im Leben eine so eindeutige Soziopathin gesehen.«

»Ich nehme sie als verschlossen wahr, aber bestimmt nicht als paranoide Soziopathin.«

»Sie ist extrem manipulativ«, erklärte Peter Teleborian. »Sie führt Ihnen das vor, wovon sie glaubt, dass Sie es sehen wollen.«

Anders Jonasson runzelte leicht die Stirn. Hier formulierte Peter Teleborian eine Einschätzung, die seinen eigenen Beobachtungen auf der ganzen Linie widersprach. Wenn es etwas gab, das Lisbeth seiner Ansicht nach nicht war, dann manipulativ. Im Gegenteil – sie war ein Mensch, der eisern auf Distanz zu seiner Umwelt blieb und überhaupt keine Emotionen zeigte.

»Sie haben sie ja in einer Zeit kennengelernt, in der sie aufgrund ihrer Verletzungen notgedrungen passiv war. Ich habe ihre gewalttätigen Ausbrüche und ihren verstockten Hass selbst miterlebt. Deswegen bin ich auch hier. Ich schlage vor, dass das Sahlgrenska und St. Stefan in diesem Fall zusammenarbeiten.«

»Und wie soll diese Zusammenarbeit aussehen?«

»Sie kümmern sich weiterhin um ihre physischen Probleme, und ich bin davon überzeugt, dass das die bestmögliche Betreuung ist, die sie bekommen kann. Aber ich mache mir große Sorgen um ihren psychischen Zustand und würde mich gerne in einem frühen Stadium einklinken. Ich bin bereit, Ihnen jede mögliche Hilfe anzubieten.«

»Verstehe.«

»Ich brauchte eine Besuchserlaubnis, damit ich mir zunächst ein Bild von ihrem derzeitigen Zustand machen kann.«

»Verstehe. Leider kann ich Ihnen trotzdem nicht behilflich sein.«

»Wie bitte?«

»Wie schon erwähnt, sie befindet sich in Untersuchungshaft. Wenn sie eine psychiatrische Behandlung beginnen wollen, müssen Sie sich an die Staatsanwältin, Agneta Jervas, wenden. Die trifft die Entscheidungen in solchen Angelegenheiten. Außerdem muss das in Abstimmung mit Lisbeth Salanders Anwältin, Annika Giannini, geschehen. Wenn ein rechtsmedizinisches Gutachten gefragt ist, muss das Gericht Sie beauftragen.«

»Das ist eben genau das bürokratische Prozedere, das ich vermeiden wollte.«

»Ja, ja, aber ich bin für sie verantwortlich, und wenn sie in naher Zukunft vor Gericht gestellt werden soll, müssen wir alle Maßnahmen schriftlich dokumentieren können. Also kommen wir um dieses bürokratische Prozedere nicht herum.«

»Dann kann ich Ihnen ja jetzt verraten, dass Staatsanwalt Ekström in Stockholm schon wegen eines rechtsmedizinischen Gutachtens angefragt hat. Das wird dann im Zusammenhang mit dem Prozess aktuell werden.«

»Na, wunderbar. Dann bekommen Sie ja eine Besuchserlaubnis, ohne dass wir vom Reglement abweichen müssen.«

»Aber während wir uns hier mit der Bürokratie auseinandersetzen, besteht das Risiko, dass sich ihr Zustand permanent verschlechtert. Ich denke nur an ihre Gesundheit.«

»Ich auch«, verkündete Anders Jonasson. »Und unter uns gesagt, habe ich keinerlei Anzeichen einer psychischen Erkrankung bei ihr entdecken können. Sie ist übel zugerichtet worden und steht unter großem Druck. Aber ich habe absolut nicht den Eindruck, dass sie schizophren ist oder unter paranoiden Wahnvorstellungen leidet.«

Dr. Peter Teleborian versuchte noch eine geraume Zeit, Anders Jonasson umzustimmen. Als er schließlich einsah, dass es keinen Sinn hatte, stand er abrupt auf und verabschiedete sich.

Anders Jonasson blieb noch eine Weile sitzen und betrachtete nachdenklich den Stuhl, auf dem Teleborian gesessen hatte. Es war zwar nicht ungewöhnlich, dass andere Ärzte mit ihm Kontakt aufnahmen, wenn sie ihm Ratschläge oder Ansichten zu einer Behandlung mitteilen wollten. Aber dabei handelte es sich fast ausschließlich um Patienten, die sich bei dem betreffenden Arzt in laufender Behandlung befanden. Noch nie war ihm ein Psychiater begegnet, der plötzlich wie eine fliegende Untertasse vor seinem Büro landete und fast schon darauf bestand, dass man ihm unter Umgehung formaler Gepflogenheiten Zugang zu einer Patientin gewähre, die er seit Jahren nicht mehr behandelt hatte. Nach einer Weile blickte Jonasson auf seine Uhr und stellte fest, dass es schon kurz vor sieben war. Er griff zum Hörer und rief Martina Karlgren an, die Psychologin und Telefonseelsorgerin, die im Sahlgrenska für die Unfallpatienten zuständig war.

»Hallo. Ich schätze, du hast schon Feierabend gemacht. Stör ich dich?«

»Kein Problem. Ich bin zu Hause und treib grade nichts Besonderes.«

»Ich bin ein bisschen ins Nachdenken gekommen. Du hast mit einer Patientin namens Lisbeth Salander gesprochen. Kannst du mir mal erzählen, was du für einen Eindruck von ihr hattest?«

»Tja, ich habe sie dreimal besucht und ihr ein Gespräch angeboten. Was sie ebenso freundlich wie entschieden abgelehnt hat.«

»Was für einen Eindruck hattest du von ihr?«

»Wie meinst du das?«

»Martina, ich weiß, dass du keine Psychiaterin bist, aber du bist ein kluger und verständiger Mensch. Was für einen Eindruck hast du von Lisbeth Salander?«

Martina Karlgren zögerte einen Moment.

»Ich bin nicht sicher, wie ich diese Frage beantworten soll. Ich habe sie zweimal gesehen, als sie noch relativ frisch bei uns war und es ihr so schlecht ging, dass ich gar nicht richtig Kontakt mit ihr aufnehmen konnte. Dann habe ich sie auf

Wunsch von Helena Endrin vor ungefähr einer Woche noch einmal besucht.«

»Warum hat Helena dich gebeten, sie noch einmal zu besuchen?«

»Lisbeth Salander wird langsam wieder gesund. Sie liegt hauptsächlich in ihrem Bett und starrt an die Decke. Dr. Endrin wollte, dass ich mal nach ihr sehe.«

»Und wie ist dein Besuch verlaufen?«

»Ich habe mich vorgestellt. Wir haben ein paar Minuten miteinander geredet. Ich habe sie gefragt, wie es ihr geht und ob sie jemand zum Reden bräuchte. Sie sagte, nein, sie brauche keinen. Ich fragte sie also, ob ich ihr anderweitig behilflich sein könnte. Da bat sie mich, eine Schachtel Zigaretten einzuschmuggeln.«

»War sie gereizt oder feindselig?«

Martina Karlgren überlegte kurz.

»Nein, das kann ich nicht behaupten. Sie war ruhig, hielt aber deutlich Distanz. Ich fasste ihre Bitte auch eher als Witz auf und nicht als ernst gemeinte Anfrage. Ich fragte, ob sie etwas zum Lesen haben wolle, ob ich ihr irgendwelche Bücher besorgen könne. Erst wollte sie nicht, aber dann fragte sie, ob ich ihr ein paar wissenschaftliche Zeitschriften zum Thema Genetik und Hirnforschung besorgen könnte.«

»Genetik?«

»Ja. Ich meinte, es gäbe da einige populärwissenschaftliche Bücher zum Thema in unserer Bibliothek. Aber das interessierte sie nicht. Sie sagte, sie hätte schon früher Bücher zu diesem Thema gelesen, und nannte ein paar Standardwerke, von denen ich noch nie gehört hatte. Sie ist also eher an wissenschaftlicher Forschungsliteratur zu diesem Thema interessiert.«

»Tatsächlich?« Anders Jonasson war verblüfft.

»Ich hab mir ein paar Ausgaben von *Nature* und dem *New England Journal of Medicine* ausgeliehen. Damit war sie zufrieden, und sie bedankte sich, dass ich mir die Mühe gemacht hatte.«

»Das sind ja wirklich gehobene Fachzeitschriften, die zum Großteil Aufsätze und reine Forschungsberichte enthalten.«

»Sie liest sie mit großem Interesse.«

Anders Jonasson verschlug es einen Moment lang die Sprache.

»Wie beurteilst du ihren psychischen Zustand?«

»Tja, sie ist nach wie vor sehr verschlossen …«

»Empfindest du sie als psychisch krank, manisch-depressiv oder paranoid?«

»Nein, überhaupt nicht. In dem Fall hätte ich schon Alarm geschlagen. Sie ist sicherlich sehr eigen, hat große Probleme und steht momentan unter starkem Stress. Aber sie ist ruhig und sachlich und scheint mit ihrer Situation umgehen zu können.«

»Okay, das wollte ich wissen.«

»Warum fragst du? Ist was passiert?«

»Nein, nein. Ich werde nur einfach nicht schlau aus ihr.«

10. Kapitel

Samstag, 7. Mai – Donnerstag, 12. Mai

Mikael Blomkvist legte die Mappe mit dem Recherchebericht von Daniel Olofsson beiseite. Nachdenklich sah er aus dem Fenster und betrachtete den Menschenstrom, der sich durch die Götgatan wälzte. Das war eines von den Dingen, die ihm an seinem Zimmer am besten gefielen. Die Götgatan war rund um die Uhr belebt, und wenn er an seinem Fenster saß, konnte er sich nie richtig isoliert oder einsam fühlen

Doch obwohl er nichts Eiliges auf dem Tisch hatte, fühlte er sich gestresst. Er hatte stur an den Texten weitergearbeitet, die das *Millennium*-Sommerheft füllen sollten, hatte aber irgendwann eingesehen, dass das Material selbst für ein ganzes Themenheft noch zu umfassend war. Nachdem er in derselben Situation wie damals bei der Wennerström-Affäre gelandet war, hatte er beschlossen, die Texte in Buchform herauszugeben. Material für 150 Seiten hatte er schon beisammen, und er schätzte, dass das ganze Buch am Ende 300 bis 350 Seiten umfassen würde.

Zunächst hatte er die Morde an Dag Svensson und Mia Bergman beschrieben und berichtet, wie es dazu kam, dass er selbst die Leichen gefunden hatte. Er hatte erklärt, warum Lisbeth Salander unter Verdacht geriet. Ein ganzes Kapitel verwendete er darauf, zum einen, um das Geschreibsel der Medien über Lisbeth gnadenlos vorzuführen, zum anderen, um Staatsanwalt Ekström und die gesamten Ermittlungen zu kritisieren. Nach reiflicher Überlegung milderte er die Kritik an Bublanski und seinen Kollegen ab. Das machte er, nachdem er sich ein Video von Ekströms Pressekonferenz angesehen hatte, aus dem klar hervorging, dass Bublanski mit Ekströms vorschnellen Schlussfolgerungen überhaupt nicht einverstanden war.

Dann machte er einen Zeitsprung zurück und beschrieb Zalatschenkos Ankunft in Schweden, Lisbeths Kindheit und die Ereignisse, die dazu geführt hatten, dass sie in St. Stefan in Uppsala eingesperrt worden war. Er widmete sich sorgfältig der völligen Vernichtung von Dr. Teleborian und dem verstorbenen Gunnar Björck. Er präsentierte den Bericht der rechtspsychiatrischen Untersuchung von 1991 und erklärte, inwiefern Lisbeth Salander eine Bedrohung für anonyme Beamte dargestellt hatte, die es sich zur Aufgabe gemacht hatten, den russischen Überläufer zu schützen. Er gab große Teile der Korrespondenz zwischen Teleborian und Björck wieder.

Weiterhin beschrieb er Zalatschenkos neue Identität und sein Tätigkeitsfeld als Vollzeitgangster. Er beschrieb seinen Handlanger Ronald Niedermann, die Entführung von Miriam Wu und Paolo Robertos Eingreifen. Schließlich fasste er den Showdown in Gosseberga zusammen, bei dem Lisbeth Salander angeschossen und begraben wurde, und erklärte, wie es dazu kommen konnte, dass ein Polizist völlig sinnlos starb, obwohl Niedermann eigentlich schon unschädlich gemacht worden war.

Danach wurde die Story jedoch immer zähflüssiger. Mikaels Problem bestand darin, dass die Geschichte immer noch beträchtliche Lücken aufwies. Gunnar Björck hatte nicht allein gehandelt. Hinter all dem musste eine größere Gruppe mit entsprechenden Mitteln und großem Einfluss stehen. Alles andere war unlogisch. Schließlich gelangte er zu dem Ergebnis, dass die rechtswidrige Behandlung von Lisbeth Salander auch nicht von der Regierung oder der Führung der Sicherheitspolizei sanktioniert worden sein konnte. Diesem Schluss lag kein übertriebenes Vertrauen in die Staatsmacht zugrunde. Doch eine Operation dieser Art hätte niemals geheim gehalten werden können, wenn sie rein politische Hintergründe gehabt hätte. Irgendjemand hätte doch wieder ein Hühnchen mit irgendjemandem zu rupfen gehabt, und dann hätte er geplaudert, und die Medien wären schon vor Jahren über die Salander-Affäre gestolpert.

Er dachte sich diesen Zalatschenko-Klub als kleine Gruppe von anonymen Aktivisten. Das Problem war nur, dass er keinen von ihnen identifizieren konnte, außer vielleicht Göran Mårtensson, 40 Jahre alt, Polizist mit Geheimauftrag, der Mikael Blomkvist beschattete.

Er hatte vor, das Buch auf den Markt zu bringen, sobald Lisbeths Prozess eröffnet wurde. Gemeinsam mit Christer Malm plante er eine Taschenbuchausgabe, die eingeschweißt mit einem teureren *Millennium*-Sommerheft verkauft werden sollte. Er hatte Henry Cortez und Malin Eriksson beauftragt, weitere Texte zur Geschichte der Sicherheitspolizei und zu zurückliegenden Affären zu schreiben.

Dass es einen Prozess gegen Lisbeth geben würde, stand mittlerweile außer Zweifel.

Staatsanwalt Ekström hatte Anklage erhoben wegen schwerer Körperverletzung im Fall Magge Lundin und wegen schwerer Körperverletzung beziehungsweise Mordversuchs im Fall Karl Axel Bodin alias Alexander Zalatschenko.

Der Termin für die Gerichtsverhandlung stand noch nicht fest, aber von Journalistenkollegen hatte Mikael aufgeschnappt, dass Ekström den Prozess irgendwann im Juli ansetzen wollte, falls Lisbeths Gesundheitszustand dies zuließ. Mikael verstand durchaus, welche Absicht dahinterstand. Ein Prozess im Hochsommer erweckt grundsätzlich weniger Aufmerksamkeit als ein Prozess zu einer anderen Jahreszeit.

Er runzelte die Stirn und sah aus dem Fenster seines Arbeitszimmers in der *Millennium*-Redaktion.

Es war noch nicht vorbei. Die Verschwörung gegen Lisbeth ging weiter. Nur so ließen sich abgehörte Telefone, der Überfall auf seine Schwester und die Entwendung des Salander-Berichts von 1991 erklären. Und vielleicht auch der Mord an Zalatschenko.

Aber er hatte keine Beweise.

Gemeinsam mit Malin und Christer hatte Mikael beschlossen, dass der *Millennium*-Verlag auch Dag Svenssons Buch über Mädchenhandel am Vortag des Prozesses veröffentlichen würde. Es war am besten, wenn man gleich das ganze Paket an einem Tag präsentierte, und es gab keinen guten Grund, noch länger damit zu warten. Im Gegenteil – das Buch würde zu keinem anderen Zeitpunkt auf solches Interesse stoßen. Malin war die Hauptverantwortliche für die Schlussredaktion von Dag Svenssons Buch, während Henry Cortez ihm mit dem Verfassen des Buches über die Salander-Affäre half. Lottie Karim und Christer Malm (Letzterer wider Willen) waren vorübergehend zu *Millenniums* Redaktionssekretären ernannt worden, sodass Monika Nilsson derzeit die einzige frei verfügbare Reporterin war. Diese erhöhte Arbeitsbelastung hatte zur Folge, dass die gesamte *Millennium*-Redaktion sprichwörtlich auf dem Zahnfleisch kroch und Malin mehrere freie Mitarbeiter anheuern musste, um Texte zu produzieren. Das Ganze würde ziemlich kostspielig werden, aber sie hatten keine andere Wahl.

Mikael notierte sich, dass er noch klären musste, wie es mit den Rechten von Dag Svenssons Familie an dessen Buch aussah. Er hatte herausgefunden, dass Dag Svenssons Eltern in Örebro wohnten und die einzigen Erben waren. Streng genommen brauchte er zwar keine Erlaubnis, um das Buch in Dags Namen herauszugeben, aber er hatte vor, persönlich nach Örebro zu fahren und Dags Eltern um ihre Zustimmung zu bitten.

Danach standen ja nur noch Hunderte anderer Details an. Einige davon betrafen Lisbeths Rolle in seinen Texten. Um hier eine endgültige Entscheidung treffen zu können, musste er ein persönliches Gespräch mit ihr führen und ihre Zustimmung einholen, dass er die Wahrheit oder zumindest einen Teil der Wahrheit schreiben durfte. Und dieses persönliche Gespräch war ihm verwehrt, weil Lisbeth Salander in Untersuchungshaft und mit Besuchsverbot belegt war.

In dieser Hinsicht war ihm seine Schwester auch keine Hilfe. Sie hielt sich sklavisch an die geltenden Regeln und hatte nicht die Absicht, den Überbringer für seine geheimen Botschaften zu spielen. Ebenso wenig erzählte ihm Annika, was sie und ihre Mandantin unter vier Augen besprachen. Es war frustrierend, wenn auch korrekt. Mikael hatte daher keine Ahnung, ob Lisbeth Annika anvertraut hatte, dass ihr rechtlicher Betreuer sie vergewaltigt hatte und sie sich an ihm gerächt hatte, indem sie ihm eine spektakuläre Botschaft auf den Bauch tätowierte. Und solange Annika das Thema nicht anschnitt, konnte Mikael es auch nicht tun.

Aber vor allem stellte Lisbeths Isolierung ein echtes Problem dar. Sie war Informatikexpertin und Hackerin, was Mikael bekannt war, Annika hingegen nicht. Er hatte Lisbeth versprochen, ihre Geheimnisse niemals zu verraten, und hatte dieses Versprechen gehalten. Dummerweise brauchte er jetzt aber selbst ganz dringend ihre Fähigkeiten.

Also musste er irgendwie Kontakt zu Lisbeth herstellen.

Seufzend schlug er Olofssons Mappe auf und entnahm ihr zwei Blätter. Das eine Blatt war ein Auszug aus dem Melderegister zur Person eines Idris Ghidi, geboren 1950. Ein Mann mit Schnurrbart, olivfarbenem Teint und schwarzem Haar mit grauen Schläfen.

Das andere Blatt war Olofssons Zusammenfassung von Ghidis Hintergrund.

Idris Ghidi war ein kurdischer Flüchtling aus dem Irak,

der für eine Weile die Aufmerksamkeit der Medien erregt hatte.

Der 1950 im nordirakischen Mosul geborene Idris Ghidi hatte eine Ausbildung zum Ingenieur absolviert und zum Wirtschaftswunder der 70er-Jahre beigetragen. 1984 hatte er in Mosul als Lehrer am Gymnasium mit Fachrichtung Bautechnik begonnen. Als politischer Aktivist war er nicht bekannt. Leider war er Kurde und galt damit in Saddam Husseins Irak als potenzieller Krimineller. Im Oktober 1987 wurde Ghidis Vater prokurdischer Aktivitäten verdächtigt. Nähere Angaben zur Natur dieser Aktivitäten wurden nicht gemacht. Er wurde wegen Landesverrats hingerichtet, wahrscheinlich im Januar 1988. Zwei Monate später wurde Idris Ghidi von der irakischen Geheimpolizei mitten aus einer Unterrichtsstunde zur Brückenstatik herausgeholt. Man brachte ihn in ein Gefängnis bei Mosul, wo man ihn über elf Monate hinweg folterte, um ihn zu einem Geständnis zu zwingen. Was genau er gestehen sollte, war Idris Ghidi nie klar, und so ging die Folter immer weiter.

Im März 1989 bezahlte ein Onkel von ihm eine Summe von umgerechnet 50000 schwedischen Kronen an den örtlichen Anführer der Baath-Partei, was man als hinreichenden Ausgleich für den Schaden ansah, den der irakische Staat durch Idris Ghidi erlitten hatte. Zwei Tage später wurde er freigelassen und in die Obhut seines Onkels gegeben. Bei seiner Freilassung wog er nur noch 39 Kilo und war außerstande, allein zu gehen. Vor der Freilassung hatte man ihm mit einem Vorschlaghammer die linke Hüfte zertrümmert, damit er in Zukunft keinen Unfug mehr anstellen konnte.

Idris Ghidi schwebte mehrere Wochen zwischen Leben und Tod. Als er sich ein wenig erholt hatte, brachte ihn sein Onkel auf einen sechzig Kilometer vor Mosul gelegenen Hof. Dort erholte er sich über den Sommer hinweg und sammelte wieder genügend Kräfte, um zu lernen, sich recht und schlecht mit

Krücken fortzubewegen. Er wusste genau, dass er nie wieder ganz gesund werden würde. Stellte sich nur die Frage, was er in Zukunft machen sollte. Im August erreichte ihn plötzlich die Nachricht, dass seine Brüder von der Geheimpolizei festgenommen worden waren. Er sollte sie nie wiedersehen. Er nahm an, dass sie unter irgendeinem Sandhügel bei Mosul begraben lagen. Im September erfuhr sein Onkel, dass Idris Ghidi erneut von Saddam Husseins Polizei gesucht werde. Da fasste er den Entschluss, sich an einen anonymen Schleuser zu wenden, der Idris Ghidi gegen ein Entgelt von umgerechnet 30 000 Kronen über die Grenze in die Türkei schmuggeln und von dort, mithilfe eines falschen Passes, weiter nach Europa bringen sollte.

Idris Ghidi landete am 19. Oktober 1989 auf dem Stockholmer Flughafen Arlanda. Er konnte kein Wort Schwedisch, war aber instruiert worden, zur Grenzpolizei zu gehen und sofort politisches Asyl zu beantragen, was er in mangelhaftem Englisch auch tat. Man verfrachtete ihn zu einem Flüchtlingsquartier in Upplands-Väsby, wo er fast zwei Jahre verbrachte, bis die Einwanderungsbehörde entschied, dass Idris Ghidi keine ausreichenden Gründe für eine Aufenthaltserlaubnis in Schweden hatte.

Zu diesem Zeitpunkt hatte Ghidi bereits Schwedisch gelernt und ärztliche Hilfe für seine zertrümmerte Hüfte bekommen. Er war zweimal operiert worden und konnte schon wieder ohne Krücken gehen. Mittlerweile wurden in Schweden hitzige Diskussionen zur Immigrationsfrage geführt, es hatte Attentate auf Asylbewerberheime gegeben, und Bert Karlsson hatte die rechtspopulistische Neue Demokratische Partei gegründet.

Der unmittelbare Grund, warum Idris Ghidi im Zeitungsarchiv auftauchte, war der, dass er in allerletzter Minute einen neuen Anwalt bekam, der mit dem Fall an die Presse ging und seine Situation erklärte. Andere Kurden in Schweden engagierten sich für Idris Ghidi, darunter auch Mitglieder der streitbaren Baksi-Familie. Man hielt Protestversammlungen ab und formulierte Petitionen an die zuständige Ministerin Birgit Friggebo. Schließlich war die Medienaufmerksamkeit so groß geworden, dass die Einwanderungsbehörde ihre Entscheidung änderte und Ghidi eine Aufenthalts- und Arbeitsgenehmigung für das Königreich Schweden gewährte. Im Januar 1992 verließ er das Flüchtlingsheim in Upplands-Väsby als freier Mann.

Nun musste er sich eine Arbeit suchen und gleichzeitig die Therapie für seine Hüfte weiterführen. Er entdeckte bald, dass seine Ausbildung zum Bauingenieur, seine mehrjährige Erfahrung und seine guten akademischen Noten ihm nicht weiterhalfen. In den nächsten Jahren arbeitete er als Zeitungsausträger, Tellerwäscher, Putzkraft und Taxifahrer. Das Zeitungaustragen musste er aufgeben, denn er konnte einfach nicht im nötigen Tempo Treppen steigen. Seine Arbeit als Taxifahrer gefiel ihm ganz gut, obwohl er keine Ortskenntnis im Bereich Stockholm besaß und nicht länger als ein paar Stunden am Stück sitzen konnte, da die Schmerzen in seiner Hüfte sonst unerträglich wurden.

Im Mai 1998 zog Idris Ghidi nach Göteborg, wo ihm ein entfernter Verwandter eine Festanstellung in einer Reinigungsfirma angeboten hatte. Idris Ghidi bekam eine Halbtagsstelle als Chef eines Putzkommandos im Sahlgrenska-Krankenhaus, mit dem das Unternehmen einen Vertrag hatte. An sechs Tagen in der Woche wischte er den Fußboden in ein paar Korridoren, unter anderem auch im Korridor 11 C.

Mikael Blomkvist las Olofssons Zusammenfassung und studierte Ghidis Passbild aus dem Melderegister. Dann loggte er sich ins Zeitungsarchiv ein und las ein paar Artikel, die Olofssons Bericht zugrunde lagen. Er steckte sich eine Zigarette an. Das Rauchverbot in der Redaktion war rasch gelockert worden, nachdem Erika Berger gegangen war.

Schließlich griff sich Mikael die DIN-A4-Seite, die Olofsson zu Dr. Anders Jonasson zusammengestellt hatte. Während er den Text las, legte er die Stirn in tiefe Falten.

Mikael Blomkvist konnte das Auto mit dem Kennzeichen KAB nicht sehen und hatte auch nicht mehr das Gefühl, beschattet zu werden. Dennoch ging er sicherheitshalber von der Akademischen Buchhandlung zum Seiteneingang des NK-Einkaufszentrums und dort zum Haupteingang hinaus. Wer einen Menschen im NK-Einkaufszentrum im Auge behalten wollte, musste schon über übermenschliche Fähigkeiten verfügen. Er schaltete beide Handys aus und schlenderte über das Galleria-Einkaufszentrum zum Gustav Adolfs Torg, lief am Reichstagsgebäude vorbei und ins Altstadtviertel Gamla Stan. Soweit er sehen konnte, folgte ihm niemand. Er machte ein paar Umwege durch Seitengässchen, bis er an der richtigen Adresse ankam und an die Tür des *Svartvitt*-Verlags klopfte.

Es war halb drei. Mikael kam ohne Voranmeldung, aber der Redakteur Kurdo Baksi war da, und sein Gesicht hellte sich auf, als er Mikael Blomkvist sah.

»Schön, dich zu sehen«, sagte Kurdo Baksi herzlich. »Warum kommst du mich denn gar nicht mehr besuchen?«

»Ich besuch dich doch jetzt«, entgegnete Mikael.

»Ja, aber seit dem letzten Mal sind schon mindestens drei Jahre vergangen.«

Sie gaben sich die Hand.

Mikael Blomkvist kannte Kurdo Baksi seit den 80er-Jahren. Damals hatte Mikael zu den Leuten gehört, die Baksi mit praktischer Hilfe zur Seite standen, als er die Zeitung *Svartvitt* gründete, deren Ausgaben nachts heimlich im Kopierraum der Gewerkschaft vervielfältigt wurden. Dabei wurde er vom späteren Pädophilenjäger Per-Erik Åström ertappt. Åström war eines Nachts ins Kopierzimmer gekommen, hatte stapelweise Seiten von der ersten Ausgabe von *Svartvitt* gefunden und daneben einen sichtlich kleinlauten Kurdo Baksi. Woraufhin Åström sich das ungeschickte Layout der Titelseite ansah und meinte, so könne ja wohl keine Zeitung aussehen. Er entwarf das Logo, das dann fünfzehn Jahre lang die Titelseite der Zeitschrift zierte, bis sie eingestellt wurde und der Verlag *Svartvitt* daraus hervorging. Damals erlebte Mikael gerade eine ungute Zeit als Pressesprecher bei der Gewerkschaft – was allerdings sein einziger Ausflug in diese Branche blieb. Per-Erik Åström überredete ihn, ab und zu beim Redigieren von *Svartvitt* auszuhelfen. Seitdem waren Kurdo Baksi und Mikael Blomkvist befreundet.

Mikael setzte sich auf ein Sofa, während Kurdo Kaffee von einem Automaten im Korridor holte. Sie tauschten ein paar Belanglosigkeiten aus, wie man es eben tut, wenn man sich eine Weile nicht gesehen hat, wurden aber immer wieder von Kurdos Handy unterbrochen. Er führte kurze Gespräche auf Kurdisch, Türkisch oder Arabisch oder in irgendeiner anderen Sprache, die Mikael nicht verstand. So war es auch bei früheren Besuchen im *Svartvitt*-Verlag immer gewesen. Aus aller Welt riefen die Leute an, um mit Kurdo zu reden.

»Lieber Mikael, du siehst so bedrückt aus. Was hast du auf dem Herzen?«, fragte Kurdo Baksi schließlich.

»Kannst du das Handy mal fünf Minuten ausschalten, damit wir ungestört reden können?«

Kurdo stellte es ab.

»Okay … du musst mir einen Gefallen tun. Und versprich mir, dass du mit niemand darüber redest.«

»Schieß los!«

»1989 kam ein kurdischer Flüchtling namens Idris Ghidi aus dem Irak nach Schweden. Als er von der Ausweisung bedroht war, hat ihm deine Familie geholfen, doch noch eine Aufenthaltsgenehmigung zu bekommen. Ich weiß nicht, wer genau ihm geholfen hat, dein Vater oder sonst jemand aus deiner Familie.«

»Mein Onkel, Mahmut Baksi, hat ihm geholfen. Ich kenne Idris. Was ist mit ihm?«

»Vertraust du mir, Kurdo?«

»Natürlich. Wir sind immer Freunde gewesen.«

»Die Aufgabe, die erledigt werden muss, ist ein bisschen seltsam. Sehr seltsam. Ich will nicht erzählen, worin sie besteht, aber ich versichere dir, dass sie keinesfalls gesetzeswidrig ist und dich oder Idris Ghidi in Schwierigkeiten bringen könnte.«

Kurdo musterte Mikael aufmerksam.

»Verstehe. Und du willst mir wirklich nicht sagen, worum es da geht?«

»Je weniger Leute Bescheid wissen, desto besser. Du musst mich Idris vorstellen, damit er bereit ist, mir zuzuhören.«

Kurdo überlegte kurz. Dann ging er an seinen Schreibtisch und schlug einen Kalender auf. Er suchte eine Weile, bis er Ghidis' Telefonnummer gefunden hatte. Das Gespräch wurde auf Kurdisch geführt. Mikael sah an Kurdos Gesichtsausdruck, dass es mit den üblichen Begrüßungsfloskeln und höflicher Konversation begann. Dann wurde Kurdo ernst und erklärte sein Anliegen. Nach einer Weile wandte er sich an Mikael.

»Wann möchtest du ihn treffen?«

»Am Freitagnachmittag, wenn es geht. Frag ihn, ob ich ihn zu Hause besuchen darf.«

Kurdo redete ein bisschen weiter, bevor er das Gespräch beendete.

»Idris wohnt in Angered«, erklärte Kurdo Baksi. »Hast du die Adresse?«

Mikael nickte.

»Er ist am Freitagnachmittag um fünf zu Hause. Du bist ihm willkommen.«

»Danke, Kurdo«, sagte Mikael.

»Er arbeitet als Reinigungskraft im Sahlgrenska-Krankenhaus«, fuhr Kurdo Baksi fort.

»Ich weiß«, entgegnete Mikael.

»Ich habe über die Zeitung automatisch mitbekommen, dass du in diese Salander-Geschichte verwickelt bist.«

»Das stimmt.«

»Sie ist angeschossen worden.«

»Genau.«

»Ich bilde mir ein, dass sie im Sahlgrenska liegt.«

»Stimmt auch.«

Kurdo war klar, dass Mikael irgendetwas ausheckte, denn dafür war er bekannt. Er kannte Mikael seit den 80er-Jahren. Sie waren immer die besten Freunde gewesen und hatten sich nie gestritten, und Mikael war immer eingesprungen, wenn Kurdo ihn um einen Gefallen bat. Im Laufe der Jahre hatten sie auch das eine oder andere Gläschen zusammen getrunken, wenn sie sich auf einer Party oder in der Kneipe begegneten.

»Werde ich da in irgendwas mit reingezogen, wovon ich wissen müsste?«, erkundigte sich Kurdo.

»Du wirst nicht mit reingezogen. Nein, nein. Du sollst mich nur einem deiner alten Bekannten vorstellen. Und ich wiederhole noch einmal … ich werde Idris Ghidi um nichts Illegales bitten.«

Kurdo nickte. Diese Beteuerung reichte ihm. Mikael stand auf.

»Ich bin dir einen Gefallen schuldig.«

»Wir sind uns immer einen Gefallen schuldig«, entgegnete Kurdo Baksi.

Henry Cortez legte auf und trommelte so laut mit den Fingern auf der Tischkante herum, dass Monika Nilsson irritiert die Brauen hochzog und ihm einen zornigen Blick zuwarf. Sie stellte fest, dass Henry ganz in Gedanken versunken war. Aber da sie allgemein gereizt war, beschloss sie, ihre schlechte Laune nicht an ihm auszulassen.

Monika Nilssons Gereiztheit war nicht darauf zurückzuführen, dass sie sich übergangen fühlte oder gern den Job der anderen ausgeübt hätte. Ihre Aufgabe bestand darin, die Regierung, den Reichstag und die staatlichen Behörden für *Millennium* im Auge zu behalten. Außerdem hatte sie jede Menge anderer Verpflichtungen, wie eine allwöchentliche Kolumne für eine Gewerkschaftszeitung und diverse ehrenamtliche Tätigkeiten bei Amnesty International. Ein Chefredakteursposten bei *Millennium* gehörte nicht dazu, und ebenso wenig ein Zwölfstundenarbeitstag, der auch vor Feiertagen und Urlaub nicht haltmachte.

Sie spürte jedoch, dass sich bei *Millennium* etwas verändert hatte. Auf einmal kam ihr die gesamte Zeitschrift fremd vor. Und sie konnte nicht so recht bestimmen, woran es eigentlich lag.

Mikael Blomkvist war wie immer nicht ansprechbar, verschwand zu geheimnisvollen Reisen und kam und ging, wie es ihm passte. Er war ja auch Teilhaber von *Millennium* und konnte selbst entscheiden, was er tun wollte, aber ein bisschen Verantwortungsgefühl sollte man doch wohl verlangen können.

Christer Malm war der andere Teilhaber und ungefähr genauso hilfreich, da er derzeit Urlaub machte. Zweifellos war er talentiert und als Redakteur hin und wieder eingesprungen, wenn Erika Berger im Urlaub oder anderweitig beschäftigt war, aber meistens führte er nur aus, was andere beschlossen hatten. Was grafische Gestaltung und Präsentationen betraf, war er brillant, doch wenn es um die Planung einer Zeitschrift ging, war er vollkommen nutzlos.

Monika Nilsson runzelte die Stirn.

Nein, sie war ungerecht. Doch die Atmosphäre in der Redaktion hatte sich spürbar verändert. Mikael arbeitete mit Malin und Henry zusammen, und alle anderen blieben irgendwie außen vor. Die drei hatten einen Geheimzirkel gebildet, der sich ihn Erikas Zimmer … in Malins Zimmer einsperrte und hinterher schweigend wieder herauskam. Unter Erika war die Zeitschrift immer ein Kollektiv gewesen.

Kurz und gut, Monika war leicht verärgert. Sie brauchte Urlaub. Sie musste mal ein bisschen rauskommen. Sie sah, wie Henry Cortez sein Cordsakko anzog.

»Ich geh mal kurz raus«, sagte er. »Kannst du Malin ausrichten, dass ich zwei Stunden weg bin?«

»Was ist passiert?«

»Ich glaube, ich hab da eine Story im Visier. Eine richtig gute Story. Über Toilettenschüsseln. Ich will noch ein paar Sachen überprüfen, aber wenn das alles klappt, haben wir einen tollen Artikel für das Juniheft.«

»Toilettenschüsseln?«, fragte Monika Nilsson und sah ihm stirnrunzelnd nach.

Erika Berger biss die Zähne zusammen und ließ den Text über die bevorstehende Gerichtsverhandlung gegen Lisbeth Salander langsam sinken. Es war nur ein kurzer Artikel, ein Zweispalter, der auf Seite 5 der Inlandsnachrichten erscheinen sollte. Sie betrachtete den Text eine Weile und schob die Lippen vor. Es war Donnerstag, 15 Uhr 30. Mittlerweile arbeitete sie seit zwölf Tagen bei der *SMP*. Sie griff zum Hörer und rief den Nachrichtenchef Anders Holm an.

»Hallo. Hier ist Berger. Könnten Sie bitte den Reporter Johannes Frisk suchen und sofort mit ihm in mein Zimmer kommen?«

Sie legte auf und wartete geduldig, bis Holm mit Johannes Frisk im Schlepptau in ihren Glaskasten geschlendert kam. Erika warf einen Blick auf ihre Armbanduhr.

»Zweiundzwanzig«, sagte sie.

»Was?«, fragte Holm.

»Zweiundzwanzig Minuten. Sie haben zweiundzwanzig Minuten gebraucht, um von Ihrem Tisch aufzustehen, die fünfzehn Meter zu Johannes Frisks Schreibtisch zurückzulegen und sich mit ihm auf den Weg hierher zu machen.«

»Sie haben nicht gesagt, dass es eilig wäre. Ich hab alle Hände voll zu tun.«

»Ich habe nicht gesagt, dass es eilig wäre? Ich sagte ›sofort‹, und damit meine ich nicht heute Abend oder nächste Woche oder wann immer es Ihnen gefällt, Ihr Hinterteil vom Stuhl zu erheben.«

»Hören Sie, ich finde ...«

»Machen Sie die Tür zu.«

Sie wartete, bis Anders Holm die Tür zugezogen hatte. Erika musterte ihn schweigend. Er war zweifellos ein äußerst kompetenter Nachrichtenchef, der dafür sorgte, dass die Seiten der *SMP* täglich mit den richtigen Texten gefüllt wurden, einleuchtend zusammengestellt und in der Anordnung und in der Breite, auf die man sich in der morgendlichen Besprechung geeinigt hatte. Anders Holm jonglierte also täglich mit einer kolossalen Menge verschiedener Aufgaben. Und er hielt immer alle Bälle in der Luft.

Das Problem mit Anders Holm war nur, dass er konsequent jede Entscheidung ignorierte, die von Erika Berger getroffen wurde. Zwei Wochen lang hatte sie nach einer Formel gesucht, wie sie mit ihm zusammenarbeiten könnte. Sie hatte freundlich mit ihm geredet, es mit direkten Anweisungen probiert, ihn ermuntert, selbst umzudenken, und im Großen und Ganzen nichts unversucht gelassen, um ihm zu verstehen zu geben, wie die Zeitung umgestaltet werden sollte.

Nichts hatte gefruchtet.

Der Artikel, den sie am Nachmittag verworfen hatte, landete irgendwann am Abend, wenn sie nach Hause gegangen war, doch wieder in der Zeitung. *Ein anderer Artikel ist rausgefallen, und ich musste die Lücke irgendwie füllen.*

Die Schlagzeile, die Erika ausgesucht hatte, wurde plötzlich durch eine andere ersetzt. Es war nicht immer die falsche

Wahl, aber sie wurde jedes Mal ohne Rücksprache mit Erika getroffen. Und das auf eine demonstrative und herausfordernde Art.

Es waren immer Kleinigkeiten. Die Redaktionskonferenz um 14 Uhr wurde plötzlich auf 13 Uhr 50 vorverlegt, ohne dass man sie darüber informierte, und die meisten Entscheidungen waren schon gefallen, wenn sie endlich dazukam. *Entschuldigung ... in der Eile hab ich ganz vergessen, Ihnen Bescheid zu geben.*

Beim besten Willen konnte Erika Berger nicht begreifen, warum Anders Holm sich ihr gegenüber so verhielt, aber sie stellte fest, dass sanfte Gespräche und freundliche Verweise nicht funktionierten. Bis jetzt hatte sie vor den anderen Redaktionsmitgliedern nie eine Diskussion angefangen, sondern versucht, ihrem Ärger nur in vertraulichen Einzelgesprächen Luft zu machen – ohne Erfolg. Daher war es jetzt an der Zeit, deutlicher zu werden, und zwar in Anwesenheit von Johannes Frisk, was eine Garantie dafür war, dass dieses Gespräch in der ganzen Redaktion die Runde machen würde.

»Als ich hier anfing, habe ich betont, dass ich ein besonderes Interesse an allem habe, was mit Lisbeth Salander zu tun hat. Ich habe erklärt, dass mir alle geplanten Artikel zur Genehmigung vorgelegt werden müssen. Und ich habe Sie mindestens ein Dutzend Mal daran erinnert, zum letzten Mal bei der Redaktionskonferenz letzten Freitag. Warum richten Sie sich nicht danach?«

»Alle Texte, die geplant oder in Produktion sind, werden doch als Hausmitteilung verschickt. Sie sind also jeden Moment über alles informiert.«

»Blödsinn. Als ich heute Morgen die *SMP* aus dem Briefkasten zog, hatten wir einen Dreispalter über Salander und die Entwicklungen in der Stallarholmen-Geschichte auf dem prominentesten Nachrichtenplatz.«

»Das war Margareta Orrings Text. Sie ist eine freie Mitarbeiterin und hat den Artikel erst gestern Abend gegen sieben abgegeben.«

»Margareta Orring hat schon gestern Vormittag um elf angerufen, um diesen Artikel vorzuschlagen. Sie haben ihn genehmigt und ihr um halb zwölf den Auftrag erteilt. In der 14-Uhr-Sitzung haben Sie kein Wort davon erwähnt.«

»Es stand aber in der Hausmitteilung.«

»In der Hausmitteilung stand, dass es ausschließlich um ein Interview mit der Staatsanwältin Martina Fransson wegen der Rauschgiftbeschlagnahmung in Södertälje gehen sollte. Darin stand keine Silbe vom Svavelsjö MC oder dass das Interview sich auf Magge Lundin und die Ermittlungen im Fall Salander einschießen würde.«

»Ich nehme an, dass sich das erst im Laufe des Interviews so ergeben hat ...«

»Anders, ich verstehe einfach nicht, warum Sie mir geradewegs ins Gesicht lügen. Ich habe mit Margareta Orring gesprochen, die diesen Artikel verfasst hat. Sie hat Ihnen klar und deutlich gesagt, worauf sich ihr Interview konzentrieren würde.«

»Tut mir leid, aber mir war nicht klar, dass Salander eine so große Rolle spielen würde. Ich habe den Text spätabends bekommen. Was hätte ich denn tun sollen? Die ganze Story kippen? Orring hat einen guten Artikel eingereicht.«

»Da sind wir einer Meinung. Eine außergewöhnliche Story. Und das war Ihre dritte Lüge in ungefähr drei Minuten. Orring hat den Artikel nämlich um 15 Uhr 20 abgegeben, also lange bevor ich um sechs Uhr nach Hause ging.«

»Also, Frau Berger, in diesem Ton ....«

»Wunderbar. Bei Ihnen gefallen mir weder der Ton noch Ihre ewigen Lügen und Ausreden.«

»Das hört sich ja an, als würden Sie glauben, ich betreibe eine Art Verschwörung gegen Sie.«

»Sie haben meine Frage immer noch nicht beantwortet. Und Punkt zwei: Heute taucht dieser Text von Johannes Frisk auf meinem Schreibtisch auf. Ich kann mich nicht erinnern, dass wir in der 14-Uhr-Sitzung darüber gesprochen hätten. Wie ist es möglich, dass einer unserer Reporter den ganzen Tag an einem Salander-Artikel arbeitet, ohne dass ich davon erfahre?«

Johannes Frisk wand sich auf seinem Stuhl. Er war jedoch schlau genug, den Mund zu halten.

»Also … wir machen hier eine Zeitung, da gibt es notwendigerweise Hunderte von Texten, die Sie vorher nicht gesehen haben. Wir haben hier bei der *SMP* gewisse Arbeitsabläufe, denen sich alle anpassen müssen. Ich habe weder die Zeit noch die Möglichkeit, bestimmte Texte gesondert zu behandeln.«

»Ich habe Sie nicht gebeten, bestimmte Texte gesondert zu behandeln. Ich habe verlangt, dass ich zum einen über alles informiert werde, was mit dem Fall Salander zu tun hat, und zum andern, dass ich alles persönlich genehmigen muss, was zu diesem Thema veröffentlicht wird. Ist das so schwer zu verstehen?«

Anders Holm seufzte und setzte eine gequälte Miene auf.

»Okay«, sagte Erika Berger. »Dann muss ich wohl noch deutlicher werden. Ich habe nicht vor, mit Ihnen weiter darüber zu streiten. Mal sehen, ob Sie die folgende Botschaft kapieren: Wenn sich das noch einmal wiederholt, enthebe ich Sie Ihres Postens als Nachrichtenchef. Dann können Sie in Zukunft die Familienseite oder sonst was in der Art redigieren. Ich kann mir keinen Nachrichtenchef leisten, der meine Entscheidungen ständig untergräbt. Haben Sie das verstanden?«

»Ich höre Sie.«

»Ich habe gefragt, ob Sie mich verstanden haben. Ja oder nein?«

»Glauben Sie wirklich, dass Sie damit durchkommen? Die Führungsspitze wird …«

»Die Führungsspitze wird tun, was ich sage. Ich bin hier, um diese Zeitung zu modernisieren. Ich habe einen genau formulierten Arbeitsauftrag, und zu dem gehört auch, dass ich das Recht habe, weitreichende Veränderungen – sogar im Bereich der leitenden Angestellten – vorzunehmen. Und je besser ich Sie kennenlerne, Holm, desto mehr komme ich zu der Überzeugung, dass eine Veränderung unumgänglich sein wird.«

Sie schwieg. Anders Holm fing ihren Blick auf. Er sah aus, als würde er vor Wut kochen.

»Das war alles«, schloss Erika Berger. »Ich schlage vor, dass Sie gut darüber nachdenken, was wir heute besprochen haben.«

»Ich habe nicht vor ...«

»Das ist Ihre Sache. Gehen Sie jetzt.«

Er machte auf dem Absatz kehrt und verschwand aus dem Glaskasten. Johannes Frisk stand auf und machte Anstalten, ihm zu folgen.

»Sie nicht, Johannes. Bleiben Sie, setzen Sie sich.«

Sie nahm seinen Text in die Hand und überflog ihn noch einmal.

»Sie machen hier ein Praktikum, wenn ich das richtig verstanden habe.«

»Ja. Ich bin seit fünf Monaten hier, das ist jetzt meine letzte Woche.«

»Wie alt sind Sie?«

»27.«

»Tut mir leid, dass Sie ins Kreuzfeuer zwischen Holm und mir geraten sind. Erzählen Sie mir von dieser Story.«

»Ich hab heute Morgen einen Tipp bekommen und bin damit zu Holm gegangen. Er meinte, ich sollte das weiterverfolgen.«

»Okay. Die Story handelt davon, dass die Polizei gerade dem Verdacht nachgeht, dass Lisbeth Salander in den Vertrieb anaboler Steroide verwickelt sein könnte. Gibt es da irgendeinen Zusammenhang mit dem gestrigen Text über Södertälje, in dem auch Anabolika auftauchten?«

»Nicht dass ich wüsste, aber es wäre möglich. Die Sache mit

den Anabolika hat mit Salanders Verbindung zu diesem Boxer Paolo Roberto zu tun.«

»Handelt Paolo Roberto mit Anabolika?«

»Was … nein, natürlich nicht. Es geht mehr um das gesamte Boxermilieu. Salander trainiert regelmäßig mit einigen zweifelhaften Subjekten in einem Klub in Söder. Aber das ist eben der Ansatzpunkt der Polizei. Nicht meiner. Und da ist irgendjemand auf den Gedanken gekommen, dass sie in den Verkauf der Anabolika verwickelt sein könnte.«

»In der ganzen Story steckt also nicht mehr Substanz als ein vages Gerücht?«

»Es ist kein Gerücht, dass die Polizei diese Möglichkeit in Betracht zieht. Ob sie damit recht haben oder nicht, weiß ich nicht.«

»In Ordnung, Johannes. Sie müssen wissen, dass das, was ich jetzt mit Ihnen bespreche, überhaupt nichts mit meinem Verhältnis zu Anders Holm zu tun hat. Ich halte Sie für einen sehr begabten Reporter. Sie schreiben gut und haben ein Auge fürs Detail. Kurz gesagt, diese Story ist eine gute Story. Mein einziges Problem ist, dass ich nicht an ihren Inhalt glaube.«

»Ich kann Ihnen versichern, dass alles korrekt recherchiert wurde.«

»Und ich werde Ihnen jetzt erklären, warum an dieser Story etwas faul ist. Woher kam der Tipp?«

»Von einer Insider-Quelle bei der Polizei.«

»Von wem?«

Johannes Frisk zögerte. Eine automatische Reaktion. Wie jeder andere Journalist der Welt wollte er den Namen seiner Quelle nicht preisgeben. Andererseits war Erika Berger die Chefredakteurin und damit eine der wenigen Personen, die diese Information von ihm verlangen durften.

»Ein Polizist vom Dezernat für Gewaltverbrechen namens Hans Faste.«

»Hat er Sie angerufen oder Sie ihn?«

»Er hat mich angerufen.«

Erika Berger nickte.

»Warum, glauben Sie, hat er das getan?«

»Ich habe während der Jagd auf Lisbeth Salander ein paarmal mit ihm telefoniert. Er weiß, wer ich bin.«

»Und er weiß, dass Sie ein 27-jähriger Praktikant sind, der sich anbietet, wenn der Staatsanwalt eine Information in Umlauf bringen will.«

»Ja, das ist mir schon klar. Aber ich bekomme hier einen Tipp von der Polizei, und als ich mit Faste Kaffee trinken gehe, erzählt er mir diese Geschichte. Ich habe ihn korrekt zitiert. Was hätte ich machen sollen?«

»Ich bin davon überzeugt, dass Sie ihn korrekt zitiert haben. Sie hätten aber mit dieser Information zu Anders Holm gehen müssen, und der hätte bei mir anklopfen und die Lage erklären sollen, und dann hätten wir gemeinsam beschlossen, wie es weitergeht.«

»Verstehe. Aber ich ...«

»Sie haben Holm, dem Nachrichtenchef, das Material übergeben. Sie haben korrekt gehandelt. Der Fehler lag bei Holm. Aber jetzt wollen wir uns Ihren Text mal genauer ansehen. Erstens, warum wollte Faste, dass diese Information nach draußen geht?«

Johannes Frisk zuckte mit den Achseln.

»Bedeutet das, dass Sie es nicht wissen oder dass es Ihnen egal ist?«

»Ich weiß nicht.«

»Okay. Wenn ich nun behaupte, dass diese Story erlogen ist und Salander nicht das Geringste mit anabolen Steroiden zu tun hat, was sagen Sie dann?«

»Ich kann das Gegenteil nicht beweisen.«

»Genau. Sie meinen also, dass man eine Story, die eventuell erlogen sein könnte, veröffentlichen darf, nur weil wir das Gegenteil nicht beweisen können?«

»Nein, wir haben eine journalistische Verantwortung. Aber das ist eben ein Balanceakt. Wir können doch nicht von einer Veröffentlichung Abstand nehmen, wenn wir eine so glaubwürdige Quelle haben.«

»Wir können uns aber die Frage stellen, warum die Quelle diese Information überhaupt in Umlauf bringt. Deswegen möchte ich Ihnen jetzt auch erklären, warum ich angeordnet habe, dass alles zum Thema Salander über meinen Schreibtisch laufen soll. Ich habe in diesem Fall nämlich spezielle Kenntnisse, über die sonst niemand bei der *SMP* verfügt. Die Rechtsabteilung ist darüber informiert, dass ich diese Kenntnisse besitze, sie aber nicht thematisieren kann. *Millennium* wird eine Story veröffentlichen, die ich laut Vertrag nicht an die *SMP* weitergeben darf. Diese Informationen habe ich in meiner Eigenschaft als *Millennium*-Chefredakteurin erhalten, und jetzt sitze ich zwischen den Stühlen. Verstehen Sie, was ich meine?«

»Ja.«

»Und meine Informationen belegen zweifelsfrei, dass diese Story erstunken und erlogen ist und nur das Ziel hat, Lisbeth Salander vor dem bevorstehenden Prozess zu schaden.«

»Lisbeth Salander kann man wohl kaum noch mehr schaden, wenn man sich vor Augen führt, was schon alles über sie bekannt wurde ...«

»Diese Enthüllungen waren zum Großteil erlogen oder verdreht. Hans Faste steht als eine der zentralen Quellen hinter all diesen Behauptungen, dass Lisbeth Salander eine paranoide und gewalttätige Lesbe ist, die sich mit Satanismus und BDSM-Sex beschäftigt. Und die Medien haben Fastes Kampagne einfach so gekauft, weil er eine scheinbar seriöse Quelle und Sex eben immer ein gefragtes Thema ist. Und jetzt will er uns vor seinen Karren spannen. Sorry, aber nicht, solange ich hier im Boot bin.«

»Verstehe.«

»Wirklich? Gut. Dann kann ich alles noch einmal in einem einzigen Satz zusammenfassen. Ihre Aufgabe als Journalist lautet: hinterfragen und kritisch prüfen – nicht unkritisch irgendwelche Behauptungen wiederholen, auch wenn sie von einer noch so zentralen Figur des bürokratischen Apparats kommen. Vergessen Sie das nie. Sie können toll schreiben, aber dieses Talent ist nicht viel wert, wenn Sie diesen Grundsatz vernachlässigen.«

»Okay.«

»Ich werde diese Geschichte kippen. Sie hält einer Überprüfung nicht stand.«

»Verstehe.«

»Das bedeutet nicht, dass ich Ihnen misstraue.«

»Danke.«

»Deswegen möchte ich Sie auch mit dem Vorschlag für eine neue Story an Ihren Schreibtisch zurückschicken.«

»Aha.«

»Das Ganze hängt mit meinem Vertrag mit *Millennium* zusammen. Ich kann Ihnen nicht anvertrauen, was ich über die Salander-Geschichte weiß. Doch jetzt bin ich Chefredakteurin einer Zeitung, die Gefahr läuft, ordentlich ins Schleudern zu geraten, weil die Redaktion nicht über die Informationen verfügt, die ich besitze.«

»Hmm.«

»Und das können wir so nicht zulassen. Diese Situation ist einmalig und betrifft nur das Salander-Thema. Ich habe daher beschlossen, einen Reporter auszuwählen, den ich in die richtige Richtung lenken kann, damit wir nicht ganz ahnungslos dastehen, wenn *Millennium* seine Story veröffentlicht.«

»Und Sie glauben also, *Millennium* wird in Sachen Salander etwas Außerordentliches publizieren?«

»Das glaube ich nicht, das weiß ich. *Millennium* hat eine Sensationsstory in der Tasche, die die ganze Salander-Affäre völlig auf den Kopf stellen wird, und es macht mich schier wahnsinnig, dass ich mit dieser Story nicht an die Öffentlichkeit gehen kann.«

»Aber Sie behaupten, dass Sie meinen Text ablehnen, weil Sie wissen, dass die Information falsch ist … Das bedeutet, dass hinter der Story noch etwas steckt, was alle anderen Reporter bis jetzt übersehen haben?«

»Genau.«

»Entschuldigen Sie, aber es fällt mir schwer, zu glauben, dass sämtliche schwedischen Medien so in die Falle getappt sein sollen …«

»Lisbeth Salander ist das Opfer einer riesigen Medienhetze gewesen. In solchen Momenten werden alle normalen Regeln außer Kraft gesetzt.«

»Sie sagen also, Salander ist nicht die, die sie zu sein scheint?«

»Versuchen Sie es mal mit dem Gedanken, dass sie unschuldig sein könnte. Dass das Bild, das die Schlagzeilen von ihr gezeichnet haben, Unfug sein könnte, und dass hier noch ganz andere Kräfte am Wirken sind, als man bisher angenommen hat.«

»Aber können Sie denn nicht sagen, worauf das Ganze eigentlich hinausläuft?«

»Nein.«

Johannes Frisk kratzte sich am Kopf.

»Gehen Sie zurück an Ihren Schreibtisch und fangen Sie an, über eine andere Story nachzudenken. Sie müssen sich keinen allzu großen Stress machen, aber kurz vor dem Prozess möchte ich einen längeren Text präsentieren können, vielleicht eine ganze Doppelseite, die den Wahrheitsgehalt aller Behauptungen überprüft, die man über Lisbeth Salander in die Welt gesetzt hat. Fangen Sie an, indem Sie sich alle Presseausschnitte durchlesen und eine Liste der Dinge aufstellen, die über sie gesagt wurden.«

»Mach ich …«

»Denken Sie wie ein Reporter. Untersuchen Sie, wer diese Story in Umlauf gebracht hat, warum sie in Umlauf gebracht wurde und wem sie nützt.«

»Aber wenn der Prozess losgeht, bin ich schon nicht mehr bei der *SMP*. Wie gesagt, das ist meine letzte Praktikumswoche.«

Erika zog ein Blatt aus der Schreibtischschublade und legte es vor Johannes Frisk auf den Tisch.

»Ich habe Ihr Praktikum bereits um drei Monate verlängert. Natürlich nur, wenn Ihnen das recht ist.«

»Aber natürlich.«

»Sie werden hiermit für einen Rechercheauftrag außerhalb der normalen redaktionellen Tätigkeit angestellt. Sie arbeiten direkt für mich und sollen eine Sonderberichterstattung über den Salander-Prozess für die *SMP* durchführen.«

»Der Nachrichtenchef wird sicherlich nicht begeistert sein ...«

»Wegen Holm machen Sie sich bitte keine Sorgen. Ich habe bereits mit dem Chef der Rechtsabteilung gesprochen und dafür gesorgt, dass es da keine Kollisionen gibt. Aber Sie werden sich bei Ihrer Arbeit im Hintergrund halten. Wie hört sich das an?«

»Klasse.«

»Na dann ... wären wir ja fertig. Wir sehen uns am Montag.«

Als sie aufblickte, sah sie Anders Holm, der sie von seinem Schreibtisch aus musterte. Er schlug rasch die Augen nieder und tat so, als hätte er sie nicht angesehen.

11. Kapitel

Freitag, 13. Mai – Samstag, 14. Mai

Mikael Blomkvist vergewisserte sich, dass er nicht beschattet wurde, als er am Freitagmorgen von der *Millennium*-Redaktion zu Lisbeth Salanders alter Wohnung in der Lundagatan ging. Er musste nach Göteborg fahren und sich mit Idris Ghidi treffen, wozu er sich aber erst noch ein sicheres Transportmittel organisieren musste, in dem er weder beobachtet werden noch Spuren hinterlassen konnte. Nach reiflicher Überlegung hatte er beschlossen, nicht den Zug zu nehmen, weil er seine Kreditkarte nicht benutzen wollte. Normalerweise lieh er sich für so etwas Erika Bergers Auto aus, aber das war nun nicht mehr möglich. Er hatte überlegt, Henry Cortez oder einen von den anderen zu bitten, ihm einen Leihwagen zu mieten, kam aber zu dem Schluss, dass er dabei auch wieder irgendwelche Spuren hinterlassen würde.

Schließlich kam er auf die naheliegende Lösung. Er hob sich einen größeren Bargeldbetrag von einem Geldautomaten in der Götgatan ab. Dann sperrte er mit Lisbeth Salanders Schlüssel ihren weinroten Honda auf, der seit März verlassen vor ihrer Wohnung stand. Nachdem er sich den Sitz eingestellt und sich vergewissert hatte, dass der Tank halb voll war, setzte er aus der Parklücke und steuerte über die Liljeholm-Brücke die E 4 an.

Er parkte um 14 Uhr 50 in einer Nebenstraße der Avenyn in Göteborg. Im erstbesten Café, an dem er vorbeikam, aß er ein spätes Mittagessen. Um 16 Uhr 10 fuhr er mit der Straßenbahn bis Angered und stieg im Zentrum aus. Er brauchte zwanzig Minuten, bis er die Wohnung von Idris Ghidi gefunden hatte, und kam daher knapp zehn Minuten zu spät.

Idris Ghidi hinkte. Er machte die Tür auf, gab Mikael Blomkvist die Hand und bat ihn in ein spartanisch eingerichtetes Wohnzimmer. Auf einer Kommode neben dem Tisch, an den Mikael sich gesetzt hatte, stand ein Dutzend gerahmter Fotos, die er eingehend betrachtete.

»Meine Familie«, erklärte Ghidi. Er sprach mit starkem Akzent.

»Sind das Ihre Brüder?«

»Meine zwei Brüder ganz links wurden in den 80er-Jahren von Saddam ermordet, genauso wie mein Vater in der Mitte. Meine zwei Onkel wurden in den 90er-Jahren von Saddam ermordet. Meine Mutter ist im Jahr 2000 gestorben. Meine drei Schwestern sind noch am Leben. Sie wohnen im Ausland, zwei in Syrien und meine jüngste Schwester in Madrid.«

Mikael nickte. Idris Ghidi schenkte ihm türkischen Kaffee ein.

»Schöne Grüße von Kurdo Baksi soll ich übrigens sagen.«

Idris Ghidi nickte.

»Hat er Ihnen erklärt, was ich von Ihnen will?«

»Kurdo hat gesagt, Sie wollen mich für einen Job, aber was das sein soll, hat er nicht erzählt. Ich möchte Ihnen gleich sagen, dass ich nichts Ungesetzliches tun werde. Ich kann es mir nicht leisten, in so etwas reingezogen zu werden.«

Mikael nickte.

»An der Sache, um die ich Sie bitten will, ist nichts Ungesetzliches, aber sie ist ungewöhnlich. Die Arbeit selbst wird ab jetzt ein paar Wochen dauern, und Sie müssen sie jeden Tag erledigen. Aber dafür kostet sie Sie nur knapp eine Minute pro

Tag. Ich bin bereit, Ihnen dafür 1 000 Kronen pro Woche zu zahlen. Das Geld bekommen Sie von mir bar auf die Hand, und ich werde dem Finanzamt nichts davon sagen.«

»Verstehe. Was soll ich für Sie tun?«

»Sie arbeiten doch als Reinigungskraft im Sahlgrenska-Krankenhaus ...«

Idris Ghidi nickte.

»Eine Ihrer Aufgaben besteht darin, jeden Tag – oder sechs Tage die Woche, wenn ich das richtig verstanden habe – den Korridor 11 C zu reinigen, also die Intensivstation.«

Idris Ghidi nickte wieder.

»Ich möchte, dass Sie Folgendes tun.«

Mikael Blomkvist beugte sich vor und erklärte ihm sein Anliegen.

Nachdenklich musterte Staatsanwalt Richard Ekström seinen Besucher. Es war jetzt das dritte Mal, dass er Kommissar Georg Nyström begegnete. Sein von Falten durchzogenes Gesicht war von grauen Haaren umrahmt. Zum ersten Mal war Nyström in den Tagen nach dem Mord an Zalatschenko bei ihm gewesen. Er hatte seinen Ausweis vorgezeigt, der bestätigte, dass er für die RPF/Sich arbeitete. Sie hatten sich lange und gedämpft unterhalten.

»Sie müssen begreifen, dass ich in keiner Weise versuche, Ihre Entscheidungen oder Ihr Vorgehen in dieser Sache zu beeinflussen«, sagte Nyström.

Ekström nickte.

»Ich muss auch nochmals unterstreichen, dass Sie mit den Informationen, die ich Ihnen hier gebe, unter keinen Umständen an die Öffentlichkeit gehen dürfen.«

»Verstehe schon«, versicherte Ekström.

In Wahrheit musste Ekström sich eingestehen, dass er überhaupt nichts verstand, aber er wollte nicht dastehen wie der letzte Idiot, indem er zu viele Fragen stellte. Er hatte begriffen, dass Zalatschenko eine Angelegenheit war, die man mit allergrößter Vorsicht handhaben musste. Er hatte auch begriffen, dass Nyströms Besuch inoffizieller Natur war, wenngleich er dabei Rückhalt in den höchsten Rängen der Sicherheitspolizei hatte.

»Es geht hier um Menschenleben«, erklärte Nyström schon bei ihrem ersten Treffen. »Vonseiten der Sicherheitspolizei gilt alles, was mit der Wahrheit über die Zalatschenko-Affäre zu tun hat, als streng geheim. Ich kann Ihnen bestätigen, dass er ein übergelaufener Agent der sowjetischen Militärspionage und in den 70er-Jahren eine der Schlüsselfiguren des Kalten Krieges war.«

»Aha … das behauptet ja auch Mikael Blomkvist.«

»Und in dieser Hinsicht hat Blomkvist völlig recht. Er ist Journalist und über eines der größten Staatsgeheimnisse gestolpert.«

»Er wird seine Story veröffentlichen.«

»Natürlich. Wir leben in einer Demokratie und können keinen Einfluss darauf nehmen, was die Medien schreiben. Der Nachteil liegt in diesem Fall freilich darin, dass Blomkvist nur ein Bruchteil der Wahrheit über Zalatschenko bekannt ist, und vieles von dem, was er zu wissen glaubt, ist falsch.«

»Verstehe.«

»Blomkvist weiß beispielsweise nicht, dass unsere Informanten und Quellen in Russland enttarnt werden könnten, sobald die Wahrheit über Zalatschenko ans Licht kommt. Das würde bedeuten, dass Menschen, die ihr Leben für unsere Demokratie riskiert haben, Gefahr laufen, getötet zu werden.«

»Aber ist Russland nicht mittlerweile auch eine Demokratie? Ich meine, wenn das alles noch in der kommunistischen Ära passiert wäre …«

»Das sind doch alles Illusionen. Es geht um Menschen, die sich der Spionage gegen Russland schuldig gemacht haben – und so etwas würde keine Regierung der Welt akzeptieren, auch wenn es schon Jahre zurückliegt. Und einige dieser Leute sind heute noch aktiv …«

Solche Agenten existierten zwar gar nicht, aber das konnte Staatsanwalt Ekström ja nicht wissen. Er musste Nyström einfach glauben. Und fühlte sich natürlich geschmeichelt, zum inoffiziellen Mitwisser der geheimsten Informationen gemacht zu werden, die es in Schweden gab. Obwohl es ihn überraschte, dass die schwedische Sicherheitspolizei die russische Landesverteidigung so leicht hatte infiltrieren können, wie Nyström hier andeutete, verstand er doch, dass diese Information um keinen Preis nach außen dringen durfte.

»Als ich den Auftrag erhielt, mit Ihnen Kontakt aufzunehmen, waren Sie schon genau überprüft worden«, erklärte Nyström.

Wenn man einen Menschen verführen wollte, musste man seine Schwächen ausnutzen. Und Staatsanwalt Ekströms Schwäche war, dass er felsenfest an seine eigene Bedeutung glaubte und wie fast alle Menschen empfänglich für Schmeicheleien war. Man musste ihm also nur das Gefühl geben, auserwählt zu sein.

»Und dabei haben wir festgestellt, dass Sie innerhalb des Polizeiapparats großes Vertrauen genießen … und selbstverständlich auch in Regierungskreisen«, fügte Nyström hinzu.

Ekström wirkte äußerst zufrieden. Dass man ihm selbst in Regierungskreisen Vertrauen entgegenbrachte, war eine Information, die darauf schließen ließ, dass er mit Dankbarkeit rechnen konnte, wenn er seine Karten jetzt richtig ausspielte. Für seine zukünftige Karriere konnte das nur Gutes bedeuten.

»Ich bin ganz Ohr.«

»Mein Auftrag besteht zunächst darin, Sie auf den neuesten Kenntnisstand zu bringen. Sie werden sicher verstehen, wie unglaublich kompliziert diese ganze Geschichte mittlerweile ist. Einerseits läuft die gesetzlich vorgeschriebene Voruntersuchung, für die Sie der Hauptverantwortliche sind. Niemand, weder die Regierung noch die Sicherheitspolizei, darf sich in Ihre Handhabe dieser Voruntersuchung einmischen. Sie sollen die Wahrheit herausfinden und die Schuldigen anklagen. Das ist eine der wichtigsten Aufgaben in einem Rechtsstaat.«

Ekström nickte.

»Andererseits wäre es eine nationale Katastrophe unvorstellbaren Ausmaßes, wenn die ganze Wahrheit über Zalatschenko ans Licht käme.«

»Was bezwecken Sie also mit diesem Besuch?«

»Zum Ersten möchte ich Ihr Bewusstsein für die heikle Lage sensibilisieren. Ich glaube, in einer so prekären Situation hat sich Schweden seit dem Zweiten Weltkrieg nicht mehr befunden. Man könnte sagen, dass das Schicksal Schwedens jetzt in Ihren Händen liegt.«

»Wer ist Ihr Vorgesetzter?«

»Es tut mir leid, aber ich kann die Namen der Personen, die mit dieser Angelegenheit betraut sind, nicht weitergeben. Lassen Sie mich einfach sagen, dass meine Anweisungen von höchster Stelle kommen.«

Du lieber Gott. Er handelt im Auftrag der Regierung. Aber er kann es nicht offen aussprechen, weil es sonst eine politische Katastrophe geben würde.

Nyström sah, dass Ekström den Köder geschluckt hatte.

»Ich habe weitreichende Befugnisse, Ihnen Einblicke in streng geheime Unterlagen zu verschaffen.«

»Hmm.«

»Wenn Sie irgendwelche Fragen haben, egal wozu, dann dürfen Sie sich ausschließlich an mich wenden. Ich habe den Auftrag, Ihnen zu helfen, sich in diesem Labyrinth zurechtzufinden. Und wenn verschiedene Interessen zu kollidieren drohen, wird man uns bei der Suche nach Lösungen helfen.«

»Ich bin Ihnen auch wirklich sehr dankbar, dass Sie und Ihre Kollegen bereit sind, mir die Dinge so zu erleichtern.«

»Wir wollen, dass der Prozess seinen Gang geht, obwohl die Situation äußerst heikel ist.«

»Gut. Ich versichere Ihnen, ich werde äußerste Diskretion walten lassen. Es ist ja auch nicht das erste Mal, dass ich es mit geheimen Informationen zu tun habe …«

»Nein, das ist uns sehr wohl bekannt.«

Ekström hatte Dutzende von Fragen, die Nyström sorgfältig notierte und anschließend so ausführlich wie möglich beantwortete. Die wichtigste Frage war, wie die Wahrheit über Björcks Bericht von 1991 aussah.

»Der macht uns freilich Kummer«, sagte Nyström.

Er sah auch wirklich ganz bekümmert drein.

»Vielleicht sollte ich so anfangen: Seit dieser Bericht aufgetaucht ist, haben wir eine Analysegruppe eingerichtet, die mehr oder weniger rund um die Uhr damit beschäftigt ist, zu ermitteln, was hier genau geschehen ist. Und mittlerweile zeichnen sich ziemlich unangenehme Schlussfolgerungen ab.«

»Es heißt ja, dass sich die Sicherheitspolizei und der Psychiater Peter Teleborian verschworen haben, um Lisbeth Salander in die Psychiatrie zu bringen.«

»Wenn es nur das wäre«, sagte Nyström und lächelte schwach.

»Nur das?«

»Ja. Wenn es so wäre, sähe die Sache ja relativ einfach aus. Dann wäre ein Verbrechen begangen worden, das zu einer Anklage führen würde. Das Problem ist nur, dass der Bericht nicht mit den Berichten übereinstimmt, die wir bei uns archiviert haben.«

»Wie meinen Sie das?«

Nyström zog einen blauen Ordner hervor und schlug ihn auf.

»Das ist der Originalbericht, den Gunnar Björck 1991 geschrieben hat. Hier finden sich auch die Originaldokumente zur Korrespondenz zwischen Björck und Teleborian. Nur, wie gesagt, die beiden Versionen stimmen nicht miteinander überein.«

»Erklären Sie mir das bitte genauer.«

»Leider hat sich Björck ja inzwischen aufgehängt. Wir nehmen an, dass dies mit seinen sexuellen Fehltritten zu tun hat, die *Millennium* demnächst veröffentlichen wollte. Das trieb ihn in so tiefe Verzweiflung, dass er sich entschied, sich das Leben zu nehmen.«

»Ja …«

»Der Originalbericht ist ein Untersuchungsbericht, der verfasst wurde, nachdem Lisbeth Salander versucht hatte, ihren Vater, Alexander Zalatschenko, mittels einer Brandbombe zu ermorden. Die ersten dreißig Seiten dieses Untersuchungsberichts, den Blomkvist gefunden hat, stimmen mit dem Original überein. Auf diesen Seiten findet sich auch nichts Außergewöhnliches. Erst ab Seite 33, wo Björck anfängt, Schlüsse zu ziehen und Empfehlungen zu geben, beginnen die Diskrepanzen.«

»Inwiefern?«

»In der Originalversion spricht Björck fünf deutliche Empfehlungen aus. Wir müssen nicht damit hinterm Berg halten, dass es darum ging, die Zalatschenko-Affäre in den Medien nur verschwommen darzustellen. Björck schlägt vor, dass Zalatschenkos Reha-Maßnahmen – er hatte ja schwere Verbrennungen erlitten – im Ausland durchgeführt werden sollten. Solche Dinge eben. Er schlägt auch vor, dass man Lisbeth Salander die bestmögliche psychiatrische Betreuung zukommen lassen sollte.«

»Aha …«

»Das Problem ist nun, dass ein paar Sätze auf sehr subtile Weise geändert wurden. Auf Seite 34 findet sich eine Passage, in der Björck anscheinend vorschlägt, Salander als unheilbar psychisch krank abzustempeln, damit sie nicht mehr glaubhaft ist, wenn doch jemand anfangen sollte, Fragen zu Zalatschenko zu stellen.«

»Und diese Behauptung findet sich im Originalbericht nicht?«

»Genau. Etwas Derartiges hat Gunnar Björck niemals vorgeschlagen. Das wäre ja außerdem rechtswidrig gewesen. Er schlug vor, sie sollte die Behandlung erhalten, die sie ja tatsächlich brauchte. In Blomkvists Kopie ist das dann plötzlich zur Verschwörung geworden.«

»Kann ich das Original lesen?«

»Bitte sehr. Aber ich muss den Bericht wieder mitnehmen, wenn ich gehe. Und bevor Sie ihn lesen, möchte ich Sie noch auf den Anhang aufmerksam machen, in dem sich die spätere Korrespondenz zwischen Björck und Teleborian befindet. Es handelt sich fast durchgehend um eine freie Erfindung. Hier geht es nicht mehr um subtile Änderungen, sondern um eine grobe Fälschung.«

»Eine Fälschung?«

»Ich glaube, das ist in diesem Zusammenhang der passende Ausdruck. Aus dem Original geht hervor, dass Teleborian vom Gericht den Auftrag erhielt, eine rechtspsychiatrische Untersuchung von Lisbeth Salander durchzuführen. Daran ist nichts Seltsames. Lisbeth Salander war zwölf, als sie versuchte, ihren Vater mit einer Brandbombe zu töten – es wäre eher seltsam gewesen, wenn das *nicht* zu einer psychiatrischen Untersuchung geführt hätte.«

»Das denke ich auch.«

»Wenn Sie damals Staatsanwalt gewesen wären, hätten Sie vermutlich auch eine Untersuchung der sozialen Zusammenhänge und ein psychiatrisches Gutachten angeordnet.«

»Selbstverständlich.«

»Teleborian war ja schon damals ein bekannter und renommierter Kinderpsychiater und hatte außerdem bereits im rechtsmedizinischen Bereich gearbeitet. Er führte eine ganz normale Untersuchung durch und kam zu dem Ergebnis, dass Lisbeth Salander psychisch krank war … auf die Fachterminologie brauche ich ja jetzt nicht näher einzugehen.«

»Nein, nein.«

»Dies teilte Teleborian in einem Bericht mit, den er an Björck schickte. Aufgrund dieses Berichts beschloss dann das Gericht, Salander in St. Stefan behandeln zu lassen.«

»Verstehe.«

»Diese Botschaft fehlt in Blomkvists Version komplett. Stattdessen gibt er eine angebliche Korrespondenz zwischen Björck und Teleborian wieder, aus der hervorgeht, dass Björck ihn anweist, diese Untersuchung nur vorzutäuschen.«

»Und Sie halten das wirklich für eine Fälschung?«

»Es besteht nicht der geringste Zweifel.«

»Aber wer sollte denn ein Interesse daran haben, so eine Fälschung anzufertigen?«

Nyström legte den Bericht aus der Hand und runzelte die Stirn.

»Jetzt kommen Sie zur eigentlich zentralen Frage.«

»Und die Antwort lautet …?«

»Das wissen wir nicht. An dieser Frage arbeitet unsere Analysegruppe sehr hart.«

»Könnte es sein, dass Blomkvist sich da etwas zusammenfantasiert hat?«

Nyström lachte.

»Na ja, das war auch unser erster Gedanke. Aber wir glauben es nicht. Wir nehmen an, dass die Fälschung schon vor langer Zeit angefertigt wurde, wahrscheinlich zur selben Zeit wie der Originalbericht.«

»Ach so?«

»Und das führt uns zu unangenehmen Schlussfolgerungen. Wer diese Fälschung anfertigte, war mit der ganzen Angelegenheit bestens vertraut. Außerdem hatte der Fälscher Zugang zu Gunnar Björcks Schreibmaschine.«

»Sie meinen also …«

»Wir wissen nicht, *wo* Björck seinen Bericht geschrieben hat. Das könnte auf einer Schreibmaschine zu Hause gewesen sein oder an seinem Arbeitsplatz oder sonst wo. Zwei Alternativen können wir uns vorstellen: Entweder war der Fälscher jemand in der Psychiatrie oder Rechtsmedizin, der Teleborian aus irgendeinem Grund in einen Skandal verwickelt sehen wollte. Oder die Fälschung wurde aus ganz anderen Gründen von jemand innerhalb der Sicherheitspolizei angefertigt.«

»Warum?«

»Das Ganze ist 1991 passiert. Es könnte ein russischer Agent innerhalb der RPF/Sich gewesen sein, der Zalatschenko auf die Spur gekommen ist. Diese Möglichkeit bedeutet, dass wir gerade stapelweise alte Personalakten durchkämmen müssen.«

»Aber wenn der KGB herausgefunden hätte … dann hätte das doch schon vor Jahren durchsickern müssen.«

»Der Gedankengang ist schon richtig. Aber vergessen Sie nicht, dass zu ebendieser Zeit die Sowjetunion zusammenbrach und der KGB sich auflöste. Wir wissen nicht, was da schiefgegangen ist. Vielleicht war es auch eine geplante Operation, die dann doch fallen gelassen wurde. Wenn der KGB irgendetwas meisterhaft beherrschte, dann Dokumentenfälschung und Desinformation.«

»Aber was für ein Ziel hätte der KGB denn mit so einer Fälschung verfolgen sollen?«

»Das wissen wir auch nicht. Aber ein ganz offensichtliches Ziel hätte es natürlich sein können, der schwedischen Regierung einen Skandal zu bescheren.«

Ekström kniff sich in die Unterlippe.

»Sie sagen also, dass die medizinische Einschätzung von Salander korrekt ist?«

»O ja. Das steht außer Frage. Salander ist komplett durchgedreht, um es mal salopp auszudrücken. Die Maßnahme, sie in eine geschlossene Anstalt einzuweisen, war völlig korrekt.«

»Toilettenschüsseln«, sagte die neue Chefredakteurin Malin Eriksson zweifelnd. Sie schien anzunehmen, dass Henry Cortez sich einen Scherz mit ihr erlaubte.

»Toilettenschüsseln«, wiederholte Henry Cortez und nickte.

»Du willst eine Story über Toilettenschüsseln bringen. In *Millennium*?«

Monika Nilsson musste auf einmal losprusten. Ihr war sein kaum verhohlener Enthusiasmus nicht entgangen, als er in die Freitagssitzung geschlendert kam. Er wies alle Anzeichen eines Journalisten auf, der eine richtig gute Story in petto hat.

»Okay, erklär uns das mal.«

»Die Sache ist ganz einfach«, begann Cortez. »Die mit Abstand größte Industrie in Schweden ist die Baubranche. Eine Industrie, die praktisch nicht ins Ausland verlagert werden kann, auch wenn Skanska so tut, als hätten sie eine Niederlassung in London und all so was. Aber die Häuser müssen ja auf jeden Fall in Schweden gebaut werden.«

»Ist das etwas Neues?«

»Nein. Aber bemerkenswert ist zumindest, dass die Baubranche ein paar Lichtjahre hinter allen anderen Industrien in Schweden zurückliegt, wenn es um Konkurrenzfähigkeit und Effektivität geht. Hätte Volvo nach derselben Strategie seine Autos gebaut, würde das letzte Modell ungefähr ein bis zwei Millionen Kronen pro Stück kosten. In jeder Branche geht es vorrangig darum, die Preise zu drücken. In der Baubranche ist es genau umgekehrt. Sie pfeift darauf, die Preise zu senken, was bedeutet, dass der Quadratmeterpreis immer weiter steigt und der Staat schon zu Subventionen gezwungen ist, damit das Ganze nicht völlig irrwitzig wird.«

»Worauf willst du eigentlich hinaus?«

»Warte noch. Das ist ein bisschen kompliziert. Wenn zum Beispiel die Preisentwicklung eines Hamburgers seit den 70er-Jahren genauso verlaufen wäre, würde ein Big Mac heute knapp 150 Kronen kosten. Ich mag gar nicht darüber nachdenken, was er mit Pommes und Cola kosten würde, aber mein *Millennium*-Gehalt würde wahrscheinlich nicht lange reichen. Wie viele an diesem Tisch würden zu McDonald's gehen und einen Burger für 100 Kronen kaufen?«

Niemand rührte sich.

»Sehr vernünftig. Aber wenn NCC ein paar Stahlcontainer in Gåshaga auf Lidingö aufstellt, dann kassieren sie 10 000 bis 12 000 Monatsmiete für einen Dreizimmercontainer. Wie viele von euch könnten sich das leisten?«

»Wann kommen denn nun endlich die Toilettenschüsseln ins Spiel?«, erkundigte sich Christer Malm.

»Ich bin gleich so weit. Die Frage ist doch, warum sind Wohnungen so verdammt teuer? Weil die, die die Häuser in Auftrag geben, nicht wissen, wie sie das machen sollen. Um den Vorgang kurz zusammenzufassen: Sie rufen bei einem kommunalen Bauunternehmen an, zum Beispiel bei Skanska, und sagen, sie möchten hundert Wohnungen in Auftrag geben. Und dann rechnet Skanska die Sache durch und gibt bekannt, dass die ganze Angelegenheit so um die 500 Millionen Kronen kostet. Was bedeutet, dass der Quadratmeterpreis bei soundsovielen Kronen liegt und es zehn Tausender pro Monat kostet, wenn du einziehen willst. Ob man bei McDonald's essen will, kann man selbst entscheiden, aber es lässt sich schlecht vermeiden, irgendwo zu wohnen. Also muss man den geforderten Preis bezahlen.«

»Bitte, Henry ... komm doch endlich zur Sache.«

»Bin schon dabei. Warum kostet es ein Vermögen, in diesen hässlichen Klotz am Hammarby-Hafen einzuziehen? Tja, weil sich die Bauunternehmen nicht drum scheren, ihre Preise zu senken. Der Kunde muss auf jeden Fall bezahlen. Ein Großteil der Kosten steckt im Baumaterial. Der Handel mit Baumaterial läuft über Großhändler, die ihre Preise selbst festsetzen. Da es keine richtige Konkurrenz gibt, kostet ein Badezimmer in Schweden 5 000 Kronen. Dieselbe Badewanne desselben Herstellers kostet in Deutschland aber nur 2 000 Kronen. Und es gibt keine Mehrkosten, mit denen sich dieser Preisunterschied plausibel erklären ließe.«

»Okay.«

»Ein Großteil dieser Informationen lässt sich in einem Bericht der staatlichen Baukommission nachlesen, die Anfang der 90er-Jahre arbeitete. Seitdem hat sich nicht viel getan. Niemand verhandelt mit den Bauunternehmen über diese absurde Preisgestaltung. Die Auftraggeber bezahlen brav, was man von ihnen verlangt, und zum Schluss müssen die Mieter oder der Steuerzahler dafür bluten.«

»Henry ... die Toilettenschüsseln.«

»Das wenige, was sich seitdem getan hat, hat sich auf regionaler Ebene abgespielt, vor allem in der Gegend um Stockholm. Es gibt ein paar Auftraggeber, die diese hohen Preise einfach satthaben. Ein Beispiel ist Karlskronahem, die bauen billiger als alle andern, ganz einfach deswegen, weil sie ihr Material selbst einkaufen. Außerdem hat sich die Schwedische Handelskammer eingeschaltet. Sie halten die Preise des Baumaterials für völlig aberwitzig und versuchen daher, den Bauherren zu ermöglichen, gleichwertige Produkte billiger einzukaufen. Was vor einem Jahr zu einem kleinen Eklat auf der Baumesse in Älvsjö führte. Die Schwedische Handelskammer hat einen Produzenten aus Thailand eingeladen, der seine Toilettenschüsseln für 500 Kronen pro Stück verschacherte.«

»Aha? Und weiter?«

»Einer der Konkurrenten war ein schwedischer Großhändler namens Vitavara AB, der seine blau-gelben Toilettenschüsseln für 1 700 Kronen das Stück anbot. Und da kratzen sich die etwas schlaueren Bauherren in den Gemeinden am Kopf und fragten sich, warum sie 1 700 Kronen berappen sollen, wenn sie eine gleichwertige Kloschüssel aus Thailand für nur 500 kriegen können.«

»Vielleicht bessere Qualität?«, schlug Lottie Karim vor.

»Nix da. Gleichwertiges Produkt.«

»Thailand«, warf Christer Malm ein. »Das riecht doch förmlich nach Kinderarbeit und so was. Was den niedrigen Preis erklären könnte.«

»Keine Spur«, antwortete Henry Cortez wieder. »Kinderarbeit kommt in Thailand vor allem in der Textil- und der Souvenirproduktion vor. Und im Geschäft mit den Pädophilen natürlich. Das ist eine richtige Industrie. Die UNO passt in puncto Kinderarbeit gut auf, und ich habe das Unternehmen auch überprüft. Sie halten sich an die Spielregeln. Es handelt sich also um eine große, moderne und respektable Firma.«

»Aha ... dann ist also die Rede von Billiglohnländern. Das bedeutet, dass du Gefahr läufst, einen Artikel zu schreiben, in dem du dafür plädierst, die schwedische Industrie von der thailändischen Konkurrenz ausbooten zu lassen. Schmeißt die schwedischen Arbeiter raus, löst die Firma auf und importiert aus Thailand. Damit punktest du voraussichtlich nicht bei der Gewerkschaft.«

Auf Henry Cortez' Gesicht breitete sich ein Lächeln aus. Er lehnte sich zurück und sah unverschämt eingebildet aus.

»Jetzt ratet mal, wo Vitavara AB seine Toilettenschüsseln für 1 700 Kronen das Stück produzieren lässt?«

Schweigen in der Runde.

»Vietnam«, verkündete Henry Cortez.

»Ist nicht wahr!«, rief Malin Eriksson.

»Yep«, sagte Henry. »Sie lassen ihre Toilettenschüsseln seit mindestens zehn Jahren dort produzieren, und die schwedischen Arbeiter sind alle schon in den 90er-Jahren rausgeflogen.«

»Verdammt.«

»Aber die Pointe kommt erst noch. Wenn wir direkt von der Fabrik in Vietnam importieren würden, läge der Preis bei 390 Kronen. Ratet doch mal, wie sich der Preisunterschied zwischen Thailand und Vietnam erklären lässt.«

»Sag jetzt nicht, dass ...«

Henry Cortez nickte. Sein Grinsen war mittlerweile breiter als sein ganzes Gesicht.

»Vitavara AB kooperiert mit einem Unternehmen namens Fong Soo Industries. Und dieses Unternehmen steht auf der UNO-Liste von Firmen, die Kinderarbeiter beschäftigten. Doch der größte Anteil der Arbeiter sind Strafgefangene.«

Plötzlich lächelte Malin Eriksson.

»Das ist gut«, meinte sie. »Das ist richtig gut. Aus dir wird mal ein richtiger Journalist, wenn du groß bist. Wie schnell kannst du die Story abschließen?«

»In zwei Wochen. Ich muss noch ein paar Handelswege überprüfen.«

»Dann könnten wir das also im Juniheft bringen?«, fragte Malin hoffnungsvoll.

»No problem.«

Kriminalinspektor Bublanski musterte Staatsanwalt Ekström mit ausdrucksloser Miene. Das Treffen hatte vierzig Minuten gedauert, und Bublanski verspürte große Lust, sich das schwedische Gesetzbuch zu schnappen, das am Rand von Ekströms Schreibtisch lag, und es dem Staatsanwalt über den Schädel zu ziehen. In aller Stille überlegte er, was wohl passieren würde, wenn er das wirklich täte. Zweifellos würde es Schlagzeilen in den Zeitungen geben und wahrscheinlich auch zu einer Anklage wegen Körperverletzung kommen. Er schob den Gedanken beiseite.

»So«, schloss Ekström. »Dann sind wir uns ja wohl einig.«

»Nein, wir sind uns nicht einig«, widersprach Bublanski und stand auf. »Aber Sie sind der Leiter der Voruntersuchung.«

Er murmelte noch etwas in sich hinein, während er in den Korridor zu seinem Dienstzimmer abbog. Dann rief er die Kriminalinspektoren Curt Svensson und Sonja Modig zu sich, die an diesem Nachmittag sein gesamtes Personal ausmachten. Jerker Holmberg hatte unpassenderweise beschlossen, sich zwei Wochen Urlaub zu nehmen.

»In meinem Zimmer«, sagte Bublanski nur. »Bringt Kaffee mit.«

Als sie sich hingesetzt hatten, schlug er seinen Notizblock auf.

»Die Lage sieht folgendermaßen aus: Der Leiter der Voruntersuchung hat alle Mordanklagen gegen Salander fallen lassen. Was uns angeht, ist sie also jetzt nicht mehr Teil der Ermittlungen.«

»Das muss man wohl trotz allem als Fortschritt werten«, sagte Sonja Modig.

Curt Svensson sagte wie immer gar nichts.

»Da wäre ich mir nicht so sicher«, entgegnete Bublanski. »Salander steht immer noch unter dem Verdacht, im Zusammenhang mit den Vorfällen in Stallarholmen und Gosseberga schwere Verbrechen begangen zu haben. Aber das gehört eben nicht mehr zu unseren Ermittlungen. Wir sollen uns darauf konzentrieren, Niedermann zu finden und den Waldfriedhof in Nykvarn zu untersuchen.«

»Verstehe.«

»Aber es steht fest, dass Ekström Lisbeth Salander anklagen wird. Der Fall wird nach Stockholm verlegt.«

»Tatsächlich?«

»Und nun ratet mal, wer da gegen Salander ermitteln soll?«

»Ich befürchte das Schlimmste.«

»Hans Faste ist wieder zurück im Dienst. Er soll Ekström bei den Ermittlungen im Fall Salander unterstützen.«

»Das ist doch Irrsinn! Faste ist völlig ungeeignet, im Fall Salander irgendwelche Ermittlungen anzustellen.«

»Ich weiß. Aber Ekström hat gute Argumente. Er war seit … hm, seit seinem Zusammenbruch im April krankgeschrieben, und das ist ein guter, einfacher Fall, auf den er sich ganz konzentrieren kann.«

Schweigen.

»Wir sollen ihm also heute Nachmittag das gesamte Material zu Salander übergeben.«

»Und diese Geschichte mit Gunnar Björck und der SiPo und dem Bericht von 1991 ...«

»Wird von Faste und Ekström weiterverfolgt.«

»Das gefällt mir alles gar nicht«, stellte Sonja Modig fest.

»Mir auch nicht. Aber was sollen wir machen?«

Curt Svensson schüttelte den Kopf.

»Niedermann ist immer noch wie vom Erdboden verschluckt. In all meinen Jahren als Polizist ist mir so etwas noch nicht untergekommen. Wir haben nicht den kleinsten Hinweis, wo er sich aufhalten könnte.«

»Sehr dubios«, meinte Sonja Modig. »Aber er wird wegen des Polizistenmordes in Gosseberga gesucht, wegen eines Falls von schwerer Körperverletzung an einem Polizisten, wegen des Mordversuchs an Lisbeth Salander und wegen Entführung und Körperverletzung im Fall der Zahnarzthelferin Anita Kaspersson. Sowie wegen der Morde an Dag Svensson und Mia Bergman. In sämtlichen Fällen besitzen wir eine Reihe von Indizien.«

»Damit haben wir ja schon einiges. Wie laufen die Ermittlungen im Fall des Finanzexperten des Svavelsjö MC?«

»Viktor Göransson und seine Freundin Lena Nygren. Wir haben kriminaltechnische Beweise, die Niedermann mit dem Tatort in Verbindung bringen. Fingerabdrücke und DNA-Spuren von Göranssons Körper. Niedermann hat sich ganz schön die Knöchel aufgeschürft, als er auf ihn einschlug.«

»Okay. Irgendwas Neues über den Svavelsjö MC?«

»Sonny Nieminen ist stellvertretender Chef, solange Magge Lundin in U-Haft sitzt und auf seinen Prozess wegen der Entführung von Miriam Wu wartet. Es geht das Gerücht, dass Nieminen eine große Belohnung für denjenigen ausgesetzt hat, der den entscheidenden Hinweis auf Niedermanns Aufenthaltsort gibt.«

»Was es nur noch seltsamer erscheinen lässt, dass er immer noch nicht gefunden wurde. Wie steht es mit Göranssons Auto?«

»Nachdem wir Anita Kasperssons Auto auf Göranssons Hof gefunden haben, nehmen wir an, dass Niedermann hier das Fahrzeug gewechselt hat. Wir haben aber keine Spur von dem Wagen.«

»Wir müssen uns also die Frage stellen, ob Niedermann sich immer noch irgendwo in Schweden versteckt – und wenn ja, wo und bei wem – oder ob er sich bereits ins Ausland absetzen konnte. Wozu tendieren wir?«

»Wir haben keine Hinweise darauf, dass er ins Ausland verschwunden ist, aber das wäre das einzig Logische.«

»Und wo ist er dann das Auto losgeworden?«

Sonja Modig und Curt Svensson schüttelten den Kopf. In neun von zehn Fällen war Polizeiarbeit ziemlich unkompliziert, wenn man nach einer namentlich bekannten Person fahndete. Wer waren seine Kumpel? Mit wem hatte er im Knast gesessen? Wo wohnte seine Freundin? In welchem Gebiet wurde sein Handy zum letzten Mal benutzt? Wo befand sich sein Fahrzeug?

Das Problem mit Ronald Niedermann war jedoch, dass er weder Kumpel noch eine Freundin hatte, nie im Gefängnis gesessen hatte und auch kein registriertes Handy besaß.

Ein Großteil der Fahndung hatte sich daher darauf konzentriert, Viktor Göranssons Auto zu finden, das Ronald Niedermann vermutlich benutzte. Das würde einen Hinweis darauf geben, wo man die Suche fortsetzen musste. Ursprünglich hatten sie erwartet, dass das Auto innerhalb weniger Tage auftauchen würde, vermutlich auf irgendeinem Parkplatz in Stockholm. Doch trotz landesweiter Fahndung glänzte das Auto durch Abwesenheit.

»Wenn er sich im Ausland aufhält … wo ist er dann?«

»Er ist deutscher Staatsbürger, also wäre es nur natürlich, wenn er nach Deutschland fliehen würde.«

»In Deutschland ist er ebenfalls zur Fahndung ausgeschrieben. Mit seinen alten Freunden in Hamburg scheint er keinen Kontakt mehr zu haben.«

Svensson winkte ab.

»Wenn er vorgehabt hat, nach Deutschland zu fliehen … warum sollte er dann nach Stockholm fahren? Müsste er sich dann nicht eher in Richtung Malmö oder Öresund-Brücke auf den Weg machen?«

»Erlander in Göteborg hat die Fahndung in den ersten Tagen auch in diese Richtung gelenkt. Die Polizei in Dänemark ist über Göranssons Auto informiert worden, und wir können mit Sicherheit sagen, dass er keine der infrage kommenden Fähren genommen hat.«

»Aber er ist nach Stockholm gefahren und zum Svavelsjö MC, wo er ihren Schatzmeister erschlagen hat und – so dürfen wir annehmen – mit einer unbekannten Geldsumme verschwunden ist. Was wird er dann getan haben?«

»Er wird aus Schweden verschwunden sein«, beharrte Bublanski. »Das Naheliegendste wäre natürlich eine von den Fähren ins Baltikum. Aber Göransson und seine Freundin wurden am 9. April spätnachts ermordet. Das bedeutet, dass Niedermann die Fähre am nächsten Morgen genommen haben könnte. Wir haben knapp sechzehn Stunden nach ihrem Tod Alarm geschlagen und fahnden seitdem nach dem Auto.«

»Wenn er am Morgen danach die Fähre genommen hätte, müsste Göranssons Auto aber an irgendeinem Fährhafen geparkt sein«, bemerkte Sonja Modig.

Curt Svensson nickte.

»Vielleicht haben wir Göranssons Auto nicht gefunden, weil Niedermann das Land über die finnische Grenze verlassen hat, also über Haparanda. Ein ziemlicher Umweg, aber innerhalb von sechzehn Stunden hätte er es schaffen können.«

»Ja, aber dann hätte er das Auto irgendwo in Finnland loswerden müssen, und auch dort ist es nicht gefunden worden.«

Sie schwiegen eine ganze Weile. Schließlich stand Bublanski auf und stellte sich ans Fenster.

»Logik und Wahrscheinlichkeit sprechen dagegen, aber Göranssons Auto ist und bleibt verschwunden. Könnte er ein Versteck gefunden haben, vielleicht ein Sommerhäuschen oder …«

»Ein Sommerhäuschen wohl kaum. Um diese Jahreszeit bringen doch alle Hausbesitzer ihre Ferienhäuser auf Vordermann.«

»Irgendeine Freundin, von der wir nichts wissen?«

Sie hatten jede Menge Spekulationen, aber keine Anhaltspunkte, die ihnen wirklich weiterhalfen.

Nachdem Svensson Feierabend gemacht hatte, ging Sonja Modig zurück zu Bublanskis Zimmer und klopfte an den Türrahmen. Er winkte sie herein.

»Hast du mal kurz zwei Minuten?«

»Worum geht's?«

»Salander.«

»Okay.«

»Diese Sache mit Ekström und Faste und dem neuen Prozess gefällt mir gar nicht. Du hast Björcks Bericht gelesen. Ich habe Björcks Bericht gelesen. Salander ist 1991 vorsätzlich ans Messer geliefert worden, und das weiß Ekström auch. Was zum Teufel geht hier vor?«

Bublanski nahm die Brille ab und steckte sie in seine Brusttasche.

»Ich weiß nicht.«

»Hast du irgendeine Ahnung?«

»Ekström behauptet, dass Björcks Bericht und die Korrespondenz mit Teleborian Fälschungen sind.«

»Blödsinn. Wenn das Fälschungen wären, hätte Björck das gesagt, als wir ihn vorgeladen haben.«

»Ekström sagt, dass Björck sich weigerte, über die Angelegenheit zu sprechen, weil sie als streng geheim galt. Ich bin dafür kritisiert worden, dass ich vorgeprescht bin und ihn vorgeladen habe.«

»Irgendwie mag ich Ekström immer weniger.«

»Man setzt ihn auf jeden Fall von allen Seiten unter Druck.«

»Das ist keine Entschuldigung.«

»Wir haben nicht das Monopol auf die Wahrheit. Ekström behauptet, er habe Beweise dafür, dass es sich um eine Fälschung handelt – es existiere nämlich gar kein Bericht mit diesem Aktenzeichen. Außerdem behauptet er, die Fälschung sei sehr geschickt gemacht und der Inhalt eine Mischung aus Wahrheit und Fantasie.«

»Welcher Teil ist Wahrheit und welcher ist Fantasie?«

»Die Rahmenerzählung ist einigermaßen korrekt. Zalatschenko ist Lisbeth Salanders Vater und war ein mieser Typ, der ihre Mutter misshandelt hat. Das Problem war das übliche – die Mutter wollte ihn nie anzeigen, und deswegen ging das über Jahre so weiter. Björck hatte den Auftrag, herauszufinden, was bei Lisbeth Salanders Mordanschlag auf ihren Vater passiert war. Er korrespondierte also mit Teleborian – doch die gesamte Korrespondenz in der Form, wie wir sie gesehen haben, ist gefälscht. Teleborian hat eine ganz gewöhnliche psychiatrische Untersuchung bei Salander durchgeführt und festgestellt, dass sie verrückt ist. Sie brauchte Behandlung, und die bekam sie in St. Stefan.«

»Aber wenn es wirklich eine Fälschung ist … wer sollte sie dann angefertigt haben und zu welchem Zweck?«

Bublanski hob ratlos die Hände und ließ sie wieder sinken.

»Machst du dir hier einen Spaß auf meine Kosten?«

»Wenn ich das richtig verstanden habe, möchte Ekström anordnen, dass Salander noch einmal gründlich auf ihren Geisteszustand untersucht wird.«

»Das kann ich nicht akzeptieren.«

»Das ist nicht unsere Sache. Wir haben jetzt nichts mehr mit der Salander-Geschichte zu tun.«

»Und Hans Faste hat damit zu tun … Jan, ich gehe an die Presse, wenn diese Hunde sich noch einmal an Salander vergreifen …«

»Nein, Sonja. Das wirst du nicht tun. Erstens haben wir keinen Zugriff mehr auf den Bericht, somit hättest du überhaupt keine Beweise für deine Behauptungen. Du würdest dastehen wie eine Paranoide, und deine Karriere wäre gelaufen.«

»Ich habe den Bericht noch«, gestand Sonja Modig leise. »Ich habe eine Kopie für Curt gemacht, die ich ihm nicht geben konnte, da der Staatsanwalt ja alles einziehen ließ.«

»Und wenn du diesen Bericht nach außen dringen lässt, dann wirst du nicht nur gefeuert, sondern machst dich obendrein eines schweren Fehlers im Amt schuldig, weil du einen streng geheimen Ermittlungsbericht publik gemacht hast.«

Sonja Modig schwieg für einen Moment und musterte ihren Chef.

»Sonja, du wirst überhaupt nichts unternehmen. Versprich mir das.«

Sie zögerte.

»Nein, Jan, das kann ich dir nicht versprechen. An dieser Geschichte ist irgendwas faul.«

Bublanski nickte.

»Ja. Da ist wirklich was faul. Aber im Moment wissen wir ja nicht mal, wer unser Feind ist.«

Sonja Modig legte den Kopf schief.

»Hast *du* vor, irgendetwas zu unternehmen?«

»Ich habe nicht vor, das mit dir zu besprechen. Vertrau mir. Es ist Freitagabend. Mach Feierabend. Geh nach Hause. Dieses Gespräch hat nie stattgefunden.«

Es war am Samstag 13 Uhr 30, als der Wachmann der Securitas, Niklas Adamsson, den Blick von seinem Volkswirtschaftsbuch hob, über dessen Inhalt er in drei Wochen eine Prüfung ablegen musste. Er hörte das Geräusch der rotierenden Borsten des leise brummenden Reinigungswagens und stellte fest, dass es wieder der hinkende Kanake war. Der grüßte jedes Mal höflich, war aber sehr schweigsam und hatte kein einziges Mal gelacht, als Niklas versucht hatte, mit ihm zu scherzen. Er beobachtete, wie der Mann eine Ajax-Flasche nahm, zweimal auf den Tresen der Rezeption sprühte und mit einem Lappen nachwischte. Dann griff er sich einen Mopp und wischte damit ein paar Winkel am Empfang aus, die er mit seinem Wagen nicht erreichte. Niklas Adamsson steckte die Nase wieder in sein Buch und las weiter.

Nach zehn Minuten hatte sich der Mann bis zu Adamssons Platz am Ende des Flurs vorgearbeitet. Sie nickten sich zu, Adamsson stand kurz auf und ließ ihn den Boden rund um seinen Stuhl vor Lisbeth Salanders Zimmer wischen. Er hatte den Mann vom Putzdienst im Großen und Ganzen jeden Tag gesehen, an dem er vor diesem Zimmer Dienst hatte, aber er konnte sich beim besten Willen nicht an seinen Namen erinnern. Irgend so ein Kanakenname war es auf jeden Fall. Doch Adamsson verspürte kein gesteigertes Bedürfnis, nach der Legitimation zu fragen. Zum einen putzte der Kanake ja nicht im Zimmer der Gefangenen – das wurde am Vormittag erledigt, von zwei weiblichen Putzkräften –, zum anderen konnte er in dem hinkenden Mann keine größere Bedrohung erkennen.

Als der Mann das Ende des Korridors fertig geputzt hatte, schloss er die Tür neben Lisbeth Salanders Zimmer auf. Adamsson warf einen Seitenblick auf ihn, so wie üblich. Die Kammer mit den Putzutensilien lag am Ende des Flurs. In den nächsten fünf Minuten leerte er den Eimer, reinigte die Bürsten und füllte auf seinem Wagen die Plastiktüten für die Mülleimer auf. Schließlich zog er den ganzen Wagen in die Kammer.

Idris Ghidi war sich des Securitas-Wachmanns draußen auf dem Flur durchaus bewusst. Es war ein blonder junger Mann um die 25, der dort zwei bis drei Tage pro Woche saß und

Bücher über Volkswirtschaft las. Ghidi folgerte, dass er neben seinem Studium einen Teilzeitjob bei Securitas hatte und seiner Umgebung ungefähr so viel Aufmerksamkeit schenkte wie ein Ziegelstein.

Idris Ghidi fragte sich, was Adamsson machen würde, wenn wirklich jemand versuchen sollte, in Lisbeth Salanders Zimmer einzudringen.

Er fragte sich ebenso, was Mikael Blomkvist eigentlich im Sinn hatte. Er schüttelte den Kopf. Natürlich hatte er in den Zeitungen von diesem Journalisten gelesen, hatte geistig die Verbindung zu Lisbeth Salander auf Korridor 11 C hergestellt und erwartet, dass man ihn bitten würde, etwas in ihr Zimmer zu schmuggeln. In diesem Fall hätte er ablehnen müssen, denn er hatte keinen Zugang zu ihrem Zimmer und sie noch nie gesehen. Doch sein Auftrag lautete dann völlig anders.

Er konnte nichts Illegales an ihm entdecken. Er spähte durch den Türspalt und sah, dass Adamsson sich wieder auf den Stuhl vor der Tür gesetzt hatte und weiter in seinem Buch las. Er war zufrieden, dass ansonsten kein Mensch in der Nähe war, was fast immer der Fall war, weil die Putzkammer in einer Sackgasse am Ende des Flurs lag. Er steckte die Hand in seinen Kittel und zog ein neues Sony Ericsson Z600 heraus. Idris Ghidi hatte nachgesehen und festgestellt, dass das Handy im Handel fast 3 500 Kronen kostete und alle Finessen hatte, die ein Handy derzeit so haben konnte.

Mit einem Blick aufs Display vergewisserte er sich, dass das Handy an war, der Ton aber abgestellt, sowohl der Klingelton als auch der Vibrationsalarm. Dann stellte er sich auf Zehenspitzen und schraubte die kreisförmige, weiße Verkleidung einer Lüftungsklappe ab, die an Lisbeth Salanders Zimmer grenzte. Dort legte er das Handy so hinein, dass es von unten nicht sichtbar war, wie Mikael Blomkvist ihn angewiesen hatte.

Die ganze Prozedur dauerte ungefähr dreißig Sekunden. Am nächsten Tag würde sie nur zehn in Anspruch nehmen. Da musste er das Handy herausholen, den Akku wechseln und es zurück in den Schacht legen. Den alten Akku würde er mit nach Hause nehmen und über Nacht wieder aufladen.

Das war alles, worum Mikale Blomkvist ihn gebeten hatte.

Das würde Lisbeth Salander natürlich nicht helfen. Auf ihrer Seite der Wand war vor dem Lüftungsschacht ein Gitter festgeschraubt. Egal wie sie es anstellte, sie konnte nicht an das Handy herankommen, sofern sie nicht eine Leiter und einen Kreuzschraubenzieher zur Hand hatte.

»Ich weiß«, hatte Mikael gesagt. »Aber sie soll das Handy ja auch gar nicht anfassen.«

Das sollte Idris Ghidi also jeden Tag wiederholen, bis Mikael Blomkvist ihm mitteilte, dass es nicht mehr nötig war.

Für diese Tätigkeit kassierte Idris Ghidi jede Woche 1 000 Kronen in bar. Außerdem durfte er das Handy hinterher auch noch behalten.

Er schüttelte den Kopf. Natürlich war ihm klar, dass Mikael Blomkvist hier irgendetwas ausgetüftelt hatte, aber er konnte sich beim besten Willen nicht erklären, was das sein sollte. Wenn Blomkvist nach einer Kommunikationsmöglichkeit mit Lisbeth Salander suchte, wäre es wohl bedeutend schlauer gewesen, eine der Schwestern zu bestechen, damit sie ihr das Telefon ins Zimmer schmuggelte. Die ganze Sache ermangelte jeder Logik.

Andererseits hatte Idris Ghidi nichts dagegen, Mikael Blomkvist diesen Dienst zu erweisen, solange der ihm 1 000 Kronen pro Woche zahlte. Und er hatte nicht vor, irgendwelche Fragen zu stellen.

Dr. Anders Jonasson verlangsamte seine Schritte, als er einen Mann um die 40 an der Gittertür zu seinem Haus in der Hagagatan lehnen sah. Der Mann kam ihm vage bekannt vor und nickte ihm zu, als würde er ihn ebenfalls kennen.

»Dr. Jonasson?«

»Ja, das bin ich.«

»Entschuldigen Sie bitte, dass ich Sie auf der Straße vor Ihrer Wohnung belästige. Aber ich wollte Sie nicht bei der Arbeit stören, und ich muss mit Ihnen reden.«

»Worum geht es, und wer sind Sie?«

»Mein Name ist Mikael Blomkvist. Ich bin Journalist und arbeite für die Zeitschrift *Millennium*. Es geht um Lisbeth Salander.«

»Ach ja, jetzt erkenne ich Sie auch wieder. Sie hatten den Notarzt alarmiert, nachdem sie gefunden wurde ... Hatten *Sie* ihr die Schusswunden mit diesem silbernen Klebeband zugeklebt?«

»Ja, das war ich.«

»Das war sehr geistesgegenwärtig. Aber ich bedaure. Ich kann mit Journalisten nicht über meine Patienten reden. Sie müssen sich an die Pressestelle des Sahlgrenska-Krankenhauses wenden wie alle anderen.«

»Sie haben mich missverstanden. Ich will keine Informationen und bin in einer rein privaten Angelegenheit hier. Sie brauchen kein Wort zu sagen. Es ist genau umgekehrt. Ich will Ihnen eine Information geben.«

Anders Jonasson runzelte die Stirn.

»Bitte«, bat Mikael Blomkvist. »Es ist sonst wirklich nicht meine Art, Chirurgen einfach so auf der Straße anzusprechen, aber es ist sehr wichtig, dass ich mich mit Ihnen unterhalte. Um die Ecke, ein Stückchen die Straße hinunter, gibt es ein Café. Darf ich Sie zu einer Tasse Kaffee einladen?«

»Worüber wollen Sie sprechen?«

»Über Lisbeth Salanders Zukunft und ihr Wohlbefinden. Ich bin ihr Freund.«

Anders Jonasson zögerte eine ganze Weile. Er wusste, wäre es jemand anders gewesen als Mikael Blomkvist – wäre ein unbekannter Mensch auf diese Art an ihn herangetreten –, dann hätte er abgelehnt. Aber die Tatsache, dass Blomkvist so bekannt war, gab Jonasson eine gewisse Sicherheit, dass es sich nicht um irgendwelchen Unfug handelte.

»Ich will unter keinen Umständen interviewt werden …«

»Versprochen«, entgegnete Blomkvist.

Schließlich nickte Anders Jonasson kurz und folgte Blomkvist in das vorgeschlagene Café.

»Also, worum geht es?«, erkundigte er sich in neutralem Ton, als sie ihre Kaffeetassen vor sich stehen hatten. »Ich werde Ihnen zuhören, aber ich habe nicht vor, irgendwelche Kommentare abzugeben.«

»Sie haben Angst, dass ich Sie direkt oder indirekt zitiere. Ich möchte gleich von Anfang an klarstellen, dass das niemals passieren wird. Was mich betrifft, hat dieses Gespräch niemals stattgefunden.«

»Gut, ich vertraue Ihnen.«

»Ich möchte Sie um einen Gefallen bitten. Aber bevor ich das tue, muss ich Ihnen erklären, warum ich Sie darum bitte. Dann können Sie dazu Stellung nehmen, ob es für Sie moralisch vertretbar ist, mir diesen Gefallen zu tun.«

»Dieses Gespräch gefällt mir nicht so richtig.«

»Sie müssen nur zuhören. Als Lisbeth Salanders Arzt haben Sie die Pflicht, für ihre körperliche und seelische Gesundheit zu sorgen. Als Lisbeth Salanders Freund habe ich genau dieselbe Pflicht. Ich kann sie zwar nicht medizinisch behandeln, aber ich habe eine andere Fähigkeit, die für ihr Wohlbefinden ebenso wichtig ist.«

»Aha.«

»Ich bin Journalist, und ich habe herausgefunden, was Lisbeth Salander in Wirklichkeit zugestoßen ist.«

»Hmm.«

»Ich kann Ihnen in ganz allgemeinen Worten auseinandersetzen, worum es geht, und dann können Sie sich selbst ein Urteil bilden.«

»Aha.«

»Vielleicht sollte ich damit beginnen, dass Annika Giannini Lisbeths Anwältin ist. Sie haben sie ja schon kennengelernt.«

Anders Jonasson nickte.

»Annika ist meine Schwester, und ich bezahle ihr Honorar für Lisbeths Verteidigung.«

»Aha.«

»Dass sie meine Schwester ist, können Sie über das Einwohnermeldeamt nachprüfen. Aber sie kann mir diesen Gefallen nicht tun, um den ich Sie bitte. Sie spricht mit mir nicht über Lisbeth. Sie unterliegt ebenfalls der Schweigepflicht und gehorcht einem ganz anderen Regelwerk.«

»Hmm.«

»Ich nehme an, Sie haben in den Zeitungen schon von Lisbeth gelesen.«

Jonasson nickte.

»Sie ist als psychotische, lesbische Massenmörderin hingestellt worden. Das ist alles völliger Quatsch. Lisbeth ist nicht psychotisch und wahrscheinlich genauso intelligent wie Sie und ich. Und ihre sexuellen Vorlieben gehen niemand etwas an.«

»Wenn ich das richtig verstanden habe, sieht man die Dinge aber mittlerweile schon etwas anders. Jetzt wird dieser Deutsche immer mit den Morden in Verbindung gebracht.«

»Was völlig korrekt ist. Ronald Niedermann ist schuldig und ein völlig gewissenloser Mörder. Doch Lisbeth hat Feinde. Große und zu allem entschlossene Feinde. Und einige von ihnen finden sich in den Reihen der Sicherheitspolizei.«

Anders Jonasson hob skeptisch die Augenbrauen.

»Als Lisbeth zwölf war, wurde sie in eine psychiatrische Kinderklinik in Uppsala gesperrt, weil sie über ein Geheimnis gestolpert war, das die SiPo um jeden Preis geheim halten wollte. Ihr Vater, Alexander Zalatschenko, der gerade im Sahlgrenska-Krankenhaus ermordet wurde, ist ein übergelaufener russischer Spion, ein Relikt des Kalten Krieges. Außerdem misshandelte er Lisbeths Mutter über Jahre hinweg. Als Lisbeth zwölf war, schlug sie zurück und versuchte Zalatschenko mit einer Brandbombe zu töten. Deswegen wurde sie dann auch in die Kinderpsychiatrie gesperrt.«

»Ich verstehe nicht ganz. Wenn sie versucht hat, ihren Vater umzubringen, gab es vielleicht einen guten Grund, sie in psychiatrische Behandlung zu schicken.«

»Meine Story – die ich auch veröffentlichen werde – sieht so aus: Die SiPo wusste, was geschehen war, entschied sich jedoch, Zalatschenko zu schützen, weil er eine wichtige Informationsquelle für sie war. Also fingierten sie eine Diagnose und sorgten dafür, dass Lisbeth eingesperrt wurde.«

Man sah Jonasson seine Zweifel so deutlich an, dass Mikael lächeln musste.

»Alles, was ich Ihnen hier erzähle, kann ich belegen. Und ich werde genau zu Lisbeths Prozess einen ausführlichen Artikel veröffentlichen. Glauben Sie mir – da wird die Hölle los sein.«

»Verstehe.«

»Ich werde zwei Ärzte namentlich nennen und hart mit ihnen ins Gericht gehen, weil sie die Handlanger für die SiPo gespielt und geholfen haben, Lisbeth in ein Irrenhaus zu stecken. Ich werde alles schonungslos ans Licht bringen. Einer dieser Ärzte ist eine sehr bekannte und renommierte Persönlichkeit.«

»Ich verstehe. Wenn ein Arzt in so etwas verwickelt ist, ist das eine Schande für den ganzen Berufsstand.«

»Nein, ich glaube nicht an kollektive Schuld. Es ist einfach nur eine Schande für die Beteiligten. Dasselbe gilt für die SiPo. Bei der SiPo arbeiten bestimmt auch anständige Leute. Hier geht es aber um eine Gruppe von Sektierern. Als Lisbeth 18 war, haben sie nochmals versucht, sie zwangseinweisen zu lassen. Da ist es ihnen zwar nicht mehr gelungen, aber sie bekam einen rechtlichen Betreuer zugewiesen. Bei der anstehenden

Gerichtsverhandlung werden sie erneut versuchen, sie mit Schmutz zu bewerfen. Ich – oder besser gesagt, meine Schwester wird dafür kämpfen, dass Lisbeth freigesprochen und ihre rechtliche Betreuung aufgehoben wird.«

»Gut.«

»Aber dazu braucht sie Munition. Das ist die Voraussetzung für den Erfolg. Vielleicht sollte ich noch erwähnen, dass es ein paar Polizisten gibt, die in dieser Auseinandersetzung durchaus auf Lisbeths Seite stehen. Aber das gilt nicht für den Leiter der Voruntersuchung, der sie angeklagt hat.«

»Nein, ganz offensichtlich nicht.«

»Lisbeth braucht Hilfe vor diesem Prozess.«

»Ja, aber ich bin kein Anwalt.«

»Aber Sie sind Arzt und haben Zugang zu ihr.«

Dr. Jonassons Augen verengten sich.

»Worum ich Sie bitten möchte, ist unethisch und könnte möglicherweise sogar als Gesetzeswidrigkeit gelten.«

»Aha.«

»Ich kann Ihnen ein Beispiel geben. Wie Sie wissen, hat Lisbeth Besuchsverbot und darf weder Zeitung lesen noch mit ihrer Umwelt kommunizieren. Der Staatsanwalt hat auch absolutes Redeverbot über ihre Anwältin verhängt. Annika hält sich tapfer an diese Vorschriften. Doch der Staatsanwalt selbst ist die Hauptquelle der Informationen, die an Journalisten durchsickern, und so werden weiterhin jede Menge Verleumdungen über Lisbeth in die Welt gesetzt.«

»Tatsächlich?«

»Zum Beispiel diese.« Mikael hielt eine Zeitung der vergangenen Woche hoch. »Eine Quelle innerhalb des Ermittlungsteams behauptet, dass Lisbeth unzurechnungsfähig sei, woraufhin die Zeitung eine ganze Reihe von Spekulationen über ihren Geisteszustand anstellt.«

»Den Artikel hab ich auch gelesen. Reiner Blödsinn.«

»Sie halten Lisbeth also nicht für verrückt.«

»Dazu kann ich nichts sagen. Doch ich wüsste von keinem einzigen psychologischen Gutachten. Also ist der Artikel Blödsinn.«

»Okay. Aber ich kann belegen, dass ein Polizist namens Hans Faste, der direkt für Staatsanwalt Ekström arbeitet, diese Angaben an die Presse weitergegeben hat.«

»Wirklich?«

»Ekström wird beantragen, dass der Prozess unter Ausschluss der Öffentlichkeit stattfindet, was bedeutet, dass kein Außenstehender das Beweismaterial gegen sie durchsehen und bewerten kann. Aber was noch viel schlimmer ist ... indem der Staatsanwalt Lisbeth isoliert hat, kann sie die Recherchen nicht anstellen, die sie braucht, um sich zu verteidigen.«

»Das sollte aber doch die Aufgabe ihrer Anwältin sein.«

»Wie Ihnen sicher schon aufgefallen ist, ist Lisbeth eine ganz besondere Persönlichkeit. Sie hat Geheimnisse, die mir bekannt sind, die ich meiner Schwester aber nicht einfach verraten kann. Hingegen kann Lisbeth selbst entscheiden, ob sie diese Geheimnisse für ihre Verteidigung im Prozess verwenden will.«

»Aha.«

»Und um das tun zu können, braucht Lisbeth das hier.«

Mikael legte Lisbeth Salanders Palm Tungsten T3 und ein Batterieladegerät auf den Cafétisch.

»Das ist die wichtigste Waffe in Lisbeths Arsenal. Sie braucht sie.«

Misstrauisch betrachtete Dr. Jonasson den Palm.

»Warum geben Sie den nicht ihrer Anwältin?«

»Weil nur Lisbeth weiß, wie sie an das Beweismaterial herankommt.«

Dr. Jonasson blieb eine Weile stumm, ohne den Palm anzurühren.

»Gestatten Sie mir, dass ich Ihnen etwas über Dr. Peter Teleborian erzähle«, begann Mikael und zückte den Ordner, in dem er alles wichtige Material gesammelt hatte.

Sie saßen über zwei Stunden zusammen und unterhielten sich leise.

Es war kurz nach acht am Samstagabend, als Dragan Armanskij das Büro von Milton Security verließ und zur Synagoge der Söder-Gemeinde in der St. Paulsgatan ging. Er klopfte an, stellte sich vor und wurde vom Rabbi persönlich eingelassen.

»Ich bin hier mit einem Bekannten verabredet«, erklärte Armanskij.

»Ein Stockwerk höher. Ich zeige Ihnen den Weg.«

Der Rabbi gab ihm eine Kippa, die Armanskij zögernd aufsetzte. Er war in einer muslimischen Familie aufgewachsen, in der das Tragen einer Kippa und Besuche in jüdischen Synagogen nicht zur täglichen Routine gehörten. Die Kopfbedeckung machte ihn befangen.

Jan Bublanski trug ebenfalls eine.

»Hallo, Dragan. Danke, dass Sie sich die Zeit genommen haben. Ich habe mir vom Rabbi ein Zimmer ausgebeten, damit wir uns ungestört unterhalten können.«

Armanskij nahm gegenüber von Bublanski Platz.

»Ich nehme an, Sie haben gute Gründe für diese Heimlichtuerei.«

»Ich will die Dinge nicht unnötig in die Länge ziehen. Ich weiß, dass Sie mit Lisbeth Salander befreundet sind.«

Armanskij nickte.

»Ich will wissen, was Blomkvist und Sie für Pläne geschmiedet haben, um ihr zu helfen.«

»Wie kommen Sie darauf, dass wir irgendwelche Pläne geschmiedet haben?«

»Weil Staatsanwalt Ekström schon ein Dutzend Mal bei mir nachgefragt hat, wie viel Einblick Milton Security eigentlich in die Salander-Ermittlungen bekommen hat. Und das fragt er nicht aus Spaß, sondern weil er sich Sorgen macht, Sie könnten etwas anstellen, was Kreise in den Medien ziehen würde.«

»Hmm.«

»Und wenn Ekström sich Sorgen macht, dann muss er befürchten, dass Sie irgendetwas am Laufen haben. Oder zumindest würde ich sagen, er hat mit jemand gesprochen, der das befürchtet.«

»Jemand?«

»Dragan, wir wollen hier nicht Verstecken spielen. Sie wissen, dass Salander 1991 Opfer eines Übergriffs vonseiten der Justiz war, und ich befürchte, sie wird dem nächsten Übergriff ausgesetzt werden, sobald der Prozess beginnt.«

»Sie sind Polizist in einem demokratischen Staat. Wenn Sie irgendwelche Informationen besitzen, dann sollten Sie handeln.«

Bublanski nickte.

»Das habe ich auch vor. Die Frage ist nur, in welcher Form.«

»Was genau wollen Sie wissen?«

»Ich will wissen, was Blomkvist und Sie sich da ausgedacht haben. Ich nehme nicht an, dass Sie sich treffen, um zusammen Däumchen zu drehen.«

»Das ist eine komplizierte Angelegenheit. Woher soll ich überhaupt wissen, dass ich Ihnen vertrauen kann?«

»Es existiert ein Bericht von 1991, den Mikael Blomkvist gefunden hat …«

»Der ist mir bekannt.«

»Dieser Bericht ist mir jetzt nicht mehr zugänglich.«

»Mir auch nicht. Beide Exemplare, das von Blomkvist und seiner Schwester, sind verschwunden.«

»Verschwunden?«, echote Bublanski.

»Blomkvists Exemplar wurde bei einem Einbruch in seine Wohnung gestohlen, und Annika Gianninis Kopie verschwand, als sie in Göteborg überfallen wurde. Und das ist alles ausgerechnet am selben Tag passiert, an dem auch Zalatschenko ermordet wurde.«

Bublanski schwieg eine ganze Weile.

»Warum haben wir davon nichts gehört?«

»Wie Mikael Blomkvist es ausdrückte: Es gibt nur einen richtigen Moment für eine Veröffentlichung und eine unendliche Reihe von falschen Momenten.«

»Und er wird diese Vorgänge veröffentlichen?«

Armanskij nickte kurz.

»Ein Überfall in Göteborg und ein Einbruch hier in Stockholm. Am selben Tag. Das bedeutet, dass unsere Gegenspieler bestens organisiert sind«, stellte Bublanski fest.

»Außerdem sollte ich vielleicht noch erwähnen, dass auch Annika Gianninis Telefon abgehört wird. Das können wir belegen.«

»Da begeht aber jemand eine ganz schöne Reihe von Gesetzeswidrigkeiten.«

»Fragt sich also, wer unsere Gegenspieler sind«, sagte Dragan Armanskij.

»Das war auch mein Gedanke. Sicherlich hat die SiPo ein Interesse daran, Björcks Bericht totzuschweigen. Aber Dragan ... wir reden hier von der schwedischen Sicherheitspolizei. Das ist eine staatliche Behörde. Ich kann nicht glauben, dass das alles von der SiPo sanktioniert worden ist. Ich glaube nicht mal, dass die SiPo die Kompetenzen hätte, das alles in die Wege zu leiten.«

»Ich weiß. Mir fällt es auch schwer, diese Geschichte zu verdauen. Ganz zu schweigen von der Tatsache, dass jemand einfach ins Sahlgrenska-Krankenhaus marschiert und Zalatschenko den Schädel wegschießt.«

Bublanski schwieg. Armanskij zog die letzte Schraube an.

»Und dann hängt Gunnar Björck sich auch noch auf.«

»Sie glauben also, dass es sich um organisierte Morde handelt? Ich kenne Marcus Erlander, der die Ermittlungen in Göteborg leitet. Er hat nichts gefunden, was darauf hindeuten würde, dass diese Tat etwas anderes war als die Kurzschlusshandlung eines kranken Menschen. Wir haben Björcks Tod minutiös untersucht. Alles weist auf Selbstmord hin.«

Armanskij nickte.

»Evert Gullberg, 78 Jahre alt, Krebs im Endstadium, mehrere Monate vor dem Mord wegen klinischer Depression in Behandlung. Ich habe Fräklund beauftragt, alles zusammenzusuchen, was in öffentlichen Dokumenten über Gullberg zu finden ist.«

»Und?«

»In den 40er-Jahren hat er seinen Wehrdienst in Karlskrona abgeleistet und dann Jura studiert. Irgendwann wurde er Steuerberater für private Unternehmen. Knapp dreißig Jahre lang unterhielt er hier in Stockholm ein Büro, man hat wenig von ihm gehört, lauter Privatkunden … wer auch immer das gewesen sein mag. 1991 ist er in Rente gegangen, 1994 zurück in seinen Heimatort Laholm gezogen … keine Auffälligkeiten.«

»Aber?«

»Abgesehen von ein paar verblüffenden Details. Fräklund findet in keinem öffentlichen Dokument irgendeinen Bezugspunkt zu Gullbergs Existenz. Er stand nie in der Zeitung, und niemand weiß, wer seine Kunden waren. Als hätte er in seinem Berufsleben überhaupt nicht existiert.«

»Worauf wollen Sie hinaus?«

»Die SiPo ist die Verbindung. Zalatschenko war ein russischer Überläufer, und wer sonst hätte sich um ihn kümmern sollen, wenn nicht die SiPo? Und wer hätte die Möglichkeit gehabt, Lisbeth Salander 1991 in die Psychiatrie zu sperren? Ganz zu schweigen von all den Einbrüchen, Überfällen und abgehörten Telefonen vor fünfzehn Jahren … Aber ich glaube auch nicht, dass die SiPo dahintersteckt. Mikael Blomkvist nennt sie die Zalatschenko-Gruppe ... eine kleine Gruppe von Sektierern, überwinterte Kalte Krieger, die sich in irgendeinem schattigen Korridor der SiPo verbergen.«

Bublanski nickte.

»Was können wir also unternehmen?«

12. Kapitel

Sonntag, 15. Mai – Montag, 16. Mai

Kommissar Torsten Edklinth, Chef des Verfassungsschutzes bei der Sicherheitspolizei, kniff sich ins Ohrläppchen und musterte nachdenklich den Geschäftsführer der angesehenen privaten Sicherheitsfirma Milton Security, der ihn aus heiterem Himmel angerufen und darauf bestanden hatte, ihn am Sonntag zu sich nach Hause zum Essen einzuladen. Armanskijs Frau Ritva hatte einen herrlichen Eintopf aufgetischt. Man aß und trieb höfliche Konversation, doch Edklinth fragte sich die ganze Zeit, was Armanskij wirklich wollte. Nach dem Essen zog sich Ritva vor den Fernseher zurück und ließ die beiden am Esstisch allein. Und dann begann Armanskij langsam die Geschichte von Lisbeth Salander auszubreiten.

Edklinth schwenkte langsam sein Rotweinglas.

Dragan Armanskij war kein Idiot. Das wusste er.

Edklinth und Armanskij kannten sich seit zwölf Jahren, seitdem eine weibliche Reichstagsabgeordnete der Linkspartei eine Reihe anonymer Morddrohungen erhalten hatte, woraufhin die Sicherheitsabteilung des Reichstags informiert worden war. Die vulgären Drohungen waren in schriftlicher Form erfolgt und enthielten Informationen, die darauf hindeuteten, dass der anonyme Briefeschreiber tatsächlich gewisse Kenntnisse über die Reichstagsabgeordnete besaß. Damit wurde die

Geschichte auch für die Sicherheitspolizei interessant. Während der Ermittlungen erhielt die Politikerin strengen Personenschutz.

Zu jener Zeit machte der Personenschutz den kleinsten Etat innerhalb der Sicherheitspolizei aus. Sie verfügte nur über begrenzte Ressourcen. Der Personenschutz ist in erster Linie für das Königshaus und den Ministerpräsidenten verantwortlich und darüber hinaus, je nach Bedarf, für einzelne Minister oder Parteivorsitzende. Doch oft übersteigt der Bedarf die Mittel, und in Wirklichkeit genießen die meisten schwedischen Politiker kaum richtigen Personenschutz. Die besagte Reichstagsabgeordnete war damals bei ein paar öffentlichen Auftritten bewacht, aber am Ende ihres Arbeitstages wieder sich selbst überlassen worden, obwohl zu diesem Zeitpunkt die Gefahr am größten war, dass ein verrückter Stalker zuschlagen würde. Das Misstrauen der Abgeordneten in die Fähigkeit der Sicherheitspolizei, ihr Schutz zu bieten, stieg rasch.

Sie wohnte in ihrem eigenen Haus in Nacka. Als sie eines Abends nach erbitterten Kämpfen im Finanzausschuss spät nach Hause kam, entdeckte sie, dass jemand durch die Verandatür in ihre Wohnung eingebrochen war, sexistische Kritzeleien an den Wohnzimmerwänden hinterlassen und in ihrem Schlafzimmer onaniert hatte. Da griff sie zum Hörer und heuerte Milton Security zu ihrem Schutz an. Die Sicherheitspolizei setzte sie von dieser Entscheidung nicht in Kenntnis, und als sie am nächsten Morgen in einer Schule in Täby auftreten sollte, kam es zu einem Frontalzusammenstoß zwischen staatlichen und privaten Leibwächtern.

Zu dieser Zeit war Torsten Edklinth stellvertretender Chef des Personenschutzes. Es war ihm ein Dorn im Auge, dass private Sicherheitsdienste Aufgaben ausführen sollten, die in sein Gebiet fielen. Er sah zwar ein, dass die Abgeordnete Grund zur Klage hatte – allein ihr besudeltes Bett war Beweis genug für den Mangel an staatlicher Effektivität. Doch statt sich auf ein Kräftemessen einzulassen, dachte Edklinth nach und verabredete sich mit Dragan Armanskij, dem Chef von Milton Security, zum Mittagessen. Sie kamen zu dem Schluss, dass die Lage vermutlich ernster war, als die SiPo zunächst angenommen hatte, und dass es allen Anlass gab, den Schutz der Politikerin zu verbessern. Edklinth war auch klug genug, um einzusehen, dass Armanskijs Leute nicht nur die erforderliche Kompetenz für diesen Job besaßen – sie hatten eine mindestens ebenso gute Ausbildung und wahrscheinlich die bessere technische Ausrüstung. Sie lösten das Problem so, dass Armanskijs Leute den Personenschutz übernahmen, während die Sicherheitspolizei das Verbrechen untersuchte und die Rechnungen bezahlte.

Zudem entdeckten die zwei Männer, dass sie sich ziemlich sympathisch waren und gut zusammenarbeiten konnten, was sie dann im Laufe der Jahre auch noch ein paarmal taten. Daher hatte Edklinth allen Respekt vor Armanskijs professioneller Kompetenz und nicht gezögert, als ihn dieser zum Essen eingeladen hatte.

Er hatte jedoch nicht damit gerechnet, dass Armanskij ihm eine Bombe mit brennender Lunte in den Schoß legen würde.

»Wenn ich dich richtig verstehe, behauptest du, dass die Sicherheitspolizei in kriminelle Machenschaften verstrickt ist.«

»Nein«, widersprach Armanskij, »da hast du mich missverstanden. Ich behaupte, dass ein paar Personen, die bei der Sicherheitspolizei angestellt sind, in kriminelle Machenschaften verstrickt sind. Nicht eine Sekunde lang würde ich glauben, dass das von der Führungsspitze der SiPo sanktioniert oder von staatlicher Seite abgesegnet worden ist.«

Edklinth besah sich Christer Malms Fotos des Mannes, der in ein Auto mit einen Nummernschild stieg, das mit den Buchstaben KAB begann.

»Dragan … du spielst mir hier doch keinen Streich, oder?«

»Ich wünschte, es wäre ein Witz.«

Edklinth überlegte eine Weile.

»Und was zum Teufel, meinst du, könnte ich hier unternehmen?«

Am nächsten Morgen polierte Torsten Edklinth sorgfältig seine Brille, während er nachdachte. Er hatte graue Haare, große Ohren und ein markantes Gesicht. Im Moment wirkten seine Gesichtszüge jedoch eher verwirrt als markant. Er befand sich in seinem Dienstzimmer auf Kungsholmen und hatte den Großteil der Nacht wach gelegen und darüber nachgedacht, was Armanskij ihm erzählt hatte.

Es waren keine angenehmen Überlegungen. Die Sicherheitspolizei war die einzige Institution in Schweden, die nach Meinung aller Parteien (na ja, fast aller Parteien) von unschätzbarem Wert war, der aber gleichzeitig auch alle zu misstrauen schienen. Zweifellos hatte es diverse Skandale gegeben, nicht zuletzt in den linksradikalen 70er-Jahren, als es so einige … nun ja, verfassungswidrige Übergriffe gegeben hatte. Doch fünf staatliche und hart kritisierte SiPo-Untersuchungen später war eine neue Generation von Beamten herangewachsen. Es war eine jüngere Schule von Aktivisten, die man aus den Wirtschafts-, Waffen- und Betrugsdezernaten der normalen Polizei rekrutierte – Polizisten, die es gewohnt waren, tatsächliche Verbrechen zu untersuchen und nicht politische Hirngespinste.

Die Sicherheitspolizei war modernisiert worden, und nicht zuletzt der Verfassungsschutz spielte eine ganz neue, bedeutende Rolle. Die Aufgabe der SiPo wurde von der Regierung so definiert, dass sie Bedrohungen der inneren Sicherheit des Reichs vorbeugen oder sie aufdecken sollte. Als solche Bedrohungen galten *illegale Machenschaften, die darauf abzielen, mit Gewalt, Drohungen oder Zwang in das Schicksal unseres Staates einzugreifen, politische Entscheidungsträger oder Be-*

hörden in einer bestimmten Richtung zu beeinflussen oder einzelne Bürger daran zu hindern, ihre durchs Grundgesetz gesicherten Freiheitsrechte wahrzunehmen.

Die Aufgabe des Verfassungsschutzes bestand also darin, die schwedische Demokratie gegen reale oder eingebildete antidemokratische Kräfte zu verteidigen. Dazu zählten vor allem Anarchisten und Neonazis. Anarchisten deswegen, weil sie ihren zivilen Ungehorsam in Form von Brandanschlägen auf Pelzgeschäfte auslebten, bei denen durchaus auch Menschen zu Schaden kamen. Neonazis, weil sie Neonazis und somit per definitionem Gegner der Demokratie waren.

Nach seiner juristischen Ausbildung hatte Edklinth als Staatsanwalt angefangen und danach einundzwanzig Jahre lang für die SiPo gearbeitet. Zuerst hatte er einen Posten in der Verwaltung des Personenschutzes innegehabt und danach für den Verfassungsschutz gearbeitet, bis er schließlich Ministerialdirektor wurde. Im polizeilichen Teil des Apparats, der die Verantwortung für die schwedische Demokratie trug, war er also der höchste Chef. Kommissar Torsten Edklinth betrachtete sich selbst als Demokrat. In dieser Hinsicht war die Definition einfach. Die Verfassung war vom Reichstag beschlossen worden, und er hatte dafür zu sorgen, dass sie unangetastet blieb.

Die schwedische Demokratie baut im Kern auf einem einzigen Recht auf, nämlich der Meinungsfreiheit. Es ist das unveräußerliche Recht, zu sagen, zu denken und zu glauben, was man will. Dieses Recht gilt für alle schwedischen Staatsbürger, vom primitivsten Neonazi bis zum Steine werfenden Anarchisten, und für alles, was dazwischen liegt.

Alle anderen Grundpfeiler der Demokratie, wie zum Beispiel die Regierungsform, sind nur praktische Ausschmückungen der Meinungsfreiheit. Daher ist sie das Gesetz, mit dem die Demokratie steht und fällt. Edklinth betrachtete es als seine vorrangige Aufgabe, dieses gesetzlich zugesicherte Recht zu schützen.

Diese Freiheit bedeutet jedoch nicht, dass alles erlaubt ist, wie es gewisse Meinungsfreiheitsfundamentalisten, vor allem Pädophile und rassistische Gruppierungen, in der kulturpolitischen Debatte so gern ins Feld führen. Jede Demokratie hat ihre Grenzen, und die Grenzen der Meinungsfreiheit werden vom Pressegesetz geregelt. Dieses definiert im Prinzip vier Einschränkungen der Demokratie. Es ist verboten, Kinderpornografie und bestimmte Darstellungen sexueller Gewalt zu veröffentlichen, egal wie künstlerisch diese Darstellung nach Meinung des Urhebers auch ist. Es ist verboten, zu Verbrechen aufzufordern oder aufzuwiegeln. Es ist verboten, einen anderen Menschen in seiner Ehre zu beleidigen und zu verleumden. Und es ist verboten, gegen eine Volksgruppe zu hetzen.

Auch das Pressegesetz ist vom Reichstag beschlossen worden und schränkt die Demokratie auf sozial und demokratisch akzeptierte Weise ein, das heißt den sozialen Vertrag, der den Rahmen jeder zivilisierten Gesellschaft ausmacht. Der Grundgedanke hinter dieser Gesetzgebung ist der, dass kein Mensch das Recht hat, einen anderen Menschen zu schikanieren oder zu erniedrigen.

Diese Gesetze zur Meinungs- und Pressefreiheit erfordern nun eine Behörde, die die Einhaltung dieser Bestimmungen garantiert. In Schweden ist diese Funktion zwei Institutionen übertragen worden, von denen die eine, die des Kronjuristen, die Aufgabe hat, Verstöße gegen das Pressegesetz zur Anklage zu bringen.

Doch Edklinth war mit der Arbeit des Kronjuristen unzufrieden. Er fand, dass der Kronjurist fast immer zu nachsichtig vorging und selten Anklage erhob, wenn gegen die schwedische Verfassung verstoßen worden war. Der Kronjurist verteidigte sich stets damit, dass das demokratische Prinzip sakrosankt sei und er nur im äußersten Notfall eingreifen und Anklage erheben dürfe. Diese Einstellung war in den letzten Jahren jedoch zunehmend infrage gestellt worden, nicht zuletzt nachdem der Generalsekretär des Schwedischen Menschenrechtskomitees, Robert Hårdh, einen Bericht in Auftrag gegeben hatte, in dem die mangelnde Initiative des Kronjuristen untersucht wurde. Dieser Bericht stellte unter Beweis, dass es so gut wie unmöglich war, jemanden wegen Volksverhetzung anzuklagen und zu verurteilen.

Die zweite Institution war die Abteilung für Verfassungsschutz innerhalb der Sicherheitspolizei, der er selbst vorstand. Er betrachtete seine Position als die vornehmste und wichtigste, die ein schwedischer Polizist überhaupt bekleiden konnte, und er würde sie gegen keinen anderen Posten im gesamten juristischen und polizeilichen Apparat eintauschen.

Die Medien und die Öffentlichkeit glaubten normalerweise, dass der Verfassungsschutz hauptsächlich damit beschäftigt war, Neonazis und militante Veganer im Auge zu behalten. Es war sicher richtig, dass der Verfassungsschutz solchen Erscheinungen großes Interesse schenkte, aber darüber hinaus gab es noch jede Menge Einrichtungen und Phänomene, die ebenfalls in den Aufgabenbereich dieser Abteilung fielen. Wenn zum Beispiel dem König oder dem Oberbefehlshaber der Streitkräfte einfiele, dass der Parlamentarismus jetzt mal ausgespielt hatte und der Reichstag durch eine Militärdiktatur ersetzt werden müsste, dann würden der König oder der Oberbefehlshaber der Streitkräfte schnell das Interesse des Verfassungsschutzes wecken. Und wenn es einer Gruppe Polizisten einfiele, die Gesetze so freizügig auszulegen, dass die vom Grundgesetz geschützten Rechte eines Individuums dadurch eingeschränkt wurden, dann hatte der Verfassungsschutz auch hier zu reagieren. In solch ernsten Fällen oblagen die Ermittlungen obendrein dem Generalstaatsanwalt.

Problematisch war dabei allerdings, dass der Verfassungsschutz fast ausschließlich eine analysierende und beobachtende Funktion hatte und keine operative Einheit besaß. Daher mussten entweder die normale Polizei oder andere Abteilungen innerhalb der Sicherheitspolizei eingreifen, wenn man Neonazis festnehmen wollte.

Diese Zustände waren in Edklinths Augen zutiefst unbefriedigend. Fast alle demokratischen Länder unterhalten in der einen oder anderen Form ein unabhängiges Verfassungsgericht, das unter anderem dafür sorgt, dass die Behörden selbst sich nicht an der Demokratie vergreifen. In Schweden obliegt diese Aufgabe dem Kronjuristen oder dem Justizbevollmächtigten des Schwedischen Reichstags, der sich jedoch nur nach den Entscheidungen anderer Leute richten kann. Hätte Schweden ein Verfassungsgericht gehabt, hätte Lisbeth Salanders Anwältin den schwedischen Staat wegen der Verstöße gegen Salanders verfassungsmäßige Rechte direkt anklagen können. Und so ein Gericht könnte sämtliche Dokumente verlangen und jeden, einschließlich des Ministerpräsidenten, zu einem Verhör vorladen. Doch Annika Giannini konnte höchstens Anzeige beim Justizbevollmächtigten erstatten, der jedoch auch keine Befugnis hatte, zur Sicherheitspolizei zu marschieren und dort beweiskräftige Unterlagen zu verlangen.

Edklinth war jahrelang ein vehementer Fürsprecher der Einrichtung eines Verfassungsgerichts gewesen. Dann hätte er aufgrund der Informationen, die er von Armanskij bekommen hatte, Anzeige erstatten und dem Gericht die Beweisführung überlassen können. Damit wäre ein unaufhaltsamer Prozess in Gang gesetzt worden.

Doch stattdessen besaß Edklinth keinerlei juristische Befugnisse, mit denen er eine Voruntersuchung hätte einleiten können.

Er seufzte und nahm eine Prise Schnupftabak.

Wenn Armanskijs Angaben der Wahrheit entsprachen, dann hatten diverse SiPo-Mitarbeiter tatenlos zugesehen, wie eine Reihe schwerer Verbrechen an einer schwedischen Frau begangen worden waren. Sie hatten sie danach unter Vorspiegelung falscher Tatsachen ins Irrenhaus sperren lassen und zu guter Letzt diesem ehemaligen russischen Topspion einen Freibrief für Waffenhandel, Rauschgiftdelikte und Mädchenhandel erteilt. Edklinth schob die Lippen vor. Er wollte lieber nicht genauer nachzählen, wie viele Gesetzesverstöße im Laufe dieser Affäre tatsächlich begangen worden waren. Ganz zu schweigen vom Einbruch bei Mikael Blomkvist, dem Überfall auf Lisbeth Salanders Anwältin und vielleicht sogar – auch wenn Edklinth sich weigerte, das zu glauben – der Beihilfe zum Mord an Alexander Zalatschenko.

Er stellte sich jetzt die Frage, wie er mit dieser Situation umgehen sollte. Im Grunde schien die Antwort ganz einfach. Torsten Edklinth war ein Polizist, der Kenntnis von einem Verbrechen hatte. Somit war es seine Pflicht und Schuldigkeit, sich mit einem Staatsanwalt in Verbindung zu setzen und Anzeige zu erstatten. Doch in Wahrheit war die Antwort nicht ganz so einfach. Sie war sogar richtig kompliziert.

Kriminalinspektorin Monica Figuerola war trotz ihres ungewöhnlichen Namens in Dalarna geboren, in einer Familie, die mindestens seit Gustav Wasas Tagen in Schweden ansässig war. Sie war eine Frau, die den Leuten ins Auge fiel, und zwar aus mehreren Gründen. Sie war 36 Jahre alt, blauäugig und stolze 1 Meter 84 groß. Ihr weizenblondes, naturgelocktes Haar trug sie kurz geschnitten. Sie sah gut aus, kleidete sich attraktiv und war außergewöhnlich durchtrainiert.

Letzteres kam daher, dass sie als Jugendliche eine hervorragende Leichtathletin gewesen war, und sich als 17-Jährige beinahe für die Nationalmannschaft qualifiziert hätte. Dann hatte sie mit der Leichtathletik aufgehört, trainierte dafür aber an fünf Abenden in der Woche fanatisch im Fitnessstudio. Sie machte so viel Sport, dass die Endorphine schon wie ein Rauschgift wirkten, und wenn sie das Training unterbrach, litt sie unter Entzugserscheinungen. Sie hatte einen so muskulösen Körper, dass bösartige Kollegen sie »Herr Figuerola« nannten. Wenn sie ärmellose Oberteile oder Sommerkleider trug, mussten jedem ihr Bizeps und ihre muskulösen Schultern auffallen.

Neben ihrem Körperbau nahmen viele ihrer männlichen Kollegen an der Tatsache Anstoß, dass sie obendrein mehr als ein *pretty face* war. Sie hatte das Gymnasium mit Bestnoten verlassen, in ihren Zwanzigern die Polizeiausbildung absolviert und dann neun Jahre bei der Polizei in Uppsala gearbeitet, während sie nebenbei Jura studierte. Zum Spaß hatte sie noch ein Examen in Staatswissenschaften abgelegt. Wissen zu analysieren und zu memorieren war für sie kein Problem. Krimis oder andere Unterhaltungsliteratur las sie nur selten, dafür vertiefte sie sich mit großem Interesse in die verschiedensten Themen von internationalem Recht bis zu antiker Geschichte.

Ihren Dienst bei der Streifenpolizei hatte sie rasch quittiert – ein schwerer Schlag für die Sicherheit auf Uppsalas Straßen –, um zur Kriminalinspektorin aufzusteigen, erst beim Dezernat für Gewaltverbrechen, dann in der Abteilung für Wirtschaftskriminalität. Im Jahr 2000 hatte sie sich bei der Sicherheitspolizei in Uppsala beworben und war 2001 nach Stockholm gezogen. Dort hatte sie zunächst für die Gegenspionage gearbeitet, war dann aber umgehend von Torsten Edklinth für den Verfassungsschutz rekrutiert worden. Er kannte ihren Vater persönlich und hatte ihre Karriere über die Jahre hinweg verfolgt.

Als Edklinth endlich zu dem Schluss gelangte, dass er auf Armanskijs Informationen reagieren musste, überlegte er eine Weile, griff zum Hörer und bestellte dann Monica Figuerola in sein Zimmer. Sie arbeitete noch nicht einmal drei Jahre beim Verfassungsschutz, was bedeutete, dass sie immer noch mehr Polizistin als Schreibtischtäterin war.

Sie trug heute eine enge Jeans, türkisfarbene Sandalen mit flachen Absätzen und einen marineblauen Blazer.

»Woran arbeiten Sie gerade?«, erkundigte sich Edklinth zur Begrüßung und bot ihr einen Stuhl an.

»Wir untersuchen gerade den Überfall auf den Lebensmittelladen in Sunne vor zwei Wochen.«

Die Sicherheitspolizei beschäftigte sich normalerweise selbstverständlich nicht mit der Aufklärung von Überfällen auf Lebensmittelgeschäfte. Solche Basisarbeit oblag ausschließlich der normalen Polizei. Monica Figuerola war Chefin einer Abteilung, die aus fünf Mitarbeitern bestand und sich mit der Analyse politischer Verbrechen beschäftigte. Ihr wichtigstes Hilfsmittel bestand in mehreren Computern, auf denen sie ständig die aktuellen Meldungen von Verbrechen verfolgen konnten, die bei der Polizei eingingen. Im Großen und Ganzen lief jede polizeiliche Meldung sämtlicher schwedischer Distrikte über die Computer, die Monica Figuerola unterstanden. Die Computer waren mit einer Software ausgestattet, die automatisch jeden Bericht durchscannte und auf dreihundertzehn spezifische Wörter reagierte, zum Beispiel Kanake, Skin, Hakenkreuz, Einwanderer, Anarchist, Hitlergruß, Neonazi, Nationaldemokrat, Landesverräter, Judenhure oder Niggerfreund. Wenn ein solches Schlüsselwort in einem Polizeibericht vorkam, schlug der Computer Alarm, und man nahm sich den fraglichen Bericht vor, um ihn gründlich durchzugehen.

Zu den Aufgaben des Verfassungsschutzes gehört es auch, alljährlich den Bericht *Bedrohungen für die Reichssicherheit* zu veröffentlichen, der die einzig verlässliche Statistik über politische Verbrechen liefert. Die Statistik beruht ausschließlich auf den Anzeigen, die bei örtlichen Polizeibehörden eingehen. Im Fall des Raubüberfalls auf den Lebensmittelladen in Sunne hatte der Computer auf drei Schlüsselwörter reagiert – Einwanderer, Abzeichen und Kanake. Zwei maskierte junge Männer hatten mit vorgehaltener Pistole ein Lebensmittelgeschäft ausgeraubt, das einem Einwanderer gehörte. Dabei hatten sie eine Summe von 2780 Kronen sowie eine Stange Zigaretten erbeutet. Einer der Täter hatte eine kurze Jacke mit der schwedischen Flagge auf der Schulter getragen. Der andere hatte den Ladeninhaber mehrmals als »verdammten Kanaken« beschimpft und ihn gezwungen, sich flach auf den Boden zu legen.

Unterm Strich reichte das Figuerolas Mitarbeitern, um zu überprüfen, ob die Täter Verbindungen zu lokalen Neonazi-Gruppen in Värmland hatten und ob man den Überfall als rassistisch motiviertes Verbrechen klassifizieren konnte. War das der Fall, konnte dieser Überfall sehr wohl in die europäische Statistik eingehen, die das Büro der EU in Wien alljährlich zusammenstellte. Es konnte sich natürlich auch herausstellen, dass die Täter Pfadfinder waren, die sich eine Jacke mit aufgenähter schwedischer Flagge gekauft hatten, und dass der Ladenbesitzer rein zufällig ein Einwanderer gewesen war. Wenn es sich so verhielt, würde Figuerolas Abteilung den Überfall aus der Statistik streichen.

»Ich habe eine unangenehme Aufgabe für Sie«, begann Edklinth.

»Aha«, sagte Monica Figuerola.

»Das ist ein Auftrag, der Ihre Karriere ziemlich belasten könnte.«

»Verstehe.«

»Er könnte jedoch auch einen großen Karriereschritt für Sie bedeuten. Ich habe vor, Sie in die operative Einheit des Verfassungsschutzes zu versetzen.«

»Entschuldigen Sie den Hinweis, aber der Verfassungsschutz hat überhaupt keine operative Einheit.«

»Doch«, widersprach Edklinth. »Jetzt schon. Ich habe diese Einheit heute Morgen gegründet. Sie besteht vorerst nur aus einer Person, nämlich Ihnen.«

Monica Figuerola sah ihn skeptisch an.

»Es ist Aufgabe des Verfassungsschutzes, die Verfassung gegen äußere Bedrohungen zu verteidigen. Aber was tun wir, wenn sich herausstellt, dass die Bedrohung der Verfassung von unserer eigenen Organisation ausgeht?«

In der folgenden halben Stunde erzählte er ihr die ganze Geschichte, die Armanskij ihm am Vorabend anvertraut hatte.

»Von wem stammen diese Behauptungen?«, wollte Monica Figuerola wissen.

»Das ist unwichtig. Konzentrieren Sie sich auf die Informationen, die ich Ihnen gerade gegeben habe.«

»Ich frage mich nur, ob Sie die Quelle für vertrauenswürdig halten.«

»Ich kenne diese Quelle seit vielen Jahren und schätze ihre Glaubwürdigkeit sehr hoch ein.«

»Das klingt aber wirklich alles ziemlich ... ich weiß auch nicht. Der Ausdruck ›unwahrscheinlich‹ trifft es nur halb.«

Edklinth nickte. »Wie ein Agententhriller«, sagte er.

»Was erwarten Sie von mir?«

»Ab jetzt sind Sie von allen anderen Aufgaben entbunden. Ihre einzige Aufgabe besteht darin, den Wahrheitsgehalt dieser Geschichte zu untersuchen. Die Behauptungen entweder zu bestätigen oder zu entkräften. Sie berichten nur mir und keinem anderen.«

»Du lieber Gott«, meinte Monica. »Jetzt versteh ich auch, was Sie meinten, als Sie gesagt haben, dass meine Karriere auf dem Spiel steht.«

»Ja. Aber wenn die Geschichte wahr ist ... wenn auch nur ein Bruchteil all dieser Behauptungen wahr ist, dann stehen wir vor einer Verfassungskrise, die sich gewaschen hat.«

»Wo soll ich anfangen? Was soll ich machen?«

»Fangen Sie mit dem Einfachsten an. Lesen Sie sich mal diesen Bericht von 1991 durch, den Gunnar Björck geschrieben hat. Dann müssen Sie die Personen identifizieren, die Mikael Blomkvist beschatten. Meiner Quelle zufolge gehört das Auto einem gewissen Göran Mårtensson, 40 Jahre alt, Polizist, wohnhaft in der Vittangigatan in Vällingby. Danach müssen

Sie die anderen Personen identifizieren, die auf den Bildern von Blomkvists Fotografen zu sehen sind. Den jüngeren blonden Mann hier zum Beispiel.«

»Okay.«

»Danach müssen Sie den Hintergrund von Evert Gullberg recherchieren. Ich habe von dieser Person noch nie etwas gehört, aber meiner Quelle zufolge muss es eine Verbindung zur Sicherheitspolizei geben.«

»Jemand von der SiPo soll einen 78-Jährigen mit einem Agentenmord beauftragt haben? Das glaube ich einfach nicht.«

»Trotzdem müssen Sie es überprüfen. Und Ihre Ermittlungen müssen geheim bleiben. Bevor Sie weitere Maßnahmen ergreifen, will ich informiert werden. Das Ganze soll möglichst keine Kreise ziehen.«

»Das ist eine riesige Aufgabe. Wie soll ich die denn alleine bewältigen?«

»Sollen Sie ja gar nicht. Es geht nur um die erste Kontrolle. Wenn Sie zurückkommen und sagen, Sie haben kontrolliert und nichts gefunden, dann ist alles in bester Ordnung. Wenn Sie etwas Verdächtiges finden, dann entscheiden wir gemeinsam, wie es weitergeht.«

Monica Figuerola verbrachte ihre Mittagspause mit Gewichtheben im Fitnessstudio der Polizei. Ihr Mittagessen, das sie in ihr Dienstzimmer mitnahm, bestand aus schwarzem Kaffee, einem Frikadellenbrötchen und Roter Bete. Sie schloss die Tür, räumte ihren Schreibtisch auf und begann beim Essen Gunnar Björcks Bericht zu lesen.

Schließlich las sie auch noch die Anlage mit der Korrespondenz zwischen Björck und Dr. Teleborian. Sie notierte sich jeden Namen und jedes einzelne Ereignis in diesem Bericht, das sich beweisen ließ. Nach zwei Stunden stand sie auf, ging zum Automaten und holte sich Kaffeenachschub. Als sie ihr Zimmer verließ, schloss sie die Tür ab, was in der RPF/Sich obligatorisch war.

Als Erstes überprüfte sie das Aktenzeichen. Sie rief im Archiv an, wo man ihr mitteilte, dass ein Bericht mit diesem Aktenzeichen nicht existierte. Ihre nächste Kontrolle bestand darin, in einem Pressearchiv zu stöbern. Dort wurde sie schon eher fündig. Sämtliche Zeitungen hatten von einer Person berichtet, die in einem brennenden Auto in der Luntmakargatan am entsprechenden Datum des Jahres 1991 schwer verletzt worden war. Das Opfer war ein namentlich nicht genannter Mann mittleren Alters. Eine Abendzeitung berichtete, dass ein Zeuge angegeben habe, der Brand sei absichtlich von einem jungen Mädchen gelegt worden. Das musste also die berühmte Brandbombe sein, die Lisbeth Salander auf einen russischen Spion namens Zalatschenko geworfen hatte. Der Vorfall schien immerhin wirklich so geschehen zu sein.

Gunnar Björck, der Verfasser des Berichts, war eine reale Person. Er war ein hoher Beamter der Auslandsabteilung, zunächst krankgeschrieben wegen eines Bandscheibenvorfalls, später durch Selbstmord aus dem Leben geschieden.

Die Personalabteilung konnte jedoch keine Auskunft darüber geben, womit sich Gunnar Björck 1991 beschäftigt hatte. Die Angaben waren für geheim erklärt worden, auch für Mitarbeiter der SiPo selbst. Was ebenfalls obligatorisch war.

Dass Lisbeth Salander 1991 in der Lundagatan gewohnt und die nächsten zwei Jahre fast vollständig in der psychiatrischen Kinderklinik St. Stefans verbracht hatte, war ebenfalls leicht zu überprüfen. Hier schienen sich die tatsächlichen Umstände mit den Angaben des Berichts zu decken.

Peter Teleborian war ein bekannter Psychiater, der oft im Fernsehen auftrat. Er hatte 1991 in St. Stefan gearbeitet und war heute dort Chefarzt.

Monica Figuerola dachte eine geraume Weile über die Bedeutung dieses Berichts nach. Dann rief sie den stellvertretenden Chef der Personalabteilung an.

»Ich habe eine heikle Frage«, erklärte sie.

»Und zwar?«

»Wir beschäftigen uns hier beim Verfassungsschutz mit einer Analyse, bei der es darum geht, die Glaubwürdigkeit und allgemeine psychische Gesundheit einer Person einzuschätzen. Ich bräuchte einen Psychiater oder einen anderen Experten, der offiziell berechtigt ist, auch Informationen zu bekommen, die als streng geheim eingestuft worden sind. Mir ist Dr. Peter Teleborian genannt worden, und ich möchte wissen, ob ich ihn anheuern darf.«

Es dauerte eine Weile, bevor sie eine Antwort bekam.

»Dr. Peter Teleborian war ein paarmal als externer Berater für die SiPo tätig. Solange Sie sich allgemein ausdrücken, dürfen Sie mit ihm auch über geheime Informationen reden. Aber bevor Sie sich an ihn wenden, müssen Sie das ganze bürokratische Prozedere durchlaufen. Ihr Chef muss den Vorgang absegnen und einen offiziellen Antrag einreichen, dass er Teleborian konsultieren will.«

Monica Figuerola sank der Mut. Sie hatte etwas bestätigt bekommen, was über einen kleinen Personenkreis hinaus nie bekannt gewesen war. Teleborian hatte mit der RPF/Sich zu tun gehabt. Das stärkte die Glaubwürdigkeit des Berichts.

Sie legte ihn aus der Hand und befasste sich mit den anderen Informationen, die Edklinth ihr gegeben hatte. Sie studierte Christer Malms Bilder von den zwei Männern, die Mikael Blomkvist angeblich beschattet hatten, als er am 1. Mai das Café »Copacabana« verließ.

Als sie im Kfz-Melderegister nachsah, stellte sie fest, dass Göran Mårtensson tatsächlich existierte und der Besitzer des grauen Volvo mit dem betreffenden Kennzeichen war. Danach erhielt sie vom Personalbüro der Sicherheitspolizei die Bestätigung, dass er bei der RPF/Sich angestellt war. Das war die einfachste Kontrolle, die sie durchführen konnte, und auch diese Information schien korrekt. Ihr sank der Mut noch weiter.

Göran Mårtensson arbeitete beim Personenschutz. Er war Leibwächter und gehörte zu der Gruppe von Mitarbeitern, die schon mehrmals für die Sicherheit des Ministerpräsidenten verantwortlich gewesen war. Seit ein paar Wochen war er jedoch zufällig bei der Gegenspionage tätig. Von seinem regulären Dienst war er am 10. April freigestellt worden, nur wenige Tage nachdem Alexander Zalatschenko und Lisbeth Salander ins Sahlgrenska-Krankenhaus eingeliefert worden waren. Aber diese Art von vorübergehenden Versetzungen war nichts Ungewöhnliches, wenn irgendwo gerade akuter Personalmangel herrschte.

Anschließend rief Monica Figuerola noch beim stellvertretenden Chef der Gegenspionage an, einem Mann, den sie persönlich kannte und für den sie in ihrer kurzen Zeit in dieser Abteilung auch schon gearbeitet hatte. Sie fragte, ob Göran Mårtensson derzeit mit etwas Wichtigem beschäftigt sei oder ob man seine Dienste beim Verfassungsschutz in Anspruch nehmen dürfe.

Der stellvertretende Chef der Gegenspionage war verblüfft. Monica Figuerola müsse falsch informiert worden sein. Göran Mårtensson vom Personenschutz arbeite nicht für die Gegenspionage.

Monica Figuerola legte auf und starrte zwei Minuten lang den Hörer an. Beim Personenschutz glaubte man, Mårtensson arbeite vorübergehend bei der Gegenspionage. Bei der Gegenspionage wusste man aber nichts von ihm. Solche Versetzungen mussten vom Amtschef abgesegnet und abgewickelt werden. Sie streckte die Hand nach dem Telefon aus, um den Amtschef anzurufen, aber dann hielt sie sich zurück. Wenn man Mårtensson beim Personenschutz vorübergehend freigestellt hatte, dann musste der Amtschef diese Entscheidung abgesegnet haben. Aber Mårtensson war nicht bei der Gegenspionage. Was dem Amtschef bekannt sein musste. Und wenn Mårtensson in eine Abteilung versetzt worden war, die Mikael Blomkvist beschattete, dann musste er auch darüber Bescheid wissen.

Edklinth hatte ihr gesagt, sie solle dafür sorgen, dass die Angelegenheit keine Kreise zog. Wenn sie jetzt den Amtschef anrief, konnte das bedeuten, dass sie damit einen ziemlich großen Stein in einen ziemlich kleinen Ententeich warf.

Am Montagmorgen um kurz nach elf setzte sich Erika Berger an ihren Schreibtisch im Glaskasten und atmete tief durch. Die Tasse Kaffee, die sie sich gerade vom Automaten im Pausenzimmer geholt hatte, war jetzt dringend nötig. Sie hatte zunächst an einem viertelstündigen Morgenmeeting teilgenommen, in dem Redaktionssekretär Peter Fredriksson die Richtlinien für die Arbeit dieses Tages aufstellte. Da sie kein Vertrauen zu Anders Holm hatte, musste sie sich umso mehr auf das Urteil von Fredriksson verlassen.

Danach setzte sie sich für eine Stunde mit dem Aufsichtsratsvorsitzenden Magnus Borgsjö zusammen, dem Finanzdirektor der *SMP* Christer Sellberg und dem Budgetverantwortlichen Ulf Flodin. Thema dieser Sitzung waren der sich verschlechternde Anzeigenmarkt und die sinkenden Absatzzahlen im freien Verkauf. Flodin und Sellberg waren sich einig, dass Maßnahmen ergriffen werden mussten, um die Verluste der Zeitung zu mindern.

»Das erste Quartal haben wir dank eines minimalen Zuwachses auf dem Anzeigenmarkt überstanden, außerdem sind zwei Mitarbeiter zum Jahreswechsel in Pension gegangen. Diese Stellen sind nicht neu besetzt worden«, erklärte Flodin. »Wir werden das laufende Quartal wahrscheinlich mit einem leichten Verlust abschließen. Aber es steht außer Zweifel, dass die Gratiszeitungen *Metro* und *Stockholm City* den Anzeigenmarkt in Stockholm weiter erobern. Die einzige Prognose, die wir für das dritte Quartal machen können, ist ein deutliches Defizit.«

»Und wie werden wir dem begegnen?«, wollte Borgsjö wissen.

»Nun, wir haben seit 2002 keinen Personalabbau mehr vorgenommen. Ich denke, vor dem Jahreswechsel müssen mindestens neun Stellen eingespart werden.«

»Und welche sollten das sein?«, erkundigte sich Erika Berger.

»Das sollten wir gleichmäßig verteilen – eine Stelle hier, eine Stelle da. Die Sportredaktion hat derzeit sechseinhalb Stellen. Da müssen wir runter auf fünf Vollzeitstellen.«

»Wenn ich das richtig verstanden habe, kriecht die Sportredaktion schon jetzt auf dem Zahnfleisch. Das würde dann bedeuten, dass wir die Sportberichterstattung im Allgemeinen zurückstutzen müssen.«

Flodin zuckte die Achseln.

»Ich hör mir gerne andere Vorschläge an.«

»Ich habe keine besseren Vorschläge, aber es sieht eben so aus: Wenn wir Personal abbauen, dann müssen wir eine dünnere Zeitung machen, und wenn wir eine dünnere Zeitung machen, dann wird die Zahl der Leser noch weiter zurückgehen und damit auch die Zahl der Abonnenten.«

»Der ewige Teufelskreis«, bemerkte der Finanzdirektor.

»Ich bin angestellt worden, um diese Entwicklung zu stoppen«, sagte Erika Berger. »Das bedeutet, dass ich offensiv auf Veränderungen in dieser Zeitung setzen und sie für die Leser attraktiver machen werde. Aber das kann ich unmöglich tun, wenn ich anfange, Personal einzusparen.«

Sie wandte sich an Borgsjö.

»Wie lange kann die Zeitung diese Verluste noch ausgleichen? Wie viel Verlust können wir uns noch erlauben, bevor die Trendwende kommt?«

Borgsjö spitzte die Lippen.

»Seit den 90er-Jahren hat die *SMP* einen Großteil ihrer alten Fonds aufgezehrt. Der Wert unseres Aktienportfolios ist in den letzten zehn Jahren um knapp 30 Prozent zurückgegangen. Ein Großteil der Fonds wurde für Investitionen im Bereich Datentechnik verwendet. Im Grunde hatten wir keine so ungeheuer großen Ausgaben.«

»Ich habe gesehen, dass die *SMP* ein eigenes Textredaktionssystem namens AXT entwickelt hat. Was hat diese Entwicklung gekostet?«

»Ungefähr fünf Millionen Kronen.«

»Es gibt doch günstige kommerzielle Produkte, die schon fertig auf dem Markt sind. Warum hat die *SMP* sich entschieden, eine eigene Software zu entwickeln?«

»Tja, Erika ... das möge beantworten, wer kann. Aber der ehemalige Technikchef hat uns davon überzeugt. Er meinte, langfristig würde das billiger kommen, und außerdem könnte die *SMP* Lizenzen für ihr Programm an andere Zeitungen verkaufen.«

»Und, hat jemand die Software gekauft?«

»Ja, eine Lokalzeitung in Norwegen.«

»Na, großartig«, sagte Erika Berger trocken. »Nächste Frage: Wir sitzen hier an Computern, die fünf, sechs Jahre alt sind ...«

»Eine Investition in neue Computer ist dieses Jahr völlig ausgeschlossen«, unterbrach Flodin sofort.

Und so ging die Diskussion immer weiter. Erika fiel auf, wie Flodin und Sellberg ihre Einwände charmant ignorierten. Für sie hieß das Motto Einsparungen, was aus ihrem Blickwinkel durchaus verständlich, jedoch unannehmbar für eine neue Chefredakteurin war. Was sie jedoch wirklich auf die Palme brachte, war die Art, wie die beiden ihre Argumente ständig mit einem freundlichen Lächeln abfertigten, als wäre sie ein zehnjähriges Schulmädchen. *Zerbrich dir mal nicht dein süßes Köpfchen über so komplizierte Dinge.*

Borgsjö war ihr auch keine große Hilfe, wenngleich er sich weniger herablassend benahm als die anderen.

Sie seufzte, fuhr ihren Laptop hoch und öffnete ihre E-Mails. Neunzehn neue Mails. Vier davon waren Spams. Des Weiteren sieben Mails wie der sogenannte Nigeria-Brief von der Witwe des ehemaligen Chefs der Staatsbank in Abu Dhabi, die ihr irrwitzige Summen bot, wenn sie ihr nur ein geringes Startkapital anvertraute, und ähnlicher Unfug.

Die restlichen Mails bestanden aus Hausmitteilungen sowie einem Schreiben ihres Dentalhygienikers, der sie daran erinnerte, dass es Zeit für den nächsten vierteljährlichen Termin wurde. Sie notierte sich die Zeit in ihrem elektronischen Terminkalender und sah sofort, dass sie doch wieder absagen musste, weil an diesem Tag schon eine große Redaktionskonferenz eingetragen war.

Schließlich öffnete sie die letzte Mail mit dem Absender <centralred@smpost.se> und der Betreffzeile [Der Chefredakteurin zur Kenntnisnahme]. Langsam stellte sie ihre Kaffeetasse ab.

DU NUTTE! DU BRAUCHST NICHT ZU GLAUBEN, DASS DU HIER ANKOMMEN UND DICH SO AUFFÜHREN KANNST, VERDAMMTE FOTZE. MAN SOLLTE DICH MIT DEM SCHRAUBENZIEHER IN DEN ARSCH FICKEN! JE SCHNELLER DU HIER VERSCHWINDEST, DESTO BESSER.

Automatisch blickte Erika Berger auf und suchte Anders Holm. Er saß nicht an seinem Platz, und sie konnte ihn nirgends in der Redaktion entdecken. Sie sah noch einmal auf den Absender, griff dann zum Hörer und rief Peter Fleming an, den Technikchef der *SMP*.

»Hallo. Wer benutzt die Adresse <centralred@smpost.se>?«

»Niemand. So eine Adresse gibt es bei der *SMP* gar nicht.«

»Ich habe von dieser Adresse aber grade eine Mail bekommen.«

»Das ist ein Fake. Enthält die Mail ein Virus?«

»Nein. Zumindest hat das Virusprogramm nicht reagiert.«

»Okay. Die Adresse gibt es nicht. Aber es ist sehr einfach, so etwas zu fingieren. Es gibt Seiten im Internet, über die man so eine Mail schicken kann.«

»Kann man die Mail zurückverfolgen?«

»Das ist so gut wie unmöglich, selbst wenn der Betreffende so dumm sein sollte, das Ganze von seinem privaten Computer aus zu schicken. Man kann eventuell die IP-Nummer zu einem Server zurückverfolgen, aber wenn er einen Account benutzt, den er sich zum Beispiel bei Hotmail eingerichtet hat, dann verliert sich die Spur sofort.«

Erika bedankte sich für die Information. Dann überlegte sie einen Moment. Es war wahrhaftig nicht das erste Mal, dass sie Drohmails oder einfach Post von einem Irren erhielt. Diese Mail zielte jedoch eindeutig auf ihre neue Arbeit als Chefredakteurin bei der *SMP* ab. Sie fragte sich, ob wohl irgendein Verrückter im Zusammenhang mit Moranders Tod von ihr gelesen hatte oder ob der Absender doch im Hause saß.

Monica Figuerola überlegte lange und gründlich, wie sie in Sachen Evert Gullberg verfahren sollte. Ein Vorteil an der Arbeit für den Verfassungsschutz war der, dass sie weitreichende Befugnisse besaß, sich so gut wie jeden polizeilichen Ermittlungsbericht in Schweden zu beschaffen, der irgendetwas mit rassistisch oder politisch motivierten Verbrechen zu tun haben könnte. Sie sagte sich, dass Alexander Zalatschenko schließlich ein Einwanderer war und dass es zu ihren Aufgaben gehörte, Gewalt gegen Personen ausländischer Herkunft zu untersuchen und herauszufinden, ob diese Verbrechen einen rassistischen Hintergrund hatten oder nicht. Daher besaß sie die Vollmacht, die Ermittlungen im Mordfall Zalatschenko genau zu verfolgen, um zu klären, ob Evert Gullberg mit einer rassistischen Organisation in Verbindung gestanden oder im

Zusammenhang mit dem Mord rassistische Äußerungen von sich gegeben hatte. Sie bestellte sich den Bericht und las ihn sorgfältig durch. Sie fand die Briefe, die an den Justizminister geschickt worden waren, und stellte fest, dass sie – abgesehen von diversen rechthaberischen und beleidigenden Angriffen auf den Minister – auch Wörter wie »Kanaken« und »Landesverräter« enthielten.

Dann war es auch schon fünf Uhr. Monica Figuerola schloss das gesamte Material in den Tresor ihres Dienstzimmers ein, räumte ihre Kaffeetasse weg, stellte den Computer ab und stempelte aus. Dann ging sie rasch zu einem Fitnessstudio am St. Eriksplan und absolvierte in der nächsten Stunde ein leichtes Krafttraining.

Als sie fertig war, schlenderte sie zu ihrer Zweizimmerwohnung in der Pontonjärgatan, duschte und nahm ein spätes, aber gesundes Abendessen zu sich. Sie überlegte kurz, ob sie Daniel Mogren anrufen sollte, der drei Blocks weiter in derselben Straße wohnte. Daniel war Schreiner und Bodybuilder und seit drei Jahren ab und zu ihr Trainingspartner. In den letzten Monaten hatten sie sich auch getroffen, um unkomplizierten Sex miteinander zu haben.

Sex war zwar fast ebenso befriedigend wie eine harte Trainingseinheit im Fitnessstudio, doch Monica Figuerola begann darüber nachzudenken, ob sie sich in ihrem Alter nicht doch für eine dauerhafte Beziehung zu einem Mann entscheiden sollte. Vielleicht sogar für Kinder. Aber ganz sicher nicht mit Daniel Mogren.

Nachdem sie eine Weile nachgedacht hatte, beschloss sie, dass sie eigentlich überhaupt keine Lust hatte, irgendjemanden zu treffen. Stattdessen legte sie sich mit einem Buch über antike Geschichte ins Bett. Um kurz vor Mitternacht schlief sie ein.

13. Kapitel
Dienstag, 17. Mai

Monica Figuerola wachte am Dienstagmorgen um zehn nach sechs auf, joggte ein bisschen am Wasser entlang, duschte und stempelte um zehn nach acht im Polizeigebäude ein. Sie verbrachte die Morgenstunden damit, eine schriftliche Zusammenfassung der Erkenntnisse des vorigen Tages zu erstellen.

Um neun Uhr kam Torsten Edklinth. Sie gab ihm zwanzig Minuten Zeit, um seine morgendliche Post zu erledigen, ging dann zu seiner Tür und klopfte. Sie wartete zehn Minuten, bis er ihre Zusammenfassung durchgelesen hatte. Schließlich blickte er auf und sah sie an.

»Der Amtschef ...«, sagte er nachdenklich.

Sie nickte.

»Er muss die zeitweilige Versetzung von Mårtensson genehmigt haben. Also muss er auch wissen, dass Mårtensson gar nicht in der Gegenspionage arbeitet, was er laut Personenschutz tut.«

Edklinth nahm seine Brille ab, griff sich eine Papierserviette und begann gründlich zu polieren. Er überlegte. Den Amtschef Albert Shenke hatte er bei Sitzungen und internen Konferenzen unzählige Male getroffen, doch konnte er nicht gerade behaupten, ihn sonderlich gut zu kennen. Er hatte dünnes rotblondes Haar, war relativ klein und im Laufe der Jahre immer korpulenter geworden.

Er wusste, dass Shenke gut 55 Jahre alt war und seit mindestens fünfundzwanzig Jahren bei der RPF/Sich arbeitete. Edklinth empfand ihn als schweigsamen Menschen, der hart durchgreifen konnte, wenn nötig. Womit sich der Amtschef in seiner Freizeit beschäftigte, wusste er nicht, aber er glaubte sich zu erinnern, dass er ihn mal mit Golfschlägern über der Schulter in der Garage des Polizeigebäudes gesehen hatte. Er war ihm auch einmal zufällig in der Oper begegnet.

»Eines ist mir besonders aufgefallen«, sagte sie.

»Und zwar?«

»Evert Gullberg. Er hat in den 40er-Jahren seinen Militärdienst abgeleistet und wurde dann Anwalt für Steuerrecht. Doch in den 50er-Jahren verlieren sich seine Spuren.«

»Und?«

»Als wir über diese Sache sprachen, haben wir ihn behandelt, als wäre er ein Auftragskiller gewesen.«

»Ich weiß, es klingt weit hergeholt, aber …«

»Sowohl das Informationsbüro als auch die SiPo haben doch in den 50er- und 60er-Jahren Unternehmen außerhalb des Hauses ins Leben gerufen …«

Torsten Edklinth nickte.

»Ich hatte mich schon gefragt, wann Sie diese Möglichkeit in Betracht ziehen würden.«

»Ich bräuchte eine Genehmigung, um die Personalakten der 50er-Jahre einsehen zu dürfen.«

»Nein«, widersprach Edklinth und schüttelte den Kopf. »Ohne Genehmigung des Amtschefs können wir nicht ins Archiv gehen, und wir wollen keine Aufmerksamkeit erregen, solange wir noch nicht mehr in der Hand haben.«

»Wie wollen wir dann weitermachen?«

»Mårtensson«, sagte Edklinth. »Finden Sie raus, was er momentan so treibt.«

Lisbeth Salander betrachtete gerade das Fenster ihres abgeschlossenen Krankenzimmers, da hörte sie den Schlüssel in der Tür. Dr. Anders Jonasson trat ein. Es war schon nach zehn Uhr abends, und er unterbrach sie mitten in den Planungen eines Ausbruchsversuchs aus dem Sahlgrenska-Krankenhaus.

Den Schacht hatte sie schon ausgemessen und festgestellt, dass ihr Kopf hindurchpasste und sie wohl auch keine sonderlichen Schwierigkeiten haben würde, auch den Rest ihres Körpers hindurchquetschen. Sie befand sich zwar im dritten Stock, aber eine Kombination aus zerrissenen Bettlaken und dem drei Meter langen Verlängerungskabel einer Bodenlampe würde auch dieses Problem lösen.

In Gedanken hatte sie ihre Flucht schon Schritt für Schritt geplant. Nur die Kleidung stellte noch ein Problem dar. Sie hatte Unterhosen und ein Nachthemd und ein paar Plastiksandalen zur Verfügung gestellt bekommen. Ihr einziges Bargeld waren die 200 Kronen, die Annika Giannini ihr gegeben hatte, damit sie sich mal etwas Süßes am Krankenhauskiosk kaufen konnte. Das würde für billige Jeans und ein T-Shirt im Secondhandshop reichen, vorausgesetzt, sie fand einen in Göteborg. Der Rest des Geldes musste für einen Anruf bei Plague reichen. Danach würde sich schon alles lösen. Sie hatte vor, wenige Tage nach ihrem Ausbruch in Gibraltar zu landen und sich danach irgendwo in der Welt eine neue Existenz aufzubauen.

Anders Jonasson nickte und nahm auf dem Besucherstuhl Platz. Sie setzte sich auf die Bettkante.

»Hallo, Lisbeth. Entschuldigen Sie, dass ich Sie in den letzten Tagen nicht besuchen konnte, aber in der Notaufnahme war einfach die Hölle los. Außerdem muss ich mich noch um ein paar junge Ärzte kümmern, die bei mir promovieren.«

Sie nickte. Dass Dr. Jonasson extra Besuche bei ihr machen würde, hatte sie auch nie erwartet.

Er nahm sich ihr Krankenblatt vor und studierte ihre Fieberkurve und die Medikation. Ihre Temperatur lag jetzt konstant zwischen 37 und 37,2 Grad, und in der letzten Woche hatte sie kein einziges Mal Kopfschmerztabletten bekommen.

»Dr. Endrin ist ja Ihre betreuende Ärztin. Kommen Sie gut mit ihr zurecht?«

»Sie ist okay«, erwiderte Lisbeth ohne größeren Enthusiasmus.

»Ist es okay, wenn ich Sie auch noch mal kurz untersuche?«

Sie nickte. Er zog eine kleine Lampe aus der Tasche, beugte sich vor und leuchtete ihr in die Augen, um zu beobachten, wie sich ihre Pupillen zusammenzogen und erweiterten. Er bat sie, den Mund zu öffnen, und sah ihr in den Rachen. Dann legte er ihr vorsichtig die Hände um den Hals und drehte ihren Kopf ein paarmal vor, zurück und zur Seite.

»Sie haben keine Beschwerden im Genick?«, erkundigte er sich.

Sie schüttelte den Kopf.

»Wie sieht es mit dem Kopfweh aus?«

»Manchmal hab ich welches, aber das geht vorbei.«

»Der Heilungsprozess ist noch nicht abgeschlossen. Die Kopfschmerzen werden allmählich verschwinden.«

Sie hatte immer noch so kurze Haare, dass er nur ein kleines Büschelchen beiseiteschieben musste, um die Narbe über dem Ohr zu ertasten. Sie heilte problemlos, aber es war immer noch ein wenig Wundschorf darauf.

»Sie haben wieder am Schorf gekratzt. Das sollten Sie wirklich lassen.«

Lisbeth nickte. Er fasste sie am linken Ellbogen und hob ihren Arm.

»Können Sie den Arm allein heben?«

Sie streckte den Arm nach oben.

»Haben Sie Schmerzen oder irgendwelche anderen Beschwerden in der Schulter?«

Sie schüttelte den Kopf.

»Spannt das?«

»Ein bisschen.«

»Ich glaube, Sie müssen die Schultermuskulatur noch ein bisschen mehr trainieren.«

»Das ist schwierig, wenn man so eingesperrt ist.«

Er lächelte sie an.

»Das wird nicht ewig dauern. Machen Sie die Übungen, die Ihr Therapeut Ihnen empfiehlt?«

Sie nickte.

Dr. Jonasson zückte sein Stethoskop und hielt es kurz an sein Handgelenk, um es anzuwärmen. Dann setzte er sich auf die Bettkante, knöpfte ihr Nachthemd auf, hörte ihr Herz ab und maß den Puls. Er bat sie, sich vorzubeugen, und legte ihr das Stethoskop auf den Rücken, um die Lungen abzuhören.

»Husten, bitte.«

Sie hustete.

»Danke. Sie können das Hemd wieder zuknöpfen. Medizinisch gesehen sind Sie mehr oder weniger wiederhergestellt.«

Sie nickte. Lisbeth erwartete, dass er jetzt aufstehen und versprechen würde, in ein paar Tagen wieder vorbeizuschauen, aber er blieb auf seinem Stuhl sitzen. Eine geraume Weile saß er so da und schien über irgendetwas nachzudenken. Lisbeth wartete geduldig.

»Wissen Sie, warum ich Arzt geworden bin?«, fragte er plötzlich.

Sie schüttelte den Kopf.

»Ich stamme aus einer Arbeiterfamilie. Ich wollte immer schon Arzt werden. Als Jugendlicher dachte ich sogar, ich würde Psychiater werden. Ich war ganz schrecklich intellektuell.«

Lisbeth betrachtete ihn plötzlich mit gesteigerter Aufmerksamkeit, als er das Wort »Psychiater« fallen ließ.

»Aber ich war nicht sicher, ob ich das Studium schaffen würde. Nach dem Abitur machte ich erst mal eine Schweißerlehre und arbeitete ein paar Jahre in diesem Beruf.«

Er nickte, um zu bekräftigen, dass er die Wahrheit sagte.

»Ich hielt das für eine gute Idee, damit ich etwas in der Hand hatte, wenn mein Medizinstudium scheitern würde. Und Schweißer und Arzt sind keine so himmelweit verschiedenen Berufe. In beiden Fällen muss man etwas zusammenflicken. Und jetzt arbeite ich eben hier im Sahlgrenska und flicke Leute wie Sie zusammen.«

Sie runzelte die Stirn und überlegte misstrauisch, ob er sie gerade durch den Kakao zog. Doch er sah ganz ernst aus.

»Lisbeth … ich frage mich …«

Er brach ab und schwieg so lange, dass Lisbeth fast schon fragen wollte, was er eigentlich von ihr wolle. Aber sie konnte sich beherrschen und wartete.

»Darf ich Ihnen eine sehr private und persönliche Frage stellen? Und zwar als Privatperson, nicht als Arzt. Ich werde Ihre Antwort nicht notieren und auch mit keinem anderen Menschen darüber reden. Wenn Sie nicht wollen, brauchen Sie mir auch nicht zu antworten.«

»Was ist es denn?«

»Es ist eine sehr indiskrete und persönliche Frage.«

Sie sah ihm in die Augen.

»Seit Sie als Zwölfjährige in St. Stefan in Uppsala eingesperrt waren, haben Sie jedem Psychiater, der mit Ihnen sprechen wollte, die Antwort verweigert. Woher kommt das?«

Lisbeths Blick verfinsterte sich leicht. Sie betrachtete Dr. Jonasson mit ausdruckslosen Augen. Zwei Minuten lang saß sie einfach da und sagte kein Wort.

»Warum fragen Sie?«, wollte sie schließlich wissen.

»Ehrlich gesagt, ich weiß es selbst nicht genau. Ich glaube, ich möchte nur etwas verstehen.«

Ihr Mund kräuselte sich ganz leicht.

»Ich rede nicht mit den Ärzten in der Klapse, weil die sowieso nie zuhören, was ich sage.«

Dr. Jonasson nickte und musste auf einmal loslachen.

»Okay. Sagen Sie … was halten Sie von Dr. Teleborian?«

Jonasson hatte den Namen so unerwartet in den Raum geworfen, dass Lisbeth fast zusammenzuckte. Ihre Augen verengten sich.

»Was zum Teufel wird das hier eigentlich? Worauf wollen Sie hinaus?«

Ihre Stimme klang plötzlich wie Sandpapier. Anders Jonasson beugte sich so weit zu ihr vor, dass er fast in ihr persönliches Territorium eindrang.

»Weil ein … wie haben Sie das ausgedrückt … Arzt aus der Klapse namens Peter Teleborian, der in meinem Berufsstand nicht ganz unbekannt ist, in den letzten Tagen zweimal bei mir aufgetaucht ist und versucht hat, sich eine Möglichkeit zu verschaffen, Sie zu untersuchen.«

Auf einmal lief es Lisbeth eiskalt den Rücken herunter.

»Das Gericht wird ihn damit beauftragen, ein rechtspsychiatrisches Gutachten über Sie zu erstellen.«

»Und?«

»Ich mag diesen Teleborian nicht. Ich habe ihm den Zutritt verweigert. Beim letzten Mal ist er unangemeldet in der Abteilung aufgetaucht und hat versucht, sich über eine Krankenschwester hier reinzumogeln.«

Lisbeth presste die Lippen zusammen.

»Sein Auftreten war schon ein klein wenig sonderbar, auch ein bisschen übereifrig. Deswegen frage ich jetzt Sie, was Sie von ihm halten.«

Diesmal war Anders Jonasson an der Reihe, geduldig auf Lisbeth Salanders Antwort zu warten.

»Teleborian ist ein Kotzbrocken!«, entgegnete sie schließlich.

»Gibt es da irgendetwas Persönliches zwischen Ihnen beiden?«

»Das kann man wohl sagen.«

»Ich habe auch mehrere Gespräche mit einer Person von

einer Behörde geführt, die wollte, dass ich Teleborian zu Ihnen vorlasse.«

»Und?«

»Ich habe ihn gefragt, ob er die medizinische Kompetenz hätte, Ihren Zustand zu beurteilen, und dann habe ich ihm gesagt, er soll sich zum Teufel scheren. Obwohl ich meine Worte natürlich ein wenig diplomatischer gewählt habe.«

»Okay.«

»Eine letzte Frage noch. Warum haben Sie mir das erzählt?«

»Sie haben doch gefragt.«

»Ja. Aber ich bin Arzt, und ich habe auch Psychiatrie studiert. Warum sprechen Sie also mit mir? Darf ich das so verstehen, dass Sie ein gewisses Maß an Vertrauen zu mir haben?«

Sie gab keine Antwort.

»Dann verstehe ich das jetzt einfach so. Sie müssen wissen, dass Sie meine Patientin sind, deswegen arbeite ich für Sie und für keinen anderen.«

Sie sah ihn misstrauisch an. Eine Weile blieb auch er stumm und betrachtete sie. Dann sprach er in einem leichteren Ton weiter.

»Rein medizinisch gesehen sind Sie mehr oder weniger wieder genesen. Sie brauchen noch ein paar Wochen Reha. Aber leider sind Sie schon wieder sehr gesund.«

»Leider?«

»Ja.« Er lächelte sie fröhlich an. »Es geht Ihnen viel zu gut.«

»Was wollen Sie damit sagen?«

»Das bedeutet, dass ich keine medizinischen Gründe mehr aufführen kann, Sie hierzubehalten, und dass der Staatsanwalt Sie bald ins Untersuchungsgefängnis nach Stockholm überführen lassen kann, wo Sie dann auf Ihren Prozess warten, der in sechs Wochen stattfindet. Ich vermute, nächste Woche wird man einen entsprechenden Antrag stellen. Und das heißt wiederum, dass Dr. Teleborian Gelegenheit bekommen wird, Sie zu untersuchen.«

Sie saß ganz still in ihrem Bett. Anders Jonasson wirkte zerstreut, als er sich vorbeugte und ihr das Kissen zurechtrückte. Er sprach so, als würde er nur laut nachdenken.

»Sie haben weder Kopfschmerzen noch das geringste bisschen Fieber, also wird Dr. Endrin höchstwahrscheinlich Ihre Entlassungspapiere ausstellen.«

Plötzlich stand er auf.

»Danke, dass Sie mit mir gesprochen haben. Ich werde noch einmal vorbeikommen und Sie besuchen, bevor Sie weggehen.«

Er war schon an der Tür, als sie sagte:

»Dr. Jonasson.«

Er drehte sich zu ihr um.

»Danke.«

Er nickte noch einmal kurz, bevor er hinausging und die Tür hinter sich schloss.

Lisbeth Salander blieb noch lange so sitzen und starrte auf die verschlossene Tür. Schließlich lehnte sie sich zurück und blickte an die Decke.

Erst jetzt bemerkte sie, dass unter ihrem Kissen irgendetwas Hartes lag. Als sie das Kissen anhob, entdeckte sie zu ihrer Überraschung eine kleine Stofftasche, die sich vorher definitiv noch nicht dort befunden hatte. Sie machte sie auf und starrte verständnislos auf einen Palm Tungsten T3 und ein Ladegerät. Dann nahm sie den Palm näher in Augenschein und entdeckte einen kleinen Kratzer am oberen Rand. Ihr Herz schlug schneller. *Das ist ja mein Palm. Aber wie …* Verblüfft blickte sie wieder auf die verschlossene Tür. Dr. Jonasson steckte voller Überraschungen. Plötzlich war sie ganz aufgeregt. Sofort startete sie den Palm und entdeckte ebenso schnell, dass er mit einem Passwort gesichert war.

Frustriert starrte sie auf den Bildschirm, der sie herausfordernd anblinkte. *Und wie zum Teufel soll ich bitte …* Sie sah noch einmal in die Stofftasche und entdeckte einen zusammengefalteten Zettel am Boden. Sie faltete ihn auseinander und las eine Zeile in säuberlicher Handschrift:

Du bist die Hackerin. Finde es selbst raus! Kalle B.

Zum ersten Mal seit mehreren Wochen musste Lisbeth richtig lachen. Sie überlegte ein paar Sekunden. Dann drückte sie die Ziffernkombination 9277, die auf der Tastatur den Buchstaben WASP entsprach. Das war der Code, den Kalle Fucking Blomkvist hatte herausfinden müssen, als er unaufgefordert in ihre Wohnung in der Fiskargatan eingedrungen war und den Einbruchsalarm ausgelöst hatte.

Es funktionierte nicht.

Sie versuchte es mit 52553, was den Buchstaben KALLE entsprach.

Das funktionierte auch nicht. Da Kalle Fucking Blomkvist wahrscheinlich wollte, dass sie den Palm benutzte, musste er irgendein einfaches Passwort gewählt haben. Er hatte mit »Kalle« unterschrieben, seinem verhassten Spitznamen. Sie assoziierte. Sie überlegte eine Weile. Es musste eine Beleidigung sein. Dann gab sie 74774 ein, die Entsprechung der Buchstabenfolge PIPPI.

Brav ging der Palm an.

Auf dem Bildschirm erschien ein Smiley mit einer Sprechblase daneben:

Sieh mal einer an – war ja wohl nicht so schwer. Ich schlage vor, du klickst einfach auf gespeicherte Dokumente.

Sie fand sofort das Dokument mit dem Namen »Hallo Sally«, das ganz oben stand. Sie klickte es an und las.

Eins vorneweg – diese Sache hier bleibt unter uns. Deine Anwältin, meine Schwester Annika, hat keine Ahnung, dass du Zugang zu diesem Computer hast. Und so muss das auch bleiben.

Ich weiß nicht, wie viel du von dem mitbekommst, was außerhalb deines Zimmers passiert, aber seltsamerweise hast du (trotz deines Charakters) eine ganze Reihe loyaler Blödmänner, die für dich arbeiten. Wenn das hier vorbei ist, werde ich einen gemeinnützigen Verein gründen, den ich »Die Ritter der Verrückten Tafelrunde« nennen werde. Die einzige Aufgabe dieses Vereins wird darin bestehen, einmal im Jahr zu einem Abendessen zusammenzukommen und nach Herzenslust über dich herzuziehen. (Nein – du wirst nicht dazu eingeladen.)
Na gut, also zur Sache. Annika bereitet gerade den Prozess vor. Ein Problem in diesem Zusammenhang ist natürlich, dass sie für dich arbeitet und sich eisern an diesen ganzen bescheuerten Privatsphärenquark hält. Das bedeutet, dass sie mir nicht mal erzählt, was ihr beide besprecht, und das ist in dieser Situation schon ein gewisses Handicap. Gott sei Dank nimmt sie wenigstens Informationen von mir an.
Wir müssen reden, du und ich.
Benutze nicht meine Mailadresse.
Vielleicht bin ich paranoid, aber ich habe guten Grund zu der Annahme, dass ich nicht der Einzige bin, der meine Mails liest. Wenn du etwas schicken willst, musst du stattdessen zu der Yahoo-Group [Verrückte_Tafelrunde] gehen. Die ID heißt Pippi und das Passwort p9i2p7p7i. / Mikael

Lisbeth las Mikaels Brief zwei Mal und sah verblüfft auf ihren Palm. Nach einer Phase völligen Datenzölibats hatte sie totale Cyber-Entzugserscheinungen. Sie fragte sich, ob Kalle Fucking Blomkvist sein Hirn eingeschaltet hatte, als er einen Computer zu ihr schmuggeln ließ, aber vergaß, dass sie ein Handy brauchte, um ins Netz zu kommen.

Während sie so dalag und überlegte, hörte sie plötzlich Schritte auf dem Flur. Sofort schaltete sie den Palm aus und schob ihn unter ihr Kissen. Als sie hörte, wie der Schlüssel ins Schloss gesteckt wurde, sah sie, dass die Stofftasche und das Ladegerät immer noch auf dem Nachttisch lagen. Schnell streckte sie die Hand aus, zog die Tasche unter ihre Bettdecke und drückte sich den Kabelsalat zwischen die Beine. Dann blieb sie regungslos liegen und starrte an die Decke, als die Nachtschwester hereinkam und fragte, wie es ihr gehe und ob sie etwas brauche.

Lisbeth erklärte, es gehe ihr gut und sie hätte gern eine Schachtel Zigaretten. Dieser Wunsch wurde ihr freundlich, aber bestimmt abgeschlagen. Stattdessen bekam sie ein Päckchen Nikotinkaugummis. Als die Nachtschwester die Tür zumachte, konnte Lisbeth einen kurzen Blick auf den Securitas-Wachmann erhaschen, der auf einem Stuhl im Korridor saß. Sie wartete, bis die Schritte sich entfernt hatten, und zog dann wieder ihren Palm hervor.

Sie schaltete ihn ein und versuchte, ins Internet zu gelangen. Es war fast ein Schock, als der Palm ihr plötzlich mitteilte, dass er eine Verbindung hatte. *Kontakt mit dem Netz. Unmöglich.*

Sie sprang so schnell aus dem Bett, dass ihre verletzte Hüfte wieder wehtat. Verblüfft sah sie sich im Zimmer um. Wie war das möglich? Langsam drehte sie eine Runde und untersuchte jeden Winkel. *Nein, es ist kein Handy im Raum.* Trotzdem hatte sie Verbindung zum Internet. Doch dann breitete sich ein schiefes Grinsen auf ihrem Gesicht aus. Die Verbindung war drahtlos und via Bluetooth an ein Handy gekoppelt, das eine Reichweite von zehn bis zwölf Metern hatte. Ihr Blick glitt zu einem Schacht knapp unter der Decke.

Kalle Fucking Blomkvist hatte direkt neben ihrem Zimmer ein Handy deponiert. Das war die einzig mögliche Erklärung.

Aber warum hatte er nicht auch gleich das Telefon mit hereinschmuggeln lassen ... *Natürlich. Der Akku.*

Ihr Palm musste nur jeden dritten Tag aufgeladen werden. Ein eingeschaltetes Handy, über das sie viel im Internet surfte, würde seine Batterien im Handumdrehen aufbrauchen. Blomkvist oder vielmehr eine Person, die er dafür engagiert hatte, musste in regelmäßigen Abständen den Akku austauschen.

Doch das Ladegerät für den Palm hatte er ihr mitgegeben. Das musste sie immer in Reichweite haben. Aber es war einfacher, einen Gegenstand zu verstecken als zwei. Eigentlich war er ja gar nicht so blöd.

Lisbeth dachte als Erstes darüber nach, wo sie den Palm verstecken wollte. Neben der Tür war eine Steckdose und eine weitere an der Wand hinter dem Nachttisch. Das dortige Paneel versorgte auch ihre Nachttischlampe und ihre Digitaluhr mit Strom. Ein Radio, das sich früher auch darin befunden hatte, war herausgenommen worden, sodass ein Hohlraum entstanden war. Sie lächelte. Dort passten sowohl das Ladegerät als auch der Palm hinein. Um den Palm am Tag aufzuladen, konnte sie die Steckdose an ihrem Nachttisch benutzen.

Lisbeth Salander war glücklich. Ihr Herz pochte, als sie zum ersten Mal seit zwei Monaten den Palm hochfuhr und ins Internet ging.

Auf einem Palm mit seinem winzig kleinen Bildschirm zu surfen war zwar nicht dasselbe wie auf einem PowerBook mit 17-Zoll-Bildschirm. *Aber sie war im Netz.* Von ihrem Bett aus konnte sie jetzt die ganze Welt erreichen.

Sie öffnete eine private Homepage, die Werbung für ziemlich uninteressante Bilder eines nicht sonderlich begabten Amateurfotografen namens Gill Bates in Jobsville, Pennsylvania, machte. Lisbeth hatte einmal nachgesehen und festgestellt, dass der Ort Jobsville gar nicht existierte. Trotzdem hatte Bates über zweihundert Bilder von der Gemeinde gemacht, die er in seiner Internetgalerie ausstellte. Sie scrollte bis zu Bild 167 und klickte auf »Vergrößern«. Das Bild stellte die Kirche in Jobsville dar. Sie ging mit dem Cursor auf die Kirchturmspitze und klickte. Sofort erschien ein Fenster, das nach ID und Passwort fragte. Mit ihrem digitalen Stift schrieb sie *Remarkable* in das ID-Feld und gab *A(89)Cx#magnolia* als Passwort ein.

Dann erschien ein Fenster mit dem Text [ERROR – You have the wrong password] und einem anklickbaren Feld [OK – Try again]. Lisbeth wusste, wenn sie auf dieses Feld klickte, würde sie nur wieder dasselbe Fenster bekommen – egal wie lange sie es versuchte. Stattdessen klickte sie nun auf den Buchstaben »O« im Wort »ERROR«.

Der Bildschirm wurde schwarz. Dann öffnete sich eine animierte Tür, und eine Figur, die aussah wie Lara Croft, kam heraus. Es erschien eine Sprechblase, mit dem Text [WHO GOES THERE?].

Lisbeth klickte auf die Sprechblase und schrieb das Wort *Wasp*. Sofort kam die Antwort: [PROVE IT – OR ELSE ...], wobei die animierte Lara Croft eine Pistole entsicherte. Lisbeth wusste, dass diese Drohung ernst gemeint war. Wenn sie dreimal das falsche Passwort schrieb, würde die Seite verschwinden und der Name Wasp aus der Mitgliederliste gestrichen. Sorgfältig schrieb sie das Passwort: *MonkeyBusiness*.

Erneut veränderte der Bildschirm sein Aussehen. Nun hatte sie einen blauen Hintergrund vor sich, mit folgendem Text:

> Welcome to Hacker Republic, citizen Wasp. It is 56 days since your last visit. There are 10 citizens online. Do you want to (a) Browse the Forum (b) Send a Message (c) Search the Archive (d) Talk (e) Get Laid?

Sie klickte auf [(d) Talk] und ging dann zur Menüzeile [Who's online?], wo sie eine Liste der Namen erhielt: Andy, Bambi, Dakota, Jabba, BuckRogers, Mandrake, Pred, Slip, SisterJen, SixOfOne und Trinity.

Hi gang, schrieb Wasp.

Wasp. That really U?, schrieb SixOfOne sofort. *Look who's home.*

Wo bist du denn gewesen?, fragte Trinity.

Plague meinte, du hast voll den Ärger, schrieb Dakota.

Lisbeth war nicht sicher, aber sie hatte den Verdacht, dass

Dakota eine Frau war. Die anderen Bürger, die jetzt online waren, inklusive SisterJen, waren alles Jungs. Hacker Republic hatte insgesamt zweiundsechzig aktive Bürger, unter denen sich vier Frauen befanden.

Hallo, Trinity, schrieb Lisbeth. *Hallo, alle zusammen.*

Warum begrüßt du Trinity extra? Habt ihr zwei was am Start, oder stimmt mit uns andern irgendwas nicht?, wollte Dakota wissen.

Wir hatten ein paar Dates, schrieb Trinity. *Wasp gibt sich nur mit intelligenten Menschen ab.*

Was ihm sofortige Beschimpfungen von den fünf anderen Teilnehmern einbrachte.

Von ihren zweiundsechzig Bürgern hatte Wasp nur zwei von Angesicht zu Angesicht getroffen. Plague, der ungewöhnlicherweise nicht online war, war der eine. Trinity der andere. Er war Engländer und wohnte in London. Vor zwei Jahren hatte sie ihn für ein paar Stunden getroffen, als er Mikael Blomkvist und ihr bei der Jagd auf Harriet Vanger half, indem er ein privates Telefon in dem hübschen kleinen Vorort St. Albans illegal abhörte. Lisbeth fummelte mit ihrem unhandlichen digitalen Stift und wünschte, sie hätte eine richtige Tastatur.

Bist du noch da?, erkundigte sich Mandrake.

Sie buchstabierte.

Sorry. Hab bloß einen Palm. Das geht ziemlich langsam.

Was ist mit deinem Computer passiert?, fragte Pred.

Mein Computer ist okay. Ich selbst hab hier die Probleme.

Erzähl's deinem großen Bruder, schrieb Slip.

Ich bin eine Gefangene des Staates.

Was? Warum?, kam es sofort von drei Chattern.

Lisbeth fasste ihre Situation in fünf Zeilen zusammen, was mit bekümmertem Gemurmel quittiert wurde.

Wie geht es dir?, fragte Trinity.

Ich hab ein Loch im Schädel.

Ich kann keinen Unterschied bemerken, stellte Bambi fest.

Wasp hatte schon immer Luft im Schädel, sagte SisterJen, was von einer Reihe gemeiner Schmähungen von Wasps Geistesgaben bestätigt wurde. Lisbeth lächelte. Dakota führte schließlich die Unterhaltung weiter.

Wartet. Das ist ein Angriff auf eine Bürgerin der Hacker Republic. Wie sollen wir darauf reagieren?

Kernwaffenangriff auf Stockholm?, schlug SixOfOne vor.

Nein, das wäre übertrieben, meinte Wasp.

Eine winzig kleine Bombe nur?

Red keinen Scheiß, SixOO.

Wir könnten Stockholm lahmlegen, schlug Mandrake vor.

Wie wär's mit einem Virus, der die Regierung lahmlegt?

Die Bürger der Hacker Republic verbreiteten normalerweise keine Viren. Im Gegenteil – sie waren Hacker und daher unversöhnliche Gegner all der Idioten, die Viren verschickten, die nur das Netz sabotieren und Computer beschädigen sollten. Sie hingegen waren Informationsjunkies und wollten ein funktionierendes Netz, das sie hacken konnten.

Hingegen war der Vorschlag, die schwedische Regierung lahmzulegen, keine leere Drohung. Hacker Republic stellte einen sehr exklusiven Klub dar, zu dem nur die Besten der Besten gehörten, eine Elitetruppe, für die jedes Militär der Welt eine enorme Summe bezahlt hätte, um sie für cybermilitärische Zwecke einsetzen zu können. Wenn die *citizens* denn diese Art von Loyalität gegenüber einem Staat hätten empfinden können. Was nicht allzu wahrscheinlich war.

Aber sie waren samt und sonders *computer wizards* und kaum unerfahren zu nennen, wenn es um das Entwickeln von Computerviren ging. Man musste sie auch nicht lange bitten, besondere Kampagnen zu starten, wenn die Situation es erforderte. Vor ein paar Jahren hatte ein Dotcom-Unternehmen einen *citizen* der Hacker Republic, der im zivilen Leben Softwareentwickler in Kalifornien war, um sein Patent betrogen und obendrein noch die Frechheit besessen, diesen vor Gericht zu zitieren. Woraufhin sämtliche Bürger in Hacker Republic ein halbes Jahr lang aufsehenerregende Energie in das Projekt steckten, jeden Computer zu hacken und zu zerstören, der dem betreffenden Unternehmen gehörte. Jedes Geschäftsgeheimnis und jede Mail wurde – zusammen mit ein paar gefälschten Dokumenten, die sich so deuten ließen, dass der Geschäftsführer Steuern hinterzog – mit Hochgenuss ins Netz gestellt, ebenso wie Informationen über die heimliche Geliebte des Geschäftsführers und Bilder von einer Party in Hollywood, auf der er Kokain schnupfte. Das Unternehmen ging nach einem halben Jahr in Konkurs, doch noch Jahre später suchten besonders nachtragende Mitglieder der »Bürgermiliz« der Hacker Republic in regelmäßigen Abständen den ehemaligen Geschäftsführer heim.

Wenn sechzig der besten Hacker der Welt beschlossen, zu einem gemeinsamen Angriff gegen einen Staat zu blasen, würde der Staat das zwar überleben, aber nicht ohne spürbare Probleme. Wenn Lisbeth ihr Okay gab, würden sich die Kosten wahrscheinlich auf Milliarden belaufen. Sie überlegte kurz.

Noch nicht. Aber wenn die Dinge hier nicht so laufen, wie ich will, werde ich euch vielleicht um Hilfe bitten.

Gib uns einfach Bescheid, sagte Dakota.

Es ist schon eine Weile her, dass wir uns mit einer Regierung angelegt haben, meinte Mandrake.

Ich hab da einen Vorschlag, wie man das Steuersystem auf den Kopf stellen könnte. Das Programm ist wie maßgeschneidert für ein kleines Land wie Norwegen, schrieb Bambi.

Super, aber Stockholm liegt in Schweden, warf Trinity ein.

Ist doch scheißegal. Man könnte folgendermaßen …

Lisbeth Salander ließ sich in ihr Kissen zurücksinken und verfolgte die Diskussion mit einem schiefen Grinsen. Sie fragte sich, warum sie, die sich so schwertat, mit anderen Menschen zu reden, so unbekümmert ihre intimsten Geheimnisse im Internet diskutieren konnte. Doch wenn sie überhaupt eine Familie hatte, der sie sich zugehörig fühlte, dann waren es diese Verrückten, das war eine Tatsache. Eigentlich hatte keiner von ihnen die Möglichkeit, ihr bei ihren Problemen mit dem schwedischen Staat zu helfen. Aber sie wusste, dass die anderen, wenn nötig, eine erhebliche Menge Zeit und Energie investieren würden, um diesem Staat ihre Macht zu demonstrieren. Durch ihr Netzwerk ließ sich auch ein Versteck im Ausland organisieren. Dank Plagues Kontakten im Internet hatte sie sich auch einen norwegischen Pass besorgen können, der auf den Namen Irene Nesser ausgestellt war.

Lisbeth hatte keine Ahnung, wie die Bürger der Hacker Republic aussahen, und nur eine verschwommene Vorstellung davon, was sie außerhalb des Netzes so trieben – die Bürger waren bekannt für ihre vagen Aussagen über ihre Identitäten. SixOfOne zum Beispiel behauptete, er sei ein schwarzer, männlicher amerikanischer Staatsbürger katholischer Herkunft, wohnhaft in Toronto, Kanada. Er hätte aber genauso gut weiß, weiblich, evangelisch und wohnhaft in Skövde sein können.

Am besten kannte sie noch Plague – er hatte sie damals in die Familie eingeführt –, und ohne eine nachdrückliche Empfehlung konnte niemand Mitglied dieser exklusiven Gemeinschaft werden. Wer Mitglied werden wollte, musste daher mit einem anderen Bürger persönlich bekannt sein – in ihrem Fall war es Plague.

Im Netz war Plague ein intelligenter, sozial kompetenter Bürger. In Wirklichkeit war er ein stark übergewichtiger und sozial gestörter 30-jähriger Frührentner, der in Sundbyberg lebte. Er wusch sich viel zu selten, und seine Wohnung roch wie ein Affenhaus. Lisbeth besuchte ihn fast nie. Es reichte, wenn sie ihn im Netz traf.

Während der Chat weiterlief, lud Wasp Mails herunter, die an ihre private Mailbox in Hacker Republic gegangen waren. Eine Mail war vom Mitglied Poison und enthielt eine verbesserte Version ihres Programms *Asphyxia 1.3*, das für alle Bürger der Republik frei zugänglich im Archiv lag. *Asphyxia* war ein Programm, mit dem man die Computer anderer Leute im Internet kontrollieren konnte. Poison erklärte, er habe das Programm schon erfolgreich angewendet, und seine neueste Version umfasse die letzten Versionen von Unix, Apple und Windows. Sie mailte kurz zurück und bedankte sich für das Patch.

In der nächsten Stunde, während es in den USA langsam Abend wurde, kam noch ein halbes Dutzend *citizens* online, hieß Wasp willkommen und beteiligte sich an der Diskussion. Als Lisbeth schließlich ausloggte, war man gerade bei der Frage, wie man den Computer des schwedischen Ministerpräsidenten dazu bringen könnte, höfliche, aber vollkommen bescheuerte Mails an die anderen Regierungschefs der Welt zu schicken. Es war bereits eine Arbeitsgruppe gegründet worden, um Klarheit in dieser Frage zu erlangen. Zum Abschluss buchstabierte Lisbeth noch einen kurzen Beitrag.

Unterhaltet euch gerne weiter, aber macht nichts, wozu ich nicht vorher mein Okay gegeben habe. Ich komme zurück, sobald ich wieder ins Netz kann.

Alle verabschiedeten sich herzlich und ermahnten sie, sich gut um das Loch in ihrem Schädel zu kümmern.

Als Lisbeth sich aus Hacker Republic ausloggte, ging sie zu [www.yahoo.com] und loggte sich in der privaten Nachrichtengemeinschaft [Verrückte_Tafelrunde] ein. Sie entdeckte, dass die Gruppe genau zwei Mitglieder hatte: sie selbst und Mikael Blomkvist. Die Mailbox enthielt eine einzige Mail, die vor zwei Tagen gesendet worden war. Sie trug den Betreff [Lies das zuerst.]

Hallo, Sally. Die Situation sieht derzeit folgendermaßen aus:

- Die Polizei hat deine Wohnung immer noch nicht gefunden und auch keinen Zugang zu der CD mit Bjurmans Vergewaltigung. Die CD ist ein ziemlich schweres Beweismittel, aber ich will sie ohne deine Erlaubnis nicht an Annika weitergeben. Ich habe auch die Schlüssel zu deiner Wohnung und den Pass von Irene Nesser.
- Dafür hat die Polizei aber deinen Rucksack, den du in Gosseberga dabeihattest. Ich weiß nicht, ob da irgendwas Ungutes drin war.

Lisbeth überlegte kurz. Na ja. Eine halb leere Thermoskanne Kaffee, ein paar Äpfel und Kleider zum Wechseln. Kein Grund zur Aufregung.

Du wirst wegen schwerer Körperverletzung beziehungsweise Mordversuchs an Zalatschenko angeklagt werden sowie wegen schwerer Körperverletzung an Carl-Magnus Lundin vom Svavelsjö MC in Stallarholmen – d.h., du hast ihn in den Fuß geschossen und ihm den Kieferknochen zertrümmert. Eine verlässliche Quelle innerhalb der Polizei hat mir jedoch verraten, dass die Beweislage in beiden Fällen ein wenig vage ist. Folgendes ist wichtig:

(1) Bevor Zalatschenko erschossen wurde, leugnete er alles und behauptete, Niedermann müsse dich angeschossen und im Wald vergraben haben. Er hat dich wegen Mordversuchs angezeigt. Der Staatsanwalt wird betonen, dass es schon das zweite Mal war, dass du versucht hast, Zalatschenko zu töten.

(2) Weder Magge Lundin noch Sonny Nieminen haben ein Wort darüber verraten, was in Stallarholmen geschehen ist. Lundin ist wegen der Entführung von Miriam Wu verhaftet worden. Nieminen ist wieder auf freiem Fuß.

Lisbeth überlegte und zuckte die Achseln. Das hatte sie alles schon mit Annika Giannini besprochen. Die Lage war übel, aber das waren alles keine Neuigkeiten für sie. Sie hatte offenherzig alles berichtet, was in Gosseberga geschehen war, hatte aber keine Details über Bjurman preisgegeben.

Fünfzehn Jahre lang wurde Zala geschützt, egal was er anstellte. Auf seiner Bedeutung gründeten ganze Karrieren. Ein paarmal half man Zala, indem man hinter ihm aufräumte, wenn er mal wieder etwas angestellt hatte. Das alles war kriminell. Schwedische Behörden haben geholfen, Verbrechen gegen Einzelpersonen zu vertuschen.
Wenn das bekannt wird, wird es zu einem politischen Skandal kommen, der sowohl die bürgerlich-konservativen als auch die sozialdemokratischen Regierungen betrifft. Es bedeutet aber vor allem, dass enthüllt werden wird, wie eine ganze Reihe von Beamten der SiPo eine kriminelle und unmoralische Tätigkeit unterstützt haben. Auch wenn die einzelnen Verbrechen schon verjährt sind, wird es einen Skandal geben, der auch eine Reihe politischer Schwergewichte betrifft.
Sie werden alles tun, um den Schaden zu begrenzen, und dabei wirst du plötzlich wieder ein Stein auf dem Spielbrett. Diesmal geht es aber nicht darum, ein Bauernopfer zu bringen – jetzt müssen sie die Schäden aktiv begrenzen, in ihrem eigenen Interesse. Also wollen sie dich drankriegen.

Lisbeth biss sich nachdenklich auf die Unterlippe.

Die Sache läuft folgendermaßen: Sie wissen, dass sie das Geheimnis um Zalatschenko nicht mehr lange hüten können. Ich kenne die Story, und ich bin Journalist. Sie wissen, dass ich sie früher oder später veröffentlichen werde. Das spielt jetzt auch keine so große Rolle mehr, denn er ist sowieso tot. Jetzt kämpfen sie um ihr eigenes Überleben. Daher stehen folgende Punkte ganz oben auf ihrer Tagesordnung:

(1) Sie müssen das Gericht (sprich: die Öffentlichkeit) davon überzeugen, dass der Beschluss, dich 1991 in St. Stefan einzusperren, eine richtige Entscheidung war – dass du also wirklich psychisch krank warst.
(2) Sie müssen die »Sache Salander« von der »Sache Zalatschenko« trennen. Sie versuchen sich also eine Position zu erarbeiten, in der sie sagen können, »ja, natürlich, Zalatschenko war ein Widerling, aber das

hatte überhaupt nichts mit der Entscheidung zu tun, seine Tochter einzusperren. Sie wurde eingesperrt, weil sie geisteskrank war – alle anderen Behauptungen sind frei erfundene Fantasien böswilliger Journalisten.«

(3) Das Problem ist natürlich: Wenn du im kommenden Prozess freigesprochen wirst, bedeutet das, dass du zurechnungsfähig bist, und das wiederum würde belegen, dass an der Zwangseinweisung 1991 etwas faul war. Somit werden sie um jeden Preis versuchen, dich per Gerichtsurteil wieder in eine geschlossene psychiatrische Anstalt einzuweisen. Wenn das Gericht zu dem Schluss kommt, dass du psychisch krank bist, dann wird das Interesse der Medien, sich weiter mit der Salander-Affäre zu beschäftigen, irgendwann abnehmen.

Verstehst du, was ich dir sagen will?

Lisbeth nickte. Das alles hatte sie sich selbst schon überlegt. Das Problem war nur, dass sie nicht so recht wusste, was sie dagegen tun sollte.

Lisbeth, mal ganz im Ernst: Diese Schlacht wird in den Massenmedien entschieden werden und nicht im Gerichtssaal. Leider wird der Prozess »zum Schutz deiner Privatsphäre« unter Ausschluss der Öffentlichkeit stattfinden.

Am selben Tag, als Zalatschenko erschossen wurde, ist in meine Wohnung eingebrochen worden. An der Tür waren keine Einbruchsspuren festzustellen, und es ist nichts angefasst oder verändert worden. Doch der Ordner aus Bjurmans Sommerhäuschen mit Björcks Bericht von 1991 ist verschwunden. Zur selben Zeit wurde meine Schwester überfallen und auch ihre Kopie gestohlen. Dieser Ordner ist dein wichtigstes Beweismittel.

Nach außen hin habe ich so getan, als hätten wir die Zalatschenko-Mappe jetzt verloren. In Wirklichkeit besitze ich eine dritte Kopie, die ich Armanskij geben werde. Ich habe mehrere Kopieen gemacht und diese an verschiedensten Stellen deponiert.

Die Gegenseite, also gewisse Beamten und gewisse Psychiater, bereitet sich zusammen mit Staatsanwalt Ekström natürlich auch auf den Prozess vor. Ich habe eine Quelle, die mich einigermaßen auf dem Laufenden hält, was dort passiert, aber ich nehme fast an, du kannst dir relevante Informationen leichter beschaffen als ich ... Sollte das der Fall sein, dann mach dich schleunigst an die Arbeit.

Der Staatsanwalt wird versuchen, dich per Gerichtsurteil in die geschlossene Psychiatrie zu schicken. Dabei steht ihm dein alter Bekannter Peter Teleborian zur Seite.

Annika kann nicht an die Öffentlichkeit gehen und eine Medienkampagne anzetteln, so wie die Staatsanwaltschaft ihr genehme Informationen an die Presse durchsickern lässt. Ihr sind die Hände gebunden.

Solchen Beschränkungen unterliege ich jedoch nicht. Ich kann genau das schreiben, was ich will – und außerdem habe ich dafür gleich eine ganze Zeitschrift als Forum.

Zwei wichtige Details fehlen noch:

(1) Erstens brauche ich einen Beweis dafür, dass Staatsanwalt Ekström auf ungebührliche Weise mit Teleborian zusammenarbeitet und man wieder mal darauf aus ist, dich ins Irrenhaus zu bringen. Ich will in der Lage sein, mich auf ein Talkshowsofa im Fernsehen zu setzen und Beweise vorzulegen, die die Argumente der Staatsanwaltschaft vernichten.

(2) Um einen Medienkrieg gegen die SiPo führen zu können, muss ich öffentlich über Dinge reden dürfen, die du wahrscheinlich als deine Privatangelegenheit betrachtest. Von Anonymität kann man in deiner Situation wohl leider nicht mehr reden, wenn man bedenkt, was seit Ostern so alles über dich geschrieben wurde. Ich muss in den Medien ein ganz neues Bild von dir aufbauen können, und dazu brauche ich dein Einverständnis. Verstehst du, was ich meine?

Sie öffnete das Archiv in [Verrückte_Tafelrunde]. Es enthielt sechsundzwanzig Dokumente verschiedener Größe.

14. Kapitel
Mittwoch, 18. Mai

Monica Figuerola stand am Mittwochmorgen um fünf Uhr auf und absolvierte eine ungewöhnlich kurze Joggingrunde, bevor sie duschte und in schwarze Jeans, ein weißes Oberteil und eine dünne graue Leinenjacke schlüpfte. Sie kochte Kaffee, den sie in eine Thermoskanne füllte, und strich sich ein paar Brote. Dann legte sie noch ein Pistolenhalfter an und holte ihre Sig Sauer aus dem Waffenschrank. Um kurz nach sechs saß sie in ihrem weißen Saab 9-5 und fuhr zur Vittangigatan in Vällingby.

Göran Mårtensson wohnte im obersten Geschoss eines Dreifamilienhauses. Am Dienstag hatte sie alles über ihn zusammengetragen, was sich in öffentlichen Archiven finden ließ. Er war unverheiratet, was aber nicht heißen musste, dass er nicht mit jemandem zusammenlebte. Keine Vermerke beim Gerichtsvollzieher, kein größeres Vermögen, er schien kein sonderlich ausschweifendes Leben zu führen. Außerdem war er selten krankgeschrieben.

Das einzig Bemerkenswerte an ihm war, dass er Lizenzen für nicht weniger als sechzehn Schusswaffen besaß. Zwei davon waren Jagdgewehre, die anderen Handfeuerwaffen verschiedenster Art. Solange er die Lizenz dafür hatte, war das freilich kein Verbrechen, aber Monica Figuerola hegte eine wohlbegründete Skepsis gegenüber Menschen, die Waffen horteten.

Der Volvo mit dem Nummernschild, das mit KAB anfing, stand ungefähr vierzig Meter von ihrem Standort entfernt. Sie goss sich eine halbe Tasse schwarzen Kaffee in einen Pappbecher und aß die Brote dazu. Danach schälte sie sich eine Orange und lutschte lange an jeder Spalte.

Bei der Morgenvisite fühlte Lisbeth Salander sich schlapp und hatte starkes Kopfweh. Sie bat um eine Schmerztablette, die sie ohne weitere Diskussion auch bekam.

Nach einer Stunde waren die Kopfschmerzen noch schlimmer geworden. Sie klingelte nach der Schwester und bat um eine weitere Tablette. Das nützte auch nichts. Gegen Mittag hatte sie so heftiges Kopfweh, dass die Schwester Dr. Endrin hinzurief, die nach einer kurzen Untersuchung starke schmerzstillende Tabletten verschrieb.

Lisbeth legte sich die Tabletten unter die Zunge und spuckte sie aus, sobald sie wieder allein war.

Gegen zwei Uhr nachmittags begann sie sich zu übergeben. Das wiederholte sich gegen drei Uhr.

Um vier Uhr kam Dr. Jonasson in die Abteilung, kurz bevor Dr. Helena Endrin nach Hause ging. Sie berieten sich eine Weile.

»Ihr ist übel, und sie hat starke Kopfschmerzen. Ich hab ihr ein starkes Schmerzmittel gegeben. Ich versteh gar nicht, was plötzlich mit ihr los ist … Sie hat sich in der letzten Zeit doch so gut entwickelt. Es könnte eine Grippe sein …«

»Hat sie denn Fieber?«, erkundigte sich Dr. Jonasson.

»Nein, nur 37,2 vor einer knappen Stunde. Keine nennenswerte Blutsenkung.«

»Okay. Ich behalte sie über Nacht im Auge.«

»Ich geh ja jetzt drei Wochen in Urlaub«, sagte Dr. Endrin. »Dann musst entweder du dich um sie kümmern oder Svantesson. Aber Svantesson hatte ja nicht so besonders viel mit ihr zu tun …«

»In Ordnung. Ich mach das schon, solange du Urlaub hast.«

»Gut. Wenn es eine Krise gibt oder du Hilfe brauchst, kannst du mich natürlich jederzeit anrufen.«

Sie statteten Lisbeth gemeinsam einen kurzen Besuch ab. Sie lag im Bett, hatte sich die Decke bis zur Nasenspitze hochgezogen und sah erbärmlich aus. Anders Jonasson legte ihr die Hand auf die Stirn und stellte fest, dass sie feucht war.

»Ich glaube, wir müssen eine kleine Untersuchung vornehmen.«

Er bedankte sich bei Dr. Endrin und wünschte ihr einen schönen Abend.

Gegen fünf entdeckte Dr. Jonasson, dass Lisbeths Temperatur plötzlich auf 37,8 gestiegen war, was auf ihrem Krankenblatt verzeichnet wurde. Er besuchte sie im Laufe des Abends noch dreimal und sah auf ihrem Krankenblatt, dass ihre Temperatur sich um die 38 Grad eingependelt hatte – zu hoch, um normal zu sein, zu niedrig, um ein wirkliches Problem darzustellen. Gegen acht ordnete er eine Röntgenaufnahme ihres Kopfes an.

Er konnte an den Aufnahmen zwar nichts Aufsehenerregendes entdecken, stellte aber fest, dass sich direkt neben dem Loch, in dem die Kugel gesteckt hatte, eine dunklere Partie fand. In ihrer Krankenakte benutzte er eine sorgfältig durchdachte und unverbindlich gehaltene Formulierung:

»Die Röntgenuntersuchung gibt keinen definitiven Aufschluss, aber der Zustand der Patientin hat sich im Laufe des Tages zweifellos rapide verschlechtert. Es kann nicht ausgeschlossen werden, dass eine kleinere Blutung vorliegt, die auf den Röntgenbildern nicht zu sehen ist. Bis auf Weiteres braucht die Patientin absolute Ruhe.«

Erika Berger hatte dreiundzwanzig neue Mails, als sie am Mittwochmorgen um halb sieben in der *SMP* eintraf.

Eine dieser Mails hatte den Absender <redaktion-sr@sverigesradio.com>. Der Text war kurz. Er enthielt nur ein einziges Wort:

NUTTE

Sie seufzte und hob den Zeigefinger, um die Mail zu löschen. Im letzten Moment änderte sie ihre Meinung. Sie blätterte im Posteingangsordner zurück und öffnete die Mail, die vor zwei Tagen gekommen war. Dort hatte der Absender <centralred@smpost.se> gelautet. *Hmm. Zwei Mails mit dem Wort »Nutte« und einem fingierten Absender aus der Welt der Medien.* Sie legte einen neuen Ordner an, den sie »MedienIdiot« taufte, und speicherte die beiden Mails darin ab. Dann wandte sie sich der morgendlichen Hausmitteilung zu.

Göran Mårtensson verließ seine Wohnung um 7 Uhr 40, setzte sich in seinen Volvo und fuhr Richtung City, bog dann aber in Richtung Stora Essingen und Gröndal nach Södermalm ab. Er fuhr die Hornsgatan hinunter und erreichte über die Brännkyrkagatan die Bellmansgatan. Nachdem er an der Kneipe Bishop's Arms links in die Tavastgatan eingebogen war, parkte er genau an der Ecke.

Monica Figuerola hatte ein Riesenglück. Genau als sie auf der Höhe des Bishop's Arms war, fuhr ein Lieferwagen weg und überließ ihr einen Parkplatz an der Bürgersteigkante der Bellmansgatan. Sie stand mit dem Kühler direkt an der Kreuzung Bellmansgatan und Tavastgatan. Von diesem Platz aus hatte sie einen hervorragenden Überblick über die gesamte Umgebung. Von Mårtenssons Volvo in der Tavastgatan konnte sie nur einen Teil seiner Heckscheibe sehen. Direkt vor ihr, am extrem steilen Abhang, der zum Pryssgränd hinunterführte, lag die Bellmansgatan 1. Sie sah die Fassade von der Seite und konnte daher die Haustür nicht beobachten, aber sobald jemand auf die Straße trat, würde sie es bemerken. Sie zweifelte nicht, dass Mårtenssons Aufmerksamkeit dieser Adresse galt. Das war die Haustür von Mikael Blomkvist.

Sie schaute sich um. Das Auto verlassen wollte sie nicht, weil ihr Äußeres einfach zu auffällig war.

Mikael Blomkvist trat um 9 Uhr 10 aus der Tür. Sie notierte sich die Zeit und sah, wie sein Blick über die Fußgängerbrücke an der oberen Bellmansgatan schweifte. Dann ging er den Hügel hinauf, direkt auf sie zu.

Sie öffnete das Handschuhfach und faltete einen Stadtplan auseinander, den sie auf den Beifahrersitz legte. Dann holte sie einen Notizblock hervor, zog einen Stift aus der Jackentasche, zückte ihr Handy und tat so, als würde sie telefonieren. Den Kopf hielt sie dabei gesenkt, sodass die Hand mit dem Telefon ihr Gesicht zum Teil verdeckte.

Sie sah, wie Mikael Blomkvist einen kurzen Blick in die Tavastgatan warf. Er wusste, dass er überwacht wurde, und musste Mårtenssons Wagen gesehen haben, aber er ging weiter, ohne sich etwas anmerken zu lassen.

Im nächsten Moment kam er an ihrem Auto vorbei. Monica Figuerola war vollauf damit beschäftigt, irgendeine Adresse auf ihrem Stadtplan zu lokalisieren, während sie gleichzeitig in ihr Handy sprach, doch sie bemerkte, dass Mikael Blomkvist ihr einen raschen Blick zuwarf, als er vorbeiging. *Begegnet seiner gesamten Umgebung mit Misstrauen.* Im rechten Außenspiegel sah sie seinen Rücken verschwinden, während er der Hornsgatan entgegenlief. Sie hatte ihn ein paarmal im Fernsehen gesehen, aber das war das erste Mal, dass sie ihn in Person sah. Er trug Jeans, T-Shirt und eine graue Jacke. Er trug eine Umhängetasche über der Schulter und machte lange, federnde Schritte. *Ganz hübscher Kerl eigentlich.*

Göran Mårtensson tauchte an der Ecke des Bishop's Arms auf und blickte Mikael Blomkvist nach. Er hatte eine ziemlich große Sporttasche umhängen und beendete gerade ein Telefongespräch auf dem Handy. Monica Figuerola erwartete, dass er Blomkvist folgen würde, aber zu ihrer Überraschung ging er die Straße nach links hinunter, zu Mikael Blomkvists Haustür. Im nächsten Moment passierte ein Mann im blauen Overall Monica Figuerolas Auto und schloss sich Mårtensson an. *Hallo, wo kommst du denn auf einmal her?*

Vor Blomkvists Haustür blieben die beiden stehen. Mårtensson gab den Code ein, und sie verschwanden im Treppenhaus. *Sie wollen die Wohnung kontrollieren. Was für eine Amateurveranstaltung.*

Dann hob Monica Figuerola den Kopf, sah in den Rückspiegel und zuckte zusammen, als sie plötzlich Mikael Blomkvist erblickte. Er war zurückgekommen und stand jetzt ungefähr zehn Meter hinter ihr, gerade nah genug, um Mårtensson und seinen Kompagnon dabei zu beobachten, wie sie den Hügel zur Bellmansgatan 1 hinuntergingen. Sie musterte sein Gesicht. Er sah sie nicht an. Doch Göran Mårtensson hatte er durch seine Haustür gehen sehen. Einen Augenblick später machte Blomkvist wieder kehrt und setzte seinen Weg zur Hornsgatan fort.

Monica Figuerola blieb dreißig Sekunden lang reglos sitzen. *Er weiß, dass er beschattet wird. Und er behält seine Umwelt genau im Auge. Aber warum tut er nichts? Jeder normale Mensch würde Himmel und Erde in Bewegung setzen … er muss irgendeinen Plan haben.*

Mikael Blomkvist legte auf und betrachtete nachdenklich seinen Notizblock auf dem Schreibtisch. Ein Anruf beim Kfz-Melderegister hatte ergeben, dass das Auto der blonden Frau, das ihm an der Ecke zur Bellmansgatan aufgefallen war, einer Monica Figuerola gehörte, geboren 1969, wohnhaft in der

Pontonjärgatan auf Kungsholmen. Da eine Frau im Auto gesessen hatte, nahm Mikael an, dass es Monica Figuerola selbst gewesen war.

Sie hatte mit dem Handy telefoniert und auf eine Karte geblickt, die sie auf dem Beifahrersitz ausgebreitet hatte. Blomkvist hatte keinen Grund zu der Annahme, dass sie etwas mit dem Zalatschenko-Klub zu tun hatte, aber er registrierte jede Veränderung, die sich in der Nähe seiner Wohnung abspielte.

Er hob die Stimme und rief Lottie Karim zu sich.

»Wer ist diese Frau? Besorg mir ein Passbild, ihre Arbeitsstelle und alles, was du über ihren Hintergrund recherchieren kannst.«

»Okay«, sagte Lottie Karim und kehrte wieder an ihren Schreibtisch zurück.

Der Finanzdirektor der *SMP*, Christer Sellberg, wirkte fast verblüfft. Er schob das Blatt mit den neun Punkten beiseite, das Erika Berger ihm auf der wöchentlichen Budgetsitzung vorgelegt hatte. Der Budgetverantwortliche Ulf Flodin wirkte bekümmert. Der Aufsichtsratsvorsitzende Borgsjö neutral wie immer.

»Das ist unmöglich«, sagte Sellberg mit einem höflichen Lächeln.

»Warum?«, erkundigte sich Erika Berger.

»Der Aufsichtsrat wird dem niemals zustimmen. Das hat ja überhaupt keinen Sinn und Verstand.«

»Fangen wir doch ganz von vorne an«, schlug Erika Berger vor. »Ich bin angestellt worden, um die *SMP* wieder in die Gewinnzone zu bringen. Um das tun zu können, brauche ich eine ausreichende Anzahl von kompetenten Mitarbeitern, nicht wahr?«

»Ja, aber ...«

»Ich kann den Inhalt einer Tageszeitung ja nicht aus dem Hut zaubern, indem ich in meinem Glaskasten sitze und ihn mir herbeiwünsche.«

»Ihnen sind die wirtschaftlichen Realitäten offenbar nicht ganz bewusst.«

»Das ist gut möglich. Aber ich verstehe mich darauf, wie eine Zeitung gemacht wird. Und die Wirklichkeit sieht so aus, dass das gesamte Personal der *SMP* in den letzten fünfzehn Jahren um hundertachtzehn Mitarbeiter gekürzt wurde. Die Hälfte davon mögen Grafiker gewesen sein, die durch neue Technik und so weiter überflüssig wurden, aber die Zahl der Reporter, die Texte produzieren, ist in dieser Zeit um ganze 48 Prozent gesunken.«

»Das war ein notwendiger Stellenabbau. Ohne den hätte die Zeitung schon lange dichtmachen müssen.«

»Wir wollen abwarten, was hier wirklich notwendig ist und was nicht. In den letzten drei Jahren sind achtzehn Reporterstellen gekürzt worden. Außerdem sind ganze neun Stellen derzeit nicht besetzt und werden nur hin und wieder mit Praktikanten aufgefüllt. Die Sportredaktion ist krass unterbesetzt. Seit über einem Jahr sind dort zwei freie Stellen nicht nachbesetzt worden.«

»Wir reden hier von Einsparungen. *So einfach ist das.*«

»In der Kulturredaktion sind drei Stellen nicht nachbesetzt worden. In der Wirtschaftsredaktion eine Stelle. Die Rechtsredaktion existiert praktisch gesehen überhaupt nicht … da haben wir einen Redaktionschef, der seine Berichte von der allgemeinen Nachrichtenredaktion bezieht. Und so weiter. Die *SMP* hat seit mindestens acht Jahren keine Berichterstattung mehr, was staatliche Ämter und Behörden angeht. Da sind wir völlig auf freiberufliche Mitarbeiter angewiesen und auf das Material, das uns die Nachrichtenagentur TT liefert … und wie Sie wissen, hat TT die betreffende Redaktion vor vielen Jahren ebenfalls geschlossen. Mit anderen Worten, es gibt in Schweden keine einzige Redaktion, die ein kritisches Auge auf öffentliche Einrichtungen und Behörden hat.«

»Die Zeitungsbranche macht eben schwierige Zeiten durch …«

»Die *SMP* kann nur dann überleben, wenn sich der Aufsichtsrat zu einem offensiven Vorgehen durchringt. Wir haben jeden Tag weniger Angestellte, die immer mehr Text produzieren sollen. Die Artikel werden immer schlechter und oberflächlicher. Deshalb laufen uns die Leser davon.«

»Sie verstehen nicht, dass …«

»Ich habe es satt, mir ständig anzuhören, dass ich etwas nicht verstehe. Ich bin keine Praktikantin und auch nicht zum Spaß hier!«

»Aber Ihr Vorschlag ist völlig aberwitzig.«

»Warum?«

»Sie schlagen vor, dass die Zeitung keinen Gewinn mehr machen soll.«

»Hören Sie, Sellberg, im Laufe dieses Jahres werden Sie eine hohe Summe als Dividende an die dreiundzwanzig Aktionäre dieser Zeitung auszahlen. Dazu kommen noch unverständliche Bonuszahlungen, die rund 10 Millionen Kronen kosten werden und insgesamt neun Personen im Aufsichtsrat zugute kommen. Sich selbst haben Sie einen Bonus von 400 000 Kronen gewährt, als Belohnung für die Stelleneinsparungen. Das ist zwar bei Weitem kein so großer Bonus, wie ihn sich einige andere Direktoren unter den Nagel reißen, aber in meinen Augen sind Sie keine Öre davon wert. Den Bonus hätten Sie sich verdient, wenn Sie die *SMP* gestärkt hätten. Aber Ihre Stelleneinsparungen haben die *SMP* geschwächt und die Krise verschärft.«

»Das ist sehr ungerecht. Jede Maßnahme, die ich vorgeschlagen habe, ist vom Aufsichtsrat genehmigt worden.«

»Der Aufsichtsrat hat Ihre Maßnahmen genehmigt, weil Sie ihnen eine jährliche Dividende versprochen haben. Und das muss auf der Stelle aufhören.«

»Sie schlagen also allen Ernstes vor, dass der Aufsichtsrat

beschließen soll, sämtliche Dividenden und jeglichen Bonus zu streichen. Wie können Sie nur glauben, dass die Aktionäre da zustimmen werden?«

»Ich schlage vor, dass wir ein Jahr lang alle Überschüsse einfrieren. Das sollte eine Ersparnis von knapp 21 Millionen Kronen und die Möglichkeit ergeben, das Personal sowie die wirtschaftliche Situation der *SMP* entscheidend zu stärken. Außerdem schlage ich vor, dass die Löhne der leitenden Angestellten gesenkt werden. Ich habe ein Monatsgehalt von 88 000 Kronen, was vollkommen übertrieben ist bei einer Zeitung, die nicht einmal die Stellen ihrer Sportredaktion besetzen kann.«

»Sie wollen also Ihr eigenes Gehalt kürzen? Also mit solchen sozialistischen Ideen …«

»Reden Sie keinen Blödsinn! Sie haben einen Monatslohn von 112 000 Kronen, wenn man Ihren jährlichen Bonus mit einrechnet. Das ist doch Wahnsinn! Wenn die Zeitung gesund und profitabel wäre, würde ich Ihre Bonuszahlungen nicht kritisieren. Aber dass Sie sich dieses Jahr den eigenen Bonus erhöhen, ist der momentanen Situation nicht angemessen. Ich schlage vor, dass die Gehälter aller leitenden Angestellten um die Hälfte gekürzt werden.«

»Sie begreifen einfach nicht, dass unsere Aktionäre deswegen Aktionäre sind, weil sie Geld verdienen wollen. Das nennt sich Kapitalismus. Wenn Sie vorschlagen, dass sie Geld verlieren sollen, dann werden diese Leute auch nicht mehr unsere Aktionäre sein wollen.«

»Jeder Besitz bringt auch Verantwortung mit sich. Sie haben selbst betont, dass es hier um Kapitalismus geht. Die Besitzer der *SMP* wollen Gewinn machen. Aber die Regeln sehen eben so aus, dass der Markt entscheidet, ob man Gewinn oder Verlust macht. Nach Ihrer Argumentation sollen die Regeln des Kapitalismus nur für die Angestellten der *SMP* gelten, während die Aktionäre und Sie davon ausgenommen bleiben.«

Sellberg verdrehte seufzend die Augen. Hilflos versuchte er, einen Blick von Borgsjö aufzufangen. Doch Borgsjö war gerade dabei, nachdenklich Erika Bergers 9-Punkte-Programm zu studieren.

Monica Figuerola wartete neunundvierzig Minuten, bis Göran Mårtensson und der Unbekannte wieder aus der Haustür der Bellmansgatan 1 traten. Als sie ihr entgegenkamen, hob sie ihre Nikon mit dem 300-Millimeter-Objektiv und machte zwei Bilder. Dann legte sie die Kamera wieder ins Handschuhfach zurück. Da sah sie plötzlich am Rand der oberen Bellmansgatan eine dunkelhaarige Frau mit einer Digitalkamera, die Mårtensson und seinen Kompagnon filmte. *Was zur Hölle … Findet hier in der Bellmansgatan gerade ein allgemeiner Agentenkongress statt, oder was ist hier los?*

Mårtensson und der Unbekannte gingen an der Straßenkuppe wortlos auseinander. Mårtensson lief zu seinem Auto in der Tavastgatan, ließ den Motor an, parkte aus und verschwand aus Monica Figuerolas Blickfeld.

Sie sah in den Rückspiegel, wo sie den Rücken des Mannes mit dem blauen Overall erblickte. Sie hob den Blick und sah, dass die Frau mit der Kamera aufgehört hatte zu filmen und jetzt auf sie zukam.

Kopf oder Zahl? Sie wusste bereits, wer Göran Mårtensson war und womit er sich beschäftigte. Sowohl der Typ im Blaumann als auch die Frau mit der Kamera waren Unbekannte. Aber wenn sie ihr Auto verließ, riskierte sie, von der Frau mit der Kamera beobachtet zu werden.

Sie blieb sitzen. Im Rückspiegel sah sie den Mann im Overall nach links in die Brännkyrkagatan einbiegen. Sie wartete ab, bis die Frau mit der Kamera an die Kreuzung direkt vor ihr gekommen war, aber statt dem Mann zu folgen, machte sie auf dem Absatz kehrt und ging den Hügel zur Bellmansgatan 1 hinunter. Monica Figuerola sah eine Frau um die 35. Sie hatte kurzes dunkles Haar, trug eine dunkle Jeans und eine schwarze Jacke. Sobald sie den Hügel ein Stück hinuntergegangen war, riss Monica Figuerola die Autotür auf und lief in Richtung Brännkyrkagatan hinunter. Doch der Mann im Overall war verschwunden. Im nächsten Augenblick parkte ein Toyota-Van aus. Monica Figuerola sah den Mann im Halbprofil und prägte sich das Kennzeichen ein. Selbst wenn sie das Nummernschild vergessen sollte, würde sie ihn trotzdem wiederfinden, denn seitlich auf dem Wagen warb eine Aufschrift für »Lars Faulssons Schlüsseldienst« und gab auch dessen Telefonnummer an.

Sie versuchte erst gar nicht, zu ihrem Auto zurückzurennen, um den Toyota zu verfolgen. Stattdessen ging sie ganz gemächlich zurück. Sie erreichte die Straßenkuppe genau in dem Moment, als die Frau mit der Kamera durch Mikael Blomkvists Haustür verschwand.

Monica Figuerola setzte sich in ihr Auto und notierte sich erst einmal Kennzeichen und Telefonnummer von Lars Faulssons Schlüsseldienst. Dann kratzte sie sich am Kopf. *Vor Mikael Blomkvists Haus herrschte ja ein reges Treiben. Sehr geheimnisvoll.* Sie hob den Blick und sah das Dach der Bellmansgatan 1. Sie wusste, dass Blomkvist eine Dachgeschosswohnung hatte, aber auf den Zeichnungen des städtischen Bauamts hatte sie gesehen, dass sie auf der anderen Seite des Hauses lag und die Fenster auf Gamla Stan und Riddarfjärden hinausgingen. Eine exklusive Adresse in einem traditionsreichen Kulturviertel. Sie fragte sich, ob er ein Angeber und Emporkömmling war.

Nach neun Minuten trat die Frau mit der Kamera wieder aus der Tür. Statt den Hügel erneut in Richtung Tavastgatan hinaufzugehen, lief sie weiter bergab und bog rechts um die Ecke am Pryssgränd. Monica Figuerola heftete sich an ihre Fersen und folgte ihr vorbei am Hilton. Die Frau ging rasch und zielstrebig, ohne sich umzublicken. Monica Figuerola gab ihr ungefähr dreißig Meter Vorsprung. Schließlich verschwand sie im Eingang zur U-Bahn am Slussen. Monica Figuerola machte größere Schritte, aber als sie sah, dass die Frau zum Kiosk ging, statt durch die Absperrung zu gehen, blieb sie stehen.

Sie betrachtete die Frau, die jetzt in der Schlange stand. Sie war knapp 1 Meter 70 groß und sah verhältnismäßig durchtrainiert aus. Monica Figuerola hatte plötzlich das Gefühl, dass es sich um eine Polizistin handeln könnte. Die Frau kaufte sich eine Dose Catch-Dry-Schnupftabak, ging dann wieder auf den Södermalmstorg hinaus und lief nach rechts über den Katarinavägen.

Monica Figuerola folgte ihr. Sie war sich ziemlich sicher, dass die Frau sie noch nicht bemerkt hatte. Sie verschwand bei McDonald's um die Ecke, und Monica Figuerola eilte ihr in einem Abstand von ungefähr vierzig Metern hinterher.

Als sie ebenfalls um die Ecke bog, war die Frau jedoch spurlos verschwunden. Verblüfft blieb Monica Figuerola stehen. *Verdammt.* Langsam ging sie ein Stück die Straße entlang, bis ihr Blick auf ein Firmenschild fiel: »Milton Security«.

Monica Figuerola nickte und spazierte zurück zur Bellmansgatan.

Von dort fuhr sie in die Götgatan, wo die *Millennium*-Redaktion lag, und lief die nächste halbe Stunde im Zickzack durch die Straßen der näheren Umgebung. Mårtenssons Auto war nirgends zu sehen. Gegen Mittag kehrte sie zur Polizeistation auf Kungsholmen zurück und verbrachte die nächste Stunde damit, im Fitnessstudio Gewichte zu heben.

»Wir haben ein Problem«, sagte Henry Cortez.

Malin Eriksson und Mikael Blomkvist blickten vom Manuskript des Buches über den Fall Zalatschenko auf. Es war 13 Uhr 30.

»Setz dich«, forderte Malin ihn auf.

»Es geht um Vitavara AB, also dieses Unternehmen, das Kloschüsseln in Vietnam herstellt, die sie für 1 700 Kronen pro Stück verkauft.«

»Wo liegt das Problem?«, wollte Mikael wissen.

»Vitavara AB ist ein Tochterunternehmen von SveaBygg AB.«

»Aha. Das ist ja eine ziemlich große Firma.«

»Ja. Der Aufsichtsratsvorsitzende heißt Magnus Borgsjö und ist ein echter Profi. Er ist unter anderem noch Aufsichtsratsvorsitzender der *Svenska Morgon-Posten* und hält 10 Prozent Anteile an der *SMP*.«

Mikael sah Henry Cortez scharf an.

»Bist du sicher?«

»Ja. Erika Bergers Chef ist ein richtiges Schwein, das sich durch Kinderarbeit in Vietnam bereichert.«

Der Redaktionssekretär Peter Fredriksson sah aus, als wäre ihm ziemlich unbehaglich zumute, als er um zwei Uhr nachmittags an die Tür von Erika Bergers Glaskasten klopfte.

»Was denn?«

»Puh, ziemlich peinliche Sache ... aber eine Mitarbeiterin in der Redaktion hat eine Mail von Ihnen gekriegt.«

»Von mir?«

»Tja ...«

»Und zwar?«

Er reichte ihr einen Ausdruck der Mail, die an Eva Carlsson, eine 26-jährige Praktikantin der Kulturredaktion, adressiert war. Der Absender lautete <erika.berger@smpost.se>.

Geliebte Eva. Ich will Dich streicheln und Deine Brüste küssen. Mir ist ganz heiß vor Erregung, ich kann mich nicht mehr beherrschen. Ich bitte Dich, meine Gefühle zu erwidern. Können wir uns treffen? Erika

Eva hatte diese erste Mail nicht beantwortet, woraufhin in den nächsten Tagen noch zwei weitere Schreiben bei ihr eingingen.

Liebe, geliebte Eva. Ich bitte Dich, stoß mich nicht zurück. Ich bin schon wahnsinnig vor lauter Begehren. Ich will Dich nackt sehen, Dich besitzen.

Ich werde es Dir ganz schön machen. Du wirst es nicht bereuen. Ich werde jeden Zentimeter Deiner nackten Haut, Deiner schönen Brüste und Deiner wunderbaren Liebesgrotte küssen. / Erika

Eva. Warum antwortest Du nicht? Hab keine Angst vor mir? Stoß mich nicht zurück. Du bist auch nicht die Unschuld vom Lande. Du weißt genau, worum es geht. Ich will Sex mit Dir, und ich werde Dich reichlich belohnen. Wenn Du nett zu mir bist, werde ich auch nett zu Dir sein. Du hast angefragt, ob Dein Praktikum verlängert werden kann. Es steht in meiner Macht, es zu verlängern oder sogar in eine feste Stelle umzuwandeln. Treffen wir uns doch heute Abend um 21 Uhr bei meinem Auto in der Tiefgarage. Deine Erika

»Aha«, sagte Erika Berger. »Und sie fragt sich jetzt, ob ich tatsächlich hier sitze und ihr unsittliche Anträge mache.«

»Nicht ganz ... ich meine ... ach ...«

»Peter, bitte, rücken Sie raus mit der Sprache.«

»An die erste Mail hat sie vielleicht so halb geglaubt, auf jeden Fall hat sie sich sehr darüber gewundert. Aber dann ging ihr auch auf, dass das total verrückt ist und nicht so ganz Ihr Stil und dann ...«

»Und dann?«

»Tja, ihr ist das sehr peinlich, und sie weiß nicht so recht, was sie machen soll. Dazu muss man noch sagen, dass Sie ihr wohl ziemlich imponieren und sie Sie gern mag ... also, als Chefin. Deswegen ist sie zu mir gekommen und hat mich um Rat gefragt.«

»Verstehe. Und was haben Sie ihr gesagt?«

»Ich habe gesagt, dass jemand Ihre Adresse gefälscht hat und sie schikaniert. Oder Sie beide. Und ich habe ihr versprochen, mit Ihnen darüber zu reden.«

»Danke. Wären Sie so nett, sie in zehn Minuten zu mir zu schicken?«

Erika nutzte die Zeit, um eine eigene Mail aufzusetzen.

Aus aktuellem Anlass muss ich Sie informieren, dass eine Mitarbeiterin der *SMP* Mails bekommen hat, die scheinbar von mir stammen. Die Briefe enthalten sexuelle Anspielungen der vulgären Art. Ich selbst habe auch Mails vulgären Inhalts erhalten, von einem Absender, der sich »central-red/*SMP*« nennt. Wie man weiß, gibt es keine solche Adresse bei uns.
Ich habe mit dem Technikchef gesprochen, der mir erklärt hat, dass es sehr einfach ist, einen Absender zu fingieren. Ich weiß nicht, wie das geht, aber offensichtlich gibt es Internetseiten, mit denen man das bewerkstelligen kann. Ich komme leider zu dem Schluss, dass sich irgendein kranker Mensch mit so etwas beschäftigt.
Ich würde gern wissen, ob noch weitere Mitarbeiter seltsame Mails erhalten haben. Wenn ja, sollen sie sich bitte umgehend beim Redaktionssekretär Peter Fredriksson melden. Wenn dieser Unfug weitergeht, müssen wir über eine Anzeige nachdenken.
Erika Berger, Chefredakteurin

Sie druckte eine Kopie der Mail aus und schickte sie dann an sämtliche Angestellte des *SMP*-Konzerns. Im selben Augenblick klopfte Eva Carlsson an die Tür.

»Hallo, setzen Sie sich doch«, bat Erika. »Ich habe gehört, dass Sie Mails von mir bekommen haben.«

»Ach wo, ich glaube nicht, dass die von Ihnen waren.«

»Vor dreißig Sekunden haben Sie alle eine Mail von mir bekommen. Die habe ich selbst geschrieben und an sämtliche Mitarbeiter geschickt.«

Sie reichte Eva Carlsson den Ausdruck.

»Verstehe schon«, sagte Eva Carlsson.

»Es tut mir leid, dass jemand Sie zur Zielscheibe dieser ungeheuerlichen Kampagne ausersehen hat.«

»Sie brauchen sich doch nicht für irgendwas zu entschuldigen, was sich ein krankes Hirn ausgedacht hat.«

»Ich wollte mich nur vergewissern, ob bei Ihnen jeder Zweifel ausgeräumt ist, dass ich irgendetwas mit diesen Briefen zu tun haben könnte.«

»Ich habe niemals geglaubt, dass Sie die wirklich geschickt haben.«

»Na, dann ist ja gut«, sagte Erika und lächelte.

Monica Figuerola verbrachte den Nachmittag mit dem Sammeln von Informationen. Sie begann damit, dass sie sich ein Passbild von Lars Faulsson besorgte, um zu klären, ob er wirklich die Person war, die sie zusammen mit Göran Mårtensson gesehen hatte. Dann startete sie eine Anfrage im Vorstrafenregister und erhielt sofort einen Treffer.

Lars Faulsson, 47 Jahre alt, bekannt unter dem Spitznamen »Falun«, hatte seine Karriere als 17-Jähriger mit Autodiebstählen begonnen. In den 70er- und 80er-Jahren wurde er zweimal gefasst und wegen Einbruchs, Diebstahls und Hehlerei angeklagt. Zunächst hatte man ihn zu einer kurzen Gefängnisstrafe verurteilt, beim zweiten Mal zu drei Jahren. Später war er noch dreier Einbrüche verdächtigt worden, wobei es in einem Fall um einen ziemlich komplizierten und aufsehenerregenden Einbruch in ein Kaufhaus in Västerås ging, bei dem der ganze Tresor ausgeräumt worden war. Nachdem er seine Gefängnisstrafe abgesessen hatte, riss er sich zusammen – oder zumindest landete er keinen Coup mehr, bei dem er gefasst und verurteilt wurde. Doch er schulte um auf Schlosser (ausgerechnet!) und gründete 1987 sein eigenes Unternehmen, »Lars Faulssons Schlüsseldienst«, mit einer Adresse am Norrtull.

Die unbekannte Frau zu identifizieren, die Mårtensson und Faulsson gefilmt hatte, stellte sich als einfacher heraus, als Monica Figuerola dachte. Sie rief ganz einfach bei der Rezeption von Milton Security an und erklärte, sie suche eine weibliche Angestellte, die sie vor einer Weile getroffen, deren Namen sie aber wieder vergessen habe. Sie konnte die betreffende Person gut beschreiben. Der Empfang erklärte, das klinge ganz nach Susanne Linder, und verband sie weiter. Als Susanne Linder den Hörer aufnahm, entschuldigte sich Monica Figuerola, sie müsse sich verwählt haben.

Dann ging sie zum Einwohnermeldeamt und stellte fest, dass es achtzehn Susanne Linders im Bezirk Stockholm gab. Drei davon waren um die 35. Eine wohnte in Norrtälje, eine in Stockholm und eine in Nacka. Sie besorgte sich die Passbilder und identifizierte die in Nacka gemeldete Susanne Linder sofort als die Frau, die sie von der Bellmansgatan aus verfolgt hatte.

Zum Schluss fasste sie die Ergebnisse des Tages schriftlich zusammen und ging zu Torsten Edklinth.

Gegen 17 Uhr klappte Mikael Blomkvist den Rechercheordner von Henry Cortez zu und schob ihn angewidert beiseite. Christer Malm legte Henry Cortez' ausgedruckten Text aus der Hand, den er jetzt zum vierten Mal gelesen hatte. Henry selbst saß auf dem Sofa in Malins Zimmer und sah ziemlich schuldbewusst aus.

»Kaffee?«, fragte Malin und stand auf. Sie kam mit vier Bechern zurück.

Mikael seufzte.

»Das ist eine fantastische Story«, sagte er. »Erstklassig recherchiert. Alles belegt. Perfekte Dramaturgie, mit einem Bösewicht, der die schwedischen Mieter über den Tisch zieht – was ja völlig legal ist –, dabei aber so gierig und pervers ist, dass er mit einem Unternehmen in Vietnam zusammenarbeitet, das Kinder ausbeutet.«

»Obendrein ist die Story auch noch gut geschrieben«, ergänzte Christer Malm. »Einen Tag nach unserer Veröffentlichung wird Borgsjö im schwedischen Wirtschaftsleben auf einen Schlag eine Persona non grata sein. Das Fernsehen wird sich auf diesen Skandal stürzen. Man wird Borgsjö irgendwo im Kreis der Skandia-Direktoren und anderer Betrüger einordnen. Eine echte *Millennium*-Sensationsstory. Gut gemacht, Henry!«

Mikael nickte.

»Aber das mit Erika ist natürlich ein Wermutstropfen.«

Christer Malm nickte ebenfalls.

»Aber warum denn eigentlich?«, wollte Malin wissen. »Erika ist doch nicht die Übeltäterin. Es muss uns doch erlaubt sein, jeden beliebigen Aufsichtsratsvorsitzenden unter die Lupe zu nehmen, auch wenn er zufällig ihr Chef ist.«

»Das ist ein Riesenproblem«, meinte Mikael.

»Erika hält immer noch 30 Prozent der Anteile und sitzt in unserem Führungskreis. Bis wir Harriet Vanger auf der nächsten Sitzung zur Vorsitzenden wählen können, ist Erika sogar noch Vorsitzende unseres Führungskreises. Und Erika arbeitet für die *SMP*, bei der sie ebenfalls im Aufsichtsrat sitzt, und jetzt wird ihr Aufsichtsratsvorsitzender von uns an den Pranger gestellt.«

Düsteres Schweigen.

»Sollen wir die ganze Story vielleicht abblasen?«, fragte Henry Cortez.

Mikael sah ihm in die Augen.

»Nein, Henry. Wir werden gar nichts abblasen. So arbeiten wir hier bei *Millennium* nicht. Aber wir können Erika diese Geschichte nicht einfach so um die Ohren hauen.«

Christer Malm nickte und wedelte mit einem Finger.

»Wir bringen Erika wirklich in eine beschissene Lage. Sie muss sich entscheiden, ob sie ihren Anteil verkaufen und sofort aus dem *Millennium*-Führungskreis ausscheiden will. Schlimmstenfalls wird die *SMP* sie feuern. Wie auch immer, sie gerät in einen schrecklichen Interessenkonflikt. Ehrlich gesagt, Henry ... ich stimme Mikael zu, wir müssen diese Story veröffentlichen, aber vielleicht sollten wir sie um einen Monat verschieben.«

Mikael nickte.

»Weil wir ja auch in einen Loyalitätskonflikt geraten«, stimmte er zu.

»Soll ich sie anrufen?«, bot Christer Malm an.

»Nein«, wehrte Mikael ab. »Ich rufe sie an und verabrede mich mit ihr. Für heute Abend zum Beispiel.«

Torsten Edklinth hörte Monica Figuerola aufmerksam zu, als sie den Zirkus zusammenfasste, der sich heute rund um Mikael Blomkvists Wohnung in der Bellmansgatan 1 abgespielt hatte. Er hatte das Gefühl, als ob der Boden unter ihm schwankte.

»Ein Angestellter der RPF/Sich ist also bei Mikael Blomkvist ins Haus gegangen, zusammen mit einem ehemaligen Tresorknacker, der auf Schlosser umgeschult hat?«

»Richtig.«

»Was meinen Sie, was sie im Treppenhaus gemacht haben?«

»Ich weiß nicht. Aber sie waren neunundvierzig Minuten weg. Ich würde natürlich tippen, dass Faulsson die Tür geöffnet hat und Mårtensson sich in Blomkvists Wohnung zu schaffen gemacht hat.«

»Und was sollen sie dort getan haben?«

»Abhörgeräte werden sie wohl kaum installiert haben, denn das dauert nur eine Minute. Also muss Mårtensson in Blomkvists Papieren herumgeschnüffelt haben oder was auch immer er bei sich zu Hause aufbewahrt.«

»Aber Blomkvist ist doch gewarnt ... die haben schließlich schon Björcks Bericht aus seiner Wohnung entwendet.«

»Genau. Er weiß, dass er überwacht wird, und er überwacht die Leute, die ihn überwachen. Er ist ganz schön abgebrüht.«

»Was hat er vor?«

»Er hat einen Plan. Er sammelt Informationen und will Göran Mårtenssons Machenschaften irgendwann publik machen. Das ist das einzig Einleuchtende.«

»Und dann ist diese Frau namens Linder aufgetaucht.«

»Susanne Linder, 34 Jahre alt, wohnhaft in Nacka. Sie ist eine ehemalige Polizistin.«

»Polizistin?«

»Sie ist auf der Polizeischule gewesen und hat sechs Jahre lang bei der Einsatztruppe in Södermalm gearbeitet. Dann hat sie plötzlich gekündigt. Sie war ein paar Monate arbeitslos, bevor sie bei Milton Security angefangen hat.«

»Bei Dragan Armanskij ...«, sagte Edklinth nachdenklich. »Wie lange war sie in der Wohnung?«

»Neun Minuten.«

»Und hat was gemacht?«

»Offenbar dokumentiert sie alles, was die anderen tun. Das bedeutet, dass Milton Security mit Mikael Blomkvist zusammenarbeitet und Überwachungskameras in seiner Wohnung oder im Treppenhaus installiert hat. Wahrscheinlich ist sie oben gewesen, um sich die Aufnahmen aus den Kameras zu holen.«

Edklinth seufzte. Diese Zalatschenko-Geschichte wurde schrecklich kompliziert.

»Gut, danke. Gehen Sie nach Hause. Ich muss in Ruhe über alles nachdenken.«

Mikael Blomkvist benutzte sein blaues T10-Handy von Ericsson, als er die Nummer von Erika Berger bei der *SMP* wählte. Er platzte mitten in eine Diskussion hinein, die Erika gerade mit ein paar Redakteuren führte. Es ging um den Standpunkt, den die Zeitung in einem Artikel zum internationalen Terrorismus einnehmen sollte.

»Ja, hallo ... warte mal kurz.«

Erika legte die Hand auf die Sprechmuschel und sah sich um.

»Ich glaube, wir sind dann fertig«, sagte sie und gab ein paar letzte Anweisungen, wie sie sich den Artikel wünschte. Als sie allein in ihrem Glaskasten war, hob sie den Hörer wieder ans Ohr.

»Hallo, Mikael. Entschuldige, dass ich mich nicht gemeldet habe. Ich stecke bis über beide Ohren in Arbeit und muss mich hier in tausend Dinge einarbeiten.«

»Ich hab auch nicht gerade Däumchen gedreht«, sagte Mikael.

»Wie läuft es mit der Salander-Geschichte?«

»Gut. Aber deswegen rufe ich gar nicht an. Ich muss mich mit dir treffen. Heute Abend.«

»Ich wünschte, ich könnte, aber ich muss bis acht Uhr hierbleiben. Außerdem bin ich todmüde. Ich bin schon seit sechs Uhr morgens zugange.«

»Ricky ... ich rede nicht von deinem Sexleben. Ich muss mit dir reden. Es ist wichtig.«

Erika schwieg einen Moment.

»Worum geht's?«

»Darüber reden wir, wenn wir uns sehen. Aber es ist nichts Angenehmes.«

»Okay. Ich komme gegen halb neun zu dir nach Hause.«

»Nein, nicht in meine Wohnung. Das ist eine lange Geschichte, aber meine Wohnung ist im Moment kein guter Ort, um sich zu verabreden. Komm doch einfach in ›Samirs Kochtopf‹, dann trinken wir ein Bier.«

»Ich muss noch fahren.«

»Gut. Dann trinken wir eben ein alkoholfreies Bier.«

Erika Berger war etwas irritiert, als sie um halb neun »Samirs Kochtopf« betrat. Sie hatte ein schlechtes Gewissen, weil sie sich seit ihrem Dienstantritt bei der *SMP* kein einziges Mal bei Mikael gemeldet hatte. Aber sie hatte auch noch nie so viel um die Ohren gehabt wie im Moment.

Mikael Blomkvist winkte von einem Ecktisch am Fenster. Sie zögerte. Mikael kam ihr für einen kurzen Augenblick wie ein Fremder vor, und sie spürte, wie sie ihn mit ganz neuen Augen betrachtete. *Wer ist das? Mein Gott, bin ich müde.* Dann stand er auf und küsste sie auf die Wange, und sie merkte zu ihrem großen Schrecken, dass sie mehrere Wochen lang nicht ein Mal an ihn gedacht hatte – und dass sie ihn wahnsinnig vermisste. Als wäre die Zeit bei der *SMP* nur ein Traum gewesen. Irgendwie fühlte sich alles so unwirklich an.

»Hallo, Mikael.«

»Hallo, Chefredakteurin. Hast du schon was gegessen?«

»Es ist halb neun. Ich hab nicht so schaurige Essgewohnheiten wie du.«

Dann merkte sie aber, dass sie doch einen Riesenhunger hatte. Samir kam mit der Speisekarte, und sie bestellte sich ein leichtes Bier und einen kleinen Teller Calamares mit Kartoffelspalten. Mikael bestellte sich Couscous und ebenfalls ein leichtes Bier.

»Wie geht es dir?«, fragte sie.

»Wir leben in einer interessanten Zeit. Ich hab alle Hände voll zu tun.«

»Wie läuft es mit Salander?«

»Sie gehört zu den interessanten Dingen.«

»Micke, ich hab nicht vor, dir deine Story wegzuschnappen.«

»Entschuldige … ich wollte deiner Frage nicht ausweichen. Die Dinge sind im Moment nur ein bisschen verwirrend. Ich erzähl dir gern alles, aber das dauert dann die halbe Nacht. Wie ist es denn so, Chefin bei der *SMP* zu sein?«

»Es ist nicht gerade *Millennium*.«

Sie schwieg einen Augenblick.

»Wenn ich abends nach Hause komme, schlafe ich ein, als hätte man mir den Stecker rausgezogen, und wenn ich aufwache, habe ich schon wieder den Budgetplan vor Augen. Ich vermisse dich. Können wir nicht einfach zu dir gehen und schlafen? Für Sex fehlt mir die Kraft, aber ich würde mich gern einkuscheln und bei dir schlafen.«

»Tut mir leid, Ricky. Aber meine Wohnung ist momentan keine gute Idee.«

»Warum nicht? Ist was passiert?«

»Na ja … eine Bande hat meine Wohnung verwanzt und hört jedes Wort mit, das ich darin spreche. Ich habe selbst eine versteckte Überwachungskamera montiert, die zeigt, was dort geschieht, wenn ich nicht zu Hause bin. Ich glaube, wir sollten der Nachwelt den Anblick deines nackten Hinterns ersparen.«

»Machst du Witze?«

Er schüttelte den Kopf.

»Nein. Aber deswegen wollte ich dich ja auch gar nicht treffen.«

»Was ist denn passiert? Du siehst so komisch aus.«

»Tja ... du hast ja jetzt bei der *SMP* angefangen. Und wir bei *Millennium* sind über eine Story gestolpert, die deinen Aufsichtsratsvorsitzenden erledigen wird. Es geht darum, dass ein Unternehmen von der Arbeit von Kindern und Strafgefangenen in Vietnam profitiert. Ich glaube, wir stecken hier in einem ganz schönen Interessenkonflikt.«

Erika legte die Gabel aus der Hand und starrte Mikael an. Sie sah sofort, dass er keine Scherze machte.

»Folgendermaßen sieht es aus«, erklärte er. »Borgsjö ist Aufsichtsratsvorsitzender und Mehrheitseigner einer Firma namens SveaBygg, die wiederum ein Tochterunternehmen namens Vitavara AB hat. Die lassen in Vietnam Toilettenschüsseln von einem Unternehmen herstellen, das von der UNO auf die schwarze Liste gesetzt wurde, weil dort Kinder arbeiten.«

»Sag das noch mal.«

Mikael breitete detailliert die Story aus, die Henry Cortez recherchiert hatte. Er öffnete seine Umhängetasche und zog eine Kopie der Dokumentation hervor. Erica las Cortez' Artikel einmal langsam durch. Schließlich blickte sie auf und sah Mikael in die Augen. Sie verspürte Panik, gemischt mit Skepsis.

»Wie zum Teufel kommt es, dass *Millennium* sofort den Aufsichtsrat der *SMP* unter die Lupe nimmt, nachdem ich bei euch aufgehört habe?«

»So war das nicht, Ricky.«

Er erklärte ihr, wie die Story zustande gekommen war.

»Und seit wann weißt du das hier?«

»Seit heute Nachmittag. Mir macht diese ganze Entwicklung ja auch Kopfschmerzen.«

»Was werdet ihr jetzt tun?«

»Ich weiß nicht. Veröffentlichen müssen wir. Wir können keine Ausnahme machen, nur weil es um deinen Chef geht. Aber niemand von uns will dir schaden.« Er warf die Hände in die Luft. »Wir sind ziemlich verzweifelt, nicht zuletzt Henry.«

»Ich sitze immer noch im *Millennium*-Führungskreis. Ich bin Teilhaberin ... Das wird so aussehen, als ...«

»Ich weiß genau, wonach das aussehen wird. Das wird dich bei der *SMP* in enorme Schwierigkeiten bringen.«

Erika spürte, wie die Müdigkeit ihr zu schaffen machte. Sie biss die Zähne zusammen und unterdrückte den Impuls, Mikael zu bitten, von einer Veröffentlichung Abstand zu nehmen.

»Oh, verdammt!«, sagte sie. »Es gibt also keinen Zweifel, dass diese Geschichte wasserdicht ist?«

Mikael schüttelte den Kopf.

»Ich habe den ganzen Abend damit verbracht, Henrys Dokumentation durchzugehen. Da kommt Borgsjö nicht mehr raus.«

»Was werdet ihr tun?«

»Was hättest du getan, wenn du vor zwei Monaten dieser Story auf die Spur gekommen wärst?«

Erika Berger sah aufmerksam den Mann an, der seit zwanzig Jahren ihr Freund und Liebhaber war. Dann senkte sie den Blick.

»Du weißt, was ich getan hätte.«

»Das ist einfach alles ein katastrophaler Zufall. Nichts davon geht gegen dich. Es tut mir so furchtbar leid. Deswegen hab ich ja auch darauf bestanden, dass wir uns sofort treffen. Wir müssen entscheiden, wie wir jetzt weiter verfahren.«

»Wir?«

»Also, es ist so ... diese Story war fürs Juniheft geplant. Ich habe sie bereits rausgenommen. Sie wird frühestens im August erscheinen und kann auch noch weiter geschoben werden, wenn das für dich besser ist.«

»Verstehe.«

In ihrer Stimme lag ein bitterer Unterton.

»Ich schlage vor, dass wir heute Abend noch gar nichts beschließen. Du nimmst diese Unterlagen mit nach Hause und denkst über die ganze Sache nach. Unternimm nichts, bevor wir nicht eine gemeinsame Strategie vereinbart haben. Wir haben Zeit.«

»Eine gemeinsame Strategie?«

»Du musst entweder rechtzeitig aus dem *Millennium*-Führungskreis ausscheiden, bevor wir die Story veröffentlichen, oder bei der *SMP* aufhören. Aber auf beiden Stühlen wirst du nicht sitzen bleiben können.«

Sie nickte.

»Ich bin so eng mit *Millennium* verbunden, dass niemand glauben wird, ich hätte meine Finger nicht mit im Spiel gehabt, egal wie sehr ich mich distanziere.«

»Es gibt aber eine Alternative. Du kannst mit der Story zur *SMP* gehen und Borgsjö damit konfrontieren und seinen Abschied verlangen. Ich bin überzeugt, dass Henry damit einverstanden wäre. Aber mach bitte absolut nichts, bevor wir uns nicht alle geeinigt haben.«

»Ich fange also damit an, dass ich für die Entlassung des Mannes sorge, der mich eingestellt hat.«

»Tut mir leid.«

»Er ist kein schlechter Mensch.«

»Ich glaube dir. Aber er ist gierig.«

Erika nickte. Sie stand auf.

»Ich fahre jetzt nach Hause.«

»Ricky, ich ...«

Sie fiel ihm ins Wort.

»Ich bin nur todmüde. Danke, dass du mich gewarnt hast.

Ich muss darüber nachdenken, was das alles für Konsequenzen haben wird.«

Mikael nickte.

Sie ging, ohne ihn zum Abschied auf die Wange zu küssen, und überließ ihm die Rechnung.

Erika Berger hatte ihr Auto fast schon erreicht, als sie auf einmal solches Herzrasen bekam, dass sie stehen bleiben und sich an einen Torbogen lehnen musste. Ihr war übel.

Eine geraume Zeit blieb sie so stehen und sog die kühle Mailuft ein. Plötzlich ging ihr auf, dass sie seit dem 1. Mai ungefähr fünfzehn Stunden pro Tag gearbeitet hatte. Fast drei Wochen. Wie würde es ihr nach drei Jahren gehen? Wie hatte Morander sich gefühlt, als er mitten in der Redaktion zusammenbrach?

Nach zehn Minuten ging sie zurück zu »Samirs Kochtopf« und traf Mikael, als er gerade das Lokal verließ. Verblüfft blieb er stehen.

»Erika ...«

»Sag jetzt nichts, Mikael. Unsere Freundschaft ist schon so alt, dass sie nichts zerstören könnte. Du bist mein bester Freund, und das Ganze erinnert mich so sehr an die Zeit vor zwei Jahren, als du einfach so nach Hedestad verschwunden bist, nur diesmal andersrum. Ich fühle mich unter Druck und bin so unglücklich.«

Er nickte nur und schloss sie in die Arme. Plötzlich spürte sie, dass ihr die Tränen in den Augen standen.

»Drei Wochen bei der *SMP*, und ich geh schon in die Knie«, sagte sie lachend.

»Na, es braucht wohl doch ein bisschen mehr, um eine Erika Berger in die Knie zu zwingen.«

»Ich bin zu müde, um nach Hause zurückzufahren. Ich würde wahrscheinlich am Steuer einschlafen und verunglücken. Deswegen habe ich gerade einen Entschluss gefasst: Ich möchte zum Scandic Crown gehen und mir dort ein Zimmer nehmen. Komm doch einfach mit.«

Er nickte.

»Hilton heißt das mittlerweile.«

»Ist doch scheißegal.«

Sie legten den kurzen Weg gemeinsam zurück. Keiner von beiden sagte ein Wort. Mikael hatte den Arm um ihre Schultern gelegt. Als Erika ihn von der Seite musterte, stellte sie fest, dass er genauso müde aussah wie sie.

Sie buchten ein Doppelzimmer und bezahlten mit Erikas Kreditkarte. Dann gingen sie aufs Zimmer, zogen sich aus, duschten und krochen gemeinsam ins Bett. Erika hatte Muskelschmerzen, als hätte sie gerade am Stockholm-Marathon teilgenommen. Nachdem sie sich noch eine Weile im Arm gehalten hatten, schliefen sie völlig erschöpft ein.

Keiner von ihnen hatte bemerkt, dass sie beobachtet worden waren. Der Mann, der sie in der Empfangshalle des Hotels gemustert hatte, war ihnen nicht aufgefallen.

15. Kapitel

Donnerstag, 19. Mai – Sonntag, 22. Mai

Lisbeth Salander verbrachte den Großteil der Nacht auf Donnerstag damit, Mikael Blomkvists Artikel und die Kapitel seines Buches durchzulesen, die mehr oder weniger fertig waren. Da Staatsanwalt Ekström den Prozess für Juli anvisierte, hatte sich Mikael als Deadline für den Druck den 20. Juni gesetzt. Das bedeutete, dass Kalle Fucking Blomkvist einen knappen Monat Zeit hatte, seine Artikel fertigzustellen und die restlichen Löcher in den Texten zu stopfen.

Lisbeth begriff nicht, wie er das überhaupt schaffen wollte, aber das war schließlich nicht ihr Problem. Ihr Problem war vielmehr, dass sie jetzt entscheiden musste, wie sie sich zu seinen Fragen stellte.

Sie nahm ihren Palm Tungsten T3 zur Hand und loggte sich bei [Verrückte_Tafelrunde] ein. Im Laufe der letzten vierundzwanzig Stunden hatte Mikael nichts Neues hinzugefügt. Dann öffnete sie das Dokument, dem sie den Namen [Zentrale Fragen] gegeben hatte. Den Text konnte sie zwar schon auswendig, aber sie las ihn trotzdem noch einmal durch.

Sie scrollte zum vierten Absatz des Textes.

Die einzige Person, die über deine Zukunft entscheiden kann, bist du selbst. Es spielt keine Rolle, wie sehr Annika sich für dich abrackert oder wie sehr Armanskij, Palmgren und ich dich unterstützen. Ich will dich zu nichts überreden. Du musst selbst entscheiden, was du tun willst. Entweder wendest du den Prozess zu deinem Vorteil, oder du lässt zu, dass sie dich verurteilen. Aber wenn du gewinnen willst, dann musst du dich jetzt wehren!

Sie schaltete den Palm aus und starrte an die Decke. Mikael bat sie um Erlaubnis, in seinem Buch die Wahrheit erzählen zu dürfen. Den Abschnitt mit Bjurmans Vergewaltigung wollte er dabei weglassen. Er beschränkte sich auf die Feststellung, dass Bjurman die Zusammenarbeit mit Zalatschenko initiiert hatte, dann aber aus dem Konzept gekommen war und sich vollkommen in die Nesseln gesetzt hatte, sodass Niedermann sich gezwungen sah, ihn zu töten. Auf Bjurmans Motive ging er gar nicht ein.

Kalle Fucking Blomkvist machte ihr das Leben wirklich schwer.

Sie überlegte lange.

Um zwei Uhr morgens griff sie sich wieder ihren Palm und öffnete das Textverarbeitungsprogramm. Sie öffnete ein neues Dokument, nahm den Touchpen zur Hand und begann die Buchstaben auf der digitalen Tastatur anzuklicken.

Mein Name ist Lisbeth Salander. Ich wurde am 30. April 1978 geboren. Meine Mutter war Agneta Sofia Salander. Sie war 17 Jahre alt, als ich zur Welt kam. Mein Vater war ein Psychopath und Mörder, der gern Frauen misshandelte. Sein Name war Alexander Zalatschenko. Früher hat er für den sowjetischen Militärnachrichtendienst als Agent in Westeuropa gearbeitet.

Das Schreiben ging nur zäh voran, weil sie jeden Buchstaben einzeln anklicken musste. Bevor sie einen Satz niederschrieb, formulierte sie ihn im Kopf aus. Sobald sie etwas geschrieben hatte, nahm sie keine Änderung mehr vor. Bis vier Uhr morgens arbeitete sie weiter, dann schaltete sie den Palm aus und legte ihn zum Aufladen in den Hohlraum an der Rückseite ihres Nachttisches. Bis dahin hatte sie Text für zwei DIN-A4-Seiten mit einfachem Zeilenabstand produziert.

Erika Berger wachte um sieben Uhr morgens auf. Zwar fühlte sie sich alles andere als erholt, aber immerhin hatte sie acht Stunden am Stück geschlafen. Sie warf einen Blick auf Mikael Blomkvist, der immer noch schlummerte.

Sie schaltete ihr Handy ein und sah nach, ob sie eine SMS bekommen hatte. Das Display zeigte an, dass ihr Mann Greger Backman elf Mal angerufen hatte. *Scheiße. Ich hab ganz vergessen, ihn anzurufen.* Sie wählte seine Nummer und erklärte ihm alles. Er war ziemlich wütend.

»Erika, mach so was nie wieder! Du weißt, dass das nichts mit Mikael zu tun hat, aber ich war gestern Nacht völlig aufgelöst. Ich hatte eine Todesangst, dass dir irgendwas zugestoßen sein könnte.«

Greger Backman war völlig damit einverstanden, dass Mikael Blomkvist der Liebhaber seiner Frau war. Doch legte er großen Wert darauf, auch weiterhin von seiner Frau informiert zu werden, wenn sie nicht nach Hause kam.

»Entschuldige«, sagte sie. »Ich war gestern einfach so todmüde.«

Er brummte noch ein wenig.

»Sei mir nicht mehr böse, Greger. Das verkrafte ich jetzt nicht auch noch. Du kannst ja heute Abend mit mir schimpfen.«

Er brummte ein bisschen weniger und versprach, weiterzuschimpfen, sobald sie wieder zu Hause war.

»Okay. Und was ist mit Blomkvist?«

»Der schläft.« Plötzlich musste sie lachen. »Glaub's oder glaub's nicht, aber fünf Minuten nachdem wir uns ins Bett gelegt hatten, waren wir auch schon eingeschlafen. So was ist noch nie vorgekommen.«

»Erika, das hört sich ernst an. Du solltest vielleicht zum Arzt gehen.«

Als sie das Gespräch mit ihrem Mann beendet hatte, rief sie die Telefonzentrale der *SMP* an und ließ Fredriksson ausrichten, dass sie heute erst später komme. Eine bereits geplante Sitzung mit den Mitarbeitern der Kulturseite bat sie ihn abzusagen.

Danach putzte sie sich die Zähne und weckte Mikael.

»Hallo«, murmelte er.

»Hallo«, sagte sie. »Ab mit dir ins Badezimmer, wasch dich und putz dir die Zähne.«

»Wa… was?«

Er setzte sich auf und blickte sich so verwirrt um, dass sie ihn daran erinnern musste, wo sie waren – im Hilton am Slussen. Er nickte.

»Also dann. Geh ins Bad.«

»Warum?«

»Weil ich dich gleich noch vernaschen will.«

Sie warf einen Blick auf ihre Uhr.

»Und beeil dich bitte. Ich habe um elf eine Sitzung und brauche mindestens eine halbe Stunde, um mein Gesicht herzurichten. Außerdem muss ich mir auf dem Weg in die Arbeit noch ein sauberes Oberteil kaufen. Das lässt uns nur knappe zwei Stunden, um eine Menge verlorene Zeit nachzuholen.«

Mikael ging ins Badezimmer.

Jerker Holmberg parkte den Ford seines Vaters auf dem Hof von Thorbjörn Fälldin, dem ehemaligen Ministerpräsidenten. Er wohnte in Ås, ganz in der Nähe von Ramvik in der Gemeinde Härnösand. Als Holmberg aus dem Auto stieg, sah er sich um. Es war ein Donnerstagvormittag. Es nieselte, und die Felder waren grün. Mit seinen 79 Jahren war Fälldin kein aktiver Landwirt mehr, und Holmberg fragte sich, wer sich jetzt wohl um Aussaat und Ernte kümmerte. Er wusste, dass man ihn vom Küchenfenster aus beobachtete. Das war auf dem Land so üblich. Er selbst war ganz in der Nähe, in Hälledal aufgewachsen, ein paar Steinwürfe von Sandöbron entfernt, einem der schönsten Orte auf Erden. Fand Jerker Holmberg.

Er ging die Vortreppe hoch und klopfte.

Der ehemalige Vorsitzende der Zentrumspartei sah alt aus, schien aber immer noch vital und kräftig zu sein.

»Guten Tag. Ich bin Jerker Holmberg. Wir sind uns schon begegnet, aber das ist ein paar Jährchen her. Mein Vater ist Gustav Holmberg, der in den 70er- und 80er-Jahren für die Zentrumspartei im Gemeinderat saß.«

»Hallo. Ja, ich erkenne Sie wieder. Sie sind doch Polizist in Stockholm, wenn ich nicht irre. Aber das muss ja wirklich schon zehn, fünfzehn Jahre her sein, seit wir uns zum letzten Mal gesehen haben.«

»Ich glaube, das ist sogar noch länger her. Darf ich reinkommen?«

Während Thorbjörn Fälldin Kaffee einschenkte, setzte er sich an den Küchentisch.

»Ich hoffe, mit Ihrem Vater ist alles in Ordnung. Sie sind doch nicht deswegen gekommen, oder?«

»Nein. Papa geht es gut. Der ist draußen und hämmert am Dach herum.«

»Wie alt ist er denn jetzt?«

»Vor zwei Monaten ist er 71 geworden.«

»Aha«, sagte Fälldin und setzte sich. »Also, was führt Sie zu mir?«

Holmberg sah aus dem Fenster und beobachtete eine Elster, die neben seinem Auto gelandet war und dort den Boden untersuchte. Dann wandte er sich wieder Fälldin zu.

»Ich komme mit einem großen Problem zu Ihnen. Es ist möglich, dass ich gefeuert werde, wenn jemand von diesem Besuch erfährt. Ich bin also aus beruflichen Gründen hier, aber mein Chef, Kriminalinspektor Bublanski vom Dezernat für Gewaltverbrechen, weiß nichts davon.«

»Das klingt ernst.«

»Doch wenn ich nicht handle, besteht die Gefahr, dass es zu einem willkürlichen Übergriff gegen eine bestimmte Person kommen wird, und das schon zum zweiten Mal.«

»Am besten, Sie erklären mir erst mal in Ruhe, worum es eigentlich geht.«

»Es geht um einen Mann namens Alexander Zalatschenko. Er war Spion für den russischen GRU und ist am Wahltag 1976 nach Schweden übergelaufen. Er bekam Asyl und begann für die SiPo zu arbeiten. Ich habe Grund zu der Annahme, dass Ihnen diese Geschichte auch bekannt ist.«

Fälldin musterte Holmberg aufmerksam.

»Das ist eine lange Geschichte«, fuhr Holmberg fort und begann dann von der Voruntersuchung zu berichten, an der er in den letzten Monaten beteiligt gewesen war.

Erika Berger drehte sich auf den Bauch und stützte den Kopf auf die Hände. Plötzlich musste sie lächeln.

»Mikael, hast du eigentlich schon mal darüber nachgedacht, dass wir zwei total verrückt sind?«

»Inwiefern?«

»Zumindest kommt es mir so vor. Ich begehre dich so unsäglich. Ich fühle mich jedes Mal wie ein verknallter Teenager.«

»Aha.«

»Und dann will ich auch wieder nach Hause fahren und mit meinem Mann schlafen.«

Mikael lachte.

»Ich wüsste da einen guten Therapeuten«, meinte er.

Sie stupste ihn mit dem Zeigefinger in die Seite.

»So langsam hab ich das Gefühl, dass diese ganze Sache mit der *SMP* ein einziger großer Fehlgriff war.«

»Blödsinn. Das ist eine Riesenchance für dich. Wenn irgendjemand diesem Kadaver wieder Leben einhauchen kann, dann bist du das.«

»Ja, vielleicht. Aber genau da liegt ja das Problem. Die *SMP* kommt mir wirklich vor wie ein Kadaver. Und dann tischst du mir gestern Abend auch noch diesen Leckerbissen mit Magnus Borgsjö auf. Ich kapier einfach nicht, was ich dort zu suchen habe.«

»Warte ab, bis sich alles ein bisschen gesetzt hat.«

»Ja, ja. Aber diese Sache mit Borgsjö ist wirklich abscheulich. Ich habe nicht den leisesten Schimmer, wie ich das Ganze handhaben soll.«

»Ich weiß auch nicht. Aber wir müssen uns irgendwas überlegen.«

Sie blieb ein Weilchen schweigend liegen.

»Du fehlst mir.«

Er nickte und sah sie an.

»Du fehlst mir auch«, sagte er.

»Wie viel würde es kosten, dich als Nachrichtenchef zur *SMP* zu holen?«

»Niemals! Ist denn nicht dieser, wie heißt er noch gleich, dieser Holm euer Nachrichtenchef?«

»Doch. Aber das ist ein Vollidiot.«

»Da hast du allerdings recht.«

»Kennst du ihn denn?«

»Natürlich. Ich hab mal drei Monate als Praktikant unter ihm gearbeitet, Mitte der 80er. Ein mieser Typ, hat die Leute ständig gegeneinander ausgespielt. Außerdem …«

»Außerdem was?«

»Ach, nichts. Ich will keinen Tratsch weiterverbreiten.«

»Na komm schon.«

»Ein Mädchen namens Ulla Sowieso, die auch Praktikantin war, behauptete, er habe sie sexuell belästigt. Ich weiß nicht, ob was dran war oder nicht, aber der Betriebsrat unternahm jedenfalls nichts, und ihr Vertrag wurde nicht verlängert, obwohl das eigentlich so geplant war.«

Erika warf seufzend einen Blick auf ihre Armbanduhr, schwang die Beine über die Bettkante und ging unter die Dusche. Als sie zurückkam, sich abtrocknete und anzog, lag Mikael immer noch auf dem Bett.

»Ich bleib noch ein bisschen liegen«, sagte er.

Sie küsste ihn auf die Wange, winkte kurz zum Abschied und verschwand.

Monica Figuerola parkte ihr Auto zwanzig Meter von Göran Mårtenssons Wagen entfernt in der Luntmakargatan. Sie sah, wie er die knapp sechzig Meter zum Parkscheinautomaten lief und einen Schein löste. Dann ging er Richtung Sveavägen.

Monica Figuerola pfiff auf den Parkschein. Wenn sie jetzt zum Automaten rannte, würde sie ihn nur aus den Augen verlieren. Sie folgte Mårtensson bis zur Kungsgatan, wo er links abbog. Dann verschwand er in der Konditorei Kungstornet. Sie murmelte etwas in sich hinein, hatte aber keine Wahl und wartete drei Minuten, bevor sie ihm in das Café folgte. Er saß an einem der Tische und unterhielt sich mit einem Mann, der ungefähr 35 Jahre alt sein mochte. Er war blond und wirkte ziemlich durchtrainiert. *Ein Bulle*, dachte Monica Figuerola.

Sie identifizierte ihn als den Mann, den Christer Malm am 1. Mai vor dem Café »Copacabana« fotografiert hatte.

Sie holte sich einen Kaffee und setzte sich ans andere Ende des Lokals, wo sie die *Dagens Nyheter* aufschlug. Mårtensson und sein Gegenüber unterhielten sich leise. Sie konnte kein einziges Wort ihres Gesprächs aufschnappen. Sie holte ihr Handy heraus und tat so, als würde sie jemanden anrufen – was unnötig war, da keiner der beiden Männer ihr Beachtung schenkte. Heimlich machte sie mit dem Handy ein Bild von den beiden, das mit seinen 72 dpi allerdings eine zu schlechte Qualität hatte, um für eine Veröffentlichung infrage zu kommen. Doch als Beweis, dass dieses Treffen stattgefunden hatte, taugte es allemal.

Nach knapp fünfzehn Minuten stand der blonde Mann auf und verließ die Konditorei. Monica Figuerola fluchte innerlich. Warum war sie nicht draußen geblieben? Sie hätte ihn auch wiedererkannt, wenn er das Café verließ. Am liebsten wäre sie aufgestanden und hätte sich gleich wieder an seine Fersen geheftet, aber Mårtensson saß immer noch ruhig da und trank seinen Kaffee aus. Sie wollte keine Aufmerksamkeit auf sich ziehen, indem sie aufstand und seinem unbekannten Gegenüber folgte.

Nach ungefähr vierzig Sekunden stand Mårtensson auf und ging zur Toilette. Sobald sich die Tür hinter ihm geschlossen hatte, erhob sie sich und trat auf die Kungsgatan hinaus. Sie blickte in alle Richtungen, aber der Blonde war schon verschwunden.

Auf gut Glück lief sie zur Kreuzung Sveavägen. Da sie ihn nirgends entdecken konnte, hetzte sie zur U-Bahn hinunter. Hoffnungslos.

Dann eilte sie zurück ins Café, doch Mårtensson war mittlerweile auch verschwunden.

Erika Berger fluchte, als sie an die Stelle kam, wo sie am Abend zuvor ihren BMW abgestellt hatte.

Das Auto stand noch dort. Doch irgendjemand hatte in der Nacht alle vier Reifen zerstochen.

Allzu viele Alternativen gab es nicht. Sie rief den Abschleppdienst an und erklärte ihre Lage. Da sie keine Zeit hatte, auf ihn zu warten, deponierte sie den Autoschlüssel im Auspuffrohr. Dann ging sie zum Mariatorget und nahm sich ein Taxi.

Lisbeth Salander ging auf die Website von Hacker Republic und stellte fest, dass Plague gerade eingeloggt war. Sie pingte ihn an.

Hallo, Wasp. Wie steht's im Sahlgrenska?

Beruhigend. Ich brauch deine Hilfe.

Du liebe Güte.

Ich dachte nie, dass ich dich darum bitten würde.

Dann muss es ja echt ernst sein.

Göran Mårtensson, wohnhaft in Vällingby. Ich brauche Zugriff auf seinen Computer.

Okay.

Sämtliches Material soll an Mikael Blomkvist bei Millennium weitergeleitet werden.

Okay. Mach ich klar.

Der Große Bruder hört Blomkvists Telefon ab und liest wahrscheinlich auch seine Mails. Du musst das ganze Material an seine Hotmail-Adresse schicken.

Okay.

Wenn ich nicht erreichbar bin, wird Blomkvist deine Hilfe brauchen. Er muss sich mit dir in Verbindung setzen können.

Hmm.

Er ist ein bisschen schwierig, aber du kannst ihm vertrauen.

Plague antwortete ein paar Sekunden lang nicht.

Hat das mit deiner momentanen Situation zu tun?

Ja.

Kann es dir helfen?

Ja.

Dann mach ich's auch kostenlos.

Danke. Aber ich bezahle meine Schulden grundsätzlich. Ich werde deine Hilfe bis zum Prozess brauchen. Ich bezahl dir 30 000.

Kannst du dir das leisten?

Ich kann's mir leisten.

Okay.

Ich glaube, wir werden auch Trinity brauchen. Glaubst du, man könnte ihn nach Schweden locken?

Um was zu tun?

Das, was er am besten kann. Ich bezahle ihm sein Standardhonorar plus Unkosten.

Okay. Um wen geht es?

Sie erklärte ihm, was er für sie erledigen sollte.

Dr. Anders Jonasson wirkte aufrichtig bekümmert, als er am Freitagmorgen höflich einen sehr irritierten Kriminalinspektor Hans Faste betrachtete, der vor seinem Schreibtisch saß.

»Tut mir leid«, sagte Jonasson.

»Das versteh ich nicht. Ich dachte, Salander ist wieder gesund. Ich bin extra nach Göteborg gekommen, um sie zu verhören und um alles vorzubereiten, damit sie in eine Zelle nach Stockholm überführt werden kann.«

»Bedaure«, wiederholte Dr. Jonasson. »Ich würde sie ja auch liebend gern loswerden, denn wir haben hier einen ständigen Bettenmangel. Aber …«

»Kann es sein, dass sie simuliert?«

Dr. Jonasson lachte.

»Das halte ich für sehr unwahrscheinlich. Sie müssen Folgendes begreifen: Lisbeth Salander ist in den Kopf geschossen worden. Ich habe ihr eine Kugel aus dem Gehirn entfernt, und es war sehr fraglich, ob sie überhaupt überleben würde. Sie hat überlebt, und ihre Prognose war recht zufriedenstellend … jedenfalls so gut, dass meine Kollegen und ich sie schon entlassen wollten. Gestern hat sich ihr Zustand dann wieder deutlich verschlechtert. Sie klagte über starke Kopfschmerzen, und ihre Fieberkurve schwankte plötzlich sehr stark. Gestern Abend hatte sie 38 Grad und hat sich zweimal übergeben. Im Laufe der Nacht ist das Fieber zurückgegangen, doch heute Morgen hatte sie schon wieder 39 Grad, was sehr ernst zu nehmen ist.«

»Was hat sie denn nun?«

»Ich weiß es nicht, aber die starken Temperaturschwankungen deuten darauf hin, dass es keine Grippe oder etwas

Ähnliches sein kann. Vielleicht hat sie allergisch auf ein Medikament oder auf irgendetwas anderes reagiert, womit sie in Berührung gekommen ist.«

Er suchte in seinem Computer ein Bild heraus und drehte den Bildschirm so, dass Hans Faste ihn sehen konnte.

»Ich habe eine Röntgenaufnahme von ihrem Schädel gemacht. Wie Sie hier erkennen können, befindet sich unmittelbar neben der alten Schusswunde ein dunkleres Areal. Ich kann nicht sagen, was das ist. Es könnte mit der Narbenbildung zusammenhängen, es könnte aber auch eine kleinere Blutung sein. Solange wir keine Klarheit über den Befund haben, kann ich Frau Salander keinesfalls entlassen.«

Faste nickte resigniert. Er wusste, dass es zwecklos war, mit einem Arzt zu diskutieren, denn so jemand hatte die Macht über Leben und Tod und war sozusagen Gottes Stellvertreter auf Erden.

»Und was jetzt?«

»Ich habe strenge Bettruhe angeordnet und ihre Physiotherapie vorerst ausgesetzt – sie braucht nämlich Krankengymnastik wegen der Schussverletzungen in Schulter und Hüfte.«

»Verstehe ... ich muss Staatsanwalt Ekström in Stockholm davon unterrichten. Das ist jetzt freilich eine Überraschung. Was soll ich ihm denn sagen?«

»Vor zwei Tagen war ich bereit, einer Verlegung gegen Ende der Woche zuzustimmen. Wie die Dinge jetzt liegen, wird es noch eine Weile länger dauern. Das kommt ganz darauf an, wie sich ihr Zustand entwickelt.«

»Die Gerichtsverhandlung ist für den 1. Juli angesetzt ...«

»Wenn nichts Unvorhergesehenes dazwischenkommt, ist sie bis dahin auf jeden Fall wieder auf den Beinen.«

Misstrauisch musterte Kriminalinspektor Bublanski die muskulöse Frau, die ihm am Cafétisch gegenübersaß. Es war Freitag, der 20. Mai, und die Luft war fast sommerlich warm. Sie hatte sich als Monica Figuerola von der RPF/Sich ausgewiesen und ihn um fünf Uhr abgefangen, als er sich gerade auf den Heimweg machte. Sie hatte ihm ein Gespräch bei einer Tasse Kaffee vorgeschlagen.

Er fragte, worum es denn ginge, und sie erklärte ihm offenherzig, dass sie von ihrem Chef den Auftrag erhalten habe, sich ganz inoffiziell ein Bild davon zu machen, was in dieser sogenannten Zalatschenko-Geschichte, die gerade zur Salander-Geschichte umbenannt wurde, eigentlich wahr und falsch war. Außerdem erklärte sie, es sei nicht ganz sicher, ob sie überhaupt das Recht habe, ihn zu befragen, und dass er selbst entscheiden solle, was er tun wolle.

»Was wollen Sie denn wissen?«, fragte Bublanski schließlich.

»Erzählen Sie mir, was Sie über Lisbeth Salander, Mikael Blomkvist, Gunnar Björck und Alexander Zalatschenko wissen. Wie passen all diese Puzzleteile zusammen?«

Sie unterhielten sich über zwei Stunden lang.

Torsten Edklinth überlegte lange und gründlich, wie er weiter verfahren sollte. Nach fünftägigen Ermittlungen hatte Monica Figuerola ihm eine ganze Reihe von Hinweisen darauf geliefert, dass innerhalb der RPF/Sich irgendetwas faul war. Ihm war klar, dass er vorsichtig vorgehen musste, solange er noch nicht genug Beweise beisammenhatte. In der jetzigen Situation befand er sich – verfassungsrechtlich gesehen – in einer gewissen Notsituation, denn er war nicht befugt, heimlich operative Ermittlungen durchführen zu lassen, schon gar nicht gegen die eigenen Mitarbeiter.

Also musste er eine Formel finden, die seine Maßnahmen rechtfertigte. Den ganzen Freitag saß er allein in seinem Büro und grübelte.

Schließlich kam er zu dem Schluss, dass Armanskij recht hatte, so unwahrscheinlich sich das anhörte. Es musste sich um eine Verschwörung innerhalb der RPF/Sich handeln. Wie weit nach oben diese Verschwörung reichte, konnte er noch nicht abschätzen.

In säuberlichen Druckbuchstaben schrieb er drei Namen auf einen Notizblock.

Göran Mårtensson, Personenschutz, Kriminalinspektor
Gunnar Björck, stellv. Chef der Auslandsabteilung. Verstorben. (Selbstmord?)
Albert Shenke, Amtschef, RPF/Sich

Monica Figuerola war zu dem Schluss gekommen, dass der Amtschef die Strippen gezogen haben musste, als Mårtensson, zumindest offiziell, vom Personenschutz zur Gegenspionage versetzt worden war. In Wirklichkeit war er ja damit beschäftigt, den Journalisten Mikael Blomkvist zu überwachen, was mit Gegenspionage nun wirklich überhaupt nichts zu tun hatte.

Der Liste mussten noch weitere Namen hinzugefügt werden.

Peter Teleborian, Psychiater
Lars Faulsson, Schlosser

Teleborian war Ende der 80er-, Anfang der 90er-Jahre ein paarmal von der RPF/Sich als psychologischer Berater angeheuert worden. Genauer gesagt, in drei Fällen. Edklinth hatte sich die Berichte aus dem Archiv gründlich durchgesehen. Das erste Mal war außergewöhnlich: Die Gegenspionage hatte einen russischen Informanten innerhalb der schwedischen Telekommunikationsindustrie entdeckt, und der Hintergrund dieses Spions gab Anlass zu der Befürchtung, dass er im Falle seiner Enttarnung eventuell Selbstmord begehen könnte. Teleborian hatte eine brillante Analyse erstellt, und der Informant konnte daraufhin tatsächlich überredet werden, als Doppelagent zu arbeiten. Bei den anderen beiden Gelegenheiten war es um wesentlich kleinere Gutachten gegangen, einmal über einen Angestellten der RPF/Sich, der ein Alkoholproblem hatte, einmal über einen Diplomaten aus einem afrikanischen Land, dessen Sexualverhalten die SiPo befremdete.

Aber weder Teleborian noch Faulsson – vor allem nicht Faulsson – hatten einen Posten bei der RPF/Sich. Und doch standen sie durch ihre Aufträge in Verbindung mit … ja, mit was?

Die Verschwörung war aufs Engste verknüpft mit dem verstorbenen Alexander Zalatschenko, dem übergelaufenen russischen GRU-Spion, der laut vorliegenden Angaben am Wahltag 1976 nach Schweden gekommen war. Und von dem man noch nie gehört hatte. *Wie war so etwas möglich?*

Edklinth versuchte sich vorzustellen, wie er selbst gehandelt hätte, wäre er 1976 für die RPF/Sich verantwortlich gewesen. Absolute Geheimhaltung. Das wäre nötig gewesen. Der Überläufer durfte nur einem kleinen exklusiven Kreis bekannt sein, wenn man nicht riskieren wollte, dass die Information zu den Russen durchsickerte und … Wie klein hätte dieser Kreis sein müssen?

Eine operative Abteilung?

Eine geheime operative Abteilung?

Im Grunde hätte die Angelegenheit Zalatschenko von der Gegenspionage gehandhabt werden müssen. Oder gleich vom militärischen Nachrichtendienst, aber der hatte weder die Ressourcen noch die Kompetenz für diese Art von operativer Tätigkeit. Also die SiPo.

Doch die Gegenspionage hatte nie mit ihm zu tun gehabt. Björck war der Schlüssel. Ganz offensichtlich war er einer von denen gewesen, die sich um Zalatschenko gekümmert hatten. Aber Björck hatte nie etwas mit der Gegenspionage zu schaffen gehabt. Björck war ein Mysterium. Offiziell hatte er ab den 70er-Jahren einen Posten in der Auslandsabteilung innegehabt, aber in Wirklichkeit war er in dieser Abteilung so gut wie nie in den Vordergrund getreten, bis er in den 90er-Jahren plötzlich stellvertretender Chef wurde.

Und dennoch war Björck die wichtigste Quelle von Blomkvists Informationen. Wie hatte Blomkvist ihn dazu bringen können, ihm solches Dynamit in die Hände zu legen? In die Hände eines Journalisten.

Die Nutten. Björck ging zu minderjährigen Nutten, und *Millennium* hatte vor, ihn dafür anzuprangern. Blomkvist musste Björck erpresst haben.

Dann betrat Lisbeth Salander die Bühne.

Der verstorbene Rechtsanwalt Nils Bjurman hatte gemeinsam mit dem verstorbenen Björck in der Auslandsabteilung gearbeitet. Diese beiden kümmerten sich also um Zalatschenko. Aber was fingen sie mit ihm an?

Irgendjemand musste die Entscheidungen getroffen haben. Bei einem Überläufer dieser Größenordnung mussten die Befehle von allerhöchster Stelle gekommen sein.

Von der Regierung. Sie mussten Rückendeckung von der Regierung gehabt haben. Alles andere war undenkbar.

Oder?

Edklinth merkte, wie ihm kalte Schauer über den Rücken liefen. Ein Überläufer wie Zalatschenko musste mit größtmöglicher Diskretion behandelt werden. Das musste die Regierung Fälldin beschlossen haben. Das war auch logisch.

Aber was dann 1991 geschah, das war nicht mehr logisch. Björck hatte Teleborian angeheuert, um Lisbeth Salander in ein Krankenhaus für psychisch gestörte Kinder einzuweisen, unter dem Vorwand, sie sei geisteskrank. Das war ein Verbrechen. Das war ein derart schweres Verbrechen, dass Edklinth schon wieder Schauer über den Rücken liefen.

Irgendjemand musste diese Entscheidungen getroffen haben. In diesem Fall konnte das nicht einfach die Regierung gewesen sein … Ingvar Carlsson war damals Ministerpräsident gewesen, nach ihm Carl Bildt. Aber kein Politiker hätte sich die Finger an so einer Entscheidung verbrennen wollen, die gegen jedes Recht und Gesetz verstieß und zu einem katastrophalen Skandal führen konnte.

Sollte die Regierung tatsächlich in so etwas verwickelt sein, dann war Schweden keinen Deut besser als jede beliebige andere Diktatur auf dieser Welt.

Das war nicht möglich.

Und dann kam es am 12. April zu den Geschehnissen im Sahlgrenska-Krankenhaus. Zalatschenko wurde im selben Augenblick erschossen, als man bei Blomkvist einbrach und Annika Giannini überfiel. In beiden Fällen wurde Gunnar Björcks denkwürdiger Bericht von 1991 entwendet. Das war die Information, die Armanskij ihm zugespielt hatte. Es war keine Anzeige bei der Polizei erstattet worden.

Dann hatte sich ausgerechnet Björck das Leben genommen. Der Mann, mit dem sich Edklinth mehr als mit jedem anderen gern mal ernsthaft unterhalten hätte.

Edklinth glaubte nicht an einen Zufall von so gigantischen Ausmaßen. Kriminalinspektor Bublanski auch nicht. Blomkvist schon gar nicht. Edklinth griff noch einmal zu seinem Filzstift.

Evert Gullberg, 78 Jahre. Anwalt für Steuerrecht. ?

Wer zum Henker war Evert Gullberg?

Er erwog, den Chef der RPF/Sich anzurufen, hielt sich aber aus dem einfachen Grund zurück, weil er nicht wusste, wie weit nach oben die Verschwörung in der Organisation der SiPo reichte. Kurz und gut, er wusste überhaupt nicht mehr, wem er noch vertrauen konnte.

Nachdem er die Möglichkeit verworfen hatte, sich an jemanden innerhalb der RPF/Sich zu wenden, überlegte er eine

Weile, ob er sich einfach an die reguläre Polizei wenden sollte. Jan Bublanski war der Leiter der Ermittlungen in Sachen Ronald Niedermann und dürfte sich wohl für alle Informationen interessieren, die diesen Fall betrafen. Doch rein politisch war dieser Schritt völlig unmöglich.

Er spürte eine Zentnerlast auf seinen Schultern.

Schließlich blieb ihm nur noch eine Alternative, die verfassungskonform war und ihn vielleicht schützen konnte, wenn er in der Zukunft politisch in Ungnade fallen sollte. Er musste sich an seinen obersten Chef wenden und sich politische Rückendeckung für seine Ermittlungen verschaffen.

Er sah auf die Uhr. Freitagnachmittag, kurz vor vier. Er griff zum Hörer und rief den Justizminister an, den er seit mehreren Jahren kannte und bei verschiedenen Vorträgen getroffen hatte. Er bekam ihn tatsächlich schon nach fünf Minuten an den Apparat.

»Hallo, Torsten«, grüßte ihn der Justizminister. »Lang nichts mehr von Ihnen gehört. Worum geht's?«

»Ehrlich gesagt rufe ich Sie an, um herauszufinden, für wie glaubwürdig Sie mich halten.«

»Glaubwürdig? Lustige Frage. Meiner Meinung nach sind Sie sehr glaubwürdig. Was bewegt Sie, mir so eine Frage zu stellen?«

»Ein dramatisches und außergewöhnliches Anliegen bewegt mich dazu … Ich brauche ein Treffen mit Ihnen und dem Ministerpräsidenten. Es ist sehr dringend.«

»Hoppla.«

»Entschuldigen Sie bitte, aber bevor ich Ihnen Weiteres erkläre, möchte ich lieber warten, bis wir unter uns reden können. Ich habe hier eine Angelegenheit auf dem Tisch, die so absonderlich ist, dass sowohl Sie als auch der Ministerpräsident davon erfahren sollten.«

»Das hört sich ja dramatisch an.«

»Ist es auch.«

»Hat es irgendwas mit einer terroristischen Bedrohung zu tun …«

»Nein. Ich setze in dieser Angelegenheit mein ganzes Ansehen und meine Karriere aufs Spiel. Ich würde dieses Telefonat nicht führen, wenn ich nicht glaubte, dass der Ernst der Situation es erfordert.«

»Verstehe. Daher also Ihre Frage, ob ich Sie für glaubwürdig halte … Wie schnell müssen Sie den Ministerpräsidenten treffen?«

»Noch heute Abend, wenn das einzurichten ist.«

»Jetzt fange ich aber wirklich an, mir Sorgen zu machen.«

»Sie haben leider allen Grund dazu.«

»Wie lange wird dieses Treffen dauern?«

Edklinth überlegte.

»Es wird wohl eine Stunde dauern, bis ich alle Details erklärt habe.«

»Ich rufe Sie gleich zurück, ja?«

Der Justizminister rief nach fünfzehn Minuten zurück und erklärte, dass der Ministerpräsident Torsten Edklinth am selben Abend um 21 Uhr 30 in seiner Wohnung empfangen könne. Als Edklinth auflegte, hatte er schweißnasse Hände. *Okay … morgen früh könnte meine Karriere schon vorbei sein.*

Er hob noch einmal den Hörer ab und rief Monica Figuerola an.

»Hallo, Monica. Heute Abend um 21 Uhr müssen Sie noch einmal zum Dienst erscheinen. Ziehen Sie sich bitte gut an.«

»Ich zieh mich immer gut an«, antwortete Monica Figuerola.

Der Ministerpräsident betrachtete den Chef des Verfassungsschutzes mit einem Blick, den man am ehesten als misstrauisch bezeichnen konnte. Edklinth kam es vor, als würden hinter der Stirn des Ministerpräsidenten die Zahnrädchen auf Hochtouren laufen.

Der Ministerpräsident betrachtete Monica Figuerola, die

während des einstündigen Vortrags keinen Ton gesagt hatte. Er sah eine ungewöhnlich große und muskulöse Frau, die seinen Blick höflich und erwartungsvoll erwiderte.

Schließlich atmete der Ministerpräsident tief durch, nahm die Brille ab und starrte eine Weile in die Ferne.

»Ich glaube, wir brauchen noch Kaffee«, sagte er schließlich.

Edklinth nickte, und der Justizminister schenkte aus der Thermoskanne nach.

»Wenn ich noch einmal zusammenfassen darf, damit ich auch ganz sicher sein kann, alles richtig verstanden zu haben«, sagte der Ministerpräsident. »Sie haben den Verdacht, dass es innerhalb der Sicherheitspolizei eine Verschwörung von Mitarbeitern gibt, die in kriminelle Machenschaften verstrickt sind und damit außerhalb ihres verfassungsmäßigen Auftrags agieren.«

Edklinth nickte.

»Und Sie kommen damit zu mir, weil Sie der Führung der Sicherheitspolizei nicht vertrauen?«

»Nun ja«, antwortete Edklinth. »Ich habe beschlossen, mich direkt an Sie zu wenden, weil diese Art von Tätigkeit verfassungswidrig ist, aber es besteht ja auch die Möglichkeit, dass ich irgendetwas falsch deute. Die Tätigkeit könnte ja womöglich von oberster Stelle genehmigt worden sein. Wenn dem so wäre, würde ich unter Umständen sogar eine heimliche Operation gefährden.«

Der Ministerpräsident sah den Justizminister an. Beiden war klar, dass Edklinth sich gut absichern wollte.

»Ich habe noch nie von etwas Derartigem gehört. Wissen Sie etwas davon?«

»Absolut nicht«, erwiderte der Justizminister. »In keinem Bericht der Sicherheitspolizei habe ich etwas gelesen, was damit zu tun haben könnte.«

»Mikael Blomkvist vermutet eine interne Fraktion in der SiPo. Er nennt sie den Zalatschenko-Klub.«

»Ich habe noch nicht einmal davon gehört, dass Schweden einen russischen Überläufer von diesem Format aufgenommen und versorgt haben sollte ... Er ist also zur Zeit der Fälldin-Regierung übergelaufen.«

Edklinth räusperte sich.

»Der bürgerlichen Regierung folgte Olof Palme. Es ist kein Geheimnis, dass meine Vorgänger bei der RPF/Sich ein gespaltenes Verhältnis zu Palme hatten ...«

»Sie meinen also, dass man es unterlassen hat, die sozialdemokratische Regierung zu informieren ...«

Edklinth nickte.

»Ich darf Sie daran erinnern, dass Fälldin über zwei Legislaturperioden regierte. Doch beide Male zerbrach die Regierung, was eine Reihe höchst komplizierter Koalitionsverhandlungen und Kabinettsumbildungen zur Folge hatte. Es herrschte, kurz gesagt, ein ziemliches Chaos. Das mag dazu beigetragen haben, dass die RPF/Sich den Fall Zalatschenko als ihre interne Angelegenheit betrachtet hat.«

»Wer wäre dann verantwortlich?«, erkundigte sich der Ministerpräsident.

Alle außer Monica Figuerola schüttelten den Kopf.

»Ich nehme an, dass diese Sache unweigerlich zu den Massenmedien durchsickern wird«, sagte der Ministerpräsident.

»Mikael Blomkvist und *Millennium* werden die Story veröffentlichen. Mit anderen Worten, wir befinden uns in einer Zwangslage.«

Edklinth achtete sorgfältig darauf, an dieser Stelle das Wörtchen »wir« zu benutzen. Der Ministerpräsident nickte.

»Dann möchte ich mich als Erstes bei Ihnen bedanken, dass Sie mit dieser Angelegenheit so schnell zu mir gekommen sind. Normalerweise empfange ich so kurzfristig keinen Besuch, aber der Justizminister hat mir versichert, dass Sie ein vernünftiger Mensch sind und etwas Außergewöhnliches vorgefallen sein muss, wenn es Ihnen so eilt.«

Edklinth atmete ein wenig auf. Was auch geschah, der Zorn des Ministerpräsidenten würde ihn also nicht treffen.

»Jetzt müssen wir nur noch entscheiden, wie wir in dieser Sache weiter verfahren wollen. Haben Sie Vorschläge?«

»Vielleicht«, antwortete Edklinth zögerlich.

Er schwieg so lange, dass Monica Figuerola sich schließlich räusperte.

»Wenn ich dazu etwas sagen dürfte ...«

»Bitte sehr«, sagte der Ministerpräsident.

»Falls es wirklich so ist, dass die Regierung von dieser Operation nichts weiß, dann ist sie gesetzeswidrig. Wenn wir die Behauptungen von Mikael Blomkvist belegen können, bedeutet das, dass eine Gruppe von Mitarbeitern innerhalb der SiPo eine kriminelle Tätigkeit ausgeübt hat. Damit zerfällt das Problem in zwei Teile.«

»Wie meinen Sie das?«

»Zum Ersten müssen wir die Frage beantworten, wie das alles möglich war. Wer hatte die Verantwortung? Wie konnte eine derartige Verschwörung im Rahmen einer etablierten Polizeiorganisation überhaupt entstehen? Ich möchte Sie daran erinnern, dass ich selbst für die RPF/Sich arbeite, und ich bin stolz darauf. Aber wie konnte so etwas so lange unentdeckt bleiben und finanziert werden?«

Der Ministerpräsident nickte.

»Über diesen Part wird man eines Tages Bücher schreiben«, fuhr Monica Figuerola fort. »Aber eines ist klar – es muss eine Finanzierung geben, und die muss sich auf mindestens ein paar Millionen Kronen pro Jahr belaufen. Ich habe mir das Budget der Sicherheitspolizei mal angesehen und kann nichts finden, was auf die Existenz des Zalatschenko-Klubs hinweisen würde. Aber wie Sie wissen, gibt es da noch einige versteckte Fonds, in die ich keinen Einblick habe.«

Der Ministerpräsident nickte finster. Warum musste die SiPo immer so ein administrativer Albtraum sein?

»Der zweite Part betrifft die Frage, welche Personen in diese Affäre verwickelt sind. Oder genauer gesagt, welche Personen, streng genommen, hinter Schloss und Riegel gehören.«

Der Ministerpräsident spitzte die Lippen.

»Meiner Meinung nach hängen all diese Fragen von der Entscheidung ab, die Sie in den nächsten Minuten treffen.«

Edklinth hielt den Atem an. Hätte er Monica Figuerola jetzt gegen das Schienbein treten können, dann hätte er es getan. Auf einmal hatte sie alle Rhetorik beiseitegelassen und den Ministerpräsidenten selbst als den Verantwortlichen hingestellt. Zu diesem Schluss hätte er auch kommen wollen, aber erst nach langwierigen diplomatischen Umwegen.

»Und welche Entscheidung soll ich Ihrer Meinung nach treffen?«, fragte der Ministerpräsident.

»Wir von der Sicherheitspolizei möchten betonen, dass wir gemeinsame Interessen verfolgen. Ich arbeite seit drei Jahren für den Verfassungsschutz und finde, dass meine Aufgabe von zentraler Bedeutung für die schwedische Demokratie ist. Die Sicherheitspolizei hat sich in den letzten Jahren immer im Rahmen der Verfassung bewegt. Selbstverständlich will ich vermeiden, dass sie jetzt in einen Skandal gerät. Für uns ist es wichtig, darauf hinzuweisen, dass es sich um die verbrecherischen Alleingänge von Einzelpersonen handelt.«

»Tätigkeiten dieser Art sind definitiv nie von der Regierung abgesegnet worden«, warf der Justizminister ein.

Monica Figuerola nickte und überlegte kurz.

»Dann würde ich vorschlagen, dass Sie – in Ihrer Eigenschaft als Ministerpräsident – den Verfassungsschutz damit beauftragen, dieses Durcheinander so schnell wie möglich zu klären. Sie könnten uns eine schriftliche Anweisung geben und die notwendigen Befugnisse erteilen.«

»Ich bin nicht sicher, ob das gesetzeskonform ist, was Sie da vorschlagen«, meinte der Justizminister.

»Doch. Es ist gesetzeskonform. Die Regierung hat die

Macht, weitreichende Maßnahmen zu ergreifen, sobald die Verfassung von illegalen Machenschaften bedroht wird. Und wenn eine Gruppe von Militärs oder Sicherheitsbeamten anfängt, auf eigene Faust Außenpolitik zu betreiben, dann hat de facto ein Staatsstreich in diesem Land stattgefunden.«

»Außenpolitik?«, hakte der Justizminister nach.

Plötzlich nickte der Ministerpräsident.

»Zalatschenko war ein Überläufer einer fremden Staatsmacht«, erklärte Monica Figuerola. »Die Informationen, die er der SiPo gab, wurden laut Mikael Blomkvist an ausländische Nachrichtendienste weitergegeben. Wenn die Regierung darüber nicht informiert wurde, ist das als Staatsstreich zu betrachten.«

»Ich verstehe Ihren Gedankengang«, sagte der Ministerpräsident. »Erlauben Sie nun, dass ich Ihnen meinen eigenen darlege.«

Er stand auf und ging einmal um den Wohnzimmertisch herum. Schließlich blieb er vor Edklinth stehen.

»Sie haben da eine talentierte Mitarbeiterin. Außerdem kommt sie ohne Umschweife zur Sache. Das gefällt mir.«

Edklinth schluckte und nickte. Der Ministerpräsident wandte sich an seinen Justizminister.

»Morgen früh möchte ich hier ein Dokument haben, das dem Verfassungsschutz außerordentliche Befugnisse in dieser Affäre erteilt. Der Auftrag besteht darin, den Wahrheitsgehalt der betreffenden Behauptungen festzustellen, Belege für das Ausmaß dieser Geschichte zu sammeln sowie die Personen zu identifizieren, die dafür verantwortlich oder daran beteiligt waren.«

Edklinth nickte abermals.

»In diesem Dokument soll allerdings nicht stehen, dass Sie eine Voruntersuchung anstellen – kann sein, dass ich mich irre, aber ich glaube, dass nur der Generalstaatsanwalt ermächtigt ist, eine Voruntersuchung einzuleiten. Ich kann Sie jedoch mit einer Sonderermittlung beauftragen. Sie führen also eine von staatlicher Seite in Auftrag gegebene Untersuchung durch. Verstanden?«

»Ja. Aber ich möchte darauf hinweisen, dass ich selbst einmal Staatsanwalt war.«

»Hmm. Wir werden die Rechtslage prüfen lassen. Sie sind auf jeden Fall allein verantwortlich für diese Ermittlung. Die entsprechenden Mitarbeiter bestimmen Sie selbst. Wenn Sie Beweise für kriminelle Machenschaften finden, müssen Sie diese Information an den Generalstaatsanwalt weitergeben, der über eine Anklage entscheiden wird.«

»Hmm«, machte Monica Figuerola.

»Was?«, fragte der Ministerpräsident.

»Da wären noch zwei Probleme ... Erstens könnte *Millenniums* Enthüllungsstory mit unseren Ermittlungen kollidieren, und zweitens beginnt in ein paar Wochen der Prozess gegen Lisbeth Salander.«

»Können wir herausfinden, wann *Millennium* veröffentlichen will?«

»Wir könnten Erkundigungen einziehen«, meinte Edklinth. »Uns in die Arbeit der freien Presse einzumischen wäre allerdings das Letzte, was uns einfiele.«

»Was dieses Mädchen Salander angeht ...«, begann der Justizminister. Er überlegte kurz. »Es wäre schrecklich, wenn ihr tatsächlich dieses Unrecht widerfahren wäre, wie *Millennium* behauptet ... sollte so etwas tatsächlich möglich sein?«

»Ich befürchte, ja«, meinte Edklinth.

»Dann müssen wir dafür sorgen, dass sie rehabilitiert wird und vor allem keinen neuen Übergriffen ausgesetzt werden kann«, sagte der Ministerpräsident.

»Und wie soll das gehen?«, fragte der Justizminister. »Die Regierung kann unter gar keinen Umständen in einen laufenden Prozess eingreifen. Das wäre gesetzeswidrig. Erst wenn Salander den Prozess verloren hat und bei der Regierung Berufung einlegt, können wir eingreifen und sie begnadigen oder den Generalstaatsanwalt prüfen lassen, ob es Gründe für eine Wiederaufnahme des Prozesses gibt.«

Dann fügte er noch hinzu:

»Aber es geht nur darum, ob sie zu einer Gefängnisstrafe verurteilt wird. Wenn sie in die geschlossene Psychiatrie eingewiesen wird, sind der Regierung die Hände gebunden. Das ist eine medizinische Frage, und der Ministerpräsident hat nicht die Kompetenz, über ihre Gesundheit zu befinden.«

Am Freitagabend um zehn Uhr hörte Lisbeth Salander den Schlüssel in der Tür. Schnell schaltete sie ihren Palm aus und schob ihn unter das Kissen. Als sie aufblickte, sah sie, wie Dr. Jonasson die Tür hinter sich schloss.

»Guten Abend, Frau Salander«, begrüßte er sie. »Und, wie geht es Ihnen heute Abend?«

»Ich habe rasendes Kopfweh und fühle mich fiebrig«, erklärte Lisbeth.

»Das hört sich ja gar nicht gut an.«

Lisbeth Salander sah nicht gerade so aus, als würde sie sonderlich von Fieber oder Kopfschmerzen gequält. Dr. Jonasson untersuchte sie zehn Minuten lang. Er stellte fest, dass das Fieber am Abend wieder stark gestiegen war.

»Zu traurig, dass uns das passiert ist, wo Sie sich doch in den letzten Wochen so gut erholt hatten. Tja, jetzt muss ich Sie leider noch mindestens zwei Wochen hierbehalten.«

»Zwei Wochen dürften reichen.«

Er bedachte sie mit einem langen Blick.

Die Entfernung zwischen London und Stockholm auf dem Landweg beträgt ungefähr eintausendachthundert Kilometer, die man theoretisch in zwanzig Stunden zurücklegen könnte. Doch hatte er fast schon zwanzig Stunden benötigt, um die deutsch-dänische Grenze zu erreichen. Der Himmel war mit bleischweren Gewitterwolken bedeckt, und als der Mann, der sich Trinity nannte, am Montag auf der Öresund-Brücke war, schüttete es wie aus Eimern. Er verlangsamte die Fahrt und schaltete die Scheibenwischer an.

Trinity fand es ganz schrecklich, durch Europa zu fahren, da der gesamte Kontinent stur an der Unsitte festhielt, die falsche Straßenseite zu benutzen. Er hatte seinen Lieferwagen am Samstagmorgen beladen, die Fähre von Dover nach Calais genommen und war danach via Lüttich durch Belgien gefahren. Bei Aachen hatte er die deutsche Grenze überquert und dann auf der Autobahn den Weg in Richtung Hamburg und weiter nach Dänemark eingeschlagen.

Sein Kompagnon Bob the Dog schlummerte auf dem Rücksitz. Sie hatten sich mit dem Fahren abgewechselt, und wenn man die wenigen einstündigen Pausen an den Raststätten nicht mitzählte, hatten sie einen Schnitt von 90 Kilometern pro Stunde eingehalten. Der Lieferwagen war 18 Jahre alt und gab nicht viel mehr her.

Zwar hätte man auch einfacher von London nach Stockholm gelangen können, doch leider war es abwegig, eine knapp dreißig Kilo schwere elektronische Ausrüstung mit dem Flugzeug nach Schweden einzuführen. Obwohl sie unterwegs sechs Landesgrenzen passiert hatten, waren sie von keinem einzigen Zollbeamten und keiner Passkontrolle aufgehalten worden. Trinity war ein großer Anhänger der EU, deren Bestimmungen seine Besuche auf dem Kontinent vereinfachten.

Er war 32 Jahre alt und stammte aus Bradford, wohnte aber seit seiner Kindheit in London. Seine schulische Ausbildung war äußerst mangelhaft; er konnte ein Berufsschulzeugnis vorweisen, das ihm bescheinigte, dass er ausgebildeter Telekommunikationstechniker war. Nach seinem 19. Geburtstag hatte er drei Jahre lang als Installateur für die British Telecom gearbeitet.

In Wirklichkeit besaß er so eingehende Kenntnisse der Elektronik und Informatik, dass er in einem Fachgespräch ohne Weiteres jeden beliebigen großtuerischen Professor übertrumpfen konnte. Seit seinem zehnten Lebensjahr lebte er mit Computern, und als er 13 war, hatte er seinen ersten Computer gehackt. Dabei hatte er Blut geleckt, und im Alter von 16 Jahren war er so weit, dass er mit den Besten der Welt mithalten konnte. Es gab eine Zeit, da verbrachte er jede freie Minute vor dem Bildschirm, schrieb eigene Programme und stellte heimtückische Fallen im Internet auf. Er nistete sich bei der BBC, dem englischen Verteidigungsministerium und Scotland Yard ein. Es gelang ihm sogar einmal, kurzzeitig das Kommando eines britischen Atom-U-Boots zu übernehmen, das in der Nordsee auf Patrouille war. Gott sei Dank gehörte Trinity eher zur neugierigen als zur bösartigen Sorte von Datenmarodeuren. Seine Faszination erlosch in dem Moment, in dem er einen Computer geknackt und sich Zugriff auf dessen Geheimnisse verschafft hatte.

Er machte die Ausbildung zum Telekommunikationstechniker, weil er ja sowieso schon wusste, wie das Telefonnetz funktionierte. Als er feststellte, dass alles hoffnungslos veraltet war, sattelte er um, indem er als privater Sicherheitsberater Alarmanlagen installierte. Einem exklusiven Kundenkreis konnte er auch solche Finessen wie Überwachung und Lauschangriffe anbieten.

Er war einer der Gründer von Hacker Republic. Und Wasp war eine der Bürgerinnen.

Als Bob the Dog und er sich Stockholm näherten, war es schon halb acht am Sonntagabend. Als sie in Skärholmen bei IKEA vorbeifuhren, klappte Trinity sein Handy auf und wählte eine Nummer, die er auswendig gelernt hatte.

»Plague?«, sagte er.

»Wo seid ihr?«

»Du hast gesagt, ich soll anrufen, wenn wir bei IKEA vorbeifahren.«

Plague beschrieb ihm den Weg zur Jugendherberge auf Långholmen, wo er für seine Kollegen aus England ein Zimmer gebucht hatte. Da Plague das Haus so gut wie nie verließ, verabredeten sie sich für den nächsten Morgen um neun Uhr in seiner Wohnung.

Nachdem er eine Weile überlegt hatte, beschloss Plague, sich mal richtig ins Zeug zu legen und abzuwaschen, abzutrocknen und zu lüften, bevor seine Gäste eintrafen.

Teil III

Disc Crash

27. Mai – 6. Juni

Der Historiker Diodorus aus Sizilien, der im 1. Jahrhundert v. Chr. lebte, berichtet von Amazonen in Libyen, zu jener Zeit ein Sammelbegriff für das gesamte nordafrikanische Gebiet westlich von Ägypten. Dieses Reich war eine Gynokratie, das heißt, dass nur Frauen öffentliche – also auch militärische – Posten innehaben konnten. Der Legende nach regierte hier Königin Myrina, die mit dreißigtausend weiblichen Soldaten und dreitausend weiblichen Kavalleristen durch Europa und Syrien bis hin zur Ägäis zog und auf dem Weg eine Reihe von männlichen Armeen niederschlug. Als sie schließlich fiel, zerstreute sich ihr Heer.

Myrinas Armee hinterließ jedoch Spuren in der Region. Die Frauen in Anatolien griffen zu den Waffen, um eine Invasion aus dem Kaukasus abzuwehren, nachdem nahezu alle männlichen Soldaten getötet worden waren. Diese Frauen übten sich in allen Formen der Waffenkunst, mit dem Bogen, dem Speer, der Streitaxt und der Lanze. Bronzeharnische und Rüstungen kopierten sie von den Griechen.

Die Ehe wurde abgelehnt, da sie als eine Form der weiblichen Unterwerfung galt. Um für den Nachwuchs zu sorgen, wurde den Frauen eine Dienstpause bewilligt, in der sie mit zufällig ausgewählten Männern aus den umliegenden Orten schliefen. Nur eine Frau, die schon einen Mann im Kampf getötet hatte, durfte ihre Unschuld aufgeben.

16. Kapitel
Freitag, 27. Mai – Dienstag, 31. Mai

Am Freitagabend um halb elf verließ Mikael Blomkvist die *Millennium*-Redaktion. Er benutzte das Treppenhaus, um ins Erdgeschoss zu gelangen, aber statt auf die Straße hinauszugehen, bog er nach links ab und nahm den Weg durch den Keller auf den Innenhof, der durch eine schmale Passage mit der Hökens gata verbunden war. Dort begegnete er einer Gruppe Jugendlicher aus Mosebacke, schenkte ihnen aber weiter keine Aufmerksamkeit. Wenn jemand die *Millennium*-Redaktion observierte, musste er annehmen, dass Mikael wie üblich dort übernachtete. Seit ein paar Wochen befolgte er diese Vorsichtsmaßregel, während Christer Malm die Nachtschichten in der Redaktion übernahm.

Er lief fünfzehn Minuten durch alle möglichen Gässchen und Straßen rund um Mosebacke, bevor er seine Schritte zur Fiskargatan 9 lenkte. Durch Eingabe des richtigen Zahlencodes öffnete er die Tür und ging die Treppen bis zur Dachwohnung hinauf, wo er mit Lisbeths Schlüsseln ihre Wohnung aufschloss. Er schaltete die Alarmanlage ab. Jedes Mal wenn er Lisbeths Wohnung betrat – einundzwanzig Zimmer, drei davon möbliert –, empfand er wieder die gleiche Verwirrung.

Seit Mitte April, als Björcks Bericht gestohlen worden war und Mikael bewusst wurde, dass er unter Beobachtung stand, hatte er sein privates Hauptquartier in Lisbeths Wohnung aufgeschlagen. Mehrere Nächte pro Woche verbrachte er in ihrer Wohnung, schlief in ihrem Bett und arbeitete an ihrem Computer. Sie hatte sämtliche Informationen von ihrem Computer gelöscht, als sie nach Gosseberga fuhr, um mit Zalatschenko abzurechnen. Mikael schätzte, dass sie vermutlich nicht vorgehabt hatte, hierher zurückzukehren. Mithilfe ihrer System-CD hatte er ihren Computer wieder betriebsbereit gemacht.

Seit April hatte er nicht einmal das Breitbandkabel in seinen Computer gesteckt. Er loggte sich bei ihr ein, startete ICQ und pingte die Adresse an, die sie für ihn eingerichtet hatte und ihm über die Yahoo-Group [Verrückte_Tafelrunde] mitgeteilt hatte.

Hallo, Sally.

Schieß los.

Ich habe an den zwei Kapiteln gearbeitet, über die wir diese Woche schon gesprochen hatten. Die neue Version liegt bei Yahoo. Wie läuft's bei dir so?

Hab 17 Seiten fertig. Die leg ich jetzt auch auf der Verrückten Tafelrunde ab.

Pling.

Okay. Hab sie. Lass mich schnell durchlesen, dann reden wir weiter.

Ich hab noch mehr.

Was denn?

Ich hab noch eine Yahoo-Group angelegt, unter dem Namen Die Ritter.

Mikael lächelte.

Okay. Die Ritter der Verrückten Tafelrunde.

Passwort Yacaraca12.

Okay.

Vier Mitglieder. Du, ich, Plague und Trinity.

Deine geheimnisvollen Internetkumpels.

Rückendeckung.

Okay.

Plague hat Informationen von Staatsanwalt Ekströms Computer runterkopiert. Den haben wir im April gehackt.

Okay.

Wenn ich meinen Palm verlieren sollte, hält er dich auf dem Laufenden.

Gut. Danke.

Mikael loggte sich bei ICQ aus und ging zu der neuen Yahoo-Group [Die Ritter]. Alles, was er dort fand, war ein Link von Plague zu einer anonymen http-Adresse, die nur aus Zahlen bestand. Er kopierte die Adresse in den Explorer, drückte die Return-Taste und kam sofort auf eine Website irgendwo im Internet, die die 16 GB enthielt, die Staatsanwalt Richard Ekströms Festplatte ausmachten.

Plague hatte es sich offensichtlich leicht gemacht, indem er Ekströms Festplatte einfach komplett kopiert hatte. Mikael brauchte über eine Stunde, um den Inhalt zu sortieren. Er ordnete Systemdateien, Software und Unmengen von Voruntersuchungen, von denen manche offenbar mehrere Jahre zurücklagen. Schließlich lud er sich noch vier Ordner herunter. Drei davon hießen [Vorunt-Salander], [Divers-Salander] und [Vorunt-Niedermann]. Der vierte Ordner war eine Kopie von Ekströms Mailordner bis 14 Uhr des vorigen Tages.

»Danke, Plague«, sagte Mikael Blomkvist.

Er brauchte drei Stunden, bis er Ekströms Voruntersuchung und die Strategie für den Prozess gegen Lisbeth Salander durchgesehen hatte. Wie zu erwarten war, ging es im Wesentlichen um ihren Geisteszustand. Ekström hatte eine Menge Mails geschrieben, die darauf hinarbeiteten, Lisbeth so schnell wie möglich ins Untersuchungsgefängnis überführen zu lassen.

Mikael stellte fest, dass Ekströms Ermittlungen im Fall Niedermann auf der Stelle traten. Bublanski war der Fahndungsleiter. Was die Morde an Dag Svensson und Mia Bergman sowie den Mord an Rechtsanwalt Bjurman anging, so war es ihm gelungen, einiges an kriminaltechnischen Beweisen zusammenzutragen. Mikael selbst hatte im April in drei langen Verhören zum Großteil dieser Informationen beigetragen, und wenn Niedermann jemals gefasst werden sollte, musste er eine Zeugenaussage machen. Außerdem hatte man die DNA einiger Schweißtropfen und zweier Haarsträhnen aus Bjurmans Wohnung mit der DNA in Niedermanns Wohnung in Verbindung bringen können. Die gleiche DNA hatte man an den sterblichen Überresten des Finanzexperten des Svavelsjö MC, Viktor Göransson, feststellen können.

Über Zalatschenko besaß Ekström auffallend spärliche Informationen.

Mikael zündete sich eine Zigarette an, stellte sich ans Fenster und blickte über den Djurgården.

Ekström leitete also derzeit zwei Voruntersuchungen, die man voneinander getrennt hatte. Kriminalinspektor Hans Faste war der Fahndungsleiter in allen Angelegenheiten, die mit Lisbeth Salander zu tun hatten. Bublanski beschäftigte sich nur noch mit Niedermann.

Als der Name Zalatschenko in der Voruntersuchung auftauchte, hätte Ekström eigentlich sofort Kontakt mit dem Generaldirektor der Sicherheitspolizei aufnehmen und die Frage stellen müssen, wer dieser Zalatschenko eigentlich war. Einen solchen Kontakt konnte Mikael jedoch weder in Ekströms Mails noch in seinem Kalender oder seinen Notizen finden. Hingegen war nicht zu übersehen, dass er gewisse Informationen über Zalatschenko besaß. In den Notizen fand Mikael mehrere kryptische Formulierungen:

Salander-Bericht eine Fälschung. Björcks Original stimmt nicht mit Blomkvists Version überein. Streng geheim.

Hmm. Dann eine Reihe von Notizen, die behaupteten, dass Lisbeth Salander paranoid-schizophren war.

Zwangseinweisung von Salander 1991 korrekt.

In einem Ordner fand Mikael verschiedene Hintergrundinformationen, die der Staatsanwalt als irrelevant für die Voruntersuchung einstufte und die daher in der Gerichtsverhandlung nicht zur Sprache gebracht werden oder in die Beweiskette gegen sie eingehen sollten. Dazu gehörte im Großen und Ganzen alles, was mit Zalatschenkos Vergangenheit zu tun hatte.

Die Untersuchung war völlig unzulänglich.

Mikael fragte sich, wie viel davon Zufall war und wie viel arrangiert. Wo verlief die Grenze? Und war sich Ekström der Existenz dieser Grenze bewusst?

Oder war es tatsächlich möglich, dass jemand Ekström vorsätzlich mit glaubwürdigen, aber irreführenden Informationen versorgte?

Schließlich loggte er sich bei Hotmail ein und verbrachte die nächsten zehn Minuten damit, das halbe Dutzend anonymer Mailaccounts durchzugehen, die er sich eingerichtet hatte. Jeden Tag hatte er auch getreulich die Hotmail-Adresse kontrolliert, die er Sonja Modig gegeben hatte. Er hegte keine größere Hoffnung, dass sie von sich hören ließ. Daher war er ziemlich überrascht, als er die Mailbox öffnete und eine Mail von <reisegesellschaft9april@hotmail.com> vorfand. Die Mitteilung bestand aus einer einzigen Zeile.

Café Madeleine, Obergeschoss, Sa 11 Uhr

Mikael Blomkvist nickte nachdenklich.

Plague pingte Lisbeth gegen Mitternacht an und riss sie mitten aus einer Formulierung über ihre Erfahrungen mit Holger Palmgren als Vormund. Irritiert sah sie auf das Display.

Was willst du?
Hallo, Wasp, freu mich auch, von dir zu hören.
Schon gut. Was ist?
Teleborian.

Sie setzte sich im Bett auf und blickte gespannt auf den Bildschirm ihres Palms.

Erzähl.

Trinity hat das in Rekordzeit hingekriegt.

Wie?

Der Klapsdoktor kann nicht still sitzen. Reist die ganze Zeit zwischen Uppsala und Stockholm hin und her, und wir können in aller Ruhe einen hostile takeover *durchführen.*

Ich weiß. Wie?

Zweimal pro Woche geht er Tennis spielen. Jedes Mal zwei Stunden. Hat den Computer im Auto in einer Parkgarage gelassen.

Aha.

Trinity hatte keine Probleme, die Alarmanlage des Wagens auszustellen und den Computer rauszuholen. Er hat nur dreißig Minuten gebraucht, alles via Firewire *zu kopieren und* Asphyxia *einzubauen.*

Wo?

Plague gab ihr die http-Adresse des Servers, auf dem er Teleborians Festplatte abgelegt hatte.

Um Trinity zu zitieren .... This is some nasty shit.

?

Guck dir einfach seine Festplatte an.

Lisbeth suchte sofort den Server auf, den Plague angegeben hatte. In den nächsten drei Stunden sah sie sich einen Ordner nach dem anderen von Teleborians Computer an.

Sie fand die Korrespondenz zwischen Teleborian und einer Person, die eine Hotmail-Adresse hatte und verschlüsselte Mails schickte. Da sie Zugang zu Teleborians PGP-Schlüssel hatte, konnte sie problemlos den Schriftverkehr entschlüsseln und lesen. Er hieß Jonas, der Nachname fehlte. Jonas und Teleborian hatten ein ungesundes Interesse an Lisbeth Salanders mangelndem Wohlbefinden.

Yes … wir können beweisen, dass eine Verschwörung vorliegt.

Aber was Lisbeth Salander wirklich interessierte, waren die siebenundvierzig Ordner, die achttausendsiebenhundertsechsundfünfzig Bilder mit gröbster Kinderpornografie enthielten. Sie machte ein Bild nach dem anderen auf. Manche Kinder mochten um die 15 sein, viele auch jünger. Eine ganze Reihe von Fotos zeigte auch Kleinkinder. Auf den meisten Bildern waren Mädchen zu sehen. Mehrere waren sadistischer Natur.

Sie fand Links zu mindestens einem Dutzend Personen in verschiedenen Ländern, die untereinander Kinderpornos austauschten.

Lisbeth biss sich auf die Unterlippe. Ansonsten war auf ihrem Gesicht keine Gemütsregung zu erkennen.

Sie erinnerte sich an die Nächte, als sie als Zwölfjährige in einem stimulationsfreien Raum in der kinderpsychiatrischen Klinik St. Stefan gelegen hatte. Immer wieder war Teleborian im Dunkeln zu ihr ins Zimmer gekommen und hatte sie im Schein des Nachtlichts betrachtet.

Sie wusste es. Er hatte sie nie angefasst, aber sie hatte es immer gewusst.

Sie verfluchte sich selbst. Sie hätte sich schon vor ein paar Jahren um Teleborian kümmern müssen. Aber sie hatte ihn verdrängt und seine Existenz ignoriert.

Sie hatte ihn gewähren lassen.

Nach einer Weile pingte sie Mikael Blomkvist bei ICQ an.

Mikael Blomkvist verbrachte die Nacht in Lisbeth Salanders Wohnung in der Fiskargatan. Erst morgens um halb sieben schaltete er den Computer aus. Als er einschlief, hatte er die pornografischen Kinderfotos immer noch auf der Netzhaut. Er wachte um Viertel nach neun auf, duschte und bestellte sich ein Taxi, das ihn vor dem Södra teatern abholte. Um fünf vor elf war er auf der Birger Jarlsgatan und ging zum Café »Madeleine«.

Sonja Modig saß schon vor einer Tasse schwarzem Kaffee und wartete auf ihn.

»Hallo«, sagte Mikael.

»Ich gehe hier ein großes Risiko ein«, sagte sie ohne eine Begrüßung. »Ich werde gefeuert und handele mir sogar eine Anzeige ein, wenn je herauskommt, dass ich mich mit Ihnen getroffen habe.«

»Von mir wird es niemand erfahren.«

Sie wirkte gestresst.

»Einer meiner Kollegen hat vor Kurzem den ehemaligen Ministerpräsidenten Thorbjörn Fälldin besucht. Er ist rein privat hingefahren, und sein Job steht ebenfalls auf dem Spiel.«

»Verstehe.«

»Ich verlange, dass unsere Anonymität unter allen Umständen gewahrt bleibt.«

»Ich weiß ja nicht mal, von welchem Kollegen Sie sprechen.«

»Das werden Sie gleich erfahren. Ich will Ihr Versprechen, dass Sie ihn schützen wie eine anonyme Quelle.«

»Sie haben mein Wort.«

Sie warf einen Blick auf die Uhr.

»Haben Sie es eilig?«

»Ja. Ich treffe meinen Mann und die Kinder in zehn Minuten. Mein Mann glaubt, dass ich noch in der Arbeit bin.«

»Und Bublanski weiß auch nichts von unserem Treffen?«

»Nein.«

»Okay. Ihr Kollege und Sie genießen völlige Anonymität. Für alle Zeit.«

»Mein Kollege ist Jerker Holmberg, den Sie in Göteborg kennengelernt haben. Sein Vater ist in der Zentrumspartei, Jerker kennt Fälldin seit Kindertagen. Er hat ihm einen privaten Besuch abgestattet und ihn nach Zalatschenko gefragt.«

»Verstehe.«

Plötzlich bekam Mikael heftiges Herzklopfen.

»Fälldin schein absolut integer zu sein. Holmberg hat ihm

von Zalatschenko erzählt und ihn gefragt, was er von dem Überläufer wusste. Erst sagte Fälldin gar nichts. Dann erzählte Holmberg von unserem Verdacht, dass Lisbeth Salander von den Leuten, die Zalatschenko schützten, in die Psychiatrie gesperrt wurde. Das hat Fälldin sehr aufgeregt.«

»Verstehe.«

»Fälldin erzählte, dass der damalige Chef der SiPo und ein Kollege zu ihm kamen, kurz nachdem er Ministerpräsident geworden war. Sie erzählten ihm eine fantastisch klingende Geschichte von einem russischen Überläufer, der nach Schweden gekommen war. Man gab Fälldin zu verstehen, dass dies ein heikles militärisches Geheimnis sei, das mit äußerster Diskretion gehandhabt werden müsse.«

»Okay.«

»Fälldin sagte, er habe nicht gewusst, was er in dieser Angelegenheit tun sollte. Er war frisch im Amt und hatte keinerlei Regierungserfahrung. Schließlich sah er sich gezwungen, das zu tun, was ihm die Herren von der SiPo vorschlugen. Er fertigte eine Anweisung aus, die der SiPo die alleinige Verantwortung für Zalatschenko übertrug. Er verpflichtete sich, niemals mit irgendjemandem über diese Angelegenheit zu reden. Fälldin erfuhr ja nicht einmal den Namen des Überläufers.«

»Hmm.«

»Danach hörte Fälldin im Großen und Ganzen nichts mehr von der Sache. Er machte jedoch etwas außerordentlich Gescheites. Er bestand darauf, dass ein Staatssekretär in das Geheimnis eingeweiht wurde, der als Mittelsmann dienen sollte zwischen der Regierungskanzlei und den Leuten, die Zalatschenko schützten.«

»Ach ja?«

»Dieser Staatssekretär heißt Bertil K. Janeryd, ist 63 Jahre alt und schwedischer Botschafter in Amsterdam.«

»Verdammt.«

»Als Fälldin begriff, wie ernst diese Voruntersuchung ist, setzte er sich hin und schrieb einen Brief an Janeryd.«

Sonja Modig schob Mikael über den Tisch ein Kuvert zu. Darin befand sich ein Brief mit folgendem Inhalt:

Lieber Bertil,

Dein Geheimnis, das wir beide während meiner Regierungszeit bewahrt haben, wird derzeit sehr ernst hinterfragt. Die Person, die von der Angelegenheit betroffen war, ist mittlerweile verstorben und kann keinen Schaden mehr nehmen. Aber andere Menschen könnten noch Schaden nehmen.

Es ist von größter Wichtigkeit, dass wir Antworten auf notwendige Fragen bekommen.

Der Überbringer dieses Briefes ermittelt inoffiziell und genießt mein Vertrauen. Ich bitte Dich, Dir seine Geschichte anzuhören und ihm auf die Fragen zu antworten, die er Dir stellt.

Lass Dein gesundes Urteilsvermögen walten, dafür bist Du ja bekannt.

TF

»Dieser Brief also soll Jerker Holmberg weiterhelfen.«

»Nein. Holmberg bat Fälldin, keinen Namen hineinzuschreiben. Er sagte ausdrücklich, dass er nicht wisse, wer nach Amsterdam fahren würde.«

»Sie meinen …«

»Jerker und ich haben die Sache durchgesprochen. Wir stehen jetzt schon auf verdammt dünnem Eis. Wir haben absolut keine Befugnis, nach Amsterdam zu fahren und den Botschafter zu vernehmen. Sie hingegen könnten das.«

Mikael faltete den Brief zusammen und schob ihn bereits in seine Jackentasche, als Sonja Modig seine Hand ergriff. Sie fasste sehr hart zu.

»Information gegen Information!«, sagte sie. »Wir wollen wissen, was Janeryd Ihnen erzählt.«

Mikael nickte. Sonja Modig stand auf.

»Warten Sie. Sie haben gesagt, dass Fälldin Besuch von zwei Mitgliedern der SiPo bekam. Der eine war der Chef der SiPo. Wer war sein Kollege?«

»Fälldin hat ihn nur dieses einzige Mal getroffen und konnte sich nicht mehr an seinen Namen erinnern. Bei dieser Zusammenkunft wurde ja auch nichts schriftlich festgehalten. Er hat ihn als dünnen Mann mit einem schmalen Schnurrbart in Erinnerung. Er stellte sich als Chef der Sektion für Spezielle Analyse vor oder etwas in der Richtung. Fälldin sah sich später ein Organigramm der SiPo an und konnte die entsprechende Abteilung darauf nicht finden.«

Der Zalatschenko-Klub, dachte Mikael.

Sonja Modig setzte sich wieder hin. Sie schien zu überlegen, wie sie sich ausdrücken sollte.

»Okay«, sagte sie schließlich. »Auf die Gefahr hin, dass ich mit der Armbrust erschossen werde. Es gab eine Notiz, an die weder Fälldin noch seine Besucher gedacht haben.«

»Und zwar?«

»Fälldins Kalender, den er in Rosenbad benutzte.«

»Und?«

»Jerker bat um den Kalender. Es ist schließlich ein öffentliches Dokument.«

»Und weiter?«

Sonja Modig zögerte abermals.

»Der Kalender gab an, dass der Ministerpräsident den SiPo-Chef sowie einen Kollegen empfing, um allgemeine Fragen zu besprechen.«

»Stand ein Name drin?«

»Ja. E. Gullberg.«

Mikael spürte, wie ihm das Blut in den Kopf stieg.

»Evert Gullberg«, sagte er.

Sonja Modig wirkte verbissen. Sie nickte, stand auf und ging.

Mikael Blomkvist saß noch immer im Café »Madeleine«, als er sein anonymes Handy aufklappte und ein Flugticket nach Amsterdam buchte. Der Flug ging um 14 Uhr 50 ab Arlanda. Er lief zu Dressman in der Kungsgatan, wo er sich ein sauberes Hemd und Wäsche zum Wechseln kaufte, dann zur Apotheke in Klara, wo er sich eine Zahnbürste und Toilettenartikel besorgte. Er achtete sorgfältig darauf, dass er nicht beschattet wurde, als er zum Arlanda-Express rannte. Er erwischte das Flugzeug zehn Minuten vor dem Abflug.

Um 18 Uhr 30 checkte er in einem heruntergekommenen Hotel im Rotlichtviertel ein, das knapp zehn Gehminuten vom Amsterdamer Hauptbahnhof entfernt lag.

Er brauchte zwei Stunden, bis er den schwedischen Botschafter in Amsterdam ausfindig gemacht hatte und bekam ihn um neun Uhr ans Telefon. Er wandte all seine Überredungskünste auf und betonte, es handle sich um eine Angelegenheit von größter Wichtigkeit, die er unverzüglich mit ihm bereden müsse. Schließlich gab der Botschafter nach und verabredete sich mit Mikael für zehn Uhr am Sonntagmorgen.

Anschließend ging Mikael ins Hotelrestaurant, wo er ein leichtes Abendessen zu sich nahm. Um elf Uhr abends schlief er bereits ein.

Botschafter Bertil K. Janeryd war nicht sehr gesprächig, als er ihn in seiner Privatwohnung zum Kaffee empfing.

»Also ... was ist denn nun so dringend?«

»Alexander Zalatschenko, der russische Überläufer, der 1976 nach Schweden gekommen ist ...«, begann Mikael und reichte ihm Fälldins Brief.

Janeryd wirkte verblüfft. Er las das Schreiben und legte es dann vorsichtig beiseite.

In der nächsten halben Stunde erklärte ihm Mikael, worin das Problem bestand und warum Fälldin den Brief geschrieben hatte.

»Ich … ich kann über diese Angelegenheit nicht sprechen«, sagte Janeryd schließlich.

»Doch, das können Sie.«

»Nein, das kann ich nur vor dem Verfassungsausschuss.«

»Die Wahrscheinlichkeit, dass Sie das noch machen müssen, ist ziemlich groß. Aber in diesem Brief steht, dass Sie Ihr gesundes Urteilsvermögen walten lassen sollen.«

»Fälldin ist ein ehrenwerter Mann.«

»Daran habe ich nicht den geringsten Zweifel. Und ich habe es auch weder auf Sie noch auf Fälldin abgesehen. Sie brauchen mir keine militärischen Geheimnisse zu verraten, die Zalatschenko Ihnen eventuell mitgeteilt hat.«

»Ich kenne keine Geheimnisse. Ich wusste nicht mal, dass sein Name Zalatschenko war … Ich kannte ihn nur unter seinem Decknamen.«

»Welchem Decknamen?«

»Er wurde Ruben genannt.«

»Aha.«

»Ich kann darüber nicht reden.

»Doch, das können Sie«, wiederholte Mikael und setzte sich auf. »Es sieht nämlich so aus, als würde diese ganze Geschichte demnächst publik werden. Und falls das geschieht, werden die Medien Ihren Namen in den Schmutz ziehen oder Sie als ehrenhaften Mann beschreiben, der aus einer prekären Situation das Beste gemacht hat. Sie bekamen von Fälldin den Auftrag, den Mittelsmann zwischen ihm und Zalatschenkos Betreuern zu spielen. So viel weiß ich schon.«

Janeryd nickte.

»Erzählen Sie.«

Janeryd schwieg fast eine ganze Minute.

»Ich habe nie irgendwelche Informationen bekommen. Ich war jung … ich wusste nicht, was ich mit der ganzen Sache anfangen sollte. Damals traf ich diese Leute ungefähr zweimal im Jahr. Ich erfuhr, dass Ruben … Zalatschenko sich seines

Lebens freute, dass er mit uns zusammenarbeitete und dass die Informationen, die er uns gab, unschätzbar wertvoll waren. Details erfuhr ich nie. Ich hatte gar nicht das Bedürfnis, sie zu erfahren.«

Mikael wartete.

»Der Überläufer hatte in anderen Ländern operiert und wusste überhaupt nichts über Schweden – daher war er sicherheitspolitisch gesehen kein großes Thema. Ein paarmal informierte ich den Ministerpräsidenten, aber meistens gab es nichts zu besprechen.«

»Verstehe.«

»Sie erklärten immer, dass man ihn auf die übliche Art und Weise behandelte und seine Informationen durch unsere gewohnten Kanäle liefen. Was sollte ich schon sagen? Wenn ich nachfragte, was das bedeute, dann lächelten sie und sagten, das liege außerhalb meiner Kompetenz. Ich kam mir vor wie ein Idiot.«

»Sie haben also nie darüber nachgedacht, ob an diesem Arrangement etwas faul sein könnte?«

»Nein. An diesem Arrangement war auch nichts faul. Ich setzte ja voraus, dass die SiPo wusste, was sie tat, und die nötige Routine und Erfahrung hatte. Aber ich kann nicht darüber sprechen.«

In diesem Moment sprach Janeryd bereits mehrere Minuten darüber.

»Das ist alles unwesentlich. Nur eine Sache ist jetzt wesentlich.«

»Und zwar?«

»Die Namen der Personen, die Sie trafen.«

Janeryd sah Mikael fragend an.

»Die Personen, die sich um Zalatschenko kümmerten, haben alle Befugnisse weit überschritten. Sie haben kriminelle Machenschaften betrieben und werden Gegenstand einer Voruntersuchung sein. Deswegen hat Fälldin mich auch zu Ihnen geschickt. Fälldin kennt die Namen nicht. Sie haben diese Leute getroffen.«

Janeryd presste blinzelnd die Lippen zusammen.

»Sie haben Evert Gullberg getroffen … er war der Leiter.«

Janeryd nickte.

»Wie oft haben Sie ihn getroffen?«

»Er war bei sämtlichen Treffen dabei, bis auf eines. Ungefähr zehn Treffen in den Jahren, als Fälldin Ministerpräsident war.«

»Wo haben Sie sich getroffen?«

»In der Lobby irgendeines Hotels. Im Sheraton meistens. Einmal im Amaranten auf Kungsholmen und ein paarmal auch im »Continentals Pub«.«

»Und wer war sonst noch dabei?«

Janeryd blinzelte resigniert.

»Das ist alles so lange her … ich kann mich nicht mehr erinnern.«

»Versuchen Sie es.«

»Da war ein … Clinton. Wie der amerikanische Präsident.«

»Vorname?«

»Fredrik Clinton. Den habe ich fünfmal getroffen.«

»Okay … wer sonst noch?«

»Hans von Rottinger. Den kannte ich schon vorher über meine Mutter.«

»Ihre Mutter?«

»Ja, meine Mutter kannte die Familie von Rottinger. Hans war ein wunderbarer Mensch. Erst als er plötzlich bei einem Treffen mit Gullberg auftauchte, erfuhr ich, dass er für die SiPo arbeitete.«

»Das tat er nicht«, korrigierte Mikael.

Janeryd wurde blass.

»Er arbeitete für eine Gruppe, die sich Sektion für Spezielle Analyse nannte«, präzisierte Mikael. »Was haben Sie über diese Gruppe erfahren?«

»Nichts … ich meine, das waren eben die, die sich um den Überläufer kümmerten.«

»Ja. Aber es ist doch bemerkenswert, dass diese Gruppe nirgendwo im Organigramm der SiPo auftauchte, oder nicht?«

»Das ist doch absurd …«

»Ja, nicht wahr? Wie lief das, wenn ein Treffen angesetzt wurde? Riefen diese Leute Sie an oder umgekehrt?«

»Nein … Zeit und Ort für jedes Treffen wurden immer gleich gegen Ende des vorherigen festgesetzt.«

»Was passierte, wenn Sie Kontakt mit ihnen aufnehmen mussten? Zum Beispiel, um einen Termin zu ändern oder Ähnliches?«

»Ich hatte da eine Telefonnummer.«

»Was für eine Nummer?«

»Ehrlich gesagt, daran kann ich mich nicht mehr erinnern.«

»Wessen Apparat war es denn?«

»Ich weiß nicht. Ich habe diese Nummer nie benutzt.«

»Okay. Nächste Frage … wem haben Sie die Angelegenheit übergeben?«

»Wie meinen Sie das?«

»Als Fälldin abtrat. Wer hat Ihren Platz eingenommen?«

»Ich weiß nicht.«

»Haben Sie einen Bericht geschrieben?«

»Nein, das war ja alles geheim. Ich durfte mir nicht mal Notizen machen.«

»Und Sie haben in dieser Sache nie einen Nachfolger gebrieft?«

»Nein.«

»Was passierte dann?«

»Tja … Fälldin trat ab, und Ola Ullsten übernahm die Regierungsgeschäfte. Ich wurde informiert, dass wir bis nach der nächsten Wahl abwarten sollten. Da wurde Fälldin wiedergewählt, und unsere Treffen gingen weiter. Dann kam die Wahl 1985, und die Sozis gewannen. Und ich nehme an, dass Palme einen Nachfolger für mich bestimmt hat. Ich selbst begann im Außenministerium und wurde Diplomat. Erst wurde ich nach Ägypten geschickt, dann nach Indien.«

Mikael stellte ihm noch ein paar Fragen, war jedoch überzeugt davon, dass er bereits alles aus Janeryd herausbekommen hatte. Drei Namen.

Fredrik Clinton.

Hans von Rottinger.

Und Evert Gullberg – der Mann, der Zalatschenko erschoss.

Der Zalatschenko-Klub.

Er bedankte sich bei Janeryd für die Informationen und nahm sich ein Taxi zurück zum Hauptbahnhof. Erst als er im Taxi saß, machte er seine Jackentasche auf und schaltete das Diktiergerät aus. Am Sonntagabend um halb acht landete er wieder in Arlanda.

Nachdenklich betrachtete Erika Berger das Bild auf ihrem Monitor. Sie hob den Blick und ließ ihn über die halb leere Redaktion außerhalb ihres Glaskastens schweifen. Anders Holm hatte frei. Sie konnte niemanden entdecken, der Interesse für sie zeigte, weder offen noch versteckt. Sie hatte auch keinen Anlass zu dem Verdacht, dass ihr irgendjemand in der Redaktion missgünstig gesinnt war.

Die Mail war vor einer Minute gekommen. Der Absender hieß <redax@aftonbladet.com>. Warum ausgerechnet *Aftonbladet*? Die Adresse war fingiert.

Die heutige Mail enthielt keinen Text. Nur ein JPG, das sie in Photoshop öffnete.

Das Bild war pornografisch und zeigte eine nackte Frau mit außergewöhnlich großen Brüsten und einem Hundehalsband um den Hals. Sie kniete auf allen vieren und wurde gerade von hinten genommen.

Das Gesicht der Frau war jedoch ausgetauscht worden. Keine geschickte Retusche, aber das war wahrscheinlich die Absicht. Statt des ursprünglichen Gesichts hatte man Erika Bergers Kopf eingefügt. Es war ihr offizielles Foto von der *Millennium*-Homepage. Jeder konnte es sich aus dem Netz herunterladen.

Am unteren Bildrand war mit der Spray-Funktion in Photoshop ein Wort angefügt:

Nutte.

Das war die neunte anonyme Mail, die die Mitteilung »Nutte« enthielt und deren Absender offenbar für ein großes schwedisches Medienunternehmen arbeitete. Offensichtlich hatte sie einen *cyber stalker* am Hals.

Ein Telefon abzuhören ist viel mühseliger, als Daten zu klauen. Trinity hatte keine Schwierigkeiten, das Kabel von Staatsanwalt Ekströms privatem Telefon zu finden; das Problem war nur, dass dieser es selten oder nie für Gespräche benutzte, die mit seiner Arbeit zu tun hatten. Ekströms Telefon im Polizeigebäude auf Kungsholmen abzuhören versuchte Trinity gar nicht erst, denn dazu hätte er Zugang zum schwedischen Telefonnetz in einem Umfang gebraucht, den er nicht hatte.

Hingegen verbrachten Trinity und Bob the Dog den Großteil einer Woche damit, innerhalb eines Radius von einem Kilometer ums Polizeigebäude Ekströms Handy aus den Hintergrundgeräuschen der fast zweihunderttausend anderen Handys herauszufiltern.

Sie benutzten dazu eine Technik, die sich Random Frequency Tracking System, RFTS, nannte. Sie war nicht unbekannt. Die amerikanische National Security Agency, NSA, hatte diese Technik entwickelt und sie in eine unbekannte Anzahl von Satelliten eingebaut, die besonders interessante Krisenherde und Hauptstädte in der ganzen Welt punktuell überwachten.

Die NSA verfügte über enorme Ressourcen und verwendete ein großes Fangnetz, um eine riesige Anzahl von Handygesprächen in einer bestimmten Region aufzufangen. Jedes einzelne Gespräch wurde herausgefiltert und von Computern digital verarbeitet, die auf bestimmte Wörter reagierten, zum Beispiel »Terrorist« oder »Kalaschnikow«. Wenn der Computer so ein Wort auffing, schlug er automatisch Alarm, woraufhin sich ein Mitarbeiter des Problems annahm und das Gespräch abhörte, um einzuschätzen, ob es von Interesse war oder nicht.

Schwieriger war es schon, ein ganz bestimmtes Handy zu identifizieren. Jedes Handy hat seine eigene, unverwechselbare Signatur – einen Fingerabdruck quasi – in Form seiner Telefonnummer. Mit einer besonders empfindlichen Apparatur konnte die NSA ein bestimmtes Gebiet durchkämmen und Gespräche herausfiltern und mithören. Diese Technik war zwar einfach, aber nicht hundertprozentig sicher. Ausgehende Gespräche sind besonders schwer zu identifizieren, im Gegensatz zu den eingehenden Gesprächen, denn die beginnen ja mit genau dem Fingerabdruck, der das fragliche Telefon anspricht, damit es das Signal empfängt.

Der Unterschied zwischen den Ambitionen der NSA und denen von Trinity bei ihren Lauschangriffen war ein rein wirtschaftlicher. Während die NSA über ein Jahresbudget von mehreren Milliarden Dollar verfügt, fast zwölftausend Agenten beschäftigt und Zugang zur Spitzentechnologie der Bereiche Informatik und Telefonie hat, konnte Trinity nur seinen Lieferwagen vorweisen, in der sich seine dreißig Kilo schwere Ausrüstung befand, von der ein Großteil von Bob the Dog zusammengebastelt worden war. Die NSA kann mittels globaler Satellitenüberwachung extrem empfindliche Antennen auf ein ganz bestimmtes Gebäude an jedem beliebigen Punkt der Erde richten. Trinity hatte eine Antenne, die Bob the Dog konstruiert und die eine effektive Reichweite von fünfhundert Metern hatte.

Die Technik, über die Trinity verfügte, zwang ihn, seinen

Lieferwagen an der Bergsgatan oder in einer ihrer Nebenstraßen zu parken und die Ausrüstung mühsam so auszurichten, bis er den Fingerabdruck identifiziert hatte, der Staatsanwalt Richard Ekströms Handy entsprach. Da er kein Schwedisch konnte, musste er die Gespräche über ein weiteres Handy zu Plague nach Hause weiterleiten, der dann das Abhören an sich besorgte.

Fünf Tage lang hatte ein immer hohläugigerer Plague sich dumm und dämlich gelauscht an einer Unmenge von Telefonaten, die das Polizeigebäude erreichten oder von dort ausgingen. Er hatte Bruchstücke laufender Ermittlungen mit angehört, Verabredungen für Rendezvous mitbekommen und jede Menge Gespräche aufgenommen, die nichts als uninteressanten Nonsens enthielten. Am späten Abend des fünften Tages schickte Trinity ein Signal, das ein Digitaldisplay sofort als Ekströms Handynummer identifizierte. Plague stellte die Parabolantenne auf die genaue Frequenz ein.

Die RFTS-Technik funktionierte hauptsächlich bei eingehenden Gesprächen. Trinitys Parabolantenne schnappte es einfach auf, wenn Ekströms Handynummer in ganz Schweden durch den Äther geschickt wurde, um sein Telefon anzusprechen.

Wenn Trinity Ekströms Gespräche aufnehmen konnte, erhielt er mit der Stimme des Staatsanwalts auch einen »akustischen Fingerabdruck«, den Plague bearbeiten konnte.

Plague ließ Ekströms digitalisierte Stimme durch ein Programm namens VPRS laufen, das Voiceprint Recognition System. Damit spezifizierte er ungefähr ein Dutzend häufig vorkommender Wörter, zum Beispiel »okay« oder »Salander«. Sowie er fünf separate Beispiele von jedem Wort hatte, wurden sie nach verschiedenen Gesichtspunkten analysiert: wie lange es dauerte, das Wort auszusprechen, welchen Frequenzumfang es hatte, wie die Endung betont wurde und ein Dutzend anderer Indikatoren. Das Resultat wurde grafisch in einer

Kurve abgebildet, mit deren Hilfe Plague die Möglichkeit bekam, auch ausgehende Gespräche des Staatsanwalts abzuhören. Seine Parabolantenne lauschte ständig nach Gesprächen, in denen Ekströms Kurve für eines dieser häufig vorkommenden Wörter auftrat. Zwar war diese Technik auch nicht perfekt, aber schätzungsweise 50 Prozent aller Gespräche, die Ekström irgendwo in der näheren Umgebung des Polizeigebäudes von seinem Handy aus führte, wurden abgehört und aufgezeichnet.

Der Nachteil dieser Technik lag freilich auf der Hand: Sobald Ekström das Polizeigebäude verließ, hatten sie auch keine Möglichkeit mehr, sein Handy abzuhören – wenn Trinity nicht wusste, wo der Staatsanwalt sich gerade befand, und sein Auto in unmittelbarer Nähe parken konnte.

Mit Anweisung von höchster Stelle konnte Torsten Edklinth nun endlich eine kleine, aber legitime operative Einheit einrichten. Er suchte sich vier Mitarbeiter aus und wählte dabei ganz bewusst jüngere Talente mit einem Hintergrund im normalen Polizeidienst, die erst vor Kurzem für die RPF/Sich rekrutiert worden waren. Zwei kamen vom Betrugsdezernat, einer vom Dezernat für Wirtschaftskriminalität und einer vom Dezernat für Gewaltverbrechen. Sie wurden in Edklinths Dienstzimmer bestellt, bekamen einen Vortrag über die Art des Auftrags zu hören und darüber, wie wichtig es war, absolute Geheimhaltung zu wahren. Edklinth unterstrich, dass diese Ermittlungen auf ausdrücklichen Wunsch des Ministerpräsidenten durchgeführt wurden. Monica Figuerola wurde zu ihrer Chefin ernannt und leitete die Ermittlungen mit einer Kraft, die ganz ihrem Äußeren entsprach.

Doch es ging langsam voran, was zum Großteil daran lag, dass niemand so richtig wusste, wer oder was eigentlich untersucht werden musste. Mehr als einmal überlegten Edklinth und Figuerola, ob sie Mårtensson nicht einfach ohne viel Federlesens festnehmen und befragen sollten. Aber jedes Mal kamen sie zu dem Schluss, dass sie doch lieber abwarten wollten. Eine Festnahme würde die Ermittlungen auf einen Schlag ans Tageslicht zerren.

Erst am Dienstag, elf Tage nach dem Treffen mit dem Ministerpräsidenten, klopfte Monica Figuerola an die Tür von Edklinths Zimmer.

»Ich glaube, wir haben da etwas.«

»Setzen Sie sich.«

»Evert Gullberg.«

»Ja?«

»Einer unserer Ermittler hat sich mit Marcus Erlander unterhalten, der die Ermittlungen im Mordfall Zalatschenko leitet. Erlanders Angaben zufolge hat die RPF/Sich schon zwei Stunden nach dem Mord Kontakt mit der Göteborger Polizei aufgenommen, um ihnen die Information über Gullbergs Drohbriefe zu geben.«

»Ziemlich flott.«

»Ja. Ein bisschen zu flott allerdings. Die RPF/Sich hat der Göteborger Polizei neun Briefe durchgefaxt, die Gullberg angeblich abgefasst hat. Dabei gibt es nur ein Problem.«

»Und zwar?«

»Zwei von diesen Briefen sind ans Justizministerium gerichtet – an den Justizminister und den Demokratieminister.«

»Aber das weiß ich doch schon.«

»Ja, aber der Brief an den Demokratieminister wurde erst einen Tag später im Journal des Ministeriums verzeichnet. Er ist ein bisschen verspätet angekommen.«

Edklinth starrte Monica Figuerola an. Zum ersten Mal hatte er wirklich Angst, sein Verdacht könne sich als berechtigt erweisen. Monica Figuerola fuhr unerbittlich fort.

»Mit anderen Worten, die RPF/Sich hat die Faxkopie eines Drohbriefes geschickt, der den Adressaten noch nicht mal erreicht hatte.«

»Du lieber Gott«, sagte Edklinth.

»Ein Mitarbeiter des Personenschutzes hat diese Briefe gefaxt.«

»Wer?«

»Ich glaube nicht, dass er irgendwas mit der Sache zu tun hat. Er bekam die Briefe morgens auf seinen Schreibtisch und erhielt kurz nach dem Mord den Auftrag, die Polizei in Göteborg anzurufen.«

»Wer hat ihm diesen Auftrag erteilt?«

»Der Sekretär des Amtschefs.«

»O Gott, Monica … Ist Ihnen klar, was das bedeutet?«

»Ja.«

»Das bedeutet, dass die RPF/Sich beim Mord an Zalatschenko die Finger im Spiel hatte.«

»Es bedeutet zumindest, dass Personen innerhalb der RPF/Sich Kenntnis von dem Mord hatten, bevor er begangen wurde. Die Frage ist nur, welche Personen sind das?«

»Der Amtschef …«

»Ja. Aber so langsam beschleicht mich der Verdacht, dass dieser Zalatschenko-Klub außerhalb des Hauses arbeitet.«

»Wie meinen Sie das?«

»Mårtensson. Er wurde vom Personenschutz abgestellt und arbeitet selbstständig. Wir haben ihn seit letzter Woche rund um die Uhr überwacht. Soweit wir wissen, hatte er mit niemandem hier im Haus Kontakt. Anrufe nimmt er auf einem Handy entgegen, das wir nicht abhören können. Die Nummer ist uns unbekannt, aber es ist auf jeden Fall nicht sein eigenes Handy. Er hat diesen blonden Mann getroffen, den wir noch nicht identifizieren konnten.«

Edklinth legte die Stirn in tiefe Falten. Im selben Augenblick klopfte Anders Berglund an die Tür. Er war einer der Mitarbeiter, die für die neu gegründete operative Abteilung rekrutiert worden waren, und hatte früher im Dezernat für Wirtschaftskriminalität gearbeitet.

»Ich glaube, ich habe Evert Gullberg gefunden«, verkündete Berglund.

»Kommen Sie rein«, forderte Edklinth ihn auf.

Berglund legte ein abgestoßenes Schwarz-Weiß-Foto auf den Schreibtisch. Edklinth und Figuerola betrachteten das Bild. Es zeigte einen Mann, den beide sofort wiedererkannten. Er wurde von zwei stämmigen Polizisten in Zivil durch eine Tür geführt. Der legendäre Spionoberst Stig Wennerström.

»Dieses Bild stammt vom *Åhlén & Åkerlund*-Verlag und wurde im Frühjahr 1964 in der Zeitschrift *Se* veröffentlicht. Es wurde im Zusammenhang mit der Gerichtsverhandlung aufgenommen, in der Wennerström zu lebenslanger Haft verurteilt wurde.«

»Aha.«

»Im Hintergrund sehen Sie drei Personen. Rechts Kriminalkommissar Otto Danielsson, also derjenige, der Wennerström gefasst hat.«

»Ja …«

»Sehen Sie sich mal den Mann an, der schräg links hinter Danielsson steht.«

Edklinth und Figuerola sahen einen großen Mann mit einem schmalen Schnurrbart und Hut. Er erinnerte entfernt an den Schriftsteller Dashiell Hammett.

»Und jetzt vergleichen Sie das Gesicht mit diesem Passfoto von Gullberg. Als das Passfoto aufgenommen wurde, war er 66.«

Edklinth runzelte die Stirn.

»Ich könnte nicht unbedingt schwören, dass das ein und dieselbe Person ist …«

»Aber ich«, sagte Berglund. »Drehen Sie das Bild mal um.«

Auf der Rückseite befand sich ein Stempel, der erklärte, dass das Bild dem *Åhlén & Åkerlund*-Verlag gehörte und der Fotograf Julius Estholm hieß. Der Text war mit Bleistift geschrieben. *Stig Wennerström flankiert von zwei Polizisten auf dem Weg ins Stockholmer Gericht. Im Hintergrund O. Danielsson, E. Gullberg und H. W. Francke.*

»Evert Gullberg«, sagte Monica Figuerola. »Er war also bei der RPF/Sich.«

»Nein«, widersprach Berglund. »Rein formal betrachtet war er das eben nicht. Zumindest nicht, als dieses Bild hier aufgenommen wurde.«

»Ach?«

»Die RPF/Sich wurde erst vier Monate später gegründet. Auf diesem Bild gehört er immer noch zur Geheimen Staatspolizei.«

»Wer ist denn H. W. Francke?«, wollte Monica Figuerola wissen.

»Hans Wilhelm Francke«, erläuterte Edklinth. »Er starb Anfang der 90er und war Ende der 50er- und Anfang der 60er-Jahre stellvertretender Chef der Geheimen Staatspolizei. Er war so was wie eine Legende, genau wie Otto Danielsson. Ich habe ihn sogar ein paarmal getroffen.«

»Aha«, sagte Monica Figuerola.

»Er verließ die RPF/Sich Ende der 60er-Jahre. Francke und Per Gunnar Vinge lagen sich ständig in den Haaren, und er wurde einmal fast gefeuert, als er so 50, 55 war. Dann hat er seinen eigenen Laden aufgemacht.«

»Seinen eigenen Laden?«

»Ja, er wurde Berater für Sicherheitsfragen für die private Wirtschaft. Er hatte ein Büro am Stureplan, hielt aber ab und zu noch Vorlesungen im Rahmen der internen Ausbildung in der RPF/Sich. Dabei hab ich ihn auch kennengelernt.«

»Verstehe. Weswegen haben sich Vinge und Francke denn gestritten?«

»Sie kamen einfach nicht klar miteinander. Francke war wie ein schießwütiger Cowboy, der an jeder Ecke KGB-Agenten sah, während Vinge ein Bürokrat der alten Schule war. Dann flog Vinge ja wenig später raus – Ironie des Schicksals –, weil er glaubte, Palme arbeite für den KGB.«

»Hmm«, machte Monica Figuerola und betrachtete das Bild, auf dem Gullberg und Francke Seite an Seite standen.

»Ich glaube, es wird Zeit, dass wir noch mal ein Gespräch mit dem Justizministerium führen«, sagte Edklinth zu ihr.

»Das neue *Millennium*-Heft ist heute rausgekommen.«

Edklinth warf ihr einen scharfen Blick zu.

»Es stand kein Wort über die Zalatschenko-Affäre drin«, sagte sie.

»Das bedeutet, dass wir wahrscheinlich einen Monat Zeit haben, bis das nächste Heft erscheint. Gut zu wissen. Aber jetzt müssen wir uns endlich mal mit Blomkvist auseinandersetzen. In diesem ganzen Durcheinander ist er wie eine ungesicherte Handgranate.«

17. Kapitel
Mittwoch, 1. Juni

Mikael Blomkvist war überhaupt nicht darauf vorbereitet, dass sich jemand im Treppenhaus befinden könnte, als er die letzten Stufen zu seiner Dachgeschosswohnung in der Bellmansgatan 1 nehmen wollte. Es war sieben Uhr abends. Er blieb abrupt stehen, als er eine blonde Frau mit kurzen Locken auf der obersten Stufe sitzen sah. Er erkannte sie sofort als Monica Figuerola, RPF/Sich.

»Tag, Herr Blomkvist«, grüßte sie fröhlich und schlug das Buch zu, in dem sie gerade gelesen hatte. Mikael warf einen Blick auf den Titel und stellte fest, dass es sich um ein englisches Buch über das antike Gottesbild handelte. Dann hob er den Blick wieder und musterte seinen unerwarteten Besuch. Sie stand auf. Sie trug ein kurzärmliges weißes Sommerkleid und hatte eine ziegelrote Lederjacke über das Treppengeländer gehängt.

»Wir müssten uns mal mit Ihnen unterhalten«, sagte sie.

Mikael Blomkvist betrachtete sie. Sie war groß, größer als er, ein Eindruck, der noch dadurch verstärkt wurde, dass sie zwei Stufen über ihm stand. Er musterte ihre Arme, ließ dann den Blick zu ihren Beinen wandern und sah, dass sie bedeutend muskulöser war als er.

»Sie verbringen aber auch jede Woche ein paar Stunden im Fitnessstudio«, stellte er fest.

Sie zückte lächelnd ihren Ausweis.

»Ich heiße …«

»Sie heißen Monica Figuerola, sind 1969 geboren und wohnen in der Pontonjärgatan auf Kungsholmen. Ursprünglich kommen Sie aus Borlänge, haben dann aber bei der Polizei in Uppsala gearbeitet. Seit drei Jahren sind Sie für die RPF/Sich beim Verfassungsschutz tätig. Sie sind Sportfanatikerin und waren früher mal eine Spitzenleichtathletin, die es beinahe in die schwedische Nationalmannschaft geschafft hätte. Was wollen Sie von mir?«

Sie war überrascht, fasste sich aber schnell und nickte.

»Gut«, sagte sie leichthin, »dann wissen Sie ja, wer ich bin und dass Sie keine Angst vor mir haben müssen.«

»Nein?«

»Es gibt da ein paar Leute, die sich mal in aller Ruhe mit Ihnen unterhalten wollen. Da Ihre Wohnung und Ihr Handy offenbar abgehört werden, bin ich persönlich zu Ihnen geschickt worden, um Sie abzuholen.«

»Und warum sollte ich mit einem Menschen, der für die SiPo arbeitet, irgendwo hinfahren?«

Sie überlegte kurz.

»Tja … Sie können meine freundliche Einladung annehmen, aber wenn Ihnen das lieber ist, kann ich Ihnen auch Handschellen anlegen und Sie einfach mitnehmen.«

Sie lächelte zuckersüß. Mikael Blomkvist lächelte zurück.

»Wissen Sie, Blomkvist … ich verstehe, dass Sie nicht allzu viele Gründe haben, jemandem von der RPF/Sich zu vertrauen. Aber es ist tatsächlich so, dass nicht alle, die dort arbeiten, Ihre Feinde sind, und es gibt sehr gute Gründe, warum Sie ein Gespräch mit meinen Auftraggebern führen sollten.«

Er wartete weiter ab.

»Also, wofür entscheiden Sie sich? Handschellen oder freiwillig mitkommen?«

»Mir hat die Polizei dieses Jahr schon einmal Handschellen angelegt. Mein Bedarf ist gedeckt. Wohin fahren wir?«

Als sie ins Auto stiegen, klappte sie ihr Handy auf und drückte eine Kurzwahltaste.

»Wir sind in fünfzehn Minuten da«, sagte sie.

Sie achtete darauf, dass Mikael Blomkvist sich anschnallte, fuhr via Slussen nach Östermalm und parkte in einer Querstraße der Artillerigatan. Als sie anhielten, blieb sie noch einen Moment sitzen und betrachtete ihn.

»Herr Blomkvist ... das Ganze ist ein freundliches Angebot. Sie riskieren dabei überhaupt nichts.«

Mikael Blomkvist antwortete nicht. Er wartete mit seinem Urteil, bis er wusste, worum es ging. Sie gab den Zahlencode an der Tür ein, dann fuhren sie mit dem Fahrstuhl in den vierten Stock, wo sie zu einer Wohnung mit dem Namensschild »Martinsson« gingen.

»Wir haben uns diese Wohnung nur für das heutige Treffen gemietet«, sagte sie und öffnete die Tür. »Bitte rechts, ins Wohnzimmer.«

Als Erstes erblickte Mikael Torsten Edklinth, was keine große Überraschung war, da die SiPo in höchstem Maße in die Geschehnisse verwickelt war und Edklinth Monica Figuerolas Vorgesetzter war. Dass der Chef des Verfassungsschutzes sich die Mühe gemacht hatte, ihn holen zu lassen, ließ darauf schließen, dass sich hier jemand ganz schöne Sorgen machte.

Dann sah er eine Gestalt am Fenster, die sich zu ihm umdrehte. Der Justizminister. Das freilich war eine Überraschung.

Schließlich hörte er ein Geräusch und sah zu seiner Rechten eine unerhört bekannte Person von einem Sessel aufstehen. Er hatte nicht damit gerechnet, dem Ministerpräsidenten persönlich zu begegnen.

»Guten Abend, Herr Blomkvist«, begrüßte ihn der Ministerpräsident. »Entschuldigen Sie, dass wir Sie so kurzfristig zu diesem Treffen gebeten haben, aber wir haben die Situation besprochen und sind uns einig, dass wir mit Ihnen reden müssen. Kann ich Ihnen einen Kaffee oder etwas anderes zu trinken anbieten?«

Mikael sah sich um. Auf dem Esszimmertisch standen mehrere Gläser, leere Kaffeetassen und die Reste einer Sahnetorte. Sie mussten schon seit ein paar Stunden hier zusammensitzen.

»Ein Mineralwasser«, bat er.

Monica Figuerola schenkte ihm ein. Dann setzten sie sich auf die Sofas, während sie im Hintergrund blieb.

»Er hat mich sofort erkannt, wusste, wie ich heiße, wo ich wohne, wo ich arbeite und dass ich sportsüchtig bin«, erwähnte Monica Figuerola.

Der Ministerpräsident warf erst Torsten Edklinth, dann Mikael Blomkvist einen raschen Blick zu. Plötzlich spürte Mikael, dass er eine starke Position hatte. Der Ministerpräsident wollte etwas von ihm und hatte wahrscheinlich keine Ahnung, wie viel er wusste oder nicht.

»Ich versuche einfach, in dieser komplizierten Geschichte den Überblick über die Akteure zu behalten«, erklärte Mikael leichthin.

Ich werde den Ministerpräsidenten bluffen.

»Und woher wussten Sie Frau Figuerolas Namen?«, wollte Edklinth wissen.

Mikael warf dem Chef des Verfassungsschutzes einen Blick zu. Er hatte keine Ahnung, aus welchem Grund der Ministerpräsident ihn zu einem heimlichen Treffen in einer gemieteten Wohnung auf Östermalm eingeladen hatte, aber er fand es irgendwie inspirierend. Praktisch hatte es ja auch nicht allzu viele Alternativen gegeben. Armanskij hatte die Sache ins Rollen gebracht, indem er die Informationen jemandem anvertraute, auf den er sich verlassen konnte. Vielleicht Edklinth, vielleicht jemand anders. Mikael schoss einfach mal ins Blaue.

»Ein gemeinsamer Bekannter hat mit Ihnen geredet«, sagte

er zu Edklinth. »Sie haben Figuerola darauf angesetzt, dass sie überprüft, was hier eigentlich los ist. Danach hat sie entdeckt, dass ein paar SiPo-Aktivisten illegal Telefone abhören und in meine Wohnung eingebrochen sind. Womit Sie die Existenz des Zalatschenko-Klubs bestätigt hätten. Schließlich wandten Sie sich an den Justizminister und der wandte sich an den Ministerpräsidenten. Und jetzt sitzen wir alle hier. Was wollen Sie von mir?«

Als Edklinths Augen sich vor Schreck weiteten, wusste er, dass er mit seinem Bluff einen Volltreffer gelandet hatte. Er fuhr fort:

»Der Zalatschenko-Klub spioniert mir hinterher, ich spioniere denen hinterher, und Sie spionieren dem Zalatschenko-Klub hinterher, und der Ministerpräsident weiß, dass dem Ganzen ein Skandal zugrunde liegt, den die Regierung vielleicht nicht überleben wird.«

Plötzlich musste Monica Figuerola lächeln, doch sie versteckte ihr Lächeln hinter dem Wasserglas, das sie zum Mund hob. Sie hatte begriffen, dass Mikael bluffte, und sie wusste, wie er sie mit der Kenntnis ihres Namens und ihres Lebenslaufs hatte überraschen können.

Er hat mich im Auto in der Bellmansgatan gesehen. Er ist äußerst wachsam. Er hat sich mein Kennzeichen notiert und mich so identifiziert. Der Rest ist Bluff.

Sie sagte jedoch kein Wort.

Der Ministerpräsident wirkte bekümmert.

»Das erwartet uns also?«, fragte er. »Ein Skandal, der die Regierung stürzen wird?«

»Die Regierung ist nicht mein Problem«, gab Mikael zurück. »Mein Auftrag lautet, diese ganze Affäre rund um den Zalatschenko-Klub aufzuklären.«

Der Ministerpräsident nickte.

»Und mein Auftrag lautet, dieses Land in Übereinstimmung mit unserer Verfassung zu regieren.«

»Was bedeutet, dass mein Problem auch in allerhöchstem Maße das Problem der Regierung ist. Aber nicht umgekehrt.«

»Könnten wir bitte aufhören, uns im Kreis zu drehen? Warum, glauben Sie, habe ich dieses Treffen anberaumt?«

»Um herauszufinden, was ich weiß und was ich vorhabe.«

»Zum Teil richtig. Aber um es exakter auszudrücken: Wir sind in eine Verfassungskrise geraten. Lassen Sie mich vorausschicken, dass die Regierung mit dieser Sache nicht das Geringste zu tun hatte. Wir sind selbst völlig überrumpelt worden. Ich hatte noch nie etwas gehört von diesem … dem, was Sie als Zalatschenko-Klub bezeichnen. Auch der Justizminister hatte noch nie davon gehört. Herr Edklinth, der eine hohe Position in der RPF/Sich innehat und seit vielen Jahren für die SiPo arbeitet, war ebenfalls ahnungslos.«

»Das ist alles immer noch nicht mein Problem.«

»Wir wollen wissen, wann Sie vorhaben, Ihren Artikel zu veröffentlichen, und was genau Sie darin schreiben werden. Das hat nichts mit Schadensbegrenzung zu tun.«

»Nein?«

»Blomkvist, das Schlimmste, was ich in dieser Situation tun könnte, wäre, auf den Inhalt Ihrer Story Einfluss zu nehmen. Ich möchte Ihnen jedoch eine Zusammenarbeit vorschlagen.«

»Erklären Sie mir das bitte näher.«

»Da wir ja mittlerweile bestätigt sehen, dass eine Verschwörung in einem außergewöhnlich heiklen Bereich des staatlichen Verwaltungsapparats existiert, habe ich eine Untersuchung angeordnet.« Der Ministerpräsident wandte sich an den Justizminister. »Könnten Sie bitte erklären, worin genau der Auftrag der Regierung besteht?«

»Das ist ganz einfach. Torsten Edklinth hat den Auftrag erhalten, so schnell wie möglich Beweise für unseren Verdacht zu finden. Er soll Informationen zusammentragen, die dann dem Generalstaatsanwalt übergeben werden können, welcher wiederum beurteilen soll, ob Anklage erhoben wird. Das ist eine sehr klare Anweisung.«

Mikael nickte.

»Edklinth hat heute Abend Bericht über die Fortschritte dieser Untersuchung erstattet. Wir haben lange über verfassungsrechtliche Fragen diskutiert – natürlich wollen wir, dass hier alles mit rechten Dingen zugeht.«

»Natürlich«, pflichtete Mikael bei – in einem Ton, der verriet, dass er den Versicherungen des Ministerpräsidenten kein bisschen Glauben schenkte.

»Die Untersuchung ist gerade in eine sehr heikle Phase getreten. Wir haben die Beteiligten noch nicht genau identifiziert. Wir brauchen noch ein bisschen Zeit. Deswegen haben wir Monica Figuerola geschickt, um Sie zu dieser Zusammenkunft einzuladen.«

»Was sie mit Nachdruck getan hat!«

Der Ministerpräsident zog die Augenbrauen hoch und warf einen Blick auf Monica Figuerola.

»Sie hat sich beispielhaft benommen«, fügte er hinzu. »Also, was wollen Sie denn nun?«

»Wir wollen wissen, für wann Sie die Veröffentlichung geplant haben. Wenn Sie Ihre Erkenntnisse zu früh publizieren, gefährden Sie damit den Erfolg unserer Ermittlungen.«

»Hmm. Und wann soll ich Ihrer Meinung nach publizieren? Nach der nächsten Wahl vielleicht?«

»Darauf kann ich keinen Einfluss nehmen. Ich bitte Sie nur, uns auf dem Laufenden zu halten und gewisse Rücksichten zu nehmen.«

»Sie sprachen von einer Zusammenarbeit …«

Der Ministerpräsident nickte.

»Ich möchte vorausschicken, dass es mir normalerweise nicht im Traum eingefallen wäre, einen Journalisten zu so einem Treffen zu bitten.«

»Normalerweise hätten Sie wahrscheinlich alles getan, um die Journalisten von so einem Treffen fernzuhalten.«

»Ja. Aber mir ist klar, dass Sie mehrere Motive haben. Als Journalist genießen Sie den Ruf, unnachsichtig gegen jede Korruption zu Felde zu ziehen. In diesem Fall stimmen wir völlig mit diesem Ziel überein.«

»Ach, tatsächlich?«

»Ja. Absolut. Die Unstimmigkeiten, die es gibt, sind vielleicht juristischen Charakters, betreffen aber nicht unsere Zielsetzung. Wenn dieser Zalatschenko-Klub wirklich existiert, dann ist er nicht nur eine kriminelle Vereinigung, sondern auch eine Bedrohung für die Sicherheit des Königreichs. Man muss ihm das Handwerk legen und die Verantwortlichen vor Gericht stellen. In diesem Punkt stimmen Sie und ich doch überein?«

Mikael nickte.

»Man hat mir gesagt, dass Sie von dieser Geschichte mehr wissen als jeder andere. Wir schlagen Ihnen vor, dieses Wissen mit uns zu teilen. Wären dies ganz normale polizeiliche Ermittlungen, könnte der Leiter der Voruntersuchung beschließen, Sie zu einem Verhör vorzuladen. Aber Sie verstehen sicher, dass es sich hier um eine Ausnahmesituation handelt.«

Mikael schwieg und überlegte eine Weile.

»Und was bekomme ich im Gegenzug für meine Zusammenarbeit?«

»Nichts. Ich feilsche nicht mit Ihnen. Wenn Sie morgen veröffentlichen wollen, dann tun Sie das. Ich will mich nicht in irgendeinen Kuhhandel verstricken, der verfassungsrechtlich zweifelhaft wäre. Ich bitte Sie lediglich um Ihre Zusammenarbeit zum Wohle der Nation.«

»Nichts kann ganz schön viel sein«, meinte Mikael Blomkvist. »Lassen Sie mich eines erklären ... ich habe eine Riesenwut im Bauch. Ich bin so wütend auf den Staat und die Regierung und die SiPo und diese Schweine, die ein zwölfjähriges Mädchen ohne jeden Grund ins Irrenhaus gesperrt haben und hinterher zugesehen haben, dass sie für geschäftsunfähig erklärt wurde.«

»Lisbeth Salander ist zur Regierungsangelegenheit geworden«, sagte der Ministerpräsident und lächelte jetzt tatsächlich. »Ich persönlich war auch sehr aufgewühlt, als ich hörte, was ihr zugestoßen ist. Und bitte glauben Sie mir, wenn ich Ihnen sage, dass die Verantwortlichen dafür vor Gericht gestellt werden. Aber bevor wir das tun können, müssen wir wissen, wer die Verantwortlichen sind.«

»Das sind *Ihre* Probleme. Mein Problem lautet: Ich will, dass Lisbeth Salander freigesprochen wird und wieder für geschäftsfähig erklärt wird.«

»Dabei kann ich Ihnen nicht helfen. Ich stehe nicht über dem Gesetz und kann keinen Einfluss auf die Entscheidungen der Staatsanwälte und Gerichte ausüben. Freisprechen kann sie nur ein Gericht.«

»Okay«, sagte Mikael Blomkvist. »Sie wollen eine Zusammenarbeit. Geben Sie mir Einblick in Edklinths Untersuchung, dann werde ich Ihnen auch sagen, wann und was ich veröffentlichen will.«

»Diesen Einblick kann ich Ihnen nicht gestatten. Damit würde ich mich in ähnliche Verhältnisse begeben wie die Vorgängerin unseres Justizministers, als sie sich mit Ebbe Carlsson einließ.«

»Ich bin aber nicht Ebbe Carlsson«, sagte Mikael ruhig.

»Das ist mir schon klar. Edklinth könnte allerdings selbst entscheiden, welche Informationen er im Rahmen seines Auftrags mit Ihnen teilen will.«

»Hmm«, machte Mikael Blomkvist. »Ich möchte wissen, wer Evert Gullberg war.«

Allgemeines Schweigen.

»Evert Gullberg war vermutlich der langjährige Chef der Abteilung innerhalb der RPF/Sich, die Sie Zalatschenko-Klub nennen«, erklärte Edklinth.

Der Ministerpräsident sah ihn scharf an.

»Ich nehme an, dass er das schon weiß«, rechtfertigte sich Edklinth.

»Stimmt«, bestätigte Mikael. »Er begann in den 50er-Jahren bei der SiPo und wurde in den 60er-Jahren zum Chef einer sogenannten Sektion für Spezielle Analyse ernannt. Er hat sich um die gesamte Zalatschenko-Affäre gekümmert.«

Der Ministerpräsident schüttelte den Kopf.

»Sie wissen mehr, als Sie wissen dürften. Mich würde sehr interessieren, wie Sie das alles herausgefunden haben. Aber ich habe nicht vor, Sie danach zu fragen.«

»Wenn Sie mir weitere Informationen geben, werde ich Sie als anonyme Quellen behandeln. Missverstehen Sie mich nicht, ich werde in meiner Reportage die Wahrheit so darstellen, wie ich sie sehe. Wenn Sie darin verwickelt sind, werde ich Sie an den Pranger stellen und dafür sorgen, dass Sie nie wieder gewählt werden. Aber im Moment habe ich keinen Grund zu der Annahme, dass es so sein könnte.«

Der Ministerpräsident schielte verstohlen zu Edklinth hinüber. Nach einer Weile nickte er. Mikael nahm es als Zeichen, dass der Ministerpräsident gerade einen Gesetzesverstoß begangen – wenn auch eher einen von der akademischen Sorte – und sein stillschweigendes Einverständnis gegeben hatte, dass ihm Einblick in streng geheime Informationen gewährt werden durfte.

»Wir können das hier ganz einfach lösen«, verkündete Edklinth. »Als Sonderermittler bestimme ich selbst, was für Mitarbeiter ich einstelle. Und wenn ich Sie als externen Berater einstelle, sind Sie nicht einmal zu Stillschweigen verpflichtet.«

Seit Erika Berger den Posten der Chefredakteurin bei der *SMP* übernommen hatte, war ihr Leben plötzlich von endlosen Sitzungen und ständiger Arbeit geprägt. Sie fühlte sich permanent unvorbereitet, unzulänglich und uninformiert.

Erst am Mittwochabend, fast zwei Wochen nachdem Mikael ihr Henrys Ordner mit den Recherchen zum Aufsichtsratsvorsitzenden Magnus Borgsjö übergeben hatte, fand Erika endlich Zeit, sich um dieses Problem zu kümmern. Als sie den Ordner aufschlug, wurde ihr klar, dass sie sich auch deswegen erst so spät damit beschäftigte, weil sie keine Lust hatte, sich mit dieser Sache auseinanderzusetzen. Sie wusste jetzt schon, dass sie in einer Katastrophe enden würde.

An diesem Tag kam sie schon um sieben Uhr abends nach Hause, also ungewöhnlich früh. Sie schaltete die Alarmanlage im Flur aus und stellte erstaunt fest, dass ihr Mann Greger nicht zu Hause war. Erst einen Augenblick später fiel ihr wieder ein, dass er ja nach Paris gefahren war, um dort ein paar Vorlesungen zu halten, und erst am Wochenende zurückkommen würde. Ihr fiel auf, dass sie keinen Schimmer hatte, worum es in diesen Vorlesungen eigentlich gehen sollte.

Sie ging in den ersten Stock, ließ Wasser in die Badewanne ein und zog sich aus. Dann nahm sie den Rechercheordner mit in die Badewanne und las in der nächsten halben Stunde die gesamte Story. Als sie fertig war, konnte sie ein Lächeln nicht unterdrücken. Aus Henry Cortez würde einmal ein fantastischer Zeitungsmann werden. Er war 26 Jahre alt und arbeitete seit vier Jahren bei *Millennium*, seit er die Journalistenschule abgeschlossen hatte. Sie verspürte einen gewissen Stolz. Die ganze Story von Borgsjö und seinen Toilettenschüsseln trug den Qualitätsstempel von *Millennium*, war erstklassig recherchiert und dokumentiert.

Aber gleichzeitig war ihr beklommen zumute. Magnus Borgsjö war ein sympathischer Mensch, den sie sogar recht gern hatte. Er war feinfühlig, offen, hatte Charme und keine Allüren. Außerdem war er ihr Chef und Arbeitgeber. *Verdammt, Borgsjö! Wie konntest du nur so was tun?!*

Sie überlegte noch eine Weile, ob es vielleicht mildernde Umstände gab, wusste aber genau, dass man diese Sache nicht rechtfertigen konnte.

Sie legte den Rechercheordner aufs Fensterbrett, streckte sich in der Wanne aus und dachte nach.

Millennium würde diese Story unweigerlich veröffentlichen. Wäre sie selbst noch Chefredakteurin der Zeitschrift, würde sie auch keine Sekunde zögern, und die Tatsache, dass *Millennium* ihr die Story vorgelegt hatte, war nur eine persönliche Geste, die zeigte, dass man den Schaden für sie persönlich möglichst in Grenzen halten wollte.

Die Veröffentlichung würde Magnus Borgsjö massiv schaden. Dabei war das Schlimmste nicht mal die Tatsache, dass seine Firma Vitavara AB Toilettenschüsseln bei einem vietnamesischen Unternehmen bestellt hatte, das auf der schwarzen Liste der UNO stand, weil es Kinder und Strafgefangene beschäftigte. Das Schlimmste war, dass Borgsjö die Verhältnisse bekannt waren und er trotzdem weiter Toilettenschüsseln bei Fong Soo Industries bestellte. Das war die Sorte Gier, für die das schwedische Volk so gar kein Verständnis aufbrachte.

Borgsjö würde selbstverständlich behaupten, dass ihm die Arbeitsbedingungen bei Fong Soo unbekannt gewesen seien, aber Henry hatte für diesen Fall genug Belege gesammelt, und sobald Borgsjö versuchen würde, sich so aus der Affäre zu ziehen, würde er obendrein noch als Lügner dastehen. Im Juni 1997 war Borgsjö nämlich nach Vietnam gereist, um die ersten Verträge zu unterzeichnen. Bei dieser Gelegenheit hatte er zehn Tage in Vietnam verbracht und unter anderem die Fabriken des Unternehmens besucht.

Der letzte Zweifel an Borgsjös Wissen wurde endgültig ausgeräumt, als Henry nachwies, dass die UNO-Kommission Fong Soo wegen Kinderarbeit auf die schwarze Liste gesetzt hatte, dass Zeitungsartikel zu diesem Thema geschrieben worden waren und zu guter Letzt zwei voneinander unabhängige Organisationen eine Reihe von Briefen an die Unternehmen geschickt hatte, die bei Fong Soo bestellten. An Vitavara AB waren nicht weniger als sieben Briefe gegangen. Zwei von ihnen adressiert an Magnus Borgsjö persönlich. Eine der Organisationen, die in London ansässig war, hatte Henry Cortez mit Freuden die beweiskräftigen Unterlagen überlassen und gleichzeitig darauf hingewiesen, dass Vitavara AB kein einziges Schreiben beantwortet hatte.

Magnus Borgsjö hingegen war noch zwei Mal nach Vietnam gereist, 2001 und 2004, um den Vertrag zu verlängern. Das war sein Todesurteil. Damit war seine letzte Chance dahin, sich auf mangelnde Information herauszureden.

Die Aufmerksamkeit, die dieser Skandal bei den Medien hervorrufen würde, konnte nur eins bedeuten. Wenn Borgsjö klug war, leistete er Abbitte und trat von seinen Führungsposten zurück. Wenn er sich wehrte, würde man ihn völlig vernichten.

Ob Borgsjö Aufsichtsratsvorsitzender bei Vitavara AB war oder nicht, war Erika Berger egal. Doch konnte sich die *SMP* keinen Aufsichtsratsvorsitzenden mit so zweifelhaftem Gebaren leisten. Also musste er die *SMP* verlassen.

Was Erika Berger betraf, ergab sich daraus nur eine Alternative.

Sie konnte entweder zu Borgsjö gehen, die Karten auf den Tisch legen und ihn dazu bewegen, selbst die Konsequenzen zu ziehen.

Oder sie musste in aller Eile den Aufsichtsrat zusammentrommeln und diesen zwingen, Borgsjö zu feuern.

Sollte der Aufsichtsrat sich ihrer Meinung nicht anschließen, musste sie selbst ihren Posten als Chefredakteurin der *SMP* mit sofortiger Wirkung räumen.

Als Erika Bergers Überlegungen so weit gediehen waren, war ihr Badewasser schon kalt. Sie duschte kurz, trocknete sich ab und ging ins Schlafzimmer, wo sie in ihren Morgenmantel schlüpfte. Dann griff sie zum Handy und wählte Mikael Blomkvists Nummer. Keine Antwort. Daraufhin ging sie ins Erdgeschoss, um sich Kaffee zu machen und zum ersten Mal seit ihrem Arbeitsantritt bei der *SMP* nachzusehen, ob im

Fernsehen nicht irgendein Film kam, bei dem sie sich entspannen konnte.

Als sie am Wohnzimmer vorbeikam, spürte sie einen stechenden Schmerz im Fuß, blickte nach unten und entdeckte, dass sie stark blutete. Als sie noch einen Schritt machte, fuhr ihr der Schmerz durch den ganzen Fuß. Auf einem Bein hüpfte sie zu einem Stuhl und setzet sich. Zu ihrem Entsetzen stellte sie fest, dass in ihrer Ferse eine Glasscherbe steckte. Erst wurde ihr ganz flau. Dann riss sie sich aber zusammen, packte die Scherbe und zog sie heraus. Es tat höllisch weh, und das Blut strömte nur so aus der Wunde.

Sie riss eine Kommodenschublade im Flur auf, in der sie ihre Schals, Handschuhe und Mützen aufbewahrte. Sie fand ein Tuch, das sie sich rasch um den Fuß wickelte und fest zuknotete.

Verblüfft betrachtete sie die blutige Glasscherbe. *Wie kommt die denn hierher?* Dann entdeckte sie mehrere Scherben auf dem Boden. *Was zum Teufel* … Sie stand auf, warf einen Blick ins Wohnzimmer und sah, dass das große Panoramafenster mit Blick auf den Saltsjön geborsten und der ganze Boden mit Glassplittern übersät war.

Sie ging zur Haustür und zog sich die Straßenschuhe an, die sie sich beim Nachhausekommen einfach von den Füßen getreten hatte. Das heißt, sie zog den einen Schuh an, stieg mit den Zehen des verletzten Fußes in den anderen und hüpfte mehr oder weniger auf einem Bein ins Wohnzimmer, um den Schaden zu begutachten.

Dann entdeckte sie den Ziegelstein mitten auf dem Wohnzimmerfußboden.

Sie hinkte zur Terrassentür und ging in den Garten.

Irgendjemand hatte in meterhohen Buchstaben ein Wort auf die Fassade gesprüht:

Nutte

Um kurz nach neun Uhr hielt Monica Figuerola Mikael Blomkvist die Autotür auf. Dann ging sie auf die andere Seite und setzte sich auf den Fahrersitz.

»Soll ich Sie nach Hause fahren oder irgendwo anders absetzen?«

Mikael Blomkvist stierte mit leerem Blick geradeaus.

»Ehrlich gesagt ... ich weiß im Moment gar nicht so richtig, wo ich bin. Ich hatte bis jetzt noch nie einen Ministerpräsidenten erpresst.«

Monica Figuerola lachte.

»Sie haben Ihre Karten gut ausgespielt«, sagte sie. »Ich hatte ja gar keine Ahnung, dass Sie so ein Pokertalent sind.«

»Ich hab jedes Wort ernst gemeint.«

»Ja, kann schon sein, aber ich will darauf hinaus, dass Sie so getan haben, als wüssten Sie mehr, als Sie tatsächlich wissen. Das wurde mir in dem Moment klar, als mir aufging, wie Sie mich identifiziert haben.«

Mikael drehte den Kopf und betrachtete ihr Profil.

»Sie haben mein Kennzeichen aufgeschrieben, als ich vor Ihrer Wohnung im Auto saß.«

Er nickte.

»Sie haben es aber so hingestellt, als wären Sie genau im Bilde, was im Büro des Ministerpräsidenten geredet wird.«

»Warum haben Sie nichts gesagt?«

Sie warf ihm einen raschen Blick zu und fuhr auf die Grev Turegatan.

»Spielregeln. Ich hätte mich gar nicht dort hinstellen dürfen. Aber es gab keinen anderen Parkplatz. Sie beobachten Ihre Umgebung sehr genau, stimmt's?«

»Sie saßen mit einem Stadtplan auf dem Fahrersitz und telefonierten mit dem Handy. Ich hab mir das Kennzeichen notiert und rein routinemäßig kontrolliert. Das tue ich jedes Mal, wenn mir ein Auto auffällt. Meistens ohne Erfolg. Doch in Ihrem Fall habe ich entdeckt, dass Sie bei der SiPo arbeiten.«

»Ich wollte eigentlich Mårtensson beobachten. Dabei habe ich entdeckt, dass Sie ihn durch Susanne Linder von Milton Security überwachen lassen.«

»Armanskij hat sie beauftragt, alles zu dokumentieren, was rund um meine Wohnung passiert.«

»Und da sie in Ihrer Haustür verschwand, nehme ich an, dass Armanskij irgendein Überwachunssystem in Ihrer Wohnung hat installieren lassen.«

»Stimmt. Wir haben ein wunderbares Video davon, wie sie in meine Wohnung einbrechen und meine Papiere durchwühlen. Mårtensson hat einen tragbaren Kopierer dabei. Haben Sie Mårtenssons Komplizen schon identifiziert?«

»Der ist unwichtig. Schlosser mit krimineller Vergangenheit, der wahrscheinlich dafür bezahlt worden ist, Ihre Tür zu öffnen.«

»Name?«

»Quellenschutz?«

»Selbstverständlich.«

»Lars Faulsson. 47 Jahre alt. Spitzname Falun. In den 80er-Jahren verurteilt, nachdem er einen Tresor ausgeräumt hatte und noch so einiges andere. Er hat einen Laden am Norrtull.«

»Danke.«

»Aber die Geheimnisse sparen wir uns bis zum Treffen morgen früh auf.«

Sie hatten vereinbart, dass Mikael Blomkvist am nächsten Tag den Verfassungsschutz besuchen sollte, um mit dem Informationsaustausch zu beginnen. Mikael überlegte. Sie kamen gerade am Sergels Torg vorbei.

»Wissen Sie was? Ich habe einen Riesenhunger. Haben Sie schon gegessen?«

»Ist schon eine Weile her.«

»Fahren Sie uns doch zu irgendeinem Lokal, in dem man anständiges Essen bekommt.«

»Mir ist alles recht.«

Er warf ihr einen fragenden Blick zu.

»Ich dachte, Sie sind bestimmt so eine Ernährungsfanatikerin.«

»Nein, ich bin eine Sportfanatikerin. Wenn man viel Sport treibt, kann man so ziemlich essen, was man will. Ich weiß nicht, wie die Lokale in Söder so sind, aber ich kenne ein tolles bosnisches Lokal am Fridhemsplan. Die haben da ein fantastisches Burek.«

»Klingt gut«, sagte Mikael Blomkvist.

Lisbeth Salander setzte Buchstabe für Buchstabe ihren Bericht zusammen. Im Schnitt hatte sie jeden Tag fünf Stunden lang gearbeitet. Sie formulierte exakt und achtete sorgfältig darauf, alle Details zu verheimlichen, die gegen sie verwendet werden konnten.

Die Tatsache, dass sie eingesperrt war, hatte sich als echter Segen erwiesen. Wenn sie allein im Zimmer war, konnte sie immer arbeiten, denn sobald sie durch das Rasseln eines Schlüsselbunds oder das Geräusch eines Schlüssels im Schloss gewarnt wurde, hatte sie noch genug Zeit, ihren Palm zu verstecken.

> Als ich Bjurmans Sommerhäuschen in Stallarholmen gerade wieder abschließen wollte, kamen Carl-Magnus Lundin und Sonny Nieminen auf ihren Motorrädern an. Da sie mich in Zalatschenkos Auftrag eine ganze Weile vergeblich gesucht hatten, waren sie ziemlich erstaunt, mich vor Ort zu sehen.
> Lundin stieg von seinem Motorrad und erklärte: »Ich glaube, die Lesbe braucht mal einen ordentlichen Schwanz.« Sowohl er als auch Nieminen traten so drohend auf, dass ich zur Notwehr gezwungen war. Ich verließ den Ort auf Lundins Motorrad, das ich dann bei der Messe in Alvsjö abstellte.

Sie las die Passage noch einmal durch und nickte zufrieden. Es gab keinen Grund, noch hinzuzufügen, dass Magge Lundin sie als Nutte bezeichnet hatte und dass sie sich daraufhin nach Sonny Nieminens P-83 Wanad gebückt und Lundin bestraft hatte, indem sie ihn in den Fuß schoss. Das konnte sich die Polizei wahrscheinlich ausrechnen, aber sollten sie doch selbst zusehen, wie sie ihr das beweisen konnten. Sie hatte nicht vor, ihnen die Arbeit zu erleichtern, indem sie etwas zugab, das zu einer Gefängnisstrafe wegen schwerer Körperverletzung führen konnte.

Der Text war mittlerweile auf dreiunddreißig Seiten angewachsen, und sie näherte sich dem Ende. In manchen Abschnitten war sie äußerst sparsam mit den Details und achtete sorgfältig darauf, an keiner Stelle irgendwelche Beweise zu präsentieren, die ihre Behauptungen gestützt hätten. Im Gegenteil, sie verschwieg einige klare Beweise und ging einfach zum nächsten Abschnitt über.

Sie überlegte eine Weile und scrollte zurück, um den Abschnitt noch einmal zu lesen, in dem sie die sadistische Vergewaltigung durch Anwalt Nils Bjurman wiedergab. Auf diese Passage hatte sie am meisten Zeit verwendet, und dies war eine der wenigen Stellen, die sie mehrmals umformuliert hatte, bis sie mit dem Resultat zufrieden war. Dieser Abschnitt umfasste eine Schilderung in neunzehn Zeilen. In aller Sachlichkeit beschrieb sie, wie er sie geschlagen, sie bäuchlings aufs Bett geworfen, ihren Mund mit Tape zugeklebt und ihr Handschellen angelegt hatte. Danach erklärte sie, dass er die Nacht über wiederholt gewalttätige sexuelle Handlungen an ihr vorgenommen hatte, zu denen sowohl anale als auch orale Penetration gehörten. Sie berichtete weiter, wie er ihr während der Vergewaltigung ein Kleidungsstück – ihr eigenes T-Shirt – um den Hals geschlungen und sie so lange gewürgt hatte, bis sie vorübergehend das Bewusstsein verlor. Danach folgten noch einige Zeilen Text, in denen sie die Werkzeuge beschrieb, die er bei der Vergewaltigung benutzt hatte, darunter eine kurze Peitsche, einen Anal Plug, einen dicken Dildo und Klemmen, die er an ihren Brustwarzen befestigt hatte.

Sie runzelte die Stirn und ging den Text noch einmal gründlich durch. Schließlich hob sie den elektronischen Stift und tippte noch ein paar Zeilen dazu.

Einmal, als mein Mund immer noch mit Tape zugeklebt war, kommentierte Bjurman die Tatsache, dass ich mehrere Tattoos und Piercings habe, darunter einen Ring in der linken Brustwarze. Er fragte, ob es mir gefiele, gepierct zu werden, und verließ den Raum für eine Weile. Dann kam er mit einer Stecknadel zurück, die er mir durch die rechte Brustwarze stach.

Nachdem sie den neuen Text durchgelesen hatte, nickte sie anerkennend. Der bürokratische Ton gab dem Text ein so surreales Gepräge, dass er fast wie eine absurde Fantasie wirkte.

Die Story klang ganz einfach unglaubwürdig.

Was auch ihre Absicht war.

Im nächsten Augenblick hörte sie das Rasseln vom Schlüsselbund des Securitas-Wachmanns. Sofort schaltete sie den Palm aus und legte ihn in die Nische hinter dem Nachttisch. Es war Annika Giannini. Sie runzelte die Stirn. Es war nach neun Uhr abends, und normalerweise tauchte ihre Anwältin nie so spät auf.

»Hallo, Lisbeth.«

»Hallo.«

»Wie geht es Ihnen?«

»Ich bin noch nicht fertig.«

Annika Giannini seufzte.

»Lisbeth ... sie haben den Termin für die Gerichtsverhandlung für den 13. Juli angesetzt.«

»Das geht klar.«

»Nein, das geht nicht klar. Die Zeit rennt uns davon, und

Sie haben sich mir noch überhaupt nicht anvertraut. Langsam frage ich mich, ob es nicht ein kolossaler Fehler von mir war, Ihre Verteidigung zu übernehmen. Wenn wir auch nur die geringste Chance haben wollen, müssen Sie mir vertrauen. Wir müssen zusammenarbeiten.«

Lisbeth musterte Annika Giannini eine ganze Weile. Schließlich legte sie den Kopf zurück und blickte an die Decke.

»Ich weiß jetzt, wie wir's machen müssen«, sagte sie. »Ich habe Mikaels Plan kapiert. Und er hat recht.«

»Da bin ich mir nicht so sicher«, meinte Annika.

»Aber ich.«

»Die Polizei will Sie wieder verhören. Ein Hans Faste aus Stockholm.«

»Dann lassen Sie ihn doch. Ich werde kein Wort sagen.«

»Sie müssen irgendeine Erklärung abgeben.«

Lisbeth sah Annika Giannini scharf an.

»Ich wiederhole: Wir werden kein Wort mit der Polizei reden. Wenn wir in diesen Gerichtssaal kommen, soll der Staatsanwalt keine Silbe von irgendeinem Verhör haben, auf die er sich beziehen könnte. Alles, was er hat, ist dieser Bericht, den ich momentan schreibe und der in großen Teilen ziemlich absurd erscheinen wird. Und den kriegen sie ein paar Tage vor der Verhandlung.«

»Und wann wollen Sie sich mit Ihrem Stift hinsetzen und diesen Bericht schreiben?«

»Sie bekommen ihn in ein paar Tagen. Aber er darf erst wenige Tage vor dem Prozess an den Staatsanwalt weitergegeben werden.«

Annika Giannini sah zweifelnd drein. Plötzlich schenkte Lisbeth ihr vorsichtig ein schiefes Lächeln.

»Sie reden von Vertrauen. Kann ich Ihnen vertrauen?«

»Natürlich.«

»Können Sie einen Palm zu mir hereinschmuggeln, damit ich via Internet mit den Leuten Kontakt halten kann?«

»Nein. Natürlich nicht. Wenn das rauskäme, würde ich selbst angeklagt werden und meine Zulassung verlieren.«

»Und wenn jemand anders so einen Palm in mein Zimmer schmuggelte, würden Sie das dann der Polizei melden?«

Annika zog die Augenbrauen hoch.

»Wenn ich denjenigen nicht kennen würde ...«

»Aber wenn Sie ihn kennen würden. Wie würden Sie handeln?«

Annika überlegte lange.

»Ich würde so tun, als hätte ich nichts gesehen. Warum fragen Sie?«

»Dieser hypothetische Palm wird Ihnen bald eine hypothetische Mail schicken. Wenn Sie die gelesen haben, möchte ich, dass Sie mich wieder besuchen.«

»Lisbeth ...«

»Warten Sie. Es ist so: Der Staatsanwalt spielt mit gezinkten Karten. Ich befinde mich im Nachteil, egal was ich tue, und das Ziel dieses Prozesses ist es, mich wieder in die geschlossene Psychiatrie einzuweisen.«

»Ich weiß.«

»Wenn ich überleben will, muss ich eben auch mit unlauteren Mitteln kämpfen.«

Schließlich nickte Annika Giannini.

»Als Sie zum ersten Mal bei mir waren, haben Sie mir schöne Grüße von Ihrem Bruder ausgerichtet. Er sagte, er hätte Ihnen das meiste von mir erzählt – bis auf eine Ausnahme. Diese Ausnahme betrifft meine Fähigkeiten, die er entdeckte, als wir in Hedestad waren.«

»Ja.«

»Damit meinte er die Tatsache, dass ich verdammt gut mit Computern umgehen kann. So gut, dass ich alles lesen und kopieren kann, was in Staatsanwalt Ekströms Computer steht.«

Annika Giannini wurde bleich.

»In so etwas dürfen Sie nicht mit reingezogen werden. Dieses Material können Sie daher in der Gerichtsverhandlung nicht verwenden«, meinte Lisbeth.

»Nein, wohl kaum.«

»Also wissen Sie nichts davon.«

»Okay.«

»Doch jemand anders, zum Beispiel Ihr Bruder, könnte ausgewählte Teile dieses Materials veröffentlichen. Das müssen Sie mit in Betracht ziehen, wenn Sie unsere Strategie für den Prozess planen.«

»Verstehe.«

»Annika, in diesem Prozess wird es darum gehen, wer mit den härtesten Bandagen kämpft.«

»Ich weiß.«

»Ich bin mit Ihnen als Anwältin zufrieden. Ich vertraue Ihnen, und ich brauche Ihre Hilfe.«

»Hmm.«

»Aber wenn Sie sich querstellen, weil ich ebenfalls zu unethischen Methoden greife, dann werden wir diesen Prozess verlieren.«

»Ja.«

»Wenn das so ist, dann möchte ich es jetzt wissen. Dann muss ich mich nämlich von Ihnen trennen und mir einen anderen Anwalt besorgen.«

»Lisbeth, ich kann nicht gegen das Gesetz verstoßen.«

»Sie sollen ja auch gegen gar kein Gesetz verstoßen. Aber Sie müssen wegsehen, wenn ich es tue. Können Sie das?«

Lisbeth Salander wartete geduldig fast eine ganze Minute, bis Annika Giannini schließlich nickte.

»Gut. Dann erzähl ich Ihnen jetzt die wichtigsten Punkte, die mein Bericht enthalten wird.«

Ihr Gespräch dauerte zwei Stunden.

Monica Figuerola hatte recht gehabt – das Burek des bosnischen Lokals war wirklich ganz fantastisch. Mikael Blomkvist beobachtete sie verstohlen, als sie von der Toilette zurückkam. Sie bewegte sich so graziös wie eine Balletttänzerin, hatte aber einen Körper wie ein … Mikael konnte nicht anders, er war fasziniert. Er unterdrückte den Drang, die Hand auszustrecken und ihre Beinmuskeln zu befühlen.

»Wie viele Stunden pro Woche trainieren Sie eigentlich?«

»Zwei Stunden pro Tag. Manchmal auch drei.«

»Warum? Ich meine, ich verstehe schon, warum man Sport treibt, aber …«

»Sie finden das übertrieben?«

»Tja, ich weiß auch nicht …«

Sie lächelte. Seine Fragen schienen sie überhaupt nicht zu stören.

»Vielleicht irritiert es Sie auch nur, eine Frau mit ausgebildeten Muskeln zu sehen. Finden Sie das unweiblich?«

»Nein, überhaupt nicht. Irgendwie passt es zu Ihnen. Sie sind ganz schön sexy.«

Sie lachte wieder.

»Ich bin gerade dabei, mein Trainingsprogramm langsam runterzufahren. Vor zehn Jahren habe ich knallhartes Bodybuilding betrieben. Aber jetzt muss ich vorsichtig sein, damit sich die Muskeln nicht in Fett verwandeln und ich total schwabbelig werde. Jetzt hebe ich nur noch einmal pro Woche Gewichte und habe mich ansonsten auf Lauftraining, Badminton, Schwimmen und so was verlegt. Also eher leichten Sport als hartes Training.«

»Aha.«

»Ich trainiere einfach unheimlich gern. Das ist ein ganz normales Phänomen bei Extremsportlern. Der Körper entwickelt schmerzstillende Substanzen, nach denen man süchtig wird. Nach einer Weile kriegt man Entzugserscheinungen, wenn man nicht jeden Tag läuft. Es ist ein Riesenkick fürs Wohlbefinden, wenn man alles gibt. Fast so heftig wie guter Sex.«

Mikael lachte.

»Sie sollten selbst anfangen, ein bisschen Sport zu treiben«, empfahl sie. »Sie gehen in der Mitte schon auseinander.«

»Ich weiß«, erwiderte er. »Ich hab auch ständig ein schlechtes Gewissen. Manchmal reiß ich mich zusammen und fange an zu joggen und verliere auch ein paar Kilo, aber dann nimmt mich wieder irgendwas anderes völlig gefangen, und ich komme ein, zwei Monate zu gar nichts mehr.«

»In den letzten Monaten waren Sie ganz schön beschäftigt.«

Auf einen Schlag wurde er wieder ernst. Dann nickte er.

»Ich habe in den letzten zwei Wochen jede Menge über Sie gelesen. Sie haben die Polizisten um Längen abgehängt, als Sie Zalatschenko aufgespürt und Niedermann identifiziert haben.«

»Lisbeth Salander war noch schneller.«

»Wie haben Sie es bis nach Gosseberga geschafft?«

Mikael zuckte die Achseln.

»Ganz normale Recherche. Und nicht ich habe ihn aufgespürt, sondern unsere damalige Redaktionssekretärin, Malin Eriksson, die ihn über das Handelsregister gefunden hat. Er saß im Aufsichtsrat von Zalatschenkos Unternehmen KAB.«

»Verstehe.«

»Warum sind Sie zur SiPo gegangen?«

»Ob Sie's glauben oder nicht, aber ich bin tatsächlich so was Unzeitgemäßes wie eine Demokratin. Ich finde, dass die Polizei notwendig ist und dass eine Demokratie eine polizeiliche Schutzmacht braucht. Deswegen bin ich sehr stolz, für den Verfassungsschutz arbeiten zu dürfen.«

»Hmm«, brummte Mikael Blomkvist.

»Sie haben nichts für die Sicherheitspolizei übrig.«

»Ich habe nichts für Institutionen übrig, die außerhalb der normalen parlamentarischen Kontrolle stehen. Das ist eine Einladung zum Machtmissbrauch, egal wie gut die Absichten sind, die eigentlich dahinterstehen. Und wieso interessieren Sie sich für das antike Gottesbild?«

Sie zog die Augenbrauen hoch.

»Als Sie bei mir im Treppenhaus saßen, haben Sie ein Buch mit dem Titel gelesen.«

»Ach so, ja. Das Thema interessiert mich eben.«

»Aha.«

»Ich interessiere mich für ziemlich viel. Als ich Polizistin war, habe ich nebenbei Jura und Staatswissenschaften studiert. Und davor Kulturgeschichte und Philosophie.«

»Haben Sie eigentlich auch Schwächen?«

»Ich lese keine Unterhaltungsliteratur, gehe nie ins Kino und sehe mir im Fernsehen nur die Nachrichten an. Und Sie – warum sind Sie Journalist geworden?«

»Weil es Institutionen wie die SiPo gibt, die das Parlament nicht wirklich überwachen kann und deren Aktivitäten man in regelmäßigen Abständen enttarnen muss.« Mikael lächelte. »Ehrlich gesagt, ich weiß auch nicht recht. Aber eigentlich ist meine Antwort dieselbe wie Ihre. Ich glaube an eine konstitutionelle Demokratie, und die muss manchmal eben verteidigt werden.«

»Wie im Fall des Großindustriellen Hans-Erik Wennerström.«

»So was in der Art.«

»Sie sind unverheiratet ... und mit Erika Berger zusammen?«

»Erika Berger ist verheiratet.«

»Dann ist an den Gerüchten also nichts dran. Haben Sie eine Freundin?«

»Keine feste.«

»Also ist doch was dran.«

Mikael zuckte die Schultern und lächelte wieder.

Die Chefredakteurin Malin Eriksson saß bis weit nach Mitternacht am Küchentisch ihrer Wohnung in Årsta. Sie beugte sich über die Ausdrucke des *Millennium*-Budgets und war so darin versunken, dass ihr Freund Anton irgendwann den Versuch aufgab, ein normales Gespräch mit ihr zu führen. Er wusch ab, schmierte sich noch ein Brot und machte Kaffee. Dann ließ er sie in Frieden und setzte sich vor den Fernseher.

Malin hatte sich noch nie mit etwas so Kompliziertem wie dem Haushaltsbudget auseinandergesetzt, aber sie hatte mit Erika Berger immer den monatlichen Betriebsabschluss gemacht und war daher mit den Buchhaltungsprinzipien vertraut. Jetzt war sie plötzlich Chefredakteurin und hatte damit auch die Verantwortung fürs Budget. Irgendwann nach Mitternacht beschloss sie, doch jemanden um Hilfe zu bitten. Ingela Oscarsson, die sich um die Buchhaltung kümmerte, hatte keine Budgetverantwortung und war keine Hilfe, wenn man entscheiden musste, wie viel man einem freien Mitarbeiter bezahlen konnte oder ob sie es sich leisten konnten, einen neuen Laserdrucker anzuschaffen. Im Grunde war das Ganze lächerlich – *Millennium* machte irgendwie Gewinn, aber nur, weil Erika Berger einen ständigen Balanceakt zuwege gebracht hatte. Etwas so Schlichtes wie ein neuer Farblaserdrucker für 45 000 Kronen wurde dann ganz schnell doch wieder in einen Schwarz-Weiß-Drucker für 8 000 umgewandelt.

Für einen Moment beneidete sie Erika Berger. Bei der *SMP* konnte so etwas vermutlich aus der Portokasse gezahlt werden.

Die wirtschaftliche Lage von *Millennium* war bis zur letzten Jahreshauptversammlung gut gewesen, aber der Überschuss stammte hauptsächlich aus den Verkäufen von Mikael Blomkvists Buch über die Wennerström-Affäre. Dieser Überschuss, den man für Investitionen beiseitegelegt hatte, schrumpfte in besorgniserregendem Tempo. Ein Grund dafür waren die Ausgaben, die Mikael im Zusammenhang mit der Salander-Geschichte angehäuft hatte. *Millennium* hatte einfach nicht die erforderlichen Ressourcen, um einem Mitarbeiter aus dem laufenden Budget allerlei Ausgaben wie Leihwagen, Hotelzimmer, Taxifahrten, Einkauf von Recherchematerialien, Handys und Ähnlichem zu finanzieren.

Malin zeichnete eine Rechnung des freien Mitarbeiters Daniel Olofsson ab. Sie seufzte. Für die Recherchen zu einer Story, die nicht einmal veröffentlich werden sollte, hatte Mikael ihm eine Summe von 14 000 Kronen gewährt. Das Entgelt für Idris Ghidi in Göteborg wurde als Honorar für anonyme Quellen verbucht, die namentlich nicht genannt werden durften, was wiederum bedeutete, dass der Wirtschaftsprüfer die fehlende Quittung bemängeln würde. Außerdem bezahlte *Millennium* einen Teil des Honorars von Annika Giannini, die zwar auch noch von anderer Seite entlohnt wurde, aber auf jeden Fall Bargeld für Zugtickets und Ähnliches brauchte.

Sie legte den Stift aus der Hand und betrachtete die Summe, die sie errechnet hatte. Mikael Blomkvist hatte für die Salander-Geschichte rücksichtslos 150 000 Kronen verbraucht. So konnte es nicht weitergehen.

Ihr war klar, dass sie ein Gespräch mit ihm führen musste.

Erika Berger verbrachte den Abend in der Notaufnahme des Krankenhauses in Nacka statt auf dem Sofa vor dem Fernseher. Die Glasscherbe hatte ihr so tief in den Fuß geschnitten, dass die Blutung schier nicht mehr zum Stillstand kommen wollte. Bei der Untersuchung stellte sich heraus, dass eine abgebrochene Spitze immer noch in ihrer Ferse steckte und entfernt werden musste. Sie bekam eine örtliche Betäubung, hinterher wurde die Wunde mit drei Stichen genäht.

Erika Berger fluchte vor sich hin und versuchte in regelmäßigen Abständen, mal Greger Backman, mal Mikael Blomkvist zu erreichen. Doch weder ihr Ehemann noch ihr Liebhaber geruhten zu antworten. Gegen neun Uhr abends steckte ihr Fuß in einem dicken Verband, sie bekam Krücken und nahm sich ein Taxi nach Hause.

Eine Weile humpelte sie durch ihre Wohnung, fegte die Scherben zusammen und bestellte sich ein neues Fenster bei einem Glaser-Notdienst. Sie hatte Glück. Es war ein ruhiger

Abend, und der Glaser kam schon nach zwanzig Minuten. Dann hatte sie jedoch Pech. Das Wohnzimmerfenster war so groß, dass man eine Scheibe von solchen Ausmaßen nicht vorrätig hatte. Der Handwerker bot ihr an, das Fenster provisorisch mit Spanplatten zu schließen, was sie dankbar annahm.

Während die Spanplatten befestigt wurden, rief sie beim privaten Sicherheitsunternehmen NIP – Nacka Integrated Protection – an und erkundigte sich, warum in drei Teufels Namen der kostspielige Einbruchsalarm nicht ausgelöst worden war, als jemand einen Ziegelstein durchs größte Fenster der 250 Quadratmeter großen Villa geworfen hatte.

Wie sich herausstellte, hatte der Techniker, der die Alarmanlage vor mehreren Jahren installiert hatte, vergessen, die Drähte des Wohnzimmerfensters mit anzuschließen.

Erika Berger fehlten die Worte.

NIP bot an, schon am nächsten Morgen für Abhilfe zu sorgen, aber Erika meinte, sie sollten sich keine Umstände machen. Stattdessen rief sie den Nachtdienst von Milton Security an, erklärte ihre Situation und sagte, dass sie so schnell wie möglich eine komplette Alarmanlage haben wollte. »Ja, ich weiß, dass dazu ein Vertrag aufgesetzt werden muss, aber richten Sie Dragan Armanskij einfach aus, dass Erika Berger angerufen hat, und sorgen Sie dafür, dass diese Anlage morgen früh installiert wird.«

Schließlich rief sie noch bei der Polizei an. Man teilte ihr mit, es sei gerade keine Streife abkömmlich, um ihre Anzeige aufzunehmen. Man riet ihr, sich ans nächste Polizeirevier zu wenden.

Dann saß sie allein da und brütete eine Weile still vor sich hin, bis ihr Adrenalinspiegel wieder fiel und ihr klar wurde, dass sie jetzt allein in einem ungesicherten Haus schlafen sollte, während irgendjemand, der sie »Nutte« nannte und gewalttätige Neigungen zeigte, irgendwo unbehelligt durch die Gegend lief.

Einen Moment überlegte sie, ob sie in die Stadt fahren und die Nacht im Hotel verbringen sollte, aber Erika Berger war definitiv ein Mensch, der es hasste, bedroht zu werden, und es noch mehr hasste, angesichts einer Drohung klein beizugeben. *Das wollen wir doch erst mal sehen, ob irgend so ein Schwein mich aus meinem eigenen Zuhause vertreiben kann.*

Sie ergriff ein paar einfache Sicherheitsmaßnahmen.

Mikael Blomkvist hatte ihr einmal erzählt, wie Lisbeth Salander den Serienmörder Martin Vanger mit einem Golfschläger in Schach gehalten hatte. Also ging sie in die Garage und suchte zehn Minuten lang nach ihrer Golftasche, die sie seit ungefähr fünfzehn Jahren nicht mehr gesehen hatte. Sie suchte sich den Eisenschläger mit dem besten Schwung aus und stellte ihn in Reichweite neben ihr Bett im Schlafzimmer. Dann holte sie noch einen Hammer aus der Werkzeugschublade im Keller und legte ihn ins Badezimmer.

Ihre Tränengaspatrone nahm sie aus der Umhängetasche und stellte die Dose auf ihren Nachttisch. Schließlich presste sie noch einen Gummikeil unter die geschlossene Schlafzimmertür. Als sie fertig war, hoffte sie fast, dass dieser verdammte Idiot, der sie als Nutte bezeichnete und ihr Fenster einschlug, dumm genug war, im Laufe der Nacht noch einmal wiederzukommen.

Als sie sich zufriedenstellend verschanzt hatte, war es ein Uhr nachts. Um acht Uhr sollte sie wieder an ihrem Arbeitsplatz sein. Sie zog sich aus und schlüpfte in ihr Bett. Erika hatte kein Nachthemd an und überlegte, ob sie sich ein T-Shirt überziehen sollte, aber da sie seit ihrer Jugend nackt schlief, beschloss sie, dass ein Ziegelstein, der durch ihr Wohnzimmerfenster geflogen war, ihre privaten Gewohnheiten auch nicht ändern sollte.

Dann lag sie natürlich trotzdem wach und dachte nach.

Nutte.

Sie hatte neun Mails erhalten, die alle das Wort »Nutte«

enthielten. Die erste war aus ihrer eigenen Redaktion gekommen, aber der Absender war fingiert.

Sie stand wieder auf und holte ihren neuen Dell-Laptop, den sie zu ihrem Dienstantritt bei der *SMP* bekommen hatte.

Die erste Mail – die vulgärste und bedrohlichste von allen – war am 16. Mai eingetroffen, also vor neun Tagen.

Mail Nummer zwei war zwei Tage später gekommen, am 18. Mai.

Danach eine einwöchige Pause, bevor mehrere Mails im Rhythmus von ungefähr vierundzwanzig Stunden kamen. Und dann der Angriff auf ihr Zuhause. *Nutte.*

Während dieser Zeit waren auch bei Eva Carlsson von der Kulturredaktion fingierte Mails eingegangen, die scheinbar von Erika selbst stammten. Und wenn Eva Carlsson solche Mails bekommen hatte, dann war es gut möglich, dass der Briefeschreiber auch andernorts fleißig war – dass auch andere Menschen Post von »ihr« erhielten, ohne dass sie selbst etwas davon wusste.

Das war ein unbehaglicher Gedanke.

Das Beunruhigendste war jedoch der Angriff auf ihr Haus in Saltsjöbaden.

Die Attacke war vorbereitet gewesen – der Angreifer hatte eine Dose Farbspray mitgenommen. Im nächsten Moment wurde ihr eiskalt, als sie sich daran erinnerte, dass jemand alle vier Reifen ihres Autos zerstochen hatte, während sie mit Mikael Blomkvist im Hilton am Slussen übernachtet hatte.

Die Schlussfolgerung war ebenso offensichtlich wie unangenehm. Ein Stalker war hinter ihr her.

18. Kapitel

Donnerstag, 2. Juni

Erika Berger wachte um fünf nach neun auf, als ihr Handy klingelte.

»Guten Morgen, Frau Berger. Dragan Armanskij hier. Ich habe gehört, dass heute Nacht etwas vorgefallen ist.«

Erika erklärte ihm, was passiert war, und erkundigte sich, ob Milton Security die Stelle von Nacka Integrated Protection einnehmen könne.

»Wir können auf jeden Fall eine Alarmanlage einbauen, die wirklich funktioniert«, sagte Armanskij lapidar. »Ich werde Ihnen jetzt gleich jemand vorbeischicken. Er heißt David Rosin und wird eine Sicherheitsanalyse Ihres Hauses vornehmen. Für den Fall, dass Sie nicht zu Hause sind, benötigt er Ihre Schlüssel. Außerdem braucht er Ihre Erlaubnis, sich das Haus vom Keller bis zum Dach anzusehen. Er wird auch Fotos von Ihrem Haus, dem Grundstück und der näheren Umgebung machen.«

»Verstehe.«

»Rosin ist sehr erfahren, und wir werden Ihnen nach seiner Analyse einen Vorschlag unterbreiten, welche Sicherheitsmaßnahmen ergriffen werden sollten. Der Plan ist innerhalb weniger Tage fertig und umfasst Überfallsalarm, Brandschutz, Evakuierung und Einbruchsicherung. Die Alarmanlage können wir schon heute Nachmittag installieren. Danach müssen Sie einen Vertrag unterschreiben.«

Gleich im Anschluss an das Gespräch mit Armanskij fiel Erika auf, dass sie viel zu spät dran war. Sie griff zum Handy, rief den Redaktionssekretär Peter Fredriksson an und erklärte, sie habe sich verletzt. Er solle daher die 10-Uhr-Sitzung absagen.

»Geht es Ihnen nicht gut?«, erkundigte er sich.

»Ich hab mir den Fuß aufgeschnitten«, sagte Erika. »Sobald ich so weit bin, komme ich in die Redaktion gehumpelt.«

Anschließend ging sie ins Bad, das direkt neben dem Schlafzimmer lag. Sie zog eine schwarze Hose an und lieh sich einen Pantoffel von ihrem Mann, in den sie mit ihrem verletzten Fuß schlüpfen konnte. Dazu suchte sie eine schwarze Bluse aus und holte dann ihre Jacke. Bevor sie den Gummikeil unter der Schlafzimmertür herauszog, bewaffnete sie sich mit ihrer Tränengaspatrone.

Wachsam ging sie durchs Haus, um sich in der Küche Kaffee aufzusetzen. Sie frühstückte am Küchentisch und horchte die ganze Zeit aufmerksam auf Geräusche in ihrer Umgebung. Als sie sich gerade nachgeschenkt hatte, klopfte auch schon David Rosin von Milton Security an die Tür.

Monica Figuerola ging in die Bergsgatan und holte ihre vier Mitarbeiter zu einer frühen Morgenkonferenz ab.

»Es gibt jetzt eine Deadline«, verkündete sie. »Unsere Arbeit muss bis zum 13. Juli abgeschlossen sein, wenn der Prozess gegen Lisbeth Salander beginnt. Was meint ihr, in welcher Reihenfolge wir vorgehen sollen?«

Berglund räusperte sich.

»Der blonde Mann, mit dem sich Mårtensson trifft ... wer ist das?«

Alle nickten. Die Diskussion kam in Gang.

»Wir haben Bilder von ihm, aber keine Ahnung, wie wir ihn

finden könnten. Wir können ihn ja schlecht zur Fahndung ausschreiben.«

»Und Gullberg ist weiterhin ein Rätsel. Wir haben ihn bei der Geheimen Staatspolizei, vom Anfang der 50er-Jahre bis 1964, dem Gründungsjahr der RPF/Sich. Dann verlieren sich seine Spuren.«

Figuerola nickte.

»Sollen wir daraus schließen, dass der Zalatschenko-Klub 1964 gegründet wurde? Also lange bevor Zalatschenko nach Schweden kam?«

»Sie müssen einen anderen Zweck verfolgt haben ... eine geheime Organisation innerhalb der Organisation.«

»Das war die Zeit nach Wennerström. Damals waren doch alle völlig paranoid. Im Ausland gibt es tatsächlich Parallelen. In den USA wurde in den 60er-Jahren innerhalb der CIA eine besondere Gruppe gegründet, die Spione ausheben sollte. Sie wurde von James Jesus Angleton geleitet und hätte beinahe die ganze CIA sabotiert. Angletons Truppe war ein Haufen paranoider Fanatiker – die verdächtigten wirklich jeden in der CIA, ein russischer Agent zu sein. Was zur Folge hatte, dass die CIA eine Zeit lang nicht sehr funktionstüchtig war.«

»Aber das sind doch Spekulationen ...«

»Wo werden denn alte Personalakten archiviert?«

»Gullberg ist nicht drin. Das hab ich schon kontrolliert.«

»Und das Budget? So eine Operation muss doch irgendwie finanziert werden.«

Die Diskussion zog sich hin bis zum Mittagessen. Monica Figuerola entschuldigte sich und ging in den Kraftraum, um in Ruhe nachdenken zu können.

Erika Berger kam erst gegen Mittag in die Redaktion gehumpelt. Ihr Fuß tat ihr so weh, dass sie ihn überhaupt nicht aufsetzen konnte. Also hüpfte sie bis zu ihrem Glaskasten und ließ sich dort erleichtert in ihren Bürostuhl sinken. Fredriksson sah zu ihr hinüber. Sie winkte ihn zu sich.

»Was ist denn passiert?«, wollte er wissen.

»Ich bin in eine Glasscherbe getreten, deren Spitze dann auch noch abgebrochen und in meiner Ferse stecken geblieben ist.«

»Hört sich nicht gut an.«

»Nein. War's auch nicht. Sagen Sie mal, Peter, hat eigentlich noch mal jemand solche seltsamen Mails bekommen?«

»Nicht dass ich wüsste.«

»Okay. Halten Sie bitte die Ohren offen. Wenn hier merkwürdige Dinge passieren, will ich das wissen. Aber jetzt erzählen Sie erst mal, was morgen in der Zeitung steht.«

»Hmm.«

»Was hmm?«

»Holm und der Chef der Rechtsredaktion sind auf dem Kriegspfad.«

»Aha. Und warum?«

»Wegen Johannes Frisk. Sie haben sein Praktikum verlängert und ihm einen Reportageauftrag erteilt, und er will niemand sagen, worum es geht.«

»Er darf nicht sagen, worum es geht. Meine eigene Anweisung.«

»Das sagt er auch. Und deshalb sind Holm und die Rechtsredaktion ziemlich sauer auf Sie.«

»Verstehe. Machen Sie doch bitte für drei Uhr nachmittags eine Sitzung mit der Rechtsredaktion aus, dann werde ich denen alles erklären.«

»Holm ist ziemlich sauer …«

»Ich bin auch ziemlich sauer auf Holm, dann gleicht sich das ja aus.«

»Er ist so sauer, dass er sich beim Aufsichtsrat beschwert hat.«

Erika blickte auf. *Verdammt. Mit Borgsjö muss ich mich auch noch auseinandersetzen.*

»Borgsjö kommt heute Nachmittag ins Haus und möchte eine Unterredung mit Ihnen. Ich schätze, das haben Sie Holm zu verdanken.«

»Okay. Welche Uhrzeit?«

»Um zwei.«

Dann las er ihr die mittägliche Hausmitteilung vor.

Gegen Mittag stattete Dr. Anders Jonasson Lisbeth Salander einen Besuch ab. Sie schob den Teller mit dem Gemüsefrikassee beiseite. Wie immer untersuchte er sie kurz, aber sie merkte, dass er nicht mehr mit Herz und Seele bei der Sache war.

»Tja, Sie sind wieder gesund«, stellte er fest.

»Hmm. Mit diesem Essen hier müssen Sie echt mal was unternehmen.«

»Mit dem Essen?«

»Können Sie denn keine Pizza machen oder so?«

»Ich glaube, Pizza hat's hier noch nie gegeben.«

»Dachte ich mir.«

»Lisbeth. Wir werden Ihren Gesundheitszustand morgen gründlich überprüfen ...«

»Ich verstehe schon. Und ich bin gesund.«

»Sie sind gesund genug, um ins Untersuchungsgefängnis in Stockholm verlegt zu werden.«

Sie nickte.

»Ich könnte die Verlegung wahrscheinlich noch eine Woche hinauszögern, aber dann würden sich meine Kollegen langsam wundern.«

»Tun Sie das nicht.«

»Sicher?«

Sie nickte.

»Ich bin bereit. Und früher oder später muss es ja passieren.«

Er nickte.

»Ja dann«, sagte Anders Jonasson. »Dann gebe ich morgen

grünes Licht für Ihre Verlegung. Das bedeutet aber, dass es sehr schnell gehen kann.«

Sie nickte.

»Es ist möglich, dass es sogar schon zum Wochenende so weit ist. Die Krankenhausleitung will Sie gerne loswerden.«

»Das kann ich verstehen.«

»Äh … also, Ihr Spielzeug …«

»Das liegt dann in der Nische hinter meinem Nachttisch.« Sie deutete auf das Versteck.

»Okay.«

Sie schwiegen kurz, dann stand Dr. Jonasson auf.

»Ich muss nach anderen Patienten sehen, die meine Hilfe dringender brauchen.«

»Danke für alles. Ich schulde Ihnen einen Gefallen.«

»Ich hab nur meinen Job gemacht.«

»Nein. Sie haben wesentlich mehr gemacht. Das werde ich Ihnen nicht vergessen.«

Mikael Blomkvist betrat das Polizeigebäude auf Kungsholmen durch den Eingang an der Polhemsgatan. Monica Figuerola empfing ihn und führte ihn zu den Räumlichkeiten des Verfassungsschutzes. Als sie im Fahrstuhl standen, betrachteten sie sich von der Seite.

»Ist das denn so geschickt, wenn ich mich hier im Polizeigebäude zeige?«, fragte Mikael. »Es könnte mich doch jemand sehen und sich Fragen stellen.«

Monica Figuerola nickte.

»Das wird auch unser einziges Treffen hier bleiben. In Zukunft treffen wir uns in einem kleinen Büro, das wir am Fridhemsplan angemietet haben. Ab morgen können wir dorthin. Aber heute ist das schon okay. Der Verfassungsschutz ist eine kleine, fast selbstständige Einheit, um die sich niemand bei der RPF/Sich kümmert. Und wir sind auf einem ganz anderen Stockwerk als der Rest der SiPo.«

Er nickte Torsten Edklinth zu, ohne ihm die Hand zu geben, und begrüßte zwei Mitarbeiter, die anscheinend zu Edklinths Ermittlungsteam gehörten. Sie stellten sich als Stefan und Anders vor.

»Ehrlich gesagt, ich weiß nicht, wie ich mit dieser Situation umgehen soll«, begann Edklinth. »Dass ein Journalist bei einer Sitzung der Sicherheitspolizei anwesend ist, ist wahrscheinlich einmalig. Die Dinge, über die wir hier sprechen werden, sind in vieler Hinsicht streng geheim.«

»Ich interessiere mich nicht für militärische Geheimnisse. Ich interessiere mich für den Zalatschenko-Klub.«

»Zunächst sollten wir über die Bedingungen unserer Zusammenarbeit sprechen. Erstens dürfen die Mitarbeiter nicht namentlich in Ihren Texten genannt werden.«

»In Ordnung.«

Edklinth sah Mikael Blomkvist erstaunt an.

»Zweitens dürfen Sie mit keinem anderen Mitarbeiter sprechen als mit Monica Figuerola und mir. Wir entscheiden, was wir Ihnen erzählen können.«

»Wenn Sie eine lange Liste mit Bedingungen haben, hätten Sie das gestern erwähnen sollen.«

»Gestern konnte ich die Sache noch nicht überdenken.«

»Dann werde ich Ihnen jetzt mal was verraten. Dies ist wahrscheinlich das erste und einzige Mal in meiner beruflichen Laufbahn, dass ich einem Geheimdienstmann den Inhalt einer unveröffentlichten Story erzähle. Um Sie zu zitieren … ehrlich gesagt, ich weiß nicht, wie ich mit dieser Situation umgehen soll.«

Einen Moment lang herrschte Schweigen am Tisch.

»Vielleicht …«

»Wie wäre es …«

Edklinth und Monica Figuerola begannen gleichzeitig zu reden und verstummten.

»Wir haben es beide auf den Zalatschenko-Klub abgesehen.

Nehmen wir das doch einfach mal als Ausgangspunkt«, sagte Mikael.

Edklinth nickte. Dann setzte er ihm auseinander, was Monica Figuerola und ihre Leute herausgefunden hatten. Er zeigte ihm das Bild von Evert Gullberg und dem Spionoberst Stig Wennerström.

»Gut. Von diesem Bild hätte ich gern einen Abzug.«

»Dieses Foto finden Sie im Archiv des *Åhlén & Åkerlund*-Verlags«, sagte Monica Figuerola.

»Es liegt doch vor mir auf dem Tisch. Mit einem Text auf der Rückseite«, wandte Mikael ein.

»Okay. Gebt ihm einen Abzug«, entschied Edklinth.

»Das bedeutet, dass Zalatschenko von der Sektion ermordet wurde.«

»Mord und Selbstmord eines Mannes, der Krebs im Endstadium hatte. Gullberg lebt zwar noch, aber die Ärzte geben ihm höchstens noch ein paar Wochen. Er hat bei seinem Selbstmordversuch schwere Hirnschäden davongetragen.«

»Und er war der Hauptverantwortliche für Zalatschenko, als der Russe überlief.«

»Woher wissen Sie das?«

»Gullberg hat Ministerpräsident Fälldin sechs Wochen nach Zalatschenkos Ankunft in Schweden getroffen.«

»Können Sie das beweisen?«

»Ja. Durch das Buch, in dem die Besucher der Regierungskanzlei verzeichnet sind. Gullberg kam zusammen mit dem damaligen Chef der RPF/Sich.«

»Der mittlerweile auch verstorben ist.«

»Aber Fälldin lebt und ist bereit, über die Sache zu reden.«

»Haben Sie ...«

»Nein, ich habe nicht mit Fälldin gesprochen. Aber jemand anders hat das getan. Den Namen dieser Person darf ich nicht nennen. Quellenschutz.«

Mikael erklärte, wie Fälldin auf die Information über

Zalatschenko reagiert hatte und wie er selbst nach Holland gefahren war und Janeryd interviewt hatte.

»Der Zalatschenko-Klub befindet sich also irgendwo in diesem Haus«, stellte Mikael fest und deutete auf das Bild.

»Zum Teil. Wir glauben, dass es sich um eine Organisation innerhalb der Organisation handelt. Der Zalatschenko-Klub kann durch die Unterstützung gewisser Schlüsselpersonen hier im Haus existieren. Aber wir glauben, dass die sogenannte Sektion für Spezielle Analyse sich irgendwo außerhalb dieses Gebäudes eingerichtet hat.«

»Und wer im Haus hilft dem Zalatschenko-Klub?«

»Das wissen wir noch nicht. Aber wir haben ein paar Verdächtige.«

»Mårtensson«, schlug Mikael vor.

Edklinth nickte.

»Mårtensson arbeitet für die SiPo, und wenn er beim Zalatschenko-Klub gebraucht wird, wird er von seinem regulären Job freigestellt«, sagte Monica Figuerola.

»Wie kann so etwas rein praktisch ablaufen?«

»Sehr gute Frage«, sagte Edklinth und lächelte schwach. »Sie hätten nicht zufällig Lust, für uns zu arbeiten?«

»Nie im Leben«, erwiderte Mikael.

»Ich mach ja nur Witze. Aber das ist eine ganz natürliche Frage. Wir haben einen Verdächtigen, können den Verdacht aber noch nicht beweisen.«

»Hm … es muss jemand sein, der gewisse administrative Befugnisse hat.«

»Wir haben den Amtschef Albert Shenke im Verdacht«, sagte Monica Figuerola.

»Und schon wären wir beim ersten Stolperstein«, fiel Edklinth ein. »Wir haben Ihnen einen Namen genannt, aber die Angabe ist nicht dokumentiert. Wie werden Sie damit verfahren?«

»Ich kann keinen Namen veröffentlichen, wenn ich keine

Belege habe. Wenn Shenke unschuldig ist, wird er *Millennium* wegen Verleumdung verklagen.«

»Gut. Dann sind wir uns ja einig. Bei dieser Zusammenarbeit muss Vertrauen zwischen uns herrschen. Jetzt sind Sie dran. Was haben Sie?«

»Drei Namen«, begann Mikael. »Die ersten beiden waren in den 80er-Jahren Mitglied im Zalatschenko-Klub.«

Edklinth und Figuerola horchten sofort auf.

»Hans von Rottinger und Fredrik Clinton. Rottinger ist tot. Clinton ist pensioniert. Aber beide gehörten zum engsten Zirkel um Zalatschenko.«

»Der dritte Name noch«, bat Edklinth.

»Teleborian hatte Kontakt mit einer Person namens *Jonas*. Sein Nachname ist uns nicht bekannt, aber wir wissen, dass er 2005 beim Zalatschenko-Klub dabei war ... Wir haben sogar ein bisschen spekuliert, ob es der Mann sein könnte, der mit Mårtensson auf den Fotos vor dem »Copacabana« auftaucht.«

»Und in welchem Zusammenhang ist der Name Jonas aufgetaucht?«

»Lisbeth Salander hat Teleborians Computer gehackt, und wir können in Teleborians Korrespondenz nachverfolgen, wie er sich mit Jonas verschwört, ebenso wie er sich damals mit Björck verschworen hat. Er erhielt Instruktionen von Jonas. Und jetzt kommen wir zum zweiten Stolperstein«, sagte Mikael und lächelte Edklinth an. »Ich kann meine Behauptungen zwar belegen, aber ich kann Ihnen die Belege nicht zeigen, ohne meine Quelle zu verraten. Sie müssen das so akzeptieren, wie ich es Ihnen sage.«

Edklinth sah nachdenklich drein.

»Vielleicht irgendein Kollege von Teleborian in Uppsala«, meinte er. »Okay. Wir fangen erst mal mit Clinton und von Rottinger an. Erzählen Sie uns, was Sie über die beiden wissen.«

Der Aufsichtsratsvorsitzende Magnus Borgsjö empfing Erika Berger in seinem Zimmer neben dem großen Konferenzsaal des Aufsichtsrats.

»Ich habe gehört, Sie haben sich verletzt«, sagte er und deutete auf ihren Fuß.

»Das geht vorbei«, erwiderte Erika und lehnte die Krücken an seinen Schreibtisch, um sich auf den Besucherstuhl zu setzen.

»Na, das hoffe ich. Erika, Sie sind jetzt seit einem Monat hier, und ich würde gern die Gelegenheit ergreifen, mich ein bisschen mit Ihnen zu unterhalten. Wie fühlen Sie sich bei uns?«

Ich muss mit ihm über Vitavara reden. Aber wie? Wann?

»Langsam, aber sicher bekomme ich die Lage in den Griff. Es gibt zwei Seiten. Zum einen hat die *SMP* wirtschaftliche Probleme, und das knappe Budget nimmt der Zeitung die Luft zum Atmen. Andererseits hat die *SMP* jede Menge Wildwuchs in den Redaktionen.«

»Gibt es denn gar nichts Positives?«

»Doch. Eine Menge routinierter Profis, die sich auf ihren Job verstehen. Das Problem ist nur, dass andere sie ihren Job nicht machen lassen.«

»Holm hat mit mir gesprochen ...«

»Ich weiß.«

Borgsjö zog die Augenbrauen hoch.

»Er hat seine eigenen Ansichten über Sie. Und die sind fast durchgehend negativ.«

»Das ist schon okay. Ich habe auch meine eigenen Ansichten über ihn.«

»Negative? Es ist nicht gut, wenn Sie beide nicht zusammenarbeiten können ...«

Erika seufzte.

»Er treibt mich in den Wahnsinn. Holm ist routiniert und zweifellos einer der kompetentesten Nachrichtenchefs, die ich je kennengelernt habe. Gleichzeitig ist er aber ein richtiger Widerling. Er intrigiert und spielt die Leute gegeneinander aus.

Ich arbeite jetzt seit fünfundzwanzig Jahren in der Medienbranche, und mir ist noch nie so ein Mensch in einer leitenden Position begegnet.«

»Er muss ab und zu die Ellbogen ausfahren, um seinen Job gut zu machen. Er bekommt von allen Seiten Druck.«

»Die Ellbogen ausfahren – ja. Aber das bedeutet doch nicht, dass er sich aufführen muss wie ein Idiot. Holm ist maßgeblich dafür verantwortlich, dass es so gut wie unmöglich ist, die Mitarbeiter hier zum Teamwork zu bewegen. Anscheinend glaubt er, dass er herrschen muss, indem er seine Untergebenen gegeneinander aufhetzt.«

»Harte Worte.«

»Ich gebe Holm einen Monat, sich zu besinnen. Dann werde ich ihn seines Postens als Nachrichtenchef entheben.«

»Das können Sie nicht machen. Ihr Job besteht nicht darin, die Organisation der Zeitung zu zerstören.«

Erika schwieg und musterte den Aufsichtsratsvorsitzenden.

»Entschuldigen Sie, wenn ich Sie darauf hinweise, aber genau dafür haben Sie mich angestellt. Mein Vertrag lässt mir ausdrücklich freie Hand für redaktionelle Veränderungen, die ich für notwendig halte. Mein Auftrag lautet, die Zeitung zu erneuern, und das kann ich nur tun, indem ich in die Organisation und die Arbeitsabläufe eingreife.«

»Holm hat der *SMP* sein Leben gewidmet.«

»Ja. Aber er ist 58 Jahre alt und wird in sechs Jahren in Rente gehen, und ich kann es mir nicht leisten, ihn während dieser Zeit als Klotz am Bein mitzuschleppen. Missverstehen Sie mich nicht. Seit dem ersten Augenblick, als ich mich in diesen Glaskasten da unten gesetzt habe, besteht meine Lebensaufgabe darin, die Qualität der *SMP* zu verbessern und die Auflage zu erhöhen. Holm muss sich entscheiden – entweder er macht die Dinge auf meine Art, oder er macht irgendetwas anderes. Ich werde jeden beiseiteschieben, der sich mir in den Weg stellt oder der *SMP* anderweitig schadet.«

Verdammt … ich muss die Sache mit Vitavara ansprechen. Borgsjö wird gefeuert werden.

Plötzlich musste Borgsjö lächeln.

»Ich glaube wirklich, Sie können auch die Ellbogen ausfahren.«

»Was ich in diesem Fall wirklich bedaure, denn das wäre alles gar nicht nötig. Ich soll eine gute Zeitung machen, und das kann ich nur, wenn die Führung funktioniert und die Mitarbeiter sich wohlfühlen.«

Nach dem Treffen mit Borgsjö humpelte Erika zurück zu ihrem Glaskasten. Ihr war ziemlich unbehaglich zumute. Sie hatte eine Dreiviertelstunde mit Borgsjö gesprochen, ohne Vitavara mit einer Silbe zu erwähnen. Mit anderen Worten, sie war nicht besonders ehrlich zu ihm gewesen.

Als sie ihren Computer hochfuhr, hatte sie eine Mail von <MikBlom@millennium.nu>. Da sie genau wusste, dass bei *Millennium* keine derartige Adresse existierte, konnte sie sich leicht ausrechnen, dass es sich um ein neues Lebenszeichen von ihrem *cyber stalker* handeln musste. Sie öffnete die Mail.

GLAUBST DU, BORGSJÖ KÖNNTE DICH RETTEN, DU KLEINE NUTTE? WIE GEHT'S DEINEM FUSS?

Sie hob den Kopf und ließ den Blick über die Redaktion schweifen. Bei Holm blieb er hängen. Er sah sie an. Dann nickte er ihr zu und lächelte.

Irgendjemand in der SMP *schreibt mir diese Mails*, dachte sie.

Das Treffen beim Verfassungsschutz endete erst nach 17 Uhr. Man einigte sich darauf, in der nächsten Woche ein weiteres Treffen abzuhalten. Mikael Blomkvist sollte sich an Monica Figuerola wenden, wenn er schon vorher Kontakt mit der RPF/Sich aufnehmen wollte. Mikael nahm seine Laptoptasche und stand auf.

»Wie finde ich hier wieder raus?«, fragte er.

»Sie dürfen hier auf keinen Fall alleine durch die Korridore laufen«, protestierte Edklinth.

»Ich bring ihn raus«, erbot sich Monica Figuerola. »Warten Sie ein paar Minuten, dann kann ich noch schnell meine Sachen zusammensammeln.«

Sie gingen gemeinsam durch den Kronobergspark in Richtung Fridhemsplan.

»Und, wie geht's jetzt weiter?«, wollte Mikael wissen.

»Wir bleiben in Kontakt«, antwortete Monica Figuerola.

»Langsam gefällt es mir, mit der SiPo Kontakt zu haben«, bemerkte Mikael lächelnd.

»Hätten Sie Lust, heute Abend was essen zu gehen?«

»Wieder in das bosnische Lokal?«

»Nein, ich kann es mir nicht leisten, jeden Abend auswärts zu essen. Ich dachte eher an was Einfaches bei mir zu Hause.«

Sie blieb stehen und lächelte ihn an.

»Weißt du, was ich jetzt gerne tun würde?«, fragte Monica Figuerola.

»Nein.«

»Ich hätte Lust, dich mit nach Hause zu nehmen und auszuziehen.«

»Das könnte Ärger geben.«

»Ich weiß. Aber ich hab ja auch nicht unbedingt vor, es meinem Chef auf die Nase zu binden.«

»Wir wissen nicht, wie sich diese Story noch entwickeln wird. Wir könnten auf verschiedenen Seiten des Grabens landen.«

»Das Risiko geh ich ein. Kommst du freiwillig mit, oder muss ich dir Handschellen anlegen?«

Er nickte. Sie hakte sich bei ihm unter und steuerte auf die Pontonjärgatan zu. Dreißig Sekunden nachdem sie die Wohnungstür hinter sich zugemacht hatten, waren sie bereits nackt.

David Rosin, der Sicherheitsberater von Milton Security, wartete auf Erika Berger, als sie um sieben Uhr abends nach Hause kam. Ihr Fuß schmerzte stark; sie hinkte in die Küche und ließ sich auf den nächsten Stuhl fallen. Er hatte Kaffee gemacht und schenkte ihr eine Tasse ein.

»Danke. Gehört Kaffeekochen auch zum Dienstleistungspaket von Milton?«

Er lächelte höflich. Rosin war ein rundlicher Mann um die 50 mit rotem Vollbart.

»Danke, dass ich tagsüber Ihre Küche benutzen durfte.«

»Das war ja wohl das Mindeste, was ich Ihnen anbieten konnte. Wie sieht es denn nun aus?«

»Die Alarmanlage, die wir heute eingebaut haben, besteht aus zwei Komponenten. Zum einen aus dem normalen Einbruchsalarm, der angeschaltet ist, wenn Sie nicht zu Hause sind, zum anderen aus einem Bewegungsmelder fürs Erdgeschoss, den Sie einschalten müssen, wenn Sie nachts im ersten Stock sind.«

»Gut.«

»Das ist natürlich lästig, weil Sie den Alarm jedes Mal abstellen müssen, wenn Sie wieder ins Erdgeschoss gehen.«

»Verstehe.«

»Außerdem haben wir heute Ihre Schlafzimmertür ausgetauscht.«

»Sie haben meine Schlafzimmertür ausgetauscht?«

»Ja. Wir haben stattdessen eine Sicherheitstür aus Stahl eingesetzt. Keine Sorge, die ist weiß lackiert und sieht aus wie eine ganz normale Schlafzimmertür. Der Unterschied besteht darin, dass sich diese Tür automatisch abschließt, sobald Sie sie zumachen. Um die Tür von innen zu öffnen, brauchen Sie nur die Klinke zu drücken, wie bei jeder anderen Tür. Aber um sie von außen zu öffnen, müssen Sie direkt an der Klinke einen dreistelligen Code eingeben.«

»Verstehe.«

»Wenn Sie zu Hause tatsächlich behelligt werden, haben Sie also einen sicheren Raum, in dem Sie sich verbarrikadieren können. Die Wände sind stabil, und es würde eine gute Weile dauern, bis jemand diese Tür aufgebrochen hat, auch wenn er Werkzeug dabeihätte. Im Laufe der Woche werden wir noch Überwachungskameras einbauen, sodass Sie sehen können, was im Garten und im Erdgeschoss passiert, wenn Sie im Schlafzimmer stehen.«

»Das hört sich so an, als wäre mein Schlafzimmer in Zukunft nicht mehr sehr romantisch.«

»Es ist nur ein kleiner Monitor. Wir können ihn auch in einen Schrank einbauen, damit er nicht sichtbar ist.«

»In Ordnung.«

»Dann werden wir in dieser Woche auch noch die Türen des Arbeitszimmers und eines Zimmers hier unten austauschen. Wenn etwas passiert, müssen Sie die Möglichkeit haben, sich schnell in Sicherheit zu bringen und die Tür abzuschließen, während Sie auf Hilfe warten.«

»Einverstanden.«

»Falls Sie den Einbruchsalarm versehentlich auslösen, müssen Sie sofort bei der Alarmzentrale bei Milton anrufen, damit das Einsatzfahrzeug nicht ausrückt. Dazu müssen Sie ein Passwort angeben, das bei uns registriert ist. Wenn Sie das Passwort vergessen, rückt das Fahrzeug trotzdem aus, und dann wird Ihnen auch eine entsprechende Summe in Rechnung gestellt.«

»Verstehe.«

»In diesem Haus befindet sich jetzt an vier Stellen ein Überfallsalarm. Hier unten in der Küche, im Flur, in Ihrem Arbeitszimmer im ersten Stock und in Ihrem Schlafzimmer. Der Überfallsalarm besteht aus zwei Knöpfen, die Sie gleichzeitig drücken und drei Sekunden gedrückt halten müssen. Das können Sie mit einer Hand, aber Sie können ihn nicht versehentlich auslösen.«

»Aha.«

»Wenn der Überfallsalarm ausgelöst wird, geschehen drei Dinge. Zuerst rückt ein Einsatzfahrzeug von Adam Sicherheit in Fisksätra aus. Dort sind immer zwei Angestellte im Dienst, die innerhalb von zehn bis zwölf Minuten hier sind. Das zweite Auto ist von Milton und kommt aus Nacka. Das ist frühestens nach zwanzig Minuten hier. Und drittens wird auch noch automatisch die Polizei alarmiert. Mit anderen Worten, es kommen im Abstand von ein paar Minuten mehrere Autos hierher.«

»Okay.«

»Ein Überfallsalarm lässt sich nicht auf dieselbe Art rückgängig machen wie ein Einbruchsalarm. Da können Sie also nicht anrufen und sagen, es war nur ein Irrtum. Auch wenn Sie uns in der Auffahrt entgegenkommen und uns mitteilen, dass es nur ein Versehen war, wird die Polizei trotzdem ins Haus gehen. Wir wollen nämlich sichergehen, dass niemand Ihrem Mann gerade eine Pistole an die Schläfe hält. Den Überfallsalarm sollten Sie also nur auslösen, wenn wirklich Gefahr im Verzug ist.«

»Verstehe.«

»Ich habe gesehen, dass Sie im Haus Golfschläger deponiert haben.«

»Ja. Ich habe gestern Nacht alleine hier geschlafen.«

»Vielleicht sollten Sie lieber in ein Hotel gehen. Ich habe überhaupt kein Problem damit, wenn Sie eigene Sicherheitsmaßnahmen ergreifen. Aber ich hoffe, Ihnen ist klar, dass Sie einen Angreifer mit einem Golfschläger leicht erschlagen können.«

»Hmm.«

»Und wenn Sie das tun, dann werden Sie mit allergrößter Wahrscheinlichkeit wegen Totschlags angeklagt. Wenn Sie angeben, dass Sie die Golfschläger dort hingestellt haben, um im Notfall eine Waffe griffbereit zu haben, kann die Anklage sogar auf Mord lauten.«

»Ich soll also ...«

»Ich kann Sie ja verstehen. Aber wir schaffen Ihnen eine Alternative. Sie sollen die Möglichkeit haben, Hilfe zu rufen, und vor allem gar nicht erst in die Situation kommen, dass Sie jemand den Schädel einschlagen müssten.«

»Verstehe.«

»Und was machen Sie mit dem Golfschläger, wenn er eine Schusswaffe dabeihat? Sicherheit heißt, dass man dem anderen immer einen Schritt voraus ist.«

»Wie soll ich das denn anstellen, wenn ein Stalker hinter mir her ist?«

»Sie sorgen dafür, dass er überhaupt keine Chance hat, sich Ihnen zu nähern. In ein paar Tagen werden wir sämtliche Installationen abgeschlossen haben, danach müssen wir uns auch mit Ihrem Mann unterhalten. Er muss sich der Sicherheitsfrage genauso bewusst werden wie Sie.«

»Aha.«

»Bis dahin möchte ich eigentlich nicht, dass Sie hier wohnen bleiben.«

»Ich kann nirgendwo anders hinziehen. Mein Mann kommt in ein paar Tagen nach Hause. Aber er und ich verreisen ziemlich oft, und dann ist immer mal einer von uns allein zu Hause.«

»Verstehe. Aber es geht ja nur um die paar Tage, bis wir alle Installationen vorgenommen haben. Haben Sie denn keinen Bekannten, bei dem Sie wohnen könnten?«

Erika dachte kurz an Mikaels Wohnung, aber dann fiel ihr wieder ein, dass das keine gute Idee war.

»Danke ... aber ich will doch lieber hier wohnen.«

»Ich mache mir Sorgen um Sie. Wenn Sie hier bleiben wollen, möchte ich, dass für den Rest der Woche jemand bei Ihnen im Haus wohnt.«

»Hmm.«

»Hätten Sie etwas dagegen, wenn Ihnen eine Kollegin von mir Gesellschaft leistet? Ihr Name ist Susanne Linder, und sie hätte sicher nichts dagegen, sich ein paar Hunderter extra zu verdienen.«

»Was kostet das denn?«

»Das müssen Sie mit ihr selbst aushandeln. Aber ich will wirklich nicht, dass Sie hier alleine sind. Susanne Linder ist außerdem eine ehemalige Polizistin. Und es ist ja nur vorübergehend. Wenn wir eine Leibwache organisieren wollen, dann sähe das alles ganz anders aus – und so etwas wird ziemlich teuer.«

Rosins ernster Ton tat seine Wirkung.

»Einverstanden. Rufen Sie sie an. Ich richte ihr ein Bett im Gästezimmer her.«

Erst gegen zehn Uhr abends kamen Monica Figuerola und Mikael Blomkvist aus dem Bett heraus, gingen in die Küche und rührten sich aus den Resten in ihrem Kühlschrank einen kalten Nudelsalat mit Thunfisch und Speck zusammen. Zu ihrem Abendessen tranken sie Wasser. Plötzlich musste Monica kichern.

»Was ist?«

»Ich glaube nicht, dass Edklinth gemeint hat, ich solle Sex mit dir haben, als er mich beauftragte, ganz dicht an dir dranzubleiben.«

»Du hast das Ganze doch angefangen. Ich hatte ja nur die Wahl, ob ich freiwillig oder in Handschellen mit zu dir komme.«

»Ich weiß. Aber es war auch nicht allzu schwer, dich zu überreden.«

»Stimmt schon. Aber du arbeitest bei der SiPo und steckst gerade in Ermittlungen, bei denen ich zu den Akteuren gehöre …«

»Du meinst, es ist unprofessionell von mir. Du hast recht. Ich hätte es nicht tun sollen. Und ich würde ganz schön Probleme kriegen, wenn das rauskäme. Edklinth würde an die Decke gehen.«

»Ich werde nichts ausplaudern.«

»Danke.«

Sie schwiegen ein Weilchen.

»Ich weiß nicht, was aus dieser Sache hier wird. Du bist ein Typ, der sich immer eine Menge Ärger einhandelt, wenn ich das richtig verstanden habe. Trifft die Beschreibung zu?«

»Ja. Leider. Und ich bin auch nicht auf der Suche nach einer festen Freundin.«

»Okay. Dann bin ich ja gewarnt. Ich bin auch nicht auf der Suche nach einem festen Freund. Können wir das auf rein freundschaftlicher Basis belassen?«

»Das wäre mir auch am liebsten.«

»Du hast auch was mit Lisbeth Salander gehabt.«

Mikael hob den Blick und sah Monica an.

»Weißt du … ich bin kein Gästebuch, in dem alle blättern und lesen können. Meine Beziehung zu Lisbeth geht niemand etwas an.«

»Sie ist Zalatschenkos Tochter.«

»Ja. Und damit muss *sie* leben. Aber sie ist nicht Zalatschenko. Das ist ein verdammter Unterschied.«

»Ich hab's nicht so gemeint. Ich habe nur über dein Engagement in dieser Sache nachgedacht.«

»Lisbeth ist eine Freundin. Das reicht als Erklärung.«

Susanne Linder von Milton Security trug Jeans, eine schwarze Lederjacke und Joggingschuhe. Sie kam gegen neun Uhr abends in Saltsjöbaden an, wurde von David Rosin eingewiesen und machte einen Rundgang durchs Haus mit ihm. Sie war mit Laptop, Schlagstock, Tränengas, Handschellen und einer Zahnbürste bewaffnet. Nachdem sie im Gästezimmer alles aus ihrer grünen Militärtasche ausgepackt hatte, bot Erika Berger ihr einen Kaffee an.

»Danke für den Kaffee. Aber betrachten Sie mich bitte nicht als Ihren Gast. Ich bin ein notwendiges Übel, das plötzlich in

Ihrem Leben aufgetaucht ist, und sei es nur für ein paar Tage. Ich war sechs Jahre lang Polizistin und arbeite seit vier Jahren für Milton Security. Ich bin ausgebildete Leibwächterin.«

»Aha.«

»Damit will ich nur sagen, führen Sie bitte Ihr gewohntes Leben weiter und fühlen Sie sich nicht verpflichtet, mich zu unterhalten. Dann werde ich nur ein Störfaktor in Ihrem Alltag.«

»Ich muss sagen, die Situation ist ziemlich ungewohnt für mich. Früher, als ich noch Chefredakteurin bei *Millennium* war, bin ich auch schon bedroht worden, aber das war gewissermaßen auf einer professionellen Ebene.«

»Eine richtige Leibwache lohnt sich nur, wenn die Bedrohung sehr deutlich und spezifisch ist. Das hier ist für mich nur ein kleiner Nebenjob. Ich nehme 500 Kronen pro Nacht, dafür schlafe ich diese Woche hier statt bei mir zu Hause. Das liegt weit unter dem, was ich in Rechnung stellen würde, wenn ich diesen Job im Auftrag von Milton Security übernehmen würde. Ist das okay für Sie?«

»Völlig okay.«

»Wenn irgendetwas passiert, möchte ich, dass Sie sich im Schlafzimmer einschließen und mir den Rest überlassen. Ihr Job besteht dann nur noch darin, den Überfallsalarm auszulösen.«

»Verstehe.«

»Ich meine es ernst. Ich will nicht, dass Sie hier unten rumlaufen, wenn es wirklich Ärger gibt.«

Erika Berger legte sich gegen elf Uhr abends ins Bett. Sie hörte das Klicken des Schlosses, als sie die Schlafzimmertür zumachte. Nachdenklich zog sie sich aus und schlüpfte unter die Decke.

Obwohl Susanne Linder ihr gesagt hatte, dass sie nicht die Gastgeberin spielen müsse, hatten sie zwei Stunden lang am Küchentisch zusammengesessen und festgestellt, dass sie sich äußerst sympathisch waren.

»Warum haben Sie bei der Polizei aufgehört?«, wollte Erika wissen.

»Fragen Sie lieber, warum ich Polizistin geworden bin.«

»Okay. Warum sind Sie Polizistin geworden?«

»Weil eine Freundin von mir überfallen und von drei Scheißkerlen in einem Auto vergewaltigt wurde, als ich 17 war. Ich bin Polizistin geworden, weil ich dieses romantische Bild von der Polizei hatte, dass sie solche Verbrechen verhindert.«

»Und?«

»Gar nichts konnte ich verhindern. Als Polizistin kam ich immer erst, wenn das Verbrechen schon begangen worden war. Und diesen dümmlichen Jargon in der Truppe konnte ich auch nicht vertragen. Ich habe schnell gelernt, dass gewisse Verbrechen nicht aufgeklärt werden. Sie sind auch so ein Beispiel. Haben Sie versucht, die Polizei zu rufen?«

»Ja.«

»Und, ist sie gekommen?«

»Nicht wirklich. Man forderte mich auf, auf der nächsten Polizeiwache Anzeige zu erstatten.«

»Da sehen Sie's. Jetzt arbeite ich für Armanskij, und da werde ich aktiv, bevor das Verbrechen geschieht.«

»Bedrohte Frauen?«

»Ich habe mit allem Möglichen zu tun. Sicherheitsanalysen, Leibwache, Observation und all so was. Aber es geht oft um Menschen, die bedroht werden, und ich fühle mich bei Milton wesentlich wohler als bei der Polizei.«

»Verstehe.«

»Es gibt natürlich einen Nachteil.«

»Und zwar?«

»Wir helfen nur Kunden, die uns auch bezahlen können.«

Als Erika Berger im Bett lag, dachte sie über Susanne Linders Worte nach. Nicht jeder konnte sich Sicherheit leisten. Sie selbst hatte, ohne mit der Wimper zu zucken, alles akzeptiert, was David Rosin vorgeschlagen hatte. Die Summe für alle

Maßnahmen würde sich auf 50000 Kronen belaufen. Sie konnte es sich leisten.

Sie dachte eine Weile darüber nach, warum sie das Gefühl hatte, dass die Person, die sie bedrohte, etwas mit der *SMP* zu tun hatte. Die fragliche Person hatte gewusst, dass sie sich am Fuß verletzt hatte. Sie dachte an Anders Holm. Sie mochte ihn nicht, was ihr Misstrauen gegen ihn natürlich verstärkte, aber die Neuigkeit, dass sie verletzt war, hatte sich schnell verbreitet, sobald sie mit Krücken in der Redaktion aufgetaucht war.

Und sie musste sich mit dem Problem mit Borgsjö auseinandersetzen.

Auf einmal setzte sie sich im Bett auf, runzelte die Stirn und sah sich im Schlafzimmer um. Sie fragte sich, wo sie Henry Cortez' Mappe über Borgsjö und Vitavara AB hingelegt hatte.

Sie stand auf, zog ihren Morgenmantel über und stützte sich auf eine Krücke. Dann öffnete sie die Schlafzimmertür, ging in ihr Arbeitszimmer und schaltete das Licht ein. Nein, hier war sie nicht mehr gewesen, seit sie ... die Mappe hatte sie am gestrigen Abend in der Badewanne gelesen. Sie hatte sie aufs Fensterbrett gelegt.

Erika ging ins Badezimmer. Die Mappe lag nicht am Fenster.

Eine geraume Zeit blieb sie so stehen und dachte angestrengt nach.

Ich bin aus der Wanne gestiegen und runtergegangen, um Kaffee zu machen. Dann bin ich in die Glasscherbe getreten und war mit anderen Problemen beschäftigt.

Sie konnte sich nicht erinnern, den Ordner am Morgen gesehen zu haben. Aber sie hatte die Mappe auch nirgendwo anders hingelegt.

Plötzlich wurde ihr eiskalt. In den nächsten fünf Minuten durchsuchte sie systematisch das Badezimmer, drehte jeden Papierhaufen und jeden Zeitungsstapel in der Küche und im Wohnzimmer um. Schließlich kam sie nicht mehr umhin, sich einzugestehen, dass die Mappe verschwunden war.

Irgendwann, nachdem sie in die Scherbe getreten und bevor David Rosin am Morgen aufgetaucht war, hatte sich jemand ins Bad geschlichen und *Millenniums* Material über Vitavara AB entwendet.

Dann fiel ihr ein, dass sie noch mehr geheime Unterlagen im Haus hatte. Rasch hinkte sie zurück ins Schlafzimmer und zog die unterste Kommodenschublade auf. Ihr sank das Herz in die Hose. Alle Menschen haben Geheimnisse. Sie verwahrte ihre in der Schlafzimmerkommode. Erika Berger führte ein unregelmäßiges Tagebuch. Und da waren auch noch die Liebesbriefe aus ihrer Jugend, die sie aufgehoben hatte.

Sowie das Kuvert mit den Bildern, die beim Fotografieren ziemlichen Spaß gemacht hatten, die für eine Veröffentlichung aber denkbar ungeeignet waren. Im Alter von 25 Jahren war Erika im Club Xtreme gewesen, der private Partys für Leute veranstaltete, die eine Vorliebe für Leder und Lack hatten. In nüchternem Zustand hätte sie diese Fotos sicher nie machen lassen.

Und am katastrophalsten – da war dieses Video, das ihr Mann und sie in einem Urlaub Anfang der 90er-Jahre gemacht hatten, als sie beim Glaskünstler Torkel Bollinger in seinem Ferienhaus an der Costa del Sol zu Gast gewesen waren. In diesem Urlaub hatte Erika Berger entdeckt, dass ihr Mann eindeutig bisexuell veranlagt war, und sie waren beide mit Torkel im Bett gelandet. Es war ein großartiger Urlaub gewesen. Damals waren Videokameras noch ziemlich neu, und der Film, den sie spaßeshalber gemacht hatten, war nicht von der jugendfreien Sorte.

Die Kommodenschublade war leer.

Verdammt noch mal, wie konnte ich nur so bescheuert sein?

Auf den Boden der Schublade hatte jemand die wohlbekannten fünf Buchstaben gesprüht.

19. Kapitel
Freitag, 3. Juni – Samstag, 4. Juni

Lisbeth Salander schloss ihre Autobiografie am Freitagmorgen gegen vier ab und schickte eine Kopie an Mikael Blomkvist in der Yahoo-Group [Verrückte_Tafelrunde]. Danach lag sie regungslos im Bett und starrte an die Decke.

Sie stellte fest, dass sie in der Walpurgisnacht 27 Jahre alt geworden war, aber nicht ein einziges Mal daran gedacht hatte, dass sie Geburtstag hatte. Sie war in Gefangenschaft. Genau wie damals in der psychiatrischen Kinderklinik, und wenn die Dinge jetzt nicht so liefen, wie sie wollte, dann bestand die Gefahr, dass sie noch ein paar zukünftige Geburtstage in irgendeinem Irrenhaus verbringen würde.

Was sie nicht hinnehmen wollte.

Als man sie zum ersten Mal einsperrte, war sie gerade ein Teenager geworden. Jetzt war sie erwachsen und hatte andere Kenntnisse und Kompetenzen. Sie überlegte, wie lange sie brauchen würde, um sich irgendwo im Ausland in Sicherheit zu bringen, sich eine neue Identität zuzulegen und ein neues Leben aufzubauen.

Sie stand auf und ging auf die Toilette, wo sie sich im Spiegel betrachtete. Sie hinkte nicht mehr. Mit der Hand betastete sie die Stelle an der Hüfte, wo die Schusswunde zu einer Narbe verheilt war. Sie bewegte die Arme und dehnte ihre Schultern in alle Richtungen. Zwar spürte sie noch ein leichtes Ziehen, aber im Grunde war sie wiederhergestellt. Sie klopfte sich gegen den Schädel. Anscheinend hatte ihr Gehirn keinen größeren Schaden genommen, als es von einem Vollmantelgeschoss durchbohrt wurde.

Sie hatte ein Wahnsinnsglück gehabt.

Zunächst hatte sie sich damit beschäftigt, wie sie aus dem verschlossenen Zimmer des Sahlgrenska-Krankenhauses ausbrechen könnte.

Doch dann hatten Dr. Jonasson und Mikael Blomkvist ihre Pläne durchkreuzt, indem sie einen Palm zu ihr ins Zimmer schmuggelten. Sie hatte Mikaels Texte gelesen und gegrübelt, hatte eine Konsequenzenanalyse gemacht, über seinen Plan nachgedacht und ihre Möglichkeiten erwogen. Dann hatte sie entschieden, dass sie dieses eine Mal machen würde, was er ihr vorschlug. Sie würde das System testen. Er hatte sie davon überzeugt, dass sie sowieso nichts zu verlieren hatte, und bot ihr an, auf eine ganz andere Art auszubrechen. Und wenn der Plan misslang, dann musste sie eben ihre Flucht aus St. Stefan oder irgendeinem anderen Irrenhaus planen.

Was sie tatsächlich zu dem Entschluss trieb, Mikaels Spiel mitzuspielen, war ihre Rachelust.

Sie verzieh nichts.

Zalatschenko, Björck und Bjurman waren tot.

Aber Teleborian lebte noch.

Ebenso wie ihr Bruder Ronald Niedermann. Auch wenn er im Prinzip nicht ihr Problem war. Zwar hatte er geholfen, sie zu ermorden und zu begraben, aber irgendwie war er in ihren Augen doch eine periphere Erscheinung. *Wenn er mir eines Tages über den Weg läuft, dann können wir immer noch weitersehen, aber bis dahin soll sich die Polizei den Kopf über ihn zerbrechen.*

Doch Mikael hatte ganz recht, wenn er sagte, dass hinter der ganzen Verschwörung noch mehr unbekannte Gesichter stehen mussten, die solchen drastischen Einfluss auf ihr Leben genommen hatten. Und sie musste die Namen und Kennnummern dieser anonymen Gesichter haben.

Also hatte sie beschlossen, sich auf Mikaels Plan einzulassen, und die nackte und ungeschminkte Wahrheit über ihr Leben niedergeschrieben – in Form einer knochentrockenen Autobiografie von vierzig Seiten. Sie war sehr zufrieden mit ihren Formulierungen. Der Inhalt jedes Satzes war wahr. Sie hatte es akzeptiert, als Mikael argumentierte, dass sie in den schwedischen Massenmedien schon so grotesk verzerrt dargestellt worden war, dass eine gesunde Portion Verrücktheit ihrem Ansehen sicher auch nicht mehr schaden würde.

Doch die Biografie war insofern eine Fälschung, als sie nicht die *ganze* Wahrheit über sich und ihr Leben erzählte. Dazu hatte sie keinen Grund.

Sie ging wieder ins Bett und kroch unter die Decke. Irgendwie verspürte sie eine leichte Gereiztheit, die sie nicht recht definieren konnte. Sie streckte die Hand nach einem Notizblock aus, den sie von Annika Giannini bekommen und kaum benutzt hatte. Als sie die erste Seite aufschlug, las sie die eine Zeile, die sie hineingeschrieben hatte:

$$(x^3+y^3=z^3)$$

Letzten Winter hatte sie sich in der Karibik mehrere Wochen lang den Kopf über Fermats Theorem zerbrochen. Als sie nach Schweden zurückkam, kurz bevor sie in die Jagd auf Zalatschenko verwickelt wurde, hatte sie weiter mit Gleichungen herumgespielt. Und irgendwie hatte sie das irritierende Gefühl, dass sie eine Lösung gesehen hatte … *dass sie die Lösung erlebt hatte.*

Aber sie konnte sich nicht mehr daran erinnern.

Sich an etwas nicht erinnern zu können war für Lisbeth ein ganz unbekanntes Phänomen. Sie hatte sich selbst getestet, indem sie ins Internet ging und ein paar willkürlich ausgewählte html-Quelltexte auswählte, die sie in einem Rutsch durchlas, auswendig lernte und danach exakt wiedergab.

Also hatte sie ihr fotografisches Gedächtnis, das sie als Fluch empfand, nicht verloren.

In ihrem Kopf war alles beim Alten.

Sie glaubte sich zu erinnern, dass sie eine Lösung für Fermats Theorem erkannt hatte, aber sie konnte sich einfach nicht mehr entsinnen, wann oder wo.

Das Schlimmste war jedoch, dass sie nicht mehr das geringste Interesse für dieses Rätsel aufbringen konnte. Fermats Theorem faszinierte sie nicht mehr. Das bedeutete nichts Gutes. Genau so tickte sie – ein Rätsel faszinierte sie, aber sobald sie es gelöst hatte, verlor sie das Interesse daran.

Und genau das empfand sie auch für Fermat. Er war nicht mehr das kleine Teufelchen auf ihrer Schulter, das ihre Aufmerksamkeit forderte und ihren Intellekt reizte. Es war nur noch eine platte Formel, Kritzeleien auf einem Blatt Papier, und sie hatte überhaupt keine Lust, sich mit dem Rätsel zu beschäftigen.

Das machte ihr Sorgen. Sie legte den Notizblock beiseite.

Sie sollte jetzt lieber schlafen.

Stattdessen zog sie ihren Palm wieder heraus und ging ins Internet. Nach kurzem Überlegen sah sie sich Dragan Armanskijs Festplatte an, was sie noch gar nicht getan hatte, seit sie den Palm besaß. Armanskij arbeitete mit Mikael Blomkvist zusammen, aber sie hatte es für nicht so dringlich befunden, sich anzuschauen, was er gerade so trieb.

Zerstreut ging sie seine Mails durch.

Da stieß sie auf einmal auf die Sicherheitsanalyse, die David Rosin zu Erika Bergers Haus erstellt hatte. Sie zog die Augenbrauen hoch.

Hinter Erika Berger ist ein Stalker her.

Sie fand eine Mitteilung von einer Mitarbeiterin namens Susanne Linder, die in der vorigen Nacht offensichtlich bei Erika Berger übernachtet und spät ihren Bericht geschickt hatte. Lisbeth warf einen Blick auf die Uhrzeit. In der Mail, die um kurz vor drei Uhr morgens geschickt worden war, stand, dass Erika Berger den Verlust persönlicher Tagebücher, Briefe und Fotos sowie eines Videos höchst privater Natur bemerkt hatte. Die Gegenstände waren aus einer Kommode in ihrem Schlafzimmer gestohlen worden.

Nachdem ich die Sache mit Frau Berger besprochen hatte, waren wir uns einig, dass der Diebstahl in der Zeit erfolgt sein muss, als sie sich im Krankenhaus von Nacka befand, weil sie in eine Glasscherbe getreten war. In diesen circa zweieinhalb Stunden war das Haus unbewacht. Zu jedem anderen Zeitpunkt waren entweder Berger oder David Rosin im Haus, bis der Diebstahl entdeckt wurde.
Das lässt den Schluss zu, dass der Stalker sich ganz in Frau Bergers Nähe aufhielt und beobachten konnte, wie sie von einem Taxi abgeholt wurde, wahrscheinlich auch, dass sie humpelte und einen verletzten Fuß hatte. Daraufhin ging er in ihr Haus.

Lisbeth verließ Armanskijs Festplatte und schaltete nachdenklich den Palm aus. Ihre Gefühle waren zwiespältig.

Sie hatte keinen Grund, Erika Berger zu lieben. Noch immer erinnerte sie sich an die Erniedrigung, als sie Erika vor anderthalb Jahren am Tag vor Silvester mit Mikael Blomkvist auf der Hornsgatan hatte verschwinden sehen.

Noch nie in ihrem Leben war sie sich so einfältig vorgekommen, und sie würde nicht zulassen, dass sie so etwas noch einmal empfinden musste.

Sie erinnerte sich an den irrwitzigen Drang, den beiden hinterherzurennen und Erika Berger wehzutun.

Wie peinlich.

Aber jetzt war sie geheilt.

Nach einer Weile überlegte sie, was wohl auf Bergers *Video höchst privater Natur* zu sehen war. Sie hatte selbst ein Video höchst privater Natur, das zeigte, wie Nils Lustgreis Bjurman sich an ihr vergriff. Und das war jetzt in Mikael Blomkvists Händen. Sie fragte sich, wie sie wohl reagiert hätte, wenn jemand bei ihr eingebrochen wäre und den Film gestohlen hätte. Was Mikael Blomkvist ja auch getan hatte, wenn auch nicht in der Absicht, ihr zu schaden.

Hmm.

Knifflige Angelegenheit.

Es war Erika Berger unmöglich, in der Nacht auf Freitag Schlaf zu finden. Sie hinkte rastlos im Haus auf und ab, während Susanne Linder ein wachsames Auge auf sie hatte. Erikas Angst erfüllte das Haus wie dichter Nebel, der in jede Ritze drang.

Frühmorgens gegen halb drei konnte Susanne Linder sie schließlich davon überzeugen, sich ins Bett zu legen und auszuruhen, auch wenn sie nicht schlafen konnte. Als Erika Berger ihre Schlafzimmertür hinter sich schloss, seufzte Susanne Linder tief auf. Sie klappte ihren Laptop auf und fasste die Geschehnisse in einer Mail an Dragan Armanskij zusammen. Kaum hatte sie auf »Senden« gedrückt, da hörte sie, dass Erika Berger schon wieder auf den Beinen war.

Gegen sieben Uhr morgens überredete sie Erika dazu, sich für den Tag krankzumelden. Erika Berger gab widerwillig zu, dass sie an ihrem Arbeitsplatz auch nicht viel ausrichten konnte, wenn ihr doch nur die ganze Zeit die Augen zufielen. Dann schlief sie auf dem Sofa im Wohnzimmer ein. Susanne Linder holte eine Decke und breitete sie über sie. Dann machte sie sich einen Kaffee, rief Dragan Armanskij an und erklärte ihm die Situation.

»Ich habe heute Nacht auch kein Auge zugekriegt«, sagte sie.

»Okay. Bleiben Sie bei Berger. Legen Sie sich hin und schlafen Sie auch ein paar Stunden«, empfahl Armanskij.

»Ich weiß nicht, wie wir die Rechnung …«

»Darum kümmern wir uns dann später.«

Erika Berger schlief bis halb drei Uhr nachmittags. Als sie aufwachte, entdeckte sie die schlafende Susanne Linder auf einem Sessel am anderen Ende des Wohnzimmers.

Am Freitagmorgen verschlief Monica Figuerola und hatte keine Zeit mehr für ihre morgendliche Joggingrunde, bevor sie an ihrem Arbeitsplatz erscheinen musste. Sie schob die Schuld auf Mikael Blomkvist, duschte und warf ihn aus dem Bett.

Mikael fuhr zu *Millennium*, wo alle überrascht waren, ihn so früh zu sehen. Er murmelte etwas in sich hinein, holte Kaffee und bat dann Malin Eriksson und Henry Cortez in sein Zimmer. Drei Stunden lang besprachen sie die Texte für das Themenheft und den Ablauf der Buchproduktion.

»Dag Svenssons Buch ist gestern in Druck gegangen«, berichtete Malin. »Wir machen es im Taschenbuchformat.«

»Okay.«

»Das Themenheft wird *The Lisbeth Salander Story* heißen«, sagte Henry Cortez. »Auch wenn sie das Datum immer wieder ändern, die Gerichtsverhandlung ist jetzt für den 13. Juli angesetzt. Bis dahin ist unser Heft gedruckt. Du bestimmst, wann ausgeliefert werden soll.«

»Gut. Dann bleibt nur noch das Buch über Zalatschenko, und das ist im Moment der reinste Albtraum. Der Titel wird *Die Sektion* lauten. Die erste Hälfte des Buches entspricht mehr oder weniger dem, was wir auch in *Millennium* bringen. Die Morde an Dag Svensson und Mia Bergman sind der Ausgangspunkt, dann geht es um die Jagd auf Lisbeth Salander, Zalatschenko und Niedermann. Die zweite Hälfte des Buches wird sich mit der Sektion befassen. Aber Christer braucht mindestens ein paar Tage für sein Layout. Wir haben insgesamt noch knapp zwei Wochen. Ich weiß nicht, wie wir das schaffen wollen«, sagte Malin.

»Die ganze Story werden wir bis dahin nicht recherchiert haben«, gab Mikael zu. »Aber ich glaube, das hätten wir auch in einem Jahr noch nicht. Wenn wir für irgendetwas keine Quelle haben, dann gebe ich das entsprechend an. Wenn wir Spekulationen anstellen, werden wir sie als solche kenntlich machen.«

»Ganz schön vage«, meinte Henry Cortez.

Mikael schüttelte den Kopf.

»Wenn ich sage, dass ein SiPo-Mann in meine Wohnung eingebrochen ist und diese Behauptung mit einem Video dokumentieren kann, dann ist sie dokumentiert. Wenn ich sage, dass er es im Auftrag der Sektion macht, ist das Spekulation, aber im Licht der übrigen Enthüllungen eine ziemlich naheliegende Spekulation. Verstehst du?«

»Okay.«

»Ich werde es nicht mehr schaffen, alle Texte selbst zu schreiben. Henry, ich habe eine Liste der Artikel, die du irgendwie zusammenbasteln musst. Die entsprechen zusammen ungefähr fünfzig Buchseiten. Malin, du unterstützt Henry, genau wie damals, als wir Dag Svenssons Buch redigiert haben. Wir stehen alle drei als Autoren auf dem Umschlag. Seid ihr damit einverstanden?«

»Klar«, sagte Malin. »Aber wir haben da noch ein paar andere Probleme.«

»Was?«

»Während du dich mit der Zalatschenko-Geschichte abgeplagt hast, hatten wir hier in der Redaktion auch alle Hände voll zu tun …«

»Und ich war die ganze Zeit nicht verfügbar, willst du sagen?«

Malin Eriksson nickte.

»Das ist nur vorübergehend. Sobald der Prozess angefangen hat …«

»Nein, Mikael. Dann ist es auch noch nicht vorbei. Wenn der Prozess anfängt, wird hier die Hölle los sein. Du erinnerst dich doch, wie es bei der Wennerström-Affäre war. Das bedeutet, dass wir dich ungefähr drei Monate nicht mehr zu Gesicht kriegen, weil du sämtliche Talkshow-Sofas abklapperst.«

Mikael seufzte. Er nickte langsam.

»Was schlägst du vor?«

»Wenn wir im Herbst hier irgendwie klarkommen wollen, dann müssen wir mindestens noch zwei Leute einstellen. Wir haben einfach nicht die Kapazitäten für das, was wir hier auf die Beine stellen wollen und ...«

»Und?«

»Mit Erika Berger als Chefin wäre das alles kein Problem. Wir haben gesagt, dass wir es über den Sommer mal mit mir ausprobieren ... okay, wir haben es ausprobiert. Ich bin keine gute Chefredakteurin.«

»Blödsinn«, widersprach Henry.

Malin schüttelte den Kopf.

»Okay«, sagte Mikael. »Was du da sagst, ist bei mir angekommen. Aber denk dran, das war jetzt auch eine Extremsituation.«

Malin lächelte ihn an.

»Betrachte das einfach als Beschwerde deiner Mitarbeiter«, sagte sie.

Die operative Einheit des Verfassungsschutzes beschäftigte sich den gesamten Freitag damit, Ordnung in die Informationen zu bringen, die sie von Mikael Blomkvist bekommen hatten. Zwei der Mitarbeiter waren in provisorische Büroräume am Fridhemsplan gezogen, wo die Dokumentation gesammelt wurde. Das war unpraktisch, weil das interne Datensystem im Polizeigebäude war, sodass die Mitarbeiter mehrmals täglich hin- und herlaufen mussten. Bis Mittag hatten sie bereits umfassende Beweise, dass sowohl Fredrik Clinton als auch Hans von Rottinger in den 60er-Jahren und Anfang der 70er-Jahre mit der SiPo in Verbindung gestanden hatten.

Von Rottinger kam ursprünglich vom militärischen Nachrichtendienst und arbeitete mehrere Jahre lang für das Büro, das die Streitkräfte mit der Sicherheitspolizei koordinierte. Fredrik Clinton hatte einen Hintergrund bei der Luftwaffe und 1967 bei der Personalkontrolle der Sicherheitspolizei angefangen.

Anfang der 70er-Jahre hatten sie jedoch beide die RPF/Sich verlassen. Clinton 1971 und von Rottinger 1973. Clinton war als Berater in die private Wirtschaft gegangen, von Rottinger ging zur IAEO, der Internationalen Atomenergie-Organisation, nach London.

Es dauerte bis weit in den Nachmittag hinein, bis Monica Figuerola bei Edklinth klopfen und ihm erklären konnte, dass Clintons und von Rottingers Karrieren nach ihrem Ausstieg bei der RPF/Sich mit allergrößter Wahrscheinlichkeit fingiert waren. Es war schwierig, Clintons Karriere nachzuvollziehen. Berater in der privaten Wirtschaft, das konnte alles Mögliche bedeuten. Aus seinen Steuererklärungen ging nur hervor, dass er gut verdiente. Leider schienen seine Kunden hauptsächlich aus anonymen Firmen in der Schweiz oder anderen Ländern zu bestehen. Daher ließ sich nur schwerlich beweisen, dass alles nur ein Bluff war.

Von Rottinger hingegen hatte niemals einen Fuß in sein Londoner Büro gesetzt. Das Bürogebäude, in dem er eigentlich hätte sein müssen, wurde abgerissen, als man die King's Cross Station ausbaute. Da war wohl jemandem ein Schnitzer unterlaufen, als die Legende gestrickt wurde. Im Laufe des Tages hatte Figuerolas Team mehrere pensionierte Mitarbeiter der Internationalen Atomenergiebehörde interviewt. Keiner von ihnen hatte jemals etwas von einem Hans von Rottinger gehört.

»Dann wissen wir also Bescheid«, stellte Edklinth fest. »Das heißt, wir müssen jetzt nur noch herausfinden, was sie stattdessen gemacht haben.«

Monica Figuerola nickte.

»Was machen wir mit Blomkvist?«

»Wie meinen Sie das?«

»Wir haben versprochen, ihn zu informieren, sobald wir etwas über Clinton und Rottinger herausfinden.«

Edklinth überlegte.

»Okay. Sie können es ihm weitergeben. Aber lassen Sie dabei Ihr gesundes Urteilsvermögen walten.«

Das versprach Monica Figuerola. Anschließend redeten sie noch kurz über das Wochenende. Monica hatte zwei Mitarbeiter, die weiterarbeiten würden, sie selbst wollte sich freinehmen.

Dann stempelte sie aus und ging ins Fitnessstudio am St. Eriksplan, wo sie zwei Stunden lang wie eine Wilde ihre verpassten Trainingseinheiten nachholte. Gegen sieben Uhr abends war sie zu Hause, duschte, kochte sich ein schlichtes Abendessen und schaltete den Fernseher an, um die Nachrichten zu sehen. Gegen halb acht war sie schon wieder ruhelos und zog sich ihren Jogginganzug an. An der Haustür blieb sie stehen und überlegte, woher ihr seltsamer Gemütszustand rührte. *Verdammter Blomkvist.* Sie nahm ihr Handy und wählte sein T10 an.

»Wir haben ein paar Informationen zu Rottinger und Clinton.«

»Erzähl«, sagte Mikael.

»Wenn du mich besuchst, kann ich's dir ganz ausführlich erzählen.«

»Ist es okay, wenn ich erst nach neun auftauche?«

»Das passt super.«

Am Freitagabend gegen acht bekam Lisbeth Salander Besuch von Dr. Anders Jonasson. Er setzte sich auf den Besucherstuhl und lehnte sich zurück.

»Müssen Sie mich untersuchen?«, fragte Lisbeth Salander.

»Nein. Heute Abend nicht.«

»Okay.«

»Wir haben heute dem Staatsanwalt mitgeteilt, dass wir jetzt bereit sind, Sie zu entlassen.«

»Verstehe.«

»Die wollten Sie schon heute Abend abholen und ins Untersuchungsgefängnis Göteborg bringen.«

»So schnell?«

Er nickte.

»Anscheinend macht Stockholm so richtig Druck. Ich sagte, ich hätte morgen früh noch eine Reihe abschließender Tests zu machen und würde Sie nicht vor Sonntag entlassen.«

»Warum?«

»Ich weiß nicht. Irgendwie hat es mich geärgert, wie aufdringlich und fordernd diese Leute auftreten.«

Lisbeth musste lächeln. Noch ein paar Jahre, und sie könnte einen richtig guten Anarchisten aus Dr. Jonasson machen. Zumindest im privaten Bereich zeigte er gute Anlagen zu zivilem Ungehorsam.

»Fredrik Clinton«, sagte Mikael Blomkvist und blickte an die Decke über Monica Figuerolas Bett.

»Wenn du dir diese Zigarette ansteckst, dann drück ich sie dir im Bauchnabel wieder aus«, sagte sie.

Überrascht blickte Mikael auf die Zigarette, die er aus seiner Jackentasche gezogen hatte.

»Entschuldige«, sagte er. »Kann ich kurz auf dem Balkon rauchen?«

»Wenn du dir danach die Zähne putzt.«

Er nickte und zog sich das Bettlaken um den Körper. Sie ging ihm in die Küche nach und goss sich ein großes Glas kaltes Wasser ein. Dann lehnte sie sich an den Rahmen der Balkontür.

»Fredrik Clinton?«

»Er lebt noch. Er ist unsere Verbindung zu den alten Zeiten.«

»Der vegetiert doch nur noch vor sich hin. Er braucht eine neue Niere und verbringt den Großteil seiner Zeit bei der Dialyse oder anderen Behandlungen.«

»Aber er lebt. Wir könnten also Kontakt mit ihm aufnehmen und ihn direkt befragen. Vielleicht will er ja reden.«

»Nein«, sagte Monica Figuerola. »Erstens ist dies eine Voruntersuchung, und die liegt in den Händen der Polizei. Von ›wir‹ kann hier also keine Rede sein. Zweitens hast du die Informationen erhalten, die dir laut deiner Abmachung mit Edklinth zustehen, aber du hast dich verpflichtet, dich so zu verhalten, dass du die Ermittlungen nicht störst.«

Mikael sah sie an und lächelte. Er drückte seine Zigarette aus.

»Autsch«, sagte er. »Die Sicherheitspolizei zieht mal kurz am Halsband.«

Sie wirkte auf einmal sehr ernst.

»Mikael, das ist hier kein Witz.«

Erika Berger fuhr am Samstagmorgen mit einem mulmigen Gefühl zur *Svenska Morgon-Posten*. Sie spürte, dass sie die Organisation der Zeitung langsam in den Griff bekam, und hatte eigentlich vorgehabt, sich ein freies Wochenende zu gönnen. Aber die Entdeckung, dass ihre persönlichsten und intimsten Erinnerungsstücke zusammen mit der Borgsjö-Mappe verschwunden waren, machten ihr jede Entspannung unmöglich.

In der letzten schlaflosen Nacht, die sie zum größten Teil mit Susanne Linder in der Küche verbracht hatte, war ihr durch den Kopf gegangen, was geschehen würde, wenn ihre intimsten Bilder auf einmal im Internet kursieren würden. Das Internet war ein großartiger Tummelplatz für jeden Schweinehund. *Guter Gott, ein Video, das mich zeigt, wie ich mit meinem Mann und einem anderen Mann vögle – ich werde in jeder Zeitung dieser Welt landen. Das Allerprivateste.*

Die ganze Nacht war sie von Panik und Angst erfüllt.

Irgendwann hatte Susanne Linder sie gezwungen, sich hinzulegen.

Um acht Uhr morgens stand sie auf und fuhr zur *SMP*. Sie konnte nicht anders. Wenn ein Sturm losbrechen sollte, dann wollte sie ihm zumindest als Erste begegnen.

Aber in der nur halb besetzten Samstagsredaktion war alles normal. Die Angestellten grüßten freundlich, als sie am Tisch in der Mitte vorbeiging. Anders Holm hatte frei, Peter Fredriksson war heute Nachrichtenchef.

»Morgen. Ich dachte, Sie haben heute frei?«, begrüßte er sie.

»Dachte ich auch. Aber gestern war ich ja krank, deswegen hab ich jetzt noch ein paar Sachen zu erledigen. Ist irgendwas passiert?«

»Nein, nachrichtenmäßig war's ein ziemlich schwacher Morgen. Unsere heißeste Neuigkeit ist ein Aufschwung in der Holzindustrie in Dalarna und ein Überfall in Norrköping, bei dem ein Mensch verletzt wurde.«

»Okay. Ich sitz dann in meinem Glaskasten und arbeite ein bisschen.«

Sie setzte sich, lehnte die Krücken gegen das Bücherregal und loggte sich ins Internet ein. Als Erstes kontrollierte sie ihre Mailbox. Sie hatte mehrere Mails bekommen, aber keine vom Giftstift. Sie runzelte die Stirn. Seit dem Einbruch waren schon zwei volle Tage vergangen, und er hatte sich immer noch nicht aus seiner überbordenden Schatzkiste an Möglichkeiten bedient. *Warum nicht? Will er seine Taktik ändern? Will er mich erpressen?*

Da sie nicht wusste, was sie tun sollte, schlug sie das *SMP*-Strategie-Papier auf, das sie gerade entwarf. Eine Viertelstunde saß sie nur da und starrte auf den Bildschirm, ohne die Buchstaben zu sehen.

Sie hatte versucht, Greger anzurufen, ihn aber nicht erreicht. Sie wusste nicht einmal, ob sein Handy im Ausland überhaupt funktionierte. Natürlich hätte sie ihn irgendwie finden können, wenn sie sich angestrengt hätte, aber sie fühlte sich völlig teilnahmslos. Nein, sie fühlte sich verzweifelt und gelähmt.

Sie versuchte, Mikael anzurufen, um ihm den Diebstahl der Borgsjö-Mappe mitzuteilen. Er ging auch nicht ans Handy.

Um zehn Uhr hatte sie immer noch nichts Sinnvolles zustande gebracht und beschloss, wieder nach Hause zu fahren. Als sie gerade die Hand hob, um den Computer auszuschalten, pingte sie jemand bei ICQ an. Verblüfft blickte sie auf die Menüleiste. Sie wusste, was ICQ war, aber sie chattete nur ganz selten und hatte das Programm kein einziges Mal benutzt, seit sie bei der *SMP* arbeitete.

Zögernd klickte sie auf »Antworten«.

Hallo Erika.

Hallo. Wer ist da?

Privat. Sind Sie allein?

Ein Trick? Der Giftstift?

Ja. Wer sind Sie?

Wir haben uns in Kalle Blomkvists Wohnung getroffen, als er aus Sandhamn zurückkam.

Erika Berger starrte verwirrt auf den Monitor. Es dauerte ein paar Sekunden, bis der Groschen fiel. Lisbeth Salander. Unmöglich.

Sind Sie noch da?

Ja.

Keine Namen. Wissen Sie, wer ich bin?

Woher soll ich wissen, dass das kein Bluff ist?

Ich weiß, woher Mikael die Narbe an seinem Hals hat.

Erika schluckte. Nur vier Personen auf der Welt wussten, wobei Mikael sich diese Narbe zugezogen hatte. Lisbeth Salander war eine von ihnen.

Okay. Aber wie ist es möglich, dass Sie mit mir chatten können?

Ich kann ziemlich gut mit Computern umgehen.

Lisbeth Salander ist ein Computergenie. Aber wie zum Teufel sie es anstellt, aus dem Sahlgrenska Kontakt mit mir aufzunehmen, wo sie doch seit Anfang April isoliert liegt, kapiere ich nicht.

Okay.

Kann ich Ihnen vertrauen?

Wie meinen Sie das?

Von diesem Gespräch darf nichts nach außen dringen.

Die Polizei soll nicht erfahren, dass sie Zugang zum Internet hat. Natürlich nicht. Deswegen chattet sie mit der Chefredakteurin einer der größten Zeitungen Schwedens.

Kein Problem. Was wollen Sie?

Bezahlen.

Was meinen Sie damit?

Millennium hat mir geholfen.

Wir haben unseren Job gemacht.

Das haben die anderen Zeitungen aber nicht.

Die Verbrechen, derer man sie anklagt, haben Sie nicht begangen.

Ein Stalker ist hinter Ihnen her.

Auf einmal bekam Erika Berger Herzklopfen. Sie zögerte eine Weile.

Was wissen Sie darüber?

Gestohlenes Video. Einbruch.

Ja. Können Sie mir helfen?

Erika Berger konnte kaum glauben, dass sie es war, die diese Frage hinschrieb. Es war vollkommen aberwitzig. Lisbeth Salander lag auf der Reha-Station des Sahlgrenska-Krankenhauses und hatte selbst Probleme bis über beide Ohren. Sie wäre die Letzte gewesen, die Erika um Hilfe gebeten hätte.

Weiß nicht. Lassen Sie es mich mal versuchen.

Wie?

Frage. Glauben Sie, dass das Schwein in der SMP *sitzt?*

Ich kann es nicht beweisen.

Wie kommen Sie dann darauf?

Erika überlegte eine ganze Weile, bevor sie antwortete.

Ich hab da so ein Gefühl. Es hat begonnen, als ich bei der SMP *anfing. Andere Angestellte hier haben unangenehme Mails vom Giftstift bekommen, die so aussehen, als kämen sie von mir.*

Giftstift?

So nenne ich das Schwein.

Okay. Warum sind Sie die Zielscheibe von Giftstifts Aufmerksamkeit geworden?

Keine Ahnung.

Deutet irgendwas darauf hin, dass etwas Persönliches dahinterstecken könnte?

Wie meinen Sie das?

Wie viele Angestellte hat die SMP*?*

Knapp 230, wenn man den Verlag mitzählt.

Wie viele von denen kennen Sie persönlich?

Ich weiß nicht genau. Von den Journalisten und Mitarbeitern habe ich mehrere im Laufe der Jahre schon in anderen Zusammenhängen getroffen.

Irgendjemand, mit dem Sie schon mal Streit hatten?

Nein. Nichts Besonderes.

Irgendjemand, der sich vielleicht an Ihnen rächen will?

Rächen? Wofür denn?

Rache ist eine starke Triebfeder.

Erika blickte auf den Bildschirm, während sie zu begreifen versuchte, worauf Lisbeth hinauswollte.

Sind Sie noch da?

Ja. Warum fragen Sie nach Rache?

Ich hab Rosins Auflistung der Vorfälle gelesen, die Sie mit Giftstift in Verbindung bringen.

Warum wundert mich das nicht?

Okay??

Kommt mir nicht wie ein Stalker vor.

Inwiefern?

Ein Stalker ist ein Mensch, der von sexueller Besessenheit getrieben wird. Das hier kommt mir eher so vor wie jemand, der einen Stalker imitiert. Schraubenzieher in die Fotze … hallo, das ist doch die volle Parodie.

Ach ja?

Ich habe schon Beispiele von echten Stalkern gesehen. Die sind wesentlich perverser, vulgärer und grotesker. Sie drücken Liebe und Hass auf dieselbe Art aus. Diese Geschichte hier kommt mir spanisch vor.

Sie finden es also nicht vulgär genug?

Nein. Mail an Eva Carlsson total falsch. Jemand, der Sie schikanieren will.

Verstehe. So hab ich das noch gar nicht gesehen.

Kein Stalker. Persönlich gegen Sie gerichtet.

Okay. Was schlagen Sie vor?

Vertrauen Sie mir?

Vielleicht.

Ich brauche Zugang zum Datennetz der SMP.

Langsam, langsam.

Sofort. Ich werde bald verlegt, dann hab ich kein Internet mehr.

Erika zögerte zehn Sekunden. Die *SMP* in den Händen einer … einer was? Einer komplett Verrückten? Vielleicht war Lisbeth nicht des Mordes schuldig, aber sie war definitiv nicht ganz normal.

Aber andererseits, was hatte sie schon zu verlieren?

Wie?

Ich muss ein Programm auf Ihren Computer spielen.

Wir haben Firewalls.

Sie müssen mir helfen. Gehen Sie ins Internet.

Schon drin.

Explorer?

Ja.

Ich schreibe Ihnen jetzt eine Adresse auf. Kopieren Sie sie und fügen Sie sie in den Explorer ein.

Fertig.

Jetzt sehen Sie eine Liste mit einer ganzen Reihe von Programmen. Klicken Sie auf Asphyxia Server und laden Sie das herunter.

Erika folgte den Anweisungen.

Fertig.

Jetzt starten Sie Asphyxia. Klicken Sie auf Installieren und wählen Sie den Explorer.

Das hat genau drei Minuten gedauert.

Fertig. Okay. Jetzt müssen Sie den Computer neu starten. Wir werden einen Augenblick den Kontakt verlieren.

Okay.

Bis gleich.

Fasziniert sah Erika Berger auf den Bildschirm, während ihr Computer neu gestartet wurde. Sie fragte sich, ob sie noch ganz bei Trost war. Dann wurde sie wieder bei ICQ angepingt.

Hallo, da bin ich wieder.

Hallo.

Es geht schneller, wenn Sie das machen. Gehen Sie ins Internet und kopieren Sie die Adresse rein, die ich Ihnen jetzt maile.

Okay.

Da geht jetzt ein Fenster mit einer Frage auf. Klicken Sie einfach auf Start.

Okay.

Jetzt werden Sie gefragt, was für einen Namen die Festplatte haben soll. Nennen Sie sie SMP-2.

Okay.

Sie können sich einen Kaffee holen. Das dauert jetzt einen Moment.

Monica Figuerola wachte am Samstagmorgen gegen acht Uhr auf, knapp zwei Stunden später als üblich. Sie setzte sich im

Bett auf und betrachtete Mikael Blomkvist. Er schnarchte. *Well. Nobody is perfect.*

Sie fragte sich, wo die Geschichte mit Mikael Blomkvist hinführen würde. Er gehörte nicht zur treuen Sorte, mit der man eine langfristigere Beziehung planen konnte – so viel hatte sie seiner Biografie entnehmen können. Andererseits war sie sich ja auch nicht sicher, ob sie wirklich eine feste Beziehung mit Freund und Kühlschrank und Kind suchte. Nach einem Dutzend fehlgeschlagener Versuche seit ihrer Teenagerzeit neigte sie immer mehr zu der Theorie, dass feste Beziehungen allgemein überschätzt wurden. Ihre längste Beziehung hatte sie mit einem Kollegen aus Uppsala gehabt, mit dem sie zwei Jahre zusammengewohnt hatte.

Auf der anderen Seite war sie aber auch niemand, der auf One-Night-Stands setzte, auch wenn sie fand, dass die therapeutische Wirkung von Sex gegen so gut wie jedes Zipperlein ebenfalls unterschätzt wurde. Und Sex mit Mikael Blomkvist war ziemlich okay. Sogar mehr als okay. Er war ein guter Liebhaber. Er machte einem Appetit auf mehr.

Eine Sommerromanze? Verliebtheit? War sie verliebt?

Sie ging ins Bad, wusch sich das Gesicht und putzte sich die Zähne. Dann zog sie ihre Joggingshorts und eine dünne Jacke an und schlich aus der Wohnung. Nach ein paar Dehnübungen drehte sie eine dreiviertelstündige Joggingrunde. Um neun Uhr war sie wieder zurück und stellte fest, dass Blomkvist immer noch schlief. Sie beugte sich zu ihm hinab und biss ihn ins Ohr, bis er verwirrt die Augen aufschlug.

»Guten Morgen, Liebling. Ich brauche jemand, der mir den Rücken schrubbt.«

Er sah sie an und murmelte irgendetwas.

»Wie bitte?«

»Du brauchst nicht zu duschen. Du bist schon pitschnass.«

»Ich bin eine Runde gelaufen. Du hättest mitkommen sollen.«

»Wenn ich versuchen würde, dein Tempo zu halten, müsstest du den Notarzt rufen. Herzstillstand am Norr Mälarstrand.«

»Blödsinn. Jetzt komm. Zeit zum Aufstehen.«

Er schrubbte ihr den Rücken und seifte ihr die Schultern ein. Und die Hüften. Und den Bauch. Und nach einer Weile war Monica Figuerola überhaupt nicht mehr am Duschen interessiert, sondern zog ihn wieder ins Bett. Erst gegen elf saßen sie draußen in einem Café am Norr Mälarstrand und tranken Kaffee.

»Du könntest dich leicht zu einer schlechten Angewohnheit auswachsen«, meinte Monica Figuerola. »Wir kennen uns erst seit ein paar Tagen.«

»Ich fühle mich eben sehr von dir angezogen. Aber das hast du wahrscheinlich schon gemerkt.«

Sie nickte. »Aber warum?«

»Sorry. Die Frage kann ich nicht beantworten. Ich hab nie kapiert, warum mich eine Frau plötzlich anzieht und eine andere mich überhaupt nicht interessiert.«

Sie lächelte nachdenklich.

»Ich habe heute frei«, sagte sie.

»Ich nicht. Ich hab noch einen Riesenberg Arbeit vor mir, bis der Prozess beginnt, und die letzten drei Nächte hast du mich ja von der Arbeit abgehalten.«

»Zu schade.«

Er nickte, stand auf und gab ihr einen Kuss auf die Wange. Sie fasste ihn am Hemdsärmel.

»Mikael, ich würde mich gern weiter mit dir treffen.«

»Ich auch«, sagte er. »Aber bis wir diese Story im Kasten haben, werden wir uns nur unregelmäßig sehen können.«

Er verschwand in Richtung Hantverkargatan.

Erika Berger hatte Kaffee geholt und betrachtete den Bildschirm. Dreiundfünfzig Minuten lang passierte absolut nichts, nur ihr Bildschirmschoner zeigte sich hin und wieder. Dann wurde sie wieder bei ICQ angepingt.

Fertig. Sie haben da eine Menge Mist auf Ihrer Festplatte, darunter auch zwei Viren.

Sorry. Wie geht es jetzt weiter?

Wer ist Administrator für das Datennetz bei SMP*?*

Keine Ahnung. Wahrscheinlich Peter Fleming, der Technikchef.

Okay.

Was soll ich tun?

Nichts. Gehen Sie nach Hause.

Einfach so?

Ich meld mich dann.

Soll ich den Computer anlassen?

Aber Lisbeth Salander war schon aus ICQ verschwunden. Erika Berger starrte frustriert auf den Monitor. Schließlich schaltete sie den Computer aus und verließ die Redaktion, um sich ein Café zu suchen, in dem sie in Ruhe nachdenken konnte.

20. Kapitel
Samstag, 4. Juni

Mikael Blomkvist stieg am Slussen aus dem Bus und ging zur Fiskargatan 9. Er hatte Brot, Milch und Käse in einem Lebensmittelladen vor dem Landtagsgebäude gekauft und räumte seine Einkäufe jetzt in den Kühlschrank. Dann schaltete er Lisbeths Computer ein.

Nachdem er kurz nachgedacht hatte, machte er auch sein blaues Ericsson T10 an. Auf sein normales Handy pfiff er, weil er sowieso mit niemandem sprechen wollte, der nichts mit der Zalatschenko-Geschichte zu tun hatte. Er stellte fest, dass er in den letzten vierundzwanzig Stunden sechs Anrufe bekommen hatte, drei von Henry, zwei von Malin und einen von Erika.

Als Erstes rief er Henry zurück, der gerade in einem Café saß und ein paar Kleinigkeiten mit ihm zu besprechen hatte, jedoch nichts Dringendes.

Malin hatte sich nur gemeldet, um sich zu melden.

Dann wählte er Erikas Nummer, kam jedoch nicht durch.

Als er zur Yahoo-Gruppe [Verrückte_Tafelrunde] ging, fand er die endgültige Version von Lisbeths Biografie vor. Er nickte lächelnd, druckte das Dokument aus und begann sofort zu lesen.

Lisbeth Salander schaltete ihren Palm Tungsten T3 an. Mithilfe von Erika Bergers Benutzerkonto hatte sie eine Stunde lang das Datennetz der *SMP* durchsurft und erforscht. Peter Flemings Konto hatte sie erst gar nicht in Angriff genommen, weil es nicht nötig war, sich die vollständigen Administratorrechte zu verschaffen. Das Einzige, was sie interessierte, war der Zugang zur Verwaltung der *SMP* mit den Personalakten. Und darauf hatte Erika Berger schon den vollen Zugriff.

Sie wünschte sich sehnlichst, Mikael Blomkvist wäre so nett gewesen, ihr PowerBook mit der anständigen Tastatur und dem 17-Zoll-Bildschirm ins Krankenhaus zu schmuggeln statt des Palms. Sie lud sich ein Verzeichnis aller bei der *SMP* Beschäftigten herunter und begann die Liste abzuarbeiten. Es waren 223 Personen, 82 davon Frauen.

Sie begann damit, dass sie erst mal alle Frauen strich. Zwar klammerte sie Frauen in puncto Gestörtheit nicht aus, aber die Statistik besagte, dass die große Mehrzahl der Personen, die Frauen schikanierten, eben Männer waren.

Die Statistik besagte außerdem, dass der Großteil der Giftstifte entweder Teenager oder Personen mittleren Alters waren. Nachdem die *SMP* keine Teenager zu ihren Angestellten zählte, legte sie eine Alterskurve an und strich alle Personen über 55 und unter 25. Blieben noch 103 Personen.

Sie überlegte eine Weile. Die Zeit war knapp. Vielleicht weniger als vierundzwanzig Stunden. Sie fasste einen raschen Entschluss und strich dann sämtliche Angestellten der Abteilungen Auslieferung, Annoncen, Bild, Wachdienst und Technik. Sie konzentrierte sich ganz auf die Gruppe der Journalisten und des Redaktionspersonals und erhielt so eine Liste von 48 Männern zwischen 26 und 54.

Da hörte sie plötzlich einen Schlüsselbund rasseln. Sofort schaltete sie den Palm aus und schob ihn unter die Decke zwischen ihre Oberschenkel. Ihr letztes samstägliches Mittagessen im Sahlgrenska war gekommen. Resigniert sah sie den Teller Kohl an. Nach dem Mittagessen wusste sie, dass sie jetzt erst einmal nicht mehr ungestört arbeiten konnte. Daher versteckte sie den Palm in dem Hohlraum hinter ihrem Nachttisch und wartete, während zwei Frauen aus Eritrea staubsaugten und ihr Bett machten.

Eine der Frauen hieß Sara und hatte Lisbeth in den letzten Monaten regelmäßig einzelne Marlboro Lights zugesteckt. Sie hatte ihr auch ein Feuerzeug gegeben, das Lisbeth hinter dem Nachttisch versteckte. Auch jetzt nahm sie wieder dankbar zwei Zigaretten entgegen, die sie in der Nacht am Lüftungsschacht rauchen wollte.

Erst gegen zwei Uhr nachmittags war wieder alles ruhig. Sie zückte ihren Palm und schaltete ihn ein. Eigentlich hatte sie vorgehabt, direkt zur *SMP*-Verwaltung zu gehen, aber dann fiel ihr ein, dass sie auch eigene Probleme hatte, um die sie sich kümmern musste. Sie ging als Erstes zur Yahoo-Group [Verrückte_Tafelrunde]. Wie sie feststellte, hatte Mikael seit drei Tagen nichts Neues mehr hinterlegt, und sie fragte sich, was er wohl gerade trieb. *Das Aas ist sicher unterwegs und vergnügt sich mit irgendeiner großbusigen Blondine.*

Sie ging weiter zur Yahoo-Group [Die_Ritter] und sah nach, ob Plague irgendetwas hinterlassen hatte. Das war nicht der Fall.

Danach kontrollierte sie die Festplatten von Staatsanwalt Ekström (weniger interessante Korrespondenz über den bevorstehenden Prozess) sowie von Dr. Peter Teleborian.

Jedes Mal wenn sie auf Teleborians Festplatte ging, fühlte sie sich, als würde ihre Körpertemperatur um ein paar Grade sinken.

Sie fand sein rechtspsychiatrisches Gutachten über sie, das er schon formuliert hatte, obwohl er noch keine Möglichkeit gehabt hatte, sie zu untersuchen. Sie lud sich den Bericht herunter und speicherte ihn bei [Verrückte_Tafelrunde]. Sie klickte sich auch der Reihe nach durch Teleborians Mails und hätte beinahe die Bedeutung der kurz gefassten Mail übersehen:

Samstag, 15.00 Uhr am Ring am Hauptbahnhof. / Jonas

Fuck. Jonas. Der kam in so vielen Mails an Teleborian vor. Benutzte ein Hotmail-Konto. Unidentifiziert.

Lisbeth warf einen Blick auf die Digitaluhr auf dem Nachttisch. 14:30. Sie pingte sofort Mikael Blomkvist bei ICQ an. Bekam aber keine Antwort.

Mikael Blomkvist hatte die zweihundertzwanzig fertigen Manuskriptseiten ausgedruckt. Danach schaltete er den Computer aus, griff sich einen Stift und setzte sich zum Korrigieren an Lisbeths Küchentisch.

Er war zufrieden. Aber die größte Lücke klaffte weiterhin in der Story. Wie sollte er die noch fehlenden Informationen über die Sektion beschaffen? Malin hatte recht. Er war in akuter Zeitnot.

Lisbeth Salander fluchte frustriert und versuchte Plague via ICQ zu erreichen. Er antwortete nicht. Sie warf einen Blick auf die Uhr. 14:30.

Sie setzte sich auf die Bettkante und rief die ICQ-Konten aus ihrem Gedächtnis ab. Zuerst versuchte sie es bei Henry Cortez, dann bei Malin Eriksson. Keine Antwort. *Samstag. Haben alle frei.* Sie warf einen Blick auf die Uhr. 14:32.

Danach versuchte sie es bei Erika Berger. *Nicht zu erreichen. Ich hab ihr ja auch gesagt, dass sie nach Hause gehen soll. Verdammt.* 14:33.

Sie konnte ja eine SMS an Mikael Blomkvists Handy schicken … aber das wurde abgehört. Sie biss sich auf die Unterlippe.

Schließlich griff sie in ihrer Verzweiflung zur Klingel und

läutete nach einer Schwester. Es war 14:35, als sie hörte, wie der Schlüssel in die Tür gesteckt wurde und die etwa 50-jährige Schwester Agneta zu ihr hereinschaute.

»Kann ich Ihnen helfen?«

»Ist Dr. Jonasson in der Nähe?«

»Geht es Ihnen nicht gut?«

»Es geht mir gut. Aber ich müsste kurz etwas mit ihm besprechen. Wenn das möglich ist.«

»Ich hab ihn gerade eben gesehen. Worum geht es denn?«

»Ich muss mit ihm reden.«

Schwester Agneta runzelte die Stirn. Die Patientin Lisbeth Salander hatte nur selten nach den Schwestern geklingelt, es sei denn, sie hatte wirklich Kopfschmerzen oder irgendein anderes akutes Problem. Sie hatte nie genörgelt und noch nie zuvor darum gebeten, mit einem bestimmten Arzt sprechen zu dürfen. Doch Schwester Agneta war durchaus aufgefallen, dass Dr. Jonasson sich viel Zeit für die verhaftete Patientin genommen hatte, die sich ansonsten ihrer Umwelt gegenüber völlig verschlossen zeigte. Vielleicht hatte er doch eine Art Kontakt zu ihr gefunden.

»Ich werde mal fragen, ob er Zeit hat«, sagte Schwester Agneta freundlich und machte die Tür zu. Und schloss ab. Es war 14:36, gerade sprang die Uhr weiter auf 14:37.

Lisbeth erhob sich von der Bettkante und ging zum Fenster. In regelmäßigen Abständen sah sie auf die Uhr. 14:39. 14:40.

Um 14:44 hörte sie Schritte im Korridor und den rasselnden Schlüsselbund des Securitas-Wachmanns. Dr. Jonasson sah sie fragend an und hielt inne, als er Lisbeth Salanders verzweifelten Blick bemerkte.

»Ist was passiert?«

»Es passiert gerade was. Haben Sie ein Handy dabei?«

»Was?«

»Ein Handy. Ich muss jemand anrufen.«

Dr. Jonasson sah zögernd zur Tür.

»Ich brauche ein Handy. Bitte!«

Er hörte die Verzweiflung in ihrer Stimme, steckte die Hand in die Innentasche seines Kittels und gab ihr sein Motorola. Lisbeth riss es ihm förmlich aus der Hand. Mikael Blomkvist konnte sie nicht anrufen, da er glaubte, vom Feind abgehört zu werden. Das Problem war, dass er ihr nie die Nummer seines anonymen blauen Ericsson T10 gegeben hatte, weil er glaubte, sie könne ihn ja doch nicht anrufen. Sie zögerte eine Zehntelsekunde, dann wählte sie Erika Bergers Handynummer. Sie hörte es dreimal klingeln, dann meldete sich Erika.

Sie saß gerade in ihrem BMW und war nur noch einen Kilometer von ihrem Haus in Saltsjöbaden entfernt, als sie einen Anruf bekam, den sie nicht erwartet hatte. Doch andererseits hatte Lisbeth Salander sie ja schon am Morgen überrascht.

»Berger.«

»Salander. Kann jetzt nichts erklären. Haben Sie die Nummer von Mikaels Handy? Dem nicht abgehörten.«

»Ja.«

»Rufen Sie ihn an. Sofort! Teleborian trifft Jonas um 15 Uhr am Ring am Hauptbahnhof.«

»Was ist …«

»Beeilen Sie sich. Teleborian. Jonas. Am Ring am Hauptbahnhof. 15 Uhr. Er hat noch eine Viertelstunde.«

Erika bremste und blieb am Straßenrand stehen. Sie zog ihr Adressbuch aus der Tasche und blätterte zu der Nummer, die Mikael ihr an jenem Abend in »Samirs Kochtopf« gegeben hatte.

Mikael Blomkvist hörte das Piepen seines Handys, stand vom Küchentisch auf und ging in Lisbeths Arbeitszimmer, wo er das Handy vom Schreibtisch nahm.

»Ja?«

»Hier ist Erika.«

»Hallo.«

»Teleborian trifft sich um 15 Uhr am Ring am Hauptbahnhof mit Jonas. Du hast noch ein paar Minuten.«

»Was? Bitte was?«

»Teleborian …«

»Ich hab's schon gehört. Woher weißt du davon?«

»Spar dir die Diskussion und leg 'nen Zahn zu, okay?«

Mikael warf einen Blick auf die Uhr. 14 Uhr 47.

»Danke. Ciao.«

Er packte seine Laptoptasche und nahm die Treppe, statt auf den Fahrstuhl zu warten. Im Laufen wählte er die Nummer von Henrys blauem T10.

»Cortez.«

»Wo bist du gerade?«

»In der Akademi-Buchhandlung.«

»Teleborian trifft sich um 15 Uhr am Ring am Hauptbahnhof mit Jonas. Ich bin auf dem Weg, aber du bist näher dran.«

»Verdammt. Schon unterwegs.«

Mikael joggte zur Götgatan und rannte, so schnell er konnte, weiter zum Slussen. Als er atemlos am Slussplan ankam, warf er einen Blick auf seine Armbanduhr. Monica Figuerola hatte vielleicht gar nicht so unrecht, wenn sie ihm mit Lauftraining in den Ohren lag. 14 Uhr 56. Das konnte er nicht mehr schaffen. Er hielt nach einem Taxi Ausschau.

Lisbeth gab Dr. Jonasson sein Handy zurück.

»Danke«, sagte sie.

»Teleborian?«, fragte Jonasson. Er hatte es nicht vermeiden können, den Namen aufzuschnappen.

Sie nickte und sah ihm in die Augen.

»Teleborian ist ein grauenhafter Typ. Viel schlimmer, als Sie sich vorstellen können.«

»Aber ich ahne, dass im Moment gerade etwas passiert und Sie aufgeregter sind, als ich Sie in der ganzen Zeit gesehen habe, die Sie in meiner Obhut waren. Ich hoffe, Sie wissen, was Sie tun.«

Lisbeth schenkte Dr. Jonasson ein schiefes Grinsen.

»Die Antwort darauf dürften Sie in nächster Zukunft bekommen«, sagte sie.

Henry Cortez rannte wie von der Tarantel gestochen aus der Akademi-Buchhandlung. Er überquerte den Sveavägen auf der Brücke an der Mäster Samuelsgatan, lief den Klarabergsviadukten entlang und quer über die Vasagatan. Zwischen einem Bus und zwei frenetisch hupenden Autos hastete er über die Klarabergsgatan und schlüpfte durch die Türen am Hauptbahnhof, als die Uhr gerade exakt 15 Uhr zeigte.

Er nahm die Rolltreppe zur Bahnhofshalle, immer drei Stufen auf einmal, und eilte an der Buchhandlung Pocketshop vorbei, bevor er seine Schritte verlangsamte, um keine Aufmerksamkeit zu erregen. Er starrte die Menschen an, die in der Nähe des Rings herumliefen.

Teleborian konnte er nirgends sehen, ebenso wenig den Mann, den Christer Malm vor dem »Copacabana« fotografiert hatte und den sie für Jonas hielten. Er warf einen Blick auf die Uhr. 15 Uhr 01. Er schnaufte, als wäre er gerade den Stockholmer Marathon gelaufen.

Auf gut Glück eilte er durch die Halle und trat durch die Türen auf die Vasagatan hinaus. Dort blieb er stehen, sah sich um und musterte jeden Menschen in seinem Blickfeld. Kein Teleborian. Kein Jonas.

Er drehte sich um und lief wieder in den Hauptbahnhof hinein. 15 Uhr 03. Am Ring war es leer.

Dann hob er den Kopf und erblickte für eine Sekunde Teleborians zerzaustes Profil mit dem Kinnbart, als er aus dem Zeitungskiosk auf der anderen Seite der Bahnhofshalle trat. Im nächsten Augenblick materialisierte sich der Mann von Christer Malms Fotos an seiner Seite. *Jonas*. Sie gingen quer durch die Bahnhofshalle und verschwanden durch den Nordausgang hinaus auf die Vasagatan.

Henry Cortez atmete aus. Er wischte sich mit dem Handrücken den Schweiß von der Stirn und begann den beiden Männern zu folgen.

Mikael Blomkvist kam um 15 Uhr 07 mit dem Taxi am Stockholmer Hauptbahnhof an. Er eilte in die Bahnhofshalle, konnte aber weder Teleborian noch Jonas oder Henry ausmachen.

Er zückte sein T10, um Henry anzurufen, da piepte es auch schon in seiner Hand.

»Ich hab sie. Sie sitzen im Pub ›Tre Remmare‹ in der Vasagatan am U-Bahn-Eingang zur Akalla-Linie.«

»Danke, Henry. Wo bist du jetzt?«

»Ich stehe an der Bar. Trinke ein leichtes Bier. Das hab ich mir verdient.«

»Okay. Mich würden sie wiedererkennen, deshalb geh ich da jetzt nicht rein. Du hast keine Möglichkeit, zu hören, was sie reden, oder?«

»Keine Chance. Ich sehe Jonas von hinten, und dieser verdammte Teleborian murmelt nur, wenn er spricht, da kann ich nicht mal von seinen Lippen lesen.«

»Verstehe.«

»Aber wir könnten ein Problem kriegen.«

»Und zwar?«

»Dieser Jonas hat sein Notizbuch und sein Handy auf den Tisch gelegt. Und auf dem Notizbuch liegen seine Autoschlüssel.«

»Ich kümmere mich drum.«

Monica Figuerolas Handy läutete mit einem polyphonen Klingelton, dem Leitmotiv aus *Spiel mir das Lied vom Tod*. Sie legte das Buch über das antike Gottesbild aus der Hand, mit dem sie anscheinend niemals fertig werden würde.

»Hallo. Hier ist Mikael. Was machst du gerade?«

»Ich sitze zu Hause und sortiere die Fotos ehemaliger Liebhaber. Ich wurde heute schmählich sitzen gelassen.«

»Entschuldige. Hast du dein Auto in der Nähe?«

»Als ich das letzte Mal nachgeschaut habe, stand es noch draußen auf seinem Parkplatz.«

»Gut. Hast du Lust, einen Ausflug in die Stadt zu machen?«

»Nicht besonders. Was ist los?«

»Teleborian trinkt gerade mit Jonas ein Bier in der Vasagatan. Und da ich ja jetzt mit der Stasi-Bürokratie der SiPo zusammenarbeite, dachte ich mir, das könnte dich interessieren.«

Monica Figuerola war bereits vom Sofa aufgesprungen und griff sich ihre Autoschlüssel.

»Du machst doch keine Witze, oder?«

»Kaum. Und Jonas hat seine Autoschlüssel auf dem Tisch liegen.«

»Bin schon unterwegs.«

Malin Eriksson ging nicht ans Telefon, aber Mikael Blomkvist hatte Glück und erreichte Lottie Karim, die gerade bei Åhléns war, um ein Geburtstagsgeschenk für ihren Mann zu kaufen. Mikael ordnete Überstunden an und bat sie, sich sofort in den Pub zu begeben, um Henry Cortez zu unterstützen. Danach rief er Cortez zurück.

»Unser Plan sieht so aus: In fünf Minuten habe ich ein Auto vor Ort. Wir parken auf der Järnvägsgatan in der Nähe des Pubs.«

»Okay.«

»In ein paar Minuten bekommst du Verstärkung von Lottie Karim.«

»Super.«

»Wenn sie den Pub verlassen, heftest du dich an Jonas' Fersen. Du verfolgst ihn zu Fuß und hältst mich über das Handy auf dem Laufenden, wo ihr gerade seid. Sobald du siehst, dass er sich einem Auto nähert, müssen wir das sofort erfahren. Lottie heftet sich an Teleborians Fersen. Wenn wir es nicht schaffen, musst du dir unbedingt sein Kennzeichen notieren.«

»Alles klar.«

Monica Figuerola stellte ihr Auto am Nordic Light Hotel vor dem Arlanda-Express ab. Eine Minute nachdem sie geparkt hatte, machte Mikael Blomkvist die Fahrertür auf.

»In welchem Pub sitzen sie?«

Mikael erklärte es ihr.

»Ich muss Verstärkung rufen.«

»Keine Sorge. Wir haben sie unter Beobachtung. Zu viele Köche verderben den Brei.«

Monica Figuerola sah ihn misstrauisch an.

»Und wie hast du von diesem Treffen erfahren?«

»Sorry. Geschützte Quelle.«

»Habt ihr bei *Millennium* eigentlich euren eigenen Nachrichtendienst, oder was?«

Mikael sah zufrieden aus. Es war doch immer wieder nett, die SiPo auf ihrem eigenen Gebiet zu übertrumpfen.

Dabei hatte er nicht den leisesten Schimmer, wie Erika hatte wissen können, dass Teleborian und Jonas sich treffen wollten. Seit dem 10. April hatte sie schließlich überhaupt keinen Einblick mehr in die redaktionelle Arbeit bei *Millennium* gehabt. Natürlich kannte sie Teleborian, aber Jonas war erst im Mai aufgetaucht, und soweit Mikael wusste, hatte Erika keine Ahnung von seiner Existenz, geschweige denn davon, dass er bei *Millennium* und SiPo Anlass zum Nachdenken gab.

Er musste sich in sehr naher Zukunft mal gründlich mit Erika unterhalten.

Lisbeth Salander schob die Lippen vor und betrachtete den Bildschirm ihres Palms. Nach ihrem Gespräch auf Dr. Jonassons Handy hatte sie alle Gedanken an die Sektion beiseitegeschoben und konzentrierte sich auf Erika Bergers Problem. Nach reiflicher Überlegung hatte sie alle verheirateten Männer zwischen 26 und 54 Jahren gestrichen. Sie wusste, dass sie sehr pauschal vorging und diesem Gedanken keine wissenschaftlich haltbare Statistik zugrunde lag. Der Giftstift konnte ohne Weiteres ein Ehemann mit fünf Kindern und Hund sein. Er konnte auch bei der Wachmannschaft arbeiten. Es konnte sogar eine Frau sein, auch wenn sie nicht daran glaubte.

Sie wollte ganz einfach die Zahl der Namen auf ihrer Liste reduzieren, und mit der letzten Entscheidung war ihre Gruppe von achtundvierzig auf achtzehn Personen geschrumpft. Sie stellte fest, dass die Auswahl jetzt zum Großteil aus wichtigeren Reportern, Chefs oder Angestellten der mittleren Führungsebene im Alter ab 35 Jahren bestand. Wenn sie unter denen nichts Interessantes fand, musste sie die Maschen ihres Netzes eben wieder etwas weiter machen.

Um vier Uhr nachmittags ging sie auf die Homepage von Hacker Republic und hinterlegte die Liste für Plague. Wenige Minuten später pingte er sie an.

18 Namen. Was?

Kleines Nebenprojekt. Betrachte es als Übungsaufgabe.

Okay.

Ist ein mieser Typ dabei. Müssen wir identifizieren.

Wie sehen die Kriterien aus?

Eilig. Morgen ziehen sie mir hier den Stecker raus. Bis dahin müssen wir ihn gefunden haben.

Sie erklärte die Situation mit Erika Bergers Giftstift.

Okay. Springt bei dieser Sache was für mich raus?

Lisbeth Salander überlegte kurz.

Ja. Ich werde nicht nach Sumpan rauskommen und dir das Haus überm Kopf anzünden.

Hattest du das denn vor?

Ich bezahle dich immer, wenn du was für mich machst. Das hier ist aber nicht für mich. Sieh es als Steuer.

Du zeigst ja langsam Zeichen von sozialer Kompetenz.
Und?
Okay.

Sie überspielte ihm die Zugangsdaten der *SMP*-Redaktion und verließ ICQ.

Es war schon 16 Uhr 20, als Henry Cortez wieder anrief.

»Sieht so aus, als wollten sie sich jetzt langsam in Bewegung setzen.«

»Okay. Wir sind bereit.«

Schweigen.

»Sie sind vor dem Pub auseinandergegangen. Jonas geht in nördliche Richtung. Lottie folgt Teleborian.«

Mikael hob einen Finger und zeigte auf Jonas, als er auf der Vasagatan an ihnen vorbeihastete. Wenige Sekunden später konnte Mikael auch Henry Cortez ausmachen. Monica Figuerola ließ den Motor an.

»Er geht über die Vasagatan und weiter Richtung Kungsgatan«, sprach Henry Cortez in sein Handy.

»Halt Abstand, damit er dich nicht bemerkt.«

»Ganz schön viele Leute unterwegs.«

Schweigen.

»Er geht Richtung Norden auf die Kungsgatan.«

»Kungsgatan, Richtung Norden«, sagte Mikael.

Monica Figuerola legte den ersten Gang ein und bog in die Vasagatan. Einen Moment lang wurden sie von einer roten Ampel aufgehalten.

»Bin weiterhin nahe an der beschatteten Person. Er schlägt ein ziemlich flottes Tempo an. Hallo, jetzt geht er Richtung Norden auf der Drottninggatan.«

»Drottninggatan, Richtung Norden.«

»Okay«, sagte Monica Figuerola und bog verbotenerweise in die Klara Norra ein bis zur Olof Palmes gata. Vor dem Gewerkschaftsgebäude, dem SIF-Huset, hielt sie an. Jonas überquerte die Olof Palmes Gata und ging den Sveavägen entlang. Henry Cortez folgte ihm auf der anderen Straßenseite.

»Er ist Richtung Osten abgebogen …«

»Schon okay. Wir haben euch beide im Blick.«

»Er geht in die Holländargatan … Hallo … Auto. Roter Audi.«

»Auto«, wiederholte Mikael und schrieb das Kennzeichen auf, das Cortez hastig herunterrasselte.

»In welcher Richtung hat er geparkt?«, wollte Monica Figuerola wissen.

»Schaut nach Süden«, berichtete Cortez. »Er fährt vor euch auf die Olof Palmes Gata raus … jetzt.«

Monica Figuerola war schon wieder angefahren und passierte jetzt die Drottninggatan. Sie hupte und scheuchte mit ungeduldigen Handbewegungen ein paar Fußgänger beiseite, die bei Rot über die Straße gehen wollten.

»Danke, Henry. Ab hier übernehmen wir.«

Monica Figuerola folgte ihm, während sie gleichzeitig eine Nummer auf ihrem Handy wählte.

»Könnt ihr bitte ein Autokennzeichen überprüfen, roter Audi«, sagte sie und gab die Nummer durch, die Henry ihr gesagt hatte.

»Jonas Sandberg, geboren 71. Bitte? … Helsingörsgatan in Kista. Danke.«

Mikael notierte die Angaben.

Sie verfolgten den roten Audi über die Hamngatan zum Strandvägen. Jonas Sandberg parkte einen Block vom Armeemuseum entfernt. Er überquerte die Straße und verschwand durch die Haustür eines Fin-de-Siècle-Hauses.

»Hmm«, machte Monica Figuerola und warf Mikael einen Blick zu.

Er nickte. Das Haus lag nur einen Block von der Wohnung entfernt, die der Ministerpräsident für ein privates Treffen benutzt hatte.

»Gute Arbeit«, lobte Monica Figuerola.

Im nächsten Augenblick rief Lottie Karim an und erzählte, dass Teleborian die Rolltreppen im Hauptbahnhof genommen hatte, die Klarabergsgatan entlanggelaufen und dann zum Polizeigebäude auf Kungsholmen weitergegangen war.

»Zum Polizeigebäude? An einem Samstagabend um 17 Uhr?«, wunderte sich Mikael.

Monica Figuerola und Mikael Blomkvist tauschten einen zweifelnden Blick. Monica dachte ein paar Sekunden angestrengt nach, dann griff sie zu ihrem Handy und rief Kriminalinspektor Jan Bublanski an.

»Hallo. Hier Monica Figuerola von der RPF/Sich. Wir hatten uns vor einer Weile mal am Norr Mälarstrand getroffen.«

»Was kann ich für Sie tun?«, fragte Bublanski.

»Hat bei Ihnen jemand Wochenenddienst?«

»Sonja Modig«, antwortete Bublanski.

»Wissen Sie, ob sie sich gerade im Polizeigebäude aufhält?«

»Das bezweifle ich. Es ist strahlendes Wetter.«

»Meinen Sie, dass es möglich wäre, mal irgendjemand unauffällig am Büro von Staatsanwalt Ekström vorbeizuschicken? Ich frage mich nämlich, ob dort gerade ein gewisses Treffen stattfindet.«

»Ein Treffen?«

»Ich kann jetzt nicht mehr erklären. Ich müsste nur wissen, ob er gerade Besuch hat. Und wenn ja, von wem.«

»Sie wollen, dass ich einem Staatsanwalt hinterherspioniere, der obendrein mein Vorgesetzter ist?«

Monica Figuerola zog die Augenbrauen hoch. Dann zuckte sie die Schultern.

»Ja«, sagte sie.

»Okay«, sagte er und legte auf.

Sonja Modig befand sich näher am Polizeigebäude, als Bublanski angenommen hatte. Sie saß mit ihrem Mann auf dem

Balkon einer Freundin, die in der Vasastan wohnte, und trank Kaffee.

Bublanski erklärte ihr sein Anliegen.

»Und was sollte ich für einen Vorwand haben, bei Ekström reinzustiefeln?«

»Ich hatte schon gestern versprochen, ihm einen Zwischenbericht im Fall Niedermann zukommen zu lassen. Er liegt auf meinem Schreibtisch.«

»In Ordnung«, sagte Sonja Modig.

Sie sah ihren Mann und ihre Freundin an.

»Ich muss noch mal schnell ins Büro. Mit etwas Glück bin ich in einer Stunde wieder da.«

Ihr Mann seufzte. Ihre Freundin seufzte.

»Ich habe nun mal Bereitschaftsdienst«, entschuldigte sich Sonja Modig.

Sie parkte in der Bergsgatan und ging hoch zu Bublanskis Zimmer, wo sie die drei A4-Seiten holte, das magere Resultat der Fahndung nach dem gesuchten Polizistenmörder Ronald Niedermann. *Damit gewinnen wir auch keinen Blumentopf*, dachte sie.

Dann ging sie ein Stockwerk nach oben. Es war fast unheimlich still im Polizeigebäude an diesem Sommerabend. Sie schlich nicht. Sie trat nur sehr leise auf. Vor Ekströms geschlossener Tür blieb sie stehen. Sie hörte Stimmen und biss sich auf die Unterlippe.

Auf einen Schlag verließ sie der Mut. In jeder anderen Situation hätte sie jetzt an die Tür geklopft, sie aufgemacht und wäre mit einem *Ja hallo, sind Sie auch noch da?* hineingerauscht. Jetzt kam ihr das völlig falsch vor.

Sie sah sich um.

Warum hatte Bublanski sie angerufen? Worum ging es bei diesem Treffen?

Sie blickte über den Korridor. Gegenüber von Ekströms Büro befand sich ein kleines Konferenzzimmer, das Platz für zehn Personen bot. Dort hatte sie selbst schon ein paar Vorträge gehört.

Sie ging hinein und zog die Tür leise hinter sich zu. Die Jalousien waren heruntergelassen, und die Glaswand zum Korridor war durch Gardinen verdeckt. Es war dämmrig im Zimmer. Sie holte sich einen Stuhl, setzte sich hin und öffnete einen schmalen Schlitz in der Gardine, sodass sie auf den Flur blicken konnte.

Ihr war unbehaglich zumute. Wenn jetzt jemand die Tür aufmachte, würde sie nur schwer erklären können, was sie hier eigentlich trieb. Sie zog ihr Handy aus der Tasche und schaute auf das Display. Kurz vor sechs. Dann schaltete sie den Klingelton aus, lehnte sich in ihrem Stuhl zurück und betrachtete die geschlossene Tür zu Ekströms Zimmer.

Um sieben Uhr abends pingte Plague Lisbeth wieder an.

Okay. Ich habe jetzt Administratorrechte bei der SMP.

Wo?

Er schickte ihr eine http-Adresse.

Das schaffen wir nicht in 24 Stunden. Selbst wenn wir die Mails von allen 18 hätten, würde es Tage dauern, bis wir ihre Computer zu Hause gehackt hätten. Die meisten sind am Samstagabend wahrscheinlich nicht mal im Netz.

Plague, konzentrier du dich auf ihre Heimcomputer, dann kümmer ich mich um die Computer bei der SMP.

Hab ich auch schon dran gedacht, dein Palm hat einfach nicht die Kapazitäten. Hast du jemand Bestimmtes im Auge, auf den ich mich konzentrieren soll?

Nein. Jeder von ihnen.

Okay.

Plague.

Ja.

Wenn wir bis morgen niemand gefunden haben, will ich, dass du trotzdem weitermachst.

Okay.

Ich bezahl dich dann auch.

Ach Quatsch. Ist doch irgendwie cool.

Sie verließ ICQ und ging zu der http-Adresse, bei der Plague die Adminstratorrechte für die *SMP* hinterlegt hatte. Als Erstes sah sie nach, ob Peter Fleming gerade im Netz war. Das war er nicht. Dann lieh sie sich seine Zugangsberechtigung und ging auf den *SMP*-Mailserver. Nun konnte sie alle Aktivitäten nachvollziehen, die über diesen Mailserver gelaufen waren, auch Mails, die schon lange von den einzelnen Benutzerkonten gelöscht worden waren.

Sie fing mit Ernst Teodor Billing an, 43 Jahre alt, einem der Nachtchefs der *SMP*. Sie ging seine Mails durch und klickte dabei langsam von den aktuellsten zu den älteren zurück. Dabei widmete sie jeder Mail ungefähr zwei Sekunden, sodass sie sich ein Bild machen konnte, von wem sie gekommen war und was sie enthielt. Nach ein paar Minuten hatte sie begriffen, wie die Routinemails aussahen, und scrollte bei diesen Mails einfach weiter.

Sie sah sich jede Mail der letzten drei Monate an. Danach sprang sie von einem Monat zum andern, las nur noch die Betreffzeile und öffnete bloß solche Mails, bei denen sie auf irgendein Stichwort reagierte. Sie erfuhr, dass Ernst Billing mit einer Frau namens Sofia zusammen war, der gegenüber er einen beleidigenden, vulgären Ton anschlug. Sie begriff aber auch, dass das nicht außergewöhnlich war, denn Billing schlug gegenüber allen Leuten, denen er persönlich schrieb – Reporter, Layouter und andere –, einen unverschämten Ton an. Sie fand es trotzdem bemerkenswert, mit welcher Selbstverständlichkeit ein Mann seine Freundin als *fette Sau*, *verdammter Holzkopf* und *alte Fotze* titulierte.

Als sie ein Jahr zurückgeblättert hatte, brach sie ab. Stattdessen ging sie in seinen Explorer und vollzog nach, wie er im Netz surfte. Sie stellte fest, dass er – wie die Mehrzahl der

Männer seines Alters – sich in regelmäßigen Abständen Pornoseiten anschaute, dass die meisten aber mit seiner Arbeit zu tun hatten. Sie konnte außerdem feststellen, dass er sich für Autos interessierte und oft Seiten mit neuen Modellen besuchte.

Nachdem sie eine knappe Stunde gesucht hatte, machte sie Schluss bei Billing und strich ihn von der Liste. Sie machte weiter mit Lars Örjan Wollberg, 51 Jahre, einem Veteranen unter den Reportern.

Torsten Edklinth kam gegen halb acht am Samstagabend ins Polizeigebäude auf Kungsholmen. Dort erwarteten ihn schon Monica Figuerola und Mikael Blomkvist. Sie setzten sich an denselben Konferenztisch, an dem Blomkvist tags zuvor gesessen hatte.

Edklinth stellte fest, dass er sich mittlerweile auf ziemlich dünnem Eis bewegte und eine ganze Reihe interner Bestimmungen gebrochen hatte, indem er Blomkvist Zutritt zu ihrem Korridor gestattet hatte. Monica Figuerola hatte definitiv nicht das Recht, ihn auf eigene Faust hereinzubitten. Normalerweise durften nicht einmal die Ehefrauen oder Ehemänner der Angestellten die geheimen Flure der RPF/Sich betreten – die mussten im Treppenhaus warten, wenn sie ihre Partner abholen wollten. Und Blomkvist war obendrein auch noch Journalist. In Zukunft würden sie ihn nur noch in ihr provisorisches Quartier am Fridhemsplan bitten.

Sicherheitshalber wollte er Blomkvist doch lieber den Status eines externen Beraters einräumen. Dieses ganze Getue mit den Sicherheitsvorkehrungen war ja doch nur Bürokratie. Irgendeine Person entschied, dass eine andere Person gewisse Befugnisse haben durfte. Für den Fall, dass Kritik laut würde, hatte er Blomkvist eben gewisse Befugnisse eingeräumt.

Edklinth setzte sich und sah Figuerola an.

»Wie haben Sie von dem Treffen erfahren?«

»Blomkvist hat mich so um vier angerufen«, antwortete sie lächelnd.

»Und wie haben Sie von dem Treffen erfahren?«

»Eine Quelle hat mir einen Tipp gegeben«, erklärte Mikael Blomkvist.

»Darf ich daraus schließen, dass Sie Teleborian irgendwie überwachen lassen?«

Monica Figuerola schüttelte den Kopf.

»Dachte ich auch erst«, sagte sie in so munterem Ton, als wäre Mikael Blomkvist gar nicht im Zimmer. »Aber das kann nicht sein. Auch wenn jemand Teleborian in Blomkvists Auftrag überwachen würde, könnte diese Person nicht im Voraus wissen, dass er sich ausgerechnet mit Jonas Sandberg treffen wollte.«

Edklinth nickte langsam.

»Hören Sie etwa sein Telefon ab, Herr Blomkvist?«

»So was machen doch nur staatliche Behörden«, entgegnete er.

Edklinth spitzte die Lippen.

»Sie wollen uns also nicht mitteilen, wie Sie von diesem Treffen erfahren haben?«

»Doch. Ich habe es Ihnen bereits gesagt. Eine Quelle hat mir einen Tipp gegeben. Und diese Quelle schütze ich. Wie wäre es, wenn wir uns jetzt auf den Nutzen konzentrieren würden, den uns dieser Tipp bringt?«

»Ich mag es nicht, wenn ich irgendwo im Dunkeln tappen muss«, bemerkte Edklinth. »Aber gut. Was wissen wir also?«

»Er heißt Jonas Sandberg«, begann Monica Figuerola. »Ausgebildeter Kampftaucher, ging Anfang der 90er-Jahre auf die Polizeischule. Hat erst in Uppsala gearbeitet, danach in Södertälje.«

»Sie kommen doch auch aus Uppsala.«

»Ja, aber wir haben uns um ein paar Jahre verpasst. Ich habe angefangen, als er gerade nach Södertälje zog.«

»Okay.«

»1998 wurde er von der RPF/Sich für die Gegenspionage rekrutiert und im Jahr 2000 auf einen geheimen Posten im Ausland versetzt. Laut unseren eigenen Papieren befindet er sich offiziell an der Botschaft in Madrid. Ich habe bei der Botschaft nachgefragt, die kennen dort gar keinen Jonas Sandberg.«

»Genau wie bei Mårtensson. Offiziell irgendwohin versetzt, wo er dann gar nicht auftaucht.«

»Nur der Amtschef hat die Möglichkeit, so etwas systematisch zu machen, ohne dass es Probleme gibt.«

»Und wenn doch, würde es einfach auf einen Fehler in den Papieren geschoben werden. Wir sehen es nur, weil wir genau hingeschaut haben. Und wenn jemand genauer hinschaut, sagt man einfach ›streng geheim‹, oder es hat irgendwas mit Terrorismus zu tun.«

»Es gibt immer noch eine ganze Menge im Budget zu kontrollieren.«

»Unser Schatzmeister?«

»Vielleicht.«

»Okay. Sonst noch was?«

»Jonas Sandberg wohnt in Sollentuna. Er ist unverheiratet, hat aber ein Kind mit einer Lehrerin in Södertälje. Nie auffällig geworden. Lizenz für zwei Handfeuerwaffen. Pflichtbewusst und Abstinenzler. Das einzig Seltsame ist, dass er in den 90er-Jahren Mitglied der Sekte Livets Ord war.«

»Wo haben Sie das denn her?«

»Ich hab mit meinem alten Chef in Uppsala geredet. Er kann sich sehr gut an Sandberg erinnern.«

»Was wissen wir über das Haus in der Artillerigatan?«

»Noch nicht so viel. Stefan musste erst jemand vom Grundbuchamt aufscheuchen. Wir haben einen Grundriss der Wohnung. Das Haus ist ja schon gut hundert Jahre alt. Sechs Stockwerke mit insgesamt zweiundzwanzig Wohnungen plus acht Wohnungen in einem kleinen Haus im Hinterhof. Ich habe die Mieter nachgeschlagen, habe aber nichts Auffälliges entdecken können. Zwei von ihnen sind vorbestraft.«

»Welche?«

»Ein Herr Lindström im ersten Stock. 63 Jahre alt. Verurteilt wegen Versicherungsbetrugs in den 70er-Jahren. Und ein Mann namens Wittfelt im dritten Stock. 47 Jahre alt. Zweimal wegen Misshandlung seiner Exfrau verurteilt.«

»Hmm.«

»Alles nichts Besonderes. Nur eine Wohnung sticht heraus.«

»Welche?«

»Die Wohnung ganz oben. Elf Zimmer, eine absolute Luxuswohnung. Sie gehört einem Unternehmen, das sich Bellona AB nennt.«

»Und was machen die so?«

»Schwer zu sagen. Sie führen Marktanalysen durch und haben einen Jahresumsatz von knapp dreißig Millionen Kronen. Sämtliche Besitzer von Bellona wohnen im Ausland.«

»Aha. Erzählen Sie mehr von Bellona.«

In diesem Moment kam der Mitarbeiter herein, den Mikael nur unter dem Namen Stefan kannte.

»Ich habe die Geschichte recherchiert, die hinter Bellonas Wohnung steht«, sagte er.

»Und?«, fragte Monica Figuerola.

»Das Unternehmen Bellona wurde in den 70er-Jahren gegründet und kaufte die Wohnung aus der Hinterlassenschaft der Vorbesitzerin, einer Frau namens Kristina Cederholm, Jahrgang 1917.«

»Und?«

»Sie war verheiratet mit Hans Wilhelm Francke, dem Cowboy, der sich mit Per Gunnar Vinge anlegte, als die RPF/Sich gegründet wurde.«

»Gut«, sagte Torsten Edklinth. »Sehr gut. Monica, ich will, dass diese Wohnung ab jetzt rund um die Uhr bewacht wird.

Finden Sie heraus, welche Telefone dort gemeldet sind. Ich will wissen, wer durch diese Tür ein und aus geht und welche Autos dort vorfahren. Das Übliche.«

Edklinth warf einen verstohlenen Blick auf Mikael Blomkvist. Er sah aus, als wollte er etwas sagen, hielte sich aber zurück. Mikael zog die Augenbrauen hoch.

»Sind Sie zufrieden mit dem Informationsfluss?«, erkundigte sich Edklinth schließlich.

»Ist in Ordnung. Sind Sie zufrieden mit *Millenniums* Beitrag?«

Edklinth nickte langsam.

»Sie sind sich darüber im Klaren, dass ich wegen dieser Sache einen Heidenärger kriegen kann, oder?«, fragte er.

»Nicht von meiner Seite. Ich betrachte jede Information, die ich hier bekomme, als Information einer anonymen Quelle, die ich unbedingt schützen werde. Ich werde die Fakten wiedergeben, aber nicht sagen, wie ich an sie herangekommen bin. Bevor wir in Druck gehen, werde ich ein offizielles Interview mit Ihnen führen. Wenn Sie nicht antworten wollen, antworten Sie einfach mit ›kein Kommentar‹. Oder Sie können darlegen, was Sie von der Sektion für Spezielle Analyse denken. Das können Sie selbst entscheiden.«

Edklinth nickte.

Mikael war zufrieden. Innerhalb weniger Stunden hatte die Sektion plötzlich Gestalt angenommen. Das war ein echter Durchbruch.

Sonja Modig stellte frustriert fest, dass sich das Treffen im Büro von Staatsanwalt Ekström ziemlich in die Länge zog. Sie hatte ihren Mann zweimal angerufen und ihm mitgeteilt, dass sie sich verspäten würde. Sie hatte versprochen, es mit einem netten Abend wiedergutzumachen, sobald sie nach Hause kam. Langsam wurde sie unruhig, und sie kam sich vor wie ein unbefugter Eindringling.

Erst um halb acht ging das Treffen zu Ende. Sie war überhaupt nicht darauf gefasst, als die Tür aufging und Hans Faste auf den Korridor trat. Unmittelbar hinter ihm kam Dr. Teleborian heraus. Danach ein älterer, grauhaariger Mann, den sie noch nie zuvor gesehen hatte. Schließlich kam Staatsanwalt Ekström, der sich eine Jacke überzog, das Licht in seinem Büro ausmachte und die Tür abschloss.

Sonja schob ihr Handy in den Schlitz zwischen den Gardinen und machte zwei Fotos mit sehr geringer Auflösung. Schließlich setzten sich die Männer in Bewegung und gingen den Flur hinunter.

Sie hielt den Atem an, als sie am Konferenzraum vorbeikamen, in dem sie sich zusammenkauerte. Als sie endlich die Tür zum Treppenhaus zuschlagen hörte, spürte sie, dass ihr der kalte Schweiß ausgebrochen war. Mit butterweichen Knien stand sie auf.

Abends um kurz nach acht rief Bublanski bei Monica Figuerola an.

»Sie wollten doch wissen, ob bei Ekström ein Treffen stattgefunden hat.«

»Ja«, sagte sie.

»Sie sind gerade fertig geworden. Ekström hat sich mit Dr. Teleborian und meinem ehemaligen Mitarbeiter Kriminalinspektor Faste getroffen, außerdem mit einem älteren Mann, den wir nicht kennen.«

»Einen Augenblick«, bat Monica Figuerola, legte die Hand auf die Sprechmuschel und wandte sich an die anderen. »Unser Einfall war gut. Teleborian ist geradewegs zu Staatsanwalt Ekström gefahren.«

»Sind Sie noch dran?«

»Entschuldigung. Können Sie mir eine Beschreibung des unbekannten dritten Mannes geben?«

»Noch besser. Ich schicke Ihnen ein Bild von ihm.«

»Ein Bild. Wunderbar, ich bin Ihnen zu großem Dank verpflichtet.«

»Es würde mir die Sache erleichtern, wenn ich wissen dürfte, was hier eigentlich los ist.«

»Ich melde mich wieder.«

Stumm saßen sie ein paar Minuten am Konferenztisch.

»Okay«, brach Edklinth schließlich das Schweigen. »Teleborian trifft sich mit der Sektion und fährt anschließend direkt zu Staatsanwalt Ekström. Ich würde wirklich zu gern wissen, was da besprochen wurde.«

»Sie können doch mich fragen«, schlug Mikael Blomkvist vor.

Edklinth und Figuerola sahen ihn an.

»Sie werden besprochen haben, wie sie Salander in ihrem Prozess in einem Monat fertigmachen können.«

Monica Figuerola betrachtete ihn. Dann nickte sie langsam.

»Das ist ja nur eine Annahme«, meinte Edklinth.

»Mehr als das«, widersprach Mikael. »Sie haben sich getroffen, um die Details in Salanders rechtspsychiatrischem Gutachten abzusprechen. Teleborian hat es nämlich schon verfasst.«

»Unmöglich. Salander ist ja noch nicht mal untersucht worden.«

Mikael Blomkvist zuckte mit den Achseln und öffnete seine Laptoptasche.

»Hier ist die neueste Version des rechtspsychiatrischen Gutachtens. Wie Sie sehen, ist es auf die Woche datiert, in der der Prozess beginnen soll.«

Edklinth und Figuerola studierten das Blatt Papier. Zum Schluss sahen sie sich langsam an und wandten ihre Blicke dann Mikael Blomkvist zu.

»Und wo haben Sie das schon wieder her?«, wollte Edklinth wissen.

»Sorry. Geschützte Quelle«, wehrte er ab.

»Blomkvist ... wir müssen einander vertrauen können. Sie halten Informationen zurück. Haben Sie noch mehr Überraschungen von der Sorte auf Lager?«

»Ja, natürlich habe ich Geheimnisse. Aber Sie gewähren mir ja auch keinen Einblick in all Ihre Unterlagen. Hab ich recht?«

»Das ist nicht dasselbe.«

»Warum nicht? Vertrauen gegen Vertrauen. Ich verheimliche Ihnen jedenfalls nichts, was zu Ihren Ermittlungen beitragen kann, die die Sektion betreffen. Ich habe Ihnen bereits Material überlassen, aus dem hervorgeht, dass Teleborian zusammen mit Björck 1991 Verbrechen begangen hat, und ich habe Ihnen mitgeteilt, dass er jetzt wieder zu demselben Zweck angeheuert wird. Und hier ist das Dokument, das beweist, dass es sich so verhält.«

»Aber Sie haben Geheimnisse.«

»Selbstverständlich. Sie müssen die Zusammenarbeit abbrechen oder damit leben.«

Monica Figuerola hob einen Finger.

»Entschuldigung, aber bedeutet das, dass Staatsanwalt Ekström für die Sektion arbeitet?«

Mikael runzelte die Stirn.

»Ich weiß nicht. Ich habe mehr das Gefühl, dass er ein nützlicher Trottel ist, den die Sektion ausnutzt. Er ist ein Karrieremacher, aber ich halte ihn alles in allem für integer. Doch eine Quelle hat mir berichtet, dass er das meiste geglaubt hat, was Teleborian in einem Vortrag über Lisbeth Salander erzählt hat, als man zu Ostern noch hinter ihr her war.«

»Es braucht nicht viel, um ihn zu manipulieren, meinen Sie?«

»Genau. Und Hans Faste ist ein Vollidiot, der glaubt, Lisbeth Salander sei eine lesbische Satanistin.«

Erika Berger saß allein zu Hause in ihrer Villa. Sie fühlte sich wie gelähmt und unfähig, sich auf irgendeine vernünftige Arbeit zu konzentrieren. Sie erwartete ständig, dass jemand anrief, um ihr mitzuteilen, dass auf irgendeiner Internetseite Bilder von ihr zu sehen waren.

Sie ertappte sich bei dem irrsinnigen Gedanken, all ihre Hoffnungen auf Lisbeth Salander zu setzen. Salander war im Sahlgrenska-Krankenhaus eingesperrt. Sie hatte Besuchsverbot und durfte nicht einmal Tageszeitungen lesen. Aber sie war jemand, der aus jeder Situation noch das Beste herausholen konnte. Trotz ihrer Isolation hatte sie mit ihr Kontakt über ICQ und später per Telefon aufnehmen können. Und vor zwei Jahren hatte sie mehr oder weniger im Alleingang Wennerströms Imperium zerstört und *Millennium* gerettet.

Um acht Uhr abends klopfte Susanne Linder an die Tür. Erika zuckte zusammen, als hätte jemand mitten im Zimmer einen Pistolenschuss abgegeben.

»Hallo, Frau Berger. Sitzen Sie hier im Dunkeln und grübeln vor sich hin?«

Erika nickte und schaltete das Licht an. »Ich mach uns mal einen Kaffee …«

»Nein, lassen Sie mich das machen. Ist irgendwas Neues passiert?«

Aber ja doch. Lisbeth Salander hat sich gemeldet und die Kontrolle über meinen Computer übernommen. Dann hat sie mich angerufen, um mir zu sagen, dass Teleborian und irgendein Jonas sich am Nachmittag am Hauptbahnhof treffen.

»Nein, nichts Neues«, sagte sie. »Aber ich hab da noch eine Idee, von der ich Ihnen gern erzählen würde.«

»Tun Sie das.«

»Was halten Sie von der Theorie, dass das hier kein Stalker ist, sondern jemand aus meinem Bekanntenkreis, der mir übel mitspielen will?«

»Wo liegt der Unterschied?«

»Ein Stalker ist eine Person, die auf mich fixiert ist. Die andere Variante ist eine Person, die sich an mir rächen oder aus persönlichen Gründen mein Leben ruinieren will.«

»Interessanter Gedanke. Wie sind Sie darauf gekommen?«

»Ich ... habe heute mit jemandem über meine Situation geredet. Ich kann diese Person nicht namentlich nennen, aber sie meinte, dass die Drohungen eines echten Stalkers anders aussehen würden. Vor allem hätte ein Stalker niemals diese Mail an Eva Carlsson von der Kulturredaktion geschrieben. Das passt überhaupt nichts ins Bild, meinte sie.«

Susanne Linder nickte bedächtig.

»Da könnte was dran sein. Wissen Sie, ich habe die Mail ja eigentlich nie gelesen. Dürfte ich sie mal sehen?«

Erika holte ihren Laptop und stellte ihn auf den Küchentisch.

Monica Figuerola begleitete Mikael Blomkvist um zehn Uhr abends aus dem Polizeigebäude. Sie blieben an derselben Stelle im Kronobergspark stehen wie am Tag zuvor.

»So, da wären wir wieder. Hast du vor, jetzt zu verschwinden und zu arbeiten, oder willst du mit mir nach Hause kommen und Sex haben?«

»Tja ...«

»Mikael, fühl dich nicht von mir unter Druck gesetzt. Wenn du arbeiten musst, dann sag es.«

»Hör mal, Monica, du kannst einen Menschen wirklich hochgradig süchtig machen.«

»Und du willst nicht süchtig werden. Ist es das, was du sagen wolltest?«

»Nein. Aber da ist jemand, mit dem ich heute Nacht reden muss, und das wird einige Zeit in Anspruch nehmen. Bis ich fertig bin, bist du schon eingeschlafen.«

Sie nickte.

»Wir sehen uns.«

Er küsste sie auf die Wange und ging zur Bushaltestelle am Fridhemsplan.

»Mikael!«, rief sie.

»Was?«

»Morgen hab ich auch frei. Komm doch zum Frühstücken vorbei, wenn du's schaffst.«

21. Kapitel

Samstag, 4. Juni – Montag, 6. Juni

Lisbeth Salander verspürte eine Menge unheilverkündender Vibrationen, als sie den Nachrichtenchef Anders Holm von allen Seiten unter die Lupe nahm. Er war 58 Jahre alt und lag damit eigentlich außerhalb der untersuchten Gruppe, aber Lisbeth hatte ihn trotzdem ins Visier genommen, weil Erika Berger und er miteinander auf Kriegsfuß standen. Er war ein Intrigant, der Mails schrieb, um Kollegen zu diffamieren.

Lisbeth stellte fest, dass Holm Erika Berger nicht mochte und viel Zeit damit verbrachte, über ›dieses Weibsstück‹ herzuziehen. Er surfte ausschließlich auf Internetseiten, die mit seiner Arbeit zu tun hatten. Sollte er noch andere Interessen haben, verfolgte er sie zumindest in seiner Freizeit oder auf einem anderen Computer.

Sie behielt ihn als Kandidaten für die Rolle des Giftstifts im Auge, mochte aber nicht recht daran glauben. Holm schien nicht der Typ zu sein, der sich die Mühe machen würde, sich mitten in der Nacht in Erika Bergers Haus zu schleichen.

Gegen zehn machte sie eine Pause, ging in die [Verrückte_Tafelrunde] und stellte fest, dass Mikael Blomkvist noch immer nichts von sich hatte hören lassen. Sie verspürte eine gewisse Gereiztheit, fragte sich, was er wohl gerade trieb und ob er es rechtzeitig zu Teleborians Treffen geschafft hatte.

Dann ging sie wieder zurück auf den *SMP*-Server.

Sie widmete sich dem nächsten Namen auf ihrer Liste, Claes Lundin, 29, Redaktionssekretär in der Sportredaktion. Als sie gerade seine Mailbox geöffnet hatte, hielt sie inne und biss sich auf die Unterlippe. Sie schloss Lundin und ging stattdessen zu Erika Bergers Mails.

Sie scrollte von den jüngsten zu den älteren Mails. Ein vergleichsweise kleiner Ordner, da ihr Mailaccount erst am 2. Mai eröffnet worden war. Die allererste Mail war eine morgendliche Hausmitteilung, die von Peter Fredriksson geschickt worden war. Am ersten Tag hatten mehrere Personen gemailt, um Erika bei der *SMP* willkommen zu heißen.

Lisbeth las jede Mail, die Erika Berger erhalten hatte, sorgfältig durch. Sie bemerkte, dass schon vom ersten Tag an ein feindseliger Unterton in der Korrespondenz mit Nachrichtenchef Anders Holm gelegen hatte. Sie schienen sich wirklich in keiner einzigen Frage einigen zu können, und Lisbeth stellte fest, dass Holm es ihr zusätzlich schwermachte, indem er ihr zu jeder Bagatelle zwei, drei Mails schickte.

Sie übersprang Werbung, Spam und rein sachliche Mitteilungen und konzentrierte sich stattdessen auf jede Form des persönlich gehaltenen Schriftverkehrs. Sie las interne Kalkulationen, Ergebnisberichte der Anzeigen- und Marketingabteilung, einen Mailwechsel mit Finanzdirektor Christer Sellberg über die Frage eines eventuellen Personalabbaus, der sich über eine Woche hinzog und sich zu einem Kampf bis aufs Messer entwickelt hatte. Sie nahm irritierte Mails vom Chef der Rechtsredaktion bezüglich eines Praktikanten namens Johannes Frisk zur Kenntnis, den Erika Berger offenbar mit einer Story beauftragt hatte, die auf keinen Beifall stieß. Abgesehen von den ersten Willkommensmails schien es, als könnte nicht ein einziger Mitarbeiter der Führungsebene irgendetwas Positives in Erikas Argumenten und Vorschlägen sehen.

Nach einer Weile scrollte Lisbeth zurück an den Anfang und führte im Kopf eine schnelle statistische Berechnung durch. Sie stellte fest, dass von allen höheren Angestellten der *SMP*, die direkt mit Erika zu tun hatten, nur vier Personen nicht versuchten, ihre Position zu unterminieren. Das waren der Aufsichtsratsvorsitzende Borgsjö, der Redaktionssekretär Peter Fredriksson, der Chef der Leitartikelseite Gunnar Magnusson und der Chef der Kulturseite Sebastian Strandlund.

Haben die bei der SMP *noch nie was von Frauen gehört? Bei denen sind ja alle Chefs Männer.*

Die Person, mit der Erika am wenigsten zu tun hatte, war der Chef der Kulturseite. In der ganzen Zeit, seit Erika dort arbeitete, hatte sie nur zwei Mails mit Sebastian Strandlund gewechselt. Die freundlichsten und offensichtlich sympathischsten Mails kamen vom Redakteur der Leitartikelseite, Magnusson. Borgsjö war immer kurz angebunden und schroff. Alle anderen machten aus ihrer Abneigung kaum einen Hehl.

Warum zum Teufel haben diese Typen Erika Berger eigentlich angestellt, wenn sie dann nichts Besseres zu tun haben, als sie in Stücke zu reißen?

Die Person, mit der sie anscheinend am meisten zu tun hatte, war der Redaktionssekretär Peter Fredriksson. Bei jeder Sitzung war er ganz automatisch mit dabei und folgte Erika wie ein Schatten. Er bereitete die Mitteilungen vor, briefte Erika zu diversen Artikeln und Themen und brachte die Arbeit in Schwung.

Er wechselte täglich Dutzende von Mails mit ihr.

Lisbeth bündelte alle Mails von Peter Fredriksson an Erika und las sie der Reihe nach durch. Mehrmals hatte er Einwände gegen eine ihrer Entscheidungen gehabt. Er setzte ihr die sachlichen Gründe auseinander, und Erika schien ihm zu vertrauen, denn oft änderte sie ihre Beschlüsse oder akzeptierte einfach seine Argumentation. Er war niemals feindselig. Doch es gab nicht das geringste Anzeichen einer persönlichen Beziehung zu Erika.

Lisbeth schloss Erika Bergers Mailordner und überlegte kurz. Dann öffnete sie Peter Fredrikssons Account.

Plague hatte sich ohne größeren Erfolg den ganzen Abend lang mit den Heimcomputern diverser *SMP*-Mitarbeiter beschäftigt. Bei Nachrichtenchef Anders Holm war es einfach gewesen, weil der eine Standleitung zwischen seinem Zuhause und seinem Schreibtisch in der Arbeit hatte, damit er sich jederzeit von zu Hause aus in die redaktionelle Arbeit einschalten konnte. Holms privater Computer war einer der langweiligsten, den Plague jemals gehackt hatte. Bei den anderen achtzehn Namen, die Lisbeth Salander ihm an die Hand gegeben hatte, hatte er kein Glück gehabt. Ein Grund war der, dass keiner von ihnen an einem Samstagabend online war. Er war der unmöglichen Aufgabe schon leicht überdrüssig geworden, als Lisbeth Salander ihn um halb elf anpingte.

Was?

Peter Fredriksson.

Okay.

Lass die andern. Konzentrier dich auf ihn.

Warum?

So ein Gefühl.

Wird eine Weile dauern.

Es gibt eine Abkürzung. Fredriksson ist Redaktionssekretär und arbeitet mit einem Programm namens Integrator, damit er zu Hause sieht, was in seinem Computer in der SMP *passiert.*

Ich weiß nichts über Integrator.

Kleines Programm, das vor ein paar Jahren rausgekommen ist. Liegt im Archiv der Hacker Republic. Theoretisch kannst du das Programm einfach in umgekehrter Richtung benutzen und von der Arbeit aus in seinen Heimcomputer gehen.

Plague seufzte. Sie, die früher einmal seine Schülerin gewesen war, verstand sich jetzt besser auf das Geschäft als er.

Okay. Werd's versuchen.

Wenn du was findest – gib es Kalle Blomkvist, für den Fall, dass ich nicht mehr online bin.

Um kurz vor zwölf war Mikael Blomkvist wieder in Lisbeths Wohnung bei Mosebacke. Er war müde und ging erst mal duschen, bevor er die Kaffeemaschine anwarf. Dann schaltete er Lisbeths Computer ein und pingte sie bei ICQ an.

Wurde aber auch Zeit.
Sorry.
Wo warst du die letzten Tage?
Hatte Sex mit einer Geheimagentin. Und hab Jonas gejagt.
Hast du es zu dem Treffen geschafft?
Ja. Und du hast Erika benachrichtigt??
Einzige Art, dich zu erreichen.
Smart.
Ich werde morgen ins Untersuchungsgefängnis verlegt.
Ich weiß.
Plague hilft dir weiter im Netz.
Super.
Dann fehlt nur noch das große Finale.
Sally … wir werden tun, was wir tun müssen.
Ich weiß. Du bist so berechenbar.
Charmant wie eh und je.
Muss ich sonst noch was wissen?
Nein.
Dann muss ich hier noch ein wenig Nachtarbeit leisten.
Okay. Mach's gut.

Susanne Linder fuhr abrupt aus dem Schlaf, als ein schriller Pfeifton in ihr Ohr drang. Irgendjemand hatte den Bewegungsmelder ausgelöst, den sie im Erdgeschoss der Villa eingebaut hatten. Sie stützte sich auf einen Ellbogen und stellte fest, dass es 5 Uhr 23 am Sonntagmorgen war. Geräuschlos glitt sie aus dem Bett, schlüpfte in Jeans, T-Shirt und Joggingschuhe. Dann steckte sie sich die Tränengaspatrone in die Hosentasche und griff zu ihrem Schlagstock.

Lautlos ging sie an Erika Bergers Schlafzimmertür vorbei und sah, dass die Tür geschlossen und damit automatisch verriegelt war.

Dann blieb sie an der Treppe stehen und horchte. Auf einmal hörte sie ein schwaches Klicken und nahm eine Bewegung im Erdgeschoss wahr. Langsam ging sie die Treppe hinunter, blieb auf dem Flur stehen und lauschte.

In der Küche schrammte geräuschvoll ein Stuhl über den Boden. Sie packte ihren Schlagstock fester, schlich bis zur Küchentür und entdeckte einen kahlen, unrasierten Mann, der mit einem Glas Orangensaft am Küchentisch saß und die *SMP* las. Er nahm ihre Gegenwart wahr und blickte auf.

»Und wer sind Sie bitte?«, fragte er.

Susanne Linder entspannte sich und lehnte sich an den Türrahmen.

»Greger Backman, nehme ich an. Hallo. Ich bin Susanne Linder.«

»Aha. Schlagen Sie mir mit dem Ding da den Schädel ein, oder wollen Sie auch ein Glas Saft?«

»Gern«, sagte Susanne und legte den Schlagstock aus der Hand. »Also, einen Saft nehme ich gerne, wollte ich sagen.«

Greger Backman nahm ein Glas von der Geschirrablage und goss ihr Saft aus einem Tetrapack ein.

»Ich arbeite für Milton Security«, erklärte Susanne Linder. »Ich glaube, es ist besser, wenn Ihre Frau Ihnen meine Gegenwart erklärt.«

Backman stand auf.

»Ist Erika was passiert?«

»Ihrer Frau geht es gut. Aber es hat einige Unannehmlichkeiten gegeben. Wir haben Sie in Paris gesucht.«

»Warum Paris? Ich bin in Helsinki gewesen.«

»Aha. Tut mir leid, aber Ihre Frau dachte, es wäre Paris gewesen.«

»Das ist nächsten Monat.«

Backman ging die Treppe hoch.

»Die Schlafzimmertür ist übrigens abgeschlossen. Sie brauchen einen Code, um sie zu öffnen«, erklärte Susanne Linder.

»Einen Code?«

Sie nannte ihm die drei Ziffern, die er eingeben musste, um die Schlafzimmertür zu öffnen. Susanne Linder beugte sich über den Tisch und angelte sich die *SMP*.

Am Sonntagmorgen um zehn Uhr kam Dr. Jonasson in Lisbeth Salanders Zimmer.

»Hallo, Lisbeth.«

»Hallo.«

»Ich wollte Sie bloß warnen, dass die Polizei gegen Mittag kommt.«

»Okay.«

»Sie scheinen sich ja nicht besonders viel Sorgen zu machen.«

»Nein.«

»Ich habe ein Geschenk für Sie.«

»Ein Geschenk? Warum …?«

»Sie waren eine meiner anregendsten Patientinnen seit Langem.«

»Aha«, meinte Lisbeth Salander misstrauisch.

»Ich habe gehört, dass Sie sich für Genetik interessieren.«

»Wer hat Ihnen denn das verraten? Wahrscheinlich diese dämliche Psychologin.«

Anders Jonasson nickte.

»Wenn Ihnen im Gefängnis langweilig werden sollte … hier ist der neueste Renner über Genetik.«

Er reichte ihr einen dicken Wälzer mit dem Titel *Spirals – Mysteries of DNA* von einem Professor Yoshito Takamura der Universität Tokio. Lisbeth schlug das Buch auf und studierte das Inhaltsverzeichnis.

»Schön«, sagte sie.

Sobald Dr. Jonasson das Zimmer verlassen hatte, zog Lisbeth ihren Palm hervor. Über die Personalabteilung der *SMP* hatte Lisbeth herausgefunden, dass Peter Fredriksson seit sechs Jahren bei der *SMP* arbeitete. In dieser Zeit war er zweimal längerfristig krankgeschrieben. 2003 für zwei Monate und 2003 für drei Monate. Den Personalakten konnte Lisbeth entnehmen, dass der Grund beide Male ein Burn-out gewesen war. Erika Bergers Vorgänger Håkan Morander hatte sogar zur Debatte gestellt, ob Fredriksson wirklich Redaktionssekretär bleiben sollte.

Um Viertel vor zwölf pingte Plague sie an.

Was?

Bist du noch im Sahlgrenska?

Rate mal.

Er ist es.

Bist du sicher?

Ich bin vor einer halben Stunde in seinen Heimcomputer gegangen. Er hat eingescannte Bilder von Erika Berger auf seiner Festplatte.

Danke.

Sie sieht ganz schön sexy aus.

Plague!

Ich weiß. Was soll ich machen?

Hat er die Bilder schon ins Netz gestellt?

Nicht soweit ich das erkennen konnte.

Kannst du seinen Computer verminen?

Schon passiert. Wenn er versucht, die Bilder zu mailen oder irgendetwas ins Netz zu stellen, was größer als 20 KB ist, stürzt seine Festplatte ab.

Entzückend.

Ich will jetzt schlafen. Kommst du allein klar?

Wie immer.

Lisbeth loggte sich aus. Sie warf einen Blick auf die Uhr und stellte fest, dass gleich Mittag war. Sie schrieb rasch eine Mitteilung, die sie an die Yahoo-Gruppe [Verrückte_Tafelrunde] schickte.

Mikael. Wichtig: Ruf sofort Erika Berger an und gib ihr Bescheid, dass Peter Fredriksson der Giftstift ist.

Als sie die Mitteilung schickte, hörte sie Geräusche auf dem Flur. Sie hob ihren Palm Tungsten T3 hoch und küsste den Bildschirm. Dann schaltete sie ihn ab und legte ihn in den Hohlraum hinter dem Nachttisch.

»Hallo, Lisbeth«, sagte ihre Anwältin Annika Giannini von der Tür aus.

»Hallo.«

»Die Polizei holt Sie gleich ab. Ich hab Ihnen Kleider mitgebracht. Ich hoffe, die Größe passt.«

Lisbeth betrachtete skeptisch eine Auswahl ordentlicher dunkler Hosen und heller Blusen.

Zwei uniformierte Polizistinnen aus Göteborg holten sie ab. Ihre Anwältin begleitete sie.

Als sie den Flur hinuntergingen, bemerkte Lisbeth, wie einige vom Personal sie neugierig musterten. Sie nickte ihnen freundlich zu, und der eine oder andere winkte zurück. Wie zufällig stand auch Dr. Jonasson am Empfang. Sie sahen sich in die Augen und nickten sich zu. Noch bevor sie um die Ecke gebogen waren, sah Lisbeth, dass Jonasson Kurs auf ihr Zimmer nahm.

Die gesamte Zeit über, während man sie abführte und ins Untersuchungsgefängnis fuhr, sprach Lisbeth Salander kein Wort mit der Polizei.

Mikael Blomkvist hatte sein iBook abgeschaltet und am Sonntagmorgen um sieben Uhr aufgehört zu arbeiten. Eine Zeit lang blieb er noch an Lisbeths Schreibtisch sitzen und starrte ins Leere.

Dann ging er in ihr Schlafzimmer und betrachtete ihr riesiges Doppelbett. Nach einer Weile kehrte er wieder ins Arbeitszimmer zurück, klappte sein Handy auf und rief Monica Figuerola an.

»Hallo. Hier ist Mikael.«

»Hallo. Schon auf?«

»Ich bin gerade fertig geworden und geh jetzt gleich ins Bett. Ich wollte bloß anrufen und kurz Hallo sagen.«

»Typen, die anrufen und nur kurz Hallo sagen wollen, haben Hintergedanken.«

Er lachte.

»Mikael, du kannst herkommen und bei mir schlafen, wenn du willst.«

»Ich werde eine ziemlich klägliche Gesellschaft abgeben.«

»Ich gewöhn mich langsam dran.«

Er nahm sich ein Taxi in die Pontonjärgatan.

Erika Berger verbrachte den Sonntag mit ihrem Mann im Bett. Sie lagen zusammen, redeten oder dösten vor sich hin. Am Nachmittag zogen sie sich an und machten einen langen Spaziergang zum Dampferanleger.

»*SMP* war ein Fehler«, sagte Erika Berger, als sie nach Hause kamen.

»Sag das nicht. Wenn du erst mal richtig drin bist, werden die Dinge auch glatter laufen.«

»Es ist nicht der Job an sich. Damit komm ich klar. Es ist die gesamte Atmosphäre.«

»Hmm.«

»Ich fühle mich dort nicht wohl. Aber nach ein paar Wochen kann ich noch nicht wieder abspringen.«

Sie setzte sich mit finsterer Miene an den Küchentisch und starrte teilnahmslos in die Luft. So resigniert hatte Greger Backman seine Frau noch nie gesehen.

Kriminalinspektor Hans Faste traf Lisbeth Salander zum ersten Mal am Sonntag um halb elf, als eine Polizistin aus Göteborg sie in Marcus Erlanders Büro führte.

»War verteufelt schwer, Sie hierher zu kriegen«, meinte Hans Faste zu ihr.

Lisbeth Salander hatte bereits entschieden, dass er ein Vollidiot war und sie nicht vorhatte, sich auch nur eine Sekunde um seine Existenz zu kümmern.

»Polizeiinspektorin Gunilla Wäring begleitet Sie nach Stockholm«, erklärte Erlander.

»Aha«, sagte Faste. »Dann fahren wir doch gleich. Es gibt da eine Menge Leute, die sich mal ernsthaft mit Ihnen unterhalten wollen, Salander.«

Erlander verabschiedete sich von ihr. Sie ignorierte ihn.

Der Einfachheit halber hatten sie beschlossen, die Gefangene mit einem Dienstwagen nach Stockholm zu überführen. Gunilla Wäring saß am Steuer. Am Anfang saß Hans Faste auf dem Beifahrersitz und drehte den Kopf fortwährend nach hinten, um mit Lisbeth Salander zu reden. Kurz vor Alingsås hatte er einen steifen Nacken und gab es auf.

Lisbeth betrachtete die Landschaft, die an ihrem Fenster vorbeizog. Es war, als käme Faste in der Welt ihrer Wahrnehmungen gar nicht vor.

Teleborian hat recht. Die ist ja total zurückgeblieben, dachte Faste. *Aber in Stockholm werden wir sie schon zum Reden bringen.*

In regelmäßigen Abständen warf er ihr verstohlene Blicke zu und versuchte sich ein Bild von der Frau zu machen, die er so lange gejagt hatte. Sogar Hans Faste kamen gewisse Zweifel, als er das zierliche Mädchen sah. Er fragte sich, wie viel sie eigentlich wog. Dann fiel ihm ein, dass sie lesbisch und sowieso keine richtige Frau war.

Es war hingegen möglich, dass das mit dem Satanismus eine leichte Übertreibung war. Sie sah wirklich nicht besonders dämonisch aus.

Es war eine Ironie des Schicksals, dass er sie lieber für die drei Morde gefasst hätte, derer sie ursprünglich verdächtigt worden war, aber nun hatte die Wirklichkeit seine Ermittlungen eben überholt. Sogar ein zierliches Mädchen konnte mit einer Pistole umgehen. Und dass sie dem Anführer des Svavelsjö MC schwere Körperverletzungen zugefügt hatte, stand außer Frage.

Monica Figuerola weckte Mikael Blomkvist gegen ein Uhr mittags. Sie hatte auf dem Balkon das Buch über das Gottesbild der Antike zu Ende gelesen, während sie Mikaels Schnarchen aus dem Schlafzimmer lauschte. Es war richtig friedlich gewesen. Als sie Mikael ansah, wurde ihr bewusst, dass er sie stärker anzog als jeder andere Mann in den letzten Jahren.

Das war ein angenehmes, aber auch beunruhigendes Gefühl. Mikael Blomkvist erweckte nicht den Anschein, als könnte er ein stabiler Teil ihres Lebens werden.

Kurz darauf schlenderten sie an den Norr Mälarstrand und tranken Kaffee. Danach schleifte sie ihn nach Hause und hatte den Rest des Nachmittags Sex mit ihm. Er verließ sie gegen sieben Uhr abends. In dem Moment, als er ihr einen Kuss auf die Wange gab und die Tür hinter sich zuzog, fehlte er ihr schon wieder.

Am Sonntagabend gegen acht Uhr stattete Susanne Linder Erika Berger einen Besuch ab. Sie wollte sich erkundigen, ob alles in Ordnung war, und fand Erika und ihren Mann schweigsam und in gedämpfter Stimmung vor. Es schien, als hätten sie den ganzen Sonntag über ernste Dinge geredet.

Greger Backman setzte Kaffee auf. Susanne Linder war erst ein paar Minuten bei ihnen, da piepte Erikas Handy.

Erika hatte an diesem Tag jedes Gespräch mit einem Gefühl entgegengenommen, als könnte es ihr Untergang sein.

»Berger.«

»Hallo, Ricky.«

Mikael. Verdammter Mist. Ich hab ihm immer noch nicht erzählt, dass der Borgsjö-Ordner verschwunden ist.

»Hallo, Micke.«

»Lisbeth ist heute Abend ins Untersuchungsgefängnis gekommen.«

»Verstehe.«

»Sie hat mir … eine Mitteilung für dich geschickt.«

»Ach ja?«

»Sie ist sehr kryptisch.«

»Was denn?«

»Sie schrieb, der Giftstift sei Peter Fredriksson.«

Erika blieb zehn Sekunden lang sprachlos sitzen, während die Gedanken sich in ihrem Kopf überschlugen. *Unmöglich. So einer ist Peter nicht. Salander muss sich irren.*

»Sonst noch was?«

»Nein. Das war die ganze Mitteilung. Verstehst du, was gemeint ist?«

»Ja.«

»Ricky, was habt ihr da eigentlich am Laufen, Lisbeth und du?«

»Danke, Micke. Wir reden später weiter.«

Sie schaltete ihr Handy aus und sah Susanne Linder verwirrt an.

»Erzählen Sie«, sagte Susanne Linder.

Susanne Linder hatte widerstreitende Gefühle. Erika Berger hatte plötzlich die Nachricht erhalten, dass ihr Redaktionssekretär Peter Fredriksson der Giftstift war. Die Worte waren nur so aus ihr herausgesprudelt, als sie erzählte. Dann fragte Susanne Linder, *woher* sie wisse, dass Fredriksson der Stalker war.

Auf einmal wurde Erika Berger ganz still. Susanne Linder beobachtete ihre Augen und sah, wie sich ihr Ausdruck änderte.

»Das kann ich nicht erzählen …«

»Wie meinen Sie das?«

»Susanne, ich weiß, dass Fredriksson der Giftstift ist. Aber ich kann Ihnen nicht sagen, wie ich zu dieser Information gekommen bin. Was soll ich tun?«

»Sie müssen es mir erzählen, sonst kann ich Ihnen nicht helfen.«

»Ich … ich kann nicht. Das verstehen Sie nicht.«

Erika Berger stand auf und stellte sich mit dem Rücken zu Susanne Linder ans Küchenfenster. Schließlich drehte sie sich um.

»Ich fahre jetzt zu diesem Dreckskerl nach Hause.«

»Den Teufel werden Sie tun. Sie fahren nirgends hin, schon gar nicht zu einer Person, die so einen gewalttätigen Hass gegen Sie hegt.«

Man sah Erika Berger an, dass sie hin- und hergerissen war.

»Setzen Sie sich. Erzählen Sie mir, was passiert ist. Mikael Blomkvist hat angerufen.«

Erika nickte.

»Ich … hatte heute einen Hacker gebeten, die Heimcomputer des Personals zu durchsuchen.«

»Aha. Damit haben Sie sich wahrscheinlich des unbefugten Ausspähens von Daten schuldig gemacht. Und Sie wollen mir nicht sagen, wer dieser Hacker ist.«

»Ich habe versprochen, es niemand zu erzählen … Es geht auch um das Schicksal anderer Menschen.«

»Kennt Blomkvist den Giftstift auch?«

»Nein, er hat mir nur die Botschaft übermittelt.«

Susanne Linder legte den Kopf zur Seite und musterte Erika Berger. Auf einmal entstand in ihrem Kopf eine Assoziationskette.

Erika Berger. Mikael Blomkvist. Millennium. *Zwielichtige Polizisten, die in Blomkvists Wohnung eingebrochen sind und ihn abhören. Blomkvist arbeitet wie ein Besessener an einer Story über Lisbeth Salander.*

Dass Lisbeth Salander am Computer wahre Wunder vollbringen konnte, war bei Milton Security allgemein bekannt. Niemand begriff, wie sie sich diese Kenntnisse angeeignet hatte. Armanskij hatte einmal eine Bemerkung gemacht, dass Salander die verblüffendsten Berichte ablieferte, wenn sie Untersuchungen zum Hintergrund einer Person anstellte. Eine Hackerin …

Aber Salander lag doch völlig isoliert im Krankenhaus, verdammt noch mal.

Es war einfach verrückt.

»Sprechen wir hier von Salander?«, erkundigte sich Susanne Linder.

Erika Berger sah aus, als wäre sie gerade vom Blitz getroffen worden.

»Ich kann nicht darüber reden, woher die Information stammt. Keine Silbe.«

Plötzlich musste Susanne Linder kichern.

Es war Salander. Bergers Bestätigung hätte deutlicher gar nicht ausfallen können. Sie ist ja völlig von der Rolle.

Aber das ist doch unmöglich.

Während der Zeit ihrer Gefangenschaft musste Lisbeth Salander es sich zur Aufgabe gemacht haben, den Giftstift zu ermitteln. Der reine Wahnsinn.

Susanne Linder dachte intensiv nach.

In den fünf Jahren, die sie bei Milton Security arbeitete, war sie Lisbeth vielleicht fünfmal begegnet und hatte kein einziges persönliches Wort mit ihr gewechselt. Sie hatte Salander als schwierigen und sozial unzugänglichen Menschen erlebt, durch dessen harte Schale man nicht mal mit einem Schlagbohrer dringen konnte. Sie hatte außerdem festgestellt, dass Armanskij seine schützende Hand über Lisbeth Salander hielt. Da Susanne Linder ihn respektierte, nahm sie an, dass er gute Gründe für seine Einstellung zu diesem schwierigen Mädchen hatte.

Peter Fredriksson ist der Giftstift.

Konnte sie recht haben? Gab es Beweise?

Susanne Linder horchte Erika Berger zwei Stunden lang über alles aus, was sie über Peter Fredriksson wusste, was für eine Rolle er bei der *SMP* spielte und wie er sich ihr gegenüber verhielt. Aus den Antworten wurde sie aber auch nicht schlauer.

Erika Berger wusste nicht, was sie tun sollte. Schließlich überzeugte Susanne Linder sie, dass sie nicht einfach bei Peter Fredriksson reinplatzen und ihm ihre Anschuldigungen um die Ohren hauen konnte – falls er unschuldig war, würde Erika Berger sich bis auf die Knochen blamieren.

Daher hatte Susanne Linder ihr versprochen, sich die Sache näher anzusehen. Ein Versprechen, das sie im nächsten Moment schon wieder bereute, weil sie keine Ahnung hatte, wie sie das überhaupt anfangen sollte.

Doch jetzt parkte sie ihren gebrauchten Fiat Strada so nahe bei Peter Fredrikssons Wohnung, wie es ging. Sie musste ihn unter einem Vorwand dazu bringen, ihr ein paar Fragen zu beantworten. Dabei war ihr durchaus bewusst, dass Armanskij an die Decke gehen würde, wenn er erfuhr, was sie hier trieb.

Es war kein guter Plan. Und er zerschlug sich, bevor sie ihn in Angriff nehmen konnte.

Als sie sich dem Eingang zu Peter Fredrikssons Haus näherte, ging die Tür auf. Susanne Linder erkannte ihn sofort von dem Foto wieder, das sie sich auf Erika Bergers Computer angesehen hatte. Sie ging weiter und an ihm vorbei. Er verschwand in der Tiefgarage. Susanne Linder blieb stehen und stellte fest, dass es kurz vor elf Uhr abends war. Sie fragte sich, wohin er wohl wollte, und rannte auch schon zurück zu ihrem Auto.

Nachdem Erika Berger einfach aufgelegt hatte, betrachtete Mikael Blomkvist noch eine Weile sein Handy. Er fragte sich, was hier gespielt wurde. Frustriert sah er Lisbeths Computer an, aber mittlerweile war sie ja schon ins Untersuchungsgefängnis verlegt worden, und er hatte keine Möglichkeit mehr, sie zu fragen.

Er griff zu seinem blauen T10 und rief Idris Ghidi in Angered an.

»Hallo. Hier ist Mikael Blomkvist.«

»Hallo«, sagte Idris Ghidi.

»Ich wollte nur anrufen und Bescheid sagen, dass Sie die Arbeit einstellen können, die Sie für mich gemacht haben.«

Idris Ghidi nickte nur. Er hatte mit Blomkvists Anruf gerechnet, da Lisbeth Salander ja ins Untersuchungsgefängnis überführt worden war.

»Verstehe«, sagte er.

»Das Handy können Sie behalten, wie besprochen. Ich schicke Ihnen diese Woche dann Ihren letzten Lohn.«

»Danke.«

»Haben Sie vielen Dank für Ihre Hilfe.«

Er machte sein iBook auf und begann zu arbeiten. Die Entwicklungen der letzten Tage bedeuteten, dass ein wesentlicher Teil des Manuskripts revidiert und mit höchster Wahrscheinlichkeit eine neue Story eingefügt werden musste.

Er seufzte.

Um Viertel nach elf parkte Peter Fredriksson drei Blocks von Erika Bergers Haus entfernt. Susanne Linder wusste schon, wohin er unterwegs war, und hatte ihn vorfahren lassen, um keine Aufmerksamkeit zu erregen. Sie stellte ihren Wagen außer Sichtweite von Erika Bergers Haus ab. Ihre Hände waren schweißnass.

Sie machte ihre Dose Catch-Dry-Schnupftabak auf und nahm erst einmal eine Prise.

Dann öffnete sie die Autotür und sah sich um. Sowie ihr klar geworden war, dass Fredriksson nach Saltsjöbaden unterwegs war, hatte sie gewusst, dass Salanders Information korrekt gewesen war. Wie Salander das angestellt hatte, wusste sie nicht, aber sie hatte keinen Zweifel mehr, dass Fredriksson wirklich der Giftstift war. Sie nahm an, dass er auch jetzt nicht zum Spaß nach Saltsjöbaden gefahren war, sondern irgendetwas im Schilde führte.

Was ihr nicht unrecht war, denn so konnte sie ihn auf frischer Tat ertappen.

Sie nahm ihren Teleskop-Schlagstock aus dem Seitenfach der Fahrertür und wiegte ihn kurz in der Hand. Sie drückte auf den Entriegelungsknopf am Griff und schob das schwere, federnde Stahlkabel heraus. Sie biss die Zähne zusammen.

Deswegen hatte sie bei der Polizei von Södermalm aufgehört.

Einen einzigen Ausbruch von rasender Wut hatte sie gehabt. Sie waren zu einer Adresse in Hägersten gefahren, wo eine Frau die Polizei zum dritten Mal in drei Tagen angerufen hatte und um Hilfe schrie, weil ihr Mann sie misshandelte. Und genau wie bei den vorherigen beiden Malen hatte sich die Situation beruhigt, bis die Polizei da war.

Man schickte ihn vorsorglich ins Treppenhaus, während die Frau befragt wurde. *Nein, sie wollte keine Anzeige erstatten. Nein, es war alles ein Irrtum gewesen. Es war ja auch ihr Fehler. Sie hatte ihn schließlich provoziert …*

Und dieses Schwein hatte Susanne Linder direkt ins Gesicht gegrinst.

Sie konnte nicht erklären, warum sie es gemacht hatte. Aber auf einmal war irgendetwas in ihr geplatzt, und sie hatte den Schlagstock herausgeholt und dem Mann auf den Mund geschlagen. Beim ersten Mal noch ohne Krafteinsatz. Er bekam nur eine dicke Lippe und krümmte sich. In den nächsten zehn Sekunden jedoch – bis die Kollegen sie packten und mit Gewalt aus dem Treppenhaus zogen – hatte sie ein Trommelfeuer von Schlägen auf seinen Rücken, seine Nieren, Hüften und Schultern niedergehen lassen.

Zu einer Anklage kam es nie. Sie kündigte noch am selben Abend, fuhr nach Hause und weinte eine Woche lang. Dann nahm sie sich zusammen und klopfte bei Dragan Armanskij an. Sie erzählte ihm, was sie getan und warum sie bei der Polizei aufgehört hatte. Sie suchte einen Job. Armanskij zögerte zunächst und bat, noch einmal darüber nachdenken zu dürfen. Sie hatte schon die Hoffnung aufgegeben, als er sechs Wochen später anrief und erklärte, dass er es mit ihr versuchen wolle.

Susanne Linder machte eine grimmige Grimasse und steckte sich den Schlagstock hinten in den Hosenbund. Sie vergewisserte sich, dass sie die Tränengaspatrone in der rechten Jackentasche hatte und die Schnürsenkel ihrer Turnschuhe fest zugebunden waren. Dann ging sie zurück zu Erika Bergers Haus und schlich sich auf das Grundstück.

Sie wusste, dass der Bewegungsmelder hinterm Haus noch nicht installiert war, und überquerte lautlos den Rasen direkt neben der Hecke, die das Grundstück begrenzte. Sie konnte ihn nicht sehen. Als sie ums Haus ging und stehen blieb, entdeckte sie ihn plötzlich wie einen Schatten im Dunkel bei Greger Backmans Atelier.

Er versteht nicht, wie dumm es von ihm ist, wiederzukommen. Er kann einfach nicht wegbleiben.

Zusammengekauert saß er in der Hocke und versuchte, durch einen Schlitz in der Gardine in das Zimmer neben dem

Wohnzimmer zu spähen. Dann schlich er auf die Veranda und blickte durch einen Spalt der heruntergelassenen Jalousien neben dem großen Panoramafenster, das immer noch mit Sperrholz zugenagelt war.

Auf einmal musste Susanne Linder lächeln.

Während er sich durch den Garten bis an die Hausecke schlich, wandte er ihr die ganze Zeit den Rücken zu. Sie versteckte sich hinter ein paar Johannisbeersträuchern an der Giebelseite und wartete ab. Durch die Zweige konnte sie seine Umrisse erkennen. Von seinem Platz aus konnte Fredriksson vermutlich den Flur und auch einen Teil der Küche sehen. Er hatte offenbar etwas Interessantes zum Angucken entdeckt, und es dauerte zehn Minuten, bis er sich wieder bewegte. Er näherte sich ihr.

Als er um die Ecke bog und an ihr vorbeikam, stand Susanne Linder auf und sagte ganz leise:

»Guten Abend, Herr Fredriksson.«

Er blieb stehen und fuhr herum.

Im Dunkeln konnte sie seine Augen glitzern sehen. Seinen Gesichtsausdruck konnte sie nicht erkennen, aber sie hörte, dass ihm vor Schreck der Atem weggeblieben war.

»Wir können das hier auf die einfache Art oder auf die schwere Art machen«, sagte sie. »Wir gehen jetzt zu deinem Auto und …«

Er drehte sich um und wollte losrennen.

Susanne Linder hob ihren Schlagstock und versetzte ihm einen äußerst schmerzhaften Hieb auf die Außenseite seines linken Knies.

Er stürzte mit halb ersticktem Laut.

Sie hob den Stock zu einem weiteren Schlag, hielt dann jedoch inne. Ihr war, als könne sie Armanskijs Augen auf ihrem Rücken spüren.

Sie bückte sich, drehte ihn auf den Bauch und drückte ihm ein Knie ins Kreuz. Dann packte sie seine rechte Hand, bog sie ihm auf den Rücken und legte ihm Handschellen an. Er war schwach und leistete keinerlei Widerstand.

Erika Berger machte die Lampe im Wohnzimmer aus und hinkte in den ersten Stock. Die Krücken brauchte sie nicht mehr, aber ihre Fußsohle tat immer noch weh, wenn sie sie belastete. Greger Backman löschte das Licht in der Küche und ging seiner Frau hinterher. Er hatte sie noch nie so unglücklich gesehen. Nichts, was er sagte, schien sie beruhigen oder ihre Angst mildern zu können.

Sie zog sich aus, kroch ins Bett und drehte ihm den Rücken zu.

»Es ist nicht deine Schuld, Greger«, sagte sie, als sie hörte, wie er ins Bett stieg.

»Es geht dir nicht gut«, sagte er. »Ich will, dass du ein paar Tage zu Hause bleibst.«

Er legte ihr einen Arm um die Schultern. Sie versuchte zwar nicht, ihn wegzuschieben, aber sie blieb ganz passiv. Er beugte sich vor, küsste sie auf den Hals und nahm sie fest in den Arm.

»Es gibt nichts, was du sagen oder tun könntest, um mir die Situation zu erleichtern. Ich weiß, dass ich eine Pause brauche. Ich fühle mich, als wäre ich auf einen Schnellzug aufgesprungen und hätte auf einmal gemerkt, dass er in die falsche Richtung fährt.«

»Wir könnten doch ein paar Tage zum Segeln rausfahren. Mal ganz weg von allem.«

»Nein. Ich kann nicht ganz weg von allem.«

Sie drehte sich zu ihm um.

»Fliehen wäre überhaupt das Schlimmste, was ich jetzt tun könnte. Ich muss meine Probleme lösen. Danach können wir wegfahren.«

»Okay«, sagte Greger. »Ich bin dir momentan sicher keine große Hilfe.«

Sie lächelte schwach.

»Nein. Bist du nicht. Aber danke, dass du hier bist. Ich liebe dich wahnsinnig, das weißt du.«

Er nickte.

»Ich kann einfach nicht glauben, dass es Peter Fredriksson ist«, sagte sie. »Ich habe bei ihm niemals auch nur die geringste Feindseligkeit bemerkt.«

Susanne Linder überlegte gerade, ob sie bei Erika Berger klingeln sollte, da sah sie, wie das Licht im Erdgeschoss ausging. Sie blickte auf Peter Fredriksson hinunter. Er hatte noch kein Wort gesagt und blieb völlig passiv. Sie überlegte lange, bis sie zu einem Entschluss kam.

Sie beugte sich zu ihm hinunter, packte die Handschellen, zog ihn auf die Füße und lehnte ihn gegen die Hauswand.

»Kannst du stehen?«, erkundigte sie sich.

Er antwortete nicht.

»Hör zu: Wenn du den geringsten Widerstand leistest, mach ich dasselbe mit deinem rechten Bein. Und wenn du dann immer noch Widerstand leistest, breche ich dir die Arme. Verstehst du, was ich sage?«

Sie merkte, dass er heftig atmete. Angst?

Sie schubste ihn vor sich her über die Straße, bis sie sein Auto erreicht hatten. An seinem Wagen begegnete ihnen ein Nachtspaziergänger mit Hund, der stehen blieb und den gefesselten Fredriksson musterte.

»Eine Polizeiangelegenheit«, erklärte Susanne Linder in entschiedenem Ton. »Gehen Sie nach Hause.«

Sie setzte Fredriksson auf den Rücksitz und fuhr ihn nach Hause. Sie trafen keine Menschenseele, als sie ins Haus gingen. Susanne Linder angelte sich die Schlüssel aus seiner Tasche und führte ihn die Treppen zu seiner Wohnung im dritten Stock hinauf.

»Sie können nicht einfach in meine Wohnung gehen«, protestierte Peter Fredriksson.

Seine ersten Worte, seitdem sie ihn gefesselt hatte.

Sie öffnete seine Wohnungstür und stieß ihn hinein.

»Dazu haben Sie kein Recht. Sie brauchen einen Durchsuchungsbefehl ...«

»Ich bin aber nicht von der Polizei«, erklärte sie leise.

Misstrauisch starrte er sie an.

Sie schubste ihn vor sich her ins Wohnzimmer und auf ein Sofa. Seine Dreizimmerwohnung war sauber und ordentlich. Das Schlafzimmer links vom Wohnzimmer, die Küche auf der anderen Seite des Korridors, ein kleines Arbeitszimmer direkt im Anschluss ans Wohnzimmer.

Sie warf einen Blick in sein Arbeitszimmer und seufzte erleichtert auf. *The smoking gun.* Sofort sah sie die Bilder aus Erika Bergers Fotoalbum, die auf dem Schreibtisch vor seinem Computer ausgebreitet waren. Um die dreißig Aufnahmen hatte er rundum an die Wand gepinnt. Mit hochgezogenen Augenbrauen betrachtete sie die Vernissage. Erika Berger war eine verdammt hübsche Frau. Und sie hatte ein lustigeres Sexleben als Susanne Linder.

Nebenan hörte sie, wie Peter Fredriksson sich bewegte, ging zurück ins Wohnzimmer und fing ihn ab. Sie versetzte ihm einen Schlag, zog ihn ins Arbeitszimmer und stieß ihn auf den Boden.

»Sitzen bleiben!«, befahl sie.

Aus der Küche holte sie eine Papiertüte vom Konsum-Supermarkt. Dann nahm sie ein Bild nach dem anderen von der Wand. Sie fand auch das geplünderte Fotoalbum und Erika Bergers Tagebücher.

»Wo ist das Video?«, wollte sie wissen.

Fredriksson antwortete nicht. Susanne Linder ging ins Wohnzimmer und schaltete den Fernseher ein. Im Videorekorder steckte ein Film, aber sie brauchte einen Moment, bis sie den Videokanal auf der Fernbedienung gefunden hatte.

Sie nahm das Video an sich und verbrachte dann noch eine

geraume Weile damit, sorgfältig zu kontrollieren, dass er sich auch keine Kopien gemacht hatte.

Sie fand Bergers Liebesbriefe aus ihrer Jugendzeit und den Bericht über Borgsjö. Dann richtete sie ihr Interesse ganz auf Fredrikssons Computer. Sie stellte fest, dass er einen Microtek-Scanner hatte, der mit einem IBM-PC verbunden war. Als sie den Deckel des Scanners hochhob, fand sie ein Bild von Erika Berger auf einem Fest des Klub Xtreme; einem Banner im Hintergrund zufolge war es Silvester 1986 aufgenommen worden.

Sie fuhr den Computer hoch und entdeckte, dass er ein Passwort hatte.

»Wie heißt dein Passwort?«, fragte sie.

Fredriksson saß schmollend auf dem Boden und weigerte sich, mit ihr zu sprechen.

Plötzlich wurde Susanne Linder ganz ruhig. Sie wusste, dass sie an diesem Abend ein Verbrechen nach dem anderen begangen hatte – Nötigung, vielleicht sogar eine Entführung. Es war ihr egal. Im Gegenteil, sie fühlte sich geradezu heiter.

Nach einer Weile zuckte sie die Achseln, kramte in ihrer Tasche und holte ihr Schweizer Armeemesser heraus. Sie löste alle Kabel vom Computer, drehte ihn um und öffnete die Verkleidung mit dem Schraubenzieher. Nach fünfzehn Minuten hatte sie ihn auseinandergebaut und die Festplatte herausgenommen.

Sicherheitshalber ging sie noch alle Schreibtischschubladen, Papierstapel und Regale durch. Da fiel ihr Blick auf einen alten Schuljahresbericht, der auf dem Fensterbrett lag. Sie stellte fest, dass er vom Djursholmer Gymnasium stammte, aus dem Jahre 1978. Kam Erika Berger nicht ebenfalls aus Djursholm … Sie schlug das Heft auf und begann eine Abschlussklasse nach der anderen durchzugehen.

Sie fand Erika Berger, 18 Jahre alt, mit Studentenmütze und einem sonnigen Lächeln mit Grübchen. Sie trug ein dünnes weißes Baumwollkleid und hielt einen Blumenstrauß in der

Hand. Sie sah aus wie das Sinnbild des unschuldigen Teenagers mit dem Einser-Zeugnis.

Um ein Haar wäre Susanne Linder die Verbindung entgangen. Auf dem Bild der nächsten Seite hätte sie ihn nicht wiedererkannt, aber der Text ließ keinen Raum für Zweifel. Peter Fredriksson. Er war in Erika Bergers Parallelklasse gegangen. Sie sah einen dünnen Jungen mit ernster Miene, der unter der Schirmmütze hinweg in die Kamera blickte.

Sie hob den Kopf und sah ihn an.

»Sie war schon damals eine Nutte!«

»Faszinierend«, gab Susanne Linder zurück.

»Sie hat mit jedem Typen in der Schule gefickt.«

»Das bezweifle ich.«

»Sie war eine verdammte ...«

»Sprich es nicht aus. Was ist passiert? Hat sie dich nicht an die Wäsche gelassen?«

»Sie hat mich wie Luft behandelt. Sie hat mich ausgelacht. Und als sie bei der *SMP* anfing, hat sie mich nicht mal wiedererkannt.«

»Ja, ja«, sagte Susanne Linder müde. »Du hattest sicher auch eine ganz traurige Kindheit. Können wir jetzt mal ernsthaft miteinander reden?"

»Was wollen Sie?«

»Ich bin keine Polizistin«, erklärte Susanne Linder. »Ich bin jemand, der sich um solche Typen wie dich kümmert.«

Sie wartete ab und ließ seine Fantasie arbeiten.

»Ich will wissen, ob du irgendwo Bilder von ihr ins Internet gestellt hast.«

Er schüttelte den Kopf.

»Sicher?«

Er nickte.

»Erika Berger soll selbst entscheiden, ob sie dich für deine Schikanen, Drohungen und den Hausfriedensbruch anzeigen will oder das Ganze im Guten regeln möchte.«

Er sagte nichts.

»Und sollte sie beschließen, sich nicht weiter mit dir zu befassen, dann werde ich dich im Auge behalten.«

Sie hob den Teleskop-Schlagstock.

»Wenn du irgendwann noch einmal in die Nähe von ihrem Haus gehst, ihr eine Mail schickst oder sie auf andere Weise belästigst, dann bin ich wieder hier. Ich werde dich so zusammenschlagen, dass dich deine eigene Mutter nicht wiedererkennt. Verstanden?«

Er schwieg.

»Du hast also eine Chance, Einfluss darauf zu nehmen, wie diese Geschichte ausgeht. Bist du daran interessiert?«

Er nickte langsam.

»Dann werde ich Erika Berger empfehlen, dich laufen zu lassen. In die Arbeit brauchst du gar nicht mehr zu kommen. Du bist mit sofortiger Wirkung entlassen.«

Er nickte.

»Du verschwindest aus ihrem Leben und aus Stockholm. Ich scheiß drauf, was du machst und wo du hingehst. Such dir einen Job in Göteborg oder Malmö. Lass dich wieder krankschreiben. Tu, was du willst. Aber lass Erika Berger in Frieden.«

Er nickte wieder.

»Sind wir uns einig?«

Plötzlich brach Peter Fredriksson in Tränen aus.

»Ich hab es nicht böse gemeint«, schluchzte er. »Ich wollte doch nur ...«

»Du wolltest ihr nur das Leben zur Hölle machen, und das ist dir gelungen. Habe ich dein Wort?«

Ein letztes Mal nickte er.

Daraufhin beugte sie sich vor, drehte ihn auf den Bauch und schloss die Handschellen auf. Die Konsum-Tüte, in der Erika Bergers Leben steckte, nahm sie mit und ließ ihn auf dem Boden liegen.

Am Montagmorgen um halb drei ging Susanne Linder bei Fredriksson aus der Haustür. Sie überlegte, ob sie die Sache bis zum nächsten Tag ruhen lassen sollte, aber dann ging ihr auf, dass sie selbst noch in der Nacht hätte Bescheid wissen wollen, wenn es sie betroffen hätte. Außerdem stand ihr Auto immer noch in Saltsjöbaden. Sie rief sich ein Taxi.

Greger Backman öffnete, bevor sie die Klingel drücken konnte. Er hatte eine Jeans an und wirkte hellwach.

»Ist Erika wach?«, wollte Susanne Linder wissen.

Er nickte.

»Ist wieder was passiert?«, fragte er.

Sie nickte und lächelte ihn an.

»Kommen Sie rein. Wir sitzen gerade in der Küche und reden.«

Sie gingen ins Haus.

»Hallo, Frau Berger«, grüßte Susanne Linder. »Sie müssen aber wirklich lernen, ab und zu mal zu schlafen.«

»Was ist passiert?«

Sie streckte ihr die Konsum-Tüte entgegen.

»Peter Fredriksson hat versprochen, Sie in Zukunft in Frieden zu lassen. Der Teufel weiß, ob man ihm vertrauen kann, aber wenn er sein Wort hält, ist das Ganze schmerzloser als eine langwierige juristische Auseinandersetzung. Das entscheiden Sie selbst.«

»Er *war* es also?«

Susanne Linder nickte. Greger Backman servierte Kaffee, aber sie wollte keinen. In den letzten Tagen hatte sie schon zu viel Kaffee getrunken. Doch sie setzte sich zu ihnen und erzählte, was sich in der Nacht außerhalb ihres Hauses abgespielt hatte.

Erika Berger schwieg eine geraume Zeit. Dann stand sie auf, ging in den ersten Stock und kam mit einem Exemplar des alten Jahrbuches zurück. Lange musterte sie Fredrikssons Gesicht.

»Ich kann mich an ihn erinnern«, sagte sie schließlich. »Aber ich hatte keine Ahnung, dass es derselbe Peter Fredriksson ist, der bei der *SMP* arbeitete. Im Grunde hatte ich seinen Namen auch längst vergessen.«

»Was ist denn damals gewesen?«, wollte Susanne Linder wissen.

»Nichts. Absolut nichts. Er war ein stiller, völlig uninteressanter Junge aus meiner Parallelklasse. Ich glaube, wir hatten irgendein Fach zusammen ... Französisch, wenn ich mich recht erinnere.«

»Er sagt, Sie hätten ihn wie Luft behandelt.«

Erika nickte.

»Hab ich wahrscheinlich auch. Ich kannte ihn nicht näher, und er gehörte nicht zu der Clique, mit der ich zusammen war.«

»Haben Sie ihn gemobbt oder so was?«

»Nein, um Gottes willen. Ich fand Mobbing schon immer abscheulich. Wir hatten sogar Anti-Mobbing-Kampagnen im Gymnasium, und ich war Schulsprecherin. Ich kann mich nur nicht erinnern, ob er mich jemals angesprochen hat oder ob ich mal ein Wort mit ihm gewechselt habe.«

»Er hatte sich jedenfalls ganz gewaltig auf Sie eingeschossen. Bei der *SMP* war er übrigens zweimal sehr lange wegen Stress krankgeschrieben, er ist total zusammengeklappt. Vielleicht gab es auch noch andere Gründe für diese Krankschreibungen, die wir nicht kennen.«

Sie stand auf und zog ihre Lederjacke an.

»Ich behalte seine Festplatte. Aber machen Sie sich keine Sorgen, ich werde sie gleich zerstören, wenn ich nach Hause komme.«

»Susanne, warten Sie ... Wie kann ich Ihnen jemals danken?«

»Tja, Sie könnten mir Rückendeckung geben, wenn Armanskijs Zorn wie ein Donnerschlag auf mich niederfährt.«

Erika betrachtete sie ernst.

»Werden Sie Probleme kriegen wegen dieser Geschichte?«

»Ich weiß nicht ... ehrlich gesagt, ich weiß es nicht.«

»Können wir Sie bezahlen für ...«

»Nein. Aber Armanskij wird für die heutige Nacht vielleicht eine Rechnung stellen. Ich hoffe, dass er das tut, denn das würde bedeuten, dass er meine Handlungsweise in gewisser Weise akzeptiert.«

»Ich werde dafür sorgen, dass er eine Rechnung stellt.«

Erika Berger stand auf und umarmte Susanne Linder lange.

»Danke, Susanne. Sollten Sie jemals Hilfe brauchen, haben Sie in mir eine Freundin. Egal worum es geht.«

»Danke. Und lassen Sie diese Bilder nicht mehr einfach so rumliegen. Dafür könnte Ihnen Milton Security übrigens einen super Panzerschrank einbauen.«

Erika Berger lächelte.

22. Kapitel

Montag, 6. Juni

Erika Berger wachte am Montagmorgen um sechs Uhr auf. Obwohl sie kaum mehr als eine halbe Stunde geschlafen hatte, fühlte sie sich seltsam ausgeruht. Sie nahm an, dass es irgendeine körperliche Reaktion sein musste. Zum ersten Mal seit mehreren Monaten schlüpfte sie in ihren Jogginganzug und drehte eine große Joggingrunde bis zum Anlegesteg. Zwar tat ihr immer noch ein wenig die Ferse weh, doch sie genoss den Schmerz in ihrem Fuß bei jedem Schritt.

Sie fühlte sich wie neugeboren. Als ob der Sensenmann vor ihrer Tür innegehalten, es sich aber im letzten Moment anders überlegt hätte und stattdessen zum Nachbarn weitergegangen wäre. Es schien ihr schier unfassbar, was für ein Glück sie gehabt hatte, dass Fredriksson ihre Bilder vier Tage lang bei sich hatte, ohne etwas damit anzufangen. Das Einscannen deutete darauf hin, dass er etwas vorgehabt hatte, aber er war ja nicht mehr zum Zuge gekommen.

Was auch geschah, sie würde Susanne Linder in diesem Jahr mit einem teuren Weihnachtsgeschenk überraschen. Da wollte sie sich noch etwas ganz Besonderes überlegen.

Sie ließ ihren Mann weiterschlafen, als sie um halb acht in ihren BMW stieg und zur *SMP*-Redaktion fuhr. Sie parkte in der Tiefgarage, nahm den Fahrstuhl in die Redaktion und setzte sich in ihren Glaskasten. Ihre erste Maßnahme bestand darin, einen Wachmann anzurufen.

»Peter Fredriksson hat mit sofortiger Wirkung gekündigt«, erklärte sie. »Holen Sie bitte einen Umzugskarton, räumen Sie die persönlichen Gegenstände aus seinem Schreibtisch, und sorgen Sie dafür, dass das Ganze noch am Vormittag zu ihm gebracht wird.«

Sie sah zum Nachrichtentisch. Anders Holm war auch gerade eingetroffen. Er bemerkte ihren Blick und nickte ihr zu.

Sie nickte zurück.

Holm war ein Widerling, aber nach ihrem Zusammenstoß vor ein paar Wochen hatte er endlich aufgehört, Schwierigkeiten zu machen. Wenn er weiterhin so eine positive Einstellung an den Tag legte, würde er vielleicht als Nachrichtenchef überleben. Vielleicht.

Sie spürte jetzt ganz genau, dass sie das Ruder bei der *SMP* herumreißen konnte.

Um 8 Uhr 45 sah sie Borgsjö aus dem Lift kommen. *Ich muss noch heute mit ihm reden.*

Sie holte sich einen Kaffee und las erst einmal die morgendliche Hausmitteilung. Es war ein nachrichtenarmer Morgen. Der einzige Artikel von Interesse war die Nachricht, dass Lisbeth Salander am Sonntag ins Untersuchungsgefängnis gebracht worden war. Sie genehmigte die Story und mailte sie an Anders Holm.

Um 8 Uhr 59 rief Borgsjö sie an.

»Berger, kommen Sie sofort zu mir ins Büro!«

Dann legte er wieder auf.

Als sie eintrat, war Borgsjö ganz weiß im Gesicht. Er stand auf, drehte sich zu ihr um und donnerte einen Papierstapel auf den Schreibtisch.

»Was zum Teufel ist das hier?«, brüllte er sie an.

Erika Berger sank das Herz in die Hose. Sie musste nur einen

Blick auf den Umschlag werfen, um zu wissen, was Borgsjö in seiner morgendlichen Post gefunden hatte.

Mit den Bildern hatte Fredriksson nichts mehr anstellen können. Aber Henry Cortez' Story hatte er noch an Borgsjö geschickt.

Sie setzte sich ruhig vor ihn hin.

»Das ist ein Artikel des Reporters Henry Cortez, den die Zeitschrift *Millennium* eigentlich in der Nummer bringen wollte, die letzte Woche erschienen ist.«

Borgsjö sah verzweifelt aus.

»Wie können Sie es wagen? Ich habe Sie zur *SMP* geholt, und als Erstes zetteln Sie eine Intrige gegen mich an. Was sind Sie nur für eine Mediennutte?«

Ihre Augen verengten sich, und sie wurde eiskalt. Von dem Wort »Nutte« hatte sie vorerst genug.

»Glauben Sie wirklich, dass das irgendjemand interessieren wird? Glauben Sie, dass Sie mich durch dieses boshafte Gerede zu Fall bringen können? Oder warum zur Hölle schicken Sie mir das anonym zu?«

»So war es nicht!«

»Dann erzählen Sie mir, wie es war.«

»Fredriksson hat Ihnen diesen Ordner anonym zugeschickt. Er ist gestern gefeuert worden.«

»Wovon reden Sie da?«

»Das ist eine lange Geschichte. Aber ich kenne diesen Artikel schon seit zwei Wochen und habe lange darüber nachgedacht, wie ich es anstellen soll, mit Ihnen darüber zu reden.«

»Hinter diesem Artikel stecken doch Sie!«

»Nein, dahinter stecke nicht ich. Cortez hat den Text recherchiert und geschrieben. Ich hatte keine Ahnung davon.«

»Und das soll ich Ihnen glauben?«

»Als meine Kollegen bei *Millennium* sahen, dass Sie in diese Story verstrickt sind, hat Blomkvist die Veröffentlichung aufgeschoben. Er hat mich angerufen und mir eine Kopie gegeben. Das ist aus Rücksicht auf mich geschehen. Dann wurde mir der Ordner gestohlen, und jetzt ist er bei Ihnen gelandet. *Millennium* wollte mir eine Chance geben, zuerst mit Ihnen zu reden, bevor sie damit an die Öffentlichkeit gehen. Was sie mit dem Augustheft vorhaben.«

»Ich habe noch nie einen gewissenloseren Journalisten getroffen. Sie schießen wirklich den Vogel ab.«

»Jetzt, wo Sie die Reportage gelesen haben, können Sie sich ja auch die Unterlagen der Hintergrundrecherche ansehen. Cortez hat da eine völlig wasserdichte Story. Und das wissen Sie auch.«

»Was zum Teufel soll das heißen?«

»Wenn Sie noch Aufsichtsratsvorsitzender sind, wenn *Millennium* hiermit in Druck geht, dann wird das der *SMP* schaden. Ich habe mir den Kopf zerbrochen und versucht, einen Ausweg zu finden, aber ich sehe keinen.«

»Was meinen Sie denn damit?«

»Sie müssen gehen.«

»Machen Sie Witze? Ich habe überhaupt nichts Illegales getan.«

»Ist Ihnen die Tragweite dieser Enthüllungen immer noch nicht klar? Ersparen Sie es mir, den Aufsichtsrat einzuberufen. Das würde nur entsetzlich peinlich für Sie werden.«

»Sie werden überhaupt nichts einberufen. Ihre Tage bei der *SMP* sind gezählt.«

»Sorry. Feuern kann mich nur der Aufsichtsrat. Sie können ihn ja zu einer außerordentlichen Versammlung einberufen. Wie wäre es mit heute Nachmittag?«

Borgsjö kam um seinen Schreibtisch herum und stellte sich so nah vor Erika Berger, dass sie seinen Atem spürte.

»Berger ... Sie haben eine Chance, das hier zu überleben. Sie gehen zu Ihren verdammten Freunden von *Millennium* und sorgen dafür, dass diese Geschichte nie gedruckt wird. Wenn

Ihnen das gelingt, könnte ich vielleicht vergessen, was Sie getan haben.«

Erika Berger seufzte.

»Sie verkennen den Ernst der Lage. Ich habe überhaupt keinen Einfluss mehr darauf, was *Millennium* veröffentlicht. Diese Story wird an die Öffentlichkeit gelangen, egal was ich dazu sage. Das Einzige, was mich interessiert, sind die Auswirkungen auf die *SMP*. Und deswegen müssen Sie abtreten.«

»Ihre Verbündeten bei *Millennium* überlegen sich das vielleicht zweimal, wenn sie wissen, dass Sie gefeuert werden, sobald diese Verleumdungen hier durchsickern. Ich muss heute nach Norrköping.« Er sah sie an und sprach das folgende Wort mit Nachdruck aus: »SveaBygg.«

»Aha.«

»Wenn ich morgen zurückkomme, werden Sie mir berichten, dass diese Sache aus der Welt ist. Haben Sie mich verstanden?«

Er zog seine Jacke an. Erika Berger betrachtete ihn mit halb geschlossenen Augen.

»Wenn Sie die Sache glücklich über die Bühne kriegen, überleben Sie bei der *SMP*. Und jetzt verschwinden Sie aus meinem Büro!«

Sie stand auf, ging zurück zu ihrem Glaskasten und blieb erst mal zwanzig Minuten regungslos auf ihrem Stuhl sitzen. Dann griff sie zum Hörer und bat Anders Holm zu sich. Er hatte aus seinen Fehlern gelernt und tauchte innerhalb einer Minute bei ihr auf.

»Setzen Sie sich.«

Anders Holm zog eine Augenbraue hoch und setzte sich.

»Aha, und was hab ich diesmal falsch gemacht?«, erkundigte er sich ironisch.

»Anders, das ist heute mein letzter Arbeitstag bei der *SMP*. Ich kündige fristlos. Ich werde den stellvertretenden Aufsichtsratsvorsitzenden und den Rest des Aufsichtsrats heute Mittag zu einer Sitzung zusammenrufen.«

Er starrte sie mit unverhohlener Verblüffung an.

»Ich werde Sie als stellvertretenden Chefredakteur empfehlen.«

»Was?«

»Sind Sie damit einverstanden?«

Anders Holm lehnte sich auf seinem Stuhl zurück und betrachtete Erika Berger.

»Ich wollte mein Lebtag nicht Chefredakteur werden«, sagte er.

»Weiß ich. Aber Sie haben den Biss dazu. Und Sie gehen über Leichen, um eine gute Story zu veröffentlichen. Ich wünschte nur, Sie hätten ein bisschen mehr Verstand.«

»Was ist denn passiert?«

»Ich habe einen anderen Stil als Sie. Wir haben die ganze Zeit gestritten, wie die Dinge in unserer Zeitung dargestellt werden sollen, und wir wären uns wohl nie einig geworden.«

»Nein«, gab er zu, »wären wir wohl nie. Aber es ist ja möglich, dass mein Stil ein wenig altmodisch ist.«

»Ich weiß nicht, ob ›altmodisch‹ das richtige Wort ist. Sie sind ein verdammt guter Nachrichtenchef, aber Sie benehmen sich wie ein Rüpel. Und das ist völlig unnötig. Aber die meisten Meinungsverschiedenheiten hatten wir, weil Sie immer behaupten, als Nachrichtenchef keine persönlichen Rücksichten nehmen zu können.«

Jetzt lächelte Erika Berger ihn plötzlich boshaft an. Sie machte ihre Tasche auf und zog das Original der Borgsjö-Story heraus.

»Wir wollen doch einfach mal Ihr Gefühl für die Einschätzung des Nachrichtenwerts testen. Ich habe hier eine Story von Henry Cortez, einem Mitarbeiter von *Millennium*. Ich habe heute Morgen beschlossen, dass wir diesen Artikel als Topstory des Tages bringen.«

Sie warf ihm den Ordner auf den Schoß.

»Sie sind der Nachrichtenchef. Es wäre wirklich interessant

zu hören, ob Sie meine Einschätzung des Nachrichtenwerts teilen.«

Holm öffnete den Ordner und begann zu lesen. Schon bei der Einleitung weiteten sich seine Augen. Er richtete sich kerzengerade auf seinem Stuhl auf und starrte Erika Berger an. Dann senkte er den Blick wieder und las den ganzen Text von Anfang bis zum Ende. Danach vertiefte er sich in die Recherchedokumentation. Das dauerte zehn Minuten. Dann legte er die Mappe langsam aus der Hand.

»Das wird einen Riesenwirbel geben.«

»Ich weiß. Deswegen ist heute ja auch mein letzter Arbeitstag hier. *Millennium* wollte die Story im Juniheft bringen, aber Blomkvist hat sie gestoppt. Er hat mir den Text gegeben, damit ich mit Borgsjö sprechen kann, bevor sie den Artikel bringen.«

»Und?«

»Borgsjö hat mir befohlen, die Geschichte zu vertuschen.«

»Verstehe. Sie haben also vor, sie gerade zum Trotz in der *SMP* zu bringen?«

»Nein. Nicht zum Trotz. Es gibt keinen anderen Ausweg. Wenn die *SMP* die Story bringt, haben wir eine Chance, unsere Ehre einigermaßen zu retten. Borgsjö muss abtreten. Aber das bedeutet auch, dass ich danach nicht mehr hierbleiben kann.«

Holm schwieg ganze zwei Minuten.

»Verdammt noch mal, Berger … für so tough hätte ich Sie wirklich nicht gehalten. Ich hätte nie gedacht, dass ich das mal sagen würde, aber jetzt tut es mir fast leid, dass Sie aufhören.«

»Sie könnten die Veröffentlichung auch verhindern, aber wenn Sie und ich sie genehmigen … Wollen Sie die Story bringen?«

»Hol mich der Teufel, natürlich bringen wir sie. Die würde doch sowieso ans Licht kommen.«

»Genau.«

Holm stand auf und blieb unsicher an ihrem Schreibtisch stehen.

»Gehen Sie an die Arbeit«, sagte Erika Berger.

Nachdem Holm das Zimmer verlassen hatte, wartete sie fünf Minuten, bevor sie zum Hörer griff und Malin Eriksson bei *Millennium* anrief.

»Hallo, Malin. Ist Henry gerade in der Nähe?«

»Ja. An seinem Schreibtisch.«

»Könntest du ihn mal zu dir rufen und ihn mithören lassen? Wir müssen eine kleine Konferenz abhalten.«

Henry Cortez war innerhalb von fünfzehn Sekunden zur Stelle. »Was ist los?«

»Henry, ich habe heute etwas Unmoralisches getan.«

»Ach ja?«

»Ich habe deine Story über Vitavara an Anders Holm weitergereicht, den Nachrichtenchef der *SMP*.«

»Aha …«

»Ich habe ihn beauftragt, die Story morgen in der *SMP* zu bringen. Mit deinem Namen. Und du wirst selbstverständlich dafür bezahlt. Den Preis bestimmst du selbst.«

»Erika … was zum Teufel ist da eigentlich los?«

Sie fasste zusammen, was in den vergangenen Wochen geschehen war, und erzählte, wie Peter Fredriksson beinahe ihr Leben zerstört hätte.

»Verdammt noch mal«, sagte Henry Cortez.

»Ich weiß, dass das deine Story ist, Henry. Ich habe nur einfach keine andere Wahl. Kannst du mir deine Erlaubnis geben?«

Henry Cortez schwieg ein paar Sekunden.

»Danke, dass du angerufen hast, Erika. Es ist okay, wenn ihr die Story unter meinem Namen bringt. Natürlich nur, wenn es für Malin auch okay ist.«

»Geht in Ordnung«, erklärte Malin.

»Gut«, sagte Erika. »Könnt ihr es bitte auch Mikael sagen? Ich schätze, er ist noch nicht in der Redaktion.«

»Ich werde mit ihm reden«, versprach Malin. »Aber Erika, bedeutet das denn, dass du ab heute arbeitslos bist?«

Erika lachte.

»Ich habe beschlossen, dass ich bis zum Jahresende erst mal Urlaub habe. Glaub mir, ein paar Wochen bei der *SMP* haben mir völlig gereicht.«

»Ich glaube nicht, dass du jetzt gleich Urlaub machen solltest«, meinte Malin.

»Warum nicht?«

»Kannst du am Nachmittag zu *Millennium* kommen?«

»Warum?«

»Ich brauche Hilfe. Wenn du hier wieder Chefredakteurin werden willst, kannst du gleich morgen anfangen.«

»Malin, *du* bist Chefredakteurin von *Millennium*. Etwas anderes kommt gar nicht infrage.«

»Okay. Dann kannst du als Redaktionssekretärin anfangen«, lachte Malin.

»Meinst du das im Ernst?«

»Erika, du fehlst hier an allen Ecken und Enden. Ich habe den Job bei *Millennium* unter anderem deswegen angenommen, um die Chance zu haben, von dir zu lernen. Und dann bist du auf einmal bei der falschen Zeitung.«

Erika schwieg. Sie hatte ein Comeback bei *Millennium* nicht einmal erwogen.

»Wäre ich euch denn noch willkommen?«, fragte sie zögernd.

»Was glaubst du denn? Wir würden hier eine Riesenparty schmeißen!«

Erika sah auf die Uhr. Fünf vor zehn. Innerhalb einer Stunde war ihre Welt komplett auf den Kopf gestellt worden. Plötzlich merkte sie, wie unglaublich sie sich danach sehnte, wieder die Stufen zur *Millennium*-Redaktion hinaufgehen zu können.

»Ich habe hier bei der *SMP* noch ein paar Dinge zu erledigen. Ist es okay, wenn ich gegen vier vorbeikomme?«

Susanne Linder sah Dragan Armanskij direkt in die Augen, während sie ihm haarklein erzählte, was in der Nacht vorgefallen war. Das Einzige, was sie ausließ, war ihre Überzeugung, dass Lisbeth Salander beim Hacken von Fredrikssons Computer ihre Hände im Spiel gehabt hatte. Das tat sie aus zwei Gründen. Zum einen fand sie, dass es zu unwirklich klang. Zum andern wusste sie, dass Dragan Armanskij zusammen mit Mikael Blomkvist sehr tief in diese ganze Salander-Affäre verwickelt war.

Aufmerksam hörte Armanskij ihr zu. Als Susanne Linder mit ihrer Erzählung fertig war, schwieg sie und wartete seine Reaktion ab.

»Vor einer Stunde hat Greger Backman angerufen«, sagte er.

»Aha.«

»Erika Berger und er kommen diese Woche noch vorbei, um einen Vertrag mit uns abzuschließen. Sie wollen sich für den Einsatz von Milton Security bedanken, insbesondere für Ihren.«

»Verstehe. Schön, wenn die Kunden zufrieden sind.«

»Er will auch noch einen Safe für ihr Haus bestellen. Wir werden das komplette Sicherheitspaket im Laufe dieser Woche installieren.«

»Gut.«

»Er wollte auch, dass wir eine Rechnung für Ihren Einsatz am Wochenende stellen.«

»Hmm.«

»Mit anderen Worten, wir werden den beiden eine beträchtliche Rechnung ausschreiben.«

»Aha.«

Armanskij seufzte.

»Susanne, Ihnen ist doch wohl klar, dass Fredriksson zur Polizei gehen und Sie für so einiges anzeigen kann.«

Sie nickte.

»Er selbst würde zwar auch ins Gefängnis wandern, aber vielleicht findet er ja, dass es die Sache wert wäre.«

»Ich glaube nicht, dass er den Schneid besitzt, zur Polizei zu gehen.«

»Das mag ja sein, aber Sie haben alle Anweisungen missachtet, die ich Ihnen gegeben hatte.«

»Ich weiß«, gab Susanne Linder zu.

»Wie soll ich Ihrer Meinung nach darauf reagieren?«

»Das können nur Sie entscheiden.«

»Aber wie soll ich Ihrer Meinung nach reagieren?«

»Meine Meinung tut nichts zur Sache. Sie können mich ja feuern.«

»Das wohl kaum. Ich kann es mir nicht leisten, eine Mitarbeiterin Ihres Kalibers zu verlieren.«

»Danke.«

»Aber wenn Sie so etwas in Zukunft noch mal machen, werde ich furchtbar wütend.«

Susanne Linder nickte.

»Was haben Sie mit der Festplatte gemacht?«

»Zerstört. Ich habe sie heute Morgen in einen Schraubstock gespannt und zerquetscht.«

»Okay. Dann tun wir jetzt einfach so, als wäre das alles nie passiert.«

Den gesamten Vormittag hindurch telefonierte Erika Berger die Aufsichtsratsmitglieder der *SMP* ab. Den stellvertretenden Aufsichtsratsvorsitzenden erreichte sie in seinem Sommerhäuschen in Vaxholm und brachte ihn dazu, dass er sich tatsächlich ins Auto setzte und mit Vollgas nach Stockholm fuhr.

Nach dem Mittagessen traf sich ein stark dezimierter Aufsichtsrat. Erika Berger setzte ihnen eine Stunde lang auseinander, wie der Cortez-Ordner entstanden war und welche Konsequenzen er haben würde.

Als sie fertig war, kamen die erwarteten Vorschläge, wie man vielleicht eine andere Lösung finden könnte. Erika erklärte, dass die *SMP* vorhatte, die Story in der morgigen Ausgabe zu bringen. Sie erklärte ebenfalls, dass dies ihr letzter Arbeitstag und ihr Beschluss unwiderruflich sei.

Erika ließ den Aufsichtsrat zwei Entscheidungen genehmigen und ins Protokoll aufnehmen. Magnus Borgsjö sollte gebeten werden, seinen Platz mit unmittelbarer Wirkung zur Verfügung zu stellen, und Anders Holm sollte stellvertretender Chefredakteur werden. Dann entschuldigte sie sich und überließ es dem Aufsichtsrat, die Situation allein zu diskutieren.

Um 14 Uhr ging sie in die Personalabteilung und setzte einen Vertrag auf. Mit dem ging sie in die Kulturredaktion und bat um ein Gespräch mit dem Kulturchef Sebastian Strandlund und der Reporterin Eva Carlsson.

»Ich habe gehört, dass Sie hier in der Kulturredaktion Eva Carlsson für eine gute, begabte Reporterin halten.«

»Das ist richtig«, bestätigte Strandlund.

»Und Sie haben in Ihren Budgetvorschlägen der letzten beiden Jahre beantragt, dass Ihre Abteilung durch mindestens zwei Mitarbeitern verstärkt wird.«

»Ja.«

»Eva. Im Hinblick auf die üblen Mails, die Sie neulich bekommen haben, könnte es vielleicht zu unguten Gerüchten kommen, wenn ich Ihnen jetzt eine feste Stelle verschaffe. Haben Sie trotzdem Interesse?«

»Selbstverständlich.«

»Dann sieht meine letzte Entscheidung bei der *SMP* so aus, dass ich diesen Anstellungsvertrag für Sie unterschreibe.«

»Ihre letzte?«

»Lange Geschichte. Ich höre heute auf. Könnten Sie beide so nett sein, die Sache noch ein paar Stunden für sich zu behalten?«

»Was ...«

»In einer Stunde kommt eine Hausmitteilung.«

Erika Berger unterschrieb den Vertrag und schob ihn Eva Carlsson über den Tisch.

»Viel Glück«, sagte sie und lächelte.

»Der unbekannte ältere Mann, der am Samstag an der Sitzung bei Ekström teilgenommen hat, heißt Georg Nyström und ist Kommissar«, verkündete Monica Figuerola und legte Torsten Edklinth die Fahndungsbilder auf den Schreibtisch.

»Kommissar«, murmelte Edklinth.

»Stefan hat ihn gestern Abend identifiziert. Er ist in die Wohnung in der Artillerigatan gegangen.«

»Was wissen wir über ihn?«

»Er kommt von der Polizei und arbeitet seit 1983 bei der RPF/Sich. Seit 1966 hat er eine Stelle als Ermittler mit Eigenverantwortung. Er führt interne Kontrollen durch und untersucht Angelegenheiten, die von der SiPo selbst abgeschlossen worden sind.«

»Okay.«

»Seit Samstag sind insgesamt sechs Personen von Interesse durch die bewusste Haustür gegangen. Außer Jonas Sandberg und Georg Nyström befindet sich auch noch Fredrik Clinton in der Wohnung. Er ist heute Morgen mit einem Krankentransport zur Dialyse gefahren.«

»Und wer sind die anderen drei?«

»Ein Mann namens Otto Hallberg. Er hat in den 80er-Jahren für die RPF/Sich gearbeitet, ist aber vor allem eng mit dem Verteidigungsstab verbunden. Er gehört zur Marine und zum militärischen Nachrichtendienst.«

»Aha. Warum wundert mich das alles nicht?«

Monica Figuerola legte ihm ein weiteres Foto vor.

»Diesen Typen haben wir noch nicht identifizieren können. Er ist mit Hallberg zum Mittagessen gegangen. Mal sehen, ob wir ihn identifizieren können, wenn er heute Abend nach Hause fährt.«

»Okay.«

»Am interessantesten ist jedoch dieser hier.«

Sie legte ein weiteres Bild auf den Schreibtisch.

»Den erkenne ich wieder«, meinte Edklinth.

»Er heißt Wadensjöö.«

»Genau. Er hat vor ungefähr fünfzehn Jahren in der Terrorismusabteilung gearbeitet. Schreibtischgeneral. Er war einer der Kandidaten für die Stellung als Chef hier in der Firma. Ich weiß nicht, was dann mit ihm passiert ist.«

»Er hat 1991 gekündigt. Raten Sie mal, mit wem er vor einer Stunde zu Mittag gegessen hat?«

Damit legte sie das letzte Bild auf den Schreibtisch.

»Mit Amtschef Albert Shenke und dem Budgetverantwortlichen Gustav Atterbom. Ich will, dass diese Figuren ab jetzt rund um die Uhr überwacht werden. Ich will genau wissen, wen sie alles treffen.«

»Das ist nicht möglich. Ich habe nur vier Leute zur Verfügung. Und die müssen sich auch mit dem Sammeln der Beweise befassen.«

Edklinth nickte und biss sich nachdenklich auf die Unterlippe. Nach einer Weile blickte er auf und sah Monica Figuerola an.

»Wir brauchen mehr Leute«, stellte er fest. »Glauben Sie, Sie könnten ganz diskret Kontakt mit Kriminalinspektor Bublanski aufnehmen und ihn fragen, ob er sich vorstellen könnte, heute nach der Arbeit mit mir zu Abend zu essen? So gegen sieben?«

Edklinth streckte die Hand nach dem Hörer aus und wählte eine Nummer.

»Hallo, Armanskij. Hier ist Edklinth. Ich würde mich gern für das wunderbare Abendessen revanchieren, zu dem Sie mich neulich eingeladen hatten ... nein, ich bestehe darauf. Sagen wir, gegen sieben?«

Lisbeth Salander hatte die Nacht in einer Zelle verbracht, die ungefähr zwei mal vier Meter groß war. Die Einrichtung war kaum der Rede wert. Lisbeth schlief innerhalb von fünf Minuten ein, nachdem man sie eingeschlossen hatte, und wachte am Montagmorgen in aller Frühe auf. Brav absolvierte sie ihre Dehn- und Streckübungen, die der Physiotherapeut im Sahlgrenska-Krankenhaus ihr empfohlen hatte. Nach dem Frühstück setzte sie sich schweigend auf ihre Pritsche und starrte ins Leere.

Um halb zehn führte man sie in ein Vernehmungszimmer am anderen Ende des Flurs. Der Wachmann war ein älterer, kleiner Mann mit Glatze, einem runden Gesicht und Hornbrille. Er behandelte sie korrekt und gutmütig.

Annika Giannini begrüßte sie freundlich. Hans Faste wurde von Lisbeth jedoch total ignoriert. Danach traf sie zum ersten Mal den Staatsanwalt, saß während der nächsten halben Stunde auf ihrem Stuhl und starrte einen Punkt an der Wand hinter Ekströms Kopf an. Sie sagte kein Wort und bewegte keinen Muskel.

Um zehn Uhr brach Ekström das misslungene Verhör ab. Es irritierte ihn, dass er ihr nicht die geringste Reaktion hatte entlocken können. Zum ersten Mal war er auch verunsichert, als er dieses dünne, puppenartige Mädchen sah. Wie war es möglich, dass sie Magge Lundin und Sonny Nieminen in Stallarholmen misshandelt hatte? Würde das Gericht diese Geschichte überhaupt glauben, selbst wenn er überzeugende Beweise vorlegte?

Um zwölf bekam Lisbeth ein einfaches Mittagessen und vertrieb sich die nächste Stunde damit, Gleichungen im Kopf zu lösen. Sie konzentrierte sich dabei auf einen Abschnitt aus einem Buch über sphärische Astronomie, das sie vor zwei Jahren gelesen hatte.

Um 14 Uhr 30 wurde sie wieder ins Vernehmungszimmer geführt. Die Wache war diesmal eine jüngere Frau. Das Zimmer war leer, also setzte sich Lisbeth auf einen Stuhl und grübelte weiter über eine besonders verzwickte Gleichung nach.

Nach zehn Minuten ging die Tür auf.

»Hallo, Lisbeth«, grüßte Teleborian freundlich.

Er lächelte. Lisbeth Salander gefror zu Eis. Die Bestandteile der Gleichung, die sie vor sich in der Luft konstruiert hatte, stürzten zu Boden. Sie hörte es so laut scheppern, dass ihr die Ohren schmerzten.

Peter Teleborian stand eine Minute lang still und betrachtete sie, bevor er ihr gegenüber Platz nahm. Sie starrte jedoch weiter die Wand an.

Nach einer Weile ließ sie den Blick zu ihm wandern und sah ihm in die Augen.

»Es tut mir leid, dass du in so eine Situation geraten bist«, begann Teleborian. »Ich werde auf jede mögliche Art versuchen, dir zu helfen. Ich hoffe, wir können ein Vertrauensverhältnis aufbauen.«

Lisbeth musterte jeden Zentimeter an ihm. Das zottelige Haar. Den Bart. Die kleine Lücke zwischen seinen Schneidezähnen. Die dünnen Lippen. Die braune Jacke. Das Hemd, das oben offen stand. Sie hörte seine sanfte und verräterisch freundliche Stimme.

»Ich hoffe auch, dass ich dir diesmal besser helfen kann als bei unserer letzten Begegnung.«

Er legte einen kleinen Notizblock und einen Stift auf den Tisch. Lisbeth senkte den Blick und betrachtete den Stift. Er war silbern und spitz.

Konsequenzenanalyse.

Sie unterdrückte den Impuls, die Hand auszustrecken und den Stift an sich zu reißen.

Ihre Augen suchten seinen linken kleinen Finger. Dort sah sie einen schwachen weißen Rand an der Stelle, wo sie vor fünfzehn Jahren ihre Zähne hineingeschlagen und die Kiefer so zusammengepresst hatte, dass sie ihm fast den Finger abgebissen hätte. Drei Wärter waren nötig, um sie festzuhalten und ihre Kiefer auseinanderzureißen.

Damals war ich ein kleines, verängstigtes Mädchen, das gerade erst ins Teenageralter gekommen war. Jetzt bin ich erwachsen. Wenn ich will, kann ich dich töten.

Sie blickte starr geradeaus, sammelte die Zahlen und mathematischen Symbole auf, die ihr vorher zu Boden gefallen waren, und setzte die Gleichung wieder zusammen.

Dr. Peter Teleborian betrachtete sie mit neutralem Gesichtsausdruck. Er war nicht zum international anerkannten Psychiater geworden, weil es ihm an Einsichten in die menschliche Psyche mangelte. Er war gut darin, Gefühle und Stimmungen zu erspüren. Im Moment spürte er zum Beispiel, wie ein kühler Schatten durch den Raum zog, aber er deutete das als Zeichen dafür, dass die Patientin Angst und Scham hinter ihrem ungerührten Äußeren verbarg. Das nahm er als positives Zeichen, sie reagierte also doch auf seine Gegenwart. Überdies war er zufrieden, dass sie ihr Verhalten nicht geändert hatte. *Die schaufelt sich im Gerichtssaal doch ihr eigenes Grab.*

Erika Bergers letzte Amtshandlung bei der *SMP* bestand darin, sich in den Glaskasten zu setzen und eine Hausmitteilung an die Mitarbeiter zu schreiben. Sie war ziemlich aufgewühlt, als sie zu schreiben begann, und wider besseres Wissen füllte sie zunächst zwei ganze A4-Seiten, auf denen sie erklärte, warum sie bei der *SMP* aufhörte und wie sie zu gewissen Personen stand. Schließlich löschte sie den gesamten Text und begann noch einmal in einem sachlicheren Ton.

Sie nannte Peter Fredriksson nicht beim Namen. Wenn sie das tat, würde sich alles Interesse auf ihn konzentrieren, und die wahren Gründe würden neben der aufsehenerregenden sexuellen Belästigung untergehen.

Sie gab zwei Gründe an. Der wichtigste war der, dass sie in der Konzernspitze auf massiven Widerstand gestoßen war, als sie vorschlug, dass leitende Angestellte und Eigentümer ihre Gehälter und Prämien selbst kürzen sollten. Stattdessen habe man sie zwingen wollen, ihre Zeit bei der *SMP* mit einem signifikanten Personalabbau zu beginnen. Damit hatte man nicht nur die Versprechen gebrochen, die man ihr anfangs gegeben hatte, sondern es war ihr auch unmöglich, an einer langfristigen Veränderung und Stärkung der Zeitung zu arbeiten.

Der zweite Grund waren die Enthüllungen über Borgsjö. Sie erklärte, dass man ihr befohlen hatte, die Geschichte zu vertuschen, was sich jedoch nicht mit ihrem Berufsethos vereinbaren lasse. Das bedeutete aber auch, dass sie keine Wahl hatte und die Redaktion verlassen musste. Sie schloss mit der Feststellung, dass die *SMP* kein Personalproblem, sondern ein Führungsproblem habe.

Nachdem sie die Hausmitteilung noch einmal durchgelesen und einen Tippfehler korrigiert hatte, mailte sie sie an sämtliche Mitarbeiter des Konzerns. Eine Kopie schickte sie an eine journalistische Fachzeitschrift und an die Gewerkschaftszeitung. Dann packte sie ihren Laptop ein und ging hinaus zu Anders Holm.

»Machen Sie's gut«, sagte sie.

»Sie auch. Es war eine Plage, mit Ihnen zusammenzuarbeiten.«

Sie lächelten sich an.

»Ich hab da noch ein letztes Anliegen«, erklärte sie.

»Und zwar?«

»Johannes Frisk hat für mich an einer Story gearbeitet.«

»Und kein Schwein weiß, worum es da eigentlich geht.«

»Geben Sie ihm Rückendeckung. Er ist schon ziemlich weit gekommen, und ich werde weiter Kontakt zu ihm halten. Lassen Sie ihn diesen Job abschließen. Ich verspreche Ihnen, es wird für Sie von Vorteil sein.«

Er wirkte erst unschlüssig, doch schließlich nickte er.

Sie gaben sich nicht die Hand. Ihre Magnetkarte für die Redaktionstüren ließ sie auf Holms Schreibtisch liegen, dann fuhr sie in die Tiefgarage und holte ihren BMW. Um kurz nach vier parkte sie in der Nähe der *Millennium*-Redaktion.

Teil IV

Rebooting System

1. Juli – 7. Oktober

Trotz der üppig wuchernden Amazonenlegenden aus dem antiken Griechenland, aus Südamerika und Afrika gibt es nur ein einziges historisch belegtes Beispiel für weibliche Krieger, nämlich die Frauenarmee der Fon im westafrikanischen Dahomey, dem heutigen Benin.

Diese weiblichen Krieger tauchten in der offiziellen Militärgeschichte nicht auf, man hat keine romantisierenden Filme über sie gedreht, und auch heute kommen sie allenfalls als historische Fußnote vor. Über diese Frauen wurde nur eine einzige wissenschaftliche Arbeit verfasst: *Amazons of Black Sparta*, von dem Historiker Stanley B. Alpern (Hurst & Co Ltd, London 1998). Und doch war es eine Armee, die sich mit jeder damaligen Truppe männlicher Elitesoldaten der Kolonialmächte messen konnte.

Es ist ungeklärt, wann genau diese Frauenarmee gegründet wurde, aber manche Quellen tendieren zum 17. Jahrhundert. Ursprünglich war sie eine königliche Leibgarde, entwickelte sich aber zu einem militärischen Kollektiv aus sechstausend Soldatinnen mit halbgöttlichem Status. Sie sollten jedoch keinen dekorativen Zweck erfüllen. Über knapp zweihundert Jahre hinweg bildeten sie die Speerspitze der Fon gegen die einfallenden europäischen Kolonialmächte. Vom französischen Militär, das sie mehrmals besiegten, wurden sie gefürchtet. Erst 1892 konnte die

Frauenarmee niedergeschlagen werden, nachdem Frankreich sich die Unterstützung moderner, hochgerüsteter Truppen gesichert hatte.

Unbekannt ist auch, wie viele Kriegerinnen gefallen sind. Die Überlebenden betrieben noch einen jahrelangen Guerillakrieg, und die Veteraninnen dieser Armee wurden bis in die 40er-Jahre hinein interviewt und fotografiert.

23. Kapitel

Freitag, 1. Juli – Sonntag, 10. Juli

Zwei Wochen vor dem Prozess gegen Lisbeth Salander schloss Christer Malm das Layout des 364 Seiten umfassenden Buches mit dem knappen Titel *Die Sektion* ab. Der Umschlag war blau, der Titel gelb. Am unteren Rand des Covers hatte Christer Malm sieben briefmarkengroße Schwarz-Weiß-Porträts schwedischer Ministerpräsidenten platziert. Über ihnen schwebte ein Bild von Zalatschenko. Er hatte Zalatschenkos Passfoto verwendet und die Kontraste so verstärkt, dass die Gesichtszüge nur noch schemenhaft zu erkennen waren. Das Design war nicht sonderlich raffiniert, aber effektiv. Als Verfasser waren Mikael Blomkvist, Henry Cortez und Malin Eriksson angegeben.

Es war halb sechs Uhr morgens, und Christer Malm hatte die ganze Nacht durchgearbeitet. Ihm war ein wenig übel, und er hatte das verzweifelte Bedürfnis, nur noch nach Hause zu gehen und zu schlafen. Malin war ebenfalls die ganze Nacht hindurch in der Redaktion geblieben und hatte eine Seite nach der anderen Korrektur gelesen. Dann war sie auf dem Sofa in der Redaktion eingeschlafen.

Christer Malm legte das Dokument mit sämtlichen Bildern und Schriften in einen Ordner. Dann startete er das Programm *Toast* und brannte zwei CDs. Die eine legte er in den Tresor der Redaktion. Die andere holte ein schlaftrunkener Mikael Blomkvist um kurz vor sieben ab.

»Geh nach Hause und schlaf dich aus«, sagte er.

»Bin schon auf dem Weg«, gab Christer zurück.

Malin ließen sie weiterschlafen und schalteten die Alarmanlage an. Henry Cortez würde um acht Uhr eintreffen, um die nächste Schicht anzutreten. Sie klatschten sich ab, wie zwei Trainingspartner nach einem Tennismatch, und gingen auseinander.

Mikael Blomkvist spazierte in die Lundagatan, wo er sich noch einmal ohne Lisbeths Erlaubnis ihren Honda auslieh. Er fuhr die CD persönlich zu Jan Köbin, dem Chef von Hallvigs Reklamtryckeri, die in einem unansehnlichen Backsteingebäude direkt an den Eisenbahnschienen in Morgongåva untergebracht war. Diese Sendung hatte er der Post lieber nicht anvertrauen wollen.

Er fuhr langsam und entspannt und wartete noch eine Weile, während die Druckerei kontrollierte, ob die CD funktionierte. Er versicherte sich noch einmal, dass das Buch wirklich am Tag des Prozessbeginns fertig sein würde. Das Problem war nicht der Druck, sondern das Binden, das sich manchmal etwas hinziehen konnte. Doch Köbin versprach, dass mindestens fünfhundert von zehntausend Exemplaren der Erstauflage am festgesetzten Datum bereitliegen würden. Das Buch sollte als Taschenbuch in etwas größerem Format herauskommen.

Mikael vergewisserte sich ein weiteres Mal, dass alle die größtmögliche Geheimhaltung walten ließen. Das war wahrscheinlich eine Übersprungshandlung von ihm, denn die Druckerei hatte vor zwei Jahren unter ganz ähnlichen Umständen Mikaels Buch über den Großindustriellen Hans-Erik Wennerström gedruckt. Sie wussten, dass die Bücher vom kleinen *Millennium*-Verlag etwas Besonderes waren.

Danach kehrte Mikael gemächlich nach Stockholm zurück. Er parkte in der Bellmansgatan, stattete seiner Wohnung einen kurzen Besuch ab und holte eine Tasche, in der er Kleider zum Wechseln, Rasierer und Zahnbürste verstaute. Dann fuhr er weiter zur Stavsnäs Brygga in Värmdö, wo er parkte und die Fähre nach Sandhamn nahm.

Es war das erste Mal seit den Weihnachtsferien, dass er wieder in seiner Hütte war. Er machte die Fenster auf, um frische Luft hereinzulassen, und trank ein Mineralwasser. Wie immer, wenn er einen Job abgeschlossen hatte, der Text im Druck war und er nichts mehr tun konnte, fühlte er sich seltsam leer.

Er fegte eine Stunde lang den Boden, wischte Staub, scheuerte das Bad, nahm den Kühlschrank in Betrieb, kontrollierte die Wasserhähne und bezog sein Bett. Er ging zum ICA-Supermarkt und kaufte alles ein, was er für einen Wochenendaufenthalt benötigte. Dann machte er die Kaffeemaschine an, setzte sich mit einer Zigarette auf die Veranda und dachte an nichts Besonderes.

Um kurz vor fünf ging er zum Dampfersteg und holte Monica Figuerola ab.

»Ich hätte nicht geglaubt, dass du dir freinehmen kannst«, sagte er und küsste sie auf die Wange.

»Ich auch nicht. Aber ich habe Edklinth gesagt, wie es ist. Ich habe in den letzten Wochen fast ununterbrochen gearbeitet und werde langsam uneffektiv. Ich brauche zwei freie Tage, um meine Batterien wieder aufzuladen.«

»In Sandhamn?«

»Ich hab ihm nicht gesagt, wo ich hinfahre«, lächelte sie.

Monica Figuerola sah sich erst einmal in Mikaels 25 Quadratmeter großem Sommerhäuschen um, musterte die Kochnische, die Waschecke und das Schlafloft, bevor sie anerkennend nickte. Dann wusch sie sich und zog ein dünnes Sommerkleid an, während Mikael Lammkoteletts in Rotweinsauce machte und auf der Veranda den Tisch deckte. Sie aßen schweigend und betrachteten die vielen Segelboote, die vom Hafen in Sandhamn ablegten oder hierher zurückkamen. Dazu teilten sie sich eine Flasche Wein.

»Ein wunderbares Sommerhäuschen. Bringst du alle deine weiblichen Bekanntschaften mit hierher?«, erkundigte sich Monica plötzlich.

»Nicht alle. Nur die wichtigsten.«

»Ist Erika Berger hier gewesen?«

»Mehrmals.«

»Und Lisbeth Salander?«

»Sie hat mehrere Wochen hier draußen gewohnt, während ich das Buch über Wennerström schrieb. Und vor zwei Jahren haben wir hier die Weihnachtsfeiertage verbracht.«

»Sie scheinen in deinem Leben ja beide eine große Rolle zu spielen.«

»Erika ist meine beste Freundin. Wir sind seit knapp fünfundzwanzig Jahren befreundet. Lisbeth ist eine ganz andere Geschichte. Sie ist sehr eigen, bestimmt der unsozialste Mensch, den ich jemals getroffen habe. Man kann sagen, dass sie einen großen Eindruck auf mich gemacht hat, als wir uns kennenlernten. Ich mag sie. Sie ist eine Freundin.«

»Tut sie dir leid?«

»Nein. Von dem Ärger, den sie im Moment am Hals hat, hat sie sich einen Großteil selbst zuzuschreiben. Aber dass ich zu ihr halte, ist selbstverständlich.«

»Aber weder in sie noch in Erika bist du verliebt?«

Er zuckte die Achseln. Monica Figuerola betrachtete eine Amigo 23 mit brennenden Positionslampen, die mit ihrem Außenbordmotor in Richtung Gästehafen tuckerte.

»Wenn Liebe bedeutet, jemand sehr zu mögen, dann nehme ich an, dass ich in mehrere Menschen verliebt bin«, erklärte er.

»Jetzt also auch in mich?«

Mikael nickte. Monica zog die Augenbrauen hoch und betrachtete ihn.

»Stört dich das?«, wollte er wissen.

»Dass du schon Frauen vor mir gehabt hast? Nein. Aber es stört mich, dass ich nicht richtig weiß, woran ich bei dir bin. Und ich glaube nicht, dass ich ein Verhältnis mit einem Mann haben kann, der herumfickt, wie es ihm gefällt ...«

»Ich habe nicht vor, mich für mein Leben zu entschuldigen.«

»Und ich nehme an, dass ich mich irgendwie in dich verliebt habe, weil du der bist, der du bist. Ich habe einfach einem verrückten Impuls nachgegeben. Das kommt nicht besonders oft vor, und ich hatte überhaupt nichts geplant. Doch jetzt sind wir in einem Stadium angekommen, in dem ich eine von den Mädels bin, die du in dein Sommerhäuschen einlädst.«

Mikael schwieg.

»Ich bin unglücklich. Ich wollte mich nicht in dich verlieben. Es wird viel zu wehtun, wenn Schluss ist.«

»Ich habe diese Hütte bekommen, als mein Vater starb und meine Mutter wieder nach Norrland zog. Meine Schwester und ich haben das Erbe so aufgeteilt, dass sie unsere Wohnung genommen hat und ich die Hütte. Ich hab sie jetzt fast schon fünfundzwanzig Jahre.«

»Aha.«

»Abgesehen von ein paar Zufallsbekanntschaften Anfang der 80er-Jahre gab es exakt fünf Frauen, die vor dir hier gewesen sind.«

»Hmm.«

»Ich habe diese Hütte, damit ich mal aus der Stadt rauskomme und mich entspannen kann. Ich bin fast immer allein hier. Ich lese Bücher, schreibe und setze mich auf den Steg, um den Booten zuzugucken. Das ist hier kein Liebesnest.«

Er stand auf und holte die Weinflasche, die er neben der Verandatür in den Schatten gestellt hatte.

»Ich habe nicht die Absicht, irgendwelche Versprechungen zu machen«, erklärte er. »Meine Ehe ist zerbrochen, weil Erika und ich nicht die Finger voneinander lassen konnten.«

Er schenkte ihnen Wein nach.

»Aber du bist der interessanteste Mensch, den ich seit Langem getroffen habe. Es kommt mir so vor, als liefe unser Verhältnis seit dem ersten Tag auf Hochtouren. Ich glaube, ich hab mich schon verknallt, als du mich in meinem Treppenhaus abgefangen hast. Die wenigen Nächte, die ich zu Hause geschlafen habe, wache ich mitten in der Nacht auf und sehne mich nach dir. Ich weiß nicht, ob ich eine feste Beziehung will, aber ich habe eine Höllenangst, dich zu verlieren. Also, was meinst du, was sollen wir tun?«

»Lass uns darüber nachdenken«, schlug Monica vor. »Ich fühle mich auch ungeheuer von dir angezogen.«

Sie fühlte sich auf einmal ganz wehmütig. Eine Zeit lang saßen sie schweigend da. Als es dunkel wurde, räumten sie den Tisch ab, gingen hinein und schlossen die Tür.

Am Freitag in der Woche vor der Gerichtsverhandlung blieb Mikael vor dem Kiosk am Slussen stehen und betrachtete die Schlagzeilen der Zeitungen. Der Geschäftsführer der *Svenska Morgon-Posten* und der Aufsichtsratsvorsitzende Magnus Borgsjö hatten kapituliert und ihren Rücktritt bekannt gegeben. Er kaufte ein paar Zeitungen und spazierte zu Java in der Hornsgatan, wo er ein spätes Frühstück zu sich nahm. Borgsjö gab familiäre Gründe als Auslöser für seinen plötzlichen Abschied an. Nicht kommentieren wollte er die Behauptung, sein Rücktritt habe etwas mit der Tatsache zu tun, dass Erika Berger sich gezwungen gesehen hatte, ebenfalls ihren Hut zu nehmen, weil sie seine Verstrickung in das Großhandelsunternehmen Vitavara AB nicht vertuschen wollte. Außerdem wurde gemeldet, dass der Schwedische Wirtschaftsverband beschlossen hatte, eine Ethikkommission einzusetzen, die untersuchen sollte, inwiefern schwedische Firmen mit Unternehmen in Südostasien zusammenarbeiteten, die von Kinderarbeit profitierten.

Mikael Blomkvist musste plötzlich aus vollem Hals lachen.

Dann faltete er die Zeitungen zusammen, nahm sein Ericsson T10 zur Hand und rief eine Bekannte von TV4 an.

»Hallo, Schatz«, sagte Mikael Blomkvist. »Ich nehme an, du willst immer noch nicht mit mir ausgehen?«

»Hallo, Mikael«, entgegnete sie lachend. »Tut mir leid, du bist immer noch nicht mein Typ. Aber ich mag deinen Humor.«

»Könntest du dir zumindest vorstellen, mit mir heute Abend essen zu gehen und über die Arbeit zu reden?«

»Willst du mir was anbieten?«

»Erika Berger hat vor zwei Jahren einen Deal mit dir gemacht, was die Wennerström-Affäre anging. Der hat gut funktioniert. So einen ähnlichen Deal würde ich jetzt gern mit dir machen.«

»Erzähl.«

»Nicht bevor wir uns über die Bedingungen geeinigt haben. Genau wie bei Wennerström werden wir zeitgleich mit einem Themenheft ein Buch auf den Markt bringen. Und diese Story wird so richtig groß. Ich biete dir exklusives Vorabmaterial, unter der Bedingung, dass du nicht damit rausgehst, bevor wir veröffentlicht haben. Die Veröffentlichung ist in diesem Fall besonders kompliziert, weil sie an einem bestimmten Tag erfolgen muss.«

»Wie groß ist die Story?«

»Größer als Wennerström«, versprach Mikael Blomkvist. »Bist du interessiert?«

»Machst du Witze? Wo wollen wir uns treffen?«

»Was hältst du von ›Samirs Kochtopf‹? Erika Berger wird auch dabei sein.«

»Ist sie wieder bei *Millennium*, nachdem sie bei der *SMP* gefeuert wurde?«

»Sie ist nicht gefeuert worden. Sie hat nach Meinungsverschiedenheiten mit Borgsjö fristlos gekündigt.«

»Schön blöd.«

»Ja«, meinte Mikael Blomkvist.

Fredrik Clinton hörte Verdi über Kopfhörer. Musik war im Großen und Ganzen das Einzige in seinem Leben, was ihn noch von den Dialyseapparaten und den immer stärker werdenden Rückenschmerzen ablenken konnte. Er summte nicht mit. Er machte nur die Augen zu und begleitete die Töne mit seiner rechten Hand, die neben seinem zerfallenden Körper schwebte und ein Eigenleben zu führen schien.

So ist es eben. Wir werden geboren. Wir leben. Wir werden alt. Wir sterben. Er hatte seinen Teil getan. Alles, was jetzt noch blieb, war der Verfall.

Er fühlte eine tiefe Zufriedenheit mit seinem Dasein.

Er dachte an seinen Freund Evert Gullberg.

Es war Samstag, der 9. Juli. Bis zum Prozessbeginn war es nicht mal mehr eine Woche, und dann konnte die Sektion diese unselige Geschichte endlich ad acta legen. Am Morgen hatte er Bescheid bekommen. Gullberg war enorm zäh gewesen. Wenn man sich ein 9-Millimeter-Vollmantelgeschoss in die Schläfe jagte, erwartete man eigentlich zu sterben. Und nun hatte es doch drei Monate gedauert, bis Gullbergs Körper aufgegeben hatte, was vielleicht eher dem Zufall zu verdanken war als der Sturheit, mit der Dr. Anders Jonasson sich geweigert hatte, diese Schlacht verloren zu geben. Und so war es nicht die Kugel gewesen, sondern der Krebs, der über das Ende entschieden hatte.

Das Sterben war jedoch mit Schmerzen verbunden gewesen, was Clinton traurig machte. Gullberg war zwar unfähig gewesen, mit seiner Umwelt zu kommunizieren, aber zeitweise war er immer wieder zu Bewusstsein gelangt. Das Pflegepersonal bemerkte, dass er lächelte, wenn ihm jemand über die Wange strich, und brummte, wenn ihm etwas unangenehm war. Manchmal versuchte er mit dem Pflegepersonal zu kommunizieren, indem er versuchte, Worte zu formulieren, die niemand richtig verstand.

Er hatte keine Verwandten, und von seinen Freunden besuchte ihn keiner am Krankenbett. Das Letzte, was er von dieser Welt wahrnahm, war eine Nachtschwester aus Eritrea namens Sara Kitama, die an seinem Bett wachte und ihm die Hand hielt, als er einschlief.

Fredrik Clinton wusste, dass er seinem alten Waffenbruder bald nachfolgen würde. Daran bestand kein Zweifel. Die Wahrscheinlichkeit, dass er die Nierentransplantation bekommen würde, die er so verzweifelt brauchte, sank jeden Tag, und der Verfall seines Körpers schritt voran. Seine Leber- und Darmfunktionen waren bei jeder Untersuchung schlechter.

Er hoffte, Weihnachten noch am Leben zu sein.

Aber er war zufrieden. Er empfand eine seltsame Befriedigung, dass die letzte Zeit seines Lebens eine so überraschende und plötzliche Rückkehr in den Dienst mit sich gebracht hatte.

Das war ein Privileg, das er sich niemals erwartet hätte.

Die letzten Töne von Verdi verklangen gerade, als Birger Wadensjöö die Tür zu Clintons kleinem Ruheraum im Hauptquartier der Sektion in der Artillerigatan öffnete.

Clinton schlug die Augen auf.

Er war zu der Erkenntnis gelangt, dass Wadensjöö nur eine Belastung war. Als Speerspitze der schwedischen Landesverteidigung war er völlig ungeeignet. Es war ihm ein Rätsel, wie Hans von Rottinger und er selbst damals zu der fundamentalen Fehleinschätzung kommen konnten, Wadensjöö als selbstverständlichen Erben dieser Position zu betrachten.

Wadensjöö war ein Krieger, der Rückenwind brauchte. In kritischen Augenblicken war er schwach und unfähig, Entscheidungen zu treffen. Ein Mann, der für schwere See nicht geschaffen war.

»Du wolltest mit mir sprechen?«, sagte Wadensjöö.

»Setz dich«, bat Clinton.

Wadensjöö setzte sich.

»Ich bin jetzt in einem Alter, in dem ich nicht mehr genug Zeit habe, um die Dinge auf die lange Bank zu schieben. Deshalb komme ich gleich zur Sache. Wenn das hier vorbei ist, möchte ich, dass du die Führungsspitze der Sektion räumst.«

»Ach ja?«

Clinton schlug einen versöhnlichen Ton an.

»Du bist ein guter Mensch, Birger. Aber du warst leider völlig ungeeignet, nach Gullberg die Verantwortung zu übernehmen. Du hättest sie nie bekommen dürfen. Es war Rottingers und mein Fehler, dass wir uns nicht eher mit der Thronfolge beschäftigt haben, als ich krank wurde.«

»Du hast mich nie gemocht.«

»Da irrst du dich. Du warst ein außerordentlich guter Verwalter, als Rottinger und ich die Sektion leiteten. Ohne dich wären wir aufgeschmissen gewesen, und ich habe vollstes Vertrauen in deinen Patriotismus. Aber ich habe kein Vertrauen in deine Fähigkeit, Entscheidungen zu treffen.«

Plötzlich lächelte Wadensjöö bitter.

»Nach dieser Sache weiß ich auch gar nicht, ob ich unbedingt in der Sektion bleiben möchte.«

»Jetzt, wo Gullberg und Rottinger weg sind, muss ich die entscheidenden Beschlüsse allein fassen. Du hast jede meiner Entscheidungen in den letzte Monaten konsequent zu behindern versucht.«

»Und ich kann nur wiederholen, dass deine Entscheidungen völlig wahnwitzig waren. Das wird noch in einer Katastrophe enden.«

»Möglich. Aber dein Mangel an Entschlusskraft hätte den Untergang besiegelt. Jetzt haben wir zumindest noch eine Chance, und wie es aussieht, klappt es ja auch. *Millennium* sind die Hände gebunden. Vielleicht haben sie den Verdacht, dass wir irgendwo hier draußen sind, aber es fehlen ihnen die Beweise. Wir beobachten jeden ihrer Schritte.«

Wadensjöö blickte aus dem Fenster. Er sah die Dachfirste einiger Wohnungen in der Nachbarschaft.

»Das einzige Risiko ist Zalatschenkos Tochter. Aber der

Prozess beginnt in ein paar Tagen, und dann ist es überstanden. Diesmal müssen wir sie so tief vergraben, dass sie nie mehr zurückkommen und uns Probleme bereiten kann.«

Wadensjöö schüttelte den Kopf.

»Ich verstehe deine Einstellung nicht«, sagte Clinton.

»Und du bist vor Kurzem 68 geworden und handelst völlig irrational, aber anscheinend ist es dir gelungen, sowohl Nyström als auch Sandberg den Kopf zu verdrehen. Sie gehorchen dir, als wärst du Gottvater.«

»Ich *bin* Gottvater, was die Sektion betrifft. Wir folgen einem Plan. Unsere Entscheidungen haben der Sektion eine Chance verschafft. Und ich sage mit der allergrößter Entschiedenheit, dass die Sektion nie wieder in so eine heikle Lage geraten darf. Wenn diese Geschichte ausgestanden ist, werden wir einmal genau über die ganze Organisation und ihre Tätigkeit nachdenken.«

»Verstehe.«

»Georg Nyström wird der neue Chef werden. Er ist eigentlich zu alt dafür, aber er ist der Einzige, der infrage kommt, und er hat versprochen, noch mindestens sechs Jahre zu bleiben. Sandberg ist zu jung und aufgrund deiner Führung zu unerfahren. Er sollte mittlerweile schon ausgelernt haben.«

»Fredrik, kapierst du denn nicht, was du angerichtet hast? Du hast einen Menschen ermordet. Björck hat fünfunddreißig Jahre für die Sektion gearbeitet, und du hast seinen Tod angeordnet. Verstehst du denn nicht …«

»Du weißt ganz genau, dass das unumgänglich war. Er hatte uns verraten, und sobald die Polizei ihn erwischt hätte, hätte er niemals dem Druck standgehalten.«

Wadensjöö stand auf.

»Ich bin noch nicht fertig.«

»Dann müssen wir später weiterreden. Ich habe Arbeit zu erledigen, während du hier liegst und deinen Allmachtsfantasien nachhängst.«

Wadensjöö ging zur Tür.

»Wenn du moralisch so aufgewühlt bist, warum gehst du dann nicht zu Bublanski und gestehst deine Verbrechen?«

Wadensjöö drehte sich noch einmal zu dem Kranken um.

»Den Gedanken hatte ich schon. Aber egal was du glaubst, ich schütze die Sektion mit all meiner Kraft.«

Genau in dem Moment, als er die Tür öffnete, begegnete er Georg Nyström und Jonas Sandberg.

»Hallo, Clinton«, sagte Nyström. »Wir müssen ein paar Dinge besprechen.«

»Kommt rein. Wadensjöö wollte gerade gehen.«

»Fredrik, ich mache mir große Sorgen«, begann Nyström.

»Warum?«

»Es geschehen Dinge, die wir einfach nicht nachvollziehen können. Heute Morgen hat Salanders Anwältin dem Staatsanwalt ihre Autobiografie übergeben.«

»*Was?*«

Kriminalinspektor Hans Faste beobachtete Annika Giannini, während Staatsanwalt Ekström Kaffee aus einer Thermoskanne ausschenkte. Ekström war verblüfft über das Dokument, das man ihm vorgelegt hatte, als er am Morgen im Büro erschienen war. Zusammen mit Faste hatte er die vierzig Seiten mit Lisbeth Salanders Rechtfertigung durchgelesen. Eine ganze Weile hatten sie über das seltsame Dokument diskutiert, bis sie sich schließlich gezwungen sahen, Annika Giannini zu bitten, zu einem inoffiziellen Gespräch vorbeizukommen.

Sie setzten sich an einen kleinen Konferenztisch in Ekströms Dienstzimmer.

»Danke, dass Sie vorbeigekommen sind«, begann Ekström. »Ich habe diese … hmm, Rechtfertigungsschrift gelesen, die Sie mir heute Morgen zugeschickt haben, und möchte dazu die eine oder andere Frage stellen.«

»Bitte«, sagte Annika Giannini hilfsbereit.

»Ich weiß überhaupt nicht, wo ich anfangen soll. Vielleicht sollte ich vorausschicken, dass Kriminalinspektor Faste und ich beide zutiefst verblüfft sind.«

»Tatsächlich?«

»Ich versuche, Ihre Absichten zu verstehen.«

»Wie meinen Sie das?«

»Diese Autobiografie oder wie auch immer man das hier nennen will – was bezwecken Sie damit?«

»Das dürfte doch auf der Hand liegen. Meine Mandantin will ihre Version der Ereignisse darlegen.«

Ekström lachte gutmütig. Mit einer wohlbekannten Geste strich er sich über seinen Kinnbart, eine Angewohnheit, die Annika aus irgendeinem Grund langsam auf die Nerven ging.

»Ja, aber Ihre Mandantin hatte mehrere Monate Zeit, um sich zu erklären. In sämtlichen Verhören, die Faste mit ihr zu führen versuchte, hat sie kein Wort gesagt.«

»Soweit ich weiß, gibt es kein Gesetz, das sie zwingen könnte, zu reden, wenn es Kriminalinspektor Faste gerade in den Kram passt.«

»Nein, aber ich meine … in zwei Tagen beginnt die Gerichtsverhandlung, und um fünf Minuten vor zwölf kommt sie mit diesen Unterlagen an. Ich spüre in dieser Angelegenheit eine gewisse Verantwortung, die außerhalb meiner Pflichten als Staatsanwalt liegt.«

»Ach ja?«

»Ich will mich auf keinen Fall auf eine Art ausdrücken, die Sie als beleidigend auffassen könnten. Das liegt nicht in meiner Absicht. In diesem Land haben wir eine Prozessordnung. Aber Frau Giannini, Sie sind Anwältin für Frauenrecht und haben noch nie einen Mandanten verteidigt, der ein Verbrechen begangen hat. Ich habe Lisbeth Salander nicht angeklagt, weil sie eine Frau ist, sondern weil sie schwere Gewaltverbrechen begangen hat. Ich glaube, auch Sie müssten mittlerweile bemerkt haben, dass sie psychisch ernsthaft krank ist und Betreuung und Hilfe braucht.«

»Erlauben Sie, dass ich Ihnen zu Hilfe komme«, sagte Annika Giannini freundlich. »Sie haben Angst, dass ich Lisbeth Salander keine optimale Verteidigung gewährleisten kann.«

»Das ist nicht herabsetzend gemeint«, beschwichtigte Ekström. »Ich stelle Ihre Kompetenz nicht infrage. Ich weise nur darauf hin, dass Sie auf diesem Gebiet ein wenig unerfahren sind.«

»Gestatten Sie mir die Bemerkung, dass ich Ihnen restlos zustimme. Ich bin sehr unerfahren, was Gewaltverbrechen angeht.«

»Und trotzdem haben Sie konsequent jede Hilfe abgelehnt, die Ihnen von bedeutend erfahreneren Anwälten angetragen wurde …«

»Auf Wunsch meiner Mandantin. Frau Salander will mich als Anwältin, und ich werde sie beim Prozess in zwei Tagen vertreten.«

Sie lächelte höflich.

»In Ordnung. Aber ich frage mich doch, ob Sie allen Ernstes vorhaben, den Inhalt dieses Aufsatzes vor Gericht zu präsentieren?«

»Selbstverständlich. Das ist Lisbeth Salanders Geschichte.«

Ekström und Faste tauschten einen Blick. Faste zog die Augenbrauen hoch. Er verstand nicht recht, warum Ekström hier überhaupt so ein Theater machte. Wenn Giannini nicht begriff, dass sie auf dem besten Wege war, ihre Mandantin mit Pauken und Trompeten untergehen zu lassen, dann war das doch nicht sein Problem. Im Gegenteil. Man brauchte es nur dankend anzunehmen und konnte den Fall dann zu den Akten legen.

Dass Salander völlig verrückt war, stand ja sowieso außer Frage. Er hatte all seine Fähigkeiten aufgeboten, um ihr zumindest eine Aussage über ihren Wohnort zu entlocken. Aber das Mädchen war stumm wie ein Fisch geblieben. Sie war ihm keinen Millimeter entgegengekommen. Die Zigaretten, die er ihr anbot, hatte sie nicht angenommen, ebenso wenig den Kaffee oder die kalten Getränke. Sie hatte nicht einmal reagiert, wenn er sehr eindringlich wurde oder im Moment größter Gereiztheit seine Stimme hob.

Es war wohl das frustrierendste Verhör gewesen, das Kriminalinspektor Hans Faste jemals geführt hatte.

Er seufzte.

»Frau Giannini«, versuchte es Ekström schließlich. »Ich finde, dass Ihre Mandantin sich diesen Prozess ersparen sollte. Sie ist krank. Ich habe ein sehr qualifiziertes rechtspsychiatrisches Gutachten, auf das ich mich stützen kann. Sie sollte endlich die psychiatrische Betreuung erhalten, die sie schon seit vielen Jahren gebraucht hätte.«

»Wenn das so ist, dann werden Sie das vor Gericht sicherlich vorbringen.«

»Das werde ich auch. Es steht mir nicht zu, Ihnen Ratschläge zu erteilen. Aber wenn dies Ihre Linie ist, werden Sie keine Chance haben. Diese Autobiografie enthält ja komplett wahnwitzige und unbestätigte Anschuldigungen gegen eine Reihe von Personen ... nicht zuletzt ihren ehemaligen Betreuer, Rechtsanwalt Bjurman, und Dr. Teleborian. Ich hoffe, Sie glauben nicht im Ernst, dass das Gericht einer Darstellung Glauben schenken wird, die ohne die Spur eines Beweises Dr. Teleborian in Verruf bringt. Dieses Dokument ist der letzte Nagel für den Sarg Ihrer Mandantin, wenn Sie den Vergleich entschuldigen wollen.«

»Ich verstehe.«

»Sie können während des Prozesses bestreiten, dass Salander krank ist, und ein neuerliches psychiatrisches Gutachten fordern. Aber spätestens mit diesem Aufsatz von Salander ist der letzte Zweifel ausgeräumt, dass auch alle anderen Rechtspsychiater zu derselben Schlussfolgerung kommen werden wie Dr. Teleborian. Ihre eigene Darstellung beweist ja nur, dass sie an paranoider Schizophrenie leidet.«

Annika Giannini lächelte höflich.

»Es gibt ja immer noch eine Alternative«, bemerkte sie.

»Und zwar?«, erkundigte sich Ekström.

»Dass ihr Bericht wahr ist und das Gericht sich entscheiden wird, ihm Glauben zu schenken.«

Staatsanwalt Ekström sah verblüfft aus. Dann lächelte er ebenfalls höflich und strich sich über den Bart.

Fredrik Clinton hatte sich in seinem Zimmer an den kleinen Tisch am Fenster gesetzt. Aufmerksam lauschte er Georg Nyström und Jonas Sandberg. Sein Gesicht war von Falten durchzogen, aber seine Augen waren konzentriert und hellwach.

»Seit April hören wir die Telefone der wichtigsten *Millennium*-Mitarbeiter ab und lesen ihre E-Mails«, sagte Clinton. »Wir haben feststellen können, dass Blomkvist und Malin Eriksson und dieser Cortez so gut wie erledigt sind. Wir haben die Layout-Version des nächsten *Millennium*-Hefts gelesen. Selbst Blomkvist scheint mittlerweile davon auszugehen, dass Salander verrückt ist. Er verteidigt sie von einem sozialen Ansatzpunkt aus – er argumentiert, dass sie von der Gesellschaft nie die Unterstützung bekommen hat, die sie eigentlich gebraucht hätte, und dass sie daher vermindert schuldfähig ist, wenn sie versucht hat, ihren Vater umzubringen ... Kein Wort vom Einbruch in seine Wohnung oder vom Überfall auf seine Schwester in Göteborg und von den verschwundenen Berichten. Er weiß, dass er nichts beweisen kann.«

»Aber das ist doch gerade das Problem«, unterbrach Jonas Sandberg. »Blomkvist muss doch wissen, dass hier irgendwas faul ist. Aber er ignoriert all diese Fragezeichen vollkommen. Entschuldigt, aber das scheint mir nicht der Stil von *Millen-*

nium zu sein. Außerdem ist Erika Berger wieder zurück in der Redaktion. Diese ganze *Millennium*-Nummer ist so belanglos, dass uns das skeptisch machen sollte.«

»Du meinst … dass das Ganze ein Fake ist?«

Jonas Sandberg nickte.

»Das Sommerheft von *Millennium* hätte eigentlich in der letzten Juniwoche erscheinen sollen. Soweit wir Malin Erikssons Mail entnehmen konnten, wird dieses Heft in einer Druckerei in Södertälje gedruckt. Aber als ich nachfragte, hatten sie noch überhaupt keine Druckvorlage. Alles, was sie bekommen haben, war eine Angebotsanfrage vor einem Monat.«

»Hmm«, machte Fredrik Clinton.

»Wo haben sie früher drucken lassen?«

»In einer Druckerei namens Hallvigs Reklamtryckeri in Morgongåva. Ich habe angerufen und angefragt, wie weit sie schon mit dem Druck sind – ich habe so getan, als wäre ich ein Mitarbeiter von *Millennium*. Der Chef bei Hallvig wollte kein Wort sagen. Ich hab mir gedacht, ich fahr da heute Abend mal hin und seh mich ein bisschen um.«

»Tu das. Georg?«

»Ich bin alle abgehörten Telefongespräche der letzten Woche durchgegangen«, erklärte Georg Nyström. »Es ist seltsam, aber keiner der *Millennium*-Mitarbeiter äußert sich zu irgendetwas, das mit dem Prozess oder der Zalatschenko-Affäre zu tun hätte.«

»Überhaupt nichts?«

»Nein. Intern wird das Thema totgeschwiegen. Hör dir zum Beispiel mal das hier an. Mikael Blomkvist wird von einem Reporter des *Aftonbladet* angerufen, der ihn nach einem Kommentar zum bevorstehenden Prozess fragt.«

Er schaltete ein Tonbandgerät ein.

»Sorry, aber ich kann keinen Kommentar abgeben.«

»Sie waren doch von Anfang an in diese Story verwickelt.

Sie haben Salander doch in Gosseberga gefunden. Und bis jetzt haben Sie kein Wort darüber veröffentlicht. Wann werden Sie endlich etwas veröffentlichen?«

»Zum passenden Zeitpunkt. Vorausgesetzt, ich habe etwas zum Veröffentlichen.«

»Haben Sie das denn?«

»Tja, Sie werden sich wohl das Millennium-*Heft kaufen und selbst nachlesen müssen.«*

Er schaltete das Gerät ab.

»Eigentlich haben wir vorher nie darüber nachgedacht, aber ich bin noch mal zurückgegangen und habe mir willkürlich ein paar Gespräche rausgegriffen und sie angehört. So wie in diesem Beispiel ging es die ganze Zeit. Über die Zalatschenko-Affäre spricht er fast nie, und wenn, dann nur sehr allgemein. Er bespricht sich nicht mal mit seiner Schwester, die doch schließlich Salanders Anwältin ist.«

»Vielleicht hat er ja wirklich nichts zu sagen.«

»Er weigert sich konsequent, irgendwelche Spekulationen anzustellen. Wie es aussieht, wohnt er rund um die Uhr in der Redaktion und ist fast nie zu Hause. Wenn er rund um die Uhr arbeiten würde, dann hätte er etwas Besseres zustande bringen müssen als das, was im nächsten *Millennium*-Heft geboten wird.«

»Und wir haben immer noch keine Möglichkeit, die Redaktion abzuhören?«

»Nein«, sagte Sandberg. »Es ist rund um die Uhr jemand in der Redaktion. Auch das ist bedeutsam.«

»Hmm?«

»Seit unserem Einbruch in Blomkvists Wohnung ist immer jemand in der Redaktion gewesen. Blomkvist verschwindet im Haus, und das Licht in seinem Zimmer brennt pausenlos. Wenn er nicht da ist, dann sind es Cortez oder Eriksson oder dieser Schwule … äh, Christer Malm.«

Clinton strich sich übers Kinn. Er überlegte kurz.

»Schlussfolgerungen?«

Nyström zögerte einen Moment.

»Na ja … wenn ich es nicht besser wüsste, würde ich sagen, die spielen uns Theater vor.«

Clinton spürte, wie es ihm kalt übers Genick lief.

»Warum haben wir das nicht früher gemerkt?«

»Wir haben auf das gehorcht, was gesagt wurde – nicht auf das, was nicht gesagt wurde. Wir waren zufrieden, als wir die Verwirrung aus ihren Gesprächen heraushörten und in ihren Mails lasen. Blomkvist weiß, dass jemand seiner Schwester und ihm den Salander-Bericht von 1991 gestohlen hat, aber was zum Teufel kann er schon groß unternehmen?«

»Haben sie den Überfall denn nicht angezeigt?«

Nyström schüttelte den Kopf.

»Giannini war bei den Verhören mit Salander dabei. Sie ist höflich, sagt aber nichts, was irgendwie von Bedeutung wäre. Und Salander ist völlig verstockt.«

»Aber das ist doch nur zu unserem Vorteil. Je mehr sie schweigen, umso besser. Was sagt Ekström?«

»Ich habe mich vor zwei Stunden mit ihm getroffen. Da hatte er gerade diese Darstellung von Salander bekommen.«

Er zeigte auf die Kopie auf Clintons Schoß.

»Ekström ist verwirrt. Glücklicherweise versteht Lisbeth Salander sich nicht darauf, sich schriftlich auszudrücken. Für den Uneingeweihten sieht diese Darstellung nach einer geistesgestörten Verschwörungstheorie mit pornografischem Einschlag aus. Aber sie kommt der Wahrheit schon ziemlich nah. Sie erzählt, wie es dazu kam, dass sie in St. Stefan eingesperrt wurde. Sie behauptet, dass Zalatschenko für die SiPo gearbeitet hat und all so was. Sie erwähnt auch, dass sie glaubt, es handle sich um eine kleine Sekte innerhalb der SiPo, was darauf hindeutet, dass sie so etwas wie die Sektion in der SiPo vermutet. Insgesamt beschreibt sie uns äußerst genau. Aber wie gesagt, glaubwürdig ist das alles nicht. Ekström ist verwirrt, weil Giannini auf dieser Basis anscheinend auch ihre Verteidigung aufbauen will.«

»Verdammt aber auch!«, rief Clinton.

Er senkte den Kopf und dachte ein paar Minuten intensiv nach. Dann blickte er wieder auf.

»Jonas fährt also nach Morgongåva hoch und untersucht, ob dort irgendwas im Gange ist. Wenn sie dort das *Millennium*-Heft drucken, dann will ich eine Kopie.«

»Ich nehme Falun mit.«

»Gut. Georg, ich möchte, dass du heute Mittag zu Ekström gehst und ihm auf den Zahn fühlst. Bis jetzt ist alles wie am Schnürchen gelaufen, aber ich kann eure Bedenken nicht einfach übergehen.«

»Okay.«

Clinton schwieg einen Moment.

»Am besten wäre es ja, wenn es überhaupt nicht zu diesem Prozess kommen würde …«, sagte er schließlich.

Er hob den Blick und sah Nyström in die Augen. Nyström nickte. Sandberg nickte. Es war ein Augenblick stummen Einverständnisses.

»Nyström, überprüf doch einfach mal, was es da für Möglichkeiten geben könnte.«

Jonas Sandberg und der Schlosser Lars Faulsson, besser bekannt als »Falun«, parkten ein Stück von den Schienen entfernt und gingen zu Fuß nach Morgongåva. Es war halb neun Uhr abends – noch zu hell und zu früh, um etwas zu unternehmen, aber sie wollten das Gelände auskundschaften und sich einen Überblick verschaffen.

»Wenn das Gebäude alarmgesichert ist, will ich lieber nicht da rein«, erklärte Falun.

Sandberg nickte.

»Dann ist es wohl besser, erst mal durchs Fenster zu sehen. Wenn dort irgendwas Interessantes rumliegt, werfen Sie die

Scheibe mit einem Stein ein, greifen es sich und rennen weg, so schnell Sie können.«

»In Ordnung«, sagte Sandberg.

»Wenn Sie nur ein Exemplar der Zeitschrift benötigen, könnten wir auch einfach nachsehen, ob auf der Rückseite des Gebäudes ein Müllcontainer steht. Es muss ja auch Abfälle von Probedrucken und so was geben.«

Hallvigs Druckerei war in einem niedrigen Backsteingebäude untergebracht. Sie näherten sich von der anderen Straßenseite. Sandberg wollte gerade die Straße überqueren, da packte ihn Falun am Ellbogen.

»Gehen Sie weiter geradeaus«, sagte er.

»Warum denn?«

»Gehen Sie weiter geradeaus, als würden wir gerade einen Abendspaziergang machen.«

Sie gingen an der Druckerei vorbei und drehten eine Runde um den Block.

»Was war denn los?«, wollte Sandberg wissen.

»Sie müssen schon genau hingucken. Das Gebäude ist nicht nur alarmgesichert. Daneben parkte auch noch ein Auto.«

»Sie meinen, dort ist jemand?«

»Das war ein Auto von Milton Security. Verdammt, diese Druckerei wird ja richtig schwer bewacht.«

»Milton Security?«, rief Fredrik Clinton aus. Er spürte den Schock in der Magengrube.

»Wäre Falun nicht gewesen, wäre ich ihnen direkt in die Arme gelaufen«, gab Jonas Sandberg zu.

»Da ist doch irgendeine Schweinerei im Gange«, sagte Nyström. »Anders lässt sich nicht erklären, warum eine kleine Provinzdruckerei von Milton Security bewacht wird.«

Clinton nickte. Sein Mund war nur noch ein schmaler Strich. Es war elf Uhr abends, und er musste sich jetzt langsam ausruhen.

»Was bedeutet, dass *Millennium* irgendwas im Schilde führt«, ergänzte Sandberg.

»Das habe ich auch kapiert«, erwiderte Clinton. »Okay. Wir wollen die Situation analysieren. Was wäre das schlimmste denkbare Szenario? Was könnten sie wissen?«

Er sah Nyström auffordernd an.

»Es muss der Salander-Bericht von 1991 sein«, meinte er. »Sie haben ihre Sicherheitsmaßnahmen erhöht, nachdem wir die Kopien gestohlen hatten. Sie müssen verstanden haben, dass sie überwacht werden. Schlimmstenfalls haben sie noch eine weitere Kopie des Berichts.«

»Aber Blomkvist war doch völlig verzweifelt, dass sie den Bericht verloren hatten.«

»Ich weiß. Aber wir könnten ja auch in eine Falle getappt sein. Vor dieser Möglichkeit dürfen wir nicht die Augen verschließen.«

Clinton nickte.

»Wir gehen mal davon aus. Sandberg?«

»Wir wissen ja, wie Salanders Verteidigung aussehen soll. Sie erzählt die Wahrheit, wie sie sie erlebt hat. Ich habe diese sogenannte Autobiografie noch einmal gelesen. Die kommt uns sogar zugute. Sie enthält so schwere Anschuldigungen wegen Vergewaltigung und Übergriffen vonseiten der Justiz, dass das Ganze aussehen wird wie die wilden Fantasien einer chronischen Lügnerin.«

Nyström nickte.

»Außerdem kann sie ihre Behauptungen nicht im Geringsten beweisen. Ekström wird diese Darstellung gegen sie verwenden und ihre Glaubwürdigkeit noch stärker in Zweifel ziehen.«

»Okay. Teleborians neues Gutachten ist hervorragend. Dann gibt es natürlich noch die Möglichkeit, dass Giannini einen eigenen Experten aus dem Hut zaubert, der behauptet, Salander sei gar nicht verrückt, und dann landet das Ganze vor dem Amt für Rechtsmedizin. Aber auch hier gilt dasselbe – wenn

Salander ihre Taktik nicht ändert, wird sie sich weigern, mit ihm zu sprechen, und dann wird man zu dem Ergebnis kommen, dass Teleborian recht hat und sie tatsächlich verrückt ist. Ihr schlimmster Feind ist sie selbst.«

»Trotzdem, es wäre immer noch die beste Lösung, wenn der Prozess gar nicht stattfinden würde«, erklärte Clinton.

Nyström schüttelte den Kopf.

»Das ist so gut wie unmöglich. Sie sitzt im Untersuchungsgefängnis Kronoberg und hat keine Kontakte mit anderen Gefangenen. Sie darf sich jeden Tag eine Stunde auf einem kleinen Areal auf dem Dach bewegen, aber dort kommen wir nicht an sie heran. Und wir haben keine Kontakte zum Personal im Untersuchungsgefängnis.«

»Verstehe.«

»Wenn wir etwas gegen sie unternehmen wollen, hätten wir das tun müssen, als sie noch im Sahlgrenska-Krankenhaus lag. Jetzt muss alles ganz offen geschehen. Die Wahrscheinlichkeit, dass der Mörder gefasst wird und ins Gefängnis wandert, liegt bei fast 100 Prozent. Und wo würden wir jemand finden, der sich auf so was einlässt? Und in so kurzer Zeit lässt sich auch kein Selbstmord oder irgendein Unfall arrangieren.«

»Das hatte ich schon vermutet. Und unerwartete Todesfälle werfen gern Fragen auf. Okay, wir müssen abwarten, wie die Gerichtsverhandlung verläuft. An der Sache an sich hat sich ja nichts geändert. Wir haben die ganze Zeit auf einen Gegenzug von ihnen gewartet, und wie es aussieht, besteht der wohl in dieser sogenannten Autobiografie.«

»Das eigentliche Problem ist *Millennium*«, stellte Sandberg fest.

Alle nickten.

»*Millennium* und Milton Security«, sagte Clinton nachdenklich. »Salander hat für Armanskij gearbeitet, und Blomkvist war mit ihr zusammen. Können wir daraus folgern, dass sie sich verbündet haben?«

»Der Gedanke erscheint ja nicht abwegig, wenn Milton Security die Druckerei bewacht, in der *Millennium* drucken lässt. Das kann doch kein Zufall sein.«

»Wann wollen sie veröffentlichen? Jonas, du hast gesagt, dass das neue Heft schon zwei Wochen überfällig ist. Wenn wir annehmen, dass Milton Security die Druckerei bewacht, um dafür zu sorgen, dass niemand vorzeitig an ein *Millennium*-Heft herankommen kann, dann bedeutet das zum einen, dass sie etwas veröffentlichen wollen, das nicht zu früh bekannt werden soll, und zum andern, dass die Nummer wahrscheinlich schon gedruckt ist.«

»Im Zusammenhang mit dem Prozess«, ergänzte Jonas Sandberg. »Das ist die einzig einleuchtende Antwort.«

Clinton nickte.

»Was wird in diesem Heft stehen? Was könnte schlimmstenfalls passieren?«

Die drei überlegten lange. Schließlich brach Nyström das Schweigen.

»Wie gesagt, schlimmstenfalls haben sie noch eine Kopie des Berichts von 1991.«

Clinton und Sandberg nickten. Sie waren zu demselben Schluss gekommen.

»Die Frage ist, wie viel sie damit anfangen können«, sagte Sandberg. »Der Bericht betrifft Björck und Teleborian. Björck ist tot. Sie werden Teleborian ordentlich in die Mangel nehmen, aber er kann immer noch behaupten, dass er nur eine ganz normale rechtspsychiatrische Untersuchung durchgeführt hat. Dann steht Aussage gegen Aussage, und alles andere wird er rundherum abstreiten.«

»Was sollen wir tun, wenn sie den Bericht veröffentlichen?«, wollte Nyström wissen.

»Ich glaube, wir haben noch einen Trumpf in der Hand«, sagte Clinton. »Wenn es irgendwie Probleme mit dem Bericht gibt, dann richten sich alle Augen auf die SiPo, nicht auf die

Sektion. Und wenn die Journalisten anfangen, Fragen zu stellen, dann holt die SiPo eben den Bericht aus dem Archiv.«

»Und es ist selbstverständlich nicht derselbe Bericht«, fuhr Sandberg fort.

»Richtig. Shenke hat die abgeänderte Version archiviert, also die Version, die auch Staatsanwalt Ekström zu lesen bekommen hat. Sie hat ein Aktenzeichen. Hier können wir ziemlich schnell eine Menge falscher Informationen an die Presse geben ... Wir haben ja das Original, das Bjurman sich geschnappt hatte, und *Millennium* hat nur eine Kopie. Wir können sogar Informationen verbreiten, die den Verdacht erhärten, dass Blomkvist den Originalbericht gefälscht hat.«

»Gut. Was könnte *Millennium* sonst noch wissen?«

»Über die Sektion können sie nichts wissen. Das ist unmöglich. Sie werden sich also auf die SiPo konzentrieren, was bedeutet, dass Blomkvist dastehen wird wie jemand, der eine abstruse Verschwörungstheorie ausgebrütet hat, und die SiPo wird behaupten, er sei verrückt.«

»Er ist ziemlich bekannt«, gab Clinton zu bedenken. »Nach der Wennerström-Affäre genießt er in der Öffentlichkeit ein hohes Ansehen.«

Nyström nickte.

»Kann man dieses Ansehen irgendwie erschüttern?«, fragte Jonas Sandberg.

Nyström und Clinton tauschten einen Blick. Dann nickten sie beide. Clinton sah Nyström an.

»Glaubst du, du könntest ... sagen wir mal, fünfzig Gramm Kokain besorgen?«

»Vielleicht über die Jugos.«

»Okay. Versuch's mal. Aber es eilt. In zwei Tagen beginnt die Gerichtsverhandlung.«

»Ich verstehe nicht ...«, begann Sandberg.

»Das ist ein Trick, der ist so alt wie unser Gewerbe. Aber immer noch sehr effektiv.«

»Morgongåva?«, fragte Torsten Edklinth und runzelte die Stirn. Er saß zu Hause im Morgenmantel auf dem Sofa und las gerade zum dritten Mal Salanders Autobiografie, als ihn Monica Figuerola anrief.

»Morgongåva«, wiederholte sie. »Sandberg und Lars Faulsson sind heute Abend gegen sieben dort hingefahren. Curt Svensson von Bublanskis Truppe hat sie den ganzen Weg über beschattet, was dadurch erleichtert wurde, dass wir Sandbergs Auto mit einem Peilsender versehen hatten. Sie haben ihr Auto in der Nähe des alten Bahnhofs geparkt und sind dann ein bisschen spazieren gegangen, bevor sie zum Auto zurückgingen und wieder nach Stockholm fuhren.«

»Verstehe. Haben sie sich mit jemandem getroffen oder …?«

»Nein. Das war ja das Seltsame. Sie stiegen aus dem Auto, drehten eine Runde und fuhren dann wieder nach Hause.«

»Aha. Und warum rufen Sie mich dann mitten in der Nacht an, um mir das mitzuteilen?«

»Es hat eine Weile gedauert, bis wir dahinterkamen. Sie sind an einem Gebäude vorbeigegangen, in dem Hallvigs Reklamtryckeri untergebracht ist. Ich habe mit Mikael Blomkvist darüber geredet: Dort wird *Millennium* gedruckt.«

»Verdammt!«, sagte Edklinth.

Im selben Augenblick war ihm klar, was das zu bedeuten hatte.

»Da Falun dabei war, schätze ich, dass sie ursprünglich einen späten Besuch bei der Druckerei machen wollten, die Sache dann aber abgebrochen haben«, erklärte Monica Figuerola.

»Sie haben recht. Das bedeutet, dass sie Lunte gerochen haben …«

»Spätestens als sie das Auto sahen, müssen ihre Alarmglocken geläutet haben. Sandberg ließ Faulsson in der City raus und fuhr danach in die Artillerigatan. Wir wissen, dass Fredrik Clinton sich dort aufhält. Georg Nyström kam ungefähr zur selben Zeit an. Jetzt stellt sich natürlich die Frage, was sie unternehmen werden.«

»Der Prozess beginnt am Dienstag … Können Sie Blomkvist anrufen und ihn bitten, die Sicherheitsmaßnahmen für *Millennium* zu verschärfen? Nur für den Fall des Falles.«

»Sie haben bereits ziemlich gute Sicherheitsvorkehrungen getroffen. Und die Art, wie sie über ihre abgehörten Telefone nur verschwommene oder irreführende Informationen verbreitet haben, hatte schon was Professionelles. Blomkvist ist tatsächlich so paranoid, dass er Methoden für Ablenkungsmanöver erfunden hat, die wir uns auch zunutze machen könnten.«

»Okay. Aber rufen Sie ihn trotzdem an.«

Monica Figuerola schaltete ihr Handy aus und legte es auf den Nachttisch. Sie hob den Blick und betrachtete Mikael Blomkvist, der nackt am Fußende des Bettes lehnte.

»Ich soll dich anrufen und dir empfehlen, die Sicherheitsmaßnahmen für *Millennium* zu verschärfen«, sagte sie.

»Danke für den Tipp«, erwiderte er trocken.

»Ich meine es ernst. Wenn die Lunte riechen, dann besteht die Gefahr, dass sie unüberlegt handeln. Und dann könnte es auch noch zu einem Einbruch kommen.«

»Henry schläft heute Nacht dort. Und wir haben eine Alarmanlage, die Milton Security alarmiert. Die sind nur drei Minuten von uns entfernt.«

Er schwieg kurz.

»Paranoid …«, murmelte er.

24. Kapitel

Montag, 11. Juli

Am Montagmorgen um sechs rief Susanne Linder von Milton Security auf Mikael Blomkvists blauem T10 an.

»Schlafen Sie eigentlich nie?«, erkundigte sich Mikael schlaftrunken.

Er warf einen Blick auf Monica Figuerola, die schon auf war und sich Joggingshorts angezogen hatte, das T-Shirt aber noch nicht.

»Doch. Aber ich bin vom Nachtdienst geweckt worden. Der lautlose Alarm, den wir in Ihrer Wohnung installiert hatten, ist heute Morgen um drei Uhr losgegangen.«

»Ach ja?«

»Da musste ich runterfahren und nachsehen, was passiert war. Die Sache ist ein bisschen verzwickt. Könnten Sie heute Morgen bei Milton Security vorbeikommen? Am besten sofort?«

»Das ist eine ernste Angelegenheit«, verkündete Dragan Armanskij.

Es war kurz nach acht, als sie sich in einem Konferenzraum von Milton Security vor einem Fernseher versammelten. Die Teilnehmer dieser Sitzung waren Armanskij, Mikael Blomkvist und Susanne Linder. Armanskij hatte auch Johan Fräklund, 62, dazugebeten, einen ehemaligen Kriminalinspektor der Polizei in Solna, der jetzt Chef der operativen Einheit von Milton war, sowie den ehemaligen Kriminalinspektor Sonny Bohman, 48, der die Salander-Affäre von Anfang an mitverfolgt hatte. Gemeinsam dachten sie nun über den Film aus der Überwachungskamera nach, den Susanne Linder ihnen gerade vorgespielt hatte.

»Wir sehen hier also Jonas Sandberg, wie er heute Morgen um 3 Uhr 17 die Tür zu Mikael Blomkvists Wohnung öffnet. Mit seinen eigenen Schlüsseln … Sie erinnern sich, dass dieser Falun Kopien von Blomkvists Reserveschlüsseln gemacht hatte, als er vor ein paar Wochen mit Göran Mårtensson in die Wohnung einbrach.«

Armanskij nickte grimmig.

»Sandberg hält sich knapp acht Minuten in der Wohnung auf. In dieser Zeit tut er Folgendes: Zum einen holt er eine kleine Plastiktüte aus der Küche, in die er etwas hineintut. Dann schraubt er die rückwärtige Abdeckung eines Lautsprechers ab, der bei Ihnen im Wohnzimmer steht, Mikael. Dort steckt er diese Tüte hinein.«

»Hmm«, machte Mikael Blomkvist.

»Dass er eine Tüte aus Ihrer Küche holt, ist wichtig.«

»Das ist eine Tüte von Konsum«, sagte Mikael. »Die heb ich immer auf, weil sie so schön groß sind.«

»Mach ich zu Hause auch. Das Wichtige daran ist natürlich, dass auf dieser Tüte Ihre Fingerabdrücke drauf sind. Danach holt er eine alte *SMP* aus Ihrer Tüte mit Papiermüll im Flur. Er reißt eine Seite heraus, um darin einen Gegenstand einzuwickeln, den er zuoberst in Ihren Kleiderschrank legt.«

»Hmm«, machte Mikael Blomkvist abermals.

»Dasselbe gilt für das Zeitungspapier. Ihre Fingerabdrücke befinden sich darauf.«

»Verstehe«, sagte Blomkvist.

»Ich bin gegen fünf in Ihre Wohnung gefahren und fand

dort in Ihrem Lautsprecher ungefähr hundertachtzig Gramm Kokain. Ich habe eine Probe von einem Gramm genommen, die ich hier habe.«

Sie legte eine durchsichtige Hülle für Beweismaterial auf den Konferenztisch.

»Und im Kleiderschrank?«, wollte Mikael wissen.

»Ungefähr 120 000 Kronen in bar.«

Armanskij bedeutete Susanne Linder mit einer Geste, dass sie den Fernseher ausschalten sollte. Dann sah er Fräklund an.

»Mikael Blomkvist dealt also mit Kokain«, sagte Fräklund gutmütig.

»Das ist eine Gegenmaßnahme«, stellte Mikael Blomkvist fest.

»Eine Gegenmaßnahme?«

»Die haben gestern herausgefunden, dass die Druckerei bewacht wird.«

Er erzählte, was er von Monica Figuerola über Sandbergs Ausflug nach Morgongåva erfahren hatte.

»Fleißiger kleiner Dreckskerl«, meinte Sonny Bohman.

»Aber warum denn gerade jetzt?«

»Anscheinend machen sie sich Sorgen, was *Millennium* publizieren wird, wenn der Prozess beginnt«, vermutete Fräklund. »Wenn Blomkvist wegen Kokainhandels erwischt wird, nimmt seine Glaubwürdigkeit enormen Schaden.«

Susanne Linder nickte. Mikael Blomkvist schien noch Zweifel zu haben.

»Also, wie wollen wir damit umgehen?«, fragte Armanskij.

»Im Moment machen wir gar nichts«, schlug Fräklund vor. »Wir haben hier schließlich alle Trümpfe in der Hand. Wir haben einen wunderbaren Beweis, wie Sandberg das Kokain in Ihre Wohnung schmuggelt, Mikael. Lassen wir die Falle doch einfach zuschnappen. Wir können Ihre Unschuld ja sofort beweisen, außerdem ist das ein Beweis für die kriminelle Vorgehensweise der Sektion. Ich wäre ja zu gern Staatsanwalt, wenn diese Gauner vor Gericht stehen.«

»Ich weiß nicht«, sagte Mikael Blomkvist zögernd. »Die Gerichtsverhandlung beginnt übermorgen. *Millennium* erscheint am Freitag, dem dritten Tag des Prozesses. Wenn die mich wegen Kokainhandels in die Pfanne hauen wollen, dann müssten sie das noch vorher tun ... und dann kann ich nicht mehr erklären, wie es dazu gekommen ist, bevor das Heft erscheint.«

»Mit anderen Worten, es gibt gute Gründe für Sie, diese Woche unsichtbar zu bleiben«, schlug Armanskij vor.

»Na ja ... ich muss ja auch mit TV4 zusammenarbeiten und noch so einige andere Vorbereitungen treffen. Das käme mir ziemlich ungelegen ...«

»Warum denn gerade jetzt?«, fragte Susanne Linder plötzlich.

»Wie meinen Sie das?«, wollte Armanskij wissen.

»Sie hatten drei Monate Zeit, um Blomkvist mit Schmutz zu bewerfen. Warum handeln sie erst jetzt? Egal was sie tun, die Veröffentlichung können sie jetzt doch sowieso nicht mehr verhindern.«

Für einen Moment herrschte Schweigen am Tisch.

»Könnte ja sein, dass sie nicht wissen, was Sie veröffentlichen werden, Mikael«, sagte Armanskij langsam. »Sie wissen, dass Sie da irgendwas am Laufen haben ... aber vielleicht glauben sie auch, dass es nur Björcks Bericht von 1991 ist.«

Mikael nickte zögernd.

»Ihnen ist noch nicht klar, dass Sie die ganze Sektion ausheben wollen. Wenn es nur um Björcks Bericht ginge, würde es ausreichen, Misstrauen gegen Sie zu säen. Ihre eventuellen Enthüllungen würden in der Aufregung um Ihre Festnahme und die Untersuchungshaft untergehen. Ein Riesenskandal. Der berühmte Reporter Mikael Blomkvist wegen Drogenhandels verhaftet. Darauf stehen sechs bis acht Jahre Gefängnis.«

»Könnte ich zwei Kopien des Films aus der Überwachungskamera bekommen?«, bat Mikael.

»Was wollen Sie damit?«

»Eine Kopie an Edklinth geben. Und dann treffe ich mich ja in drei Stunden auch mit TV4. Ich glaube, es wäre gut, das alles vorbereitet zu haben, wenn der große Trubel losbricht.«

Monica Figuerola schaltete den DVD-Player aus und legte die Fernbedienung auf den Boden. Sie befanden sich im provisorischen Büro am Fridhemsplan.

»Kokain«, sagte Edklinth. »Jetzt fahren sie aber schwere Geschütze auf.«

Monica Figuerola wirkte nachdenklich. Sie warf Mikael einen Blick zu.

»Ich hielt es für das Beste, Sie auch zu informieren«, sagte er mit einem Achselzucken.

»Das gefällt mir alles gar nicht«, sagte sie. »Das sieht schon nach einer ziemlichen Verzweiflungstat aus. Sie müssen sich doch darüber im Klaren sein, welche Risiken diese Geschichte für sie selber birgt.«

»Allerdings«, stimmte Mikael zu.

»Selbst wenn Sie verurteilt würden, bestünde immer noch das Risiko, dass die Leute Ihnen trotzdem glauben. Und Ihre Kollegen bei *Millennium* würden auch bestimmt nicht die Klappe halten.«

»Außerdem kostet diese Aktion eine ganze Menge«, fügte Edklinth hinzu. »Die verfügen also über ein Budget, das es ihnen erlaubt, ohne mit der Wimper zu zucken, 120 000 Kronen auszugeben, und das Kokain ist ja auch noch einiges wert.«

»Stimmt«, sagte Mikael. »Aber ihr Plan ist trotzdem nicht übel. Sie rechnen damit, dass Lisbeth Salander in die Psychiatrie wandert und ich in einem Wust von Verdächtigungen verschwinde. Außerdem glauben sie, dass sich alle eventuelle

Aufmerksamkeit auf die SiPo richten wird – nicht auf die Sektion. Und das wäre für sie ja eine gute Ausgangslage.«

»Aber wie wollen die das Rauschgiftdezernat dazu bringen, eine Hausdurchsuchung bei Ihnen durchzuführen? Ich meine, ein anonymer Tipp reicht ja wohl nicht aus, um einem prominenten Journalisten die Tür einzutreten. Und wenn das Ganze hier funktionieren soll, müssten Sie in den nächsten Tagen schon unter Verdacht geraten.«

»Tja, aber wir wissen ja nichts über ihren Zeitplan«, meinte Mikael.

Er war müde und wünschte sich, dass alles schon vorüber wäre. Er stand auf.

»Wohin wollen Sie?«, erkundigte sich Monica Figuerola. »Ich würde gern wissen, wo Sie sich in der nächsten Zeit aufhalten.«

»Ich treffe mich heute Mittag mit TV4. Und danach um sechs Uhr mit Erika Berger in ›Samirs Kochtopf‹. Wir wollen die perfekte Formulierung für unsere Pressemitteilung finden. Und den Rest des Abends werde ich wohl in der Redaktion verbringen, schätze ich.«

Monica Figuerolas Augen verengten sich ein klein wenig, als Erika Bergers Name fiel.

»Ich möchte, dass wir tagsüber in Verbindung bleiben. Am liebsten wäre es mir, wenn wir bis zum Beginn des Prozesses engen Kontakt hielten.«

»Okay. Vielleicht sollte ich einfach für ein paar Tage bei Ihnen einziehen«, sagte Mikael lächelnd und tat so, als hätte er einen Witz gemacht.

Monica Figuerolas Miene verfinsterte sich. Sie warf einen hastigen Seitenblick auf Edklinth.

»Monica hat recht«, sagte Edklinth. »Ich glaube, es wäre am besten, wenn Sie sich unsichtbar machen, bis die ganze Sache vorbei ist. Wenn Sie von den Drogenfahndern verhaftet werden, müssen Sie schweigen, bis der Prozess beginnt.«

»Immer mit der Ruhe«, beschwichtigte Mikael. »Ich habe nicht vor, jetzt in Panik zu verfallen und irgendwas preiszugeben. Kümmern Sie sich um Ihre Aufgaben, dann kümmer ich mich um meine.«

Die Kollegin von TV4 konnte ihre Erregung über das neue Bildmaterial, das Mikael Blomkvist ihr übergab, kaum verbergen. Er lächelte über ihren Hunger. Eine Woche lang hatten sie sich abgerackert, um das Material zu einem gut verständlichen Fernsehbeitrag über die Sektion zusammenzubasteln. Sowohl ihr Produzent als auch der Nachrichtenchef von TV4 hatten erkannt, was für eine Riesenstory dahintersteckte. Der Beitrag wurde unter allergrößter Geheimhaltung produziert, mit so wenig Beteiligten wie möglich. Sie hatten auch Mikaels Forderung akzeptiert, dass er erst am Abend des dritten Verhandlungstags gesendet werden durfte. Man hatte sich entschieden, den Beitrag in Form einer einstündigen Sondernachrichtensendung auszustrahlen.

Mikael hatte ihr schon eine ganze Reihe von Fotos gegeben, aber bewegte Bilder waren im Fernsehen doch unschlagbar. Ein gestochen scharfes Video, das zeigt, wie ein namentlich genannter Polizist Kokain in Mikael Blomkvists Wohnung versteckt – darüber geriet die Redakteurin von TV4 einfach restlos aus dem Häuschen.

»Was für eine Enthüllung!«, sagte sie. »Eingeblendetes Bild – *Hier versteckt die SiPo gerade Kokain in der Wohnung des Reporters.*«

»Nicht die SiPo … die Sektion«, korrigierte Mikael. »Mach nicht den Fehler, die beiden zu vermischen.«

»Sandberg arbeitet aber doch für die SiPo«, protestierte sie.

»Ja, aber man muss ihn praktisch als eingeschleusten Mitarbeiter betrachten. Bitte unterscheide da immer ganz genau.«

»Okay. Die Sektion ist die eigentliche Story. Nicht die SiPo. Mikael, kannst du mir eigentlich mal erklären, wie du immer an solche Sachen rankommst? Du hast recht. Das wird noch größer als die Wennerström-Affäre.«

»Reines Talent, nehme ich mal an. Absurderweise beginnt diese Story ja auch mit einer Wennerström-Affäre. Der Spionageaffäre mit Oberst Wennerström aus den 60er-Jahren meine ich natürlich.«

Um vier Uhr nachmittags rief Erika Berger an. Sie war gerade bei einem Treffen von Zeitungsverlegern, um ihre Sicht des geplanten Personalabbaus bei der *SMP* darzustellen, der nach ihrer Kündigung einen heftigen gewerkschaftlichen Konflikt heraufbeschworen hatte. Sie kündigte Mikael an, dass sie erst später zu ihrem Abendessen in »Samirs Kochtopf« kommen würde, wahrscheinlich nicht vor halb sieben.

In dem Ruheraum, der Clintons Kommandozentrale im Hauptquartier der Sektion war, half Jonas Sandberg Fredrik Clinton, sich aus dem Rollstuhl auf die Pritsche zu hieven. Clinton war gerade erst von seiner Dialyse zurückgekommen, die den ganzen Vormittag gedauert hatte. Er fühlte sich uralt und unendlich müde. In den letzten Tagen hatte er kaum geschlafen und wünschte sich nur noch, dass alles bald vorbei sein möge. Gerade hatte er sich im Bett zurechtgesetzt, da kam Georg Nyström dazu.

Clinton sammelte noch einmal seine Kräfte zusammen.

»Alles bereit?«, erkundigte er sich.

Nyström nickte.

»Ich habe mich gerade mit den Brüdern Nikolić getroffen«, berichtete er. »50 000 wird es kosten.«

»Das können wir uns leisten«, meinte Clinton.

Verdammt, wenn man doch noch einmal jung sein könnte.

Er wandte den Kopf und musterte erst Georg Nyström und dann Jonas Sandberg.

»Keine Gewissenskonflikte?«, fragte er.

Beide schüttelten den Kopf.

»Wann?«, wollte Clinton wissen.

»In den nächsten vierundzwanzig Stunden«, antwortete Nyström. »Es ist eben verdammt schwierig, Blomkvist ausfindig zu machen, aber notfalls machen sie es auch außerhalb der Redaktion.«

Clinton nickte.

»Heute Abend haben wir schon eine Möglichkeit ... in zwei Stunden«, erklärte Sandberg.

»Ach ja?«

»Erika Berger hat ihn vor einer Stunde angerufen. Sie wollen heute Abend zusammen in ›Samirs Kochtopf‹ essen. Das ist ein Lokal in der Nähe der Bellmansgatan.«

»Berger ...«, sagte Clinton zögernd.

»Um Himmels willen, ich hoffe doch, dass sie nicht auch ...«, begann Georg Nyström.

»Das wäre gar nicht mal schlecht«, unterbrach Jonas Sandberg.

Clinton und Nyström sahen ihn an.

»Wir sind uns doch einig, dass Blomkvist die größte Bedrohung für uns bedeutet und es wahrscheinlich ist, dass er im nächsten *Millennium*-Heft etwas veröffentlichen wird. Davon können wir ihn nicht abhalten. Also müssen wir seine Glaubwürdigkeit erschüttern. Wenn er in einer scheinbaren Abrechnung der Unterwelt ermordet wird und die Polizei danach Rauschgift und Geld in seiner Wohnung findet, werden die Ermittler gewisse Schlussfolgerungen ziehen. Auf jeden Fall werden sie nicht als Erstes nach Verschwörungen bei der Sicherheitspolizei suchen.«

Clinton nickte.

»Berger ist ja Blomkvists Liebhaberin«, erklärte Sandberg nachdrücklich. »Sie ist verheiratet und untreu. Wenn auch sie plötzlich ums Leben kommt, wird das eine Menge anderer Spekulationen nach sich ziehen.«

Clinton und Nyström wechselten einen Blick. Sandberg war

ein Naturtalent in puncto Vernebelungstaktik. Er lernte schnell. Clinton und Nyström zögerten einen Moment, weil Sandberg gar so unbekümmert über Leben und Tod entschied. Das war nicht gut. Eine so extreme Maßnahme wie ein Mord war nichts, was man übers Knie brach, nur weil einem gerade nichts anderes einfiel. Es war keine Patentlösung, sondern eine Maßnahme, zu der man nur greifen durfte, wenn es keine anderen Alternativen mehr gab.

Clinton schüttelte den Kopf.

Kollateralschaden, dachte er. Plötzlich widerte ihn die ganze Unternehmung an.

Nach einem Leben im Dienst des Königreiches sitzen wir jetzt hier wie brutale Killer.

Zalatschenko war notwendig gewesen. Björck war ... bedauerlich, aber Gullberg hatte recht. Blomkvist ist ... vermutlich auch notwendig. Doch Erika Berger war nichts als ein unschuldiger Zaungast.

Er warf einen Blick auf Sandberg. Er hoffte, dass sich der junge Mann nicht zum Psychopathen auswachsen würde.

»Wie viel wissen die Brüder Nikolić?«

»Nichts. Also, über uns wissen sie nichts. Ich bin der Einzige, den sie treffen. Ich bin mit einer anderen Identität aufgetreten, und sie können mich nicht aufspüren. Sie glauben, dass der Mord irgendwie mit Rauschgift zusammenhängt.«

»Was passiert nach dem Mord mit den Brüdern Nikolić?«

»Sie verlassen Schweden sofort«, sagte Nyström. »Genau wie bei Björck. Wenn die polizeilichen Ermittlungen zu keinem Ergebnis führen, können sie nach ein paar Wochen vorsichtig zurückkehren.«

»Und der Plan?«

»Das sizilianische Modell. Sie gehen einfach zu Blomkvist, leeren ein Magazin und gehen wieder weg.«

»Was für Waffen?«

»Sie haben automatische Waffen. Genaueres weiß ich nicht.«

»Ich hoffe, sie versauen nicht das ganze Lokal.«

»Keine Sorge. Sie sind eiskalt und wissen, was sie zu tun haben. Aber wenn Berger mit Blomkvist an einem Tisch sitzt ...«

Kollateralschaden.

»Hört her«, sagte Clinton zum Schluss. »Es ist wichtig, dass Wadensjöö nicht erfährt, dass wir in diese Sache hier verwickelt waren. Besonders wenn auch Erika Berger zu den Opfern gehört. Er ist schon an seiner Belastungsgrenze. Ich befürchte, wenn diese Geschichte vorbei ist, müssen wir ihn pensionieren.«

Nyström nickte.

»Das bedeutet, dass wir Theater spielen müssen, wenn wir die Nachricht bekommen, dass Blomkvist ermordet wurde. Wir werden eine Krisensitzung einberufen und uns völlig überrascht von der Entwicklung der Geschehnisse zeigen. Wir werden spekulieren, wer dahinterstecken könnte, aber nichts vom Rauschgift erwähnen, bevor die Polizei das Beweismaterial gefunden hat.«

Mikael Blomkvist trennte sich um kurz vor fünf von seiner Fernsehkollegin. Sie waren den ganzen Nachmittag strittige Punkte in seinem Material durchgegangen, danach war Mikael geschminkt und lange vor der Kamera interviewt worden.

Bei einer Frage tat er sich allerdings schwer, sie verständlich zu beantworten, und sie hatten mehrere Anläufe gebraucht, bis die Aufzeichnung im Kasten war.

Wie kann es sein, dass ein Beamter des schwedischen Staates sich zu einem Mord hinreißen lässt?

Mikael hatte über diese Frage schon lange nachgegrübelt. Die Sektion musste Zalatschenko als ungeheure Bedrohung angesehen haben, aber das war noch keine zufriedenstellende Antwort. Die Antwort, die er schließlich gab, war jedoch auch nicht viel besser.

»Die einzige einleuchtende Erklärung, die ich geben kann, ist, dass sich die Sektion im Laufe der Jahre zu einer Sekte im wahrsten Sinne des Wortes entwickelt hat. Man kann durchaus Parallelen ziehen zu den religiös motivierten Morden in Knutby oder zu Priester Jim Jones von People's Temple mit seinen Massenselbstmorden. Sie haben ihre eigenen Gesetze, in denen Begriffe wie ›richtig‹ und ›falsch‹ nicht mehr relevant sind, und leben völlig isoliert von der übrigen Gesellschaft.«

»Das klingt ja fast nach einer Art Psychose.«

»Ja, so könnte man das auch nennen.«

Er nahm die U-Bahn bis zum Slussen und stellte fest, dass es noch zu früh für »Samirs Kochtopf« war. Er blieb eine Weile auf dem Södermalmstorg stehen. Er war bekümmert, aber gleichzeitig schien das Leben wieder in seiner richtigen Bahn zu verlaufen. Erst seit Erika zu *Millennium* zurückgekommen war, hatte er begriffen, wie entsetzlich sie ihm gefehlt hatte. Außerdem hatte es keine inneren Konflikte gegeben, als sie das Ruder wieder übernahm und Malin auf ihren Posten als Redaktionssekretärin zurückkehrte. Im Gegenteil, Malin schien fast überglücklich über die Entwicklung zu sein.

Erikas Rückkehr bedeutete auch, dass alle merkten, wie furchtbar unterbesetzt die Redaktion in den letzten drei Monaten gewesen war. Erika trat ihren Dienst bei *Millennium* mit einem Kavalierstart an. Malin und sie kümmerten sich gemeinsam um die Altlasten, die sich angesammelt hatten. Außerdem hatte es eine Redaktionsversammlung gegeben, in der man beschloss, dass *Millennium* expandieren und mindestens einen, wahrscheinlich sogar zwei neue Mitarbeiter einstellen musste. Wie sie das Geld dafür auftreiben sollten, war ihnen freilich noch unklar.

Schließlich verließ Mikael die Redaktion, besorgte sich die Abendzeitungen und trank Kaffee bei Java in der Hornsgatan, um die Zeit totzuschlagen, bis er sich mit Erika traf.

Staatsanwältin Ragnhild Gustavsson von der Generalstaatsanwaltschaft legte ihre Brille auf den Konferenztisch und betrachtete die Versammlung. Sie war 58 Jahre alt und hatte ein von Falten durchzogenes Gesicht mit Apfelbäckchen und kurzen, ergrauenden Haaren. Sie war seit fünfundzwanzig Jahren Staatsanwältin und arbeitete seit den 90er-Jahren bei der Generalstaatsanwaltschaft.

Erst vor drei Wochen hatte man sie plötzlich ins Dienstzimmer des Generalstaatsanwalts zu einem Treffen mit Torsten Edklinth gerufen. An diesem Tag war sie gerade damit beschäftigt gewesen, ein paar Routineangelegenheiten abzuschließen, um anschließend einen sechswöchigen Urlaub in ihrem Sommerhäuschen auf Husarö anzutreten. Stattdessen bekam sie nun den Auftrag, die Ermittlungen gegen eine ganze Gruppe von Behördenmitarbeitern, die sogenannte Sektion, zu leiten. Alle Urlaubspläne waren hastig auf Eis gelegt worden. Diese Angelegenheit sollte in nächster Zukunft ihre Hauptaufgabe sein, und sie hatte nahezu freie Hand, was die Gestaltung ihrer Arbeit und die notwendigen Entscheidungen betraf.

»Das werden so ziemlich die aufsehenerregendsten Ermittlungen in der schwedischen Geschichte«, kündigte der Generalstaatsanwalt an.

Sie war geneigt, ihm zuzustimmen.

Mit wachsender Verblüffung lauschte sie Edklinths Zusammenfassung der Angelegenheit sowie den Ergebnissen seiner Ermittlungen, die er im Auftrag des Ministerpräsidenten durchgeführt hatte. Wenn die Ermittlungen auch noch nicht abgeschlossen waren, so meinte er doch, weit genug gekommen zu sein, um die Sache einem Staatsanwalt unterbreiten zu müssen.

Zuerst verschaffte sie sich einen Überblick über das Material, das Edklinth ihr vorlegte. Als sich die Tragweite der Verbrechen herauskristallisierte, wurde ihr klar, dass jede ihrer Taten und Entscheidungen in zukünftigen Geschichtsbüchern streng geprüft werden würde. Der Fall war einmalig in der schwedischen Rechtsgeschichte, und da es hier um kriminelle

Aktivitäten ging, die sich über mindestens dreißig Jahre erstreckten, erkannte sie die Notwendigkeit einer besonderen Vorgehensweise. Sie dachte an die staatlichen Anti-Mafia-Ermittler in Italien, die in den 70er- und 80er-Jahren fast im Verborgenen hatten arbeiten müssen, um überleben zu können. Sie verstand, warum auch Edklinth heimlich hatte arbeiten müssen. Er wusste einfach nicht mehr, wem er vertrauen durfte.

Als erste Maßnahme rief sie drei Mitarbeiter der Generalstaatsanwaltschaft zu sich. Sie wählte solche aus, die sie selbst seit vielen Jahren kannte. Dann heuerte sie noch einen bekannten Historiker an, der Mitglied im Rat für Verbrechensprävention war und sie mit seinen Kenntnissen von der Entwicklung der Sicherheitspolizei im Laufe der Jahrzehnte unterstützen sollte. Schließlich ernannte sie Monica Figuerola offiziell zur Leiterin der Ermittlungen.

Damit hatten die Ermittlungen gegen die Sektion eine verfassungsrechtlich gültige Form angenommen.

In den letzten zwei Wochen hatte Staatsanwältin Gustavsson eine ganze Reihe von Leuten zu sehr diskreten Verhören zu sich bestellt. Außer Edklinth und Figuerola befragte sie auch die Kriminalinspektoren Jan Bublanski, Sonja Modig, Curt Svensson und Jerker Holmberg. Danach ließ sie Mikael Blomkvist, Malin Eriksson, Henry Cortez, Christer Malm, Annika Giannini, Dragan Armanskij, Susanne Linder und Holger Palmgren vorladen. Abgesehen von den Mitarbeitern von *Millennium*, die aus Prinzip keine Fragen beantworteten, die anonyme Quellen betrafen, hatten alle bereitwillig ausführliche Berichte und Beweise vorgelegt.

Ragnhild Gustavsson war nicht sonderlich erfreut, als man ihr einen Zeitplan vorlegte, der von *Millennium* beschlossen worden war und dem zufolge sie eine Reihe von Personen an einem bestimmten Datum festnehmen lassen sollte. Ihr war jedoch klar, dass sie mehrere Monate gebraucht hätte, bis ihre eigenen Ermittlungen so weit gediehen sein würden, und so ließ sie sich darauf ein. Mikael Blomkvist wollte die Story am dritten Tag des Prozesses gegen Lisbeth Salander veröffentlichen. So war Ragnhild Gustavsson in gewisser Weise gezwungen, dies zu berücksichtigen, wenn verdächtigte Personen und eventuelles Beweismaterial nicht noch verschwinden sollten. Blomkvist genoss sehr starken Rückhalt bei Edklinth und Figuerola, und im Nachhinein musste die Staatsanwältin anerkennen, dass diese Vorgehensweise gewisse Vorteile besaß. Als Staatsanwältin würde sie auf diese Weise auch genau die richtige Unterstützung in den Medien finden, die sie für ihre Anklage brauchte. Außerdem würde der Prozess so schnell über die Bühne gehen, dass die heiklen Ermittlungen gar keine Zeit hatten, in die Korridore der Bürokratie durchzusickern und der Sektion zu Ohren zu kommen.

»Blomkvist geht es in erster Linie darum, Lisbeth Salander zu rehabilitieren. Die Zerschlagung der Sektion ist nur eine Folge davon«, stellte Monica Figuerola fest.

Die Gerichtsverhandlung gegen Lisbeth Salander sollte am Mittwoch eröffnet werden, in zwei Tagen also, und beim Treffen an diesem Montag musste das gesamte vorliegende Material noch einmal durchgegangen werden.

An der Konferenz waren dreizehn Personen beteiligt. Von der Generalstaatsanwaltschaft hatte Ragnhild Gustavsson ihre zwei engsten Mitarbeiter mitgebracht. Vom Verfassungsschutz waren die Ermittlungsleiterin Monica Figuerola sowie ihre Mitarbeiter Stefan Bladh und Anders Berglund anwesend. Der Chef des Verfassungsschutzes, Torsten Edklinth, saß als Beobachter mit dabei.

Ragnhild Gustavsson hatte jedoch beschlossen, dass eine Angelegenheit von diesen Dimensionen nicht auf die RPF/Sich begrenzt sein dürfte. Daher holte sie noch Kriminalinspektor Jan Bublanski und seine Truppe – Sonja Modig, Jerker Holmberg und Curt Svensson – dazu. Sie hatten ja seit Ostern an der Salander-Affäre gearbeitet und waren über die ganze Geschichte bestens informiert. Außerdem hatte sie die Staatsanwältin Agneta Jervas und Kriminalinspektor Marcus Erlander aus Göteborg hinzugebeten. Die Ermittlungen gegen die Sektion standen ja in direktem Zusammenhang mit dem Mord an Alexander Zalatschenko.

Als Monica Figuerola erwähnte, dass der ehemalige Ministerpräsident Thorbjörn Fälldin eventuell als Zeuge vernommen werden musste, rutschten die Polizisten Jerker Holmberg und Sonja Modig nervös auf ihren Stühlen hin und her.

In fünf Stunden wurden die Personen, die als Mitglieder der Sektion identifiziert worden waren, genau überprüft, dann die Verbrechen festgestellt und schließlich die Entscheidung über ihre Verhaftung getroffen. Insgesamt waren sieben Personen identifiziert und mit der Wohnung in der Artillerigatan in Verbindung gebracht worden. Darüber hinaus hatte man noch weitere neun Personen identifiziert, die offensichtlich mit der Sektion in Verbindung standen, die Artillerigatan aber nie besuchten. Sie arbeiteten hauptsächlich im Gebäude der RPF/Sich auf Kungsholmen, hatten aber Kontakt zu Aktivisten der Sektion.

»Es ist immer noch unmöglich, zu sagen, wie umfassend diese Verschwörung ist. Wir wissen nicht, unter welchen Umständen diese Personen Wadensjöö oder jemand anders getroffen haben. Sie können Informanten sein, könnten aber auch glauben, dass sie gerade für interne Ermittlungen eingesetzt werden. Es besteht also Unsicherheit über ihre Verwicklung in die Sektion, die wir nur klären können, wenn wir die Möglichkeit bekommen, die betreffenden Personen zu befragen. Dies sind im Übrigen auch nur die Leute, die uns in den Wochen der Ermittlungen aufgefallen sind. Es kann also durchaus noch mehr Personen geben, die wir nur noch nicht kennen.«

»Aber der Amtschef und der Budgetverantwortliche …«

»Von denen können wir mit Sicherheit sagen, dass sie für die Sektion arbeiten.«

Am Montagabend um sechs Uhr ordnete Ragnhild Gustavsson eine einstündige Pause an, nach der die Besprechungen fortgesetzt werden sollten.

In diesem Augenblick, als alle aufstanden und sich in Bewegung setzten, machte sich Monica Figuerolas Mitarbeiter Jesper Thomas bei ihr bemerkbar, weil er ihr berichten wollte, was in den letzten Stunden bei den Ermittlungen herausgekommen war.

»Clinton war den größten Teil des Tages in der Dialyse und ist gegen 15 Uhr in die Artillerigatan zurückgekehrt. Der Einzige, der etwas Interessantes getan hat, war Georg Nyström.«

»Aha«, sagte Monica Figuerola.

»Um 13 Uhr 30 fuhr Nyström zum Hauptbahnhof und traf sich dort mit zwei Männern. Sie gingen ins Hotel Sheraton und tranken dort Kaffee in der Bar. Das Treffen dauerte knapp zwanzig Minuten, danach kehrte Nyström in die Artillerigatan zurück.«

»Und wen hat er da getroffen?«

»Das wissen wir nicht. Es waren neue Gesichter. Zwei Männer um die 35, die dem Aussehen nach osteuropäischer Herkunft sein dürften. Aber unsere Fahnder verloren sie leider aus den Augen, als sie in die U-Bahn gingen.«

»So ...«, sagte Monica Figuerola müde.

»Hier sind die Fotos.« Jesper Thomas reichte ihr eine Reihe von Fotos.

Sie betrachtete Vergrößerungen von Gesichtern, die sie noch nie gesehen hatte.

»Gut, danke«, sagte sie, legte die Bilder auf den Konferenztisch und stand auf, um ebenfalls etwas essen zu gehen.

Curt Svensson stand direkt neben ihr und musterte die Fotos.

»Oh, verdammt!«, sagte er. »Haben die Brüder Nikolić auch was damit zu tun?«

Monica Figuerola blieb stehen.

»Wer?«

»Zwei üble Burschen«, erklärte Curt Svensson. »Tomi und Miro Nikolić.«

»Sie kennen sie?«

»Ja. Zwei Brüder. Serben. Wir haben mehrmals nach ihnen gefahndet, als sie noch in den Zwanzigern waren. Damals war ich bei der Einheit, die sich auf Bandenkriminalität spezialisiert hatte. Miro Nikolić ist der Gefährlichere von den beiden. Seit einem Jahr wird wegen schwerer Körperverletzung nach ihm gefahndet. Sie pendeln immer zwischen Stockholm und Belgrad. Ihr Onkel hat ein Lokal in Norrmalm, in dem sie hin und wieder arbeiten. Uns liegen mehrere Hinweise vor, dass die für mindestens zwei Morde verantwortlich sind, und zwar im Zusammenhang mit internen Abrechnungen der Zigarettenmafia.«

Stumm betrachtete Monica Figuerola die Fotos. Dann wurde sie plötzlich leichenblass. Sie starrte Torsten Edklinth an.

»Blomkvist!«, schrie sie mit Panik in der Stimme. »Sie wollen sich nicht damit begnügen, ihn in einen Skandal zu verwickeln. Sie wollen ihn töten und es dann der Polizei überlassen, bei ihren Ermittlungen das Kokain zu finden und ihre eigenen Schlüsse daraus zu ziehen.«

Edklinth starrte zurück.

»Er wollte Erika Berger in ›Samirs Kochtopf‹ treffen!«, rief Monica Figuerola. Sie packte Curt Svensson an der Schulter. »Sind Sie bewaffnet?«

»Ja …«

»Kommen Sie mit!«

Monica Figuerola rannte aus dem Konferenzzimmer. Ihr Büro lag drei Türen weiter auf demselben Korridor. Sie schloss auf und holte ihre Dienstwaffe aus der Schreibtischschublade. Gegen alle Bestimmungen ließ sie die Tür zu ihrem Büro unverschlossen und sperrangelweit offen, als sie zu den Fahrstühlen rannte. Curt Svensson blieb einen Moment lang unentschlossen stehen.

»Geh«, sagte Bublanski zu Curt Svensson. »Sonja … geh du auch mit.«

Mikael Blomkvist kam um zwanzig nach sechs in »Samirs Kochtopf« an. Erika Berger war auch gerade erst gekommen und hatte sich einen freien Tisch neben der Bar in der Nähe des Eingangs gesucht. Er gab ihr einen Kuss auf die Wange. Sie bestellten sich jeder ein großes Glas Bier und einen Lammeintopf.

»Wie war es mit deiner Kollegin von TV4?«, fragte Erika, als die Bedienung das Bier auf den Tisch stellte.

»Kühl wie immer.«

Erika lachte.

»Wenn du nicht aufpasst, wächst sich das noch zur Besessenheit aus. Stell sich einer vor, da gibt es doch tatsächlich eine Frau, die Blomkvists Charme nicht erliegt.«

»Im Laufe der Jahre gab es durchaus mehrere Frauen, die ihm nicht erlegen sind«, widersprach Mikael. »Wie war dein Tag?«

»Vergeudet. Aber ich habe zugesagt, dass ich im Presseklub an einer Debatte über die *SMP* teilnehme. Das wird dann aber definitiv mein letzter Beitrag zu diesem Thema sein.«

»Okay.«

»Es ist einfach so verdammt schön, wieder bei *Millennium* zu sein«, sagte sie.

»Du ahnst ja gar nicht, wie schön ich es finde, dass du wieder zurück bist. Das Gefühl hat sich immer noch nicht gelegt.«

»Ich bin glücklich.«

»Ich muss mal kurz aufs Klo«, sagte Mikael und stand auf.

Er hatte erst ein paar Schritte gemacht, da kollidierte er mit einem Mann um die 35, der gerade das Lokal betreten hatte. Mikael bemerkte sein osteuropäisches Aussehen und starrte ihn an. Dann sah er die Automatikwaffe.

Als sie an Riddarholmen vorbeikamen, rief Edklinth an und teilte mit, dass weder Blomkvist noch Erika Berger ans Handy gingen. Wahrscheinlich hatten sie es während des Abendessens ausgeschaltet.

Monica Figuerola fluchte und fuhr mit einer Geschwindigkeit von fast 80 km/h am Södermalmstorg vorbei. Curt Svensson musste sich mit der Hand an der Tür abstützen, als sie rasant in die Hornsgatan einbog. Er hatte seine Dienstwaffe gezückt und vergewisserte sich gerade, ob sie geladen war. Auf dem Rücksitz machte Sonja Modig dasselbe.

»Wir müssen Verstärkung anfordern«, sagte Svensson. »Mit den Brüdern Nikolić ist nicht zu spaßen.«

Monica Figuerola nickte.

»Wir machen es folgendermaßen«, erklärte sie. »Sonja und ich gehen direkt ins Lokal und hoffen, dass sie dort sitzen. Sie, Curt, kennen die Brüder Nikolić. Sie bleiben draußen und halten Ausschau.«

»Okay.«

»Wenn alles in Ordnung ist, bringen wir Blomkvist und Berger sofort nach draußen ins Auto und fahren sie nach Kungsholmen. Doch wenn wir da drinnen auch nur die geringsten Schwierigkeiten wittern, dann bleiben wir im Restaurant und fordern Verstärkung an.«

»Gut«, sagte Sonja Modig.

Auf einmal hatte Monica Figuerola Magenkrämpfe.

Erika Berger sah, wie Mikael Blomkvist mit einem Mann Mitte 30 zusammenstieß, als er auf die Toiletten neben dem Eingang zuging. Sie runzelte die Stirn, ohne genau zu wissen, warum. Irgendwie fand sie, dass der Unbekannte Mikael so merkwürdig anblickte. Sie fragte sich, ob er Mikael wohl kannte.

Dann sah sie, wie der Mann einen Schritt zurücktrat und eine Tasche auf den Boden fallen ließ. Sie saß da wie gelähmt, als der Mann eine Automatikwaffe auf Mikael richtete.

Mikael Blomkvist reagierte, ohne nachzudenken. Mit der linken Hand griff er blitzschnell zu und richtete den Lauf der Pistole in Richtung Decke. Für den Bruchteil einer Sekunde schwang die Mündung an seinem Gesicht vorbei.

In dem kleinen Lokal war das Knattern der Schnellfeuerwaffe ohrenbetäubend. Mauerteile und Glassplitter der Deckenlampen regneten auf Mikael herab, während Miro Nikolić elf Schüsse abfeuerte. Einen Moment lang starrte Mikael Blomkvist dem Attentäter direkt in die Augen.

Dann trat Miro Nikolić einen Schritt zurück und riss die Waffe wieder an sich. Mikael war völlig unvorbereitet und konnte den Lauf nicht mehr festhalten. Auf einmal begriff er, dass er wirklich in Lebensgefahr war. Ohne nachzudenken, warf er sich auf seinen Angreifer, statt in Deckung zu gehen. Später wurde ihm klar, dass er bei einer anderen Reaktion – wenn er sich etwa zusammengekauert hätte oder zurückgewichen wäre – sofort erschossen worden wäre. Doch nun bekam er erneut den Lauf der Pistole zu fassen. Mit seinem ganzen Körpergewicht drängte er den Attentäter an die Wand. Er hörte weitere sechs, sieben Schüsse und riss verzweifelt an der Waffe, um die Mündung auf den Boden zu richten.

Erika Berger duckte sich instinktiv, als die zweite Serie von Schüssen losging. Sie fiel und schlug mit dem Kopf gegen einen Stuhl. Dann rollte sie sich auf dem Boden zusammen. Als sie den Blick hob, sah sie dort, wo sie eben noch gesessen hatte, drei Einschusslöcher in der Wand.

Schockiert wandte sie den Kopf und beobachtete, wie Mikael mit dem Mann an der Eingangstür rang. Er war auf die Knie gesunken, hielt den Lauf der Pistole mit beiden Händen umfasst und versuchte, sie dem Täter aus der Hand zu winden. Dieser schlug immer wieder mit der Faust auf Mikaels Gesicht und Schläfen ein.

Monica Figuerola machte auf der gegenüberliegenden Straßenseite von »Samirs Kochtopf« eine Vollbremsung, stieß die Autotür auf und raste auf das Restaurant zu. Ihre Sig Sauer hatte sie in der Hand und entsicherte sie gerade, als sie auf einmal das Auto erblickte, das direkt vor dem Lokal parkte.

Sie sah Tomi Nikolić am Steuer und richtete im nächsten Augenblick ihre Waffe auf sein Gesicht.

»Polizei! Hände hoch!«, schrie sie.

Tomi Nikolić hob die Hände.

»Steigen Sie aus dem Auto und legen Sie sich auf die Straße!«, brüllte sie wütend. Sie wandte den Kopf und warf Curt Svensson einen raschen Blick zu. »Ins Restaurant!«, sagte sie.

Curt Svensson und Sonja Modig rannten über die Straße.

Sonja Modig dachte an ihre Kinder. Es war gegen jede polizeiliche Instruktion, mit gezogener Waffe in ein Gebäude zu laufen, ohne vorher Verstärkung angefordert und sich einen Überblick über die Situation verschafft zu haben …

Dann hörte sie den Knall eines Schusses aus dem Restaurant.

Mikael Blomkvist hatte seinen Mittelfinger zwischen Abzug und Bügel manövriert, als Miro Nikolić wieder zu schießen begann. Hinter sich hörte er Glas zu Bruch gehen. Sein Finger tat entsetzlich weh, als der Attentäter immer und immer wieder abdrückte und ihn dabei einquetschte, aber solange der Finger dort lag, konnte die Waffe zumindest nicht abgefeuert werden. Die Faustschläge trafen Mikael immer wieder seitlich am Kopf, und plötzlich spürte er allzu deutlich, dass er 45 Jahre alt und völlig außer Form war.

Ich schaff's nicht mehr lange. Das muss ein Ende nehmen, dachte er.

Das war sein erster vernünftiger Gedanke, seit er den Mann mit der Schnellfeuerwaffe entdeckt hatte.

Er biss die Zähne zusammen und schob seinen Finger noch weiter hinter den Abzug.

Dann stützte er sich mit den Füßen gut ab, drückte seine Schultern gegen den Körper des Angreifers und schaffte es, wieder auf die Füße zu kommen. Er ließ mit der rechten Hand die Pistole los und hob den Ellbogen, um sich vor den Faustschlägen zu schützen, woraufhin Miro Nikolić ihn stattdessen auf die Achselhöhle und die Rippen schlug. Eine Sekunde lang standen sie sich Auge in Auge gegenüber.

Im nächsten Moment merkte Mikael, wie der Mann von ihm abließ. Er spürte einen letzten heftigen Schmerz im Finger, bevor er Curt Svenssons mächtige Gestalt erblickte. Svensson hob Miro Nikolić buchstäblich am Kopf hoch und rammte diesen gegen die Wand neben dem Türrahmen. Nikolić fiel in sich zusammen wie ein Kartenhaus.

»Hinlegen!«, hörte er Sonja Modig brüllen. »Polizei.«

Er wandte den Kopf und sah sie breitbeinig vor ihm aufragen, die Waffe mit beiden Händen umklammert, während sie versuchte, einen Überblick über die chaotische Situation zu gewinnen. Schließlich richtete sie die Mündung ihrer Waffe zur Decke und sah Mikael Blomkvist an.

»Sind Sie verletzt?«, fragte sie.

Mikael sah sie benommen an. Von seiner Augenbraue und aus der Nase rann ihm das Blut.

»Ich glaub, ich hab mir den Finger gebrochen«, sagte er und setzte sich auf den Boden.

Eine knappe Minute nachdem Monica Figuerola Tomi Nikolić gezwungen hatte, sich auf den Bürgersteig zu legen, bekam sie Verstärkung durch die Södermalmer Einsatztruppe. Sie wies sich aus und überließ es den Polizisten, sich um den Gefangenen zu kümmern. Dann lief sie ins Lokal, blieb in der Eingangstür stehen und versuchte erst einmal, die Situation zu erfassen.

Mikael Blomkvist und Erika Berger saßen auf dem Boden. Er hatte Blut im Gesicht und schien unter Schock zu stehen.

Monica atmete auf. Immerhin, er lebte. Dann runzelte sie jedoch die Stirn, als sie sah, wie Erika Berger ihm den Arm um die Schultern legte.

Sonja Modig war neben ihm in die Hocke gegangen und untersuchte seine Hand. Miro Nikolić, der aussah, als wäre er von einem D-Zug gestreift worden, bekam von Curt Svensson Handschellen angelegt. Auf dem Boden entdeckte sie eine Automatikwaffe, wie sie in der schwedischen Armee verwendet wird.

Sie hob den Blick und sah schockiertes Restaurantpersonal, erschrockene Gäste, zerbrochenes Porzellan, umgeworfene Tische und Stühle sowie die Schäden, die mehrere Schüsse im Lokal hinterlassen hatten. Sie nahm Pulvergeruch wahr. Aber einen Toten oder Verletzten konnte sie nirgends ausmachen. Nun drängten auch die Polizisten von der Einsatztruppe mit gezogener Waffe ins Lokal. Sie streckte die Hand aus und berührte Curt Svensson an der Schulter. Er stand auf.

»Sie sagten doch, dass nach Miro Nikolić gefahndet wird, oder?«

»Ja. Schwere Körperverletzung vor einem Jahr. Eine Schlägerei in Hallunda.«

»Okay. Wir machen es so. Ich verschwinde jetzt in aller Eile mit Blomkvist und Berger. Sie bleiben hier. Offiziell ist es so, dass Sonja Modig und Sie hierhergekommen sind, um zu Abend zu essen, und dass Sie Nikolić von Ihrer Zeit bei der Abteilung für Bandenkriminalität wiedererkannt haben. Als Sie versucht haben, ihn zu verhaften, zog er die Waffe und fing an herumzuballern. Daraufhin haben Sie ihn festgenommen und ihm Handschellen angelegt.«

Curt Svensson sah sie verblüfft an.

»Damit kommen wir doch nie durch ... es gibt doch Zeugen.«

»Die Zeugen werden erzählen, dass irgendjemand geschossen hat. Die Version muss ja nicht länger als bis zu den morgigen Zeitungsberichten halten. Die Story lautet also, dass die Brüder Nikolić aus reinem Zufall gefasst wurden, weil Sie sie wiedererkannt haben.«

Svensson ließ seinen Blick über das Chaos schweifen. Dann nickte er kurz.

Monica Figuerola bahnte sich einen Weg durch das Polizeiaufgebot auf der Straße und ließ Mikael Blomkvist und Erika Berger auf dem Rücksitz ihres Autos Platz nehmen. Sie wandte sich an den Anführer der Einsatztruppe und sprach dreißig Sekunden lang leise mit ihm. Sie zeigte auf ihr Auto, in dem Mikael und Erika saßen. Der Mann sah verwirrt aus, nickte aber schließlich. Monica fuhr zum Zinkensdamm, parkte dort und drehte sich dann zu den beiden um.

»Wie schwer sind Sie verletzt?«

»Ich habe ein paar Faustschläge abbekommen. Die Zähne sind noch alle da. Aber mein Mittelfinger sieht nicht gut aus.«

»Wir fahren einfach in die Notaufnahme des St.-Göran-Krankenhauses.«

»Was ist denn passiert?«, fragte Erika Berger. »Und wer sind Sie?«

»Entschuldigung«, sagte Mikael. »Erika, das ist Monica Figuerola. Sie arbeitet bei der SiPo. Monica, das ist Erika Berger.«

»Das hatte ich mir schon gedacht«, erwiderte Monica in neutralem Ton. Sie sah Erika nicht mal an.

»Monica und ich haben uns im Laufe der Ermittlungen kennengelernt. Sie ist meine Kontaktperson bei der SiPo.«

»Verstehe«, sagte Erika Berger und begann plötzlich zu zittern, als der Schock einsetzte.

Monica Figuerola starrte sie an.

»Was ist denn passiert?«, wollte Mikael wissen.

»Wir haben uns verschätzt, was ihre Pläne mit dem Kokain anging«, erklärte Monica. »Wir dachten, sie hätten dir nur eine Falle gestellt, um dich in einen Skandal zu verwickeln. In Wirklichkeit hatten sie aber vor, dich zu töten und dann die Polizei bei der Untersuchung deiner Wohnung das Kokain finden zu lassen.«

»Welches Kokain denn?«, erkundigte sich Erika Berger.

Mikael schloss für einen Moment die Augen.

»Fahr mich ins St. Göran«, bat er.

»Verhaftet?«, rief Fredrik Clinton entsetzt. Er spürte einen leichten Druck in der Herzgegend.

»Wir glauben, dass es keine größeren Probleme geben wird«, beschwichtigte Georg Nyström. »Es scheint reiner Zufall gewesen zu sein.«

»Zufall?«

»Miro Nikolić war wegen Körperverletzung zur Fahndung ausgeschrieben, eine alte Geschichte. Ein Bulle von der Streifenpolizei hat ihn zufällig wiedererkannt und ihn festgenommen, als er ins Lokal kam. Nikolić kriegte Panik und versuchte, sich den Weg freizuschießen.«

»Und Blomkvist?«

»Keine Ahnung. Wir wissen nicht mal, ob er sich schon im Lokal befand, als die Festnahme erfolgte.«

»Das kann doch wohl alles nicht wahr sein, verdammt noch mal!«, fluchte Clinton. »Was wissen die Brüder Nikolić?«

»Über uns? Gar nichts. Sie glauben, dass die Aufträge Björck und Blomkvist mit Mädchenhandel zu tun hatten.«

»Aber sie wissen, dass Blomkvist eigentlich ihre Zielscheibe war?«

»Natürlich, aber sie werden wohl kaum ausplaudern, dass sie ihn umbringen sollten. Wahrscheinlich werden sie schön den Mund halten, bis sie vor Gericht stehen. Dann wandern sie wegen illegalen Waffenbesitzes und Widerstands gegen die Staatsgewalt ins Gefängnis.«

»Verdammte Idioten«, sagte Clinton.

»Ja, die haben sich ganz schön blamiert. Vorerst müssen wir Blomkvist wohl laufen lassen, aber im Grunde ist ja nichts Schlimmes passiert.«

Um elf Uhr abends erschien Susanne Linder mit zwei kräftigen Leibwächtern von Milton Security, um Mikael Blomkvist und Erika Berger abzuholen.

»Sie sind ja wirklich ganz schön unterwegs«, meinte Susanne Linder zu Erika Berger.

»Sorry«, erwiderte Erika finster.

Mikael war eine Stunde in der Ambulanz, wo man ihm das Gesicht verband, ihn röntgte und den linken Mittelfinger bandagierte. Er hatte eine heftige Quetschung an der Fingerkuppe und würde höchstwahrscheinlich den Nagel verlieren. Man musste es wohl als Ironie des Schicksals bezeichnen, dass er die schwerste Verletzung erlitten hatte, als Curt Svensson ihn rettete und Miro Nikolić von ihm weggerissen hatte. Dabei war Mikaels Mittelfinger im Bügel der Automatik hängen geblieben und gebrochen. Es tat höllisch weh, war aber kaum lebensbedrohlich.

Bei Mikael setzte der Schock erst knapp zwei Stunden später ein, als er schon beim Verfassungsschutz in der RPF/Sich saß und Kriminalinspektor Bublanski und Staatsanwältin Ragnhild Gustavsson Bericht erstattete. Auf einmal begann er heftig zu zittern. Außerdem war er so müde, dass er zwischen den Fragen fast einschlief. Danach ging ein großes Palaver los.

»Wir wissen nicht, was sie im Schilde führen«, meinte Monica Figuerola. »Wir wissen nicht, ob Blomkvist das einzige Opfer sein sollte oder ob sie es auch auf Berger abgesehen hatten. Wir wissen nicht, ob sie es wieder versuchen wollen oder ob jemand anders bei *Millennium* vielleicht auch in Gefahr ist ... Und warum nicht auch gleich Salander töten, die doch die größte Bedrohung für die Sektion darstellt?«

»Ich habe schon herumtelefoniert und die *Millennium*-Mitarbeiter informiert, während Mikael verbunden wurde«, sagte Erika Berger. »Alle werden sich sehr vorsichtig verhalten, bis das Heft rauskommt. Die Redaktion wird bis auf Weiteres unbesetzt bleiben.«

Edklinth wollte Mikael Blomkvist und Erika Berger sofort Bodyguards zur Seite stellen. Doch dann wurde ihm klar, dass es vielleicht nicht der schlaueste Schachzug war, wenn sie Aufmerksamkeit erregten, indem sie den Personenschutz der Sicherheitspolizei alarmierten.

Erika Berger löste das Problem, indem sie sich jeglichen Polizeischutz verbat. Sie griff zum Hörer, rief Dragan Armanskij an und setzte ihm die Situation auseinander. Woraufhin zu später Stunde umgehend Susanne Linder verständigt und wieder zum Dienst eingeteilt wurde.

Mikael Blomkvist und Erika Berger wurden im ersten Stock eines Hauses einquartiert, das in der Nähe von Drottningholm lag und als absolut sicher galt. Es war eine große Villa aus den 30er-Jahren mit Seeblick, imposantem Garten und einem Nebengebäude. Die Immobilie gehörte Milton Security, wurde aber von Martina Sjögren bewohnt, der 68-jährigen Witwe des langjährigen Mitarbeiters Hans Sjögren, der vor fünfzehn Jahren im Dienst tödlich verunglückt war, als er in einem verlassenen Haus bei Sala durch einen morschen Boden brach. Nach der Beerdigung hatte Armanskij sich mit Martina Sjögren unterhalten und sie als Haushälterin und allgemeine Betreuerin für diese Villa eingestellt. Sie wohnte kostenlos in einem Anbau im Erdgeschoss und hielt die Wohnung im ersten Stock immer bereit, falls Milton Security kurzfristig irgendeine Person unterbringen musste, die aus wahren oder eingebildeten Gründen um ihre Sicherheit fürchtete. Das kam jedes Jahr ein paarmal vor.

Monica Figuerola begleitete sie. Sie sank in der Küche auf

einen Stuhl und ließ sich von Martina Sjögren Kaffee servieren, während Erika Berger und Mikael Blomkvist sich im ersten Stock einrichteten und Susanne Linder die Alarmanlage und das elektronische Überwachungssystem rund ums Haus kontrollierte.

»In der Kommode vor dem Bad sind Zahnbürsten und Hygieneartikel«, rief Martina Sjögren nach oben.

Susanne Linder und die beiden Bodyguards von Milton Security bezogen Stellung in Zimmern im Erdgeschoss.

»Ich bin auf den Beinen, seit ich heute Morgen um vier geweckt worden bin«, erklärte Susanne Linder. »Ihr könnt einen Wachplan aufstellen, aber lasst mich bitte mindestens bis fünf Uhr morgens schlafen.«

»Du kannst die ganze Nacht schlafen, wir machen das hier schon«, bot einer von den Bodyguards an.

»Danke«, sagte Susanne Linder und ging zu Bett.

Monica Figuerola hörte zerstreut zu, wie die beiden Männer den Bewegungsmelder im Garten aktivierten und dann ein Streichholz zogen, um zu bestimmen, wer die erste Schicht übernehmen musste. Der Verlierer machte sich ein belegtes Brötchen und setzte sich in das Fernsehzimmer neben der Küche. Monica Figuerola musterte die geblümten Kaffeetassen. Sie war auch schon seit den frühen Morgenstunden auf den Beinen und fühlte sich ganz schön mürbe. Während sie überlegte, ob sie nach Hause fahren sollte, kam Erika Berger herunter und schenkte sich auch eine Tasse Kaffee ein. Sie setzte sich ihr gegenüber an den Tisch.

»Mikael ist sofort eingeschlafen, als hätte man ihm den Stecker rausgezogen.«

»Das ist die Reaktion aufs Adrenalin«, erklärte Monica Figuerola.

»Und was passiert jetzt?«

»Sie müssen sich ein paar Tage verstecken. In einer Woche ist alles vorbei, egal wie es ausgeht. Wie geht es Ihnen?«

»Na ja. Immer noch ein bisschen wacklig in den Knien. So was passiert einem nicht alle Tage. Ich hab gerade meinen Mann angerufen und ihm Bescheid gesagt, warum ich heute Abend nicht nach Hause komme.«

»Hmm.«

»Ich bin verheiratet mit …«

»Ich weiß, mit wem Sie verheiratet sind.«

Schweigen. Monica Figuerola rieb sich die Augen und gähnte.

»Ich muss jetzt nach Hause und schlafen«, erklärte sie.

»In Gottes Namen, jetzt hören Sie doch auf mit dem Unsinn und legen Sie sich endlich zu Mikael«, sagte Erika.

Monica Figuerola sah sie an.

»War es so offensichtlich?«, fragte sie.

Erika nickte.

»Hat Mikael was gesagt …«

»Keinen Ton. Er ist immer ziemlich diskret, wenn es um seine Damenbekanntschaften geht. Aber manchmal ist er wie ein offenes Buch. Und Sie wirken so feindselig, wenn Sie mich anschauen. Sie versuchen etwas zu verbergen.«

»Es ist wegen meinem Chef«, erklärte Monica.

»Wegen ihrem Chef?«

»Ja. Edklinth würde die Wände hochgehen, wenn er wüsste, dass Mikael und ich …«

»Versteh schon.«

Schweigen.

»Ich weiß nicht, was zwischen Ihnen und Mikael läuft, aber ich bin auf jeden Fall nicht Ihre Rivalin«, stellte Erika fest.

»Nein?«

»Mikael ist gelegentlich mein Liebhaber. Aber ich bin nicht mit ihm verheiratet.«

»Ich habe schon mitbekommen, dass Sie ein ganz besonderes Verhältnis haben. Er hat mir von Ihnen erzählt, als wir draußen in Sandhamn waren.«

»Sie waren mit ihm in Sandhamn? Dann ist es ernst.«

»Ziehen Sie mich nicht auf.«

»Monica ... ich hoffe, dass Mikael und Sie ... Ich werde versuchen, niemand in die Quere zu kommen.«

»Und wenn Sie das nicht können?«

Erika Berger zuckte die Achseln.

»Seine Exfrau ist total ausgeflippt, als Mikael sie mit mir betrogen hat. Sie hat ihn rausgeschmissen, das war meine Schuld. Solange Mikael Single ist, habe ich nicht vor, mich mit Gewissensbissen zu quälen. Aber ich habe mir geschworen, dass ich auf Abstand bleibe, wenn er mit irgendjemand ernsthaft was anfängt.«

»Ich weiß nicht, ob ich es wagen soll, auf ihn zu setzen.«

»Mikael ist sehr eigen. Sind Sie verliebt in ihn?«

»Ich glaube schon.«

»Ja, dann ... Haken Sie ihn nicht zu früh ab. Und jetzt gehen Sie schlafen.«

Monica dachte kurz über die Sache nach. Dann ging sie in den ersten Stock, zog sich aus und schlüpfte neben Mikael ins Bett. Er murmelte irgendetwas und legte ihr einen Arm um die Taille.

Erika Berger blieb allein in der Küche sitzen und dachte nach. Auf einmal fühlte sie sich todunglücklich.

25. Kapitel

Mittwoch, 13. Juli – Donnerstag, 14. Juli

Mikael Blomkvist hatte sich schon immer gefragt, warum die Lautsprecher in den Gerichten grundsätzlich so leise und diskret waren. Er konnte die Worte kaum hören, als mitgeteilt wurde, dass die Verhandlung in Sachen Lisbeth Salander um 10 Uhr in Saal 5 beginnen würde. Doch er war rechtzeitig dort und hatte sich in der Nähe des Eingangs hingesetzt. Er war einer der Ersten, die eingelassen wurden. Er setzte sich auf einen Zuschauerplatz auf der linken Seite des Saales, wo er den Tisch der Verteidigung gut im Blick hatte. Die Zuschauerplätze füllten sich schnell. Das Medieninteresse war in letzter Zeit immer weiter gestiegen, und in der letzten Woche war Richard Ekström täglich interviewt worden.

Der Staatsanwalt war sehr fleißig gewesen.

Lisbeth Salander wurde in folgenden Punkten angeklagt: Wegen schwerer Körperverletzung gegen Carl-Magnus Lundin, wegen Bedrohung, Mordversuchs und schwerer Körperverletzung gegen den verstorbenen Karl Axel Bodin alias Alexander Zalatschenko, wegen Einbruchs in zwei Fällen – einmal in das Sommerhaus des verstorbenen Anwalts Nils Bjurman in Stallarholmen, einmal in dessen Wohnung am Odenplan –, außerdem wegen Diebstahls eines Fluchtfahrzeugs – eine Harley-Davidson, die einem gewissen Sonny Nieminen gehörte –, wegen unerlaubten Waffenbesitzes in drei Fällen – eine Tränengaspatrone, eine Elektroschockpistole und eine polnische P-83 Wanad, die in Gosseberga aufgefunden worden war –, wegen Diebstahls oder Unterschlagung von Beweismaterial – die Formulierung war hier unklar, gemeint waren jedoch die Beweise, die sie in Bjurmans Sommerhütte gefunden hatte –, und wegen einer Reihe kleinerer Delikte. Insgesamt umfasste die Anklageschrift sechzehn Punkte.

Ekström hatte offenbar durchsickern lassen, dass Salanders geistiger Zustand so einiges zu wünschen übrig lasse. Er berief sich teils auf die rechtspsychiatrische Untersuchung von Dr. Jesper H. Löderman, die an ihrem 18. Geburtstag durchgeführt worden war, teils auf ein Gutachten, das auf Anordnung des Gerichts von Dr. Peter Teleborian abgefasst worden war. Da das gestörte Mädchen sich standhaft weigerte, mit Pschiatern zu sprechen, hatte sich die Analyse auf »Beobachtungen« stützen müssen, die man gemacht hatte, seit sie vor einem Monat im Untersuchungsgefängnis in Stockholm einquartiert worden war. Teleborian, der auf langjährige Erfahrungen mit dieser Patientin zurückgreifen konnte, behauptete, Lisbeth Salander leide an einer ernsten psychischen Störung und verwendete Ausdrücke wie Psychopathin, pathologischer Narzissmus und paranoide Schizophrenie.

Die Medien hatten ebenfalls berichtet, dass die Polizei sie sieben Mal verhört hatte. Die Angeklagte hatte sich jedoch jedes Mal geweigert, auch nur Guten Morgen zu den Vernehmungsleitern zu sagen. Die ersten Verhöre waren von der Göteborger Polizei durchgeführt worden, die restlichen im Polizeigebäude in Stockholm. Die Tonbandaufnahmen der Vernehmungen belegten, dass man es im Guten wie im Bösen probiert hatte, dass man sie freundlich zu überreden versuchte oder ihr hartnäckig immer wieder dieselben Fragen stellte, ohne jedoch eine einzige Reaktion zu bekommen.

Nicht mal ein Räuspern.

Ein paarmal war Annika Gianninis Stimme auf dem Tonband zu hören, wenn sie feststellte, dass ihre Mandantin doch ganz offensichtlich keine Fragen zu beantworten wünsche. Die Anklage gegen Lisbeth Salander stützte sich daher ausschließlich auf kriminaltechnische Beweise und die Fakten, die die polizeilichen Ermittlungen zutage gefördert hatten.

Lisbeths Schweigen hatte ihre Verteidigerin zeitweise in eine etwas schwierige Position gebracht, denn sie war gezwungen, fast genauso schweigsam zu sein wie ihre Mandantin. Was Annika Giannini und Lisbeth Salander unter vier Augen besprachen, war natürlich vertraulich.

Ekström machte kein Geheimnis daraus, dass er in erster Linie Salanders Einweisung in die geschlossene Psychiatrie anstrebte, ansonsten eine empfindliche Gefängnisstrafe. Normalerweise war die Reihenfolge anders, doch er fand, dass in ihrem Fall so deutliche psychische Störungen vorlagen und das rechtspsychiatrische Gutachten eine so eindeutige Sprache sprach, dass er keine Alternative hatte. Es war äußerst ungewöhnlich, dass ein Gericht gegen ein solches Gutachten entschied.

Er fand auch, dass Salander weiterhin nicht geschäftsfähig war. In einem Interview hatte er mit bekümmerter Miene erklärt, dass es in Schweden eine ganze Reihe von Soziopathen gebe, die eine Gefahr für sich selbst und ihre Umwelt darstellten, dass man keine andere Wahl habe, als sie hinter Schloss und Riegel zu halten. Er erwähnte den Fall eines gewalttätigen Mädchens namens Anette, das in den 70er-Jahren den reinsten Fortsetzungsroman für die Massenmedien geliefert hatte und auch nach dreißig Jahren noch in einer geschlossenen Anstalt betreut wurde. Jeder Versuch, die Restriktionen zu lockern, endete damit, dass sie in besinnungsloser Wut auf Verwandte und das Pflegepersonal losging oder versuchte, sich selbst zu verletzen. Nach Ekströms Auffassung litt Lisbeth Salander an einer ähnlichen Form der psychopathischen Persönlichkeitsstörung.

Das Interesse der Medien war auch aus dem einfachen Grund gestiegen, weil Lisbeth Salanders Verteidigerin Annika Giannini überhaupt nicht mit den Medien gesprochen hatte. Sie hatte sich konsequent geweigert, sich interviewen zu lassen und damit eine Möglichkeit zu nutzen, ihre Sicht der Dinge darzulegen. Während der Staatsanwalt mit Informationen nur so um sich warf, machte die Verteidigung nicht die geringsten Andeutungen, welche Strategie sie wählen wolle.

Der juristische Experte einer Abendzeitung kam zu dem Schluss, dass Annika Giannini für Salanders Verteidigung gänzlich ungeeignet war. Von seiner Schwester hatte Mikael Blomkvist außerdem erfahren, dass mehrere Anwälte sich bei ihr gemeldet und ihr ihre Dienste angeboten hatten. Im Auftrag ihrer Mandantin hatte Annika sämtliche Vorschläge freundlich zurückgewiesen.

Während er darauf wartete, dass die Verhandlung eröffnet wurde, warf Mikael einen Blick auf die anderen Zuschauer. Da entdeckte er plötzlich Dragan Armanskij auf einem Platz in der Nähe des Ausgangs.

Ihre Blicke trafen sich kurz.

Ekström hatte einen ansehnlichen Papierstapel auf seinem Tisch liegen. Er nickte ein paar bekannten Journalisten zu.

Annika Giannini saß am Tisch gegenüber. Sie sortierte Papiere und sah sich überhaupt nicht im Saal um. Mikael fand, dass sie ein wenig nervös wirkte. *Ein kleiner Anfall von Lampenfieber*, dachte er.

Schließlich kamen der Vorsitzende, der Beisitzer und die Schöffen herein. Der Vorsitzende war Jörgen Iversen, ein grauhaariger 57-Jähriger mit magerem Gesicht und elastischem Gang. Mikael hatte seinen Hintergrund recherchiert und herausgefunden, dass Iversen als erfahrener und korrekter Richter bekannt war, der schon andere aufsehenerregende Verhandlungen geführt hatte.

Schließlich wurde Lisbeth Salander in den Gerichtssaal geführt.

Obwohl Mikael mit Lisbeths provokanter Kleidung vertraut war, wunderte er sich, dass Annika ihr erlaubt hatte, so vor Gericht aufzutauchen. Sie trug einen kurzen schwarzen Lederrock mit ausgefranstem Saum und ein schwarzes Oberteil mit dem Aufdruck *I am irritated*, das nicht allzu viel von ihren Tattoos verdeckte. Dazu trug sie Stiefel, einen Nietengürtel und schwarz-lila gestreifte Kniestrümpfe. In den Ohren hatte sie um die zehn Piercings, ebenso in Augenbraue und Lippe. Nach ihrer Schädeloperation vor drei Monaten waren ihr erst ein paar kurze schwarze Stoppeln nachgewachsen. Obendrein war sie heftig geschminkt. Sie trug grauen Lippenstift, hatte sich die Augenbrauen nachgezogen und mehr schwarze Wimperntusche aufgetragen, als Mikael je zuvor an ihr gesehen hatte.

Sie sah ein wenig vulgär aus, um es milde auszudrücken. Sie erinnerte an einen Vampir aus einem künstlerischen Film der 60er-Jahre. Mikael bemerkte, wie ein paar Reporter im Publikum verblüfft nach Luft schnappten oder amüsiert grinsten, als Lisbeth eintrat. Als sie das skandalumwitterte Mädchen, über das sie so viel geschrieben hatten, endlich zu Gesicht bekamen, erfüllte es prompt all ihre Erwartungen.

Dann ging ihm auf, dass Lisbeth Salander sich nur verkleidet hatte. Normalerweise kleidete sie sich schlampig und anscheinend ohne jeden Geschmack. Mikael hatte immer gedacht, dass sie sich nicht aus modischen Gründen so kleidete, sondern um ihre eigene Identität herauszustreichen. Lisbeth Salander markierte ihr privates Revier als feindliches Territorium. Die Nieten an ihrer Lederjacke waren ihm immer wie die Stacheln eines Igels vorgekommen. Es war ein Signal an die Umwelt: Versucht bloß nicht, mich zu streicheln. Ihr würdet euch bloß wehtun.

So wie sie jetzt in den Gerichtssaal trat, hatte sie ihren Kleidungsstil jedoch so überakzentuiert, dass es fast schon parodistisch wirkte.

Plötzlich begriff er auch, dass dies kein Zufall war, sondern ein Teil von Annikas Strategie.

Wäre Lisbeth mit glatt gekämmten Haaren, Seidenbluse und ordentlichen Schuhen erschienen, hätte ihr das sowieso keiner abgenommen. Es war eine Frage der Glaubwürdigkeit. Hier kam sie – und niemand anders. Auf eine übertriebene Art, um keinen Zweifel zu lassen. Ihre Botschaft an das Gericht lautete, dass sie keinen Grund hatte, sich zu schämen oder sich für irgendjemanden zu verstellen.

Sie bewegte sich selbstsicher und setzte sich auf den Platz, den man ihr neben ihrer Verteidigerin zuwies. Sie ließ den Blick über die Zuschauer schweifen. In ihren Augen lag nicht die geringste Neugier.

Seit sie wie eine blutige Lumpenpuppe auf der Küchenbank in Gosseberga gelegen hatte, war dies das erste Mal, dass Mikael sie sah. Und das erste Mal seit anderthalb Jahren, dass er sie unter normalen Umständen wiedersah. Wenn der Ausdruck »normale Umstände« in Zusammenhang mit diesem Prozess überhaupt angebracht war. Ein paar Sekunden lang trafen sich ihre Blicke. Sie ließ ihre Augen kurz auf ihm ruhen und zeigte nicht das geringste Zeichen des Wiedererkennens. Umso genauer studierte sie jedoch die Blutergüsse auf Mikaels Wangen und Schläfen und den Verband über seiner rechten Augenbraue. Für einen Moment glaubte Mikael den Anflug eines Lächelns in ihren Augen zu erkennen. Er war aber nicht sicher, ob er sich das nur einbildete oder nicht. Dann klopfte Richter Iversen auf den Tisch und eröffnete die Verhandlung.

Die Zuschauer blieben insgesamt dreißig Minuten im Gerichtssaal. Sie durften der einleitenden Darstellung von Staatsanwalt Ekström lauschen, der die Anklagepunkte vortrug.

Außer Mikael machten sich alle Reporter fleißig Notizen, obwohl sie doch wussten, wofür Staatsanwalt Ekström sie anklagen wollte. Mikael hatte seine Story schon geschrieben und war nur zur Verhandlung gekommen, um Lisbeth seine Unterstützung zu signalisieren.

Ekströms einleitende Darstellung dauerte knapp zweiundzwanzig Minuten. Danach war Annika Giannini an der Reihe. Ihre Entgegnung dauerte dreißig Sekunden. Ihre Stimme war fest.

»Die Verteidigung weist sämtliche Anklagepunkte bis auf einen zurück. Meine Mandantin gibt zu, dass sie im Besitz einer illegalen Waffe war, nämlich einer Tränengaspatrone. Für alle anderen Anklagepunkte weist meine Mandantin die Verantwortung oder jegliche verbrecherische Absicht von sich. Wir werden nachweisen, dass die Behauptungen der Anklage falsch sind und meine Mandantin einem schweren Übergriff von staatlicher Seite ausgesetzt war. Ich werde beantragen, dass meine Mandantin für unschuldig und voll geschäftsfähig erklärt und aus der Haft entlassen wird.«

Man hörte die Notizblöcke der Reporter rascheln. Endlich hatte Anwältin Giannini ihre Strategie kundgetan. Wenn auch nicht die, die sich die Reporter erwartet hatten. Die meisten hatten getippt, dass Annika Giannini sich auf die psychische Krankheit ihrer Mandantin berufen und sie zu ihrem Vorteil nutzen würde. Plötzlich musste Mikael grinsen.

»Aha«, sagte Richter Iversen und machte sich eine Notiz. Er sah Annika Giannini an. »Sind Sie fertig?«

»Das ist meine Erklärung zur Anklageschrift.«

»Hat die Anklage noch etwas hinzuzufügen?«, erkundigte sich Iversen.

In diesem Moment beantragte Ekström, dass die Verhandlung unter Ausschluss der Öffentlichkeit stattfinden solle. Er berief sich darauf, dass es hier um den psychischen Zustand und das Wohlbefinden eines gefährdeten Menschen ginge, aber auch um Details, die von Nachteil für die Reichssicherheit sein könnten.

»Ich nehme an, Sie heben auf die sogenannte Zalatschenko-Affäre ab«, sagte Iversen.

»Genau. Alexander Zalatschenko ist als politischer Flüchtling nach Schweden gekommen und hat bei uns Schutz vor einer schrecklichen Diktatur gesucht. Obwohl Herr Zalatschenko mittlerweile verstorben ist, unterliegt dieser Vorgang in Teilen immer noch der Geheimhaltung. Daher beantrage ich, dass der Prozess unter Ausschluss der Öffentlichkeit abgehalten wird und dass für die besonders heiklen Abschnitte der Verhandlung Schweigepflicht gelten soll.«

»Verstehe«, sagte Iversen und legte die Stirn in tiefe Falten.

»Außerdem wird sich ein Großteil der Verhandlung um die Frage der rechtlichen Betreuung der Angeklagten drehen. Schon aus Mitleid mit der Angeklagten wünsche ich mir bei dieser Verhandlung den Ausschluss der Öffentlichkeit.«

»Wie steht die Verteidigerin Giannini zum Antrag des Staatsanwalts?«

»Meiner Mandantin und mir ist das ganz gleichgültig.«

Richter Iversen überlegte kurz. Dann konsultierte er seinen Beisitzer und verkündete zum Ärger der anwesenden Reporter, dass er dem Antrag des Staatsanwalts stattgebe. Mikael Blomkvist verließ den Saal.

Dragan Armanskij erwartete Mikael Blomkvist unten an der Treppe des Gerichtsgebäudes. Es war glühend heiß in der Julisonne, und Mikael merkte, wie sich sofort zwei Schweißflecken unter seinen Armen bildeten. Seine beiden Bodyguards folgten ihm, als er aus dem Gebäude trat. Sie nickten Dragan Armanskij kurz zu und ließen dann ihre Blicke über die Umgebung schweifen.

»Fühlt sich komisch an, mit Leibwächtern rumzulaufen«, meinte Mikael. »Was wird das hier eigentlich alles kosten?«

»Das geht aufs Haus«, erwiderte Armanskij. »Ich habe ein persönliches Interesse daran, dass Sie am Leben bleiben. Aber in den letzten Monaten haben wir ungefähr 250 000 Kronen *pro bono* ausgelegt.«

Mikael nickte.

»Kaffee?«, fragte er dann und zeigte auf das italienische Café an der Bergsgatan.

Armanskij nickte. Mikael bestellte einen Caffè Latte, während Armanskij sich für einen doppelten Espresso mit einem Teelöffel Milch entschied. Die Bodyguards setzten sich an den Nebentisch. Sie tranken Cola.

»Ausschluss der Öffentlichkeit …«, brummte Armanskij.

»Das war zu erwarten. Und das ist nur gut so, denn so können wir den Nachrichtenfluss viel besser steuern.«

»Ja, im Grunde ist es auch egal, aber dieser Staatsanwalt wird mir immer unsympathischer.«

Mikael stimmte ihm zu. Sie tranken ihren Kaffee und sahen zum Gerichtsgebäude hinüber, in dem über Lisbeth Salanders Zukunft entschieden werden würde.

»Ihre letzte Schlacht«, kommentierte Mikael.

»Sie ist gut vorbereitet«, tröstete ihn Armanskij. »Und ich muss sagen, Ihre Schwester imponiert mir wirklich sehr. Als sie ihre Strategie verkündete, dachte ich ja erst, sie macht Witze, aber je länger ich darüber nachdenke, umso vernünftiger kommt sie mir vor.«

»Dieser Prozess wird aber nicht da drinnen entschieden«, bemerkte Mikael.

Seit Monaten hatte er diese Worte immer wieder wie ein Mantra wiederholt.

»Sie werden als Zeuge aufgerufen werden«, sagte Armanskij.

»Ich weiß. Ich bin vorbereitet. Aber das passiert nicht vor übermorgen. Zumindest setzen wir darauf.«

Staatsanwalt Ekström hatte seine Bifokalbrille zu Hause vergessen und musste jedes Mal die Brille auf die Stirn schieben und blinzeln, wenn er seine Notizen entziffern wollte. Er fuhr sich rasch über den blonden Kinnbart, bevor er seine Brille wieder aufsetzte und sich im Saal umsah.

Lisbeth Salander saß kerzengerade da und betrachtete den Staatsanwalt mit einem unergründlichen Blick. Ihr Gesicht und ihre Augen verrieten keine Regung. Sie sah aus, als wäre sie gar nicht richtig anwesend. Es war so weit, jetzt sollte das Verhör des Staatsanwalts beginnen.

»Ich möchte Frau Salander daran erinnern, dass sie unter Eid steht«, erklärte Ekström.

Lisbeth Salander verzog keine Miene. Staatsanwalt Ekström schien sich irgendeine Reaktion zu erwarten und wartete ein paar Sekunden. Er zog die Augenbrauen hoch.

»Sie sagen also unter Eid aus«, wiederholte er.

Lisbeth legte den Kopf ein wenig auf die Seite. Annika Giannini war damit beschäftigt, irgendetwas im Protokoll der Voruntersuchung durchzulesen, und schien völlig uninteressiert an Ekströms Bemühungen. Nach einer Weile drückenden Schweigens sammelte Ekström seine Papiere zusammen und räusperte sich.

»Also«, sagte er mit betont vernünftigem Ton. »Wenden wir uns direkt den Ereignissen vom 6. April dieses Jahres zu, die ja auch Ausgangspunkt für meine Darlegungen heute Morgen waren. Wir wollen versuchen, Klarheit in die Frage zu bringen, warum Sie nach Stallarholmen gefahren sind und Carl-Magnus Lundin angeschossen haben.«

Ekström sah Lisbeth Salander auffordernd an. Sie verzog immer noch keine Miene. Auf einmal sah der Staatsanwalt resigniert aus, hob ratlos die Hände und warf dem Vorsitzenden einen fragenden Blick zu. Richter Iversen wirkte nachdenklich. Er sah zu Annika Giannini hinüber, die immer noch in ihre Papiere vertieft war.

Richter Iversen räusperte sich und sah Lisbeth an.

»Sollen wir Ihr Schweigen so deuten, dass Sie keine Fragen beantworten wollen?«, erkundigte er sich.

Lisbeth Salander wandte den Kopf und sah ihm in die Augen.

»Ich antworte gern auf Fragen«, gab sie zurück.

Richter Iversen nickte.

»Dann könnten Sie ja vielleicht so nett sein, meine Frage zu beantworten«, mischte sich Ekström wieder ein.

Lisbeth Salander wandte ihren Blick wieder dem Staatsanwalt zu. Sie schwieg weiter.

»Könnten Sie bitte auf die Frage antworten?«, half Richter Iversen nach.

»Welche Frage? Bis jetzt hat er«, sie nickte in Ekströms Richtung, »nur eine Reihe unbestätigter Behauptungen ausgesprochen. Eine Frage habe ich dabei nicht gehört.«

Annika Giannini hob den Blick. Sie stützte den Ellbogen auf den Tisch, legte das Kinn in die Hand und wirkte plötzlich wieder interessiert.

Staatsanwalt Ekström verlor für einen Moment den Faden.

»Könnten Sie so freundlich sein, die Frage zu wiederholen?«, schlug Richter Iversen vor.

»Ich habe gefragt, ob … Sie zu Bjurmans Sommerhäuschen in Stallarholmen gefahren sind in der Absicht, auf Carl-Magnus Lundin zu schießen.«

»Nein, Sie haben gesagt, Sie wollten versuchen, Klarheit in die Frage zu bringen, warum ich nach Stallarholmen gefahren bin und auf Carl-Magnus Lundin geschossen habe. Das war keine Frage. Das war eine allgemeine Behauptung, mit der Sie meiner Antwort vorgegriffen haben. Ich bin nicht verantwortlich für Ihre Behauptungen.«

»Reiten Sie jetzt nicht auf der Formulierung herum. Beantworten Sie die Frage.«

»Nein.«

Schweigen.

»Was nein?«

»Ist die Antwort auf Ihre Frage.«

Staatsanwalt Ekström seufzte. Das würde ein langer Tag werden. Lisbeth Salander betrachtete ihn erwartungsvoll.

»Vielleicht ist es am besten, wenn wir ganz von vorn anfangen«, sagte er. »Befanden Sie sich am Nachmittag des 6. April im Sommerhäuschen des verstorbenen Anwalts Bjurman?«

»Ja.«

»Wie sind Sie dort hingekommen?«

»Ich bin mit dem Zug bis Södertälje gefahren und habe von dort den Bus nach Strängnäs genommen.«

»Aus welchem Grund sind Sie nach Stallarholmen gefahren? Hatten Sie ein Treffen mit Carl-Magnus Lundin und seinem Freund Sonny Nieminen ausgemacht?«

»Nein.«

»Wie kam es dann, dass die beiden dort aufgetaucht sind?«

»Das müssen Sie die beiden fragen.«

»Ich frage aber Sie.«

Lisbeth Salander antwortete nicht.

Richter Iversen räusperte sich.

»Ich nehme an, Frau Salander antwortet nicht, weil Sie, rein semantisch betrachtet, wieder eine Behauptung ausgesprochen haben«, kam er dem Staatsanwalt zu Hilfe.

Plötzlich musste Annika Giannini loskichern, gerade so laut, dass man es im Saal hören konnte. Dann verstummte sie sofort wieder und blickte erneut in ihre Papiere. Ekström sah sie gereizt an.

»Warum sind Lundin und Nieminen Ihrer Meinung nach zu Bjurmans Sommerhütte gefahren?«

»Ich weiß nicht. Ich nehme an, dass sie gekommen sind, um dort ein Feuer zu legen. Lundin hatte in der Satteltasche seiner Harley-Davidson nämlich einen Liter Benzin in einer PET-Flasche dabei.«

Ekström spitzte die Lippen.

»Warum sind Sie zu Bjurmans Sommerhäuschen gefahren?«

»Ich habe Informationen gesucht.«

»Was für Informationen?«

»Die Informationen, von denen ich annehme, dass Lundin und Nieminen sie vernichten wollten. Die Informationen, die helfen konnten, Klarheit in die Frage zu bringen, wer das Schwein umgebracht hat.«

»Sie finden also, dass Anwalt Bjurman ein Schwein war? Habe ich das richtig verstanden?«

»Ja.«

»Und warum finden Sie das?«

»Er war ein sadistisches Schwein, ein Widerling und ein Vergewaltiger.«

Sie zitierte damit die Zeilen, die auf den Bauch des verstorbenen Anwalts tätowiert gewesen waren, und gab so indirekt zu, dass sie die Urheberin dieses Textes war. Das gehörte jedoch nicht zu den Anklagepunkten gegen sie. Bjurman hatte niemals Anzeige wegen Körperverletzung erstattet, und es war im Nachhinein unmöglich festzustellen, ob Bjurman sich freiwillig hatte tätowieren lassen oder ob es unter Zwang geschehen war.

»Sie behaupten also mit anderen Worten, Ihr rechtlicher Betreuer habe sich an Ihnen vergriffen. Können Sie erzählen, wann diese Übergriffe vorgefallen sein sollen?«

»Das war am Dienstag, dem 18. Februar 2003, und dann noch einmal am Freitag, dem 7. März desselben Jahres.«

»Sie haben sich kategorisch geweigert, auf die Fragen der Vernehmungsleiter zu antworten, die mit Ihnen sprechen wollten. Warum?«

»Ich hatte ihnen nichts zu sagen.«

»Ich habe Ihre sogenannte Autobiografie gelesen, die Ihre Verteidigerin vor ein paar Tagen eingereicht hat. Ich muss schon sagen, ein ziemlich befremdliches Dokument, auf das wir auch noch zurückkommen werden. Darin behaupten Sie, dass Anwalt Bjurman Sie beim ersten Mal zum Oralsex gezwungen und beim zweiten Mal eine ganze Nacht lang wiederholt vergewaltigt und gefoltert habe.«

Lisbeth Salander gab keine Antwort.

»Ist das korrekt?«

»Ja.«

»Haben Sie die Vergewaltigungen angezeigt?«

»Nein.«

»Warum nicht?«

»Die Polizei hat mir früher ja auch nicht zugehört, wenn ich versucht habe, ihr etwas zu erzählen. Also hatte eine Anzeige keinen Sinn.«

»Haben Sie mit irgendeinem Bekannten über diese Übergriffe gesprochen? Einer Freundin vielleicht?«

»Nein.«

»Warum nicht?«

»Weil das niemand etwas anging.«

»Haben Sie denn Kontakt mit einem Anwalt aufgenommen?«

»Nein.«

»Haben Sie sich an einen Arzt gewandt, um die Verletzungen behandeln zu lassen, die Ihnen Ihrer Aussage nach zugefügt worden waren?«

»Nein.«

»Und an ein Frauenhaus haben Sie sich auch nicht gewandt.«

»Das ist jetzt wieder eine Behauptung.«

»Entschuldigung. Haben Sie sich an ein Frauenhaus gewandt?«

»Nein.«

Ekström wandte sich an den Vorsitzenden.

»Ich möchte das Gericht darauf aufmerksam machen, dass die Angeklagte angibt, zwei sexuellen Übergriffen ausgesetzt worden zu sein, von denen der zweite als äußerst schwerwiegend zu betrachten ist. Sie behauptet, dass der Schuldige ihr rechtlicher Betreuer war, der verstorbene Anwalt Nils Bjurman. Gleichzeitig müssen folgende Fakten in Erwägung gezogen werden …«

Ekström nestelte an seinen Papieren.

»Dem Bericht des Dezernats für Gewaltverbrechen ist zu entnehmen, dass es in Anwalt Bjurmans Vergangenheit keine Hinweise gibt, die die Glaubwürdigkeit von Lisbeth Salanders Darstellung untermauern könnten. Bjurman ist nie für ein Vergehen verurteilt worden. Er ist auch nie angezeigt worden und war nie Gegenstand von Ermittlungen. Vielmehr war er Vormund und rechtlicher Betreuer für viele andere junge Menschen, von denen keiner behauptet, je schlecht behandelt worden zu sein. Im Gegenteil, sie unterstreichen sogar, dass Bjurman sich ihnen gegenüber immer korrekt und freundlich verhalten hat.«

Ekström blätterte um.

»Außerdem ist es meine Pflicht, Sie daran zu erinnern, dass bei Lisbeth Salander die Diagnose paranoide Schizophrenie gestellt worden ist. Diese junge Frau hat nachweislich gewalttätige Neigungen und seit frühester Jugend ernsthafte Probleme, was die Interaktion mit ihrer Umwelt betrifft. Sie hat mehrere Jahre in einer kinderpsychiatrischen Anstalt verbracht und steht seit ihrem 18. Lebensjahr unter rechtlicher Betreuung. Wie bedauerlich das auch sein mag, das ist alles nicht grundlos geschehen. Lisbeth Salander stellt eine Gefahr für sich und ihre Umwelt da. Ich bin überzeugt davon, dass sie keine Gefängnisstrafe braucht. Sie braucht Behandlung.«

Er legte eine Kunstpause ein.

»Den Geisteszustand eines jungen Menschen zu beurteilen ist eine undankbare Aufgabe. Es verletzt seine Privatsphäre und damit seine persönliche Würde. In diesem Falle müssen wir jedoch zu Lisbeth Salanders verwirrtem Weltbild Stellung nehmen. In ihrer Autobiografie tritt es in aller Deutlichkeit zutage. Nirgendwo könnte man ihren Mangel an Realitätssinn so klar erkennen wie hier. Wir haben ihre eigenen Worte. Wir können die Glaubwürdigkeit ihrer Behauptungen selbst beurteilen.«

Sein Blick fiel auf Lisbeth Salander. Ihre Augen trafen sich. Auf einmal lächelte sie. Es sah ungeheuer boshaft aus. Ekström runzelte die Stirn.

»Hat die Verteidigung noch etwas dazu zu sagen?«, erkundigte sich Richter Iversen.

»Nein«, antwortete Annika Giannini. »Nur, dass die Schlussfolgerungen von Staatsanwalt Ekström samt und sonders Blödsinn sind.«

Am Nachmittag begann die Verhandlung mit der Zeugenvernehmung von Ulrika von Liebenstaahl vom Vormundschaftsgericht. Ekström hatte sie vorgeladen, um zu klären, ob es jemals irgendwelche Klagen gegen Bjurman gegeben habe. Von Liebenstaahl bestritt dies heftig. Sie empfand derartige Behauptungen geradezu als beleidigend.

»Sämtliche Fälle, in denen ein rechtlicher Betreuer bestellt wurde, unterliegen rigoroser Kontrolle. Anwalt Bjurman hat fast zwanzig Jahre lang die Aufträge des Vormundschaftsgerichts ausgeführt, bevor er so schändlich ermordet wurde.«

Sie bedachte Lisbeth mit einem vernichtenden Blick, obwohl Lisbeth ja gar nicht des Mordes angeklagt und bereits geklärt war, dass Ronald Niedermann Bjurman getötet hatte.

»Und in all den Jahren hat es niemals Beschwerden gegen Anwalt Bjurman gegeben. Er war ein gewissenhafter Mensch, der oft großes Engagement für seine Schützlinge zeigte.«

»Sie halten es also nicht für wahrscheinlich, dass er Lisbeth Salander schwerer sexueller Gewalt ausgesetzt haben könnte?«

»Ich finde diese Behauptung absurd. Wir haben monatliche Berichte von Bjurman bekommen, und ich habe ihn mehrmals persönlich getroffen, um mit ihm über die Angelegenheit zu sprechen.«

»Anwältin Giannini hat gefordert, dass Lisbeth Salanders rechtliche Betreuung umgehend aufgehoben werden soll.«

»Niemand ist glücklicher als das Vormundschaftsgericht, wenn eine rechtliche Betreuung eingestellt werden kann. Leider haben wir aber eine Verantwortung, und das bedeutet, dass wir uns an gewisse Regeln zu halten haben. Von Amts wegen haben wir gefordert, dass Lisbeth Salander erst durch ein psychiatrisches Gutachten für gesund erklärt werden muss, bevor von einer Aufhebung der rechtlichen Betreuung die Rede sein kann.«

»Verständlich.«

»Das bedeutet, dass sie sich einer psychiatrischen Untersuchung unterziehen muss. Wogegen sie sich bekanntlich sträubt.«

Die Anhörung von Ulrika von Liebenstaahl dauerte knapp vierzig Minuten, während derer man auch Bjurmans Monatsberichte durchging.

Kurz bevor die Vernehmung abgeschlossen werden sollte, stellte Annika Giannini eine Frage.

»Befanden Sie sich in der Nacht vom 7. auf den 8. März in Anwalt Bjurmans Schlafzimmer?«

»Natürlich nicht.«

»Mit anderen Worten, Sie haben also nicht die geringste Ahnung, inwiefern die Behauptungen meiner Mandantin wahr oder falsch sind?«

»Diese Anschuldigungen gegen Anwalt Bjurman sind völlig aberwitzig.«

»Das ist Ihre Meinung. Aber können Sie ihm ein Alibi geben oder anderweitig belegen, dass er sich nicht an meiner Mandantin vergriffen hat?«

»Das ist natürlich unmöglich. Aber die Wahrscheinlichkeit …«

»Danke, keine weiteren Fragen«, sagte Annika Giannini.

Um sieben Uhr abends traf sich Mikael Blomkvist mit seiner Schwester im Büro von Milton Security, um die wichtigsten Ereignisse des Tages zusammenzufassen.

»Es lief ungefähr so wie erwartet«, berichtete Annika. »Ekström versucht, Lisbeths Darstellung als Hirngespinst abzutun.«

»Gut. Wie hält sie sich?«

Auf einmal musste Annika loslachen.

»Sie hält sich prächtig und wirkt wie eine astreine Psychopathin. Sie tritt einfach ganz natürlich auf.«

»Hmm.«

»Heute ging es hauptsächlich um Stallarholmen. Morgen ist Gosseberga dran, die Anhörungen der Leute von der Spurensicherung und all das. Ekström wird versuchen zu beweisen, dass Lisbeth dort hingefahren ist, um ihren Vater zu ermorden.«

»Okay.«

»Aber wir könnten da ein formales Problem bekommen. Am Nachmittag hatte Ekström eine Ulrika von Liebenstaahl vom Vormundschaftsgericht als Zeugin aufgerufen. Sie vertrat die Meinung, ich hätte gar nicht das Recht, Lisbeth zu verteidigen.«

»Wie das?«

»Sie meint, Lisbeth stehe unter rechtlicher Betreuung und habe daher nicht das Recht, sich ihren Verteidiger selbst zu wählen.«

»Ach ja?«

»Anscheinend ist es so, dass das Vormundschaftsgericht mich zunächst akzeptieren muss.«

»Und jetzt?«

»Richter Iversen wird morgen früh dazu Stellung nehmen. Ich habe nach Verhandlungsende kurz mit ihm geredet. Aber ich glaube sowieso, dass er entscheiden wird, mich Lisbeth weiter verteidigen zu lassen. Mein Argument war, dass das

Vormundschaftsgericht drei Monate Zeit hatte, um Protest einzulegen, und dass es schon ein bisschen dummdreist ist, Einspruch zu erheben, wenn der Prozess bereits begonnen hat.«

»Am Freitag macht Teleborian seine Zeugenaussage. Und *du* musst ihn verhören, niemand sonst.«

Nachdem er am Donnerstag Karten und Fotos studiert und sich weitschweifige kriminaltechnische Schlussfolgerungen angehört hatte, stellte Staatsanwalt Ekström fest, dass alles darauf hindeutete, Lisbeth habe ihren Vater mit der Absicht aufgesucht, ihn zu töten. Das stärkste Glied in der Beweiskette war, dass sie eine Schusswaffe mit sich geführt hatte, eine polnische P-83 Wanad.

Die Tatsache, dass Alexander Zalatschenko (nach Lisbeth Salanders Angaben) oder vielleicht auch der Polizistenmörder Ronald Niedermann (nach der Zeugenaussage, die Zalatschenko gemacht hatte, bevor er im Sahlgrenska-Krankenhaus ermordet wurde) ihrerseits versucht hatten, Lisbeth Salander zu töten, und in einer Grube im Wald verscharrt hatten, konnte keineswegs als mildernder Umstand dafür gelten, dass sie ihren Vater in Gosseberga aufgespürt hatte, um ihn umzubringen. Außerdem wäre ihr dies ja auch fast gelungen, da sie ihm mit einer Axt ins Gesicht geschlagen hatte. Ekström beantragte, Lisbeth wegen versuchten Mordes sowie schwerer Körperverletzung zu verurteilen.

Nach Lisbeths eigener Darstellung war sie nach Gosseberga gefahren, um ihren Vater zu dem Geständnis zu zwingen, dass er Dag Svensson und Mia Bergman ermordet hatte. Dieser Punkt war von entscheidender Bedeutung in der Frage nach der Vorsätzlichkeit ihres Handelns.

Nachdem Ekström die Vernehmung des Zeugen Melker Hansson von der Spurensicherung der Göteborger Polizei abgeschlossen hatte, hatte Anwältin Annika Giannini ein paar kurze Fragen gestellt.

»Herr Hansson, gibt es seitens der Spurensicherung irgendwelche Hinweise darauf, dass die Darstellung von Frau Salander nicht der Wahrheit enspricht? Können Sie beweisen, dass sie dorthin gefahren ist, um ihren Vater zu ermorden?«

Melker Hansson dachte kurz nach.

»Nein«, antwortete er schließlich.

»Sie können also keine Aussage über einen eventuellen Vorsatz machen?«

»Nein.«

»Staatsanwalt Ekströms Schlussfolgerung, so beredt und weitschweifig sie auch sein mag, ist also reine Spekulation?«

»Das nehme ich an.«

»Existiert ein kriminaltechnischer Beweis, der Frau Salanders Aussage widerlegt, dass sie die P-83 Wanad nur deshalb mitgenommen hat, weil sie in ihrer Tasche war und sie nicht wusste, was sie mit der Waffe sonst machen sollte, nachdem sie sie Sonny Nieminen in Stallarholmen abgenommen hatte?«

»Nein.«

»Danke«, sagte Annika Giannini und setzte sich. Das war alles, was sie zur einstündigen Zeugenvernehmung von Hansson beitrug.

Am Donnerstagabend gegen sechs Uhr verließ Birger Wadensjöö die Wohnung der Sektion in der Artillerigatan mit dem Gefühl, von bedrohlichen schwarzen Wolken umgeben zu sein und dem nahenden Untergang ins Auge zu blicken. Seit mehreren Wochen war ihm klar, dass sein Titel als Direktor – also als Chef der Sektion für Spezielle Analyse – nur noch eine inhaltslose Formel war. Seine Meinungen, Proteste und Bitten wurden nicht mehr gehört. Fredrik Clinton hatte die Entscheidungsgewalt übernommen. Wäre die Sektion eine öffentliche Einrichtung gewesen, wäre das kein Problem gewesen – dann hätte er sich einfach an den nächsten Vorgesetzten gewandt und Protest eingelegt.

Doch so, wie die Dinge lagen, gab es niemanden, bei dem er sich hätte beschweren können. Er war allein und auf Gnade oder Ungnade einem Mann ausgeliefert, den er für geisteskrank hielt. Und das Schlimmste war: Clintons Autorität war ungebrochen. Ob nun Grünschnäbel wie Jonas Sandberg oder altgediente Mitarbeiter wie Georg Nyström – alle schienen sich dem Kommando des alten, kranken Mannes zu beugen und seinem geringsten Wink zu gehorchen.

Er gab zu, dass Clinton mit seiner Autorität nicht polternd auftrat und auch keine egoistischen Ziele verfolgte. Er musste sogar anerkennen, dass Clinton nur das Beste für die Sektion im Auge hatte, zumindest das, was er für das Beste hielt. Es war, als befände sich die gesamte Organisation im freien Fall, in einem Zustand kollektiver Suggestion, in dem erfahrene Mitarbeiter sich der Einsicht verschlossen, dass sie sich mit jeder Bewegung und mit jeder Entscheidung, die hier getroffen und durchgesetzt wurde, immer weiter dem Abgrund näherten.

Wadensjöö spürte einen gewissen Druck auf der Brust, als er in die Linnégatan abbog, wo er sein Auto heute geparkt hatte. Er schaltete die Alarmanlage aus, zog die Schlüssel aus der Tasche und wollte gerade die Autotür aufmachen, als er plötzlich eine Bewegung hinter sich wahrnahm und sich umdrehte. Er blinzelte ins Gegenlicht. Es dauerte ein paar Sekunden, ehe er den hochgewachsenen Mann auf dem Bürgersteig erkannte.

»Guten Abend, Herr Wadensjöö«, grüßte Torsten Edklinth, der Chef des Verfassungsschutzes. »Ich war zwar seit zehn Jahren nicht mehr im Außendienst, aber heute dachte ich, dass meine Anwesenheit von Nutzen sein könnte.«

Wadensjöö blickte verwirrt auf die beiden Polizisten in Zivil, die Edklinth flankierten. Es waren Jan Bublanski und Marcus Erlander.

Auf einmal wusste er, was jetzt geschehen würde.

»Ich habe die traurige Pflicht, Ihnen mitteilen zu müssen,

dass der Generalstaatsanwalt beschlossen hat, Sie in Untersuchungshaft zu nehmen, und zwar wegen einer so langen Liste von Verbrechen, dass es Wochen dauern dürfte, sich überhaupt einen Überblick zu verschaffen.«

»Was soll das heißen?«, fragte Wadensjöö empört.

»Das soll heißen, dass Sie jetzt festgenommen werden, weil Sie der Beteiligung an einem Mord verdächtigt werden. Außerdem werden Sie der Erpressung verdächtigt, der Bestechung, des widerrechtlichen Abhörens von Telefonanlagen, der Urkundenfälschung in mehreren Fällen, der schweren Unterschlagung, der Beteiligung am Einbruch, des Missbrauchs der Amtsgewalt, der Spionage und diverser anderer Vergehen. Und deswegen werden wir beide jetzt schön nach Kungsholmen fahren und uns heute Abend in aller Ruhe unterhalten.«

»Ich habe keinen Mord begangen«, protestierte Wadensjöö atemlos.

»Das werden unsere Ermittlungen zeigen.«

»Das war Clinton. Das war alles immer nur Clinton«, erklärte Wadensjöö.

Torsten Edklinth nickte zufrieden.

Jeder Polizist ist mit der Tatsache vertraut, dass es zwei klassische Methoden gibt, um einen Verdächtigen zu verhören. Der böse Polizist und der nette Polizist. Der böse Polizist droht, flucht und schlägt mit der Faust auf den Tisch, um den Verhafteten einzuschüchtern. Der nette Polizist bietet ihm Zigaretten und Kaffee an, nickt sympathisch und schlägt einen vertraulichen Ton an.

Die meisten Polizisten – wenn auch nicht alle – wissen, dass die Vernehmungstechnik des netten Polizisten meist zu den besten Resultaten führt. Der abgebrühte Ganove lässt sich vom bösen Polizisten nämlich nicht im Geringsten beeindrucken. Und der unsichere Amateur, der vom bösen Polizisten vielleicht so erschreckt wird, dass er gesteht, hätte mit größter

Wahrscheinlichkeit so oder so ein Geständnis abgelegt, ganz unabhängig von der Vernehmungstechnik.

Mikael Blomkvist hörte das Verhör von Birger Wadensjöö im Nebenzimmer mit. Seine Anwesenheit hatte Anlass zu einigen internen Disputen gegeben, bis Edklinth schließlich entschied, dass er wahrscheinlich von Mikaels Beobachtungen profitieren würde.

Wie Mikael feststellte, wendete Edklinth eine dritte Variante des Verhörs an, nämlich die des desinteressierten Polizisten, die in diesem Fall bestens zu funktionieren schien. Edklinth kam ins Vernehmungszimmer, servierte Kaffee in Porzellantassen, schaltete das Tonbandgerät ein und lehnte sich zurück.

»Folgendermaßen sieht es aus: Wir haben bereits alle möglichen kriminaltechnischen Beweise gegen Sie. Wir haben überhaupt kein weiteres Interesse an Ihrer Geschichte. Sie sollen uns nur bestätigen, was wir schon wissen. Und uns vielleicht die Frage beantworten: Warum? Wie konnten Sie so wahnsinnig sein, hier in Schweden einfach die Liquidierung von Menschen zu beschließen, als wären wir in Chile während der Pinochet-Diktatur? Das Tonband läuft. Wenn Sie etwas sagen wollen, haben Sie jetzt die Gelegenheit. Wenn Sie nicht reden wollen, stelle ich das Tonbandgerät ab, und wir nehmen Ihnen Schlips und Schnürsenkel ab und quartieren Sie oben im Untersuchungsgefängnis ein, wo Sie dann auf Ihren Anwalt, den Prozess und Ihr Urteil warten können.«

Dann nahm Edklinth einen Schluck Kaffee und schwieg einfach. Nachdem zwei Minuten lang kein Wort gefallen war, streckte er die Hand aus und schaltete das Tonbandgerät ab. Er stand auf.

»Ich werde dafür sorgen, dass Sie in ein paar Minuten abgeholt werden. Guten Abend.«

»Ich habe niemand ermordet«, sagte Wadensjöö, als Edklinth schon die Tür geöffnet hatte. Edklinth blieb auf der Schwelle stehen.

»Ich bin nicht daran interessiert, irgendetwas mit Ihnen zu diskutieren. Wenn Sie sich erklären wollen, setze ich mich wieder hin und schalte das Tonband ein. Die gesamte Administration Schwedens – nicht zuletzt der Ministerpräsident – wartet gespannt darauf, was Sie zu sagen haben. Wenn Sie etwas erzählen, kann ich noch heute Abend zum Ministerpräsidenten fahren und ihm Ihre Version der Ereignisse schildern. Wenn Sie nichts erzählen, werden Sie auf jeden Fall angeklagt und verurteilt werden.«

»Setzen Sie sich«, bat Wadensjöö.

Niemand entging, dass er resigniert hatte. Mikael atmete auf. Neben ihm saßen Monica Figuerola, Staatsanwältin Ragnhild Gustavsson, der anonyme SiPo-Mitarbeiter Stefan und noch zwei andere anonyme Personen. Mikael hatte den Verdacht, dass mindestens einer von diesen beiden den Justizminister vertrat.

»Mit den Morden hatte ich nichts zu tun«, begann Wadensjöö, als Edklinth das Tonbandgerät wieder eingeschaltet hatte.

»Den Morden!«, sagte Mikael Blomkvist zu Monica Figuerola.

»Pst!«, machte sie.

»Das waren Clinton und Gullberg. Ich hatte keine Ahnung, was sie vorhatten. Ich schwöre. Ich war total schockiert, als ich erfuhr, dass Gullberg Zalatschenko erschossen hatte. Ich konnte kaum glauben, dass das wahr sein sollte ... ich konnte es nicht glauben. Und als ich von Björck hörte, hätte ich beinahe einen Herzinfarkt gekriegt.«

»Erzählen Sie vom Mord an Björck«, forderte Edklinth ihn auf, ohne seinen Tonfall zu ändern. »Wie lief das ab?«

»Clinton hat jemand engagiert. Ich weiß nicht genau, wie das ablief, aber es waren auf jeden Fall zwei Serben. Nyström hat ihnen den Auftrag erteilt und sie bezahlt. Als ich davon erfuhr, wusste ich, dass das alles in einer einzigen Katastrophe enden würde.«

»Jetzt mal von Anfang an«, sagte Edklinth. »Wann haben Sie begonnen, für die Sektion zu arbeiten?«

Sobald Wadensjöö einmal angefangen hatte zu erzählen, war er nicht mehr aufzuhalten. Das Verhör dauerte fast fünf Stunden.

26. Kapitel

Freitag, 15. Juli

Bei seinem Auftritt im Zeugenstand am Freitagvormittag im Gericht machte Dr. Peter Teleborian einen durch und durch vertrauenerweckenden Eindruck. Knapp neunzig Minuten lang wurde er von Staatsanwalt Ekström verhört und antwortete mit ruhiger Autorität auf alle Fragen. Mal sah er dabei eher bekümmert aus, mal eher belustigt.

»Um das Ganze zusammenzufassen …«, sagte Ekström und blätterte in seinen Unterlagen »nach Ihrer Einschätzung als langjähriger Psychiater leidet Lisbeth Salander an paranoider Schizophrenie?«

»Es ist, wie gesagt, äußerst schwierig, ihren Zustand exakt zu beurteilen. Die Patientin ist bekanntermaßen beinahe autistisch in ihrem Umgang mit Ärzten und Behörden. Aber ich würde sagen, dass sie an einer schweren psychischen Krankheit leidet, wenn ich derzeit auch keine exakte Diagnose stellen könnte. Ich kann auch nicht sagen, in welchem Stadium ihrer Psychose sie sich gerade befindet, solange ich nicht bedeutend umfassendere Untersuchungen anstellen kann.«

»Sie glauben aber auf jeden Fall, dass sie psychisch nicht gesund ist?«

»Alles deutet darauf hin.«

»Auch Sie haben die sogenannte Autobiografie gelesen, die

Frau Salander verfasst und dem Gericht als ihre Stellungnahme übergeben hat. Wie würden Sie sie kommentieren?«

Peter Teleborian hob ratlos die Hände und zuckte mit den Schultern.

»Wie würden Sie die Glaubwürdigkeit dieser Darstellung einschätzen?«

»Es gibt da keine Glaubwürdigkeit. Es gibt da nur jede Menge Behauptungen über diverse Personen, und eine Geschichte ist fantastischer als die andere. Insgesamt untermauert ihre schriftliche Stellungnahme den Verdacht, dass sie an paranoider Schizophrenie leidet.«

»Können Sie irgendein Beispiel bringen?«

»Das offensichtlichste ist sicher die Schilderung der sogenannten Vergewaltigung, derer sich ihr rechtlicher Betreuer Bjurman schuldig gemacht haben soll.«

»Könnten Sie das bitte näher erläutern?«

»Die gesamte Schilderung ist sehr detailliert. Es ist ein klassisches Beispiel für die Art von grotesken Fantasien, wie Kinder sie oft haben. Es gibt viele ähnliche Fälle, zum Beispiel bei Inzestprozessen, in denen Kinder sich in ihre eigenen Widersprüche verwickeln, weil ihre Fantasie außer Kontrolle gerät. Das sind oftmals erotische Fantasien, wie auch Kinder in sehr frühem Alter sie haben können ... ungefähr so, als würden sie sich einen Horrorfilm im Fernsehen ansehen.«

»Nun ist Frau Salander ja aber kein Kind, sondern eine erwachsene Frau«, warf Ekström ein.

»Ja, und man muss wohl noch eruieren, auf welchem geistigen Niveau sie eigentlich steht. Aber im Grunde haben Sie schon recht. Sie ist erwachsen, und wahrscheinlich glaubt sie selbst an die Schilderung, die sie hier abgegeben hat.«

»Sie meinen, das ist alles gelogen?«

»Nein. Wenn sie selbst glaubt, was sie da sagt, dann ist es nicht gelogen. Es zeigt nur, dass sie Fantasie und Wirklichkeit nicht auseinanderhalten kann.«

»Sie ist also nicht von Anwalt Bjurman vergewaltigt worden?«

»Nein. Die Wahrscheinlichkeit ist als verschwindend gering einzustufen. Sie braucht einfach eine qualifizierte Behandlung.«

»Sie selbst kommen ja auch in Frau Salanders Erzählung vor ...«

»Ja, das ist natürlich ein bisschen pikant. Aber auch hier gibt sie wieder nur einer Fantasie Ausdruck. Wenn wir dem armen Mädchen glauben wollten, dann wäre ich ja als pädophil ...«

Lächelnd fuhr er fort:

»Aber das unterstreicht nur, was ich die ganze Zeit gesagt habe. In Salanders Biografie erfahren wir, dass sie misshandelt wurde, indem man sie den Großteil ihrer Zeit in St. Stefan an ein Stahlbett fesselte, und dass ich nachts in ihr Zimmer gekommen bin. Das ist fast schon ein klassisches Beispiel für ihre Unfähigkeit, die Wirklichkeit richtig zu deuten, oder besser gesagt, es illustriert, wie Frau Salander die Wirklichkeit deutet.«

»Danke. Wenn die Verteidigung noch Fragen haben sollte – ich bin hiermit fertig.«

Nachdem Annika Giannini in den ersten zwei Tagen der Gerichtsverhandlung kaum Fragen oder Einwände vorgebracht hatte, erwarteten alle, dass sie auch jetzt wieder nur pflichtschuldigst ein, zwei belanglose Fragen stellen würde. *Die Verteidigung ist derart miserabel, dass es fast schon peinlich ist*, dachte Ekström bei sich.

»O ja. Die habe ich allerdings«, sagte Annika Giannini. »Ich habe in der Tat so einige Fragen, deren Beantwortung eine geraume Zeit in Anspruch nehmen wird. Ich schlage vor, dass wir jetzt für die Mittagspause unterbrechen, sodass ich meine Vernehmung des Zeugen anschließend ohne Unterbrechung durchführen kann.«

Woraufhin Richter Iversen eine Mittagspause anordnete.

Curt Svensson war in Begleitung von zwei uniformierten Polizisten, als er um Punkt 12 Uhr mittags vor dem Restaurant »Mäster Anders« in der Hantverkargatan seine gewaltige Pranke auf Kommissar Nyströms Schulter legte. Nyström blickte verwirrt zu Curt Svensson auf, der ihm seinen Dienstausweis unter die Nase hielt.

»Herr Nyström? Sie sind hiermit festgenommen, weil Sie des Mordes und des versuchten Mordes verdächtigt werden. Die Anklagepunkte werden Ihnen heute Nachmittag bei Ihrem Termin vor dem Haftrichter vom Generalstaatsanwalt mitgeteilt. Ich schlage vor, Sie kommen freiwillig mit«, sagte Curt Svensson.

Nyström sah aus, als hätte Svensson chinesisch gesprochen. Aber es war ihm vollkommen klar, dass Curt Svensson ein Mann war, dem man besser keinen Widerstand leistete.

Kriminalinspektor Bublanski war in Begleitung von Sonja Modig und sieben uniformierten Polizisten, als der Mitarbeiter des Verfassungsschutzes Stefan Bladh sie um Punkt 12 Uhr mittags in die geschlossene Abteilung ließ, die die Domäne der Sicherheitspolizei auf Kungsholmen darstellte. Sie liefen durch die Korridore, bis Bladh stehen blieb und auf eine Tür zeigte. Der Sekretär des Amtschefs sah völlig perplex aus, als Bublanski seinen Dienstausweis zeigte.

»Bewahren Sie bitte Ruhe. Dies ist ein Polizeieinsatz.«

Er ging zur angrenzenden Tür und unterbrach Amtschef Albert Shenke mitten in einem Telefongespräch.

»Was fällt Ihnen ein?«, fragte Shenke zornig.

»Ich bin Kriminalinspektor Jan Bublanski. Sie sind festgenommen wegen Verbrechen gegen die schwedische Verfassung. Von den einzelnen Anklagepunkten werden Sie heute Nachmittag noch in Kenntnis gesetzt.«

»Das ist ja wohl unerhört!«, rief Shenke.

»Ja, allerdings«, meinte Bublanski.

Er ließ Shenkes Dienstzimmer versiegeln und stellte zwei uniformierte Polizisten als Wache vor die Tür. Sie hatten ausdrückliche Genehmigung, ihre Schlagstöcke einzusetzen oder sogar ihre Dienstwaffe zu ziehen, sollte jemand mit Gewalt versuchen, sich Zutritt zu verschaffen.

Die Prozession zog dann ein Stück weiter den Flur hinunter, bis Bladh auf die nächste Tür zeigte, wo man dieselbe Prozedur noch einmal mit dem Budgetverantwortlichen Gustav Atterbom wiederholte.

Jerker Holmberg hatte Unterstützung durch die Einsatztruppe von Södermalm, als er um Punkt 12 Uhr an die Tür eines vorübergehend angemieteten Büroraums klopfte, der schräg gegenüber von den Redaktionsräumen der Zeitschrift *Millennium* in der Götgatan lag.

Da niemand öffnete, befahl Holmberg der Einsatztruppe, sie aufzubrechen. Bevor das Brecheisen zum Einsatz kam, ging die Tür doch einen Spaltbreit auf.

»Polizei«, sagte Holmberg. »Kommen Sie heraus, und halten Sie die Hände so, dass wir sie gut sehen können.«

»Ich bin auch Polizist«, sagte Polizeiinspektor Göran Mårtensson.

»Ich weiß. Und Sie haben auch eine Lizenz für Schusswaffen.«

»Ja, aber ich bin Polizist im Dienst.«

»Ein Scheiß sind Sie!«, erklärte Holmberg.

Man half ihm, Mårtensson gegen die Wand zu stellen und ihm seine Dienstwaffe abzunehmen.

»Sie sind festgenommen wegen widerrechtlichen Abhörens von Telefonanlagen, schwerer Fehler im Amt, wiederholten Hausfriedensbruchs bei dem Journalisten Mikael Blomkvist und weiterer Anklagepunkte. Legt ihm Handschellen an!«

Holmberg machte eine rasche Runde durch die Büroräume und stellte bei seiner Inspektion fest, dass hier genügend elektronische Ausrüstung vorhanden war, um ein ganzes Tonstudio zu betreiben. Er teilte einen Polizisten als Wache ein und wies ihn an, einfach auf einem Stuhl sitzen zu bleiben und keine Fingerabdrücke zu hinterlassen.

Als Mårtensson aus der Tür geführt wurde, hob Henry Cortez seine Nikon-Digitalkamera und nahm eine Serie mit zweiundzwanzig Bildern auf. Er war sicher kein Profifotograf, und die Bildqualität ließ einiges zu wünschen übrig. Aber die Bilder wurden tags darauf für eine schlichtweg unverschämte Summe an eine Abendzeitung verkauft.

Monica Figuerola war bei den Razzien dieses Tages die einzige Polizistin, die in einen außerplanmäßigen Vorfall verwickelt wurde. Sie wurde von der Einsatztruppe Norrmalm sowie drei Kollegen von der RPF/Sich begleitet, als sie um Punkt 12 Uhr das Haus in der Artillerigatan betrat und die Stufen zur Wohnung im obersten Stock hinaufstieg, die dem Unternehmen Bellona gehörte.

Die Operation war sehr kurzfristig geplant worden. Sobald sich die Mannschaft vor der Tür gesammelt hatte, gab sie grünes Licht. Zwei kräftige Polizisten in Uniform hoben einen 40-Kilo-Rammbock und öffneten die Tür mit zwei gezielten Schlägen. Die Einsatztruppe besetzte die Wohnung innerhalb von zehn Sekunden.

Den Beobachtungen der Ermittlungsgruppe zufolge waren durch diese Tür am Morgen fünf Personen getreten, die als Mitarbeiter der Sektion identifiziert worden waren. Alle fünf wurden innerhalb weniger Sekunden dingfest gemacht und mit Handschellen gefesselt.

Monica Figuerola trug eine kugelsichere Weste. Sie ging durch die Wohnung, die der Sektion seit den 60er-Jahren als Hauptquartier diente, und riss eine Tür nach der anderen auf. Wie sie feststellen konnte, würde sie die Hilfe eines Archäologen brauchen, um die Papierberge zu sortieren, die diese Räume füllten.

Sie öffnete die Tür zu einem kleineren Zimmer ganz hinten in der Wohnung und entdeckte, dass es für Übernachtungen genutzt wurde. Und hier fand sie sich auf einmal Auge in Auge mit Jonas Sandberg. Er war bei der morgendlichen Verteilung der Aufgaben das große Fragezeichen geblieben. Im Verlauf des vorigen Abends hatte der Ermittler, der mit Sandbergs Beschattung beauftragt war, seine Spur verloren. Sein Auto stand immer noch auf Kungsholmen, und in seiner Wohnung hatte er sich auch nicht blicken lassen. Am Morgen wusste man nicht, wie man ihn lokalisieren und festnehmen sollte.

Aus Sicherheitsgründen bleibt nachts immer jemand in der Wohnung, dachte Monica Figuerola. *Natürlich. Und nach seiner Nachtschicht schläft Sandberg sich aus.*

Jonas Sandberg hatte nur eine Unterhose an und wirkte noch ganz verschlafen. Er streckte die Hand nach seiner Dienstwaffe auf dem Nachttisch aus. Monica Figuerola beugte sich schnell vor und wischte die Waffe vom Tisch, sodass sie für Sandberg außer Reichweite war.

»Jonas Sandberg, Sie sind verhaftet! Sie werden der Beteiligung am Mord an Gunnar Björck und Alexander Zalatschenko verdächtigt sowie des versuchten Mordes an Mikael Blomkvist und Erika Berger. Ziehen Sie sich Ihre Hose an.«

Sandberg schlug mit der Faust nach Monica Figuerola, die den Schlag mit einem fast nachdenklichen Reflex parierte.

»Keine Späße!«, sagte sie. Sie packte seinen Arm und verdrehte ihm das Handgelenk so heftig, dass Sandberg sich rücklings auf den Boden sinken ließ. Sie drehte ihn auf den Bauch und drückte ihm ein Knie ins Kreuz. Dann legte sie ihm Handschellen an. Es war das erste Mal seit ihrem Dienstantritt bei der RPF/Sich, dass sie bei einem Einsatz tatsächlich ihre Handschellen benutzte.

Sie überließ Sandberg einem Polizisten und ging weiter. Schließlich öffnete sie die letzte Tür, die ganz am Ende des Flurs lag. Nach den Zeichnungen, die sie sich vom städtischen

Bauamt besorgt hatten, gab es noch einen kleinen Unterschlupf, der nach hinten auf den Hof hinausging. Sie blieb auf der Schwelle stehen und erblickte die dürrste Vogelscheuche, die sie jemals gesehen hatte. Dass sie vor einem todkranken Menschen stand, bezweifelte sie keine Sekunde.

»Fredrik Clinton, Sie sind verhaftet wegen der Beteiligung am Mord, Mordversuchs und einer ganzen Reihe anderer Verbrechen«, verkündete sie. »Bleiben Sie im Bett liegen. Wir haben einen Krankenwagen angefordert, der Sie nach Kungsholmen überführen wird.«

Christer Malm hatte sich direkt vor der Haustür in der Artillerigatan postiert. Im Gegensatz zu Henry Cortez konnte er sehr wohl mit einer Nikon-Digitalkamera umgehen. Er benutzte ein kurzes Teleobjektiv, und die Bilder waren hochprofessionell.

Sie zeigten, wie die Mitglieder der Sektion nacheinander herausgeführt und in Polizeiwagen verfrachtet wurden. Schließlich kam der Krankenwagen, der Fredrik Clinton abholte. Seine Augen blickten genau ins Kameraobjektiv, als Christer auf den Auslöser drückte. Clinton sah besorgt und verwirrt aus.

Dieses Foto wurde später als »Bild des Jahres« prämiert.

27. Kapitel
Freitag, 15. Juli

Um 12 Uhr 30 schlug Richter Iversen mit seinem Hammer auf den Tisch und erklärte die Gerichtsverhandlung wieder für eröffnet. Er kam nicht umhin zu bemerken, dass sich plötzlich eine dritte Person an Annika Gianninis Tisch befand. Holger Palmgren saß dort im Rollstuhl.

»Guten Tag, Herr Palmgren«, sagte Richter Iversen. »Ist schon eine ganze Weile her, dass ich Sie in einem Gerichtssaal gesehen habe.«

»Guten Tag, Richter Iversen. Manche Fälle sind eben so kompliziert, dass die jungen Kollegen ein bisschen Hilfe brauchen.«

»Ich dachte, Sie wären nicht mehr als Anwalt tätig?«

»Ich war krank. Aber Anwältin Giannini hat mich in dieser Sache zu ihrem Beisitzer bestellt.«

»Verstehe.«

Annika Giannini räusperte sich.

»Vielleicht sollte ich dazu sagen, dass Holger Palmgren über Jahre hinweg Lisbeth Salander vertreten hat.«

»Ich hatte gar nicht vor, gegen seine Anwesenheit zu protestieren«, erklärte Richter Iversen.

Er nickte ihr zu, zum Zeichen, dass sie beginnen sollte. Sie stand auf. Die schwedische Unsitte, Gerichtsverhandlungen in formlosem Ton zu führen, hatte sie immer gehasst. Da saßen sie dann alle gemütlich beisammen, als wäre die ganze Veranstaltung ein gemütliches Abendessen. Sie hingegen fühlte sich wesentlich besser, wenn sie im Stehen redete.

»Ich möchte an die letzten Kommentare vom Vormittag anschließen. Dr. Teleborian, warum weisen Sie so konsequent alle Aussagen von Lisbeth Salander zurück?«

»Weil sie so offensichtlich unwahr sind«, erwiderte Teleborian.

Er war ruhig und entspannt. Annika Giannini nickte und wandte sich an Richter Iversen.

»Herr Richter, Dr. Teleborian behauptet, dass Frau Salander lügt und fantasiert. Die Verteidigung wird jetzt beweisen, dass jedes Wort, das in ihrer Autobiografie steht, wahr ist. Wir werden Beweise dafür erbringen. Bildlich, schriftlich und durch Zeugenaussagen. Der Staatsanwalt hat seine Sichtweise bereits dargelegt. Wir haben ihm zugehört und wissen nun, wie die genauen Anschuldigungen lauten.«

Plötzlich hatte Annika Giannini einen ganz trockenen Mund und merkte, wie ihr die Hände zitterten. Sie atmete tief durch und trank einen Schluck Mineralwasser. Dann umfasste sie mit beiden Hände fest ihre Stuhllehne, um ihre Nervosität zu verbergen.

»Den Darlegungen des Staatsanwalts können wir entnehmen, dass er viele Ansichten hat, aber schmerzlich wenig Beweise. Er glaubt, dass Frau Salander in Stallarholmen auf Carl-Magnus Lundin geschossen hat. Er behauptet, dass sie nach Gosseberga gefahren ist, um ihren Vater zu töten. Er vermutet, dass meine Mandantin paranoid-schizophren ist. Und diese Vermutungen bauen auf den Angaben einer einzigen Person auf, nämlich Dr. Peter Teleborian.«

Sie legte eine Pause ein und holte tief Luft. Sie zwang sich, langsam zu sprechen.

»Wenn er recht hat, ist das alles schön und gut; dann wäre

meine Mandantin sicher am besten dran, wenn sie die qualifizierte psychiatrische Behandlung bekäme, die Dr. Teleborian und der Staatsanwalt fordern.«

Pause.

»Aber wenn Dr. Teleborian unrecht hat, dann sieht die Sache schon wieder ganz anders aus. Wenn er obendrein noch vorsätzlich lügt, dann kommt das einem Übergriff vonseiten der Justiz gleich, einem Übergriff, der sich nun schon über viele Jahre hinzieht.«

Sie wandte sich an Ekström.

»Heute Nachmittag werden wir zeigen, dass Ihr Zeuge unrecht hat und Sie als Staatsanwalt von ihm hinters Licht geführt wurden.«

Dr. Teleborian lächelte amüsiert. In gespielter Resignation hob er die Hände und nickte Annika Giannini auffordernd zu. Sie wandte sich noch einmal an Iversen.

»Herr Richter. Ich werde zeigen, dass Dr. Teleborians sogenannte rechtspsychiatrische Untersuchung von Anfang bis Ende ein Bluff war. Ich werde zeigen, dass er vorsätzlich Lügen über Frau Salander verbreitet. Ich werde zeigen, dass meine Mandantin einem schweren Übergriff von staatlicher Seite ausgesetzt worden ist. Und ich werde zeigen, dass sie genauso klug und vernünftig ist wie jeder andere Mensch in diesem Saal.«

»Entschuldigen Sie, aber …«, begann Ekström.

»Einen Augenblick.« Sie hob einen Finger. »Ich habe Sie zwei Tage lang reden lassen. Jetzt bin ich dran.«

Sie wandte sich wieder an Richter Iversen.

»Derart schwerwiegende Anschuldigungen würde ich niemals vor Gericht erheben, wenn ich keine schlagkräftigen Beweise dafür hätte.«

»Dann fahren Sie doch bitte fort«, sagte Iversen. »Aber ich möchte hier bitte keine weitschweifigen Verschwörungstheorien zu hören bekommen. Denken Sie daran, dass Sie auch aufgrund von Behauptungen, die Sie vor Gericht anstellen, wegen Verleumdung angeklagt werden können.«

»Danke. Ich werde daran denken.«

Dann wandte sie sich an Teleborian. Den schien die Situation immer noch zu amüsieren.

»Die Verteidigung hat Sie mehrfach ersucht, Frau Salanders Krankenakte einsehen zu dürfen, die aus der Zeit stammt, als sie als junger Teenager bei Ihnen in St. Stefan eingesperrt war. Warum haben wir diese Krankenakte nie bekommen?«

»Weil ein Gericht beschlossen hat, dass sie der Geheimhaltung unterliegt. Diese Entscheidung ist aus Sorge um Lisbeth Salanders Wohl getroffen worden, aber wenn ein höheres Gericht diese Entscheidung aufhebt, werde ich Ihnen selbstverständlich Einsicht in die Krankenakte gewähren.«

»Danke. Wie viele Nächte in den zwei Jahren, die Lisbeth Salander in St. Stefan verbracht hat, wurde sie mit Gurten ans Bett gefesselt?«

»Das kann ich aus dem Stegreif nicht beantworten.«

»Sie selbst behauptet, dass es sich um 380 von insgesamt 786 Tagen handelte.«

»Die genaue Anzahl der Tage kann ich Ihnen zwar nicht nennen, aber das ist mit Sicherheit eine groteske Übertreibung. Woher haben Sie diese Zahl?«

»Aus ihrer Autobiografie.«

»Und Sie meinen tatsächlich, dass sie sich heute noch exakt an jede Nacht erinnert, in der sie mit Gurten fixiert wurde? Das ist doch völlig absurd.«

»Ja? An wie viele Nächte erinnern Sie sich denn?«

»Lisbeth Salander war eine sehr aggressive und gewalttätige Patientin, und sie wurde zweifellos mehrfach in einem stimulationsfreien Raum untergebracht. Ich sollte vielleicht erklären, welchen Zweck man in der Psychiatrie mit einem stimulationsfreien Raum verfolgt …«

»Danke, das ist nicht nötig. Das ist ein Raum, in dem

man den Patienten von allen Sinneseindrücken isoliert, die ihn irgendwie aufregen könnten. Also, an wie vielen Tage lag die 13-jährige Lisbeth Salander festgeschnallt in so einem Raum?«

»Nun … ganz spontan würde ich sagen, so um die dreißig Mal.«

»Das wäre bedeutend weniger, als sie selbst angibt.«

»Richtig.«

»Könnte ihre Krankenakte genauere Auskunft darüber geben?«

»Schon möglich.«

»Danke schön«, sagte Annika Giannini und zog einen ansehnlichen Papierstapel aus ihrer Aktentasche. »Dann bitte ich, dem Gericht eine Kopie von Frau Salanders Krankenakte aus St. Stefan übergeben zu dürfen. Ich habe nachgezählt, wie oft erwähnt wird, dass die Patientin mit Gurten fixiert wurde, und kam auf 381 Mal, was ziemlich genau den Angaben meiner Mandantin entspricht.«

Dr. Teleborians Augen weiteten sich.

»Stopp … das sind Informationen, die der Geheimhaltung unterliegen. Woher haben Sie das?«

»Ich habe sie von einem Reporter der Zeitschrift *Millennium*. Diese Akte ist also so geheim, dass sie sogar Zeitschriftenredaktionen zugänglich ist. Vielleicht sollte ich hinzufügen, dass Auszüge aus dieser Krankenakte heute auch im neuen *Millennium*-Heft veröffentlicht werden. Daher glaube ich, dass dieses Gericht ebenfalls die Möglichkeit bekommen sollte, sich die Akte anzusehen.«

»Das ist gesetzeswidrig …«

»Nein. Frau Salander hat die Veröffentlichung der Auszüge genehmigt. Meine Mandantin hat nämlich nichts zu verbergen.«

»Ihre Mandantin ist nicht geschäftsfähig. Sie hat kein Recht, derlei Entscheidungen allein zu treffen.«

»Wir werden später noch auf die Aberkennung ihrer Geschäftsfähigkeit zurückkommen. Aber zuerst werden wir uns ansehen, was in St. Stefan mit ihr passiert ist.«

Richter Iversen runzelte die Stirn und nahm den Aktenstapel entgegen, den Annika Giannini ihm überreichte.

»Für den Staatsanwalt habe ich keine Kopie gemacht. Er hat dieses die Privatsphäre verletzende Dokument nämlich schon vor einem Monat bekommen.«

»Wie das?«, fragte Iversen.

»Staatsanwalt Ekström bekam von Dr. Teleborian eine Kopie dieser für geheim erklärten Krankenakte, und zwar bei einem Treffen in seinem Dienstzimmer, das am Samstag, dem 4. Juni um 17 Uhr stattfand.«

»Stimmt das?«, erkundigte sich Iversen.

In einem ersten Impuls wollte Richard Ekström alles leugnen. Dann fiel ihm jedoch ein, dass Annika Giannini vielleicht Beweise für ihre Behauptung hatte.

»Ich habe darum gebeten, Teile der Krankenakte lesen zu dürfen, wobei ich mich natürlich zu absolutem Stillschweigen verpflichtet habe«, gab Ekström zu. »Ich musste mich schließlich vergewissern, ob Frau Salanders Geschichte so war, wie sie behauptet.«

»Danke«, sagte Annika Giannini. »Damit wurde uns soeben bestätigt, dass Dr. Teleborian nicht nur die Unwahrheit sagt, sondern auch einen Gesetzesverstoß begangen hat, indem er eine Krankenakte herausgegeben hat, die nach seinen eigenen Worten der Geheimhaltung unterliegt.«

»Wir haben das zur Kenntnis genommen«, erklärte Iversen.

Auf einen Schlag war Richter Iversen hellwach. Annika Giannini hatte gerade einen wichtigen Teil der Zeugenaussage zerschmettert. *Und sie behauptet, all ihre Aussagen belegen zu können.* Iversen rückte seine Brille zurecht.

»Dr. Teleborian, können Sie mir anhand dieser Krankenakte, die ja von Ihrer eigenen Hand stammt, sagen, wie viele Tage Lisbeth Salander mit Gurten ans Bett gefesselt wurde?«

»Ich kann mich nicht entsinnen, dass es solch ein Ausmaß gehabt hat, aber wenn die Krankenakte das sagt, dann muss es ja wohl stimmen.«

»381 Tage. Ist das nicht außergewöhnlich viel?«

»Das ist außergewöhnlich viel, ja.«

»Wie würden Sie es bezeichnen, wenn Sie 13 Jahre alt wären und jemand Sie über ein Jahr lang mit Ledergurten an ein Stahlbett fesseln würde? Vielleicht als Folter?«

»Sie müssen verstehen, dass die Patientin eine Gefahr für sich selbst und andere darstellte ...«

»Eine Gefahr für sich selbst, sagen Sie. Hat Lisbeth Salander sich jemals selbst verletzt?«

»Es gab Befürchtungen in dieser Richtung ...«

»Ich wiederhole meine Frage: Hat Lisbeth Salander sich jemals selbst verletzt? Ja oder nein?«

»Wir als Psychiater müssen lernen, das Bild in seiner Gesamtheit zu sehen. Was Lisbeth Salander betrifft, so werden Sie zum Beispiel eine Menge Tätowierungen und Piercings an Ihrem Körper bemerken, was auch als selbstzerstörerisches Verhalten zu sehen ist, eine Art, seinen Körper zu verletzen. Man könnte es als eine Auswirkung ihres Selbsthasses bezeichnen.«

Annika Giannini wandte sich an Lisbeth Salander.

»Sind Ihre Tätowierungen eine Auswirkung Ihres Selbsthasses?«, fragte sie.

»Nein«, antwortete Lisbeth Salander.

Annika Giannini wandte sich wieder an Teleborian.

»Sie meinen also, weil ich Ohrringe trage und in der Tat auch eine Tätowierung an einer höchst privaten Stelle habe, bin ich eine Gefahr für mich selbst?«

Holger Palmgren prustete unterdrückt, tat aber schnell so, als hätte er sich nur räuspern müssen.

»Nein, das nicht … Tätowierungen können auch Teil eines sozialen Rituals sein.«

»Und Sie meinen, dass bei Lisbeth Salander ein soziales Ritual nicht infrage kommt?«

»Sie können doch selbst sehen, dass ihre Tätowierungen grotesk sind und große Flächen ihres Körpers bedecken. Das ist kein normaler Schönheitskult oder Körperschmuck.«

»Wie viel Prozent?«

»Bitte?«

»Bei wie viel Prozent tätowierter Körperfläche hört es auf, ein Schönheitskult zu sein, und geht in krankhaftes Verhalten über?«

»Sie verdrehen mir das Wort im Munde.«

»Ist das so? Wie kommt es dann, dass es sich bei der Tätowierung Ihrer Meinung nach um ein völlig akzeptables soziales Ritual handelt, wenn es um mich oder andere Jugendliche geht, sie meiner Mandantin jedoch zum Nachteil ausgelegt wird, wenn ihr geistiger Zustand beurteilt werden soll?«

»Ich als Psychiater muss wie gesagt das Bild als Ganzes sehen. Die Tätowierungen sind nur ein Indikator, einer von vielen Indikatoren, die ich in Betracht ziehen muss, wenn ich ihren Zustand einschätzen will.«

Annika Giannini schwieg ein paar Sekunden und fixierte Dr. Teleborian. Dann sprach sie ganz langsam weiter.

»Aber Dr. Teleborian, Sie haben begonnen, meine Mandantin zu fesseln, als sie zwölf Jahre alt war, kurz vor ihrem dreizehnten Geburtstag. Damals hatte sie doch noch keine einzige Tätowierung, oder?«

Teleborian zögerte. Annika ergriff wieder das Wort.

»Ich nehme an, Sie haben sie gefesselt, weil Sie voraussahen, dass sie sich irgendwann tätowieren lassen würde.«

»Nein, natürlich nicht. Ihre Tätowierungen haben mit ihrem Zustand im Jahre 1991 nichts zu tun.«

»Damit wären wir wieder bei meiner ursprünglichen Frage.

Hat Lisbeth Salander sich irgendwann auf eine Art selbst verletzt, die Anlass dazu gab, sie ein Jahr lang an ein Bett zu fesseln? Hat sie sich zum Beispiel mit Messern oder Rasierklingen geschnitten?«

Einen Moment lang wirkte Peter Teleborian verunsichert.

»Nein, aber wir hatten Grund zu der Annahme, dass sie eine Gefahr für sich selbst war.«

»Grund zu der Annahme. Sie wollen also sagen, Sie haben sie gefesselt, weil Sie gemutmaßt haben ...«

»Wir können nur einschätzen.«

»Ich stelle Ihnen jetzt seit fünf Minuten dieselbe Frage. Sie behaupten, dass das selbstzerstörerische Verhalten meiner Mandantin den Ausschlag dafür gab, dass sie von Ihnen gefesselt wurde. Könnten Sie jetzt so freundlich sein und mir endlich ein paar Beispiele für das selbstzerstörerische Verhalten geben, das sie im Alter von zwölf Jahren zeigte.«

»Das Mädchen war zum Beispiel extrem unterernährt. Was unter anderem daran lag, dass sie das Essen verweigerte. Wir vermuteten Anorexie. Daher waren wir auch gezwungen, sie mehrfach zwangszuernähren.«

»Worauf war das zurückzuführen?«

»Das war natürlich darauf zurückzuführen, dass sie das Essen verweigerte.«

Annika Giannini wandte sich an ihre Mandantin.

»Lisbeth, ist es richtig, dass Sie in St. Stefan das Essen verweigerten?«

»Ja.«

»Und warum?«

»Weil dieser Typ mir Psychopharmaka in mein Essen gemischt hat.«

»Aha. Dr. Teleborian wollte Ihnen also Medikamente verabreichen. Warum wollten Sie die denn nicht nehmen?«

»Sie machten mich ganz stumpf. Ich konnte nicht mehr klar denken und dämmerte die meiste Zeit des Tages nur vor mich hin. Das war einfach unangenehm. Und dieser Typ weigerte sich, mir zu sagen, was das für Psychopharmaka waren.«

»Sie weigerten sich also, Ihre Medikamente zu nehmen?«

»Ja. Und da fing er eben an, mir den Mist ins Essen zu mischen. Jedes Mal wenn irgendetwas unter mein Essen gemischt worden war, habe ich mich fünf Tage lang geweigert zu essen.«

»Sie hungerten also?«

»Nicht immer. Ein paar Pfleger schmuggelten mir manchmal belegte Brote rein. Besonders ein Pfleger war da, der mir spätnachts immer was zu essen brachte. Das ist mehrmals vorgekommen.«

»Sie wollen damit sagen, dass das Pflegepersonal in St. Stefan sah, dass Sie Hunger hatten, und Ihnen Essen mitbrachte, damit Sie nicht hungern mussten?«

»Ja.«

»Es hatte also nichts damit zu tun, dass Sie nicht essen wollten?«

»Nein. Ich hatte oft Hunger.«

»Trifft die Feststellung zu, dass ein Konflikt zwischen Ihnen und Dr. Teleborian entstand?«

»Das kann man wohl sagen.«

»Sie sind in St. Stefan gelandet, weil Sie Ihren Vater mit Benzin übergossen und angezündet hatten.«

»Ja.«

»Warum haben Sie das getan?«

»Weil er meine Mutter misshandelt hat.«

»Haben Sie das jemand so erklärt?«

»Ja.«

»Wem?«

»Ich habe es den Polizisten gesagt, die mich verhört haben, dem Sozialamt, dem Jugendamt, den Ärzten, einem Pfarrer und dem Schwein auch.«

»Mit dem Schwein meinen Sie …?«

»Den da.«

Sie zeigte auf Dr. Peter Teleborian.

»Warum nennen Sie ihn ein Schwein?«

»Als ich zum ersten Mal nach St. Stefan kam, versuchte ich ihm zu erklären, was passiert war.«

»Und was hat Dr. Teleborian gesagt?«

»Er wollte mir gar nicht zuhören. Er behauptete, ich fantasiere nur. Und zur Strafe sollte ich ans Bett geschnallt werden, bis ich aufhörte zu fantasieren. Und dann versuchte er, mir mit Gewalt Psychopharmaka zu verabreichen.«

»Das ist doch alles Unfug«, mischte Dr. Teleborian sich ein.

»Und deswegen reden Sie auch nicht mehr mit ihm?«

»Seit der Nacht, in der ich 13 geworden bin, habe ich kein Wort mehr mit ihm geredet. Damals lag ich auch fixiert auf dem Stahlbett. Das war das Geburtstagsgeschenk, das ich mir selbst gemacht habe.«

Annika Giannini wandte sich wieder an Teleborian.

»Dr. Teleborian, das hört sich ja ganz so an, als hätte meine Mandantin das Essen nur deswegen verweigert, weil sie nicht zulassen wollte, dass Sie ihr Psychopharmaka verabreichten.«

»Es ist möglich, dass sie das so sieht.«

»Und wie sehen Sie es?«

»Sie war eine extrem schwierige Patientin. Ich behaupte, ihr Verhalten ließ vermuten, dass sie eine Gefahr für sich selbst war, aber das mag Interpretationssache sein. Sie war jedoch auf jeden Fall gewalttätig und zeigte psychotische Züge. Es kann gar keinen Zweifel daran geben, dass sie eine Gefahr für ihre Umwelt darstellte. Sie ist ja in der Tat nach St. Stefan gekommen, weil sie versucht hatte, ihren Vater zu ermorden.«

»Dazu kommen wir noch. Sie waren zwei Jahre lang für ihre Behandlung verantwortlich. In dieser Zeit fesselten Sie sie an 381 Tagen an ein Stahlbett. Kann es sein, dass Sie die Fixierung als Bestrafungsmethode angewandt haben, wenn meine Mandantin nicht tat, was Sie ihr sagten?«

»Das ist schlichtweg Nonsens.«

»Ach ja? Ich stellte fest, dass laut Krankenakte der Großteil dieser Fesselungen im ersten Jahr geschah … in 320 von 381 Fällen. Warum hörte das dann auf?«

»Die Patientin entwickelte sich und wurde insgesamt zugänglicher.«

»War es nicht vielmehr so, dass Ihre Maßnahmen vom restlichen Personal als unnötig brutal eingestuft wurden?«

»Was meinen Sie damit?«

»War es nicht so, dass das Personal protestierte, unter anderem gegen die Zwangsernährung von Lisbeth?«

»Man kann natürlich zu ganz unterschiedlichen Einschätzungen kommen. Das ist nichts Ungewöhnliches. Aber die Zwangsernährung wurde zunehmend zur Belastung, weil sie gewalttätigen Widerstand leistete …«

»Weil sie sich weigerte, Psychopharmaka einzunehmen, die sie stumpf und passiv machten. Sie hatte kein Problem mit dem Essen, wenn man ihr damit keine Medikamente verabreichte. Wäre es da nicht eine angemessenere Behandlungsmethode gewesen, von Zwangsmaßnahmen erst einmal Abstand zu nehmen?«

»Mit Verlaub, Frau Giannini. Ich bin Arzt. Ich habe den Verdacht, dass meine medizinische Kompetenz ein klein wenig höher ist als Ihre. Es ist meine Aufgabe, zu beurteilen, welche medizinischen Maßnahmen zu ergreifen sind.«

»Es ist richtig, dass ich keine Ärztin bin, Dr. Teleborian. Ich bin jedoch tatsächlich nicht ganz ohne Kompetenz. Neben meinem Titel als Rechtsanwältin führe ich nämlich auch den einer ausgebildeten Psychologin der Universität Stockholm. Das sind für meinen Beruf nicht ganz unnütze Kenntnisse.«

Im Gerichtssaal hätte man eine Stecknadel fallen hören. Sowohl Ekström als auch Teleborian starrten Annika Giannini verblüfft an. Sie fuhr unerbittlich fort.

»War es nicht so, dass Ihre Methoden bei der Behandlung

meiner Mandantin im Nachhinein zu starken Meinungsverschiedenheiten zwischen Ihnen und Ihrem Chef, dem damaligen Oberarzt Johannes Caldin, führten?«

»Nein ... das war nicht so.«

»Johannes Caldin ist vor ein paar Jahren verstorben und kann heute keine Zeugenaussage mehr machen. Doch befindet sich heute eine Person unter uns, die Oberarzt Caldin mehrfach getroffen hat. Nämlich mein Beisitzer Holger Palmgren.«

Sie wandte sich an ihn.

»Können Sie erzählen, wie es dazu kam?«

Holger Palmgren räusperte sich. Er litt immer noch an den Folgeerscheinungen des Schlaganfalls und musste sich beim Sprechen sehr auf eine deutliche Aussprache konzentrieren.

»Ich wurde zu Lisbeths Vormund bestellt, als ihre Mutter von ihrem Vater so schwer misshandelt wurde, dass sie eine dauerhafte Behinderung davontrug und sich nicht mehr um ihre Tochter kümmern konnte. Sie erlitt bleibende Hirnschäden, und es kam zu wiederholten Gehirnblutungen.«

»Sie sprechen also von Alexander Zalatschenko?«

»Richtig«, bestätigte Palmgren.

Ekström räusperte sich.

»Ich bitte zur Kenntnis zu nehmen, dass wir jetzt zu einem Thema kommen, das strengster Geheimhaltung unterliegt.«

»Es kann ja wohl kaum ein Geheimnis sein, dass Alexander Zalatschenko Frau Salanders Mutter jahrelang misshandelte«, gab Annika Giannini zurück.

Teleborian hob die Hand.

»Die Sache ist jedoch nicht so selbstverständlich, wie Frau Giannini sie gerade darstellt.«

»Was wollen Sie damit sagen?«

»Es steht völlig außer Frage, dass Frau Salander eine Familientragödie miterleben musste, dass es einen Auslöser für die schwere Körperverletzung von 1991 gab. Aber es gibt in der Tat keine Beweise, die belegen würden, dass sich diese Situation über mehrere Jahre hingezogen hätte, wie Frau Giannini behauptet. Es mag vereinzelte Vorfälle gegeben haben oder einen Streit, der aus dem Ruder lief. Um die Wahrheit zu sagen, es gibt nicht einmal Beweise, dass es tatsächlich Herr Zalatschenko war, der die Mutter so misshandelte. Wir haben Aussagen, dass sie sich prostituiert hat, und es können durchaus andere Täter in Betracht kommen.«

Annika Giannini sah Peter Teleborian verblüfft an. Einen Moment lang wirkte sie völlig sprachlos. Dann konzentrierte sie ihren Blick wieder.

»Können Sie diesen Gedanken bitte noch ein bisschen weiterführen?«, bat sie.

»Ich meine damit, dass wir nichts als Frau Salanders Aussage in dieser Sache haben.«

»Und?«

»Erstens waren es zwei Geschwister. Lisbeths Schwester Camilla hat solche Behauptungen niemals erhoben. Sie leugnete sogar, dass es zu solchen Vorfällen gekommen sei. Wenn es tatsächlich Misshandlungen in dem Umfang gegeben haben sollte, wie es Ihre Mandantin behauptet, dann hätte es auf jeden Fall dem Sozialamt oder einer anderen Behörde auffallen müssen.«

»Liegt irgendein Protokoll eines Verhörs mit Camilla Salander vor, in das wir Einblick nehmen könnten?«

»Verhör?«

»Haben Sie irgendwelche Beweise dafür, dass Camilla Salander überhaupt gefragt wurde, was bei ihr zu Hause geschah?«

Lisbeth rutschte plötzlich auf ihrem Stuhl hin und her, als der Name ihrer Schwester fiel. Sie warf Annika Giannini einen Blick zu.

»Ich gehe davon aus, dass das Sozialamt eine Untersuchung durchgeführt hat …«

»Eben haben Sie noch behauptet, Camilla Salander habe niemals angegeben, dass Alexander Zalatschenko ihre Mutter misshandelt hätte, dass sie es sogar leugnete. Das war eine kategorische Feststellung. Woher haben Sie diese Angaben?«

Plötzlich war Peter Teleborian für ein paar Sekunden ganz still. Annika Giannini sah, dass sich seine Augen veränderten, als ihm dämmerte, was für einen Fehler er gerade gemacht hatte. Er verstand ganz genau, worauf sie hinauswollte, aber es gab keinen Weg, die Frage zu umschiffen.

»Ich glaube mich zu erinnern, dass dies aus den polizeilichen Ermittlungen hervorging«, meinte er schließlich.

»Sie glauben sich zu erinnern ... Ich selbst habe angestrengt nach polizeilichen Ermittlungen zu den Geschehnissen in der Lundagatan gesucht, dem Anschlag, bei dem Alexander Zalatschenko so schwere Brandverletzungen davontrug. Das Einzige, was ich bekam, war einer der knappen Berichte, der von der Polizei gleich vor Ort abgefasst wird.«

»Das ist schön möglich ...«

»Ich würde also gern wissen, wie es kommt, dass Sie einen polizeilichen Ermittlungsbericht gelesen haben, der der Verteidigung nicht zugänglich ist?«

»Darauf kann ich Ihnen keine Antwort geben«, wich Teleborian aus. »Im Zusammenhang mit dem rechtspsychiatrischen Gutachten, das ich 1991 nach Frau Salanders Mordversuch an ihrem Vater erstellt habe, durfte ich Einblick in Teile der Ermittlungen nehmen.«

»Hat Staatsanwalt Ekström diesen Ermittlungsbericht auch lesen dürfen?«

Ekström wand sich und strich sich über den Bart. Mittlerweile war ihm klar geworden, dass er Annika Giannini unterschätzt hatte. Grund zum Lügen hatte er jedoch nicht.

»Ja, ich habe ihn gelesen.«

»Warum hat die Verteidigung keinen Zugang zu diesem Material bekommen?«

»Ich habe es als irrelevant für diesen Prozess eingestuft.«

»Könnten Sie so nett sein und mir verraten, wie es dazu kam, dass Sie diesen Ermittlungsbericht in die Hände bekamen? Als ich mich an die Polizei wandte, wurde mir mitgeteilt, ein solcher Bericht existiere nicht.«

»Die Ermittlungen wurden von der Sicherheitspolizei durchgeführt.«

»Die SiPo hat also in einem Fall von schwerer Misshandlung einer Frau ermittelt und beschlossen, den Ermittlungsbericht als geheim einzustufen?«

»Das lag am Täter … Alexander Zalatschenko. Er war ein politischer Flüchtling.«

»Wer hat die Ermittlungen geführt?«

Schweigen.

»Ich höre nichts. Welcher Name stand auf dem Vorsatzblatt?«

»Sie wurden von Gunnar Björck von der Auslandsabteilung der RPF/Sich geleitet.«

»Danke. Handelt es sich um denselben Gunnar Björck, der nach Angaben meiner Mandantin in Zusammenarbeit mit Dr. Teleborian ihr rechtspsychiatrisches Gutachten gefälscht hat?«

»Ich nehme es an.«

Nun wandte Annika Giannini ihre Aufmerksamkeit wieder Dr. Teleborian zu.

»1991 beschloss ein Gericht, Lisbeth Salander in eine psychiatrische Kinderklinik zu sperren. Wie kam das Gericht zu diesem Beschluss?«

»Das Gericht hat die Taten und den Geisteszustand Ihrer Mandantin sorgfältig beurteilt – sie hatte immerhin versucht, ihren Vater mit einer Brandbombe zu töten. Das ist keine Beschäftigung, mit der normale Teenager sich abgeben würden, egal ob sie tätowiert sind oder nicht.«

Dr. Teleborian lächelte höflich.

»Und worauf gründete das Gericht seine Beurteilung? Wenn ich das richtig verstanden habe, hatte man damals nur ein einziges rechtsmedizinisches Gutachten. Und das war von Ihnen und einem Polizisten namens Gunnar Björck abgefasst worden.«

»Nun reden wir wieder von Frau Salanders Verschwörungstheorien, Frau Giannini. Hier muss ich …«

»Entschuldigen Sie, aber ich habe meine Frage noch nicht gestellt«, fiel Annika Giannini ihm ins Wort und wandte sich dann wieder an Holger Palmgren. »Herr Palmgren, wir sprachen vorhin davon, dass Sie Dr. Teleborians Chef, den Oberarzt Caldin, getroffen hatten.«

»Ja. Man hatte mich zu Lisbeth Salanders Vormund bestellt. Damals hatte ich sie erst einmal ganz flüchtig gesehen. Wie alle anderen hatte ich den Eindruck, dass sie psychisch schwer krank war. Aber da es zu meinem Auftrag gehörte, habe ich mich nach ihrem allgemeinen Gesundheitszustand erkundigt.«

»Und was hat Oberarzt Caldin gesagt?«

»Sie war ja Dr. Teleborians Patientin, und Dr. Caldin hatte ihr keine besondere Aufmerksamkeit geschenkt, abgesehen von ein paar Routineuntersuchungen. Erst nach über einem Jahr begann ich die Diskussion, ob man sie nicht rehabilitieren und wieder in die Gesellschaft integrieren sollte. Ich schlug eine Pflegefamilie vor. Was genau in St. Stefan geschah, kann ich Ihnen nicht sagen, aber irgendwann, als Lisbeth schon knapp ein Jahr in der Klinik war, begann Dr. Caldin sich für sie zu interessieren.«

»Wie äußerte sich das?«

»Ich bemerkte, dass er sie ganz anders einschätzte als Dr. Teleborian. Er erzählte mir einmal, dass er beschlossen hatte, die eingefahrenen Behandlungsmethoden zu ändern. Ich begriff erst später, dass es dabei um die sogenannte Fixierung mit

Fesselgurten ging. Er war der Ansicht, dass es dafür keine Veranlassung gab.«

»Er traf diese Entscheidung also gegen den Willen von Dr. Teleborian?«

»Entschuldigen Sie, aber das ist Hörensagen«, wandte Ekström ein.

»Nein«, widersprach Palmgren. »Nicht nur. Ich bat ihn um ein Gutachten, wie Lisbeth wieder in die Gesellschaft eingegliedert werden könnte. Dr. Caldin selbst hat dieses Gutachten geschrieben. Ich habe es noch.«

Er reichte Annika Giannini ein Papier.

»Können Sie den Inhalt zusammenfassen?«

»Das ist ein Brief von Dr. Caldin an mich. Er ist vom Oktober 1992 datiert, einem Zeitpunkt also, als Lisbeth schon zwanzig Monate in St. Stefan war. Hier schreibt Dr. Caldin ausdrücklich, Zitat: ›Meine Entscheidung, dass die Patientin nicht mehr fixiert oder zwangsernährt werden darf, hat zu dem sichtbaren Effekt geführt, dass sie jetzt ruhig ist. Bedarf nach Psychopharmaka besteht nicht. Die Patientin ist jedoch extrem verschlossen und in sich zurückgezogen und sollte weiterhin unterstützende Maßnahmen genießen.‹ Zitat Ende.«

»Er schreibt also ausdrücklich, dass das seine Entscheidung war.«

»Richtig. Dr. Caldin persönlich hat dann ja auch entschieden, dass Lisbeth über eine Pflegefamilie wieder in die Gesellschaft eingegliedert werden soll.«

Lisbeth nickte. Sie erinnerte sich an Dr. Caldin genauso wie an jedes andere Detail ihres Aufenthalts in St. Stefan. Sie hatte sich zwar geweigert, mit Dr. Caldin zu sprechen, denn er war ja auch einer von den Irrenärzten, noch einer in der Reihe von Weißkitteln, die in ihren Gefühlen herumstochern wollten. Aber er war immerhin freundlich und gutmütig. Sie hatte damals in seinem Büro gesessen und gelauscht, als er ihr auseinandersetzte, wie er ihren Fall sah.

Er schien damals gekränkt, dass sie nicht mit ihm reden wollte. Schließlich sah sie ihm in die Augen und erklärte ihm ihren Entschluss. »Ich werde nie wieder mit Ihnen oder irgendeinem anderen Irrenarzt reden. Sie hören ja doch nie zu, wenn ich etwas sage. Sie können mich hier eingesperrt halten, bis ich sterbe. Das ändert nichts an der Sache. Ich werde nicht mehr mit Ihnen reden.« Er sah sie verwundert an. Dann nickte er aber, als sei ihm gerade etwas klar geworden.

»Dr. Teleborian ... Ich habe festgestellt, dass Sie Lisbeth Salander in eine psychiatrische Kinderklinik gesperrt haben. Sie haben dem Gericht das Gutachten zur Verfügung gestellt, auf dessen Basis das Urteil gefällt wurde. Ist das korrekt?«

»Das ist sachlich korrekt. Aber ich bin der Meinung ...«

»Sie werden später noch genug Zeit haben, uns zu erklären, welcher Meinung Sie sind. Als Lisbeth Salander 18 Jahre alt wurde, griffen Sie wieder in ihr Leben ein und versuchten, sie erneut in eine Klinik einzuweisen.«

»Diesmal habe aber nicht ich das rechtspsychiatrische Gutachten erstellt.«

»Nein, diesmal stammte es von Dr. Jesper H. Löderman. Zufälligerweise waren Sie damals sein Doktorvater. Dieses Gutachten ist aufgrund Ihrer Einschätzung akzeptiert worden.«

»An diesen Gutachten ist nichts Unethisches oder Unkorrektes. Sie sind nach bestem Wissen und Gewissen erstellt worden.«

»Nun ist Lisbeth Salander 27 Jahre alt, und wir befinden uns zum dritten Mal in der Situation, dass Sie ein Gericht davon überzeugen wollen, sie sei geisteskrank und müsse in die geschlossene Psychiatrie eingewiesen werden.«

Dr. Peter Teleborian atmete tief durch. Annika Giannini war bestens vorbereitet. Sie hatte ihn mit einer Reihe hinterhältiger Fragen überrascht und ihm seine Antworten im Mund verdreht. Gegen seinen Charme war sie immun, und auch seine Autorität ignorierte sie völlig. Er war es gewohnt, dass die Menschen zustimmend nickten, wenn er sprach.

Wie viel weiß sie?

Er warf einen Blick zu Staatsanwalt Ekström, erkannte aber, dass er von dieser Seite keine Hilfe erwarten konnte. Diesen Sturm musste er allein durchstehen.

Doch er hielt sich vor Augen, dass er immerhin noch eine Autorität auf seinem Fachgebiet war.

Es spielt überhaupt keine Rolle, was sie sagt. Hier gilt nur meine Einschätzung.

Annika Giannini nahm sein rechtspsychiatrisches Gutachten vom Tisch.

»Wir wollen uns Ihr neuestes Gutachten mal genauer ansehen. Sie verwenden ja einige Energie auf die Analyse von Frau Salanders Seelenleben. Zu weiten Teilen setzt es sich mit Ihrer Interpretation ihrer Persönlichkeit, ihres Benehmens und ihrer sexuellen Gewohnheiten auseinander.«

»Ich habe mit diesem Gutachten versucht, ein Gesamtbild zu geben.«

»Gut. Und Ihr Gesamtbild kommt zu dem Schluss, dass Lisbeth Salander an paranoider Schizophrenie leidet.«

»Auf eine genaue Diagnose will ich mich nicht festlegen.«

»Aber zu diesem Ergebnis sind Sie nicht gekommen, indem Sie Gespräche mit Frau Salander geführt hätten, sehe ich das richtig?«

»Sie wissen sehr gut, dass Ihre Mandantin sich konsequent weigert, Fragen zu beantworten, die ihr von mir oder Mitarbeitern einer Behörde gestellt werden. Schon dieses Verhalten ist äußerst aussagekräftig. Man könnte es so interpretieren, dass sich die paranoiden Züge der Patientin hier so stark entfalten, dass sie sich buchstäblich außerstande sieht, auch nur ein einfaches Gespräch mit irgendeiner Autorität zu führen. Sie glaubt, dass ihr alle nur schaden wollen, und fühlt sich so bedroht, dass sie sich in eine undurchdringliche Schale einschließt und stumm bleibt.«

»Ich merke, dass Sie sich sehr vorsichtig ausdrücken. Sie sagen, man könnte es so interpretieren, dass …«

»Ja, das stimmt. Ich drücke mich vorsichtig aus. Die Psychiatrie ist keine exakte Wissenschaft, und ich muss vorsichtig sein mit meinen Schlüssen. Gleichzeitig ist es aber auch nicht so, dass wir Psychiater nur vage Annahmen äußern.«

»Sie achten sehr sorgfältig darauf, sich abzusichern. In Wirklichkeit sieht es ja so aus, dass Sie seit der Nacht ihres dreizehnten Geburtstages kein Wort mehr mit meiner Mandantin gesprochen haben, da sie sich konsequent weigert, mit Ihnen zu reden.«

»Nicht nur mit mir. Sie redet mit überhaupt keinem Psychiater.«

»Das bedeutet also, dass Ihre Schlüsse, wie Sie hier schreiben, auf Ihrer Erfahrung und Ihren Beobachtungen basieren, die Sie bei meiner Mandantin gemacht haben.«

»Das stimmt.«

»Was kann man folgern, wenn man ein Mädchen beobachtet, das mit verschränkten Armen auf einem Stuhl sitzt und sich weigert zu reden?«

Dr. Teleborian seufzte und sah aus, als fände er es äußerst ermüdend, Selbstverständlichkeiten erklären zu müssen. Dann lächelte er.

»Wenn eine Patientin stumm wie ein Fisch vor einem sitzt, kann man folgern, dass diese Patientin gut darin ist, stumm wie ein Fisch dazusitzen. Allein das ist schon ein gestörtes Verhalten, aber ich gründe darauf natürlich nicht meine Folgerungen.«

»Ich werde heute Nachmittag einen zweiten Psychiater als Zeugen aufrufen. Er heißt Svante Brandén und ist Oberarzt des Rechtsmedizinischen Instituts sowie Spezialist für Rechtspsychiatrie. Kennen Sie ihn?«

Jetzt hatte Dr. Teleborian seine Sicherheit wiedergewonnen. Er lächelte. Er war davon ausgegangen, dass die Verteidigerin einen anderen Psychiater aussuchen würde, der seine Schlussfolgerungen infrage stellte. Auf so eine Situation war er vorbereitet, und er würde jeden Einwand problemlos parieren können. Es war viel einfacher, mit einem akademischen Kollegen die Waffen zu einem freundschaftlichen Gekabbel zu kreuzen als mit so einer Anwältin, die überhaupt keine Hemmungen hatte und sich über jedes seiner Worte lustig machte.

»Ja. Er ist als fähiger Rechtspsychiater anerkannt. Aber Sie müssen verstehen, Frau Giannini, dass ein Gutachten dieser Art ein akademischer und wissenschaftlicher Prozess ist. Sie können sich mit mir über meine Schlussfolgerungen streiten, und ein anderer Psychiater kann eine Tat oder einen Vorfall anders deuten, als ich das tue. Es geht hier um verschiedene Sichtweisen oder einfach darum, wie gut ein Arzt seinen Patienten kennt. Er mag einen ganz anderen Eindruck von Lisbeth Salander gewinnen. Das ist in der Psychiatrie überhaupt nichts Ungewöhnliches.«

»Deswegen rufe ich ihn ja auch nicht als Zeugen auf. Er hat Frau Salander nie kennengelernt und wird auch kein Urteil über ihren Geisteszustand fällen.«

»Aha …«

»Ich habe ihn gebeten, Ihren Bericht und die gesamte Dokumentation zu lesen, die Sie zu Frau Salander vorgelegt haben, und sich ihre Krankenakte aus den Jahren in St. Stefan anzusehen. Ich habe ihn um seine Einschätzung gebeten – nicht zum Geisteszustand meiner Mandantin, sondern zu der Frage, ob sich aus wissenschaftlichem Blickwinkel rechtfertigen lässt, was Sie anhand Ihres Materials für Schlussfolgerungen gezogen haben.«

Dr. Teleborian zuckte die Achseln.

»Bei allem Respekt … ich glaube, ich kenne Lisbeth Salander besser als jeder andere Psychiater dieses Landes. Ich habe ihre Entwicklung verfolgt, seit sie zwölf ist, und leider ist es ja tatsächlich so, dass meine Schlüsse durch ihr Verhalten bestätigt wurden.«

»Gut«, sagte Annika Giannini. »Dann sehen wir uns Ihre Schlussfolgerungen doch noch einmal an. In Ihrem Gutachten schreiben Sie, dass die Behandlung abgebrochen wurde, als sie 15 Jahre alt war und in eine Pflegefamilie kam.«

»Das ist korrekt. Das war ein schwerer Fehler. Hätten wir die Behandlung zu Ende führen können, würden wir heute vielleicht nicht hier sitzen.«

»Sie meinen, wenn Sie die Möglichkeit gehabt hätten, sie noch ein Jahr länger an ein Stahlbett zu fesseln, wäre sie vielleicht etwas fügsamer geworden?«

»Das war ein ziemlich billiger Kommentar.«

»Ich bitte um Entschuldigung. Sie zitieren ausführlich den Bericht, den Ihr Doktorand Jesper H. Löderman erstellte, als Lisbeth 18 wurde. Sie schreiben, dass ihr ›selbstzerstörerisches Verhalten und unsoziales Benehmen durch den Alkohol- und Drogenmissbrauch und die Promiskuität untermauert wird, die sie zeigte, seitdem sie aus St. Stefan entlassen wurde‹. Was meinen Sie damit?«

Dr. Teleborian schwieg ein paar Sekunden.

»Tja ... da muss ich ein wenig ausholen. Nachdem Frau Salander aus St. Stefan entlassen worden war, entwickelte sie – wie ich es vorausgesehen hatte – ein Problem mit Alkohol und Drogen. Sie wurde mehrmals von der Polizei aufgegriffen. Eine Untersuchung durch das Sozialamt erwies obendrein, dass sie unkontrolliert sexuellen Umgang mit älteren Männern hatte und sich wahrscheinlich prostituierte.«

»Sehen wir uns das doch einmal genauer an. Sie sagen, sie habe ein Alkoholproblem gehabt. Wie oft war sie betrunken?«

»Entschuldigung?«

»War sie jeden Tag von ihrer Entlassung bis zu ihrem 18. Geburtstag betrunken? War sie einmal pro Woche betrunken?«

»Das kann ich natürlich nicht beantworten.«

»Aber Sie haben doch behauptet, dass sie Alkoholmissbrauch betrieb, oder?«

»Sie war minderjährig und wurde mehrmals wegen Trunkenheit von der Polizei aufgegriffen.«

»Es ist schon das zweite Mal, dass Sie den Ausdruck ›mehrmals‹ verwenden. Wie oft ist das denn geschehen? War es einmal pro Woche oder alle zwei Wochen …?«

»Nein, so viele Vorfälle waren es nicht …«

»Lisbeth Salander wurde zweimal wegen Trunkenheit aufgegriffen, als sie 16 beziehungsweise 17 Jahre alt war. Bei einer dieser Gelegenheiten war sie so sinnnlos betrunken, dass man sie ins Krankenhaus einlieferte. Das ist also dieses ›mehrmals‹, von dem Sie hier immer sprechen. War sie noch öfter betrunken?«

»Das weiß ich nicht, aber man musste befürchten, dass ihr Benehmen …«

»Entschuldigung, aber habe ich richtig gehört? Sie wissen also nicht, ob sie als Jugendliche öfter als zweimal betrunken war, aber Sie befürchten, es könnte der Fall gewesen sein. Und dennoch behaupten Sie, Lisbeth Salander befinde sich in einem Teufelskreis aus Alkohol und Drogen?«

»Das sind die Angaben des Sozialamts. Nicht meine. Es ging dabei um die gesamte Lebenssituation von Frau Salander. Sie hatte eine schlechte Prognose, was nicht überrascht, da ihre Behandlung ja abgebrochen worden war. So wurde ihr Leben zu einem Teufelskreis aus Alkohol, Zusammenstößen mit der Polizei und unkontrollierter Promiskuität.«

»Sie verwenden den Ausdruck ›unkontrollierte Promiskuität‹.«

»Ja … das ist ein Ausdruck, der andeutet, dass sie keine Kontrolle mehr über ihr Leben hatte. Sie hatte sexuellen Umgang mit älteren Männern.«

»Das ist kein Gesetzesverstoß.«

»Nein, aber für ein 16-jähriges Mädchen ist es ein abnormes Verhalten. Es kann also durchaus die Frage gestellt werden, ob sie diesen Umgang aus freien Stücken pflegte oder ob sie sich in einer Zwangssituation befand.«

»Aber Sie haben doch behauptet, Lisbeth habe sich prostituiert?«

»Das war vielleicht eine natürliche Folge des Umstandes, dass sie keine Ausbildung hatte und daher auch keine Arbeit fand. Möglicherweise betrachtete sie ältere Männer auch als Vaterfiguren, und die Bezahlung für ihre sexuellen Dienste war für sie nur ein Bonus. Für mich sieht das ganz nach neurotischem Verhalten aus.«

»Sie meinen also, ein 16-jähriges Mädchen, das Sex hat, sei neurotisch?«

»Sie verdrehen mir das Wort im Mund.«

»Aber Sie wissen nicht, ob sie jemals für ihre sexuellen Dienste bezahlt wurde?«

»Sie ist nie wegen Prostitution festgenommen worden.«

»Wofür man sie auch schlecht hätte festnehmen können, da es ja kein Gesetzesverstoß ist.«

»Äh ... ja, das ist sicher richtig. In ihrem Fall handelt es sich aber einfach um ein neurotisches Verhalten.«

»Sie haben jedoch nicht gezögert, aus diesem dünnen Material den Schluss zu ziehen, dass Lisbeth Salander psychisch gestört ist. Als ich 16 war, habe ich mich sinnlos mit einer Flasche Wodka betrunken, die ich meinem Vater geklaut hatte. Bin ich deswegen Ihrer Meinung nach psychisch gestört?«

»Nein, natürlich nicht.«

»Stimmt es nicht, dass Sie sich selbst als 17-Jähriger auf einem Fest einmal so besinnungslos betranken, dass Sie mit Ihren Freunden in die Stadt fuhren und am Marktplatz in Uppsala Fensterscheiben einschlugen? Sie wurden von der Polizei festgenommen und ausgenüchtert und erhielten danach einen Bußgeldbescheid.«

Dr. Teleborian sah völlig verblüfft aus.

»Nicht wahr?«

»Doch … man macht eben eine Menge Dummheiten, wenn man 17 ist. Aber …«

»Aber das verleitet Sie nicht zu der Annahme, dass Sie selbst an einer ernsthaften psychischen Erkrankung leiden?«

Dr. Teleborian war schwer irritiert. Diese verdammte Anwältin verdrehte pausenlos seine Worte und schoss sich auf ausgewählte Details ein. Sie weigerte sich, das Bild in seiner Gesamtheit zu sehen. Sie führte völlig unpassende Argumente ins Feld, etwa, dass er selbst ja auch schon betrunken gewesen sei … *wie zum Teufel hatte sie das bloß erfahren?*

Er räusperte sich und hob die Stimme.

»Die Berichte des Sozialamts waren eindeutig und bekräftigten im Wesentlichen, dass Lisbeth Salander einen Lebenswandel hatte, der sich um Alkohol, Drogen und Promiskuität drehte. Das Sozialamt stellte sogar fest, dass sie sich prostituierte.«

»Nein. Das Sozialamt hat niemals behauptet, dass sie sich prostituierte.«

»Sie wurde mehrfach aufge…«

»Nein. Sie wurde nicht aufgegriffen. Sie geriet in Tantolunden in eine Personenkontrolle, als sie 17 Jahre alt war und sich in Begleitung eines wesentlich älteren Mannes befand. Im selben Jahr wurde sie einmal wegen Trunkenheit abgeführt. Auch bei dieser Gelegenheit war sie in Gesellschaft eines wesentlich älteren Mannes gewesen. Das Sozialamt befürchtete, sie könnte sich vielleicht prostituieren. Aber Beweise für diesen Verdacht sind nie erbracht worden.«

»Aber sie hatte sehr fragwürdigen sexuellen Umgang mit vielen Personen, und zwar sowohl mit Jungen als auch mit Mädchen.«

»In Ihrem eigenen Bericht, ich zitiere von Seite vier, lassen

Sie sich über Frau Salanders sexuelle Gewohnheiten aus. Sie behaupten, dass ihr Verhältnis mit ihrer Freundin Miriam Wu die Befürchtungen einer psychosexuellen Störung bekräftige. Wie sollen wir denn das verstehen?«

Auf einmal war Dr. Teleborian stumm.

»Ich möchte doch von Herzen hoffen, dass Sie nicht vorhaben, Homosexualität als Geisteskrankheit zu bezeichnen. Das könnte nämlich auf eine strafbare Behauptung hinauslaufen.«

»Nein, natürlich nicht. Ich spiele auf den Einschlag von sexuellem Sadismus in diesem Verhältnis an.«

»Sie meinen, sie ist eine Sadistin?«

»Ich ...«

»Wir haben Miriam Wus Zeugenaussage bei der Polizei. In ihrer Beziehung kam es nie zu Gewalttätigkeiten.«

»Sie beschäftigten sich mit BDSM-Praktiken und ...«

»Jetzt glaube ich aber wirklich, dass Ihre Fantasie mit Ihnen durchgeht. Lisbeth Salander und ihre Freundin Miriam Wu haben ab und zu Sexspiele veranstaltet, zu denen gehörte, dass Miriam Wu meine Mandantin fesselte und dann sexuell befriedigte. Das ist weder sonderlich ungewöhnlich noch verboten. Und deswegen wollen Sie meine Mandantin einsperren?«

Dr. Teleborian wedelte abwehrend mit der Hand.

»Wenn ich ein wenig persönlich werden darf: Als ich 16 war, habe ich mich heillos volllaufen lassen. In meiner Gymnasialzeit war ich mehrfach betrunken. Ich habe Drogen ausprobiert. Ich habe Marihuana geraucht und einmal vor zwanzig Jahren sogar Kokain probiert. Ich hatte mein sexuelles Debüt mit einem Klassenkameraden im Alter von 15 Jahren, und als ich ungefähr 20 war, hatte ich ein Verhältnis mit einem Typen, der mir die Hände ans Bett fesselte. Als ich 22 war, unterhielt ich mehrere Monate ein Verhältnis mit einem Mann, der 47 Jahre alt war. Jetzt frage ich Sie – bin ich geisteskrank?«

»Frau Giannini … Sie machen sich darüber lustig, aber Ihre sexuellen Erfahrungen sind in diesem Fall völlig unerheblich.«

»Warum denn? Wenn ich Ihr sogenanntes psychiatrisches Gutachten über Frau Salander lese und mir einen Punkt nach dem anderen herausgreife, dann finde ich viele Dinge, die auch auf mich zutreffen würden. Warum bin ich gesund und Lisbeth Salander eine gemeingefährliche Sadistin?«

»Das Entscheidende sind nicht diese Details. Sie haben nicht zweimal versucht, Ihren Vater zu ermorden …«

»Dr. Teleborian, die Sache ist die, dass es Sie überhaupt nichts angeht, mit wem Frau Salander Sex hat. Es geht Sie nichts an, welches Geschlecht ihr Sexualpartner hat oder in welcher Form der sexuelle Umgang gepflegt wird. Dennoch greifen Sie solche Details aus ihrem Leben heraus und benutzen sie als Beweis dafür, dass sie geisteskrank sein soll.«

»Das ganze Leben von Frau Salander ist seit ihrer Grundschulzeit eine einzige Serie von Aktenvermerken über ihre grundlosen gewalttätigen Ausbrüche gegenüber Lehrern und Klassenkameraden.«

»Einen Augenblick …«

Annika Gianninis Stimme klang plötzlich wie ein Eisschaber auf einer Autoscheibe.

»Sehen Sie sich meine Mandantin bitte einmal an.«

Alle blickten auf Lisbeth Salander.

»Meine Mandantin ist unter widrigsten Familienverhältnissen aufgewachsen, mit einem Vater, der ihre Mutter jahrelang schikanierte und misshandelte.«

»Das ist …«

»Lassen Sie mich ausreden! Frau Salanders Mutter hatte eine Todesangst vor Alexander Zalatschenko. Sie wagte nur nicht zu protestieren. Sie wagte es nicht, zu einem Arzt zu gehen. Sie wagte es nicht, in ein Frauenhaus zu gehen. Sie wurde unterdrückt und zum Schluss so schwer misshandelt, dass sie bleibende Hirnschäden davontrug. Die Person, die die Verantwortung übernahm, die einzige Person, die versucht hat, die Verantwortung für ihre Familie zu übernehmen, lange bevor sie in die Pubertät kam, war Lisbeth Salander. Und diese Verantwortung musste sie ganz allein übernehmen, da der Spion Zalatschenko ja wichtiger war als ihre Mutter.«

»Ich kann nicht ...«

»Die Gesellschaft hat Lisbeths Mutter und ihre Kinder im Stich gelassen. Wundert es Sie, dass Lisbeth Probleme in der Schule hatte? Sie ist klein und schmächtig. Sie war immer das kleinste Mädchen in der Klasse. Sie war verschlossen und seltsam und hatte keine Freunde. Wissen Sie, wie Kinder Schulkameraden behandeln, die anders sind?«

Dr. Teleborian seufzte.

»Die Klassenbuchvermerke, die Lisbeths Taten beschreiben, sprechen eine deutliche Sprache«, fuhr Annika Giannini fort. »Jedes Mal ging eine Provokation voraus. Ich erkenne die Anzeichen von Mobbing nur zu gut wieder. Wissen Sie was?«

»Was?«

»Ich bewundere Lisbeth Salander. Sie ist tougher als ich. Hätte mich jemand als 13-Jährige ein Jahr lang an ein Bett gefesselt, wäre ich völlig zusammengebrochen. Sie hat jedoch mit der einzigen Waffe zurückgeschlagen, die sie hatte. Nämlich ihrer Verachtung für Sie. Sie weigert sich, mit Ihnen zu sprechen.«

Nun hob Annika Giannini plötzlich die Stimme. Alle Nervosität war von ihr abgefallen. Sie spürte, dass sie die Situation im Griff hatte.

»In Ihrer heutigen Zeugenaussage haben Sie viel von Fantasien gesprochen, zum Beispiel haben Sie behauptet, Lisbeth Salanders Beschreibung ihrer Vergewaltigung durch Anwalt Bjurman sei eine Fantasie.«

»Ganz recht.«

»Worauf gründen Sie diese Schlussfolgerung?«

»Auf meine Erfahrung, dass sie sich oft etwas zusammenfantasiert.«

»Auf Ihre Erfahrung, dass sie sich oft etwas zusammenfantasiert ... Wie entscheiden Sie denn, ob sie fantasiert? Als sie sagte, dass sie 380 Tage mit Gurten gefesselt wurde, war das Ihrer Meinung nach ja auch eine Fantasie, obwohl die von Ihrer Hand stammende Krankenakte das Gegenteil beweist.«

»Das ist etwas völlig anderes. Es gibt nicht die geringste Spur eines Beweises, dass Bjurman Lisbeth Salander vergewaltigt hat. Bei den behaupteten Gewalttaten hätte sie zweifellos mit dem Notarztwagen ins Krankenhaus gebracht werden müssen ... Es erklärt sich von selbst, dass das so nicht passiert sein kann.«

Annika Giannini wandte sich an Richter Iversen. »Ich hatte für heute um einen Projektor gebeten, um einen Film ansehen zu können ...«

»Alles da«, sagte Iversen.

»Können wir dann bitte die Vorhänge zuziehen?«

Annika Giannini klappte ihr PowerBook auf und steckte die Kabel für den Projektor ein. Dann wandte sie sich an ihre Mandantin.

»Lisbeth. Wir werden jetzt einen Film ansehen. Sind Sie bereit?«

»Ich habe ja alles selbst erlebt«, antwortete Lisbeth trocken.

»Und ich habe Ihr Einverständnis, das hier zu zeigen?«

Lisbeth nickte. Dabei fixierte sie Peter Teleborian.

»Können Sie mir sagen, wann dieser Film aufgenommen wurde?«

»Am 7. März 2003.«

»Wer hat diesen Film gemacht?«

»Ich. Ich habe eine versteckte Kamera benutzt, die zur Standardausrüstung von Milton Security gehört.«

»Einen Augenblick«, rief Staatsanwalt Ekström dazwischen. »Was sind das schon wieder für Mätzchen?«

»Was werden wir uns hier ansehen?«, erkundigte sich Richter Iversen mit einer gewissen Schärfe in der Stimme.

»Dr. Teleborian behauptet, dass Frau Salanders Darstellung reine Fantasie ist. Ich möchte das Gegenteil beweisen. Der komplette Film dauert neunzig Minuten, ich werde ein paar Ausschnitte zeigen. Ich muss Sie allerdings warnen, dass er einige unangenehme Szenen enthalten wird.«

»Ist das hier irgendein Trick?«, fragte Ekström.

»Es gibt eine ganz einfache Methode, das herauszufinden«, erklärte Annika Giannini und startete die CD in ihrem Computer.

»Kannst du die Uhr nicht lesen?«, sagte Bjurman schroff. Die Kamera bewegte sich durch seine Wohnung.

Nach neun Minuten schlug Richter Iversen mit dem Hammer auf seinen Tisch, genau in dem Moment, als zu sehen war, wie Bjurman mit Gewalt einen Dildo in Lisbeth Salanders After drückte. Annika Giannini hatte die Lautstärke voll aufgedreht. Lisbeths halb erstickte Schreie durch das Klebeband, das ihren Mund verschloss, waren im ganzen Gerichtssaal zu hören.

»Stellen Sie den Film ab!«, verlangte Iversen mit lauter und entschiedener Stimme.

Annika Giannini drückte auf »stop«. Das Deckenlicht wurde eingeschaltet. Richter Iversen war hochrot im Gesicht. Staatsanwalt Ekström saß da wie versteinert. Dr. Teleborian war leichenblass.

»Anwältin Giannini, wie lange, sagten Sie, ist dieser Film?«

»Neunzig Minuten. Die Vergewaltigung selbst zog sich in mehreren Etappen über ungefähr fünf, sechs Stunden hin, doch meine Mandantin hatte in den letzten Stunden nur noch einen vagen Zeitbegriff.« Annika Giannini wandte sich an Teleborian. »Das sind die Vorgänge, die Dr. Teleborian als Auswuchs von Lisbeth Salanders weitläufiger Fantasie bezeichnet hat. Wenn Sie wollen, können wir noch mehr …«

»Danke, das ist nicht nötig«, wehrte Iversen ab. »Frau Salander ...«

Er verlor für einen Moment den Faden und wusste nicht recht, wie er weitermachen sollte.

»Frau Salander, warum haben Sie diesen Film gemacht?«

»Bjurman hatte mich bereits einmal vergewaltigt und wollte mehr. Bei der ersten Vergewaltigung musste ich dem widerlichen alten Bock einen blasen. Ich dachte, dass sich das an diesem Tag wiederholen würde, und wollte seine Tat dokumentieren, um ihn dann zu zwingen, dass er mir vom Leib blieb. Ich hatte ihn falsch eingeschätzt.«

»Aber warum haben Sie denn bei der Polizei nicht Anzeige wegen Vergewaltigung erstattet, wenn Sie doch so einen ... überzeugenden Beweis hatten?«

»Ich rede nicht mit Polizisten«, erklärte Lisbeth Salander mit monotoner Stimme.

Auf einmal erhob sich Holger Palmgren aus seinem Rollstuhl. Er stützte sich auf die Tischkante, als er mit überdeutlicher Stimme erklärte:

»Unsere Mandantin spricht aus Prinzip nicht mit Polizisten oder anderen Beamten, am allerwenigsten mit Psychiatern. Der Grund ist ganz einfach. Seit Kindertagen hat sie immer wieder versucht, mit Polizisten und Betreuern und Behörden zu reden und ihnen zu erklären, dass ihre Mutter von Alexander Zalatschenko misshandelt wurde. Das Ergebnis war jedes Mal, dass sie bestraft wurde, weil irgendwelche Staatsbediensteten beschlossen hatten, dass Zalatschenko wichtiger war als Salander.«

Er räusperte sich und fuhr fort.

»Und als sie schließlich erkannte, dass ihr niemand zuhörte, unternahm sie einen verzweifelten Versuch, ihre Mutter zu retten, indem sie einen Anschlag auf Zalatschenko verübte. Und daraufhin stellte dieses Schwein, das sich Arzt schimpft«, er zeigte auf Teleborian, »eine fingierte rechtspsychiatrische Diagnose, die sie für geisteskrank erklärte und ihm die Möglichkeit verschaffte, sie 380 Tage in St. Stefan mit Gurten ans Bett zu fesseln. Verdammt noch mal!«

Palmgren setzte sich wieder. Iversen wirkte völlig perplex über diesen Ausbruch. Dann wandte er sich an Lisbeth Salander.

»Möchten Sie vielleicht eine Pause …«

»Wieso?«, wollte Lisbeth wissen.

»Ach so … ja, dann machen wir doch weiter. Anwältin Giannini, ich werde das Video daraufhin untersuchen lassen, ob das Material authentisch ist. Aber jetzt fahren wir mit der Verhandlung fort.«

»Gern. Ich finde das auch alles abscheulich. Aber die Wahrheit sieht eben so aus, dass meine Mandantin Opfer physischer, psychischer und juristischer Übergriffe geworden ist. Und die Person, die daran am meisten Schuld trägt, ist Peter Teleborian. Er hat einen hippokratischen Eid geschworen und seine Patientin verraten. Gemeinsam mit Gunnar Björck, einem Mitarbeiter in einer illegalen Gruppierung innerhalb der Sicherheitspolizei, hat er ein rechtspsychiatrisches Gutachten zusammengeschustert, in der Absicht, eine lästige Zeugin loszuwerden. Ich glaube, dieser Fall dürfte in der schwedischen Rechtsgeschichte einzigartig sein.«

»Das sind unerhörte Anschuldigungen«, protestierte Teleborian. »Ich habe versucht, Lisbeth Salander so gut es ging zu helfen. Sie hat versucht, ihren Vater umzubringen. Es ist doch ganz offensichtlich, dass irgendwas mit ihr nicht stimmt …«

Annika Giannini fiel ihm ins Wort.

»Ich möchte die Aufmerksamkeit des Gerichts nun auf Dr. Teleborians zweites rechtspsychiatrisches Gutachten zu meiner Mandantin lenken. Das Gutachten, das heute in dieser Verhandlung vorgetragen wurde. Ich behaupte, dass es eine reine Lüge ist, genauso wie das Gutachten von 1991.«

»Also, das ist nun aber wirklich …«

»Richter Iversen, können Sie den Zeugen ermahnen, mich nicht ständig zu unterbrechen?«

»Dr. Teleborian ...«

»Ich werde nichts mehr sagen. Aber das sind einfach unerhörte Anschuldigungen. Da ist es ja wohl verständlich, wenn ich mich aufrege ...«

»Dr. Teleborian, seien Sie still, bis Ihnen eine Frage gestellt wird. Fahren Sie fort, Frau Anwältin Giannini.«

»Dies ist das rechtspsychiatrische Gutachten, das Dr. Teleborian dem Gericht vorgelegt hat. Es baut auf sogenannten Beobachtungen an meiner Mandantin auf, die begonnen haben sollen, als sie am 6. Juni ins Untersuchungsgefängnis überführt wurde. Am 5. Juli soll die Untersuchung abgeschlossen worden sein.«

»Ja, so habe ich das auch verstanden«, bestätigte Richter Iversen.

»Dr. Teleborian, ist es korrekt, dass Sie vor dem 6. Juni keine Möglichkeit hatten, Tests durchzuführen oder Beobachtungen an meiner Mandantin zu machen? Davor lag sie ja bekanntlich in einem isolierten Einzelzimmer im Sahlgrenska-Krankenhaus.«

»Ja, das ist korrekt«, bestätigte Teleborian.

»Sie haben zweimal versucht, sich Zugang zu meiner Mandantin zu verschaffen. Beide Male wurde Ihnen der Zutritt verweigert. Ist das richtig?«

»Ja.«

Annika Giannini machte ihre Aktentasche wieder auf und entnahm ihr ein Dokument. Sie ging um den Tisch und übergab das Schriftstück Richter Iversen.

»Aha«, sagte Iversen. »Das ist eine Kopie von Dr. Teleborians Bericht. Was soll das beweisen?«

»Ich will zwei Zeugen aufrufen, die draußen vor der Tür warten.«

»Wer sind diese Zeugen?«

»Der eine ist Mikael Blomkvist von der Zeitschrift *Millennium* und der andere Kommissar Torsten Edklinth, Chef des Verfassungsschutzes bei der Sicherheitspolizei.«

»Und die warten draußen?«

»Ja.«

»Führen Sie sie herein«, ordnete Richter Iversen an.

»Das verstößt gegen die Bestimmungen«, sagte Staatsanwalt Ekström, der schon seit geraumer Zeit sehr schweigsam war.

Schockiert hatte Ekström begriffen, dass Annika Giannini im Begriff war, seinen wichtigsten Zeugen unangespitzt in den Boden zu rammen. Der Film war einfach vernichtend. Iversen ignorierte Ekström und bedeutete dem Wachmann mit einem Handzeichen, die Tür zu öffnen. Mikael Blomkvist und Torsten Edklinth traten ein.

»Ich möchte zuerst Mikael Blomkvist aufrufen.«

»Sind Sie mit mir fertig?«, erkundigte sich Teleborian.

»Nein, noch lange nicht«, antwortete Annika Giannini.

Mikael Blomkvist trat an Teleborians Stelle in den Zeugenstand. Richter Iversen handelte rasch die Formalitäten ab, und Mikael schwor einen Eid, die Wahrheit zu sagen.

Nun ging Annika Giannini zu Iversen und bat ihn, ihr noch einmal das rechtspsychiatrische Gutachten zu geben, das sie ihm vorher überreicht hatte. Sie gab Mikael die Kopie.

»Haben Sie dieses Dokument schon einmal gesehen?«

»Ja. Ich besitze drei Versionen davon. Die erste bekam ich um den 12. Mai, die zweite am 19. Mai und die dritte – das ist diese hier – am 3. Juni.«

»Können Sie erzählen, wie Sie diese Kopie bekommen haben?«

»Ich bekam sie in meiner Eigenschaft als Journalist von einer Quelle, die ich nicht namentlich nennen möchte.«

Lisbeth Salander fixierte Peter Teleborian. Plötzlich war er leichenblass geworden.

»Was haben Sie mit dem Gutachten gemacht?«

»Ich habe es Torsten Edklinth vom Verfassungsschutz übergeben.«

»Danke, Herr Blomkvist. Hiermit möchte ich Torsten Edklinth aufrufen«, sagte Annika Giannini und nahm Mikael das Gutachten wieder aus der Hand. Sie überreichte es Iversen, der es nachdenklich hochhielt.

Die Prozedur mit dem Eid wurde wiederholt.

»Kommissar Edklinth, ist es korrekt, dass Sie von Mikael Blomkvist ein rechtspsychiatrisches Gutachten zu Lisbeth Salander erhalten haben?«

»Ja.«

»Wann haben Sie das bekommen?«

»Als Eingangsdatum ist in der RPF/Sich der 4. Juni festgehalten.«

»Ist es dasselbe Gutachten, das ich gerade Richter Iversen gegeben habe?«

»Wenn auf der Rückseite des Berichts meine Signatur zu sehen ist, ist es dasselbe.«

Iversen drehte das Dokument um und stellte fest, dass sich dort Torsten Edklinths Namenszug befand.

»Kommissar Edklinth, können Sie mir erklären, wie es sein kann, dass Sie ein rechtspsychiatrisches Gutachten erhalten, das von einer Person handelt, die immer noch in einem isolierten Einzelzimmer im Sahlgrenska-Krankenhaus liegt?«

»Ja, das kann ich.«

»Erzählen Sie.«

»Dr. Teleborians rechtspsychiatrisches Gutachten ist eine Fälschung, die er zusammen mit einer Person namens Jonas Sandberg erstellt hat. Genauso, wie er 1991 eine ähnliche Fälschung zusammen mit Gunnar Björck produziert hat.«

»Das ist eine Lüge«, protestierte Teleborian schwach.

»Ist das eine Lüge?«, fragte Annika Giannini.

»Keinesfalls. Ich sollte vielleicht erwähnen, dass Jonas Sandberg einer von rund zehn Leuten ist, die heute auf Beschluss des Generalstaatsanwalts verhaftet worden sind. Sandberg wird der Beteiligung am Mord an Gunnar Björck beschuldigt. Er gehört zu einer illegalen Gruppe, die innerhalb der Sicherheitspolizei operierte und seit den 70er-Jahren Alexander Zalatschenko beschützt hat. Es war dieselbe Gruppe, die hinter dem Beschluss steckte, Lisbeth Salander 1991 einzusperren. Wir haben jede Menge Beweise sowie ein Geständnis vom Chef dieser Gruppe.«

Es wurde totenstill im Gerichtssaal.

»Will Dr. Teleborian das Gesagte kommentieren?«, erkundigte sich Richter Iversen.

Teleborian schüttelte den Kopf.

»Wenn das so ist, kann ich Ihnen mitteilen, dass Sie wegen Meineids und eventuell noch anderer Anklagepunkte angezeigt werden«, verkündete Richter Iversen.

»Wenn Sie entschuldigen wollen …«, warf Mikael Blomkvist ein.

»Ja?«

»Dr. Teleborian hat viel größere Probleme als dieses. Vor der Tür stehen bereits zwei Polizisten, die ihn zum Verhör abholen wollen.«

»Meinen Sie, ich sollte die beiden hereinbitten?«, schlug Iversen vor.

»Das wäre sicher eine gute Idee.«

Iversen gab dem Wachmann ein Zeichen, woraufhin dieser Kriminalinspektorin Sonja Modig und eine weitere Frau einließ, die Staatsanwalt Ekström sofort wiedererkannte. Ihr Name war Lisa Collsjö, Kriminalinspektorin beim Sonderdezernat der Reichspolizeileitung, das unter anderem die Aufgabe hatte, bei sexuellen Übergriffen auf Kinder und Kinderpornografie zu ermitteln.

»Und was wäre Ihr Anliegen?«, wollte Iversen wissen.

»Wir wollen Dr. Teleborian festnehmen, sobald wir das können, ohne die Abläufe des Gerichts zu stören.«

Iversen warf Annika Giannini einen fragenden Blick zu.

»Ich bin noch nicht ganz fertig mit ihm, aber lassen wir's gut sein.«

»Bitte sehr«, sagte Iversen.

Lisa Collsjö trat auf Peter Teleborian zu.

»Sie sind verhaftet wegen schwerer Verbrechen gegen die Gesetze zur Kinderpornografie.«

Atemlos saß Peter Teleborian vor ihr. Annika Giannini stellte fest, dass jedes Licht in seinen Augen erloschen war.

»Genauer gesagt, wegen Besitzes von knapp achttausend kinderpornografischen Bildern in Ihrem Computer.«

Sie bückte sich und nahm seine Laptoptasche, die er dabeihatte.

»Der ist beschlagnahmt«, erklärte sie.

Während Teleborian durch die Tür des Gerichts abgeführt wurde, brannte Lisbeths Blick wie Feuer auf seinem Rücken.

28. Kapitel

Freitag, 15. Juli – Samstag, 16. Juli

Richter Jörgen Iversen klopfte mit seinem Stift auf die Tischkante, um das Stimmengewirr zu beenden, das aufgekommen war, als man Dr. Teleborian abführte. Dann saß er lange schweigend da und war sich offensichtlich nicht ganz sicher, wie der Prozess weitergeführt werden sollte. Er wandte sich an Staatsanwalt Ekström.

»Haben Sie den Geschehnissen der letzten Stunde noch etwas hinzuzufügen?«

Richard Ekström hatte keine Ahnung, was er sagen sollte. Er stand auf, sah Iversen und dann Torsten Edklinth an, bevor er den Kopf drehte und Lisbeth Salanders unbarmherzigen Blick auffing. Er begriff, dass die Schlacht bereits verloren war. Als er den Blick zu Mikael Blomkvist weiterwandern ließ, ging ihm zu seinem großen Schrecken plötzlich auf, dass er selbst Gefahr lief, in der Zeitschrift *Millennium* zu landen ... Was zu einer Katastrophe führen würde, die ihn schlichtweg vernichtete.

Was nun eigentlich geschehen war, begriff er allerdings immer noch nicht so recht. Er hatte diesen Prozess in der Gewissheit eröffnet, dass er auf der sicheren Seite war.

Nach den vielen offenen Gesprächen mit Kommissar Nyström hatte er verstanden, wie wichtig es im Interesse der

Reichssicherheit war, in dieser delikaten Angelegenheit eine gewisse Balance zu halten. Man hatte ihm versichert, dass der Salander-Bericht von 1991 eine Fälschung war. Er hatte Fragen gestellt – Hunderte von Fragen –, und auf alles eine Antwort bekommen. Ein Bluff. Und nun war Nyström der Anwältin Giannini zufolge verhaftet. Er hatte Teleborian vertraut, der so … so kompetent und so erfahren aufgetreten war. So überzeugend.

Herrgott. In was für einen Schlamassel bin ich hier bloß reingeraten?

Und dann:

Wie zum Teufel soll ich aus diesem Schlamassel bloß wieder rauskommen?

Er strich sich über seinen Kinnbart. Er räusperte sich. Er nahm langsam die Brille ab.

»Es tut mir leid, aber wie mir scheint, bin ich in einer ganzen Reihe von wesentlichen Punkten falsch informiert worden.«

Er fragte sich, ob er die Schuld auf die Ermittler der Polizei schieben konnte, und sah auf einmal Bublanski vor seinem inneren Auge. Der Kriminalinspektor würde sich niemals hinter ihn stellen. Wenn Ekström hier auch nur eine falsche Bewegung machte, würde Bublanski eine Pressekonferenz einberufen und ihn gnadenlos abschießen, und seine Karriere gleich mit.

Ekström sah Lisbeth Salander in die Augen. Sie wartete geduldig ab, mit einem Blick, der gleichzeitig Neugier und Rachegelüste verriet.

Keine Kompromisse.

Er konnte sie immer noch wegen schwerer Körperverletzung in Stallarholmen drankriegen. Er konnte sie wahrscheinlich auch wegen des Mordversuchs an ihrem Vater in Gosseberga drankriegen. Das bedeutete aber, dass er seine Strategie jetzt ändern und alles beiseitelassen musste, was mit Teleborian zu tun hatte. Das bedeutete auch, dass alle Behauptungen, sie sei eine verrückte Psychopathin, entkräftet waren. Man konnte ihr nicht länger ihre Geschäftsfähigkeit absprechen, und dann hatte sie ja auch noch diesen verfluchten Film, auf dem …

Da traf ihn die Erkenntnis auf einmal mit voller Wucht.

O Gott. Sie ist tatsächlich unschuldig.

»Herr Richter … ich weiß nicht, was hier passiert ist, aber mir ist klar geworden, dass ich mich nicht mehr auf die Papiere verlassen kann, die ich in der Hand habe.«

»Das scheint mir auch so«, meinte Iversen trocken.

»Ich glaube, ich muss eine Aussetzung des Prozesses beantragen, bis ich genau herausgefunden habe, was hier passiert ist.«

»Frau Giannini?«, fragte Iversen.

»Ich beantrage, dass meine Mandantin in allen Anklagepunkten freigesprochen und mit sofortiger Wirkung aus der Haft entlassen wird. Ich beantrage außerdem, dass das Gericht Stellung zu der Frage nimmt, ob Frau Salander voll geschäftsfähig ist. Ich bin der Meinung, dass sie eine Rehabilitierung erfahren sollte, nach all den Kränkungen, die ihr zugefügt worden sind.«

Lisbeth Salander wandte ihren Blick zu Richter Iversen.

Keine Kompromisse.

Richter Iversen starrte auf Lisbeth Salanders Autobiografie. Dann blickte er zu Staatsanwalt Ekström.

»Ich glaube auch, dass es eine gute Idee wäre, herauszufinden, was hier passiert ist. Aber ich befürchte, Sie sind nicht die richtige Person, um diese Untersuchung durchzuführen.«

Er überlegte kurz.

»Dass der wichtigste Zeuge der Staatsanwaltschaft vor Gericht verhaftet wird und sich eine scheinbar überzeugende Beweisführung durchgängig als fingiert herausstellt, so etwas habe ich in all meinen Jahren als Richter noch nie erlebt. Ehrlich gesagt, ich weiß nicht, was hier von den Anklagepunkten des Staatsanwalts noch übrig bleibt.«

Holger Palmgren räusperte sich.

»Ja?«, sagte Iversen.

»Ich möchte darauf hinweisen, dass wir alle hier erst den Anfang einer Affäre gesehen haben, die den gesamten schwedischen Staatsapparat erschüttern wird. Im Laufe des heutigen Tages sind ungefähr zehn Mitarbeiter der Sicherheitspolizei verhaftet worden. Die Ermittlungen gegen sie werden eine beträchtliche Zeit in Anspruch nehmen.«

»Dann muss ich wohl eine Aussetzung des Verfahrens anordnen.«

»Bitte entschuldigen Sie, wenn ich mich da einmische, aber ich glaube, das wäre eine unglückliche Entscheidung.«

»Ich höre.«

Palmgren sprach langsam, aber entschieden: »Lisbeth Salander ist unschuldig. Ihre ›fantasievolle Autobiografie‹, wie Herr Ekström ihren Bericht verächtlich nannte, ist tatsächlich wahr. Und das lässt sich belegen. Sie ist Opfer eines skandalösen Übergriffs vonseiten der Justiz geworden. Als Gericht können wir uns nun entweder an die Formalitäten halten und den Prozess noch eine Weile weiterführen, bis wir zum Freispruch gelangt sind. Die Alternative liegt auf der Hand, nämlich völlig neue Ermittlungen anzuberaumen, die sich mit allem beschäftigen, was mit Lisbeth Salander zu tun hat. Diese Ermittlungen laufen bereits und sind Teil der ungeheuerlichen Vorgänge, mit denen sich die Staatsanwaltschaft nun auseinandersetzen muss.«

»Ich verstehe, was Sie meinen.«

»Sie als Richter haben jetzt die Wahl. In diesem Fall wäre es das Klügste, die ganze Voruntersuchung des Staatsanwalts zurückzuweisen und ihn aufzufordern, das nächste Mal seine Hausaufgaben zu machen.«

Richter Iversen musterte Ekström nachdenklich.

»Das einzig Gerechte ist, unsere Mandantin mit sofortiger Wirkung aus der Haft zu entlassen. Außerdem hat sie eine Entschuldigung verdient, aber mit ihrer Rehabilitation wird es wohl noch eine Zeit lang dauern, das hängt auch von den ausstehenden Ermittlungen ab.«

»Mir leuchtet Ihr Standpunkt ein, Herr Anwalt Palmgren. Aber bevor ich Ihre Mandantin freisprechen kann, muss ich mir einen Überblick über die Zusammenhänge verschafft haben. Das wird wohl noch ein wenig dauern ...«

Er zögerte und betrachtete Annika Giannini.

»Wenn ich jetzt entscheide, dass die Verhandlung bis Montag ausgesetzt wird, und Ihnen so weit entgegenkomme, Ihre Mandantin aus der Untersuchungshaft zu entlassen – was auch bedeutet, dass sie auf keinen Fall zu einer Gefängnisstrafe verurteilt werden wird –, können Sie dann garantieren, dass sie sich wieder hier einfindet, wenn der Prozess fortgeführt wird?«

»Natürlich«, antwortete Holger Palmgren rasch.

»Nein!«, erklärte Lisbeth Salander mit scharfer Stimme.

Alle Blicke wanderten zu der Person, um die sich das ganze Drama drehte.

»Wie meinen Sie das?«, hakte Richter Iversen nach.

»In dem Moment, wo Sie mich freilassen, werde ich verreisen. Ich habe nicht vor, auch nur eine einzige weitere Minute meines Lebens in diesem Gericht zu verbringen.«

Richter Iversen sah Lisbeth Salander verblüfft an.

»Sie weigern sich, vor Gericht zu erscheinen?«

»Richtig. Wenn Sie wollen, dass ich Ihnen noch mehr Fragen beantworte, dann müssen Sie mich in Untersuchungshaft behalten. Sobald Sie mich freilassen, ist diese Geschichte für mich erledigt. Und das bedeutet, dass ich für eine unbestimmte Zeit weder Ihnen noch Ekström oder irgendwelchen Polizisten zur Verfügung stehe.«

Richter Iversen seufzte. Holger Palmgren sah verwirrt aus.

»Ich schließe mich dem Standpunkt meiner Mandantin an«,

erklärte Annika Giannini. »Der Staat und die Behörden haben sich an Lisbeth Salander vergriffen, nicht umgekehrt. Sie hat es verdient, mit einem Freispruch in der Tasche durch diese Tür hinauszugehen und die ganze Geschichte hinter sich zu lassen.«

Keine Kompromisse.

Richter Iversen warf einen kurzen Blick auf seine Armbanduhr.

»Es ist kurz nach drei. Sie zwingen mich also, Ihre Mandantin in Untersuchungshaft zu behalten.«

»Wenn das Ihre Entscheidung sein sollte, dann akzeptieren wir sie. Als Lisbeth Salanders Vertreterin verlange ich jedoch, dass sie von den Anklagen, die der Staatsanwalt erhoben hat, freigesprochen wird. Ich fordere, dass Sie meine Mandantin ohne jede Einschränkung und mit sofortiger Wirkung aus der Haft entlassen. Und ich verlange, dass sie ihre volle Geschäftsfähigkeit zurückerhält und wieder als mündige Bürgerin dieses Staates anerkannt wird.«

»Die Frage ihrer Geschäftsfähigkeit ist so schnell nicht zu klären. Ich brauche ein psychiatrisches Gutachten von einem Experten, der sie untersucht. Das kann ich nicht auf der Stelle beschließen.«

»Das können wir so nicht akzeptieren!«

»Wie meinen Sie das?«

»Lisbeth Salander soll dieselben Rechte haben wie jeder andere Schwede. Sie ist Opfer eines Verbrechens geworden. Sie wurde fälschlicherweise für geschäftsunfähig erklärt. Und diese Fälschung kann nachgewiesen werden. Der Entschluss, sie unter rechtliche Betreuung zu stellen, entbehrt daher jeder juristischen Grundlage und muss unverzüglich aufgehoben werden. Es gibt überhaupt keinen Grund, warum meine Mandantin sich einer psychiatrischen Untersuchung unterziehen sollte. Niemand muss beweisen, dass er nicht verrückt ist, nur weil er Opfer eines Verbrechens geworden ist.«

Iversen überlegte kurz.

»Frau Giannini«, sagte Iversen. »Ich sehe ein, dass wir es hier mit einer außergewöhnlichen Situation zu tun haben. Ich möchte jetzt eine Pause von fünfzehn Minuten anberaumen, damit wir uns die Beine vertreten und uns ein wenig sammeln können. Ich habe überhaupt nicht den Wunsch, Ihre Mandantin über Nacht in Untersuchungshaft zu behalten, wenn sie unschuldig ist, aber das bedeutet dann eben, dass dieser Verhandlungstag so lange fortgesetzt wird, bis wir fertig sind.«

»Das hört sich doch gut an«, sagte Annika Giannini.

In der Pause küsste Mikael Blomkvist seine Schwester auf die Wange.

»Wie ist es gelaufen?«

»Es war einfach großartig. Teleborian hatte nicht den Hauch einer Chance.«

»Ich hab doch gesagt, dass du bei diesem Prozess unschlagbar sein würdest. In erster Linie handelte diese Story nämlich nicht von Spionen und staatlichen Geheimorganisationen, sondern von ganz gewöhnlicher Gewalt gegen Frauen. Nach dem wenigen zu urteilen, was ich gesehen habe, warst du einfach fantastisch. Sie wird also freigelassen werden?«

»Ja. Daran kann es keinen Zweifel mehr geben.«

Nach der Pause klopfte Richter Iversen auf den Tisch.

»Könnten Sie mir diese Geschichte einmal von Anfang bis zum Ende erzählen, damit mir klar wird, was hier eigentlich passiert ist?«

»Sehr gern«, sagte Annika Giannini. »Wollen wir mit der verblüffenden Geschichte dieser Gruppe von Sicherheitsleuten beginnen, die sich Sektion nennt und sich Mitte der 70er-Jahre um einen sowjetischen Überläufer kümmern musste? Die Story ist im neuen *Millennium*-Heft nachzulesen, das heute herausgekommen ist. Schätzungsweise wird das heute Abend die Hauptnachricht in allen Nachrichtensendungen sein.«

Gegen sechs Uhr abends beschloss Richter Iversen, Lisbeth Salander aus der Haft zu entlassen und sie wieder für geschäftsfähig zu erklären.

Diese Entscheidung wurde jedoch an eine Bedingung geknüpft. Richter Iversen verlangte, dass Lisbeth sich einem Verhör unterzog, in dem sie eine offizielle Zeugenaussage zur Zalatschenko-Affäre abgeben sollte. Zuerst lehnte Lisbeth kategorisch ab. Diese Weigerung führte zu einigem Hickhack, bis Richter Iversen die Stimme hob. Er beugte sich vor und sah ihr fest in die Augen.

»Frau Salander, wenn ich Ihre rechtliche Betreuung aufhebe, bedeutet das, dass Sie dieselben Rechte genießen wie alle anderen Bürger. Aber es bedeutet auch, dass Sie dieselben Pflichten haben. Und es ist Ihre verdammte Pflicht, sich um Ihre Geldangelegenheiten zu kümmern, Steuern zu zahlen, dem Gesetz zu gehorchen und die Polizei bei der Ermittlung schwerer Verbrechen zu unterstützen. Sie werden also zur Vernehmung vorgeladen wie jeder andere Staatsbürger auch, der irgendwelche sachdienlichen Angaben zu den Ermittlungen machen kann.«

Die Logik dieses Arguments schien bei Lisbeth Salander zu fruchten. Sie schob die Unterlippe vor und starrte missmutig vor sich hin.

»Wenn die Polizei Ihre Zeugenaussage hat, wird der Leiter der Voruntersuchung – in diesem Fall der Generalstaatsanwalt – beurteilen, ob Sie als Zeugin für einen eventuellen Prozess infrage kommen. Wie alle anderen schwedischen Bürger können Sie sich weigern, einer Vorladung nachzukommen, aber dann wird das auch dieselben Konsequenzen haben. Da werden keine Ausnahmen gemacht.«

Lisbeth Salander zog ein noch finstereres Gesicht.

»Wie lautet Ihre Entscheidung?«, erkundigte sich Iversen.

Nach einer Minute Bedenkzeit nickte sie ganz kurz.

Okay. Ein kleiner Kompromiss.

Als man am Abend die Zalatschenko-Affäre durchsprach,

ging Annika Giannini hart mit Staatsanwalt Ekström ins Gericht. Dieser gab schließlich zu, dass es ungefähr so gelaufen war, wie Annika Giannini es beschrieben hatte. Bei der Voruntersuchung hatte er Hilfe von Georg Nyström erhalten und Informationen von Peter Teleborian entgegengenommen. In Ekströms Fall lag immerhin keine Verschwörung vor. In seiner Eigenschaft als Leiter der Voruntersuchung hatte er guten Glaubens den Laufburschen für die Sektion gespielt. Als ihm das Ausmaß der Geschehnisse klar wurde, beschloss er, die Anklage gegen Lisbeth Salander fallen zu lassen. Diese Entscheidung bedeutete gleichzeitig, dass eine ganze Reihe bürokratischer Formalitäten unter den Tisch fiel. Iversen wirkte erleichtert.

Holger Palmgren war nach seinem ersten Tag im Gericht nach mehreren Jahren völlig erschöpft. Nun sehnte er sich nach seinem Bett in der Reha-Klinik. Ein uniformierter Wachmann von Milton Security fuhr ihn dorthin. Bevor er ging, legte er Lisbeth die Hand auf die Schulter. Sie sahen sich stumm an. Nach einer Weile nickte sie und lächelte ganz leicht.

Um sieben Uhr abends rief Annika Giannini kurz bei ihrem Bruder an und teilte ihm mit, dass Lisbeth in allen Punkten freigesprochen worden war, aber noch ein paar Stunden im Polizeigebäude verbringen würde, um sich dort vernehmen zu lassen.

In der Redaktion waren alle Mitarbeiter von *Millennium* versammelt. Seit gegen Mittag die ersten Exemplare des Heftes ausgeliefert worden waren, hatten die Telefone nicht mehr stillgestanden. Am Nachmittag ging TV4 mit den ersten Specials über Zalatschenko und die Sektion auf Sendung. Für die Medien war es das reinste Weihnachtsfest.

Mikael stellte sich mitten ins Zimmer, steckte die Finger in den Mund und stieß einen gellenden Pfiff aus.

»Ich habe gerade die Nachricht erhalten, dass Lisbeth in allen Punkten freigesprochen worden ist.«

Spontaner Applaus brach aus. Dann sprachen alle wieder in ihre Telefone, als wäre nichts geschehen.

Mikael hob den Blick und betrachtete den laufenden Fernseher, der mitten in der Redaktion stand. Die Nachrichten auf TV4 fingen gerade an. Als Vorankündigung sah man einen kurzen Ausschnitt aus dem Film, der zeigte, wie jemand Kokain in Mikaels Wohnung versteckte.

Dann kam die Nachrichtensprecherin ins Bild.

»Circa zehn Angestellte der Sicherheitspolizei sind heute wegen schwerer Verbrechen festgenommen worden, zu denen unter anderem auch Mord gehört. Willkommen zu unseren Nachrichten, die heute den üblichen Zeitrahmen überschreiten werden.«

Mikael drückte den Ton weg, als seine Kollegin von TV4 ins Bild kam. Er sah sich selbst im Studio sitzen. Er wusste schon, was er gesagt hatte. Sein Blick schweifte zu dem Schreibtisch, an dem Dag Svensson damals vorübergehend gearbeitet hatte. Die Spuren seiner Reportage über Mädchenhandel waren verschwunden, und mittlerweile war der Schreibtisch wieder eine Ablage für Zeitungen und unsortierte Papierstapel geworden, mit denen niemand so recht zu tun haben mochte.

An diesem Schreibtisch hatte für Mikael die Zalatschenko-Affäre begonnen. Auf einmal wünschte er, Dag Svensson hätte dieses Ende miterleben können. Ein paar Exemplare seines frisch gedruckten Buches über Mädchenhandel waren dort zusammen mit dem Buch über die Sektion aufgebaut.

Das hätte dir gefallen.

Er hörte das Telefon in seinem Zimmer klingeln, schaffte es aber nicht, das Gespräch anzunehmen. Stattdessen schloss er seine Tür und ging zu Erika Berger. Er ließ sich in einen der bequemen Sessel neben dem kleinen Tisch am Fenster sinken. Erika telefonierte gerade. Er sah sich um. Sie war jetzt seit einem Monat zurück, hatte es aber noch nicht geschafft, das Zimmer wieder ganz mit ihren persönlichen Gegenständen zu füllen. Sie war auch noch nicht dazu gekommen, Bilder aufzuhängen.

»Und, wie fühlt sich das an?«, fragte sie, nachdem sie aufgelegt hatte.

»Ich glaube, ich bin glücklich«, sagte er.

Sie lachte.

»*Die Sektion* wird der absolute Renner. In jeder Redaktion laufen sie Amok. Hast du Lust, um neun Uhr in *Aktuell* aufzutreten?«

»Nö.«

»Dachte ich mir fast.«

»Wir werden noch ein paar Monate über diese Geschichte reden. Das eilt nicht.«

Sie nickte.

»Was machst du heute Abend?«

»Ich weiß nicht.«

Er biss sich auf die Unterlippe.

»Erika ... ich ...«

»Figuerola«, sagte Erika Berger und lächelte.

Er nickte.

»Es ist also was Ernstes?«

»Ich weiß nicht.«

»Sie ist schrecklich verliebt in dich.«

»Ich glaube, ich bin auch verliebt in sie«, meinte er.

»Ich werd auf Abstand bleiben, bis du es weißt.«

Er nickte.

»Vielleicht«, fügte sie hinzu.

Um acht Uhr klopften Dragan Armanskij und Susanne Linder an die Tür der Redaktion. Sie fanden, der Anlass erfordere Champagner, und sie hatten eine große Tragetasche mit Flaschen dabei. Erika Berger umarmte Susanne Linder und machte einen Rundgang durch die Redaktion mit ihr, während Armanskij sich in Mikaels Zimmer setzte.

Sie tranken. Eine ganze Weile sagten sie gar nichts. Schließlich brach Armanskij das Schweigen.

»Wissen Sie was, Blomkvist? Als wir uns im Zusammenhang mit dieser Geschichte in Hedestad zum ersten Mal trafen, waren Sie mir herzlich unsympathisch.«

»Ach ja?«

»Sie sind zu uns gekommen, um den Vertrag aufzusetzen, als Sie Lisbeth für die Recherchen anheuerten.«

»Ich kann mich erinnern.«

»Ich glaube, ich war eifersüchtig auf Sie. Sie kannten sie erst seit ein paar Stunden. Aber sie lachte schon mit Ihnen. Ich habe jahrelang versucht, Lisbeth ein Freund zu sein, aber es ist mir nie gelungen, sie auch nur einmal zum Lachen zu bringen.«

»Na ja ... so erfolgreich war ich nun auch wieder nicht.«

Sie schwiegen wieder eine Weile.

»Schön, dass das Ganze jetzt vorbei ist«, sagte Armanskij.

»Amen«, schloss Mikael.

Die Kriminalinspektoren Jan Bublanski und Sonja Modig führten die offizielle Zeugenvernehmung mit Lisbeth Salander durch. Sie waren beide gerade nach einem äußerst langen Arbeitstag zu ihren jeweiligen Familien nach Hause gekommen, als sie umgehend ins Polizeipräsidium zurückbeordert wurden.

Salander wurde von Annika Giannini unterstützt, die jedoch keinen Grund hatte, allzu viele Anmerkungen zu machen. Lisbeth Salander antwortete exakt auf alle Fragen, die Bublanski und Modig ihr stellten.

In zwei Punkten log sie jedoch konsequent. Als sie beschrieb, was im Zusammenhang mit dem Streit in Stallarholmen geschehen war, behauptete sie hartnäckig, Sonny Nieminen habe Carl-Magnus Magge Lundin versehentlich in den Fuß geschossen, und zwar im selben Augenblick, als sie ihn mit einer Elektroschockpistole niedergestreckt hatte. Wo sie die Elektroschockpistole denn hergehabt hätte? Von Magge Lundin konfisziert, erklärte sie.

Bublanski und Modig waren ihre Zweifel anzusehen. Aber es gab weder Beweise noch Zeugen, die ihren Erklärungen widersprechen konnten. Sonny Nieminen hätte protestieren können, aber er weigerte sich, über den Vorfall zu sprechen. Tatsache war, dass er keinen Schimmer hatte, was in den Sekunden nach dem Elektroschock geschehen war.

Was Lisbeths Fahrt nach Gosseberga anging, so erklärte sie, sie habe ihren Vater überreden wollen, sich der Polizei zu stellen.

Lisbeth sah sehr treuherzig aus, als sie das erzählte.

Niemand konnte entscheiden, ob sie die Wahrheit sagte oder nicht. Annika Giannini hatte zu dieser Frage keine Meinung.

Der Einzige, der mit Sicherheit wusste, dass Lisbeth nach Gosseberga gefahren war, um ein für alle Mal mit ihrem Vater abzurechnen, war Mikael Blomkvist. Aber der war ja kurz nach Wiederaufnahme der Verhandlung aus dem Gerichtssaal geschickt worden. Niemand wusste, dass Lisbeth Salander und er in der Zeit ihrer Isolation im Sahlgrenska-Krankenhaus ausgedehnte nächtliche Gespräche geführt hatten.

Die Medien verpassten ihre Freilassung vollkommen. Wäre der Zeitpunkt bekannt gewesen, hätte sicher ein größeres Aufgebot das Polizeigebäude belagert. Doch die Reporter waren noch ganz erschöpft von dem Chaos, das ausgebrochen war, als *Millennium* herauskam und gewisse Sicherheitspolizisten von anderen Sicherheitspolizisten verhaftet wurden.

Wie üblich war die Journalistin von TV4 die Einzige, die wusste, worum es bei dieser Geschichte ging. Ihr einstündiger Beitrag wurde ein Klassiker, der ein paar Monate später einen Preis für die beste Fernsehreportage des Jahres gewann.

Sonja Modig schmuggelte Lisbeth Salander aus dem Polizeigebäude, indem sie sie und Annika Giannini einfach in die Tiefgarage führte und von dort zur Anwaltskanzlei am Kungsholms Kyrkoplan fuhr. Annika wartete, bis Sonja Modig verschwunden war, bevor sie den Motor startete. Sie fuhr in Richtung Södermalm.

Als sie auf Höhe des Reichstags waren, brach sie das Schweigen.

»Wohin?«, fragte sie.

Lisbeth überlegte ein paar Sekunden.

»Sie können mich irgendwo in der Lundagatan rauslassen.«

»Miriam Wu ist nicht da.«

Lisbeth warf Annika Giannini einen Blick zu.

»Kurz nachdem sie aus dem Krankenhaus entlassen wurde, ist sie nach Frankreich gefahren. Sie wohnt bei ihren Eltern … für den Fall, dass Sie Kontakt mit ihr aufnehmen wollen.«

»Warum haben Sie mir das nicht erzählt?«

»Sie haben ja nie gefragt.«

»Hmm.«

»Sie brauchte Abstand. Mikael hat mir das hier heute Morgen gegeben und meinte, das wollen Sie sicher zurückhaben.«

Sie gab ihr einen Schlüsselbund. Lisbeth nahm ihn stumm entgegen.

»Danke. Können Sie mich dann stattdessen irgendwo auf der Folkungagatan rauslassen?«

»Sie wollen mir nicht mal verraten, wo Sie wohnen?«

»Später. Jetzt will ich meine Ruhe.«

»Okay.«

Annika hatte ihr Handy eingeschaltet, als sie das Polizeigebäude nach der Vernehmung verließen. Es begann zu läuten, als sie gerade am Slussen vorbeikam. Sie schielte aufs Display.

»Das ist Mikael. Er hat in den letzten Stunden ungefähr alle zehn Minuten angerufen.«

»Ich will nicht mit ihm reden.«

»Okay. Aber darf ich Ihnen mal eine persönliche Frage stellen?«

»Ja?«

»Was hat Mikael Ihnen eigentlich getan, dass Sie ihn so intensiv hassen? Ich meine, ohne ihn wären Sie heute Abend höchstwahrscheinlich in die Psychiatrie gewandert.«

»Ich hasse Mikael nicht. Er hat mir nichts getan. Ich will ihn jetzt nur einfach nicht treffen.«

Annika Giannini sah ihre Mandantin von der Seite an.

»Ich habe nicht vor, mich in Ihre Beziehungen einzumischen, aber Sie hatten sich in ihn verknallt, stimmt's?«

Lisbeth blickte aus dem Seitenfenster, ohne zu antworten.

»Mein Bruder ist völlig unverantwortlich, was Beziehungen angeht. Er fickt sich so durchs Leben und kapiert einfach nicht, wie weh das den Frauen tun kann, die in ihm mehr sehen als ein flüchtiges Abenteuer.«

Lisbeth sah ihr in die Augen.

»Ich will mit Ihnen nicht über Mikael reden.«

»Okay«, sagte Annika. Sie parkte am Bordstein kurz vor der Erstagatan. »Passt das hier?«

»Ja.«

Sie blieben noch einen Moment schweigend sitzen. Lisbeth machte keine Anstalten, die Autotür zu öffnen. Nach einer Weile stellte Annika den Motor ab.

»Und was passiert jetzt?«, wollte Lisbeth wissen.

»Jetzt passiert, dass Sie ab heute nicht mehr unter rechtlicher Betreuung stehen. Sie können machen, was Sie wollen. Obwohl wir heute vor Gericht hartnäckig geblieben sind, steht trotzdem noch eine ganze Menge Bürokratie an. Man wird die Verantwortlichen im Vormundschaftsgericht ermitteln und auch die Frage nach einer angemessenen Entschädigung stellen. Und die Ermittlungen in all diesen Verbrechen werden weitergehen.«

»Ich will keine Entschädigung. Ich will in Ruhe gelassen werden.«

»Ich verstehe schon. Aber es spielt keine so große Rolle, wie Sie dazu stehen. Dieser Prozess läuft jetzt auch ohne Sie weiter. Ich schlage trotzdem vor, sich einen Anwalt zu nehmen, der Sie vertritt.«

»Wollen Sie nicht weiter meine Anwältin sein?«

Annika rieb sich die Augen. Nach den Aufregungen dieses Tages fühlte sie sich, als wären ihre Batterien völlig leer. Sie wollte nur noch nach Hause fahren, duschen und sich von ihrem Mann den Rücken massieren lassen.

»Ich weiß nicht. Sie vertrauen mir nicht. Und ich vertraue Ihnen auch nicht. Ich habe einfach keine Lust, in einen langen Prozess verwickelt zu werden, in dem ich immer nur auf frustrierendes Schweigen stoße, wenn ich einen Vorschlag mache oder etwas besprechen will.«

Lisbeth schwieg eine ganze Weile.

»Ich … ich bin nicht so gut mit diesem ganzen Beziehungskram. Aber ich vertraue Ihnen wirklich.«

Es klang fast wie eine Entschuldigung.

»Schon möglich. Aber es ist nicht mein Problem, dass Sie mit diesem Beziehungskram so schlecht können. Es wird nur dann mein Problem, wenn ich Sie vertreten soll.«

Schweigen.

»Wollen Sie, dass ich weiterhin Ihre Anwältin bleibe?«

Lisbeth nickte. Annika seufzte.

»Ich wohne in der Fiskargatan 9. Oberhalb von Mosebacke torg. Können Sie mich dort hinfahren?«

Annika warf ihrer Mandantin einen Blick zu. Schließlich startete sie den Motor und ließ sich von Lisbeth zur richtigen Adresse dirigieren. In einiger Entfernung vom Haus blieben sie stehen.

»Okay«, sagte Annika. »Wir machen einen Versuch. Meine Bedingungen sehen folgendermaßen aus: Wenn ich Sie erreichen will, dann möchte ich, dass Sie antworten. Wenn ich wissen will, wie ich handeln soll, möchte ich deutliche Antworten. Wenn ich Sie anrufe und Ihnen mitteile, dass Sie einen Polizisten oder Staatsanwalt treffen müssen oder dass sonst irgendetwas ansteht, was mit den Ermittlungen zu tun hat, dann heißt das, dass ich die Sache als notwendig eingeschätzt habe. Und dann verlange ich, dass Sie zur rechten Zeit am verabredeten Ort erscheinen und keine Schwierigkeiten machen. Können Sie damit leben?«

»Okay.«

»Und wenn Sie Schwierigkeiten machen, dann bin ich nicht mehr Ihre Anwältin. Haben Sie das verstanden?«

Lisbeth nickte.

»Noch etwas. Ich will nicht in irgendein Drama zwischen Ihnen und meinem Bruder geraten. Wenn Sie Probleme mit ihm haben, dann klären Sie das mit ihm. Aber er ist wirklich nicht Ihr Feind.«

»Ich weiß. Ich werd das klären. Aber ich brauche Zeit.«

»Was haben Sie jetzt vor?«

»Ich weiß nicht. Sie können mich per Mail erreichen. Ich verspreche, dass ich Ihnen immer antworte, so schnell ich kann, aber vielleicht gucke ich nicht unbedingt jeden Tag in meine Mailbox …«

»Sie werden nicht zur Leibeigenen, bloß weil Sie eine Anwältin haben. Vorerst belassen wir es mal dabei. Und jetzt raus aus meinem Auto. Ich bin todmüde und will nur noch nach Hause und schlafen.«

Lisbeth öffnete die Tür und stieg aus. Auf dem Bürgersteig hielt sie inne, bevor sie die Tür zuwarf. Sie sah aus, als wolle sie irgendetwas sagen, fände aber nicht die richtigen Worte. Einen Augenblick lang fand Annika, dass Lisbeth fast verletzlich aussah.

»Ist schon okay«, sagte Annika. »Gehen Sie nach Hause und legen Sie sich schlafen. Und machen Sie in der nächsten Zeit bitte keine Dummheiten.«

Lisbeth Salander blieb am Bordstein stehen und blickte Annika Giannini hinterher, bis die Rücklichter ihres Wagens um die Ecke verschwunden waren.

»Danke«, sagte sie schließlich.

29. Kapitel
Samstag, 16. Juli – Freitag, 7. Oktober

Sie fand ihren Palm Tungsten T3 in der Kommode im Flur. Dort lagen auch ihre Autoschlüssel und die Umhängetasche, die sie verloren hatte, als Magge Lundin sie vor ihrer Haustür in der Lundagatan angegriffen hatte. Sie fand geöffnete und ungeöffnete Post vor, die aus dem Briefkasten in der Hornsgatan abgeholt worden war. *Mikael Blomkvist.*

Langsam drehte sie eine Runde durch den möblierten Teil ihrer Wohnung. Überall fand sie Spuren von ihm. Er hatte in ihrem Bett geschlafen und an ihrem Schreibtisch gearbeitet. Er hatte ihren Drucker benutzt und Entwürfe für die Artikel über die Sektion und verworfene Notizen und Schmierzettel in ihren Papierkorb geworfen.

Er hat einen Liter Milch gekauft, Brot, Käse und zehn Packungen Billys Pan Pizza, die er in den Kühlschrank gelegt hat.

Auf dem Küchentisch lag ein kleiner weißer Umschlag mit ihrem Namen darauf. Darin war ein Zettel von ihm. Die Nachricht war kurz. Seine Handynummer. Sonst nichts.

Auf einmal wurde Lisbeth klar, dass es jetzt an ihr war. Seine Story war im Kasten, er hatte ihr ihre Wohnungsschlüssel zurückgegeben und nicht vor, sich bei ihr zu melden. Wenn sie etwas wollte, musste sie ihn selbst anrufen. *Verdammter Sturkopf.*

Sie machte sich Kaffee und vier belegte Brote, setzte sich in den Fenstersturz und blickte auf den Djurgården hinunter. Dann steckte sie sich eine Zigarette an und grübelte.

Jetzt war alles vorbei, doch ihr Leben kam ihr plötzlich beklemmender vor als je zuvor.

Miriam Wu war nach Frankreich gefahren. *Es war meine Schuld, dass du fast gestorben bist.* Sie hatte vor dem Moment gezittert, in dem sie Miriam wieder unter die Augen treten musste, doch hatte sie es als Erstes tun wollen, wenn sie wieder frei war. *Und dann fährst du einfach nach Frankreich.*

Plötzlich stand sie bei mehreren Menschen in der Schuld.

Holger Palmgren. Dragan Armanskij. Sie müsste sich eigentlich bei ihnen melden und sich bedanken. Paolo Roberto. Plague und Trinity. Sogar die verdammten Polizisten Bublanski und Modig hatten objektiv Partei für sie ergriffen. Es gefiel ihr gar nicht, in irgendjemandes Schuld zu stehen. Sie kam sich vor wie ein Spielstein in einem Spiel, das sie nicht kontrollieren konnte.

Jetzt ist es vorbei, hatte Annika Giannini gesagt, als sie das Polizeigebäude verließen. Ja. Der Prozess war vorbei. Für Annika Giannini war es vorbei. Und für Mikael Blomkvist war es vorbei, denn der hatte seinen Text fertig und würde ins Fernsehen kommen und garantiert noch irgendeinen verdammten Preis einheimsen.

Doch für Lisbeth Salander war es nicht vorbei. Es war nur der erste Tag vom Rest ihres Lebens.

Um vier Uhr morgens hörte sie auf nachzudenken. Sie warf ihre Punkerkluft auf den Schlafzimmerboden, ging ins Bad und duschte. Sie wusch sich das ganze Make-up ab, das sie im Gericht getragen hatte, und zog sich eine dunkle Leinenhose, ein weißes Oberteil und eine dünne Jacke an. Dann packte sie sich eine Wochenendtasche mit Kleidern zum Wechseln, Unterwäsche und ein paar Oberteilen und zog sich ein Paar schlichte Schuhe an.

Schließlich griff sie sich noch ihren Palm und bestellte sich ein Taxi zum Mosebacke Torg. Sie ließ sich nach Arlanda fahren und war um kurz vor sechs Uhr am Flughafen. Nachdem sie die Anzeigetafel mit den Abflügen studiert hatte, buchte sie ein Ticket an den erstbesten Ort, der ihr in den Sinn kam. Sie verwendete ihren eigenen Pass mit ihrem eigenen Namen. Zu ihrer Verblüffung schien sie weder beim Ticketschalter noch beim Check-in irgendjemand wiederzuerkennen oder auf ihren Namen zu reagieren.

Sie bekam einen Platz im Morgenflugzeug nach Málaga und landete mitten am Tag bei glühender Hitze. Unsicher blieb sie für einen Moment am Terminal stehen. Schließlich warf sie einen Blick auf die Landkarte und überlegte, was sie in Spanien machen wollte. Nach ein paar Minuten hatte sie sich entschieden. Sie hatte jedoch keine Zeit mehr, über Buslinien oder alternative Beförderungsmittel nachzudenken. Also kaufte sie sich in einem Geschäft im Flughafen noch schnell eine Sonnenbrille, ging hinaus zum Taxistand und setzte sich auf den Rücksitz des ersten freien Wagens.

»Gibraltar. Ich bezahle mit Kreditkarte.«

Die Fahrt führte über die neue Autobahn an der Südküste und dauerte drei Stunden. Das Taxi ließ sie an der Passkontrolle zum britischen Territorium hinaus. Sie spazierte zum Rock Hotel hinauf, das an der vierhundertfünfundzwanzig Meter hohen Klippe lag. Als sie nach einem freien Zimmer fragte, erfuhr sie, dass es nur noch ein Doppelzimmer gab. Das buchte sie für zwei Wochen und legte ihre Kreditkarte vor.

Sie duschte, wickelte sich in ein Badetuch und setzte sich auf die Terrasse. Von hier aus hatte sie einen fantastischen Blick über die Straße von Gibraltar. Sie sah Frachter und ein paar Segelboote. Im Dunst konnte sie Marokko auf der anderen Seite der Meerenge erkennen. Richtig friedlich war das.

Nach einer Weile ging sie in ihr Zimmer, legte sich hin und schlief sofort ein.

Am nächsten Morgen erwachte Lisbeth um halb sechs. Sie stand auf, duschte und trank einen Kaffee in der Hotelbar im Erdgeschoss. Um sieben verließ sie das Hotel, kaufte eine Tüte voll Mangos und Äpfel und nahm sich ein Taxi zum The Peak, um zu den Affen hochzuwandern. So früh am Morgen war sie fast allein mit den Tieren.

Sie mochte Gibraltar. Es war ihr dritter Besuch auf der seltsamen Klippe mit der absurd dicht besiedelten englischen Stadt am Mittelmeer. Gibraltar war ein Ort, der keinem anderen ähnelte. Die Stadt war jahrzehntelang isoliert gewesen, eine Kolonie, die sich standhaft weigerte, sich von Spanien einverleiben zu lassen. Die Spanier protestierten natürlich gegen die Besatzung. (Lisbeth Salander fand freilich, dass die Spanier schön den Mund halten sollten, solange sie auf der anderen Seite der Meerenge die Enklave Ceuta auf marokkanischem Territorium besetzt hielten.)

Gibraltar war so winzig, dass jeder Quadratzentimeter genutzt wurde und man nur aufs Meer hinaus expandieren konnte. Um in die Stadt zu gelangen, mussten die Besucher die Landebahn des Flugplatzes überqueren.

Gibraltar verlieh dem Ausdruck *compact living* ganz neue Dimensionen.

Lisbeth sah ein kräftiges Affenmännchen, das auf einer Mauer neben dem Wanderweg hockte. Es sah sie mit großen Augen an. Es war ein Berberaffe. Sie wusste, dass sie sich den Versuch, das Tier zu streicheln, besser verkniff.

»Hallo, Kumpel«, sagte sie. »Da bin ich wieder.«

Bei ihrem ersten Besuch auf Gibraltar hatte sie von diesen Affen noch nie gehört. Sie war nur hochgefahren, um sich die Aussicht anzusehen, und war völlig überrascht, als sie einer Gruppe Touristen folgte und plötzlich inmitten einer Horde Affen stand, die zu beiden Seiten des Wanderwegs herumkletterten.

Es war ein eigenartiges Gefühl, auf so einem Pfad zu wandern und plötzlich von zwei Dutzend Affen umgeben zu sein.

Sie betrachtete sie mit größtem Misstrauen. Sie waren weder gefährlich noch aggressiv, doch stark genug, um böse zuzubeißen, wenn man sie reizte oder sie sich bedroht fühlten.

Sie fand einen der Aufseher, zeigte ihm ihre Tüte vor und fragte, ob sie den Affen die Früchte geben dürfe. Er meinte, das sei okay.

Sie zog eine Mango heraus und legte sie vor den Affen auf die Mauer.

»Frühstück«, sagte sie, lehnte sich gegen die Mauer und biss selbst in einen Apfel.

Das Affenmännchen starrte sie an, fletschte die Zähne und schnappte sich dann zufrieden die Mango.

Fünf Tage später, gegen vier Uhr nachmittags, fiel Lisbeth Salander in »Harry's Bar« in einer Seitengasse der Main Street, zwei Blocks von ihrem Hotel entfernt, vom Hocker. Seit sie den Affenfelsen verlassen hatte, war sie konstant betrunken gewesen, und am meisten hatte sie bei Harry O'Connell getrunken, dem die Bar gehörte und der mit hart erkämpftem irischem Akzent sprach, obwohl er sein Lebtag keinen Fuß nach Irland gesetzt hatte. Er beobachtete Lisbeth mit bekümmerter Miene.

Als sie vor vier Tagen am Nachmittag ihren ersten Drink bestellte, hatte er einen Ausweis von ihr verlangt, weil sie so jung aussah. Er wusste, dass sie Lisbeth hieß, und nannte sie Liz. Normalerweise kam sie nach dem Mittagessen, setzte sich auf einen Barhocker ganz hinten am Tresen und lehnte sich gegen die Wand. Und dann versenkte sie eine beträchtliche Menge an Bier oder Whisky.

Wenn sie Bier trank, kümmerte sie sich nicht groß um die Marke. Sie nahm einfach, was er zapfte. Wenn sie Whisky bestellte, wählte sie immer Tullamore Dew. Nur einmal musterte sie die Flaschen hinter der Theke und schlug einen Lagavulin vor. Als sie das Glas bekam, schnupperte sie daran. Sie zog die Brauen hoch und nahm einen winzigen Schluck. Dann stellte sie das Glas ab und starrte es eine Minute lang mit einem Gesichtsausdruck an, der verriet, dass sie den Inhalt als bedrohlichen Feind sah.

Schließlich schob sie das Glas beiseite und sagte Harry, er solle ihr etwas geben, womit man keine Boote teeren könne. Da goss er ihr wieder einen Tullamore Dew ein, und sie trank weiter wie zuvor. In den letzten vier Tagen hatte sie ganz allein fast eine Flasche geleert. Beim Bier hatte er nicht mitgezählt. Harry war, gelinde gesagt, verblüfft, dass ein so schmächtiges Mädchen so viel in sich hineinschütten konnte, aber er dachte sich, wenn sie Hochprozentiges trinken wollte, dann würde sie das sowieso tun, ob es nun in seiner Bar war oder woanders.

Sie trank langsam, sprach mit niemandem und machte keinen Ärger. Abgesehen von ihrem Alkoholkonsum bestand ihre einzige Beschäftigung darin, dazusitzen und mit einem Palm herumzuspielen, den sie ab und zu an ein Handy anschloss. Ein paarmal hatte er versucht, ein Gespräch mit ihr anzuknüpfen, stieß aber nur auf mürrisches Schweigen. Sie schien jede Gesellschaft zu meiden. Ein paarmal, als zu viele Leute in der Bar waren, hatte sie sich nach draußen gesetzt, und bei anderen Gelegenheiten war sie zu einem italienischen Restaurant zwei Häuser weiter gegangen, um dort zu Abend zu essen, woraufhin sie wieder zu Harry zurückkam und sich mehr Tullamore Dew bestellte. Meist verließ sie die Bar gegen zehn Uhr abends und torkelte in Richtung Norden davon.

An diesem Tag hatte sie jedoch mehr und schneller als an den Tagen zuvor getrunken, und Harry fing an, sie im Auge zu behalten. Nachdem sie das siebte Glas Tullamore Dew geschluckt hatte, beschloss er, ihr für heute keinen Alkohol mehr auszuschenken. Doch bevor er seinen Entschluss in die Tat umsetzen konnte, hörte er, wie sie geräuschvoll zu Boden fiel.

Er stellte das Glas ab, das er gerade abtrocknete, ging um die Theke herum und half ihr auf die Beine. Sie sah beleidigt aus.

»Ich glaube, Sie haben erst mal genug gehabt«, sagte er.

Sie sah ihn mit verschwommenem Blick an.

»Ich glaube, Sie haben recht«, antwortete sie mit überraschend klarer Stimme.

Sie hielt sich mit einer Hand am Tresen fest, fummelte ein paar Geldscheine aus ihrer Brusttasche und wankte auf den Ausgang zu. Er fasste sie sanft bei der Schulter.

»Warten Sie mal. Was halten Sie davon, jetzt ins Bad zu gehen, den letzten Whisky wieder auszuspucken und dann noch ein wenig an der Bar sitzen zu bleiben? Ich möchte Sie nicht gern in diesem Zustand gehen lassen.«

Sie protestierte nicht, als er sie ins Bad führte. Wie er vorgeschlagen hatte, steckte sie sich den Finger in den Hals. Als sie wieder an die Bar kam, hatte er ihr schon ein großes Glas Mineralwasser hingestellt. Sie trank das ganze Glas aus und rülpste. Er schenkte ihr noch eines ein.

»Morgen wird's Ihnen ganz schön beschissen gehen«, meinte Harry.

Sie nickte.

»Es geht mich ja nichts an, aber wenn ich Sie wäre, würde ich jetzt mal ein paar nüchterne Tage einlegen.«

Sie nickte wieder. Dann ging sie zurück ins Bad und übergab sich noch einmal.

Sie blieb noch eine Stunde in »Harry's Bar«, bis ihr Blick wieder so klar war, dass Harry es wagte, sie gehen zu lassen. Auf wackligen Beinen verließ sie die Bar, ging zum Flugplatz hinunter und lief auf der Mole am Strand entlang. Dort ging sie spazieren, bis es halb neun war und die Erde aufgehört hatte, unter ihren Füßen zu schwanken. Erst dann kehrte sie ins Hotel zurück. Sie ging in ihr Zimmer, putzte sich die Zähne und wusch sich das Gesicht. Dann zog sie sich um und ging in die Hotelbar, wo sie sich eine Tasse schwarzen Kaffee und eine Flasche Mineralwasser bestellte.

Unbemerkt und schweigend blieb sie neben einer Säule sitzen und studierte die übrigen Gäste. Sie betrachtete ein circa 30-jähriges Paar, das sich leise unterhielt. Die Frau trug ein helles Sommerkleid, der Mann hielt unter dem Tisch ihre Hand. Zwei Tische weiter längs saß eine farbige Familie, er mit ergrauenden Schläfen, sie mit einem schönen farbenprächtigen Kleid in Gold, Schwarz und Rot. Sie hatten zwei Kinder an der Schwelle zum Teenageralter. Sie musterte eine Gruppe von Geschäftsleuten, alle mit weißen Hemden und Krawatten, die ihre Jacketts ausgezogen und über die Stuhllehnen gehängt hatten. Sie tranken Bier. Sie sah eine Rentnerreisegesellschaft, ohne Zweifel amerikanische Touristen. Die Männer trugen Baseballcaps, Poloshirts und weite Hosen. Die Frauen hatten Designerjeans an, rote Tops und Sonnenbrillen, die sie an einer Schnur um den Hals trugen. Sie sah einen Mann mit einem hellen Leinensakko, grauen Hemd und dunklen Schlips, der von der Straße kam, an der Rezeption seine Schlüssel holte und dann an die Bar ging, wo er sich ein Bier bestellte. Sie saß drei Meter von ihm entfernt und fasste ihn schärfer ins Auge, als er ein Handy hervorzog und begann, auf Deutsch zu reden.

»*Hallo, ich bin's … na, alles klar? … geht schon klar, das nächste Meeting ist erst morgen Nachmittag … nein, ich glaube, das löst sich alles … ich bleib noch mindestens fünf oder sechs Tage hier, anschließend fahr ich direkt weiter nach Madrid … nein, ich bin erst Ende nächster Woche wieder zu Hause … ich dich auch … ich liebe dich … ja, klar … ich ruf die Woche noch mal an … Küsschen.*«

Er war 1 Meter 85 groß, knapp 50 Jahre alt, vielleicht auch 55, blondes Haar mit ein paar grauen Strähnen, weiches Kinn, in der Taille etwas auseinandergegangen. Aber ziemlich gut erhalten. Er las die *Financial Times*. Als er sein Bier ausgetrunken hatte und zum Fahrstuhl ging, stand Lisbeth Salander auf und folgte ihm.

Er drückte den Knopf für den sechsten Stock. Lisbeth stellte sich neben ihn und lehnte den Hinterkopf an die Wand der Fahrstuhlkabine.

»Ich bin betrunken«, verkündete sie.

Er sah sie an.

»Ach ja?«

»Ja. Das war eine ganz schön heftige Woche. Lass mich raten. Du bist irgendein Geschäftsmann, kommst aus Hannover oder einer anderen Stadt in Norddeutschland. Du bist verheiratet. Du liebst deine Frau. Und du musst noch ein paar Tage in Gibraltar bleiben. So viel konnte ich deinem Telefongespräch in der Bar entnehmen.«

Er sah sie verblüfft an.

»Ich komme aus Schweden. Ich habe ein unwiderstehliches Bedürfnis, mit irgendjemand Sex zu haben. Ist mir egal, ob du verheiratet bist, und ich will auch nicht deine Telefonnummer haben.«

Er zog die Augenbrauen hoch.

»Ich wohne in Zimmer 711, ein Stockwerk über dir. Ich werde jetzt in mein Zimmer gehen, mich ausziehen, baden und mich ins Bett legen. Wenn du mir Gesellschaft leisten willst, klopf doch in einer halben Stunde bei mir an. Wenn nicht, schlaf ich eben ein.«

»Soll das ein Witz sein?«, fragte er, als der Fahrstuhl anhielt.

»Nein. Ich kann mich nur einfach nicht mehr aufraffen, in irgendeine Kneipe zu gehen und jemand aufzureißen. Entweder du klopfst bei mir, oder die Sache hat sich erledigt.«

Fünfundzwanzig Minuten später klopfte es an Lisbeths Tür. Sie hatte sich nur ein Badetuch umgewickelt, als sie aufmachte.

»Komm rein«, sagte sie.

Er trat ein und sah sich misstrauisch im Zimmer um.

»Hier bin bloß ich«, sagte sie.

»Wie alt bist du eigentlich?«

Sie streckte die Hand nach der Kommode aus und reichte ihm ihren Pass.

»Du siehst jünger aus.«

»Ich weiß«, erwiderte sie, machte das Badetuch auf und warf es über einen Stuhl. Dann ging sie zum Bett und zog die Überdecke ab.

Er starrte ihre Tattoos an. Sie warf einen Blick über die Schulter.

»Das ist keine Falle. Ich bin eine Frau, Single und ein paar Tage in Gibraltar. Und ich habe seit mehreren Monaten keinen Sex mehr gehabt.«

»Warum hast du dir gerade mich ausgesucht?«

»Weil du der Einzige in der Bar warst, der so aussah, als sei er allein da.«

»Ich bin verheiratet …«

»Will ich alles gar nicht wissen. Ich will ficken. Zieh dich aus oder geh wieder runter in dein Zimmer.«

»Einfach so?«

»Warum nicht? Du bist erwachsen und weißt, was man von dir erwartet.«

Er überlegte eine halbe Minute. Erst sah es so aus, als würde er wieder gehen. Sie setzte sich auf die Bettkante und wartete. Er biss sich auf die Unterlippe. Schließlich zog er Hemd und Hose aus und blieb zögernd in Socken vor ihr stehen.

»Alles«, sagte Lisbeth Salander. »Ich habe nicht vor, mit jemand zu poppen, der noch seine Socken anhat. Und du musst ein Kondom benutzen. Ich weiß, wo ich gewesen bin, aber wo du gewesen bist, weiß ich nicht.«

Er zog seine Socken aus, kam zu ihr und legte ihr die Hände auf die Schultern. Lisbeth schloss die Augen, als er sich zu ihr herabbeugte und sie küsste. Er schmeckte gut. Sie ließ sich von ihm aufs Bett drücken. Er lag schwer auf ihr.

Der Anwalt Jeremy Stuart MacMillan spürte, wie sich seine Nackenhärchen aufstellten, als er die Tür zu seinem Büro in Buchanan House am Queensway Quay oberhalb der Mole öffnete. Er roch Tabakrauch und hörte einen Stuhl knarren. Es war kurz vor sieben Uhr morgens, und sein erster Gedanke war, dass er einen Einbrecher ertappt hatte.

Dann roch er den Kaffeeduft von der Maschine in der kleinen Büroküche. Nachdem er ein paar Sekunden abgewartet hatte, schritt er zögernd über die Schwelle, ging den Flur entlang und spähte in sein geräumiges, elegant eingerichtetes Arbeitszimmer. Lisbeth Salander saß auf seinem Bürostuhl mit dem Rücken zu ihm und den Füßen auf der Fensterbank. Sein Computer war an, und offensichtlich hatte sie auch keine Probleme mit seinem Passwort gehabt. Mit seinem Tresor ebenso wenig. Auf ihrem Schoß lag ein Ordner mit seiner höchst privaten Korrespondenz und Buchführung.

»Guten Morgen, Frau Salander«, sagte er schließlich.

»Mmm«, antwortete sie. »In der Küche sind Croissants und frischer Kaffee.«

»Danke«, sagte er und seufzte resigniert.

Zwar hatte er das Büro von ihrem Geld und auf ihre Anweisung hin gekauft, aber er hatte nicht damit gerechnet, dass sie sich auf einmal ohne jede Vorwarnung hier materialisieren würde. Außerdem hatte sie einen Schwulenporno gefunden und offensichtlich gelesen, den er in einer Schreibtischschublade versteckt hatte.

So was von peinlich.

Oder vielleicht auch nicht.

Außer Lisbeth Salander kannte er niemanden, der härter über Menschen urteilte, die ihm in die Quere kamen, aber er hatte sie nicht einmal die Augenbrauen hochziehen sehen, wenn sie eine Schwäche an einem Menschen bemerkte. Sie wusste, dass er offiziell heterosexuell war, aber das dunkle Geheimnis hütete, dass er sich von Männern angezogen fühlte und diesbezüglich seit seiner Scheidung vor fünfzehn Jahren seine intimsten Fantasien verwirklicht hatte.

Schon komisch irgendwie. Bei ihr fühle ich mich sicher.

Da sie nun schon einmal auf Gibraltar war, hatte Lisbeth beschlossen, den Anwalt Jeremy MacMillan zu besuchen, der sich um ihre Finanzen kümmerte. Sie hatte seit einem halben Jahr keinen Kontakt mehr mit ihm gehabt und wollte wissen, ob er die Gelegenheit genutzt hatte, sie in ihrer Abwesenheit völlig zu ruinieren.

Aber das war nicht eilig, und es war auch nicht der Grund gewesen, warum sie direkt nach ihrer Freilassung nach Gibraltar gefahren war. Das hatte sie getan, weil sie ein starkes Bedürfnis verspürte, von allem wegzukommen, und für diesen Zweck eignete sich Gibraltar ganz hervorragend. Die erste Woche war sie fast durchgehend betrunken gewesen. Danach hatte sie noch ein paar Tage lang Sex mit dem deutschen Geschäftsmann gehabt, der sich schließlich als Dieter vorgestellt hatte. Sie bezweifelte, dass das sein richtiger Name war, stellte aber keine Nachforschungen an. Er saß tagsüber in seinen Meetings und aß dann mit ihr zu Abend, bevor sie sich in sein oder ihr Zimmer zurückzogen.

Er war gar nicht mal so schlecht im Bett, wie Lisbeth feststellte. Vielleicht ein wenig unerfahren und manchmal unnötig grob.

Dieter schien aufrichtig verblüfft, dass sie aus einem reinen Impuls heraus einen übergewichtigen deutschen Geschäftsmann aufgerissen hatte, der nicht einmal die Absicht gehabt hatte, sich eine Frau an Land zu ziehen. Er war verheiratet und normalerweise nicht untreu und suchte auch keine weibliche Gesellschaft auf seinen Geschäftsreisen. Doch als sich die Gelegenheit in Form eines zierlichen, tätowierten Mädchens auf dem Präsentierteller bot, hatte er der Versuchung einfach nicht widerstehen können. Behauptete er.

Lisbeth scherte sich nicht darum, was er sagte. Sie hatte nur Entspannungssex im Sinn, war aber überrascht, dass er sich tatsächlich Mühe gab, sie zu befriedigen. Erst in der vierten Nacht, ihrer letzten gemeinsamen Nacht, bekam er einen Panikanfall und machte sich plötzlich Gedanken, was seine Frau dazu sagen würde. Lisbeth fand, dass er einfach die Klappe halten und sie mit seinen Skrupeln verschonen sollte.

Aber das sprach sie nicht aus.

Er war ein erwachsener Mann und hätte ihr Angebot schließlich auch ablehnen können. Es war nicht ihr Problem, wenn ihn die Schuldgefühle überfielen oder er seiner Frau alles gestehen wollte. Sie hatte ihm eine Viertelstunde den Rücken zugedreht und zugehört, bis sie irgendwann die Augen verdrehte, sich zu ihm umdrehte und sich rittlings auf ihn setzte.

»Meinst du, du könntest jetzt einen Moment Pause machen mit deinen Ängsten und mich noch mal befriedigen?«, fragte sie.

Jeremy MacMillan war eine ganz andere Geschichte. Er übte null erotische Anziehungskraft auf sie aus. Er war ein Gauner. Witzigerweise sah er Dieter ziemlich ähnlich. Er war 48 Jahre alt, charmant, leicht übergewichtig und hatte ergrauendes, dunkelblondes, nach hinten gekämmtes Haar. Dazu trug er eine dünne Brille mit Goldfassung.

Früher war er einmal ein in Oxford ausgebildeter Wirtschaftsjurist und Investmentberater in London gewesen. Seine Zukunft hatte strahlend ausgesehen. Er war Teilhaber einer Anwaltskanzlei, die für große Unternehmen und neureiche Yuppies arbeitete, die im Geld nur so schwammen. Man kaufte Immobilien und versuchte, so wenig Steuern wie irgend möglich zu zahlen. So hatte MacMillan die fröhlichen 80er-Jahre mit neureichen Promis verbracht, gesoffen wie ein Loch und Kokain geschnupft mit Leuten, mit denen er eigentlich am nächsten Morgen gar nicht gemeinsam aufwachen wollte. Zwar war er nie angeklagt worden, aber er hatte seine Frau und seine beiden Kinder verloren und war gefeuert worden, als er seine Aufgaben nicht mehr zufriedenstellend erledigte und dann auch noch betrunken bei einem Schlichtungsverfahren aufgetaucht war.

Ohne groß nachzudenken, war er beschämt aus London geflohen. Warum er sich ausgerechnet für Gibraltar entschieden hatte, wusste er nicht, aber 1991 hatte er sich hier mit einem ortsansässigen Anwalt zusammengetan und in einer Nebenstraße eine anspruchslose Kanzlei eröffnet, die sich offiziell mit wesentlich weniger glamourösen Nachlassverwaltungen und Testamentsangelegenheiten befasste. Im Stillen beschäftigte sich MacMillan & Marks auch mit der Einrichtung von Briefkastenfirmen, die sie dann für diverse obskure Gestalten in ganz Europa verwalteten. So schlugen sie sich durch, bis Lisbeth Jeremy MacMillan auswählte, ihre 2,4 Milliarden Dollar zu verwalten, um die sie den Großindustriellen Hans-Erik Wennerström und sein zerfallenes Imperium betrogen hatte.

MacMillan war zweifellos ein Gauner. Aber sie betrachtete ihn als *ihren* Gauner, und er war im Grunde selbst überrascht gewesen, wie tadellos ehrenhaft er sich ihr gegenüber verhielt. Beim ersten Mal hatte sie ihn für einen ganz einfachen Auftrag engagiert. Gegen eine bescheidene Summe hatte er ein paar Briefkastenfirmen eingerichtet, in denen sie eine Million Dollar unterbrachte. Dabei hatte sie die ganze Zeit nur telefonischen Kontakt mit ihm gehabt und war nichts als eine anonyme Stimme. Er fragte nie nach, woher das Geld kam, sondern machte, worum sie ihn bat, und stellte ihr dafür 5 Prozent der Gesamtsumme in Rechnung. Wenig später hatte sie ihm eine größere Summe anvertraut, mit der er eine Firma namens Wasp Enterprises gründen sollte, die dann eine Immobilie in Stockholm kaufte. Damit war der Kontakt zu Lisbeth Salander lukrativ geworden, auch wenn es für ihn eher um Kleingeld ging.

Zwei Monate später besuchte sie ihn plötzlich auf Gibraltar. Sie rief ihn an und schlug ein privates Abendessen auf ihrem Zimmer in The Rock vor, das nicht das größte, wohl aber das traditionsreichste Hotel auf der Klippe war. Er war sich nicht sicher, was er eigentlich erwartete, aber er hätte bestimmt nicht gedacht, dass seine Mandantin ein puppenhaftes Mädchen sein würde, das aussah, als wäre es gerade erst in die Pubertät gekommen. Daher meinte er zuerst, das Opfer eines bizarren Scherzes zu sein.

Doch dann revidierte er seine Meinung bald. Das seltsame Mädchen redete unbekümmert mit ihm, ohne jemals zu lächeln oder ein einziges Zeichen persönlicher Wärme zu zeigen. Oder auch Kühle. MacMillan saß völlig paralysiert vor ihr, nachdem sie in wenigen Minuten seine ganze berufliche Fassade weltgewandter Respektabilität eingerissen hatte, die er sonst so sorgfältig aufrechterhielt.

»Was wollen Sie?«, fragte er.

»Ich habe ziemlich viel Geld gestohlen«, erklärte sie todernst. »Und ich brauche einen Gauner, der es für mich verwaltet.«

Er fragte sich, ob sie noch ganz richtig im Kopf war, spielte das Spiel aber brav mit. Immerhin war sie ein potenzielles Opfer, durch das man sich mit ein wenig Geschick ein kleines Extraeinkommen erwirtschaften konnte. Nachdem sie ihm eröffnet hatte, wem sie das Geld gestohlen hatte, wie es abgelaufen und wie hoch die Summe war, saß er allerdings da wie vom Blitz getroffen. Immerhin war die Wennerström-Affäre damals das heißeste Gesprächsthema in der internationalen Finanzwelt.

»Verstehe.«

Ungeahnte Möglichkeiten schossen ihm durchs Hirn.

»Sie sind ein fähiger Wirtschaftsanwalt und Investmentberater. Wenn Sie ein Hohlkopf wären, hätten Sie nie die Aufträge bekommen, die Sie in den 80er-Jahren bekommen haben. Aber Sie haben sich benommen wie ein Hohlkopf, und deswegen sind Sie geflogen.«

Er hob die Augenbrauen.

»In Zukunft werde ich Ihre einzige Mandantin sein.«

Sie bedachte ihn mit dem treuherzigsten Blick, den er je gesehen hatte.

»Ich habe zwei Forderungen: Erstens, dass Sie niemals ein Verbrechen begehen oder in irgendetwas verwickelt werden, was uns Probleme bereiten und die Aufmerksamkeit der Behörden auf meine Unternehmen und Konten lenken könnte. Zweitens, dass Sie mich niemals anlügen. Niemals im Leben. Nicht ein einziges Mal. Aus keinem Grund der Welt. Wenn Sie lügen, nimmt unsere Geschäftsbeziehung sofort ein Ende, und wenn Sie mich böse genug machen, werde ich Sie ruinieren.«

Sie schenkte ihm ein Glas Wein ein.

»Es gibt keinen Grund, mich anzulügen. Ich weiß bereits alles über ihr Leben, was es zu wissen gibt. Ich weiß, wie viel Sie in einem guten Monat verdienen und wie viel in einem schlechten. Ich weiß, wie viel Sie ausgeben. Ich weiß, dass Sie im Grunde nie so richtig mit Ihrem Verdienst auskommen. Ich weiß, dass Sie 120 000 Pfund Schulden haben, sowohl langfristige als auch kurzfristige, und dass Sie sich ständig auf riskante Sachen einlassen und sich Geld ermogeln müssen, um Ihre Raten zahlen zu können. Sie kleiden sich elegant und versuchen, den Schein zu wahren, aber Sie sind so heruntergekommen, dass Sie sich schon seit Monaten kein neues Jackett mehr kaufen konnten. Vor zwei Wochen haben Sie sogar ein altes Sakko zum Schneider gebracht, um das Futter flicken zu lassen. Früher haben Sie seltene Bücher gesammelt, aber im Laufe der Zeit haben Sie sie alle verkaufen müssen. Letzten Monat haben Sie eine alte Ausgabe von *Oliver Twist* für 760 Pfund verkauft.«

Sie schwieg und fixierte ihn. Er schluckte.

»Und letzte Woche haben Sie ein tolles Geschäft gemacht. Eine ziemlich ausgeklügelter Betrug an dieser Witwe, die Sie da vertreten. Sie haben sich 6 000 Pfund unter den Nagel gerissen, die sie wahrscheinlich kaum vermissen wird.«

»Woher zum Teufel wissen Sie das alles?«

»Ich weiß, dass Sie verheiratet waren, dass Sie zwei Kinder in England haben, die Sie nicht sehen wollen, und dass Sie nach der Scheidung bis heute hauptsächlich homosexuelle Beziehungen hatten. Wahrscheinlich schämen Sie sich dafür, denn Sie machen einen Bogen um die Schwulenklubs und lassen sich mit keinem Ihrer männlichen Freunde in der Stadt sehen. Außerdem fahren Sie oft über die Grenze, um Männer zu treffen.«

Jeremy MacMillan war so schockiert, dass er keinen Ton mehr herausbrachte. Er hatte keine Ahnung, woher sie all diese Informationen hatte, aber sie wusste genug, um ihn zu vernichten.

»Und ich sage es Ihnen nur einmal: Es ist mir scheißegal, mit wem Sie Sex haben. Das geht mich nichts an. Ich will wissen, wer Sie sind, aber ich werde mein Wissen niemals gegen Sie verwenden. Ich werde Sie weder bedrohen noch erpressen.«

MacMillan war nicht auf den Kopf gefallen. Selbstverständlich war ihm klar, dass ihr Wissen über ihn eine Bedrohung darstellte. Sie hatte ihn in der Hand. Einen Augenblick erwog er, sie hochzuheben und übers Balkongeländer zu werfen, aber er riss sich zusammen. Noch nie im Leben hatte er solche Angst gehabt.

»Was wollen Sie von mir?«, stieß er hervor.

»Ich will Sie als Kompagnon. Sie sollen alle anderen Angelegenheiten, die Sie betreuen, aufgeben und nur noch für mich arbeiten. Sie werden mehr Geld verdienen, als Sie sich jemals erträumt hätten.«

Sie erklärte ihm, was er für sie tun sollte und wie ihre Absprache aussehen sollte.

»Ich will unsichtbar bleiben«, erklärte sie. »Sie kümmern sich um meine Geschäfte. Alles soll legal sein. Irgendwelche krummen Dinge, die ich auf eigene Faust drehe, werden Sie niemals betreffen und können auch nicht mit unseren Geschäften in Verbindung gebracht werden.«

»Verstehe.«

»Ich werde also Ihre einzige Mandantin sein. Ich gebe Ihnen eine Woche, um all Ihre anderen Mandanten abzuwickeln und mit dem Kleinkram aufzuhören.«

Ihm war ebenfalls klar, dass er hier gerade ein Angebot bekommen hatte, wie man es nur einmal im Leben bekommt. Nach sechzig Sekunden Bedenkzeit akzeptierte er. Er hatte nur eine Frage.

»Woher wissen Sie, dass ich Sie nicht hochgehen lasse?«

»Tun Sie das nicht! Sie würden es für den Rest Ihres elenden kleinen Lebens bereuen.«

Es gab keinen Grund, sie zu betrügen. Lisbeth Salanders Auftrag warf so viel Geld ab, dass es absurd gewesen wäre, für Kleingeld irgendwelche Risiken einzugehen. Solange er nicht unbescheiden wurde und keinen Mist baute, war seine Zukunft gesichert.

Daher wäre es ihm auch nicht eingefallen, Lisbeth Salander hochgehen zu lassen.

Er war also ehrenhaft oder zumindest so ehrenhaft, wie ein abgebrannter Anwalt eben sein kann, der Diebesgut von so astronomischen Dimensionen verwaltet.

Lisbeth war gänzlich uninteressiert daran, sich selbst um ihre Finanzen zu kümmern. MacMillan hatte die Aufgabe, ihr Geld anzulegen und dafür zu sorgen, dass ihre Kreditkartenkonten immer gedeckt waren. Sie hatten die Sache ein paar Stunden lang genau durchgesprochen, und sie hatte erklärt, wie sie sich ihre Finanzen vorstellte. Er hatte nur dafür zu sorgen, dass alles nach ihren Wünschen funktionierte.

Ein großer Teil des gestohlenen Geldes war in stabilen Fonds angelegt worden, die sie für den Rest ihres Lebens wirtschaftlich unabhängig machten, auch wenn es ihr einfallen sollte, extrem ausschweifend und verschwenderisch zu leben. Aus diesen Fonds wurden ihre Kreditkartenforderungen beglichen.

Mit dem Rest des Geldes konnte er nach eigenem Gutdünken spielen und investieren, vorausgesetzt, er investierte in nichts, was irgendwelche Probleme mit der Polizei nach sich ziehen konnte. Sie verbot ihm, sich mit albernen kleinen Vergehen und Dutzendbetrügereien abzugeben, die – wenn es das Pech so wollte – in Untersuchungen münden konnten, in deren Verlauf man Lisbeth Salander genauer unter die Lupe nahm.

Dann galt es nur noch, festzulegen, was er bei der ganzen Geschichte verdienen sollte.

»Ich bezahle Ihnen 500 000 Pfund als erstes Honorar. Damit können Sie Ihre Schulden begleichen und haben immer noch ein hübsches Sümmchen übrig. Danach verdienen Sie sich Ihr Gehalt selbst. Sie gründen ein Unternehmen mit uns beiden als Eigentümern. Sie bekommen 20 Prozent des Gewinns dieses Unternehmens. Ich möchte, dass Sie reich genug sind, um nicht in Versuchung zu geraten, irgendwelche krummen Dinger zu drehen – aber auch wieder nicht so reich, dass Sie sich nicht mehr anstrengen.«

Er trat seinen neuen Job am 1. Februar an. Ende März hatte er sämtliche Schulden bezahlt und seine persönliche Finanzlage geklärt. Lisbeth bestand darauf, dass er seine eigenen Finanzen sanierte, damit er solvent war. Im Mai kündigte er die Partnerschaft mit seinem alkoholisierten Kollegen George Marks, der zweiten Hälfte von MacMillan & Marks. Zwar verspürte er einen Anflug von schlechtem Gewissen gegenüber seinem alten Partner, aber es war ausgeschlossen, Marks in Lisbeth Salanders Geschäfte mit einzubeziehen.

Er erörterte die Angelegenheit mit Lisbeth Salander, als sie im Juli zu einem spontanen Besuch nach Gibraltar kam und entdeckte, dass Jeremy MacMillan von zu Hause aus arbeitete statt in der Kanzlei, die er früher genutzt hatte.

»Mein Partner ist Alkoholiker und würde mit dieser Sache nicht klarkommen. Im Gegenteil, er wäre ein ungeheurer Risikofaktor. Aber vor fünfzehn Jahren, als ich nach Gibraltar kam, hat er mir das Leben gerettet und mich in seine Firma mit einsteigen lassen.«

Sie überlegte zwei Minuten, während sie MacMillans Gesicht musterte.

»Verstehe. Sie sind ein loyaler Gauner. Das ist wahrscheinlich eine lobenswerte Eigenschaft. Ich schlage vor, Sie richten ihm ein kleines Konto ein, mit dem er rumspielen kann. Sorgen Sie dafür, dass er ein paar Tausender im Monat verdient, um sich über Wasser zu halten.«

»Ist das okay für Sie?«

Sie nickte und sah sich in seiner Junggesellenbude um. Er wohnte in einer Einzimmerwohnung mit Kochnische, die in einer der Gassen in der Nähe des Krankenhauses lag. Das einzig Positive daran war die Aussicht. Andererseits war die Aussicht etwas, das sich in Gibraltar kaum vermeiden ließ.

»Sie brauchen ein Büro und eine bessere Wohnung«, stellte sie fest.

»Ich hatte noch keine Zeit«, verteidigte er sich.

»Verstehe«, entgegnete sie.

Dann ging sie los, kaufte ihm ein Büro sowie eine elegante 130-Quadratmeter-Wohnung mit einer kleinen Terrasse am Meer in Buchanan House am Queensway Quay. Sie engagierte einen Innenarchitekten, der die Renovierung und Einrichtung übernahm.

MacMillan erinnerte sich, wie Lisbeth persönlich die Installation der Alarmanlage, des Computersystems und des Safes überwachte, während er mit dem Papierkram kämpfte. Als er nun ins Büro kam, wühlte sie gerade in diesem Safe herum.

»Bin ich in Ungnade gefallen?«, erkundigte er sich.

Sie legte den Ordner mit der abgelegten Korrespondenz aus der Hand, in den sie sich gerade vertieft hatte.

»Nein, Jeremy. Sie sind nicht in Ungnade gefallen.«

»Gut«, sagte er und holte sich erst einmal einen Kaffee. »Sie haben die Fähigkeit, immer dann aufzutauchen, wenn ich es am allerwenigsten erwarte.«

»In der letzten Zeit war ich ziemlich beschäftigt. Ich wollte mich bloß auf den neuesten Stand der Dinge bringen.«

»Wenn ich das richtig mitgekriegt habe, wurden Sie wegen dreifachen Mordes gesucht, in den Kopf geschossen und für eine ganze Reihe von Verbrechen angeklagt. Eine Weile hab ich mir richtig Sorgen gemacht. Ich dachte, Sie säßen immer noch hinter Gittern. Sind Sie ausgebrochen?«

»Nein. Ich bin in allen Anklagepunkten freigesprochen worden und konnte gehen. Wie viel haben Sie denn so mitbekommen?«

Er zögerte kurz.

»Okay. Keine Notlügen. Als ich hörte, dass Sie in Schwierigkeiten sind, habe ich ein Übersetzungsbüro beauftragt, sämtliche schwedischen Zeitungen zu durchforsten und mich immer auf dem Laufenden zu halten. Ich war also gut informiert.«

»Wenn Sie Ihr Wissen aus den Zeitungen beziehen, sind Sie überhaupt nicht informiert. Aber ich nehme an, Sie haben eine Menge Geheimnisse über mich entdeckt.«

Er nickte.

»Und was passiert jetzt?«

Sie sah ihn verwundert an.

»Nichts. Wir machen weiter wie bisher. Unsere Beziehung hat nichts mit meinen Problemen in Schweden zu tun. Erzählen Sie mir, was sich so getan hat, während ich weg war. Waren Sie auch brav?«

»Ich trinke nicht«, erwiderte er. »Wenn es das ist, worauf Sie anspielen.«

»Nein. Solange Ihr Privatleben die Geschäfte nicht stört, geht es mich nichts an. Ich meine, bin ich reicher oder ärmer als vor einem Jahr?«

Er zog sich einen Besucherstuhl heran und setzte sich. Irgendwie war es völlig gleichgültig, dass sie auf seinem Platz saß. Es gab keinen Grund, einen Prestigekampf mit ihr auszufechten.

»Sie haben mir 2,4 Milliarden Dollar gegeben. 200 Millionen davon haben wir für Sie in Fonds angelegt. Über den Rest sollte ich frei verfügen können.«

»Genau.«

»Ihre persönlichen Fonds haben sich nicht sonderlich verändert, ein bisschen Zinsen eben. Ich kann den Gewinn erhöhen, wenn …«

»Ich habe kein Interesse daran, den Gewinn zu erhöhen.«

»Okay. Sie haben eine Riesensumme ausgegeben. Die größten Einzelausgaben waren die Wohnung, die ich für Sie gekauft habe, und die Stiftung, die Sie für diesen Anwalt namens Palmgren ins Leben gerufen haben. Ansonsten haben Sie nur ganz normale Summen verbraucht und keine ausschweifenden Ausgaben getätigt. Die Zinsentwicklung war gut, sodass Sie ungefähr plus/minus null rausgekommen sind.«

»Gut.«

»Den Rest habe ich reinvestiert. Letztes Jahr haben wir keine größeren Summen eingenommen. Ich war aus der Form und musste mich erst mal wieder in den Markt einarbeiten. Wir hatten auch Ausgaben. Erst dieses Jahr machen wir richtig Gewinn. Während Sie im Gefängnis saßen, haben wir sieben Millionen eingestrichen – Dollar, meine ich.«

»Von denen 20 Prozent Ihnen gehören.«

»Von denen 20 Prozent mir gehören.«

»Sind Sie damit zufrieden?«

»Ich habe in einem halben Jahr über eine Million Dollar verdient. Doch, ja, ich bin zufrieden.«

»Sie wissen Bescheid … werden Sie nicht zu gierig. Sie können jederzeit aussteigen, wenn Sie das wollen. Aber kümmern Sie sich trotzdem hie und da ein Stündchen um meine Geschäfte.«

»Zehn Millionen Dollar …«, sagte er.

»Wie?«

»Wenn ich 10 Millionen Dollar zusammenhabe, höre ich auf. Es ist gut, dass Sie da sind. Wir haben einiges zu besprechen.«

»Schießen Sie los.«

Er hob ratlos die Hände.

»Das ist so viel Geld, dass mir ganz schwindelig wird. Ich weiß nicht, wie ich damit umgehen soll. Ich habe bei dieser Tätigkeit nur ein Ziel im Auge, nämlich immer noch mehr Geld zu machen. Wofür soll das Geld denn mal verwendet werden?«

»Ich weiß nicht.«

»Ich auch nicht. Aber Geld verdient man nicht zum Selbstzweck. Das ist verrückt. Deswegen habe ich beschlossen, aufzuhören, sobald ich 10 Millionen beisammenhabe. Ich will diese Verantwortung nicht mehr tragen.«

»Okay.«

»Bevor ich aufhöre, möchte ich, dass Sie festlegen, wie dieses Vermögen in Zukunft verwaltet werden soll. Es muss ein Ziel, Richtlinien und eine Organisation geben.«

»Hmm.«

»Es ist unmöglich, dass sich eine Person allein um Ihre Geschäfte kümmert. Ich habe die Summe langfristig angelegt – in Immobilien, Wertpapieren und so weiter. Sie haben eine komplette Auflistung im Computer.«

»Die hab ich schon gelesen.«

»Mit der anderen Hälfte spekuliere ich, aber die Sache wächst mir einfach über den Kopf. Deswegen habe ich eine Investmentfirma in Jersey gegründet. Sie haben derzeit sechs Angestellte in London. Zwei tüchtige junge Anlageberater und Büropersonal.«

»Yellow Ballroom Ltd? Ich hatte mich schon gefragt, was das sein soll.«

»Unser Unternehmen. Hier in Gibraltar habe ich eine Sekretärin und einen jungen, vielversprechenden Juristen eingestellt … die beiden werden übrigens in einer halben Stunde hier auftauchen.«

»Aha. Molly Flint, 41, und Brian Delaney, 26.«

»Wollen Sie sie kennenlernen?«

»Nein. Ist Brian Ihr Liebhaber?«

»Was? Nein.«

Er wirkte schockiert.

»Ich vermische niemals …«

»Gut.«

»Außerdem … interessiere ich mich nicht für so junge … ich meine, unerfahrene Kerle.«

»Nein, Sie interessieren sich eher für Kerle, die bedeutend tougher rangehen als so ein Grünschnabel. Es geht mich ja nichts an, aber Jeremy …«

»Ja?«

»Seien Sie vorsichtig!«

Eigentlich hatte sie nicht vorgehabt, länger als ein paar Wochen in Gibraltar zu bleiben, um sich wieder zu orientieren. Auf einmal entdeckte sie, dass sie keine Ahnung hatte, was sie machen und wo sie hinfahren sollte. Sie blieb zwölf Wochen. Einmal täglich sah sie in ihre Mailbox und antwortete brav auf jede Mail von Annika Giannini, wenn sie sich meldete. Sie erwähnte jedoch nicht, wo sie sich aufhielt. Ansonsten beantwortete sie keine Mails.

Sie besuchte auch weiterhin »Harry's Bar«, aber sie kam nur noch, um abends ab und zu ein Bier zu trinken. Den größten Teil des Tages verbrachte sie in The Rock, entweder auf der Terrasse oder im Bett. Sie brachte noch eine zufällige Begegnung mit einem 30-jährigen Offizier der britischen Marine hinter sich, aber es blieb bei einem One-Night-Stand, insgesamt ein eher uninteressantes Erlebnis.

Ihr wurde klar, dass sie sich einfach langweilte.

Anfang Oktober aß sie mit Jeremy MacMillan zu Abend. Sie hatten sich nur noch ab und zu getroffen. Es war dunkel, sie tranken einen fruchtigen Weißwein und besprachen, was sie mit Lisbeths Milliarden anfangen sollten. Plötzlich überraschte er sie mit der Frage, was sie so bedrücke.

Sie betrachtete ihn und überlegte. Dann erzählte sie ebenso überraschend von ihrem Verhältnis zu Miriam Wu und davon, wie ihre Freundin von Ronald Niedermann misshandelt und beinahe umgebracht worden war. Und das alles sei ihre Schuld gewesen. Abgesehen von dem Gruß, den ihr Annika Giannini ausrichtete, hatte Lisbeth kein Wort mehr von Miriam gehört. Und jetzt war sie nach Frankreich gezogen.

MacMillan sagte eine ganze Weile gar nichts.

»Sind Sie in sie verliebt?«, wollte er plötzlich wissen.

Lisbeth dachte nach. Schließlich schüttelte sie den Kopf.

»Nein. Ich glaube, ich bin einfach nicht der Typ, der sich verliebt. Sie war eine Freundin. Und wir hatten eben auch guten Sex.«

»Kein Mensch kann es auf Dauer vermeiden, sich zu verlieben«, wandte er ein. »Man will es sich vielleicht nicht eingestehen, aber Freundschaft ist wohl die normalste Form von Liebe.«

Sie sah ihn verblüfft an.

»Sind Sie mir böse, wenn ich persönlich werde?«

»Nein.«

»Fliegen Sie in Gottes Namen endlich nach Paris«, sagte er.

Um drei Uhr nachmittags landete sie auf dem Flughafen Charles de Gaulle, nahm den Shuttlebus bis zum Triumphbogen und lief zwei Stunden in den angrenzenden Vierteln herum, um irgendwo ein freies Hotelzimmer zu ergattern. Sie ging in Richtung Süden, zur Seine, wo sie schließlich ein Zimmer im kleinen Hotel Victor Hugo in der Rue Copernic fand.

Sie duschte und rief Miriam Wu an. Sie trafen sich gegen neun Uhr abends in einer Bar in der Nähe von Notre-Dame. Miriam Wu trug ein weißes Hemd und eine Jacke. Sie sah großartig aus. Lisbeth wurde richtig verlegen. Sie küssten sich auf die Wangen.

»Es tut mir leid, dass ich mich nicht mehr gemeldet habe und auch nicht zum Prozess gekommen bin«, sagte Miriam.

»Ist schon okay. Der Prozess hat sowieso unter Ausschluss der Öffentlichkeit stattgefunden.«

»Ich war drei Wochen lang im Krankenhaus, doch als ich nach Hause kam, war alles ein Riesenchaos. Ich konnte nicht mehr schlafen. Ständig hatte ich Albträume wegen diesem verfluchten Niedermann. Also hab ich meine Mutter angerufen und hab ihr gesagt, dass ich zu ihr kommen wolle.«

Lisbeth nickte.

»Entschuldige«, sagte Miriam.

»Jetzt werd bloß nicht blöd. Ich muss *dich* um Entschuldigung bitten.«

»Warum das denn?«

»Ich hatte überhaupt nicht nachgedacht. Es kam mir nicht in den Sinn, dass ich dich in Lebensgefahr bringe, wenn ich dir die Wohnung überlasse, aber weiterhin dort gemeldet bleibe. Es war meine Schuld, dass du beinahe umgebracht worden bist. Ich verstehe, wenn du mich hasst.«

Miriam wirkte aufrichtig verblüfft.

»Auf den Gedanken wäre ich nie gekommen. Ronald Niedermann hat versucht, mich umzubringen. Nicht du.«

Sie schwiegen eine Weile.

»Okay«, sagte Lisbeth schließlich.

»Ja?«

»Ich bin nicht hierhergekommen, weil ich in dich verliebt bin«, erklärte Lisbeth.

Miriam nickte.

»Ich hatte immer verdammt geilen Sex mit dir, aber ich bin nicht in dich verliebt«, unterstrich sie.

»Lisbeth … ich glaube …«

»Ich wollte eigentlich sagen, dass ich hoffe … wir … ach, verdammt!«

»Was denn?«

»Ich habe nicht viele Freunde …«

Miriam nickte. »Ich werde eine Weile in Paris bleiben. Mein Studium zu Hause ist total den Bach runtergegangen, und ich hab mich stattdessen hier an der Uni eingeschrieben. Ich werde mindestens ein Jahr bleiben.«

Lisbeth nickte.

»Was dann wird, weiß ich noch nicht. Aber ich komme auf jeden Fall nach Stockholm zurück. Ich bezahle die Miete für die Lundagatan und will die Wohnung auch gern behalten. Wenn dir das recht ist.«

»Es ist deine Wohnung. Mach damit, was du willst.«

»Lisbeth, du bist schon ganz schön eigen«, sagte Miriam. »Ich will gern deine Freundin bleiben.«

Sie redeten zwei Stunden lang. Lisbeth hatte keinen Grund, ihre Vergangenheit vor Miriam zu verbergen. Die Zalatschenko-Affäre war sowieso jedem bekannt, der sich eine schwedische Zeitung besorgen konnte, und Miriam hatte die Geschichte mit großem Interesse verfolgt. Sie erzählte Lisbeth detailliert, was in jener Nacht in Nykvarn passiert war, als Paolo Roberto ihr das Leben rettete.

Danach fuhren sie nach Hause in Miriams Studentenzimmer in der Nähe der Universität.

Epilog

Bestandsaufnahme des Nachlassinventars
Freitag, 2. Dezember – Sonntag, 18. Dezember

Gegen neun Uhr abends traf sich Annika Giannini mit Lisbeth Salander in der Bar im Södra Teatern. Lisbeth trank Bier und war gerade dabei, ihr zweites Glas zu leeren.

»Tut mir leid, dass ich so spät komme«, entschuldigte sich Annika und warf einen Blick auf ihre Armbanduhr. »Ich hatte Ärger mit einem anderen Mandanten.«

»Aha«, sagte Lisbeth.

»Was feiern Sie?«

»Nichts. Ich hatte einfach Lust, mich zu betrinken.«

Annika musterte sie skeptisch, bevor sie sich hinsetzte.

»Überkommt Sie diese Lust öfter?«

»Nach meiner Freilassung hab ich mich hoffnungslos besoffen, aber ich habe keine Veranlagung zum Alkoholismus, wenn Sie das meinen. Es kam mir nur gerade, dass ich jetzt ja zum ersten Mal in meinem Leben ein mündiger Bürger bin und das gesetzlich verbriefte Recht habe, mich hier in Schweden zu betrinken.«

Annika bestellte sich einen Campari.

»Okay«, sagte sie. »Wollen Sie allein trinken oder in Gesellschaft?«

»Am liebsten allein. Aber wenn Sie nicht zu viel reden, können Sie mir Gesellschaft leisten. Ich nehme aber an, Sie haben keine Lust, mit mir nach Hause zu fahren und Sex mit mir zu haben, oder?«

»Entschuldigung?«

»Na ja, dachte ich mir schon. Sie gehören zu diesen wahnsinnig heterosexuellen Menschen.«

Annika Giannini wirkte auf einmal amüsiert.

»Das ist das erste Mal, dass mir ein Mandant Sex vorgeschlagen hat.«

»Sind Sie interessiert?«

»Sorry. Nicht im Geringsten. Aber danke für das Angebot.«

»Was wollten Sie eigentlich, Frau Anwältin?«

»Zweierlei. Entweder trete ich jetzt und hier von meinem Job als Ihre Anwältin zurück, oder Sie gewöhnen sich endlich daran, ans Telefon zu gehen, wenn ich Sie anrufe. Wir hatten diese Diskussion schon einmal nach Ihrer Freilassung.«

Lisbeth Salander sah Annika Giannini an.

»Ich habe eine ganze Woche lang versucht, Sie zu erreichen. Ich habe angerufen, geschrieben und gemailt.«

»Ich war verreist.«

»Den Herbst über war es die meiste Zeit unmöglich, Sie zu erreichen. Das funktioniert so nicht. Ich habe mich schon bereit erklärt, Sie in allen Angelegenheiten, die Sie jetzt noch mit dem Staat zu klären haben, juristisch zu vertreten. Das bedeutet, dass Formalitäten erledigt, Dokumente bearbeitet und Fragen beantwortet werden müssen. Ich muss Sie erreichen können, und ich habe keine Lust, wie der letzte Idiot dazustehen und nicht mal zu wissen, wo Sie gerade sind.«

»Verstehe. Ich war zwei Wochen im Ausland. Gestern bin ich nach Hause gekommen, und dann hab ich Sie sofort angerufen, als ich gehört habe, dass Sie mich suchen.«

»Das reicht mir nicht. Sie müssen mir Bescheid geben, wo Sie gerade sind, und sich mindestens einmal pro Woche melden, bis alle Fragen der Entschädigung und so weiter geklärt sind.«

»Ich scheiß auf die Entschädigung. Ich will, dass der Staat mich in Ruhe lässt.«

»Aber der Staat wird Sie nicht in Ruhe lassen, so sehr Sie sich das auch wünschen. Ihr Freispruch vor Gericht hatte eine ganze Reihe von Folgen. Da geht es nicht nur um Sie. Peter Teleborian wird angeklagt werden für das, was er Ihnen angetan hat. Das bedeutet, dass Sie als Zeugin aussagen müssen. Gegen Staatsanwalt Ekström wird gerade wegen Amtsmissbrauch ermittelt, er könnte angeklagt werden, wenn sich herausstellt, dass er im Auftrag der Sektion seine dienstlichen Pflichten bewusst missachtet hat.«

Lisbeth zog die Augenbrauen hoch. Eine Sekunde lang sah sie fast schon interessiert aus.

»Ich glaube nicht, dass es zu einer Anklage kommen wird. Er ist auf einen Bluff reingefallen und hat eigentlich gar nichts mit der Sektion zu tun. Aber letzte Woche hat ein Staatsanwalt eine Voruntersuchung gegen das Vormundschaftsgericht eingeleitet. Es liegen mehrere Anzeigen vom Amtsausschuss vor, auch eine gegen den Kronjuristen.«

»Ich habe niemand angezeigt.«

»Nein. Aber es ist ganz offensichtlich, dass hier schwere Fehler im Amt begangen wurden, und das muss untersucht werden. Sie sind nicht die einzige Person, für die die Ämter Verantwortung tragen.«

Lisbeth zuckte mit den Schultern.

»Das geht mich nichts an. Aber ich verspreche, dass ich ab jetzt besser Kontakt mit Ihnen halten werde. Die letzten zwei Wochen waren eine Ausnahme. Ich musste arbeiten.«

Annika Giannini musterte ihre Mandantin misstrauisch.

»Was arbeiten Sie denn?«

»Eine Beratertätigkeit.«

»Okay«, sagte Annika. »Die zweite Sache, die ich mit Ihnen zu besprechen habe, betrifft den Nachlass. Die Inventarisierung ist jetzt abgeschlossen.«

»Was denn für ein Nachlass?«

»Der Ihres Vaters. Der Rechtspfleger des Nachlassgerichts hat mich kontaktiert, weil niemand zu wissen scheint, wie man sich mit Ihnen in Verbindung setzen könnte.«

Lisbeth Salander betrachtete Annika, ohne eine Miene zu verziehen. Dann suchte sie den Blick der Kellnerin und deutete auf ihr Bierglas.

»Ich will kein Erbe von meinem Vater. Machen Sie mit dem verdammten Zeug, was Sie wollen.«

»Falsch. *Sie* können damit machen, was Sie wollen. Mein Job ist es, Ihnen die Möglichkeit zu verschaffen, dass Sie das können.«

»Ich will keine Öre von diesem Schwein.«

»Okay. Dann schenken Sie das Geld doch einfach Greenpeace oder so.«

»Wale gehen mir am Arsch vorbei.«

Plötzlich schlug Annika einen vernünftigen Ton an.

»Lisbeth, wenn Sie ein mündiger Bürger sein wollen, müssen Sie jetzt auch langsam anfangen, sich wie einer zu benehmen. Es ist mir egal, was Sie mit Ihrem Geld machen. Unterschreiben Sie hier, und dann können Sie in Frieden weitersaufen.«

Lisbeth warf Annika einen verstohlenen Blick zu und sah dann auf den Tisch. Annika nahm es als eine Art entschuldigende Geste, die in Lisbeths begrenztem mimischem Repertoire vielleicht einer echten Entschuldigung entsprach.

»Okay. Was ist das für ein Erbe?«

»Ihr Vater hatte knapp 300 000 in Wertpapieren angelegt. Die Immobilie in Gosseberga wird bei einem Verkauf schätzungsweise 1,5 Millionen bringen – ein Waldstück gehört nämlich auch noch dazu. Außerdem besaß Ihr Vater noch drei weitere Immobilien.«

»Immobilien?«

»Ja. Es sieht so aus, als hätte er ziemlich viel Geld investiert. Es sind keine übermäßig wertvollen Objekte. Er besitzt ein kleineres Mietshaus in Uddevalla mit insgesamt sechs Wohnungen, die gewisse Mieteinnahmen bringen. Aber das Haus ist in schlechtem Zustand, und um Renovierungen hat er sich nicht gekümmert. Sie werden nicht reich, aber bei einem Verkauf bringt das schon ein kleines Sümmchen ein. Er hat auch noch ein Sommerhäuschen in Småland, das auf knapp 250 000 Kronen taxiert wird.«

»Aha.«

»Dann besitzt er noch ein baufälliges Gewerbeobjekt bei Norrtälje.«

»Wozu in drei Teufels Namen hat er denn den ganzen Scheiß gekauft?«

»Ich habe keine Ahnung. Das Erbe könnte nach Abzug der Steuern gut vier Millionen einbringen, wenn Sie alles verkaufen, aber …«

»Ja?«

»Dann muss das Erbe noch zwischen Ihnen und Ihrer Schwester geteilt werden. Das Problem ist nur, niemand scheint zu wissen, wo sich Ihre Schwester aufhält.«

Lisbeth musterte Annika Giannini mit ausdrucksloser Miene.

»Und?«

»Was und?«

»Wo hält sich Ihre Schwester auf?«

»Keine Ahnung. Ich hab sie seit zehn Jahren nicht mehr gesehen.«

»Ihre Daten sind zwar nicht frei einsehbar, aber ich habe herausgekommen, dass sie nicht im Lande lebt.«

»Aha«, sagte Lisbeth mit mäßigem Interesse.

Annika seufzte resigniert.

»Okay. Dann würde ich vorschlagen, dass wir alle Vermögenswerte zu Geld machen und die Hälfte der Summe auf ein Konto einzahlen, bis Ihre Schwester ausfindig gemacht werden kann. Ich kann das in die Wege leiten, wenn Sie mir grünes Licht geben.«

Lisbeth zuckte die Achseln.

»Ich will nichts mit seinem Geld zu schaffen haben.«

»Das verstehe ich ja auch. Aber irgendwie muss das hier abgeschlossen werden, das gehört zu Ihrer Verantwortung als mündiger Bürger.«

»Dann verkaufen Sie den ganzen Scheiß doch. Legen Sie die eine Hälfte auf die Bank, und die andere schenken Sie, wem Sie wollen.«

Annika Giannini runzelte die Stirn. Dass Lisbeth Salander irgendwo versteckte Geldreserven hatte, war ihr klar, aber nicht, dass Ihre Mandantin wohlhabend genug war, um ein so großes Erbe auszuschlagen. Sie hatte auch keine Ahnung, woher Lisbeth ihr Geld hatte oder um was für eine Summe es dabei ging. Doch sie war sehr daran interessiert, das bürokratische Prozedere hinter sich zu bringen.

»Bitte, Lisbeth ... könnten Sie diese Nachlassinventarisierung durchlesen und mir grünes Licht geben, dann schaffen wir die Sache aus der Welt.«

Lisbeth maulte noch ein wenig, aber zu guter Letzt gab sie nach und steckte die Mappe in ihre Tasche. Sie versprach, alles durchzulesen und Annika dann Instruktionen zu geben. Danach widmete sie sich wieder ihrem Bier. Annika Giannini leistete ihr noch eine Stunde Gesellschaft, trank aber hauptsächlich Mineralwasser.

Erst ein paar Tage später, als Annika sie anrief und an den Nachlass erinnerte, zog Lisbeth die zerknitterten Papiere hervor und strich sie glatt. Sie setzte sich an den Küchentisch in ihrer Wohnung und las sich die Dokumente durch.

Die Aufstellung umfasste mehrere Seiten und enthielt Angaben zu allem möglichen Müll – zum Porzellan in den Küchenschränken in Gosseberga, zur hinterlassenen Kleidung, dem Wert der Kameras und anderer persönlicher Gegenstände. Alexander Zalatschenkjo hatte nicht viel von Wert hinterlassen, und keines der Objekte hatte den geringsten emotionalen Wert für Lisbeth. Sie überlegte eine Weile und beschloss dann, dass sie ihre Meinung seit der Besprechung in der Kneipe nicht geändert hatte. Verkauf den Scheiß und verbrenn das Geld. Oder so. Sie war fest davon überzeugt, dass sie keine einzige Öre von ihrem Vater wollte, hatte aber allen Grund zu dem Verdacht, dass Zalatschenkos wahre Vermögenswerte irgendwo vergraben waren, wo sie kein Bevollmächtigter des Nachlassgerichts vermuten würde.

Dann sah sie sich den Auszug aus dem Grundbuch für das Gewerbeobjekt in Norrtälje an.

Bei dieser Immobilie handelte es sich um drei Gebäude mit einer Grundfläche von insgesamt 20 000 Quadratmetern, in der Nähe von Skederid zwischen Norrtälje und Rimbo.

Der Bevollmächtigte des Nachlassgerichts hatte dem Ort einen flüchtigen Besuch abgestattet und festgestellt, dass es sich um eine stillgelegte Ziegelei handelte, die seit ihrer Schließung in den 60er-Jahren mehr oder weniger leer stand und seit den 70ern als Holzlager benutzt wurde. Er hatte festgestellt, dass die Gebäude ›in äußerst schlechtem Zustand‹ waren und sich eine Renovierung für ein anderes Unternehmen nicht lohnen würde. Der schlechte Zustand war unter anderem darauf zurückzuführen, dass das sogenannte Nordgebäude durch ein Feuer zerstört worden und eingestürzt war. Am Hauptgebäude seien jedoch gewisse Reparaturen durchgeführt worden.

Was Lisbeth jedoch stutzen ließ, war die Geschichte dieser Anlage. Zalatschenko hatte die Immobilie am 12. März 1984 für einen Spottpreis erworben, in den Verträgen war allerdings Agneta Sofia Salander als Käuferin angegeben.

Also hatte die Immobilie Lisbeths Mutter gehört. Doch schon 1987 kaufte Zalatschenko sie ihr für 2 000 Kronen ab. Danach blieb die Anlage knapp fünfzehn Jahre lang ungenutzt. Aus der Inventarisierung ging hervor, dass das Unternehmen KAB am 17. September 2003 die Baufirma NorrBygg mit Renovierungsarbeiten beauftragt hatte, die unter anderem Reparaturen an Boden und Dach umfassten sowie Verbesserungen der Wasser- und Stromleitungen. Diese Arbeiten dauerten bis zum 30. November und wurden dann abgebrochen. NorrBygg hatte eine Rechnung geschickt, die beglichen wurde.

Von allen Vermögenswerten im Nachlass ihres Vaters war dies der einzige, der Fragen aufwarf. Lisbeth zog die Brauen zusammen. Eine Industrieanlage zu besitzen wäre ja sinnvoll gewesen, wenn ihr Vater hätte vortäuschen wollen, dass sein Unternehmen KAB tatsächlich irgendeine Art von Tätigkeit ausübte oder gewisse Vermögenswerte besaß. Es wäre auch sinnvoll gewesen, Lisbeths Mutter beim Kauf als Strohmann einzusetzen und sich danach den Vertrag unter den Nagel zu reißen.

Doch warum in Gottes Namen hatte er im Jahr 2003 fast 440 000 Kronen bezahlt, um eine baufällige Bruchbude renovieren zu lassen, die nach Angaben des Bevollmächtigten des Nachlassgerichts auch 2005 noch ungenutzt war?

Lisbeth war verwirrt, aber nicht übermäßig interessiert. Sie klappte die Mappe wieder zu und rief Annika Giannini an.

»Ich habe die Nachlassinventarisierung durchgelesen. Es bleibt dabei: Verkaufen Sie den ganzen Krempel, und machen Sie mit dem Geld, was Sie wollen. Ich will nichts davon haben.«

»In Ordnung. Dann sorge ich dafür, dass die Hälfte der Summe für Ihre Schwester auf die Bank gelegt wird. Danach werde ich Ihnen ein paar Vorschläge machen, wem Sie das Geld spenden könnten.«

»Jaja«, sagte Lisbeth und legte gleich wieder auf.

Dann setzte sie sich in den Fenstersturz, zündete sich eine Zigarette an und blickte auf den Saltsjön.

Lisbeth Salander verbrachte die nächste Woche damit, Dragan Armanskij in einer eiligen Angelegenheit zu helfen. Es ging darum, eine Person aufzuspüren und zu identifizieren, die wahrscheinlich für die Entführung eines Kindes angeheuert worden war, um das nach der Scheidung ein Sorgerechtsstreit zwischen der schwedischen Mutter und dem libanesischen Vater entbrannt war. Lisbeths Einsatz beschränkte sich auf die Kontrolle der Mails, die vom mutmaßlichen Auftraggeber kamen. Der Auftrag wurde abgebrochen, als die Parteien sich auf juristischem Weg einigten und versöhnten.

Der 18. Dezember war der Sonntag vor Weihnachten. Lisbeth wachte morgens um sieben auf und stellte fest, dass sie noch ein Weihnachtsgeschenk für Holger Palmgren besorgen musste. Sie überlegte eine Weile, ob sie noch jemand anders ein Geschenk kaufen sollte – vielleicht Annika Giannini? Ohne sich sonderlich zu beeilen, stand sie auf, duschte und frühstückte Kaffee und Toast mit Käse und Orangenmarmelade.

Sie hatte sich nichts Besonderes für diesen Tag vorgenommen und räumte eine Weile Papiere und Zeitungen von ihrem Schreibtisch. Dann fiel ihr Blick wieder auf die Mappe mit der Nachlassinventarisierung. Sie schlug sie auf und las noch einmal die Seite mit dem Grundbuchauszug des Gewerbeobjekts in Norrtälje. Schließlich seufzte sie. *Okay. Ich muss einfach rausfinden, was er da am Laufen hatte.*

Sie zog sich warme Kleider und Stiefel an. Es war halb neun, als sie mit dem weinroten Honda aus der Tiefgarage in der Fiskargatan 9 fuhr. Es war eiskaltes, aber schönes Wetter, mit Sonnenschein und einem pastellblauen Himmel. Sie schlug den Weg über den Slussen und Klarabergsleden ein und schlängelte sich auf der E 18 in Richtung Norrtälje. Sie hatte es nicht eilig. Es war fast neun Uhr, als sie ein paar Kilometer vor Skederid an einer Tankstelle anhielt, um sich nach dem Weg zur alten Ziegelei zu erkundigen. In dem Moment, als sie das

Auto abstellte, sah sie, dass sie gar nicht mehr nachfragen musste.

Sie stand auf einer kleinen Anhöhe, die eine gute Aussicht über eine Senke auf der anderen Straßenseite bot. Links von der Straße nach Norrtälje bemerkte sie ein Farbengeschäft und irgendeinen Laden, der mit Baumaterialien zu tun hatte, sowie einen Abstellplatz für Bulldozer. Am rechten Rand des Gewerbegebiets, knapp vierhundert Meter von der Hauptstraße entfernt, stand ein düsteres Backsteingebäude mit eingestürztem Schornstein. Nachdenklich betrachtete sie das Gebäude und fragte sich, warum sie eigentlich diesen Ausflug gemacht hatte.

Sie wandte den Kopf und warf einen Blick auf die OK-Tankstelle, an der gerade ein Sattelschlepper mit TIR-Schild hielt. In diesem Moment fiel ihr ein, dass sie sich auf dem Hauptverkehrsweg vom und zum Fährhafen Kappelskär befand, über den ein großer Teil des Gütertransports zwischen Schweden und dem Baltikum abgewickelt wurde.

Sie ließ das Auto an, fuhr wieder auf die Straße und bog zu der verlassenen Ziegelei ab. Mitten auf dem Grundstück parkte sie und stieg aus. Die Temperatur lag unter null. Sie zog sich eine schwarze Wollmütze und schwarze Lederhandschuhe an.

Das Hauptgebäude hatte zwei Etagen. Im Erdgeschoss waren alle Fenster mit Sperrholz vernagelt. Im Obergeschoss bemerkte sie eine ganze Reihe kaputter Fensterscheiben. Die Ziegelei war bedeutend größer, als sie es sich vorgestellt hatte, und wirkte unglaublich heruntergekommen. Spuren von Reparaturen konnte sie nicht entdecken. Sie sah keine Menschenseele, entdeckte aber, dass jemand mitten auf dem Parkplatz ein benutztes Kondom weggeworfen hatte und dass ein Teil der Fassade den Angriffen von Graffitikünstlern ausgesetzt gewesen war.

Warum zum Teufel hat Zalatschenko dieses Gebäude besessen?

Sie umrundete das Werk einmal und fand den eingestürzten Flügel auf der Rückseite. Wie sie feststellte, waren alle Türen zum Hauptgebäude mit Ketten und Vorhängeschlössern gesichert. Schließlich musterte sie frustriert eine Tür an der Schmalseite des Gebäudes. An sämtlichen Türen waren die Schlösser zusätzlich mit Eisenbolzen und Beschlägen verriegelt. Doch das Schloss an dieser Tür sah nicht ganz so stabil aus. *Ach verdammt, was soll's, das Gebäude gehört mir schließlich.* Sie sah sich um und entdeckte auf einem Haufen Gerümpel ein kleines Eisenrohr, das sie als Hebel benutzte, um das Schloss zu knacken.

Sie betrat ein Treppenhaus, das mit einem Raum im Erdgeschoss verbunden war. Durch die verrammelten Fenster war es fast pechschwarz im Inneren, abgesehen von vereinzelten Lichtstrahlen, die sich an den Rändern der Sperrholzplatten vorbeistahlen. Sie blieb ein paar Minuten stehen, während sich ihre Augen an die Dunkelheit gewöhnten. In einer Halle, die ungefähr fünfundvierzig Meter lang und zwanzig Meter breit war und von massiven Pfeilern gestützt wurde, konnte sie Müllhaufen, alte Holzpaletten, Maschinenteile und Holz erkennen. Die alten Öfen der Ziegelei schienen demontiert und entfernt worden zu sein. Die Fundamente der Öfen waren wassergefüllte Bassins, überall auf dem Boden standen Pfützen aus Wasser und Schimmel. Das Gerümpel stank muffig und verfault. Sie rümpfte die Nase.

Lisbeth drehte sich um und ging die Treppe hoch. Das Obergeschoss war trocken und bestand aus zwei abgetrennten Hallen, jeweils knapp zwanzig mal zwanzig Meter groß und mindestens acht Meter hoch. Die Fenster befanden sich in unerreichbarer Höhe direkt unterm Dach. Man konnte zwar nicht hinaussehen, aber das Licht hier oben war sehr hübsch. Wie im Untergeschoss türmte sich auch hier das Gerümpel. Sie kam an Dutzenden aufeinandergestapelten meterhohen Versandkisten vorbei. Als sie versuchsweise gegen eine drückte, ließ sie sich nicht bewegen. Sie las die Aufschrift: *Machine parts 0-A77*. Darunter derselbe Text auf Russisch. Sie bemerkte einen offenen Lastenaufzug an der Längsseite der hinteren Halle.

Eine Art Maschinenlager, mit der sich wohl kaum größere Summen umsetzen ließen, solange die Teile in der alten Ziegelei herumstanden und vor sich hin rosteten.

Sie ging am Eingang zur ersten Halle vorbei und sah, dass sie an der Stelle stand, wo die Reparaturarbeiten durchgeführt worden waren. Die Halle war vollgestellt mit Gerümpel, Kisten und alten Büromöbeln. Ein Teil des Bodens war herausgerissen und durch neue Dielen ersetzt worden. Lisbeth stellte fest, dass die Arbeiten wohl sehr jäh abgebrochen worden waren. Verschiedene Werkzeuge, eine Paneelsäge und eine Banksäge, eine Nagelpistole, ein Brecheisen und Werkzeugkisten standen noch immer dort herum. Sie runzelte die Stirn. *Auch wenn die Arbeiten abgebrochen worden waren, hätte das Bauunternehmen doch wohl sein Werkzeug mitgenommen.*

Sie ging zur Paneelsäge und legte den Schalter um, woraufhin eine grüne Lampe aufleuchtete. Strom gab es also. Sie schaltete sie wieder aus.

Ganz hinten in der Halle waren drei Türen, die zu kleineren Räumen führten, vielleicht befand sich ja hier das ehemalige Büro. Sie drückte die Klinke der nördlichsten Tür. Abgeschlossen. Sie sah sich um, ging zurück zu dem liegen gebliebenen Werkzeug und holte sich ein Brecheisen. Sie brauchte eine Weile, um die Tür aufzubrechen.

In dem kleinen Zimmer war es pechschwarz und roch schimmelig. Lisbeth tastete mit der Hand nach dem Lichtschalter und knipste eine Deckenlampe an. Verblüfft sah sie sich um.

Die Einrichtung des Zimmers bestand aus drei Betten mit schmutzigen Matratzen und drei weiteren Matratzen, die direkt auf dem Boden lagen. Schmutzige Bettwäsche lag herum. Rechts standen eine Kochplatte und ein paar Töpfe neben einem rostigen Wasserhahn. In einer Ecke stand ein Blecheimer und eine Rolle Toilettenpapier.

Hier hatte jemand gewohnt. Mehrere Personen.

Auf einmal bemerkte sie, dass an der Innenseite die Handklinke fehlte. Es lief ihr eiskalt den Rücken hinunter.

Sie trat an einen Schrank, der ganz hinten im Zimmer stand, öffnete die Türen und entdeckte zwei Reisetaschen. Sie nahm die obere heraus. Sie enthielt Kleidung. Als sie in der Tasche wühlte und einen Rock herauszog, sah sie ein Etikett mit russischer Beschriftung. Daneben fand sie noch eine Handtasche, deren Inhalt sie auf den Boden leerte. Neben Make-up und anderem Kram fand sie einen Pass, der einer dunkelhaarigen Frau um die 20 gehörte. Wieder alles auf Russisch. Den Namen entzifferte Lisbeth als »Valentina«.

Langsam ging sie aus dem Zimmer. Sie hatte ein Déjà-vu-Erlebnis. Dieselbe Art von Tatort hatte sie vor zweieinhalb Jahren in einem Keller in Hedeby untersucht. Frauenkleider. Ein Gefängnis. Sie blieb stehen und überlegte ein Weilchen. Es beunruhigte sie, dass der Pass und die Kleider noch hier waren. Hier stimmte irgendwas nicht.

Dann ging sie zurück zu dem Werkzeughaufen und suchte so lange, bis sie eine starke Taschenlampe gefunden hatte. Nachdem sie sich vergewissert hatte, dass Batterien darin waren, ging sie in die große Halle im Erdgeschoss. Das Wasser der Pfützen drang durch ihre Stiefel.

Es roch umso verfaulter, je weiter sie voranging. In der Mitte schien der Gestank am schlimmsten. Sie blieb vor einem der Fundamente der alten Ziegelöfen stehen. Es war fast bis zum Rand mit Wasser gefüllt. Als sie mit der Stablampe die kohlschwarze Wasseroberfläche beleuchtete, konnte sie erst nichts erkennen. Die Oberfläche war zum Teil mit Algen bedeckt, die eine grüne Schleimschicht bildeten. Sie sah sich um und entdeckte ein drei Meter langes Armierungseisen. Das tauchte sie in das Bassin und rührte darin herum. Das Wasser war gerade mal einen halben Meter tief. Sie stieß fast sofort auf einen Widerstand. Wenige Sekunden später kam der Körper an die Oberfläche, zuerst das Gesicht, eine grinsende Maske von Tod und Verwesung. Lisbeth atmete durch den Mund und betrachtete das Gesicht der Leiche im Schein der Taschenlampe. Es war eine Frau, vielleicht die Frau von dem Pass im Obergeschoss. Lisbeth hatte keine Ahnung, wie schnell die Verwesung in kaltem stehendem Wasser voranschreitet, aber der Körper schien schon länger in diesem Becken zu liegen.

Plötzlich sah sie, wie sich an der Wasseroberfläche etwas bewegte. Irgendwelche Maden.

Sie ließ den Körper wieder unter die Wasseroberfläche sinken und tastete weiter mit dem Armierungseisen herum. Am Rand des Bassins stieß sie auf etwas, was ein zweiter Körper zu sein schien. Sie ließ ihn liegen, zog die Stange wieder heraus, ließ sie auf den Boden fallen und blieb nachdenklich vor dem Becken stehen.

Lisbeth Salander ging wieder ins Obergeschoss zurück, wo sie mit dem Brecheisen auch die mittlere Tür aufbrach. Das Zimmer war leer und schien nicht benutzt worden zu sein.

Sie ging zur letzten Tür und setzte das Brecheisen an, doch im nächsten Moment glitt die Tür von selbst einen Spalt weit auf. Sie war unverschlossen. Lisbeth schob sie mit dem Kuhfuß weiter auf und sah sich um.

Dieser Raum war ungefähr 30 Quadratmeter groß. Seine Fenster waren in normaler Höhe angebracht, sodass man auf den Hof vor der Ziegelei blicken konnte. Auf der Anhöhe hinter der Straße konnte sie die OK-Tankstelle erkennen. Im Zimmer standen ein Bett, ein Tisch und eine Spüle. Dann sah sie die offene Tasche auf dem Boden. Die Geldscheine. Verblüfft machte sie zwei Schritte darauf zu, bevor ihr bewusst wurde, dass es warm im Raum war. Ihr Blick fiel auf einen Elektroofen, der mitten im Zimmer stand. Sie sah eine Kaffeemaschine. Das rote Lämpchen leuchtete.

Das Zimmer war bewohnt. Sie war nicht allein in der Ziegelei.

Hastig machte sie auf dem Absatz kehrt, durchquerte die Halle und rannte auf den Ausgang zu. Fünf Schritte vor dem Treppenhaus blieb sie stehen, als sie entdeckte, dass die Ausgangstür zugemacht und zusätzlich mit Vorhängeschlössern gesichert worden war. Sie war eingesperrt. Langsam drehte sie sich um und blickte sich um. Sie konnte niemanden entdecken.

»Hallo, Schwesterherz«, hörte sie eine helle Stimme von der Seite.

Sie drehte den Kopf und sah, wie Ronald Niedermanns hünenhafte Gestalt hinter ein paar Versandkisten mit Maschinenteilen auftauchte.

In der Hand hielt er ein Bajonett.

»Ich hatte gehofft, dass ich dich noch mal treffen würde«, erklärte er. »Letztes Mal war es ja nur ganz flüchtig.«

Lisbeth sah sich um.

»Keine Chance«, sagte Niedermann. »Hier sind nur du und ich, und es gibt keinen Weg hier raus außer der verschlossenen Tür hinter dir.«

Lisbeth wandte den Blick wieder ihrem Halbbruder zu.

»Wie geht's deiner Hand?«, erkundigte sie sich.

Niedermann lächelte sie immer noch an. Er hob die rechte Hand. Der kleine Finger fehlte.

»Hat sich infiziert. Ich musste ihn abschneiden.«

Ronald Niedermann litt an angeborener Analgesie und konnte keinen Schmerz empfinden. Lisbeth hatte ihm damals in Gosseberga einen Spaten in die Hand gerammt, wenige Sekunden bevor Zalatschenko sie in den Kopf schoss.

»Ich hätte wohl lieber auf den Schädel zielen sollen«, meinte Lisbeth gleichmütig. »Was zum Teufel machst du hier? Ich dachte, du hättest dich schon vor Monaten ins Ausland abgesetzt.«

Er lächelte sie an.

Hätte Ronald Niedermann versucht, Lisbeths Frage zu beantworten, was er in der verfallenen Ziegelei machte, hätte er ihr die Antwort wahrscheinlich schuldig bleiben müssen. Er konnte es selbst nicht erklären.

Gosseberga hatte er damals mit einem Gefühl der Befreiung verlassen. Er ging davon aus, dass Zalatschenko tot war und er das Unternehmen übernehmen würde. Er wusste, dass er ein großartiger Organisator war.

In Alingsås hatte er das Fluchtfahrzeug gewechselt, die verschreckte Zahnarzthelferin Anita Kaspersson in den Kofferraum verfrachtet und war bis Borås gefahren. Da er keinen Plan hatte, musste er improvisieren. Über Anita Kasperssons Schicksal dachte er nicht weiter nach. Ob sie lebte oder starb, war ihm gleichgültig, doch er schätzte, dass er sie wohl umbringen musste, um eine lästige Zeugin zu beseitigen. Irgendwo am Rande von Borås wurde ihm plötzlich klar, dass er sie sich doch noch anders zunutze machen konnte. Also schlug er die südliche Richtung ein und fand ein verlassenes Waldstück kurz vor Seglora. Dort fesselte er sie in einer Scheune und ließ sie einfach liegen. Er rechnete damit, dass sie sich nach ein paar Stunden befreien konnte und die Polizei auf eine falsche Fährte in Richtung Süden locken würde. Und wenn sie sich nicht befreien konnte, sondern in der Scheune verhungerte oder erfror, war das nicht sein Problem.

In Wirklichkeit fuhr er nach Borås zurück und dann in Richtung Osten nach Stockholm. Er fuhr geradewegs zum Svavelsjö MC, vermied es aber sorgfältig, das Klubhaus selbst anzusteuern. Es war ziemlich ärgerlich, dass Magge Lundin im Gefängnis saß. Stattdessen suchte er den *Sergeant at Arms* des Klubs, Hans-Åke Waltari, in dessen Haus auf. Er bat ihn um Hilfe und ein Versteck, woraufhin Waltari ihn zu Viktor Göransson lotste, dem Schatzmeister des Klubs. Dort blieb er jedoch nur wenige Stunden.

Theoretisch hatte Ronald Niedermann keine finanziellen Sorgen. Zwar hatte er fast 200 000 Kronen in Gosseberga zurücklassen müssen, aber er hatte immer noch Zugang zu bedeutend höheren Summen, die im Ausland in Fonds angelegt waren. Das Problem war nur, dass er in der momentanen Situation furchtbar knapp an Bargeld war. Göransson kümmerte sich um die finanziellen Angelegenheiten des Klubs, und Niedermann erkannte, dass ihm hier ein glücklicher Zufall in die Hände spielte. Es war eine Kleinigkeit gewesen, Göransson zu überreden, ihm den Weg zum Tresor im Stall zu zeigen, und sich dort mit 800 000 Kronen in bar einzudecken.

Niedermann glaubte sich zu erinnern, dass auch eine Frau im Haus gewesen war, aber er war nicht mehr sicher, was er mit ihr gemacht hatte.

Durch Göransson kam er auch noch zu einem Fahrzeug, nach dem die Polizei nicht fahndete. Er fuhr in Richtung Norden weiter. Er überlegte, ob er in Kappelskär die Fähre nach Tallinn nehmen sollte.

Also fuhr er nach Kappelskär und stellte auf dem Parkplatz den Motor aus. Dreißig Minuten lang blieb er im Auto sitzen und beobachtete seine Umgebung. Es wimmelte nur so von Polizisten.

So ließ er den Motor wieder an und fuhr planlos weiter. Er brauchte ein Versteck, in dem er eine Weile bleiben konnte. Kurz hinter Norrtälje fiel ihm die alte Ziegelei ein. An das Gebäude hatte er seit über einem Jahr nicht mehr gedacht, als man die Reparaturen in Auftrag gegeben hatte. Die Brüder Harry und Atho Ranta benutzten die Ziegelei als Zwischenlager für die Waren, die aus dem Baltikum kamen oder dorthin verschifft wurden. Doch nun waren die Brüder Ranta schon seit Wochen im Ausland, seit nämlich der Journalist Dag Svensson von *Millennium* angefangen hatte, in ihrem Mädchenhandel herumzuschnüffeln. Die Ziegelei stand leer.

Er versteckte Göranssons Saab in einem Schuppen hinter dem Gebäude und verschaffte sich Zugang zur Ziegelei. Er musste eine Tür im Erdgeschoss aufbrechen, aber eine seiner ersten Maßnahmen bestand darin, sich einen Hinterausgang in Form eines losen Sperrholzbretts an der Schmalseite des Gebäudes zu suchen. Später ersetzte er das aufgebrochene Vorhängeschloss. Danach richtete er sich in dem unbewohnten Raum im Obergeschoss ein.

Erst später am Nachmittag nahm er leise Geräusche wahr. Zunächst vermutete er die üblichen Gespenster. Gespannt lauschte er eine Stunde lang, bis er plötzlich energisch aufstand, in die große Halle hinausging und horchte. Er blieb so lange stehen, bis er ein Kratzen wahrnahm.

Auf der Spüle fand er den Schlüssel.

Selten war Ronald Niedermann so überrascht gewesen wie in dem Moment, als er die Tür öffnete und die beiden russischen Prostituierten vorfand. Sie waren völlig ausgemergelt, da sie schon mehrere Wochen ohne Essen waren, nachdem sie ein Paket Reis aufgebraucht hatten. Sie hatten sich nur noch von Tee und Wasser ernährt.

Eine der Huren war so erschöpft, dass sie nicht mal mehr vom Bett aufstehen konnte. Der anderen ging es ein wenig besser. Sie sprach nur Russisch, aber seine Sprachkenntnisse reichten aus, um zu verstehen, dass sie Gott und ihm für ihre Rettung dankte. Dann fiel sie auf die Knie und umklammerte seine Beine. Verblüfft schob er sie weg, zog sich zurück und schloss die Tür wieder ab.

Er wusste nicht, was er mit den Prostituierten anfangen sollte. Als Erstes kochte er ihnen aus den Konserven, die er in der Küche gefunden hatte, eine Suppe und gab ihnen zu essen, während er überlegte. Die erschöpfte Frau im Bett schien wieder ein wenig zu Kräften zu kommen. Den Abend über verhörte er sie. Nach einer Weile begriff er, dass sie gar keine Nutten waren, sondern Studentinnen, die von den Brüdern Ranta gegen Bezahlung nach Schweden geschmuggelt worden waren. Man hatte ihnen eine Arbeits- und Aufenthaltserlaubnis versprochen. Im Februar waren sie in Kappelskär angekommen und direkt in das Lagergebäude geführt worden, wo man sie einsperrte.

Niedermanns Gesicht verfinsterte sich. Da hatten die verdammten Ranta-Brüder also einen schönen Nebenverdienst gehabt, den sie Zalatschenko verheimlicht hatten. Als sie Schweden Hals über Kopf verlassen mussten, hatten sie die Frauen einfach vergessen oder auch bewusst ihrem Schicksal überlassen.

Die Frage war nur, was er mit den Frauen anfangen sollte. Er hatte keinen Anlass, ihnen etwas anzutun. Er konnte sie aber kaum freilassen, da sie mit allergrößter Wahrscheinlichkeit die Polizei zur Ziegelei führen würden. So einfach war das. Nach Russland konnte er sie auch nicht zurückschicken, denn das bedeutete, dass er mit ihnen nach Kappelskär fahren müsste. Das schien ihm zu gewagt. Das dunkelhaarige Mädchen namens Valentina hatte ihm Sex angeboten, wenn er ihnen half. Doch er hatte nicht das geringste Interesse daran, Sex mit den Mädchen zu haben. Durch dieses Angebot hatte sie sich jedoch zur Nutte gemacht. Alle Frauen waren Nutten. So einfach war das.

Nach drei Tagen war er ihr ständiges Gebettel, Gejammer und Geklopfe leid. Er sah keinen anderen Ausweg mehr. Er wollte einfach nur seine Ruhe haben. Daher schloss er die Tür ein letztes Mal auf und bereitete dem Problem ein schnelles Ende. Er bat Valentina um Entschuldigung, bevor er die Hände ausstreckte und ihr mit einem einzigen Griff das Genick zwischen dem zweiten und dritten Halswirbel brach. Dann ging er zu dem blonden Mädchen im Bett, dessen Namen er nicht wusste. Sie blieb völlig passiv liegen und leistete keinen Widerstand. Anschließend trug er die Leichen ins Erdgeschoss und versenkte sie in einem der wassergefüllten Becken. Endlich fühlte er eine Art von Frieden.

Eigentlich hatte er nie vorgehabt, länger in der Ziegelei zu bleiben. Er wollte nur bleiben, bis der massive Polizeieinsatz vorbei war. Er schor sich die Haare und ließ sich einen Stoppelbart wachsen, um anders auszusehen. Er fand einen passenden Overall, der einem der Arbeiter von NorrBygg gehört hatte. Nachdem er ihn angezogen und dazu eine vergessene Schirmmütze mit Firmenaufdruck aufgesetzt hatte, steckte er sich einen Zollstock in eine der Taschen am Hosenbein und fuhr zur OK-Tankstelle an der Straße, wo er einkaufte. Von der Beute, die er beim Svavelsjö MC gemacht hatte, besaß er reichlich Bargeld. Wenn er gegen Abend einkaufte, sah er aus wie ein ganz gewöhnlicher Arbeiter, der auf dem Heimweg Station machte. Er schien niemandem aufzufallen. Er gewöhnte sich an, ein- oder zweimal pro Woche einzukaufen. In der OK-Tankstelle grüßten sie ihn immer freundlich und kannten ihn bald.

Von Anfang an verbrachte er viel Zeit damit, die Gespenster abzuwehren, die das Ziegeleigebäude bevölkerten. Sie saßen in den Wänden und kamen nachts hervorgekrochen. Dann hörte er, wie sie in der Halle umherwanderten.

Er verbarrikadierte sich in seinem Zimmer. Nach ein paar Tagen hatte er jedoch genug. Er bewaffnete sich mit einem Bajonett, das er in der Küche gefunden hatte, und ging hinaus, um sich den Monstern zu stellen. Das musste endlich mal ein Ende nehmen.

Und plötzlich entdeckte er, dass sie vor ihm zurückwichen. Zum ersten Mal in seinem Leben konnte er über ihre Gegenwart bestimmen. Sie flohen, als er sich näherte. Er sah ihre

Schwänze und deformierten Körper hinter Versandkisten und Schränke schlüpfen. Er brüllte sie an, und sie flohen.

Verblüfft ging er in sein gemütliches Zimmer zurück, wo er die ganze Nacht sitzen blieb und darauf wartete, dass sie zurückkamen. In der Dämmerung setzten sie abermals zum Angriff an, und er stellte sich ihnen noch einmal. Sie flohen.

Niedermann schwankte zwischen Panik und Euphorie.

Sein Leben lang war er in der Dunkelheit von diesen Wesen gejagt worden, und jetzt spürte er zum ersten Mal, dass er die Situation im Griff hatte. Er tat nichts. Er aß. Er schlief. Er überlegte. Er empfand Ruhe und Frieden.

Die Tage wurden zu Wochen, und es wurde Sommer. Im Transistorradio und in den Zeitungen konnte er mitverfolgen, wie die Jagd auf Ronald Niedermann langsam einschlief. Mit Interesse verfolgte er die Berichte vom Mord an Alexander Zalatschenko. *Zum Schießen. Ein Psycho beendete Zalatschenkos Leben.* Im Juli wurde sein Interesse noch einmal vom Prozess gegen Lisbeth Salander geweckt. Mit Verblüffung hörte er, dass sie freigesprochen wurde. Das gefiel ihm gar nicht. Sie war frei, während er gezwungen war, sich zu verstecken.

In der OK-Tankstelle kaufte er sich die neue *Millennium* und las das Themenheft über Lisbeth Salander und Alexander Zalatschenko und Ronald Niedermann. Ein Journalist namens Blomkvist hatte ihn darin als pathologischen Mörder und Psychopathen porträtiert. Niedermann runzelte die Stirn.

Dann war es plötzlich Herbst, und er war noch immer nicht weitergezogen. Als es kälter wurde, kaufte er sich an der Tankstelle einen Elektroofen. Er konnte sich selbst nicht erklären, warum er die Fabrik nicht verließ.

Ein paarmal waren Jugendliche auf dem Hof vor der Ziegelei aufgetaucht und hatten ihre Autos dort geparkt, aber niemand hatte sein Dasein gestört oder war ins Gebäude eingebrochen. Im September parkte dort ein Auto, aus dem ein

Mann in blauer Windjacke stieg, der die Türen untersuchte, auf dem Grundstück herumlief und schnüffelte. Niedermann beobachtete ihn aus dem Obergeschoss. In regelmäßigen Abständen machte sich der Mann Notizen. Er blieb zwanzig Minuten lang, bis er sich ein letztes Mal umsah, wieder in sein Auto setzte und das Gelände verließ. Niedermann atmete auf. Er hatte keine Ahnung, wer dieser Mann gewesen war, aber es hatte so ausgesehen, als hätte er sich einen Überblick über die Anlage verschaffen wollen. Dass Zalatschenkos Tod eine Inventarisierung des Nachlasses nach sich ziehen musste, kam ihm nicht in den Sinn.

Er dachte viel über Lisbeth nach. Er erwartete nicht, dass er ihr jemals wieder begegnen würde, aber sie faszinierte und erschreckte ihn zugleich. Ronald Niedermann hatte sonst keine Angst vor lebenden Menschen. Aber seine Schwester – seine Halbschwester – hatte einen ganz besonderen Eindruck bei ihm hinterlassen. Niemand hatte ihn jemals so besiegt wie sie. Sie war zurückgekommen, obwohl er sie begraben hatte. Sie war zurückgekommen und hatte ihn gejagt. Nacht für Nacht träumte er von ihr. In kalten Schweiß gebadet, schreckte er hoch und erkannte, dass sie an die Stelle seiner alten Gespenster getreten war.

Im Oktober traf er eine Entscheidung. Er wollte Schweden erst dann verlassen, wenn er seine Schwester gefunden und vernichtet hatte. Einen Plan hatte er noch nicht, aber sein Leben hatte endlich wieder ein Ziel. Er wusste nicht, wo sie war oder wie er sie finden sollte. Er blieb einfach in seinem Zimmer im Obergeschoss der Ziegelei sitzen und starrte aus dem Fenster, Tag für Tag, Woche für Woche.

Bis plötzlich der weinrote Honda vor dem Gebäude parkte und er zu seinem maßlosen Erstaunen Lisbeth aussteigen sah. *Gott ist gnädig*, dachte er. Lisbeth Salander würde den beiden namenlosen Frauen in ihrem Becken im Erdgeschoss Gesellschaft leisten. Das Warten hatte ein Ende.

Lisbeth schätzte die Situation ab und kam zu dem Schluss, dass sie sie definitiv nicht unter Kontrolle hatte. Ihr Hirn arbeitete auf Hochtouren.

Klick, klick, klick. In der Hand hielt sie immer noch das Brecheisen, aber ihr war klar, dass es eine lächerliche Waffe war im Kampf gegen einen Mann, der keine Schmerzen fühlte. Sie war auf knapp 1 000 Quadratmetern eingesperrt mit einem Mörderroboter, der direkt aus der Hölle kam.

Als Niedermann sich plötzlich in Bewegung setzte, warf sie das Brecheisen nach ihm. Ruhig wich er aus. Lisbeth setzte den Fuß auf einen Hocker, schwang sich auf eine Kiste und kletterte von dort wie eine Spinne weiter den Kistenstapel hinauf. Von dort oben blickte sie auf Niedermann herab, der knapp vier Meter unter ihr stand.

»Komm runter«, sagte er in aller Seelenruhe. »Du kannst sowieso nicht entkommen. Das Ende ist unausweichlich.«

Sie fragte sich, ob er wohl eine Schusswaffe hatte. *Das* wäre dann wirklich ein Problem.

Er bückte sich, hob einen Stuhl hoch und warf damit nach ihr. Sie duckte sich.

Auf einmal wirkte Niedermann gereizt. Er stieg ebenfalls auf den Hocker und begann ihr hinterherzuklettern. Sie wartete, bis er fast bei ihr war, dann nahm sie mit zwei schnellen Schritten Anlauf, sprang über den Mittelgang und landete auf der obersten Kiste eines Stapels, der gegenüberstand. Von dort schwang sie sich auf den Boden und holte sich das Brecheisen zurück.

Eigentlich war Niedermann nicht ungeschickt. Aber er wusste, dass er es nicht riskieren durfte, von Kiste zu Kiste zu springen und sich am Ende einen Fuß zu brechen. Also musste er vorsichtig herabklettern, wie er sich auch sonst langsam und methodisch bewegen musste. Doch im Laufe seines Lebens hatte er eine vollendete Körperbeherrschung gelernt. Als er fast auf dem Boden war, hörte er Schritte hinter sich und konnte sich gerade noch umdrehen, um den Schlag mit dem Brecheisen mit seiner Schulter abzufangen. Dabei verlor er das Bajonett.

Lisbeth ließ das Brecheisen fallen, während sie zuschlug. Sie hatte zwar keine Zeit, das Bajonett aufzuheben, doch sie kickte es weg von den Paletten, wich einem Schlag von Niedermanns gewaltiger Faust aus und zog sich wieder auf einen Kistenstapel auf der anderen Seite des Gangs zurück. Aus dem Augenwinkeln heraus sah sie, wie er sich nach ihr reckte. Blitzschnell zog sie die Füße hoch. Die Kisten standen zweireihig, drei Stockwerke hoch zum Mittelgang und zwei auf der Außenseite. Sie schwang sich zur zweiten Kiste herab, drückte sich mit dem Rücken gegen die Seitenwand und stemmte sich mit aller Kraft, die sie in den Beinen hatte, dagegen. Die Kiste musste mindestens zweihundert Kilo wiegen. Sie merkte, wie sie sich langsam bewegte und schließlich auf den Mittelgang stürzte.

Niedermann sah die Kiste auf sich zurasen und konnte sich gerade noch zur Seite werfen. Eine Ecke traf ihn am Brustkorb, aber er wurde nicht verletzt. Er hielt inne. *Sie leistet wirklich Widerstand.* Er kletterte ihr hinterher. Als er mit dem Kopf auf Höhe der dritten Etage war, trat sie zu. Der Stiefel traf ihn an der Stirn. Er grunzte und hievte sich auf die obersten Kisten. Lisbeth Salander floh, indem sie wieder einen Satz auf den Kistenstapel auf der anderen Seite des Mittelgangs machte. Im nächsten Augenblick ließ sie sich auf der ihm abgewandten Seite des Stapels herunter und verschwand. Er hörte ihre Schritte und sah, wie sie durch die Tür rannte.

Lisbeth Salander sah sich um und dachte angestrengt nach. *Klick.* Sie wusste, sie hatte keine Chance. Solange sie Niedermanns gewaltigen Fäusten auswich und ihn auf Abstand hielt, konnte sie überleben, doch beim ersten Fehler – und der würde ihr früher oder später unterlaufen – war sie tot. Sie musste ihm entkommen. Sobald er sie einmal zu fassen kriegte, war der Kampf entschieden.

Sie brauchte eine Waffe.

Eine Pistole. Eine Automatikwaffe. Eine panzerbrechende Granate mit Leuchtspur. Eine Tretmine.

Verdammt noch mal, einfach irgendwas.

Aber so etwas gab es hier nirgends.

Sie sah sich um.

Hier gab es keine Waffen.

Nur Werkzeug. *Klick.* Ihr Blick fiel auf die Paneelsäge, aber sie würde ihn kaum überreden können, sich auf die Sägebank zu legen. *Klick.* Sie sah ein weiteres Brecheisen, das sie als Waffe gebrauchen konnte, aber es war zu schwer, als dass sie es effektiv hätte einsetzen können. *Klick.* Sie warf einen Blick durch die Tür und stellte fest, dass Niedermann in fünfzehn Metern Entfernung gerade von einem Kistenstapel heruntergeklettert war. Er kam wieder auf sie zu. Noch fünf Sekunden vielleicht, dann war Niedermann bei ihr. Sie warf einen Blick auf das Werkzeug.

Eine Waffe ... oder ein Versteck. Auf einmal stutzte sie.

Niedermann beeilte sich nicht. Er wusste, dass es keinen Fluchtweg gab und er seine Schwester früher oder später kriegen würde. Aber sie war zweifellos gefährlich. Trotz allem war sie doch Zalatschenkos Tochter. Und er wollte nicht verletzt werden. Lieber wollte er sie so lange herumhetzen, bis ihr die Kräfte ausgingen.

Auf der Schwelle blieb er stehen und musterte die Gerümpelhaufen aus Werkzeug, halben Bodendielen und Möbeln. Sie war nirgendwo zu sehen.

»Ich weiß, dass du hier drin bist. Und ich werde dich finden.«

Niedermann stand ganz still und lauschte. Das Einzige, was er hörte, waren seine eigenen Atemzüge. Sie versteckte sich. Er lächelte. Sie forderte ihn wirklich heraus. Plötzlich hatte sich ihr Besuch zu einem Spiel zwischen Bruder und Schwester entwickelt.

Dann hörte er ein raschelndes Geräusch von einer unvorsichtigen Bewegung irgendwo in der alten Halle. Er wandte den Kopf, konnte aber nicht gleich ausmachen, woher das Geräusch kam. Dann lächelte er wieder. Mitten im Raum, ein Stückchen vom restlichen Gerümpel entfernt, stand eine fünf Meter lange Werkbank aus Holz, mit Schubladen oben und Schiebetüren unten.

Er trat von der Seite an die Bank und warf einen Blick dahinter, um sich zu vergewissern, dass sie ihn nicht hinters Licht führte. Leer.

Sie hat sich im Schrank versteckt. Wie dumm von ihr.

Er riss die erste Schranktür ganz links auf.

Im nächsten Moment hörte er ein Geräusch, wie jemand sich im Schrank bewegte. Es kam aus dem mittleren Teil. Rasch machte er zwei Schritte zur Seite und öffnete die Tür mit triumphierendem Gesichtsausdruck.

Leer.

Dann hörte er eine Serie scharf knallender Geräusche, die sich wie Pistolenschüsse anhörten. Zuerst konnte er gar nicht ausmachen, woher diese Laute kamen. Er wandte den Kopf. Da spürte er plötzlich so einen seltsamen Druck an seinem linken Fuß. Schmerz fühlte er nicht. Als er auf den Boden blickte, sah er gerade noch Lisbeths Hand, die sich mit der Nagelpistole zu seinem rechten Fuß bewegte.

Sie ist unter dem Schrank.

Wie gelähmt blieb er ein paar Sekunden stehen, gerade lange genug für sie, um die Mündung der Nagelpistole auf seinen Stiefel zu setzen und fünf weitere 7-Zoll-Nägel durch seinen rechten Fuß zu schießen.

Er versuchte, sich zu bewegen.

Kostbare Sekunden verstrichen, bis ihm klar wurde, dass

seine Füße auf dem Holzboden festgenagelt waren. Lisbeths Hand wanderte wieder zu seinem linken Fuß. Es klang wie eine Automatikwaffe, die in schneller Folge abgefeuert wurde. Bevor er sich so weit gefangen hatte, dass er wieder handeln konnte, hatte sie auch schon vier weitere 7-Zoll-Nägel zur Verstärkung durch seinen linken Fuß gejagt.

Als er sich bückte, um ihre Hand zu packen, verlor er sofort das Gleichgewicht und konnte es nur wiederfinden, indem er sich an der Werkbank abstützte. Währenddessen hörte er, wie immer wieder die Nagelpistole abgefeuert wurde, *ra-bamm, ra-bamm, ra-bamm*. Sie war wieder bei seinem rechten Fuß. Er sah, dass sie die Nägel jetzt quer durch seine Ferse in den Boden schoss.

Plötzlich brüllte Niedermann in besinnungsloser Wut auf. Wieder bückte er sich nach ihrer Hand.

Lisbeth sah, wie seine Hosenbeine ein Stückchen hinaufglitten, sobald er sich herabbeugte. Sie ließ die Nagelpistole los. Niedermann sah ihre Hand reptilienschnell unter dem Schrank verschwinden, bevor er zupacken konnte.

Als er gerade nach der Nagelpistole greifen wollte, zog Lisbeth Salander sie am Kabel zurück unter den Schrank.

Zwischen Boden und Schrank war ein Zwischenraum von knapp zwanzig Zentimetern. Mit aller Kraft, die er aufbringen konnte, kippte er die Werkbank um. Lisbeth blickte mit großen Augen und beleidigtem Gesichtsausdruck zu ihm auf. Sie drehte die Nagelpistole zur Seite und feuerte aus einem halben Meter Abstand einen Nagel in sein Schienbein ab.

Im nächsten Moment ließ sie die Nagelpistole fallen und rollte sich blitzschnell zur Seite, um aus seiner Reichweite zu kommen. Sie wich zwei Meter zurück und blieb stehen.

Ronald Niedermann versuchte sich zu bewegen, doch er verlor nur wieder das Gleichgewicht, schwankte vor und zurück und ruderte mit den Armen. Dann fand er die Balance wieder und bückte sich.

Diesmal bekam er die Nagelpistole zu fassen. Er hob sie auf und zielte damit auf Lisbeth. Dann drückte er ab.

Nichts geschah. Verblüfft sah er die Nagelpistole an. Dann blickte er wieder auf und sah zu Lisbeth. Sie hielt mit ausdrucksloser Miene den Stecker hoch. Zornig warf er das Gerät nach ihr, aber sie wich rasch aus.

Im nächsten Moment schob sie den Stecker wieder in die Steckdose und zog die Nagelpistole zu sich heran.

Er fing Lisbeths ausdruckslosen Blick auf und spürte plötzlich, wie er sich wunderte. Er wusste bereits, dass sie ihn besiegt hatte. *Sie ist übernatürlich.* Instinktiv versuchte er, seinen Fuß vom Boden zu reißen. *Sie ist ein Monster.* Er schaffte ein paar Millimeter, aber dann ging es nicht mehr weiter. Die Nägel hatten sich aus allen möglichen Richtungen durch seinen Fuß gebohrt. Um sich zu befreien, hätte er sich buchstäblich die Füße zerreißen müssen. Nicht einmal mit seiner fast übermenschlichen Kraft konnte er seine Füße vom Boden lösen. Ein paar Sekunden lang schwankte er vor und zurück, als würde er gleich ohnmächtig werden. Er kam nicht los. Er sah, wie sich langsam eine Blutlache zwischen seinen Schuhen bildete.

Lisbeth setzte sich vor ihn auf einen Hocker, während sie abzuschätzen versuchte, ob es ihm gelingen konnte, seine Füße vom Boden wegzureißen. Da er keine Schmerzen empfand, war es nur eine Frage der Kraft, ob er sich die Nagelköpfe einfach durch die Füße ziehen konnte. Sie saß ganz ruhig da und beobachtete zehn Minuten lang seinen verzweifelten Kampf. Ihre Augen blieben dabei die ganze Zeit völlig ausdruckslos.

Nach einer Weile stand sie auf, trat hinter ihn und setzte ihm die Nagelpistole auf die Wirbelsäule, direkt unterhalb des Genicks.

Lisbeth Salander überlegte gründlich. Der Mann vor ihr hatte unzählige Frauen importiert, unter Drogen gesetzt, misshandelt und verkauft. Außerdem mindestens acht Menschen umgebracht, inklusive eines Polizisten in Gosseberga und eines Mitglieds des Svavelsjö MC. Sie hatte keine Ahnung, wie viele Leben ihr Halbbruder noch auf dem Gewissen hatte, aber ihm hatte sie es zu verdanken, dass man sie wie einen tollen Hund durch ganz Schweden gejagt hatte, weil man sie des dreifachen Mordes verdächtigte.

Ihr Finger ruhte schwer auf dem Abzug.

Er hatte Dag Svensson und Mia Bergman umgebracht.

Zusammen mit Zalatschenko hatte er in Gosseberga auch *sie* umgebracht und begraben. Und jetzt hatte er noch einmal versucht, sie zu ermorden.

Man konnte schon wegen weniger böse werden.

Sie sah keinen Grund, ihn am Leben zu lassen. Er hasste sie mit einer Leidenschaft, die sie nicht ganz begriff. Was würde passieren, wenn sie ihn der Polizei überließ? Prozess? Lebenslange Haft? Wann würde er Hafturlaub bekommen? Wie schnell würde ihm der Ausbruch gelingen? Und jetzt, wo ihr Vater endlich weg war – wie lange sollte sie sich noch ständig über die Schulter blicken und auf den Tag warten, an dem ihr Bruder plötzlich wieder auftauchte? Sie spürte die Nagelpistole schwer in ihrer Hand. Jetzt konnte sie die Angelegenheit ein für alle Mal abschließen.

Konsequenzenanalyse.

Sie biss sich auf die Unterlippe.

Lisbeth hatte weder vor Menschen noch vor Dingen Angst. Sie wusste, dass ihr dazu einfach die erforderliche Fantasie fehlte – ein Beweis, dass mit ihrem Gehirn wirklich etwas nicht stimmte.

Ronald Niedermann hasste sie, was sie mit einem ebenso unversöhnlichen Hass erwiderte. Er gehörte in die Reihe von Männern wie Magge Lundin, Martin Vanger, Alexander Zalatschenko und einem Dutzend anderer Schweine, die Lisbeth zufolge kein Recht hatten, unter den Lebenden zu weilen.

Wenn sie sie alle auf eine unbewohnte Insel hätte verfrachten und eine Atombombe darauf werfen können, sie hätte es mit dem größten Vergnügen getan.

Aber Mord? War es das wert? Was würde mit ihr geschehen, wenn sie ihn jetzt tötete? Wie groß war die Wahrscheinlichkeit, dass sie unerkannnt davonkam? Zu welchem Opfer war sie bereit für die Befriedigung, die Nagelpistole ein letztes Mal abzufeuern?

Ich kann mich auf mein Recht auf Notwehr berufen … nein, wohl kaum, wenn er mit den Füßen am Dielenboden festgenagelt war.

Plötzlich musste sie an Harriet Vanger denken, die auch von ihrem Vater und ihrem Bruder gequält worden war. Sie erinnerte sich an den Wortwechsel, den sie mit Mikael gehabt hatte, als sie Harriet Vanger mit den schärfsten Worten verurteilt hatte. Es war Harriet Vangers Schuld, dass ihr Bruder Martin Jahr um Jahr weitermorden konnte.

»*Was hättest du denn gemacht?*«, hatte Mikael sie gefragt.

»*Ich hätte das Schwein umgebracht*«, hatte sie geantwortet – mit einer Überzeugung, die aus der tiefsten Tiefe ihrer kalten Seele kam.

Und jetzt befand sie sich in genau derselben Situation wie Harriet Vanger damals. Wie viele Frauen würde Ronald Niedermann noch töten, wenn sie ihn jetzt laufen ließ? Sie war eine mündige Bürgerin und voll für ihre Taten verantwortlich. Wie viele Jahre ihres Lebens wollte sie opfern? Wie viele Jahre hatte Harriet Vanger opfern wollen?

Dann wurde die Nagelpistole so schwer in ihrer Hand, dass sie sie nicht mal mehr mit zwei Händen gegen seinen Nacken drücken konnte.

Sie ließ die Waffe sinken und spürte, wie sie wieder in die Wirklichkeit zurückkehrte. Wie sie bemerkte, murmelte Niedermann irgendetwas Unzusammenhängendes vor sich hin. Er sprach Deutsch. Faselte etwas von einem Teufel, der gekommen war, um ihn zu holen.

Auf einmal wurde ihr bewusst, dass er nicht mit ihr redete. Hinten im Zimmer schien er noch jemand anders zu sehen. Sie drehte den Kopf und folgte seinem Blick. Doch da war nichts. Ihre Nackenhaare stellten sich auf.

Sie machte auf dem Absatz kehrt, holte das Brecheisen, ging in die Halle hinaus und suchte nach ihrer Umhängetasche. Als sie sich bückte, um die Tasche aufzuheben, sah sie das Bajonett auf dem Boden liegen. Sie hatte immer noch die Handschuhe an und hob die Waffe auf.

Nach kurzem Zögern legte sie die Waffe deutlich sichtbar in den Mittelgang zwischen den Versandkisten. Dann bearbeitete sie das Vorhängeschloss drei Minuten lang mit dem Brecheisen, bis sie die Tür geöffnet hatte.

In ihrem Auto blieb sie erst einmal sitzen und überlegte eine Weile. Schließlich klappte sie ihr Handy auf. Nach zwei Minuten hatte sie die Telefonnummer des Klubhauses des Svavelsjö MC herausgefunden.

»Ja?«, hörte sie eine Stimme am anderen Ende der Leitung.

»Nieminen«, sagte sie.

»Moment.«

Sie wartete drei Minuten, bis Sonny Nieminen, amtierender Vorsitzender des Svavelsjö MC, ans Telefon kam.

»Wer ist da?«

»Das kann Ihnen völlig egal sein«, antwortete Lisbeth so leise, dass er die Worte kaum verstand. Er konnte nicht einmal erkennen, ob er mit einem Mann oder einer Frau sprach.

»Aha. Und was wollen Sie?«

»Sie wollen gerne wissen, wo sich Ronald Niedermann aufhält.«

»Will ich das?«

»Reden Sie keinen Scheiß. Wollen Sie wissen, wo er ist, oder nicht?«

»Ich höre.«

Sie gab ihm eine Wegbeschreibung zu der stillgelegten Ziegelei bei Norrtälje. Und erklärte, Niedermann würde noch dort sein, wenn er sich ein bisschen beeilte.

Dann schaltete sie ihr Handy aus, ließ das Auto an und fuhr zur OK-Tankstelle auf der anderen Straßenseite. Sie parkte so, dass sie die Ziegelei im Blick hatte.

Sie musste über zwei Stunden warten. Um kurz vor halb zwei bemerkte sie einen Lieferwagen, der langsam an ihr vorbeifuhr. Er blieb auf einem Parkplatz stehen, wartete fünf Minuten, wendete dann und bog in die Straße ein, die zur Ziegelei führte. Es begann schon zu dämmern.

Lisbeth machte das Handschuhfach auf, entnahm ihm ein Fernglas und beobachtete, wie der Lieferwagen parkte. Sie identifizierte Sonny Nieminen und Hans-Åke Waltari, die von drei Personen begleitet wurden, die sie nicht kannte. *Wahrscheinlich nimmt der Bikerklub gerade seine gewohnte Tätigkeit wieder auf.*

Als Sonny Nieminen und seine Kumpanen die offene Tür an der Schmalseite des Gebäudes bemerkten, machte sie ihr Handy wieder an. Sie schrieb eine SMS an die Einsatzzentrale in Norrtälje.

DER POLIZISTENMÖRDER R. NIEDERMANN IST IM ALTEN ZIEGELWERK BEI DER OK-TANKSTELLE BEI SKEDERID. ER WIRD GERADE VON S. NIEMINEN & MITGL. DES SVAVELSJÖ MC ERMORDET. TOTE FRAUEN IM BECKEN IM ERDGESCH.

Sie konnte keine Bewegung in der Fabrik wahrnehmen.

Sie ließ sich Zeit.

Während sie wartete, zog sie die SIM-Karte aus ihrem Handy und zerstörte sie, indem sie sie mit einer Nagelschere zerschnitt. Anschließend kurbelte sie das Fenster herunter und warf die Einzelteile hinaus. Sie zog eine neue SIM-Karte aus ihrer Brieftasche und steckte sie in ihr Handy. Die Comviq-Prepaid-Karte, die sie benutzte, ließ sich so gut wie gar nicht zurückverfolgen. Sie rief bei Comviq an und lud 500 Kronen auf die neue Karte.

Es dauerte elf Minuten, bis ein Einsatzbus der Bereitschaftspolizei ohne Sirene, aber mit Blaulicht aus Richtung Norrtälje kam und auf die Fabrik zuhielt. Wenige Minuten später folgten zwei Polizeiautos. Sie berieten sich und rückten dann mit der gesamten Truppe auf die Ziegelei vor. Lisbeth hob das Fernglas. Sie beobachtete, wie einer der Polizisten sein Funkgerät hob und das Kennzeichen von Nieminens Lieferwagen durchgab. Die Polizisten sahen sich um, warteten aber noch ab. Zwei Minuten später sah sie einen weiteren Einsatzbus mit hoher Geschwindigkeit herankommen.

Auf einmal begriff sie, dass jetzt endlich alles vorbei war.

Die Geschichte, die am Tag ihrer Geburt begonnen hatte, endete heute in dieser Ziegelei.

Sie war frei.

Als die Polizisten sich die Waffen aus dem Bus holten, ihre kugelsicheren Westen anlegten und dann über das Werksgelände ausschwärmten, ging Lisbeth in die Tankstelle und kaufte sich ein belegtes Brötchen in einer Plastikverpackung, das sie im Stehen verzehrte.

Es war schon dunkel, als sie wieder zu ihrem Auto zurückging. Als sie gerade die Tür öffnete, hörte sie in der Ferne auf der anderen Straßenseite zwei Schüsse. Sie sah mehrere schwarze Gestalten, die sie für Polizisten hielt, vor der Fassade des Hauptgebäudes stehen. Sie hörte die Sirene, als sich ein weiterer Einsatzbus näherte. Am Straßenrand waren bereits ein paar Privatautos stehen geblieben, die das Schauspiel verfolgten.

Sie startete ihren weinroten Honda, fuhr auf die E 18 hinaus und heimwärts nach Stockholm.

Um sieben Uhr abends hörte Lisbeth Salander zu ihrer grenzenlosen Verärgerung die Türklingel läuten. Sie lag gerade in der Badewanne, in der das Wasser immer noch dampfte. Im Großen und Ganzen gab es wohl nur eine Person, die Grund haben mochte, sie zu besuchen.

Erst wollte sie die Klingel ignorieren, aber beim dritten Läuten seufzte sie auf und wickelte sich ein Badetuch um den Körper. Sie schob die Unterlippe vor, während das Wasser auf den Fußboden tropfte.

»Hallo«, sagte Mikael Blomkvist, als sie die Tür einen Spaltbreit öffnete.

Sie antwortete nicht.

»Hast du die Nachrichten gehört?«

Sie schüttelte den Kopf.

»Ich dachte, es interessiert dich vielleicht, dass Ronald Niedermann tot ist. Er wurde heute oben in Norrtälje von einer Gang des Svavelsjö MC ermordet.«

»Nicht im Ernst«, sagte Lisbeth Salander mit beherrschter Stimme.

»Ich habe mit dem wachhabenden Beamten in Norrtälje gesprochen. Es schien sich um eine interne Abrechnung zu handeln. Niedermann ist offenbar gefoltert und dann mit einem Bajonett aufgespießt worden. Am Tatort hat man eine Tasche mit mehreren hunderttausend Kronen gefunden.«

»Aha.«

»Die Gang aus Svavelsjö wurde noch am Tatort verhaftet. Sie haben so heftigen Widerstand geleistet, dass die Polizei noch ein Sondereinsatzkommando aus Stockholm anfordern musste. Um sechs Uhr abends haben sie dann endlich kapituliert.«

»Aha.«

»Dein alter Freund Sonny Nieminen aus Stallarholmen hat ins Gras gebissen. Er ist total ausgeflippt und wollte sich den Weg freischießen.«

»Gut.«

Mikael schwieg ein paar Sekunden. Die beiden musterten sich abwartend durch den Türspalt.

»Stör ich?«, erkundigte er sich.

Sie zuckte mit den Schultern.

»Ich war gerade in der Badewanne.«

»Das sehe ich. Darf ich dir Gesellschaft leisten?«

Sie warf ihm einen scharfen Blick zu.

»Ich meinte nicht, in der Badewanne. Ich hab Bagels mitgebracht«, sagte er und schwenkte eine Tüte. »Außerdem hab ich Espresso besorgt. Wenn du schon eine Jura Impressa X7 in der Küche stehen hast, dann solltest du zumindest lernen, wie man sie benutzt.«

Sie hob die Augenbrauen. Sie wusste nicht, ob sie enttäuscht oder erleichtert sein sollte.

»Nur Gesellschaft leisten?«, vergewisserte sie sich.

»Nur Gesellschaft leisten«, bestätigte er. »Ich bin ein guter Freund, der eine gute Freundin besucht. Falls ich willkommen bin, heißt das.«

Sie zögerte. Seit zwei Jahren hielt sie größtmöglichen Abstand zu Mikael Blomkvist. Und doch schien er in ihrem Leben kleben zu bleiben wie ein Kaugummi an der Schuhsohle – entweder im Internet oder im wirklichen Leben. Im Internet war das ja noch okay. Da bestand er nur aus Elektronen und Buchstaben. Doch im wirklichen Leben vor ihrer Tür war er immer noch dieser verdammt attraktive Mann. Und er kannte ihre Geheimnisse, so wie sie seine Geheimnisse kannte.

Dann betrachtete sie ihn und stellte plötzlich fest, dass sie keine Gefühle mehr für ihn hegte. Zumindest nicht solche Gefühle.

Im letzten Jahr war er ihr wirklich ein Freund gewesen. Es irritierte sie fast ein wenig, dass einer der wenigen Menschen, denen sie vertraute, ein Mann war, dem sie konsequent aus dem Weg ging.

Da entschied sie sich. So zu tun, als würde er nicht existieren, war einfach albern. Es tat nicht mehr weh, ihn zu sehen.

Sie machte die Tür ganz auf und ließ ihn wieder in ihr Leben.